HAROLD ROBBINS

HAROLD ROBBINS

DER CLAN
DIE TRAUMFABRIK
DIE BOSSE

VERLEGT BEI

KAISER

Der Clan – Titel des Originals: »The Betsy«
Einzig berechtigte Übertragung aus dem Amerikanischen von Willy Thaler
Die Traumfabrik – Titel des Originals: »The Dream Merchants«
Einzig berechtigte Übertragung aus dem Amerikanischen von Gertrud Pröhl
Die Bosse – Titel des Originals: »The Inheritors«
Einzig berechtigte Übertragung aus dem Amerikanischen von Willy Thaler

ISBN 3-7043-4048-0

Berechtigte Ausgabe für den Neuen Kaiser Verlag – Buch und Welt,
Hans Kaiser, Klagenfurt, mit Genehmigung des
Scherz Verlages, Bern und München

Schutzumschlag: Volkmar Reiter unter Verwendung eines Fotos von
Artreference, Frankfurt
Reproduktion: Schlick KG, Graz
Fotosatz: Aldus 9 Punkt
Gesamtherstellung: Ebner Ulm

DER CLAN

Dieses Buch ist in Liebe meiner Frau Grace gewidmet –
für die Name und Wort wie geschaffen sind.

1

Ich saß im Bett und schlürfte heißen Kaffee, als die Krankenschwester hereinkam. Die Engländerin mit den großen Brüsten. Sofort fummelte sie an den Vorhängen herum und zog sie auf, damit mehr Tageslicht ins Zimmer strömte.

»Guten Morgen, Mr. Perino«, sagte sie.

»Guten Morgen, Schwester«, antwortete ich.

»Heute ist der große Tag, nicht wahr?« Sie lächelte.

»Tja.«

»Dr. Hans wird jeden Augenblick hier sein«, sagte sie.

Plötzlich meldete sich meine Blase. Ich schwang die Beine über den Bettrand. Sie nahm mir die Kaffeetasse ab. Ich ging in die Toilette, ohne mir die Mühe zu machen, die Tür zu schließen. Hier war, nach einem Aufenthalt von einem Monat, nichts mehr intim.

Die Stärke, mit der die Flüssigkeit aus mir strömte, hatte etwas Beruhigendes. Beim Händewaschen betrachtete ich im Spiegel die weißen Verbände, die mein Gesicht bedeckten. Wie ich wohl darunter aussah? Das würde ich bald genug erfahren. Ein komischer Gedanke schoß mir durch den Kopf: Würde ich mich zukünftig im Gesicht kratzen, wenn mich der Hintern juckte?

Sie wartete schon mit einer Spritze, als ich wieder ins Zimmer kam. Ich blieb stehen. »Wozu ist die?«

»Dr. Hans hat sie verordnet. Ein leichtes Beruhigungsmittel. Er möchte, daß seine Patienten entspannt sind, wenn die Verbände abgenommen werden.«

»Ich bin ganz ruhig.«

»Ich weiß«, sagte sie. »Aber trotzdem. Es ist ihm lieber. Geben Sie mir Ihren Arm!«

Sie war sehr geschickt, ich spürte nur einen winzigen Stich. Dann führte sie mich zu dem Stuhl am Fenster. »Und jetzt setzen Sie sich, ich mache es Ihnen nett und gemütlich.«

Ich setzte mich hin; sie legte mir eine leichte Decke um die Beine und ein weiches Polster hinter den Kopf. »Ruhen Sie sich etwas aus«, sagte sie und ging zur Tür. »Wir kommen bald wieder.«

Ich nickte, und sie ging hinaus. Die Sonne schien auf den Sommerschnee der Alpen. Ein Mann in kurzen Lederhosen kam vorbei.

Ich döste ein.

Bei meiner ersten Begegnung mit ihm war ich acht Jahre alt. Das war im Jahre 1939 in einem kleinen Park, in den mich meine Kinderfrau oft zum Spielen führte. Ich trat gerade die Pedale des Miniaturrennwagens, den mir mein Großvater zum Geburtstag geschenkt hatte. Er hatte ihn in Italien speziell für mich anfertigen lassen. Mit den Lederriemen über der Motorhaube und den echten elektrischen Scheinwerfern war der Wagen eine genaue Nachbildung des Bugatti Typ 59, der 1936 in Brooklands den Rekord aufgestellt hatte. Nicht einmal das Bugatti-Zeichen auf dem Kühler fehlte.

Ich raste wie toll den Weg hinunter, da sah ich die beiden vor mir; die hochgewachsene Schwester, die den Mann im Rollstuhl schob. Ich verlangsamte mein Tempo und hupte.

Die Schwester schaute über die Schulter zurück und fuhr den Stuhl auf die rechte Seite.

Ich wollte ihn links überholen, aber an dieser Stelle war eine kleine Steigung, und so kräftig ich auch auf die Pedale trat, ich konnte nur mit ihnen auf gleicher Höhe bleiben.

Der Mann im Rollstuhl sprach als erster. »Feine Maschine, die du da hast, mein Sohn.«

Ich schielte zu ihm hinüber und trat weiter mit aller Kraft auf die Pedale. Ich sollte mit Fremden nicht reden, aber dieser sah ja ganz okay aus. »Das ist keine Maschine«, sagte ich. »Das ist ein Bugatti.«

»Das sehe ich«, sagte der Mann.

»Der schnellste Wagen, den es gibt.«

»Kein Anzugsvermögen.«

Ich trat immer noch mit aller Kraft die Pedale, aber nun kam ich außer Atem. »Es geht bergauf.«

»Das meine ich ja«, sagte er. »Auf ebener Strecke sind sie in Ordnung, aber kaum kommt eine kleine Steigung, haben sie nichts mehr im Kasten.«

Ich antwortete nicht. Ich brauchte meinen ganzen Atem für die Pedale.

»Da vorn steht eine Bank«, sagte er. »Fahr doch mal an den Rand, wir sehen uns deine Maschine an. Vielleicht können wir etwas daran machen.«

Das war mir sehr recht – ich war außer Atem. Ich schaffte es, vor ihm die Bank zu erreichen. Die Schwester schob den Rollstuhl dicht daneben. Ich kletterte aus meinem Wagen.

Gianni, der immer dabei war, wenn ich mit der Kinderfrau in den Park ging, kam angelaufen. »Hast du dir weh getan, Angelo?«

Ich schüttelte den Kopf.

Gianni blickte auf den Mann im Rollstuhl. Sie redeten nicht, aber sie schienen einander zu verstehen, und Gianni lächelte.

Der Mann beugte sich aus dem Rollstuhl und warf einen Blick in meinen Wagen. Er griff nach unten, hob den Sitz und legte so Getriebe und Kette frei.

»Wollen Sie unter die Haube schauen?« fragte ich.

»Ich glaube nicht«, erwiderte er lächelnd und ließ den Sitz auf seinen Platz zurückfallen.

»Sind Sie Mechaniker?« fragte ich.

Er sah mich überrascht an, doch dieser Ausdruck verschwand gleich wieder aus seinem Gesicht. »So könnte man es wohl nennen«, sagte er. »Jedenfalls war ich es früher einmal.«

»Könnten Sie meinen Wagen frisieren?«

»Ich glaube schon.« Er warf der Schwester einen Blick zu. »Kann ich bitte mein Notizbuch haben, Miß Hamilton?« Sie reichte ihm wortlos ein gewöhnliches Notizbuch mit hartem Umschlag. Ich benutzte ein ähnliches in der Schule. Er nahm eine Feder aus der Tasche und zeichnete mit dem Blick auf den Bugatti schnell eine Skizze.

Ich ging um den Rollstuhl herum und sah sie mir an. Sie zeigte ein seltsames Gewirr von Rädern, Ketten und Linien. »Was ist das?« fragte ich.

»Ein Wechselgetriebe.« Er lachte über mein verdutztes Gesicht. »Macht nichts«, sagte er, »du wirst schon sehen, es klappt.«

Er führte die Zeichnung zu Ende und gab der Schwester das Notizbuch zurück. »Wie heißt du schon?«

»Angelo.«

»Also, hör zu, Angelo«, sagte er lächelnd, »wenn du übermorgen um die gleiche Zeit hierherkommst, habe ich eine Überraschung für dich.«

Ich warf Gianni einen fragenden Blick zu. Er nickte wortlos.

»Das läßt sich machen, Sir«, sagte ich.

»Ausgezeichnet.« Er wandte sich an die Schwester. »Nun nach Hause, Miß Hamilton. Wir haben zu arbeiten.«

Ich war zeitig zur Stelle. Aber er war schon da. Als er mich sah, lächelte er. »Guten Morgen, Angelo.«

»Guten Morgen, Sir«, sagte ich. »Guten Morgen, Miß Hamilton.«

Sie rümpfte die Nase. »Guten Morgen.« Ich hatte den Eindruck, sie mochte mich nicht.

Ich wandte mich wieder an ihn. »Sie haben mir eine Überraschung versprochen?«

Er lachte. »Nur Geduld, junger Mann, dort kommt sie schon.«

Ich folgte seinem Blick. Zwei Männer in weißen Overalls trugen eine große Holzkiste den Weg herauf. Ein dritter folgte mit einem Werkzeugkasten.

»Hierher!« rief mein Freund im Rollstuhl. Sie stellten die Kiste vor ihm ab. »Alles fertig?« fragte er den Mann mit dem Werkzeugkasten.

»Wie Sie es angeordnet haben, Sir«, antwortete der Mann. »Ich habe mir nur erlaubt, zehn Millimeter Spielraum für die Wellenanordnung zu lassen für den Fall, daß wir etwas nachstellen müssen.«

Mein Freund lachte. »Immer noch kein Zutrauen zu meinem Augenmaß, wie, Duncan?«

»Hat keinen Sinn, es darauf ankommen zu lassen, Mr. Hardeman«, erwiderte Duncan. »Wo ist der Wagen, an dem wir arbeiten sollen?«

»Hier«, sagte ich und schob den Wagen vor ihn hin.

Duncan schaute auf ihn runter. »Sieht prima aus, das Auto!«

»Ein Bugatti«, sagte ich. »Mein Großvater hat ihn extra für mich in Italien bauen lassen.«

»Die Italiener machen erstklassige Karosserien«, sagte Duncan, »aber von Maschinen verstehen sie nichts.« Er wandte sich an die beiden anderen. »Okay Jungs, an die Arbeit!«

Jetzt erst sah ich die Schrift auf dem Rücken ihrer Overalls: BETHLEHEM MOTORS. Die Männer arbeiteten schnell, jeder Handgriff saß. Sie lösten zwei Riegel an den Seiten und hoben Deckel und Seitenwände zusammen ab. Dadurch wurde der Kistendeckel zu einer Werkbank, auf die sie meinen Wagen stellen konnten.

Dann begannen sie zu arbeiten. Auf dem Kistenboden sah ich einen rechtwinkligen Stahlrahmen mit Getrieben, Ketten und Rädern. »Was ist das?« fragte ich.

»Ein neues Chassis«, antwortete mein Freund. »Es war viel einfacher, das Ganze mit allem Drum und Dran in der Werkstatt zu bauen, als deines auseinanderzunehmen.«

Ich sagte nichts. Inzwischen hatten die beiden Männer die Karosserie meines Autos vom Chassis abgehoben und hantierten an den Rädern. Wenige Minuten später lag das neue Chassis bereits auf der Kiste, und sie schraubten meine Räder dran. In knapp zehn Minuten hatten sie die Karosserie des Bugatti auf das neue Chassis montiert.

Mr. Duncan trat ans Auto und sah hinein. Er hantierte ein wenig dran herum, schob etwas vor, dann etwas zurück. »Scheint mir jetzt okay zu sein, Sir«, sagte er.

Mein Freund grinste. »Haben Sie die zehn Millimeter gebraucht?«

»Nein, Sir«, sagte Duncan. Er nickte den beiden anderen zu.

Sie stellten den Wagen auf die Erde. Ich schaute ihn an, dann meinen Freund.

»Los, Angelo, steig ein.«

Ich kletterte in den Wagen, während er seinen Stuhl neben mich rollte. »Ich will dir ein paar neue Dinge zeigen, bevor du losfährst«, sagte er. »Siehst du den Getriebehebel neben deiner rechten Hand?«

»Ja, Sir.«

»Leg die Hand darauf!« Ich gehorchte. »Der Hebel bewegt sich vor- und rückwärts, und wenn er in der Mitte steht, läßt er sich seitwärts und dann wieder nach vorn schieben. Versuch es mal!«

Ich bewegte ihn vor- und rückwärts, dann zur Mitte und seitlich vor. Ich sah den Mann im Rollstuhl an. Etwas von dem, was er getan hatte, wurde mir plötzlich klar.

Er erkannte es an meinem Blick. »Weißt du, Angelo, wozu das dient?«

»Ja, Sir«, sagte ich. »Schnell-, Langsam- und Rückwärtsgang.«

»Brav, mein Junge. Aber das ist noch nicht alles. Ich habe an deinen Hinterrädern

Rücktrittbremsen angebracht. Wenn du die Pedale nach rückwärts trittst, kannst du das Tempo verlangsamen oder stehenbleiben, genau wie bei einem Fahrrad. Verstanden?«

Ich nickte.

»Also gut«, sagte er. »Versuch es mal, aber sei vorsichtig. Der Wagen ist nun viel schneller als zuvor.«

»Ja, Sir«, sagte ich. Ich fuhr den Abhang vorsichtig hinunter, genoß das neue Fahrgefühl und probierte die Bremsen aus. Jedesmal, wenn ich sie losließ, ging es ein wenig schneller, dann stieg ich wieder auf die Bremsen, und die Fahrt wurde langsamer. Am Fuß des Abhangs kehrte ich auf dem Weg um, indem ich zurückstieß und dann wieder vorwärtsfuhr. Ich schaffte die Steigung fast ebenso leicht wie die Fahrt abwärts und blieb stehen. »Er ist fabelhaft!«

Ich stieg aus dem Auto und ging auf meinen Freund zu. »Danke vielmals«, sagte ich und streckte ihm die Hand entgegen.

Er schüttelte sie. »Sehr gern geschehen, Angelo.« Er lächelte. »Jetzt mußt du aber aufpassen. Du hast da einen sehr schnellen Wagen.«

»Keine Sorge, Sir«, sagte ich, »wenn ich groß bin, werde ich Rennfahrer.«

Die Männer hatten die Teile des alten Wagens in die Kiste getan. Sie machten sich auf den Weg, und Mr. Duncan gesellte sich zu uns.

Er reichte meinem Freund ein Blatt Papier. »Entschuldigen Sie die Störung, Sir, aber ich brauche da Ihre Unterschrift.«

Mein Freund griff nach dem Blatt. »Was ist es?«

»Ein neues System, das LH Zwei eingeführt hat. Ein Arbeitsauftrag. Ich muß Sie auch fragen, welche Abteilung damit belastet werden soll.«

Mein Freund grinste fast so, wie ich gegrinst hätte. »Versuchswagen.«

Duncan lachte. »Ja, Sir.«

Mein Freund unterschrieb, und Duncan wandte sich um. Ich rief ihn zurück. »Besten Dank, Mr. Duncan.«

Er schaute ernst zu mir herunter. »Nichts zu danken, Junge. Nur merk dir eins: Du fährst vielleicht einen Bugatti. Aber du verdankst es Mr. Hardeman, daß du einen Antrieb von BETHLEHEM MOTORS hast.«

»Ich werde es nicht vergessen«, sagte ich und sah ihm nach, wie er eilig den anderen Männern folgte. Dann wandte ich mich an meinen Freund. »Sie heißen Mr. Hardeman?«

Er nickte.

»Sie sind sehr nett«, sagte ich.

Er lächelte. »Manche Leute sind da anderer Meinung.«

»Um die würde ich mich nicht kümmern«, sagte ich. »Es gibt auch eine Menge Leute, die meinen Großvater nicht mögen. Aber er ist nett, und ich mag ihn gern.«

Er schwieg.

Hinter mir hörte ich die Stimme seiner Pflegerin. »Es ist Zeit für uns, Mr. Hardeman.«

»Noch einen Moment, Miß Hamilton«, sagte er. »Wie alt bist du, Angelo?«

»Acht.«

»Ich habe einen Enkel, der zwei Jahre älter ist als du. Er ist zehn.«

»Vielleicht darf ich mal mit ihm spielen. Er kann meinen Wagen fahren.«

»Das wird wohl nicht gehen«, sagte Mr. Hardeman. »Er ist fort, auf der Schule.«

Die Pflegerin wurde ungeduldig. »Es wird spät, Mr. Hardeman.«

Er schnitt eine Grimasse.

»Die sind immer so, Mr. Hardeman«, sagte ich. »Die meine ist auch ständig hinter mir her.«

Er lächelte. »Das kann ich mir vorstellen.«

»Angeblich brauche ich nächstes Jahr keine mehr. Warum haben denn Sie eine?«

»Ich kann nicht gehen«, sagte er. »Ich brauche jemand, der mir hilft.«

»Ein Unfall?«

Er schüttelte den Kopf. »Ich war krank.«
»Wann sind Sie wieder gesund?«
»Ich kann nie mehr gehen«, sagte er.
Ich schwieg eine Weile. »Woher wissen Sie das? Mein Vater sagt, es geschehen jeden Tag Wunder. Und mein Vater muß es wissen, er ist Arzt.« Jetzt fiel mir etwas ein. »Vielleicht könnte er Sie besuchen. Er ist ein sehr guter Arzt.«
»Sicher, Angelo«, sagte Mr. Hardeman freundlich. »Aber für eine Weile habe ich genug von Ärzten.« Er winkte der Schwester. »Übrigens verlasse ich Florida am Wochenende für lange Zeit.« Er streckte die Hand aus. »Leb wohl, Angelo.«
Ich hielt seine Hand fest und wollte sie nicht loslassen. Alle, die ich gern hatte, mußten fort. Zuerst der Großvater, jetzt Mr. Hardeman. »Darf ich Sie sehen, wenn Sie wiederkommen?«
Er nickte.
Ich hielt immer noch seine Hand fest. »Ich bin jeden Sonntag um diese Zeit im Park und schaue nach, ob Sie da sind.«
»Am ersten Sonntag nach meiner Rückkehr komme ich her«, sagte er.
Ich ließ seine Hand los. »Abgemacht.«
Die Schwester schob ihn den Weg hinunter. Ich blickte ihnen nach, bis sie außer Sicht waren, dann stieg ich in mein Auto. Erst zwanzig Jahre später erfuhr ich, was LH Eins alles auf die Beine gestellt hatte, um mir diese Überraschung zu bereiten.
Ich war in Duncans Büro in der Abteilung für Konstruktionsplanung, um über den Wagen zu sprechen, den ich am nächsten Tag testen sollte, da wandte sich der alte Ingenieur plötzlich mir zu.
»Erinnern Sie sich noch an den Bugatti, den LH Eins für Sie umbauen ließ, als Sie noch ein kleiner Junge waren?«
»Wie könnte ich den vergessen?« antwortete ich.
Ja, wirklich, von jenem Augenblick an hatte es für mich nur noch Autos gegeben. Es kam für mich nichts anderes mehr in Frage.
»Haben Sie sich mal gefragt, wieviel der damals kostete?«
»Eigentlich nicht.«
»Ich habe das von ihm unterschriebene Original des Arbeitsauftrags als Andenken aufgehoben.« Er öffnete die mittlere Schublade seines Schreibtisches, nahm das Blatt heraus und reichte es mir. »Wissen Sie, daß er sämtliche Leute vom Entwurfsbüro und aus der Fabrikation von der Arbeit abbeorderte und vierundzwanzig Stunden lang nur an Ihrem Wagen arbeiten ließ?«
»Nein, das wußte ich nicht«, sagte ich. Ich schaute auf das Blatt Papier in meiner Hand. »Versuchs-Chassis«, stand auf dem Auftragsblatt. »Auftrag von Loren Hardeman I. 11 347,51 Dollar.«

Ich spürte, wie jemand leise meine Schulter berührte, und schlug die Augen auf. Es war die englische Pflegerin. »Dr. Hans ist hier.«
Ich drehte mich um. Dort war er, seine Brille glänzte. Wie gewöhnlich standen seine sechs Gehilfen hinter ihm.
»Guten Morgen, Mr. Perino«, sagte er. »Wie geht es Ihnen heute? Irgendwo Schmerzen?«
»Nein, Herr Doktor. Es tut nur weh, wenn ich lache.«
Er lächelte nicht, sondern winkte nur der Schwester. Sie schob den Tisch heran, auf dem Stahlinstrumente blitzten. »Nun werden wir sehen, wie gut wir gearbeitet haben«, sagte er in seinem üblichen Flüsterton.
Fasziniert starrte ich auf den Tisch. Ich fühlte mich wie hypnotisiert von den schimmernden Instrumenten. Er nahm einen Schaber mit kurzer Klinge zur Hand. Nun war es soweit.
Wie viele Menschen haben die Chance, bei Lebzeiten ein neues Gesicht zu bekommen?

2

Das Ganze begann im Mai nach den fünfhundert Meilen von Indianapolis. Mein Biest war in der zweiundvierzigsten Runde ausgebrannt, und ich fuhr an die Boxen. Ich brauchte das Gesicht des Rennleiters nicht anzusehen, um zu wissen, daß es aus war. Ich verließ die Rennbahn, ohne das Ende des Rennens abzuwarten.

Erst als ich im Motel meine Zimmertür öffnete, fiel mir ein, daß ich Cindy an der Rennbahn gelassen hatte. Ich hatte sie völlig vergessen.

Ich öffnete den kleinen Kühlschrank, nahm ein paar Eiswürfel heraus und goß kanadischen Whisky darüber. Während ich langsam den Drink schlürfte, ging ich ins Badezimmer und drehte den Warmwasserhahn für die Wanne auf. Dann schlenderte ich ins Zimmer zurück und stellte das Radio an. Auf der Skala suchte ich die Rennberichte. Das Fernsehen durfte in einem Umkreis von fünfzig Meilen nichts über das Rennen bringen.

Die Stimme des Sprechers wurde lauter. »In der vierundachtzigsten Runde liegen Andretti und Gurney auf Platz eins und zwei. Eine richtige Schlacht für Riesen, meine Damen und Herren . . .« Ich schaltete ab. So war es vom Anfang des Rennens an gewesen.

Ich trank mein Glas aus, stellte es auf den Kühlschrank und ging wieder ins Badezimmer. Ich drehte das kalte Wasser an, steckte die tragbare Jacuzzi-Wirbelstrompumpe an und zog mich aus. Vom aufgewühlten Wasser stiegen Wolken hoch und füllten das Badezimmer mit Dampf. Ich machte es mir im heißen Wasser bequem.

Ich lehnte meinen Kopf an die Wannenwand und ließ mir von dem schäumenden Wasser das Ach und Weh in meinen Knochen fortspülen. Ich nahm meinen Mut zusammen und schloß die Augen. Da war es wieder. Wie immer in den letzten fünf Jahren, sobald ich die Augen zumachte.

Ich sah die ersten Flammen vom Motor zur Windschutzscheibe hochkriechen. Ich schaltete nach unten in der Kurve und kämpfte mit dem Steuerrad. Die hohe Wand kam auf mein Gesicht zu, und wir krachten mit zweihundertzwanzig Stundenkilometern dagegen. Das Biest stellte sich auf die Nase, blieb einen Augenblick so hängen, während ich auf die tobende Tribüne starrte. Dann kamen die Flammen hoch und wir rasten über die Mauer in sie hinein. Der ekelerregende süßliche Geruch meines brennenden Fleisches und versengten Haars stieg mir in die Nase. Ich hörte mich gellend schreien.

Ich öffnete die Augen, und es war fort. Ich lag in der Wanne, die Jacuzzi-Pumpe summte ihr tröstendes Lied. Langsam schloß ich wieder die Augen.

Diesmal war es in Ordnung. Ich lag ruhig im Wasser.

Das Telefon klingelte. Ich langte über das WC und nahm das Telefon von der Wand: Moderne Motels haben allen Komfort.

»Mr. Perino?« flötete das Fräulein vom Fernamt.

»Ja.«

»Ein Anruf von Mr. Loren Hardeman. Augenblick, bitte.«

»Hallo, Angelo, ist alles in Ordnung?« Seine Stimme klang besorgt.

»Alles in Ordnung, Nummer Eins. Und wie geht's Ihnen?«

»Prächtig. Ich fühl' mich wie ein Junge von fünfundachtzig.«

Ich lachte. An seinem letzten Geburtstag war er einundneunzig geworden.

»Was zum Teufel ist das für ein Lärm?« fragte er. »Klingt, als würden Sie in einem Faß über den Niagara fahren. Ich kann Sie kaum verstehen.«

Ich stellte die Jacuzzi ab. Der Lärm hörte auf. »Besser?«

»Bedeutend«, sagte er. »Ich habe auf dem Bildschirm gesehen, wie Sie zu den Boxen fuhren. Was ist passiert?«

»Die Ventile sind ausgebrannt.«

»Wo starten Sie als nächstes?«

»Ich weiß nicht«, sagte ich. »Das einzige, wo ich fest zugesagt habe, ist Watkins Glen. Aber das steigt erst im Herbst.«

Ich hörte, wie die Außentür geöffnet wurde und Cindys Schritte sich dem Bad näherten. Ich sah hoch, da stand sie schon auf der Schwelle.

»Vielleicht gehe ich im Sommer nach Europa und mische dort etwas mit.«

Ihr Gesicht war ausdruckslos. Sie machte kehrt und ging ins andere Zimmer.

»Tun Sie das nicht«, sagte er. »Es lohnt sich nicht. Sie werden sich umbringen.«

Ich hörte, wie die Kühlschranktür zugeschlagen wurde und das Eis in den Gläsern klirrte. Cindy kam mit zwei Gläsern kanadischen Whisky *on the rocks* herein. Ich nahm ihr eins aus der Hand. Sie schlug den Deckel des WCs zu, setzte sich darauf und nippte an ihrem Glas.

»Ich werde schon nicht draufgehen«, sagte ich.

»Geben Sie das Rennen jetzt auf«, sagte er entschieden. »Sie haben es nicht mehr in sich.«

»Es war nur eine Pechsträhne.«

»Erzählen Sie mir doch keinen Unsinn! Ich habe Sie im Fernsehen beobachtet. Ich erinnere mich an eine Zeit, da hätten Sie in einer Kurve nicht einmal den lieben Gott vorbeigelassen. Aber diesmal in der letzten Runde, bevor Sie zu den Boxen fuhren, haben Sie ein so großes Loch gelassen, daß eine ganze Armee hätte durchfahren können.«

Ich schwieg und nahm einen Schluck von meinem Drink.

Seine Stimme wurde weicher: »Hören Sie, so schlimm ist es gar nicht. Sie hatten ein paar recht gute Jahre. 63 waren Sie der zweitbeste Fahrer der Welt. Sie wären 64 der beste geworden, wenn Sie nicht in Sebring über die Mauer gegangen wären und ein Jahr auf Eis gelegen hätten.«

Ich wußte genau, was er meinte. Und ich hatte meine Alpträume, die bewiesen, daß es stimmte.

»In fünf Jahren dürften Sie schon herausgefunden haben, daß Sie's nicht mehr in sich haben.«

»Und was soll ich Ihrer Ansicht nach tun?« fragte ich höhnisch. »Mich der ›Großen Sportwelt‹ als Kommentator anschließen?«

Seine Stimme wurde scharf. »Kommen Sie mir nicht unverschämt, junger Mann! Das Schlimmste an Ihnen ist, daß Sie nie erwachsen geworden sind. Ich hätte Ihnen damals nicht das Spielzeugauto frisieren sollen. Sie wollen nicht aufhören, damit zu spielen.«

»Nehmen Sie's mir nicht übel.« Ich hatte kein Recht, meine selbstverschuldete Erbitterung an ihm auszulassen.

»Ich bin in Palm Beach«, sagte er. »Ich möchte, daß Sie herkommen und ein paar Tage mit mir verbringen.«

»Wozu?«

»Ich weiß nicht.« Der Klang seiner Worte verriet mir, daß er log.

»Wir werden uns bloß ein bißchen unterhalten.«

Ich überlegte einen Augenblick. »Einverstanden.«

»Gut«, sagte er. »Kommen Sie allein? Ich muß es der Haushälterin sagen.«

Ich schaute zu Cindy hinüber. »Ich weiß es noch nicht.«

Er kicherte. »Wenn Sie hübsch ist, bringen Sie sie mit. Hier gibt es außer Sand und Meer ohnehin wenig genug zu sehen.«

Er legte auf. Cindy nahm mir das Telefon aus der Hand und hängte es an die Wand zurück. Ich stand auf, sie gab mir ein Handtuch, nahm mein Glas und ging damit ins andere Zimmer.

Ich trocknete mich ab, wickelte mir das Handtuch um die Hüften und folgte ihr. Mein Glas stand auf dem Tisch. Cindy lag auf dem Boden und hantierte an ihrem vierspurigen Tonbandgerät. Ich trank noch einen Schluck und sah ihr zu.

Sie legte die schmalen Rollen in Behälter und beschriftete die Schachteln. Sie hatte eine fanatische Leidenschaft für Motorenlärm. Irgend etwas am Geheul eines Motors erregte sie erotisch. Manche Mädchen lieben Vibriermaschinen, ihr genügte der Lärm. Wenn man sie neben sich in den Wagen setzte und den Motor auf

Touren brachte, mußte man nur die Hand an ihr Fötzchen führen: Dort war alles voller Honig.

»Hast du was Feines aufgenommen?« fragte ich.

»Ein paar gute Geräusche.« Sie sah mich nicht an. »Ist alles vorbei?«

»Warum? Bloß weil ich vergessen habe, dich abzuholen?«

Sie wandte sich um. »Ich frag' dich nicht deshalb«, antwortete sie ausdruckslos. »Fearless sagt, man erzählt sich in Rennkreisen, daß du aufgibst.«

Fearless, »der Furchtlose«, war einer der Ersatzfahrer in JCs Team. Er fuhr hauptsächlich Dirt-Track-Rennen, um sich in die Formel 1 hochzukämpfen. Ich bemühte mich, mir den Anflug von Eifersucht nicht anmerken zu lassen. »Hat Fearless dich nach Hause gebracht?«

»Ja.«

»Gefällt er dir?«

»*Ich* gefalle *ihm*.« Das stimmte. Er war nicht der einzige, und das wußte ich. Sie war was Besonderes.

Ich fühlte die Hitze in meinen Eiern. »Laß das Bandgerät laufen!«

Sie starrte mich einen Augenblick an, dann stellte sie schweigend den Apparat auf das Tischchen am Fußende des Bettes. Fachmännisch placierte sie die vier Lautsprecher, zwei an jeder Bettseite, und stöpselte die Drähte ein. Sie warf mir einen Blick zu.

»Leg die große Rolle ein, die du voriges Jahr in Daytona aufgenommen hast.«

Sie nahm die Rolle aus ihrer Handtasche und legte sie ein, dann drehte sie sich nach mir um.

Inzwischen hatte mein Steifer das Handtuch um meine Hüften zu einem Zelt ausgedehnt. »Zieh dich aus!«

Sie legte ihre Kleider ab und streckte sich auf dem Bett aus, ohne den Blick von mir zu wenden. Noch immer hatte sie kein Wort gesagt. Ich langte hinüber und schaltete das Bandgerät an. Das Leerband zischte, dann setzten die Publikumsgeräusche ein. Plötzlich brüllten die Motoren. Das Rennen hatte begonnen.

Ich stieg auf das Bett und stellte mich über sie. Ihr Lippen waren geöffnet. Sie schien kaum zu atmen, ihre rosa Zunge leuchtete zwischen den weißen Zähnen hervor. Sie war ganz honigbraun und goldfarben, mit Ausnahme des schmalen weißen Bandes um ihre kleinen vollen Brüste und des Dreiecks zwischen ihren Hüften und Schenkeln. Ich stand über ihr Gesicht gebeugt, sie starrte zu mir hoch. Ich rührte mich nicht.

Plötzlich seufzte sie auf, griff nach oben und faßte meinen Schwanz. Sie zog mich nach unten zu ihrem Mund und nahm ihn gierig mit kehligen Lauten auf. Ich sank über ihrem Gesicht auf die Knie und bewegte mich im Takt zu ihren sich windenden, stoßenden Hüften.

Ihre Stimme klang belegt: »Laß mich auf dir sitzen!«

Ich wälzte mich auf die Seite, dann auf den Rücken. Sie hielt meinen Schwanz fest umfaßt, kletterte auf mich und ließ sich dann langsam darauf nieder. Ich hatte ein Gefühl, als tauchte er in eine Wanne mit kochendem Öl.

»O Gott«, stöhnte sie und schwang sich langsam auf mir vor- und rückwärts. Das Brüllen der Rennmotoren wanderte von einem Lautsprecher zum anderen rund um das Bett, es füllte das Zimmer mit tobendem Lärm. Sie bewegte sich rhythmisch dazu. Bei jeder Runde um die Bahn erreichte sie erneut den Höhepunkt.

»Gut«, murmelte sie. »So ist's gut!«

Wieder kam sie zum Höhepunkt, ihr Stöhnen steigerte sich zu kaum unterdrückten Ekstaseschreien. Das Motorengebrüll schwoll an, als die Wagen sich dem Ziel näherten, fast übertönte es Cindys Schreie.

Plötzlich jagte Carl Yarborough in seinem Achtundsechziger Mercury mit zweihundertdreißig Stundenkilometern über die Ziellinie, und sie hatte ihren letzten Orgasmus. Dann fiel sie langsam zusammen und glitt von mir herunter.

Sie lag still, ihre Atemzüge wurden wieder normal. Sie schlug die Augen auf. »Es war toll«, flüsterte sie. »Wo finde ich jemals wieder einen Mann wie dich?«

Ich griff in ihr Haar und drehte ihr Gesicht mir zu. »Gehst du zu Fearless?« fragte ich.

»Beantworte zuerst meine Frage von vorhin«, sagte sie. »Gibst du auf?«

Ich zögerte nicht. »Ja.«

Sie zögerte, das muß ich zu ihrer Ehre sagen. »Dann gehe ich zu Fearless.«

Und das war das Ende. Ganz einfach so.

3

Ich hielt vor dem unter Strom stehenden Eisentor und drückte auf den Klingelknopf neben der Einfahrt. Während ich wartete, las ich, was auf der Tafel am Tor stand:

PRIVATBESITZ.
EINTRITT VERBOTEN.
GEFAHR! SCHARFE WACHHUNDE!
ÜBERLEBENDE WERDEN GERICHTLICH VERFOLGT.

Ich lachte. Das wirkte nicht sehr überzeugend. Aber dieser Eindruck änderte sich schnell. Kaum hatte ich zu Ende gelesen, tauchten hinter dem Gitter zwei riesige belgische Schäferhunde auf, deren Schwänze mir trügerisch entgegenwedelten.

Aus dem Lautsprecher über dem Klingelknopf tönte eine Stimme: »Wer ist da?«

»Mr. Perino.«

Kurze Pause. »Sie werden erwartet, Mr. Perino. Fahren Sie durch das Tor. Steigen Sie bitte nicht aus dem Wagen, um es zu schließen, es schließt automatisch. Ich wiederhole, steigen Sie nicht aus dem Wagen, bis Sie vor dem Haus angekommen sind. Und lassen Sie Ihre Hand nicht aus dem Wagenfenster hängen.«

Die Stimme verstummte, das Tor schwang auf. Die Hunde blieben drinnen und warteten auf mich. Ich fuhr langsam an. Sie wichen aus, um mich vorbeizulassen, und liefen dann, ohne Laut zu geben, neben dem Wagen her.

Ab und zu warf ich ihnen einen Blick zu. Sie ließen mich nicht aus den Augen. Nach einer Kurve tauchte hinter Bäumen die Vorderseite des Hauses auf. Ein Mann und eine Frau standen auf den Stufen. Ich stoppte den Wagen, den ich auf dem Flughafen Palm Beach gemietet hatte.

Der Mann setzte eine Pfeife an die Lippen und blies hinein. Ich hörte keinen Ton, aber die Hunde hörten ihn. Sie erstarrten und beobachteten, wie ich aus dem Wagen stieg.

»Bleiben Sie bitte einen Augenblick stehen und lassen Sie sich von ihnen beschnüffeln, Mr. Perino«, sagte der Mann. »Dann erkennen sie Sie später wieder und belästigen Sie nicht mehr.«

Ich blieb reglos stehen, während er die Pfeife nochmals an die Lippen setzte. Die Hunde liefen wedelnd auf mich zu, beschnüffelten meine Schuhe und meine Hände. Nach einer Weile ließen sie mich in Ruhe und liefen zu dem Wagen. In einer knappen Minute hatten sie alle vier Reifen besprengt und rannten befriedigt davon.

Der Mann kam auf mich zu. »Ich heiße Donald. Darf ich Ihr Gepäck nehmen, Sir?«

»Ich habe nur eine Reisetasche«, sagte ich. »Auf dem Rücksitz.« Ich schlenderte zum Haus.

Die Frau lächelte mir zu. Sie mußte um die Fünfzig sein, ihr angegrautes schwarzes Haar war im Nacken zu einem strengen Knoten zusammengezogen. Sie war nur wenig geschminkt. »Ich bin Mrs. Craddock, Mr. Hardemans Sekretärin.«

»Guten Tag«, sagte ich.

»Mr. Hardeman läßt sich entschuldigen. Aber er hält im Augenblick seinen Nachmittagsschlaf. Er bittet Sie, um fünf Uhr auf einen Drink zu ihm in die Bibliothek zu kommen. Das Abendessen wird pünktlich um halb sieben serviert. Wir essen früh, weil Mr. Hardeman sich um neun Uhr zurückzieht.«

»Mir ist alles recht.«

»Donald wird Sie auf Ihr Zimmer führen«, sagte sie und ging mir voran ins Haus. »Sie möchten sich vielleicht gern waschen. Wenn Sie Lust haben zu schwimmen, am Strand ist ein Pool. In den Kabinen finden Sie eine Auswahl Badehosen.«

»Besten Dank. Aber ich glaube, ich werde dem Beispiel von Nummer Eins folgen. Ich bin ein wenig müde.«

Sie nickte und entfernte sich; ich folgte Donald über die Treppe zu meinem Zimmer. Ich ging ins Bad, um mir das Gesicht zu waschen. Als ich wieder herauskam, war meine Tasche ausgepackt, das Bett aufgeschlagen, die Vorhänge waren zugezogen, und einer meiner Pyjamas lag bereit.

Ich konnte nicht widerstehen und zog mich aus. Zehn Minuten später war ich eingeschlafen.

Er wartete in der Bibliothek, als ich die Treppe hinunterkam, und streckte mir die Hand entgegen: »Angelo.«

Ich nahm sie. Sein Griff war fest. »Guten Tag, Nummer Eins.«

Er lächelte und sagte vorwurfsvoll: »Ich weiß eigentlich nicht, ob mir das gefällt. Es klingt nach altem Mafiahäuptling.«

»Keine Spur!« sagte ich lachend. »Wenn etwas von den Geschichten wahr ist, die man sich über meinen Großvater erzählt hat, dann war er ein Mafiahäuptling. Aber ich habe nie gehört, daß ihn jemand Nummer Eins genannt hätte.«

»Kommen Sie ans Fenster und lassen Sie sich ansehen.«

Ich folgte seinem Rollstuhl zu den großen Türen, von denen man über die Terrasse den Blick auf die See hatte, und wandte mich ihm zu. Er starrte mir ins Gesicht. »Also eines ist sicher, schön sind Sie nicht.«

»Das hab' ich auch gar nicht behauptet.«

»Wir werden mit diesen Brandnarben etwas unternehmen müssen, wenn Sie für mich arbeiten«, sagte er. »Wir können Sie nicht als Kinderschreck herumlaufen lassen.«

»Augenblick mal«, sagte ich. »Wer hat gesagt, daß ich für Sie arbeiten würde?«

»Sie sind doch hier, nicht wahr?« sagte er mit einem schlauen Blick. »Oder dachten Sie, ich hätte Sie nur als Zeitvertreib hergeholt?«

Ich antwortete nicht.

»Ich bin zu alt«, fuhr er fort. »Ich habe Pläne. Und ich habe nicht mehr allzuviel Zeit zu vergeuden.« Er rollte seinen Stuhl ins Zimmer zurück. »Machen Sie sich einen Drink zurecht und setzen Sie sich hin. Ich bekomme einen steifen Nacken, wenn ich immer zu Ihnen hochschauen muß.«

Ich ging zum Büfett und goß mir einen Crown Royal *on the rocks* ein. Er beobachtete, wie ich mich hinsetzte und den Drink kostete.

»Verdammt!« sagte er. »Ich wollte, ich könnte auch einen trinken.« Dann lachte er. »Ich erinnere mich noch, es war im Jahr 1903 oder 1904, kurz nachdem Charlie Sorensen mir drüben bei Ford einen Posten verschafft hatte. Wir arbeiteten an dem Modell K, und Mr. Ford kam vorbei, weil es sein Prinzip war, mit jedem neuen Mann persönlich zu sprechen.

›Trinken Sie?‹ fragte er.

›Ja‹, antwortete ich.

›Rauchen Sie?‹

›Ja.‹

Mr. Ford schwieg, er starrte mich bloß an. Nach einer Weile wurde mir unbehaglich zumute, und ich hatte das Gefühl, etwas sagen zu müssen. ›Aber ich laufe nicht mit Weibern herum, Mr. Ford‹, platzte ich heraus. ›Ich bin verheiratet.‹

Er starrte mich noch einen Moment an, dann drehte er sich um und entfernte sich wortlos. Zehn Minuten später kam Charlie und warf mich hinaus. Er hatte mich erst am selben Morgen angestellt.

Ich nehme an, er sah mein Gesicht. Ich war bestürzt. Er wußte, daß meine Frau ein Kind erwartete. Wahrscheinlich tat ich ihm leid.

›Gehen Sie rüber zu Dodge Brothers und sagen Sie, ich hätte Sie geschickt‹, sagte er. ›Die werden Ihnen einen Job geben.‹ Er wollte schon fortgehen, drehte sich aber noch einmal um.

›Wissen Sie, Hardeman‹, sagte er, ›Mr. Ford hat keine Schwächen. Überhaupt keine.‹

Aber er hatte unrecht. Mr. Ford hatte eine unverzeihliche Schwäche.

Er war unduldsam.«

Ich trank wieder einen Schluck und schwieg.

Seine Augen ließen mich nicht los. »Ich möchte, daß Sie für mich arbeiten.«

»Was denn?« fragte ich. »Testfahren ist nichts mehr für mich!«

»Davon hab' ich kein Wort gesagt«, erwiderte er. »Ich habe andere Pläne. Große Pläne.« Seine Stimme ging in ein vertrauliches Flüstern über. »Ich will einen neuen Wagen bauen!«

Ich glaube, ich riß vor Staunen den Mund auf. »Was wollen Sie?«

»Sie haben es doch gehört!« schnauzte er mich an. »Einen neuen Wagen. Brandneu von oben bis unten. Anders als jeder andere, der je gebaut wurde.«

»Haben Sie das schon mit irgend jemand besprochen?« fragte ich. »Mit LH Drei?«

»Ich brauche mit niemand darüber zu sprechen«, sagte er gereizt. »Ich kontrolliere noch immer achtzig Prozent des Aktienkapitals der Gesellschaft.« Er rollte seinen Stuhl näher an mich heran. »Und schon gar nicht mit meinem Enkel.«

»Was erwarten Sie von mir?«

»Daß Sie mich aus diesem gottverdammten Stuhl rausbringen«, sagte er. »Sie sollen meine Beine sein!«

4

Beim Abendessen redete er noch immer. Wir saßen an einem kleinen Tisch vor einem einfachen Essen. Salat, Lammkoteletts und Gemüse, Wein für mich, ein Glas Milch für ihn. Der Wein war gut, ein 51er Mouton Rothschild. Die Milch auch, Walker Gordon Vollmilch.

»Als Termin habe ich die New Yorker Automobilausstellung im Frühjahr 72 vorgesehen. Wir haben also drei Jahre Zeit.«

Ich musterte ihn.

Er lachte. »Ich weiß, was Sie denken. Ich bin einundneunzig. Keine Sorge, ich werde hundert.«

»Das wird nicht leicht sein«, sagte ich.

»Nichts ist jemals leicht. Aber bisher hab' ich's immer geschafft.«

Ich lachte. »Das hatte ich nicht gemeint; ich bin überzeugt, Sie werden hundertfünfzig. Ich spreche von dem neuen Wagen.«

»Über den denke ich schon lange nach«, sagte er. »Dreißig Jahre lang hab' ich mich an diesen Stuhl fesseln lassen. Und das war ganz verkehrt. Ich hätte es mir nicht gefallen lassen sollen.

Vor dem Krieg hatten wir einen Marktanteil von fast fünfzehn Prozent; jetzt haben wir zwei Prozent. Sogar der lausige kleine Volkswagen verkauft hier mehr als wir. Und das ist noch nicht alles. Die Japaner sind im Kommen, die machen uns noch alle fertig. Die kleinen Bastarde werden die ganze Welt schlagen. Sie werden uns alle zusammen unterbieten und aus dem Geschäft werfen.

In diesem und dem nächsten Jahr kommen die amerikanischen Firmen mit ihren kleinen Sub-Compact-Cars heraus. Das wird ihnen nichts nützen. Natürlich werden sie Autos verkaufen. Aber den Ausländern können sie nichts anhaben. Sie verderben sich nur gegenseitig das Geschäft und drücken ihr eigenes Stückpreisvolumen.

Die einzige Lösung ist ein völlig neuer, auf völlig neue Weise gebauter Wagen. Ein Wagen vom vollkommen automatisierten, elektronischen Fließband. Ich erinnere mich noch, wie Ford mit dem Modell T herauskam. Da war Feuer unter dem Dach. Aus einem einzigen Grund: Ford hatte den besseren Einfall gehabt. Aber das war der einzige Einfall, den sie je hatten. Seither fliegen sie brav hinter dem Papierdrachen von General Motors her, genau wie die ganze übrige Industrie. Auch wir.«

»Keine leichte Sache, die Sie da vorhaben.«

»Aber nicht unmöglich«, sagte er. »Geld verlieren liegt mir nicht. Ich bin ein Gewinner – bin es immer gewesen.«

»Ich lese die Jahresberichte«, sagte ich. »Bethlehem verdient Geld, die Firma verdient immer.«

»Aber nicht an Autos«, entgegnete er. »Die machen nur dreißig Prozent unseres Umsatzes aus. Die Abteilung Apparatebau liefert siebenundfünfzig Prozent, und der Rest stammt von der Herstellung von Einzelteilen für andere Gesellschaften. Auf diese Weise sorgen sie dafür, daß wir im Geschäft bleiben; sie fürchten sich vor Antitrust und Monopol. Im Augenblick werden über siebzig Prozent unserer Kapazität dafür eingesetzt, und nicht für Autos.«

»Das wußte ich nicht«, sagte ich.

»Das wissen nur sehr wenige. Es begann während des Krieges. Ford, GM und Chrysler bekamen alle großen Aufträge. LH Zwei verlegte sich auf andere Gebiete. Nach dem Krieg konnten die anderen sofort wieder in die große Produktion einsteigen; wir nicht. Aber wir waren für den Apparatebau gerüstet, und ich muß sagen, da hat LH Zwei phantastisch gearbeitet. Wir verdienen jährlich mehr als vierzig Millionen netto. Doch darauf pfeife ich. Es sind keine Autos!«

Ich lehnte mich zurück und schaute ihn an. »Wie steht es mit Nummer Drei?«

»Er ist ein braver Junge«, sagte Nummer Eins. »Aber ihn interessiert nur der Profit. Ihn kümmert nicht, wo der herkommt, ob von Fernsehapparaten, Kühlschränken oder Autos; das ist ihm ganz gleich. Manchmal glaube ich, am liebsten hätte er uns schon längst aus dem Autogeschäft herausgenommen. Aber er will mich nicht aufregen.«

»Wie werden Sie es ihm sagen?«

»Gar nicht. Erst wenn unser Projekt steht.«

»Sie können das nicht geheimhalten. In unserer Branche geht das nicht. Sobald ich zu arbeiten anfange, bekommen sie es raus.«

Er lächelte. »Nicht, wenn ich denen was anderes erzähle.«

»Zum Beispiel?«

»Alle wissen, was Sie sind. Ein Rennfahrer. Aber sie wissen nicht, daß Sie ein Diplom von MIT als Autokonstrukteur und Designer besitzen. Oder daß John Duncan vor Jahren bei seiner Pensionierung wollte, daß Sie seine Abteilung übernehmen.

Wir geben Ihnen einen Titel, ›Vizepräsident für Spezialplanung‹. Und lassen durchsickern, daß wir uns auf Rennteams und -wagen verlegen und durch unsere Fabrik gefördert werden. Das müßte als Tarnmanöver genügen.«

Nummer Eins sah auf die Uhr. »Wir sprechen morgen beim Frühstück weiter.«

Ich stand auf. »In Ordnung, Nummer Eins.«

»Gute Nacht«, sagte er.

Das Läuten des Telefons riß mich aus dem Schlaf.

»Mr. Hardeman möchte Sie sprechen, Sir«, sagte Donalds Stimme.

»Ich komme gleich runter.«

»Der junge Mr. Hardeman«, sagte er schnell. »Er ruft aus Detroit an.«

Ich war sofort hellwach. Dabei glaubte Nummer Eins, man könnte hier etwas geheimhalten! Ich hätte gern gewußt, wer nicht dichtgehalten hatte, Donald oder die Sekretärin. »Verbinden Sie mich.«

»Mr. Perino?« Eine Frauenstimme.

»Ja.«

»Einen Augenblick, bitte, ich verbinde mit Mr. Hardeman.«

Ich warf einen Blick auf die Uhr. Acht Uhr dreißig. In Detroit war es eine Stunde früher, und er war schon im Büro.

»Angelo.« Seine Stimme klang freundlich. »Wir haben uns lange nicht gesprochen.«

»Kann man wohl sagen.«

»Ich freue mich sehr, daß du meinen Großvater besuchst. Nummer Eins hat dich immer gern gemocht.«

»Ich mag ihn auch gern«, sagte ich.

»Manchmal glaube ich, daß er zu lange allein dort unten bleibt.« Es klang besorgt. »Wie findest du ihn?«

»Ganz auf der Höhe, wie immer. Ich glaube nicht, daß er sich in den dreißig Jahren, seit ich ihn kenne, verändert hat.«

»Gut. Das höre ich gern. Hier bei uns erzählt man so dumme Geschichten.«

»Zum Beispiel?«

»Du weißt ja, das Übliche. Daß man merkt, wie er alt wird und so.«

»Da brauchst du dir keine Sorgen zu machen. Er ist ganz in Ordnung.«

»Das beruhigt mich«, sagte er. »Ich hatte vor, mal rüberzukommen. Aber du weißt ja, wie es geht. Immer in Druck.«

»Natürlich.«

»Man erzählt sich, daß du das Rennfahren aufgibst«, sagte er.

»Nummer Eins versucht eben, mich dazu zu überreden.«

»Hör auf ihn. Und wenn du dich dazu entschließt, komm zu mir, und wir sprechen darüber. Hier gibt es immer einen Platz für dich.«

Ich lächelte. Er ließ mich sehr deutlich merken, wer der Herr war. »Besten Dank«, sagte ich.

»Nichts zu danken. Auftrag ausgeführt. Auf Wiedersehen.«

»Wiedersehen.« Ich stellte das Telefon hin und griff nach einer Zigarette. Es klopfte an der Tür. »Herein«, sagte ich.

Die Tür ging auf, und Nummer Eins kam hereingerollt. Donald folgte ihm mit einem Tablett. Er legte es auf das Bett und nahm den Deckel ab: Es gab Orangensaft, Toast und Kaffee.

»Wie wünschen Sie die Eier, Sir?« fragte er.

»Keine Eier, danke«, sagte ich. »Dies hier genügt mir völlig.«

Er ging hinaus, und Nummer Eins rollte seinen Stuhl an mein Bett. Ich nahm mir Kaffee und trank einen Schluck.

»Nun?« fragte er.

»Der Kaffee ist gut.«

»Das weiß ich«, sagte er gereizt. »Was wollte mein Enkel von Ihnen?«

Ich trank noch einen Schluck. »Er sagte, er freut sich, daß ich hier bin. Und ich soll doch zu ihm kommen, wenn ich das Rennfahren aufgeben will. Er hätte einen Posten für mich.«

»Was hat er noch gesagt?«

»Daß Sie zu lang hier unten allein sind; und er wollte wissen, wie es Ihnen geht.«

»Was haben Sie ihm gesagt?«

»Daß Sie verrückt sind und den wahnsinnigen Einfall haben, einen neuen Wagen zu bauen.«

Erst schien er wütend zu werden, dann begann er plötzlich zu lachen. Ich lachte mit ihm, wir waren wie zwei Kinder, die dem Lehrer einen Streich spielen.

»Fast wollte ich, Sie hätten es ihm wirklich gesagt«, meinte er. »Ich hätte gern sein Gesicht dabei gesehen.«

»Er wäre vor Wut explodiert.«

Nummer Eins hörte auf zu lächeln. »Und was meinen Sie?«

»Worüber?«

»Über mich.« Er sprach langsam, zögernd, beinahe, als würde er die Antwort ungern hören. »Ist das, was ich vorhabe, der verrückte Traum eines alten Mannes?«

»Wenn es das ist, dann ist die ganze Welt verrückt. Und unser Geschäft auch. Von einem besseren Wagen müssen doch alle träumen.«

»Gestern abend habe ich noch lange über das nachgedacht, was Sie gesagt haben. Es wird nicht leicht sein.«

Ich antwortete nicht, sondern trank bloß weiter meinen Kaffee.

»Wir werden eine Menge Geld investieren müssen. GM haben wohl mindestens dreihundert Millionen Dollar in ihrem neuen Sub-Compact-Wagen stecken. Ford erheblich weniger, denn die ändern einfach ihr britisches Modell für den amerikanischen Markt um und importieren die Motoren aus England und Deutschland. Trotzdem muß sie das an die zweihundert Millionen kosten.« Er schaute mich an. »Ich denke, wir würden zumindest ebensoviel brauchen.«

»Verfügt Bethlehem über so viel Geld?«

»Selbst wenn das der Fall wäre, könnte ich nie meinen Enkel dafür gewinnen. Und er hat den Firmenvorstand in der Hand.«

Wir schwiegen lange. Ich goß mir noch einen Kaffee ein.

Er seufzte tief. »Vielleicht sollten wir das Ganze sein lassen. Vielleicht ist es wirklich nur ein Traum eines verrückten alten Mannes.«

Er schien vor meinen Augen in sich zusammenzuschrumpfen. Ich glaube, erst in diesem Augenblick wurde mir klar, wie weit ich mich bereits engagiert hatte.

»Es gibt eine Möglichkeit«, sagte ich.

Er warf mir einen Blick zu.

»Es wird nicht angenehm sein, und man wird Sie auf Schritt und Tritt bekämpfen.«

»Ich habe mein ganzes Leben lang gekämpft.«

»Sie müssen aus Detroit aussteigen.«

»Das verstehe ich nicht.«

»Aktientausch. Apparatebau-Gesellschaft verkaufen! Sie sagten, sie bringt vierzig Millionen netto jährlich. Dafür könnten Sie mindestens den zehnfachen Jahresertrag bekommen, vierhundert Millionen. Das macht für Ihre achtzig Prozent des Aktienkapitals allein dreihundertzwanzig Millionen.«

»Ich habe das Stimmrecht für achtzig Prozent«, sagte er. »Aber ich besitze nur einundvierzig Prozent; neununddreißig Prozent gehören der Hardeman-Stiftung.«

»Einundvierzig Prozent sind einhundertvierundsechzig Millionen. Es kann nicht so schwierig sein, den Rest aufzutreiben! Dann verlegen Sie die Automobilabteilung.«

»Wohin?«

»Nach Kalifornien. Oder in den Staat Washington. Dort gibt es genug Montagewerke für Flugzeuge und Raumfahrzeuge, die wertlos werden, wenn in den nächsten Jahren die zu erwartenden Investitionskürzungen in Kraft treten. Es wird nicht viel erfordern, um aus ihnen Fließbänder für die Autofabrikation zu machen. Jedenfalls haben sie dort den nötigen Platz und geschulte Arbeitskräfte.«

»Das könnte klappen.«

»Ich bin ganz sicher, daß es klappt«, sagte ich zuversichtlich.
»Wer sollte die Apparatebau-Gesellschaft kaufen?«
»Ich kenne eine Anzahl Gesellschaften, die da gerne zugreifen würden. Aber Sie würden am Ende sehr wenig Geld und eine Menge Papiere bekommen. Es gibt nur eine Methode: Verkauf ans Publikum. Und vielleicht verkauft man gleichzeitig einen kleinen Anteil der Autofirma und kriegt so das restliche Geld, das wir brauchen.«
»Das bedeutet, wir müssen an die Börse gehen.«
Ich nickte.
»Zu denen hatte ich nie Vertrauen«, meinte er argwöhnisch. »Sie reden einem zu viel drein.«
»Dort ist aber das Geld.«
»Ich kann mit den Leuten nicht umgehen. Wir reden nicht die gleiche Sprache.«
»Dafür haben Sie mich. Ich bin Ihr Dolmetscher.«
Er starrte mich lange an. Dann kam langsam ein Lächeln auf seine Lippen. »Ich weiß nicht, warum ich mir so viele Sorgen mache«, sagte er. »Als ich anfing, war ich arm. Und wie immer es ausgehen mag: Ich war am Anfang meines Lebens viel länger arm, als ich es am Ende sein werde.« Er drehte seinen Stuhl herum und rollte ihn zur Tür. Ich stieg aus dem Bett und öffnete sie ihm.
Er schaute zu mir hoch. »Es würde mich interessieren, woher mein Enkel wußte, daß Sie hier sind.«
»Keine Ahnung«, antwortete ich. »Sie haben viele Angestellte.«

6

Das Flugzeug landete um sechs Uhr abends in Detroit, und um sieben war ich zu Hause. Gianni öffnete die Tür und umarmte mich sofort stürmisch.
»Signora! Signora!« schrie er und vergaß dabei sein Englisch. *»Dottore!* Angelo ist hier!«
Meine Mutter rannte die Stufen herunter. Sie weinte schon, bevor sie den Treppenabsatz erreichte. Ich lief ihr entgegen und schloß sie in die Arme. *»Mamma!«*
»Angelo! Angelo! Geht es dir gut?« fragte sie besorgt.
»Tadellos, *Mamma*, wirklich glänzend.«
»Ich sah damals, wie der Rauch aus deinem Wagen aufstieg.«
»Das war nichts von Bedeutung.«
»Wirklich?«
»Wirklich.« Ich küßte sie. »Du bist schön wie immer.«
»Du redest dummes Zeug, Angelo. Wie kann eine Frau von Sechzig schön sein?« Sie lächelte.
Ich lachte. »Einundsechzig. Und immer noch schön. Schließlich muß ich das wissen. Die beste Freundin eines Jungen ist seine Mutter.«
»Hör auf, mich zu necken, Angelo. Eines Tages wirst du ein Mädchen finden, das wirklich schön ist.«
»Niemals. Mädchen wie du werden nicht mehr hergestellt.«
»Angelo.« Die Stimme meines Vaters kam aus der Tür, die von der Halle zum Arbeitszimmer führte.
Ich drehte mich zu ihm um. Das graue Haar über seinem schlanken Patriziergesicht war das einzige, was sich seit meiner Knabenzeit bei ihm geändert hatte. Ich lief zu ihm.
Er stand dort, sehr ruhig, mit ausgestreckter Hand. Ich schob sie beiseite und umarmte ihn. »Papa!«
Auch er umarmte mich, wir küßten uns, und auch in seinen Augen standen Tränen. »Wie ist es dir gegangen, Angelo?«

»Prima, Papa, ausgezeichnet.« Ich schaute ihm in die Augen; er sah müde aus. »Du hast zuviel gearbeitet.«

»Eigentlich nicht«, sagte er. »Seit meinem Anfall arbeite ich weniger.«

»Hoffentlich. Wer hätte je von einem Doktor in Grosse Point gehört, der Nachtbesuche macht?«

»Das tue ich auch nicht mehr. Ich habe einen jungen Assistenten dafür.«

Wir schwiegen eine Weile. Ich wußte, woran er dachte.

Ich hätte dieser Assistent sein sollen. Es war immer sein Traum gewesen, daß ich in seine Fußstapfen treten und seine Praxis übernehmen sollte. Aber es war eben anders gekommen, ich hatte andere Dinge im Kopf. Er erwähnte seine Enttäuschung nie, aber ich kannte sie.

»Du hättest uns wissen lassen sollen, daß du kommst, Angelo«, sagte meine Mutter vorwurfsvoll. »Wir hätten dir eins deiner Lieblingsgerichte gekocht.«

»Du meinst, du hast nichts zum Essen im Haus?« fragte ich lachend.

»Etwas ist immer da«, sagte sie.

Beim Abendessen erzählte ich ihnen die Neuigkeit. Gianni hatte eben den Kaffee aufgetragen, heißen, starken Espresso. Ich tat zwei Löffel Zucker in meine Tasse, bevor ich trank.

»Ich gebe das Rennfahren auf«, sagte ich mit einem Blick auf die beiden.

Einen Augenblick herrschte völlige Stille. Dann begann meine Mutter zu weinen.

»Warum weinst du?« fragte ich. »Ich dachte, du würdest dich freuen, du wolltest immer, daß ich aufhöre.«

»Deshalb weine ich ja.«

Mein Vater sah mehr die praktische Seite. »Was hast du vor?«

»Ich werde bei Bethlehem Motors arbeiten. Nummer Eins will mich zum Vizepräsidenten für Spezialplanung machen.«

»Was heißt das?« fragte meine Mutter.

»Ja weißt du, mit besonderen Problemen fertig werden, oder so ähnlich.«

»Bedeutet das, daß du hier in Detroit bleibst?« fragte sie.

»Zeitweise«, antwortete ich. »Ich werde viel reisen müssen.«

»Ich lasse dein Zimmer neu ausmalen.«

»Nicht so schnell, *Mamma*«, warf mein Vater ein. »Vielleicht möchte Angelo ein eigenes Haus haben. Er ist kein Junge mehr.«

»Willst du das, Angelo?« fragte meine Mutter.

Ich konnte ihrem Blick nicht widerstehen. »Wozu brauche ich ein eigenes Haus, wenn ich hier daheim bin?«

»Morgen setze ich mich mit dem Maler in Verbindung«, sagte sie. »Und du sagst mir, welche Farben dir gefallen, Angelo.«

»Such du die Farben aus, *Mamma*.« Ich wandte mich an meinen Vater. »Ich möchte mein Gesicht in Ordnung bringen lassen. Ich werde mit vielen Leuten zusammenkommen und will mir deshalb keine Sorgen machen müssen. Du hast mir einmal von einem Arzt erzählt, der der beste der Welt dafür sein soll.«

Mein Vater nickte. »Ernst Hans. In der Schweiz.«

»Richtig. Glaubst du, er kann mir helfen?«

Mein Vater sah mich prüfend an. »Es wird nicht leicht sein, aber wenn einer es kann, dann er.«

Ich wußte, was er meinte. Es war nicht nur die mehrfach gebrochene Nase oder der linke Backenknochen, der eingedrückt und flach war; es handelte sich auch um die weißen Flecken der Brandnarben auf Wange und Stirn. »Kannst du die Sache für mich arrangieren?«

»Wann willst du fahren?« fragte er.

»Sobald er bereit ist, mich als Patient anzunehmen.«

Zwei Tage später saß ich im Flugzeug nach Genf.

Dr. Hans hob den letzten Gazetupfer von meiner Wange ab und legte ihn auf das Tablett. Er beugte sich vor und betrachtete mein Gesicht aus der Nähe. »Drehen Sie den Kopf!«

Ich gehorchte. Zuerst nach rechts, dann nach links.

»Lächeln Sie!« sagte er.

Ich lächelte und fühlte die Spannung im Gesicht.

Er nickte. »Nicht übel. Das haben wir gar nicht schlecht gemacht.«

»Ich gratuliere.«

»Danke«, sagte er ganz ernst. Er erhob sich von dem Stuhl, auf dem er mir gegenübergesessen hatte. »Sie müssen noch etwa eine Woche hierbleiben, bis die Röte verschwunden ist. Keine Sorge, die ist völlig normal. Ich mußte die alte, auf Ihrem Gesicht verbliebene Haut abhobeln, damit sie sich zusammen mit der transplantierten Haut neu bildet.«

Ich nickte. Nach vier Operationen in zehn Wochen kam es mir auf eine Woche mehr oder weniger nicht mehr an.

Er wandte sich zum Gehen, drehte sich aber nochmals um. »Übrigens«, fügte er hinzu, als sei ihm das nachträglich eingefallen, »wenn Sie wollen, können Sie sich jetzt im Spiegel ansehen.«

»Das werde ich tun«, sagte ich. »Besten Dank.« Ich machte aber keine Anstalten, um aufzustehen. Seltsamerweise hatte ich keine Eile, mich zu betrachten.

Er wartete einen Augenblick. Als er sah, daß ich nicht aufstand, nickte er und verließ das Zimmer. Seine sechs Gehilfen folgten ihm.

Ich blieb sitzen und beobachtete die englische Schwester, die das chirurgische Tablett abräumte und die Verbände in einen Abfallkorb leerte. Sie sah nicht auffallend zu mir her, aber ich bemerkte ihre Seitenblicke.

Als sie das nächstemal an mir vorbeiging, faßte ich sie an der Hand und drehte sie zu mir herum. »Was meinen Sie, Schwester?« fragte ich. »Ist es so schlimm?«

»Keineswegs, Mr. Perino«, sagte sie schnell. »Ich weiß nicht, wie Sie vor Ihrem Unfall ausgesehen haben. Aber ich sah Sie, als Sie zu uns kamen. Die Veränderung ist ganz erstaunlich. Sie haben ein interessantes Gesicht. Fast würde ich sagen, schön.«

Ich lachte. »Schön war ich nie.«

»Sehen Sie es sich doch selbst an.«

Ich stand auf und ging ins Badezimmer. Über dem Waschbecken hing ein Spiegel. Ich schaute hinein.

Plötzlich wußte ich, was man empfand, wenn man Dorian Gray war und nie alt wurde. Es war fast das gleiche Gesicht, das ich mit fünfundzwanzig gehabt hatte. Beinahe. Aber es gab feine Unterschiede.

Die Nase war schmaler, fast eine Adlernase. Der Arzt hatte das ursprünglich Italienische daraus entfernt. Die Backenknochen lagen eine Spur höher, machten mein Gesicht schlanker und länger und mein Kinn rechteckiger. Verschwunden waren die Wülste, die sich unter meinen zerfetzten Brauen gebildet hatten, und die weißen Brandnarben. Meine Haut war ganz rosa, neu und glänzend wie bei einem Baby. Nur die Augen paßten nicht in das Gesicht.

Es waren alte Augen, achtunddreißig Jahre alte Augen. Die hatten sich nicht verändert, die hatte man nicht verjüngen können, um sie dem übrigen Gesicht anzupassen: In ihnen lag immer noch der Schmerz und der grelle Sonnenschein und das Licht von tausend Rennstrecken der ganzen Welt.

Ich sah im Spiegel die Schwester, die hinter mir auf der Schwelle stand, wandte mich um und streckte die Hand aus. »Schwester.«

Sie kam schnell auf mich zu und fragte besorgt: »Fühlen Sie sich nicht ganz wohl, Mr. Perino?«

»Geben Sie mir bitte einen Kuß.«

Einen Augenblick sah sie mir in die Augen, dann nickte sie. Sie nahm mein Gesicht zwischen ihre Hände und zog es zu sich nieder. Sie küßte mich.

Zuerst auf die Stirn, dann auf jeden Backenknochen, auf beide Wangen und schließlich auf den Mund. Ich spürte die sanfte Freundlichkeit, die von ihr ausging. Ich zog mein Gesicht zurück.

Sie hatte Tränen in den Augen, und ihre Lippen zitterten. »Habe ich Ihnen geholfen, Mr. Perino?« fragte sie leise.

»Ja, Schwester«, sagte ich. »Ich danke Ihnen.«

Sie hatte mir wirklich geholfen.

7

»Das wird teuer werden«, sagte Loren Hardeman III müde.

Ich saß ihm gegenüber, auf der anderen Seite des Schreibtisches. Ich war zwei Jahre jünger als er, aber er sah bedeutend älter aus. Vielleicht lag das am Büro.

Es war altmodisch in schwerem dunklem Holz getäfelt. Die Stühle und die Couch aus schwarzem Leder, die Bilder von Autos und Autorennen an der Wand alt und verblichen. Aber es war *das Büro*, zuerst das seines Großvaters, dann das seines Vaters und nun das seine. Das Büro des Mannes, der Bethlehem Motors leitete.

Er wirkte wie ein Mann, der zum Dickwerden neigt, sich aber dagegen wehrt. Er hatte die Gewichtigkeit eines jungen Mannes, auf dessen Schultern schon früh eine große Verantwortung gelegt worden war. Weder aus seinen Augen noch aus seinem Lächeln sprach wirkliche Fröhlichkeit. Vielleicht hatte man ihm auch nie eine Chance gegeben, fröhlich zu sein.

Mit einundzwanzig Jahren war er zum geschäftsführenden Vizepräsidenten von Bethlehem Motors gewählt worden. Im gleichen Jahr hatte er das richtige Mädchen geheiratet: Alicia Grinwold, die Tochter von Mr. und Mrs. Randall Grinwold, Grosse Point, Southampton und Palm Beach. Damals war Mr. Grinwold Vizepräsident der Einkaufsabteilung von General Motors.

Alles lief in bester Ordnung ab. Alicia brachte ihre Tochter zur Welt, Nummer Zwei starb, Loren III wurde an seines Vaters Stelle zum Präsidenten gewählt, Bethlehem Motors erhielt den größten Einzelauftrag, den GM je an ein Konkurrenzunternehmen vergeben hatte, und Loren III feierte seinen dreiundzwanzigsten Geburtstag.

Das war siebzehn Jahre her, und die Detroiter Zeitungen waren stolz auf ihre dritte Generation. Über ihre zwei brillanten jungen Männer, Henry Ford II und Loren Hardman III, wurden viele Artikel geschrieben. Sie waren wie Ritter in ihrem glänzenden Automobilchromstahl angetreten, um für ihre vierrädrigen Vasallen zu kämpfen.

»*Sehr* teuer«, fügte Loren in der schweren Stille des Büros hinzu.

Ich antwortete nicht, nahm eine Zigarette aus meinem Etui und zündete sie an. Der Rauch stieg kräuselnd in der bewegungslosen Luft hoch.

Er drückte auf einen Knopf seines Haustelefons. »Bitten Sie Bancroft und Weyman zu mir, wenn sie Zeit haben«, sagte er.

Er würde es mir nicht leichtmachen. Mit John Bancroft gab es kein Problem; der war für den Verkauf verantwortlich, und mein Plan konnte ihm nur nützen. Bei Dan Weyman aber stand die Sache anders. Er war für die Finanzen zuständig. Alles, was Geld kosten konnte, war ihm verhaßt. Ob es einen Wert hatte oder nicht, spielte dabei keine Rolle. Er würde nur allmählich und unter Zwang nachgeben.

Sie kamen ins Büro, und das übliche Erfreut-Sie-wiederzusehen-Getue begann. Dann machten sie es sich in ihren Sesseln bequem und sahen erwartungsvoll auf ihren Herrn und Meister.

Loren verlor keine überflüssigen Worte. »Großvater wünscht, wir sollen ins Renngeschäft einsteigen. Er schlägt vor, daß Angelo das Projekt leitet.«

Sie warteten auf eine Interpretation. Loren gab sie ihnen.

»Ich weiß nicht, ob es dafür nicht eigentlich schon zu spät ist. Sicherheit und Umweltschutz werden immer stärker in den Vordergrund gespielt. Meiner Meinung nach wird deshalb die Bedeutung der Motorstärke abnehmen. Natürlich muß man auch die Kosten in Betracht ziehen. Die steigen schon jetzt. Ford hat bereits angekündigt, daß er sich zurückzieht. Chevy schränkt sich ein. Dodge macht noch mit, doch nur bis die vertraglichen Verpflichtungen erfüllt sind. Ich dachte mir, ich lasse euch kommen, und wir überlegen uns die Sache einmal gemeinsam.«

Bancroft sprach als erster, seine dröhnende Verkäuferstimme hallte durch den Raum. »Scheint mir eine gute Idee. Wir könnten ein wenig Auftrieb gut brauchen. Die Händler meckern alle, daß es bei uns keine Glanzpunkte gibt.« Seine Stimme erstarb plötzlich. Er merkte, daß er vielleicht auf dem falschen Weg war.

Dan Weyman nahm den Faden geschickt auf. »Das Problem hat zwei Seiten. Zweifellos könnten uns Erfolge auf der Rennbahn guttun. Wir müssen aber die Kosten gegen die Vorteile abwägen. Wie hoch schätzen Sie die Kosten?« fragte er mit einem Blick auf mich.

»Wir müssen mindestens drei Wagen ins Rennen schicken«, antwortete ich. »In Formel Drei. In Formel Eins oder Zwei schaffen wir es nicht. Wir haben keinen Standardwagen, der gegen die Konkurrenz starten könnte. Daher müßten wir bei den Prototypen starten. Meiner Schätzung nach würde es mit Personal, Design und Konstruktion etwa hunderttausend pro Wagen kosten. Das gilt für die ersten drei. Nachher werden sie immer billiger.«

Weyman nickte. »Im Augenblick verkaufen wir etwas mehr als zweihunderttausend Wagen jährlich und verlieren ungefähr einhundertvierzig Dollar pro Wagen. Sie würden diesen Verlust um ungefähr anderthalb Dollar pro Einheit steigern.« Er sah Bancroft in die Augen. »Das heißt, Sie müßten mindestens dreißigtausend zusätzliche Wagen verkaufen, um den Verlust je Einheit auch nur auf der jetzigen Höhe zu halten. Schaffen Sie das?«

Bancroft war so wild darauf, zu verkaufen, daß man fast fühlen konnte, wie er den Gedanken auskostete. »Ich glaube, wir haben da eine Chance.« Dann fügte er die typische Detroiter Einschränkung hinzu: »Vorausgesetzt, die Wirtschaft geht nicht vor die Hunde.«

»Wie viele Wagen müssen Sie verkaufen, um keinen Verlust zu haben?« fragte ich Weyman.

»Dreihunderttausend«, antwortete er schnell. »Das sind fünfzig Prozent mehr als jetzt. Wenn wir darüber hinauskommen, sind wir auf der Profitseite.«

»Das müßte doch leicht sein«, sagte ich herausfordernd. »Sogar Volkswagen verkauft mehr.«

»VW bringt kein Gesamtsortiment heraus«, erklärte er. »Wir müssen, um den ganzen amerikanischen Markt zu beliefern, mit der Konkurrenz gleichziehen.«

Ich antwortete nicht. Wir alle wußten, daß das blödes Gerede war. Der einzige Zweck des Gesamtsortiments war es, die eigene Ersatzteilproduktion zu schützen.

Loren hatte währenddessen geschwiegen. Nun ergriff er das Wort. An seinem Ton erkannte ich, daß sein Entschluß gefaßt war. »Ich denke, wir machen einen Versuch. Ich schätze meinen Großvater sehr. Außerdem bedeutet es beim jetzigen Stand der Dinge keinen großen Unterschied, ob wir einen Dollar mehr pro Einheit verlieren oder nicht. Und wer weiß: Wenn Ford und GM nicht mehr dabei sind, gewinnen wir vielleicht sogar ein paar Rennen.«

Er stand auf. »Sie, Dan, kümmern sich um die Einzelheiten. Weisen Sie Angelo ein Büro zu und sorgen Sie dafür, daß er jede Hilfe bekommt, die er benötigt.« Und mit einem Blick auf mich: »Angelo, wegen der Kosten erstattest du Dan Bericht. Alles andere besprichst du mit mir.«

»Danke, Loren«, sagte ich. Die Besprechung war zu Ende.

Wir gingen den Korridor entlang. »Was macht Nummer Eins?« fragte Bancroft.
»Es geht ihm ausgezeichnet«, antwortete ich.
»Es wird viel darüber geredet, daß er nachläßt. Sein Alter, wissen Sie.«
»Wenn man seinen Zustand als schlecht bezeichnet, dann geht's uns allen schlecht. Er ist auf Draht wie eh und je.«
»Das höre ich gern«, sagte Bancroft, und ich merkte, daß er es auch so meinte. »Er war ein echter Automann.«
»Das ist er noch immer.«
»Hier ist mein Büro«, sagte Dan. »Kommen Sie herein, wir wollen die näheren Einzelheiten durchsprechen.«
Ich verabredete mich mit Bancroft für Anfang nächster Woche zum Mittagessen und folgte Dan in sein Büro. Es war einfach, praktisch und modern, wie es sich für den Finanzvizepräsidenten gehört.
Dan setzte sich hinter seinen Schreibtisch, ich nahm ihm gegenüber Platz. »Wenn ich mich richtig erinnere, haben Sie schon früher bei uns gearbeitet«, sagte er.
Ich nickte. Das wußte er doch ganz genau!
Er griff nach dem Telefon und verlangte meine Personalakte. Bei ihm wurde flink gearbeitet; zwei Minuten später lag die Akte auf seinem Schreibtisch, obgleich das Datum meiner letzten Anstellung mehr als elf Jahre zurücklag. Er öffnete sie, schaute hinein und sagte überrascht: »Wissen Sie, daß in unserem Pensionsfonds noch ein Saldo zu Ihren Gunsten steht?«
Ich wußte es nicht, aber ich nickte. »Ich brauchte das Geld nicht, und es lag dort so sicher wie sonstwo.«
»Haben Sie über Ihr Gehalt gesprochen?« fragte er.
»Wir sind nicht dazugekommen.«
»Ich werde mit Loren darüber reden«, sagte er. »Haben Sie irgendwelche Vorstellungen?«
»Nein. Mir ist alles recht, was er vorschlägt.«
»Haben Sie sich über einen Titel unterhalten?«
»Nummer Eins meinte ›Vizepräsident für Spezialprojekte‹.«
»Das muß ich mit Loren klären.«
Ich nickte.
Er starrte eine Weile in meine Akte, dann schloß er sie und sah mir ins Gesicht. »Das dürfte alles sein, was ich brauche.«
Er stand auf. »Gehen wir hinüber in die Design- und Konstruktionsabteilung. Mal sehen, ob wir ein nettes Büro für Sie finden.«
»Machen Sie sich da nicht zuviel Sorgen«, sagte ich. »Ich habe nicht vor, viel Zeit darin zu verbringen.«

8

Der Ärger nahm zu. Ich brauchte keinen Blindenhund, um zu spüren, daß ich es mit passivem Widerstand zu tun hatte. Es wurde mir zwar jede Unterstützung gewährt, die ich verlangte. Aber alles dauerte doppelt so lang wie nötig. Nach sechs Wochen saß ich immer noch in meinem Büro und bemühte mich, von der technischen Abteilung drei Sundancer-Motoren zu bekommen. Der Sundancer war ihr bestes Stück im Sortiment.
Schließlich ging ich zum Telefon und rief Nummer Eins an. »Ich bin in der Klemme«, sagte ich.
Er kicherte. »Sie haben es da mit echten Profis zu tun, mein Sohn. Neben denen sehen die Spielzeugwagenfahrer, mit denen Sie sich früher abgegeben haben, wie drittklassige Amateure aus.«

Ich mußte lachen – er hatte recht.

»Was werden Sie unternehmen?« fragte er.

»Ich brauche nur Ihre Erlaubnis, das Spiel auf meine Weise zu spielen.«

»Lassen Sie sich nicht aufhalten. Dazu habe ich Sie ja engagiert.«

Der nächste, den ich anrief, war Weyman. »Ich fliege morgen an die Westküste.«

»Aber die Motoren sind ja noch gar nicht heraus«, erwiderte er verdutzt.

»Ich kann nicht länger darauf warten. Wenn ich nicht bald meine Mannschaft für die Box und die Fahrer zusammenstelle, haben wir nächstes Jahr vielleicht Wagen, aber sonst nichts.«

»Wie steht es mit den Abänderungen?«

»Carradine hat in der Konstruktion alle ausgearbeitet. Sobald er die Motoren bekommt, legt er los.«

»Und die Karosserie?«

»Unsere Zeichner arbeiten bereits daran. Ich habe die Pläne genehmigt, und die Leute sagen mir, sie warten auf die Zustimmung von der Kostenabteilung.«

Das war ein Seitenhieb auf ihn. Er verteidigte sich: »Die Pläne sind noch nicht auf meinem Schreibtisch.«

»Sie werden sie bald bekommen.«

»Wie lange bleiben Sie fort?«

»Zwei, vielleicht drei Wochen. Sobald ich zurück bin, melde ich mich bei Ihnen.«

Ich legte auf und wartete. Nach genau zwei Minuten klingelte es. Es war Loren III. Auch mit ihm sprach ich zum erstenmal seit unserer Unterhaltung nach meiner Ankunft. Er war bisher immer bei Konferenzen und dann zu beschäftigt gewesen, um zurückzurufen.

»Ich wollte dich schon öfter anrufen«, sagte er, »aber ich war immer voll besetzt. Wie geht es voran?«

»Kann mich nicht beklagen. Mit ein wenig Glück müßten wir im Frühling unseren ersten Rennwagen starten können.«

»Gut.« Eine Pause. »Übrigens – wir haben heute einige Gäste zum Abendessen, und Alicia dachte, es wäre nett, wenn du auch kämst.«

»Mit größtem Vergnügen«, sagte ich. »Um wieviel Uhr?«

»Cocktail um sieben, Abendessen halb neun. Smoking.«

»Ich habe keinen.«

»Dann also dunkler Anzug. Alicia hat gern einen festlichen Tisch beim Abendessen.«

Als nächster rief Carradine von der Konstruktionsabteilung an. »Was haben Sie mit denen angestellt?« fragte er aufgeregt. »Soeben wird mir mitgeteilt, daß wir morgen die Motoren bekommen. Man nimmt sie für uns vom Fließband.«

»Machen Sie sich sofort an die Arbeit, wenn Sie sie bekommen«, sagte ich. »Ich fliege nach Kalifornien und rufe Sie von dort Ende der Woche an.«

Dann telefonierte ich mit der Designabteilung. »Wir haben soeben die Bewilligung von der Kostenabteilung erhalten, aber sie haben uns um zwanzig Prozent gekürzt«, erfuhr ich von dort.

»Bauen Sie trotzdem.«

»Aber Angelo«, sagte Joe Huff verwirrt. »Sie wissen doch selbst, daß wir diesen Entwurf mit zwanzig Prozent weniger nicht bauen können!«

»Schon mal was vom Überschreiten eines Budgets gehört? Bauen Sie. Ich übernehme die Verantwortung.«

Ich verließ frühzeitig das Büro. Seit Wochen hatte ich mich nicht so wohl gefühlt. Das Täuschungsmanöver war angelaufen, und es klappte. Nun konnte ich mich an die wirkliche Arbeit machen.

Ich war der erste Gast. Das Haus der Hardemans lag nur vier Blocks von meinem Haus entfernt. Der Butler führte mich ins Wohnzimmer und gab mir einen Drink. Ich hatte mich eben hingesetzt, als ein hochgewachsenes Mädchen auf der Schwelle erschien.

»Guten Abend«, sagte sie. »Komme ich zu früh?«

Ich sprang auf. »Für mich nicht.«

Sie lachte und trat näher. Ihr Lachen hatte einen warmen, kehligen Unterton. Sie streckte die Hand aus. »Ich bin Roberta Ayres, Alicias Logiergast.«

»Angelo Perino.«

Sie ließ ihre Hand einen Augenblick in der meinen. »Der Rennfahrer?« fragte sie überrascht.

»Nicht mehr.«

»Aber . . .« Dann erinnerte sie sich an ihre Hand und zog sie zurück.

Ich lächelte; allmählich gewöhnte ich mich daran. »Ich habe mir mein Gesicht zusammenflicken lassen.«

»Entschuldigen Sie«, sagte sie schnell. »Ich wollte nicht unhöflich sein. Aber ich habe Sie fahren sehen. Sogar oft.«

»Keine Ursache.«

Der Butler kam herein. »Und was darf ich Ihnen bringen, Lady Ayres?«

Der Name kam mir bekannt vor. Ja richtig, ihr Mann war ein sehr guter Amateurfahrer gewesen, der sich vor einigen Jahren auf dem Nürburgring überschlagen hatte und umgekommen war.

»Sehr trockenen Martini, unverdünnt«, antwortete sie.

»Verzeihen Sie«, sagte ich. »Ich hätte den Namen erkennen müssen. Ihr Mann war ein ausgezeichneter Fahrer, Lady Ayres.«

»Nett von Ihnen, das zu sagen. Aber Johns großer Fehler war, daß er in Wirklichkeit nie so gut fuhr, wie er glaubte.«

»Ist das nicht bei allen so?« fragte ich.

Sie lachte, und der Butler reichte ihr den Drink. Sie hob ihr Glas. »Auf schnelle Wagen!«

»Paßt mir«, sagte ich. Wir tranken.

»Was machen Sie jetzt?«

»Ich bringe Bethlehem auf die Rennbahn.«

»Das muß interessant sein«, meinte sie höflich.

»Ist es auch.«

Sie schaute mich neugierig an. »Sie reden nicht sehr viel, was?«

Ich lächelte. »Hängt davon ab.«

»Ich meine«, sagte sie lachend, »Sie beantworten die meisten meiner Fragen mit zwei, drei Worten.«

»Ist mir nicht aufgefallen.« Dann lachte ich auch. »Das waren vier Worte.«

Wir lachten noch, als Loren eintrat. »Schon miteinander bekannt, wie ich sehe.«

»Bereits alte Freunde«, sagte sie.

Ein seltsamer Ausdruck huschte über seine Augen, war aber verschwunden, ehe ich ihn richtig registrieren konnte. Er beugte sich vor und küßte sie auf die Wange. »Du siehst heute reizend aus, Bobbie.«

»Danke, Loren.« Ihre Hand strich leicht über die seine. »Und du – das muß ich sagen – trägst die allerletzte Mode!«

»Gefällt dir der Anzug?« Er lächelte erfreut. »Hab' ihn mir von dem Londoner Schneider machen lassen, den du mir empfohlen hast.«

»Prächtig!«

Jetzt paßte alles zusammen. Vielleicht gab es doch noch Hoffnung für Loren. Es bewies wenigstens, daß er noch andere Dinge im Kopf hatte als das Geschäft.

Alicia kam herunter; ich ging ihr entgegen und küßte sie auf die Wange. »He, du!« sagte ich.

»He, du!« sagte sie, und wir lachten beide.

Loren und Lady Ayres sahen uns an.

»Ein privater Scherz«, erklärte ich.

»Angelo und ich gingen zusammen zur Oberschule«, erzählte Alicia. »So begrüßte er damals alle. Ich drohte ihm, nicht mehr zu antworten, wenn er mich nicht beim Namen nennen würde.«

»Und was tat er dann?« fragte Lady Ayres.

»Er sagte: He, Alicia! Aber das alles scheint mir eine Ewigkeit her zu sein.«

»Du hast dich gar nicht sehr verändert, Alicia«, sagte ich.

Sie lächelte. »Du mußt mir keine Komplimente machen, Angelo. Meine Tochter ist siebzehn.«

Allmählich trafen die ersten Gäste ein, und es wurde ein typisch intimes Grosse-Point-Abendessen für zehn, von der Art »Junge Detroiter Spitzen der Gesellschaft«.

Auch die Konversation war typisch. Steuern. Staatliche Einmischung in die Produktion. Der neue Druck von Sicherheit und Ökologie ... Ich hatte da nicht viel mitzureden, also nickte ich bloß und hörte zu. Als ich einmal über den Tisch Lady Ayres anschaute, sah ich, wie sie die Szene mit heimlicher Belustigung beobachtete. Sie war eine sehr wachsame Dame.

Wie wachsam sie war, wurde mir erst klar, als sie am nächsten Tag neben meinem Platz im Flugzeug stehenblieb. Ich hatte erste Klasse, um meine Papiere ausbreiten und während des Flugs arbeiten zu können. Ich sprang auf. »Sieh da, Lady Ayres, was für eine angenehme Überraschung!«

In ihren Augen erschien der gleiche belustigte Ausdruck wie am vorigen Abend. »Wirklich, Mr. Perino?« fragte sie, während sie auf dem Sitz neben mir Platz nahm. »Warum haben Sie mir dann so genau gesagt, welchen Flug Sie gebucht haben?«

Ich lachte. »Lady oder nicht, ich dachte mir, auf die Dauer hält das keine aus. Irgendwo mußten Sie auch menschliche Regungen haben.« Ich griff hinter ihren Sitz, nahm die Platzkarte ab und gab sie ihr.

Sie las ihren Namen auf der Karte und sah zu mir hoch. »Sie sind wohl recht selbstsicher, Mr. Perino?«

»Es wäre an der Zeit, mich Angelo zu nennen.«

»Angelo«, sagte sie und ließ das Wort auf der Zunge zergehen. »Angelo. Ein netter Name.«

Ich griff nach ihrer Hand. Die Türen schlossen sich klirrend, und das Flugzeug rollte langsam zum Startplatz. Wenige Minuten später hoben wir von der Piste ab und stießen schräg in den Himmel.

Sie schaute eine Weile aus dem Fenster auf Detroit, dann auf mich. »Es ist, als ob man ein Gefängnis verläßt«, sagte sie. »Wie kann man nur in dieser widerlichen, langweiligen Stadt leben?«

9

Als ich im Fairmont-Hotel zur Rezeption kam, reichte man mir ein Fernschreiben. Es war von Loren.

> ERFAHRE DASS LADY AYRES IM SELBEN FLUGZEUG WIE DU NACH SAN FRANCISCO. WAERE DANKBAR WENN DU IHR IN JEDER WEISE BEHILFLICH BIST.
>
> LH III

Ich lächelte sarkastisch und reichte ihr das Blatt. Dann füllte ich den Meldeschein aus.

Der Mann an der Rezeption sah auf meine Unterschrift und auf die Zimmerliste. »Ihr Appartement liegt im neuen Wohnturm, Mr. Perino.«

»Danke.«

Er winkte einem Pagen. »Führen Sie bitte Mr. und Mrs. Perino zu 2112.« Und zu mir, lächelnd: »Ich wünsche Ihnen einen angenehmen Aufenthalt, Mr. Perino.«

Wir folgten dem Pagen durch den langen Korridor zu den Turmfahrstühlen. Im Lift gab sie mir das Fernschreiben schweigend zurück. Und erst als wir allein im Zimmer waren, fragte sie: »Was glaubst du, woher er es weiß?«

»Die Detroiter Gestapo«, sagte ich. »Jede Autofirma hat ihre eigene. Die mögen keine Geheimnisse.«

»Mich ärgert das«, sagte sie. »Es geht sie nichts an, wohin ich gehe oder was ich tue.«

»Du solltest dich geschmeichelt fühlen. Diese Art Behandlung ist sonst für Leute reserviert, die fürs Geschäft wichtig sind.«

»Was hat das mit mir zu tun?«

»Gib's auf, Bobbie. Ich hab' gesehen, wie Loren dich anschaute. Er ist an dir interessiert.«

»Alle amerikanischen Männer sind interessiert. Junge blonde Witwe und ähnlicher Blödsinn. Warum sollte er anders sein?«

»Weil er Loren Hardeman III ist, darum. Von Königen erwartet man, daß sie über solchen Dingen stehen.«

»Nur von amerikanischen Königen«, sagte sie. »Wir Briten sind nicht so dumm.«

Ich ging zum Schreibtisch und nahm ein Telegrammformular heraus. Während ich schrieb, kam der Page mit dem Gepäck und stellte die Reisetaschen ins Schlafzimmer. Ich winkte ihm, zu warten.

»Sieh dir das an«, sagte ich und reichte ihr das Formular. Sie las:

HARDEMAN III, BETHMO DETROIT
INSTRUKTIONEN ERHALTEN. ALLES BESTENS.
GRUESSE PERINO.

Sie gab es mir lächelnd zurück. Ich reichte es dem Pagen mit einem Trinkgeld.

Kaum war er draußen, klingelte das Telefon. Ich hob ab. Es war Arnold Zicker, bekannt als der »Fusionshai«. Auf sein Konto gingen mehr Gesellschaftsfusionen und Verkäufe als auf das irgendeines anderen in den Vereinigten Staaten.

»Ich habe Tony Rourke parat zum Abendessen«, sagte er. »Paßt Ihnen halb neun?«

»Einverstanden, halb neun. Wo?«

»Im Hotel«, antwortete er, »das ist am bequemsten.« Er war auch einer der schäbigsten Männer der Welt; wenn wir im Hotel aßen, mußte ich es natürlich auf meine Rechnung setzen lassen.

»In Ordnung.« Er legte auf. »Einverstanden mit Abendessen und halb neun?« fragte ich Lady Ayres.

Sie nickte. »Völlig. Hast du bis dahin etwas Besonderes zu tun?«

»Nein.«

»Dann laß uns miteinander schlafen«, sagte sie. »Du glaubst doch nicht, daß ich den ganzen Weg herübergeflogen bin, bloß um hier zu Abend zu essen?«

Es war herrlich. Wirklich herrlich. Ich glaube, wir waren beide überrascht und dann ein wenig erschüttert von dem mächtigen Gefühlsausbruch.

Nach dem Höhepunkt der Leidenschaft hielten wir uns weiter umschlungen. Ich wollte in ihr bleiben. Ich fühlte, wie sie zitterte. Ihr Fleisch war mein Fleisch.

»He, Menschenskind«, sagte ich, immer noch bemüht, es zu verstehen. »Was ist passiert?«

Ihre Arme schlossen sich um meinen Nacken, sie preßte meine Wange an sich. »Die Sterne sind eingestürzt«, flüsterte sie.

Ich schwieg.

»Ich brauche dich«, sagte sie. »Du weißt gar nicht, wie sehr.«

Ich legte meinen Finger an ihre Lippen. »Du redest zuviel.«

Sie knabberte an meinem Finger. »Das tun Frauen immer, weil sie nie wissen, was sie nachher sagen sollen.«

Ich legte mein Gesicht an ihre Schulter.

Sie drehte mir den Kopf zu. »Irgendwie wußte ich, daß es mit uns so sein würde.«

»Nicht sentimental werden. Das ist unbritisch.«

»Was soll ich dir sagen, um dir klarzumachen, daß es nicht immer so ist?« fragte sie, beinahe ärgerlich.

Ich lächelte ihr zu. »Glaubst du, ich wüßte das nicht auch? Ich bin doch noch in dir, oder?«« In diesem Augenblick klingelte das Telefon. Es war Loren.

»Eben habe ich dein Telegramm bekommen«, sagte er.

»Fein.«

»Alles in Ordnung? Wo ist sie?«

»Hier bei mir. Du kannst sie sprechen.« Ich gab ihr das Telefon.

»Mir geht es ausgezeichnet, Loren«, sagte sie. »Nein, wirklich, alles ist okay ... Es war reizend, aber ich bin euch lang genug zur Last gefallen ... Ja, danke ... Ich bleibe einige Wochen an der Küste und fliege dann vielleicht über den Pol nach London zurück ... Ich ruf' dich vorher an ... Wir wollten eben zum Abendessen gehen ... Grüße Alicia von mir ... Wiedersehen.«

Sie legte den Hörer auf und schob mich von sich herunter. Ich wälzte mich auf den Rücken. Sie setzte sich auf und schaute auf mich nieder.

»Du bist wirklich ein ganz verdammter Schweinehund«, sagte sie.

Dann mußten wir beide lachen.

Als wir runterkamen, saßen sie an der Bar. Bei Bobbies Anblick rissen sie die Augen auf. Niemand trägt einen Mikromini so wie eine Engländerin. Ihre Beine nahmen überhaupt kein Ende.

Arnold glitt vom Barstuhl. »Tony Rourke, Angelo Perino.«

Rourke war ein mächtiger schwarzhaariger Ire mit einem zusammengekniffenen Rennfahrergesicht. Er gefiel mir sofort. Wir gaben uns die Hände.

Ich machte sie bekannt, die beiden rückten für sie zur Seite. Die Konversation setzte einen Augenblick aus, während sie auf den Barstuhl kletterte. Da gab es was zu sehen. Wir bestellten die Drinks.

Ich gönnte ihnen genau fünf Minuten für die üblichen Späße, dann ging ich zum direkten Angriff über und sagte zu Rourke: »Arnold hat mir erzählt, Sie haben vielleicht das Gelände, das mich interessiert.«

»Wäre schon möglich«, meinte er vorsichtig.

»Er hat es«, mischte sich Arnold begeistert ein. »Siebentausend Hektar erstklassiges Industriegelände, davon achthundert mit Hallenbauten, die sofort für Ihre Zwecke geeignet wären, der Rest läßt sich nach Ihren Bedürfnissen ausbauen. Dazu rund anderthalb Kilometer Ufergelände und Bahnanschluß.«

Ich beachtete ihn nicht. Er war natürlich an einem Verkauf interessiert. »Das verstehe ich nicht«, sagte ich zu Rourke. »Warum wollen Sie aussteigen?«

»Eine ehrliche Antwort?«

Ich nickte.

»Keine Zukunft«, sagte er.

Ich schwieg.

»Es gibt deutliche Warnzeichen. Wenn die Kürzungen im Verteidigungsbudget kommen, sind wir die ersten, die es trifft.«

»Warum glauben Sie das?« fragte ich. »Man wird auch weiter Hubschrauber brauchen.« Das war seine Hauptproduktion.

»Bei weitem nicht so viele. Uns geht es gut, solange die Großen mit anderen Projekten beschäftigt sind. Boeing mit ihren 747; Lockheeds 1011; die SST, die der Kongreß nie genehmigen wird. Es wird leicht genug sein, uns die Hubschrauberaufträge zu nehmen und sie denen zu geben. Und das wird man tun müssen, dort gibt es mehr zu schützen als bei uns. Mehr Personal, mehr Kapital.«

»Wie steht es mit der Verwendung als Verkehrsmaschinen?«

»Reden wir nicht davon. Der Markt ist bereits restlos überschwemmt. Außerdem läßt sich unser Hubschrauber nicht umstellen. Er wurde als Kampfmaschine entwickelt.« Er trank noch einen Schluck. »Wir wurden schon verständigt, daß unsere Kontrakte im nächsten Jahr nicht erneuert werden.«

»Sie sind sehr aufrichtig«, sagte ich und sah ihm in die Augen. »Das weiß ich zu würdigen.«

Er lächelte. »So haben Sie es verlangt, und so haben Sie es bekommen. Außerdem hab' ich Ihnen nichts erzählt, was Sie nicht selbst herausgefunden hätten, wenn Sie sich entsprechend umgesehen hätten.«

»Jedenfalls danke ich Ihnen. Sie haben mir eine Menge Zeit und leeres Gerede erspart. Haben Sie die Pläne und Informationen dabei?«

»Alles hier.« Er zeigte auf die Aktentasche zu seinen Füßen.

»Sehr gut«, sagte ich. »Gehen wir jetzt zum Essen. Nachher können wir nach oben fahren und uns das ansehen.«

Es war nach drei Uhr morgens, als sie endlich das Appartement verließen. »Auf dem Flugplatz wartet eine Maschine. Sie kann Sie jederzeit zum Werk hinausbringen«, sagte Rourke.

»Besten Dank. Sie hören morgen von mir.«

John Duncan sollte am Morgen mit dem Flugzeug eintreffen. Er hatte vor vier Jahren, mit sechzig, bei Bethlehem aufgehört und war in Pension gegangen. Außer mir war er der einzige, den Nummer Eins eingeweiht hatte.

»Für mich ist John Duncan das, was Charlie Sorensen für Henry Ford war«, hatte er gesagt. »Es gibt nichts bei der Produktion, das er nicht beherrscht.«

»Aber er ist in Pension«, hatte ich gesagt.

»Er wird zurückkommen«, hatte Nummer Eins zuversichtlich erwidert. »Wie ich John kenne, langweilt er sich zu Tode, wenn er allein in der Garage hinter seinem Haus an der Gasturbine herumbastelt.«

Und Nummer Eins hatte recht gehabt. John Duncan wollte bloß wissen, wann es losging.

Die Tür schloß sich hinter meinen Besuchern. Ich machte mir einen Drink zurecht, schob den Haufen Papiere beiseite und ließ mich auf die Couch fallen.

»Sind sie fort?« fragte ihre Stimme von der Tür zum Schlafzimmer.

Ich wandte den Kopf. Sie trug einen Kaftan aus glänzendem Baumwollgarn, der sich an alles Verheißungsvolle, das darunter lag, schmiegte. Ich nickte.

»Ich bin eingeschlafen«, sagte sie, »aber ich habe trotzdem das Dröhnen eurer Stimmen gehört. Wie spät ist es?«

Ich schaute auf die Uhr. »Drei Uhr zwanzig.«

»Du mußt todmüde sein.«

»Nicht so schlimm. In Detroit ist es erst ein Uhr zwanzig.«

Sie mixte einen Gin mit Tonic und setzte sich mir gegenüber in den Sessel. Sie nippte am Glas. »Was soll das alles«, sagte sie. »Man braucht doch nicht so viele Geschichten, bloß um Rennwagen zu bauen, oder?«

Ich schüttelte den Kopf.

»Ihr habt etwas anderes vor, ja?«

Ich nickte.

Sie zögerte. »Weiß Loren, was es ist?«

»Nein.«

Sie schwieg eine Weile und schlürfte ihren Drink. »Machst du dir keine Sorgen?« fragte sie freundlich.

»Worüber?«

»Über mich. Daß ich ihm etwas sagen könnte?«

»Nein.«

»Wieso nicht? Du weißt nichts von mir.«

»Ich weiß genug«, sagte ich. Ich stand auf, goß noch etwas Whisky in meinen Drink und wandte mich ihr zu. »Abgesehen davon, daß du eine der großartigsten Büchsen auf der Welt hast, halte ich dich zufällig auch noch für eine sehr ehrsame Dame.«

Sie blieb ganz still, dann fuhr sie sich mit der Zunge über die Lippen. »Ich liebe dich«, sagte sie.

»Auch das weiß ich«, antwortete ich grinsend.

Sie warf ihren Drink nach mir, und wir gingen ins Bett. Es war noch immer großartig.

10

Sie näherte sich meinem Rücken, während ich mich rasierte. Ich hörte sie trotz dem Summen des elektrischen Rasierapparats. »Du hast gestern nacht im Schlaf geschrien«, sagte sie. »Du hast dich im Bett aufgesetzt, dein Gesicht mit den Händen bedeckt und geschrien.«

Ich sah sie im Spiegel an. »Das tut mir leid.«

»Zuerst wußte ich nicht, was ich tun sollte. Dann habe ich dich in die Arme genommen, und du bist wieder eingeschlafen.«

»Ich kann mich nicht daran erinnern«, behauptete ich und legte den Rasierapparat beiseite. Aber das war nicht wahr. Der Traum ließ mich nie los, ob ich schlief oder wach war. Ich klopfte etwas After-shave-Lotion in meine Gesichtshaut.

»Was bedeutet es, Angelo?« fragte sie. »Ist das der Grund, weshalb deine Augen nie lächeln?«

»Damals starb ich«, sagte ich. »Die Glück haben, bleiben tot, wenn es sie erwischt hat. Ich nicht.«

Plötzlich verschwand ihr Gesicht im Spiegel. Zu spät erinnerte ich mich an ihren Mann. Ich folgte ihr ins Schlafzimmer. Sie stand am Fenster und schaute auf San Francisco. Ich legte die Arme um sie und drehte sie zu mir herum.

»Ich hab' es nicht so gemeint, wie es geklungen hat«, sagte ich.

Sie legte ihren Kopf an meine Brust; ich spürte, daß ihre Wange feucht war. »Doch, das hast du«, sagte sie leise. »Du hast genau das gemeint, was du gesagt hast. Und das Schreckliche ist, daß ich es verstehe und nichts dagegen tun kann.«

»Du hast es gut«, sagte ich, »du bist schön.«

Plötzlich wurde sie böse. Sie riß sich von mir los. »Was ist mit euch?« schrie sie. »John war genauso. Macht denn niemand und nichts auf euch Eindruck? Gibt es in eurem Herzen keinen Platz für etwas anderes als den verrückten Wunsch, an einer blödsinnigen Mauer zu zerschellen?«

»Ist schon gut.«

»Was ist gut?« zischte sie.

»Das hab' ich doch schon hinter mir«, sagte ich. »Was gibt es sonst Neues?«

Sie starrte mich einen Augenblick an. Dann verrauchte ihr Zorn, und sie kam wieder in meine Arme. Ich spürte, wie sie zitterte.

»Entschuldige, Angelo«, flüsterte sie. »Ich hatte kein Recht . . .«

Ich legte ihr meinen Finger auf die Lippen. »Du hast alle Rechte«, sagte ich. »Solange du darauf Wert legst.«

Der »Falke«, die kleine Düsenmaschine, stand auf der Piste zwischen den 747 und 707 und wartete auf die Starterlaubnis. Er sah aus wie ein Sperling unter Adlern. Der Pilot drehte sich zu uns um. »Es wird nicht lange dauern. Wir sind als vierte dran.«

Ich warf einen Blick auf John Duncan; sein Gesicht war grimmig und gespannt.

Er flog sehr ungern, und als er dieses Flugzeug gesehen hatte, hätte er am liebsten ein Taxi gerufen.

Ich sah an ihm vorbei und lächelte Bobbie zu. »Sitzen Sie gut, John?«

Er lächelte nicht. Auch mit freundlichen Worten konnte man seine Abneigung gegen das Fliegen nicht vertreiben. Er sagte nichts, bis wir auf der Startbahn standen. Dann sah er zu mir herüber. »Wenn Sie nichts dagegen haben, Angelo«, sagte er, »fahre ich mit dem Zug zurück.«

Ich mußte laut auflachen. Die Jahre hatten ihn nicht verändert. Vielleicht war sein Haar etwas dünner geworden, aber Hände und Augen waren noch schnell und sicher wie früher. Für mich sah er immer noch aus wie der Mann, der vor mehr als dreißig Jahren meinen Bugatti im Park umgebaut hatte.

Das Flugzeug setzte auf der Landebahn des Werks auf. Tony Rourke erwartete uns. Ich machte die beiden miteinander bekannt.

»Ich habe Sie in einem Hotel hier in der Nähe einquartiert«, sagte Tony. »Ich denke, Sie werden mindestens zwei Tage brauchen, um sich die Fabrik gründlich anzusehen.«

»Zwei Tage« erwies sich als recht untertrieben. Wir blieben fast eine Woche. Und ohne John Duncan wäre ich völlig verloren gewesen. Langsam wurde mir klar, warum Nummer Eins so viel Vertrauen zu ihm hatte. Es gab nichts, was seiner Aufmerksamkeit entging. Nicht einmal die Tiefe der Fahrrinne im Fluß, der zu unseren Docks führte – für den Fall, daß wir sie je mit größeren Frachtern befahren wollten.

Am Ende der Woche saß ich mit ihm im Hotelzimmer, vor uns lagen die Fabrikpläne. Bobbie stellte unsere Drinks auf den Tisch und ging ins Schlafzimmer zurück. »Nun, was meinen Sie?« fragte ich.

»Es könnte gehen«, sagte er. »Wir müßten das Hauptmontagewerk beträchtlich vergrößern, um die maximale Kapazität der Fertigungsstraße zu erreichen, aber ich wüßte nicht, warum sich das nicht machen lassen sollte. Platz ist genug da. Die Vormontagegebäude liegen günstig. Wir müßten nicht mehr als weitere sieben- bis achttausend Quadratmeter verbauen, dann wäre es ideal. Nur eines macht mir Sorgen.«

»Und zwar?«

»Der Stahl«, sagte er. »Ich kenne die Stahlwerke an der Westküste nicht. Vielleicht sind sie nicht leistungsfähig genug, um uns zu beliefern. Und wenn man den Stahl vom Osten hierher transportieren müßte, wären wir pleite, noch ehe wir anfangen. Mir wäre es lieber, wir hätten unser eigenes Stahlwerk. In diesem Punkt waren uns GM und Ford immer überlegen. Sie produzierten Wagen, während wir auf den Stahl warteten.«

»Wir werden das untersuchen«, sagte ich. »Sonst noch etwas?«

Er schüttelte den Kopf. »Im Augenblick fällt mir nichts mehr ein.«

»Haben Sie eine Ahnung, was es kostet, das Werk umzustellen?«

»Ohne zu wissen, was für eine Art Wagen wir bauen? Nein.«

»Soviel ich weiß, hat Ford für die Produktion des neuen Kompaktwagens eine Fabrik gebaut. Wissen Sie, wieviel er da hineingesteckt hat?«

»Hundert Millionen, habe ich gehört.«

»Würden wir so viel brauchen?«

»Möglich«, meinte er. »Ich hätte aber gern von einem Technikerteam einen Kostenvoranschlag. Für Mutmaßungen hab' ich nichts übrig.«

»Wie lange dauert das?«

»Drei, vier Monate.«

»Zu lange. Wenn wir uns für dieses Werk entscheiden, müssen wir es sofort tun. Ich kann die Leute nicht Monate bei der Stange halten.«

»Das haben Sie zu entscheiden«, sagte er und lächelte. »Sie erinnern mich an Nummer Eins, der konnte auch nie auf die Zahlen warten.«

»Glauben Sie, daß es die sechs Millionen wert ist, die Rourke dafür verlangt?«

»Haben Sie es schätzen lassen?«

»Ja«, antwortete ich, »zweimal. Die eine Schätzung lautet auf zehn Millionen, die andere auf neun Millionen sechshunderttausend.«

»Was will Rourke damit anfangen, wenn sein Vertrag ausgelaufen ist?«

»Verkaufen.«

»Für das ganze Objekt findet er nie einen Käufer. Er muß es aufteilen. Das dauert eine Ewigkeit.« Er überlegte einen Augenblick. »Alles hängt davon ab, wie nötig er es hat.«

»Das weiß ich nicht«, sagte ich. »Aber er scheint mir in guter Form zu sein.«

»Ich bin durch das Werk gegangen«, sagte er, »und ich habe großen Respekt vor ihm bekommen. Er würde einen hervorragenden Produktionsfachmann in der Autoindustrie abgeben, wenn er dazu Lust hätte.«

»Was wollen Sie damit sagen?«

»Warum versuchen Sie es mit ihm nicht auf diese Weise?« fragte er listig. »Zwei Jahre bei mir, und er ist der beste Mann in der Branche. Und ich werde ja nicht jünger.«

Ich war für drei Uhr mit ihm verabredet. Ich ging in sein Büro, und es gefiel mir: kein unnützer Luxus, ein richtiger Arbeitsraum. Aus den Fenstern konnte man auf das Werk sehen.

Er wies auf einen Stuhl. »Möchten Sie etwas trinken?«

»Nein, danke.«

Er zündete eine Zigarette an. »Was ist also Ihre Ansicht?«

»Ich könnte Ihnen eine lange Liste von Gründen angeben, warum ich Ihre Fabrik nicht kaufe«, sagte ich. »Aber das ist doch wohl unwichtig.«

Er schwieg eine Weile. Dann nickte er. »Sie haben recht, die Gründe sind unwichtig.« Er zog an seiner Zigarette. »Irgendwie bin ich ja jetzt erleichtert. Ich habe dieses Werk praktisch mit meinen zwei Händen aufgebaut. Es ist nur recht und billig, daß ich dabei bleibe. Ein Kapitän soll mit seinem Schiff untergehen.«

»Nein«, sagte ich, »das ist romantischer Unsinn. Ein kluger Kapitän findet für sich ein anderes Schiff.«

»Wohin soll ich gehen?« fragte er. »Soll ich wieder bei Bell arbeiten? Oder bei Sikorsky? Kommt nicht in Frage. Ich war zu lang mein eigener Herr. Außerdem hat der Hubschrauber keine Zukunft. Er ist zu sehr spezialisiert.«

»Haben Sie mal an Autos gedacht?« fragte ich. »Von denen wimmelt es überall.«

»Sie machen wohl Witze! Was zum Teufel verstehe *ich* von Autos?«

»So groß ist der Unterschied gar nicht zwischen dem Auto- und dem Flugzeugbau. Nur baut man Autos in viel größeren Serien.«

Er schwieg.

»John Duncan meint, er kann aus Ihnen in zwei Jahren den besten Mann in der Branche machen«, sagte ich. »Und wenn Sie diesen gerissenen Schotten so gut kennen wie ich, dann werden Sie nicht leichtnehmen, was er sagt. Wenn er glaubt, Sie können es schaffen, dann können Sie's.«

»Aber was soll ich mit dem hier anfangen?« fragte er und zeigte mit der Hand zu den Fenstern.

»Verkaufen Sie es!«

»Wem? Ich brauche fünf Jahre, um das stückweise loszuwerden.«

»Ich meine nicht das Werk«, sagte ich. »Verkaufen Sie Ihre Gesellschaft.«

»Wer würde sie kaufen? Eine Gesellschaft, die dabei ist, Schluß zu machen? Sobald einmal die Aktivmasse liquidiert ist, kann ich froh sein, wenn noch eine Million Dollar übrigbleibt.«

»Das ist genau die Summe, die ich mir vorgestellt habe«, sagte ich. »Vorausgesetzt, Sie sind einverstanden, mit uns einen siebenjährigen Arbeitsvertrag zu unterzeichnen.«

Er lachte und streckte die Hand aus. »Ich habe das Gefühl, es wird mir Spaß machen, mit Ihnen zu arbeiten.«

Ich drückte ihm die Hand. »Warum glauben Sie das?«

»Weil Sie so gerissen sind.«

»Worüber beklagen Sie sich?« fragte ich lachend. »Eben habe ich aus Ihnen einen Millionär gemacht.«

»Wer beklagt sich?« Er nahm eine Flasche aus der unteren Schreibtischlade. »Was geschieht jetzt als nächstes?«

Ich sah ihm zu, während er die Drinks einschenkte. »John Duncan ist bereits auf der Rückreise nach Detroit, um ein Team von Technikern für das Kostengutachten zusammenzustellen. Er ist in einer Woche wieder hier.«

»Das läßt sich hören«, sagte er und reichte mir mein Glas. »Nachdem nun die Gesellschaft Ihnen gehört, werden Sie wohl etwas Kapital zur Betriebsführung brauchen. Sie müssen am Monatsende ungefähr zweihunderttausend an die Banken zahlen.«

»Ich habe Ihre Bilanzaufstellung bereits an unsere Buchhaltung geschickt und Instruktionen erteilt, damit sie sich einschaltet und das Nötige veranlaßt.«

»Sie scheinen an alles gedacht zu haben, mit einer Ausnahme«, sagte er. »Was soll ich denn in der Zwischenzeit tun?«

»Sie gehen auf die Suche nach einem Stahlwerk und kaufen es für uns«, antwortete ich. »Es muß groß genug sein, um uns genügend Stahl für unser erstes Produktionsjahr liefern zu können, das heißt, mindestens für zweihundertfünfzigtausend Wagen. Und es muß nah genug liegen, damit uns der Transport hierher nicht bankrott macht.« Ich probierte den Drink. »Und noch etwas. Legen Sie sich doch einen Vorrat an kanadischem Whisky an. Sie sind jetzt im Autogeschäft.«

11

Arnold kam in mein Appartement im Fairmont gestürmt, seine Augen waren blutunterlaufen. »Sie haben mich um eine Provision von neunhunderttausend Dollar betrogen!« schrie er. »Sie sind hinter meinem Rücken hergegangen und haben das Geschäft selbst abgeschlossen!«

Ich lächelte ihm zu. »Beruhigen Sie sich, sonst kriegen Sie am Ende noch einen Herzinfarkt.«

»Ich bring' Sie vor Gericht!« brüllte er. »Ich verklage Sie auf jeden Penny, den Sie besitzen!«

»Warum nicht?« fragte ich. »Ich werde Sie mit Vergnügen im Zeugenstand sehen, wie Sie der Welt mit Ihren eigenen Worten erzählen, daß Sie versucht haben, mich um sechs Millionen Dollar zu betrügen – nachdem Sie bereits wußten, daß die Gesellschaft praktisch bankrott war.«

Er starrte mich an. »Das würden Sie nicht tun!« sagte er entrüstet.

»Warum nicht? Sie sind bei Ihren diversen Gaunereien so lange ungestraft davongekommen, daß Sie diese schon für Ihr besonderes Vorrecht halten. Es wird wohl nicht allzu schwer sein, bei der Staatlichen Überwachungskommission des Wertpapier- und Wechselhandels und beim Kongreß die Eröffnung einer Untersuchung darüber durchzusetzen, um wieviel Geld Sie staatlich kontrollierte Gesellschaften und ihre Aktionäre betrogen haben.«

Er schwieg eine Weile. Dann klang seine Stimme zwei Oktaven tiefer. »Was erwarten Sie von mir? Soll ich mich vielleicht mit lausigen fünfzehn Prozent von einer Million zufriedengeben?«

»Nein.«

»Ich wußte, daß Sie mich verstehen. Das wäre doch nicht gerecht.«

»Stimmt«, sagte ich.

»Was halten Sie für angemessen?«

»Fünf Prozent.«

Er wurde puterrot. Ihm fehlten die Worte. Nach einiger Zeit fand er die Sprache wieder. »Das ist doch Quatsch! Für so einen Betrag geh' ich nicht mal über die Straße. Ebensogut könnte ich gar nichts nehmen.«

»Das wäre sogar noch besser«, meinte ich.

»Solche Geschäfte mache ich nicht. Ich muß auf meinen Ruf achten.«

Ich lachte. »Mir auch recht. Eigentlich war das erst der Anfang. Ich dachte, wir könnten noch bei anderen Dingen zusammenarbeiten. Aber wenn Sie es vorziehen . . .«

Er ließ mich gar nicht ausreden. »Ich habe nicht gesagt, daß ich es nicht nehme. Schließlich gibt es Wichtigeres als Geld. Zum Beispiel Verbindungen.«

»Sie haben völlig recht, Arnold.«

»Freut mich, daß das geregelt ist. Soll ich die Rechnung an Weyman von Bethlehem schicken?«

»Nein. Schicken Sie sie mir, zu Händen der Detroit National Bank.«

»Warum Ihnen?« fragte er. »Verhandeln Sie nicht für Bethlehem?«

Ich schüttelte den Kopf. »Wie kommen Sie darauf? Das hier mache ich auf eigene Faust. Für Bethlehem stelle ich nur ein Rennteam zusammen.«

Er überlegte; ich sah, daß er mir nicht glaubte. »Also gut«, meinte er, »ich spiele mit. An was denken Sie sonst noch?«

»Ich brauche ein Stahlwerk an der Westküste«, sagte ich. »Setzen Sie sich mit Tony Rourke in Verbindung. Er arbeitet für mich und kann Ihnen alles Nötige erklären.«

Kaum war Arnold fort, rief ich Nummer Eins an.

»Wo sind Sie gewesen?« fragte er. »Ich habe die ganze Woche nichts von Ihnen gehört.«

Ich informierte ihn über den Stand der Dinge.

»Ihr Tempo ist beachtlich«, sagte er, als ich geendet hatte. »Haben Sie schon etwas aus Detroit gehört?«

»Kein Wort. Aber es wird wohl nicht mehr lange dauern. Arnold Zicker ist eben von hier fortgegangen. Ich habe ihn unterrichtet, daß ich nicht für Bethlehem arbeite, sondern auf eigene Rechnung.«

»Haben Sie den Eindruck, daß er Ihnen glaubt?«

»Nein, deshalb erwarte ich einigen Wirbel. Er wird selbst ein wenig in Detroit nachforschen. Er kann es nicht ertragen, nicht eingeweiht zu sein.«

»Wie führen Sie die Finanzierung durch?« fragte Nummer Eins.

»Aus meinem eigenen Treuhandkonto. Sie waren nicht der einzige reiche Großvater in Grosse Point.«

Er lachte. »Das ist keine sehr gute Geschäftsführung Ihrerseits. Und wenn ich das Geld nun nicht nachschieße?«

»Das riskiere ich. Mein Großvater hielt Sie für das beste Kreditrisiko in Detroit. Sie waren der einzige, der seinen Alkoholschmuggler wie einen ehrlichen Geschäftsmann bezahlte.«

»Sie beschämen mich so, daß ich zahlen muß«, sagte er lachend. »Wie hoch sind Ihre Ausgaben?«

»Bis jetzt ungefähr zwei Millionen«, antwortete ich. »Eine Million für den Kauf und ungefähr eine Million für Betriebsspesen in den nächsten Monaten.«

»Sie sind einverstanden mit einer Million in bar und einer Million in BMC-Aktienzertifikaten?«

»Gut«, sagte ich.

»Morgen früh ist das Geld auf Ihrer Bank. Wohin fahren Sie jetzt?«

»Nach Riverside, Kalifornien«, antwortete ich, »um ein paar Rennfahrer aufzutreiben, dann nach New York. Dort habe ich eine Verabredung mit Len Forman. Es geht um das Emissionskonsortium.«

Er schwieg einen Augenblick. »Lassen Sie Riverside. Ich glaube, wir sind nun schon zu weit gegangen, um uns noch Sorgen um ein Tarnmanöver zu machen. Fliegen Sie lieber direkt nach New York. Ich möchte soviel wie möglich vorbereitet haben, ehe sie uns auf die Schliche kommen.«

»In Ordnung«, sagte ich. »Aber dann sollte ich Loren anrufen und ihm mitteilen, daß ich aussteige. Ich habe nichts gegen Spiele, aber ausgesprochene Betrügereien liegen mir nicht. Ich hatte ihm ausdrücklich gesagt, ich würde ein Rennteam zusammenstellen.«

»Daraus wird nichts!« befahl er scharf. »Überlassen Sie Loren mir. Übrigens meinen Sie doch wohl nicht im Ernst, daß er auch nur eine Minute lang Ihre Geschichte geglaubt hat?«

Ich antwortete nicht.

»Sie halten den Mund und fahren nach New York!« sagte er.

»Na schön. Aber wenn er auch Ihr Enkel ist – mir gefällt das nicht.«

»Ihren Beifall brauche ich nicht«, schnauzte er mich an. »Kümmern Sie sich nur um Ihre Arbeit!«

Die Verbindung wurde unterbrochen, und ich hängte ein. Ich machte mir einen Drink zurecht und ging damit ins Schlafzimmer.

Sie lag auf dem Bett und blätterte in einer Illustrierten. »Die Besprechung vorbei?« fragte sie mit einem Blick auf mich.

Ich nickte.

»Alles in Ordnung?«

»Ja.« Ich trank einen Schluck Whisky, er schmeckte gut. »Die Pläne sind geändert.«

»Ach?«

»Wir fahren nicht nach Riverside.«

»Tut mir gar nicht leid«, sagte sie. »Es wäre mir auch recht, nie wieder eine Rennbahn aus der Nähe zu sehen.«

»Wir fliegen nach New York.«

»Wann?«

»Wenn wir gleich packen, können wir noch das Flugzeug um zehn Uhr fünfundvierzig erreichen. Dann sind wir am Morgen in New York.«

»Und wenn wir es nicht erreichen?«

»Dann fliegen wir morgen früh. Aber dadurch würde ich einen ganzen Tag verlieren.«

»Spielt das eine Rolle?«

»Schon möglich.«

»Dann werden wir es erreichen«, sagte sie und stieg aus dem Bett.

Ich sah zu, wie sie aus dem Schlafrock glitt, nackt zum Wandschrank ging und nach dem Kleid griff. »Ach, hol's der Teufel«, sagte ich. »Geh wieder ins Bett.«

Ich konnte mir nichts Alberneres vorstellen, als diese Nacht im Flugzeug zu verbringen.

12

Eines mußte ich ihr lassen: ob Lady oder nicht, sie aß wie ein Hafenarbeiter. Ich sah zu, wie sie ihr Frühstück verschlang: Fruchtsaft, dollarscheingroße Pfannkuchen mit Eiern und Würstchen, Toast, Marmelade und Tee. Inzwischen schüttete ich unaufhörlich Kaffee in mich hinein, um mich für den Tag zu wappnen.

»Ihr Amerikaner eßt so riesig viel zum Frühstück«, sagte sie kauend. »Wunderbar!«

Ich nickte. Das stimmte, dachte ich, während ich mir eine vierte Tasse Kaffee eingoß. Das Telefon klingelte, und ich hob ab.

»Hier spricht Caroll, von der Rezeption«, stellte sich eine Stimme vor. »Entschuldigen Sie die Störung, Mr. Perino.«

»Keine Ursache, Mr. Caroll.«

Er senkte die Stimme. »Ich habe hier ein Ferngespräch für Lady Ayres. Es kommt aus Detroit, und ich dachte, vielleicht frage ich Sie besser zuerst, ob ich es durchstellen soll.«

Ich legte meine Hand auf die Sprechmuschel. »Wer in Detroit weiß, daß du hier abgestiegen bist?«

»Der einzige, dem ich es gesagt habe, ist Loren.«

Da ihr Name nicht auf der Gästeliste im Hotel stand, bedeutete das, daß die Überwachung funktionierte. Ich sprach ins Telefon: »Sie sind ein intelligenter und diskreter Mann, Mr. Caroll. Bitte stellen Sie das Gespräch durch.«

»Danke, Mr. Perino.« Ich merkte, daß er erfreut war. In seiner Stimme klang das gewisse Mann-zu-Mann-Gefühl durch. »Hängen Sie bitte ein.«

Ich legte auf und schob Bobbie den Apparat hin. Kurz darauf klingelte es.

»Hallo«, sagte sie. Es knackste leise im Hörer. »Ja, Loren, wie nett, daß du anrufst . . . Nein, es ist nicht zu früh, ich sitze eben beim Frühstück.«

Sie hörte ihm eine Weile zu. Dann hielt sie die Muschel zu und flüsterte mir zu: »Es sagt, er fliegt für ein langes Wochenende nach Palm Springs. Er will sich sonnen und Golf spielen und möchte, daß ich auch mitkomme.«

Ich lächelte. Loren hatte also doch etwas Verstand. Ich hätte gern gewußt, ob er den eben erst entdeckt hatte. »Sag ihm, du fliegst heute nach Hawaii.«

Sie nickte. »Was für ein Pech, Loren. Ich hätte dich gern getroffen, aber ich fliege nach Hawaii. Ich war noch nie dort, weißt du, und ich wollte es immer schon gern kennenlernen.«

Seine Stimme dröhnte wieder im Hörer, und sie hielt wieder die Muschel zu. »Er sagt, das ist noch besser. Er kennt herrliche Plätze auf den abgelegeneren Inseln. Was soll ich jetzt tun?«

Ich dachte einen Augenblick nach. Es war nicht das Schlimmste. Das würde ihn wenigstens von Detroit fernhalten. Und je länger er fortblieb, desto besser waren die Aussichten für Nummer Eins und mich. Ich lächelte ihr zu. »Ich glaube, du fliegst nach Hawaii.«

Sie sprach eine Zeitlang ins Telefon, dann legte sie auf. Schweigend nahm sie sich eine Zigarette. Ich gab ihr Feuer. Sie zog den Rauch tief ein, unsere Blicke trafen sich. Schließlich blies sie den Rauch aus. »Ich weiß nicht, ob mir das gefällt.«

»Warum nicht?« fragte ich. »Eine Frau hat nicht jeden Tag die Chance, nach Hawaii zu fliegen.«

»Davon spreche ich nicht, und das weißt du«, fauchte sie. »Ich meine, wie du dich benimmst. Du verfügst über mich wie über eine Hure, die du irgendwo aufgelesen hast.«

Ich lächelte wieder. »Irgendein Engländer hat einmal geschrieben, das sei die einzige Art, eine Dame zu behandeln.«

Sie lächelte nicht. »Dir liegt wirklich gar nichts an mir.«

»Sag das nicht. Ich würde dich nicht halb so lieben, mein Herz, liebte ich die Ehre nicht noch mehr.«

»Hör mit den Zitaten auf«, sagte sie ärgerlich. »Was hat das mit Ehre zu tun?«

»Ich mache tatsächlich etwas sehr Ehrenhaftes. Ich opfere mich für einen Freund. *Noblesse oblige.* Schließlich schulde ich ihm wirklich was. Ohne ihn hätten wir uns nicht kennengelernt.«

Sie sah mir in die Augen. »Du willst ihn aus dem Weg haben?«

»Ja«, sagte ich einfach.

»Und wenn er sich in mich verliebt?«

»Das ist sein Problem.«

»Und wenn ich mich in ihn verliebe?«

»Dann ist es dein Problem.«

»Du bist ein richtiger Saukerl«, sagte sie. Ich stand auf. »Wart einen Augenblick. Wo willst du denn hin?« fragte sie.

»Mich anziehen. Ich nehme das Flugzeug um zehn.«

»Im Augenblick gehst du nirgendwo hin«, erklärte sie entschlossen. »Ich treffe ihn erst heute abend um sieben auf dem Flughafen. Du weißt jetzt, daß er dir aus dem Weg ist. Also kannst du dir noch einen Tag Zeit lassen.«

»Warum?«

Sie schaute mich an. »Weil ich dich in Grund und Boden vögeln werde. Vögeln, daß du einen Monat lang keinen Ständer mehr zusammenbringst.«

Ich lachte und ließ mich in den Stuhl zurückfallen. Dann griff ich nach dem Telefon.

»Wen rufst du an?« fragte sie argwöhnisch.

»Den Zimmerkellner«, sagte ich. Ich hatte plötzlich das Gefühl, daß ich ein kräftiges Frühstück brauchen würde.

Ich fuhr mit ihr zum Flughafen, obwohl mein Flugzeug erst drei Stunden später startete. Nachdem ich mein Gepäck aufgegeben hatte, ging ich mit ihr in den Warteraum für den United-Flug aus Detroit. Die Maschine sollte in einer Viertelstunde landen.

»Wir haben noch Zeit, schnell was zu trinken«, meinte ich und führte sie zur nächsten Bar.

Die Kellnerin stellte unsere Drinks auf den Tisch und entfernte sich. Ich hob mein Glas: »Cheers.«

Sie nippte nur an dem ihren.

Ich sah sie an. Sie hatte während der ganzen Fahrt zum Flughafen geschwiegen. »Kopf hoch«, sagte ich, »so schlimm ist es gar nicht.«

Im gedämpften Licht waren ihre Augen unter dem breiten Rand ihres weichen Filzhutes kaum zu sehen. »Ich mache mir Sorgen um dich«, sagte sie.

»Bei mir wird schon nichts schiefgehen.«

»Weißt du das sicher?«

»Ja, ganz sicher.«

Sie hob das Glas, stellte es aber wieder hin, ohne getrunken zu haben. »Seh ich dich wieder?«

Ich nickte.

»Wann?«

»Wenn du zurückkommst.«

»Wo finde ich dich?«

»Ich bin in der Nähe. Ich finde dich schon.«

Aus den Lautsprechern an der Decke ertönte die blecherne Stimme der Ansagerin: »United Airlines, Flug 271 aus Detroit, landet soeben auf Flugsteig 72.«

»Das gilt dir«, sagte ich. Ich trank mein Glas aus, und wir standen auf. Sie hatte ihren Drink nicht angerührt.

Wir wanderten aus dem Dunkel in das Millionen Watt starke Flutlicht des Flughafens. Dort blieb ich stehen. »Viel Spaß im Urlaub!« sagte ich.

Sie sah zu mir hoch. Ihre Stimme war leise. »Laß dich nicht unterkriegen. Man kann sich noch anders umbringen als durch Autorennen.«

»Keine Angst.« Ich beugte mich nieder und küßte sie leicht auf die Lippen. »Leb wohl.«

Ihre Lippen bewegten sich kaum unter den meinen. »Leb wohl.«

Sie schaffte es nicht weiter als drei Schritte, dann warf sie sich wieder in meine Arme und preßte leidenschaftlich ihren Mund auf den meinen. »Laß mich nicht gehen, Angelo!« rief sie weinend. »Ich liebe dich.«

Einen Augenblick lang konnte ich die Musik hören, aber der Trommelwirbel war lauter. »Ich laß dich nicht gehen«, sagte ich und löste sanft ihre Arme von meinem Nacken.

Sie sprach kein Wort mehr. Diesmal schaffte sie den ganzen Weg. Ich blieb stehen und schaute ihr nach, bis sie das Tor erreichte.

Die Passagiere kamen bereits durch. Er war unter den ersten, ein hochgewachsener Mann, der in seinem grauen Detroiter Filzhut mit der geschwungenen Krempe alle anderen überragte.

Bei ihrem Anblick verzog sich sein Gesicht zu einem breiten Lächeln. Er eilte auf sie zu, nahm mit einer Hand den Hut ab und streckte die andere aus. Sie schüttelten sich fast förmlich die Hände, dann beugte er sich unbeholfen nieder und küßte sie auf die Wange.

Ich drehte mich um und ging zu der Rolltreppe, die zum Abflugsteig führte. Ich wandte mich nur einmal um.

Sie waren auf dem Weg zur Bar, die wir vor kurzem verlassen hatten. Er hatte eine Hand an ihrem Arm, als würde er einen Korb mit Eiern tragen, schaute ihr ins Gesicht und redete.

Die Millionen Watt des Flutlichts brannten in meinen Augen, und ich sah nicht mehr hin. Ich konnte es kaum erwarten, bis ich das Ende des Rollwegs erreicht hatte, dann steuerte ich zur nächsten Bar.

Es blieben mir noch zwei Stunden bis zum Abflug, und als ich einstieg, war ich blau. Nicht äußerlich blau, schwankend und betrunken, sondern innerlich fertig, traurig und leer.

Ich sank auf meinen Platz und machte den Gurt fest, lehnte mich zurück und schloß die Augen.

»Sitzen Sie bequem, Sir?« fragte die Stewardeß. »Haben Sie einen Wunsch?«

Ich schlug die Augen auf und sah in ihr berufsmäßig lächelndes Gesicht. »Ja«, sagte ich. »Geben Sie mir nach dem Start einen doppelten Kanadischen *on the rocks* und ein paar Augenblenden. Dann stören Sie mich unter keinen Umständen. Kein Horsd'œuvres, kein Abendessen, kein Film, nichts. Ich möchte bis New York durchschlafen.«

»Bitte sehr, Sir«, sagte sie.

Aber es klappte nicht. Weder der Whisky noch die Augenblenden nützten etwas. Obgleich ich sie während des ganzen Flugs aufbehielt und die Augen geschlossen hatte, fand ich keinen Schlaf.

Ich hörte nur immer ihre Stimme in meinen Ohren, sah nur ihr Gesicht bei unserer Trennung.

Ich war froh, als das Flugzeug endlich in New York aufsetzte und ich die Augen öffnen konnte.

13

Drei Tage später saßen wir auf dem Rasen in Palm Beach, von dem man auf das Schwimmbassin und den Privatstrand mit dem weißen Sand sah, der bis hinunter zum Wasser reichte. Die Palmwedel über unseren Köpfen raschelten im leichten Septemberwind. Ich schloß die Augen und drehte mein Gesicht der Sonne zu.

»Es wird Winter«, sagte Nummer Eins.

»Es ist noch immer warm«, antwortete ich.

»Für mich nicht. Jedes Jahr denke ich daran, weiter nach Süden zu gehen; vielleicht nach Nassau oder auf die Jungferninseln. Je älter ich werde, desto deutlicher spüre ich die nahende Kälte in meinen Knochen.«

Er saß in seinem Stuhl, die Beine wie immer in die Decke gewickelt, und er sah hinaus auf die See. »Wie ist das, Nummer Eins, wenn man alt wird?« fragte ich.

Er wandte den Blick nicht von den weißen Schaumkronen. »Ich hasse es«, sagte er, ohne seine Worte besonders zu betonen. »Vor allem, weil es so schrecklich langweilig ist. Alles scheint an einem vorbeizuziehen, man erkennt, daß man nicht so wichtig ist, wie man geglaubt hat. Die Erde dreht sich weiter, und nach einiger Zeit wird man ganz von dem einzigen Spiel in Anspruch genommen, das einem noch bleibt. Man hat nur ein einziges albernes Ziel: null Uhr eins.«

»Null Uhr eins?« fragte ich. »Was heißt das?«

»Morgen früh«, sagte Nummer Eins und drehte sein Gesicht mir zu. »Das Überlebensspiel. Nur weiß man nicht, warum man es spielt. Denn der morgige Tag ist nichts anderes als eine Wiederholung des heutigen.«

»Wenn das so ist, warum fangen Sie dann all das Neue an?«

»Weil ich möchte, daß mir vor meinem Tod noch einmal etwas mehr bedeutet als null Uhr eins.« Er schaute wieder auf die See hinaus. »Ich hatte wahrscheinlich nicht viel über das nachgedacht, was mit mir vorging, bis voriges Jahr Elisabeth herkam und einige Tage bei uns verbrachte. Kennen Sie sie?«

Elisabeth war die Tochter von Loren III. »Nein.«

»Sie war damals sechzehn«, sagte er. »Und plötzlich drehte sie für mich die Uhr zurück. Betsy war vorigen Sommer genauso alt wie ihre Urgroßmutter, als wir uns kennenlernten. Die Zeit spielt den Menschen merkwürdige Streiche, sie überspringt Generationen, um wiederzuerstehen. In diesen paar Tagen war ich nochmals jung.«

Ich sagte nichts.

»Ich stand gewöhnlich frühmorgens auf und sah ihr vom Fenster aus zu, während sie im Pool schwamm. An einem Tag war es so schön, daß sie ihren Badeanzug auszog und nackt ins Wasser sprang. Ich beobachtete sie, bis ihre Jugend und ihre sprudelnde Laune mir die Tränen in die Augen trieb. Und dann wurde mir klar, was mit mir passiert war. Zu viele Jahre waren vergangen, ohne daß mich etwas so berührt hatte, daß ich darüber weinen konnte.

Mein Körper war meine Welt geworden. Mein Körper, meine Schale, mein Gefängnis, in dem ich meine Zeit absaß. Und das war ganz falsch. Denn aus einem Gefängnis soll man versuchen auszubrechen. Ich tat genau das Gegenteil. Meine einzige Sorge war es, Mittel und Wege zu finden, um immer mehr Zeit darin zu verbringen. Jetzt, in diesem Augenblick wußte ich, was ich zu tun hatte.

Seit über dreißig Jahren saß ich in diesem Stuhl und glaubte zu leben, während ich in Wirklichkeit tot war. Aber das sollte nicht so weitergehen. Es gab noch etwas für mich zu tun. Ich konnte einen Wagen für Betsy bauen, wie ich ihn für ihre Urgroßmutter gebaut hatte. Als sie aus dem Bassin kam und wir am Frühstückstisch saßen, erzählte ich ihr, was ich vorhatte. Sie sprang auf und umarmte mich stürmisch. Und wissen Sie, was sie sagte?«

Ich schüttelte den Kopf.

»Urgroßvater, das wäre das Tollste, was irgendwer für mich tun könnte!«

Er schwieg eine Weile. »Nachdem sie fort war, rief ich Loren an. Er lobte meine wunderschöne Gefühlsregung, fand sie aber nicht sehr brauchbar. Unsere Gewinnstruktur war wirtschaftlich stabil, der Bau eines neuen Wagens hätte sie möglicherweise gestört. Praktisch fehlte es uns an Platz, weil mehr als siebzig Prozent für andere Produkte festgelegt waren. Ich brachte ihn so weit, daß er mir versprach, die Sache zu untersuchen.«

»Hat er es getan?«

»Ich weiß nicht. Ich habe jedenfalls nichts mehr von ihm gehört. Nach einiger Zeit wurde mir klar: Wenn ich den Plan ausführen wollte, mußte ich jemand anderen dafür finden. So kam ich auf Sie.«

»Warum auf mich?«

»Weil für Sie, ebenso wie für mich, die Autos das Leben bedeuten. Das wußte ich seit jenem Tag im Park. Und ich wußte auch, es würde nur eine Frage der Zeit sein, bis Sie aufhören würden, sich mit Spielzeug abzugeben, und zum Kern der Dinge kommen würden, an denen Ihnen lag. In dem Augenblick, in dem ich nach dem Rennen in Indy Ihre Stimme am Telefon hörte, wußte ich, daß ich recht hatte.«

»Na schön, jetzt haben Sie mich also«, sagte ich lächelnd. »Aber da ist immer noch Loren.«

»Ja, das verstehe ich nicht recht«, sagte er grübelnd. »Ich weiß, Loren ist nicht dumm. Er müßte schon längst herausgefunden haben, was wir vorhaben. Aber ich habe noch immer kein Wort von ihm gehört.«

»Loren hat andere Dinge im Kopf«, sagte ich.

»Was zum Beispiel? Eines tut Loren nie: das Geschäft aus den Augen lassen.«

»Diesmal hat er es getan.«

»Seien Sie nicht so verdammt geheimnisvoll!« fuhr er mich an. »Wenn Sie was wissen, sagen Sie es mir!«

»Loren ist mit einer Liebesaffäre beschäftigt«, sagte ich. »Im Augenblick ist er auf Hawaii.«

»Woher wissen Sie das?« fragte er scharf. »Ich habe bei ihm zu Hause und im Büro angerufen. Niemand hat eine Ahnung, wo er ist.«

Ich lachte. »Ich habe praktisch alles getan, um das Mädchen zu ihm ins Flugzeug zu setzen.« Ich erzählte ihm kurz die Geschichte, und am Ende lächelte er.

»Sehr gut«, sagte er. »Ich hatte mich schon gefragt, ob er überhaupt menschliche Gefühle hat. Vielleicht besteht noch Hoffnung für ihn.«

Ich stand auf. »Ich denke, ich seh' mal drinnen nach, wie die Jungens mit ihren Zahlen vorankommen.«

Er blieb dort sitzen und sah auf den Ozean, während ich zum Haus zurück und in die Bibliothek ging. Trotz der offenen Fenster schwebten Schwaden von blauem Zigarettenrauch über dem Tisch. An einem Ende saßen Len Forman, ein Seniorpartner von Danville, Reynolds, und Firestone, der das Emissionskonsortium vertrat; am anderen Arthur Roberts, ein bedeutender New Yorker Wirtschaftsberater, den wir engagiert hatten. Was mir an Artie gefiel, war der Umstand, daß er keine Angst vor einem Kampf hatte. Wir alle wußten ja, daß das, worauf wir uns nun einließen, kein Spaß sein würde.

»Wie weit sind wir?« fragte ich.

»Fast fertig«, antwortete Artie. »Ich glaube, wir können uns jetzt darüber unterhalten.«

»Ich hole Nummer Eins«, sagte ich.

»Tun Sie das nicht!« bat Artie schnell. »Wir kommen mit Ihnen. Wir waren drei Tage in diesem Raum eingeschlossen. Ein wenig frische Luft kann uns nicht schaden.«

»Ich muß noch ein paar Dinge klären«, sagte Len. »Gehen Sie nur voraus, ich komme nach.«

Wir gingen zum Schwimmbassin hinunter. Nummer Eins schaute immer noch auf den Ozean. Als er unsere Schritte hörte, wandte er den Kopf. Er ging sofort auf den Kern der Sache los. »Was glauben Sie, Mr. Roberts? Können wir es machen?«

»Es läßt sich machen, Mr. Hardeman«, sagte Artie. »Aber ich glaube, wir sollten die verschiedenen Möglichkeiten prüfen.«

»Erklären Sie das näher«, sagte Nummer Eins kurz. »Aber drücken Sie sich einfach aus. Ich bin Techniker, kein Anwalt oder Buchhalter.«

»Ich werde mich bemühen.« Artie lächelte. Er wußte ebensogut wie ich, daß Nummer Eins alles genau überlegt hatte, lange bevor einer von uns sich mit der Sache befaßte. »Es gibt da verschiedene Möglichkeiten. Erstens, das Ganze als Aktiengesellschaft aufzuziehen. Das läßt sich wohl ohne ernstliche Steuernachteile durchführen. Zweitens kann man die Apparatebau- und Fabrikationsabteilung von der Gesellschaft abtrennen und sie entweder verkaufen oder eine Aktiengesellschaft daraus machen; drittens – das Gegenteil von zweitens – könnte man die Automobilabteilung abtrennen und sie in eine Aktiengesellschaft verwandeln. Das wäre die am wenigsten zugkräftige Methode, weil es sich um eine Struktur ohne Gewinn handelt.«

»Glauben Sie, daß wir das erforderliche Kapital aufbringen können?« fragte Nummer Eins.

»Ich sehe keinen Grund, warum nicht«, sagte Artie. »Ganz gleich, für welchen Plan wir uns entscheiden.« Er wandte sich an Forman, der eben hinzutrat, als die Frage gestellt wurde. »Was glauben Sie, Len?«

Forman nickte. »Kein Problem. Es dürfte die am leichtesten abzusetzende Aktienmission werden, die es seit der öffentlichen Ausgabe der Fordaktien gegeben hat.«

»Zu welchem Plan raten Sie?«

»Zum ersten«, sagte Artie sofort. »Das Ganze als Aktiengesellschaft.«

»Sind Sie auch dieser Ansicht, Len?« fragte ihn Nummer Eins.

»Unbedingt, das wäre das Zugkräftigste.«

Nummer Eins wandte sich an Artie. »Ist das auch Ihr Grund?«

»Eigentlich nicht«, sagte Artie. »Ich sehe nämlich nicht ein, warum Sie Ihre Ansprüche auf die besseren Abteilungen Ihres Unternehmens aufgeben sollen. Wenn wir dem Schema Ford folgen, können Sie beides haben!«

Nummer Eins schwieg ziemlich lang, dann holte er tief Atem und wandte sich an mich. »Wann wird Ihrer Meinung nach mein Enkel wieder in Detroit sein?«

»Im Laufe der nächsten Woche.«

»Ich finde, wir sollten hinfahren und uns mit ihm treffen«, sagte er. »Vielleicht habe ich mich in ihm die ganze Zeit geirrt. Man sollte ihm die Chance geben, seine Entschlüsse selbst zu fassen.«

»Das wäre nur recht und billig«, sagte ich.

»Ich werde Mrs. Craddock beauftragen, ihn in seinem Büro anzurufen und für Mittwoch abend in meinem Haus in Grosse Point eine Zusammenkunft zu verabreden.« Er setzte seinen Stuhl in Richtung Haus in Bewegung, und Donald tauchte wie durch ein Wunder auf und schob ihn. Nummer Eins wandte sich an uns: »Kommen Sie, meine Herren, trinken wir etwas.«

Wir gingen neben seinem Stuhl her. Forman fragte: »Haben Sie darüber nachgedacht, Mr. Hardeman, was für einen Wagen Sie bauen wollen?«

Nummer Eins lachte. »Hoffentlich einen, der richtig läuft.«

»Ich meine das Design«, sagte Danville höflich.

»Wir fangen eben erst an«, meinte Nummer Eins. »Automobildesign ist eine sehr komplizierte Kunst. Eine Kunst, ja, genau das ist es, eine moderne, funktionelle Kunst. Eine unmittelbare Collage unserer technokratischen Gesellschaft, das ist es, meine Herren.«

»Haben Sie für den Wagen schon einen Namen, Mr. Hardeman?« fragte Artie. »Soviel ich weiß, sind Namen sehr wichtig.«

»Das stimmt. Und ich habe einen.« Er sah mich mit einem Lächeln an, das nur wir beide verstanden. »Die Betsy. So werden wir ihn nennen. Die Betsy.«

14

Ich brachte Artie und Len so zum Flughafen, daß sie die späte Nachmittagsmaschine nach New York erreichten. Als ich zum Haus zurückkam, wurde ich bereits von Donald erwartet.

»Eine Lady Ayres hat angerufen«, sagte er. »Sie gab eine Nummer an, unter der Sie zurückrufen können. Es ist wichtig.«

»Woher kam der Anruf?« fragte ich.

»Aus New York«, antwortete er. »Soll ich versuchen, sie zu erreichen?«

»Ja, bitte.« Ich folgte ihm in die Bibliothek. Aus einer Kanne Kaffee, die auf dem Tisch stand, füllte ich eine Tasse und wartete. Kurz darauf klingelte der Apparat. Ich hob den Hörer ab. »Hallo.«

»Angelo.« Ihre Stimme klang gepreßt. »Ich muß dich sehen. Sofort.«
»Was tust du in New York?« fragte ich. »Ich dachte . . .«
»Alicia weiß, daß Loren mit mir fort war. Das Büro hat nach ihm gesucht und den Fehler begangen, es ihr zu sagen.«
»Warum hat ihn das Büro gesucht?«
»Da war etwas im Zusammenhang mit dir. Sehr viel hat er mir nicht erzählt. Aber er war sehr wütend und sagte, du könntest ins Gefängnis kommen. Dann rief Alicia an, und er erzählte ihr alles.«
»So ein verdammter Narr!«
»Er ist nicht sehr weltklug«, sagte sie. »Bei ihm ist es eine Ehrensache. Und nun will er mich heiraten.«
»Wo ist er?«
»In Detroit. Ich muß dich sehen. Darf ich zu dir kommen?«
»Nein. Ich komme nach New York. Wo wohnst du?«
»Im Waldorf«, sagte sie.
»Ich bin morgen nachmittag bei dir.«
»Ich liebe dich, Angelo.« Ihre Stimme klang erleichtert.
»Wiedersehen, Liebling«, sagte ich. Nummer Eins war im Türeingang erschienen.
»Wer war das?« fragte er.
»Die junge Frau, von der ich Ihnen erzählt habe. Die Sache ist aufgeflogen: Loren kennt unsere Pläne.«
»Ich weiß«, sagte Nummer Eins gereizt. »Ich habe schon mit ihm gesprochen. Aber es ist noch etwas anderes passiert.«
»Ja, Alicia hat ihn mit der anderen erwischt. Er will sich scheiden lassen.«
»O du mein Gott!« sagte Nummer Eins. »Wird denn der Junge nie erwachsen?«

15

»Ich weiß nicht, was zum Teufel ich hier treibe«, sagte sie. Sie ging in dem geräumigen Wohnzimmer des Appartements von Bethlehem Motors im Waldorf Towers auf und ab. »Alles ist so schnell gekommen.«
Ich saß im Sessel und sah ihr zu, trank einen Schluck aus meinem Glas und sagte nichts.
»›Fahr ins Appartement der Firma im Waldorf‹, sagte er mir, ›und warte dort, bis du von mir hörst. Mach dir bloß keine Sorgen.‹« Sie blieb stehen und sah mich an. »Erst als ich im Flugzeug nach New York saß, überlegte ich, was er gesagt hatte. Es gab nichts, worüber man sich hätte Sorgen machen sollen. Es war nichts zwischen uns vorgefallen.«
Ich sagte noch immer nichts.
»Du glaubst mir nicht, wie?« fragte sie.
»Natürlich glaube ich dir.«
»Es klingt aber nicht so.«
»Komm her!« sagte ich.
Sie durchquerte das Zimmer und blieb vor mir stehen. Ich beugte mich vor, küßte sie mitten auf ihr Ding und schaute ihr dann ins Gesicht. »Glaubst du mir jetzt, daß ich dir glaube?«
Sie lächelte flüchtig. »Eine verzwickte Frage. Du bist verrückt.«
»Jetzt reg dich erst mal ab und erzähl mir genau, was vorgefallen ist. Was dir unwichtig erscheint, kann für ihn ungeheuer wichtig sein. Vergiß nicht, daß wir von einem sehr altmodischen Mann sprechen.«
»Das stimmt«, sagte sie. »Er ist von einer jungenhaften Naivität, die ich zuerst für gespielt hielt. Sie war es aber nicht. Er ist wirklich so.«

»Habt ihr zusammen in einem Appartement gewohnt?«
»Nein. Unsere Appartements lagen nebeneinander.«
»Mit Verbindungstür?«
»Ja. Aber er kam nie zu mir herüber, ohne vorher anzuklopfen. Dabei war nicht einmal abgeschlossen. Er gab mir keinen Gutenachtkuß, ohne mich vorher um Erlaubnis zu bitten. Und daß er in mich verliebt ist, hat er erst nach dem Telefongespräch mit Alicia erwähnt.«
»Er muß es aber doch gezeigt haben.«
»Natürlich«, sagte sie, »alle Anzeichen waren vorhanden. Täglich die frischen Blumen, die Art, wie er mich mit großen runden Augen ansah, die ständigen zufälligen Berührungen meiner Hand, du weißt schon. Ich fand es reizend, nahm es aber nicht ernst. Wer hätte das gekonnt? Es war alles so neunzehntes Jahrhundert.«
»Wie konnte Alicia es dann erfahren, wenn alles so harmlos war?«
»Eben weil es so harmlos war«, sagte sie. »Das war ja das Alberne an dem Ganzen. Alicias Anruf wurde durchgestellt, während wir in meinem Appartement einen Cocktail tranken. Hätten wir im selben Appartement gewohnt, hätte ich den Hörer gar nicht abgenommen. So aber dachte ich mir nichts dabei. Sie erkannte meine Stimme sofort.«
»War das vor oder nach seinem Gespräch mit dem Büro?«
»Vorher. Eigentlich rief sie ihn deshalb an. Sie wollte fragen, ob das Büro wissen durfte, wo er zu erreichen war.«
»Aber Liebling«, sagte ich, »das ist nicht altmodisch, sondern einfach blöd. Es gehört schon ein besonderes Talent dazu, wenn ein Mann seiner Frau sagt, wo er hinfährt – besonders, wenn er mit einer anderen verreist. Nein, er wollte sich erwischen lassen.«
»Glaubst du wirklich?«
»Was denn sonst?« Ich schaute sie an. »Ich wußte schon am ersten Abend, als wir uns beim Abendessen in ihrem Haus kennenlernten, daß er sich für dich interessiert. Alicia ist nicht blind. Sie hat es sicher auch gemerkt.«
Sie überlegte einen Augenblick. »Natürlich, so muß es gewesen sein. Wie konnte ich nur so dumm sein?«
Ich lächelte. »Du nimmst eben als selbstverständlich an, daß die Männer dir zu Füßen fallen.«
»Aber warum hat er mir nichts gesagt?«
»Vielleicht hatte er Angst, du würdest ihn abweisen. Wer zum Teufel kann das wissen?«
»Was soll ich tun?« fragte sie. »Ich kann diese ganze *merde* nicht gebrauchen.«
Irgendwo in meinem Hirn begann eine Alarmglocke zu läuten. Warum plötzlich die veränderte Sprache? Sie hatte früher hemmungslos die englischen Kraftausdrücke verwendet. »Was für eine Scheiße?« fragte ich.
»Du weißt ja«, sagte sie. Zum erstenmal redete sie ungenau. »Das alles, seine Scheidung im nächsten Jahr.«
»Im nächsten Jahr?«
»Ja. Er wollte sich nicht vor Elisabeths Einführung in die Gesellschaft im nächsten September scheiden lassen. Er will ihr nichts verpatzen.«
»Er scheint ja alles sehr gründlich überlegt zu haben«, meinte ich. »Und er will, daß du wartest?«
Sie nickte.
Da spürte ich, wie das Getriebe einrastete; langsam ließ ich den Schalthebel los. »Los, jetzt, Bobbie, Schluß mit der Spielstunde«, sagte ich. »Kommen wir zur Sache. Seit wann bist du hinter ihm her?«
Sie starrte mich eine Zeitlang an. »Du bist ein abscheulicher Mensch!«
»Es erfordert Übung«, sagte ich. »Die Minute der Wahrheit. Seit wann?«
Sie zögerte. »Seit zwei Jahren.«

»Warum hast du so lange gebraucht? Warum hast du ihn nicht einfach beim Schwanz gefaßt?«

»Das hätte ihn abgeschreckt. Ich mußte die Lady spielen.«

»Ja, da hast du wahrscheinlich recht.«

»Du bist mir nicht böse?«

»Warum denn? Ich kenne dich doch erst seit wenigen Wochen.« Ich steckte mir eine Zigarette an. »Ich sehe da kein Problem für dich. Du hast erreicht, was du wolltest.«

Sie sah mir in die Augen. »Ich hatte nicht erwartet, mich in dich zu verlieben.«

»Was macht das für einen Unterschied?«

»Ich will dich nicht verlieren.«

»Das wirst du nicht«, sagte ich lächelnd. »Ich habe nichts gegen ein bißchen Ehebruch. Er macht die Sache sogar noch amüsanter.«

»Du könntest mich bitten, dich zu heiraten, du Schweinehund«, sagte sie. »Wenigstens aus Höflichkeit.«

»Nichts zu machen.« Ich grinste. »Du könntest mich beim Wort nehmen, und wo kämen wir da hin? Wo wir beide nicht hinwollen.«

»Was soll ich also tun? Hier auf ihn warten?«

»Nein, das wäre ein Fehler. Du mußt dafür sorgen, daß er dir weiter nachläuft. Gib ihm nicht das Gefühl, daß du ihm schon gehörst. Heute abend fliegst du nach London.«

»Wahrscheinlich hast du recht«, meinte sie nachdenklich. »Und was soll ich ihm sagen?«

»Sei edel, sag ihm, du verläßt das Land, weil du ihm keine Ungelegenheiten bereiten willst, du achtest ihn zu hoch, um das zuzulassen. Das müßte in ihm die richtigen Schuldgefühle erwecken.«

Sie starrte mich an. »Letzte Chance«, sagte sie. »Nachdem du mich nicht fragst, frage ich dich: Willst du mich heiraten?«

»Nein.«

Plötzlich füllten sich ihre Augen mit Tränen. »Ich wußte, daß es so kommt«, schluchzte sie. »Ich habe versucht, es dir auf dem Flugplatz in San Francisco zu sagen. Warum hast du mich fortgelassen?«

»Ich hatte keine Wahl. Wir hatten uns beide festgelegt.«

Ihre Stimme klang erstickt an meiner Brust: »Schlaf jetzt mit mir. Bitte!«

Nichts mehr hatte einen Sinn. Alles war anders, doch im Bett hatte sich nichts geändert. Es war immer noch wunderschön.

Wir blieben bis zum letzten Moment im Bett und fuhren dann direkt zum Flughafen. Ich setzte sie ins Flugzeug nach London. Dann bestieg ich die Abendmaschine nach Detroit.

Wir saßen im Herrenzimmer der Hardeman-Villa in Grosse Point rund um einen kleinen, seltsam geformten alten Holztisch, dessen Platte die Zigarettenspuren vieler solcher Besprechungen aufwies. Wir waren vier: Loren, Dan Weyman, Nummer Eins und ich.

Die anderen hatten geschwiegen, solange Nummer Eins ihnen sorgfältig seine Pläne dargelegt hatte. Nun war er zu Ende, und wir warteten auf die Antwort. Sie kam recht schnell.

»Tut mir leid, Großvater, das können wir einfach nicht zulassen«, sagte Loren. »Das Risiko ist zu groß. Wir können es uns nicht leisten, die Zukunft unseres Unternehmens für einen einzigen Wagen aufs Spiel zu setzen.«

Nummer Eins knurrte. »Und wie, glaubst du, ist dieses Unternehmen aufgebaut worden? Genau auf dieser Konzeption. Auf der Zukunft eines einzigen Wagens.«

»Die Zeiten haben sich geändert«, sagte Loren, »die Wirtschaft ist anders. Das erweiterte Produktionsprogramm hat sich als Retter unseres Unternehmens erwiesen.«

»Ich bezweifle keineswegs den Wert der anderen Abteilungen«, sagte Nummer Eins. »Aber ich stimme nicht der Ansicht bei, daß sie uns gerettet haben. Vielmehr glaube ich, daß sie uns beinahe unser Unternehmen gekostet haben. Unser Automobilgeschäft ist fast am Ende. Bei uns wedelt der Schwanz jetzt mit dem Hund.«

»In den dreißig Jahren, seit du das Unternehmen geleitet hast, haben sich die Umstände geändert«, meinte Loren hartnäckig. »Die letzten neuen amerikanischen Wagen auf dem Markt waren der Henry J. und der Edsel. Und schau dir an, was mit ihnen passiert ist. Kaiser ist nicht mehr im Geschäft, und der Edsel hat Ford beinahe ruiniert.«

»Kaiser hätte es geschafft, wenn er weitergemacht hätte, aber er war kein Automann«, sagte Nummer Eins. »Und der Edsel hat Ford nicht aufgehalten; die sind heute größer als je zuvor. Nächstes Jahr kommen sie mit den Sub-Compact-Cars heraus. Glaubst du, sie würden das tun, wenn sie meinen, daß sie damit Geld verlieren?«

»Sie müssen wohl«, antwortete Loren. »Sie müssen der ausländischen Konkurrenz die Stirn bieten. Wir brauchen das nicht. Wir sind zufrieden mit dem, was wir haben.«

»Du vielleicht, aber ich nicht«, sagte Nummer Eins. »Mir paßt es nicht, den Vetter zweiten Grades in einem Geschäft zu spielen, in dem wir einmal zur Stammfamilie gehört haben.« Er sah mich an, dann wieder Loren. »Wenn das deine Einstellung ist, wüßte ich nicht, weshalb wir noch weiter im Autogeschäft bleiben.«

»Es ist leicht möglich, daß wir im nächsten Jahr nicht mehr drin sind«, erwiderte Loren unumwunden. »Wir können es uns nicht mehr leisten.«

»Aus dem Autogeschäft gehen wir nur über meine Leiche«, sagte Nummer Eins eisig.

Loren schwieg. Er sah nicht gut aus. Unter seinen Augen lagen blaue Ringe, sein Gesicht war angespannt und vor Übermüdung gedunsen. Einen Augenblick lang tat er mir leid. Er hatte von allen Seiten Böses abbekommen, zu Hause wie im Büro. Aber seine nächsten Worte vertrieben mein Mitleid.

Er starrte seinem Großvater in die Augen und sprach ebenso kalt wie er. Es schien fast, als seien nur die beiden im Zimmer: »Bei einer gestern abgehaltenen Sondersitzung des Firmenvorstands wurden drei Beschlüsse gefaßt:

Erstens die sofortige Entlassung Angelo Perinos als Vizepräsident der Gesellschaft.

Zweitens die Eröffnung eines Strafprozesses gegen Mr. Perino wegen Verpflichtung der Gesellschaft zu gewissen Ausgaben ohne entsprechende vorschriftsmäßige Ermächtigung.

Drittens die Erstellung eines Antrags an die Gerichte des Staates Michigan zur Ernennung eines Zwangsverwalters für deinen Aktienbesitz in der Gesellschaft, bis festgestellt werden kann, ob du völlig geschäftsfähig und für deine Handlungen verantwortlich bist.«

Nummer Eins schwieg, sein Blick blieb auf Lorens Gesicht gerichtet. Er seufzte. »Willst du die Sache auf diese Weise austragen?«

Loren nickte und stand auf. »Kommen Sie, Dan. Die Besprechung ist zu Ende.«

»Nicht ganz«, sagte Nummer Eins mit ruhiger Stimme. Er schob Loren ein Blatt Papier über den Tisch zu. »Lies das!«

Loren warf einen Blick darauf. Er wurde blaß, seine Züge wirkten noch gespannter als zuvor. »Das kannst du nicht tun!«

»Ich habe es bereits getan«, antwortete Nummer Eins. »Alles ganz ordentlich und legal. Du kannst sogar den amtlichen Stempel darauf sehen, der es beglaubigt. Als Hauptaktionär und Abstimmungstreuhänder von achtzig Prozent der Gesellschaft bin ich berechtigt, jeden oder alle Direktoren des Unternehmens mit oder ohne Grund abzusetzen. Und das habe ich getan. Eure gestrige Vorstandssitzung hat euch nichts genützt. Alle Direktoren sind seit Montag entlassen.«

Loren stand reglos.

»Setz dich lieber hin, mein Sohn«, sagte Nummer Eins sanft. Loren rührte sich nicht.

Die Stimme von Nummer Eins klang noch immer sanft. »Du kannst zwischen zwei Dingen wählen: gehen oder bleiben. Dein Vater und ich waren nicht immer der gleichen Ansicht, aber wir sind beisammengeblieben.«

Loren setzte sich langsam. Er sprach noch immer nicht.

Nummer Eins nickte. »So ist es besser«, sagte er. »Nun können wir zum eigentlichen Zweck dieser Besprechung übergehen, dem Bau eines neuen Wagens. Ich habe deiner Tochter versprochen, ihr einen zu bauen, und bei Gott, ich werde dieses Versprechen halten!«

Ich schaute über den Tisch hinweg zu Loren hin. Es wäre mir lieber gewesen, wenn er sich bewegt hätte. Dann begegnete ich seinem Blick und wußte, ich hatte recht gehabt.

Was immer Nummer Eins glauben mochte, der Krieg hatte eben erst begonnen.

1

Das ruhige Summen des 275-PS-Motors unter der Haube des konservativen schwarzen Sundancers wirkte beruhigend auf Dan Weyman, als er aus der Einfahrt auf die kleine Straße zur US 10 hinausfuhr. Mit ein wenig Glück würde er zu Hardemans Haus nicht mehr als zwanzig Minuten brauchen.

Loren wartete bereits im Frühstückszimmer. »Entschuldigen Sie bitte die Verspätung«, bat Dan.

»Macht nichts«, sagte Loren. »Auf diese Weise hatte ich Zeit, mich etwas zu informieren.« Er deutete auf einen Stoß von Exemplaren der *Automotive News*, der neben ihm auf dem Boden lag.

»Es ist nicht viel los«, sagte Dan. »Alles deutet darauf hin, daß die Sub-Compacts im Herbst herauskommen. Man verfolgt, was mit dem Gremlin vorgeht. Aber bevor der Pinto und der Vega nicht auf dem Markt sind, wird sich wenig rühren.«

Er betrachtete Loren und fand, daß er gut aussah. Noch vor wenigen Monaten hatte er gewirkt, als hätte man ihn durch die Mangel gedreht. Aber das war nun offenbar vorbei. Jetzt schien er geduldig auf die Dinge zu warten, von denen er wußte, sie würden eintreffen. Dan nahm Platz.

»Ich habe gute Nachrichten«, begann Loren. »Ich habe das Geschäft mit Westdeutschland abgeschlossen.«

»Gratuliere!« Dan lächelte.

»Sie sind dort bereit, die Produktion sofort aufzunehmen. Das volle Sortiment: Kühlschränke, Elektroherde, Fernsehapparate. Damit öffnet sich uns der ganze Gemeinsame Markt auf Wettbewerbsgrundlage.«

»Das bedeutet einen zusätzlichen Nettogewinn von mehr als zwei Millionen Dollar in diesem Jahr«, sagte Dan begeistert. »In drei Jahren müßten wir ihn auf fünfzehn Millionen steigern können.«

Loren nickte. »Sie werden also nächsten Monat rüberfliegen müssen, um die Einzelheiten sorgfältig auszuarbeiten. Ich habe den Leuten auch ein vollständiges Technikerteam für die Schulung ihres Personals versprochen.«

»Kein Problem.« Dan rieb sich die Hände. »Das sind gute Nachrichten für die Vorstandssitzung heute nachmittag. Bis jetzt haben die Herren außer Genehmigungen für Geldzuweisungen noch nichts bekommen. Das Geld fliegt raus wie eine Mondrakete.«

»Darüber scheint sich der Vorstand keine Sorgen zu machen«, sagte Loren.

Dan nickte. Er wußte, was Loren meinte. Die neuen Direktoren vertraten die Banken und Emissionsfirmen, welche die Vorfinanzierung durchgeführt hatten. Sie bewilligten jeden Vorschlag, den Nummer Eins machte.

»Seltsam«, fuhr Loren in beinahe erstauntem Ton fort, »hier verdienen wir zwar das Geld, aber die interessiert nur ein neuer Wagen, der bestenfalls eine riskante Spekulation ist. Wissen Sie, sogar in Europa wollten sich die meisten Leute darüber unterhalten: über den neuen Wagen. Da scheinen alle einsteigen zu wollen.«

»Was sagen Sie ihnen?«

»Ich mache ein geheimnisvolles Gesicht und sage, darüber werden ich mit ihnen zur gegebenen Zeit sprechen. Es würde verdammt albern aussehen, wenn ich ihnen die Wahrheit sage: Daß ich eigentlich nicht mehr weiß als sie.« Er machte eine kurze Pause. »Übrigens, was tut Mr. Perino zur Zeit?«

»Er hat Veränderungen an den drei Rennwagen vorgenommen«, sagte Dan. »Das ist aber schon mehrere Wochen her. Seither habe ich nichts mehr gehört.«

»Und der neue Wagen?«

»Nicht ein Wort«, sagte Dan. »Vielleicht hören wir etwas bei der heutigen Sitzung. Man verlangt von uns die Genehmigung für die Verlegung der Abteilungen für Konstruktion und Design an die Westküste.«

»Wann will er das durchführen?«

»Im nächsten Monat. Er sagt, bis dahin ist das neue Werk fertig.«

»Nimmt mein Großvater an der Sitzung teil?«

»Er wird erwartet. Er kommt immer, wenn es sich um den neuen Wagen handelt.«

Sie wurden durch eine Stimme an der Tür unterbrochen: »Darf ich reinkommen, Daddy?«

Loren sah auf. Sein Gesicht, das ernst gewesen war, entspannte sich. »Selbstverständlich, Betsy.«

Sie kam ins Zimmer, beugte sich über ihren Vater und küßte ihn auf die Wange. »Hast du eine gute Reise gehabt?«

Loren nickte. Sie wandte sich an Dan. »Guten Morgen, Mr. Weyman.«

Ohne auf Dans Antwort zu warten, sagte sie zu ihrem Vater in einem merkwürdig vorwurfsvollen Ton: »Du hast mir gar nicht verraten, daß wir mit einem Sundancer Super Sport herauskommen!«

Loren war überrascht. »Mit einem was?«

»Einem Superwagen. Du weißt schon, mit einem heißen.«

Loren schaute Dan an. Sie sagten nichts.

»Mit mir brauchst du nicht so geheimnisvoll zu tun«, meinte sie. »Ich gehöre doch schließlich zur Familie. Ich hätte keiner Menschenseele etwas verraten.«

Die beiden Männer schwiegen noch immer.

Betsy griff über den Tisch und goß sich eine Tasse Kaffee ein. Mit der Tasse in der Hand wandte sie sich wieder zur Tür. »Na, schön, wenn du nicht willst, dann sag eben nichts. Aber ich habe gestern abend einen in der Woodward Avenue gesehn. Und weißt du was, Daddy?«

Loren schüttelte den Kopf.

Sie lächelte stolz. »Er hat alles andere, was da auf der Straße rollte, ausgestochen!«

2

Loren studierte den Bericht. »Sind Sie sicher, daß diese Zahlen stimmen?«

Bancroft nickte energisch. »Die Finanzabteilung hat sie nachgeprüft. Dan sagt, wir können uns nicht irren. Ich habe feste Bestellungen für dreitausend Wagen. Das bedeutet für uns zwei Millionen Nettogewinn auf den ersten Anhieb. Die Händler sind wild darauf.«

»In diesem Geschäft sprechen sich die Dinge schnell herum«, sagte Loren.

»Der Wagen war in den letzten drei Wochen jeden Abend in der Woodward Avenue. Jeder Geschwindigkeitsfan im Land brennt schon darauf, einen zu bekommen.«

»Was sagte Angelo?«

»Er sagt, er hat ihn nicht für den Markt gebaut. Es sind Experimentierwagen, sonst nichts.« Bancroft atmete tief. »Aber bei Gott, es ist das erstemal seit zehn Jahren, daß nicht ich die Händler bitte, sondern daß *sie* mich anrufen.«

»Ich möchte einen Wagen sehen«, erklärte Loren. »Bis jetzt habe ich nur die Pläne zu Gesicht bekommen.«

»Nichts leichter als das«, sagte Bancroft. »Einer ist eben jetzt auf der Versuchsbahn bei der Testfahrt über fünfzigtausend Kilometer.«

Loren stand auf. »Gehen wir.« Er drückte auf den Knopf des Haustelefons. »Rufen Sie Dan Weyman an«, sagte er seiner Sekretärin. »Er soll zur Testbahn kommen. Wir sind auch dort.«

Es war ein grauer Tag mit Wolken und gelegentlich stürmischem Wind und Regen. Die Testbahn lag hinter dem Willow-Run-Flughafen, südwestlich der Stadt. Sie brauchten fünfundvierzig Minuten, um auf der Industrie-Schnellautobahn hinzukommen. Nachdem sie die Autobahn verlassen hatten, fuhren sie noch fünf Minuten über eine gewundene Nebenstraße, bis sie schließlich vor einem Drahtzaun hielten. Eine dichte Zypressenhecke jenseits des Zauns verbarg alles, was dahinter lag.

Aus einer Hütte vor dem Tor trat ein Wächter. Ein zweiter beobachtete die Fremden neugierig aus dem Inneren seiner Bude.

Loren betrachtete den Mann, der auf sie zukam. Er trug nicht die übliche graue Uniform der Wachmannschaft, sondern die dunkelblaue mit dem ledernen Koppel und dem Schulterriemen der Agentur Burns. »Meine Herren?« fragte er freundlich.

Bancroft öffnete ein Fenster und beugte sich aus dem Fahrersitz. »Ich bin Mr. Bancroft. Das sind Mr. Hardeman und Mr. Weyman.«

Der Wächter nickte höflich. »Guten Tag, meine Herren.« Er rührte sich nicht.

Bancroft sah ihn gereizt an. »Warum stehen Sie denn rum, Mann, lassen Sie uns rein!«

Der Wächter erwiderte seinen Blick gelassen. »Haben Sie einen Passierschein?«

Bancroft fuhr ihn an, er war auf dem Siedepunkt. »Zum Teufel! Wozu brauchen wir einen Passierschein? Mr. Hardeman ist der Präsident der Gesellschaft, und wir sind Vizepräsidenten!«

»Tut mir leid, meine Herren«, sagte der Wächter unbeeindruckt. »Mir ist es gleich, ob sie der liebe Gott, Jesus Christus oder Moses sind. Ohne einen von Mr. Perino oder Mr. Duncan unterschriebenen Passierschein kommen Sie hier nicht rein. Das ist meine Vorschrift.«

Loren stieg aus. »Wächter!« rief er.

Der Mann wandte sich um. »Ja, Sir?«

»Sind Mr. Perino oder Mr. Duncan hier?«

Der Wächter nickte. »Ja, Mr. Duncan ist hier.«

»Wollen Sie ihn gefälligst rufen und ihm sagen, daß wir hier sind und zu ihm möchten?« Loren sprach zwar nicht unfreundlich, aber im Befehlston.

Der Wächter betrachtete ihn einen Augenblick, dann nickte er. Wortlos ging er zu seiner Hütte, griff nach dem Telefonhörer, sprach hinein und legte ihn wieder auf. Er kam nicht mehr aus seiner Hütte, sondern blieb stehen und beobachtete die Fremden durch das Glasfenster.

Loren zündete sich eine Zigarette an. Bancroft und Dan stiegen aus und stellten sich neben ihn. »Wie kommt es, daß wir hier Burns verwenden und nicht unsere eigene Wachmannschaft?« fragte er Dan.

»Angelo hat kein Vertrauen zu ihnen«, antwortete Dan. »Er sagte mir, er erinnert sich an die Zeit, als er den luftgekühlten Sechszylinder für uns testete. Damals hatte Chevy die Pläne beinahe früher als wir.«

»Angelo vertraut keinem außer Technikern, Mechanikern und Fahrern«, fügte Bancroft hinzu. »Aber wo zum Teufel bleibt Duncan?«

Er ging zur Hütte. »Haben Sie mit ihm gesprochen?« fragte er den Wächter.

»Nein, Sir, er war mit dem Fahrer im Wagen. Man hat mir aber gesagt, man wird es ihm mitteilen.«

»Du lieber Gott!« Bancroft nahm eine Zigarette aus der Tasche und steckte sie in den Mund. Ohne sie anzuzünden ging er, daran kauend, zu den anderen zurück.

Es begann zu nieseln, sie stiegen wieder ein und blieben schweigend sitzen. Zehn Minuten vergingen, bis ein Wagen über die Straße innerhalb des Zaunes heranrollte. John Duncan stieg aus, winkte dem Wächter, und das Tor öffnete sich. Er kam zu ihrem Wagen.

»Entschuldigen Sie die Verzögerung«, sagte er. »Aber wir haben Sie nicht erwartet.«

»Keine Ursache, John«, sagte Loren. »Ich habe so viel über den Wagen gehört. Da bin ich kurz entschlossen herübergefahren, um ihn mir anzusehen.«

Duncan lächelte. »Freut mich, daß Sie kommen konnten. Bitte, fahren Sie hinter mir her.«

Sie fuhren ihm nach zum Versuchsgelände. Er stellte den Wagen in eine Parklücke; sie hielten daneben und stiegen aus.

»Wir gehen zu den Boxen rüber, dort sind wir im Trockenen«, sagte Duncan.

Sie folgten ihm durch den leichten Nieselregen zu den Boxen, die sich innerhalb der ovalen Fahrpiste befanden. An einem Tisch saßen einige Männer beim Kartenspiel, und auf einer Couch lag ein Mädchen, das ein Taschenbuch las.

»Die Männer sind Mechaniker«, erklärte Duncan. »Das Mädchen ist eine unserer Testfahrerinnen, Cindy Morris.«

Bancroft betrachtete das Mädchen beifällig. »Ich habe mir schon gedacht, daß Angelo sich etwas Neues einfallen läßt.«

»Die Hälfte der Autofahrer sind Frauen«, erklärte Duncan sachlich, »und nur sehr wenige Wagen werden ohne ihre Zustimmung gekauft. Angelo will ihre Vorstellungen kennenlernen.«

»Das Mädchen gewinnt schon durch seine Erscheinung ein paar Punkte«, sagte Bancroft.

»Sie ist eine erstklassige Fahrerin«, erwiderte Duncan.

»Wo ist der Wagen?« fragte Loren.

Duncan trat zu dem elektronischen Bahnkontrollgerät und drückte auf einen Knopf. Die Lichter leuchteten auf. »Er geht soeben durch Kontrollpunkt drei am anderen Ende der Testbahn.« Er drückte einen anderen Knopf. Auf dem Kontrollschirm leuchteten Ziffern auf. »Er fährt durch die scharfe Kurve mit einhundertfünfzehn Komma drei Stundenkilometern.« Die Zahlen wurden rasch kleiner. »Jetzt ist er auf dreiundachtzig Komma fünfundsiebzig, jetzt kommt er mit sechsundsiebzig Komma null fünf in die Spirale.«

Er wandte sich an die anderen. »Schauen Sie auf den Schirm. Wenn der Wagen aus der Spirale auf die Gerade kommt, müßte er hier mit zweihundertachtundfünfzig vorbeifahren.«

Sie beobachteten fasziniert den Kontrollschirm. Plötzlich schnellten die Ziffern nach oben. Innerhalb von Sekunden waren sie über zweihundertfünfundzwanzig hinaus und stiegen weiter. Von irgendwoher hörte man bereits leise das Motorengeräusch.

Es wurde lauter, und sie gingen zur Tür, um besser zu sehen. In der Ferne stachen die weißen Strahlen der Scheinwerfer durch den Nieselregen. Fast ehe sie sich dessen ganz bewußt waren, wurden die Scheinwerfer zu einem blendend weißen Licht, und der Wagen flog an ihnen vorbei wie ein geisterhafter grauer Schatten und verschwand weiter hinten im Nichts.

»Zweihunderteinundsiebzig Komma fünfundsechzig«, verkündete Duncans Stimme vom Kontrollgerät.

»Welche Spitze erreichte er eigentlich?« fragte Loren, als er wieder neben ihm stand.

»Wir haben ihn schon auf dreihundertsieben Komma fünf gebracht«, antwortete Duncan. »Aber die Bahn ist naß, und ich habe den Leuten gesagt, sie sollen nicht über zweihundertfünfundsechzig gehen.«

»Wie viele Kilometer haben Sie ihn bis jetzt gefahren?«

»Zweiundsechzigtausend. Bei fünfundsechzig nehmen wir ihn heraus, überholen ihn und schicken ihn wieder los.«

»Hält der Motor durch?« fragte Loren.

»Ausgezeichnet. Nur der normale Verschleiß, obwohl wir ihn frisiert haben. Besser als ich dachte. Alle Sensorablesungen sind prima.«

»Ich möchte den Wagen sehen«, sagte Loren.

Das Auto kam gerade heran, als der Regen aufhörte, und stoppte. Loren musterte den Wagen. Kein Zweifel, es war die zweitürige Standard-Sundancer-Limousine. Aber es gab da feine Unterschiede. Die Motorhaube war leicht gegen die Scheinwerfer geneigt. Das fast viereckige Rückfenster war weich abgerundet worden und in sanfter Kurve zur Stabilisierungsflosse, die über dem Kofferraum montiert war, nach unten gezogen. Der Wagen erhielt dadurch ein ausgesprochen europäisches Aussehen.

Der Fahrer stieg aus. Er bewegte sich steif in seinem feuerfesten Overall und löste im Näherkommen den Kinnriemen seines Sturzhelms. »Was ist«, sagte er streitlustig. »Was hab' ich falsch gemacht?«

»Nichts«, erklärte Duncan, »Mr. Hardeman wollte ihn sich nur mal ansehen.«

Der Fahrer atmete erleichtert auf und zog ein Paket Zigaretten aus der Tasche. »Sie haben wohl nichts dagegen, wenn ich mir 'ne Tasse Kaffee hole?«

Duncan schüttelte den Kopf, und der Fahrer ging ins Haus.

Loren schaute ins Wageninnere. Das Armaturenbrett war mit allen möglichen Instrumenten ausgerüstet. Er wandte sich an Duncan. »Was habt ihr mit dem Wagen angestellt?«

Duncan trat neben ihn. »Alle Spezialinstrumente, die Sie da sehen, haben eingebaute Sensoren. Sie übertragen die Daten auf unsere Kontrolltafel. Wir haben zwei vierzylindrige Webers mit großer Bohrung und eine neue Sammelleitung eingebaut und die Bohrung der Zylinder vergrößert. Dadurch bekommen wir ein Kompressionsverhältnis von eins zu elf und holen bis zu dreihundertvierzig PS heraus. Die Karosserie ist aus Fiberglas auf Stahldrahtnetz, mit Aufhängung vorne und hinten durch Torsionsstäbe mit stoßabfangender Wirkung an einem Stahlrohrchassis.«

»Was heißt das genau?« fragte Loren.

»Je stärker die Stöße sind, desto stärker der Widerstand«, antwortete Duncan. »Es ist das gleiche Prinzip wie bei einer Hängebrücke, die um so fester hält, je größer das Gewicht ist. So gibt es Sicherheit bei leichtem Gewicht und sparsamen Herstellungskosten. Der Wagen wiegt um dreihundert Kilogramm weniger als der Sundancer Standard mit der gleichen Ausrüstung, und die Karosserie kostet um vierzig Prozent weniger.« Duncan zündete sich eine Zigarette an. »Natürlich könnte der Wagen noch leichter sein, aber wir mußten die Hinterachse und die Antriebswelle verstärken, um die Motorleistung abzufangen.«

»Wie fährt er sich?« fragte Loren.

Duncan warf ihm einen Blick zu. »Wie wär's, wenn Sie eine Runde auf der Bahn drehen und sich selbst davon überzeugen?«

Loren schaute in die Runde. Die Vorstandssitzung war beinahe vorüber, und sie war ruhig, fast routinemäßig verlaufen. Man hatte sich über den Abschluß mit Westdeutschland sehr befriedigt gezeigt, und Loren sonnte sich in dem Lob, das ihm von allen Seiten gezollt wurde. Sogar Nummer Eins, der am unteren Ende des Tisches in seinem Rollstuhl saß, war sichtlich beeindruckt.

Nun mußte noch der letzte Punkt der Tagesordnung vom Vorstand besprochen werden, die Genehmigung zur Verlegung der Abteilung Design und Konstruktion an die Westküste. Loren blätterte in seinem Memorandum.

»Meine Herren«, sagte er, »Sie haben Punkt einundzwanzig vor sich auf dem Programm, und bevor wir uns damit befassen, möchte ich einige Worte sagen.«

Er wartete ihre schweigende Zustimmung ab, dann fuhr er fort. »Zuerst, glaube ich, müssen wir Mr. Perino für die phantastische Arbeit loben, die er mit den Versuchswagen geleistet hat. Wie Sie bereits wissen, hat er drei Sundancer-Standard-Limousinen in Hochleistungsmaschinen umgebaut. Was Sie möglicherweise noch nicht wissen, weil er es vielleicht aus Bescheidenheit nicht erwähnt hat: Er hat damit einen der sensationellsten Wagen konstruiert, den Bethlehem jemals das Glück hatte zu produzieren. Und ich weiß, wovon ich rede, meine Herren, denn ich hatte heute morgen das Vergnügen, in einem davon zu fahren. Ich gratuliere Mr. Perino!«

»Danke, Mr. Hardeman.« Angelos Ton war höflich, aber zurückhaltend.

Loren wartete, bis sich das Flüstern rund um den Tisch gelegt hatte. »Vielleicht war sich keiner der Anwesenden über die Möglichkeiten dieses Wagens im klaren. Seltsamerweise wurde ich heute morgen durch meine kleine Tochter darauf aufmerksam. Sie sah neulich abends einen der Wagen durch die Woodward Avenue fahren. Wie sie sagt, hat er ›alles andere, was da auf der Straße rollte, ausgestochen‹.« Wieder wartete er, bis das erfreute Gemurmel verstummte. »Die nächste interessante Nachricht kommt von Mr. Bancroft. Er berichtete mir, daß er von Händlern belagert wird, die den Wagen sofort übernehmen wollten, er hat bereits feste Bestellungen für dreitausend Wagen, was uns nebenbei bemerkt zwei Millionen Dollar zusätzlichen Reingewinn bringt. Und er ist der Ansicht, daß er im laufenden Modelljahr mühelos zehntausend Stück davon verkaufen kann.«

Nichts als lächelnde Gesichter rund um den Tisch. Loren fuhr fort: »Ich schlage daher vor, daß wir, zusätzlich zu dem im Programm vorgesehenen Punkt, unsere Genehmigung zum sofortigen Produktionsbeginn des Sundancer SS erteilen, um dieses besonders große Interesse auszunutzen.«

Allgemeines Kopfnicken. »Einen Augenblick, meine Herren.« Angelos Stimme klang auch weiterhin zurückhaltend. »Ich bin nicht der Ansicht, daß wir diesen Wagen verkaufen sollten.«

Die Direktoren schienen verwundert. Einer von ihnen, der Präsident einer Detroiter Bank, fragte ihn: »Warum nicht, Mr. Perino? Mir ist bekannt, daß bei Dodge, Chevy und American Motors der Markt für Superwagen überaus ertragreich ist.«

Angelo sah ihn ausdruckslos an. »Es gibt da verschiedene Gründe. Erstens kann der Testwagen, wie er jetzt ist, nicht verkauft werden, weil er nicht den Vorschriften entspricht. Wenn wir uns aber diesen Vorschriften anpassen, müßte das zu einem beträchtlichen Verlust an Antriebskraft führen, so daß die Leistungen an jene des Testwagens nicht heranreichen würden.«

»Würde der Wagen unter das Niveau fallen, das wir allgemein als Norm für Superwagen anerkennen?« fragte Weyman.

»Für Superwagen gibt es keine Norm, Mr. Weyman«, sagte Angelo kurz. »Ich muß Ihre Frage deshalb mit Ja und Nein beantworten. Ja, er wird eine größere Leistung haben als der Standard Sundancer; nein, er wird die Leistung des Hemi und des Mopar nicht erreichen.« Sein Blick suchte Loren. »Aber nicht das ist die wichtige Entscheidung, die wir treffen müssen. Wir haben die Absicht, einen neuen Wagen zu bauen, eine Wagen, der uns wieder einen soliden Platz in der Autoindustrie sichert. Ein Spezialwagen, ein Superwagen, gleichgültig wie zugkräftig er sein mag, ist keine Lösung für unser Hauptproblem. Der Markt ist beschränkt, und er wird, meiner persönlichen Ansicht nach, wegen der strengen ökologischen Vorschriften, die bald Gesetz werden, rasch weiter schrumpfen. Ich glaube nicht, meine Herren, daß wir für einige Dollar Gewinn die Aussichten auf den zukünftigen Markt, den wir im Auge haben, aufs Spiel setzen dürfen.

Mir gefällt, vielleicht mehr als allen anderen hier, ein ›heißer‹ Wagen. Aber das ist nicht das Geschäft, das wir suchen. Wir wollen einen Wagen für die Massen produzieren, nicht für die Geschwindigkeitsfans. Es wäre im Augenblick falsch, ein Image für heiße Wagen aufzubauen. Das hätte man vor sieben Jahren tun müssen; heute ist das überholt.«

Der Bankier ergriff wieder das Wort, diesmal wandte er sich an Nummer Eins. »Könnten wir Ihre Ansicht zu dieser Frage wissen, Mr. Hardeman?«

Nummer Eins machte ein Gesicht, das nichts verriet. Er hatte, während Loren und Angelo sprachen, auf seinem Schreibblock gekritzelt. Nun sagte er ruhig: »Ich glaube, wir sollten den Wagen bauen.«

Die Abstimmung des Vorstands ergab sechzehn Stimmen für, eine gegen den Vorschlag. Wenige Minuten später wurde die Sitzung geschlossen, die Direktoren gingen gruppenweise hinaus.

Angelo hatte eben seine Papiere in den Ordner zurückgelegt, als Nummer Eins ihn rief. Er sah zu ihm hin. »Ja, Sir?«

»Noch einen Moment«, sagte der Alte.

Angelo nickte stumm.

Endlich waren sie allein im Raum. Nummer Eins rollte seinen Stuhl zu Angelo. »Sie wissen, daß ich eigentlich Ihre Ansicht teile?«

»Ich habe es angenommen«, sagte Angelo.

»Ich schulde Ihnen eine Erklärung dafür, daß ich gegen Sie gestimmt habe.«

»Sie schulden mir gar nichts. Sie sind der Boß.«

»Es gab eine Zeit«, meinte der Alte nachdenklich, »da sagten die Leute, ich hätte Lorens Vater, meinen Sohn, erledigt, indem ich jeden seiner Beschlüsse ablehnte. Ich sei vielleicht sogar schuld an seinem Tod.«

Angelo schwieg. Er hatte diese Geschichten gehört.

Der Alte schaute Angelo ins Gesicht. »Ich konnte doch nicht zulassen, daß das alles wieder von vorne angeht, oder?«

Angelo holte tief Atem. »Wahrscheinlich nicht.«

Später jedoch, als er wieder in sein Büro kam, fragte er sich, ob Nummer Eins ihm die Wahrheit gesagt hatte.

3 (1925)

Loren Hardeman schreckte aus dem Schlaf. Die leisen Klänge der Kapelle, die unten im vornehmen Ballsaal spielte, wurden vom warmen Wind der Juninacht durch die offenen Fenster hereingetragen. Er setzte sich im Bett auf und stöhnte unwillkürlich, als er plötzlich die scharfen Stiche in seinen Schläfen spürte. »Mein Gott!« klagte er vor sich hin. »Das kann doch nicht der Schnaps sein, so viel habe ich nicht getrunken.«

Er stieg aus dem Bett und tappte barfuß ins Badezimmer. Weil der Marmorboden kalt war, ging er zurück, um seine Pantoffeln zu holen. Er drehte den Wasserhahn auf und hielt sein Gesicht darunter. Der Kopfschmerz ließ nach, und er starrte sein Spiegelbild an. Allmählich erinnerte er sich wieder an die Ereignisse des Tages.

Es hatte mittags mit der Heirat seines Sohnes Loren in St. Stephan begonnen, anschließend fand von zwei bis fünf der Empfang im Garten der Villa Hardeman statt. Dann hatten sich die Gäste verabschiedet. Aber es war noch nicht alles vorbei. Man fuhr nur nach Hause, um sich auszuruhen und umzuziehen. Um acht Uhr abends sollte der große Hochzeitsball beginnen.

Er wußte noch, daß er nach oben gegangen war und seine Jacke ausgezogen hatte, doch das war auch alles. Er erinnerte sich nicht, sich ausgezogen zu haben. Aber er mußte es wohl getan haben, denn er war im Pyjama, und eine völlig frische Garderobe lag für ihn bereit. Er fuhr sich mit der Hand übers Kinn – es konnte nicht schaden, sich nochmals zu rasieren.

Er nahm die Rasierschale mit dem eingravierten Goldbild des ersten Sundancer-Autos, das er damals im Jahre 1911 gebaut hatte, und begann mit dem Rasierpinsel in der Schale zu rühren, bis ein dicker, weißer Schaum entstand. Er verteilte ihn auf seinem Gesicht und massierte ihn mit seinen starken festen Fingern in die Haut. Er legte noch eine Schicht heißen Schaum über die erste und zog das Rasiermesser mit dem Elfenbeingriff sorgfältig an dem Lederriemen ab, der an der Wand neben dem Spiegel hing. Die Rasur konnte beginnen.

Er begann unterhalb des Kinns, mit kurzen, sanften Strichen vom Hals aufwärts. Dabei lächelte er sich zu. Das Rasiermesser war tadellos. Sorgfältig arbeitete er von den Koteletten nach unten zum Kinn, dann seitlich über die Oberlippe zu den Wangen. Er strich mit den Fingern über sein Gesicht. Es war glatt.

So sorgfältig, wie er das Rasiermesser abgezogen hatte, spülte er es ab und legte es in das Etui zurück. Dann stellte er sich unter die Dusche und drehte das Wasser ganz auf. Zuerst heiß, dann kalt, bis er völlig wach war und seine Haut prickelte. Er verließ die Dusche und rieb sich energisch mit einem groben Handtuch ab. Das Prikkeln seiner Haut machte ihm warm.

Er dachte an Loren junior und die junge Braut. Nun erinnerte er sich, daß auch sie nach oben gegangen waren, um sich umzuziehen, und er überlegte, ob sie wohl gewartet hatten. Dann dachte er an seinen Sohn, den fleißigen, ruhigen, sanften Jungen, der ihm so unähnlich war, daß er sich manchmal fragte, wie er zu einem solchen Sohn kam. Natürlich hätte Loren junior gewartet. Aber seine Braut? Das war etwas anderes.

Sie war Mormonin, und er kannte die Mormonen. Sie fanden nichts dabei, ihren Mann mit mehreren anderen Frauen zu teilen, und gerieten nur in Streit, wenn eine von ihnen in der Reihenfolge im Bett übergangen wurde. Es paßte ihnen nicht, um ihren Anteil gebracht zu werden.

Nicht, daß er ihnen das übelgenommen hätte. Auch er ließ sich nicht gern um seinen Teil bringen. Besonders, weil Elisabeth immer eine so zarte Frau gewesen und nach Lorens Geburt noch schwächlicher geworden war. Er war ein mächtig gebauter Mann, und er versuchte, mit ihr zart umzugehen. Aber sie war so klein, daß er wußte, er tat ihr weh, obwohl sie sich auf die Lippen biß, um nicht aufzuschreien, wenn er in sie eindrang. Er sah den Schmerz in ihren Augen.

Es war gut, daß Junior nicht so gebaut war wie er, obgleich das seiner Frau Sally wohl nichts ausgemacht hätte. Sie war kräftig, wenn auch wie viele moderne Backfische ein wenig mager. Sie hatte üppige Brüste und breite Hüften, obwohl sie strenge Diät hielt, um nicht zuzunehmen. Wahrscheinlich konnte sie alles und noch mehr vertragen, was Junior ihr zu bieten hatte. Er hoffte nur, daß sein Sohn männlich genug für sie war. Da spürte er die Wärme in seinen Lenden aufsteigen und begann laut zu lachen. Was war er für ein schmutziger alter Mann, daß er solche Gedanken über die Frau seines Sohnes hatte. Aber so alt war er ja gar nicht. Am heutigen 20. Juni 1925 war er siebenundvierzig.

Er warf das Handtuch achtlos zu Boden und ging ins Schlafzimmer. Er nahm eine Unterziehkombination aus der Schublade, schlüpfte hinein und schloß, sobald seine Hände aus den Ärmeln kamen, die vorderen Knöpfe. Auf seinen schwarzen Lackschuhen lag ordentlich gefaltet ein Paar schwarze Seidensocken. Er zog sie an und befestigte sie an den Haltern. Dann griff er nach dem frisch gestärkten Frackhemd, das über einem der beiden stummen Diener neben dem Wandschrank hing.

Das Leinen raschelte, als er das Hemd anzog. Er nahm die Diamantknöpfe vom Toilettentisch und steckte sie in die Hemdbrust, schob die dazu passenden Knöpfe durch die Manschetten und plagte sich mit dem goldenen Kragenknopf ab. Es war keine leichte Sache. In kürzester Zeit war sein Gesicht rot angelaufen und der Kragen verdrückt. Ärgerlich warf er ihn fort, nahm einen anderen aus der Schublade und ging damit in Elisabeths Zimmer.

Auf der Schwelle blieb er stehen. Seine Frau war nicht da, sondern nur die junge Schneiderin, die aus Paris gekommen war, um die Toiletten für die Hochzeit zu machen.

Sie kniete mit dem Rücken zu ihm auf dem Fußboden vor der Kleiderpuppe und steckte Nadeln in die Falten eines Rocks. Sie hatte bei der Arbeit leise gesummt. Plötzlich wurde sie sich seiner Anwesenheit bewußt, und das Summen hörte auf. Sie wandte sich um, noch im Knien, dann stand sie schnell auf und sah ihn an.

Ihre Augen waren dunkelblau, fast purpurfarben, und hoben sich von ihrer weißen Haut ab. Ihr dichtes schwarzes Haar war hinter dem Kopf zu einem Knoten zusammengelegt. Er starrte sie an, als sähe er sie zum erstenmal. Sie hatte klare Augen, in deren Tiefe ein verborgenes Licht glomm.

Nach einer kleinen Weile fand er die Stimme wieder. Sie klang ihm selber rauh und seltsam in den Ohren. »Wo ist Mrs. Hardeman?«

Sie senkte den Blick. »Unten, Monsieur.« Sie sprach leise und mit einem leichten fremden Akzent. »Sie empfängt die Gäste.«

»Wieviel Uhr ist es?«

»Gleich neun, Monsieur.«

»Verdammt!« fluchte er. »Warum hat mich niemand geweckt?«

»Ich glaube, Madame hat es versucht«, sagte sie und hob den Blick wieder. »Aber Sie – wie sagt man –, Sie wollten nicht aufwecken?«

Er wollte in sein Zimmer zurückgehen. Seine Finger hantierten an seinem Kragenknopf herum. Plötzlich drehte er sich zu ihr um. »Ich komm' mit dem verdammten Ding nicht zurecht.«

»Vielleicht darf ich behilflich sein, Monsieur«, sagte sie und kam auf ihn zu. Er legte die Knöpfe in ihre ausgestreckte Hand. »Sie sind zu groß, Monsieur, Sie werden sich ein wenig bücken müssen.«

Er beugte sich zu ihr hinunter. Einen Augenblick kreuzten sich ihre Blicke, dann wandte er sich ab. Mit leichten und sicheren Fingern drückte sie den Knopf in den Kragen. Sie versuchte den Kragen vorne am Hemd zu befestigen. Es ging nicht.

Sie schaute genauer hin und lachte. »Kein Wunder, daß Sie da nicht zurechtgekommen sind«, sagte sie. »Sie haben das Hemd falsch geknöpft.«

Er tastete an das Hemd. Sie hatte recht. Er hatte das unterste Knopfloch freigelassen. »Tut mir leid«, murmelte er, wobei seine Hand ungeschickt herumfuhr.

»Gestatten Sie, Monsieur«, sagte sie. Der feine Duft ihres Parfüms stieg ihm in die Nase, während ihre flinken Finger sich an seiner Hemdbrust zu schaffen machten.

Er spürte, wie ihm die Hitze in die Lenden schoß, als ihre Finger zu den untersten Knöpfen kamen. Sein Gesicht wurde rot. Sie sah offenbar, was mit ihm vorging, aber sie ließ es sich nicht anmerken. Er hatte das Gefühl, etwas sagen zu müssen. »Wie heißen Sie?« fragte er unbeholfen.

»Roxane, Monsieur«, antwortete sie, ohne hochzuschauen. Sie war beim dritten Knopf von unten und nahm den zweiten in Angriff.

Er fühlte, wie der Druck stärker wurde. Ein schneller Blick nach unten bestätigte seine schlimmsten Befürchtungen. Die Schwellung an seiner Unterwäsche war nicht zu übersehen. Er bog seine Hüften nach hinten und versuchte, ihrer Hand auszuweichen. Die Stellung war peinlich und auch hoffnungslos. Als ihre Finger zum letzten Knopf kamen, war sein Phallus geschwollen und pulsierte gegen sein Hemd.

Plötzlich hielt sie inne und blickte ihm ins Gesicht. Sie hob die Hände nicht, ihre Augen waren aufgerissen, ihr Mund war leicht geöffnet, als hielte sie den Atem an, aber sie sagte nichts.

Er sah ihr in die Augen. Nach einer Weile fragte er: »Wieviel?«

Sie zuckte nicht mit der Wimper. »Ich möchte hierbleiben und einen kleinen Laden aufmachen, Monsieur. In Paris habe ich keine Aussichten.«

»Sie haben ihn«, sagte er heiser.

Sie schien leise zu nicken und sank langsam vor ihm in die Knie. Sanft öffneten ihre Finger den Verschluß, und er sprang hervor wie ein wütender Löwe aus seinem Käfig. Vorsichtig schob sie die Vorhaut zurück, entblößte die rote, erregte Eichel und nahm sie in beide Hände wie einen Baseballschläger. Sie starrte verwundert darauf. *»C'est formidable. Un vrai canon.«*

Er lachte kehlig, ohne ihre Worte zu verstehen, aber den Ton kannte er. Es war nicht das erstemal, daß er ihn in der Stimme einer Frau hörte, wenn sie ihn sah.

»Zieh dein Kleid aus!« sagte er.

Ihr Blick blieb auf seinen aufgerichteten Phallus gerichtet. Sie rührte sich nicht.

»Zieh dein Kleid aus!« wiederholte er heiser. »Oder ich reiß' es dir runter!«

Sie bewegte sich langsam, gleichsam hypnotisiert, ohne ihren Blick von seinem Glied zu wenden. Das Kleid glitt von ihren Schultern, entblößte die runden, schweren Brüste mit den prallen, pflaumenfarbenen Brustwarzen.

Er zupfte ärgerlich an seinem Hemd, die Knöpfe flogen durchs Zimmer. Er warf das Hemd fort und riß sich die Unterwäsche vom Körper. Nackt sah er noch animalischer aus als vorher. Schultern, Brust und Bauch waren dicht behaart, und aus den Haaren ragte die gewaltige Erektion empor.

Als sie sich bückte, um ihre Strümpfe auszuziehen, fühlte sie eine Schwäche in den Knien und wäre hingefallen, wenn er nicht rasch die Hand ausgestreckt hätte, um sie zu stützen. Ihr Arm wurde unter seiner Berührung heiß, sie spürte, wie das Feuer sie durchströmte und wie sie zwischen den Beinen naß wurde.

Er legte seine Hände in ihre Achseln, hob die nackte Frau aus den Schuhen und hielt sie vor sich hoch. Er lachte erregt.

Als sie zu ihm hinuntersah, wurde sie beinahe ohnmächtig. Langsam senkte er sie auf sich, ihre Beine kamen nach oben und umfaßten seinen Leib, während er in sie eindrang. Der Atem blieb ihr in der Kehle stecken. Es war, als ob ein riesiger Speer aus weißglühendem Stahl in ihren Unterleib eindränge und durch Unterleib, Magen und Herz bis zu ihrer Kehle gepreßt wurde. Sie seufzte laut auf, als er sich noch weiter in sie hineinzudrängen versuchte, sie noch fester auf sein Glied drückte, während sie sich in einem plötzlichen Schwächeanfall an ihn klammerte.

Als wäre sie gewichtslos, trug er sie auf sich quer durch das Zimmer. Neben dem Bett seiner Frau blieb er stehen und riß mit einer Hand den seidenen Überwurf zu Boden. Einen Augenblick stand er dort, dann warf er sie aufs Bett.

Sie starrte erschrocken zu ihm hoch, die Beine noch geöffnet und angewinkelt, die Knie fast an ihrem Bauch. Sie fühlte sich leer, fast ausgehöhlt, als hätte er mit sich ihre ganzen Eingeweide herausgezogen.

Im gleichen Augenblick lag er über ihr – wie ein riesiges Tier verdunkelte er das Licht, bis sie nichts mehr sah außer ihm.

Seine Hände kneteten ihre schweren Brüste, als wolle er sie ihr vom Körper reißen. Sie seufzte vor Schmerz und Lust und wand sich unter seinen gewalttätigen Liebkosungen. Plötzlich bäumte sich ihr Becken ihm entgegen. Da drang er wieder in sie ein.

»Mon Dieu!« schrie sie. Die Tränen traten ihr in die Augen. *»Mon Dieu!«* Es kam ihr, noch ehe er ganz in ihr war. Dann konnte sie es nicht mehr zurückhalten. Ein Orgasmus durchschüttelte sie, während er sich in sie preßte mit einer Kraft, die unablässig neuen Antrieb zu erhalten schien, die ihren Unterleib mit jedem Stoß zum Glühen brachte und die sie gleichzeitig zwang, ihre Beine immer weiter zu öffnen, sich ihm immer gieriger entgegenzuwerfen. Und als schließlich Orgasmus auf Orgasmus ihren Körper zu einem tobenden Flammenmeer machte, konnte sie es nicht länger ertragen und schrie ihm auf französisch zu: »Komm mit mir zusammen! Bitte! Komm mit mir zusammen! Schnell, bevor ich sterbe!«

Er knurrte wie ein Tier – tief unten in der Kehle. Seine Hände verkrampften sich auf ihren Brüsten. Sie schrie leise auf, griff in das Haar seiner Brust. Dann schien sein ganzes Gewicht auf sie zu fallen, es drückte ihr den Atem aus dem Körper, und sie spürte den drängenden Ausbruch seines Samens, der ihr Inneres zu überschwemmen schien. Nochmals erreichte sie den Höhepunkt.

»C'est pas possible!« murmelte sie an seinem Ohr, als er ruhig geworden war. Sie schloß die Augen, und als sie fühlte, wie sein Glied weich und kleiner wurde, mußte sie lächeln. Immer blieb die Frau Siegerin. Der Mann war nur für einen Augenblick der Stärkere.

Er stand auf. »Ich muß mich anziehen«, sagte er, »bevor jemand raufkommt, um nach mir zu schauen.«

»Ja«, antwortete sie. »Ich helfe dir.«

Beide wußten nicht, daß sie gesehen worden waren. Von der jungen Braut, die es sich als sehr lustig vorgestellt hatte, wenn sie es als einzige fertigbringen würde, ihren Schwiegervater zu wecken und ihn zu ihrer Hochzeitsparty herunterzuholen.

Sally Hardeman schloß leise die Tür hinter sich und trat auf den Korridor. Plötzlich wurden ihr die Knie weich. Sie lehnte sich an die Tür und versuchte ihr Zittern zu unterdrücken. Sie holte tief Atem, tastete in ihrer kleinen Abendtasche nach einer Zigarette, zündete sie an und sog den Rauch in die Lunge. Jetzt spielte es keine Rolle mehr, wenn jemand sie rauchen sah. Es war irgendwie nicht mehr wichtig. Nicht mehr nach dem, was sie beobachtet hatte.

Es stimmte also. Die Geschichten, die sie gehört hatte, waren alle wahr. Auch jene, die ihre beste Freundin ihr von einem festlichen Abendessen in Hardemans Villa erzählt hatte; sie hätte damals gespürt, wie eine Hand unter der losen Abendbluse an ihrem Rücken nach oben glitt. Ehe sie sich dessen noch ganz bewußt war, wurde ihr Büstenhalter aufgehakt, die Hand glitt nach vorne, umfaßte und streichelte ihre nackte Brust.

Fast hätte sie laut aufgeschrien und wäre wütend auf den Mann neben sich losgegangen, da erinnerte sie sich, wer er war. Loren Hardeman. Er schaute sie nicht einmal an, sein Gesicht war abgewendet, er sprach mit der Frau zu seiner Linken.

Nur sein rechter Arm war da, hinter ihrem Stuhl und unter ihrer Bluse. Sie sah sich in der Runde um. Alle schienen ins Gespräch vertieft. Auch Mrs. Hardeman, die ihr schräg gegenüber saß, unterhielt sich mit ihrem Nachbarn. Sie erschrak, weil ihr klarwurde, daß keiner die leicht wogende Bewegung ihrer Bluse zu bemerken schien, unter der seine Hand ihre Brust umschloß und tätschelte.

»Und was hast du getan?« fragte Sally.

Ihre Freundin sah sie mit einem seltsam klugen Ausdruck an. »Nichts«, antwortete sie einfach. »Wenn niemand sah, was sich da abspielte, oder zumindest so tat, hätte ich da eine Affäre draus machen sollen? Wer bin ich schon – und schließlich war es Loren Hardeman.« Sie kicherte. »Als ich mich dann am Tisch umsah, dachte ich mir, wie albern sie alle waren, nicht bemerken zu wollen, was hier vorging. Und da hat es mir sogar Spaß gemacht.«

»Nicht möglich!« hauchte Sally.

»Doch«, sagte das Mädchen. »Seine Berührung hatte etwas ungeheuer Aufregendes.«

»Und was hast du dann getan?« fragte Sally.

Ihre Freundin lächelte. »Nach dem Abendessen ging ich ins Badezimmer und hakte meinen Büstenhalter zu.«

Damit war die Geschichte zu Ende, doch es gab andere. Sally glaubte sie jetzt alle. Sie zog wieder an ihrer Zigarette, aber ihre Beine zitterten noch immer. Sie hoffte, daß niemand auf den Korridor kam und sie in diesem Zustand sah.

Oben hatte sie leise an die Tür geklopft. »Daddy Hardeman«, hatte sie leise gerufen.

Keine Antwort.

Sie klopfte und rief wieder. Dann drückte sie den Türgriff hinunter, weil sie meinte, daß er noch schlief. Die Tür ging lautlos auf, und Sally betrat das Zimmer. »Daddy Hardeman«, rief sie nochmals leise. Da erst sah sie das leere Bett und bemerkte das Licht, das aus der Badezimmertür hereinschien.

Sie hatte sich schon zum Gehen gewandt, da ließ das Bild in dem großen Spiegel an der hinteren Wand sie erstarren. Im Spiegel konnte sie durch die offene Tür ins Schlafzimmer ihrer Schwiegermutter sehen, und dort standen die Silhouetten zweier nackter Gestalten.

Ihr Schwiegervater hielt eine nackte Frau vor sich in die Höhe. Er lachte, und der Klang seiner Stimme schien im Zimmer zu dröhnen, während er die Frau auf und nieder senkte. Sie schrie auf und seufzte dann, als er in sie eindrang.

Erst als er mit der Frau, deren Beine seine Taille umfaßten, quer durchs Zimmer ging und aus dem Spiegel verschwand, konnte Sally sich wieder bewegen. Sie hörte das Knirschen der Bettfedern, einen Schmerzensschrei. Rasch schlüpfte sie aus dem Schlafzimmer.

Nun war die Zigarette halb zu Ende geraucht, und sie hatte sich wieder in der Gewalt. Wut stieg in ihr auf; als hätte sie eine Art persönlicher Beleidigung erlitten, verbreitete sich ein heißer, pulsierender Schmerz in ihrem Leib. Der sah überhaupt nicht wie ein Mann aus! Er war ein Tier, ganz mit Haar bedeckt, mit dem riesigen geschwollenen Glied. Aber nicht nur im Aussehen, auch in seiner brutalen Art, ohne Rücksicht auf jedes Feingefühl, war er ein Tier!

Allmählich fühlte sie sich besser. Ihr Zorn hatte ihr gutgetan. Ein Glück für sie, daß Loren nicht so war wie sein Vater! Er war immer liebevoll, aufmerksam und sanft gewesen. Sogar heute, als sie zum erstenmal in ihr gemeinsames Schlafzimmer gegangen waren, um sich für den abendlichen Ball auszuruhen.

Sie war sich nicht ganz klar darüber gewesen, was er mit ihr vorhatte. Aber er küßte sie nur zärtlich und sagte, sie solle sich aufs Bett legen und ruhen, bis es Zeit sei. Dann legte er sich neben sie und schloß die Augen. Bald verriet ihr sein ruhiges Atmen, daß er schlief. Sie konnte nicht sofort einschlafen; sie betrachtete sein Gesicht, und nach einer Weile fielen auch ihr die Augen zu.

In der Halle warf sie ihre Zigarette in eine große Schale. Sie stand gerade an der Treppe, als sich die Tür zum Schlafzimmer ihres Schwiegervaters öffnete und er herauskam.

»Sally«, sagte er ruhig, als sei nichts vorgefallen, »warum bist du nicht bei der Party? Sie findet ja schließlich dir zu Ehren statt.«

Sie spürte, wie sie errötete. »Eigentlich wollte ich dich eben holen«, antwortete sie. »Die Gäste fragen sich allmählich, wo du bleibst.«

Er schaute sie einen Augenblick wortlos an. »Wie aufmerksam von dir«, sagte er dann lächelnd und nahm ihren Arm. »Dann wollen wir sie nicht enttäuschen.«

Bei seiner Berührung spürte sie erneut die Schwäche in den Beinen, und sie stolperte ein wenig, als sie sich zur Treppe wandten. Er blieb stehen. »Du zitterst. Ist dir nicht gut?«

Wieder dieser merkwürdige, warme, pulsierende Schmerz. Sie wich seinem Blick aus. »O doch.« Es gelang ihr, zu lachen. »Schließlich feiert ein Mädchen nicht alle Tage Hochzeit.«

Elisabeth Hardeman schaute nach oben und sah die beiden die große Treppe herunterkommen. Lorens rotes Haar wurde an manchen Stellen grau, aber sein Gesicht war so stark und jung wie am Tag, an dem sie sich kennengelernt hatten. Sie fühlte innerlich einen Stich, als sie Sallys blonden Kopf sah, der sich Loren zuwandte. So mußten Loren und sie einmal gewesen sein. Am Anfang schien es, als würden sie ständig lachen. Aber das änderte sich, sobald sie nach Detroit kamen. Daheim in Bethlehem war Loren immer fröhlich, nie ernst gewesen, er hatte für jeden einen Witz und ein gutes Wort. Dann ging er in die Autobranche, und alles wurde anders.

Da waren die ersten Jobs bei Peerless und Maxwell, dann Ford – das war vorüber, noch ehe es recht begonnen hatte – und schließlich Dodge Brothers. Dort wurde Junior im Jahre 1901 geboren, Lorens erstem Jahr bei Dodge. Er war fast neun Jahre in der Firma, bis sie Krach miteinander bekamen, weil Loren einen besseren Wagen bauen wollte, der etwas teurer verkauft werden sollte als die Standardwagen der mittleren Preisklasse. Die Dodge-Brüder interessierte das überhaupt nicht. Sie hatten noch immer Wut auf Ford und wollten nur eins: mit ihm konkurrieren.

Loren hatte vergeblich mit ihnen diskutiert. Das Modell T von Ford war unschlagbar, es ließ sich kein Wagen herstellen, der damals imstande gewesen wäre, mit ihm zu konkurrieren. Loren sagte richtig voraus, daß das Modell T, das im Jahre 1908 zum erstenmal auf den Markt kam, das Land überschwemmen würde. Und er behielt recht. In weniger als zwei Jahren produzierte Ford fast fünfzig Prozent aller amerikanischen Wagen, und Loren verließ Dodge Brothers.

Es bestand jedoch Nachfrage nach einem guten Wagen mittlerer Preislage, und genau darauf zielte Loren. Im Jahre 1911 tauchte der erste Sundancer in Detroits Straßen auf. Von da an konnte sich kein anderer Wagen mittlerer Preislage mit dessen Beliebtheit messen, weder ein Buick noch ein Leland oder ein Oldsmobile.

Sie lagen gar nicht in der gleichen Klasse, fast über Nacht, so schien es, war Bethlehem Motors ein großes Unternehmen geworden. Und Loren hatte das Lachen verlernt.

Heute abend jedoch lächelte er, und in seinem Gesicht lag etwas Jugendliches. Die Kapelle spielte einen Walzer, Loren streckte den Arm aus. Sally glitt hinein, und sie tanzten.

Elisabeths Augen füllten sich mit Tränen. Er sah so jung, so stark, so vital aus. Wer es nicht wußte, hätte ihn und nicht seinen Sohn für den Bräutigam halten können. Junior kam auf das Paar auf der Tanzfläche zu, Loren verbeugte sich und überließ Sally ihrem Mann. Er machte kehrt, ging zu seiner Frau und küßte sie auf die Wange: »Eine wunderschöne Party, Mutter.«

Sie sah ihn an. »Wie fühlst du dich, Vater?«

Er lächelte schwach. »Ich habe ein wenig Katzenjammer, glaube ich. Ich muß wohl lernen, mit schwarzgebranntem Fusel vorsichtiger umzugehen.«

Der Butler war zu ihnen getreten und sagte mit diskret gesenkter Stimme: »Es ist alles bereit, Sir.«

Loren nickte und wandte sich an Elisabeth: »Paßt es jetzt, Mutter?«

Sie nickte, er nahm ihren Arm und führte sie in die Mitte des Ballsaals. Er hob beide Hände hoch, und die Musik verstummte.

»Meine Damen und Herren.« Seine Stimme dröhnte bis in den letzten Winkel des großen Ballsaals. »Wie Sie alle wissen, ist dies für Mutter und mich eine ganz besondere Gelegenheit. Es geschieht nicht jeden Tag, daß unser Sohn eine Braut findet, noch dazu eine so schöne.«

Gelächter und Applaus im Raum. »Loren und Sally« rief er. »Kommt hierher auf die Tanzfläche, damit die Leute euch besser sehen können.«

Junior lächelte, und Sally war errötet, als sie neben seine Eltern traten. Junior stand nun direkt neben seinem Vater schlank, aufrecht und ebenso groß, aber nicht so mächtig wie der Ältere.

»Wir sind hier in Detroit«, sagte Loren mit seiner lauten Stimme, »und welches Geschenk wäre besser für ein frisch verheiratetes Paar als ein funkelnagelneuer Wagen? So machen wir es hier in Detroit, oder?«

Als Antwort ertönte donnernde Zustimmung der Gäste. Loren lachte und hob Schweigen fordernd die Hand. Er wandte sich an seinen Sohn. »Also, Loren, hier ist die Überraschung, die wir für dich und deine Braut haben – ein brandneuer Wagen. Neu von der vorderen bis zur hinteren Stoßstange, vom Dach bis zu den Reifen. Dein eigener Wagen. Wir taufen ihn Loren II, und er wird nächstes Jahr bei jedem Bethlehem-Händler im Lande zum Verkauf stehen.«

Die Kapelle spielte einen bekannten Marsch, zugleich öffneten sich die Glastüren zum Garten. Man hörte das leise Summen eines starken Motors, und das Auto rollte in den Ballsaal. Die Menge teilte sich. Der Chauffeur fuhr vorsichtig in die Mitte des Tanzparketts, wo er vor den Hardemans hielt.

Die Menge drängte sich unter anerkennendem Gemurmel heran, um den neuen Wagen aus der Nähe zu betrachten. Sie waren Detroiter, für sie gab es nichts Wichtigeres. Und dieser Wagen war besonders wichtig, darüber gab es keinen Zweifel. Die burgunderrot und schwarz lackierte Limousine war einer der wichtigsten Wagen, die es je in dieser autobewußten Stadt zu sehen gab.

Die Menge blieb stehen. Man hatte plötzlich gemerkt, daß der Platz für die Fahrgäste hinter dem Chauffeur mit Tausenden von grün- und goldfarbenen Papieren angefüllt war. Loren hob die Hand, und alle schauten ihn an.

»Jetzt möchtet ihr wohl gern wissen, was da im hinteren Teil des Wagens liegt?« Er wartete die Antwort nicht ab, sondern ging zum Schlag und öffnete ihn. Die Papiere quollen aus dem Wagen, als würden sie von einer unsichtbaren Kraft vorwärtsgetrieben. Er griff nach einem Blatt und hielt es der Menge hin. Seine Stimme dröhnte durch die plötzliche Stille.

»Jedes dieser Blätter ist eine Aktie der Bethlehem-Motor-Gesellschaft, und in diesem Wagen liegen davon hunderttausend Stück. Jede lautet auf den Namen meines Sohnes, Loren Hardeman jun. Diese hunderttausend Aktien machen zehn Prozent meines Unternehmens aus, und meine Buchhaltung sagt mir, daß sie zwischen fünfundzwanzig und dreißig Millionen Dollar wert sind.«

Er wandte sich an seinen Sohn. »Und das, Loren, ist bloß ein kleines Zeichen der zärtlichen Liebe, die deine Mutter und ich für dich empfinden.«

Junior stand einen Augenblick still, sein Gesicht war blaß. Er versuchte zu sprechen, brachte aber kein Wort heraus. Schweigend ergriff er die Hand seines Vaters, dann wandte er sich zu seiner Mutter und küßte sie.

Im gleichen Augenblick beugte sich Loren nieder und küßte seine Schwiegertochter. Ein erschrockener Ausdruck trat in ihre Augen, und plötzlich spürte sie wieder das Zittern in ihren Beinen. Sie stützte sich mit einer Hand auf seinen Arm, dann wandte sie sich ihrer Schwiegermutter zu und gab ihr einen Kuß.

Die leisen Klänge von »Drei Uhr morgens« aus dem Musical »Oklahoma« drangen aus dem Ballsaal in die Bibliothek der Villa Hardeman. Dort war für die Männer, die einen harten Drink abseits vom Tanzparkett nehmen wollten, eine Bar errichtet. Beim Ball wurde ausschließlich Champagner serviert.

Loren stand an der Bar, einen Fuß auf der Barschiene, in der Hand den Whisky. Außer dem Barmann war er allein im Raum. Er hatte sich soeben selbst noch ein Glas gefüllt, als Junior und Sally hereinkamen.

Er hob das Glas: »Auf Braut und Bräutigam!« Er trank den Whisky pur. »Es war eine großartige Party«, sagte er. »Eine herrliche Party.«

Junior lachte. »Das war es, Vater.«

»Wo ist deine Mutter?« fragte Loren.

»Nach oben gegangen«, antwortete Junior schnell. »Sie hat uns gebeten, dich zu suchen und es dir zu sagen. Sie war sehr müde.«

Loren schwieg. Er winkte dem Barmann, der ihm noch einen Drink eingoß. »Trinkt noch ein Glas mit mir«, schlug er vor.

»Nein danke, Vater«, sagte Junior. »Ich glaube, wir gehen jetzt auch nach oben. Es war ein anstrengender Tag.«

Loren gluckste verstehend. »Ihr könnt es nicht erwarten, wie? Ich dachte, ihr hättet euch schon heute nachmittag einen genehmigt.«

Das flüchtige Bild des nackten haarigen Körpers, den sie im Spiegel gesehen hatte, tauchte einen Augenblick in Sallys Erinnerung auf.

»Aber Daddy Hardeman!« rief sie empört. »Wie kannst du so etwas sagen?«

Loren lachte freundlich. »Ich bin nicht zu alt, um zu wissen, was ihr jungen Leute im Kopf habt.« Er legte die Hände auf Sallys Schultern, drehte sie herum und drängte sie mit einem Klaps auf den Po zur Tür. »Geh nur rauf und mach dich fertig für deinen Mann. Ich möchte noch ein paar Worte mit ihm reden. Ich verspreche dir, ihn nicht lange aufzuhalten.«

Sie verließ mit hoch erhobener Nase die Bibliothek. Loren schaute ihr anerkennend nach, dann wandte er sich an seinen Sohn. »Du hast da ein prächtiges Stück Weib geheiratet, Junior«, sagte er. »Das weißt du hoffentlich.«

»Ich weiß es, Vater«, antwortete Junior ruhig.

Loren schlug ihn auf die Schulter. »Komm, trink ein Glas mit mir!«

Junior zögerte einen Augenblick. »Geben Sie mir einen Kognak«, sagte er zum Barmann.

»Kognak!« brüllte Loren. »Ein Weiberdrink! Trink doch was Ordentliches. Bringen Sie ihm einen Whisky.«

Das Glas wurde vor Junior gestellt. »Worüber wolltest du mit mir sprechen, Vater?«

»Mutter hat mir erzählt, daß ihr, du und Sally, ein Haus in Ann Arbor kaufen wollt.«

Junior nickte. »Dort draußen gefällt es uns.«

»Was paßt euch nicht an Grosse Point?« fragte Loren. »Ich könnte euch Sanders' Haus kaufen. Oder, wenn du das nicht magst, irgendein anderes, das du haben willst.«

»Sally und mir gefällt es auf dem Land«, antwortete Junior. »Wir wollen uns ein geräumiges Haus mit Land für ein paar Pferde und dergleichen kaufen.«

»Pferde!« brach Loren los. »Was zum Teufel willst du denn mit Pferden? Wir sind im Automobilgeschäft!«

»Sally und ich reiten gern«, verteidigte sich Junior. »Ich glaube nicht, daß uns jemand deshalb kritisieren kann.«

»Das tut auch keiner«, sagte Loren rasch. »Aber Ann Arbor, das sagen sich doch die Füchse gute Nacht! Du wirst niemand haben, mit dem du am Wochenende reden kannst. Dort gibt es keine Autoleute. Wie wäre es mit Bloomsfield Hills? Da wohnen wenigstens Menschen, die du kennst.«

»Das ist es ja eben, Vater«, erklärte Junior halsstarrig. »Wir wollen allein sein.«

Loren trank seinen Whisky aus und bestellte noch einen. »Hör mir zu, mein Sohn«, sagte er. »Zum Jahresbeginn wirst du geschäftsführender Vizepräsident des Unternehmens und zwei Jahre später Präsident. Ich will nicht bis in alle Ewigkeit arbeiten, und ich finde, deine Mutter und ich haben etwas Ruhe verdient. Wenn du eine solche Verantwortung hast, mußt du dort sein, wo dich die Leute wirklich schnell erreichen können. Du darfst nicht irgendwo in der Wildnis leben, wo dich keiner findet.«

»Ann Arbor ist keine Wildnis«, antwortete Junior. »Es ist nur eine Autostunde entfernt.«

Loren schwieg eine Weile. Er sah sich im Raum um. »Weißt du, mein Sohn, wenn es nicht deiner Mutter zuliebe wäre, würde ich nicht mal hier wohnen. Vielleicht baue ich eines Tages ein Bürogebäude auf dem Fabrikgelände, und der oberste Stock wird eine Wohnung.«

Junior lächelte. »Das wäre eine Methode, um an höchster Stelle zu bleiben.«

Loren lachte auch. »Na schön, mein Sohn, tu, was du willst. Aber merk dir, was ich sage: In einiger Zeit wirst du wieder hier wohnen wollen.«

»Mag sein, Vater. Warten wir es ab.«

Sein Vater klopfte ihm auf die Schulter. »Also gut, Loren, geh jetzt. Man soll ein Mädchen in der Hochzeitsnacht nicht warten lassen.«

Junior nickte und wollte schon gehen, drehte sich aber noch einmal um. »Vater.«

»Ja, Loren.«

Der junge Mann lächelte. Sein Vater spürte, wie in seinem Herzen etwas zuckte; er sah seine Frau in diesem Lächeln, beinahe ihre sanfte Freundlichkeit. »Danke, Vater, ich danke dir. Für alles.«

»Geh nur, geh!« sagte Loren mürrisch. »Deine Braut wartet.« Dann wandte er sich zur Bar, um seine feuchten Augen vor seinem Sohn zu verbergen.

»Gute Nacht, Vater.«

»Gute Nacht, mein Sohn.« Er lauschte auf die verhallenden Schritte und trank sein Glas aus. Juniors Drink stand noch unberührt auf der Theke. Er starrte ihn an, dann nahm er seine schwergoldene Uhr aus der Tasche und öffnete sie. Das vor so vielen Jahren aufgenommene Bild von Elisabeth und Junior sah ihm entgegen. Es war vier Uhr morgens. Er seufzte.

Er klappte die Uhr zu, steckte sie wieder ein, verließ langsam die Bibliothek und wanderte durch das Haus zum Ballsaal. Er schien nun, wo alle Leute fort waren, seltsam still und leer, nur ein paar Diener räumten da und dort noch etwas auf.

Er ging zur Glastür, die in den Garten führte. Auf der Terrasse stand der Loren II, dunkel und schön im weißen Mondlicht. Er ging langsam zu ihm hin und dann um ihn herum. Von welcher Seite man ihn auch ansah, der Wagen war einfach schön.

Er öffnete die Tür zum Fahrersitz und stieg ein, ließ sich in die bequeme Polsterung sinken und legte die Hände aufs Steuerrad. Auch ohne daß der Motor lief, fühlte er, wie lebendig und stark er war. Er hätte gern gewußt, ob Junior das gleiche für den Wagen empfand wie er.

Doch während er sich das fragte, wußte er schon die Antwort. Junior empfand das nicht. Für ihn war es nicht der Wagen selbst, sondern bloß das Geschäft, in das er hineingeboren worden war. Aber vielleicht würde Junior eines Tages das gleiche fühlen. Er hatte ja bis heute noch nie einen Wagen mit eigenen Händen gebaut. Das mochte der Grund sein.

Er beugte sich vor, legte den Kopf auf seine Arme am Steuerrad und schloß die Augen. Eine eigenartige Müdigkeit überkam ihn.

»Loren«, flüsterte er halb zu sich selbst, »hast du es nicht begriffen? Es waren nicht die Aktien, nicht das Geld. Es war der Wagen. Den wollte ich dir schenken. Deshalb habe ich ihn Loren II genannt.«

Er schlief ein.

Als Loren aus dem Bad kam, lag Sally im unbeleuchteten Schlafzimmer nackt unter der Bettdecke. Er trat, während er seinen Pyjama zuknöpfte, ans Bett und schaute auf sie hinunter.

»Sally«, flüsterte er.

»Ja, Loren.«

Er kniete neben dem Bett nieder, sein Kopf war auf gleicher Höhe mit dem ihren. »Ich liebe dich, Sally.«

Sie drehte sich herum und legte ihre Arme um seinen Hals. »Ich liebe dich.« Er küßte sie sanft. »Ich werde dich immer lieben.«

Sie schloß die Augen, ihre Arme hielten ihn fest umschlossen, sie zog ihn zu sich hoch. Sie küßten sich wieder.

Sie legte ihm die Finger auf die Lippen, drehte seinen Kopf an ihre Brust und ließ ihn ihre nackte Haut spüren. Er atmete heftig, und sein Mund schloß sich um ihre Brustwarze. Sie fühlte, wie die Wärme sie durchströmte, und schloß die Augen.

Das Bild eines nackten, riesigen Körpers tauchte auf dem inneren Schirm ihrer Lider auf, und sie hatte einen Orgasmus, noch ehe ihr Mann in sie eingedrungen war.

In diesem Augenblick wußte sie, daß ihr Schwiegervater von ihrem Körper Besitz ergriffen hatte und in ihrer Hochzeitsnacht zwischen sie und ihren Mann getreten war.

4 (1929)

Elisabeth kämpfte sich durch den Schleier aus Schmerz und schlug die Augen auf. Zuerst war ihre Sicht getrübt, dann erkannte sie den Arzt, der sich über sie beugte. Als er sich aufrichtete, sah sie hinter ihm die Schwester und Loren.

Loren wirkte müde und übernächtigt. Der Arzt trat zurück, und Loren kam näher. Er schien so groß, wie er da neben dem Bett stand, so groß und stark.

Sie versuchte zu lächeln. »Loren.«

»Ja, Elisabeth«, sagte er sanft.

»Das war kein besonders gelungener Urlaub«, flüsterte sie.

Er griff nach ihrer Hand. »Wir können jederzeit Urlaub machen, sobald du wieder gesund bist.«

Sie antwortete nicht. Es würde keinen Urlaub mehr geben, für sie nicht. Aber das brauchte sie nicht zu sagen. Er wußte es so gut wie sie.

»Hast du etwas von den Kindern gehört?« fragte sie.

»Ich sprach mit Junior am Telefon. Er wollte rüberkommen. Aber ich habe ihm gesagt, er soll dort bleiben. Sally ist jeden Tag fällig.«

»Gut«, flüsterte sie, »er muß bei seiner Frau bleiben. Wo sie so lange auf das erste Baby gewartet haben.«

»Gar so lange war es nicht.«

»Sie sind fast vier Jahre verheiratet. Ich dachte schon, ich würde nie Großmutter.«

»Was ist daran so wichtig?« fragte er. »Ich fühle mich nicht als Großvater.«

Sie lächelte. Er sah nicht aus wie ein Großvater, er war mit einundfünfzig noch ein junger Mann. Groß, breit und männlich, strotzend vor Lebenskraft.

Sie drehte den Blick zum Fenster. Draußen schien die helle Floridasonne am klaren blauen Himmel, und die Brise raschelte durch die leise schwankenden Palmen. »Ist es schön draußen?« fragte sie.

»Ja, ein herrlicher Tag.«

Ihre Augen hingen noch immer am Fenster. »Mir gefällt es hier wunderbar, Loren. Ich möchte nicht zurück nach Detroit.«

»Wir haben keine Eile«, sagte er. »Zuerst mußt du wieder gesund werden.«

Sie wandte sich um, ihr Blick ruhte fest auf ihm. »Du weißt, was ich meine, Loren. Nachher. Ich möchte hierbleiben.«

Er schwieg.

Sie drückte seine Hand. »Verzeih mir, Loren.«

»Du hast keinen Grund, dich zu entschuldigen«, sagte er heiser.

»Doch«, antwortete sie schnell. Es gab so vieles, was sie ihm sagen wollte und ihm bis jetzt nie hatte sagen können. Aber jetzt war alles klar. Die Triumphe, die Mißerfolge, das Lachen, der Schmerz. Es gab so vieles, was sie gemeinsam erlebt hatten, und so viel mehr noch, was sie hätten teilen können und nicht geteilt hatten. Nun sah sie das alles deutlich. »Ich war nie genug Frau für dich«, flüsterte sie. »Nicht, daß ich es mir nicht gewünscht hätte, aber ich konnte es nicht. Du hast es gewußt, nicht wahr? Daß ich es sein wollte.«

»Du redest Unsinn«, sagte er barsch. »Du warst immer eine gute Frau, die einzige Frau, die ich mir je gewünscht habe.«

»Ich weiß, Loren, daß ich eine gute Frau war«, sagte sie lächelnd, fast vorwurfsvoll. »Aber das ist es nicht, wovon ich rede.«

Er schwieg.

»Du sollst wissen, daß ich dir die anderen nie übelgenommen habe. Ich wußte, was du brauchst, und war auf irgendeine komische Weise froh, daß du es bekommen hast. Mein einziger Kummer war, daß ich, die dir alles geben wollte, nicht das Zeug in mir hatte.«

»Du hast mir mehr gegeben, als eine Frau je einem Mann gab, mehr als irgendeine Frau mir gegeben hat«, sagte er ernst. »Du hast mich nie enttäuscht. Vielleicht habe ich dir unrecht getan, aber ich liebe dich. Ich habe dich immer geliebt. Das glaubst du mir doch, Elisabeth?«

Sie sah ihm lange in die Augen, dann nickte sie leise. »Und ich habe dich immer geliebt, Loren«, flüsterte sie. »Von dem Augenblick an, als ich vor so langer Zeit in deinen kleinen Fahrradladen in Bethlehem kam.«

Sie hielt seine Hände fest, und die Erinnerung durchströmte sie und ihn lebendig und frisch.

Es war ein warmer Sommertag in Bethlehem gewesen. Die großen Stahlwerke hatten Samstag abend die Glut ihrer Schmelzöfen gedrosselt, und nur dünne graue Rauchfahnen stiegen aus den Kaminen auf. Die Sonne schien, als Elisabeth ihr Fahrrad aus der Seitentür ihres Hauses schob. Sie war mit ihrer Freundin verabredet.

Der Korb an der Lenkstange war voller Köstlichkeiten für das geplante Picknick. Sie hatte es ihrer Mutter nicht gesagt, aber es sollten auch zwei junge Männer daran teilnehmen.

Die Mutter war in solchen Dingen sehr streng. Bevor sie erlaubte, daß Elisabeth mit einem Mann zusammentraf, mußte er zur Begutachtung ins Haus kommen, und wenn das vorbei war, hatte man es ihm so unbehaglich gemacht, daß Elisabeth ihn meistens nicht mehr zu Gesicht bekam. Jetzt war sie klüger geworden. Sie hatten sich mit den jungen Männern am Stadtrand verabredet, wo ihre Eltern ihnen kaum begegnen würden.

Ihre Freundin erwartete sie; auch an ihrer Lenkstange hing ein vollgepackter Korb. Sie fuhren los, die breiten Krempen ihrer Hüte flatterten im Wind und zerrten an den Bändern, die sie unter dem Kinn zugebunden hatten.

Sie unterhielten sich lebhaft, während sie durch die stillen Straßen fuhren. So früh am Morgen herrschte noch nicht viel Verkehr. Die Kutschen würden erst später herauskommen, wenn es Zeit für die Messe war. Dann waren die Straßen überfüllt, und man kam nur schwer durch, weil jeder Fahrer sein Pferd zu schnellerer Gangart anzutreiben versuchte.

Der Unfall passierte zwei Blocks von ihrem Haus entfernt, als sie von der gepflasterten Straße in eine Nebengasse einbog. Elisabeth übersah die tiefe Wagenspur am Straßenrand und stürzte. Der Picknickproviant fiel neben ihr auf den Boden.

Ihre Freundin bremste. »Bist du verletzt?« fragte sie.

Elisabeth schüttelte den Kopf. »Nein.« Sie stand auf und säuberte ihr Kleid. Es war nicht allzu schlimm. »Hilf mir die Sachen aufheben!«

Sie legte das Essen wieder in den Drahtkorb, da fiel ihr Blick auf ihr Vorderrad. – »O nein!« stöhnte sie entsetzt.

Das Rad war völlig verbogen, an Weiterfahren war so nicht zu denken. »Was jetzt?« fragte sie. Es war Sonntag, und alle Reparaturwerkstätten waren wohl zu. »Für mich ist der Ausflug zu Ende«, sagte sie. »Ich kann ebensogut nach Hause gehen.«

Aber ihre Freundin widersprach: »Ich weiß, wo man es dir repariert.« Sie hob das letzte Päckchen mit belegten Broten auf. »Mein Vetter hat vor kurzem eine alte Scheune hinter seinem Haus an einen jungen Mann vermietet, der Fahrräder repariert. Der ist immer da, auch sonntags. Er arbeitet an irgendeiner Erfindung.«

Zwanzig Minuten später erreichten sie die Scheune. Die Tür stand offen. Drinnen hörten sie einen Mann laut und falsch singen. Sein Lied wurde von Hammerschlägen auf Metall begleitet. Sie klopften an die offene Scheunentür, doch er hörte sie offenbar nicht, denn das Singen und Hämmern ging weiter.

»Hallo!« rief Elisabeth. »Ist da jemand?«

Das Singen hörte auf, das Hämmern auch. Dann ertönte eine Stimme aus dem dunklen Raum. »Nein, bloß 'n paar Feldmäuse.«

»Können die Feldmäuse ein Fahrrad reparieren?« rief Elisabeth zurück.

Stille. Dann tauchte ein junger Mann aus dem Dunkel auf. Er war groß und breit gebaut, seinen nackten Oberkörper bedeckte rotgoldenes Haar. Er blinzelte sie in der hellen Sonne an. Dann lächelte er. Es war ein warmes, sehr männliches Lächeln. »Was kann ich für Sie tun, meine Damen?«

»Erst mal könnten Sie sich ein Hemd anziehen«, sagte Elisabeth. »Und wenn Sie dann ordentlich angezogen sind, können Sie mein Rad reparieren.«

Loren schaute eine Weile auf das Rad, dann wieder auf sie. Er sagte nichts, starrte sie nur an.

Elisabeth fühlte, wie sie rot wurde. »Aber brauchen Sie nicht den ganzen Tag dazu!« sagte sie scharf. »Sehen Sie nicht, daß wir einen Ausflug machen wollen?«

Er nickte, wie zu sich selbst, und verschwand in der Scheune. Kurz darauf begann das falsche Summen und das Hämmern von neuem.

Nachdem sie fünf Minuten vergeblich gewartet hatte, ging sie zur Tür und schaute in die Scheune. Am hinteren Ende war eine Esse mit offenem Feuer, der junge Mann stand davor und schwang einen Hammer gegen einen Amboß, auf dem ein Metallstück lag. »He – Sie!« rief sie.

Er wandte sich mit erhobenem Hammer um: »Ja, bitte?«

»Reparieren Sie mir das Fahrrad?« fragte sie.

Seine Antwort kam sofort: »Nein, Gnädigste.«

»Warum nicht?«

»Weil Sie mir nicht gesagt haben, mit wem Sie zum Picknick fahren.«

»Sie haben Nerven!« fauchte sie. »Was geht Sie das an, mit wem ich picknicke?«

Er legte den Hammer sorgfältig auf eine Bank und kam auf sie zu. »Ich glaube, der Mann, den Sie heiraten, hat das Recht zu wissen, mit wem Sie picknicken.«

Sie sah ihm ins Gesicht. In seiner Miene war etwas, das ihr die Knie schwach machte. Sie stützte sich mit der Hand an die Tür. »Sie?« sagte sie atemlos. »Ich weiß ja nicht einmal, wie Sie heißen.«

»Loren Hardeman, meine Dame«, sagte er lächelnd. »Und Sie?«

»Elisabeth Frazer.« Das Aussprechen ihres Namens schien ihr irgendwie Kraft zu geben. »Also, reparieren Sie mein Fahrrad?«

»Nein, Elisabeth«, sagte er leise. »Was wäre ich für ein Mann, wenn ich ein Fahrrad reparieren würde, damit mein Mädchen fortgehen und mit einem anderen picknicken kann?«

»Aber ich bin doch nicht Ihr Mädchen!« protestierte sie.

»Dann werden Sie es bald sein«, erklärte er ruhig. Er ergriff ihre Hand. Sie spürte, daß sie wieder schwach wurde. »Aber meine Eltern«, sagte sie verwirrt. »Sie ... die ... kennen Sie nicht.«

Er antwortete nicht, hielt nur ihre Hand fest und schaute auf sie herab.

Sie senkte die Augen. »Mr. Hardeman«, sagte sie leise, die Augen auf den Boden gerichtet. »Wollen Sie jetzt bitte mein Fahrrad in Ordnung bringen?«

Er antwortete noch immer nicht.

Sie hob den Blick nicht, und ihre Stimme wurde sogar noch leiser. »Entschuldigen Sie, daß ich vorhin so unhöflich zu Ihnen war, Mr. Hardeman.«

»Loren«, sagte er. »Besser, Sie gewöhnen sich schon jetzt an den Namen. Ich gehöre nicht zu den altmodischen Männern, die sich von ihrer Frau ›Mister‹ nennen lassen.«

Plötzlich lächelte sie. »Loren«, sagte sie versuchsweise, als probiere sie den Klang auf der Zunge.

»Schon besser«, lobte er. Er ließ ihre Hand los. »Warten Sie bitte hier«, sagte er und ging zur Rückseite der Scheune.

»Wohin gehen Sie?« rief sie ihm nach.

»Mich waschen und ein sauberes Hemd anziehen«, antwortete er. »Ein Mann muß doch so gut wie möglich aussehen, wenn er seine künftigen Schwiegereltern besucht.«

»Jetzt?« fragte sie ungläubig. »Gleich jetzt?«

»Natürlich«, rief er über die Schultern zurück. »Ich halte nichts von Verlobungen.«

Er mußte aber doch noch fast zwei Jahre warten. Die Hochzeit war im Mai 1900, weil ihre Eltern sie nicht heiraten lassen wollten, ehe sie achtzehn war. Und während der Wartezeit baute er sein erstes Auto.

Es war kein wirkliches Automobil, eher ein Vierrad, mit seinen komischen Fahrrädern und Radreifen und dem spindeldürren Rahmen. Es lief gut genug, um in den Hauptstraßen von Bethlehem verboten zu werden, weil es Störungen verursachte, aber nicht gut genug, um ihn zu befriedigen.

Er mußte noch viel lernen, und das wußte er. Und nur an einem Ort war es möglich, diese Kenntnisse zu erwerben: in Detroit. Dort gab es mehr Automobilbauer als sonst irgendwo in den Vereinigten Staaten. Henry Ford, Ransom E. Old, Billy Durant, Charles Nash, Walter Chrysler, Henry Leland, die Brüder Dodge. Diese Männer waren seine Helden und Götter. Um zu ihren Füßen sitzen und lernen zu können, zog er eine Woche nach der Hochzeit mit seiner Frau nach Detroit, die bereits schwanger war, ohne daß sie es wußte.

Bei dieser Erinnerung wurde ihm noch heute warm ums Herz. Er sah aus dem Fenster auf den Sonnenschein und die schwankenden Palmen.

»Es war ein Tag wie heute«, sagte er. »Ein wunderschöner Sonntag.«

»Ja«, flüsterte sie. »Dafür bin ich dankbar. Es war der erste von vielen schönen Sonntagen, die wir zusammen erlebt haben.«

»Damit ist es noch nicht vorbei«, sagte er und schaute zu ihr hinunter. »Du mußt nur erst einmal gesund werden und ...« Plötzlich brach seine Stimme. »Elisabeth!«

Für sie gab es keine wunderschönen Sonntage mehr.

Juniors Stimme war nüchtern, die Ziffern ratterten von seiner Zunge, als sei er eine Tabelliermaschine. »Der Bericht des Jahres 1928 sieht gut aus«, sagte er. »Von den Sundancer-Personenwagen wurden, wenn wir alle Modelle zusammenzählen, über vierhundertzwanzigtausend Stück abgesetzt, allein achtzig Prozent von der Spitzentype, hauptsächlich Limousinen. Für sechzig Prozent dieser Wagen wurden Zubehör und Extras verkauft. Auch die Lastwagenabteilung weist einen beträchtlichen Zuwachs auf, einundzwanzig Prozent mehr als im Vorjahr, insgesamt einundvierzigtausend Stück. Die einzige Type, die stagniert, ist der Loren II. Da hatten wir Schwierigkeiten, unsere Stellung zu behaupten, und wenn wir nicht die Bedingungen der Kundenkredite großzügiger ausgelegt und unsere Garantien an die Händler erhöht hätten, wären wir zurückgefallen. Unter den gegebenen Umständen blieben wir mit vierunddreißigtausend Stück unverändert. Es ist die einzige Abteilung, die mit Verlust arbeitet. An jedem verkauften Wagen verlieren wir nahezu vierhundertzehn Dollar.«

Loren nahm eine schwere Havanna vom Schreibtisch und spielte damit. Langsam schnippte er das Ende ab, dann steckte er sie in den Mund und zündete sie an. Gleich darauf blies er einen Schwall blauen Rauch aus, der sich wie eine Wolke über seinem Kopf kräuselte und langsam zur Decke hochstieg.

Er schob die Schachtel seinem Sohn hin. »Nimm dir eine Zigarre.«

Junior schüttelte den Kopf.

Loren tat noch einen tiefen Zug und blies den Rauch aus. »Es gibt nur zwei Dinge, die einen Mann jemals dazu bringen werden, Parfüm zu verwenden«, sagte er. »Entweder er riecht nach einer feinen Havanna oder nach einer nackten Frau.«

Junior lächelte nicht. »Auch die Händler mögen den Loren II nicht. Sie klagen vor allem darüber, daß sie kein Servicegeschäft damit machen.«

Loren warf ihm einen schlauen Blick zu. »Du meinst, sie meckern, weil der Wagen zu gut ist.«

»Das habe ich zwar nicht gesagt, aber vielleicht ist es so. Bei den meisten Wagen muß man alle fünfzehnhundert Kilometer das Öl wechseln, beim Loren II nur alle sechstausend. Das gleiche gilt für die Bremsnachstellungen. Der Loren ist zur Zeit der einzige Wagen, der selbstregulierende Bremsen besitzt.«

»Wills du anregen, daß wir die Qualität des Wagens senken sollen?« fragte sein Vater.

»Ich rege gar nichts an«, erklärte Junior. »Ich mache dich nur darauf aufmerksam, weil ich glaube, wir sollten da etwas unternehmen. Wir verlieren an dem Wagen fast vierzehn Millionen jährlich.«

Loren betrachtete die feine graue Asche am Ende seiner Havanna. »Es ist der beste Wagen, den ich je gebaut habe«, sagte er. »Und wenn man Gewicht und Preis in Betracht zieht, der beste Wagen, den es heute auf der Straße gibt.«

»Das bestreitet keiner«, sagte Junior ruhig. »Aber wir reden jetzt vom Geld. Die Leute kaufen Wirkung, nicht Qualität. Gib ihnen einen großen Wagen mittlerer Qualität zu einem durchschnittlichen Preis oder einen mittelgroßen Wagen hoher Qualität zum gleichen Preis und sie werden immer den großen wählen. Buicks, Olds, Chrysler und Hudson beweisen das Tag für Tag. Sie überflügeln uns.«

Loren schaute wieder auf seine Zigarre. »Was schlägst du also vor?«

»Der Absatzmarkt für elektrische Kühlschränke und Kochherde wird täglich größer«, sagte Junior. »Ich habe die Gelegenheit, ein kleines Unternehmen zu kaufen, das ein sehr gängiges Sortiment herstellt und in Schwierigkeiten ist. Die Leute brauchen Kapital für ihre Expansion und treiben es nicht auf. Ich könnte sie in dem Werk unterbringen, wo wir den Loren produzieren, und wir würden dadurch am Ende eine Menge Geld verdienen.«

»Nichts wird je den Eiskasten ersetzen«, meinte Loren. »Hast du mal an etwas gerochen, das aus diesen elektrischen Kühlschränken kam?«

»Das war vor Jahren so«, sagte Junior. »Jetzt ist es anders. General Electric, Nash, sogar General Motors, alle sind in diesem Geschäft. Es ist eine Sache mit Zukunft.«

»Und was geschieht mit dem Loren II?« fragte sein Vater. Junior sah ihn an. »Wir geben ihn auf. Wir haben keinen Erfolg damit, am besten, wir ziehen die Konsequenzen.«

Loren legte seine Zigarre sorgfältig in einen Aschenbecher auf dem Schreibtisch. Er stand auf und stellte sich ans Fenster. Überall, wo er hinschaute, wurde eifrig gearbeitet.

Am anderen Ende des Werksgeländes fuhr eine Lokomotive langsam an, die mit Autos beladene Waggons zog. Auf der Flußseite der Fabrik löschte ein Frachter Kohlen für die Öfen des Feinstahlwerks bei den Docks. In den langen, fast tunnelartigen Montagewerken summte es von pausenloser Arbeit. Am einen Ende gingen die Rohstoffe hinein und kamen am anderen als Automobile heraus. Und über allem hing schwerer grauer Rauch – das war die Industrie.

»Nein«, sagte er schließlich, ohne sich umzudrehen. »Wir bauen den Loren II weiter. Wir werden eine Möglichkeit finden, ihn in Schwung zu bringen. Ich kann es nicht glauben, daß mitten in der größten Konjunktur, die unser Land je erlebt hat, ein Qualitätswagen nicht zu verkaufen sein soll. Denk an die Worte unseres Präsidenten – zwei Wagen in jeder Garage, zwei Hühner in jedem Topf. Und Mr. Hoover weiß, was er sagt. Es liegt an uns, dafür zu sorgen, daß in diesem Jahr 1929 einer der zwei Wagen von uns kommt.«

Nach kurzem Schweigen sagte Junior: »Dann müssen wir etwas unternehmen, um den Herstellungspreis zu drücken. Unter den jetzigen Umständen verlieren wir um so mehr, je mehr wir verkaufen.«

Loren wandte sich vom Fenster ab. »Das werden wir sofort in die Hand nehmen. Sag diesem jungen Mann, wie heißt er doch, in der technischen Produktion, er soll zu mir heraufkommen. Seine Einfälle gefallen mir.«

»Du meinst John Duncan?«

»Ja. Ich habe ihn Charley Sorensen von Ford wegengagiert. Wir lassen Duncan an dem Fließband des Loren arbeiten. Mal sehen, was er ausrichtet.«

»Bannigan wird sich ärgern«, meinte Junior.

Bannigan war der leitende Herstellungstechniker und Leiter der Abteilung. »Tut mir leid«, sagte Loren. »Wir bezahlen Arbeit, nicht gute Laune.«

»Vielleicht kündigt er. Er hat ein Angebot von Chrysler.«

»Ausgezeichnet. Dann laß ihm keine Wahl. Sag ihm, er soll das Angebot annehmen.«

»Und wenn er es nicht tut?«

»Du bist jetzt Präsident der Gesellschaft, wirf ihn auf jeden Fall raus«, sagte Loren. »Ich habe es gründlich satt, mir von ihm anzuhören, warum es sich nicht machen läßt. Ich will einen haben, der es macht.«

»Gut. Ist das alles?«

»Ja«, antwortete Loren. Dann änderte sich sein Ton. »Wie geht es meinem Enkel?«

Zum erstenmal seit dem Beginn ihrer Besprechung lächelte Junior. »Er wächst, du solltest ihn sehen. Er wiegt schon fast fünf Kilogramm und ist erst zweieinhalb Monate alt. Wir glauben, er wird einmal so groß und stark wie du.«

Loren erwiderte das Lächeln. »Klingt ja gut. Vielleicht komme ich bald mal an einem Vormittag raus.«

»Tu das. Sally freut sich auch, dich zu sehen.«

»Wie geht es ihr?«

»Ausgezeichnet, sie ist wieder so schlank wie früher, beklagt sich aber ständig, daß sie zuviel wiegt.«

»Gib ihr keine Möglichkeit, sich auszuruhen.« Loren lachte. »Seht zu, daß ihr wirklich schnell ein zweites bekommt. Und mach ihr diesmal ein Mädchen. Es wäre nett, es nach deiner Mutter zu nennen.«

»Ich weiß nicht. Sally hat mit dem ersten ziemlich was mitgemacht.«

»Sie ist doch gesund?« fragte Loren hastig. »Es fehlt ihr doch nichts?«

»Alles völlig in Ordnung«, antwortete Junior.

»Dann sorg dich nicht um sie. Frauen müssen immer was zu meckern haben. Tu einfach, was du zu tun hast, und du wirst bald merken, daß sie sich nicht beklagt.«

»Sonst noch etwas, Mr. Hardeman?« fragte die Sekretärin.

Junior schüttelte müde den Kopf. »Ich glaube, das genügt, Miß Fisher.«

Sie suchte die Papiere zusammen, ging hinaus und machte leise und respektvoll die Tür hinter sich zu. Er lehnte sich in seinem Stuhl zurück und schloß die Augen. Die Kleinarbeit nahm kein Ende. Immer wieder staunte er, wie gut sein Vater über alles Bescheid wußte, was im Geschäft vorging, ohne sich anscheinend irgendwie anzustrengen. Er selbst mußte bis zur Erschöpfung arbeiten, um allein mit den täglichen Routineangelegenheiten auf dem laufenden zu bleiben, von der Gesamtleitung der Gesellschaft ganz zu schweigen.

Im Augenblick hätte er einen Vewaltungsvizepräsidenten gebrauchen können, nur um die Organisation einwandfrei in Gang zu halten. Aber sein Vater war dagegen.

»Man kann ein Geschäft nur führen, wenn man es selbst führt«, hatte er gesagt, als Junior um seine Einwilligung bat, einen Assistenten einzustellen. »Auf diese Weise weiß jeder, wer der Boß ist. Ich habe das mein Leben lang so gehalten, und es hat gut funktioniert.«

Junior versuchte ihm zu erklären, daß die Zeiten sich geändert hatten und die Anforderungen größer geworden waren – es nützt nichts. Das letzte Wort seines Vaters zu diesem Thema war, daß er ihn nicht zum Präsidenten des Unternehmens gemacht habe, damit Junior sich von der Verantwortung drücke. Daß er nicht bereit sei, fortzugehen und sein Geschäft in den Händen von Fremden zu lassen. Und daß er sich nur deshalb sicher genug fühle, im Mai den ersten Urlaub seines Lebens in Europa zu verbringen, weil eben sein Sohn das Unternehmen führte.

Junior hatte ihm mit einer gewissen Skepsis zugehört. Diese Geschichte kannte er zu gut. Er würde es erst glauben, wenn sein Vater auf dem Schiff war. Er zog die Uhr aus der Tasche. Neun Uhr fünfundvierzig. Er griff nach dem Telefon.

»Verbinden Sie mich mit Mrs. Hardeman«, bat er seine Sekretärin.

Es klingelte, und gleich darauf meldete sich Sally: »Hallo.«

»Hallo, Liebling«, sagte er. »Entschuldige, ich wußte nicht, daß es schon so spät ist. Hoffentlich hast du mit dem Abendessen nicht auf mich gewartet.«

»Nachdem ich bis acht nichts von dir gehört habe«, sagte sie kühl, »habe ich angenommen, daß du aufgehalten worden bist und noch zu tun hast.«

»Wie geht es dem Kleinen?«

»Ausgezeichnet.«

»Hör zu, es ist spät«, sagte er, »und es wird mir einfach zuviel, jetzt noch eine Stunde am Steuer zu sitzen. Außerdem habe ich hier morgen um sieben Uhr bereits wieder eine Verabredung. Macht es dir was aus, wenn ich im Klub bleibe?«

Aus ihrer Stimme klang ein leises Zögern. »Nein, wenn du so müde bist.«

»Dafür komme ich morgen früh nach Hause«, versprach er.

»Schön. Ruh dich nur gut aus.«

»Du auch. Gute Nacht, Liebling.«

Es klickte, sie hatte aufgelegt. Langsam stellte er das Telefon ab. Sie war verärgert, das wußte er. Es war das zweitemal in dieser Woche, daß er in der Stadt blieb.

Sein Vater hatte recht gehabt, es war ein schwerer Fehler gewesen, so weit hinaus nach Ann Arbor zu ziehen. Am Wochenende wollte er sich ernsthaft mit Sally über einen Umzug nach Grosse Point unterhalten.

Er griff nochmals zum Telefon. »Rufen Sie im Klub an«, beauftragte er seine Sekretärin. »Sagen Sie, ich bleibe in der Stadt, und Samuel soll auf mich warten. Ich möchte mich vor dem Einschlafen massieren lassen.«

Bevor er noch den Hörer aufgelegt hatte, fühlte er sich schon besser. Das war das richtige Programm. Ein ganz leichtes Abendessen, dann ein heißes Bad zur Entspannung. Nachher würde er nackt ins Bett steigen, und Samuel würde mit seiner Mixtur aus milden Ölen und Alkohol zu ihm kommen. Schon bei den ersten Strichen seiner Hände würde ihn die Spannung verlassen und die Müdigkeit überkommen. Wenn der Masseur fortging, würde er schon schlafen, tief, ruhig und traumlos.

Sally legte den Hörer auf und ging zurück ins Wohnzimmer. Loren sah von der Couch zu ihr hinüber. »Ist etwas los?«

Sie schüttelte den Kopf. »Das war Loren. Er bleibt heute abend im Klub. Er fühlt sich zu müde, um nach Hause zu fahren.«

»Hast du ihm gesagt, daß ich hier bin?«

»Nein«, sagte sie. »Wozu?« Sie nahm ein zweites Glas von dem Cocktailtisch, der vor ihm stand. »Ich mixe dir einen frischen Drink.«

»Mach dir auch einen, wenn du schon dabei bist. Du siehst aus, als könntest du einen brauchen.«

»Ich darf nichts trinken, solange das Baby noch nicht entwöhnt ist.« Sie reichte ihm das Glas. »Ruh dich ein wenig aus und mach es dir bequem, während ich deinem Enkel seine Zehn-Uhr-Mahlzeit gebe. Es dauert nicht lange.«

Loren stand auf. »Ich komme mit.«

Sie warf ihm einen merkwürdigen Blick zu, sagte aber nichts. Er folgte ihr nach oben ins Kinderzimmer. In einer Ecke glomm eine winzige Nachtlampe, ihr schwaches gelbes Licht fiel auf die Wand hinter dem Kinderbett.

Sie traten schweigend ans Bett. Das Baby schlief, seine Augen waren fest geschlossen. Sie griff hinein und nahm es auf den Arm. Es begann fast sofort zu schreien.

»Er hat Hunger«, flüsterte sie und setzte sich rasch auf einen Stuhl. Sie saß im Dunkeln, dem Licht abgewandt. Das Kleid raschelte leise, plötzlich hörte das Schreien auf, statt dessen gab es leise Schmatzgeräusche, das Baby trank.

Sie schaute zu Loren hin. Seine Augen glühten in dem reflektierten gelben Licht wie die eines Tieres. Sein Gesichtsausdruck war seltsam gespannt. »Ich kann es nicht sehen«, sagte er.

Langsam drehte sie sich auf dem Stuhl herum, bis der sanfte Lichtschein sie und das Baby traf. Sie hörte seine Schritte, und als sie hochsah, stand er neben ihr.

»Mein Gott«, sagte er leise, »ist das schön!«

Eine warme Feuchtigkeit durchströmte sie, und plötzlich wurde sie ärgerlich. »Vielleicht versuchst du, das deinem Sohn zu sagen!«

Er schwieg, legte nur seine Hand auf ihre nackte Schulter und drückte sie beruhigend.

Überrascht betrachtete sie einen Augenblick sein Gesicht, dann wandte sie sich um und küßte seine Hand. Tränen stiegen ihr in die Augen und tropften von ihren Wangen auf seine Hand. Sie lehnte ihr Gesicht an ihn. »Entschuldige, Daddy Hardeman«, flüsterte sie.

Er strich mit seiner freien Hand sanft über ihr Haar. »Schon gut, mein Kind«, sagte er leise. »Ich verstehe.«

»Wirklich«, flüsterte sie, beinahe wild. »Er ist nicht wie du. Er ist kalt, er behält alles bei sich, verschließt es dort, wo niemand hinkann. Ich bin gar nicht so. Ich . . .«

Er legte einen Finger an ihre Lippen, um sie zum Schweigen zu bringen. »Ich habe ja gesagt, ich verstehe dich.«

Sie blickte ihn wortlos an. Sie fühlte die Stärke, die von ihm ausging und sie einhüllte, und sie wußte, daß er alles genauso empfand wie sie. »Ist es denn unrecht?« fragte sie.

Er schüttelte den Kopf.

»Ich sah dich mit der Frau an meinem Hochzeitsabend«, sagte sie.

»Das weiß ich«, antwortete er. »Ich habe es in deinen Augen gelesen.«

»Warum war das also damals recht und ist dies hier unrecht?«

Wieder schüttelte er langsam den Kopf. »Die Zeit. Es ist nicht die richtige Zeit.« Er schaute auf das saugende Kind. »Du hast Wichtigeres zu tun.«

Der alte blinde Zorn stieg in ihr hoch. Warum mußte er immer so selbstsicher sein, so recht haben? »Ich bin dumm«, sagte sie verbittert. »Verdammt albern und dumm.«

»Nein, das bist du nicht«, meinte er lächelnd. »Du bist nur eine gesunde junge Frau, deren Mann einen kräftigen Tritt in den Hintern verdient, weil er seine Hausarbeit vernachlässigt.« Er wandte sich zur Tür. »Und vielleicht bin ich der richtige Mann, um es ihm zu besorgen.«

»Nein«, sagte sie. »Du hältst dich da raus. Von dir will ich nur eines.«

»Und zwar?«

Sie stand auf und legte das Baby in sein Bettchen zurück. Sorgfältig zog sie die Decken um das schlafende Kind zurecht. Sie ging auf ihn zu, während sie ihre Bluse zuknöpfte, und blieb vor ihm stehen. »Du sollst mir sagen, wenn es soweit ist.«

Seine Gesichtsmuskeln schienen sich zu flachen winkligen Linien zu formen. Sie sah das Pulsieren an seiner Schläfe. Plötzlich schossen seine Hände vor und faßten ihre Brüste. Sie spürte, wie ihre Milch durch die Bluse seine Handflächen naß machte.

»Du Miststück!« sagte er böse. »Du könntest nicht warten, wie?«

»Nein«, antwortete sie beinahe ruhig. Sie faßte ihn an und spürte seine pralle Stärke. Ihr war, als brodle etwas Flüssiges in ihrem Leib, ihre Beine gaben nach, und sie sank neben ihm zusammen. »Da ist die Tür zu meinem Schlafzimmer«, keuchte sie.

Er trug sie ins andere Zimmer. Mit seiner freien Hand schloß er geräuschlos die Tür, dann ließ er sie auf das Bett fallen.

Atemlos starrte sie ihn an, während er sich auszog. Sie drehte die kleine Nachttischlampe an.

Nun war er fast nackt. »Worauf wartest du?« fragte er grimmig. »Zieh dein Kleid aus!«

Sie schüttelte stumm den Kopf, ohne ihren Blick von ihm zu wenden, während seine Unterwäsche zu Boden fiel und er zu ihr kam. Dann sah sie ihm ins Gesicht. »Reiß es mir vom Leib!« sagte sie. »Wie damals dem Mädchen.«

Im nächsten Augenblick lag das Kleid zerrissen auf dem Boden, und er kniete vor ihr. Er spreizte ihre Beine weit auseinander und drang langsam in sie ein.

Sie drückte ihre halb geballte Faust in den offenen Mund, um nicht zu schreien. »O Gott! O Gott!«

Ein Wirbel aus Orgasmen und Hingabe erfaßte sie. Sie hatte die Augen fest geschlossen, und diesmal war sie das Mädchen im Spiegel.

Sie erwachte wenige Minuten vor der Zwei-Uhr-Mahlzeit des Babys. Loren schlief auf dem Bauch, einen Arm auf dem Kissen, um die Augen vor der Nachttischlampe abzuschirmen, die langen Beine auf dem Bett ausgestreckt, so daß seine Füße unbequem über den Rand hinausragten. Aus der Nähe wirkte er nicht so haarig, wie sie geglaubt hatte, sein Körper war nur mit einem feinen, weichen, rotgoldenen Flaum bedeckt, durch den seine weiße Haut schien.

Vorsichtig, um ihn nicht zu wecken, glitt sie aus dem Bett. Die Bewegungen machten ihr den eigenen Körper bewußt. Jede ihrer Zellen war zum Bersten gefüllt, lebendig, reich und vollendet. »So also ist das«, dachte sie verwundert.

Schweigend schlüpfte sie in einen Morgenrock, ging ins Kinderzimmer und schloß die Tür hinter sich. Sie beugte sich über das Bettchen und betrachtete das schlafende Baby. Zum erstenmal verstand sie: Es war kein Baby mehr, es war ein kleiner Mann, und eines Tages würde er groß und stark sein und eine Frau füllen, so wie sie gefüllt worden war.

Ihre Brüste schmerzten, und sie betastete sie, ging dann zur Anrichte und nahm die vorbereitete warme Flasche aus dem Thermosbehälter. An ihrem Handrücken prüfte sie die Temperatur – gerade richtig. Sie nahm das Baby aus dem Bettchen, setzte sich auf den Stuhl und gab ihm den Gummisauger.

Er sog einmal daran, spie ihn aus und schrie protestierend. »Schhh«, flüsterte sie und schob ihm den Sauger wieder in den Mund. »Du mußt dich daran gewöhnen.«

Er schien sie zu verstehen, denn er begann hungrig zu saugen. Sie beugte sich nieder und küßte sein plötzlich schwitzendes Gesichtchen. »Kleiner Mann«, flüsterte sie. Nie hatte sie ihre Liebe zu ihm so stark gefühlt wie in diesem Augenblick.

Die Tür hinter ihr wurde geöffnet, und als sie hochschaute, beugte sich Loren über sie. Er war nackt und sah braungebrannt aus im gelben Licht, und sein starker männlicher Geruch stieg ihr in die Nase.

»Warum die Flasche?« fragte er nach einer Weile.

»Du hast nichts für ihn übriggelassen«, antwortete sie einfach.

Er schwieg.

»Das macht nichts«, fuhr sie fort. »Er wird ohnehin gerade entwöhnt.«

Er nickte wortlos und ging ins andere Zimmer zurück. Sie betrachtete das Baby. Die Flasche war halbleer, es war Zeit, ihn zum Aufstoßen zu bringen.

Als sie wieder ins Schlafzimmer kam, saß er auf dem Bettrand und rauchte eine Zigarette. Sie schloß die Tür, und er schaute sie fragend an. »Er ist gleich wieder eingeschlafen«, sagte sie.

»Ein herrliches Leben!« Er lächelte. »Nichts zu tun als essen und schlafen.« Er stand auf. »Es ist Zeit, daß ich gehe.«

»Nein.«

»Wir waren lang genug verrückt. Ich muß von hier verschwinden und dafür sorgen, daß so etwas nie wieder vorkommt.«

»Ich will, daß du bleibst.«

»Du bist noch verrückter als ich.«

»Nein, das bin ich nicht«, sagte sie. »Glaubst du, ich kann dich jetzt gehen lassen, wo ich gerade durch dich erst eine wirkliche Frau geworden bin? Wo ich endlich weiß, wie es ist, wirklich geliebt zu werden?«

»Gevögelt, meinst du«, sagte er entschieden. »Das sind zwei verschiedene Dinge!«

»Für dich vielleicht«, erwiderte sie, »aber nicht für mich. Ich liebe dich.«

»Ein paar gute Nummern, und schon liebst du mich?« fragte er sarkastisch.

»Reicht das nicht?« gab sie zurück. »Ich hätte mein ganzes Leben lang vielleicht nie erfahren, wieviel ich empfinden kann.«

Er schwieg.

»Sieh mal«, sagte sie schnell, ihre Worte überstürzten sich. »Ich weiß, daß es nach der heutigen Nacht vorbei sein wird, daß es nie wieder passieren wird. Aber noch ist nicht morgen, noch ist heute nacht, und ich will keinen Augenblick davon verlieren.«

Er fühlte den Aufruhr in seinen Lenden und sah in ihren Augen, daß sie es merkte. Plötzlich ärgerte er sich über seine Unbeherrschtheit. »Wir können nicht in diesem Zimmer bleiben«, erklärte er rauh. »Das Personal . . .«

»Du bleibst in Lorens Zimmer«, sagte sie. »Geh durch die Verbindungstür.«

Er nahm seine Kleider. »Was willst du ihnen sagen?«

»Die Wahrheit«, antwortete sie lächelnd. »Daß es für dich zu spät war, nach Hause zu fahren. Was können sie schließlich dabei finden, du bist doch mein

Schwiegervater?« Und nach einer Pause. »Eines stört mich. Ich weiß nicht, wie ich dich nennen soll. Daddy Hardeman erscheint mir jetzt lächerlich.«

»Versuch es mit Loren«, schlug er vor. »Das dürfte nicht allzu schwer sein.« Er folgte ihr nach nebenan. »Seit wann habt ihr getrennte Schlafzimmer?« fragte er.

»Schon immer«, antwortete sie. Sie nahm ihm den Anzug vom Arm. »Ich hänge ihn auf, sonst kannst du ihn morgen nicht tragen.«

Er beobachtete, wie sie den Anzug ordentlich über den hölzernen stummen Diener hängte. »Ich habe gedacht, ihr schlaft im selben Zimmer.«

»Nie«, antwortete sie. »Loren sagte, er schläft schlecht. Außerdem hattet ihr, du und Mutter, auch getrennte Schlafzimmer.«

»Erst als sie krank war. Die ersten zwanzig Jahre unserer Ehe haben wir im selben Zimmer geschlafen.«

»Das wußte ich nicht«, sagte sie, während sie sein Hemd aufhängte.

»Ihr beide seid zu jung, um getrennte Schlafzimmer zu haben.« Er sah sie forschend an. »Ich weiß, bei dir stimmt alles. Was ist mir Loren los?«

»Ich weiß nicht. Er ist anders, er ist nicht so wie du.«

»Was meinst du mit ›anders‹?«

»Er scheint sich nicht sehr viel von mir zu wünschen.« Sie zögerte einen Augenblick. »Wenn ich es mir jetzt überlege – er kommt nur zu mir, wenn ich es irgendwie vorschlage. Sogar in unserer Hochzeitsnacht war es so. Da wollte ich ihn so sehr, daß ich ihn nackt im Bett erwartet habe – und er hat mich gefragt, ob ich zu müde sei.«

»Er war nie ein kräftiger Junge«, meinte Loren unbeholfen, »irgendwie zart. Seine Mutter sorgte sich immer um ihn, zeitweise vielleicht sogar zuviel. Aber so war sie eben. Er war ihr einziges Kind, und sie wußte, daß sie nie ein zweites haben würde.«

»Ich möchte dir ein Kind schenken«, sagte sie.

»Das hast du bereits getan. Ein Enkelkind.«

Sie schüttelte den Kopf. »Mehr als das, ein eigenes. Du bist ein Mann, der viele Kinder haben sollte.«

»Dafür ist es jetzt zu spät.«

»Wirklich, Loren?« fragte sie und ging auf ihn zu. »Ist es zu spät?«

Er schaute, ohne zu antworten, auf sie hinunter.

»Du hast mich nie geküßt«, sagte sie.

Er faßte sie unter den Schultern und hob sie zu sich hoch. Seine Daumen bohrten sich in ihre Achseln, sie fühlte seine starken Finger, die sich in ihren Rücken drückten, ihre Brüste an ihn preßten. Sein Mund heftete sich hart an ihre Lippen, das flüssige Feuer floß wieder durch ihre Lenden.

Sie riß ihren Mund von seinem los und legte den Kopf an seine Brust. Sie schloß die Augen, ihre Lippen streiften seine Schulter, er konnte ihr leises Flüstern kaum hören: »O Gott, ich hoffe, diese Nacht nimmt nie ein Ende!«

Er hielt sie ganz still, ganz fest. Denn eines wußten sie beide: Es waren nur mehr wenige Stunden bis zum Morgen.

»Noch etwas Kaffee, Mr. Hardeman?«

Loren nickte. Er schaute über den Frühstückstisch auf Sally und wartete, bis der teilnahmslose Butler seine Tasse gefüllt und das Zimmer verlassen hatte. »Du hast dein Frühstück nicht gegessen.«

»Ich bin nicht hungrig«, sagte sie. »Außerdem muß ich noch zehn Pfund verlieren, bis ich das gleiche Gewicht wie vor meiner Schwangerschaft habe.«

Er trank den starken schwarzen Kaffee. Dabei fiel ihm wieder ein, wie sie um sechs Uhr morgens ausgesehen hatte.

Er war erwacht, als sie aus dem Bett schlüpfte, um dem Baby seine morgendliche Mahlzeit zu geben, aber er hielt die Augen absichtlich geschlossen. Sie sollte glauben, daß er noch schlief. Er fühlte, wie sie neben dem Bett stand und ihn betrachtete. Nach einer Weile entfernte sie sich, und er sah ihr durch die leicht geöffneten Lider nach.

Sie war nackt, und er konnte im grauen Licht des frühen Morgens die schwachen blauroten Flecken sehen, die seine Leidenschaft auf ihrer hellen Haut hinterlassen hatte. Sie schien ziel- und zwecklos durch das Zimmer zu wandern. Vor dem Toilettentisch blieb sie stehen, und plötzlich war sie doppelt, von vorn und von hinten, einmal davon im Spiegel. Aber sie achtete nicht darauf, sondern nahm eine schwere Taschenuhr in die Hand und sah sie einen Augenblick an, dann legte sie die Uhr hin und griff nach den goldenen Manschettenknöpfen. Sie hatten die Form des ersten Sundancers, den er gebaut hatte. Sie sah sie sich lange an. Nachdem sie die Knöpfe weggelegt hatte, wandte sie sich um und schaute zu ihm hin. Er schloß schnell die Augen.

Er hörte, wie sie wieder im Zimmer umherging, dann machte sie die Tür hinter sich zu, und nach einiger Zeit hörte er durch die Wände ihres Badezimmers das Geräusch von fließendem Wasser. Er wälzte sich auf den Rücken und schlug die Augen auf.

Er lag im Bett seines Sohnes, im Schlafzimmer seines Sohnes, und der Duft der Frau seines Sohnes hing noch an dem Kissen neben ihm. Seine Augen schweiften durch den Raum. Alles darin verriet die Vorliebe Juniors für antike Möbel. Der Toilettentisch und der Spiegel, die Stühle, sogar der zarte Duncan-Phyfe-Schreibtisch unter dem Fenster im Erker, alles gehörte zur Welt seines Sohnes.

Ein eigentümlicher Kummer bedrückte ihn. Elisabeth hatte so oft gesagt, daß sein Leben, soweit es seinen Sohn betraf, aus einer Folge von Fehlschlägen bestand. Daß er die Unterschiede, die zwischen ihnen bestanden, nie zur Kenntnis nehmen wollte und daß er Junior, so sehr er sich auch bemühen mochte, nie nach seinen Vorstellungen würde formen können.

Müde schloß er die Augen. Wenn das Fehlschläge waren, was war dann dies hier? Wieder ein Fehlschlag? Oder Verrat? Oder sogar noch schlimmer, eine endgültige Usurpierung des Lebens und Platzes seines Sohnes? Er fiel in unruhigen Schlaf.

Als er die Augen wieder aufschlug, war es acht Uhr vorbei, und sie stand neben dem Bett. Sie trug ein einfaches Kleid, ihr Gesicht war gewaschen, ungeschminkt, die Augen waren klar, und das Haar war zu einem ordentlichen Knoten am Hinterkopf zusammengefaßt.

»Junior ruft aus dem Büro an«, sagte sie tonlos. »Er will dich sprechen.«

Er schwang die Füße aus dem Bett. »Wieviel Uhr ist es?«

»Ungefähr zwanzig vor neun.«

»Woher weiß er, daß ich hier bin?«

»Als du heute morgen nicht bei der Sitzung warst, rief man bei dir zu Hause an. Dort hörten sie, du hättest erwähnt, daß du vielleicht hierher kommen würdest. Aber bevor sie hier anriefen, haben sie es zuerst anderswo versucht.«

»Was hast du ihm gesagt?«

»Daß wir lange aufgeblieben sind und ich fand, du solltest lieber hierbleiben, statt nach Hause zu fahren.«

»Gut«, sagte er und stand auf. Er spürte ein schmerzhaftes Stechen in den Schläfen. »Könntest du mir Aspirin bringen?« fragte er, ging zu dem kleinen Schreibtisch und hob den Telefonhörer ab. »Hallo.«

»Vater?« Juniors Stimme klang dünn und metallisch aus dem Telefon. »Leider wußte ich nicht, daß du dort bist, sonst wäre ich heimgekommen.«

»Schon gut«, sagte Loren. »Ich habe mich im letzten Augenblick entschlossen, zu euch rauszufahren.«

Sie kam mit zwei Aspirintabletten und einem Glas Wasser ins Zimmer zurück. Er schluckte die Tabletten.

»Duncan hat die Pläne für das verbesserte Fließband für den Loren II fertig«, sagte Junior. »Wir wollen deine Zustimmung haben.«

»Wie sieht es aus?«

»Recht gut, scheint mir«, sagte Junior. »Wir müßten damit bei der Endmontage ungefähr zweihundertzehn Dollar pro Stück sparen können.«

»Dann gib dein Okay!« sagte er kurz.

»Ohne daß du die Pläne gesehen hast?« fragte Junior überrascht.

»Ja. Du sollst dich daran gewöhnen, die Verantwortung zu übernehmen. Du bist der Präsident der Gesellschaft, du triffst die Entscheidungen.«

»Aber – was hast du vor?« Junior war verwirrt.

»Ich nehme den Urlaub, den ich mir selbst versprochen habe«, hörte er sich sagen. »Ich fahre für ein Jahr nach Europa, morgen reise ich ab.«

»Ich dachte, du wolltest erst nächsten Monat fahren«, sagte Junior.

Loren warf Sally einen Blick zu. »Ich habe es mir anders überlegt.«

Sie sah ihm eine Weile in die Augen, dann verließ sie das Zimmer.

Er wandte sich wieder dem Telefon zu. »Ich will jetzt nach Hause fahren und mich umziehen«, sagte er zu seinem Sohn. »Wir sehen uns dann am späten Nachmittag.« Müde setzte er sich in den hohen Duncan-Phyfe-Stuhl hinter dem Schreibtisch und wartete auf die Wirkung des Aspirins ...

Und jetzt sah sie ihn also über den Tisch weg an, während er seine Tasse wieder hinstellte. Ihre Stimme klang gefaßt. »Du läufst davon.«

»Tja.« Er nickte.

»Glaubst du, daß du damit etwas änderst?«

»Vielleicht nicht. Aber achttausend Kilometer können uns eine Menge Unannehmlichkeiten ersparen.«

Sie schwieg.

Er schaute sie ruhig an. »Ich bedaure nichts von dem, was geschehen ist. Wir hatten Glück, wir haben niemand weh getan. Diesmal nicht. Aber ich kenne mich. Wenn ich hierbleibe, kann ich dir nicht aus dem Weg gehen. Und das müßte letzten Endes alles und alle vernichten, die wir nicht verletzen wollen.«

Sie saß bewegungslos in ihrem Stuhl. »Ich liebe dich.«

Er schwieg lange. »Und ich glaube, ich liebe dich auch.«

Seine Stimme hatte einen schmerzlichen Unterton. »Aber das ist jetzt ohne Bedeutung. Das Spiel geht bereits zu weit. Für uns beide.«

»Du Hure! Du gemeines, verhurtes Luder!« Juniors Stimme gellte schrill. »Wer war es?«

Sie starrte ihn an, verblüfft über die plötzliche Veränderung seines Wesens. Es war, als hätte ein weiblicher Dämon von ihm Besitz ergriffen. Zum erstenmal bemerkte sie seine unterdrückten weibischen Charakterzüge. Mit dieser Erkenntnis schien ihre Furcht zu verschwinden. »Schrei nicht so!« sagte sie ruhig. »Du weckst das Baby.«

Seine offene Hand klatschte ihr ins Gesicht, und sie fiel zusammen mit dem Stuhl, auf dem sie gesessen hatte, zu Boden. Erst einen Moment später durchfuhr sie wie ein roter Feuerpfeil der Schmerz.

Er stand über ihr, die Hand zum zweiten Schlag erhoben. »Wer war es?«

Einen Augenblick lang bewegte sie sich nicht, dann schob sie mit den Füßen ihren Stuhl beiseite. Langsam stand sie auf, noch war der weiße Abdruck seiner Hand auf ihrer roten Wange zu sehen. Sie wich vor ihm zurück, bis sie an den Toilettentisch stieß. Er folgte ihr drohend.

Sie stützte die Hände hinter sich auf die Tischplatte, ohne den Blick von seinem Gesicht zu wenden. Seine Hand holte aus, aber die Frau bewegte sich schneller. Er spürte den scharfen Stich sogar durch den dichten Stoff seiner Jacke. Sie sagte nur ein Wort. »Nicht!«

Seine Hand blieb auf halbem Weg in der Luft hängen, und sein Blick senkte sich zu seiner Hüfte. Der Silbergriff der langen Nagelfeile blitzte in ihrer Hand. Ungläubig schaute er ihr wieder ins Gesicht.

»Wenn du mich nochmals anrührst, bring' ich dich um«, sagte sie ruhig.

Er schien plötzlich zu schrumpfen, seine Hand fiel herab, Tränen traten in seine Augen.

»Geh dorthin zurück und setz dich hin«, sagte sie. »Dann können wir miteinander reden.«

Wie benommen stolperte er in die Ecke zurück und setzte sich in den Lehnstuhl. Er bedeckte sein Gesicht mit den Händen und begann zu weinen.

Ihr Wutanfall verrauchte so schnell, wie er gekommen war. In ihrem Herzen war nur Mitleid. Er war weniger ein Mann als noch ein Kind.

Sie legte die Nagelfeile wieder auf den Toilettentisch und trat auf ihn zu. »Ich gehe fort«, sagte sie. »Du kannst die Scheidung haben.«

Er schaute sie durch die gespreizten Finger an. »Du hast es leicht«, sagte er unter Schluchzen. »Aber was ist mit mir? Alle werden wissen, was vorgefallen ist, sie werden hinter meinem Rücken lachen und reden.«

»Niemand wird es wissen«, sagte sie. »Ich werde so weit fort sein, daß nie ein Wort davon nach Detroit dringt.«

»Mir wird übel!« sagte er plötzlich, sprang auf und lief ins Bad.

Sie hörte sein Würgen durch die offene Tür. Sie folgte ihm ins Bad und sah, wie er über der offenen Toilette stand und sich übergab. Er zitterte am ganzen Körper und schien nahe daran, umzufallen. Schnell trat sie hinter ihn und stützte mit der Hand seine Stirn.

Er sank gegen sie und würgte wieder krampfhaft. Aber sein Magen war schon leer, es kam nichts mehr heraus. Nach einer Weile hörte er auf zu zittern.

Sie langte an ihm vorbei und drehte den Kaltwasserhahn im Waschbecken an, nahm einen Lappen, befeuchtete ihn gründlich und legte ihn ihm auf die Stirn. Er richtete sich ein wenig auf. Sie spülte den Waschlappen aus und wischte ihm die Spuren des Erbrechens von Mund und Kinn.

»Ich habe alles schmutzig gemacht«, sagte er hilflos und starrte auf das Erbrochene auf dem hochgeschlagenen Toilettensitz und dem Rand der Porzellanschüssel.

»Schon gut«, beruhigte sie ihn. »Ich mache es schon sauber. Geh nur rein und leg dich hin.«

Er verließ das Badezimmer, und sie ging an die Arbeit. Als sie einige Minuten später aus dem Bad kam, war ihr Zimmer leer, aber die Tür zu seinem Schlafzimmer stand offen.

Er lag mit dem Arm über den Augen auf dem Rücken, ohne den Bettüberwurf abgenommen zu haben. Sie trat näher. »Geht es dir besser?«

Er antwortete nicht.

Sie drehte sich um und wollte in ihr Zimmer gehen.

»Geh nicht fort«, sagte er. »Ich fühle mich schwach, das ganze Zimmer dreht sich um mich.«

Sie kam zum Bett zurück und sah auf ihn hinunter. Sein Gesicht unter dem Arm war blaß und schweißbedeckt. »Du brauchst etwas in den Magen«, erklärte sie. »Ich lasse dir Tee und Milch raufbringen.«

Sie zog an der Klingelquaste. Kurz darauf stand der Butler an der Tür. »Etwas leichten Tee und Milch für Mr. Hardeman«, sagte sie.

»Jawohl, Madam.«

Sie schloß die Tür und trat wieder ans Bett. »Ich helf' dir aus den Kleidern. Dann fühlst du dich wohler.«

Er ließ sich von ihr wie ein Kind ausziehen und in den Pyjama helfen und blieb geduldig stehen, während sie das Bett aufschlug. Dann legte er sich wieder hin und zog die Decke über sich.

Der Butler brachte ihm den Tee, stellte das Tablett ab und entfernte sich. Junior setzte sich auf und schob sich noch ein Kissen hinter den Rücken. Sie füllte die Tasse, je zur Hälfte mit Tee und heißer Milch. »Trink das, davon wird dir besser.«

Er trank in langsamen Schlucken aus der dampfenden Tasse, und die Farbe kehrte in sein Gesicht zurück. Als die Tasse leer war, schenkte sie ihm nochmals ein.

»Stört es dich, wenn ich rauche?« fragte sie.

Er schüttelte schweigend den Kopf, sie ging in ihr Zimmer und kam mit einer Zigarette zurück. »Geht es dir schon besser?«

Er nickte.

Sie tat einen tiefen Zug. Der scharfe Rauch kribbelte ihr in Mund und Nase. »Entschuldige«, sagte sie. »Ich wollte dich nicht verletzen.«

Er antwortete nicht.

»Eigentlich wollte ich fortgehen und dir einen Brief hinterlassen. Du solltest nie etwas davon erfahren. Der Arzt versprach mir, es niemandem zu sagen.«

»Du hast vergessen, ihm anzudeuten, daß du mit ›niemand‹ auch deinen Mann gemeint hast«, sagte er. »Ich hatte keine Ahnung, wovon er sprach, als ich ihm im Klub begegnete und er mir gratulierte.«

»Jetzt ist es heraus«, sagte sie, »und spielt keine Rolle mehr. Ich fahre morgen fort, und du kannst die Scheidung ganz nach deinem Wunsch erledigen. Ich will nichts von dir haben.«

»Nein!«

Sie starrte ihn an.

»Du fährst nicht fort!«

»Aber . . .«

»Du wirst hier bleiben und das Kind bekommen«, unterbrach er sie. »Als ob nichts geschehen wäre.«

Sie schwieg.

»Ein Skandal im jetzigen Augenblick würde die Gesellschaft ruinieren«, sagte er. »Wir sind im Begriff, fünfzig Millionen Dollar Bankkredite für Werkzeuge und Maschinen zur Produktion der neuen 1930er Modelle aufzunehmen. Glaubst du, irgendeine Bank gibt uns das Geld, wenn dies hier bekannt wird? Keine einzige. Außerdem bringt mich mein Vater um, wenn ich etwas zulasse, wodurch wir das Geld nicht bekommen.«

Sie saßen sich lange verbissen schweigend gegenüber. Sie drückte die eine Zigarette aus und zündete sich eine zweite an. Er beobachtete sie.

»Warum hast du nichts dagegen unternommen?« fragte er endlich. »Warum hast du so viel Zeit verloren?«

»Ich war mir erst darüber klar, als es schon zu spät war. Dann wollte kein Arzt mich mehr anrühren. Nach der Geburt war ich auch noch mit meiner Periode durcheinander.«

»Du willst mir nicht sagen, wer der Vater ist?«

Sie schüttelte den Kopf. »Nein.«

»Du brauchst es mir gar nicht zu sagen. Ich weiß es.«

Sie schwieg.

»Er war es.«

Er mußte seinen Vater gar nicht erst nennen, damit sie wußte, wen er meinte. »Du bist verrückt!« sagte sie und hoffte, er würde das plötzliche Zittern der Hand, in der sie die Zigarette hielt, nicht merken.

»Ich bin nicht so dumm, wie du zu glauben scheinst«, sagte er, und auf seinem Gesicht erschien plötzlich ein Ausdruck weibischer Verschlagenheit. »Er hat die Nacht hier verbracht und am nächsten Morgen plötzlich beschlossen, einen Monat früher als geplant nach Europa zu fahren.«

Sie zwang sich zu einem Lachen. »Das sagt gar nichts.«

»Vielleicht doch!« widersprach er und stieg aus dem Bett. Er durchquerte das Zimmer und blieb vor dem Wandschrank stehen, in dem seine Socken und Unterwäsche aufbewahrt wurden. Er zog die unterste Schublade hervor, nahm etwas heraus und warf es ihr zu.

Es fiel vor ihr zu Boden, und sie hob es auf. Es war der Büstenhalter für stillende Mütter, den sie an jenem Abend getragen hatte. Er war zerrissen, und die Fetzen hingen ihr von den Fingern. Sie hatte ihn gar nicht vermißt.

»Wo hast du das her?« fragte sie.

»Aus dem Wäschekorb in meinem Badezimmer«, sagte er. »Ich hatte ein Hemd hineingeworfen, ohne die Manschettenknöpfe herauszunehmen. Und als ich den Korb öffnete, um sie mir zu holen, fiel das ganze Zeug raus, und das da war dabei.«

Sie schwieg.

»Er hat dich vergewaltigt?« So wie er es sagte, war es eher eine Feststellung als eine Frage.

Sie antwortete nicht.

»Der gemeine, dreckige Alte!« fluchte er. »Ich verstehe nicht, wie meine arme Mutter ihn all die Jahre ertragen konnte. Er gehört in eine Heilanstalt. Es ist nicht das erstemal, daß er so etwas getan hat. Er hat dir die Kleider vom Leib gerissen?«

Sie betrachtete den Büstenhalter in ihrer Hand. »Ja«, flüsterte sie.

»Warum hast du denn nichts unternommen?« fragte er. »Warum hast du nicht geschrien?«

Sie holte lang und tief Atem und schaute ihn an. Ihre Stimme war klar und ruhig. »Weil ich wollte, daß er es tut.«

Plötzlich ließ er die Schultern hängen und schien in sich zusammenzufallen. Vor ihren Augen wurde er zwanzig Jahre älter. Sein Gesicht war grau und blaß, er streckte eine Hand aus und setzte sich auf den Bettrand.

»Er haßt mich«, flüsterte er wie zu sich selbst. »Er hat mich immer gehaßt. Von meiner Geburt an, weil ich zwischen Mutter und ihn getreten bin. Schon als ich noch ein Kind war, hat er mir immer Sachen weggenommen. Einmal hatte ich eine Puppe. Er nahm sie mir und schenkte mir ein Spielzeugauto. Als ich nicht damit spielen wollte, hat er mir auch das Auto genommen.«

Er legte sich bäuchlings aufs Bett, vergrub sein Gesicht in der Beuge seiner Ellbogen und begann wieder zu weinen.

In ihrem Kopf hämmerte der Schmerz. Sie stand müde auf und wollte in ihr Zimmer gehen.

»Sally!«

Sie drehte sich ihm zu. Er saß aufrecht im Bett, die Tränen liefen über seine Wangen. »Du wirst es nicht zulassen, daß er mir auch dich noch fortnimmt, nicht wahr?«

Sie stand dort, ohne zu antworten.

»Wir wollen vergessen, was geschehen ist«, sagte er schnell. »Ich werde gut zu dir sein, du wirst schon sehen. Ich rede nie wieder davon.«

Er stieg aus dem Bett, fiel auf die Knie, umklammerte ihre Beine und schmiegte sein Gesicht an ihre Schenkel. »Verlaß mich nicht! Ich könnte es nicht ertragen, daß du mich verläßt!«

Sie ließ ihre Hand auf seinen Kopf sinken und ließ sie dort. Einen Augenblick lang hatte sie das Gefühl, er sei ihr Kind. Und vielleicht sollte es auch so sein.

»Steh auf und geh wieder ins Bett, Junior«, sagte sie leise. »Ich verlasse dich nicht.« Dann ging sie und schloß die Tür hinter sich.

An einem Tag, der später unter dem Namen »Schwarzer Freitag« in der Wirtschaftsgeschichte der Welt berühmt wurde, stürzte die New Yorker Börse von ihren Spitzenkursen ins Bodenlose und schleuderte Amerika und die Welt in die Tiefen einer wirtschaftlichen Depression, wie man sie bisher noch nie gekannt hatte.

Vier Monate später, Mitte Januar 1930, klingelte es an der Tür des Appartements im Hotel George V in Paris, wo Loren wohnte.

»Roxane«, rief er aus dem Bad. »Sieh doch mal nach, wer es ist.«

Wenige Minuten später kam sie ins Badezimmer. »Ein Telegramm für dich, aus Amerika.«

»Mach es auf und lies vor. Ich habe nasse Hände.«

Sie riß den hellblauen Umschlag auf. Ihre Stimme klang ausdruckslos, während sie mit den englischen Wörtern kämpfte.

LOREN HARDEMAN SEN.
HOTEL GEORGE V
PARIS, FRANKREICH
HABE AUF DRAENGEN BANK UM VERLUSTE INFOLGE MANGELNDEN VERKAUFS EINZUSCHRAENKEN ERZEUGUNG STILLGELEGT UND EINSTELLUNG LOREN II ANGEORDNET STOP ANDERE SPARMASSNAHMEN IN ARBEIT STOP WERDE DICH AUF LAUFENDEM HALTEN SOBALD ENTSCHEIDUNGEN GETROFFEN WERDEN STOP TEILE DIR AUCH MIT DASS MEINE FRAU GESTERN UM ACHT UHR MORGENS EIN MAEDCHEN ANNE ELISABETH ZUR WELT GEBRACHT HAT

LOREN HARDEMAN II

5 (1970)

Angelo schaute aus dem Fenster, als das Flugzeug in weitem Bogen zur Landung ansetzte. Er drückte seine Zigarette aus und verwahrte die Papiere, die auf dem Tisch lagen, in der Aktentasche. Er warf einen Blick auf die Armbanduhr. Halb fünf Uhr nachmittags, genau nach Flugplan.

In dem Jahr, seit er in dem Werk an der Westküste arbeitete, war ein Problem nach dem anderen aufgetaucht, bis er manchmal glaubte, den Verstand zu verlieren. Und dieses Werk machte nicht einmal zehn Prozent von River Rouge aus.

Aber zwei Dinge hielten alles in Gang, und beide gehörten Menschen. Das Wissen, die Erfahrung und der kluge Rat von John Duncan und die treibende unermüdliche Energie und Begeisterung Tony Rourkes, der so sehr ein Teil des Ganzen wurde, als sei er ins Autogeschäft hineingeboren. Das, zusammen mit seiner erfindungsreichen Verwendung und Anpassung der neuen Technologien, die er im Flugzeugbau verwendet hatte, brachte sie über die ersten und vielleicht schwersten Hürden.

Die Design- und Konstruktionsabteilung war erfolgreich von Detroit herüberverlegt worden und funktionierte schon seit über sechs Monaten. Die Stahlgießerei, die sie in Fontana gekauft hatten, wurde gerade den Erfordernissen der Produktion angepaßt, und das Werk, das sie auf dem Fabrikgelände errichtet hatten, würde nächsten Sommer einsatzbereit sein. Wenige Monate später sollte die Gießerei fertig sein, und bereits im September konnte nötigenfalls das endgültige Montagefließband in Betrieb genommen werden. Man war im Begriff, die Arbeitsreserve auszuarbeiten, die Bedarfspläne wurden entworfen und tausend andere Details vervollständigt. Nun fehlte nur noch die endgültige Entscheidung darüber, was für einen Wagen man bauen sollte. Und das war eben das Problem, über das man sich anscheinend nicht einigen konnte.

Die einzige mögliche Lösung war ein vollkommen neuer Wagen, der allen Forderungen der Sicherheitsbehörden wie der Kunden entsprach. Und das wollte Detroit noch nicht in Betracht ziehen. Denn das bedeutete, daß man das alte Spiel abblasen und ein neues beginnen mußte. Und es gab immer noch zu viele Anhänger des alten Spiels im Stadion.

Die Räder des Flugzeugs setzten auf dem Boden auf und rissen Angelo aus seinen Träumereien. Er blieb ruhig sitzen, während die Maschine langsam zum Tor rollte. Der Vorstand würde den Entschluß fassen müssen, es blieb ihm nichts anderes übrig. Und bei der morgigen Vorstandssitzung wollte er es aufs Tapet bringen. Der Sundancer war das Auto von gestern, er mußte weg. Wenn man einen neuen Wagen herausbringen wollte, mußte die ganze Gesellschaft dahinterstehen.

Den Sundancer weiterzubauen, würde seiner Ansicht nach die Erfolgsaussichten des neuen Wagens verringern.

Das Flugzeug kam zum Halten, er nahm seine Aktentasche und stand auf. Die Sitzung würde morgen stattfinden, aber heute gab es etwas anderes, das in der Detroiter Welt fast ebenso wichtig war.

Ein Ereignis, das in den lokalen Zeitungen als die große gesellschaftliche Veranstaltung des Jahres angekündigt wurde, über deren Vorbereitungen so gewissenhaft berichtet worden war, wie über die Vorbereitungen für den Amtsantritt eines Präsidenten der Vereinigten Staaten.

Das Gesellschaftsdebüt Elisabeth Hardemans, der Tochter von LH III. Sie war achtzehn Jahre alt und bereit, ihren Platz in der Welt einzunehmen.

»Du siehst sehr gut aus, Großvater«, sagte die Prinzessin. Trotz ihrer vierzig Jahre sah man, daß sie das genaue Ebenbild ihrer Mutter Sally war. Nummer Eins lächelte. »Ich fühle mich wohl, Anne, besser als seit Jahren.«

»Das freut mich«, sagte sie einfach. Sie ging zu seinem Rollstuhl und küßte ihn auf die Wange. »Das weißt du ja.«

Der feine Duft ihres Parfüms stieg ihm in die Nase. Er streckte die Hand aus und tätschelte die ihre. »Ich weiß. Und du? Bist du glücklich?«

Sie nickte nachdenklich. »So glücklich, wie man wohl sein kann. Ich habe längst die kindlichen Träume darüber aufgegeben, wie mein Glück aussehen sollte. Jetzt bin ich zufrieden. Igor ist sehr gut zu mir, er kümmert sich um mich. Du weißt, was ich meine.«

Er nickte. Er glaubte sie zu verstehen, aber er war sich nie ganz sicher. Das Problem, eine Erbin zu sein, hatte das Leben vieler anderer zerstört. Es hatte seine eigenen, besonderen Risiken, ein reiches Mädchen zu sein. Aber sie schien zu den Glücklichen zu zählen. Es fiel ihm schwer, zu glauben, daß sie nun vierzig Jahre alt war, in seinen Augen war sie immer noch ein Kind. »Wo ist Igor?« fragte er. »Ich habe ihn nicht gesehen.«

»Unten in der Bibliothek mit Loren. Du kennst ihn ja. Er redet so gern vom Geschäft, von Mann zu Mann. Und wenn da noch eine Flasche guter Whisky in der Nähe ist, schadet das auch nichts.«

Er lächelte. »Wie geht das Geschäft in Europa?«

»Igor hat sich Sorgen gemacht«, sagte sie. Igor hatte nach ihrer Hochzeit die Leitung der Bethlehem Motors S.A. in Frankreich übernommen und seinen Posten zur großen Überraschung aller überaus zufriedenstellend ausgefüllt. »Du weißt, wie sehr er Autos liebt. Er haßte es, wenn die Autoverkäufe zurückgingen, während andere Abteilungen florierten. Nun ist er wieder in größter Aufregung. Er konnte es kaum erwarten, zu Loren zu kommen und über den neuen Wagen zu sprechen.«

»Ich werde ihn zur morgigen Vorstandssitzung einladen lassen«, sagte Nummer Eins. »Ich glaube, das wird ihn freuen.«

»Ist das dein Ernst?« Anne lachte. »Er wird begeistert sein! Davon hat er immer geträumt. Dabeisein, wenn die großen Entscheidungen fallen. Er wird sich wie im Paradies vorkommen.«

»Ausgezeichnet.«

»Wieviel Uhr ist es?« fragte sie.

Er sah auf seine Armbanduhr. »Halb acht.«

»Dann sollte ich mich anziehen gehen.«

»Warum so eilig? Die Party beginnt doch erst um zehn.«

»Ich bin nicht mehr die Jüngste«, erklärte sie lächelnd. »Und wie eine Prinzessin auszusehen dauert etwas länger.«

»Für mich hast du immer ausgesehen wie eine Prinzessin«, sagte er.

»Erinnerst du dich, Großvater, so hast du mich immer gerufen, als ich ein kleines Mädchen war: Prinzessin. Und Daddy wurde immer böse. Er sagte, das sei unamerikanisch.«

»Dein Vater hatte manchmal sonderbare Ideen«, sagte er.
»Ja.« Sie wurde nachdenklich. »Ich hatte immer das Gefühl, daß er uns beide nicht wollte. Darüber habe ich mich oft gewundert.«
»Spielt das eine Rolle?«
»Jetzt nicht.« Sie sah ihn lächelnd an. »Weißt du, ich bin froh, daß ich heimgekommen bin und daß du die Villa für diese Party zur Verfügung gestellt hast. Ich habe immer gehört, wie großartig die Parties hier waren.«
»Einige waren gar nicht übel.«
»Wie lange ist es her, Großvater?« fragte sie. »Seit der letzten?«
Er dachte eine Weile nach. Die Zeit überflutete ihn wie die Flut des Ozeans. Er schloß die Augen – für einen Augenblick war es gestern –, dann öffnete er sie wieder. »Fünfundvierzig Jahre ist es her«, sagte er langsam. »Damals war die Hochzeit deiner Eltern.«

6

Eigentlich waren es zwei Parties, nicht nur eine. Das formelle Fest fand im großen Ballsaal statt. Dort spielte eine von Meyer Davis' Gesellschaftskapellen das, was Elisabeths Freunde »Musik für das Mittelalter« nannten.
Die zweite Party fand in dem riesigen Spielsalon des Gartenhauses statt, den man in eine Diskothek verwandelt hatte. Die Musik der zwei einander ablösenden Rockgruppen dröhnte aus elektronischen Verstärkern.
Beide Parties waren überfüllt, und sogar zum Stehen gab es nur zentimeterweise Platz. So etwas hatte Detroit noch nie erlebt. Es war ein Tohuwabohu aus Lärm und Menschen.
Auch die Gärten waren in der warmen Septembernacht voller Menschen, die von einer Party zur anderen gingen, alles sehen und überall gleichzeitig sein wollten. Es war schon fast Mitternacht, als die Autoschlange, die sich von der langen Einfahrt bis in die umliegenden Straßen staute, sich auflöste und Angelo durch die weit geöffneten mächtigen Holztore das Haus betrat.
Die Reihe für den offiziellen Empfang war auseinandergebröckelt; der bereits vor Beginn der Party angeheiterte Loren war nirgends zu sehen, und Betsy war mit ihren Freunden in der Diskothek. In der Nähe des Eingangs befand sich nur mehr die schon etwas zermürbte und abgespannte Alicia.
Angelo wies zum drittenmal seine Einladung vor. Die beiden ersten Male war das bei der Einfahrt und vor dem Haus gewesen. Diesmal nahm sie ein Butler in formeller Livree entgegen.
Der grauhaarige Mann drehte sich dem Salon zu. »Mr. Angelo Perino«, kündigte er mit einer Grabesstimme an, die sich in dem Lärm völlig verlor.
Angelo ging über die Stufen auf Alicia zu. Er küßte sie auf die Wange. »Du siehst reizend aus.«
»Ich sehe entsetzlich aus, und das weißt du!«
»Eine großartige Party!« sagte er und schaute sich im Raum um.
»Ja, aber ich wollte, wir hätten sie nie gegeben. Irgendwie scheint das alles so sinnlos. Aber Loren bestand darauf.«
»Es sieht doch sehr amüsant aus«, meinte Angelo.
»Ja, hoffentlich vergnügt *er* sich«, antwortete sie sarkastisch.
»Wo ist die Debütantin?« fragte er. »Soll ich ihr nicht gratulieren oder dergleichen? Ich weiß nicht genau, wie man sich bei solchen Anlässen benimmt.«
Sie lachte – zum erstenmal an diesem Abend. »Du bist wunderbar, Angelo. Du dürftest der einzige aufrichtige Mensch sein, den es in Detroit noch gibt.« Sie schaute umher. »Ich sehe sie nirgends, sie muß mit ihren Freunden ins Spielzimmer gegangen sein.«

»Ich finde sie schon.«

»Komm«, sagte sie und faßte ihn am Arm, »ich suche dir ein hübsches junges Ding zum Tanzen.«

»Wie wär's denn mit dir?«

»Ich?« fragte sie erstaunt. Sie zögerte. »Ich weiß nicht, ich müßte eigentlich hierbleiben. Einer muß ja.«

»Warum?«

Sie starrte ihn einen Augenblick an, dann nickte sie. »Weißt du was? Du hast völlig recht; es gibt gar keinen Grund, weshalb ich hier herumstehen sollte.«

Er führte sie aufs Parkett und begann mit ihr zu tanzen. Zuerst war sie ein wenig steif. Er zog sie enger an sich. »Entspanne dich«, sagte er lächelnd. »Auf deiner eigenen Party darfst du dich amüsieren.«

Sie lachte wieder, und sie tanzten. Sie legte den Kopf an seine Schulter, und nach einiger Zeit sah sie ihn an: »Danke, Angelo.«

»Wofür denn?«

»Daß du mir das Gefühl gibst, wirklich hier zu sein. Ich hatte den ganzen Abend den seltsamen Eindruck, daß ich es nicht bin.«

»Ich verstehe dich nicht.«

»Du weißt doch, was vorgeht«, sagte sie. »Alle wissen es. Es ist ein offenes Geheimnis, daß Loren diese Frau in der Wohnung oben im Verwaltungsgebäude der Fabrik aushält und daß ich übermorgen nach Reno fahre. Die Leute sehen mich mit dem gewissen ›Die Königin ist tot, es lebe die Königin‹-Blick an. Es war schon sehr merkwürdig. Sie wissen nicht genau, wie freundlich sie sein sollen.«

»Du redest dir allerhand ein«, sagte er. »Du bist hier aufgewachsen, diese Leute waren immer deine Freunde. Ob du mit Loren verheiratet bist oder nicht, macht nicht viel Unterschied.«

»Es gab einmal eine Zeit«, sagte sie mit traurigem Blick, »da glaubte ich das auch. Heute bin ich da nicht mehr so sicher.«

Der Schlager ging zu Ende, und sie blieben auf dem Parkett stehen. Hinter ihnen ertönte eine Frauenstimme: »Alicia, meine Liebe! Wo hast du diesen hinreißenden Mann die ganze Zeit versteckt?«

Sie wandten sich um, und Angelo sah das wundervoll gekleidete Paar, das neben ihnen stand. Das Gesicht der Frau kam ihm irgendwie bekannt vor.

Alicia lächelte. »Angelo Perino, meine Schwägerin und ihr Mann, Prinz und Prinzessin Alekhine.«

Die Prinzessin streckte die Hand aus, Angelo ergriff sie. »Küssen oder schütteln?« fragte er lächelnd.

»Sie dürfen beides«, antwortete sie lachend. »Und ich heiße Anne. Sie sind mit meinem Bruder zur Schule gegangen, aber wir haben uns nie kennengelernt.«

»Mein Pech.« Er küßte ihr die Hand und wandte sich dann ihrem Mann zu.

Der Prinz war größer als Angelo, mit dichtem, schwarzem, grau meliertem Haar und hellen Augen in dem kraftvollen, gebräunten Gesicht. Sein Händedruck war fest und direkt. »Nennen Sie mich Igor«, sagte er mit tiefer, freundlicher Stimme. »Ich habe mich darauf gefreut, Sie kennenzulernen. Wir müssen uns über vieles unterhalten. Ich möchte, daß Sie mir alles von dem neuen Wagen erzählen.«

»Das hat Zeit«, sagte Anne. »Morgen könnt ihr Männer lange genug über Geschäfte sprechen.« Die Musik setzte wieder ein. »Du tanzt mit Alicia, Igor«, befahl sie. »Ich möchte alles über den neuen Mann in Detroit erfahren.«

Sie schmiegte sich in seinen Arm mit einer Sicherheit, als sei sie dort zu Hause. Er schaute sie an. »Sie haben zu viele Illustrierte gelesen«, sagte er.

»Natürlich«, gab sie zurück. »Was glauben Sie, tun die Amerikaner in Europa sonst mit ihrer Zeit? Sie lesen Illustrierte und bleiben dadurch auf dem laufenden. Es gibt ihnen das Gefühl dazuzugehören.«

»Sie könnten nach Hause kommen.«

»Sind Sie aber geschickt«, sagte sie lächelnd. »Schnell das Thema wechseln!

Aber so leicht kommen Sie mir nicht aus. Ich habe den Artikel in *Life* gelesen, den über DeLorean bei Chevy, Iacocca bei Ford und über Sie. Ist es wahr, was da über Ihren Großvater stand? Daß er der Alkoholhändler war, der den Schnaps für die Hochzeit meiner Eltern in diesem Haus lieferte?«

»Nicht wahr«, sagte er. »Er war nie Schnapshändler, sondern ein Alkoholschmuggler.«

Sie lachte. »Ich glaube, Sie werden mir gefallen. Ich verstehe allmählich, was Großvater an Ihnen findet.«

Angelo stand an der Bar, als Loren schwankend auf ihn zutrat. Er streckte die Hand aus, um ihn zu stützen.

Loren schüttelte sie ab. »Brauch' ich nicht.« Er wandte sich an den Barmann: »Scotch *on the rocks*.« Er sah Angelo an, als sähe er ihn zum erstenmal. Dann griff er nach seinem Glas und kostete den Drink. »Der Scotch ist gut«, sagte er. »Von dem kriegt man keinen solchen Katzenjammer wie vom kanadischen. Du solltest ihn mal versuchen.«

»Ich bekomme von allem Katzenjammer«, antwortete Angelo lächelnd. »Sogar von Coca-Cola.«

»Undankbare Bande!« sagte Loren mit einem Blick auf die überfüllten Räume. Er wandte sich wieder Angelo zu. »Wann bist du angekommen?«

»Heute nachmittag.«

»Du hast mich nicht angerufen.«

»Doch. Aber du warst nicht mehr im Büro.«

»Ich möchte vor der morgigen Sitzung mit dir reden«, sagte Loren. »Wir haben wichtige Dinge zu besprechen.«

»Wann du willst.«

»Ich rufe dich an«, sagte Loren, stellte sein leeres Glas auf die Bar und entfernte sich. Plötzlich drehte er sich noch einmal um. »Morgen früh werden wir nicht genug Zeit dazu haben«, sagte er. »Treffen wir uns doch hier an der Bar, wenn die Party zu Ende ist, so gegen drei Uhr.«

»Das wird ein ziemlich langer Abend«, antwortete Angelo. »Bist du sicher, daß es nicht bis morgen früh Zeit hat?«

»Glaubst du, ich weiß nicht, was ich tue?« fragte Loren streitlustig.

Angelo lächelte. »Ich weiß, daß du es nicht weißt«, sagte er leichthin.

Loren kniff die Augen zusammen, sein Gesicht wurde noch röter. Er machte einen Schritt auf Angelo zu.

»Nicht!« sagte Angelo ruhig. »Es wäre zu schade, die Party deiner Tochter zu verderben.«

Loren blieb stehen, dann entspannte er sich und lächelte sogar. »Du hast recht«, gab er zu. »Danke, daß du mich davor bewahrt hast, mich lächerlich zu machen.«

Angelo erwiderte sein Lächeln. »Dazu sind Freunde da.«

»Willst du mir einen Gefallen erweisen?«

»Natürlich.«

»Hol mich um Viertel nach drei ab und fahr mich zum Werk hinaus. Ich glaube, ich bin nicht in der Verfassung, selbst zu fahren.«

»Ich werde hier sein«, versprach Angelo.

Er ging durch die riesigen Glastüren in den Garten. Die fröhlichen bunten Lampen an den Wegen schwankten leicht im späten Nachtwind. Er zündete eine Zigarette an und schlug die Richtung zum Billardhaus ein.

Der harte Beat der Rockgruppe wurde lauter, als er sich dem Haus näherte. Durch die breiten Panoramafenster konnte er in die Diskothek sehen. Sie war dicht besetzt mit Tänzern, die in dem glitzernden farbigen Licht seltsam starr wirkten.

Er trat durch die offenen Türen ein, bahnte sich einen Weg zur Bar und bestellte einen Drink, den der Barmann auf die Theke stellte. Er nippte daran und spürte im gleichen Augenblick auch den süßlich-scharfen Geruch von Marihuana. Er sah sich um. In der Dunkelheit flimmerten die Zigaretten wie Glühwürmchen im Raum.

»Kenne ich Sie?« hörte er eine Mädchenstimme hinter sich.

Er drehte sich um. Sie war jung, kein Zweifel, aber das waren alle Mädchen im Saal. Ihre Augen waren hellblau, und ihr langes blondes Haar fiel zu beiden Seiten ihres Gesichts gerade auf die Schultern. Mund und Kinn sahen merkwürdig vertraut aus.

»Ich glaube nicht«, meinte er lächelnd. »Aber ich kenne Sie auch nicht, keiner von uns hat also dem anderen etwas voraus.«

»Ich bin Elisabeth Hardeman«, sagte sie ein wenig herrisch

»Natürlich.«

»Was meinen Sie damit?«

»Wer sollten Sie sonst sein?« Er lächelte. »Darf man Ihnen gratulieren, Miß Elisbeth?«

Sie starrte ihn an. »Sie machen sich über mich lustig.«

»Nein, eigentlich nicht«, antwortete er schnell. »Ich weiß bloß nicht, was man unter diesen Umständen zu tun hat.«

»Sie machen mir nichts vor?«

»Ehrlich wie'n Indianer«, sagte er ernst.

Plötzlich grinste sie. »Soll ich Ihnen die Wahrheit sagen?« Er nickte.

»Ich weiß es wirklich auch nicht«, erklärte sie lachend.

»Dann halte ich meine Gratulation aufrecht.«

»Danke.« Sie schnippte mit den Fingern. »Ich vergesse Gesichter nie. Sie sind der Mann, der den Sundancer SS fuhr, als ich ihn vorigen Winter zum erstenmal auf der Woodward Avenue sah. Sie fuhren mit dem Mädchen mit dem großen ... ich meine, die aussah wie Miß Hurt aus den Comic Strips.«

Er lachte. »Getroffen.«

»Arbeiten Sie bei meinem Vater?« fragte sie. »Sind Sie einer der Testfahrer?«

»In einem gewissen Sinn«, gab er zu. »Man könnte es wohl so nennen.«

»Ich kenne Sie«, sagte sie mit plötzlich bestürzter Miene. »Ich habe Ihr Bild in *Life* gesehen. Sie sind Angelo Perino.«

»Richtig«, sagte er lächelnd. »Aber ich möchte lieber als Ihr unbekannter Bewunderer registriert werden.«

»Entschuldigen Sie, Mr. Perino. Ich wollte eigentlich nicht ins Fettnäpfchen treten.«

»Ich sehe es Ihnen nach, wenn Sie jetzt mit mir tanzen.«

Sie warf einen Blick auf die Tanzfläche, dann wieder auf ihn. »Hier?« fragte sie unsicher. »Oder drüben in der Villa?«

»Hier«, sagte er lachend und führte sie zum Parkett. »Ich bin nicht wirklich so alt, wie ich aussehe.«

7

Die Meyer-Davis-Kapelle intonierte »Drei Uhr morgens«, und die Klänge drangen durch seinen Halbschlaf bis in Nummer Eins' Bett. Eine undeutliche Erinnerung befiel ihn, und er setzte sich auf, indem er das Kissen hinter sich hochzog. Eine Weile blieb er nachdenklich sitzen, dann drückte er den Knopf auf dem Nachttisch.

Im nächsten Augenblick erschien Donald. Wie gewöhnlich war er so tadellos gekleidet, als sei er noch gar nicht zu Bett gegangen.

»Sagen Sie Roxane, daß ich sie sprechen möchte«, sagte Nummer Eins.

»Roxane?« fragte Donald verdutzt.

Nummer Eins schaute hin. Dann fiel es ihm ein. Roxane war nicht mehr da, schon seit vielen Jahren. Das war das Unangenehme mit der Erinnerung. Sie verließ einen nie, das taten nur Menschen.

»Ziehen Sie mich an«, befahl er. »Ich möchte hinunterfahren.«

»Aber die Party ist schon fast zu Ende, Sir«, sagte Donald respektvoll.

»Das macht nichts«, erwiderte Nummer Eins ärgerlich. »Ziehen Sie mich an.«

Zwanzig Minuten später schob Donald den Rollstuhl aus dem Zimmer und durch den langen Korridor. Als sie zu dem Balkon oberhalb der großen Treppe kamen, die zur Vorhalle führte, hob Nummer Eins die Hand, Donald blieb stehen, und beide sahen nach unten.

Die Gäste standen noch immer dicht gedrängt bei der Tür und warteten darauf, daß die Parkwächter ihre Wagen brachten. Sie unterhielten sich fröhlich und schienen nur ungern fortzugehen.

»Es muß eine schöne Party gewesen sein«, sagte Nummer Eins.

»Ja, Sir.«

»Was glauben Sie, wie viele Leute da waren?«

»Vierhundertfünfzig bis fünfhundert«, antwortete Donald.

Nummer Eins schaute schweigend auf die Menge hinunter. Die Menschen änderten sich nie. Diese waren nicht sehr verschieden von den Leuten, die vor vielen Jahren zu den Parties gekommen waren. »Ich möchte nicht in das Gedränge geraten«, sagte er zu Donald. »Fahren Sie mich zum Bibliothekfahrstuhl.«

Donald nickte, drehte den Rollstuhl herum, und sie fuhren durch den Korridor zurück. Am Ende des Flurs bogen sie in einen zweiten ein, der zum anderen Flügel des Hauses führte. Sie machten vor dem Fahrstuhl halt, und Donald drückte auf den Rufknopf. Die Uhr neben der Fahrstuhltür sagte ihnen, daß es zehn Minuten vor vier war.

In der Diskothek herrschte Stille, nur noch die Musiker waren da, die ihre elektronischen Verstärker abschalteten und ihre Instrumente zusammenpackten. Sie wirkten jetzt, ohne zu spielen, seltsam unbeholfen, und ihre einsilbigen gegenseitigen Anweisungen klangen merkwürdig gespreizt und altmodisch formell.

Angelo stellte sein Glas auf den Bartisch und sah Elisabeth an. Sie erschien ihm sonderbar nachdenklich und in sich gekehrt. »Ich glaube, wir sind die letzten«, sagte er.

Sie schaute sich in dem verdunkelten Raum um. »Sieht ganz so aus.«

»Sie sind deprimiert.«

Sie dachte einen Augenblick nach und nickte.

»So ist das immer nach einer großen Party«, sagte er. »Man stellt sich irgendwie darauf ein, und solange sie dauert, ist alles herrlich. Kaum aber ist es vorbei ... bums! liegt man auf der Nase.«

»Ich könnte einen Drink brauchen.«

Er winkte dem Barmann.

»Nein«, sagte sie schnell mit einem Blick auf ihn. »Was ich meine, ist ... ich möchte einen Zug Hasch. Schnaps bringt mich nicht in Fahrt, er schmeckt mir nicht.«

»Ich habe nur Zigaretten«, sagte er.

»Ich rauche *cool*«, sagte sie, öffnete ihr Abendtäschchen und nahm ein ganz gewöhnlich aussehendes Paket Zigaretten heraus. Sie öffnete die Schachtel und steckte eine Zigarette mit Korkfiltermundstück in den Mund.

Er gab ihr Feuer. »Die ist *cool*?« fragte er. »Solche habe ich noch nie gesehen.«

»Ein Dealer bringt sie aus Kanada. Man kann seine Lieblingsmarke bekommen, Kent, Winston, Marlboro, was man will.« Sie tat einen tiefen Zug und kicherte. »Man muß nur achtgeben, daß man sie nicht aus Versehen jemand anbietet.«

Er lächelte.

»Rauchen Sie Hasch?« fragte sie.

»Manchmal. Aber nicht, wenn ich trinke. Das verträgt sich nicht.«

Sie nahm noch einen Zug. Diesmal behielt sie den Rauch lange in der Lunge, ehe sie ihn herausließ. Sie blies ihn zur Decke. »Jetzt geht es mir schon besser.«

»Fein.«

Sie lachte. »Eigentlich bin ich ein bißchen *high*. Aber ich habe ein Recht darauf. Ich habe die ganze Nacht keinen einzigen Haschstengel geraucht, obgleich alle anderen Leute gehascht haben.«

»Das hab' ich bemerkt«, meinte er trocken.

Sie tat noch einen Zug, dann drückte sie die Zigarette in einer Schale auf der Bar aus und stand auf. Ihre Augen waren wieder fröhlich. »Okay, Mr. Perino«, sagte sie. »Ich bin bereit, in die Villa hinüberzugehen und meiner Familie ins Antlitz zu sehen.« Sie lachte unfroh. »Das heißt denen, die noch da sind.«

Er nahm ihren Arm, und sie gingen in den Garten. Die Lampen erloschen, die Wege lagen im Dunkel. Plötzlich blieb sie stehen und sah ihm ins Gesicht.

»Eigentlich war es eine Farce, nicht wahr?«

Er antwortete nicht.

»Sie wissen wohl, daß meine Mutter morgen nach Reno fährt, um sich scheiden zu lassen?«

Er nickte.

»Aber zum Teufel, warum mußte sie mich dann das alles durchmachen lassen?« brach sie los. Plötzlich begann sie zu weinen, mit dem harten bitteren Schluchzen eines Kindes.

Er nahm sein Taschentuch heraus und gab es ihr. Sie trocknete ihre Augen, trat zu ihm und drückte ihr Gesicht an seine Brust. »Was wollten sie denn beweisen?«

Er hielt sie kaum spürbar, fast wie eine Fremde. »Vielleicht wollten sie nicht, daß Ihnen etwas entgeht.«

»Sie hätten mich fragen können.«

»Eines habe ich über Eltern gelernt, Miß Elisabeth«, sagte er. »Daß sie immer fragen, wenn sie es nicht sollten, und nie fragen, wenn sie es sollten.«

Ihr Schluchzen hörte auf. Sie schaute ihn an. »Warum nennen Sie mich Miß Elisabeth?«

Seine Zähne blitzten weiß in der Dunkelheit. »Weil Sie so heißen. Und mir gefällt der Name.«

»Aber fast alle nennen mich Betsy.«

»Ich weiß.«

Sie betupfte ihre Augen mit dem Taschentuch. »Sehe ich annehmbar aus?«

»Für mich jederzeit.«

»Hoffentlich ist mein Make-up nicht zerflossen. Es soll niemand merken, daß ich geweint habe.«

»Alles in Ordnung.«

»Gut.« Sie gab ihm das Taschentuch zurück. »Besten Dank.«

»Nichts zu danken«, sagte er und steckte es ein.

Sie gingen eine Weile schweigend und Hand in Hand weiter. Plötzlich blieb sie stehen. »Glauben Sie an Astrologie?«

»Ich weiß nicht genau.«

»Ich glaube daran«, sagte sie entschieden. »Ich habe mir vor kurzem mein Horoskop stellen lassen. Sie sind ein Stier, nicht wahr?«

»Woher wissen Sie das?« Er mußte lächeln. In Wirklichkeit war er kein Stier, sondern ein Löwe.

»Sie mußten einer sein!« sagte sie aufgeregt. »Das stand alles in meinem Horoskop. Ich würde einen älteren Mann kennenlernen, er würde ein Stier sein und mir sehr gefallen.«

Er lachte laut. »Und stimmt das?«

Auf ihren Lippen erschien ein mutwilliges Lächeln. »Sie wollen doch nicht, daß ich mein Horoskop jetzt Lügen strafe?«

»Nicht um alles in der Welt, Miß Elisabeth.«

Plötzlich nahm sie sein Gesicht zwischen die Hände, stellte sich auf die Zehenspitzen und küßte ihn. Dann wurde ihr Mund heiß, öffnete sich, und ihr Körper drückte sich an ihn. Seine Arme umschlangen sie fester, beinahe raubte er ihr den Atem, dann ließ er sie so rasch los, wie er sie gefaßt hatte.

Selbst erschrocken über seine unerwartete Reaktion sah er sie an. »Warum haben Sie das getan?«

Sie lächelte geheimnisvoll und war plötzlich kein Kind mehr. »Jetzt können Sie aufhören, mich Elisabeth zu nennen«, sagte sie.

Nummer Eins kam durch die Fahrstuhltür in die Bibliothek. Ein einsamer Barmann räumte die Überreste der Party fort und sah auf, als er ihn bemerkte.

»Räumen Sie den Whisky nicht weg«, sagte Nummer Eins.

»Bitte sehr, Mr. Hardeman.« Der Barmann griff nach einer Flasche Canadian und stellte sie auf die Bar.

Nummer Eins wandte sich an Donald. »Bitte, suchen Sie meine Enkelkinder und bringen Sie sie her. Alle. Auch Betsy.«

Donald zögerte.

»Vorwärts, tun Sie, was ich Ihnen sage!« schnauzte ihn Nummer Eins an.

Donald zögerte noch immer. »Sie werden doch nichts trinken, Sir?«

»Nein, verflucht noch mal!« brüllte Nummer Eins. »Halten Sie mich für verrückt? Holen Sie sie her!«

»Ja, Sir.«

Als erste kam Alicia. »Ich habe nicht gewußt, daß du noch wach bist, Großvater.«

»Ich konnte nicht schlafen«, sagte er. »Außerdem fand ich, wir sollten heute abend wenigstens einmal alle beisammen sein. Wo ist Loren?«

»Ich weiß nicht. Ich habe ihn schon seit mehreren Stunden nicht mehr gesehen.«

»Donald wird ihn schon finden.«

Als nächste kamen Igor und Anne. »Großvater«, sagte Anne und ging quer durch das Zimmer zu ihm hin.

Er hob die Hand, um sie zu unterbrechen. »Ich weiß«, sagte er. »Du hast nicht gewußt, daß ich noch wach bin.«

»Fühlst du dich nicht wohl?«

»Besser als je zuvor«, sagte der Alte. Er schaute zur Tür, in der Elisabeth und Angelo aufgetaucht waren. Er winkte Elisabeth zu. »Komm her, mein Kind.«

Betsy lief zu ihm. »Urgroßvater! Ich habe nicht geglaubt, daß wir dich heute nacht sehen würden!« Ihr Ton verriet echte Freude.

Er lächelte ihr zu. »Ich wollte es mir nicht entgehen lassen, dich zu sehen, besonders heute.«

»Du bist süß, Urgroßvater!« Sie küßte ihn auf die Wange. Er sah, daß Angelo sich entfernen wollte. »Angelo!« rief er ihm nach. »Bitte bleiben Sie bei uns.«

Angelo zögerte.

»Bitte, bleiben Sie, Angelo«, sagte Betsy schnell. »Ich weiß, für Urgroßvater gehören Sie zur Familie.«

Nummer Eins sah zuerst sie, dann Angelo an und sagte: »Das ist eine offizielle Einladung.«

Angelo kam ins Zimmer, Donald erschien hinter ihm in der Tür. »Ich kann Mr. Loren nirgends finden, Sir«, sagte er.

»Er muß irgendwo in der Nähe sein«, meinte Angelo. »Wir sind hier nach der Party verabredet. Ich helfe Ihnen beim Suchen.«

»Spar dir die Mühe!« Lorens Stimme kam von der offenen Terrassentür. Er trat ein. »Du hast eine halbe Stunde Verspätung, Angelo. Wir wollten uns um Viertel nach drei treffen.«

»Entschuldige«, sagte Angelo. »Ich habe leider nicht bemerkt, daß es schon so spät war.«

Loren warf ihm einen scharfen Blick zu, dann wandte er sich an seinen Großvater. »Wir sind jetzt also alle hier, Großvater. Was hast du vor?«

Nummer Eins antwortete, mit einem Blick auf ihn: »Ich dachte, weil wir vielleicht zum letztenmal in diesem Haus alle beisammen sind, wäre es hübsch, gemeinsam einen Abschlußdrink zu nehmen.«

Loren nickte. »Eine nette sentimentale Geste.« Er wandte sich an Alicia. »Du hättest bestimmt nie gedacht, daß mein Großvater dich so gern hat, daß er einen Abschiedstoast für dich vorschlägt.«

Nummer Eins' Stimme klang plötzlich eisig. »Daß du mein Enkel bist, gibt dir kein Recht, dich schlecht zu benehmen. Du schuldest Alicia eine Entschuldigung.«

»Ich schulde ihr gar nichts!« brauste Loren auf. »Sie hat schon alles bekommen, was sie von mir zu bekommen hat.«

Die Stimme des alten Mannes wurde noch kälter. »Ich erlaube nicht, daß man zur Frau eines Hardeman so spricht!«

»In wenigen Wochen wird sie keine mehr sein«, gab Loren zurück

»Aber jetzt ist sie noch deine Frau«, fauchte ihn Nummer Eins an. »Und bei Gott, du wirst sie respektvoll behandeln oder . . .«

»Oder was?« fragte Loren sarkastisch. »Willst du mich aus deinem Testament streichen?«

»Nein«, sagte der Alte ruhig. »Ich kann etwas Besseres tun: Dich aus meinem Leben streichen.«

Stille herrschte im Raum, und sie sahen sich lange in die Augen. Loren senkte den Blick. »Verzeih mir«, sagte er leise.

»Barmann!« Nummer Eins drehte sich in seinem Stuhl herum. »Geben Sie jedem einen Drink!«

Sie schwiegen, während der Mann die Gläser füllte und herumreichte. Alle Blicke richteten sich auf Nummer Eins. Er hob sein Glas. »Zuerst . . . auf die Debütantin. Sie soll lange und glücklich leben!«

Er hielt das Glas an die Lippen, alle tranken, dann hob er nochmals sein Glas. »Eines habe ich euch noch zu sagen«, fuhr er fort. »Dies ist die letzte Party in der Villa Hardeman. Als eure Großmutter und ich dieses Haus bauten, träumten wir davon, daß es vom Lachen und Lärmen unserer Familie erfüllt sein würde. Es ist aber nicht ganz so gekommen. Wahrscheinlich hatten weder sie noch ich vorausgesehen, daß unsere Kinder ihren eigenen Weg gehen und ihr eigenes Leben führen würden. Vielleicht waren wir Narren, je davon zu träumen, doch nun sind die Träume zu Ende, und ich habe keine Verwendung mehr dafür.

Morgen wird die Villa Hardeman geschlossen. Im Lauf der nächsten Woche werden einige unserer persönlichen Dinge nach Palm Beach gebracht, und zu Beginn des nächsten Monats nimmt der Staat Michigan das Haus in Besitz. Er kann darüber nach Belieben verfügen. Deshalb wollte ich, daß diese letzte Party hier stattfindet. Ich wollte dieses Haus noch einmal voller Menschen sehen.«

Nummer Eins schaute in die Runde, dann hob er sein Glas. »Auf die Villa Hardeman, auf meine Frau, auf alle meine Kinder und auf euch!«

Er berührte das Glas mit den Lippen, zögerte einen Augenblick und goß den Schnaps hinunter. Er hustete einmal, Tränen traten ihm in die Augen, dann lächelte er. »Macht keine so traurigen Gesichter, Kinder«, sagte er mürrisch. »Hier zeigt sich nur, wie weit ein alter Mann gehen kann, um einen Vorwand für einen Schluck Whisky zu finden!«

Dan Weymans Ton war trocken und lustlos. »Sie verlangen von uns, Angelo, wir sollen unser schmutziges Wasser ausgießen, noch bevor wir sauber sind. Ich halte das für eine schlechte Geschäftsführung.«

»Dann werden wir eben eine Durststrecke haben«, sagte Angelo, »aber was wir brauchen, werden wir haben, da bin ich sicher.«

»Sicher?« fragte Weyman unbeeindruckt. »Wir haben für das neue Werk an der Westküste und für die Forschung schon über sechzig Millionen Dollar investiert und haben noch keine Ahnung, wie unser neuer Wagen aussehen soll.«

»Möglich«, entgegnete Angelo. »Wir wissen aber, wie er nicht aussehen soll. Und das ist ein Schritt auf dem richtigen Weg.«

»Ein negativer Schritt«, sagte Dan. »Was wir dem Vorstand vorlegen müssen, ist etwas Positives.« Er sah über den Schreibtisch hinweg Loren an, der geschwiegen hatte. »Ich jedenfalls kann mich Angelos Idee nicht anschließen, den Sundancer für einen Wagen über Bord zu werfen, den keiner kennt und der vielleicht nie gebaut wird. Ein halbes Brot ist besser als gar keines, und nach einem Jahr ohne neuen Wagen kommen wir vielleicht nie wieder auf den Markt.«

»Den Zahlen nach, die Sie mir angegeben haben«, sagte Angelo, »hat uns dieses halbe Brot im vorigen Jahr fast einundvierzig Millionen Dollar gekostet. Wenn das richtig ist, wird uns das Aufgeben des Sundancer in einem Jahr das ursprüngliche Investitionskapital für die neue Fabrik einbringen.«

»Ich habe darauf hingewiesen, daß das ein außergewöhnlicher Verlust war«, widersprach Dan. »Fast die Hälfte davon ist darauf zurückzuführen, daß sich der Sundancer Super Sport nicht verkauft hat.«

Angelo unterdrückte die Bemerkung, daß er als einziges Vorstandsmitglied gegen den heißen Wagen gewesen war und er den Marktumschwung richtig vorausgesagt hatte.

»Ich möchte deine Anregungen kurz zusammenfassen, damit ich sie richtig verstehe«, sagte Loren. Er legte beide Hände vor sich auf den Tisch und betrachtete sie. »Du empfiehlst, aus dem Sundancer-Fließband ein Fließband für die Motoren und Getriebe des neuen Wagens zu machen, um an der Westküste mehr Platz für die Gesamtmontage zu schaffen. Ist das richtig?«

Angelo nickte.

»Hast du die Transportkosten dieser Teile zur Küste und ihren Rücktransport als fertiger Wagen zum Verkauf im Osten einkalkuliert? Wären das nicht überflüssige Kosten?«

Angelo nickte wieder. »Möglich. Vielleicht wäre es besser, die für den Markt im Osten bestimmten Karosserien zur Montage nach Detroit zurückzutransportieren, wenn wir dafür auf dem Fließband Platz finden können. Das weiß ich noch nicht, und ich werde es erst wissen, wenn die Pläne für den Wagen fertig und genehmigt sind. Dann können wir die Herstellungsverfahren im Detail entwickeln.«

»Ich sehe nicht ein, warum wir es so eilig haben sollen, den Sundancer aufzugeben«, sagte Loren.

»Weil es das Auto von gestern ist«, antwortete ihm Angelo.

»Hast du mit Nummer Eins darüber gesprochen?« fragte Loren.

»Noch nicht.«

»Glaubst du, der Gedanke, die Produktion des Sundancer einzustellen, wird ihm gefallen?« fragte Loren. »Schließlich war das der Wagen, dem dieses Unternehmen seine Entstehung verdankt.«

»Ich glaube nicht, daß er es gern sieht«, sagte Angelo.

»Warum versuchst du dann nicht, einen Kompromiß zu finden, dem er leichter zustimmt?«

»Weil es nicht das ist«, erwiderte Angelo, »was er von mir will. Ich soll einen neuen Wagen bauen, der seinem Unternehmen den früheren Platz in der Industrie zurückerobert. Das hat er von mir verlangt, und das versuche ich. Er hat nicht verlangt, ich soll es so machen, daß es ihm gefällt.«

»Ich kenne meinen Großvater«, sagte Loren. »Und ich rate dir, besprich es lieber mit ihm vor der Vorstandssitzung.«

»Das habe ich auch vor.« Angelo stand auf. »Danke, meine Herren. Wir sehen uns also am Spätnachmittag.«

Sie warteten, bis er die Tür geschlossen hatte, dann sahen sie sich an.

»Was glauben Sie?« fragte Dan. »Verheimlicht er uns etwas? Vielleicht die Pläne für den neuen Wagen?«

»Ich weiß nicht«, sagte Loren. »Ich weiß es wirklich nicht.«

»Für einen Mann, der nicht weiß, was er vorhat, spricht er ungeheuer sicher.«

Loren schaute seinen Freund an. »Begehen Sie jetzt nur nicht den gleichen Fehler, den ich einmal gemacht habe.«

»Was meinen Sie damit?« fragte Dan aufgebracht.

»Einmal habe ich geglaubt, er weiß nicht Bescheid über das, was er tut, und Sie haben ja gesehen, was dann passiert ist. Er hat uns in seiner ruhigen, machiavellistischen Art fast fertiggemacht.« Er zündete sich eine Zigarette an. »Ich habe keine Lust, ihm noch einmal die Möglichkeit zu geben, mir eine zu verpassen.«

»Was sollen wir also tun?« fragte Dan.

»Wir bleiben ruhig sitzen und warten ab«, sagte Loren. »Er ist am Zug und muß sich bewähren. Wir haben nichts zu beweisen.«

Als er ins Büro zurückkam, lag auf seinem Schreibtisch ein Zettel. John Duncan bat, ihn an der Küste anzurufen. Er hob den Telefonhörer ab und ließ sich verbinden.

Die Stimme des alten Schotten schnarrte: »Na, Kleiner, wie war die Party?«

»Großartig«, antwortete Angelo kurz. »Aber du hast mich bestimmt nicht wegen der Party angerufen.«

Duncan lachte. »Wo hast du deinen Humor gelassen, Angelo?«

»Verloren«, brummte Angelo. »Zusammen mit acht fehlenden Stunden Schlaf. Was gibt es?«

»Ich möchte dein Okay für eine Arbeit an meinem Gasturbinenmotor.«

»Seid ihr mit der Prüfung des japanischen Wankelmotors fertig?«

»Noch nicht, aber wir wissen schon jetzt, daß er gut ist. Sehr gut.«

»Dann könnten wir vielleicht mit denen abschließen.«

»Keine Aussicht, mein Junge. Erstens wollen die Leute nächstes Jahr selber ganz groß in den Staaten herauskommen; zweitens verhandeln die Ford-Leute bereits heftig wegen eines Anteils an Toyo Kogyo, und die sind uns gegenüber im Vorteil. Außerdem schließen General Motors mit den Deutschen ab. Also können wir den Gedanken aufgeben. Die werfen uns mit ihren Lizenzgebühren glatt aus dem Geschäft.«

Angelo schwieg.

»Ich habe mir mit Rourke die Turbine nochmals angesehen«, sagte Duncan, »und wir möchten ein paar Versuche mit Titan- und Stahlgüssen machen. Wir haben den Eindruck, wir könnten sie ebenso widerstandsfähig gegen Hitze und Spannung machen wie die Nickel-Kohlenstoff-Legierungen. Wenn das möglich ist, haben wir vielleicht einen Weg gefunden, die Kosten zu drücken.«

»Einverstanden. Versucht es.« Angelo nahm sich eine Zigarette. »Hast du schon den Bericht über die aerodynamischen Versuche mit der Karosserie?«

»Nein«, sagte Duncan. »Wir haben die Modelle seitlich in den Windkanal stellen lassen, um zu sehen, was als erstes nachgibt, aber ich habe noch keine Nachricht von dort.«

»Halt mich auf dem laufenden.«

»Wird gemacht, mein Junge.« Duncan zögerte einen Augenblick. »Sag mal, wie stehst du mit Nummer Eins?«

»Gut.«
»Hast du mit ihm schon über den Sundancer gesprochen?«
»Nein«, antwortete Angelo, »ich will versuchen, ihn vor der Sitzung zu treffen.«
»Viel Glück, Angelo.«
»Danke. Dir auch.« Angelo hängte ein. Es klingelte wieder. Er hob ab.
»Lady Ayres möchte Sie sprechen«, sagte seine Sekretärin.
Er übernahm das Gespräch. »Hallo, Bobbie.«
»Du hättest mich anrufen können, Angelo«, sagte sie ein wenig vorwurfsvoll.
Er lachte. »Hör auf, dich über mich lustig zu machen. Einfache Vizepräsidenten rufen nicht die Zukünftige des Chefs an.«
Sie lachte. »Hör mal, jetzt machst du dich über mich lustig. Vielleicht darf ich dich zum Mittagessen einladen?«
»Das wäre schön«, sagte er. »Aber ich habe einen hektischen Nachmittag vor mir und esse nur hier am Schreibtisch ein Sandwich.«
»Komisch. Genau das gleiche hat mir Loren gesagt. Ist das in Amerika so üblich bei den großen Direktoren? Ein Zeichen von Fleiß oder so was?«
»Ich weiß wirklich nicht«, gab er zurück.
»Dann komm rauf. Ich verspreche dir, ich freß dich nicht.«
»Ein falsches Versprechen«, sagte er lachend.
»Komm nach oben. Ich serviere dir zum Mittagessen meine neueste amerikanische Entdeckung.«
»Was ist das?«
»Ein Heldensandwich.«
Er lachte laut. »Ich komme. Du kennst wirklich den Weg zum Herzen eines italienischen Jungen.«
»Nimm den letzten Fahrstuhl in der Reihe«, sagte sie. »Ich stelle den Schalter so ein, daß er direkt zum Rent-Haus fährt.«
Sie wartete schon, als er aus dem Fahrstuhl kam. Die Tür schloß sich hinter ihm, und sie blieben einen Augenblick schweigend stehen, sahen sich nur an.
»Ich bin bloß ein Vogel im goldenen Käfig«, sang sie mit heiserer Stimme. Sie versuchte zu lächeln, doch es gelang ihr nicht. Da nahm er sie in seine Arme, und sie standen lange ganz still beisammen.
Nach einer Weile löste sie sich von ihm und schaute ihn an.
»Du bist dünner geworden.«
»Etwas.«
»Du hast mir gefehlt.«
Er sagte nichts.
»Du hast mir wirklich gefehlt.«
Er schwieg noch immer.
»Du weißt nicht, wie das ist, hier oben zu leben. Manchmal habe ich geglaubt, ich werde verrückt.«
»Du hättest jederzeit fortgehen können«, meinte er. »Du warst hier nicht angekettet.« Er drehte sich um und drückte auf den Rufknopf für den Lift.
»Wo willst du hin?«
»Wieder nach unten«, antwortete er. »Es war überhaupt dumm von mir, raufzukommen.« Die Türen öffneten sich, und er trat in den Fahrstuhl.
Sie legte die Hand auf die Tür, um sie offenzuhalten. »Bleib hier!«
Er schüttelte den Kopf. »Wenn ich bleibe, verderbe ich dir vielleicht alles. Willst du das wirklich?«
Sie starrte ihn an.
»Was willst du?« wiederholte er.
Sie nahm ihre Hand von der Tür, machte kehrt und ging fort. Die Türen schlossen sich. Der Fahrstuhl sank langsam abwärts.

Nummer Eins saß ruhig am unteren Ende des langen Direktionstisches. »Dann sind wir also alle einer Meinung, meine Herren«, sagte er. »Wir billigen die weitere Produktion des Sundancer bis April nächsten Jahres, und wenn Mr. Perino bis dahin zufriedenstellende Pläne für den neuen Wagen vorlegt, bringen wir einen Antrag auf Umstellung ein.«

Er sah Angelo an: »Genügt Ihnen das?«

»Nein, Sir«, antwortete Angelo unbeirrt, »aber bleibt mir denn eine andere Wahl?«

»Keine«, erklärte Nummer Eins.

»Dann muß ich den Vorstand auf noch etwas aufmerksam machen«, sagte Angelo. »Ich hatte als Ziel für Produktion und Verkauf des neuen Wagens fünfhunderttausend Stück im ersten Jahr festgesetzt. Durch Ihre jetzige Entscheidung machen Sie es mir unmöglich, mehr als die Hälfte dieses Ziels zu erreichen, ganz einfach darum, weil der Abbruch des alten Fließbands so lange dauern wird.«

»Das halten wir im Protokoll fest«, sagte Nummer Eins. »Und weil kein weiterer Punkt zur Debatte steht, erkläre ich die Sitzung für geschlossen.«

Die Türklingel weckte ihn schließlich doch. Er schlug die Augen auf, und es dauerte eine Weile, bis er erkannte, daß er sich in seinem Appartement im Pontchartrain befand. Er stieg aus dem Bett, wankte durch das Wohnzimmer zur Tür und öffnete.

Betsy stand auf der Schwelle. Er hätte nicht sagen können, wer von ihnen erstaunter war.

»Entschuldigen Sie«, sagte sie. »Ich habe nicht gedacht, daß Sie so früh schlafen gehen.«

»Ich war erschöpft«, erklärte er müde. »Ich habe in den letzten drei Tagen alles in allem ungefähr vier Stunden geschlafen.«

»Das tut mir leid.«

»Entschuldigen Sie sich nicht weiter, sonst kriege ich Schuldgefühle. Kommen Sie rein.«

Er führte sie ins Wohnzimmer. »Wieviel Uhr ist es?« fragte er.

»Ungefähr halb elf.«

Er wies auf die Bar. »Nehmen Sie sich einen Drink, ich ziehe mir inzwischen einen Morgenrock an.« Er stampfte ins Schlafzimmer, die Pyjamahose flatterte um seine Beine.

Als er zurückkam, trank sie eine Coca aus einem großen Glas voller Eiswürfel. Er ging zur Bar und bereitete sich einen Canadian mit Wasser. Dann wandte er sich ihr zu und nahm einen Schluck. »Nun, Miß Elisabeth«, sagte er milde, »was wollen Sie von mir?«

Sie schaute ihn einen Moment an, dann senkte sie den Blick. »Sie sollen mir einen Gefallen tun«, sagte sie. »Einen sehr wichtigen Gefallen.«

Er trank noch einen Schluck. »Und das wäre?«

Ihre Augen begegneten den seinen. »Sie werden glauben, ich bin albern oder blau oder so was.«

»Nein, das tue ich nicht.«

»Angelo«, sagte sie leise.

»Ja.« Allmählich ging es ihm auf die Nerven.

Sie zögerte einen Augenblick.

»Ja?« wiederholte er.

»Mein Horoskop sagt, daß es gut ausgeht.«

»Was geht gut aus?«

»Sie wissen ja«, erklärte sie. »Sie, ich. Stier und Jungfrau.«

»Ach ja, natürlich«, sagte er völlig verblüfft.

»Dann ist alles in Ordnung«, erklärte sie lächelnd und stellte ihr Glas auf den Bartisch. »Und wir können ins Bett gehen.« Sie legte ihm die Arme um den Hals.

»Einen Augenblick!« protestierte er. »Hab' ich denn da nichts mitzureden?«

»Eigentlich nicht. Es steht alles in den Sternen.«

»Ich bin aber gar kein Stier. Ich bin ein Löwe!«

Sie sah ihn gekränkt an. »Was ist denn los, Angelo?« fragte sie. »Willst du mich denn nicht heiraten?«

1

Im kleinen Verhandlungssaal des alten Holzgebäudes, das in dem Städtchen auf halbem Weg zwischen Seattle und Spokane als Kreisgericht diente, wurde es still. Schweigend traten die Geschworenen der Reihe nach ein und nahmen auf den Holzstühlen Platz. Der Vorsitzende, ein großer Mann mit von Wind und Wetter gegerbtem Gesicht, ging zu seinem Stuhl und setzte sich. Er gab dem Gerichtsdiener einen Wink.

Der Mann wandte sich dem Saal zu: »Die Sitzung der Leichenschaukommission zur Zeugeneinvernahme im Todesfall von Sylvester Peerless am Steuer eines Testwagens im Dienste der Bethlehem Motors Gesellschaft ist eröffnet.« Er warf einen Blick auf das Blatt Papier in seiner Hand. »Das Gericht ruft Miß Cindy Morris als Zeugin auf.«

Cindy wandte sich an Angelo. »Ich bin so nervös. Was soll ich ihnen sagen?«

Angelo beruhigte sie. »Sag ihnen die Wahrheit. Das ist am besten.«

Sie stand auf. Ein anerkennendes Murmeln begleitete sie auf ihrem Weg zum Zeugenstand; der eng anliegende Overall mit der Inschrift BETHLEHEM MOTORS auf dem Rücken betonte ihre weiblichen Formen.

Der Gerichtsdiener vereidigte sie schnell und fragte nach ihrem Namen.

»Cindy Morris.«

»Bitte nehmen Sie Platz«, sagte er und ging zu seinem Stuhl zurück.

Als sie sich setzte, stand der Kreisstaatsanwalt auf. Er war wie alle Männer dieser Gegend groß und sah aus, als sei er einer Reklame für Zigaretten entstiegen. Doch das Aussehen eines Freiluftmenschen beeinträchtigte nicht den intelligenten Blick seiner grauen Augen.

Er blieb vor ihr stehen und fragte sie mit trügerisch sanftem, westlichem Näseln: »Wie alt sind Sie, Miß Morris?«

»Vierundzwanzig«, antwortete sie.

»Vierundzwanzig«, wiederholte er nickend.

»Ja.«

»Sie sind bei Bethlehem Motors angestellt?«

»Ja.«

»In welcher Eigenschaft?«

»Als Testfahrerin und Designberaterin.«

»Erklären Sie bitte Ihre Aufgaben.«

»Ich fahre die Wagen und erstatte dem Leiter der Design- und Konstruktionsabteilung unter besonderer Berücksichtigung des weiblichen Standpunktes Bericht über die Wagen.«

»Wie lange arbeiten Sie schon auf diese Art bei Bethlehem Motors?«

»Seit etwa anderthalb Jahren.«

»Wie viele Wagen haben Sie im Laufe dieser Zeit gefahren und getestet?«

»Neunzehn, glaube ich.«

»Betrachten Sie Ihre Arbeit als gefährlich?«

»Eigentlich nicht.«

Der Staatsanwalt sah sie an. »Eine merkwürdige Antwort. Wie meinen Sie das?«

»Wenn ich einen Wagen auf der Testbahn fahre, wo alle erdenklichen Sicherheitsvorkehrungen getroffen werden, fühle ich mich bedeutend sicherer als beim Fahren im Alltagsverkehr.«

Er schwieg einen Augenblick, dann nickte er. »Ich verstehe.« Er ging zu seinem Tisch zurück und nahm ein Blatt Papier in die Hand, mit dem er zu ihr zurückkam. »Waren Sie mit dem verstorbenen Fahrer, Sylvester Peerless, bekannt?«

»Ja.«
»In welcher Weise?«
»Wir waren gute Freunde.«
Der Staatsanwalt sah in seine Papiere. »Ich habe hier die Abschrift des Anmeldeformulars vom Starlight Motel. Ich zitiere: Mr. und Mrs. Sylvester Peerless, Tarzana, California. Dahinter in Klammern: Cindy Morris. Waren Sie mit Mr. Peerless verheiratet?«
»Nein.«
»Wie erklären Sie sich dann das Anmeldeformular?«
»Ich sagte, wir waren gute Freunde. Wir hatten ein Doppelzimmer. Ich wußte nicht, wie Peerless uns angemeldet hatte.«
Der Staatsanwalt lächelte. »Wollen Sie damit sagen, daß Sie nichts weiter waren als Zimmergenossen?«
Cindy lächelte ihn an, ihre Nervosität war vollkommen verschwunden. Auf diese Art Unterhaltung verstand sie sich. »Das habe nicht ich gesagt, sondern Sie. Wenn Sie wissen wollen, ob Peerless und ich miteinander geschlafen haben, warum fragen Sie nicht?«
»Hatten Sie?« schoß der Staatsanwalt zurück.
»Von Zeit zu Zeit«, sagte sie ruhig. »Wenn wir Lust hatten.«
Der Staatsanwalt stand schweigend da. Dann zuckte er die Achseln und kehrte an seinen Tisch zurück. Er legte das Formular hin und drehte sich zu ihr um.
»Waren Sie an dem Tag auf der Testbahn anwesend, als er tödlich verunglückte?«
»Ja.«
»Ereignete sich etwas Ungewöhnliches an jenem Tag?«
»Ja.«
»Was?«
»Peerless fand den Tod.«
Leises Lachen lief durch den Raum. Der Staatsanwalt verzog das Gesicht und wartete, bis es vorüber war. »Was sonst noch?«
Sie dachte einen Augenblick nach. »Sonst nichts, glaube ich. Das war ungewöhnlich genug.«
Wieder das leise Lachen. Wieder wartete der Staatsanwalt, bis es aufhörte. »Ich meine, gab es irgend etwas Ungewöhnliches an der Leistung des Wagens, den er testete?«
»Das fand ich nicht«, antwortete sie. »Ich überließ ihm den Wagen nach meinem zweistündigen Dienst, und er funktionierte einwandfrei.«
»Hat er Ihnen etwas gesagt, das vielleicht seine Besorgnis hinsichtlich der Leistung des Autos zum Ausdruck brachte?«
»Nein.«
»Sprach er überhaupt mit Ihnen?«
»Ja.«
»Was sagte er?«
»Er machte eine Bemerkung. Einen Witz. Sie verstehen schon.«
»Ich verstehe nicht«, sagte der Staatsanwalt.
»Einen Witz, etwas Privates«, sagte sie verlegen und schaute im Saal umher. »So etwas, was man nicht in der Öffentlichkeit sagt.«
»Was hat er gesagt?« drängte der Staatsanwalt.
Sie errötete und sah zu Boden. Dann sagte sie leise: »Er meinte, er sei so geil, daß sich sein Schwanz hoffentlich nicht im Lenkrad verfangen werde.«
Das Gesicht des Staatsanwalts lief rot an, während ein Murmeln durch den Raum lief. »Haben Sie etwas zu ihm gesagt?«
»Nur das, was ich gewöhnlich sage.«
»Und zwar?«
»Fahr vorsichtig!«

Der Staatsanwalt schwieg. Dann fragte er: »Was meinen Sie damit?«

»Nichts. Das sage ich immer, wenn sich einer ans Steuer setzt.«

»Sie wollten damit nicht etwas Besonderes andeuten, das an dem Wagen möglicherweise nicht in Ordnung war?«

»Nein«, antwortete sie. »Das sage ich immer.«

»Haben Sie gesehen, wie das Unglück passierte?«

»Nein. Ich fuhr zurück ins Motel und ging schlafen.«

Der Staatsanwalt sah sie kurz an, dann kehrte er an seinen Tisch zurück. »Keine weiteren Fragen.«

Der Vorsitzende beugte sich über seinen Tisch. »Haben Sie irgendwelche Vorstellungen oder Ansichten darüber, was den Unfall verursacht haben könnte, der zu Mr. Peerless' Tod führte?«

»Nein, Sir«, antwortete Cindy.

»Ich habe gehört, daß der Wagen durch einen neuartigen Motor angetrieben wurde«, sagte der Vorsitzende. »Eine Gasturbine. Auch ist mir bekannt, daß ein solcher Motor manchmal unter bestimmten Umständen explodiert. Glauben Sie, es könnte etwas Derartiges vorgefallen sein und den Unfall verursacht haben?«

Cindy warf ihm einen Blick zu. »Es wäre möglich«, sagte sie nachdenklich, »aber ich bezweifle es. Dieser Motor hatte über fünfzigtausend Kilometer drauf. Wenn er hätte explodieren sollen, wäre das längst vorher passiert.«

»Es wäre aber doch möglich gewesen?« fragte der Vorsitzende hartnäckig.

»Ich weiß nicht«, erklärte Cindy ruhig. »Aber ist es nicht gerade der Zweck dieser Verhandlung festzustellen, was tatsächlich vorgefallen ist?«

Der Vorsitzende sah sie an. »Genau das ist unsere Absicht, mein Fräulein«, sagte er kühl. Und zu den Geschworenen: »Haben Sie noch irgendwelche Fragen?«

Von den Geschworenen kam ein gemurmeltes, mehrstimmiges »Nein«, und er wandte sich wieder Cindy zu. »Danke, Miß Morris, das wäre alles.«

Cindy ging unter allgemeinem Schweigen zu ihrem Platz zurück. Sie fragte Angelo: »Habe ich es richtig gemacht?«

Er tätschelte ihre Hand. »Tadellos.«

Die Stimme des Gerichtsdieners ertönte: »Mr. John Duncan, bitte in den Zeugenstand!«

Der Schotte stand auf. Man sah ihm seine fünfundsechzig Jahre nicht an, als er energisch zum Zeugenstand ging und sich vereidigen ließ.

»Ihr Name, bitte?« fragte der Gerichtsdiener.

»John Angus Duncan«, antwortete er und nahm Platz.

Der Kreisstaatsanwalt erhob sich und trat zu ihm. »Wollen Sie uns bitte sagen, welche Stellung Sie bei Bethlehem Motors bekleiden?«

»Vizepräsident, technische Abteilung.«

»Seit wann haben Sie diese Stellung?«

»Seit eineinhalb Jahren.«

»Und vorher?«

»Ich war zwanzig Jahre lang Vizepräsident der Autoproduktion dieser Gesellschaft. Mit sechzig Jahren zog ich mich zurück. Zwei Jahre später trat ich wieder in meiner jetzigen Eigenschaft in das Unternehmen ein.«

»Würden Sie uns bitte Ihren Wirkungskreis beschreiben?«

»Ich leite den technischen Teil des Projekts Betsy.«

»Was ist das Projekt Betsy?«

»Der Bau und die Entwicklung eines im Augenblick von der Gesellschaft geplanten neuen Wagens.«

»Können Sie das genauer erklären?«

»Nein«, sagte der Schotte kurz. »Das wäre eine Preisgabe vertraulicher Informationen, die ausschließlich meinem Arbeitgeber zustehen.«

Der Staatsanwalt warf einen Blick auf seine Aufzeichnungen. »Ich höre, daß Sie gewisse Patente im Zusammenhang mit einem Turbinenmotor besitzen. Ist das richtig?«

»Ja.« Duncan nickte. »Ich darf darauf hinweisen, daß sie Miteigentum meines Arbeitgebers sind.«

»Handelt es sich da um den Motor, der für das Fahrzeug verwendet wurde, in dem Mr. Peerless den Tod gefunden hat?«

»In dem Fahrzeug wurde eine Variante dieses Motors verwendet.«

»Können Sie das genauer ausführen?«

»Nein«, erwiderte Duncan entschieden. »Aus dem gleichen, bereits von mir erwähnten Grund. Und auch, weil gewisse Patente im Augenblick noch in der Schwebe sind und jede Auskunft darüber unseren Konkurrenten Informationen liefern würde.«

Der Staatsanwalt ging zu seinem Tisch zurück. »Waren Sie am Unfallort anwesend, als Mr. Peerless ums Leben kam?« fragte er.

»Ja.«

»Können Sie uns darüber berichten?«

»Mr. Peerless fuhr trotz unserer Warnungen mit einer Geschwindigkeit von zweihundertfünfundsiebzig Stundenkilometern in die Kurve Nummer vier, wurde aus der Kurve getragen und verunglückte.«

»Sie sagen, er wurde gewarnt. Auf welche Weise?«

»Wir stehen mit dem Fahrer in ständiger Sprechverbindung.«

»Konnten Sie die Geschwindigkeit des Wagens beurteilen?«

»Ja. Unsere Testwagen sind mit Radiosensorvorrichtungen ausgestattet. Diese senden ständig die Informationen zu einem Kontrollcomputer, der die Leistung jedes einzelnen Autoteils aufzeichnet.«

»Könnten wir diese Aufzeichnungen sehen?«

»Nein«, antwortete Duncan. »Das ist aus den bereits erwähnten Gründen unmöglich.«

»Aber Ihre Sensorvorrichtungen zeigten an, daß in dem Wagen mechanisch alles einwandfrei war?«

»Der Wagen funktionierte tadellos.«

»Besitzen Sie eine Bandaufnahme Ihrer Warnung an Mr. Peerless?«

»Ja, wir haben die Bandaufnahme des Gesprächs.«

Duncan sah durch den Saal zu Angelo, der sich an den neben ihm sitzenden Roberts wandte. Der Rechtsanwalt nickte.

»Ja«, sagte Duncan. »Auf meinem Platz befindet sich in meiner Aktentasche ein Tonbandgerät. Ich kann Ihnen die Aufnahme sofort vorspielen.«

Der Vorsitzende beugte sich zum Gerichtsdiener vor. »Bitte holen Sie mir Duncans Aktentasche.«

Der Gerichtsdiener brachte die Tasche. Der Schotte öffnete sie und nahm ein Kassettengerät heraus. Er schaute den Vorsitzenden fragend an.

»Gut, Mr. Duncan. Sie können das Gerät vor mir auf den Tisch stellen.«

Duncan stand auf und stellte den kleinen Apparat auf den Tisch. Er drückte einen Knopf, ein leises Summen ertönte. Er drehte am Lautstärkerregler, und das Summen wurde lauter.

»Ich höre kein Motorgeräusch«, sagte der Vorsitzende.

»Es ist sehr leise«, erklärte Duncan. »Der Geräuschpegel eines Turbinenmotors ist gering, verglichen mit dem des normalen Verbrennungsmotors. Die einzige Geräuschkulisse, die Sie vielleicht hören, stammt vom Wind und von den Reifen.«

Auf dem Tonband war eine Männerstimme zu hören. »Ich lese auf dem Tachometer zweihundertachtzig ab. Bitte nachprüfen. Ende.«

Dann kam Duncans Stimme: »Zwei sieben neun Komma neun fünf, nachgeprüft. Verringern Sie schon jetzt das Tempo, Sie kommen zu Nummer vier. Ende.«

Eine Weile war nur die Geräuschkulisse zu hören, dann kam wieder Duncans Stimme: »Wir lesen Ihre Geschwindigkeit mit zwei sieben acht Komma sieben drei ab. Tempo wegnehmen! Sie haben zu viel drauf! Ende.«

Wieder Stille, dann Duncans Stimme, diesmal drängend: »Duncan an Peerless. Wir lesen Ihr Tempo mit zwei sieben fünf Komma drei neun null. Langsamer! Das ist ein Befehl! Ende.«

Stille. Duncans Stimme, scharf und wütend: »Sind Sie verrückt, Peerless? Runter mit dem Tempo, sonst bringen Sie sich um! Ende!«

Peerless' Stimme antwortete. Er lachte. »Machen Sie sich nur nicht in die Hosen. Ich bring' ihn schon durch.«

Duncans Stimme übertönte ihn. »Die Kurve ist nur vier Prozent überhöht. Sie schaffen es nicht!«

»Sie haben kein Vertrauen zu Ihrer eigenen Maschine, Alter!« Peerless lachte. »Überlassen Sie's nur Fearless Peerless, ich weiß, was ich tue. Ich fahr' mit einem Schutzengel.«

Einen Augenblick lang war nichts zu hören als das leise Sausen. Dann ein kleiner Knall, dann nichts mehr. Vollkommene Stille.

Im Saal herrschte tiefes Schweigen, während Duncan den Apparat abstellte. Er sah zum Vorsitzenden hin.

Dieser räusperte sich. »Konnten Sie das hören?« fragte er die Geschworenen.

Der Obmann stand auf. »Ja.«

Der Vorsitzende wandte sich an Duncan. »Sie erwähnten eine Überhöhung von vier Prozent in dieser Kurve. Welche Höchstgeschwindigkeit halten Sie da noch für ungefährlich?«

»Einhundertfünfundsiebzig.«

»Waren diesbezüglich Warnschilder aufgestellt?«

»Ja, Sir. Ab drei Kilometer vor der Kurve alle zweihundert Meter ein Schild.«

»Dann ist also Mr. Peerless Ihrer Schätzung nach mit fast hundert Stundenkilometern mehr als der noch zulässigen Höchstgeschwindigkeit in die Kurve eingefahren?«

»Ja, Sir.«

»Können Sie mir sagen, an welchem Punkt der Motor dann explodiert ist?«

»Der Motor ist nicht explodiert«, sagte Duncan.

Der Staatsanwalt schaltete sich ein. »Es wurde aber vorhin von einigen Zeugen ausgesagt, daß es zu einer Explosion kam, auf die der Brand folgte. Wie erklären Sie das, Mr. Duncan?«

Der Schotte drehte sich ihm zu. »Die Explosion fand nicht im Motor statt, sondern wurde beim Bersten des Treibstofftanks durch einen elektrostatischen Funken verursacht.«

»Dann könnte möglicherweise der Tank fehlerhaft gewesen sein?«

»Ausgeschlossen. Der Treibstofftank war mit allen uns heute bekannten Sicherheitsvorkehrungen ausgerüstet und gebaut. Es gibt aber in unserer heutigen Technik nichts, das uns die Herstellung eines Tanks ermöglicht, der einen Aufschlag mit zweihundertfünfundsiebzig Stundenkilometern aushält.«

»Wieso können Sie mit solcher Sicherheit sagen, daß es der Treibstofftank war und nicht der Motor?«

»Weil wir den Motor haben. Er ist kaputt, daß er sich nicht mehr reparieren läßt, aber er ist doch größtenteils in einem Stück geblieben. Wäre er explodiert, dann wären seine Teile in die ganze Gegend verstreut worden.«

Der Staatsanwalt nickte und ging zu seinem Platz zurück. Der Richter wandte sich an die Geschworenen. »Haben Sie noch weitere Fragen?«

Der Obmann erhob sich zögernd. »Ich bin Autofahrer, Mr. Duncan. Ich nehme an, Sie müssen wegen der hohen Leistung Ihres Motors Benzin mit sehr hoher Oktanzahl verwenden. War das der Fall?«

»Nein, Sir«, sagte Duncan, »das ist einer der Vorteile des Turbinenmotors. Er braucht kein Benzin mit hohem Oktan- oder Bleigehalt, um die Höchstleistung zu erzielen.«

»Welche Art von Benzin haben Sie also verwendet?« fragte der Obmann.

»Wir haben kein Benzin verwendet.«

»Was denn?«

»Kerosin.«

»Danke«, sagte der Obmann, nickte und nahm wieder Platz.

Der Vorsitzende beugte sich vor. »Glauben Sie, Mr. Duncan, daß die Explosion und das darauf folgende Feuer hätte vermieden werden können, wenn Sie Benzin statt Kerosin verwendet hätten?«

»Unter den gegebenen Umständen nicht.« Duncan war sehr selbstsicher. »Im Gegenteil: Es wäre leichter explodiert und in Brand geraten. Beim Benzin ist die Oktanzahl ein Maßstab für die Entzündlichkeit; je höher die Zahl, desto entzündlicher ist das Benzin.«

Der Vorsitzende sah sich im Saal um, dann wandte er sich wieder an den Schotten. »Wir haben keine weiteren Fragen an Sie. Danke, Mr. Duncan.«

Es herrschte Stille, als der Schotte an seinen Platz zurückging. Angelo schüttelte ihm die Hand, und Cindy küßte den alten Mann auf die Wange. »Sie waren großartig«, sagte sie.

Duncan errötete erfreut. »Ich bin aber immer noch böse«, flüsterte er. »Ich möchte wissen, wer ihnen das gesteckt hat.«

»Das finden wir schon noch heraus«, sagte Angelo ruhig. »Vorerst wollen wir mal sehen, was hier weiter passiert.«

Vorsitzender und Staatsanwalt berieten sich flüsternd. Nach einer Weile kehrte der Staatsanwalt an seinen Platz zurück und der Vorsitzende wandte sich an die Geschworenen.

»Es werden keine weiteren Zeugen aufgerufen«, sagte er. »Sie haben die Aussagen der Ärzte gehört, welche die Autopsie an den sterblichen Überresten von Mr. Peerless vorgenommen haben. Demnach ist sein Tod unmittelbar den Verletzungen zuzuschreiben, die er bei dem Aufprall erlitt, und die Verbrennungen an seinem Körper entstanden erst nach seinem Tod. Sie haben auch die Aussagen von anderen Zeugen gehört, mit Informationen über die Begleitumstände von Mr. Peerless' Tod. Wollen Sie diesbezüglich noch weitere Fragen stellen?«

Der Obmann schüttelte den Kopf. »Nein.«

Der Vorsitzende nickte und fuhr fort: »Dann werden Sie also aufgefordert, hinsichtlich der Ursache von Peerless' Tod und der dafür in Frage kommenden Verantwortung Ihre Entscheidung bekanntzugeben. Es sind Ihnen mehrere derartige Entscheidungen möglich. Ich zähle Ihnen einige davon auf.

Erstens: Falls Sie zu der Ansicht gelangen, daß die Schuld an Mr. Peerless' Tod einen anderen als ihn trifft, geben Sie das in Ihrer Entscheidung an. Wenn Sie ferner finden, daß Fahrlässigkeit zu dieser Schuld geführt hat, geben Sie auch das an. In keinem dieser Fälle ist es erforderlich, daß Sie den oder die Verantwortlichen nennen, doch können Sie das tun, wenn Sie wollen.

Zweitens: Falls Sie zu der Ansicht gelangen, daß Mr. Peerless' Tod durch seine eigene Schuld erfolgte, so sagen Sie es. In diesem Fall erklären Sie einfach, daß die Todesursache einem Fehler des Fahrers zuzuschreiben ist.«

Er machte eine Pause und sah zu den Geschworenen hin. Sie schwiegen. »Wollen Sie sich nun zurückziehen und über Ihr Urteil beraten?«

Der Obmann der Geschworenen beugte sich zu seinen Kollegen. Sie unterhielten sich eine Weile im Flüsterton, dann erhob er sich. »Nein, Sir.«

»Meine Damen und Herren Geschworenen, möchten Sie Ihren Beschluß bekanntgeben?«

Der Obmann nickte. »Ja, Sir.«

»Und der lautet?«

Im Saal herrschte tiefe Stille, als der Obmann zu sprechen begann. »Die Geschworenen sind zu der einstimmigen Entscheidung gelangt, daß im Todesfall von Mr. Sylvester Peerless die Todesursache durch ihn selbst verschuldet war, durch einen Fehler des Fahrers und seine eigene verdammte Dummheit.«

In dem kleinen Saal entstand heftiger Lärm, während die Reporter zur Tür drängten. Der Vorsitzende klopfte mit dem Hammer vor sich auf den Tisch, seine Stimme war in dem Lärm kaum zu hören.

»Die Entscheidung der Geschworenen ist ergangen, die Untersuchung über den Tod von Sylvester Peerless ist damit abgeschlossen.«

2

Der ziegenbärtige schwarze Klavierspieler in der Ecke der schwach beleuchteten Cocktailbar des Starlight Motels spielte sanfte Aperitifmusik, eine Klimperkulisse für das Konversationsgesumme in dem überfüllten Raum. Sie saßen beengt in einer kleinen Loge an der rückwärtigen Wand.

Cindy griff nach ihrem Glas und starrte hinein. »Es ist der Todeswunsch, ja, das ist es.«

»Was hast du gesagt?« fragte Angelo.

Sie wandte den Blick nicht von ihrem Glas. »Ich glaube, das ist es. In Wirklichkeit wollt ihr alle sterben.«

Angelo schwieg.

»Weißt du«, sagte sie und starrte dabei immer noch in ihr Glas, »schon als er in den Wagen stieg, wußte ich, daß er sich umbringen würde. Deshalb fuhr ich zurück ins Motel, statt dortzubleiben und auf ihn zu warten. Ich wollte nicht dabeisein, wenn er es tat.«

»Warum hast du nicht versucht, ihn daran zu hindern, wenn du es geahnt hast?«

»Wozu? Wenn er es nicht an diesem Tag getan hätte, dann an einem anderen. Ich konnte nicht ewig in seiner Nähe sein, um ihn daran zu hindern.«

Angelo bestellte noch eine Runde. Sie kostete ihren frischen Drink.

»Ich fahre morgen weg«, sagte sie.

»Warum? Hast du was Besseres?«

Sie schüttelte den Kopf. »Nein. Aber das ist nichts für mich. Das weißt du doch. Diese Wagen machen keinen Lärm.«

»Eines Tages wird das bei allen Wagen der Fall sein«, sagte er. »Was machst du dann?«

»Bis dahin bin ich ohnehin zu alt, um daran noch Spaß zu haben.«

»Du bist eine gute Fahrerin. Ich weiß, Duncan würde dich nur ungern verlieren. Er sagt, du hast einen guten Blick.«

»Ich mag den Alten gern. Aber ich habe den Posten nur übernommen, um bei Fearless zu bleiben. Er glaubte damals, du würdest ins Renngeschäft einsteigen.«

»Das haben wir auch geglaubt«, sagte Angelo. »Aber unsere Pläne haben sich geändert.«

»Ich weiß«, antwortete sie. »Wann hat eigentlich der Wahnsinn bei dir aufgehört?«

»Was meinst du damit?«

Sie schaute ihn an. »Du warst einmal wie alle anderen. Jeden Tag bereit, irgendwann, irgendwo, an irgendeiner Ecke dein Leben aufs Spiel zu setzen. Dann war es eines schönen Tages vorbei, und du warst am Nachmittag nicht mehr derselbe Mann wie am Morgen. Ich habe das erkannt, damals als ich zurückkam und du in der Badewanne lagst.«

»Wir müssen alle eines Tages erwachsen werden. Vielleicht war ich damals soweit.«

Sie schwieg und stellte das Glas auf eine Art hin, die irgendwie endgültig wirkte.

»Ja, vielleicht ist es das. Ich will nicht erwachsen werden. Die Erwachsenen brauchen mich nicht. Sie können ganz gut allein auskommen. Aber Männer wie Fearless, oder wie du seinerzeit einer warst, die brauchen jemand, der sie aufrechthält, wenn sie nicht hinter einem Lenkrad sitzen. Der ihnen ein wenig das Gefühl gibt, lebendig zu sein, wenn sie gerade nicht das tun, wofür sie leben.«

Sie stand auf. »Ich habe meine Sachen in ein anderes Zimmer bringen lassen.«

»Eine gute Idee.«

»Ich habe ein paar neue Tonbänder, die du noch nicht gehört hast. Vielleicht kommst du nach dem Abendessen zu mir, und wir hören sie uns zusammen an?«

»Mal sehen. Ich rufe dich gegen acht Uhr an, wann wir uns zum Dinner treffen.«

»Tu das lieber gegen sieben, wenn du noch was zu essen bekommen willst«, sagte sie. »Hier wird zeitig Schluß gemacht.«

»Okay.« Er sah ihr nach, wie sie sich durch die Menge in der Halle drängte. In ihrer Art, sich zu bewegen, lag etwas sehr Einsames und Junges, etwas Wehmütiges.

Der Kellner tauchte neben ihm auf. »Ein Ferngespräch für Sie, Mr. Perino.«

Er folgte ihm zu einer Zelle in der Ecke des Raums, schloß die Tür, und die Geräusche wurden leiser.

»Mr. Perino?« zirpte die Telefonistin.

»Am Apparat.«

Nummer Eins' Stimme kam aus dem Hörer: »Sind Sie aber schwer zu finden!« beschwerte er sich gereizt.

»Bin ich gar nicht«, antwortete Angelo. »Das ist die einzige Bar im Ort.«

»Ich habe soeben im Rundfunk den Spruch der Geschworenen gehört. Warum haben Sie mich nicht angerufen?«

»Als ich aus dem Gerichtssaal kam, dachte ich, zum Telefonieren sei es schon zu spät bei euch im Osten. Aber es ist ja gut ausgegangen.«

»Wir haben Glück gehabt. Es hätte sich zu einem richtigen Stunk auswachsen können«, sagte der alte Mann.

»Ich möchte aber doch herausfinden, wer uns da angezeigt hat. Der Leichenbeschauer und der hiesige Kreisstaatsanwalt sind da sicher nicht von allein draufgekommen.«

»Sie werden täglich Ihrem Großvater ähnlich, mit Ihrem Gerede. Der hat auch immer hinter allem ein Komplott vermutet.«

»Vielleicht hatte er recht. Jedenfalls wissen Sie so gut wie ich: Wenn wir unvorbereitet gewesen wären, hätte das Aufsehen in der Öffentlichkeit das ganze Projekt vernichten können, noch ehe wir angefangen haben. Kommt es Ihnen nicht etwas komisch vor, daß die Zeitungs- und Rundfunkleute von der Geschichte mit der gerichtlichen Untersuchung schon wußten, bevor wir vorgeladen waren?«

»Wir bauen einen neuen Wagen«, sagte Nummer Eins. »Das macht Schlagzeilen. Daran müssen Sie sich gewöhnen. Die lassen Sie keine Minute aus den Augen.«

»Das weiß ich schon«, sagte Angelo. »Es hat hier von Fotografen gewimmelt, die Bilder von dem neuen Wagen schießen wollten. Mit ihren Telekameras haben sie sogar in Hubschraubern das Testgelände überflogen.«

»Haben sie etwas entdeckt?«

»Keines unserer Autos. Aber sie haben massenhaft Fotos von Vegas, Pintos und Gremlins. Vielleicht auch von einigen Mavericks oder Novas.«

Nummer Eins kicherte. »Da werden sie sich schön ärgern. Wie viele Wagen haben Sie auf der Straße?«

»Einunddreißig, auf den Straßen im ganzen Westen und Südwesten. Acht auf dem Testgelände und außerdem sechs ohne Tarnung, die wir nur nachts laufen lassen.«

»Sie kommen gut vorwärts. Wann werden Sie soweit sein, daß Sie die endgültige Ausführung festlegen können?«

»In sieben oder acht Monaten, September oder Oktober«, antwortete Angelo.
»Dann sind wir nicht bis zu den Herbstausstellungen fertig.«
»Richtig. Aber ich glaube, wir schaffen es bis zum New Yorker Automobilsalon im Frühjahr. Vielleicht ist das sogar ein Vorteil für uns. Alle anderen Zweiundsiebziger-Modelle stehen dann schon fest, und wir können als erste mit dem Dreiundsiebziger herauskommen.«
»Das gefällt mir«, sagte Nummer Eins. Und in verändertem Ton: »Ich habe hier jemand, der Sie sprechen will.«
Angelo hörte, wie er das Telefon übergab. Betsys Stimme kam ein wenig atemlos aus der Muschel: »Wann darf ich kommen und einen von diesen Wagen fahren?«
»Sobald wir mit unseren Tests fertig sind, Miß Elisabeth.«
»Du mußt nicht so förmlich sein, Angelo«, sagte sie. »Ich habe Nummer Eins von dem Abend erzählt, an dem ich in dein Hotelzimmer gekommen bin.«
Er lachte. »Hoffentlich hast du ihm auch erzählt, daß ich dich nach Hause gefahren habe.«
»Das habe ich ihm auch erzählt, und er wollte wissen, warum.«
»Vielleicht, weil du gerade erst achtzehn geworden bist.«
»So alt war Urgroßmutter bei ihrer Hochzeit. Du solltest es dir überlegen. Mädchen wie ich sind nicht allzu lange zu haben.«
»Vielleicht«, sagte er lachend, »ist es bloß, weil ich nicht zu den Männern gehöre, die heiraten, Miß Elisabeth.«
»Ich fahre nach Daddys Hochzeit zu meiner Tante nach Europa. Du weißt ja wohl, wie die Männer dort sind.«
»Ja, das weiß ich. Hoffentlich du auch.«
»Du hältst mich noch immer für ein Kind. Daß du mit meiner Mutter zur Schule gegangen bist, bedeutet noch nicht, daß ich nicht alt genug für dich bin.«
»Daran zweifle ich keine Minute«, sagte er. »Aber ich bin altmodisch. Ich glaube, den Heiratsantrag muß der Mann machen.«
»Einverstanden«, sagte sie. »Mach ihn!«
»Nicht jetzt«, erwiderte er lachend. »Ich habe einen Wagen zu bauen.« Es klopfte an der Tür der Telefonzelle. Draußen stand ein Hilfssheriff. »Einen Augenblick«, sagte Angelo zu Elisabeth und öffnete die Tür.
»Mr. Perino?« fragte der Mann höflich.
»Ja?«
»Hier bitte.« Er reichte Angelo ein offiziell aussehendes Dokument.
Es war anscheinend ein normales Vorladungsformular. Auf dem Umschlag stand sein Name, der Name Duncans und der Bethlehem Motors Company. Er riß den Umschlag auf und las. Es war eine gerichtliche Verfügung, vom Richter unterzeichnet, mit dem Verbot, irgendeinen ihrer Testwagen mit Gasturbinenantrieb auf irgendeiner Straße des Staates Washington zu fahren. Er sah hoch. Der Hilfssheriff war bereits auf dem halben Weg zum Ausgang. Er sprach wieder ins Telefon. »Gib mir noch mal Nummer Eins.«
Sie fragte besorgt: »Ist was passiert?«
»Eine Menge«, sagte er scharf. »Gib ihn mir!«
»Was ist los?« hallte die Stimme von Nummer Eins im Telefon.
»Soeben wurde mir eine gerichtliche Verfügung überreicht. Sie verbietet uns, irgendeinen unserer Wagen auf den öffentlichen Straßen dieses Staates zu fahren.«
»Was?« fragte Nummer Eins überrascht. »Wie können sie so etwas tun?«
»Wie, weiß ich nicht. Jedenfalls haben sie es getan.« Er schwieg einen Moment und fischte mit der freien Hand nach einer Zigarette. »Sagen Sie jetzt immer noch, daß da niemand dahintersteckt?«
Nummer Eins schwieg.
»Wer es auch ist, er muß bei Leuten Einfluß haben, die ganz schön rücksichtslos für ihn vorgehen.«

»Was wollen Sie unternehmen?«

»Artie Roberts ist noch hier«, antwortete Angelo. »Er kann das vor Gericht anfechten.«

»Das dürfte viel Zeit kosten.«

»Wenn es nur Zeit wäre, würde ich mir nicht so viele Sorgen machen«, sagte Angelo. »Aber wenn wir nicht durchsetzen, daß diese gerichtliche Verfügung aufgehoben wird, könnte es passieren, daß die Betsy nie auf die Straße kommt.«

3

»Nur noch dreißig Tage, und die Scheidung ist endgültig«, sagte Loren III.

Bobbie stellte das leere Martiniglas ab. »Bis dahin spielt es keine Rolle mehr. Noch einen Monat hier, und ich werde verrückt. Ich bin es nicht gewohnt, eine Gefangene zu sein.«

»Du bist doch keine Gefangene, Liebling«, sagte er geduldig. »Du kennst die Leute hier. Wenn wir erst verheiratet sind, wird alles anders. Wir ziehen in das Haus um, und das Leben ist wieder normal.«

»Warum glaubst du das?« fragte sie sarkastisch. »Die wenigen Male, die wir abends ausgegangen sind, hat Detroit es hervorragend verstanden, mich zu schneiden.«

»Alberne Weiber«, antwortete er. »Das ändert sich. Glaub mir, ich weiß es.«

»Hol sie der Teufel!« sagte sie böse. »Ich brauche weder sie noch ihre beschissene Anerkennung.« Sie stand von der Couch auf. »Ich muß bloß für eine Weile von hier fort.«

Er schaute ihr ins Gesicht. »Wo willst du hin?«

»Ich weiß nicht. Irgendwohin, nur weg von hier.« Sie ging zur Bar und goß sich aus dem Krug noch einen Martini ein. Dann drehte sie sich zu ihm um. »Bei Gott, ich werde noch zur Alkoholikerin!«

»Im Augenblick kann ich von hier nicht fort«, sagte er.

»Das weiß ich.« Sie ging zum Fenster und sah hinaus. Die Lichter der Fabrik glänzten in der dunklen Nacht, die Kamine spien rosafarbene Flammen in den Himmel. »Sieh dir doch diese Aussicht an«, sagte sie bitter. »Weißt du, seit fast einem Jahr schaue ich aus diesem Fenster, ohne je einen Baum oder ein Stück Grünes zu sehen. Ich glaube, ich habe schon fast vergessen, wie Bäume aussehen.«

Loren stand auf und ging zu ihr. Er umarmte sie und zog sie an sich. Ihr Kopf ruhte an seiner Schulter. »Ich weiß, es war nicht leicht«, sagte er. »Aber wir haben das ja erwartet.«

»Entschuldige«, sagte sie. »Für dich war es auch nicht leichter. Aber du hast wenigstens deine Arbeit, die dich beschäftigt. Ich habe nichts zu tun, als verrückt zu werden.«

»Hör zu«, sagte er, »gib mir noch ein paar Tage Zeit, um hier alles in Ordnung zu bringen, und dann könnten wir vielleicht nach Kalifornien fahren und uns ansehen, wie sie dort mit den Testwagen vorankommen. Es ist sowieso Zeit, daß ich mal hinfahre.«

»Das wäre herrlich! Ich habe das Gefühl, der neue Wagen wird großartig!«

»Hoffentlich«, sagte er ohne Begeisterung.

Sie sah ihn an. »Du machst dir Sorgen?«

Er nickte.

»Warum? Wenn alle in der Branche so begeistert davon sind?«

»Die können sich das leisten«, sagte er verdrießlich. »Es ist nicht ihr Geld. Wenn der Wagen ein Mißerfolg wird, kann er das ganze Unternehmen mit in die Pleite stürzen.« Er ging zur Bar und holte sich sein Glas. »Wenn er ein Erfolg wird, geht es uns gut, aber in wenigen Jahren werden GM und Ford sich einmischen und den

Markt an sich reißen, so daß wir in Wirklichkeit nichts anderes tun, als unser Kapital für sie aufs Spiel zu setzen.«

Er kam wieder zu ihr. »Ich erinnere mich an das Jahr 1953, als ich Präsident der Gesellschaft wurde. In jenem Jahr gab die Kaiser-Frazer-Gesellschaft endlich ihren Geist auf und ging zum Teufel. Sie hatten einen guten Wagen, aber er nützte ihnen nichts mehr. Da waren einerseits die Konkurrenz, andererseits der Koreakrieg, durch den ihre Zulieferfirmen für die Rüstung arbeiten mußten. So gingen sie kaputt. Damals faßte ich den Entschluß, mich nicht mit der Konkurrenz anzulegen. Ich gab mich mit dem Anteil am Automobilmarkt zufrieden, den wir herausschinden konnten, und suchte den Profit auf anderen Gebieten. Und ich hatte nicht unrecht. Seither ist noch kein Jahr vergangen, in dem wir weniger als sechs Millionen Nettogewinn erzielt haben. Und nun droht ein Geist aus der Vergangenheit, das ganze Unternehmen zu vernichten.«

Es war die längste Rede, die sie von ihm gehört hatte. Sie starrte ihn nachdenklich an. »Hast du das jemals Nummer Eins gesagt?«

Seine Antwort klang bitter. »Es gibt keinen Menschen auf der Welt, auf den mein Großvater hört. Ausgenommen vielleicht Angelo. Und auch auf ihn nur dann, wenn Angelo ihm sagt, was er hören will.«

»Aber wie steht es mit dir?« fragte sie. »Möchtest du den neuen Wagen nicht bauen? Einen Wagen, den sich jeder wünscht?«

»Natürlich möchte ich das, es ist der Traum von jedem in der Branche. Aber als Kind wollte ich der erste Mensch auf dem Mond sein. Das habe ich auch nicht geschafft.«

»Warum bist du dann nicht überhaupt aus dem Automobilgeschäft ausgestiegen?«

»Ich hätte es tun sollen.« Er starrte in seinen bernsteinfarbenen Drink. »Aber ich wußte, dann würde mein Großvater sterben. Für ihn waren unsere Autos der einzige Grund, am Leben zu bleiben. Sie waren das einzige, was ihn interessierte.«

Sie schwieg eine Weile, dann stellte sie ihr Glas ab, nahm ihm das seine aus der Hand und stellte es daneben. »Komm ins Bett«, sagte sie.

»Das Hauptproblem beim Turbinenmotor war die Beschleunigungsreaktion und die fehlende Motorbremsung«, sagte Tony Rourke. »Wir glauben, hier endlich eine Lösung gefunden zu haben.« Er zeigte auf die Blaupausen von Loren III. »Wir fügen dem Antriebsrotor einen Gegenrotor hinzu, der durch einen Statorflügel in Betrieb gesetzt wird, welcher bei stärkerer Drosselung den Düsendruck ablenkt. Dadurch erzielen wir künstlich das gleiche wie die normale Motorbremsung der Verbrennungsmaschine. Umgekehrt beseitigt er die bei einer Turbine normalerweise vorhandene Reaktionsverzögerung, so daß stets genügend Reserven für Start- und Überholvorgänge vorhanden sind.«

»Ist das getestet worden?« fragte Loren.

»Gründlich«, antwortete Rourke. »Wir haben es seit vergangenen Dezember bei allen Testwagen verwendet. Jeder Wagen ist seitdem durchschnittlich dreißigtausend Kilometer gefahren.«

»Das kostet eine Menge«, sagte Loren und mit einem Blick auf Weyman. »Haben Sie die Zahlen?«

Weyman nickte. »Wenn wir den Motor in einer Serie von zweihunderttausend oder mehr produzieren, erhöhen sich die Kosten pro Stück um ungefähr einhundertunddreißig Dollar.«

»Haben Sie bei diesen Zahlen die Einsparungen berücksichtigt, die dadurch entstehen, daß wir keine zusätzliche Kraftquelle für die Nebenaggregate im Leerlauf einbauen müssen?«

Weyman nickte. »Das haben wir in Betracht gezogen«, antwortete er in seinem präzisen Buchhalterton. »Der Hauptfaktor sind die Arbeitskosten hier in Detroit. Für die Herstellung der Rotoren brauchen wir gelernte Maschinenschlosser.«

»So schlimm kann das nicht sein«, sagte Rourke. »Toyo Kogyo baut Rotoren für billige Wagen.«

»Das ist der Vorteil, den die Japaner uns gegenüber haben«, sagte Weyman. »Ihr Arbeitsmarkt wird viel stärker gesteuert.«

»Ich könnte sie an der Westküste billiger herstellen«, sagte Rourke. »Aber es hat keinen Sinn, die Rotoren dort zu bauen, sie zum Einbau in den Motor hierher zu schicken und dann das Ganze für die Endmontage wieder zurückzubringen.«

»Da würde auch nicht mehr viel von der Einsparung übrig bleiben«, sagte Weyman entschieden. »Das lohnt die Mühe nicht.«

»Wie hoch sind die Herstellungskosten des Wagens jetzt?« fragte Loren.

»Eintausendneunhunderteinundfünfzig Dollar ohne die neuen Rotoren. Die bringen uns auf fast zweitausendeinhundert.«

»Das ist mir unverständlich«, sagte Rourke. »Ich bin sicher, der Gremlin kostet American Motors nicht viel mehr als siebzehnhundert.«

»Er kostet weniger«, sagte Weyman. »Das ist der durchschnittliche Preis für den Händler, einschließlich Bundessteuern. Aber das ist netto netto. Die benötigen keine Nebenaggregate und Klimaanlage, um Motorkraft zu verbrauchen. Wir müssen bei unserem Wagen für fast siebenhundert Dollar Nebenausrüstung einbauen.«

»Bei dieser Rechung müßten wir die Betsy mit ungefähr zweitausendfünfhundert Dollar im Einzelhandel verkaufen«, meinte Rourke.

»Vierundzwanzigneunundneunzig ist die Zahl, auf die unsere Verkaufsabteilung kam«, sagte Loren.

»Im Vergleich zu den anderen ist das viel. Der Pinto mit neunzehn, der Vega mit einundzwanzig, von den Importwagen ganz zu schweigen. Die bringen uns um.«

»Jetzt bekommen Sie allmählich eine Ahnung davon, wogegen wir anzukämpfen haben«, sagte Weyman.

»So schlimm ist es auch wieder nicht«, warf Loren ein. »Sie können für Extras vierhundert Dollar zum Durchschnittspreis dieser Wagen dazuzählen. Auf Nettobasis sind wir nicht weit von den anderen entfernt.«

»Sie glauben, wir haben also eine Chance?« fragte Rourke.

»So wenig wie ein Schneeball in der Hölle«, antwortete Loren entschieden, »wenn man in Betracht zieht, wie die Kosten steigen. Wir müßten einen Zauberwagen haben, um das Käuferpublikum zu überzeugen, daß es in diesem Fall eigentlich billiger wegkommt, wenn es mehr zahlt. Wir werden preismäßig den Absatzmarkt für billige Wagen verlassen und wieder dort stehen, wo wir jetzt sind. Nur mit dem Unterschied, daß wir dann ungefähr dreihundert Millionen Dollar verloren haben.« Er zündete sich eine Zigarette an. »Leider lebt mein Großvater noch in der Vergangenheit. Damals zeigte Henry Ford der Welt, wie das amerikanische Fließbandverfahren die Herstellungskosten pro Stück senken konnte. Seither jedoch hat die Welt nachgezogen und uns im Falle Japan und Deutschland sogar durch neue Ausrüstung und Automatisierung überholt. Und sie haben uns gegenüber einen phantastischen Vorteil. Die Arbeitskosten betragen in Deutschland nur sechzig und in Japan vielleicht nur vierzig Prozent der unseren.«

Er blies eine Rauchwolke aus und drückte die Zigarette in den Aschenbecher auf seinem Schreibtisch. »Meiner Meinung nach hat Angelo einen großen Fehler begangen. Er hätte sein Werk nicht an der Westküste, sondern in Japan bauen sollen. Nur so hätte er kostenmäßig konkurrenzfähig bleiben können.«

»Ihr Großvater wollte einen in Amerika gebauten Wagen«, sagte Rourke.

»Das weiß ich«, antwortete Loren. »Aber das macht die Sache nicht besser. Den Leuten ist es gleich, wo etwas hergestellt worden ist. Es muß nur gut sein und im Preis stimmen.«

»Ich würde gern diese Zahlen nachprüfen«, erklärte Rourke. »Vielleicht läßt sich da noch etwas machen.«

»Hoffentlich«, sagte Loren. »Wir könnten es brauchen.«

»Ich kann Ihnen nichts versprechen. Ihre Leute sind ja sehr tüchtig.«

»Wie geht es bei Ihnen drüben?«

»Jetzt wieder gut. Die gerichtliche Verfügung vorige Woche hat uns zu schaffen gemacht. Aber nachdem wir ihnen gezeigt haben, daß Chrysler seit dem Jahre 63 Turbinenwagen auf der Straße ausprobiert und Ford und GM sie in Lastwagen herausbringen, wurde sie aufgehoben. Angelo ist noch immer der Ansicht, daß jemand versucht, uns Prügel in den Weg zu werfen.«

Loren lächelte. »Das klingt mir nicht plausibel. Die anderen Unternehmen wissen, daß wir ihnen einen Gefallen erweisen, wenn wir uns auf eine so gefährliche Sache einlassen. Sie selbst riskieren keinen Pfennig von ihrem Geld, und während wir das tun, kümmern sie sich um ihr Geschäft und scheffeln Geld wie gewöhnlich.«

»Sie müssen aber zugeben, daß es aussieht, als wäre es mehr als nur Zufall: Die Verhandlung und gleich darauf auch noch die gerichtliche Verfügung.«

»Wahrscheinlich gibt es dort irgendeinen Scharfmacher, der sich einen Namen machen will«, sagte Weyman.

»Warum ist er dann noch nicht aufgetaucht?« fragte Rourke. »Ich bin jetzt seit zehn Jahren dort drüben und habe eine Menge Freunde, aber keiner scheint zu wissen, wer da dahinterstecken könnte.«

»Sprechen Sie später mit Angelo?« fragte Loren.

»Ja.«

»Würden Sie ihn bitten, mir für nächsten Freitag bis zum Dienstag ein Appartement und zwei zusätzliche Schlafzimmer zu reservieren. Ich komme mit meiner Tochter und meiner zukünftigen Frau hinüber.«

Rourke schaute ihn neugierig an. Er wollte schon erwähnen, daß er Lady Ayres persönlich kannte. Aber dann hielt er lieber den Mund. »Ich werde es ihm ausrichten«, sagte er. »Wenn Sie aber in der Nähe des Testgeländes wohnen wollen, mache ich Sie darauf aufmerksam, daß es meines Wissens im Starlight Motel keine Appartements gibt.«

»Dann begnügen wir uns eben mit drei großen Zimmern«, sagte Loren.

»Ich kümmere mich darum.« Rourke stand auf und streckte die Hand aus. »Danke für die Zeit, die Sie mir gewidmet haben, Mr. Hardeman.«

Loren drückte sie. »Nichts zu danken. Es mag manchmal nicht so aussehen, aber eines sollten Sie nicht vergessen: Wir gehören alle zum selben Team.«

Rourke begegnete seinem Blick. »Das habe ich keinen Augenblick bezweifelt, Mr. Hardeman.« Zu Weyman gewandt, sagte er: »Wenn Sie mich brauchen, Dan, ich gehe hinüber ins Kalkulationsbüro.«

»In Ordnung.« Dan setzte sich wieder und sprach erst, als die Tür sich hinter Rourke geschlossen hatte. »Was halten Sie davon, Loren?«

»Ich glaube, Angelo hat sich da einen Treffer geangelt. Rourke ist erstklassig.«

»Glauben Sie, die kommen dahinter, wer ihnen die Schwierigkeiten drüben eingebrockt hat?«

Loren sah ihn ruhig an. »Das hängt ganz davon ab, wie geschickt Ihr Mann seine Spuren verwischt hat.«

»Angeblich ist er sehr tüchtig. Bei dem Geld, das er uns gekostet hat, sollte man das auch erwarten!«

»Dann machen Sie sich keine weiteren Sorgen.« Loren stand auf. »Wir können wohl jetzt nichts mehr unternehmen, um die Sache aufzuhalten. Wir müssen einfach zusehen, wie die Betsy uns auf den fröhlichen Weg zum Bankrott mitreißt.«

»Noch sind Sie Präsident der Gesellschaft«, sagte Dan. »Etwas können Sie noch tun, wenn Sie wollen.«

Lorens Stimme wurde eisig, sie klang einen Augenblick wie die seines Großvaters: »Lassen Sie das!«

Weyman sagte mit einer entsprechenden Handbewegung: »Wie Sie meinen, Sie sind der Boß. Aber vergessen Sie eines nicht: Die Zeit wird knapp. In weniger als sechzig Tagen müssen wir entscheiden, ob wir das Sundancer-Werk Angelo übertragen wollen oder nicht.«

Loren starrte ihn an. »Bringen Sie die Dinge nicht ein wenig durcheinander, Dan? Die Frage ist nicht, ob wir das Sundancer-Werk Angelo übertragen, sondern ob wir die Produktion des Sundancer einstellen und die Betsy bauen.«

»Das kommt auf das gleiche heraus«, sagte Weyman ruhig. »Aber ich kann Ihnen offensichtlich nicht beibringen, daß für die Industrie und das Publikum der Mann, der den Wagen baut, das Unternehmen auch leitet.« Er stand auf und ging zur Tür. Dort blieb er stehen und sah nochmals zu Loren zurück. »Aber der Mann, den sie für die Verluste verantwortlich machen werden, wird der Präsident des Unternehmens sein. Und das sind Sie.«

4

Das Innere der riesigen hangarartigen Werkstätte summte vor Geschäftigkeit. Mechaniker in weißen Overalls mit der roten Schrift BETHLEHEM MOTORS auf dem Rücken schwärmten wie Bienen um die verschiedenen Wagen, die alle über Abschmiergruben standen. Die Karosserien waren auf Hebewinden hochgezogen, so daß Motor und Chassis der Wagen völlig frei lagen.

»Das sind die Chamäleons«, erklärte Angelo, als er sie zur hinteren Seite der Werkstatt führte.

»Chamäleons?« fragte Bobbie.

»Getarnte Wagen«, erklärte Angelo. »Wir verwenden die Karosserien von anderen Firmen, damit man die Entwürfe der unseren nicht sieht. Das ermöglicht uns, den Wagen auf der Straße unauffällig zu testen.«

Er blieb vor einer riesigen Tür stehen. Davor stand ein großes Schild:

NUR FÜR BEFUGTES PERSONAL!
ALLEN ANDEREN IST DER ZUTRITT VERBOTEN!

Er löste die Identitätskarte aus Plastik von seinem Revers und schob sie in den Schlitz eines elektrischen Schlosses. Das Tor öffnete sich langsam. Er zog die Karte heraus, sie traten ein, und das Tor schloß sich automatisch hinter ihnen. Hinter dem Tor befand sich eine breite Abschirmwand, so daß niemand hineinsehen konnte, wenn es offenstand. Angelo führte sie um die Wand herum.

Sie kamen in einen großen offenen Raum in der Mitte der Werkstätte. Hier waren keine Wagen zu sehen, sie standen alle in den großen an den Seiten eingebauten Boxen. Gelegentlich trat ein Mechaniker aus einer Box und ging in eine andere. Ein bewaffneter Wächter kam auf sie zu.

Er erkannte Angelo und grüßte: »Guten Tag, Mr. Perino.«

Angelo gab ihm seine Identitätskarte und wandte sich an die anderen: »Bitte geben Sie ihm auch Ihre Karten. Er gibt sie Ihnen zurück, wenn wir gehen.«

Loren nahm seine Karte ab und gab sie dem Wächter. Der Mann sah aufmerksam auf das Foto und dann auf Loren. Er nickte, sammelte auch noch die Karten von Bobbie und Elisabeth ein und entfernte sich.

»Die besonderen Sicherheitsvorkehrungen in diesem Raum«, erklärte Angelo, »sind nötig, weil wir hier die Prototypen eingestellt haben.«

John Duncan kam aus einer der Boxen und trat lächelnd auf sie zu. »Loren!« sagte er, sichtlich erfreut.

»Tag, John!« Sie schüttelten sich die Hände. »Sie sehen fünfzehn Jahre jünger aus.«

»So fühle ich mich auch«, sagte der Schotte. »Wir sind wieder im Betrieb. Wir tun, was wir tun sollen.«

»Ich möchte Sie meiner zukünftigen Frau, Roberta Ayres, vorstellen. Bobbie, das ist John Duncan, von dem ich dir so viel erzählt habe.«

Der Schotte ließ sich, als er ihre Hand nahm, nicht anmerken, daß sie sich schon von früher her kannten. »Freut mich sehr, Sie kennenzulernen, Miß Ayres.«

»Ganz meinerseits, Mr. Duncan«, sagte sie höflich.

»Meine Tochter Betsy kennen Sie doch?« fügte Loren hinzu.

Duncan lächelte. »Sie ist ein wenig gewachsen, seit ich sie zum letztenmal gesehen hab. Wie geht es Ihnen, Miß Hardeman?«

»Danke, ausgezeichnet.« Sie drehte sich zu Angelo um. »Können wir jetzt den Wagen sehen? Ich kann es kaum mehr erwarten.«

Angelo wandte sich an Duncan. »Könnten wir den Silver Sprite hier rausfahren?«

Der Schotte nickte. »Ich glaube schon.« Er ging zu einer der Boxen.

»Der Silver Sprite ist der Prototyp eines Hochleistungssportwagens. Wir wollen ihn erst auf den Markt bringen, wenn wir das Montagefließband installiert haben. Wir möchten ihn auf Automobilausstellungen zeigen und vielleicht in ein, zwei Rennen starten lassen, wenn er sich qualifizieren kann.« Angelo sah auf. Die Türen einer Box hatten sich geöffnet.

Der Wagen erschien, von vier Mann geschoben, und rollte auf sie zu, Duncan saß am Steuer. Das Auto kam in der Mitte des Hangars zum Halten, das helle Deckenflutlicht glänzte auf seiner silbrigen Aluminiumkarosserie.

»Wunderbar!« Betsy hielt den Atem an, ihre Stimme klang überrascht. »O Angelo, einfach wunderbar!«

»Was hast du erwartet? Einen Witzblattwagen?«

»Ich weiß nicht, was ich erwartet habe«, sagte sie. »Nach all dem Gerede über einen populären Wagen habe ich geglaubt, es würde so eine Art Volkswagen herauskommen.«

»Mit dem Namen Betsy? Glaubst du, dein Vater oder dein Großvater hätten das zugelassen?«

Sie wandte sich an ihren Vater. »Hast du ihn schon gesehen?«

Loren schüttelte den Kopf. »Nein, nur Tonmodelle, manche in natürlicher Größe, und Zeichnungen. Den Wagen selbst sehe ich heute zum erstenmal. Ein großartiger Entwurf, Angelo!«

»Danke, Loren. Ich habe gehofft, daß er dir gefällt.«

Sie gingen zur Vorderseite des Wagens. Die nach vorne abfallende Haube verlief zu einem oval geformten Windkanal. Er war oben weiter als unten, sehr ähnlich dem Düsenantriebskanal der Boeing 70. Ein zweiter Windkanal lief von der Motorhaube nach oben. Ein dritter war unter der Schnauze. In seiner Gesamtheit machte der Wagen auch im Stehen den Eindruck, auf einen loszuschießen.

Duncan stieg aus und ließ die Tür offen. »Wollen Sie sich ans Steuer setzen?« fragte er.

Elisabeth wartete keine zweite Einladung ab. Sie saß im Wagen, ehe noch die anderen um ihn herumgegangen waren. »Wann darf ich ihn fahren?«

»Wie wäre es, wenn ich Sie alle zuerst zu einer Fahrt mitnehme?« sagte Angelo. »Da kann ich Ihnen gleichzeitig einige Dinge erklären, die Sie wissen müssen, um unser Baby fahren zu können. Eine Turbine ist ein wenig anders als der übliche Verbrennungsmotor.«

»Ich bin bereit«, erklärte Betsy.

»Sie müssen warten, bis es dunkel wird«, sagte Angelo. »Mit diesen Modellen fahren wir nicht bei Tageslicht.«

Aus der Lautsprecheranlage ertönte eine Stimme: »Mr. Perino, zum Telefon. Mr. Perino, zum Telefon.«

Angelo richtete sich auf.

»Würden Sie mich bitte entschuldigen«, bat er und wandte sich dann an Duncan. »Bitte vertritt mich, ich komme sobald wie möglich zurück.«

Er lief zu dem kleinen Büroraum, der in einer Ecke der Halle eingerichtet worden war. Der Wächter schaute von seinem Schreibtisch auf.

»Darf ich Ihr Telefon benutzen?« fragte Angelo und hob ab. Der Wächter nickte; die Telefonistin meldete sich. »Hier Perino.«

»Einen Augenblick, Mr. Perino«, sagte die Telefonistin schnell. »Ich habe die Verbindung mit Mr. Rourke in Ihr Büro gestellt. Ich stecke durch.«

»Ist es tausend Dollar wert«, fragte Rourke, »den Namen des Mannes zu erfahren, der den Staatsanwalt veranlaßt hat, eine gerichtliche Verfügung gegen uns zu erlassen? Ich habe einen Freund in Olympia, der meint, er könnte es für uns herausfinden.«

»Bezahlen Sie die tausend«, sagte Angelo.

»Wo kann ich Sie heute abend erreichen?«

»Ich bin im Starlight.« Er hängte ein und ging hinüber zu dem Beobachtungsfenster, von dem aus man die Halle überblicken konnte.

Loren saß jetzt am Steuer, Duncan redete noch, Bobbie und Elisabeth standen neben ihm. Vom Fenster aus sahen sie fast wie Schwestern aus.

Die Tür ging auf, Cindy kam herein und trat neben ihn ans Fenster. Nach einer Weile nahm sie seine Zigarette, machte einen Zug und gab sie ihm zurück.

»Er ist jünger, als ich dachte«, sagte sie. »Auf den Fotos sieht er viel älter aus.«

»Stimmt.«

»Welche ist seine Tochter?«

»Die rechts von ihm.«

Sie griff nochmals nach seiner Zigarette und zog daran, während sie die anderen beobachtete. »Sie liebt Autos. Mehr als ihr Vater.«

Er schaute sie neugierig an. »Woraus schließt du das?«

»Ich habe gesehen, wie sie reagierte, als man den Wagen hinausrollte. Sie war die einzige, die wirklich aufgeregt war.«

Angelo gab die Hoffnung auf, seine Zigarette zurückzubekommen, und zündete sich eine andere an. Wortlos wandte er sich wieder dem Fenster zu. Duncan hatte nun die Haube geöffnet und erklärte den Motor.

»Wann wird denn geheiratet?« fragte Cindy unvermittelt.

»Soviel ich weiß, findet die Hochzeit nächste Woche statt«, antwortete er, merkte aber dann, daß die Frage sich nicht auf Loren und Bobbie bezogen hatte. »Du meinst mich?«

Cindy lächelte. »Man redet davon.«

»Da solltest du mich besser kennen. Ich bin keiner von denen, die heiraten.«

»Aber sie«, sagte Cindy. »Und ich stelle bei ihr genügend Ähnlichkeit mit Nummer Eins fest, um zu wissen, daß sie meistens auch bekommt, was sie will.«

»Sie ist noch ein Kind.«

»Ich war genauso alt wie sie heute, als ich zum erstenmal ein Rennen fuhr«, sagte Cindy. »Sie spielt das Kind mehr, als daß sie eins ist.«

Angelo blieb die Antwort schuldig.

»Wie steht es mit der anderen?« fragte Cindy.

»Was soll mit ihr sein?«

»Die hat auch ein Auge auf dich. Und nicht nur als zukünftige Schwiegermutter.«

»Laß das«, sagte er kurz. »Der geht es ums Geld, und da hat sie sich eben den größeren Fisch geangelt.«

»Was sie nicht daran hindern wird, ab und zu eine Nebenwette zu riskieren. Sie hat keinen einzigen Blick für den Wagen gehabt, sondern nur für dich!«

Angelo wandte sich um und sah aus dem Fenster. Bobbie stand jetzt allein, während Loren und Betsy sich über die offene Motorhaube beugten. Sie schien geduldig darauf zu warten, daß sie zu einem Ende kämen.

Plötzlich sagte Cindy mit leichter Verwunderung im Ton: »Mit der hast du geschlafen, nicht wahr?« Ohne seine Antwort abzuwarten, fuhr sie fort: »Darum geht also das Ganze. Ich hätte es mir denken können.«

Angelo schaute an ihr vorbei. »Jetzt bist du aber wirklich übergeschnappt.«
»Ich bin nicht verrückt«, sagte sie. »Vergiß nicht, ich war auch mit dir im Bett. Und da spürt man das.«

5

Die weiße Lampe strahlte auf die Blaupause, die auf dem Schreibtisch lag. Angelo starrte sie an. Platz, das Problem war immer der Platzmangel. Diesmal war es der Kofferraum, der wegen des für die Turbine notwendigen, übergroßen Auspuffrohrs nicht einmal halb so groß war wie der normale Kofferraum eines amerikanischen Durchschnittswagens. Weil auch der Reservereifen darin untergebracht werden mußte, blieb praktisch kein Platz für das Gepäck.

Suchend schob er die Schablone über den Plan. Wenn es nur möglich gewesen wäre, den Platz aus dem Motorraum zu nehmen und in den Kofferraum zu verlegen, dann hätte er das Problem schon lösen können. Trotz aller Schwierigkeiten gab es wegen der geringeren Masse des Tubinenmotors noch freien Raum unter der Haube.

Er nahm die Schablone für den Reifen zur Hand und betrachtete sie. Schade, daß man ihn nicht wie früher seitlich am Wagen anbringen konnte. Das hätte das Problem gelöst. Er erinnerte sich an den 29er Olds Viking seines Vaters und den 31er Duesenberg seines Großvaters. Die seitlich angebrachten Räder hatten auch ihren Vorzug, sie gaben dem Auto einen sportlichen Anstrich. Man hatte sie nicht nur wegen des Design, sondern auch aus Ersparnisgründen aufgegeben. Ein Reserverad kostet weniger als zwei.

Er legte die Schablone auf die Zeichnung und schob sie am Seitenriß entlang, bis sie neben dem rechten vorderen Kotflügel unter der Haube lag. Er starrte darauf. Der verfügbare Raum genügte, um es dort anzubringen. Aber damit tauchte ein anderes Problem auf.

Die durchschnittliche Hitze in der Turbine betrug bei Normalbetrieb 800 Grad Celsius. Es gab keine Reifen, die diese Temperatur auf die Dauer aushielten. Also wären eine Wärmeisolierung, ein Luftabzug und vielleicht eine zusätzliche Kühlung erforderlich. Er machte sich einige Notizen. Die Konstruktions- und Designabteilung sollte sich damit befassen und die praktische Anwendbarkeit sowie die Kosten beurteilen. Das Telefon klingelte. »Hallo.«

Die vertraute britische Stimme klang an sein Ohr. »Angelo?«
»Ja, Bobbie?«
»Was treibst du im Augenblick?«
»Ich arbeite.«
»Hättest du Lust auf einen Drink?«
»Wo bist du?« fragte er überrascht. »Ich habe gedacht, du bist mit den anderen auf das Testgelände gefahren.«
»Mir war heute nicht danach«, sagte sie.
»Ist mit dir etwas? Du sprichst so eigenartig.«
»Nein.« Es klang unentschlossen. »Ich weiß nicht. Jedenfalls ist es nicht wichtig. Entschuldige die Störung.«

Die Verbindung wurde unterbrochen, sie hatte eingehängt. Er starrte auf den Apparat und überlegte, ob er sie zurückrufen solle. Aber er unterließ es lieber und stand auf, um sich statt dessen einen Drink zu machen. Er ging zum Schreibtisch zurück, das Eis klirrte in seinem Glas, da läutete das Telefon nochmals. Er meldete sich. »Ja, Bob –«

Die Stimme Rourkes unterbrach ihn. »Ich habe den Namen des Mannes, Angelo: Mark Simpson. Er gehört zur sogenannten IASO, zur Independent Automobil Safety Organization. Wissen Sie etwas darüber?«

»Die Gesellschaft kenne ich nicht«, antwortete Angelo. »Aber von dem Mann habe ich gehört . . .« Es klingelte an der Tür. »Einen Augenblick, ich muß aufmachen.«

Er stellte das Telefon hin und ging zur Tür. Es läutete wieder. Er öffnete, Bobbie stand draußen.

Sie sah ihn an. »Störe ich dich?«

»Nein.« Er schüttelte den Kopf. »Bitte komm rein, ich telefoniere gerade. Nimm dir einen Drink.«

»Tony«, sagte er dann ins Telefon, »der Kerl ist ein Gauner. Er spielt sich als zweiter Ralph Nader auf, aber das ist der reinste Unsinn. Er gibt ein wöchentliches Informationsblatt heraus, das angeblich interne Neuigkeiten über neue Autos enthält. In Detroit wurde erzählt, daß er Geld nimmt, aber keiner weiß anscheinend, von wem.«

»Warum sollte er es auf uns abgesehen haben?«

»Klug gefragt. Soweit mir bekannt ist, war er niemals hier bei uns. Es muß irgend jemand von drüben hinter ihm stehen.«

»Nun, ich habe alles getan, was in meiner Macht steht«, sagte Tony. »In Detroit sind Sie zu Hause.«

»Ich kümmere mich darum. Danke für die Information.« Er legte den Hörer auf. Bobby stand immer noch an der Tür. »Nun bist du so weit gegangen«, meinte er, »da kannst du auch ganz hereinkommen.«

Sie ging auf ihn zu, ihr Blick überflog die aufgeschichteten Papiere auf seinem Schreibtisch und die Ablageschränke an der Wand. »Du hast wirklich gearbeitet«, sagte sie.

»Was hast du denn geglaubt?«

Sie antwortete nicht, sondern ging zu dem Tisch, auf dem die Whiskyflasche und das Eis standen. Sie goß sich ein Glas ein. »Ich wußte nicht, daß du ein Zimmer als Büro eingerichtet hast.«

»Ich arbeite viel hier. Die Tage sind nicht immer lang genug.«

»Ich möchte dich nicht stören.«

»Das hast du schon einmal gesagt«, gab er sarkastisch zurück.

»Ich weiß.« Sie stellte das Glas ab, ohne getrunken zu haben. »Entschuldige. Ich gehe jetzt.« Sie machte einen Schritt zur Tür hin.

»Warum bist du hergekommen?«

Sie blieb stehen und schaute ihm ins Gesicht. »Aus Eifersucht. Ich habe geglaubt, du hättest ein Mädchen hier. Dumm von mir.«

Er schwieg.

»Ich liebe dich. Ich dachte –«

»Denk nicht!« sagte er rauh. »Wir haben das alles schon einmal durchgesprochen.«

»Ich hab' mich geirrt. Ich habe geglaubt zu wissen, was ich wollte. Aber es ist noch nicht zu spät.«

»Es *ist* zu spät. Du heiratest nächste Woche, hast du das vergessen?«

»Das weiß ich.« Sie kam langsam auf ihn zu und sah ihm in die Augen. »Aber es wird Möglichkeiten geben. Wir können uns trotzdem manchmal sehen.«

Er rührte sich nicht. In seiner Kehle begann es zu pochen. »Jetzt denkst du mit dem Unterleib«, sagte er. »Mir war es lieber, als du mit dem Kopf dachtest.«

Sie legte die Arme um seinen Hals und preßte sich an ihn. »Sag mir doch, daß du mich nicht haben willst«, flüsterte sie.

Er starrte ihr in die Augen, ohne sich zu rühren.

»Sag es mir doch!« wiederholte sie triumphierend. Ihre Hand machte sich an seiner Hose zu schaffen. Blitzschnell zog sie den Reißverschluß auf und holte seinen Penis heraus. »Sag es mir doch, wenn du kannst, während ich deinen steifen, heißen Schwanz in der Hand halte!«

Sie ging langsam vor ihm in die Knie und war schon fast am Boden, als es klopfte und die Tür aufging.

»Angelo! Der Wagen ist phantastisch!« Betsys Stimme erstarb, als sie die beiden sah.

Sie starrten Betsy an. Als Bobbie sich aufrichtete, stolperte sie und wäre beinahe hingefallen. Angelo wandte sich einen Augenblick ab und brachte seinen Anzug in Ordnung. Als er sich wieder umdrehte, stand Betsy mitten im Zimmer, ihr Gesicht war plötzlich sehr blaß und sehr jung.

»Ich weiß, es ist sehr schwer zu verstehen«, begann er.

»Bitte, sag nichts!« Ihre Stimme klang dünn und leise. Sie wandte sich an Bobbie. »Daddy ist auf dem Weg in dein Zimmer, um dich zu holen«, sagte sie ruhig. »Du gehst am besten zur Bar und erzählst ihm, du hättest dort auf ihn gewartet. Er wollte dich nämlich hierherbringen, um auf den neuen Wagen zu trinken.«

Bobbie sah einen Augenblick auf sie, dann auf Angelo. Er nickte. Sie ging wortlos an Betsy vorbei aus dem Zimmer, ihre Schritte hallten auf dem Korridor.

Die beiden starrten sich schweigend an, bis die Schritte nicht mehr zu hören waren. Er nahm seinen Drink vom Schreibtisch hinter sich.

»Die Geschichten, die ich über dich gehört habe, stimmen wohl alle«, sagte sie. »Du bist kein sehr feiner Herr, Mr. Perino!«

Er hielt das Glas, ohne zu trinken. Sein Blick war auf sie gerichtet. Er sagte nichts.

»Glaub nur ja nicht, ich hätte es für einen von euch beiden getan. Es war für Daddy. Er ist sehr verliebt in sie, und es würde ihm das Herz brechen. Er ist nicht so wie du, er ist wirklich sehr naiv. Überhaupt nicht raffiniert.«

Angelo schwieg immer noch.

»Du hättest ehrlich mit mir sein können.« Sie begann zu schluchzen. »Es war nicht nötig, mir diesen tugendhaften Blödsinn von ›Wie wichtig es ist, sich zuerst kennenzulernen‹ vorzumachen.«

»Es war die Wahrheit«, sagte er.

»Nein, das war es nicht!« Sie weinte bitterlich. »Das wirst du mir nie einreden können! Warum hast du mich nicht einfach gefickt, als ich es wollte?«

Er blieb ihr die Antwort schuldig.

»Vielleicht hast du geglaubt, ich hätte nicht genug Erfahrung für den großen Angelo Perino?«

»Jetzt redest du wie ein Kind«, meinte er.

Sie kam zu ihm, ihre geballten Fäuste hämmerten auf seine Brust. »Ich hasse dich, Perino! Ich hasse dich!«

Er faßte sie an den Handgelenken und hielt sie fest. Sie schaute zu ihm hoch. Plötzlich sank sie weinend an seine Brust.

»Es tut mir leid, Miß Elisabeth«, sagte er leise. »Wirklich leid.«

»Ich komme mir so dumm vor.« Sie weinte.

»Bitte, nicht.«

»Laß mich in Frieden!« Sie zog sich von ihm zurück. »Du brauchst mich nicht so gönnerhaft zu behandeln!«

»Ich bin nicht –«

»Leben Sie wohl, Mr. Perino«, sagte sie frostig.

Er sah sie einen Moment schweigend an. »Leben Sie wohl, Miß Elisabeth.«

Plötzlich begann sie wieder zu weinen. Sie drehte sich abrupt um und lief in den Gang hinaus, wobei sie beinahe über den Rollstuhl von Nummer Eins gestolpert wäre, der den Korridor entlang kam.

»Betsy!« rief Nummer Eins.

Sie drehte sich nicht um. »Nicht jetzt, Urgroßvater«, rief sie über die Schulter, während sie die Stufen hinunterlief.

Nummer Eins schob seinen Rollstuhl durch die offene Tür und wandte sich an Angelo. »Was zum Teufel geht hier vor?« fragte er gereizt. »Unten will ich in den Fahrstuhl steigen, da tritt Lorens Zukünftige ganz verwirrt heraus: ich komme nach oben, da rennt Betsy aus Ihrer Tür und weint wie ein kleines Kind.«

Angelo starrte ihn an. »Mein Gott!«

Nummer Eins lächelte, schob seinen Rollstuhl weiter, und die Tür schloß sich hinter ihm. »Sie sehen aus wie einer, der sich eben mit nacktem Schwanz hat erwischen lassen.«

Angelo stürzte den Drink in einem Zug hinunter. »Verfluchte Scheiße!«

Nummer Eins lachte laut auf. Je mehr sich die Dinge ändern, um so mehr glichen sie sich. Er erinnerte sich noch an das letztemal, als es ihm passiert war.

Und das war mehr als dreißig Jahre her.

6 (1934)

Der Motor der großen schwarzen 1933er Sundancer-Limousine mit der Zulassungsnummer LH 1 summte leiste, als der Chauffeur den Wagen aus der Woodward Avenue in die Factory Road lenkte, dreieinhalb Häuserblocks vor dem Werkseingang. Die Gehsteige zu beiden Seiten der Straße waren voller Männer, die geduldig in dem kalten Märznieselregen standen.

»Was geht da vor?« fragte Loren vom Rücksitz.

»Ich weiß nicht, Sir«, antwortete der Chauffeur. »Ich habe so etwas noch nie gesehen.« Er fuhr langsamer. Näher am Tor waren die Reihen der Männer dichter, sie standen bis auf die Straße hinunter.

»Machen Sie das Radio an«, sagte Loren. »Vielleicht hören wir etwas in den Nachrichten.«

Es ertönte die vertraute Stimme des Kommentators: »Zum Abschluß möchte ich heute morgen allen Amerikanern die Worte wiederholen, die Präsident Roosevelt gestern bei seiner Antrittsrede in Washington gesagt hat: ›Das einzige, was wir zu fürchten haben, ist die Furcht selbst.‹

Diese Worte sind wohl wert, daß man sich an sie erinnert. Sie hörten H. V. Kaltenborn aus New York.«

Eine andere Stimme sagte: »Damit endet unsere heutige Morgensendung. Die nächsten Nachrichten hören Sie um zwölf Uhr.«

Sie waren fast am Tor angelangt. »Machen Sie das Radio aus«, sagte Loren.

Der Wagen fuhr im Schritt durch die sich vor dem Tor drängenden Männer. Der Chauffeur hupte. Die Männer drehten sich um und ließen den Wagen zentimeterweise vorbei. Zwei von ihnen öffneten das Tor, um ihn durchzulassen, und schlossen es dann wieder.

Loren kurbelte das Fenster herunter. »Was ist los, Fred?«

Der ältere Wächter antwortete: »Wir haben annonciert, daß wir sechs Maschinenschlosser einstellen, Mr. Hardeman.«

»Sechs Maschinenschlosser?« Loren sah wieder zurück auf die Menge. »Aber da draußen stehen ja mindestens zweihundert Mann!

»Ich schätze sie eher auf tausend, Mr. Hardeman.«

»Haben wir bereits welche eingestellt?«

»Nein, Sir. Die Personalabteilung fängt erst um neun an.«

Loren sah auf die Uhr. Es war wenige Minuten nach sieben. »Das bedeutet, daß die Männer zwei weitere Stunden in dem eisigen Regen draußen stehen müssen.«

»Ja, Sir«, antwortete der Wächter. »Und viele stehen schon die ganze Nacht hier, seit gestern die Abendzeitungen erschienen sind.«

Loren schaute nochmals auf die Menge zurück. Einige Männer hielten zum Schutz gegen den Regen Zeitungen über den Kopf, andere hatten ihre Mäntel über Nacken und Hutkrempe hochgezogen. Ihre Gesichter sahen übernächtigt, blaß und grau aus.

Er wandte sich an den Wächter. »Rufen Sie die Kantine an und lassen Sie einen Wagen mit heißem Kaffee und Kuchen für die Leute herschicken!

»Das kann ich nicht, Sir«, sagte der Wächter verlegen. »Es verstößt gegen die Vorschriften.«

»Was für Vorschriften?« Loren war im Augenblick zu verblüfft, um sich zu ärgern.

»Vom Personalbüro«, erklärte der Wächter nervös. »Die sagen, wenn wir damit anfangen, dann haben wir hier jeden Morgen eine Schlange von Männern, die sich bloß ein Gratisfrühstück holen wollen. Ganz gleich, ob wir nun Arbeiter brauchen oder nicht.«

Loren starrte ihn einen Augenblick sprachlos an. »Wer hat diese Vorschrift erlassen?«

»Das Büro des Präsidenten, wurde mir gesagt«, antwortete der Wächter. Er hütete sich, Junior beim Namen zu nennen.

»Aha.« Loren lehnte sich wieder in seinen Sitz zurück. »Fahren Sie weiter«, sagte er. Der Chauffeur fuhr den Wagen hinter das Verwaltungsgebäude zu dem Parkplatz neben Lorens Privateingang. Loren stieg aus, ohne erst abzuwarten, bis ihm die Tür geöffnet wurde. Weil der kleine Fahrstuhl besetzt war, ging er zu Fuß ins zweite Stockwerk und dann durch den langen Korridor. Er stieß die Tür auf und eilte an den erschrockenen Sekretärinnen vorbei in Juniors Büro.

Junior legte soeben den Telefonhörer auf. Seine Stimme klang aufgeregt: »Ich habe gerade mit Washington gesprochen. Angeblich soll der Präsident im Begriff stehen, einen sofortigen Bankfeiertag anzuordnen!«

Loren starrte ihn an. »Hast du gefrühstückt?«

»Hast du nicht gehört?« fragte Junior verblüfft. »Der Präsident will die Banken schließen! Weißt du, was das heißt?«

»Hast du gefrühstückt?« wiederholte Loren.

»Natürlich hab' ich gefrühstückt«, antwortete Junior ärgerlich. »Was hat das mit dem zu tun, was ich dir erzählt habe? Wenn er die Banken schließt, stehen wir am Rand der Anarchie, morgen kann eine Revolution ausbrechen, und die Kommunisten ergreifen die Macht im Land.«

»Blödsinn!« platzte Loren los. »Komm hierher ans Fenster!«

Junior stand auf und ging hin. Loren zeigte auf die Menschenmenge hinter dem Tor. »Siehst du sie?«

Junior nickte.

»Hast du eine Vorschrift erlassen, daß die Kantine ihnen kein Frühstück geben darf?«

»Nein. Das muß Warrens Büro gewesen sein.«

»Wenn es aus Joe Warrens Büro kommt, dann heißt das, daß du es genehmigt hast. Er ist dein Mann.«

»Vater«, sagte Junior beschwichtigend. »Wie oft muß ich dir sagen, daß Joe nichts mehr am Herzen liegt als unsere Interessen? Wenn er nicht wäre, würden sich diese Entführer vielleicht mit ihren dreckigen Pfoten an Anne und Loren III vergreifen. Und du mußt zugeben, daß es mit den Arbeitskräften keine Probleme mehr gibt, seit er die Sache in die Hand genommen hat.

Ja, ich habe die Vorschrift genehmigt, aber wir sind nicht die einzigen, bei denen sie besteht. Die Hälfte der Unternehmen in Detroit hat sie eingeführt. Bennett drüben bei Ford sagt, wenn wir die Dinge nicht fest in der Hand behalten, dann werden die anderen sie übernehmen.«

»Wer wird sie übernehmen?« fragte Loren sarkastisch. »Und wieso sollte Bennett so ein Fachmann sein? Er ist nichts als ein ehemaliger Matrose.«

»Joe sagt, Bennett ist Nummer eins bei Ford. Mr. Ford vertraut ihm bedingungslos und behält Edsel nur als Schaufensterdekoration.«

»Dann ist der Alte senil geworden. Edsel hat mehr Verstand als alle andern miteinander. Ich will, daß diese Männer Kaffee und Kuchen bekommen!«

»Nein, Vater«, sagte Junior halsstarrig. »Tut mir leid, aber diesmal muß ich dir widersprechen. Glaub mir, ich weiß, was ich tue.«

»Du dummer kleiner Scheißer!« Loren starrte ihn an. »Wenn du Präsident dieser Gesellschaft bleiben willst, dann rufst du Warren, diesen Schwanz, hierher und siehst zu, daß diese Männer Kaffee und Kuchen bekommen.«

»Nein, Vater«, sagte Junior mit blassem Gesicht.

Lorens Stimme wurde hart und kalt. »Dann erwarte ich innerhalb von zehn Minuten deine Rücktrittserklärung auf meinem Schreibtisch!« Er machte kehrt und wollte das Büro verlassen.

»Vater!« Der Ton von Juniors Stimme veranlaßte ihn, sich umzudrehen. »Ich werde dir keine Rücktrittserklärung geben.«

»Dann bist du entlassen!« schnauzte Loren ihn an.

»Auch das kannst du nicht tun, Vater.« In Juniors Stimme klang eine Spur von bitterem Triumph mit. »Du hast gleichzeitig mit deiner Unterschrift für die Bankkredite deine Stimmrechtsaktien in einem Treuhänderfonds bei ihnen hinterlegt, der sie stimmberechtigt macht, bis die Kredite zurückgezahlt sind. Und die Bank ist mit meiner Führung des Unternehmens sehr zufrieden.«

Loren starrte ihn sprachlos an.

»Wenn du nicht dreißig Millionen Dollar in bar hast, um ihre Kredite zurückzuhalen, Vater, mußt du dich wohl an den Gedanken gewöhnen, daß ich der Chef dieses Unternehmens bin.«

Loren schwieg noch immer.

»Sollte dir diese Vorstellung nicht gefallen«, fuhr Junior fort, »Dann ist es für dich vielleicht angenehmer, wenn du mit deiner französischen Nutte wieder nach Europa fährst.«

»Ist das alles, was du zu sagen hast?« fragte Loren.

»Nicht ganz«, antwortete Junior. Er war jetzt sehr selbstsicher. »Ich wollte diese Frage nicht so früh anschneiden, aber weil wir uns gerade offen aussprechen, können wir ebensogut jetzt darüber reden.

Wir sind in den letzten drei Jahren, während du fort warst, sehr gut zurechtgekommen. Weil du nun mit der wirren Idee zurückgekommen bist, das Autogeschäft durch einen billigen Wagen zu verjüngen, darf ich dir mitteilen, daß die Sache vom Vorstand und den Banken eingehend geprüft worden ist. Alle sind sich völlig darin einig, deinen Plan abzulehnen. Sie haben nicht die Absicht, weitere zwanzig Millionen für Experimente auf einem solchen Markt anzulegen – jetzt, wo die ganze Industrie in diesem Jahr etwa anderthalb Millionen Wagen verkauft. Um weitere Verluste auf diesem Gebiet auszuschalten, wollen wir einen Unterkontrakt für Karosserien mit Ford abschließen. Bennett war so entgegenkommend, uns einen Vertrag über hunderttausend Stück zu geben, weil Ford mit Briggs Probleme hat. Dadurch kommen wir zum erstenmal seit zwei Jahren aus den roten Zahlen in die schwarzen, und das gefällt allen gut.«

»Du hast dich nicht verändert, wie?« sagte Loren. »Als kleiner Junge hast du dich hinter den Röcken deiner Mutter versteckt, und jetzt versteckst du dich hinter Harry Bennett.«

»Es ist ein glänzendes Geschäft«, sagte Junior. »Man garantiert uns einen Gewinn, ohne daß wir selbst einen Pfennig riskieren.«

»Und gleichzeitig gibst du dein Unternehmen in die Hände von Bennett. Über kurz oder lang wird er dir alles diktieren, was du zu tun hast, und um dich zum Zumachen zu zwingen, braucht er nur seine Aufträge zu kündigen.« Lorens Stimme klang nüchtern. »Das mußt sogar du einsehen. Die einzige Überlebenschance für uns besteht darin, unabhängig zu bleiben.«

Junior lachte. »Du hast leider den Kontakt mit der Wirklichkeit verloren, Vater. Siehst du die Menschenschlangen da draußen? Ich beobachte seit zwei Jahren, wie sie immer länger werden. Glaubst du, einer von denen kann es sich leisten, unsere Wagen zu kaufen?«

Loren starrte ihn an. »Tut mir leid, Junior«, meinte er widerstrebend, während er an seinem Ledergürtel zerrte. »Ich glaube, du bist immer noch ein Kind und mußt als solches behandelt werden.« Jetzt war der Gürtel aus den Laschen. Loren hielt ihn in der Hand und ging damit auf Junior zu.

Junior starrte ihn entsetzt an. »Du wagst es nicht!«

Loren lächelte. »Das wollen wir mal sehen.« Er hob die Hand mit dem Gürtel.

»Nein!« Es war fast ein Schrei. Junior sprang hinter seinen Schreibtisch und drückte auf einen Knopf. »Du darfst mich nicht schlagen! Ich bin Präsident der Gesellschaft!« Er drückte wie wahnsinnig auf den Knopf.

»Du bist noch immer mein Sohn«, erklärte Loren kalt und ging ihm hinter den Schreibtisch nach.

Die Tür zum Büro öffnete sich, und Joe Warren kam herein. »Ja, Jun –?«

Junior sprang hinter ihn und hielt Warren wie einen Schild zwischen sich und seinen Vater. »Joe! Lassen Sie nicht zu, daß er mich schlägt, Joe!« kreischte er. »Er ist verrückt geworden!«

Warren wandte sich an Loren. »Beruhigen wir uns doch alle, Mr. Hardeman«, sagte er. »Ich weiß nicht, um was es geht, aber ich bin sicher, wir können es wie vernünftige Menschen regeln.«

Etwas in seiner Stimme verriet Loren, daß er bereits genau wußte, worum es sich handelte. Er warf einen Blick auf Juniors Schreibtisch. Der Schalter des Haustelefons über Warrens Namen stand auf »offen«. Er hatte jedes Wort, das im Büro gesprochen worden war, mitangehört. Loren wandte sich wieder an Warren. »Mischen Sie sich hier nicht ein, Warren«, sagte er eisig. »Das ist eine Familienangelegenheit!« Er machte einen Schritt vorwärts, dann blieb er stehen. Plötzlich war ein Revolver in Warrens Hand. »Wollen Sie jetzt vernünftig sein?« fragte Warren.

Loren sah dem Mann in die Augen. Sie glänzten seltsam triumphierend. Er entspannte sich ein wenig. »Sie werden nicht abdrücken, Warren«, sagte er ruhig und ging auf ihn zu. »Es würde Ihnen Ihr Leben lang leid tun.«

Warren starrte ihn bösartig an. »Kommen Sie mir nicht zu nah, Mr. Hardeman! Bleiben Sie, wo Sie sind!«

Lorens Hand bewegte sich so schnell, daß das Auge kaum folgen konnte. Der zur Schlinge gedrehte Gürtel umfaßte Warrens Handgelenk und riß ihm die Waffe aus den Fingern. Der Revolver fiel klirrend zu Boden. Warren sprang ihm nach, Junior schrie auf und lief in das andere Büro.

Gerade als sich Warrens Finger um den Revolver schlossen, krachte Lorens Schuh auf seinen Unterarm nieder. Warren schrie bei dem plötzlichen Schmerz auf, sein Arm zerbrach wie ein Streichholz. Er starrte in eisigem Entsetzen in Lorens Gesicht.

»Das wird Ihnen vielleicht eine Lehre sein, sich nicht in Familienangelegenheiten einzumischen«, sagte Loren mit ruhiger Stimme.

Warren sah Lorens Schuh gegen seinen Kopf sausen, aber er konnte ihm nicht mehr ausweichen. Die Welt explodierte in einem splitternden, schmerzenden Feuerwerk. Dann wurde es dunkel.

Loren sah auf den Mann zu seinen Füßen. Warrens Kopf lag neben der Ecke von Juniors Schreibtisch, Blut strömte ihm aus Nase und Mund.

Loren machte kehrt.

Die Verbindungstür war abgeschlossen und verriegelt. Er trat einen halben Schritt zurück und stieß mit dem Fuß zu. Die Tür flog auf, halb aus den Angeln gerissen.

Das andere Büro war leer. Loren erkannte an der offenen hinteren Tür, daß Junior geflohen war. Er ging zurück in Juniors Büro.

Warren versuchte stöhnend, sich aufzusetzen. Loren ging quer durchs Zimmer zum anderen Ende und öffnete die Tür. Die zwei Sekretärinnen, die ihre Ohren an die Füllung gepreßt hatten, fielen fast ins Zimmer.

»Machen Sie da drinnen sauber!« sagte Loren gleichmütig und marschierte an ihnen vorbei.

Er stieg über die Treppe in den dritten Stock und betrat sein Büro durch den privaten Eingang. Der Raum war dunkel im schwachen grauen Morgenlicht. Er drückte auf einen Wandschalter, und die Lampen im Raum leuchteten auf. Er ging zu seinem Schreibtisch und drückte auf den Knopf des Haustelefons.

Seine Sekretärin meldete sich: »Bitte, Mr. Hardeman?«

»Schicken Sie sofort zwei Kantinenwagen mit Kaffee und Kuchen zum Tor Nummer drei.«

»Ja, Mr. Hardeman.«

»Und sagen Sie Coburn und Edgerton, sie sollen zu mir kommen.«

»Ja, Mr. Hardeman.«

Er stand auf und trat ans Fenster. Drunten standen die Männer immer noch zusammengedrängt wie schutzsuchende Tiere. Er beobachtete sie eine Weile, dann ging er wieder an seinen Schreibtisch und nahm Platz.

Der Schmerz setzte an seinen Schläfen ein und begann zu pochen. Er stöhnte. Das hatte ihm gerade noch gefehlt. Wieder die Migräne. Alle Ärzte waren Dummköpfe. Sie hatten ihm gesagt, sie könnten nichts dagegen tun. Aufregungen vermeiden und Aspirin nehmen. Er drückte nochmals auf den Telefonknopf. »Besorgen Sie mir drei Aspirintabletten und eine Tasse heißen Kaffee!«

»Sofort Mr. Hardeman.«

Er lehnte sich zurück. Das Aspirin würde ihm helfen, und der Arzt in der Schweiz hatte ihm gesagt, das Koffein im Kaffee beschleunigte die Wirkung des Aspirins.

Die Tür öffnete sich, und ein Mädchen trat ein. Sie trug ein Tablett aus Sterlingsilber mit Tasse, Untertasse und der Kaffeekanne zu seinem Schreibtisch. In kleinen Silberbehältern waren Zucker und Sahne, daneben ein Fläschchen Aspirin und ein Glas Wasser. Sie schüttelte drei Aspirin in ihre hohle Hand.

Er schaute zu ihr hoch und nahm das Aspirin. »Sie sind neu hier?«

»Ja, Mr. Hardeman«, antwortete sie und reichte ihm das Glas.

Er nahm das Aspirin mit einem Schluck Wasser. »Wie heißen Sie?« fragte er und gab ihr das Glas zurück.

»Melanie Walker.« Sie griff nach der Kaffeekanne. »Schwarz?«

»Ja. Keinen Zucker, keine Milch.« Er nahm die Tasse und probierte den Kaffee.

»Schmeckt er Ihnen?«

»Ja, sehr gut. Wo ist das Mädchen, das vorige Woche hier war?«

»Miß Harriman?«

»Ich weiß nicht, wie sie heißt.«

»Sie ist jetzt wieder auf ihrem Posten in der Personalabteilung.«

»Ich verstehe«, sagte er und nahm noch einen Schluck Kaffee. »Woher kommen Sie?«

»Personalabteilung.«

Er schwieg einen Augenblick. »Sind Sie dort fest angestellt?«

»Ja, Mr. Hardeman, in der Stenozentrale. Wir springen immer ein, wenn ein Mädchen fehlt.«

»Was bezahlt man Ihnen dafür?« fragte er neugierig.

»Zweiundzwanzig fünfzig wöchentlich.«

Er reichte ihr die leere Kaffeetasse. »Danke.«

»Nichts zu danken, Mr. Hardeman.« Sie nahm das Tablett und ging zur Tür.

»Wollen Sie bitte auch Mr. Duncan sagen, er soll zu mir kommen?« rief er ihr nach.

»Ja, Sir.«

Sie schloß die Tür hinter sich. Warren hatte das alles organisiert. Die Stenozentrale war der ideale Kern für ein Spionagesystem, mit dem man kontrollieren konnte, was jeder einzelne machte.

Duncan kam als erster herein. »Nehmen Sie Platz, Scotty«, sagte Loren. »Ich erwarte noch Coburn und Edgerton.«

Duncan setzte sich gerade, als die beiden anderen eintraten. Loren ließ sie Platz nehmen, dann sah er sie eine Weile schweigend an. Er öffnete die Zigarettenschachtel, die auf seinem Schreibtisch lag, nahm eine Zigarette heraus und zündete sie an. Von draußen war leise das Geräusch einer Krankenwagensirene zu hören.

Die Stille wurde ungemütlich. Die drei Männer warfen sich und Loren beunruhigte Blicke zu. Loren rauchte unbekümmert.

Das Sirenengeheul wurde lauter, dann brach es plötzlich ab. Loren ging zum Fenster. Der Krankenwagen hielt vor dem Haupteingang des Gebäudes. Zwei Männer in weißen Kitteln eilten mit einer Tragbahre hinein.

Er kehrte zu seinem Schreibtisch zurück und schaute die anderen an. »Okay«, sagte er. »Erzählt es mir doch! Was zum Teufel geht hier vor?«

»Ich weiß nicht, was Sie meinen«, antwortete Coburn hastig.

»Lassen Sie mich mit Ihrem Juristenunsinn in Frieden! Sie wissen verdammt gut, was ich meine, Ted!«

Sie schwiegen.

»Wovor habt ihr denn Angst, zum Teufel?« fragte Loren. »Ihr kennt mich alle seit Jahren und habt früher nie Angst gehabt, den Mund aufzumachen. Wir sind hier nicht im Gefängnis.«

»Sie verstehen das nicht, Mr. Hardeman«, sagte Edgerton. Er war ein kräftiger Mann, fast so breit gebaut wie Loren, und sah nach allem anderen eher aus als nach einem Buchhalter.

»Das weiß ich, Walt. Deshalb habe ich euch rufen lassen.«

Wieder schwiegen sie und wechselten verlegene Blicke. Schließlich stand Coburn auf, machte die Runde um Lorens Schreibtisch und beugte sich über das Haustelefon. Er kontrollierte mit seinen Fingern alle Schalter und sorgte dafür, daß sie nach unten geklappt waren.

»Vor was haben Sie Angst?« fragte Loren. »Hier kann uns keiner zuhören.«

Coburn antwortete nicht, sondern bückte sich und zog hinter dem Schreibtisch den Kontakt des Telefonkabels aus der Steckdose auf dem Fußboden. »Es hat keinen Sinn, etwas zu riskieren«, sagte er zu Loren gewandt, während er sich aufrichtete. »Und nun schicken Sie Ihre Sekretärin mit irgendeinem Auftrag aus dem Büro.«

»Warum?« fragte Loren. »Sie scheint ein nettes Mädchen zu sein.«

»Sie ist ein nettes Mädchen. Zu nett«, sagte Coburn. »Aber sie ist eines von Joe Warrens Mädchen.«

Loren ging wortlos zur Tür und öffnete sie.

Die Sekretärin sah auf. »Ja, Mr. Hardeman?«

»Gehen Sie in die Kantine und trinken Sie einen Kaffee. Wenn ich Sie wieder brauche, lasse ich Sie rufen.«

Sie erwiderte seinen Blick. »Das darf ich nicht, Mr. Hardeman. Die Vorschrift lautet, daß ich den Schreibtisch nicht ohne Ablösung verlassen darf.«

»Ich habe soeben diese Vorschrift geändert.«

»Aber die Telefone? Es ist niemand hier, der sie bedient.«

»Das mache ich«, sagte er.

Sie blieb schweigend sitzen und rührte sich nicht. »Ich verliere meinen Posten«, sagte sie schließlich.

»Sie haben ihn bereits verloren. Ihre einzige Chance, ihn wiederzubekommen, hängt davon ab, wie schnell Sie Ihren Hintern hier rausbringen!«

Sie starrte ihn einen Augenblick an, nahm ihre Handtasche und verschwand.

Hinter sich hörte er Coburns Stimme: »Riegeln Sie diese Tür zu, ich schließe Ihren Privateingang ab.«

Loren versperrte die Außentür, ging zurück in sein Büro und setzte sich an seinen Schreibtisch. »Jetzt möchte ich Ihre Antworten hören, und zwar schnell!«

»Sie wünschen sie schnell, Mr. Hardeman?« fragte Coburn. »Ich gebe sie Ihnen mit zwei Worten. Joe Warren. Schneller können Sie sie nicht bekommen.«

Loren stand auf und schaute aus dem Fenster. Der Krankenwagen war noch immer da. Die Krankenträger kamen aus dem Gebäude heraus, auf der Bahre zwischen ihnen lag ein Mann.

Loren winkte den Männern hinter sich. Sie traten ans Fenster. Er zeigte auf die Tragbahre, die von hinten in den Krankenwagen geschoben wurde. »Dort verschwindet euer Joe Warren.«

Einer der Männer lief nach vorne und setzte sich ans Steuer. Die Sirene begann wieder zu heulen, der Krankenwagen fuhr zum Ausgang.

Loren setzte sich an seinen Schreibtisch. »Vielleicht können wir nun wieder daran gehen, Autos zu bauen.«

»Das wird nicht so leicht sein«, meinte Edgerton. »Ihr Sohn und Warren haben den Vorstand und die Banken eingewickelt.«

»Die überlassen Sie mir«, sagte Loren. »Was wir hier zu besprechen haben, ist der Bau eines preiswerten Wagens als Konkurrenz für Ford, Chevy und für Walter Chryslers neuen Plymouth.«

»Wir haben nicht das Geld, um neue Maschinen zu bezahlen«, erklärte Edgerton hastig. »Das würde fünfzehn Millionen Dollar erfordern, die werden uns die Banken nicht geben.«

»Wieviel haben wir?«

»Ungefähr eineinhalb Millionen in bar und noch drei Millionen Außenstände.«

»Könnten wir die Außenstände diskontieren?«

»Für zwanzig Prozent.«

Loren wandte sich an Duncan, der bisher geschwiegen hatte. »Können Sie für vier Millionen Dollar einen neuen Wagen auf Band legen?«

Duncan schüttelte den Kopf. »Unmöglich.«

»Nichts ist unmöglich. Haben wir noch die Pressen für den Loren II?«

Duncan nickte.

»Angenommen, wir verkürzen den Wagen um sechzig Zentimeter, indem wir statt vier Türen nur zwei machen? Würde das eine kostspielige Umstellung erfordern?«

Duncan dachte nach. »Eigentlich nicht. Aber es gibt ein anderes Problem. Wir würden dafür einen ganz neuen Motor konstruieren müssen.«

»Warum?« fragte Loren. »Könnten wir nicht den kleinen Neunzig-PS-Sundancer dafür abändern?«

Plötzlich lächelte Duncan. »Ich glaube, das wäre möglich. Damit würden wir auch unser Lager abbauen. Wir haben im vorigen Jahr von diesen Motoren fast fünfzigtausend zuviel produziert.«

»Das sieht schon besser aus«, meinte Loren. »Nun gehen Sie in Ihr Büro und machen Sie sich sofort an die Arbeit. Rechnen Sie mit Walt die Kosten nach! In zwei Tagen will ich die Zahlen sehen.« Er wandte sich an den Rechtsanwalt. »Jetzt brauche ich einige Antworten von Ihnen, Ted. Steht etwas im Gesetz, das mich daran hindern kann, das zu tun?

Coburn überlegte eine Weile. »Nur, wenn Ihre Entscheidung angefochten wird.«

»Und wenn das geschieht?«

»Es gibt nur zwei Menschen, die das könnten: Ihr Sohn und vielleicht Warren. Ich bin nicht ganz sicher, aber Warren ist Geschäftsführender Vizepräsident, und es wäre möglich, daß seine Vollmachten so weit gehen.«

»Wie steht es mit dem Vorstand und den Banken?«

»Die kommen erst bei der nächsten Sitzung in Betracht, und bis dahin dauert es noch fast einen Monat. Natürlich kann Ihr Sohn jederzeit eine außerordentliche Sitzung einberufen.«

»Ich verstehe.«

»Noch etwas«, sagte Coburn. »Sie dürfen keine Memos über Ihre Pläne diktieren. Die Sekretärinnen müssen jetzt von allem, was sie auf der Maschine schreiben, einen Durchschlag für Warren machen.«

»Hat mein Sohn das gewußt?«

»Das weiß ich nicht«, meinte Coburn vorsichtig. »Wir können nur mit ihm sprechen, wenn die Begegnung von Warren arrangiert wird. Ich habe ihn, außer bei Vorstandssitzungen, seit über einem Jahr schon nicht mehr gesehen.«

Loren wandte sich an Edgerton. »Und Sie?«

»Bei mir ist es genauso.«

Er sah den Ingenieur an. »Wie steht es mit Ihnen, Scotty?«

»Bei unserem letzten Gespräch hat er mir den Auftrag gegeben, die Produktion des Loren II einzustellen. Das ist drei Jahre her«, erklärte der Schotte sarkastisch.

Loren schwieg eine Weile, dann erhob er sich. »Na schön«, sagte er. »An die Arbeit!«

Sie standen auf und gingen auf die Tür zu. Lorens Stimme hielt sie zurück. Er lächelte. »Könnte einer von euch dieses verdammte Ding wieder anschließen?« fragte er und zeigte auf das Haustelefon. »Ich könnte es ja wieder mal für etwas Legitimes brauchen müssen.«

Sie kam eben aus der Küche, wo sie mit der Köchin das Mittagessen für die Kinder besprochen hatte, als das Telefon klingelte. Sie hob im Wohnzimmer ab. »Hallo.«

Eine vertraute Stimme antwortete. »Sally?«

Sie sank in den Stuhl neben dem Telefon. »Ja.«

»Hier spricht Loren.«

»Ja, ich weiß«, sagte sie. »Wie geht es dir?«

»Ausgezeichnet«, antwortete er. Eine Verlegenheitspause entstand. »Ich wollte rauskommen, um dich und die Kinder zu besuchen, aber ich bin erst seit wenigen Tagen zurück und war ständig beschäftigt.«

»Natürlich.«

»Ist Junior zu Hause?«

»Nein. Ist er nicht im Büro?«

»Nein.«

»Er ist wie gewöhnlich früh abgefahren«, sagte sie. »Vielleicht hatte er unterwegs eine Panne.«

»Nein, er war im Büro.« Er zögerte fast unmerklich. »Wir hatten Streit, und er ging fort. Ich möchte ihn erreichen. Hast du eine Ahnung, wo ich ihn finden könnte?«

»Er fährt manchmal in den Athletic Club ins Dampfbad und zur Massage.«

»Danke, ich werde es dort versuchen. Wiedersehen.«

»Loren!« sagte sie schnell,

»Ja?«

»Besuchst du uns nicht mal? Loren III ist nun schon ein großer Junge, und deine Enkelin hast du überhaupt noch nicht gesehen.« Sie hatte noch knapp vermieden, »Tochter« zu sagen.

»Ich komme im Laufe dieser Woche raus.« Er zögerte einen Augenblick. »Geht es dir gut?«

»Ja.«

»Wenn du Junior siehst, sag ihm, er soll mich anrufen.«

»Mache ich.«

»Auf Wiedersehen.«

»Loren, ich liebe dich immer noch«, sagte sie schnell. Aber das Klicken im Apparat verriet ihr, daß die Verbindung abgebrochen war und er sie nicht mehr gehört hatte. Langsam stellte sie das Telefon hin und setzte sich daneben. Sie fühlte noch, wie ihr Herz pochte, und fragte sich, ob sie jemals über ihre Gefühle für ihn hinwegkommen würde.

Die Eingangstür wurde aufgerissen, und Junior stürzte herein. Er sah, daß sie im Wohnzimmer saß, und kam auf sie zu.

Sie sagte, noch in ihre Gedanken vertieft: »Dein Vater hat angerufen. Du sollst zurückrufen.«

»Er ist verrückt!«

Nun erst bemerkte sie seine Erregung und sein aschfahles Gesicht. »Was ist passiert?«

»Er wollte mich umbringen! Joe Warren liegt mit einem gebrochenen Arm und wahrscheinlich mit Schädelbruch im Krankenhaus! Er ist wahnsinnig, sage ich dir!«

»Warum glaubst du das?«

»Ich habe ihm nur gesagt, daß er keinen neuen Wagen bauen kann, da wurde er rasend. Er ging auf mich los. Wenn der arme Joe nicht gewesen wäre, läge wahrscheinlich nicht er im Krankenhaus, sondern ich.«

»Das verstehe ich nicht«, sagte sie verblüfft. »Er muß doch einen Grund dafür haben. Gerade sprach er ganz ruhig mit mir am Telefon.«

Er starrte sie an. »Geh nach oben und packe«, sagte er mit veränderter Stimme. »Wir nehmen die Kinder mit und fahren für eine Weile fort.«

»Beruhige dich.« Sie stand auf. »Ich mache dir einen Drink.«

»Ich will keinen Drink«, antwortete er scharf. »Tu, was ich dir sage. Wir fahren über die Grenze in das Sommerhaus in Ontario.«

»Ich schleppe die Kinder nicht irgendwohin«, sagte sie widerspenstig, »solange ich nicht weiß, wovor wir davonlaufen.«

»Du bist auf seiner Seite!« stieß er vorwurfsvoll hervor.

»Ich bin auf niemandes Seite. Ich habe nur zwei kleine Kinder, die ich nicht wie Gepäckstücke herumschleppen will, das ist alles.«

»Ich habe alles meinen Rechtsanwälten übergeben. Sie raten mir, für eine Weile fortzugehen. Er kann mir das Unternehmen nicht wegnehmen.«

»Wie sollte er das auch können?« fragte sie. »Es ist nicht dein Unternehmen, sondern seines.«

»Erzähl mir nicht, wem das Unternehmen gehört!« Er kreischte fast. »Ich bin der leitende Direktor!«

Sie schwieg.

»Er kommt ins Gefängnis!« schrie Junior. »Joe hat eine Anzeige wegen Körperverletzung erstattet, und die Polizei ist auf dem Weg zu ihm, um ihn festzunehmen. Ich habe eine eidesstattliche Aussage gemacht.«

»Joe muß ihn durch irgend etwas verletzt haben«, sagte sie. »Ich glaube nicht, daß dein Vater –«

»Du glaubst nicht!« schrie er wieder. »Du liebst ihn!«

Sie antwortete nicht.

»Hör zu«, sagte er ernst, »Joe hat sich bloß zwischen uns gestellt, als Vater auf mich losging, und Vater ließ sich nicht einmal durch Joes Revolver einschüchtern!«

»Joe hatte einen Revolver?« fragte sie überrascht.

Er schwieg plötzlich. Dann schaute er sie verschlagen an. »Und wenn?« fragte er abwehrend. »Er hat nur versucht, mich zu schützen.«

»Hast du das in deiner Aussage angegeben?«

Er schwieg.

»Ist das der Grund, weshalb deine Rechtsanwälte dir raten fortzugehen? Damit du keine Fragen beantworten mußt?«

»Was spielt das für eine Rolle?« fragte er. »Es ist endlich Zeit, daß es jemand meinem Vater klarmacht: Er kann nicht alle nach seiner Pfeife tanzen lassen.«

»Und dir macht es nichts aus, daß dieser billige Rowdy deinen Vater mit dem Revolver bedroht?« Aus ihrer Stimme klang Abscheu. »Du bist wirklich widerlich!«

»Du bist eifersüchtig!« schrie er plötzlich. »Du warst auf meine Freundschaft mit Joe vom ersten Augenblick an eifersüchtig! Weil er ein richtiger Mann ist, deshalb.«

»Er ist ein gemeiner Gangster, der nichts anderes tut, als Schwächere zu terrorisieren und einzuschüchtern. Und wenn du ein richtiger Mann wärst, würdest du keine solche Freunde brauchen!«

Er ging mit erhobener Hand auf sie los.

»Nicht«, sagte sie scharf und griff nach dem Telefon. »Wenn du wegfahren willst, dann gehst du am besten nach oben und packst, denn ich rufe jetzt deinen Vater an und sage ihm, daß du hier bist.«

Er blieb einen Augenblick stehen, während sie die Nummer wählte. Dann ging er zur Tür. Plötzlich blieb er stehen, er kippte beinahe vornüber und griff sich an den Magen.

»Mir wird übel!« sagte er mit leiser, ängstlicher Stimme.

Sie legte auf und ging zu ihm. Er begann zu würgen, trockene, harte, keuchende Atemzüge schüttelten ihn. Sie legte den Arm um seine Schultern, und er lehnte sich schwach gegen sie, als sie ihn in den Gästewaschraum neben der Halle führte. Er erbrach sich in die Toilette.

»Du mußt mir helfen«, sagte er schwach. Er keuchte.

»Ich helfe dir ja«, antwortete sie leise. »Siehst du das denn nicht ein? Wenn ich zulasse, daß du deinen Vater vernichtest, vernichtest du dich selbst! Was glaubst du, wenn du nicht sein Sohn wärst, wer würde sich überhaupt darum scheren, ob du lebst oder stirbst?«

»Ich muß fort von hier.« Er rang die Hände. »Ich weiß nicht, was ich mache, wenn Joe etwas zustößt.«

»Du kannst ja fortgehen, wenn du willst«, sagte sie ruhig. »Aber ohne mich und die Kinder. Und wenn zu zurückkommst, werden wir nicht mehr hier sein.«

Die Villa Hardeman kam ihr fremdartig, dunkel und verlassen vor, während sie durch die lange, gewundene Einfahrt zum Haupttor fuhr. Nicht einmal das Licht vor dem Eingang brannte, als sie den Wagen unter dem Portal mit den Steinsäulen anhielt. Sie stellte den Motor ab und stieg aus.

Das Mondlicht warf ihren blassen Schatten auf die Stufen, als sie zum Eingang hinaufging. Sie drückte auf die Klingel. Tief aus dem Inneren des Hauses hörte sie ein Antwortgeräusch. Es hallte durch die stille Nacht.

Sie wartete ruhig. Als nach einer Weile keine weitere Antwort kam, drückte sie nochmals auf den Knopf. Wieder keine Antwort.

Sie nahm eine Zigarette aus der Handtasche und zündete sie an. Das Streichholz flammte kurz im Dunkel auf, und sie sah, wie ihr beleuchtetes Gesicht sich in der Glastür spiegelte. Dann erlosch das Streichholz, und nur das glühende Zigarettenende leuchtete ihr entgegen.

Sie ging die Stufen wieder hinunter und schaute hoch. Das Haus war dunkel und still, kein Fenster an der Vorderfront war erleuchtet. Sie ging langsam zur Seitenfront des Hauses, ihre hohen Absätze knirschten und sanken im Kies der Einfahrt ein. Es war das einzige Geräusch in der Nacht.

Sie bog um die Hausecke und sah Licht in einem Raum im ersten Stock. Sie kannte den Raum, es war das kleine Wohnzimmer neben Lorens Schlafzimmer, in dem er frühstückte und Zeitungen und die Morgenpost las.

Sie zögerte einen Augenblick und schaute hinauf. Das Licht verriet ihr, daß er zu Hause war, und jetzt, da sie es wußte, spürte sie eine seltsame Abneigung dagegen, ihn zu sehen. Dann bückte sie sich, nahm eine Handvoll Kies und warf ihn an das Fenster. Er klirrte und fiel mit einem kratzenden Geräusch an der Mauer entlang abwärts.

Kurz darauf öffnete sich die Balkontür, und seine Silhouette zeichnete sich gegen die Zimmerbeleuchtung ab. Er stand schweigend da und schaute in die Nacht.

Von ihrem Gesichtswinkel aus sah er sogar noch größer und mächtiger aus, und es dauerte eine Weile, bis sie begriff, daß er sie nicht bemerken konnte, weil sie im Dunkeln stand. Ihr Herz klopfte wild. »Mein Gott!« dachte sie verzweifelt und wollte plötzlich davonlaufen und sich verstecken. »Was soll ich ihm nur sagen?«

Seine Stimme hallte durch die Nacht. »Wer ist da?«

Die Kraft seiner Stimme trieb sie irgendwie dazu, vorzutreten. Das weiße

Mondlicht beleuchtete ihr Gesicht. Plötzlich kicherte sie, sie wurde von dem Gefühl einer verrückten Lächerlichkeit überwältigt. »Romeo, o Romeo«, rief sie. »Warum bist du hier, mein Romeo?«

Er schaute kurz und wortlos auf sie hinunter, dann lachte er. »Warte dort, ich komme gleich.« Er trat einen halben Schritt zurück, dann schwang er sich über das niedere Fensterbrett.

»Loren!« schrie sie auf, während er fiel. Unten ging er halb in die Knie und fing den Aufprall mit den Händen ab. Als sie bei ihm war, richtete er sich schon wieder auf.

Er grinste sie an und wischte sich die Hände wie ein kleiner Junge an der Hose ab. »Was sagst du zu mir als Douglas Fairbanks?«

Sie stand ganz still und sah ihm ins Gesicht. »Du bist verrückt! Du hättest dir den Hals brechen können!«

Sein Blick schweifte von ihr zum Fenster, dann wieder zu ihr zurück. »Du hast eigentlich recht«, sagte er reumütig. Dann lachte er wieder. »Aber das wollte ich schon immer tun, seit ich das Haus gebaut habe, und ich hatte nie einen Vorwand dafür.« Er rieb sich die Hände.

»Komm her, laß mich sehen.« Sie nahm seine Hände. Sie waren zerkratzt und schmutzig. »Du hast dich verletzt.«

»Das ist nicht der Rede wert.« Er faßte sie am Arm und führte sie zur Vorderseite des Hauses. »Komm, gehen wir hinein.«

»Wie denn?« fragte sie. »Ich habe zweimal geläutet. Keine Antwort.«

»Das Personal ist noch nicht zurück«, sagte er. »Und der Butler ist nach dem Abendessen fortgegangen.«

Sie stiegen die Stufen zum Vordereingang hoch. »Wie kommen wir denn rein?« fragte sie.

»Ganz leicht.« Er drehte den Türknopf, und die Tür ging auf. »Sie ist nicht abgeschlossen.« Im Eintreten knipste er die Lampen an.

»Zeig mir noch einmal deine Hände«, befahl sie.

Er hielt sie ihr mit den Handflächen nach oben entgegen. Aus den Kratzern sikkerte Blut.

»Du mußt sie dir gleich waschen. Und tu was darauf, sonst eitert es.«

»Schon gut. Ich habe Wasserstoffsuperoxyd im Badezimmer.«

Sie folgte ihm über die Treppe ins Bad, drehte den Wasserhahn im Waschbecken auf und nahm die Seife vom Halter. »Laß mich das machen«, sagte sie.

Er hielt die Hände unter das Wasser, und sie wusch sie behutsam. Nach einer Weile betrachtete sie die Kratzer, war noch nicht zufrieden und säuberte sie nochmals mit einem Waschlappen. »Wo ist das Wasserstoffsuperoxyd?«

Er wies auf die Hausapotheke. Sie nahm die Flasche heraus. »Halt die Hände über das Becken!«

Er hielt die Hände hin, und sie goß die Flüssigkeit darüber. Er zuckte zusammen und zog sie weg. »Das brennt.«

»Sei nicht kindisch«, befahl sie. »Halt still!« Sie machte die Flasche leer, die Flüssigkeit brodelte und zischte auf seinen Händen. Dann nahm sie ein sauberes Handtuch von der Stange und betupfte sanft seine Hände. »Besser?«

Er schaute sie an. »Ja.«

Sie spürte, wie sie rot wurde, und senkte die Augen. »Ich mußte dich einfach sehen.«

»Komm, trinken wir was.«

Sie gingen hinunter in die Bibliothek. Er öffnete einen Schrank und holte eine Flasche kanadischen Whisky und zwei Gläser heraus. »Ich kann dir Eis bringen, wenn du willst.«

Sie schüttelte den Kopf.

Er goß zwei Gläser voll und reichte ihr eins. »Prost.«

Sie nahm einen Schluck, und der Whisky brannte in ihrer Kehle. Er trank sein Glas mit einem Zug aus und schenkte sich wieder ein. »Setz dich«, sagte er.

Sie nahm auf der Ledercouch Platz und zog verlegen ihren Rock über die Knie, während er einen Stuhl holte und sich ihr gegenübersetzte. »Junior ist in das Haus in Ontario gefahren«, berichtete sie.

Er schwieg.

»Ich habe mich geweigert, mitzufahren.«

Er sagte noch immer nichts.

»Ich will ihn verlassen.«

Er zögerte einen Augenblick. »Was geschieht mit den Kindern?«

»Die nehme ich mit.«

»Wohin willst du?«

»Darüber habe ich noch nicht nachgedacht«, sagte sie erstaunt. »Es wird mir schon was einfallen.«

Er leerte sein Glas, stand auf, ging zur Bar und füllte es wieder. Er drehte sich um und sah sie an. »Das tut mir leid.«

»Früher oder später wäre es ja doch dazu gekommen.«

Er zögerte einen Augenblick. »Wahrscheinlich«, meinte er und kam zu ihr zurück, »ich wollte nur nicht, daß es meinetwegen geschieht.«

»Das weiß ich. Doch das war nicht der Grund. Ich glaube, da habe ich mir nichts vorgemacht. Aber von dem Augenblick an, als er Joe Warren kennenlernte, wurde es mit ihm immer schlimmer.«

Er starrte sie an. »Joe Warren«, sagte er bitter. »Wohin ich komme, höre ich diesen Namen.«

»Junior sagt, Warren hat dich wegen Körperverletzung verklagt, und der Sheriff wird dich verhaften.«

»Ich weiß. Aber ich habe ein paar gute Freunde in der Stadt. Die sorgen schon dafür, daß nichts passiert.«

»Da bin ich froh«, sagte sie. »Aber glaub nicht, daß es damit vorbei ist. Joe ist ein richtiger Schweinehund, der gibt nicht auf. Er hat Junior unter seiner Fuchtel.«

»Das ist es, was ich nicht verstehe. Welche Macht besitzt er denn, zum Teufel, über Junior, daß dieser springt, wenn Warren an den Fäden zieht?«

»Weißt du das nicht?« fragte sie.

»Nein.«

»Joe Warren ist doch Juniors Geliebter«, sagte sie ganz sachlich.

Ein verdutzter Ausdruck erschien in Lorens Gesicht. »Sein Geliebter?«

Die Naivität dieses Riesenmannes, seine Blindheit gegenüber seinem Sohn wurde ihr klar und erschütterte sie. Sie sagte sehr sanft: »Ich dachte, du wüßtest es. Anscheinend weiß es ganz Detroit. Es hat an dem Tag angefangen, als sich die beiden im Dampfbad des Athletic Club kennenlernten.«

Sie merkte an seinen Augen, wie der Schock ihn traf. Seine Hand begann zu zittern, der Whisky floß über den Rand des Glases; langsam stellte er es auf den Tisch neben sich. Sie sah, wie der graue Schatten des Alters sich in sein Gesicht grub. Plötzlich schlug er die Hände vors Gesicht, und ein heftiges gequältes Schluchzen schüttelte seinen Körper.

Einen Augenblick verhielt sie sich ganz still, dann kniete sie vor seinem Stuhl nieder. Sie zog seinen Kopf an ihre Schulter und drückte ihn fest an sich.

»Es tut mir leid«, sagte sie leise. »Es tut mir so leid!«

Wenige Minuten nach sieben Uhr abends stieg Melanie Walker aus der Straßenbahn und machte sich auf den Weg in ihre vier Häuserblocks entfernte Wohnung. Es war nach dem morgendlichen Regen kalt geworden, und nun blies der Abendwind scharf durch ihr dünnes Kleid. Sie zog den Mantel eng um sich und bog in die Nebenstraße ein.

»Du kommst spät«, sagte ihre Mutter, als sie eintrat. »Wir haben schon gegessen. Du wirst dich mit dem begnügen müssen, was übriggeblieben ist.«

»Das macht nichts«, sagte Melanie. »Ich habe keinen richtigen Hunger.«

Sie legte den Mantel ab, ging ins Zimmer und hängte ihn sorgfältig auf einen Kleiderbügel an der Tür. Dann zog sie Kleid und Höschen aus und legte sie säuberlich aufs Bett. Sie würde nach dem Abendessen die Falten plätten, damit alles für den Morgen wieder frisch und nett aussah. Sie schlüpfte in ein Kattunhauskleid, band die Schärpe um die Taille und ging in die Küche.

Ihre Mutter hatte etwas Aufschnitt auf einem Teller angerichtet, dazu ein paar bräunliche Salatblätter, matschige aufgeschnittene Tomaten und Brot und Butter.

Sie warf einen Blick darauf. »Doch nicht schon wieder Leberwurst und Salami?«

Die Mutter schüttelte den Kopf. »Was hast du denn erwartet? Du hättest rechtzeitig zum Abendessen zu Hause sein sollen.«

»Ich hatte noch zu arbeiten. Heute war ich im Büro von Mr. Hardeman.«

»Du hättest anrufen sollen.«

»Ich hatte keine Zeit. Außerdem weißt du ja, daß Mr. McManus nicht gern gestört wird.«

McManus wohnte eine Treppe tiefer, ein städtischer Polizeibeamter und der einzige Mieter im Haus, der ein Telefon besaß. »So viel belästigen wir ihn gar nicht«, sagte ihre Mutter.

Melanie begann gerade, Butter auf ein Brot zu streichen, da fragte ihr Vater: »Warum kommst du so spät?«

»Ich mußte heute länger in Mr. Hardemans Büro arbeiten«, erklärte sie und nahm sich ein Stück Leberwurst.

Ihr Vater grinste. »Bei dem brauchst du wenigstens keine Angst zu haben, daß er dir unter die Röcke faßt, wenn du an seinem Schreibtisch vorbeigehst.«

»Das war nicht er, sondern sein Vater«, sagte sie und kaute an der Leberwurst. Sie schmeckte mehlig und fade.

»Du meinst Nummer Eins?« fragte ihr Vater neugierig. »Ist der wieder hier?«

Sie nickte.

»Das wird aber deinen Freund nicht freuen!«

Sie starrte ihn an. »Wie oft soll ich dir noch sagen, daß Mr. Warren nicht mein Freund ist. Daß ich ab und zu mit ihm zu Abend esse, sagt gar nichts.«

»Schon gut, schon gut«, meinte ihr Vater beschwichtigend. »Er ist also nicht dein Freund. Aber freuen wird es ihn trotzdem nicht. Mit Nummer Zwei macht er, was er will. Beim Alten ist das anders. Den kann keiner rumschubsen.«

Melanie probierte die Salami; sie war auch nicht besser. Sie schob den Teller fort. »Ich hab' keinen Hunger. Hast du eine Tasse Kaffee für mich?«

»Wie wär's mit Eiern?« fragte ihre Mutter.

Sie schüttelte den Kopf. »Nein. Bloß Kaffee.« Sie sah ihren Vater an. »Hast du dich heute nach Arbeit umgesehen?«

»Wozu?« fragte er. »Es gibt ja nichts.«

»Bei uns waren heute sechs Stellen für Maschinenschlosser ausgeschrieben. Über achthundert Männer haben sich drum beworben.«

»Erwartest du vielleicht von mir, daß ich mit dem Haufen Bauern, Polacken und Niggern Schlange stehe? Vergiß nicht, ich war bei Chrysler Werkmeister!«

»Aber jetzt bist du gar nichts«, sagte die Mutter. »Schon seit drei Jahren arbeitslos. Wenn Melanie keine Arbeit hätte, würden wir auf der Straße sitzen.«

»Du halt dich hier raus!« fuhr sie der Vater wütend an. Er wandte sich wieder an Melanie. »Hat denn dein Freund nicht versprochen, daß ich die erste Stelle bekomme, die frei wird?«

Melanie nickte.

»Aber das war für den Posten eines Werkmeisters gemeint«, sagte ihre Mutter. »Keine Fabrik stellt heute Werkmeister ein. Was willst du tun? Ewig darauf warten, daß dir einer eine Stelle anbietet?«

»Ich habe dir gesagt, du sollst dich raushalten!« brüllte der Vater. »Was soll ich denn machen? Meinen Standard drücken lassen?«

»Ich möchte bloß, daß du Arbeit bekommst«, sagte ihre Mutter hartnäckig.

»Ist genug warmes Wasser da für ein Bad?« fragte Melanie. »Ich bin so müde, ich glaube, das tut mir gut.«

Sie wollte eben in die Wanne steigen, da klopfte ihre Mutter an die Badezimmertür. »Unten bei McManus ist ein Telefonanruf für dich, von Mr. Warren.«

»Ich komme gleich«, sagte sie und angelte nach ihrem Morgenrock. Sie ging nach unten, die Tür bei McManus war angelehnt. Sie klopfte, ehe sie eintrat. Mr. McManus saß vor dem Radio, genau wie ihr Vater oben. Mrs. McManus kam zur Tür.

»Entschuldigen Sie die Störung«, sagte Melanie.

»Schon gut«, antwortete die Frau.

Melanie ging in den winzigen Vorraum zwischen der Küche und den Schlafzimmern und griff nach dem Telefon, das auf einem Tischchen stand. »Hallo.«

»Melanie?« fragte eine bekannte Stimme.

»Ja.«

»Ich möchte dich sehen, jetzt gleich. Ich liege im St.-Josephs-Hospital.«

»Ich weiß«, sagte sie. Die Geschichten und Gerüchte wurden überall in der Fabrik erzählt. »Sind Sie verletzt?«

»Ich bin gesund. Aber die dummen Ärzte lassen mich nicht raus. Sie wollen mich zur Beobachtung hierbehalten.«

»Vielleicht sollten Sie sich ausruhen.«

»Ich will dich sehen!«

»Ich wollte eben ein Bad nehmen. Außerdem dauert es fast zwei Stunden, bis ich mit der Straßenbahn hinauskomme.«

»Ich lasse dich mit einem Wagen abholen«, sagte er. »Sei in einer halben Stunde unten vor deiner Haustür.« Die Verbindung wurde abgebrochen, und sie legte auf.

Er saß im Bett, sein rechter Arm in der Schlinge an einem Gestell, sein Kopf war verbunden, und auf seiner rechten Wange klebten mehrere große Pflaster. Als sie ins Zimmer trat, wartete er gar nicht erst, bis sie ihn ansprach.

»Die Personalabteilung hat mir am Telefon erzählt, daß heute nicht die üblichen Durchschläge aus deinem Büro gekommen sind.«

»Es gab keine«, antwortete sie. »Mr. Hardeman hat keine einzige Notiz diktiert.«

»Merkwürdig. Er war vorige Woche drei Tage im Büro und hat den ganzen Tag lang Memoranden diktiert.«

»Heute gab es keine. Man erzählt sich überall im Werk, daß Mr. Hardeman Sie verprügelt hat. Was ist passiert?«

»Ich bin im Büro über einen Teppich gestolpert und habe mir den Kopf an der Schreibtischecke angeschlagen, das ist alles.«

Sie schaute ihn wortlos an. Wenn es im Büro von Nummer Zwei passiert war, wie man sich erzählte, sollte er nicht so dumm sein, ihr eine solche Geschichte aufzubinden. Mr. Hardeman jun. hatte keine Teppiche in seinem Büro.

»Deine Liste der Telefonanrufe haben sie auch nicht bekommen«, sagte er.

»Mr. Hardeman hat sie mitgenommen. Außerdem hat er alle Telefongespräche über seine Privatnummer geführt. Die geht nicht über meinen Tisch.«

»Und seine Besprechungen? Wer kam zu ihm?«

»Gleich am Morgen ließ er Mr. Coburn, Mr. Edgerton und Mr. Duncan rufen.«

»Worüber haben sie gesprochen?«

»Das weiß ich nicht. Er hat mich in die Kantine geschickt. Als ich zurückkam, waren sie fort.«

»Wer kam noch zu ihm?«

Sie dachte eine Weile nach. »Am Morgen Mr. Williams vom Verkauf und Mr. Conrad vom Einkauf.«

»Worüber sprachen sie?«

»Ich weiß nicht.«

»Du hast doch den Auftrag, bei jeder Besprechung in seinem Büro das Haustelefon einzuschalten, damit du dir Notizen machen kannst!«

»Das habe ich auch getan. Aber es war nichts zu hören. Er hat jedesmal, wenn einer in sein Büro kam, den Stecker rausgezogen.«
Warren schwieg eine Weile. »War sonst noch jemand bei ihm?«
»Am Nachmittag niemand aus dem Werk.«
»Jemand von draußen?«
»Ja«, sagte sie. »Ein Mr. Frank Perino.«
»Was er mit dem gesprochen hat, weiß ich. Perino ist sein Schnapsschwarzhändler. Und Nummer Eins hat was übrig für seinen Whisky.«
»Darum ging es nicht. Mr. Perinos Sohn ist Arzt, und der Alte wollte von Mr. Hardeman, daß dieser den Sohn in einem Detroiter Hospital unterbringt. Er schien Schwierigkeiten zu haben wegen seiner Herkunft. Mr. Hardeman brachte das in Ordnung.«
Warren war überrascht. »Woher weißt du das?«
»Mr. Hardeman rief mich ins Büro und verlangte Kaffee und Aspirin. Ich war die ganze Zeit mit Mr. Perino dort.« Sie zögerte einen Augenblick. »Mr. Hardeman nimmt sehr viel Aspirin. Es müssen im Laufe des Tages mindestens zwölf Tabletten gewesen sein.«
»Gut. Halt nur weiter Augen und Ohren offen. Versuch zu erfahren, soviel du kannst, und ruf mich jeden Abend an.«
»Okay. Wie lange, glauben Sie, müssen Sie noch hierbleiben?«
»Die Ärzte sagen, sie können mich in zwei Tagen entlassen.«
»Es tut mir leid, daß Sie verletzt worden sind.«
Er musterte sie. »Weißt du, warum ich dich für das Büro von Nummer Eins ausgewählt habe?«
Sie schüttelte den Kopf.
»Weil du ein kräftig gebautes Mädchen bist und er starke Weiber liebt.«
»Das verstehe ich nicht.«
»Sei nicht albern«, schnauzte er sie an. »Du kennst doch seinen Ruf. Früher oder später wird er sich an dich ranmachen.«
»Und was soll ich dann tun?«
»Du tust so, als würde er dir gefallen. Du mußt sein Vertrauen gewinnen. Dann haben wir ihn.«
»Und wenn mir das nicht paßt?«
Er starrte sie an. »Es gibt andere Mädchen, die diesen Posten gern hätten.«
Sie senkte den Blick und schwieg.
Er lachte. »Du hast gesagt, du wolltest gerade ein Bad nehmen«, sagte er in verändertem Tonfall. »Hattest du was an, als du mit mir am Telefon sprachst?«
Sie sah nicht auf. Ihr fiel McManus' Gesichtsausdruck ein.
»Einen Morgenrock.«
»Und drunter?« Seine Stimme klang rauh.
»Nichts.«
»Komm näher zum Bett.«
Sie hob ihren Kopf, sah ihn an und dann den Mann, der sie hergefahren hatte. Er stand mit dem Rücken zur Tür und beobachtete sie ausdruckslos.
Warren fing ihren Blick auf. »Kümmere dich nicht um Mike. Er ist mein Leibwächter. Er sieht nie was.«
Sie rührte sich nicht.
»Du sollst zum Bett kommen!«
Zögernd kam sie näher. Er nahm ihre Hand und legte sie zwischen seine Beine auf die Bettdecke. »Mir steht er, wenn ich nur daran denke«, sagte er.
Sie schwieg.
»Zieh die Bettdecke weg!«
Sie begann, die Decke wegzuziehen. Er krümmte sich plötzlich vor Schmerzen. »Vorsichtig, verdammt noch mal!«
Langsam zog sie das Leintuch bis zum Saum seines Hemdes weg. Darunter ka-

men magere, haarige Beine zum Vorschein. Vorne wölbte sich das Hemd über seinen erigierten Penis. »Zieh das Hemd hoch und mach's mir«, sagte er. »Aber gib acht, daß das Bett nicht dabei wackelt, sonst tut mir mein Arm weh.«

Vorsichtig schob sie das Hemd zurück. Sein Organ war voll geschwollen, und die rote Spitze seiner Eichel kam durch die Vorhaut. Langsam machte sie sie frei und begann ihn zu massieren.

»Ah, das ist gut«, sagte er und legte den Kopf in das Kissen zurück. »Tu deine andere Hand unter meine Eier und drück sie ein bißchen.«

Seine Hoden fühlten sich in ihrer Hand wie Steine an. »Schneller, schneller!«

Sie begann, rasch auf und ab zu pumpen. Sein Mund öffnete sich, sein Atem kam im gleichen Rhythmus wie ihre Bewegungen. »So ist es richtig«, grunzte er.

Einen Augenblick später befahl er: »Nimm ihn in den Mund. Es kommt mir gleich.«

Sie schaute zögernd auf den Mann an der Tür. Seine Augen starrten sie ausdruckslos an. Dann spürte sie Warrens Hand in ihrem Haar. Er zog ihr Gesicht zu sich herunter, und automatisch öffnete sie den Mund.

Sein Orgasmus hatte schon angefangen, als sie bei ihm war, die ersten heißen Tropfen seines Samens spritzten ihr auf die Wangen, und dann hatte sie ihn in ihrem Mund. Einen Augenblick später war alles vorüber.

Er schloß die Augen. »Du bist fast ein genauso guter Schmatzer wie die kleinen Süßen, die ich kenne.«

Sie antwortete nicht.

Er machte die Augen auf und sah sie an, dann seinen Leibwächter. »Was meinst du, Mike? Ist sie so gut wie unser kleiner Freund?«

»Ich hab' nicht den Eindruck, Boß«, antwortete der Leibwächter. »Ihm macht's mehr Spaß.«

Warren lachte. »Vielleicht gibst du ihr ein bißchen Unterricht, wenn wir hier raus sind.«

Zum erstenmal klang die Stimme des Leibwächters schockiert: »Sie wissen, ich mag keine Mädchen.«

Warren lachte wieder. »So meine ich es nicht. Du sollst ihr zeigen, wie man es richtig macht.« Er wandte sich wieder an sie. Seine Stimme klang kalt. »Hol einen Waschlappen und ein Handtuch.«

Sie ging in das kleine Bad. Im Spiegel sah sie, daß ihre Wangen milchig naß waren. Sie wischte sich das Gesicht ab und kehrte in das Zimmer zurück.

Kurze Zeit später lag die Bettdecke wieder ordentlich über ihm. »So ist's besser. Die Schwester braucht nichts zu merken.«

Sie sagte nichts. So war es jedesmal, wenn sie mit ihm zusammen war. Nicht ein einziges Mal hatten sie Geschlechtsverkehr gehabt, er hatte es auch nie gewollt. Wenn sie Jungfrau gewesen wäre, er hätte sie bestimmt nicht entjungfert.

»Gib ihr fünf Dollar und schick sie mit dem Taxi nach Hause«, sagte er zu seinem Leibwächter.

Mike trat mit einem Fünf-Dollar-Schein auf sie zu. Sie nahm das Geld, und er begleitete sie zur Tür. Sie drehte sich zum Bett um.

»Du rufst mich morgen nach dem Büro hier an«, befahl er.

»Ja«, sagte sie. »Gute Nacht.«

»Gute Nacht.«

Mike trat zur Seite und öffnete ihr die Tür. Sie hörte, wie sie sich hinter ihr schloß, als sie den langen Krankenhauskorridor entlangging.

Draußen sah sie auf ihre Hand hinunter. Sie hielt den Fünf-Dollar-Schein immer noch krampfhaft fest. Das Geräusch einer sich nähernden Straßenbahn traf ihr Ohr. Sie sah den Schein noch einmal an, dann schaute sie auf die Reihe wartender Taxis.

Plötzlich begann sie, auf die Haltestelle der Straßenbahn an der Ecke zuzulaufen.

Die Heimfahrt würde mehr als zwei Stunden dauern. Aber fünf Dollar waren mehr als der Lohn für einen Tag Arbeit.

Edgerton kam ins Büro. »Ich mache mir Sorgen, Mr. Hardeman«, sagte er. »Heute ist der zweite Zahltag, seit die Banken zu sind, und viele Angestellten beschweren sich bei uns. Die Läden wollen unsere Schecks nicht annehmen.«

»Wir stehen gut dafür«, erklärte Loren.

»Es handelt sich nicht bloß um uns«, sagte Edgerton, »sondern um die Bank. Allzu viele Banken haben schon endgültig zugesperrt. Nun höre ich Gerüchte, daß die Männer nicht zur Arbeit kommen wollen, wenn sie nicht bar bezahlt werden.«

»Dann zahlen Sie eben bar.«

»Wir haben das Geld nicht«, sagte Edgerton kurz. »Unsere wöchentliche Lohnliste macht mehr als hundertvierzigtausend aus. Kein Mensch hat heutzutage soviel Bargeld vorrätig.«

»Dann besorgen Sie es sich!«

»Woher? Die Banken sind für uns ebenso geschlossen wie für unsere Leute.«

Loren überlegte eine Weile. »Was sagt die Personalabteilung dazu?«

»Warren hat mir den Schwarzen Peter zugespielt. Er sagt, es ist Sache des Finanzchefs, das Geld für die Lohnliste zu besorgen.«

»Hat er den Leuten die Lage erklärt?«

»Angeblich ja.«

»Das frage ich nicht. Hat er es getan?«

»Ich weiß es nicht. Ich habe gehört, daß einige Männer zu ihm gekommen sind, um mit ihm darüber zu reden, und daß er alle entlassen hat.«

»Warum?«

»Er sagt, es waren Stänkerer, alles Mitglieder der kommunistischen I.W.W., die das Werk gewerkschaftlich organisieren wollen, und daß sie dies hier nur als Vorwand benutzen.«

»Was ist Ihre Ansicht?«

»Ich kenne einige dieser Leute, sie arbeiten schon lange bei uns. Ich glaube nicht, daß sie ›Wobblys‹ sind.«

»Und wenn sie es auch wären? Hätten sie nicht trotzdem ein Recht darauf, ihr Geld zu bekommen?«

»Doch«, sagte Edgerton.

Loren klappte den Schalter seines Haustelefons um. Melanies Stimme antwortete: »Bitte, Mr. Hardeman.«

»Sagen Sie Mr. Warren, er soll sofort heraufkommen«, sagte er und schaltete wieder ab.

Nach wenigen Minuten kam Joe Warren ins Büro. Sein Arm lag noch in einer Schlinge, sein Blick war müde.

»Warren, ich höre, wir haben Schwierigkeiten, weil die Leute ihre Schecks nicht zu Geld machen können.«

Warren begann vorsichtig. »Sie müssen die Tatsache zur Kenntnis nehmen, Mr. Hardeman, daß sich bei uns in den letzten Jahren I.W.W.s, Kommunisten und Gewerkschaftsorganisatoren, eingeschlichen haben. Nicht unsere Leute machen die Schwierigkeiten, sondern die.«

»Wollen Sie damit sagen, daß unsere Leute ihre Schecks kassieren können?«

»Nein«, sagte Warren, »aber sie beschweren sich nicht.«

»Woher wissen Sie das?«

»Ich kenne die Guten und die Schlechten.«

»Und nur die Schlechten beschweren sich?« fragte Loren sarkastisch.

»Ja, Mr. Hardeman.«

»Haben Sie ihnen die Situation erklärt?«

»Es gibt nichts zu erklären. Alle anderen Unternehmen der Stadt sind in der gleichen Lage. Das weiß jeder.«

»Wenn sie aber die Schecks nicht kassieren und in den Läden keinen Kredit bekommen können, wie sollen sie dann essen?« fragte Loren.

»Das ist nicht unser Problem. Man kann nicht von uns erwarten, daß wir uns um die Geldprobleme unserer Leute kümmern. Wenn sie sich keinen Kredit besorgen können, ist das bedauerlich.«

»Glauben Sie nicht, daß *unser* Kredit in Frage gestellt wird, wenn die Geschäfte unsere Schecks nicht annehmen?«

Warren antwortete nicht.

»Haben Sie Schritte unternommen, um den hiesigen Kaufleuten zu versichern, daß Bethlehem Motors seine Schecks einlösen wird, gleichgültig, auf welche Bank sie ausgestellt sind?«

»Ich hielt das nicht für nötig«, erwiderte Warren.

Loren schwieg. Prüfend betrachtete er den Mann, der vor ihm saß. Warren hatte etwas Rohes an sich, auch wenn er ruhig saß. Man sah ihm die kalte Rücksichtslosigkeit an, die durch keinerlei oberflächliche Liebenswürdigkeit gemildert werden konnte.

»Ich wüßte nicht, warum Sie sich über so nebensächliche Kleinigkeiten Sorge machen sollten, Mr. Hardeman«, sagte Warren. »Ich habe die Situation unter Kontrolle. Inzwischen können wir die momentanen Umstände dazu benützen, den schlechten Arbeitern und Angestellten zu kündigen.«

Loren schwieg weiter.

»Wir sind bereits über zwanzig Unruhestifter losgeworden. Und wir haben noch mehrere im Auge.«

Loren sagte noch immer nichts.

Warren stand auf. »Überlassen Sie nur alles mir, Mr. Hardeman. Sie werden sehen, ich kriege das schon hin.« Er wollte sich entfernen.

»Setzen Sie sich, Warren«, fauchte Loren ihn an. »Ich habe Ihnen noch nicht erlaubt zu gehen!«

Warren zögerte einen Augenblick, dann kehrte er zu seinem Sessel zurück. Vorsichtig legte er seine Schlinge auf die Armlehne.

»Ich wünsche, daß Sie an alle Geschäftsinhaber der Umgebung einen Brief schikken mit der Garantie, daß Bethlehem Motors jeden von unserem Unternehmen ausgegebenen Scheck einlöst, ganz gleich, auf welche Bank er lautet.«

»Das kann ich nicht tun, Mr. Hardeman. Ein solcher Brief muß entweder vom Präsidenten der Gesellschaft oder vom Vorstand genehmigt werden.«

»Dann lassen Sie ihn vom Präsidenten unterzeichnen!«

»Ich weiß nicht, wo er ist«, sagte Warren sanft. »Ich habe ihn seit zwei Wochen nicht gesehen. Und Sie?«

Loren starrte ihn an. Warren wußte recht gut, daß er seinen Sohn seit jenem Tag im Büro nicht gesehen hatte. »Dann bereiten Sie den Brief vor, ich werde ihn unterschreiben.«

»Dazu sind Sie nicht berechtigt«, sagte Warren ruhig. »Sie können die Gesellschaft für den Fall, daß die Bank die Zahlungen einstellt, nicht zu einem derartigen Verlust verpflichten.«

»Es steht aber doch wohl nichts in den Statuten der Gesellschaft, das mich daran hindert, diese Schecks persönlich zu garantieren, oder?«

»Was Sie privat tun, geht uns nichts an.«

»Dann bereiten Sie den Brief in dieser Form für meine Unterschrift vor.«

»Wie Sie wünschen. Sonst noch etwas?«

»Ja«, sagte Loren. »Teilen Sie den Leuten auch mit, daß die nächste Lohnauszahlung in bar erfolgt.«

»Das werde ich tun. Aber wenn das Geld nicht da ist am Zahltag, ist der Teufel los.«

»Das ist dann mein Problem. Sie können jetzt gehen.«

Sie schwiegen, bis sich die Tür hinter Warren geschlossen hatte, dann wandte sich Edgerton an Loren. »Wo wollen Sie das Geld herkriegen?«

»Von irgendwoher werde ich es schon bekommen«, sagte Loren. Er schaute auf die geschlossene Tür. »Wie lauten die letzten Berichte von Duncan?«

»In einer Woche ist alles bereit. Die neuen Wagen müßten in einem Monat vom Fließband rollen.«

»Ausgezeichnet.« Loren lächelte zufrieden. »Damit haben wir Charlie Sorensens Umstellungszeit für das neue Modell bei Ford genau um die Hälfte verkürzt, sechs Wochen statt neunzig Tage.« Er nahm eine Zigarette. »Glauben Sie, er weiß es?«

»Bei seinem Spionagesystem?« fragte Edgerton, dann gab er sich selbst die Antwort. »Ich bin davon überzeugt.«

»Aber sie haben nichts unternommen. Worauf warten sie wohl noch?«

»Im Augenblick können sie tatsächlich nur wenig tun. Die Schließung der Banken war in diesem Fall für uns überaus vorteilhaft. Die Bankleute sind zu sehr mit ihren eigenen Problemen beschäftigt, um auf uns zu achten. Und bis zur Vorstandssitzung dauert es noch eine Woche.«

Loren überlegte einen Augenblick. »Gehen Sie zu Duncan und sagen Sie ihm, ich wünsche, daß das Fließband schon in einer Woche in Betrieb ist. Wie er das schafft, ist mir gleich. Ich will, daß der Wagen noch vor der Vorstandssitzung vom Fließband rollt.«

»Das bedeutet, daß wir den Liefervertrag für Karosserien mit Ford kündigen müssen«, erklärte Edgerton.

»Dann kündigen Sie ihn!«

»Bennett wird wütend sein. Er wird klagen.«

»Das wird er nicht. Ich bügle das mit Edsel und Charlie Sorensen aus.« Er schwieg eine Weile. »Ich wüßte gern, ob es zwischen Bennett und Warren eine nähere Verbindung gibt.«

»Ich weiß, daß sie gute Freunde sind«, sagte Edgerton. »Warren hat sich vor kurzem in Grosse Point Isles neben Bennett ein Haus gebaut.«

Loren sah ihn an. »Soviel ich weiß, wurde der gesamte Einkauf in Warrens Abteilung zusammengezogen.«

»Keine schlechte Idee«, meinte Edgerton. »Zentrale Kontrolle. So kaufen wir billiger ein, als wenn wir es abteilungsweise machen.«

»Das leugne ich nicht«, sagte Loren schnell. »Ich frage mich nur, ob es nicht gut wäre, den Einkauf einmal genau zu überprüfen.«

Edgerton lächelte. »Schaden kann es nicht.«

»Können Sie das machen, ohne daß er merkt, was vorgeht?«

»Ich glaube schon«, sagte Edgerton. »Wir stehen kurz vor unserer jährlichen Bücherrevision. Ich werde den Jungens einfach auftragen, die Einkaufsverträge ganz besonders unter die Lupe zu nehmen.«

»Tun Sie das und halten Sie mich auf dem laufenden.« Loren stand auf.

Auch Edgerton erhob sich. Er sah Loren an. »Mr. Hardeman«, sagte er noch.

»Ja, Walt?«

»Ich bin froh, daß Sie wieder hier sind.«

»Opa! Opa!« begrüßten ihn die Stimmen der Kinder am Eingang. Er breitete die Arme aus und hob sie hoch, küßte zuerst Anne, dann Loren III auf die Wange.

»Warst du heute brav?« fragte er seinen Enkel.

»Er war sehr brav«, sagte Anne mit ihrer Dreijährigenstimme. »Er hat mich heute nur einmal gehauen.«

»Nur einmal?« Loren tat entsetzt und schaute den Jungen an. »Warum hast du das getan?«

»Ich hab' es verdient«, erklärte Anne. »Ich hab' ihn zuerst gehauen.«

»Denkt an die Regeln!« sagte er streng. »Ich habe doch gesagt, es wird nicht mehr gerauft!«

»Wir wollen ja daran denken, Opa«, meinte der Junge. »Aber manchmal vergessen wir es.«

»Ihr sollt es aber nicht vergessen!«

»Huckepack! Huckepack!« rief Anne.

»Ja! Huckepack!« kam das Echo von ihrem Bruder.

Loren stellte sie auf den Boden und ließ sich auf Hände und Knie nieder. Die Kinder kletterten auf seinen Rücken, Anne vorne, die Händchen in seinem Haar vergraben, Loren III dahinter; er hielt sich an Großvaters Gürtel fest.

»Pony-Expreß!« schrie der Junge und schlug mit der Hand auf Lorens Gesäß.

»Schneller! Schneller!« quietschte Anne vergnügt.

Loren hoppelte im Eiltempo in die Bibliothek, und sie hopsten auf seinem Rükken auf und nieder. Er hielt vor seidenbestrumpften Beinen in Schuhen mit hohen Absätzen an und schaute hoch.

»Was treibt ihr denn da unten?« fragte Sally. Sie versuchte ihrer Stimme einen strengen Klang zu geben.

»Aufgepaßt!« sagte Loren. »Wir sind der Wells-Fargo-Pony-Expreß.« Er setzte zum Galopp an und machte eine Runde durchs Zimmer. Schließlich hielt er wieder vor Sally.

»Na schön, Kinder«, sagte Sally energisch. »Ihr habt Großvater genug geplagt. Jetzt ist Essenszeit.«

»Wir wollen spielen!« schrie Loren III.

»Großvater ist müde. Er mußte den ganzen Tag schwer arbeiten.« Sally hob den Jungen von Lorens Rücken. Anne glitt zu Boden. »Gebt Großvater einen Kuß und geht essen.«

»Dürfen wir nachher noch ein bißchen spielen?« fragte Anne.

»Nein. Nach dem Essen geht ihr beide zu Bett, aber wenn ihr brav gegessen habt, kommt Großvater rauf und erzählt euch vor dem Einschlafen eine Geschichte.«

»Ja, Opa?« fragte Loren III.

»Da kannst du deinen süßen Arsch drauf wetten!« sagte Loren, während er sich aufrichtete.

Die Kinder schnappten seine Worte auf. »Da kannst du deinen süßen Arsch drauf wetten!« schrien sie und liefen aus dem Zimmer. Ihre Stimmen hallten in der Diele. »Süßen Arsch drauf wetten!«

Sally runzelte die Stirn. »Schöne Dinge bringst du den Kindern bei«, sagte sie und versuchte, ernst zu bleiben. »Du bist ja noch ein größeres Kind als sie.«

Er lachte. »Das wird ihnen nicht schaden.«

»Soll ich dir einen Drink machen?«

Er nickte und schaute ihr nach, wie sie zur Bar ging. Sie kam mit dem bernsteinfarbenen Whisky im Glas zurück, in dem die Eiswürfel klirrten. Er nahm ihr den Drink ab. »Ich habe immer gesagt, ein Haus braucht die Hand einer Frau.«

Sie ging nochmals zur Bar und holte sich auch einen Drink. »Ich habe heute mit Junior gesprochen«, sagte sie, ohne sich zu setzen.

»Ja?« fragte er mit ausdrucksloser Stimme.

»Er wollte, daß ich nach Hause zurückkehre. Er sagte, wenn ich es tue, kommt er auch zurück.«

Er schwieg und nippte an seinem Glas.

»Ich habe ihm geantwortet, ich würde nie zurückkommen.«

»Und was hat er geantwortet?«

»Er wurde bösartig und sagte allerhand.«

»Was zum Beispiel?«

»Daß er wüßte, was wir tun, und daß wir weder ihn noch sonst jemand täuschen könnten. Er hätte Beweise dafür, daß wir miteinander schlafen, und er wird nicht zögern, sie vor Gericht zu verwenden, um mir die Kinder zu nehmen.«

Loren schüttelte traurig den Kopf.

»Und das ist noch nicht alles. Er ist ganz blind vor Haß.«

Loren schaute ihr ins Gesicht. »Was willst du tun?«

»Ich kann nicht hierbleiben. Es hat keinen Sinn, dich in diese schmutzigen Geschichten hineinzuziehen. Vielleicht gehe ich nach England.«

»Möchtest du dich vorher scheiden lassen?«

»Ja«, sagte sie. »Wenn er einverstanden ist, könnte ich nach Reno fahren.«

»Und was dann?«

»Ich ziehe mit den Kindern nach England. Die Schulen sind dort sehr gut, und sie sprechen dort wenigstens die gleiche Sprache.«

Nach einer Weile stellte er sein Glas ab. »Hat Junior gesagt, wann er zurückkommt?«

»Nächste Woche. Er erzählte etwas von einer Vorstandssitzung, zu der er kommen muß.«

Das stimmte. Es erklärte auch, warum Warren sich so unauffällig benahm. Sie wollten darauf warten, daß der Vater sich selbst das Grab schaufelte. Er stand auf. »Du brauchst nirgendwo hinzugehen, das weißt du ja«, sagte er. »Du kannst ruhig hier in der Villa Hardeman bleiben. Den Kindern geht es hier gut, und was er tut, ist mir verdammt egal.«

»Die Kinder waren noch nie so glücklich«, sagte sie. »Du hast in diesen zwei Wochen mehr mit ihnen gespielt als ihr Vater seit ihrer Geburt. Aber für dich ist das keine faire Lösung. Du hast schon genug Probleme.«

»Denk darüber nach«, sagte er. »Faß noch keinen Entschluß.«

Sie nickte.

»Ich geh' in mein Zimmer und leg' mich vor dem Abendessen noch ein wenig hin. Ruf mich bitte, wenn es fertig ist.«

»Wieder Kopfschmerzen?«

Er nickte.

»Soll ich dir Aspirin bringen?«

»Nein, danke. Für heute habe ich schon genug davon genommen. Ich will versuchen, ohne die Tabletten auszukommen. Vielleicht fühle ich mich besser, wenn ich mich etwas ausgeruht habe.«

Sie sah ihm nach und hörte seine Schritte auf der Treppe; dann sank sie in einen Lehnstuhl. Sie spürte die Tränen, die ihr in die Augen stiegen. Das war nicht fair. Es war einfach nicht fair.

Plötzlich fiel ihr etwas ein. Sie lief die Treppe hinauf und trat ohne zu klopfen in sein Zimmer.

Er kam soeben aus dem Bad, sein Hemd war schon aufgeknöpft. Er sah sie fragend an.

»Ich habe nie an dich gedacht«, sagte sie hastig. »Oder an das, was du brauchst.«

Er schwieg.

»Ich gehe wieder zu ihm zurück, wenn dir damit geholfen ist.«

Er holte tief Atem, dann breitete er die Arme aus. Sie trat zu ihm und legte ihre Wange an seine breite Brust.

»Du sollst gar nirgends hingehen«, sagte er. »Nur hierbleiben.«

Loren erschien absichtlich um einige Minuten zu spät. Die anderen Vorstandsmitglieder waren bereits versammelt und standen, in Gespräche vertieft, in kleinen Gruppen beisammen.

Bei seinem Eintritt verstummten sie. Er verlor keine Zeit mit den üblichen Begrüßungen, sondern klopfte gleich auf den Tisch.

»Ich ersuche die Vorstandsmitglieder, sich freundlichst zu ihren Plätzen zu begeben«, sagte er.

Man setzte sich schweigend um den rechteckigen Tisch. Junior saß, Warren zu seiner Rechten, ihm gegenüber am unteren Ende. Außerdem waren noch elf andere am Tisch. Von den Angestellten der Gesellschaft gehörten nur noch Coburn und Edgerton dem Vorstand an. Der Rest bestand aus Vertretern der Banken und Versicherungsgesellschaften, von denen das Unternehmen Kredite erhalten hatte, sowie mehreren leitenden Angestellten anderer Unternehmen, die nicht zur Konkurrenz gehörten.

»Der Vorsitzende eröffnet die Sitzung und wird einen Antrag in Betracht ziehen, die Verlesung des Protokolls der vorigen Sitzung, dessen Abschrift Sie in der Mappe vor sich liegen haben, auszusetzen.«

Er wartete. Coburn stellte den Antrag, Edgerton unterstützte ihn, und er wurde einstimmig und schnell von den übrigen Vorstandsmitgliedern angenommen. Darauf wartete Loren auf einen Antrag, dem Vorstand die Tagesordnung vorzulegen.

»Herr Vorsitzender!« sagte Junior.

»Ja, Herr Präsident«, sagte er förmlich.

»Ich möchte den Antrag stellen, die Betrachtung der Tagesordnung zugunsten anderer, wichtigerer Geschäfte aufzuschieben.«

»Der Vorsitzende erhebt keine Einwände, Herr Präsident«, sagte er. »Wird der Antrag unterstützt?«

»Ich unterstütze den Antrag«, erklärte Warren.

»Der Vorsitzende enthält sich der Stimme«, sagte er. »Der Vorstand stimmt nun über den vom Präsidenten gestellten Antrag ab. Bitte um ein ›Ja‹ von allen, die dafür sind.«

Es gab elf Ja, die beiden Nein kamen von Edgerton und Coburn. Er lächelte. »Der Antrag ist angenommen.« Er nahm eine Zigarette aus der Schachtel vor sich, zündete sie an und lehnte sich zurück.

Junior war aufgestanden, fast ehe Loren noch den ersten Rauch ausgeblasen hatte. »Ich beschuldige den Vorsitzenden des Vorstands, seine Vollmacht bei der Ausübung seiner Pflichten übertreten und andere grobe Unregelmäßigkeiten begangen zu haben, die der Gesellschaft abträglich sind, und ich verlange seinen Rücktritt!«

Eisiges Schweigen herrschte im Raum. Loren lächelte wieder. Er legte sorgsam seine Zigarette hin. »Der Vorsitzende zieht die Forderung des Herrn Präsidenten gern in Betracht, wenn sie dem Vorstand ordnungsgemäß als Antrag unterbreitet wird.« Er brach ab, jedoch nicht lang genug, um Junior die Möglichkeit zu geben, nochmals zu sprechen. »Der Vorsitzende wird auch gern einen Antrag in Erwägung ziehen, der den Vorstand einlädt, vor allen anderen Geschäften das Montagewerk Nummer drei zu besichtigen.«

Coburn reagierte sofort auf das Stichwort und stellte den Antrag, Edgerton unterstützte ihn. Die Neugier zog den Vorstand auf ihre Seite. Nur Junior und Warren stimmten dagegen.

»Der Antrag ist angenommen.« Loren stand auf. »Die Sitzung wird zum Montagewerk Nummer drei verlegt. Folgen Sie mir bitte, meine Herren.«

Duncan holte ihn ein und ging neben ihm her, als sie das Verwaltungsgebäude verließen. »Langsam gehen«, zischte der Schotte aus dem Mundwinkel. »Der erste Wagen kommt erst in zehn Minuten zum Ende des Fließbands.«

Loren nickte. Er führte die anderen absichtlich über einen Umweg. Es dauerte genau neun Minuten, bis sie das Ende des Fließbands im Montagewerk Nummer drei erreichten.

Loren wandte sich an die Vorstandsmitglieder. »Ich nehme an, die Herren sind alle Autofahrer?«

Sie nickten.

»Gut«, sagte Loren lächelnd. Er schaute zum Fließband hoch. Ein Wagen kam auf sie zu. »Wenn die Herren erfahren wollen, warum ich Sie hierher gebeten habe, so möchte ich Ihnen jetzt den Grund zeigen.«

Der Wagen kam durch den Schlußkontrollschuppen und hielt schließlich, dunkelblau und schimmernd, vor ihnen. »Das hier ist der erste Baby Sundancer, der das Fließband verläßt. Sein Verkaufspreis liegt unter fünfhundert Dollar, und wir werden mit ihm, wie Ford, Chrysler, Plymouth und Chevrolet, den Markt für billige Wagen beliefern!«

Nach einer kurzen Pause fuhr er fort: »Mr. Duncan, unser leitender Konstrukteur und Designer, fährt jetzt den ersten Wagen zum Güterbahnhof, wo der Wagen auf einen Zug verladen wird und seine Reise zum Händler antritt. Wenn je ein Herr in einem der vom Fließband kommenden Wagen Platz nimmt und Mr. Duncan folgt, werden Sie Gelegenheit haben, selbst zu beurteilen, wie gut der Wagen funktioniert und sich fahren läßt. Drüben erwartet Sie ein Bus, der Sie nach Beendigung Ihrer Fahrt zum Verwaltungsgebäude zurückbringt.«

Duncan stieg in den Wagen und ließ den Motor an. Er fuhr gerade langsam ab, als der zweite Wagen eintraf. Er war tief burgunderrot.

Loren faßte einen der Direktoren am Arm. »Fahren Sie ihn doch selbst!«

Der Mann stieg ein und startete. Danach gab es kein Problem mehr. Die Männer konnten kaum erwarten, bis sie an die Reihe kamen. Sie waren wie Kinder mit einem neuen Spielzeug. Ein Wagen nach dem anderen fuhr ab, bis nur mehr Loren, Junior und Warren zurückblieben.

»So wirst du es nicht schaffen!« knurrte Junior.

Loren lächelte. »Ich habe es bereits geschafft, mein Sohn.« Er nahm ein Paket Zigaretten aus der Tasche. »Machen wir uns doch nichts vor. Du hast den Kampf schon verloren. In dem Augenblick, in dem diese Männer in die Autos gestiegen sind.«

Er zündete seine Zigarette an. »Ich rate dir, steig in den nächsten Wagen, der vom Fließband kommt, und fahr zum Güterbahnhof, um die Glückwünsche des Vorstands entgegenzunehmen.«

Junior zögerte. Sein Auge suchte Warren.

»Du mußt dich entschließen«, sagte Loren. »Hier kommt der nächste Wagen. Wenn du nicht einsteigst, dann tu ich es.«

Der hellgelbe Wagen blieb stehen. Wortlos stieg Junior ein und fuhr an.

Der nächste Wagen kam, er war kohlschwarz und glänzte. Warren sah Loren fragend an. Loren zögerte einen Moment. »Das ist der dreizehnte Wagen vom Fließband«, meinte er endlich.

»Ich bin nicht abergläubisch«, sagte Warren.

Loren zog die Schultern hoch. Er beobachtete Warren, der in den Wagen sprang und schwungvoll davonfuhr. Das Auto war etwa fünfhundert Meter entfernt, als es explodierte.

Das Echo der Detonation hallte durch das Werk und brachte Männer und Frauen aus den Büros und von den Förderbändern auf die Beine. Eine Staubwolke hing in der Luft, und als sie sich gelegt hatte, war von dem Auto nichts mehr zu sehen als verbogene und zerfetzte Metallstücke.

Loren machte kehrt und ging zum Verwaltungsgebäude, viele Leute liefen hinter ihm her. Vor ihm eilten drei Mechaniker in weißen Overalls mit den blauen Buchstaben BMC am Rücken zum Tor.

Der kleinste der drei blieb zurück und ging neben Loren her. Sie schwiegen, bis sie zum Eingang des Verwaltungsgebäudes kamen. Dann wandte sich Loren ihm zu. »Ich habe ihm gesagt, daß es Wagen Nummer dreizehn war«, bemerkte er. »Aber er sagte, er sei nicht abergläubisch.«

Die braunen Augen des Kleinen starrten unter den dichten schwarzen Brauen zu ihm hoch. »Ein Mann ohne Aberglauben ist ein Mann ohne Seele«, sagte er.

Loren schwieg eine Weile. »Ich möchte wissen, was geschehen wäre, wenn ich in den Wagen gestiegen wäre«, meinte er schließlich.

Die Stimme des Kleinen hatte einen beleidigten Beiklang. »Meine Jungens sind erstklassige Profis. Man hätte nie zugelassen, daß Sie diesen Wagen fahren.«

Loren nickte, der Anflug eines Lächelns huschte über sein Gesicht. »Entschuldigen Sie, daß ich daran auch nur gedacht habe. Auf Wiedersehen, Mr. Perino.«

»Auf Wiedersehen, Mr. Hardeman.«

Loren blieb stehen und schaute dem Kleinen nach, der hinter seinen beiden Kameraden hereilte. Er bemerkte, wie der Wächter am Eingang ihnen vorsichtig den Rücken zukehrte, um nicht zu sehen, wie die drei Männer durchgingen.

Die Empfangsdame in der Halle des Verwaltungsgebäudes stellte gerade das Telefon auf ihren Schreibtisch, als er eintrat. »Mr. Hardeman!« rief sie aufgeregt. »Soeben ist ein Wagen beim Montagewerk drei in die Luft geflogen!«

»Ich weiß«, erklärte er.

»Ich möchte wissen, wer darin gesessen hat«, sagte sie, als die Türen des Fahrstuhls aufgingen.

Er stieg ein und drückte auf den Knopf. »Irgendein unglücklicher Bastard.«

Als ihr Vater nach Hause kam, saß Melanie am Küchentisch und las die Abendzeitung. Er schaute über ihre Schulter auf die Schlagzeilen.

HEUTE ENTSCHEIDUNGSKAMPF BEI FORD ERWARTET
DEARBORN ERMÄCHTIGT UAW ZUR VERTEILUNG VON
FLUGBLÄTTERN AUSSERHALB RIVER ROUGE

Er knöpfte die graue Bluse seiner Uniform der Ford-Sicherheits-Wache auf und ging zum Eisschrank. Er nahm eine Bierflasche heraus, öffnete sie, hielt sie an den Mund und trank, bis sie halb leer war, dann stellte er sie auf den Tisch und rülpste.

Melanie sah nicht auf. Sie blätterte weiter, bis sie zur Frauenbeilage kam.

»Du kannst deinem Kommi-freundlichen Boß sagen, er soll morgen aufpassen, dann wird er sehen, wie ein richtiges Unternehmen mit der Gewerkschaft fertig wird«, sagte ihr Vater, während er seine Bluse auszog. Er lockerte den Schlips und griff wieder nach der Bierflasche.

»Wie meinst du das?« Sie schaute ihn an.

»Das wirst du morgen sehen.« Er lächelte geheimnisvoll. »Eins kann ich dir sagen; wir sind bereit für diese Kommi-Schweine. Sie werden sich wünschen, sie hätten die Genehmigung von der Stadtverwaltung Dearborn nie erhalten.«

»Ihr könnt nichts dagegen tun«, sagte sie und sah wieder in die Zeitung. »Sie haben das Gesetz auf ihrer Seite.«

»Ford hat das Recht, sein Eigentum zu schützen. Weil dein Boß umgefallen ist und der Gewerkschaft nachgegeben hat, bedeutet das noch nicht, daß wir zu Kreuz kriechen und uns alles gefallen lassen.«

»Mr. Hardeman sagte, es ist nur eine Frage der Zeit, bis die ganze Industrie gewerkschaftlich organisiert ist.«

»Das glaubt *er*«, antwortete ihr Vater. »Morgen wird er was anderes feststellen.« Er trank sein Bier aus. »Wieso hast du dieses Kleid an?«

»Ich arbeite heute abend. Bei Mr. Hardeman zu Hause ist nach dem Abendessen eine Sitzung des Exekutivkomitees. Ich fahre hin, um mitzuschreiben.«

Er warf ihr einen tückischen Seitenblick zu. »Kein Wunder, daß er dir den Firmenwagen zur Benützung läßt. Du hast in letzter Zeit viel Nachtarbeit.«

Sie schwieg.

»Wo ist deine Mutter?« fragte er plötzlich.

»Sie kommt gleich. Sie ist unten bei Mr. McManus.«

Er griff nach einer zweiten Bierflasche und ließ sich ihr gegenüber in den Stuhl fallen. Dann fragte er in vertraulichem Ton: »Du kannst es deinem alten Herrn ruhig sagen. Er hat dafür Verständnis. Was ist mit dir und Nummer Eins?«

»Nichts.«

Er öffnete die Flasche. »Nichts? Du bist doch nicht so dumm, zu erwarten, daß dir dein alter Daddy das glaubt?« Er trank einen Schluck Bier.

Sie wollte etwas sagen, aber die Worte blieben ihr in der Kehle stecken.

Er lachte. »Ich glaube nur, du gibst es ihm zu billig. Nummer Eins hat seinen Mädchen immer große Summen hingeblättert. Die Leute erzählen, daß er seine eigene Schwiegertochter gebumst und ihr eine glatte Million gezahlt hat, damit sie sich in aller Stille scheiden lassen konnte, ohne daß die ganze Schweinerei an die Öffentlichkeit kam.«

Sie sprang plötzlich auf, lief durch den Vorraum in ihr Zimmer, schlug die Tür hinter sich zu und begann zu weinen. Durch die dünnen Wände hörte sie sein höhnisches, schmutziges Lachen.

Der Brief lag in der Bibliothek auf dem Schreibtisch, als Loren nach Hause kam. Er erkannte die Handschrift auf dem Umschlag, das wellenförmig unterstrichene Wort »persönlich«. Die Marke trug den Stempel New York, 23. Mai.

Er nahm den silbernen Brieföffner und schlitzte den Umschlag vorsichtig auf. Es war mehr als ein Jahr her, seit er von ihr zum letztenmal gehört hatte. Seit sie vereinbart hatten, sich nicht wiederzusehen. Seltsamerweise hatte er das Gefühl, den Inhalt des Briefes schon zu kennen. Er täuschte sich nicht.

Lieber Loren,
als Du mir vor langer Zeit sagtest, ich gehöre nicht zu den Frauen, die allein leben können, und daß ich eines Tages einen Mann finden würde, den ich liebe, glaubte ich Dir nicht. Vielleicht erinnerst Du Dich, wie ich Dir damals sagte, Du hättest leicht reden. Du seist ein Mann, hast viele Frauen gekannt und vielleicht sogar einige von ihnen auf Deine besondere Art geliebt. Ich sagte auch, bei mir sei das nicht so, ich glaubte nicht, daß ich je einen anderen Mann lieben könnte. Ich hatte unrecht, wie Du schon vorher gewußt hast. Ich heirate nächsten Dienstag Kapitän Hugh Scott von der US-Marine. Er befehligt einen in Pensacola, Florida, stationierten Flugzeugträger, und wir werden dort wohnen. Ich schreibe Dir diesen Brief nur, weil ich wollte, daß Du es von mir erfährst und nicht aus den Zeitungen. Den Kindern geht es gut, sie sind glücklich, und ich bin es auch. Wenn Du mir etwas wünschen willst – dann wünsch es mir.

In Liebe
Sally

Er faltete den Brief sorgfältig zusammen und steckte ihn wieder in den Umschlag. Einen Augenblick dachte er daran, sie in New York anzurufen. Aber das würde nichts ändern. Es war vorüber und vorbei. Langsam zerriß er den Brief in kleine Stücke und warf sie nacheinander in den Papierkorb.

Melanie traf ein, als er gerade mit dem Abendessen fertig war. Er sah auf, während der Butler sie ins Eßzimmer führte. »Hast du schon zu Abend gegessen?«

»Ja«, antwortete sie. »Ich komme von daheim.«

»Dann setz dich und trink Kaffee mit mir.«

Der Butler hielt ihr den Stuhl, dann brachte er ihr eine Tasse. Er ging hinaus, und sie trank schweigend ihren Kaffee.

Nach einer Weile sagte Loren lächelnd: »Du bist heute abend so still und feierlich, Melanie.«

»Ich glaube, mein Vater weiß von uns.«

»Weiß er es, oder ahnt er es? Das ist ein großer Unterschied.«

»Für meinen Vater nicht. Für ihn ist es das gleiche.«

»Na, und wenn?« fragte Loren. »Er kann uns nichts tun.«

»Dir vielleicht nicht. Aber mir kann er das Leben daheim zur Hölle machen.«

»Warum ziehst du nicht aus und nimmst dir eine eigene Wohnung? Er hat ja jetzt Arbeit, und es wird Zeit, daß du selbst etwas von deinem Geld hast.«

»Ich kann das meiner Mutter nicht antun. Du kennst Vater nicht. Er kümmert sich nur um sich selbst. Wenn ich nicht wäre, würde er sie zum Wahnsinn treiben.«

»Du kriegst eine Gehaltserhöhung«, sagte er. »Auf diese Weise kannst du ihnen weiter soviel Geld geben wie bisher.«

»Es handelt sich nicht bloß um das Geld, sondern um ihn. Er ist richtig gemein. Und das zeigt sich noch deutlicher, seit er bei Ford für Bennett arbeitet.«

»Was hat das eine mit dem anderen zu tun?«

»Du weißt doch, was dort drüben vorgeht. Das ganze River-Rouge-Werk wird von Bennett und seiner Bande terrorisiert, und mein Vater ist begeistert, daß er Bennetts Sturmtrupp angehört, wie man sie nennt.«

»Ich verstehe das nicht. Das ist doch gar nicht Edsels Art. Er würde das nie dulden.«

»Edsel hat damit nichts zu tun«, erklärte sie. »Mein Vater hat mir erzählt, daß der Alte nur auf Bennett hört und Edsel Ford einfach ignoriert wird.«

»Der Alte wird das noch mal bereuen. Eines Tages geht das Ganze in die Luft.«

»Das könnte schon morgen passieren.«

Er sah sie an. »Was meinst du damit?«

»Hast du die Abendzeitung gelesen?«

Er nickte.

»Mein Vater sagt, Bennett bereitet eine Überraschung für die Gewerkschaft vor. Sämtliche Schläger Bennetts werden da sein, wenn die Gewerkschaftsorganisatoren kommen.«

»Dagegen können sie nichts unternehmen«, sagte Loren. »Solange die Gewerkschaft sich vom Besitz Fords fernhält.«

»Und wenn sie auf den Übergang über die Miller Road vor Tor vier gehen?«

»Warum nicht?« antwortete er. »Das ist eine öffentliche Fußgängerbrücke. Sie ist immer voller Händler und Eiscremeverkäufer, die bei Schichtwechsel Geschäfte machen.«

»Mein Vater hat mir gesagt, für Bennett ist sie Fords Eigentum, weil Ford sie gebaut hat.«

Er überlegte eine Weile, dann nickte er. »Das könnte Ärger geben. Verbinde mich mit Richard Frankenstein oder einem der Brüder Reuther. Ich möchte nicht, daß es auch nur einen Verletzten gibt. Das würde der ganzen Industrie schaden. Ich werde sie warnen, damit sie sich von der Brücke fernhalten.«

Sie ging zum Telefon und verlangte eine Nummer. Nach einem kurzen Gespräch hielt sie die Hand über die Muschel und sagte zu Loren: »Sie sind alle draußen bei Versammlungen, und keiner weiß, wann sie zurückkommen.«

»Sag ihnen, der erste, der zurückkommt, soll mich sofort anrufen. Es ist sehr wichtig.«

Sie gab es weiter und kam zum Tisch. Sie wollte sich schon hinsetzen, dann besann sie sich anders, ging zu ihm und küßte ihn.

»Das ist aber nicht sehr sekretärinnenmäßig«, sagte er lächelnd.

»Wenn schon. Ich mag dich.«

Er legte ihr den Finger an die Nasenspitze. »Ich werde dir Gelegenheit geben, es mir zu beweisen, sobald die Sitzung vorbei ist.«

Sie nahm seine Finger, küßte sie und fuhr mit der Zunge über die Innenfläche seiner Hand. »Ich kann es kaum erwarten.«

»Junior, du sitzt neben mir«, sagte Loren. »Sie, Walt, nehmen mit Ted und Scotty uns gegenüber Platz.«

Sie nahmen schweigend ihre Plätze ein. Melanie setzte sich ans Ende des rechteckigen Bibliothekstisches und öffnete ihr Notizheft.

Loren schaute sie an. »Sie brauchen nicht mitzuschreiben, Miß Walker, das ist eine inoffizielle Besprechung.«

Sie schloß das Heft. »Soll ich hierbleiben, Mr. Hardeman?«

»Ich bitte darum.«

Sie lehnte sich in ihrem Stuhl zurück, und er wandte sich an die anderen. »Ihr braucht nicht so feierliche Mienen aufzusetzen. Es passiert schon nichts Schreckliches.«

Die Spannung im Raum ließ ein wenig nach. Sie beugten sich erwartungsvoll vor.

»Ich will es kurz und einfach machen«, sagte Loren. »Was ich Ihnen zu sagen habe, betrifft die zukünftige Leitung und die Geschäftstätigkeit der Gesellschaft.«

Nach einer kurzen Pause fuhr er fort: »Vorerst teile ich Ihnen etwas mit, was Sie alle zweifellos bereits wissen. Mit der Rückzahlung der letzten Rate unserer Bankkredite in Höhe von zwei Millionen einhunderttausend Dollar habe ich heute alle Rechte auf die in meinem Besitz befindlichen Aktien der Gesellschaft zurückerhalten.«

»Hört, hört«, sagte Duncan leise.

Loren lächelte ihm zu. »Ihre Gefühle sind auch die meinen. Ich habe für Bankiers nicht mehr übrig als Sie. Gleichzeitig wurde mir der Rücktritt der vier Direktoren mitgeteilt, die provisorisch im Vorstand saßen.«

»Nochmals hört, hört!« Diesmal konnte der Schotte sich nicht beherrschen und äußerte seinen Beifall durch leises Klatschen.

Gleich darauf folgten die anderen seinem Beispiel.

Loren hob die Hand, und es wurde still. »Nun zu meinem Plan.«

Die Stühle knarrten leise, als die Männer sich erwartungsvoll zurücklehnten.

»Mir gehören neunzig Prozent der Gesellschaft«, sagte Loren, »meinem Sohn zehn. Außerdem bin ich neunundfünfzig Jahre alt und habe vor, mich nächstes Jahr, mit sechzig, von der aktiven Beteiligung an den Geschäften der Gesellschaft zurückzuziehen.«

Er machte eine Pause, und die Stille um den Tisch wurde noch tiefer. »Ich habe daher für meine Aktien die folgenden Dispositionen getroffen:

Meine Enkel, Loren III und Anne Elisabeth, erhalten je fünf, zusammen zehn Prozent. Diese Aktien werden von ihrem Vater, der auch das Stimmrecht dafür ausübt, als Treuhänder bis zu ihrer Großjährigkeit verwaltet. Für den Fall des Todes eines der Beteiligten sind Vorkehrungen getroffen, um die Interessen der Überlebenden sowie der Gesellschaft zu schützen.«

Er machte wieder eine Pause und fragte mit einem Blick auf Melanie: »Könnte ich bitte ein Glas Wasser und zwei Aspirintabletten haben, Miß Walker?«

Sie ging schweigend zur Bar und kam mit dem Wasser und dem Aspirin zurück. Die Männer sprachen nicht, während er die Tabletten einnahm. Man war daran gewöhnt, ihn Aspirin schlucken zu sehen.

Er stellte sein Glas ab. »Gleichzeitig habe ich einer Stiftung unter dem Namen ›Hardeman-Stiftung‹ neununddreißig Prozent der Aktien übertragen. Es soll die Aufgabe dieser Stiftung sein, die Gewinne daraus zum Wohl und Nutzen der Allgemeinheit zu verwenden. Die Stimmrechte der Aktien dieser Stiftung bleiben bis an mein Lebensende treuhänderisch in meinem Besitz. Nach meinem Tod werden die Stimmrechte von den Treuhändern der Stiftung ausgeübt, welche unter den bedeutendsten Erziehern und gemeinnützig eingestellten Bürgern des Landes auszuwählen sind. Mein Sohn und ich sind automatisch Treuhänder der Stiftung auf Lebenszeit.«

Juniors Gesicht zeigte Überraschung. »Ich werde nicht . . .«

Loren hob die Hand. »Laß mich zu Ende sprechen, bevor du etwas sagst«, meinte er freundlich.

Junior nickte und lehnte sich, noch immer verwundert, wieder zurück.

»Ich selbst behalte einundvierzig Prozent der Aktien«, fuhr Loren fort, »sie werden nach meinem Tod meinem Testament gemäß unter Mitgliedern meiner Familie, der Stiftung und einigen anderen Leuten und von mir bezeichneten wohltätigen Projekten aufgeteilt.«

Er trank einen Schluck Wasser. »Bei der nächsten Vorstandssitzung werde ich dem Vorstand einen Vorschlag unterbreiten, die Leitung der Gesellschaft von einem Mann – derzeit meinem Sohn oder mir – in die Hände eines fünfköpfigen Exekutivkomitees übergehen zu lassen, das von mir und nach meinem Rücktritt von meinem Sohn geleitet wird. Der Leiter des Komitees wird keine Stimme haben, außer bei einer Stimmengleichheit unter den Komiteemitgliedern. In diesem Fall kann er mit seiner Stimme den Ausschlag geben.«

Er trank noch einen Schluck Wasser. »Bis zu meinem Rücktritt bleibe ich Direktor und Vorsitzender des Vorstands der Gesellschaft, und mein Sohn führt als Präsident und Direktor die Beschlüsse des Exekutivkomitees und des Vorstands aus. Nach meinem Rücktritt wird mein Sohn auch noch die Aufgaben des Vorsitzenden übernehmen.«

Er schwieg einen Augenblick und betrachtete seine Hände. Dann sah er wieder auf. »Es gibt noch mehr, viel mehr Punkte in meinem Vorschlag, meine Herren, aber es hätte keinen Sinn, sie im Augenblick weiter auszuführen. Sie betreffen unter anderem Pläne für Pensionen und Gewinnbeteiligung der Direktoren, Einzelversicherung und ähnliche Sozialleistungen für die Arbeiter und Angestellten der Gesellschaft. Miß Walker wird jedem von Ihnen eine Mappe mit allen Einzelheiten dieser Vorschläge sowie den eingangs besprochenen Punkten übergeben.«

Er stand auf. »Das dürfte alles sein, was ich Ihnen im Augenblick zu sagen habe. Ich danke Ihnen, meine Herren.«

Auch die anderen standen auf. Melanie verteilte schnell die Mappen. Wenige Minuten später waren alle außer Junior gegangen. Er saß auf seinem Stuhl und schaute seinen Vater an.

»Könnte ich ein Wort mit dir sprechen?« fragte er.

Melanie verschwand diskret aus dem Zimmer.

»Komm, trinken wir was«, sagte Loren.

Junior folgte ihm zur Bar. Loren goß sich einen kanadischen Whisky ein und fragte mit einem Blick auf seinen Sohn: »Du trinkst noch immer Kognak?«

»Ich nehme einen Whisky.«

Loren nickte und füllte Juniors Glas. »Eis?«

Junior nickte.

Loren ging hinter die Bar und nahm Eis aus dem Kübel, der auf dem Bord stand. Es klingelte in dem Glas, das er Junior reichte. Er blieb hinter der Bar stehen und nahm seinen Drink. »Prost«, sagte er, goß den Whisky hinunter und griff schon wieder nach der Flasche, während Junior noch den seinen schlürfte.

Schweigend füllte er sein Glas wieder. Diesmal trank er langsam und sah dabei seinen Sohn an. Juniors Gesicht war schmal und blaß, unter seinen müden Augen lagen blaue Schatten. Loren wartete darauf, daß er etwas sagte.

Nach einer kleinen Weile griff Junior in die Tasche, nahm ein Kuvert heraus und legte es wortlos auf die Bar.

»Was ist das?« fragte Loren.

»Mach es auf, dann wirst du es sehen. Der Umschlag ist nicht verschlossen.«

Loren nahm rasch das Blatt aus dem Umschlag. Es war sauber und ordentlich auf Juniors Privatpapier getippt.

An den Vorsitzenden des Vorstands und
an die Direktion der
Bethlehem Motors Company, Inc.

Meine Herren,
ich erkläre hiermit meinen Rücktritt als Präsident und Direktor der Bethlehem Motors Company, Inc. Gleichzeitig trete ich als Mitglied des Direktionsvorstands dieser Gesellschaft sowie als Funktionär und/oder Direktor ihrer Zweigunternehmen zurück. Alle diese Rücktritte haben ab sofort Geltung.

Hochachtungsvoll
Loren Hardeman II

Loren schaute seinen Sohn an. »Warum machst du das?«

»Ich dachte, du hättest die Sitzung für heute abend einberufen, um mich zu entlassen.«

Loren ließ ihn nicht aus den Augen. »Wie kommst du dazu, das zu glauben?«

»Aus zwei Gründen. Erstens hast du deine Aktien wieder und damit die völlige Kontrolle über die Gesellschaft. Zweitens habe ich es verdient. Ich habe dir genug Gründe dafür gegeben. Ich hätte es dir auch gar nicht übelgenommen.«

»Das klingt einleuchtend, aber etwas vergißt du dabei«, erwiderte Loren langsam. »Es ist leicht genug, einen Angestellten zu entlassen, aber wie soll ein Mann seinen Sohn als Sohn entlassen?«

Junior sah ihm ruhig in die Augen. »Ich habe Krieg gegen dich geführt, wo es gar keinen Grund zum Krieg gab.«

»Wir haben uns genug angetan«, sagte Loren leise und zerriß langsam den Brief. »Als ich vor längerer Zeit einmal sagte, dies alles würde eines Tages dir gehören, meinte ich es im Ernst. Ich habe meine Meinung nicht geändert. Du bist immer noch mein Sohn.« Er schob die zerrissenen Hälften des Briefes in den Umschlag zurück und reichte ihn Junior.

Junior nahm den Umschlag, betrachtete ihn einen Augenblick schweigend und steckte ihn dann ein. Als er Loren wieder ansah, zwinkerte er, um die Tränen zurückzuhalten. »Danke, Vater«, sagte er heiser.

Loren nickte. Er sagte nichts, weil er seiner Stimme nicht ganz sicher war.

»Ich werde mich bemühen, dich nicht wieder zu enttäuschen«, erklärte Junior. »Ich will mein Bestes tun.«

»Mehr als das kann keiner.«

Sie schwiegen, bis Loren hinter der Bar hervorkam und Junior umarmte. Sie standen eine Weile bewegungslos, dann trat Loren zurück. »Fahr nach Hause, mein Sohn, und leg dich schlafen. Du siehst aus, als könntest du es brauchen.«

Junior nickte und wandte sich zum Gehen, drehte sich aber nochmals um. »Es wird wieder so sein wie in alten Zeiten, Vater?«

Loren lächelte. »Genau wie in alten Zeiten.«

Junior erwiderte sein Lächeln. »Gute Nacht, Vater.«

»Gute Nacht, mein Sohn.« Loren wartete, bis die Tür zu war, bevor er wieder zur Bar ging und sich noch einen Whisky eingoß.

Melanie kam herein. »Laß mich das tun«, sagte sie und nahm ihm das Glas aus der Hand. Sie warf Eiswürfel ins Glas und reichte es ihm. »Ist alles in Ordnung?«

Er nickte müde und nippte an seinem Drink. »Es war ein langer Tag.«

»Ich gehe nach oben und laß dir ein heißes Bad ein, danach fühlst du dich wohler.« Sie kam hinter der Bar hervor und ging zur Tür.

»Aber tu bitte nicht so viel verdammtes Parfüm rein«, rief er ihr nach. »Ich rieche sonst wie eine französische Nutte.«

»Beklag dich doch nicht«, sagte sie und lächelte ihm von der Tür her zu. »Im Grunde magst du das ja.«

Er kam aus dem Badezimmer, ein Handtuch um die Taille gewickelt, seine haarige Brust und die Schultern hoben sich von dem weißen Tuch ab.

»Ich bin jetzt entspannt.«

»Tu trotzdem, was ich dir sage«, antwortete sie. »Ich weiß, wie schwer du heute gearbeitet hast.«

Gehorsam streckte er sich bäuchlings auf dem Bett aus. Ihre kräftigen Finger bohrten sich in seinen Nacken, dann massierte sie ihn allmählich über Schultern und Rücken abwärts. Seine Muskeln entkrampften sich langsam unter ihrer Hand.

»Angenehm?« fragte sie.

»Herrlich.« Er wälzte sich auf die Seite. »Aber ich kriege einen Steifen.«

»Ich weiß.« Sie betrachtete ihn. »Den bekommst du jedesmal.«

»Und was willst du dagegen unternehmen?« fragte er lachend.

»Das ist ein Muskel wie jeder andere«, sagte sie vergnügt. »Man muß nur wissen, wie man ihn behandelt.«

Sie stand auf und begann sich auszuziehen. Ihre Brüste hüpften aus dem Büstenhalter, sie zog den Hüftgürtel aus und zeigte ihre üppigen, vollen Hüften und das dicht bewachsene dunkle Dreieck unter dem Bauch.

Er zog sie aufs Bett und wollte sich über sie wälzen.

»Nein«, sagte sie schnell. »Du sollst dich ausruhen. Laß mich mal.«

Er ließ sich zurückfallen, und sie kletterte auf ihn. Zuerst langsam, dann schneller rieb sie ihren Körper an seinem. Er griff nach oben, faßte ihre Brüste und zog sie an sein Gesicht. Er nahm ihre Brustwarzen in den Mund und saugte daran, bis sie hellrot und steif waren.

Sie fühlte, wie es ihr kam und wie es ihren Körper schüttelte. »Loren!« schrie sie auf, fiel im gemeinsamen Orgasmus auf ihn und klammerte sich fest, bis das schmerzvolle Zittern aufhörte.

Sie fühlte, wie er sich langsam in ihrem Inneren löste, rollte zur Seite, stand auf und ging zum Bad. »Warte hier«, sagte sie. »Ich mach' dich gleich sauber. Du sollst dich ausruhen.«

»Bring doch bitte Aspirin mit. Mein Kopf fühlt sich an wie in einem Schraubstock.«

»Okay.«

Als sie wenige Minuten später zurückkam, schien er friedlich zu schlafen, sein Kopf lag von ihr abgekehrt auf dem Kissen. Sie kniete sich schweigend neben das Bett, wusch ihn mit einem warmen Waschlappen und trocknete ihn behutsam ab.

Seine Hand tastete nach ihr, als sie aufstand. »Schlaf nur«, sagte sie leise. »Du brauchst es.« Sie ging wieder zu dem Stuhl und holte sich ihren Büstenhalter.

»Melanie!« Seine Stimme klang heiser und ungewohnt.

»Versuche zu schlafen, Loren«, mahnte sie leise, schloß die Haken des Büstenhalters und griff nach dem Hüftgürtel.

»Nein, Melanie!«

Etwas in seiner Stimme veranlaßte sie, ihn anzusehen. Er wandte sich ihr zu, aber irgend etwas in seiner Art, sich zu bewegen, war verkehrt. Es war, als würde sie einen Zeitlupenfilm sehen, und alles, was er tat, zuviel Anstrengung erfordern. Endlich gelang es ihm, sich fast im Bett aufzusetzen, seine weit offenen, gequälten Augen starrten sie an. Die Worte schienen zäh von seinen Lippen zu kommen. »Melanie! Ich bin krank. Ruf den Arzt!«

Dann, als hätten ihm die Worte die letzte Kraft geraubt, fiel er nach vorn. Sie sprang hinzu, um ihn aufzufangen, aber er war zu schwer für sie, glitt ihr aus den Armen und rollte schwer zu Boden.

»Loren!« schrie sie.

Am nächsten Tag brachten die Detroiter Abendzeitungen Schlagzeilen und Fotos über die sogenannte Schlacht von River Rouge. Bennetts Sturmtrupp hatte sich in voller Stärke auf die ahnungslosen Gewerkschaftsorganisatoren gestürzt. Frankenstein und Walter Reuther lagen in der Klinik, Reuther hatte einen dreifachen Wirbelsäulenbruch erlitten, als man ihn eine Treppe mit sechsunddreißig Stufen hinuntergeschleift hatte. Mehrere andere waren gleichfalls ins Krankenhaus gebracht worden, darunter eine schwangere Frau, die in den Bauch getreten worden war. Vielleicht noch mehr aber empörte die Presse, daß Bennetts Leute, nachdem sie mit den Gewerkschaftlern fertig waren, auf die Reporter und Fotografen losgingen, sie verprügelten und ihre Kameras zerschlugen. Die Ausschreitungen, schrieben sie, seien eine der entwürdigendsten Episoden in der Geschichte des amerikanischen Arbeitskampfes.

Wegen des River-Rouge-Berichts stand der Artikel über Loren Hardeman im Inneren des Blattes. Eine kleine Schlagzeile in Spalte vier auf Seite zwei der *New York Times* vom 27. Mai 1937 meldete:

LOREN HARDEMAN ERKRANKT

Detroit, 26. Mai. Loren Hardeman I., Präsident und Gründer der Firma Bethlehem Motors, wurde in einer Detroiter Klinik ein gutartiger Gehirntumor entfernt, der ihm seit mehreren Jahren zu schaffen machte. Wie die Ärzte berichten, befindet sich Mr. Hardeman bereits auf dem Wege der Besserung.

7 (1971)

John Bancroft, Vizepräsident und Leiter der Verkaufsabteilung bei Bethlehem Motors, drehte sich auf seinem Stuhl herum, als Angelo in sein Büro kam. Er stand mit breitem Lächeln auf und streckte die Hand aus. »Angelo! Schön, daß Sie hier sind.«

Sein Händedruck war der des Geschäftsmanns, fest, herzhaft, unpersönlich, freundlich. Angelo erwiderte sein Lächeln. »Freut mich, Sie zu sehen, John.«

»Nehmen Sie Platz«, sagte Bancroft und sank wieder auf seinen Stuhl hinter dem Schreibtisch.

Angelo setzte sich schweigend und zündete eine Zigarette an. Er kam sofort zum Wesentlichen. »Ich habe Ihre Nachricht erhalten. Hier bin ich.«

Es war Bancroft anzusehen, daß er sich unbehaglich fühlte. »Das freut mich. Wir haben Probleme.«

»Das weiß ich. Was ist an den Ihren so besonders?«

»Ich beginne, Händler zu verlieren.«

»Wieso?« fragte Angelo, offensichtlich erstaunt. »Ich dachte, wir hätten mehr Anträge von neuen Einzelhändlern als je zuvor.«

»Richtig«, räumte Bancroft ein. »Aber das sind alles gewissermaßen Geschäfte am Rand. Gebrauchtwagenhändler, die nach oben kommen wollen, Händler mit Importwagen, die mit ihrem Sortiment kein besonders gutes Geschäft machen und versuchen, etwas Neues anzufangen. Das große Problem liegt darin, daß neunzig Prozent von ihnen nicht genug Geld haben, um eine ausreichende Serviceabteilung aufzubauen. Die anderen zehn Prozent sind in Ordnung, liegen aber meist in Gebieten, wo wir schon gut vertreten sind.«

»Das ist aber noch kein Grund, Händler zu verlieren«, sagte Angelo.

Der Leiter der Verkaufsabteilung runzelte sorgenvoll die Stirn. »Ich bekomme seit zwei Monaten Briefe von unseren alteingeführten Händlern. Manche von ihnen arbeiten für uns, seit das Unternehmen besteht. Sie machen sich Sorgen über die Einstellung der Sundancer-Produktion. Sie befürchten, daß sie mit der Betsy ihren Platz auf dem Absatzmarkt nicht behaupten können. Ich habe nahezu vierhundert solcher Briefe bekommen.« Er holte tief Atem. »Noch schlimmer aber ist, daß ich von ungefähr neunzig Händlern Kündigungsbriefe erhalten habe. Die Hälfte sind zu Chrysler, Dodge und Plymouth gegangen, etwa dreißig zu Pontiac und Buick, zehn zu American Motors, vier zu Mercury und einer zu Olds.« Er mußte sich trotz der Klimaanlage den Schweiß von der Stirn wischen. »Das waren alles tüchtige Verkäufer. Weiß Gott, ob die neuen ebenso gute Ergebnisse erzielen.«

Angelo zog an seiner Zigarette. Nach einer Weile sagte er: »Ich verstehe das nicht. Im ganzen Land reißen sich die Händler um den Mazda Rotary mit Wankelmotor, aber wir haben Schwierigkeiten. Was ist da los?«

»Wahrscheinlich sind die meisten davon jene zweitrangigen Händler, die auch zu uns kommen. Die versuchen es mit allem, was neu ist. Außerdem will Mazda den amerikanischen Markt sprengen. Sie finanzieren sogar die Serviceabteilungen. Wenn wir das tun müßten, bräuchten wir noch weitere fünfzig Millionen Dollar, um sie im Land zu verteilen. Mazda konzentriert sich deshalb vorläufig auf Kalifornien und Florida.«

Angelo nickte. »Und wir müssen im ganzen Land gleichmäßig vorgehen, weil wir schon überall eingeführt sind.«

»Jetzt haben Sie's richtig erfaßt.«

Angelo drückte seine Zigarette aus. »Was sollen wir also tun?«

»Ich kann Ihnen meine Antwort nur vom Standpunkt des Verkäufers aus geben. Die Produktionsprobleme sind Ihre Sache.«

»Also los.«

»Erstens geben Sie den Sundancer nicht auf!« sagte Bancroft bedächtig. »Damit sich die Händler nicht allzu große Sorgen machen. Zweitens folgen Sie dem Beispiel der Japaner und konzentrieren Sie sich auf begrenzte Testgebiete und bauen Sie den Markt langsam aus. Wenn der Start gelingt, können wir uns allmählich ausdehnen und in zwei oder drei Jahren, wenn wir richtig im Geschäft sind, die Produktion des Sundancer einstellen.«

»Und wenn wir sie sofort aufgeben?«

»Meiner Schätzung nach würden wir sechshundert Händler verlieren.«

Angelo stand auf und ging nachdenklich zum Fenster. »Ich brauche das Sundancer-Werk, um die Motoren für die Betsy zu bauen.«

»Ich weiß. Aber mit nur siebenhundert Händlern, die uns im ganzen Land bleiben, sind wir aus dem Geschäft, bevor der Wagen noch auf den Markt kommt.«

Angelo wußte, wie er das meinte. Sie hatten mit einem Durchschnittsverkauf von wöchentlich vier neuen Wagen je Händler gerechnet, wobei sie von mindestens fünfzehnhundert Händlern ausgegangen waren. Das waren sechstausend Wagen wöchentlich, dreihunderttausend im Jahr. Bei zweihundertzwanzigtausend kamen sie in die Gewinnzone. Mit siebenhundert Händlern konnten sie nur hundertvierzigtausend Stück absetzen, und das wäre eine Katastrophe. Ein Verlust von einhundertsechzig Millionen Dollar im ersten Jahr.

Er ging zurück zu Bancrofts Schreibtisch. »Mit wem haben Sie sonst noch darüber gesprochen?«

Bancroft erwiderte ruhig seinen Blick. »Mit niemand. Ich habe die Zahlen zusammengestellt, und Sie sind der erste, mit dem ich darüber rede. Aber morgen kommt Loren III von seiner Hochzeitsreise zurück, und ich muß ihn vor der Vorstandssitzung am Freitag davon in Kenntnis setzen.«

Angelo nickte. Die Vorstandssitzung fand zu dem Zweck statt, eine Entscheidung über den Sundancer zu treffen. »Ich weiß es zu schätzen, daß Sie es mir mitteilten, John.«

Bancroft lächelte. »Angelo, Sie wissen ja, daß ich an die Betsy ebenso glaube wie Sie, aber ich kann an den Zahlen nichts ändern.«

»Lassen Sie mich darüber nachdenken. Danke, John.«

Er war bereits auf halbem Weg zu seinem Büro, da fiel ihm etwas ein. Er machte kehrt und ging zurück.

Bancroft telefonierte. Er sah erstaunt auf, als Angelo eintrat, beendete sein Gespräch und stellte das Telefon zur Seite.

»Kommt es Ihnen nicht merkwürdig vor«, sagte Angelo, »daß Sie plötzlich in den letzten zwei Monaten Briefe von Händlern kriegen, die alle das gleiche schreiben?«

»Ich weiß nicht«, antwortete Bancroft. »So habe ich das eigentlich noch nie betrachtet. Gewöhnlich bekommen wir solche Briefe, nachdem ein Wagen ein Jahr im Verkauf war.«

»So viele Briefe?«

Bancroft schüttelte den Kopf. »Nein. Normalerweise sind es zwanzig bis vierzig oder fünfzig. Gewöhnlich von Händlern, die ihr Verkaufssoll nicht erfüllt haben und uns drücken wollen. Das ist in allen Branchen so.«

»Haben Sie sämtliche Briefe gelesen?«

Bancroft nickte. »Das muß ich, es gehört zu meinem Job.«

»Gibt es etwas Bestimmtes oder einen Gedanken, der in allen Briefen mit fast den gleichen Worten formuliert ist?«

Bancroft dachte eine Weile nach. Er drückte auf den Knopf seines Haustelefons. »Bringen Sie mir die Akte mit den letzten Händlerbriefen.«

Gleich darauf kam seine Sekretärin mit mehreren Mappen herein, legte sie auf den Schreibtisch und ging wieder hinaus. John öffnete die Mappen und blätterte sie durch.

Angelo wartete schweigend, während der Verkaufsleiter einen Brief nach dem anderen überflog. Fast zehn Minuten vergingen, bis Bancroft mit merkwürdiger Miene hochschaute. Er sah sich die Briefe nochmals an und unterstrich mit Rotstift einzelne Zeilen. Dann reichte er Angelo einige Briefe. »Lesen Sie mal diese Stellen.«

Der Stil der einzelnen Briefe war verschieden, aber der Grundgedanke war der gleiche. Alle drückten die Besorgnis aus, daß sich der Turbinenmotor als gefährlich erweisen und bei hohen Geschwindigkeiten explodieren könnte.

John war noch mit dem Unterstreichen beschäftigt, als Angelo sagte: »Nun reimt es sich allmählich zusammen.«

Bancroft legte den Bleistift fort. »Wie meinen Sie das?«

»Haben Sie schon mal von einer Unabhängigen Autosicherheits-Organisation, der IASO, gehört?«

»Ja. Sie wird von einem miesen Saukerl namens Mark Simpson geleitet. Ich habe ihn mindestens sechsmal aus meinem Büro gejagt, trotzdem kommt er jedes Jahr wieder.«

»Was sucht er hier?«

»Im Grunde ist es wohl eine Erpressung.« Bancroft zündete sich eine Zigarette an und schob dann das Päckchen Angelo hin. »Aber er macht es schlau. Er verlegt ein Schmierblatt, das er an alle einschlägigen Adressen in den Staaten verschickt. Darin gibt er eine gefälschte Bewertung der Autos und betont ganz besonders seine Ehrlichkeit, weil er keine Annoncen annimmt.«

»Und was tut er wirklich?«

»Darüber bin ich mir nicht ganz klar«, sagte Bancroft. »So weit sind wir nie miteinander gekommen. Aber er ist meines Wissens Besitzer oder Mitinhaber verschiedener Gebrauchtwagenverkaufsstellen im Land. Von solchen, bei denen Händler ihre überzähligen Wagen an den Mann bringen. In Wirklichkeit sind es Neuwagen, die hundert oder zweihundert Kilometer auf dem Tachometer haben, um als Gebrauchtwagen zu gelten. Er ließ durchblicken, wenn man ihm hundert Sundancer überläßt, würde der Wagen eine gute Einstufung erhalten. Das war der Moment, wo ich ihn hinausgeschmissen habe.«

»Wissen Sie, ob es Gesellschaften gibt, die mit ihm Geschäfte machen?«

»Keine einzige. Sie haben für ihn auch nicht mehr übrig als wir.«

»Wie bleibt er dann im Geschäft?«

»Durch Druck auf die örtlichen Händler«, antwortete Bancroft. »Die Händler lassen sich immer leicht einschüchtern. Sie gehen von der Überlegung aus, daß es ihnen nicht weh tut, wenn sie ihm ein paar Wagen überlassen. Außerdem hilft es ihnen, ihr Verkaufskontingent zu erfüllen.«

»Ich habe das Gefühl, dieser Simpson ist der Mann, der dahintersteckt. Wir haben rausgefunden, daß er für unsere Unannehmlichkeiten im Westen verantwortlich war.«

»Das leuchtet mir nicht ein. Simpson rührt keinen Finger, wenn kein Verdienst für ihn dabei herausspringt. Was zum Teufel könnte er daran verdienen, die Betsy vom Markt fernzuhalten?«

»Das möchte ich eben gern wissen. Die Kampagne, die er da führt, muß eine Menge Geld kosten. Es sieht aus, als ob er überall im Land aktiv ist.«

»Von wem, glauben Sie, bekommt er das Geld?« fragte Bancroft. »Er ist nicht der Typ, der sein Geld riskiert.«

»Keine Ahnung. Aber der Mann, von dem er es kriegt, will offensichtlich nicht, daß wir die Betsy herausbringen.«

»Die anderen Gesellschaften sind es nicht. Das weiß ich. Die sind froh, daß wir die Pionierarbeit leisten. Glauben Sie, es könnten die Benzinkonzerne sein?«

Angelo schüttelte den Kopf. »Nein. Wir haben bereits mit allen Benzinfirmen im Land Vereinbarungen getroffen. Sobald wir auf den Markt kommen, wollen sie bei allen Tankstellen Kerosinpumpen aufstellen.«

Sie schwiegen. Angelo trat ans Fenster. Vom Bahnhof fuhr ein mit Automobilen voll beladener Güterzug ab; ihre hellen Farben glänzten in der Sonne. Er betrachtete den langsam aus dem Bahnhof rollenden Zug, bevor er zu Bancrofts Schreibtisch zurückkehrte.

»Setzen Sie sich ans Telefon und reden Sie mit jedem einzelnen dieser Händler«, sagte er. »Finden Sie raus, ob Simpson oder irgend jemand, der mit ihm in Verbindung steht, tatsächlich mit ihnen gesprochen hat.«

»Was soll uns das nützen?«

»Es muß etwas Gesetzwidriges an seinem Vorgehen sein, und vielleicht können wir es beweisen. Verleumdung, üble Nachrede. Ich weiß nicht. Ich übergebe es unseren Anwälten, die sollen es herausbringen.« Er nahm eine Zigarette aus dem Päckchen auf Bancrofts Schreibtisch. »Inzwischen beruhigen Sie die Leute. Sagen Sie ihnen, es gibt absolut nichts an dem Wagen, das nicht in Ordnung wäre. Erzählen Sie ihnen von unseren Tests.«

»Sie werden glauben, ich quatsche ihnen etwas vor. Simpson scheint sich darauf zu verlegen, die Schwierigkeiten breitzutreten, die wir nach Peerless' Tod hatten. Und davon haben sie ja alle in den Zeitungen gelesen.«

»Dann laden Sie jeden einzelnen ein, auf unsere Kosten zu unserem Testgelände zu kommen und selbst die Leistung des Wagens zu prüfen. Das müßte sie doch überzeugen.«

»Ob es sie überzeugt, weiß ich nicht«, sagte Bancroft. »Aber kommen werden sie bestimmt. Ich bin noch keinem Händler begegnet, der eine Gratisreise abgelehnt hätte – und wär's auch nur bis ans andere Ende der Stadt.«

Angelo lachte. »Das überlasse ich Ihnen. Während Sie sich darum kümmern, will ich sehen, was ich erfahren kann. Noch sind wir nicht tot.«

»Jetzt fühle ich mich allmählich besser. Wir unternehmen wenigstens was, statt bloß dumm dazusitzen.« Er stand auf. »Noch können wir es uns nicht leisten, solche Dinge zu ignorieren.«

»Das ist auch keineswegs meine Absicht«, sagte Angelo. »Ich habe diesen Job nicht übernommen, um die Gesellschaft zu ruinieren, und ich habe vor, das Bestmögliche für sie zu tun. Ob es nun für mein Privatleben gut ist oder nicht.«

8

Als Prinz Igor Alekhine erwachte, flutete der Sonnenschein durch die Fenster in sein Zimmer, aus dem man auf das blaue Wasser des Mittelmeers sah. Er sprang aus dem Bett, öffnete die Fenster und atmete in tiefen Zügen die milde Morgenluft ein. Er zog an der Klingelschnur, damit der Butler seinen Kaffee brachte, und begann die morgendlichen Turnübungen.

Jeden Morgen, gewissenhaft, vor dem geöffneten Fenster. Einatmen, zwei, drei, vier. Ausatmen, zwei, drei, vier. Zwanzigmal mit weit schwingenden Armen. Dann die Kniebeugen. Hoch, zwei, drei, vier. Nieder, zwei, drei, vier. Auch zwanzigmal.

Der Butler erschien mit dem Kaffee und den Morgenzeitungen, dem lokalen *Nice Matin* und der *Paris Herald Tribune*. Er stellte das Tablett auf das Tischchen neben dem Fenster. »Wünschen Sie heute morgen noch etwas?« fragte er wie schon tausendmal zuvor.

»Zwanzig.« Igor sah auf, kam mit etwas von der Anstrengung beschleunigtem

Atem hoch. Er betrachtete seine Magengegend. Flach und hart. Nicht übel für einen Fünfziger. Er lächelte dem Butler zu. »Ich glaube nicht, James.«

Daß der Butler François hieß, spielte keine Rolle. Sobald ein Mann vom Prinzen angestellt wurde, hieß er auch schon unweigerlich James. »Danke, Sir«, sagte er mit ausdruckslosem Gesicht und wandte sich zum Gehen.

Igor rief ihn zurück. »Ist die Prinzessin schon wach?«

»Ich glaube nicht, Sir. Wir haben in der Küche noch kein Klingelzeichen von ihr gehört.«

»Verständigen Sie mich, sobald sie sich meldet.«

»Bitte sehr, Sir.« Der Butler entfernte sich.

Der Prinz ging zum Tisch und goß sich im Stehen eine Tasse Kaffee ein. Er führte sie an die Lippen und schlug gleichzeitig die *Herald Tribune* auf, um den Börsenbericht zu lesen. Sein geübtes Auge überflog schnell die Spalten. Automobile fest, Metall fest, A & T, Eastman, Kodak verhältnismäßig unverändert, Dow Jones Index 0,9 Prozent gestiegen. Er legte die Zeitung wieder auf den Tisch, ging mit der Kaffeetasse zum Fenster und schaute hinaus. Es war alles in Ordnung auf der Welt.

Eine Jacht nahm Kurs auf Monte Carlo, die weißen Segel blähten sich im Wind, während sie in das blaue Wasser ihre Schaumspur zog. Daneben fuhr eine Motorjacht zu ihrem Liegeplatz in Beaulieu-sur-Mer. Der Tag versprach schön zu werden für eine Fahrt auf dem Meer. Sobald Anne aufwachte, würde er sie fragen, ob sie an Bord der Jacht mittagessen wolle. Inzwischen konnte er ein wenig schwimmen und sich weiter von der Sonne bräunen lassen. Anne stand selten vor halb zwölf auf.

Er fuhr im Lift hinunter zum Privatstrand. Als er aus dem Haus trat, blinzelte er in die Sonne.

Er sah zurück zur Villa mit ihren fünf Stockwerken. Sie war aus Stein aus den Pyrenäen gebaut und bestand aus einer Gruppe turmartiger Gebäude am Rand der Klippe, die von der Basse Corniche zum Wasser abfiel. Jeder Turm war mit dem anderen durch einen Bogengang verbunden. Ein verrücktes Haus, aber er liebte es. Es war einem Schloß so ähnlich, wie sich das auf diesem Besitz hatte verwirklichen lassen.

Er ging zum Rand des kleinen Landestegs und sprang kopfüber ins Wasser. Die Kälte raubte ihm fast den Atem. Fauchend kam er hoch. Verdammt, es war Juni, und das Wasser war noch immer eiskalt. Er schwamm mit kräftigen Zügen, und als er zwanzig Minuten später wieder auf dem Steg stand, glühte seine Haut, und er genoß die Wärme.

Er stieg über die kurze Treppe zur Terrasse mit dem Swimmingpool hoch und nahm sich ein Handtuch aus der Badehütte. Nachdem er sich kräftig abgerubbelt hatte, ging er zur Bar und drückte auf die Taste der Sprechanlage zur Küche.

»Ja, Sir?« erklang die Stimme des Butlers dröhnend aus dem Lautsprecher.

»Bringen Sie mir Kaffee zum Bassin, James«, bestellte er. Er schaltete aus, verließ die Bar und ging um die Seitenfront des kleinen Gebäudes zum Swimmingpool. Da erst sah er sie.

Ein breites Lächeln verzog sein Gesicht, er mochte seine Nichte gern. »Guten Morgen, Betsy«, begrüßte er sie herzlich. »Du bist schon früh auf.«

Betsy setzte sich auf der Liegematratze auf und hielt die Träger ihres Büstenhalters an die Brust. »Guten Morgen, Onkel Igor«, sagte sie.

Er lachte. »Du brauchst nicht so nervös zu sein, viel verdeckt der Bikini ohnehin nicht.«

Sie lächelte nicht, sondern machte die Träger fest.

Er drehte sich um und sah aufs Meer hinaus. »Wieder ein wunderschöner Tag an der Côte.« Er streckte die Arme aus und wandte sich ihr wieder zu. »Bei all dem, was auf der Welt passiert, ist es manchmal kaum zu glauben, daß hier so die Sonne scheint.«

Sie schwieg.

Er schaute sie an. Gewöhnlich war sie nicht so still. »Ist etwas mit dir?« fragte er. Dann fiel es ihm ein. »Solltest du heute nicht segeln gehen?«

»Ich hatte keine Lust«, sagte sie kurz.

»Warum nicht?«

Sie sah ihn an, ihre Augen blinzelten in der Sonne. »Weil mir den ganzen Morgen übel war.«

»Ich werde Dr. Guillemin anrufen«, meinte er besorgt. »Ich glaube, die Bouillabaisse war gestern abend etwas zu stark gewürzt.«

»Es ist nicht die Bouillabaisse.«

»Was dann?« fragte er überrascht.

»Ich glaube, ich bin schwanger«, erklärte sie nüchtern.

Er starrte sie an, Bestürzung zeigte sich in seinem offenen, sonnenverbrannten Gesicht.

»Wie gibt es so was?«

Sie lachte. »Onkel Igor, für einen Mann, der einer der führenden Playboys der Welt war, bist du bemerkenswert naiv. Es ist eigentlich ganz einfach. Ich habe alles an die Riviera mitgebracht, außer meinen Pillen. Die habe ich vergessen.«

»Frankreich ist ein zivilisiertes Land. Du hättest hier welche bekommen können.«

»Ich hab' sie mir aber nicht besorgt, also Schwamm darüber.«

»Bist du sicher, daß du schwanger bist?«

»Ich habe meine letzten zwei Perioden nicht gehabt, und das ist bei mir noch nie passiert.«

»Am besten, wir vergewissern uns«, sagte er. »Ich melde dich für heute nachmittag bei Dr. Pierre Guillemin in Cannes an.«

»Spar dir die Mühe. Ich fliege heute in die Staaten. In New York sind Abtreibungen legal, und Max hat alles arrangiert. Er hat mir die besten Ärzte besorgt.«

»Max Van Ludwige?« fragte er ungläubig. »Mit ihm? Aber er ist doch angeblich so glücklich verheiratet! Seine Tochter ist fast so alt wie du.«

»Er ist glücklich verheiratet. Aber manchmal passiert so was eben. Wir waren drei Tage allein auf dem Schiff, als wir seine Familie abholen fuhren.«

»Und wenn die Ärzte der Ansicht sind, es sei zu spät für eine Abtreibung?«

»Dann läßt sich Max scheiden und heiratet mich«, erklärte sie. »Nach der Geburt lassen wir uns scheiden, und er heiratet seine Frau ein zweites Mal.«

»Du sprichst ja sehr selbstsicher.«

»Das bin ich auch«, sagte sie ruhig. »Wir haben es zu dritt eingehend besprochen.«

»Zu dritt? Wer spielt denn da noch mit?«

»Rita«, sagte sie. Rita war Van Ludwiges Frau. »Es war das Vernünftigste, es ihr zu erzählen. Wir wollten ihr nicht weh tun. Sie benahm sich sehr nett. Sie begreift, daß es nur ein Zufall war. Und daß Max sie wirklich liebt.«

Der Butler erschien mit dem Tablett und dem silbernen Kaffeeservice. »Wo werden Sie Kaffee trinken, Sir?«

Igor starrte ihn sprachlos an. Er zeigte auf das Tischchen neben sich. Der Butler stellte das Tablett behutsam ab. Endlich fand Igor die Sprache wieder. »Bringen Sie mir einen Kognak, James«, sagte er und setzte hinzu, als sich der Butler zum Gehen wandte: »Am besten einen großen!«

Loren III betrachtete den großen, gutaussehenden Holländer. Max Van Ludwige schien ungefähr so alt zu sein wie er selbst, aber mit seinem blonden Haar und den blauen Augen im sonnenverbrannten Gesicht wirkte er viel jünger.

»Solche Dinge sind immer peinlich«, sagte der Holländer in seinem sorgfältigen Englisch. »Man weiß nie genau, was man dazu sagen soll.«

»Das kann ich nicht beurteilen«, antwortete Loren steif. »Ich war noch nie in einer derartigen Lage.«

»Wir bedauern es beide sehr.«

Loren schwieg. Dann fragte er: »Wo ist Betsy jetzt?«

»Sie wird gleich herunterkommen«, sagte Max. Er sah auf, als der Butler in das Wohnzimmer des braunen Sandsteinhauses am Sutton Place kam, das seine Familie seit vielen Jahren in New York besaß. »Was möchten Sie trinken?« fragte er höflich.

»Scotch mit Wasser«, antwortete Loren mechanisch.

»Ich nehme einen trockenen Martini«, sagte Bobbie.

»Meinen üblichen Scotch«, bestellte Van Ludwige.

Der Butler nickte und verließ den Raum, in dem nun verlegenes Schweigen herrschte. Van Ludwige machte den Versuch, es zu brechen. Er wandte sich an Bobbie. »Wie lange ist es her, seit wir uns zum letztenmal gesehen haben, Bobbie? War das im Jahr 67 in Le Mans?«

Sie nickte. »Ich glaube, ja. Sie hatten zwei Porsche im Rennen, wenn ich mich recht erinnere.«

»Richtig«, antwortete er lachend. »Aber ich hatte Pech. Keiner von beiden kam bis zum Ziel.« Der Butler brachte die Getränke. Als er wieder draußen war, sagte Max mit dem Glas in der Hand: »Ich habe mit Bedauern vom Unfall Lord Ayres' gehört, aber ich freue mich, daß Sie nun wieder glücklich sind.« Er hob das Glas. »Hoffentlich ist es nicht zu spät, um Ihnen zu gratulieren?«

»Danke«, sagte Bobbie. Sie schaute Loren an. »Heute ist unser Hochzeitstag.«

»Wirklich?« fragte Loren überrascht.

»Heute sind wir auf den Tag genau drei Monate verheiratet.«

»Darauf wollen wir trinken«, schlug Max vor. »Auf noch viele glückliche Hochzeitstage.«

Sie tranken, und wieder entstand ein verlegenes Schweigen. Max versuchte es nochmals mit Konversation. »In Europa besteht großes Interesse für Ihren neuen Wagen. Er hat einen Turbinenmotor?«

»Ja«, antwortete Loren.

»Glauben Sie, daß Sie ihn nächstes Jahr auf den Markt bringen können?«

»Ich weiß nicht. Wir waren die letzten zwei Monate auf der Hochzeitsreise. Ich wollte eigentlich gestern an einer Vorstandssitzung in Detroit teilnehmen, wo die endgültige Entscheidung darüber fallen sollte. Aber dann ist diese Sache dazwischengekommen, und ich habe es verschoben.«

Max stand auf, als Betsy hereinkam. Nach kurzem Zögern ging sie auf die anderen zu. »Tag, Bobbie«, sagte sie.

Bobbie sah sie an. Die Ringe unter den Augen des jungen Mädchens verrieten, daß es kaum geschlafen hatte. Sie sprang impulsiv auf und küßte Betsy auf die Wange. »Guten Tag, Betsy.«

Betsy lächelte, ein kurzes Lächeln, dann wandte sie sich an ihren Vater, der die beiden beobachtete. Sie rührte sich nicht. »Guten Tag, Daddy.«

Er machte eine unbeholfene Handbewegung, da lief sie in seine Arme. »O Daddy, Daddy! Ich hoffe, du bist mir nicht böse!«

Er schüttelte den Kopf und küßte sie. »Ich bin dir nicht böse, Kleines.«

»Ich hab' da wirklich was angerichtet.«

»Es kommt alles in Ordnung«, sagte er. »Wir kriegen das schon hin.«

Sie holte tief Atem und faßte sich. »Zuerst war ich wütend über ihn. Aber jetzt bin ich froh, daß Onkel Igor dich angerufen hat.«

»Es war richtig. Er war sehr in Sorge.«

»Ich weiß.« Sie wandte sich an Max. »Siehst du, ich habe dir gesagt, mein Vater würde Verständnis haben.«

Der Holländer verbeugte sich steif. »Es freut mich ungemein für dich.«

Loren gab sich einen Ruck. »Nachdem meine Tochter nun hier ist, könnten wir unsere Pläne besprechen.«

»Natürlich«, sagte Max. Er ging zur Tür und schloß sie ab. »Das Personal hat lange Ohren.«

Loren nickte. Max setzte sich neben Betsy auf die breite Couch. Loren nahm seinen Drink und schaute Max erwartungsvoll an.

»Ich habe es so eingerichtet, daß ich nächste Woche mit Betsy nach Nassau fliege. Alle Vorbereitungen für meine sofortige Scheidung sind getroffen. Betsy und ich können gleich heiraten. Eine ganz einfache Sache.«

Loren wandte sich an seine Tochter. »Ist dir das so recht?«

Betsy schaute zuerst ihn, dann Max an, schließlich wieder ihren Vater. »Nein«, sagte sie entschieden.

Einen Augenblick herrschte verblüfftes Schweigen, dann redeten alle zugleich. »Ich dachte –« begann Max.

»Was meinst du damit?« fragte Loren.

Betsy warf Bobbie einen Blick zu, den diese verständnisinnig erwiderte. Sie wandte sich wieder an die Männer. »Das ist doch eine Farce«, erklärte sie. »Ich sehe nicht ein, wozu sie gut sein soll. Max möchte mich so wenig heiraten wie ich ihn. Er will nur als Gentleman handeln. Wir sollten ihm und Rita nicht all diese Schwierigkeiten zumuten, nur weil ich so dumm war, schwanger zu werden.«

»Was willst du dann tun?« fragte Loren.

»Warum kann ich nicht einfach das Kind bekommen?«

Plötzlich wurde Loren böse. »Ich will keinen Bastard in meiner Familie!«

Betsy starrte ihn an. »Sei doch nicht altmodisch, Daddy! Es gibt massenhaft Leute, die Kinder bekommen und trotzdem nicht heiraten wollen. Aber das hier ist doch Unsinn: heiraten, das Kind bekommen und sich wieder scheiden lassen. Warum kann ich nicht in aller Ruhe irgendwohin fahren und das Kind zur Welt bringen?«

»Weil in den Zeitungen schon Gerüchte und Klatsch genug darüber stehen, daß du schwanger bist«, erklärte Loren. »Es gibt keinen stillen Ort, wo du dich verstekken kannst.«

»Dann laß den Zeitungen ihr Vergnügen!« sagte Betsy. »Mir macht das nichts aus.«

»Betsy, hör mir mal zu«, bat Max.

Sie wandte sich an ihn. »Nein, dich ziehe ich da nicht mit rein.«

»Ich möchte dich aber heiraten, Betsy!«

Sie starrte ihn an. »Warum denn? Du liebst mich nicht.«

»Angenommen, Betsy, du bekommst einen Sohn«, sagte Max.

»Nun – und?«

»Verstehst du nicht, was das für meine Familie bedeuten würde?« fragte er. »Ich habe drei Töchter und keinen Sohn, der meinen Namen weiterführt. Mein Vater wäre im siebenten Himmel.«

»Das ist natürlich ein schwerwiegender Grund«, meinte Betsy sarkastisch. »Und wenn ich nun ein Mädchen bekomme oder eine Fehlgeburt habe, dann bietet man mir wohl noch eine zweite Chance.«

»Betsy, jetzt redest du Unsinn!« sagte Max.

»Nein, das ist kein Unsinn«, erklärte Bobbie plötzlich. Alle sahen sie überrascht an. Sie kümmerte sich nicht um die Männer, sondern wandte sich an Betsy. »Du hast recht, und normalerweise würde ich dir beistimmen und dir sogar bei dem helfen, was du vorhast. Aber diesmal bist du nicht fair.«

»Ich *bin* fair«, widersprach Betsy hitzig. »Max und Rita gegenüber und auch zu mir.«

»Aber nicht zu deinem Kind«, sagte Bobbie. »Ich brauche dir nicht zu sagen, daß Max ein feiner Mensch ist, das weißt du selbst. Du schuldest es deinem Kind, daß es seinen Vater kennt. Du schuldest ihm auch, es nicht um seine Erbschaft zu bringen.«

Betsy schwieg. Nach einer Weile meinte sie: »Du bist wenigstens ehrlich. Du sagst die Dinge so, wie sie sind.«

»Ich versuche es. Du hast einen Fehler gemacht.«

Plötzlich verstand Betsy, daß Bobbie die ganze Zeit durchschaut hatte, warum sie so handelte. Angelo. Um ihm zu zeigen, daß sie das gleiche tun konnte wie er. Nun wurde ihr klar, daß sie dumm gewesen war.

»Mach keinen zweiten Fehler«, sagte Bobbie ruhig.

»Also gut«, antwortete Betsy schnell. »Ich werde es schon überstehen.« Dann kamen ihr die Tränen.

Nie ging etwas so aus, wie man wollte.

9

»Wir haben Schwierigkeiten«, sagte Angelo. »Große Schwierigkeiten.«

»Und was gibt es sonst Neues?« fragte Rourke.

Duncan lächelte grimmig. »Ich bin fünfundvierzig Jahre meines Lebens in diesem Geschäft gewesen und war immer in Schwierigkeiten.«

»Nicht so wie diesmal«, sagte Angelo ernst. Er stand auf und ging quer durchs Zimmer, blieb stehen und sah aus dem Fenster. Jenseits der Straße kündigten Plakate die kommenden Ereignisse in der Stadt an. Die nächste große Attraktion war eine Tagung der Büstenhalterfabrikanten. Er lächelte innerlich über das Komische daran. Diesen Männern ging es gut. Sie mußten über nichts nachdenken als über Brüste.

Er kam zu den anderen zurück. »Ich hätte euch beide nicht von der Küste herkommen lassen, wenn ich nicht beunruhigt wäre.«

Sie nickten aufmerksam und sagten nichts.

»Bancroft erzählte mir vorige Woche, daß wir Händler verlieren und es ernstlich zu befürchten ist, daß unser ganzes Händlernetz zum Teufel geht, wenn wir den Sundancer aufgeben.« Sie wollten ihn unterbrechen, aber er hob die Hand und sprach weiter. »Wir sind der Sache nachgegangen. Es ist wieder unser Freund Simpson und die IASO. Er hat eine richtige Kampagne gegen uns lanciert, und sie haben jetzt schon einen solchen Vorsprung, daß wir sie nicht mehr einholen können.«

»Was hat der Kerl gegen uns?« fragte Duncan. »Wir haben ihm nie etwas getan.«

»Ich weiß es nicht«, sagte Angelo. »Aber ich versuche es herauszufinden. Er muß von irgendwoher Geld bekommen. Er selber verfügt nicht über die Mittel, ein so großes Ding zu inszenieren.«

Er ging zur Bar und füllte sein Glas nach. Dann sah er die anderen fragend an und machte ihnen, als sie nickten, frische Drinks. Er brachte sie zum Tisch und ließ sich in einen Stuhl fallen.

»Wie geht es weiter?« fragte Tony.

»Das kann sich jeder ausmalen, wie er will«, antwortete Angelo. »Ich selbst habe den Eindruck, daß der Vorstand bei der Sitzung am nächsten Freitag das Betsy-Programm zurückstellt und beschließt, den Sundancer weiter zu produzieren.«

»Aber ich habe doch Material für siebzig Millionen eingekauft!« sagte Rourke.

»Ich weiß. Aber wenn der Sundancer weiter hergestellt wird, kann man dafür einen großen Teil davon verwenden. Jedenfalls ist nicht das der springende Punkt. Besser ein Materialverlust, als die ganze Gesellschaft zu verlieren.«

»Sie reden ja, als wären wir bereits tot«, sagte der Schotte verdrießlich.

»Noch nicht«, antwortete Angelo. »Ich habe mehrere Ideen. Aber ich weiß nicht, wie weit sie durchführbar sind.«

»Erzählen Sie sie uns«, sagte Rourke.

Angelo sah ihm in die Augen. »Wie steht es mit der Möglichkeit, statt der Betsy Minis den Motor der Großen Betsy in unserem Werk an der Küste zu bauen?«

»Aussichtslos«, erklärte Rourke entschieden. »Wir würden ein weiteres Jahr für die Neuausrüstung brauchen. Und auch dann hätten wir allerhöchstens eine Kapazität für ungefähr fünfzigtausend Stück.«

»Welche Kapazität haben Sie geplant?«

»Hunderttausend.«

Angelo dachte nach. Der Betsy Mini war ihre Antwort auf die Sub-Compacts, die Volkswagen, Pinto, Vega, Gremlin. Er war einfach gebaut, ähnlich den britischen Minis, die so erfolgreich vom japanischen Honda nachgeahmt wurden, aber stärker, mit besserer Leistung, und sein konkurrenzfähiger Verkaufspreis lag bei 1899 Dollar.

»Und wie viele Silver Sprites?«

»Sieben- bis zehntausend«, antwortete Rourke.

Der Betsy Silver Sprite war der Sportwagen der Serie, ähnlich dem Corvette bei Chevrolet. Bei ihm war alles für die Hochleistung gebaut, die Achsen, Hochleistungsaufhängung, Steuerung, verstärktes Chassis. Der Tachometer ging nur bis 350 Stundenkilometer, sie hatten aus dem Wagen jedoch auf geraden Strecken schon bis zu vierhundertdreißig herausgeholt.

Angelo nahm sich eine Zigarette. »Wie bald könnte Ihre Produktion anlaufen?«

Rourke und Duncan wechselten einen Blick. Die Antwort gab Duncan: »Wenn wir jetzt das Okay kriegen, könnten die ersten Wagen im November vom Fließband rollen.«

Angelo stutzte. Jetzt war Anfang Juli. Bis zum November waren es noch fünf Monate. »Nicht früher?«

Duncan schüttelte den Kopf. »Das ist schon optimistisch gerechnet, mein Lieber. Wir dürfen von Glück sagen, wenn wir das schaffen.«

Angelo schwieg. Dann blieb noch der Betsy Jet Star offen, das Rückgrat der ganzen Serie. Es gab zwei Grundmodelle, das kleinere entsprach dem Nova und Maverick, das andere, etwas größer als der Chevelle und Torino, lag preislich mit diesen auf gleicher Stufe. Für diesen Wagen brauchte er die Sundancer-Fabrik. Sie war das einzige Werk, das jährlich zweihunderttausend Stück oder mehr produzieren konnte.

Er stellte sein Glas hin. »Dann bleibt uns keine andere Wahl. Wir müssen unsere Motoren im Ausland bauen.«

»Das wird Nummer Eins gar nicht recht sein«, sagte Duncan. »Er wollte, daß es ein rein amerikanischer Wagen wird.«

»Wenn er den Wagen auf den Markt bringen möchte, wird aber nichts anderes übrigbleiben«, antwortete Angelo.

»Wir sind schon zu spät daran, um irgendwo eine Fabrik zu finden, welche die nötige Kapazität besitzt«, meinte Rourke.

»Wir haben zwei Möglichkeiten«, erklärte Angelo. »Matsuoka in Japan und die Waggonfabrik in Westdeutschland. Beide verfügen über Kapazität, und beide haben Interesse gezeigt, den Motor in Lizenz auch für ihren Eigenbedarf zu bauen.«

»Sobald wir ihnen eine Lizenz geben«, warnte Duncan, »züchten wir uns nur unsere eigene Konkurrenz.«

»Wenn wir Erfolg haben, können wir das nicht vermeiden«, sagte Angelo. »Sehen Sie doch, wie es bei Wankel zuging. GM hat die Rechte dafür, und Toyo Kogyo ist mit seinem Modell schon auf dem Markt.« Er drückte seine Zigarette aus und zündete eine neue an. »Möglicherweise haben wir sogar einen Vorteil davon. Wenn sie genügend interessiert sind, könnten wir ein Gemeinschaftsunternehmen mit ihnen aufziehen.«

Rourke nickte. »Das würde für uns eine Menge Geld bedeuten.«

»Kümmern Sie sich nicht um die finanzielle Seite«, meinte Angelo. »Das Wichtigste an dem Geschäft ist, daß sie uns eine Mindestlieferung von einhundertfünfzigtausend Motoren im nächsten Jahr garantieren.«

»Leicht wird das nicht sein«, sagte Rourke. »Die Brüder sind gewiegte Kaufleute. Sie werden merken, daß wir in Schwierigkeiten sind.«

»Es liegt an Ihnen, sie vom Gegenteil zu überzeugen. Tony, Sie übernehmen Japan, Sie, Duncan, die Deutschen.«

»Gut«, sagte Rourke. »Wann geht's los?«

»Sofort«, antwortete Angelo.

Duncan stand auf. »Ich werde allmählich zu alt, um so umherzufliegen«, brummte er.

Angelo grinste ihm zu. »Es wird Ihnen sehr gefallen, wissen Sie, all die großen blonden Fräuleins.«

»In meinem Alter, junger Mann, kann ich sie ohnehin nur anschauen«, lehnte der Schotte ab. »Und wenn ich meine Brille nicht aufhabe, ist's auch mit dem Vergnügen nicht weit her.«

Angelo lachte. »Sie schaffen es schon.«

Duncan sah ihn an. »Und was wird aus dem Mini und dem Silver Sprite? Sollen wir die ankurbeln?«

»Noch nicht«, sagte Angelo. »Das muß noch bis nach der Vorstandssitzung am Freitag warten. Dort fällt die Entscheidung.«

Das Sitzungszimmer war voller Rauch und Spannung. John Bancroft hatte seinen Bericht einfach erstattet, ohne zu dramatisieren. Aber das Endergebnis war allen klar. Ohne ein komplettes Händlernetz hatte die Serie Betsy keine Chance.

Angelo unterbrach den Tumult nutzloser Gespräche. »Wir werden uns mit dem Problem Simpson später beschäftigen. Darum geht es im Augenblick nicht. Unser Problem ist die Frage, wie wir beides hinkriegen: die Serie Betsy auf den Markt bringen und gleichzeitig den Sundancer weiter an die Händler liefern, damit sie zufrieden sind.«

Es wurde still am Tisch, alle wandten sich ihm zu. Er fuhr fort: »Wir alle sind uns darüber klar, daß es ohne das Sundancer-Werk keine Möglichkeit für uns gibt, den Betsy Jet Star in ausreichenden Mengen zu bauen, um das ganze Unternehmen gewinnbringend und brauchbar zu gestalten. Es gibt jedoch gewisse gangbare Lösungen für uns. Sie werden im Augenblick eingehend geprüft.

Tony Rourke ist in Japan, wo er mit der Matsuoka-Schwerindustrie verhandelt, und John Duncan berät für uns in Westdeutschland mit der Waggonfabrik über die Produktion der Jet-Star-Motoren. Wenn sich ein befriedigender Abschluß mit ihnen erzielen läßt, wird es möglich sein, den Jet Star auf dem dritten und vierten Sundancer-Fließband zu montieren. Das würde eine zusätzliche Investition erfordern, um diese Fließbänder, die seit vielen Jahren stillstehen, wieder betriebsfähig zu machen. Aber ich glaube, die Investition wäre im Hinblick auf unser Gesamtprogramm vernünftig.«

Er machte eine kurze Pause. Dann, während beifälliges Murmeln in der Runde zu hören war, sprach er weiter. »Sie sind sich natürlich im klaren, meine Herren, daß uns nichts anderes übrigbleibt, als das Betsy-Projekt zu verschieben und neu zu berechnen.«

»Verdammt noch mal! Nein!« Die Faust von Nummer Eins krachte auf den Tisch. »Damit will ich nichts zu tun haben! Die Betsy ist ein amerikanischer Wagen, und sie wird hier gebaut! Mit allen Einzelteilen! Ich krieche nicht zu irgendwelchen verdammten Ausländern, damit sie uns bei dem helfen, was sie von uns gelernt haben!«

Im Gegensatz zu Nummer Eins' Heftigkeit war Loren IIIs Stimme ruhig, fast kühl. »Du bist unvernünftig, Großvater. Ich glaube, Angelo hat unsere Lage ganz klar und offen dargestellt. Wir haben keine andere Wahl.«

»Mit dem Wagen werden keine Scheißausländer zu tun haben, solange ich lebe!« fauchte Nummer Eins. »Das ist mein Unternehmen und mein Geld, und ich sage, was damit zu geschehen hat!«

Loren starrte seinen Großvater unbeirrt an. »Das kannst du nicht mehr«, sagte er ruhig, fast geduldig. »Die Zeiten sind vorbei, in denen die Gesellschaft nach den Launen *eines* Mannes geführt werden konnte, der über ihr Leben oder Sterben diktatorisch entscheiden durfte. Männer wie du, Henry Ford und Walter Chrysler gehören einer anderen Ära an. Du kannst keine Entscheidungen treffen, die ausschließlich auf deiner Gerechtigkeitsauffassung und deiner selbsttüchtigen Eitelkeit beruhen. Es gibt in diesem Unternehmen dreißigtausend Angestellte, von denen viele ihr ganzes Leben der Firma gewidmet haben, und du hast kein Recht, mit ihrem Wohl und ihrer Zukunft russisches Roulett zu spielen. Sie haben sich ebensoviel Recht auf diese Gesellschaft verdient wie du, und sie verdienen ebensoviel Rücksicht, wie du sie für dich beanspruchst. Wir haben keine andere Wahl, als den Sundancer weiterzubauen.«

»Verdammt noch mal! Nein!« brüllte Nummer Eins. Er streckte die Arme aus. Mit schnellem Griff öffnete er die Knöpfe seiner Jackenärmel, so daß die Hemdärmel darunter sichtbar wurden, und riß die Manschettenknöpfe ab. Er hielt sie ihnen entgegen. Sie waren aus Gold und glänzten in seiner Hand.

»Seht euch diese Knöpfe an«, befahl er zornig. »Es sind die Modelle des ersten Sundancers, den ich gebaut habe. Das ist fünfzig Jahre her. Ihr redet davon, daß ich in der Vergangenheit lebe, während in Wirklichkeit ihr euch daran klammern wollt!«

Er warf seinen Arm vor und schleuderte die schweren Knöpfe von sich. Sie krachten gegen die Fensterscheiben. Das schwache Glas zersprang klirrend, und die Manschettenknöpfe flogen hinaus.

Nun wandte er sich wieder an die schweigende Versammlung, seine Stimme war jetzt ruhig und leise. »Der Sundancer ist tot, meine Herren. Die Sitzung ist zu Ende.«

Schweigend verließen sie den Raum, bis nur noch Angelo, Loren III und Nummer Eins übrig waren. Nach einer Weile stand Loren auf.

Er sah auf Nummer Eins hinunter. »Daß ich dir das nicht durchgehen lasse, weißt du sicher«, sagte er. »Du kannst mit allen anderen Schlitten fahren, aber nicht mit mir. In dieser Sache bekämpfe ich dich bis aufs Messer.«

Nummer Eins lächelte. »Tu das nur«, sagte er beinahe freundlich. »Aber komm dann nicht zu mir und weine, wenn dir die Luft ausgeht.«

»Ich habe nicht die Absicht zu verlieren«, sagte Loren III. Jetzt sprach er ganz wie sein Großvater. »Einer muß sich um die Verantwortung kümmern, die diese Gesellschaft im Laufe der Jahre für ihre Angestellten übernommen hat. Auch scheinst du mir einiges zu vergessen.«

Nummer Eins sagte nichts.

»Die Minderheitsaktienbesitzer haben gewisse gesetzliche Vorrechte. Meine Schwester und ich sind Besitzer von zwanzig Prozent der Gesellschaft, und Anne hat mir Vollmacht erteilt. Wir beide lassen nicht zu, daß du diese Gesellschaft ruinierst.«

»Und ich habe achtzig Prozent«, sagte Nummer Eins.

»Nein«, erwiderte Loren ruhig. »Du hast das Stimmrecht für achtzig Prozent, bist aber nur Besitzer von einundvierzig. Das ist ein gewaltiger Unterschied.« Er machte kehrt und verließ das Zimmer.

Nummer Eins wartete, bis sich die Tür hinter seinem Enkel geschlossen hatte, dann sagte er beinahe respektvoll zu Angelo: »Der Junge entwickelt einigen Mumm.«

Angelo betrachtete ihn eine Zeitlang, bevor er antwortete. »Er hat nicht ganz unrecht. Sie gehen mit vierhundertfünfundvierzig Stundenkilometern in eine S-Kurve.«

Nummer Eins starrte ihn an. »Auf welcher Seite stehen Sie denn, zum Teufel?«

Angelo antwortete nicht. Vor ihm klingelte das Telefon. Er hob den Hörer ab.

»Ich habe ein Gespräch für Sie von den Bahamas, Mr. Perino«, sagte die Telefonistin.

»Wer ist am Apparat?« fragte er.

Es klickte, einen Augenblick war es still, dann meldete sich die Telefonistin wieder. »Miß Elisabeth Hardeman.«

Er warf einen Blick auf Nummer Eins. »Verbinden Sie mich.«

Betsys Stimme klang aus dem Hörer. »Angelo?«

»Ja.« Ein leises Rauschen war zu vernehmen, als würde man die Brandung hinter ihr hören.

»Angelo.« Ihre Stimme klang angestrengt und gespannt, als hätte sie geweint. »Jetzt frage ich dich zum letztenmal: Willst du mich heiraten?«

Er versuchte einen Scherz daraus zu machen. »Wann?«

»Keine Späße, Angelo«, sagte sie scharf. »Ich meine es im Ernst. Sag es sofort, in dieser Minute. Es ist das letztemal.«

Er wollte es noch immer herunterspielen. »Ich habe Ihnen doch gesagt, Miß Elisabeth, daß ich nicht zu denen gehöre, die heiraten.«

Das Telefon in seiner Hand war plötzlich tot. Er hängte langsam ein. Es hatte aufgeregt geklungen, fast als wäre sie sinnlos betrunken. Er schaute Nummer Eins über den Tisch an.

»Das war Betsy«, sagte er verwundert. »Ich dachte, sie ist in Frankreich. Was zum Teufel treibt sie auf den Bahamas?«

Nummer Eins warf ihm einen seltsamen Blick zu. »Wußten Sie das nicht?« fragte er. »Es stand in allen Zeitungen.«

»Ich habe seit Wochen keine Zeitung mehr angesehen.«

»Schade«, sagte Nummer Eins langsam, ein Hauch von Trauer schwang in seiner Stimme mit. »Meine Urenkelin heiratet dort heute abend.«

Nummer Eins rollte seinen Stuhl zur Tür, öffnete sie und sah auf Angelo zurück, der noch am Tisch saß. »Bis morgen.«

Während die Tür zufiel, zündete Angelo sich eine Zigarette an. Er blieb in dem leeren Zimmer sitzen. Erst als die Zigarette ihm beinahe die Fingerspitzen verbrannte, ließ er sie in einen Aschenbecher fallen.

Er trat aus dem Gebäude in die rotgoldenen Strahlen der im Detroiter Smog untergehenden Sonne und schaute zurück auf das Gebäude hinter sich. Die zerbrochene Fensterscheibe des Sitzungssaals sah mit ihrem einen Auge auf ihn herunter.

Einer plötzlichen Eingebung folgend verließ er den Weg und betrat den Rasen unterhalb des Fensters. Seine Augen suchten den Boden ab. Den ersten Manschettenknopf fand er fast sofort direkt vor dem Fenster unter ein paar Glasscherben. Bis er den zweiten fand, vergingen fast fünfzehn Minuten. Er lag versteckt unter einer Ligusterhecke. Angelo hob ihn auf und ging zurück auf den Betonweg.

Er betrachtete die Manschettenknöpfe in seiner Hand. Die rotgoldenen Sonnenstrahlen brachten jede feinste Einzelheit der künstlerischen Arbeit zur Geltung. Das winzige Abbild des Sundancers war so wirklichkeitstreu, daß es nur einen Hauch von Phantasie erforderte, um ihm Leben zu verleihen und ihn donnernd in den Abend hinauszuschicken.

Seine Hand krampfte sich so fest um die goldenen Knöpfe, daß sie ihn fast in die Handfläche schnitten. Langsam ging er zu seinem Wagen.

1

Die blasse Januarsonne schien auf die Salzebene und verwandelte die kilometerweite Fläche vor uns in glitzernde Diamanten, die uns geblendet hätten, wäre nicht das dunkel getönte Glas unserer Sturzhelmvisiere gewesen. Das Heulen der Turbine, das Pfeifen des Windes und das Dröhnen der in den Boden greifenden riesigen ultrabreiten Reifen waren die einzigen Geräusche, die es zwischen uns gab. Ich hielt das Lenkrad fest in der Hand, während ich den Wagen auf den Horizont zusteuerte, wo der weiße Sand mit dem blauen Winterhimmel zusammenstieß.

Cindys Stimme klang gelassen und ruhig in meinem Kopfhörer, als würden wir gemächlich auf einem Feldweg fahren. »Ablesung, Drehzahl achtundsechzigtausend pro Minute, Geschwindigkeit vierhundertachtundneunzig Stundenkilometer, Turbinenreaktortemperatur gleichbleibend bei zwölfhundert Grad Celsius.«

Ihre Stimme wurde von der Sprechfunkkontrolle übertönt. Im Kopfhörer klang Duncans Stimme noch schnarrender als gewöhnlich. »Du näherst dich der Achtundsechzigtausendgrenze, mein Junge.«

»Wir haben sie schon erreicht«, sagte ich.

»Alle Ablesungen sind normal«, gab er zurück. »Geh bis auf siebzigtausend und halt das Tempo eine Minute lang. Ich werde dir die Zeit ansagen. Cindy, stoppen Sie mit Ihrer Uhr, für den Fall, daß der Sprechfunk aussetzt.«

»Verstanden«, sagte Cindy. Ihre Hand mit dem Chronometer tauchte vor mir auf.

Ich gab noch mehr Gas. Unmittelbar darauf ertönte wieder Duncans Stimme. »Minute beginnt. Ablesung siebzigtausend.«

Cindys Daumen drückte auf den Knopf. Ich sah mit einem kurzen Blick auf die Stoppuhr, daß der Sekundenzeiger seinen Weg angetreten hatte. Dann verschwand ihre Hand, sie hatte sie zurückgezogen. Ihre Stimme war nüchtern.

»Ablesung siebzig, Geschwindigkeit fünf-fünfundzwanzig, Temperatur zwölfhundert, Zeit fünfzehn Sekunden.« Eine Pause, dann begann sie wieder: »Ablesung siebzig, Geschwindigkeit fünf-fünfundfünfzig, Temperatur zwölfhundert, Zeit fünfundvierzig Sekunden.« Und gleich darauf: »Sechzig Sekunden.«

Wieder der Sprechfunk. »Sechzig Sekunden! Tempo verringern, mein Junge, jetzt langsam.«

Ich ging schon vom Gas zurück. »Verstanden«, sagte ich. Erst als wir auf einhundertzehn Stundenkilometer waren und im Leerlauf fuhren, wagte ich sie anzusehen.

Ihr Gesicht war trotz des klimatisierten Sitzraums rot, und auf ihrer Oberlippe waren feuchte Tröpfchen. Atemlos fragte sie: »Weißt du, wie schnell wir waren?«

Ich schüttelte den Kopf. »Nein.«

»Sechs-dreißig«, sagte sie. »Es ist mir zweimal gekommen.«

Ich grinste. »Ich wollte auch kommen. Aber ich war zu beschäftigt.«

Duncans Stimme kam trocken aus dem Hörer. »Vergeßt nicht, daß der Sprechfunk noch eingeschaltet ist. Hört mit euren Schweinereien auf.«

Wir lachten. Ihre Hand suchte die meine auf dem Lenkrad. »Junge, Junge, das ist vielleicht ein Wagen!« sagte sie.

»Stell dir vor, was wir mit dem erreichen könnten, wenn er für Indianapolis qualifiziert wäre.«

Ungefähr eineinhalb Kilometer vor uns tauchte das Ende der Strecke auf. Ich berührte das Bremspedal, mehr brauchte ich nicht zu tun. Alles übrige besorgte die elektronische Bremsanlage.

Während ich mich duschte und ankleidete, schob man schon den Formel-Eins-Prototyp der Betsy in seinen mit Klimaanlage ausgestatteten Transportwagen, um ihn zu unserem eigenen Testgelände zurückzufahren.

Als ich aus dem Gebäude trat, kam Duncan auf mich zu. Er blinzelte wegen der Sonne. »Das war eine gute Fahrt, mein Junge.«

»Danke«, sagte ich. »Hat alles geklappt?«

»Tadellos. Der Regisseur sagte mir, die Hubschrauberaufnahmen würden glasklar sein, und alle anderen Kameras hätten einwandfrei funktioniert.«

»Wir hatten Glück mit dem Wetter.«

Er nickte. »Ja, die Leute vom Werbefernsehen können sich nicht beklagen. Wir haben getan, was wir konnten.«

»War es eigentlich damals leichter, als es noch kein Fernsehen gab?« fragte ich. »Als man einen neuen Wagen bloß auszustellen brauchte?«

Er lächelte. »Wenigstens mußten wir nicht unsere ganze Zeit für diese Dinge vergeuden. Stell dir die Unverschämtheit von diesem Regisseur vor. Er meinte, bei meinem Funkgespräch mit dir sollte meine Stimme dramatischer klingen!«

Ich lachte. »Kein Wunder, daß du mir ein bißchen theatralisch vorgekommen bist.«

Cindy kam heraus. Ihr offen herabfallendes Haar leuchtete in der Sonne. »Nummer Eins ruft aus Palm Beach an. Er will dich sprechen.«

Ich ging ins Haus zurück und nahm den Hörer ab. »Ich wollte Sie eben anrufen«, sagte ich. »Der Formel eins hat glatte sechs-dreißig erreicht.«

»Wer hat ihn gefahren?« fragte Nummer Eins ärgerlich.

»Ich.«

Er schwieg. Ich spürte, wie sich die Explosion anbahnte, und hielt den Hörer vom Ohr weg. »Sie blödsinniger Hurensohn!« brüllte er. »Vizepräsidenten sind nicht dazu da, Testwagen zu fahren. Wann werden Sie endlich aufhören, sich mit Spielzeug abzugeben?«

»Ich habe doch wohl Anspruch auf ein wenig Spaß bei meinem Job«, sagte ich.

»Nicht für mein Geld«, fauchte er. »Warum, zum Teufel, glauben Sie, habe ich Ihnen die Option auf zweihunderttausend Stück von meinen Aktien gegeben? Doch nicht, damit Sie sich umbringen und uns das Geschäft versauen!«

Ich antwortete nicht. Er hatte mir die Option nur gegeben, weil er mir die Million Dollar nicht zurückzahlen wollte, die ich ihm vor einigen Jahren als Sicherheit für das Washingtoner Werk vorgestreckt hatte.

»Halten Sie sich raus aus den verdammten Wagen, verstanden?«

»Ja, Sir«, antwortete ich. »Aber ich habe den Eindruck, die Werbefilme werden Ihnen gefallen. Ich lasse sie Ihnen rüberfliegen, sobald sie fertig sind.«

»Ich kann es erwarten, bis sie im Fernsehen laufen. Wir haben andere Probleme.«

Das war die größte Untertreibung des Jahres. Aber das Jahr hatte erst vor kurzem begonnen. »Von welchem sprechen Sie?«

»Von meinem Enkel«, sagte er kurz. »Wir haben endlich ein Lebenszeichen von ihm erhalten.«

»Ach?« Loren III war in den letzten Monaten sonderbar still gewesen. Ich war schon neugierig, wann sich das ändern würde.

»Ich möchte am Telefon nicht darüber sprechen«, erklärte Nummer Eins. »Kommen Sie sofort zu mir rüber.«

»Ich sollte aber nach Detroit, um die neuen Montagefließbänder endgültig zu genehmigen.«

»Überlassen Sie das Duncan«, knurrte er. »Ich brauche Sie sofort hier!«

Die Verbindung brach ab, ich legte den Hörer auf. Duncan und Cindy kamen herein. »Ist Nummer Eins mit allem zufrieden?« fragte Duncan.

»Nicht mit allem. Ich soll so bald wie möglich hinkommen.«

»Was ist los?« fragte Duncan betroffen.

»Ich weiß nicht. Er wollte am Telefon nicht reden.«

Der Schotte schwieg eine Weile. »Glaubst du, er hat es erfahren?«

»Erfahren?« Meine Gedanken waren anderswo. »Was?«

»Das Sundancer-Projekt?«

»Nein, das glaube ich nicht«, sagte ich. »Zumindest hat er nichts erwähnt. Es hat etwas mit Loren III zu tun.« Ich sah Cindy an. »Bitte ruf bei den Fluglinien an, ich brauche die schnellste Verbindung nach Palm Beach.« Sie nickte und ging zum Telefon, während ich mich Duncan zuwandte. »Du fliegst nach Detroit und genehmigst die Fließbänder. Bis zum Zwanzigsten muß alles startbereit sein.«

Cindy deckte den Hörer mit der Hand ab. »Für Direktflüge ist es zu spät. Die beste Verbindung startet heute abend um sechs vom Salt Lake. Du steigst in Chicago um nach Fort Lauderdale und nimmst von dort einen Wagen.«

»In Ordnung.«

»Keine Änderung der Pläne?« fragte Duncan. »Fließband eins und zwei für Sundancer Standard, drei und vier für Jet Star?«

»Es bleibt dabei«, sagte ich. »Kontrolliere es mit Tony und sorge dafür, daß er drüben alles bereit hat. Es muß so genau funktionieren wie ein Uhrwerk!«

»Wird gemacht«, erklärte der Schotte, »aber –«

»Aber was?«

»Nummer Eins wird sich nicht freuen, wenn er erfährt, was du getan hast.«

»Wenn er den Startknopf drückt, ist es für ihn schon zu spät, um etwas dagegen zu unternehmen.«

Alles war genau durchdacht: elf Uhr vormittags in Florida war zehn Uhr in Detroit und acht Uhr in Washington. Die goldene Telegrafentaste war in der Bibliothek des Hauses in Palm Beach installiert. Kameraleute, Fotografen und Nachrichtenagenturen waren benachrichtigt und warteten bereits darauf, die Zeremonie zu übertragen. Punkt elf Uhr würde Nummer Eins auf die Goldtaste an seinem Schreibtisch drücken und dadurch die Fließbänder in Detroit und Washington gleichzeitig in Bewegung setzen. Fünfundfünfzig Minuten später würde von jedem Fließband der erste Wagen rollen, und dann alle drei Minuten ein weiterer. Am Geburtstag Lincolns, in weniger als einem Monat, würden alle Bethlehem-Händler der Vereinigten Staaten die neuen Wagen vorstellen.

Cindy legte den Hörer auf. »Die Flüge sind für dich gebucht.«

»Gut«, sagte ich. »Danke.«

»Was soll ich tun?« fragte sie. »Zurück zur Testbahn fahren?«

Ich schüttelte den Kopf. »Nein. Du fliegst nach Detroit. Dort leitest du die Gruppe, welche die Wagen vom Fließband testet.«

»Was geschieht mit Stanforth?« fragte sie.

Stanforth war der Cheftestfahrer. »Der bleibt an der Küste und leitet dort die Gruppe«, erklärte ich.

»Bekomme ich eine Gehaltserhöhung?« fragte sie lächelnd.

»Was verdient Stanforth?«

»Dreißigtausend.«

»Das kriegst du auch.«

»Das wird ihm nicht gefallen. Eine Frau, die das gleiche Gehalt bekommt wie er.«

»Quatsch!« sagte ich grinsend. »Hat er noch nie etwas von Frauenemanzipation gehört?

Sie fummelte am Stereobandgerät herum, als ich aus dem Schlafzimmer kam. »Ich habe gepackt«, sagte ich.

Sie sah zu mir hoch. »Möchtest du eine Abschiedsnummer mit mir, bevor du zum Flughafen fährst? Du wirst im Flugzeug besser schlafen.«

Ich lachte. »Seit wann kümmerst du dich darum, ob ich im Flugzeug schlafe oder nicht?«

»Hör dir das an«, sagte sie und drehte einen Knopf am Gerät.

Das röhrende Geräusch des Auspuffs, vermischt mit dem besonderen hohen Wimmern einer Turbine, kam aus dem entferntesten Lautsprecher, raste durch das Zimmer auf mich zu, während es über die verschiedenen Lautsprecher jagte. Plötzlich drang ihre Stimme aus dem Mittellautsprecher: »Temperatur des Turbinenreaktors achthundert Grad Celsius.«

Duncans Stimme kam dünn und schwach aus dem entferntesten Lautsprecher. »Start bei Signal. Noch zehn Sekunden – neun – acht –«

Sie stellte das Bandgerät ab. »Wie gefällt dir das?«

Ich starrte sie an. Sie überraschte mich immer wieder. Ich hätte geschworen, daß sie nicht die Zeit dazu gehabt hatte. »Wie hast du das gemacht?«

Sie lächelte ein verstecktes Lächeln. »Ich hab' mir Duplikate vom Computerband und vom Kameraband machen lassen. Dann brauchte ich sie nur noch zu mischen.«

Ich schwieg.

»Nun?« fragte sie.

Ich grinste. »Okay. Komm wieder ins Schlafzimmer.«

»Nein, soviel Zeit haben wir nicht. Bis ich es dort installiert habe, ist das Flugzeug weg. Machen wir's hier auf dem Teppich.«

Sie schaltete ein. Das Geräusch wurde lauter, und sie kam auf den Knien über den Boden auf mich zu. Das Geheul der Turbine und Duncans Stimme klangen aus den Lautsprechern:

»-ben – sechs – fünf – vier –«

Bei »eins und Start« war sie über mir.

2

Die riesigen Schäferhunde kannten zwar mich, nicht aber den Wagen, daher folgten sie ihm argwöhnisch durch die Einfahrt, bis ich ausstieg. Dann kamen sie wedelnd und um Zärtlichkeit bettelnd herbei. Ich kraulte sie am Kopf, ehe sie mich umwerfen konnten. »Guten Tag, Donner, Tag, Blitz.«

Der für mich unhörbare Ton der Pfeife verjagte sie. Der Diener stand auf den Stufen. »Guten Morgen, Mr. Perino.«

»Guten Morgen, Donald.«

»Darf ich Ihr Gepäck aus dem Wagen nehmen?«

»Ich habe keines. Nur diese kleine Tasche.«

Er nahm sie mir ab, und ich folgte ihm ins Haus. »Ist Mr. Hardeman schon wach?«

»Er sitzt mit Mr. Roberts im Frühstückszimmer.«

Ich ging durch die Halle zum hinteren Teil des Hauses und zur Frühstücksterrasse mit dem Blick auf Strand und See. Nummer Eins und Artie saßen am Tisch.

»Guten Morgen, Nummer Eins«, sagte ich. »Guten Morgen, Artie.«

Artie stand auf und reichte mir mit dem beruhigenden Nur-keine-Sorgen-das-regle-ich-alles-Druck des Rechtsanwalts die Hand. »Guten Morgen, Angelo.«

»Lang genug haben Sie gebraucht, um herzukommen«, brummte Nummer Eins.

»Ich war heute morgen um ein Uhr dreißig in Fort Lauderdale, aber ich hatte irgendwie das Gefühl, Sie würden es nicht gern sehen, wenn ich hier alle aufwecke.« Ich zog einen Stuhl heran, setzte mich und goß mir eine Tasse Kaffee ein. »Ein schöner Tag!«

»Wenn Sie dies hier gelesen haben, werden Sie ihn weniger schön finden«, sagte Nummer Eins und schob mir ein Exemplar des *Miami Herald* zu.

Ich sah mir die Zeitung an. Sie war auf Seite zwei aufgeschlagen. Eine kleine Schlagzeile über zwei Spalten, mit Rotstift umrandet, fiel mir ins Auge.

LOREN HARDEMAN I VON SEINEN ENKELN AUF VERFÜGUNGSGEWALT ÜBER STIFTUNG BEKLAGT

Loren Hardeman III und seine Schwester, Prinzessin Anne Elisabeth Alekhine, Kuratoren der Hardeman-Stiftung, stellten beim Gericht von Michigan Antrag auf Außerkraftsetzung und Annullierung des Treuhandvertrags, durch welchen die Stiftung ihrem Großvater auf dessen Lebenszeit das Stimmrecht für die Aktien der Bethlehem Motors Corporation übertrug. Nach ihrer Auffassung ist eine solche Vereinbarung rechtswidrig, ungültig und dem öffentlichen Interesse abträglich, das Hauptzweck der Stiftung ist. Weiter erklärten sie, daß dieses Stimmrecht Mr. Hardeman die Kontrolle über Bethlehem Motors gibt, welche das einzige Vermögen der Stiftung bilden, und daß seine diesbezügliche Kontrolle Arbeit, Wohlstand und Zweck der Stiftung gefährdet. Der Generalbevollmächtigte des Staates Michigan schloß sich dem Antrag als unbeteiligter Jurist im Interesse der Bevölkerung des Staates Michigan an, wobei er zusätzlich erklärte, daß der Verlust und/oder die Entwertung des Stiftungsvermögens die Pläne im Interesse der Bevölkerung des Staates Michigan, an denen die Stiftung und der Staat gemeinsam beteiligt sind, negativ beeinflussen würde. Oberrichter Paul Gitlin setzte eine Verhandlung für den 17. Januar an; er gab Mr. Hardeman und der Stiftung dieses Datum als Frist für die Beantwortung der erhobenen Beschuldigungen.

Ich legte die Zeitung weg und wandte mich an Nummer Eins. »Und nun sagen Sie mir bitte, was das bedeutet.«

Er starrte mich trübselig an. »Es bedeutet, daß wir erledigt sind!«

»Ich verstehe das nicht. Sie sagten mir, es gäbe fünf Kuratoren. Das heißt, außer Ihren Enkelkindern und Ihnen noch zwei weitere.«

»Na und?« fuhr er mich an. »Ich war seit Jahren nicht mehr dort. Anne auch nicht. Aber Loren hat mit den beiden anderen immer eng zusammengearbeitet, und er hat sie so gut wie in der Tasche.«

»Haben Sie mit ihnen gesprochen?« fragte ich.

»Ich kann sie telefonisch nicht erreichen«, sagte er sarkastisch. »Geheimnisvollerweise sind sie verschwunden. Loren hat ganze Arbeit geleistet.«

Ich wandte mich an Artie. »Wie sieht es für uns aus?«

»Wollen Sie eine ausführliche juristische Ansicht hören oder soll ich mich kurz und bündig fassen?«

»Kurz und bündig.«

»Wir verlieren. Kürzer kann ich es nicht formulieren.«

»Wieso?« fragte ich.

»Es ist ein Geschenk unter Vorbehalt. Als Mr. Hardeman das Aktienpaket der Stiftung schenkte, hat er entweder die Stimmrechte dieser Aktien in seinem Besitz behalten oder sie als Bedingung für sein Geschenk verlangt. Das Gericht würde entscheiden müssen, daß es sich um einen unvollständigen Schenkungsakt handelt und, da die Rechtmäßigkeit der Stiftung hier nicht zur Diskussion steht, Mr. Hardeman beauftragen, der Stiftung dieses Stimmrecht zu übertragen.«

»Und wenn die Rechtmäßigkeit der Stiftung bestritten würde?« fragte ich.

»Dann würden die Aktien rückwirkend wieder in den Besitz von Mr. Hardeman gelangen. Und er würde natürlich für das von der Stiftung dank der Aktiendividenden erhaltene Einkommen steuerpflichtig sein. Ein grober Überschlag, den ich gemacht habe, ergibt, daß seit dem Jahre 1937 bisher ungefähr hundert Millionen Dollar auf diese Weise an die Stiftung gingen. Wenn wir durchschnittlich fünfundsechzig Prozent für die staatlichen und Bundeseinkommensteuern annehmen, kommen wir auf eine persönliche Steuerschuld Mr. Hardemans von fünfundsechzig Millionen Dollar zuzüglich sechs Prozent jährliche Verzinsung des Einkommens, wodurch seine Steuerschuld auf mehr als das Doppelte der ursprünglichen Steuern steigen würde, das heißt auf einhundertdreißig Millionen Dollar.«

Ich wandte mich an Nummer Eins. »Sie haben recht. Sie sind erledigt.«

Der Alte nickte mürrisch. »Wie ich gesagt habe.«

Wir schwiegen eine Weile. Ich trank den Kaffee. Er schmeckte nun gar nicht mehr so gut. Irgendwie hatte der Morgen seinen Glanz verloren. Ich schaute nochmals in die Zeitung, da fiel mir etwas auf. Ich las die Zeile laut:

»– dieses Stimmrecht Mr. Hardeman die Kontrolle über Bethlehem Motors gibt, welche das einzige Vermögen der Stiftung bilden, und daß seine diesbezügliche Kontrolle diesen Besitz gefährdet.« Ich fragte Artie: »Müssen das nicht die andern beweisen, um zu gewinnen?«

»Eigentlich nicht«, sagte er. »Die bloße Tatsache, daß das gesamte Kapital der Gesellschaft aufs Spiel gesetzt wird, um einen neuen Wagen zu bauen und zu verkaufen, würde dem Gericht genügen. Im allgemeinen gestattet eine vorsichtige Geschäftsführung keine derartigen Engagements. Für einen Teil des Kapitals wohl, nicht aber für das ganze.«

»Wenn aber der Wagen ein Erfolg wird, verdient die Gesellschaft mehr Geld als jemals seit ihrem Bestehen.«

»Wann wissen Sie das?« fragte Artie interessiert.

»Wenn der Wagen sechs Monate bis ein Jahr auf dem Markt ist.«

»Dann nützt es uns nicht mehr.« Er schüttelte den Kopf. »So lange kann ich sie nicht hinhalten.«

»Wenn Loren die Kontrolle über die Gesellschaft in die Hand bekommt, ist die Betsy tot«, erklärte ich. »Und die Gesellschaft erleidet einen glatten Verlust von hundert Millionen Dollar.«

»Aber sie verliert nicht alles«, sagte Artie. »Soweit ich informiert bin, ist es weniger als die Hälfte des eventuellen Verlusts, den sie erleiden würde, wenn Sie nicht mindestens zweihunderttausend Stück von den neuen Wagen verkaufen können.«

»Ich wäre zuversichtlicher, daß wir genügend Betsys verkaufen, wenn wir nicht die vielen Schwierigkeiten mit unseren Händlern hätten«, meinte ich.

»Das ist es!« Zum erstenmal klang Nummer Eins' Stimme scharf.

Wir starrten ihn an.

»Dieses Schwein, dieser Simpson!« sagte er. »Wir alle haben gewußt, daß er nicht das Geld hat, um auf eigene Faust eine solche Kampagne zu starten. Jemand muß hinter ihm stehen.«

»Wir haben nachgeforscht«, sagte ich. »Aber wir haben nichts herausbekommen.«

»Wer hat die Nachforschungen angestellt?« fragte Nummer Eins.

»Natürlich Dan Weyman. Das ist Sache seiner Abteilung.«

»Dan Weyman«, sagte Nummer Eins höhnisch. »Und Sie haben sein Wort für bare Münze genommen?«

Ich schwieg.

»Weyman ist Lorens Geschöpf«, erklärte Nummer Eins.

»Wollen Sie damit sagen, daß Ihr Enkel hinter der Kampagne steht?« fragte Artie ungläubig. »Das kann ich nicht glauben. Warum sollte er die Gesellschaft ruinieren wollen, deren Präsident er ist?«

»Ich sage weder, daß er es ist, noch, daß er es nicht ist«, antwortete Nummer Eins listig. »Aber mein Enkel wird mir täglich ähnlicher. Und wenn ich an seiner Stelle wäre und die Geschäftsleitung einschüchtern wollte, würde ich auf diese Art vorgehen. Nur etwas hat dabei nicht geklappt, daß wir uns eben nicht einschüchtern ließen.«

»Würde es uns vor Gericht helfen, wenn wir die Verbindung zwischen Simpson und Loren beweisen könnten?« fragte ich Artie.

Er überlegte eine Weile. »Ich glaube nicht. Meiner Ansicht nach würde das Gericht Loren wegen Verletzung seiner Treuhänderverpflichtung als Kurator absetzen, das würde aber das Stimmrecht des Kuratoriums für die Aktien nicht beeinträchtigen.«

»Wenn wir aber Loren festnageln können, werden die anderen sicher statt für ihn für Nummer Eins stimmen«, sagte ich.

»Wenn wir Loren erwischen«, erklärte Nummer Eins, »brauchen wir die Stimmen der Stiftung nicht.«

»Das verstehe ich nicht«, sagte ich verdutzt.

»Ich besitze doch einundvierzig Prozent, stimmt das?« fragte er.

»Vierzig«, sagte ich. »Soeben habe ich beschlossen, mein Stimmrecht auszuüben.«

Er grinste. »Warum gerade jetzt?«

»Ich hatte den Eindruck«, erwiderte ich mit gleichem Grinsen, »Sie mit all Ihren Problemen könnten noch eine Million in bar brauchen.«

Er lachte. »Na schön. Vierzig Prozent. Sie haben ein Prozent, und meine Enkelin Anne besitzt zehn Prozent. Das ergibt einundfünfzig Prozent. Mehr habe ich nicht nötig.«

»Woher wissen Sie, daß sie sich Ihnen anschließt?« fragte ich.

»Ich kenne meine Enkelin. Wenn sie das Vertrauen zu ihrem Bruder verliert, kommt sie auf meine Seite. Dafür sorgt schon ihr Mann. Er geht dorthin, wo das Geld ist.«

»Dann bleibt für uns nur ein Problem. Wir müssen die Verbindung zwischen Simpson und Loren beweisen.«

»Das ist Ihr Problem. Das müssen Sie schaffen, und Sie haben dafür nur acht Tage Zeit.«

»Wie, zum Teufel, soll ich das machen?«

»Das ist mir völlig egal!« schnauzte mich der Alte an. »Tun Sie, was Sie wollen oder müssen. Simpson hat für Geld gearbeitet. Mit Geld kann man ihn zurückkaufen.«

»Und wenn es nicht klappt?« fragte ich. »Wenn Loren wirklich saubere Hände hat?«

Der Alte starrte mich böse an. »Dann legen Sie ihn rein! Das sind Kinderspiele, die wir hier treiben!«

3

Als ich abends nach Detroit zurückkam, lag in meinem Brieffach im Hotel eine telefonisch durchgegebene Mitteilung. Ich las sie, während ich im Fahrstuhl zu meinem Appartement hinauffuhr: BITTE RUFEN SIE MRS. HARDEMAN AN.

Ein New Yorker Amt und eine Telefonnummer standen dabei, sowie die Zeit des Anrufs: 19.10 Uhr. Ich sah auf die Uhr und fragte mich, was Bobbie wohl in New York tun mochte. Es war fast neun Uhr.

Ich trat ein, ging zum Telefon im Wohnzimmer und schaute aus dem Fenster auf das gegenüberliegende Kongreßgebäude, während ich auf meine Verbindung wartete.

In dieser Woche tagten die Leichenbestatter. Das mußte ein Mordsspaß sein. Die Telefonistin meldete sich. »Mrs. Hardeman ist sprechbereit.«

»Abend, Angelo.« Das war nicht Bobbies Stimme, sondern Alicias.

Ich ließ mir die Überraschung nicht anmerken. »He, du dort.«

Sie lachte. »He, du, wahrscheinlich wunderst du dich?«

»Ja«, sagte ich ehrlich.

»Ich weiß, daß du viel zu tun hast, und ich halte dich nicht lange auf.«

»Aber Alicia, sei doch nicht so förmlich mit mir. Dafür kennen wir uns schon zu lang.«

Sie lachte wieder. Diesmal klang ihre Stimme entspannt. »Entschuldige«, sagte sie. »Aber seit meiner Scheidung weiß ich nie ganz sicher, woran ich mit den Leuten bin, die ich kannte, als ich verheiratet war.«

»Ich habe dich schon gekannt, bevor du verheiratet warst.«

»Na schön. Ich bleibe trotzdem bei meiner kurzen Fassung. Ich erhielt bei der Scheidung als Teil meiner Abfindung die Hälfte von Lorens Bethlehem-Aktien.«

»Das wußte ich nicht.«

»Das wissen nur sehr wenige. Loren wollte nicht, daß es bekannt wird. Deshalb hat er meine Vollmacht für das Stimmrecht.«

»Ich verstehe.« Das bedeutete, daß Loren nur fünf Prozent vom Gesellschaftskapital besaß und nicht zehn, wie wir gedacht hatten.

»Ich habe in der Zeitung von dem Prozeß gelesen. Ich hatte Loren und Dan Weyman öfters davon sprechen hören, aber ich habe nie geglaubt, daß er es wirklich tun würde.« Dann wurde ihre Stimme hart. »Ich wünsche nicht, daß sie die Gesellschaft kontrollieren.«

»Da sind wir beide einer Meinung.«

»Ich habe mit meinem Rechtsanwalt gesprochen und eine neue Vollmacht zugunsten Großvaters ausstellen lassen«, sagte sie. »Bitte richte ihm das von mir aus.«

»Warum rufst du ihn nicht an? Es würde ihn bestimmt freuen.«

»Nein. Seine Sekretärin und Haushälterin, Mrs. Craddock, berichtet Loren alles. Ich will nicht, daß er davon erfährt.«

Ich hatte zugleich recht und unrecht gehabt. Ich hatte geglaubt, daß Nummer Eins' Diener Donald die undichte Stelle war. »Ich werde dafür sorgen, daß Nummer Eins es erfährt.«

»Ich schick' die Vollmacht zu dir ins Hotel. Sag Großvater, er kann damit stimmen, wie er es für richtig hält.«

»Wird gemacht«, sagte ich. Aber meine Neugierde war geweckt. »Du sagtest, Loren und Dan Weyman haben oft darüber gesprochen?«

»Ja, es war nichts Neues. Jedesmal, wenn sich Loren über Großvater ärgerte, kam es aufs Tapet. Besonders seit sie von der Betsy erfahren hatten.«

Ich riskierte einen Schuß ins Blaue. »Hast du sie je von einem Mann namens Simpson sprechen hören?«

»Mark Simpson?«

»Richtig.«

»Er ist ein Freund von Dan Weyman. Dan brachte ihn mehrmals zu uns, er sollte mit Loren sprechen. Sie arbeiteten zusammen an irgendeiner Sache. Ich glaube, es hatte irgendwas mit der Sicherheit in Automobilen zu tun.«

Ins Schwarze getroffen! Ich hütete mich, meine Erregung zu verraten. »Würdest du mir den Gefallen tun und mir ein paar Worte schreiben, wann sie sich, soweit du dich erinnerst, bei euch zu Hause getroffen haben?«

»Gern«, sagte sie und fügte mit etwas Neugierde im Ton hinzu: »Hilft euch das?«

»Möglicherweise«, erklärte ich vorsichtig und warf noch einen Blick auf den Zettel mit ihrer Telefonnummer. »Kann ich dich unter dieser Nummer erreichen, wenn ich dich noch mal sprechen will?«

»Nein. Ich fliege morgen abend nach Gstaad.«

»Ich wußte nicht, daß du Ski fährst.«

Sie lachte. »Ich fliege nicht hin, um Ski zu fahren. Betsys Baby ist in nächster Zeit zu erwarten, und da möchte ich bei ihr sein.«

»Wie geht es ihr?«

Sie lachte wieder. »Sie läßt sich dadurch nicht aus der Ruhe bringen. Max, ihr Mann, ist aufgeregter als sie, aber ich kann es immer noch nicht glauben, daß ich Großmutter werde.«

»Großmütter werden jedes Jahr jünger. Das habt ihr der jungen Generation zu verdanken. Meine besten Grüße an Betsy.«

»Ich werde sie ausrichten. Auf Wiedersehen, Angelo.«

»Wiedersehen, Alicia.« Ich legte auf und ging zur Bar. Ich öffnete eine frische Flasche Crown Royal, nahm Eiswürfel aus dem Kühlschrank und bereitete mir einen steifen Drink. Ich brauchte ihn wirklich.

Nummer Eins hatte recht gehabt mit seiner Vermutung, daß Weyman alles vertuschte. Aber ich hätte gern gewußt, ob er wirklich glaubte, daß Weyman und Loren mit Simpson unter einer Decke steckten. Das schien doch völlig sinnlos. Wenigstens bis jetzt.

Die Musik aus dem Kabarett wurde lauter. Ärgerlich ging ich zum Telefon und rief den Empfang an. »Sie müssen wegen der Lautsprecher oben im Kabarett etwas unternehmen«, beschwerte ich mich. »Sie machen mich verrückt.«

»Das verstehe ich nicht, Mr. Perino«, antwortete der Empfangschef beruhigend. »Das Kabarett ist heute geschlossen. Vielleicht hat ein Gast das Radio zu laut gestellt. Ich werde nachsehen.«

»Ich bitte darum«, sagte ich kurz. Ich legte den Hörer auf und ging zum Schlafzimmer. Die Musik wurde lauter. Ich hatte genug eigene Sorgen, die mir Kopfschmerzen machten, ich brauchte keine Hilfe von außen. Ich öffnete die Schlafzimmertür. Das Musikgeschmetter aus acht Lautsprechern warf mich beinahe um.

Cindy hockte im Bett, das lange Haar fiel über ihre nackten Schultern und Brüste bis auf das Laken. Sie war von der Musik wie betrunken und sah mich an. Ihr Kopf wippte immer noch im Rhythmus der Musik. Ein glückliches Lächeln trat auf ihre Lippen. »Willkommen daheim, Angelo. Ist es nicht wunderschön?«

»Stell es leiser!« schrie ich durch den Lärm. »Was soll das? Willst du, daß man mich rausschmeißt?«

Sie nahm die Fernsteuerung und zielte damit auf das Tonbandgerät in der Ecke. Der Krach verringerte sich zu einer annehmbaren Lautstärke. »Das Neueste vom Neuen«, sagte sie. »Ich konnte nicht widerstehen.«

Ich starrte sie an. »Wie bist du hereingekommen?«

Ihre Augen wurden groß und rund. »Du glaubst es nicht, aber in der ganzen Stadt gab es kein freies Hotelzimmer, als ich gestern ankam.«

»Das ist keine Antwort auf meine Frage.«

Sie kniete sich auf den Bettrand. »Komm her«, sagte sie.

Ich ging zu ihr, und sie legte ihre Arme um meinen Hals und zog sich an mir hoch. Ihre Lippen fühlten sich warm und weich an.

Ich nahm meinen Mund weg. »Das ist immer noch keine Antwort auf meine Frage.«

»Es war gar nicht so schwierig, Liebling.« Ihre Augen lachten. »Ich habe ihnen bloß gesagt, daß ich das neue Tonbandgerät installieren soll, das du bestellt hast.«

»Aber das war gestern«, meinte ich. »Wieso haben sie dich nicht rausgeworfen?«

»Jeder weiß doch, daß man so etwas nicht an einem Tag installieren kann«, erklärte sie unschuldig. »Außerdem war ich ganz leise. Bis eben, als ich dich reinkommen und direkt zum Telefon gehen hörte, um eine andere Frau anzurufen.« Sie schob ihre Hand unter das Kopfkissen und holte einen Zettel mit einer Telefonnachricht hervor, den sie mir in die Hand schob. »Ausgerechnet sie!«

Es war die Zimmerkopie der Nachricht, die ich schon unten am Empfang erhalten hatte. Als ich sie wieder ansah, war ihr Gesicht so ärgerlich, daß ich lachen mußte. »Du bist eifersüchtig«, sagte ich. »Das sieht dir gar nicht ähnlich. Ich dachte, für so etwas bist du viel zu eiskalt.«

»Ich bin nicht eifersüchtig«, erwiderte sie heftig. »Aber wie würde es dir gefallen, wenn du zwei Tage im Bett verbringst und darauf wartest, daß ich nach Hause komme, und wenn ich komme, gehe ich sofort zum Telefon und rufe einen andern Mann an?«

»Aber ich wußte doch nicht, daß du wartest.« Ich lachte.

»Das spielt keine Rolle!« schimpfte sie. »Ich finde es nicht sehr nett. Du hättest wenigstens vorher ins Schlafzimmer schauen können!«

»Es war geschäftlich!«

»Natürlich«, meinte sie sarkastisch.

»Wirklich«, antwortete ich. »Du denkst an die falsche Mrs. Hardeman. Es geht um die erste.«

»Mein Gott!« rief sie schockiert. »Sag nur, daß du es mit der auch getrieben hast.«

Als ich am Morgen in mein Büro kam, erwartete mich Duncan. Bei ihm waren Carradine von der Konstruktion und Joe Huff von der Designabteilung.

Ich brauchte nicht ein zweites Mal hinzusehen, um zu erkennen, daß sie keine frohe Botschaft brachten. Ich setzte mich an meinen Schreibtisch. »Also, meine Herren«, sagte ich, »raus mit der Sprache!«

»Wie willst du's hören, mein Junge?« fragte Duncan. »Der Reihe nach oder alles gleichzeitig.«

»Nur schön der Reihe nach. Heute ist Montag, und ich bin nicht in bester Verfassung.«

»Na schön«, begann er. »Freitag ist die gesamte Arbeit am Fließband eingestellt worden. Auf Anordnung des Präsidenten.«

»Das darf er nicht, dazu fehlt ihm die Vollmacht. Nummer Eins ist immer noch Vorsitzender des Vorstands und Generaldirektor.«

»Er hat es aber doch getan«, sagte Duncan kurz.

»Dann geh rein und bring die Arbeit wieder in Gang.«

»Geht nicht. Wir sind aus dem Werk ausgesperrt, wir können nicht einmal in unsere Büros. Dies hier ist der einzige Ort, wo man uns reingelassen hat.«

Ich schwieg. Loren verlor keine Zeit. Vielleicht eilte er sogar sich selbst ein wenig voraus. »Das war also das eine«, sagte ich. »Was noch?«

»Ärger mit der Gewerkschaft«, sagte Duncan. »Die Vereinigten Automobilarbeiter sagen, sie lassen die Fließbänder nicht in Betrieb nehmen, solange nicht Einigung über alle Neueinstufungen erzielt worden ist. Sie behaupten, daß zu viele Arbeitsplätze in eine niedrige Tarifgruppe eingestuft werden.«

»Ich dachte, wir hätten einen Arbeitsplan genehmigt, mit dem sie zufrieden waren.«

»Du meinst, du hast ihn genehmigt. Weyman hat ihn nicht weitergeleitet.«

Wieder Weyman. Er war nicht gerade der ideale Mitarbeiter. Allmählich fand ich ihn richtig widerwärtig. »Er sollte doch nur auf der von uns festgelegten Basis verhandeln«, meinte ich. »Er hatte kein Recht, unsere Vorschläge zu ändern oder zurückzuhalten.«

»Er hat es aber getan. Natürlich auf ausdrückliche Anordnung des Präsidenten.«

»Ist das alles?« fragte ich.

»Nein. Hast du heute morgen das *Wall Street Journal* gelesen?« Ich schüttelte den Kopf.

»Hier, lies das«, sagte er und reichte mir die Zeitung.

Es war der Leitartikel auf der Titelseite. Schlagzeile über die beiden ersten Spalten.

DER NEUE EINHUNDERTFÜNFZIG-MILLIONEN-
WAGEN VON BETHLEHEM MOTORS BEREITS EINE
KATASTROPHE?

Ich las weiter. Der Artikel, datiert vom Freitag, stammte aus Detroit.

> Sonderbericht des *Wall Street Journal* . . .
> Informierte Gewährsleute bei Bethlehem Motors äußerten heute ernste Zweifel über einen möglichen Erfolg ihres neuen Wagens, der Betsy, der gegen Ende dieses Jahres zum Verkauf gelangen soll. Diese Zweifel tauchten anläßlich einer von Loren Hardeman III und seiner Schwester, Prinzessin Alekhine, gegen ihren Großvater, Loren Hardeman I, und die Hardeman-Stiftung eingereichten Prozeßklage auf, bei der es im Grunde um die Leitung der riesigen Automobilgesellschaft geht. Gewährsleute aus dem Unternehmen enthüllten ferner, daß Mr.

Hardeman III sich ernste Sorgen über die steigenden Kosten des Projekts macht sowie über immer häufigere Berichte im Zusammenhang mit der Sicherheit des Wagens. Auch brächte er seine Klage nur ungern ein, nachdem er sich ernsthaft bemüht hatte, seinen Großvater im Interesse der Öffentlichkeit zur Aufgabe des Projekts zu überreden.

Das war noch nicht das Ende des Artikels, doch ich hatte genug gelesen und legte die Zeitung weg. Wer die »informierten Kreise« waren, unterlag für mich keinem Zweifel: Weyman. Ich hatte den Eindruck, daß dies nur der Anfang war, es würden noch weitere ähnliche Zeitungsberichte überall im Land erscheinen. Wenn man die Betsy kaputtmachen wollte, schon bevor sie auf den Markt kam, gab es dafür keinen besseren Weg. Noch ein paar solche Artikel, und das Publikum würde den Wagen nicht einmal kaufen, wenn man ihn ihm auf einem silbernen Tablett servierte.

»Wartet hier«, sagte ich. Dann ging ich durch den Korridor zu Lorens Büro.

4

»Mr. Hardeman ist bei einer Besprechung«, sagte die Sekretärin und hob abwehrend die Hand, als ich auf seine Tür zusteuerte.

»Prächtig«, antwortete ich und ging an ihr vorbei.

Loren III saß an seinem Schreibtisch, als ich eintrat, ihm gegenüber Weyman und ein Mann, den ich nicht kannte.

Loren schien als einziger nicht überrascht zu sein. »Ich habe dich erwartet«, erklärte er.

»Daran zweifle ich nicht«, gab ich zurück.

Der andere und Weyman standen hastig auf. »Sie finden uns in meinem Büro, wenn Sie wieder frei sind«, sagte Weyman und wollte dem anderen folgen.

»Warten Sie«, befahl ich Weyman. »Was ich zu sagen habe, betrifft auch Sie.«

Weyman warf Loren einen fragenden Blick zu. Loren nickte, und Weyman setzte sich wieder hin. »Warten Sie in meinem Büro, Mark«, sagte er zu dem anderen.

Der Mann nickte und entfernte sich. Schon bevor die Tür sich hinter ihm geschlossen hatte, fragte ich: »Ist das Mark Simpson?«

Weyman zögerte. Wieder nickte Loren. »Ja«, antwortete Weyman.

»Das habe ich mir gedacht. Der Abschaum kommt allmählich an die Oberfläche.«

Sie antworteten nicht.

»Mit ihm beschäftige ich mich später.« Ich trat neben Lorens Schreibtisch, von wo ich beide im Auge behalten konnte. »Hast du den heutigen Artikel im *Wall Street Journal* gelesen?«

»Ja«, antwortete Loren.

»Glaubst du nicht, daß du damit zu weit gegangen bist?«

»Nein. Meiner Ansicht nach gibt er die Wahrheit wieder.«

»Wie du sie siehst.«

»Wie ich sie sehe.«

»Hast du darüber nachgedacht, was mit der Gesellschaft passieren könnte, wenn du verlierst?«

»Ich verliere nicht«, sagte er zuversichtlich.

»Auch wenn du gewinnst, verlierst du. Noch ein paar solche Artikel, und du bist Präsident eines bankrotten Unternehmens. Es wird dann keinen einzigen Menschen mehr geben, der einen Wagen aus der Produktion dieser Gesellschaft kauft.«

»Was mit der Gesellschaft passiert, geht dich gar nichts an.«

»Da bist du im Irrtum. Es geht mich sehr wohl was an. Ich besitze nämlich zufällig zweihunderttausend Aktien der Gesellschaft, die ich von deinem Großvater für zwei Millionen Dollar in bar gekauft habe.«

Zum erstenmal malte sich Überraschung auf Lorens Züge. »Das glaube ich nicht. Großvater würde keine einzige Aktie an einen Außenseiter verkaufen.«

»Das läßt sich ganz leicht nachprüfen«, meinte ich. »Warum rufst du ihn nicht an und fragst ihn?«

Loren rührte sich nicht.

»Ich besitze als Aktieninhaber gewisse Rechte. Wenn du die Statuten der Gesellschaft so aufmerksam liest wie ich, weißt du, wovon ich spreche. Ich habe das Recht, von jedem leitenden Mann der Gesellschaft, der laufende Arbeiten behindert, Schadenersatz zu fordern, falls seine Einmischung zu Verlusten führt, die ihr unmittelbar zuzuschreiben sind.«

Loren griff nach dem Telefon und sprach kurz mit Jim Ellison, dem Rechtsberater der Gesellschaft. Dann sah er mich an. »Das müßtest du erst mal beweisen.«

Ich lächelte. »Ich bin kein Jurist, aber es wäre ein Kinderspiel. Wenn du jetzt die Produktion der Betsy verhinderst, sind einhundertfünfzig Millionen Dollar beim Teufel.«

Er schwieg.

»Ich will es dir leichtmachen«, sagte ich. »Ich laß dir Zeit, bis ich wieder in meinem Büro bin. Und wenn ich dort nicht von dir erfahre, daß das Fließband wieder in Betrieb ist und meine Leute ungehindert arbeiten können, bekommst du und dein sauberer Freund eine Klage auf den höchsten Schadenersatz, von dem ihr je gehört habt, auf den Hals: einhundertfünfzig Millionen Dollar!«

Auf dem Weg zur Tür drehte ich mich nach Weyman um. »Und Sie haben genau eine Stunde, um mit den Gewerkschaftern der UAW bei mir zu erscheinen und unseren Vertrag abzuschließen.«

Fast hätte ich gelächelt, als ich seine Miene sah. Im Werk machten sich alle lustig, weil er das Potenzmittel Ex-Lax schluckte. Er sah nicht aus, als würde er heute eines brauchen.

»An deiner Stelle«, sagte ich fast sanft zu Loren, »würde ich mir einen Weg ausdenken, um den heutigen Zeitungsartikel zu dementieren oder zu widerlegen, bevor er dir schaden kann.«

Ich machte einen Umweg zu meinem Büro, für den Fall, daß sie Zeit zum Nachdenken brauchten. Ich kam an Weymans Büro vorbei und trat ein.

»Ist Mr. Simpson hier?« fragte ich die Sekretärin.

»Er ist eben fortgegangen, Mr. Perino«, antwortete sie munter. »Er ließ Mr. Weyman sagen, er hat eine wichtige Verabredung und ruft ihn später an.«

Ich nickte und ging wieder. Der Mann besaß alle guten Instinkte eines Schakals. Er roch kommendes Unheil und wollte nicht dabeisein, wenn es eintraf. Ich beschloß, mich später am Nachmittag, wenn hier alles wieder in Ordnung war, mit ihm zu befassen.

Ich lehnte mich an die Außentür meines Büros und rauchte eine ganze Zigarette, ehe ich hineinging. Ich wollte nichts riskieren. Sie sollten so viel Zeit haben, wie sie brauchten.

Meine Sekretärin begrüßte mich: »Mr. Perino.«

Ich blieb bei ihr stehen. »Ja?«

»Ich bekam gerade einen merkwürdigen Bescheid für Sie aus Mr. Hardemans Büro«, sagte sie mit verdutzter Miene. »Ich habe es nicht begriffen, aber er sagte, Sie würden es schon verstehen.«

»Lesen Sie's vor.«

Sie las von ihrem Stenoblock ab. »Ich soll Ihnen sagen, es sei alles nach Ihrem Wunsch geregelt, er werde aber nächste Woche selbst zu Ihnen kommen, um sich von Ihnen zu verabschieden.«

Ich lächelte, ich wußte genau, was gemeint war, und ging in mein Büro. »Okay, Jungens«, sagte ich. »An die Arbeit. Wir haben nun schon vier Tage mit diesem Blödsinn vergeudet.«

»Wie hast du sie dazu gebracht, so schnell aufzugeben?« fragte Duncan.

Ich grinste. »Mit meinem italienischen Charme. Ich habe gedroht, ihnen *O sole mio* vorzusingen.«

Die Besprechung mit den Vertretern der UAW ging erst nach neun Uhr abends zu Ende, und da war es bereits zu spät, um Simpson nachzujagen. Der Bau eines Wagens erfordert doch beträchtlich mehr, als ihn nur vom Zeichenbrett auf das Fließband zu bringen.

Ich hatte zum erstenmal aus nächster Nähe an einer Verhandlung mit der Gewerkschaft teilgenommen und hätte nichts dagegen gehabt, wenn es zugleich das letztemal gewesen wäre. Ich mußte aber zugeben, daß Dan Weyman geschickt verhandelte, so wenig ich den Schweinehund auch mochte.

Er war fachkundig und genau. Bisher hatte ich nicht gewußt, wie viele verschiedene Einstufungen es an ein und demselben Fließband gab. Er wußte es. Er kannte die genaue Definition der Arbeitskompetenzen für jede Stufe. Ich war von der Tüchtigkeit und dem Scharfsinn fasziniert, mit dem er verhandelte. Ich hätte nur gewünscht, er würde nicht auf Lorens, sondern auf unserer Seite stehen. Das hinderte ihn aber nicht daran, für die Gesellschaft erstklassige Arbeit zu leisten.

Als die Dinge an einem Punkt ein wenig schwierig wurden, legte er sich energisch ins Zeug und erklärte sie ihnen grundsätzlich. »Wir werden ein wenig nachgeben, aber auch ihr müßt uns etwas entgegenkommen.« Seine Stimme klang so ruhig, als würde er eine Vorlesung im College halten. Wie ich wußte, hatte er das auch getan, ehe er zu Ford gegangen war.

Während er seine kleine Rede hielt, beobachtete ich die Gesichter der Gewerkschaftsvertreter. Viel konnte ich darin nicht lesen, aber auch sie waren tüchtig und in ihrem Job erfahren. Von da an dauerte es noch Stunden. Aber schließlich war doch alles erledigt.

Nachdem sie fort waren, sagte ich zu Dan Weyman, der seine Papiere einsammelte: »Sie waren gut.«

Er antwortete nicht.

»Sie hätten uns eine Menge Ärger ersparen können, wenn Sie es getan hätten, als man Sie zum erstenmal darum bat«, sagte ich.

Er klappte seine Aktentasche zu. Einen Moment starrte er mich an, als wollte er mir etwas sagen, dann drehte er sich schnell um und verließ wortlos das Büro.

Cindy wartete auf mich, als ich nach zehn Uhr in mein Hotelappartement kam. Sie reichte mir einen Zettel. »Willst du mir vielleicht erzählen, daß auch das geschäftlich ist?« fragte sie ironisch.

Ich las: »Bin unten in der Bar. Muß dich dringend sprechen.« Als Unterschrift die Initalen B.H.

»Es ist wahrscheinlich geschäftlich«, sagte ich zu Cindy.

»Ja, natürlich. Sie rief an, bevor der Zettel raufgebracht wurde. Diesen britischen Akzent würde ich überall herauskennen. Aber sie hat sofort eingehängt, ehe ich fragen konnte, wer am Apparat war.«

»Wie lange ist das her?«

»Vielleicht eine halbe Stunde.«

Ich überlegte einen Augenblick. Die Bar war kein Ort, wo wir uns treffen konnten. Bobbie hätte Unannehmlichkeiten haben können. »Geh hinunter und sag ihr, sie soll heraufkommen«, sagte ich. »Und dann verschwinde für eine Stunde.«

»Wohin?«

»Geh ins Kino, setz dich an die Bar. Ich weiß nicht.«

Gehorsam ging sie mit einem hinterhältigen Lächeln zur Tür. »Könnte ich nicht wieder nach oben kommen?« fragte sie. »Ich bleibe im Schlafzimmer und werde euch nicht stören. Du wirst nicht einmal merken, daß ich hier bin.«

»M-mm.« Ich schüttelte den Kopf.

»Dann laß mich wenigstens das Bandaufnahmegerät aufstellen. Vielleicht kann ich auf diese Weise etwas lernen. Ich wollte immer schon wissen, wie es die britischen Damen machen.«

»Ich habe einen schweren Tag gehabt, Cindy«, sagte ich müde. »Tu, was ich sage, sonst muß ich dich verhauen.«

»Nicht jetzt«, sagte sie. »Wenn ich zurückkomme.« Die Tür schloß sich hinter ihr.

5

Der sehr kalte, sehr trockene Martini in einem mit gefrorenen Körnchen beschlagenen Glas wartete für Bobbie, als sie eintrat. Ich reichte es ihr schweigend.

»Du hast es nicht vergessen, wie, Angelo?« fragte sie.

Ich hob mein Glas. »Angelo und die Elefanten vergessen nie.«

Wir tranken schweigend, sie leerte ihr Glas mit einem Zug. Auch daran erinnerte ich mich und füllte ihr Glas aus dem Martinikrug nach. Ich sagte immer noch nichts.

Sie ging durchs Zimmer und schaute aus dem Fenster auf die strahlenden Lichter hinaus. Die Leuchtschrift am anderen Flußufer blinkte einladend: KOMMT HERÜBER!

»Abends hast du hier eine schöne Aussicht«, meinte sie.

»Bei klarem Wetter. Nicht, wenn wir Smog haben.«

Sie trank wieder. »Ich verlasse ihn. Es war ein Irrtum, das weiß ich jetzt.«

Ich schwieg.

Sie drehte sich zu mir um. »Hast du gehört, was ich gesagt habe?«

Ich nickte. »Ja.«

»Hast du nichts dazu zu bemerken?« Ihre Stimme klang spröde und dünn.

»Nein.«

»Nichts?« Sie lachte. »Nicht mal ›ich hab's dir ja vorausgesagt‹?«

»Nichts.«

Sie wandte sich wieder ab und schaute aus dem Fenster. »Das Mädchen, das nach unten kam, ist es . . .?« Sie beendete die Frage nicht.

»Wir sind alte Freunde.«

Wir schwiegen wieder. Sie trank ihr Glas leer und hielt es mir hin. Ich füllte es nochmals und reichte es ihr.

»Danke«, sagte sie.

Ich nickte.

»Du redest noch immer nicht viel?«

»Nur, wenn ich etwas zu sagen habe.«

»Dann sag doch was!« verlangte sie scharf.

»Warum?«

Sie sah mich nicht an. »Weil es nicht so ist, wie ich es mir vorgestellt habe. Ihn interessiert nur das Unternehmen, nur dafür lebt er. Dafür und für seinen Entschluß, den Tod seines Vaters zu rächen.«

»Den Tod seines Vaters zu rächen?«

»Ja. Er ist zerrissen zwischen seinem Respekt für die Leistungen seines Großvaters und seinem Haß auf ihn, weil der alte Mann den eigenen Sohn zum Selbstmord getrieben hat.«

»Er gibt Nummer Eins die Schuld dafür?«

Sie nickte. »Er sagt, der Alte hat seinen Vater nie in Frieden gelassen, genausowenig wird er deshalb den Alten in Frieden lassen.«

»Das kann ich nicht glauben.«

Sie wandte sich zu mir. »Ich habe es auch nicht geglaubt. Bis er mir eines Abends einen Brief gab, den er zu Hause im Wandtresor aufbewahrt. Es war das erstemal, daß er ihn jemand gezeigt hat. Nicht einmal Alicia hat ihn zu Gesicht bekommen.«

»Was für ein Brief?«

»Den Brief, den sein Vater zurückließ, als er Selbstmord beging.«

»Aber es gab doch keinen Brief.« Ich erinnerte mich an die Zeitungsberichte. »Die Polizei hat keinen entdeckt.«

»Aber Loren. Er hat die Leiche seines Vaters damals gefunden und auch den Brief. Und den verbarg er. Schon damals fürchtete er, die Gesellschaft würde zugrunde gehen, wenn der Inhalt des Briefs bekannt würde.«

»Was stand darin?«

»Ich sah ihn nur einmal, aber ich werde ihn nie vergessen. Er war an niemand adressiert. Bloß ein Gekritzel in der Handschrift seines Vaters. ›Ich kann nicht mehr weiter. Er läßt mich nicht in Frieden. Ich habe keinen Tag Ruhe, und es vergeht kein Tag, an dem er nicht Unmögliches von mir verlangt. Ich habe jahrelang versucht, mir Ruhe vor ihm zu schaffen, doch nun sehe ich ein, daß es nie dazu kommen wird. Und ich habe nicht mehr die Kraft, mich gegen ihn zu wehren. Dies ist der einzige Ausweg. Glaub es mir, Vergib mir.‹ Unterzeichnet war das einfach mit LH II.«

Ich sagte nichts.

»Loren erklärte«, fuhr sie fort, »daß das auch genau die Art und Weise war, wie sein Großvater ihn behandelte. Aber daß er stärker war als sein Vater. Er kann sich wehren und tut es auch.«

Ich wandte mich schweigend ab und füllte nochmals mein Glas. Ich trank einen Schluck. »Warum hat er damals nichts dagegen unternommen?«

»Aus dem von ihm erwähnten Grund und auch noch aus einem zweiten. Er fürchtete, sein Großvater würde ihn dann nicht zum Präsidenten der Gesellschaft machen.« Sie trank wieder und hielt mir das leere Glas hin.

Ich goß es voll und reichte es ihr.

»Ich werde allmählich blau«, meinte sie. »Wahrscheinlich war ich es schon, als ich raufkam. Ich habe zwei Doppelte getrunken, während ich unten wartete.«

Sie vertrug den Alkohol gut, ihr Blick war klar. »Du siehst aber tadellos aus.«

»Ich spüre ihn«, widersprach sie. »Ich kenne mich.«

Ich sagte nichts.

»Sogar damals, verstehst du, hat ihn nur die Gesellschaft interessiert. Und es hat sich nicht geändert. In Wirklichkeit braucht er keine Ehefrau, überhaupt keine Frau. Er braucht niemand.«

»Warum hat er dich dann geheiratet? Er hätte dich doch haben können und Alicia behalten. Das hätte ihm ein Vermögen erspart.«

Sie lachte. »Aber das wußte er nicht, verstehst du? Du und ich, wir wußten es, aber er nicht. Ich erinnere mich, du hast einmal gesagt, er sei altmodisch.« Sie lachte wieder. »Du ahnst gar nicht, wie altmodisch er wirklich ist.«

Ich trank wortlos.

»Weißt du, daß er jedesmal im Bett fragt, ob es mir gekommen ist, bevor er soweit ist?« Sie kicherte. »Manchmal sage ich nein, nur damit er wartet. Es macht ihn ganz verrückt.«

»Mir scheint, du bist blau.«

»Was ist los mit dir, Angelo?« fragte sie. »Hörst du es nicht gern, wenn ich dir von meinem Liebesleben erzähle?«

»Wenn du die Wahrheit hören willst: nein!«

»Du wirst so schrecklich anständig, Angelo. Wie damals draußen bei der Testbahn in Washington. Und jetzt willst du nicht mal davon reden.«

Ich schwieg.

»Ich weiß noch, wie es in San Francisco mit uns beiden war. Weißt du's auch noch, Angelo? Es war wunderbar.«

»Ich erinnere mich.« Ich erinnerte mich auch an den Kummer, als sie mich auf dem Flughafen verließ. Seltsam, jetzt tat nichts mehr weh.

Sie kam näher zu mir, so nahe, daß ich ihren Duft in meinem Mund spürte. »Es könnte wieder so werden.«

»Nein.«

Sie stellte ihr Glas ab und legte ihre Arme um meinen Hals. Ihr offener Mund stürzte sich gierig auf den meinen, ihre Zunge drang in ihn ein. Nichts. Meine Hände faßten ihre Arme, und ich schob sie von mir weg. »Nein.«

»Versuch es doch, Angelo!« sagte sie, ihr Blick begegnete dem meinen. »Es könnte wieder so sein!«

»Nicht mehr, Bobbie. Nie wieder.«

»Warum wiederholst du das ständig, Angelo?« schrie sie. »Ich liebe dich! Ich habe dich immer geliebt!«

Diesmal zog ich sie an mich und küßte sie, bis ihre Arme herabsanken und sie mit seltsam traurigem Augenausdruck zurücktrat.

»Du warst im Begriff, einen zweiten Irrtum zu begehen«, erklärte ich. »Von ihm zu mir laufen ist keine Lösung.«

Nun klang ihre Stimme klar, sie war nicht mehr im mindesten blau. »Woher weißt du das?«

Ich griff nach ihrer Hand. »Ich habe keine Musik gehört«, sagte ich.

Sie schwieg eine Weile und betrachtete unsere Hände, dann zog sie die ihre zurück. »Hast du noch einen Martini im Krug?«

Ich füllte ihr Glas und sah ihr zu, wie sie gleich die Hälfte austrank.

»Du wirst mir fehlen. Deine Martinis sind gut.«

»Ich gebe dir das Rezept«, sagte ich. »Purer Gin, viel Eis, kein Wermut.«

Sie lächelte. »Das ist ein schmutziger Trick.«

»Aber auch ein ausgezeichneter Martini.«

»Mein Gepäck steht unten. Ich fahre zum Flughafen. Ich will nicht zu ihm zurück.«

Ich schwieg.

»Ich erreiche noch das Spätflugzeug nach Chicago, und von dort fliege ich morgen nach London.«

»Weiß er, daß du fort bist?« fragte ich.

Sie schüttelte den Kopf. »Kurz bevor ich ins Flugzeug steige, rufe ich ihn vom Flugplatz aus an.«

»Wird er dich nicht schon vorher vermissen?«

Sie lachte. »Als ich fortging, war er bei einer Besprechung mit Dan, einem Mann namens Mark Simpson und einigen anderen Herren, die ich noch nie gesehen habe. Sie sahen ziemlich unkultiviert aus, nicht wie die Leute, die sonst ins Haus kommen. Wahrscheinlich wird er nicht vor dem Morgengrauen ins Bett gehen.« Sie warf mir einen merkwürdigen Blick zu. »Wenn ich mich recht erinnere, sprachen sie von dir, als ich an der Tür vorbeiging.«

»Wirklich? Hoffentlich was Gutes?«

»Keineswegs«, sagte sie ernst. »Du scheinst heute etwas getan zu haben, worüber Loren wütend ist. Stimmt das?«

»Schon möglich«, gab ich zu. »Aber ich arbeite für seinen Großvater, und da sind wir in letzter Zeit nicht gerade gleicher Meinung.«

»Ich habe Lorens Stimme gehört, als ich den Korridor entlangging«, sagte sie. »›Ich kann jederzeit so hundsgemein spielen wie der Alte, und Angelo soll das nun mal zu spüren kriegen‹, sagte er.«

»Was noch?«

»Sonst habe ich nichts gehört. Da war ich schon am Ende des Flurs und außer Hörweite.« Ihr Blick war besorgt. »Mir gefällt das nicht.«

»Wahrscheinlich sind das nur aus dem Zusammenhang gerissene Worte, die viel böser klingen, als sie gemeint waren.«

Sie trank das Glas aus, gab es mir, und ich stellte es auf den Tisch. »Du bist vorsichtig?«

Ich nickte, und wir gingen zur Tür. »Hast du einen Mantel?« fragte ich sie.

»Ich habe ihn unten abgegeben.«

Ich öffnete ihr die Tür. Sie ging hinaus und drehte sich zu mir um.

Ich beugte mich vor und küßte sie auf die Wange. »Good bye, Bobbie, und viel Glück.«

Ich sah den feuchten Schimmer in ihren Augen. »Anscheinend sagen wir uns immer wieder good by, Angelo.«

»Sieht so aus.«

Sie unterdrückte die Tränen und schob das Kinn stolz vor. »Nun, wenigstens müssen wir das nicht noch einmal durchmachen.«

»Nein.«

Sie faßte die Revers meiner Jacke und zog mich zu sich hinunter. Ihre Lippen berührten sanft die meinen. »Good bye, Angelo, denk nicht schlecht von mir. Erinner dich nur, daß wir uns geliebt haben. Früher einmal.«

Ich schaute ihr in die Augen, die nun voller Tränen waren. »Ich werde mich daran erinnern«, sagte ich leise.

Dann machte sie abrupt kehrt und ging kerzengerade zum Fahrstuhl. Ich blieb stehen, bis die Türen sich hinter ihr geschlossen hatten. Sie sah sich nicht um. Kein einziges Mal.

6

Als ich mich geduscht hatte und aus dem Badezimmer kam, hatte der Kellner den Frühstückstisch ans Bett gerollt. Cindy saß aufrecht in den Kissen und aß ein Stück Kuchen, die Decke war voller Krümel, und der Stereoapparat brüllte.

»Du meine Güte!« sagte ich, zog das Handtuch enger um die Hüften und goß mir eine Tasse Kaffee ein. »So früh am Morgen?«

»Es ist das Fünfhundert-Meilen-Eröffnungsrennen in Pocono vom vorigen Juli«, sagte sie. »Ich habe die Tonbänder erst gestern bekommen.«

Ich trank einen Schluck Kaffee. Er war schwarz, heiß und geschmacklos, wie alle Hotelkaffees. »Du konntest es wohl kaum erwarten?« fragte ich sarkastisch.

Sie beachtete mich nicht, sondern verfolgte aufmerksam das Motorengeheul, das von einem Lautsprecher zum anderen jagte. »Das ist Mark Donohue«, sagte sie erregt. »Hörst du, wie der andere Wagen gegen ihn aufholt?«

Ich zündete mir, ohne zu antworten, eine Zigarette an. Ich lauschte. Sie hatte recht. Zwei heulende Motoren jagten sich von einem Lautsprecher zum anderen. Nun schienen sie fast gleichzeitig im selben Lautsprecher zu sein.

»Das ist Joe Leonhard! Jetzt überholt er ihn! Er ist an ihm vorbei! Mark kam auf dem Ölfleck in der zweiten Kurve von Runde zwei ins Schleudern, und Joe raste an ihm vorbei. Hör doch! das ist AJ, und Mario knapp dahinter!«

Das Telefon klingelte, ich hob ab. »Hallo«, rief ich durch den Lärm der Lautsprecher.

»Was ist das für ein verdammter Lärm?« fragte Nummer Eins. »Wo sind Sie denn, zum Teufel?«

»Cindy, stell das blödsinnige Ding ab!« schrie ich. Sie nahm die Fernsteuerung zur Hand, das Band blieb stehen. Ich wandte mich wieder dem Telefon zu. »Besser?«

»Wer ist denn bei Ihnen?« fragte der Alte.

»Cindy, meine Testfahrerin.«

»Was treibt sie denn, verdammt noch mal? Fährt sie mit einem Formel-Eins-Wagen in Ihrem Schlafzimmer herum?«

Ich lachte. »So ähnlich.«
»Seit drei Tagen höre ich nichts mehr von Ihnen.«
Ich dachte an das, was mir Alicia von Mrs. Craddock erzählt hatte. »Ich hatte nichts zu berichten«, sagte ich.
»Was zum Teufel treiben Sie denn?« fauchte er mich an. »Fahren Sie mit Ihrer Testfahrerin rund ums Bett?«
»Würden Sie mich nicht lieber später von auswärts anrufen?« schlug ich vorsichtig vor.
»Wozu denn?« gab er zurück. »Sie wissen doch, ich hasse es, in dieser Stadt auszugehen.«
»Geheimhaltung«, erklärte ich.
Er schwieg eine Weile, ich hörte seinen Atem im Hörer.
»Sprechen Sie von Mrs. Craddock?« fragte er.
»Ja.«
»Ich bin über sie völlig im Bild«, sagte er kurz. »Übrigens ist sie einkaufen gegangen. Sie können ruhig reden.«
»Warum behalten Sie sie, wenn Sie über sie Bescheid wissen?«
»Sie ist, verdammt noch mal, die beste Sekretärin und Haushälterin, die ich je gehabt habe. Und glauben Sie mir, so was ist heutzutage nicht leicht zu bekommen.« Er kicherte. »Was mein Enkel ihr zahlt, machte ihren Posten zum besten der Welt, so daß sie ihn sicher nicht aufgeben will.«
»Aber was nützt das, wenn Loren immer alles weiß, was Sie tun?«
Er kicherte wieder. »Er erfährt nur soviel, wie ich will. Auf diese Art sind alle zufrieden. Sie ist momentan nicht zu Hause, verstehen Sie?«
»Na schön«, sagte ich. Ob wohl einer von uns es jemals mit ihm an Schlauheit würde aufnehmen können? Es hatte schon etwas für sich, vierundneunzig zu sein. Wenn an der alten Redensart etwas dran war, daß Übung den Meister macht, dann bedeuteten vierundneunzig Lebensjahre eine Menge Übung.
Er hörte ruhig zu, während ich über die Ereignisse der letzten zwei Tage berichtete. Als ich fertig war, schwieg er immer noch. Die Leitung klang tot. »Sind Sie noch dran?« fragte ich.
»Ja.« Ich hörte einen tiefen Seufzer. »Mein Enkel ist so scharf darauf, mich zu erledigen, daß er es gar nicht mehr erwarten kann.«
Nun war es an mir zu schweigen.
Zum erstenmal hörte ich etwas wie Resignation in seiner Stimme. »Wenn man jung ist, hat man es immer eilig. Er sollte sich Zeit lassen. Es wird bald genug Montag sein.«
»In sechs Tagen kann viel passieren.«
»Ich habe Roberts beauftragt, die Stimmrechtsübertragung zugunsten der Stiftung vorzunehmen. Ich komme nicht mal zur Verhandlung.«
»Warum? Weil Sie wissen, daß Sie verlieren?«
»Werden Sie mir nicht impertinent, junger Mann!« schnauzte er mich an, wobei seine Stimme wieder energisch klang. »Nein, nicht weil ich verlieren werde, sondern weil es richtig ist. Die Stiftung ist zu wichtig, als daß man einen Fußball daraus machen dürfte.«
Ich sagte nichts.
»Außerdem ist dies hier nur ein Geplänkel. Der wirkliche Kampf findet Dienstag morgen bei der Aktionärsversammlung statt. Dort wird gewonnen oder verloren. Und dort werde ich zur Stelle sein.« Er kicherte spöttisch. »Mein Enkel glaubt natürlich, er hat schon gewonnen, sonst hätte er die Versammlung nicht für den Tag nach der Gerichtsverhandlung einberufen.«
»Er hat die Stimmen Alicias verloren. Vielleicht können wir noch andere Leute umstimmen.«
»Die haben nicht die gleichen Gründe wie Alicia. Ich sehe die einzige Chance darin, daß es uns gelingt, seine Verbindung mit Simpson nachzuweisen. Sogar die

Kuratoren der Stiftung werden nicht zu einem Präsidenten halten, der versucht hat, seine eigene Gesellschaft zu sabotieren.«

»Einen Anfang hätten wir bereits«, meinte ich. »Wir wissen, daß er mit Simpson mehr als oberflächlich bekannt ist.«

»Das ist Ihre Sache. Ich kann hier in dieser Angelegenheit nichts unternehmen.«

»Ich werde mich bemühen«, sagte ich, »und an alles denken, was Sie mir gesagt haben, bevor ich ging.«

»Das vergessen Sie! Ich habe es nur im Zorn gesagt. Ich will nicht, daß man es ihm anhängt, wenn er nichts damit zu tun hat.«

»Woher der plötzliche Stimmungswechsel?« fragte ich. »Bekommen Sie auf Ihre alten Tage ein Gewissen?«

»Nein, zum Teufel!« brüllte er. »Vergessen Sie bloß nicht, daß er mein Enkel ist und ich ihn nicht für etwas verurteilen lasse, das er nicht getan hat!«

»Dann machen Sie sich darauf gefaßt zu verlieren, wenn ich die Verbindung zwischen beiden nicht beweisen kann!« schrie ich zurück.

»Ich werde nicht verlieren!« erwiderte er scharf. »Denken Sie an das, was ich gesagt habe, als wir die Sache begannen. Ich sagte, wir würden einen neuen Wagen bauen, und bei Gott, genau das haben wir getan!«

»Mr. Hardeman erwartet Sie in Ihrem Büro«, sagte meine Sekretärin, als ich eintrat.

»Gut. Bringen Sie uns zwei Tassen Kaffee.«

Ich öffnete die Tür und ging in mein Büro. Loren stand neben dem Fenster. Er wandte sich mir zu. »Guten Morgen, Loren. Kommst du nicht eine Woche zu früh?«

»Das ist kein geschäftlicher Besuch«, sagte er ernst und ging langsam vom Fenster zu meinem Schreibtisch. Er sah übernächtigt aus, müde Falten durchzogen sein Gesicht, seine Augenlider waren rot und geschwollen. »Meine Frau hat mich gestern abend verlassen.«

Meine Sekretärin kam mit dem Kaffee. Wir schwiegen, bis sie die Tassen auf den Schreibtisch gestellt hatte und hinausging. Ich schob ihm eine Tasse hin. »Trink das. Du siehst aus, als könntest du einen Kaffee brauchen.«

Er ließ sich mir gegenüber in den Stuhl fallen und griff nach der Tasse. Aber seine Hände zitterten so stark, daß ein Teil des Inhalts über den Rand schwappte, und er stellte die Tasse wieder hin, ohne getrunken zu haben. »Du bist gar nicht überrascht«, meinte er.

»Sollte ich das sein? Warst du es?«

Er senkte einen Moment den Blick. »Wahrscheinlich nicht«, sagte er leise, fast wie zu sich selbst. »Ich sah es schon lange kommen, konnte aber nichts dagegen tun. Detroit war nicht das, was sie sich unter der großen Welt vorstellte.«

Ich trank wortlos meinen Kaffee. Er war im Büro ebenso schlecht wie im Hotel, nur war es Pulverkaffee.

Er schaute auf. »Hast du sie gestern abend gesehen?«

»Ja.«

»Hat sie dir etwas gesagt?«

»Nicht mehr, als du mir eben gesagt hast«, antwortete ich.

»Verdammt!« brach es plötzlich aus ihm heraus. Er stand auf, ging wieder zum Fenster und schlug mit der Faust in seine andere, geöffnete Hand. »Verdammt!«

Ich beobachtete ihn schweigend und trank weiter meinen Kaffee. Nach einer Weile fand er seine Selbstbeherrschung wieder. »Warum ist sie zu dir gekommen?« fragte er mich in fast normalem Ton.

Ich sah ihm in die Augen. »Weil wir Freunde waren, nehme ich an. Und weil es keinen anderen gab, an den sie sich hätte wenden können. Ich glaube, du hast es ganz richtig erkannt: Detroit war nicht das, was sie sich unter der großen Welt vorstellte. Aber schließlich hat sich Detroit auch nie besonders darum bemüht, sie freundlich aufzunehmen.«

Er drehte sich wieder zum Fenster. »Ich weiß nicht, was ich denken soll.« Nach einer Weile kam er zu meinem Schreibtisch zurück. »Ich war eifersüchtig auf dich«, erklärte er. »Ich weiß, daß sie fast die ganze Zeit, während du in San Francisco warst, auch dort war.«

»Das war aber vor zwei Jahren. Lange bevor du dich entschlossen hast, sie zu heiraten.«

»Ich weiß«, gab er zu. »Aber als ich erfuhr, daß sie ihre Fahrt zum Flughafen unterbrach und ins Ponch ging, machte ich mir Gedanken. Du warst schließlich viel eher ihr Typ als ich. Ich hatte niemals viel von einem *homme à femmes.*«

Ich mußte unwillkürlich lächeln. »Und ich bin einer?«

Er war wenigstens so anständig, verlegen zu werden. »Na hör mal, Angelo«, sagte er, »du weißt doch, was ich meine. Die Geschichten über dich und deine Frauen hört man ja überall.«

Ich lachte. »Du mußt sie mir einmal erzählen. Vielleicht erfahre ich da etwas Neues über mich.«

»Angelo, wirst du mir ehrlich antworten, wenn ich dir eine direkte Frage stelle?« Er sprach todernst.

»Versuch es.«

»Hast du ein Verhältnis mit meiner Frau gehabt?«

»Nein.« Ich sah ihm gerade ins Auge, in der Gewißheit, ihm die Wahrheit zu sagen. Bobbie und ich waren nie wieder zusammen gewesen, nachdem sie ihn geheiratet hatte.

Er holte tief Atem und nickte. »Danke«, sagte er. »Jetzt kann ich das ad acta legen und vergessen, daß es mir jemals eingefallen ist.«

»Gut.«

Er wandte sich zum Gehen. Ich rief ihn zurück. Er blieb mitten im Zimmer stehen. »Ja, Angelo?«

»Wirst du mir ehrlich antworten, wenn ich dir eine direkte Frage stelle?«

Er kam zum Schreibtisch zurück. »Versuch es.«

»Wenn es mir gelingt, zwischen dir und deinem Großvater einen Kompromiß zustande zu bringen, gibst du dann den albernen Kampf mit ihm auf, bei dem einer von euch angeschlagen wird, aber die Gesellschaft den Schaden hat?«

Ein grimmiger Ausdruck erschien in seinem Gesicht. Erstaunlich, wie sehr er seinem Großvater ähnlich sah. »Nein.«

»Warum nicht?«

»Weil er ein Despot ist und ich mich von ihm nicht so vernichten lasse wie mein Vater.«

»Aber das ist doch lange her«, meinte ich. »Jetzt ist er ein alter Mann, in einem Rollstuhl –«

»Er war auch damals alt und saß in einem Rollstuhl!« unterbrach er mich. »Das hat ihn aber damals nicht gehindert und wird ihn auch heute nicht hindern!« Sein Blick wurde eisig. »Außerdem bist du nie in ein Zimmer gekommen und hast deinen Vater mit weggeschossener Schädeldecke gefunden!«

Ich starrte ihn an. »Und du bist völlig sicher, daß dein Großvater daran schuld ist?«

»So sicher, wie ich hier stehe.«

Ich stand auf. »Entschuldige meine Frage«, sagte ich. »Dein Großvater würde mich rauswerfen, wenn er wüßte, daß ich das auch nur erwähnt habe. Aber ich hatte einen falschen Eindruck.«

»Welchen Eindruck?«

»Einen Augenblick lang habe ich geglaubt, du hättest beinahe menschliche Gefühle.«

7

Jeffrey Stevenson, der Leiter des Sicherheitsdienstes von Bethlehem, hatte das gesichtslose Aussehen des FBI-Agenten, der er früher auch gewesen war. Sein dunkelgrauer Anzug und der neutrale Schlips trugen dazu bei, diesen Eindruck zu verstärken. Er war ein unauffälliger Mann, durchschnittlich in jeder Hinsicht, ausgenommen in einer: Er besaß die farblosesten Augen, die ich je gesehen habe. Man konnte durch sie fast bis in seinen Hinterkopf sehen.

»Sie wollten mich sprechen, Mr. Perino?« Seine Stimme war so ausdruckslos wie alles Übrige an ihm.

»Ja, Mr. Stevenson, danke für Ihren Besuch.« Gewöhnlich war ich nicht so förmlich. Aber ich erinnerte mich, wie wütend er gewesen war, als ich die Burns-Leute von der Testbahn fortgeschickt hatte. Er hatte das fast als persönliche Beleidigung aufgefaßt. »Nehmen Sie bitte Platz.«

»Danke«, sagte er ebenso förmlich.

Das Telefon läutete. Ich hob ab. Es war Max Evans von der Einkaufsabteilung. Er hatte ein Problem.

Ich deckte die Sprechmuschel ab, während ich ihm zuhörte. »Entschuldigen Sie«, sagte ich zu Stevenson. »Es wird nicht lang dauern.« Stevenson nickte.

»Wir haben gerade vom Lieferanten der elektronischen Anschlüsse für die Sicherheitsgurte des Fahrersitzes einen berichtigten Kostenvoranschlag erhalten. Er ist um drei Dollar vierzig Cents höher als der ursprüngliche.«

»Warum?« fragte ich.

»Wegen zusätzlicher Isolierung der Blei- und Erdungsdrähte, zur Erfüllung der vom Versicherungsgeber verlangten Feuerschutz- und Sicherheitsauflagen.«

»Wurde das nicht durch unsere Spezifikation gedeckt?«

»Doch. Aber die Versicherung hat vor zwei Wochen ihre Vorschriften geändert.«

Dagegen konnten wir nichts unternehmen. Der Fahrersitz-Sicherheitsgurt gehörte zum kostenlosen, ausdrücklich angekündigten Standardzubehör. Er war elektrisch an einen Motorregler angeschlossen. Wenn alle Gurte gelöst waren, ging der Wagen nicht schneller als fünfzehn Stundenkilometer. Wurde der Sitzgurt geschlossen, erhöhte sich die Geschwindigkeit auf vierzig Stundenkilometer. Beim Schließen des Schultergurts wurde der Regler völlig ausgeschaltet. Aber das kostete einen Haufen Geld: über eine Million Dollar für dreihunderttausend Wagen.

»Haben Sie das mit den Preisen anderer Lieferanten verglichen?« fragte ich.

»Ja, als wir die ursprünglichen Angebote einholten. Aber jetzt ist es zu spät. Keiner von ihnen könnte uns vor Ablauf von mindestens acht Monaten beliefern.«

»Dann bleibt uns keine Wahl.«

»Nein, Sir.«

»Einen Augenblick«, sagte ich. »Das ist doch eigentlich Sache der Kostenkontrolle. Erhalten Sie die Genehmigung für solche Dinge nicht gewöhnlich von Weymans Büro?«

»Das ist richtig«, entschuldigte er sich. »Aber heute morgen haben wir die Anweisung bekommen, alle Genehmigungen für den neuen Wagen von Ihnen einzuholen.«

»Ich verstehe.« Ich verstand noch mehr. Es gab jede Woche Hunderte derartiger Fälle. Wenn Weyman sie mir aufladen konnte, würde ich so mit Drecksarbeiten beschäftigt sein, daß ich für nichts anderes mehr Zeit fand.

»Geht das in Ordnung, Mr. Perino?«

»In Ordnung, Max. Schicken Sie mir einen Kaufvertrag, ich werde ihn bestätigen.«

Ich legte auf und wandte mich an meinen Besucher. Ich nahm eine Zigarette und bot ihm das Paket an.

»Danke, das habe ich aufgegeben«, sagte er.

Ich zündete die meine an, lehnte mich zurück und beobachtete ihn, während ich den Rauch ausblies. Nach einiger Zeit merkte ich, daß er unruhig wurde.

Das Telefon klingelte, ich hob ab. »Keine Anrufe jetzt, bitte.« Ich legte auf und rauchte schweigend weiter.

Nach etwa einer Minute schaute er demonstrativ auf seine Uhr. Ich kümmerte mich nicht darum, bis ich mit der Zigarette fertig war und sie im Aschenbecher ausdrückte. »Ich weiß, daß Sie sehr beschäftigt sind, Mr. Stevenson«, sagte ich. »Aber Sie werden es mir nachsehen müssen, wenn ich Ihnen heute morgen langsam vorkomme. Ich habe eine Menge zu überlegen.«

»Das verstehe ich, Mr. Perino«, antwortete er ruhig.

»Ich habe den Organisationsplan durchgelesen. Wenn ich nicht irre, sind Sie dem Präsidenten und dem Geschäftsführenden Vizepräsidenten direkt verantwortlich.«

»Das ist richtig.«

»Und zu Ihrer Kompetenz gehören alle Sicherheitsangelegenheiten, die im Zusammenhang mit den Geschäften der Gesellschaft stehen. Von gesetzwidrigen Handlungen von Angestellten bis zum Schutz der Gesellschaftsarchive und Industriegeheimnisse.«

Er nickte. »Ja, Sir.«

»Ich möchte Ihnen eine hypothetische Frage stellen. Würden Sie, wenn Sie in meinem Büro eine undichte Stelle in der Geheimhaltung entdeckten, dies dem Präsidenten melden?«

»Nein, Sir. Zuerst dem Geschäftsführenden Vizepräsidenten.«

»Und wenn Sie eine solche Stelle im Büro der beiden Herren fänden?«

»Dem Präsidenten, wenn sie im Büro des Vizepräsidenten wäre, und umgekehrt.«

»Und wenn die undichte Stelle in beiden Büros wäre?«

Er überlegte einen Augenblick. »Dann müßte ich annehmen, daß das Durchsickern zur Geschäftspolitik der Gesellschaft gehört und von beiden genehmigt ist.«

Ich schob ihm das Exemplar des *Wall Street Journal* hin. »Haben Sie diesen Artikel gelesen?«

Er nickte.

»Würden Sie sagen, daß die in dem Artikel enthaltenen Informationen aus einer Verletzung der Geheimhaltungspflicht stammen?«

»Das weiß ich nicht, Sir.«

»Beachten Sie die Worte ›informierte Gewährsleute aus dem Unternehmen‹ sowie gewisse in dem Artikel zitierte Zahlen. Zufällig entsprechen diese genau den in unseren geheimen Gesellschaftsakten verzeichneten Zahlen. Es gibt nicht mehr als ein Dutzend leitende Angestellte der Gesellschaft, denen sie bekannt sind. Plötzlich erscheint diese Information in einer amerikanischen Zeitung, und in einer Weise, die möglicherweise der Gesellschaft schadet. Sind Sie nicht der Ansicht, daß dies einen ernsten Bruch der Geheimhaltungspflicht darstellt?«

Es wurde ihm ungemütlich. »Das kann ich nicht sagen, Sir.«

»Darf ich trotzdem annehmen, daß Ihrer Ansicht nach diese Angelegenheit unter Ihre Klassifizierung von ›genehmigter Geschäftspolitik der Gesellschaft‹ fällt?«

Nun wurde ihm richtig heiß. Rechtsanwälte und Polizeibeamte gehören zu den schlechtesten Zeugen. Sie hassen es, ausgefragt zu werden. »Diese Frage kann ich nicht beantworten, Mr. Perino.«

Ich nickte. »Der Artikel ist zufällig nicht unterzeichnet. Kennen Sie vielleicht den Namen seines Autors?«

»Ja, Sir.«

»Können Sie ihn mir sagen?«

»Tut mir leid, Mr. Perino. Ich habe meinen Bericht darüber bereits Mr. Weyman übergeben.«

Ich machte eine Pause. »Kennen Sie einen Mann namens Mark Simpson?«
»Ja, Sir.«
»Was wissen Sie von ihm?«
»Er ist der Leiter einer Gruppe namens IASO und gibt ein wöchentliches Nachrichtenblatt über die Autoindustrie heraus.«
»Was wissen Sie noch über ihn?«
»Mr. Weyman besitzt meinen Bericht über den Herrn. Ich bin nicht berechtigt, Durchschläge davon zu verteilen.«
»Aha. Ist es auch gegen Ihre Vorschriften, mir eine Liste darüber zu geben, wann Mr. Simpson in den letzten zwei Jahren unser Werk besucht hat und mit wem er dabei zusammentraf?«
»Nein, Sir«, sagte er. Offensichtlich war er froh, etwas zu finden, was er für mich tun konnte. »Ich schicke sie Ihnen heute nachmittag ins Büro.«
»Danke. Sie haben mir sehr geholfen.«
Er wurde rot, denn er wußte genau, wie er mir geholfen hatte. Er stand auf.
»Ich habe nichts dagegen, wenn Sie Ihren Vorgesetzten von unserem Gespräch erzählen.«
»Wenn ich der Ansicht wäre, Mr. Perino, daß dieses Gespräch meinen Vorgesetzten berichtet werden soll, würde ich das mit oder ohne Ihre Erlaubnis tun«, sagte er steif. »Ich möchte darauf hinweisen, daß ich für die Sicherheit des Werks verantwortlich bin, aber nicht für die Geschäftspolitik.«
Ich stand auf und streckte ihm die Hand entgegen. »Entschuldigen Sie, Mr. Stevenson.«
Nach kurzem Zögern drückte er meine Hand. »Danke, Mr. Perino.«
Kaum hatte er mein Büro verlassen, rief ich Weyman an. Als er ans Telefon kam, klang seine Stimme beinahe freundlich. Er hatte wohl erwartet, ich würde meckern, weil er die Kostengenehmigungen an mein Büro abgeschoben hatte. Aber ich sagte kein Wort darüber.
»Nummer Eins verlangt von mir den Bericht, den wir vor einiger Zeit über Mark Simpson angefordert haben«, erklärte ich. »Eben habe ich mit Stevenson von der Sicherheit gesprochen, er sagt, er hat ihn Ihnen gegeben.«
Seine Stimme klang ein wenig beunruhigt. »Ich erinnere mich, ihn gesehen zu haben. Ich lasse ihn heraussuchen und schicke ihn gleich zu Ihnen rüber.«
Ich legte den Hörer auf und wußte verdammt gut, daß ich den Bericht nie zu sehen bekommen würde. Aber ich hatte wenigstens gezeigt, daß ich wußte, wer ihn hatte.
Am frühen Nachmittag erhielt ich Stevensons Bericht über die Besuche Simpsons in unserem Werk. Es waren eine ganze Anzahl in den letzten Jahren gewesen, und alle, mit Ausnahme eines Besuchs bei Bancroft vom Verkauf, hatten Weyman gegolten.
Ich beschloß, Mr. Simspon aufzusuchen, aber es kamen mir verschiedene Dinge dazwischen, und es wurde vier Uhr, ehe ich gehen konnte. Ich rief Cindy im Appartement an.
»Möchtest du mit mir im Dearborn Inn zu Abend essen?« fragte ich.
»Phantastisch!« sagte sie. »Ich war noch nie dort, aber ich hab' davon gehört. Es liegt mitten im Ford-Land, nicht wahr?«
»Ja, mittendrin.« Ich lachte. »Aber es ist trotzdem wirklich recht gut. Ich muß auf dem Weg hin noch einen Besuch machen, aber das dürfte nicht lange dauern. Warte auf mich unten bei der Autoeinfahrt, in fünfzehn Minuten.«
»Ich bin pünktlich in fünfzehn Minuten dort.«
Das war sie auch, und sie trug sogar ein Kleid für diese besondere Gelegenheit. Während der Portier ihr die Tür des Maserati öffnete, starrte ich sie an. Es war das erstemal in fast zwei Jahren, daß ich sie etwas anderes tragen sah als Hosen.
»Hör mal! Du bist ja ein Mädchen!« sagte ich und legte den Gang ein.
Als sie sich festgeschnallt hatte, lächelte sie mir zu. »Bist du aber langsam von Begriff! Ich dachte schon, du würdest es nie merken.«

Die Büros der IASO lagen in der Michigan Avenue außerhalb des Bereichs der teuren Mieten, auf dem Weg nach Dearborn. Es war ein unauffälliges einstöckiges Haus neben einer Gebrauchtwarenhandlung. Im Erdgeschoß war eine Akzidenzdruckerei untergebracht. Zu besseren Zeiten war dort wahrscheinlich ein Ausstellungsraum für Autos gewesen. Die kleinen Fenster im Oberstock trugen in verblichenem Blau die Aufschrift IASO.

Ich fuhr den Wagen in die kleine Nebenstraße und stellte ihn auf den Parkplatz, der für die Druckerei und ihre Kunden bestimmt war. »Ich komme bald wieder.«

Weil ich keinen Separateingang zum Oberstock finden konnte, betrat ich die Druckerei. Als ich die Tür öffnete, hörte ich den Lärm einer Walzenpresse. Ein alter abgenutzter Ladentisch trennte den Vorraum vom übrigen Laden. Darauf stand eine verrostete Klingel, daneben ein Schild mit der Schrift: SERVICE.

Ich drückte auf den Knopf, doch der Klang verlor sich im Lärm der Pressen. Ich drückte noch einmal.

Mehrere Arbeiter steckten die Köpfe hinter den Maschinen hervor, um zu sehen, wer da war.

»IASO?« Ich überschrie den Lärm und zeigte mit der Hand nach oben.

Ein großer schwarzhaariger Mann, dessen Gesicht und haarige Arme voll Drukkerschwärze waren, trat hinter der Presse hervor. Sein Arm beschrieb einen weiten Kreis. »An der Hinterseite des Hauses«, schrie er. »Eine Treppe führt aus der Nebengasse rauf.«

»Besten Dank«, rief ich und ging hinaus, froh, dem Gehämmer der Pressen zu entgehen. Cindy sah mich, lächelte und kurbelte das Fenster herunter.

Ich schüttelte den Kopf und zeigte zur Hinterseite des Hauses. Sie nickte und schloß das Fenster.

In dem Gäßchen führte eine verrostete Treppe an der Außenseite des Hauses nach oben. Am Haus war ein kleines Schild mit einem zur Treppe weisenden Pfeil angebracht. IASO. Ich stieg die Stufen hoch und trat durch die grau gestrichene Stahltür ein.

Ich kam in einen leeren Empfangsraum. Die Wände waren mattgrün gestrichen und mit Plakaten bedeckt: GURTE SCHLIESSEN IST SICHERHEIT! GESCHWINDIGKEIT TÖTET! und dergleichen mehr. Ich hörte irgendwo hinten eine Klingel, die meine Ankunft meldete.

Bald darauf erschien ein plumpes blondes Mädchen in einem unförmigen schwarzen Pullover und einem Minirock. »Sie wünschen?« fragte sie mit einer Stimme, die so gelangweilt wie ihr Gesichtsausdruck war.

»Ist Mr. Simpson hier?«

»Sind Sie mit ihm verabredet?«

»Nein.« Ich schüttelte den Kopf.

»Ihr Name, bitte?«

Ich sagte ihn ihr. Der gelangweilte Ausdruck ihrer Stimme und ihres Gesichts änderte sich nicht. »Nehmen Sie bitte Platz. Ich sehe nach, ob er zu sprechen ist.«

Sie ging hinaus, und ich hörte, wie die Tür hinter ihr abgeschlossen wurde. Ich setzte mich auf die Holzbank neben einem Tisch, der mit Exemplaren der neuesten Ausgabe des wöchentlichen IASO-Nachrichtenblatts bedeckt war.

Ich zündete mir eine Zigarette an und blätterte eines davon durch. Dabei erfuhr ich alles über die Verbesserungen, die GM in den neuen 72er Vega eingebaut hatte und die man von außen nicht sehen konnte, und über die zusätzliche Leistung, die einem der Pinto bot. Das alles konnte man genausogut aus den gedruckten Anzeigen und der Fernsehwerbung der betreffenden Firmen erfahren. Ich kam zur letzten Seite, ohne einen einzigen Artikel gefunden zu haben, der sich mit der Sicherheit in Automobilen beschäftigte.

Ich suchte nach einem Aschenbecher, um meine Zigarette auszudrücken. Weil keiner da war, stand ich auf, öffnete die Tür und warf den Stummel auf die Gasse. Durch die dünnen Wände hinter mir hörte ich Glockenschläge, und gleichzeitig setzte das leichte Vibrieren des Fußbodens und das gedämpfte Dröhnen der Pressen im Erdgeschoß plötzlich aus. Ich sah auf die Uhr: ein Viertel vor fünf. Ich war schon seit über zehn Minuten da.

Das blonde Mädchen erschien wieder in der Tür. Ein erstaunter Ausdruck flog über ihr gelangweiltes Gesicht, als sie mich sah, sie schaute über meine Schulter. »Ist da eben jemand hereingekommen?«

»Nein«, antwortete ich. »Ich habe bloß eine Zigarette rausgeworfen.«

»Warten Sie noch auf jemand anders?«

»Nein, immer noch auf Mr. Simpson.«

»War seine Sekretärin nicht hier, um es Ihnen zu sagen?«

»Nein.«

»Verdammt!« meinte sie mit ratloser Miene. »Das ist der unordentlichste Laden, in dem ich je gearbeitet habe. Sie sollte Ihnen sagen, daß er nicht in der Stadt ist.«

Ich sah sie an. »Stimmt das auch?«

»Hören Sie«, sagte sie, »so wie die Firma geleitet wird, könnte er genausogut der Mann auf dem Mond sein.«

Sie kehrte in das Büro zurück und schlug die Tür hinter sich zu, und ich ging fort. Es war fast dunkel geworden, und ich blieb auf dem eisernen Treppenabsatz stehen, um mir noch eine Zigarette anzuzünden, ehe ich hinunterstieg. Es war wohl naiv gewesen zu erwarten, daß Simpson mich auf jeden Fall empfangen würde. Besonders nach der Art, wie er neulich aus Weymans Büro verschwunden war. Von unten vernahm ich die Stimmen der Druckereiarbeiter, die ihren Arbeitsraum verließen. Auf der letzten Stufe angelangt, hörte ich hinter mir eine Stimme: »He, Sie da – haben Sie ein Streichholz?«

»Natürlich«, sagte ich und drehte mich um. Aus dem Augenwinkel sah ich gerade noch die keulenartige Faust, die auf mein Gesicht zuschoß.

Ich duckte mich instinktiv, aber nicht schnell genug. Die Faust schmetterte mir mit der ganzen Kraft eines Schmiedehammers ins Gesicht. Ich sank nach hinten, ein Funkenregen tanzte vor meinen Augen. Benommen schüttelte ich den Kopf, versuchte wieder klar zu sehen.

Zwei Hände packten mich an den Schultern. Auch jetzt noch hatte ich keinen Verdacht, es könnte etwas anderes sein als ein Raubüberfall. Ich wollte dem Angreifer sagen, daß meine Brieftasche in meiner Hüfttasche steckte, aber meine Lippen waren wie gelähmt.

Ich wurde an die Hausmauer gelehnt. Ich schaffte es, aus halbgeschlossenen Augen zu blinzeln. Es waren drei Männer, aber ich konnte ihre Gesichter nicht sehen, es war zu dunkel.

Dann begann der Schmerz. Langsam. Überlegt. Methodisch. Und gekonnt. In meinen Rippen, meinem Magen, meinem Bauch, meine Hoden. Langsam glitt ich an der Mauer abwärts, und nun begann die Pein in meinem Gesicht. Ich spürte sie an Ohren, Nase und Mund und schmeckte das warme Blut, das in meinen Mund strömte, als ich zu Boden sank.

Und ich war immer noch nicht bewußtlos, als sie mit ihren Fußtritten begannen. Irgendwo in meinem Unterbewußtsein bohrte ein quälender Gedanke. Jemand hatte mich gewarnt, ich solle vorsichtig sein, aber ich konnte mich nicht erinnern, wer das gewesen war. Jemand hatte gesagt, ich würde die Erfahrung machen, daß sie ganz gemein und schmutzig spielen konnten. Aber ich erinnerte mich nicht, wer.

Ich raffte mich hoch, kam bis auf die Knie und begann mich aufzurichten, da sah ich den schweren Stiefel.

Ich konnte nichts dagegen tun. Er traf mich unterm Kinn, ich spürte, wie ich in die Luft flog und nach einem Salto an der Mauer endete.

Ich war fast glücklich, als es endlich Nacht um mich wurde.

8

Wie aus der Ferne hörte ich das Mädchen schreien. »Angelo! Angelo!« Ihre warmen Tränen flossen mir übers Gesicht. Langsam kämpfte ich mich zu ihr hoch.

Ihr weißes, erschrockenes Gesicht befand sich im Dunkel sehr nahe dem meinen, aber ihre Züge ließen sich durch meine geschwollenen Augen nur verschwommen erkennen. Ihr Arm schob sich unter meinen Kopf und zog mich an ihre Brüste. Ihre Tränen flossen weiter über mein Gesicht, während sie mich hielt und auf den Knien wiegte.

»Cindy.« Fremdartig krächzend kam die Stimme aus meiner Kehle. »Hilf mir aufstehen!«

»Rühr dich nicht«, flüsterte sie. »Du bist verletzt. Laß mich einen Krankenwagen rufen.«

Ich wollte den Kopf schütteln, aber es tat zu weh. »Nein!« Ich versuchte mich aufzurappeln. »Bring mich nach Hause. Mein Vater ist Arzt.«

»Angelo, bitte.«

»Hilf mir auf!«

Sie erkannte das Drängen in meiner Stimme und schob einen Arm unter meine Schultern. Ich hätte beinahe aufgeschrien, als ich den Druck an meiner Seite spürte, während sie mich an sich zog. Es schien Stunden zu dauern, doch schließlich brachte sie mich auf die Beine und lehnte mich mit dem Rücken an das Haus.

»Du sollst nicht gehen!« sagte sie. »Ich bring' den Wagen her.«

Ich nickte.

»Kannst du stehen?« fragte sie besorgt.

»Ja«, keuchte ich.

Sie schaute mir einen Augenblick ins Gesicht. Was sie dort sah, weiß ich nicht, aber gleich darauf wandte sie sich um, und ich hörte, wie sie die Gasse hinunterlief. Ich schaute ihr nicht nach, das Umdrehen schmerzte zu sehr.

Wieder schien die Zeit endlos, und in meinem Kopf war nichts als gähnende Leere. Dann hörte ich den Maserati mit dem schweren Motor auf mich zukommen, seine blendend weißen Scheinwerfer durchschnitten die Dunkelheit. Ich mußte vor Schmerz blinzeln.

Sie war wie ein Schatten, als sie da hinter dem Wagen hervorkam und die Tür öffnete. »Kannst du deinen Arm um meine Schultern legen?« fragte sie.

Ich hob den Arm, und sie glitt darunter. Ich ließ mein Gewicht auf ihr ruhen, und wir legten den Kilometer bis zur Autotür zurück. Sie drehte mich herum und ließ mich rückwärts auf den Sitz gleiten, dann hob sie meine Beine und legte sie in den Wagen. Mit geschickten Bewegungen schloß sie rasch den Sicherheitsgurt um mich und ließ die Lehne vorsichtig nach hinten gleiten, bis ich fast ausgestreckt lag. »Gut so?« fragte sie.

»Ja«, stöhnte ich. Im Widerschein des Lichts konnte ich sehen, daß ihr Kleid vorne von meinem Blut besudelt war.

Sie schloß die Tür, ging zum Fahrersitz und stieg ein. Dann beugte sie sich über mich, um den Türknopf runterzudrücken.

»Entschuldige«, murmelte ich. »Ich habe dein Kleid ruiniert.«

Sie antwortete nicht, fuhr den Wagen rückwärts aus der Nebengasse und bog in die Michigan Avenue ein. »Wohin jetzt?« fragte sie.

Ich erklärte ihr den Weg zum Haus meiner Eltern. Dabei spürte ich mit der Zunge ein Loch in meinem Mund, wo früher Zähne gewesen waren. Ich hoffte, es wären nur die Jacketkronen und nicht einige der wenigen eigenen Zähne, die mir noch geblieben waren.

Sie fuhr durch die Avenue. »Ruh dich jetzt aus«, sagte sie.

Ich schloß die Augen, öffnete sie aber wieder. »Wie hast du mich gefunden?«

Sie starrte auf die Straße. »Als du um halb sechs noch immer nicht zurück warst, wurde ich neugierig. Das Haus war völlig dunkel, und ich hatte gesehen, daß alle nach Hause gegangen waren. Also lief ich zur Rückseite, stieg die Treppe hoch und versuchte, die Tür zu öffnen. Sie war abgeschlossen. Ich klopfte. Keine Antwort. Dann hörte ich dich stöhnen, rannte über die Treppe und fand dich unten hinter der Hausecke.« Sie hielt bei einer Verkehrsampel an. »Jetzt wird nicht mehr geredet, bis du zu Hause bist. Sei still.«

Ich schloß die Augen, sank zurück ins Dunkel und schlug sie erst wieder auf, als der Wagen vor der Hauseinfahrt anhielt.

»Ich helfe dir heraus«, sagte sie, öffnete die Tür und griff nach mir.

Mit vereinten Kräften kam ich auf die Beine und aus dem Wagen, aber weiter ging es nicht. Auch mit ihrer Hilfe konnte ich vor Schmerzen keinen Schritt machen. Ich klammerte mich an die Wagentür. »Du mußt läuten«, bat ich. »Gianni wird mir helfen.«

Sie lief hinauf und drückte auf die Türklingel. Im nächsten Augenblick leuchteten die Lampen im Vorzimmer auf, und Gianni öffnete. Kaum hatte er meinen Namen gehört, da lief er schon die Stufen herunter und hob mich, als wäre ich noch das Kind, das er einst umhergetragen hatte.

»Dottore! Dottore!« schrie er aus voller Kehle, als wir ins Haus kamen. »Angelo! Er ist verletzt!«

Meine Mutter tauchte als erste auf. Ein kurzer Blick auf mich, und sie drückte ihre Faust auf den Mund. *»Figlio mio!«* schrie sie. »Was haben sie dir getan?«

Mein Vater folgte ihr auf dem Fuß. Er sah mich kurz an. »Trag ihn ins Behandlungszimmer«, sagte er und verzog sein Gesicht in grimmige Falten.

Gianni trug mich durch das Haus in den Flügel, in dem die Praxis meines Vaters lag. Im Untersuchungsraum legte mich Gianni behutsam auf den weißen Tisch.

Mein Vater nahm eine Injektionsspritze und eine Nadel aus dem Schrank. »Ruf in der Klinik an und laß sofort einen Krankenwagen schicken«, befahl er Gianni.

»Kein Hospital«, sagte ich.

Gianni zögerte, aber mein Vater warf ihm einen Blick zu, worauf er sofort zum Apparat ging.

»Was ist passiert?« fragte mich mein Vater leise, während er die Spritze vorbereitete.

»Ich bin von drei Männern überfallen worden«, antwortete ich und beobachtete ihn dabei.

Ich hörte, wie meine Mutter nach Luft rang. Vater wandte sich ihr zu. *»Mamma«,* sagte er streng zu ihr, »du wartest draußen!«

»Aber Angelo . . .« Ihre Stimme versagte.

»Angelo wird wieder gesund«, erklärte er fest. »Das verspreche ich dir. Aber jetzt wartest du draußen.« Er schaute an ihr vorbei Cindy an, die hinter meiner Mutter stand. »Und Sie auch, mein Fräulein.«

Meine Mutter faßte Cindy am Arm. »Sie müssen mir erzählen, was passiert ist«, sagte sie im Hinausgehen.

Ich sah auf die Nadel, die mein Vater in der Hand hielt. »Wozu ist das?«

»Gegen die Schmerzen. Ich muß dich jetzt gründlich säubern, und ohne das täte es noch viel mehr weh.«

»Ich will aber nicht einschlafen. Ich muß einige Telefongespräche führen.«

»Wen willst du anrufen?« fragte er. »Vielleicht kann ich dir helfen.«

Ich spürte kaum, wie mein Vater mit einer einzigen geübten Bewegung meine Hose nach unten schob und mir die Spritze verabreichte. »Zuerst möchte ich mit Onkel Jake sprechen«, erklärte ich.

»Onkel Jake?« fragte er. Ich hörte nur noch die Überraschung in seiner Stimme, dann beförderte mich die Spritze in das Land der Träume.

Gianni und ich spielten im Gebüsch neben dem Haus Cowboy und Indianer. Im Augenblick war ich Tom Mix, und er war mein treues Pferd Tony, und ich feuerte meinen sechsschüssigen Revolver auf die Indianer ab, die wir durch das Dickicht verfolgten, wie wir es in der Samstag-Kindervorstellung in den *Reitern der Purpursteppe* gesehen hatten.

»Brr, Tony!« schrie ich und zog an seinem Hemdkragen, als wir zur Einfahrt kamen. »Ich höre einen Planwagen.«

Ich glitt von seinem Rücken und duckte mich ins Gebüsch. Der riesige schwarzbraune Duesenberg meines Großvaters rollte durch die Einfahrt heran. Ich wartete, bis er an uns vorbei war, dann sprang ich auf Giannis Schultern. »Ihnen nach!« schrie ich. »Wir müssen sie vor den Indianern warnen!«

Gianni holte in wildem Galopp den Wagen ein und hielt dabei meine Beine fest, damit ich nicht hinunterfallen konnte.

Ich feuerte meinen Sechsschüssigen in die Luft, die Patronen detonierten krachend. »Achtung, Großvater!« schrie ich. »Die Indianer kommen!«

Durch die Fenster der geschlossenen Karosserie hinter dem Chauffeur sah ich meinen Großvater auf dem Rücksitz zwischen zwei Männern. Ein dritter saß auf dem Klappsitz vor ihnen.

Das Auto hielt vor dem Haus. Gianni und ich standen schon auf den Stufen, als sie ausstiegen. Die beiden Männer, die mit meinem Großvater auf dem Rücksitz gesessen hatten, warteten an den Wagen gelehnt, bis er und der andere die Stufen zu uns hochstiegen.

Ich schwenkte mein Schießeisen in der Luft. »Indianer sind im Gebirge!«

Großvater blieb vor uns stehen. Er war kein hochgewachsener Mann, schlank, fast klein. Sogar Gianni überragte ihn mit seinen einssiebzig. Aber das machte nichts aus. Wer immer bei ihm war, Großvater wirkte immer wie der größte.

Er streckte mir die Hand entgegen. »Gib mir den Revolver, Angelo.«

Ich forschte in seinen Augen nach einem Zeichen des Mißvergnügens, konnte aber keines entdecken. Sie waren dunkelbraun, fast so schwarz wie sein Haar, und unergründlich. Schweigend gab ich ihm den Revolver.

Er nahm ihn in die Hand und sah ihn mißbilligend an. Er wandte sich an Gianni. »Wer hat ihm das geschenkt?«

»Es ist ja nur ein Spielzeug, *padrone.*« Gianni hätte sich gern verbeugt, doch mit mir auf seinen Schultern gelang es ihm nicht.

»Das ist mir gleich«, erklärte mein Großvater entschieden. »Wenn ich nicht irre, habe ich Waffen verboten. Auch Spielzeugwaffen. Sie sind schlecht für Kinder.«

Diesmal gelang es Gianni, sich trotz seiner Last zu verneigen. *»Si, padrone.«*

Großvater gab ihm den Revolver. »Wirf ihn fort!« sagte er, dann hob er mir die Arme entgegen. »Komm, Angelo.«

Ich glitt von Giannis Schultern in Großvaters Arme, froh, daß er mit mir nicht böse war. Großvater küßte mich, als er mich über die Stufen ins Haus trug. »Revolver sind gefährlich für Kinder«, erklärte er. »Auch Spielzeugrevolver.«

Wir gingen ins Wohnzimmer, wo meine Eltern warteten. Kaum sah ihn meine Mutter, begann sie zu weinen. Großvater nahm mich unbeholfen auf den einen Arm und legte den anderen um Mutter.

»Aber, aber, Jenny«, sagte er sanft. »Wein doch nicht. Sizilien ist nicht das Ende der Welt.«

»Aber du wirst so weit weg von uns sein«, schluchzte sie.

Auch ich begann zu weinen. »Ich will nicht, daß du fortgehst, Großpapa!«

»Da siehst du, Jenny, was du angestellt hat«, meinte Großvater vorwurfsvoll. »Du hast ihn zum Weinen gebracht.« Er wandte sich an meinen Vater. »*Dottore,* sag deiner Frau, sie soll das sein lassen. Es tut Angelo nicht gut, sich so aufzuregen.«

Die Augen meines Vaters waren auch nicht gerade trocken, und ich benutzte die Gelegenheit seines kurzen Zögerns, um noch stärker zu brüllen.

»Ich will nicht, daß du von mir fortgehst, Großpapa!« Heftig schluchzend klammerte ich mich an ihn.

Diesmal war ich so laut gewesen, daß sogar meine Mutter zu weinen aufhörte. »Er wird hysterisch!« sagte sie und griff nach mir.

Mein Großvater schob ihre Arme weg. »Hab' ich es dir nicht gesagt?« bemerkte er triumphierend. »Laßt nur, Großpapa wird ihn beruhigen.«

Meine Mutter schwieg, und Großvater drehte mich in seinen Armen um, so daß ich ihm ins Gesicht sehen konnte. »Ich verlasse dich nicht, *Angelo mio*«, sagte er. »Ich fahre nach Sizilien, nach Marsala und Trapani, wo ich geboren bin.«

Ich verlor an Boden, aber er hatte wenigstens den Revolver vergessen. Ich versuchte es mit noch einem Schrei. »Ich werde dich nie wiedersehen!«

Nun füllten sich seine Augen mit Tränen. Er drückte mich so fest an sich, daß ich kaum atmen konnte. »Aber natürlich siehst du mich wieder«, sagte er mit erstickter Stimme. »Du kannst mich im Sommer mit deinen Eltern besuchen, und ich zeige dir die Weingärten und Olivenhaine am Abhang des Monte Erice, wo dein Großvater aufgewachsen ist.«

»Dürfen wir dort Cowboy und Indianer spielen?« fragte ich mit großen Augen.

»Nein, das ist ein böses Spiel«, erklärte er. »Alle Spiele, bei denen man spielt, daß man Menschen tötet, sind böse. Du sollst so werden wie dein Vater, ein Arzt, da kannst du Menschen retten, nicht töten.« Er sah mich an, nicht ganz sicher, ob ich ihn verstand. »Außerdem gibt es in Sizilien keine Indianer«, fügte er hinzu.

»Nur brave Leute?« fragte ich.

Er wußte, wann er besiegt war. »In Sizilien gibt es nur gute Leute«, behauptete er, gab die Diskussion auf und nahm Zuflucht zu seiner letzten Waffe, der Bestechung. »Außerdem wird dir Großpapa von dort ein ganz besonderes Geschenk schicken.«

»Was für ein Geschenk?« wollte ich wissen.

»Was du möchtest. Sag es nur deinem Großpapa.«

Ich dachte eine Weile nach, da fiel mir der Film ein, den ich die Woche zuvor mit Gianni gesehen hatte und in dem Monte Blue einen tollkühnen Rennfahrer spielte. »Einen echten Rennwagen, den ich fahren kann?« schlug ich versuchsweise vor.

»Wenn mein Angelo einen haben will, bekommt er ihn. Ich lasse dir einen Spezial-Bugatti-Rennwagen bauen!«

Ich preßte meine Arme um seinen Hals. »Danke, Großpapa.« Ich küßte ihn.

Er wandte sich an meine Eltern. »Seht ihr«, sagte er triumphierend. »Ich habe es euch gesagt. Jetzt ist alles wieder gut.«

Während dieser ganzen Szene hatte der Mann, der mit uns hereingekommen war, uns beobachtet und dabei gewissermaßen in sich hineingelächelt. Nun winkte ihm mein Großvater. »Kommen Sie her, Jake. Das ist mein Sohn, Dr. John Perino«, sagte er stolz, »und seine Frau Jenny. Und hier ist Richter Jacob Weinstein, von dem ich euch erzählt habe.«

Richter Weinstein, ein braunhaariger Mann, etwa so groß und so alt wie mein Vater, schüttelte meinen Eltern die Hände.

»Vergessen Sie mich nicht«, sagte ich und streckte die Hand aus.

Er ergriff sie lächelnd. »Ich glaube nicht, daß ich das kann.«

»Ich habe mit Jake einen Vertrag abgeschlossen. Solange er lebt, wird er sich in meiner Abwesenheit um die geschäftlichen Angelegenheiten der Familie kümmern«, erklärte Großvater und stellte mich auf den Boden. »Nun geh wieder spielen, während ich mit deinem Vater und dem Richter über Geschäfte spreche.«

»Komm mit mir in die Küche«, sagte meine Mutter schnell. »Ich habe gerade Plätzchen gebacken. Du kannst ein Glas Milch dazu trinken.«

Sie faßte mich an der Hand und wollte mich zur Tür führen. Ich wehrte mich, bis sie stehenblieb, und fragte: »Großpapa, sehe ich dich noch einmal, bevor du fortgehst?«

Großvater hielt den Atem an, und ich bemerkte, daß seine Augen wieder feucht waren. »Bevor ich fortgehe«, brachte er mühsam hervor.

Ungefähr eine Stunde später standen wir auf den Stufen vor dem Haus und winkten meinem Großvater zum Abschied nach, während der große Duesenberg durch die Ausfahrt rollte. Ich sah, wie er mich noch durch das Rückfenster anblickte, und winkte wilder. Er hob die Hand, dann verschwand der Wagen am Ende der Ausfahrt.

Wir blieben noch einen Augenblick stehen. Ich sagte zu meinen Eltern: »Die Männer, die auf Großpapa warteten, trugen Revolver unter ihren Jacken. Ob sie wohl wissen, daß Großpapa Revolver nicht leiden mag?«

Meine Eltern starrten sich eine Weile an, dann füllten sich die Augen meiner Mutter wieder mit Tränen. Vater hob mich mit einem Arm hoch und legte den anderen um Mutters Schulter. So standen wir lange schweigend auf der Treppe. Meine Mutter verbarg ihr Gesicht an Vaters Brust. Auch in den Augen meines Vaters standen noch unvergossene Tränen. Ich spürte eine merkwürdige Beklemmung in der Kehle. Es gab so vieles, was ich nicht verstand.

Aber ich würde im Laufe der Zeit so manches davon begreifen. Zum Beispiel, daß die beiden Männer, die auf Großvater gewartet hatten, Bundesbeamte waren. Sie wollten ihn nach New York bringen, wo er sich nach Italien einschiffte. Daß Richter Weinstein oder Onkel Jake, wie ich ihn bald nannte, eigentlich kein Richter war, sondern ein Rechtsanwalt, der alle geschäftlichen Angelegenheiten Großvaters erledigte.

Nach Großvaters Abreise und fast bis zur Zeit, in der ich das College verließ, also viele Jahre, kam Onkel Jake einmal im Monat am Sonntag zu uns zum Abendessen.

Als ich dann kurz nach meinem einundzwanzigsten Geburtstag Anfang Januar 1952 die Ferien der Technischen Hochschule zu Hause verbrachte, erfuhr ich, wie reich mein Großvater tatsächlich gewesen war. Zu der Zeit war mein Anteil an seinem Nachlaß unter Onkel Jakes vorsichtiger Verwaltung auf über fünfundzwanzig Millionen Dollar angewachsen, und der meiner Eltern auf das Doppelte.

Ich erinnere mich, wie ich meinen Vater und Onkel Jake völlig verblüfft ansah. Ich wußte, daß wir wohlhabend, aber nicht, daß wir reich waren. »Was fange ich denn mit so viel Geld an?« fragte ich.

»Das sollst du jetzt lernen«, sagte mein Vater ernst. »Denn eines Tages gehört dir alles.«

»Ich würde vorschlagen, daß du nach Beendigung deines Studiums noch die *Harvard Business School* besuchst«, meinte Onkel Jake.

»Aber mich interessieren Geschäfte nicht«, widersprach ich. »Mich interessieren Autos.«

»Auch Autos sind ein Geschäft«, erklärte Onkel Jake.

»Die meinen nicht«, sagte ich. »Die kosten nur Geld.«

»Nun, das kannst du dir ja leisten.«

»So viel brauche ich dazu nicht«, meinte ich.

»Dann schlage ich vor, du kaufst Investmentzertifikate und läßt sie durch die Bank verwalten.«

»Warum kannst du nicht einfach so weitermachen wie bisher?« fragte ich. »Ich erinnere mich, daß Großvater mit dir einen Vertrag auf Lebenszeit geschlossen hat. Wenn ihm das recht war, dann ist es mir auch recht.«

Er warf meinem Vater einen Blick zu. »Tut mir leid«, antwortete er. »Aber das geht nicht.«

»Warum nicht?«

Er räusperte sich. »Wegen gewisser anderer Geschäfte, die ich betreibe und von denen die Regierung sagt, sie stünden im Zusammenhang mit dem organisierten Verbrechertum. Ich halte es für klüger, wenn ihr euch von mir trennt, damit du und deine Eltern nicht in etwas verwickelt werdet, mit dem ihr nichts zu tun habt.«

Ich wußte, was er meinte, auch ich las die Zeitungen. Sein Name wurde sehr oft im Zusammenhang mit Untersuchungen gegen das organisierte Verbrechertum genannt. »Aber können wir uns auch weiter an dich wenden, wenn wir Probleme haben?« fragte ich. »Wirkliche Probleme, meine ich.«

Er nickte. »Natürlich. Schließlich hat mir dein Großvater einen Vertrag auf Lebenszeit gegeben.« Er stand auf. »Bei der Bank ist alles so gut wie geregelt, John«, sagte er zu meinem Vater. »Vielleicht kannst du mit Angelo morgen in die Stadt kommen. Wir essen zusammen und gehen dann zur Bank, unterzeichnen einige Papiere und bringen so alles offiziell in Ordnung.«

Das taten wir, und als ich wieder auf die Hochschule fuhr, abonnierte ich das *Wall Street Journal* und verfolgte eine Zeitlang täglich aufmerksam die Börsenkurse der verschiedenen Aktien und Wertpapiere, welche die Bank für mich verwaltete. Aber dann wurde mir das zu langweilig, ich sah es mir gar nicht mehr an und verließ mich auf die vierteljährlichen Abrechnungen der Bank. Meistens landeten sie sogar ungeöffnet in meiner Schublade. Was konnte denn mit fünfundzwanzig Millionen Dollar in erstklassigen Wertpapieren schon schiefgehen?

Onkel Jake verlor seinen Kampf gegen die Regierung nicht ganz, gab aber im nächsten Jahr seine Praxis auf und übersiedelte nach Las Vegas, wo er an mehreren Hotels beteiligt war. Wir tauschten Weihnachtskarten aus, und er besuchte ab und zu meine Eltern, wenn er in den Osten kam, aber dann war ich immer gerade woanders. Vor einigen Jahren las ich in der Zeitung, daß er seine Anteile in Las Vegas verkauft hatte und in die Nähe von Phoenix in Arizona gezogen war. Dort legte er sein Geld in Paradise Springs an, einem Komplex, zu dem ein Sport- und Heilbadhotel und ein Country Club gehörten. Ich hatte von ihm eine Einladung zur Eröffnung erhalten, doch damals begann ich für Nummer Eins zu arbeiten und konnte nicht kommen. Meine Eltern fuhren hin und überbrachten ihm mein Bedauern und meine guten Wünsche. Es gefiel Mutter dort, und meine Eltern waren seither wiederholt hingereist. Vater erzählte mir, daß Onkel Jake zum erstenmal, seit er ihn kannte, entspannt und zufrieden sei. Er war ein kaffeebrauner Einheimischer geworden und trug bei seiner morgendlichen Golfrunde sogar einen riesigen weißen Stetsonhut.

Ich hatte mittlerweile vieles erlebt, doch war es wohl mein größter Kummer, daß ich meinen Großvater nicht wiedersah. Er brauchte fast zwei Jahre, um mir den Bugatti zu besorgen, den er mir versprochen hatte, aber endlich bekam ich ihn doch. Ein paar Jahre später war in Europa Krieg. Er schrieb meinen Eltern, sie sollten ihn nicht besuchen, weil er nicht wollte, daß sie mit mir irgendwelche Risiken eingingen. Dann trat Amerika in den Krieg ein, und wir hörten fast zwei Jahre lang nichts von ihm, bis die amerikanischen Truppen in Italien landeten.

Aber da war es schon zu spät. Mein Großvater war im Jahr zuvor an Krebs gestorben.

9

Ich schlug die Augen auf, die Sonne schien in das mit Blumen geschmückte Zimmer. Ich bewegte den Kopf ein wenig. Keine Schmerzen. Ich wurde kühner – es schmerzte teuflisch. »Verdammt!« sagte ich.

Die Krankenschwester, die in der Zimmerecke saß, stand auf. Ihr Dienstkleid raschelte, als sie an mein Bett kam. »Sie sind wach«, sagte sie.

Das wußte ich bereits. »Welcher Tag ist heute?«

»Donnerstag.«

»Was ist aus dem Mittwoch geworden?« fragte ich.

»Sie haben ihn verschlafen«, antwortete sie und griff nach dem Telefon. Sie wählte eine Nummer. Ich hörte das leise Knattern einer antwortenden Stimme. »Wollen Sie bitte Herrn Dr. Perino ausrufen und ihm sagen, daß 503 wach ist. Danke.«

»Ihr Vater macht seine Vormittagsvisite. Aber er wollte sofort benachrichtigt werden, wenn Sie aufwachen«, erklärte sie.

»Wie spät ist es?«

»Zehn Uhr. Wie geht es Ihnen?«

»Ich weiß nicht. Ich fürchte mich davor, es auszuprobieren.«

Die Tür ging auf, und mein Vater kam herein. Zwischen uns gab es kein angelsächsisches Getue, wir waren Italiener. Er war zwar Arzt, aber vor allem war er mein Vater. Wir küßten uns auf den Mund. »Mutter und Cindy kommen gleich aus der Kaffeebar rauf«, sagte er.

»Bevor sie hier sind: Wie schlimm ist es?«

»Du hast schon Schlimmeres durchgemacht. Ein paar gebrochene Rippen, mehrere schwere Prellungen und Quetschungen am Körper, aber keine inneren Verletzungen, soweit wir feststellen konnten, eine leichte Gehirnerschütterung, du wirst eine Zeitlang Kopfschmerzen haben.« Er machte eine Pause. »Dein Gesicht haben sie allerdings zerschlagen. Alles, was man dir in der Schweiz in Ordnung gebracht hat, ist wieder kaputt. Die Nase ist an zwei Stellen gebrochen, ein leichter Sprung im Kieferknochen, nicht allzu ernst – der heilt praktisch von selbst. Du dürftest fünf Zähne verloren haben, größtenteils Jacketkronen, und sie scheinen dir den rechten Backenknochen verschoben zu haben, aber das können wir erst feststellen, wenn die Schwellung zurückgegangen ist. Platzwunden über den Augen und um den Mund. Alles in allem nicht allzu schlimm.«

»Danke, Doktor«, sagte ich, ergriff seine Hand und küßte sie. Wie gesagt, wir waren Italiener. Als ich hochschaute, sah ich Tränen in seinen Augen.

Dann ging die Tür auf, Mutter und Cindy kamen herein, und Vater hatte die nächsten zehn Minuten alle Hände voll zu tun, um Mutter daran zu hindern, mich mit ihren Tränen zu überschwemmen.

Cindy stand am Fußende des Bettes und beobachtete uns beinahe scheu. Ich glaube, es war das erstemal, daß sie eine italienische Familie in Aktion sah. Da gab es wirklich was zu sehen.

Als Mutter endlich praktisch jeden einzelnen Teil von mir geküßt hatte, auch die Füße, richtete sie sich auf. »Kommen Sie her, Cindy«, sagte sie. »Angelo möchte sich bedanken.«

Mutter wandte sich wieder an mich. »Deine Freundin ist ein braves Mädchen. Sie hat dir das Leben gerettet und dich zu uns gebracht. Ich habe ihr tausendmal gedankt. Jetzt bedanke du dich.«

Cindy beugte sich über mich und küßte mich züchtig. Ich erwiderte ihren Kuß, ebenso keusch, auf ihre Wange. »Ich danke dir«, sagte ich ernst.

»Gern geschehen«, antwortete sie förmlich.

»Das war brav, Angelo«, erklärte Mutter zufrieden.

Cindy und ich hatten alle Mühe, nicht loszuplatzen. Wir wagten nicht, uns anzusehen.

»Wer hat denn die ganzen Blumen geschickt?« fragte ich.

»Der Bericht über den Überfall stand in allen Zeitungen«, sagte Cindy. »Sie sind gestern gekommen, Nummer Eins, Duncan, Rourke, Bancroft, ja sogar Nummer Drei und Weyman haben Blumen geschickt.«

»Angelo hat gute Freunde«, meinte Mutter stolz.

»Ja«, sagte ich kurz, mit einem Blick auf Cindy.

»Nummer Eins hat aus Palm Beach angerufen«, erzählte Cindy. »Er läßt dir sagen, du sollst dir keine Sorgen machen, er besucht dich am Montag, wenn er herkommt.«

Plötzlich fiel mir alles wieder ein. In fünf Tagen war Montag. Ich hatte einen wertvollen Tag verschlafen. »Wie lange muß ich hierbleiben?« fragte ich meinen Vater.

»Ich denke, über das Wochenende. Wenn sich alles günstig entwickelt, können wir dich Montag oder Dienstag entlassen.«

»Würde es etwas schaden, wenn ich das Krankenhaus nur für einen Tag verlasse und dann zurückkomme?«

Mein Vater betrachtete mich prüfend. »Ist es so wichtig?«

»Ja. Das war kein Raubüberfall, das weißt du ja. Keiner hat mir die Uhr oder die Brieftasche weggenommen.«

Auch er erkannte es, wenn ein Patient fachmännisch verprügelt worden war. Man praktiziert nicht über vierzig Jahre in einer Detroiter Klinik, ohne das zu lernen. Er schwieg.

»Ich muß eine bestimmte Sache erledigen«, sagte ich. »Nur so kann ich die anderen daran hindern, Nummer Eins die Firma wegzunehmen.«

Ein seltsamer Ausdruck erschien auf Vaters Gesicht. »Meinst du den alten Mr. Hardeman?«

Ich nickte.

Er überlegte kurz. »Nach einem Tag kommst du zurück?«

»Ja.«

»Du wirst unaufhörlich furchtbare Schmerzen haben.«

»Gib mir Tabletten!«

»Gut.« Er holte tief Atem. »Ich gebe dir einen Tag Zeit. Ich habe dein Wort, daß du dann zurückkommst.«

»Nein!« schrie Mutter. »Du darfst ihn nicht fortlassen! Es wird ihm schaden!« Sie lief weinend zu mir. »Mein Kind!«

Vater streckte gebieterisch den Arm aus. »Jenny!« sagte er streng.

Mutter schaute ihn überrascht an. Das war ein Ton, den sie wohl noch nie von ihm gehört hatte.

»Überlasse Männersachen den Männern!« sagte Vater.

Sizilianische Frauen erkennen, wieviel es geschlagen hat. »Ja, John«, antwortete Mutter gefügig. Sie sah mich an, sprach jedoch zu ihm. »Er wird auf sich aufpassen?«

»Ja, er wird auf sich aufpassen«, sagte mein Vater.

Das nächstemal erwachte ich in der Kabine der großen gecharterten DC 9. Die Stewardeß sah mich an. Gianni stand neben ihr.

»Wir landen in fünfzehn Minuten in Phoenix, Mr. Perino«, sagte sie.

»Richte mich auf«, bat ich Gianni.

Er bückte sich neben dem tragbaren Krankenbett und kurbelte das Kopfende hoch, bis ich schräg lag. »Ist es so gut, Angelo?«

»Ausgezeichnet«, sagte ich. Die Nachmittagssonne war hier in zehntausend Meter Höhe heller als in Detroit. Die Schrift mit der Aufforderung, die Gurte zu schließen, leuchtete mit einem Summton auf.

Gianni beugte sich über mich, um die Gurte anzuziehen, dann kontrollierte er die Bettbefestigungen am Boden. Befriedigt kehrte er zu seinem Platz zurück und machte seinen Gurt fest. Die Stewardeß ging nach vorne zur Pilotenkabine.

Ich lehnte mich zufrieden zurück. Vater hatte wirklich für alles gesorgt. Es hatte schon begonnen, als ich Cindy bat, sie solle feststellen, welche Flüge es nach Phoenix gab. Ich wollte inzwischen Onkel Jake anrufen.

»Laß das nur«, sagte Vater. »Ich kümmere mich um alles.«

»Ich muß noch heute in Phoenix sein.«

»Das wirst du auch. Ruh dich nur aus. Ich rufe Jake an und lasse dich noch heute nach Phoenix fliegen.«

»Aber wie wirst du das schaffen?«

»Mach dir darüber keine Sorgen«, sagte er lächelnd. »Es ist Zeit, daß du die Vorteile des Reichtums kennenlernst.«

Nachdem er fort war, kam Cindy an mein Bett und blieb neben Mutter stehen, die in einem Stuhl saß und jede meiner Bewegungen mit Adleraugen verfolgte. »Ich gehe jetzt ins Hotel und schlafe«, sagte Cindy. »Ich bin erledigt.«

»Ins Hotel gehst du nicht. Sie wissen, daß du mit mir warst, und ich will nicht, daß dir etwas passiert.«

»Mir passiert nichts.«

»Das habe ich von mir auch geglaubt.«

»Cindy kann bei uns wohnen«, erklärte Mutter sofort. »Sie kann das Gästezimmer haben, wo sie gestern geschlafen hat.«

Ich schaute Cindy an. Sie nickte. »Ich möchte nicht, daß jemand weiß, wo du bist.«

»Na schön, ich sage Duncan, er soll es für sich behalten.«

»Nein, du wirst ihm gar nichts sagen. Überhaupt rufst du weder ihn noch sonst jemand an. Ich traue keinem der Telefone im Werk.«

»Ich habe aber versprochen, ihn zu informieren, wie es dir geht.«

»Die Klinik wird ihn informieren. Du bleibst unsichtbar, bis ich dich verständige.«

»Sie tut, was du sagst, Angelo«, sagte Mutter. »Nicht wahr, Cindy?«

»Ja«, antwortete Cindy.

»Siehst du?« bemerkte Mutter triumphierend. »Ich habe dir doch gesagt, sie ist ein braves Mädchen. Mach dir keine Sorgen um sie. Ich lasse sie keine Minute aus den Augen. Niemand erfährt, wo sie ist.«

Ich sah, wie Cindys Lippen sich zu einem Lächeln kräuselten, aber es war kein spöttisches Lächeln. Sie lächelte, wie man es tut, wenn man eine Freundin gefunden hat.

Ich nickte. »Danke, *Mamma*.«

Mein Vater kam wieder ins Zimmer. »Es ist also alles geregelt«, meldete er, sichtlich mit sich zufrieden. »Ich habe mit Jake gesprochen, er erwartet dich um fünf Uhr in seinem Büro.«

Er hatte tatsächlich alles arrangiert. Ein privater Krankenwagen brachte mich vom Krankenhaus zum Flughafen, wo er direkt zu dem gecharterten Düsenflugzeug auf das Flugfeld fuhr. Gianni begleitete mich und sorgte im Flugzeug dafür, daß das tragbare Krankenbett einwandfrei befestigt wurde. Fünf Minuten nach dem Start kam er zu mir, eine Spritze in der Hand.

»Was ist das?« fragte ich.

»Schlafmittel. Der *Dottore* will, daß du dich ausruhst, bis du in Phoenix bist.«

»Ich ruhe mich schon aus.«

»Der *Dottore* hat gesagt, wenn du mir Schwierigkeiten machst, soll ich das Flugzeug nach Detroit umkehren lassen.«

»Na schön«, sagte ich müde. »Stich zu.«

Vater hatte ihn gut geschult. Ich glaube, ich schlief schon, ehe die Nadel noch aus meiner Hinterbacke war.

Als das große Flugzeug zum Stehen kam, wartete bereits ein Krankenwagen auf der Rollbahn. Fünfunddreißig Minuten später waren wir in Paradise Springs. Eines muß ich sagen: Es war eine verdammt gute Methode zur Überwindung des Verkehrsproblems.

Wir wurden zu Onkel Jakes Privatbüro geführt. Es lag in einem eingefriedeten Garten gegenüber dem Golfplatz.

Onkel Jake saß hinter seinem Schreibtisch in dem großen holzgetäfelten Raum. Im Kamin knisterte ein Holzfeuer, das einen verlorenen Kampf gegen die Klimaanlage kämpfte.

Onkel Jake sah meinen Blick zum Kamin, während Gianni mein Bett hochkurbelte. Er stand auf und kam auf mich zu. Sein schneeweißer Stetsonhut hob sich von der dunklen Holztäfelung ab. »Diese Klimaanlage ist so verdammt gut«, sagte er, »daß ich manchmal zu frieren anfange. Und ich bin immer noch so sehr ein Mann des Ostens, daß ich mir gern die Hände an einem Holzfeuer wärme.«

Ich lächelte ihm zu. »Tag, Onkel Jake.« Ich streckte die Hand aus.

Er schüttelte sie. Sein Griff war so fest und freundschaftlich wie eh und je. »Tag, Angelo.« Er wandte sich an Gianni. »Freut mich, Sie wiederzusehen, Gianni.«

Gianni verbeugte sich. »Ganz meinerseits, *Eccellenza*«. Er ging zur Tür und ließ uns allein.

Nachdem die Tür sich geschlossen hatte, kam Onkel Jake wieder zu mir, zog einen Stuhl vor den Schreibtisch, setzte sich und sah mich an. »Machst du deine Reisen immer so?« fragte er lächelnd.

»Nein.« Ich lachte. »Nur wenn ich zu müde bin, um aus dem Bett zu steigen.«

»Dein Vater hat mir erzählt, daß sie dich richtig erwischt haben«, sagte er, immer noch lächelnd. »Du hättest lernen sollen, wie man sich blitzschnell duckt.«

»Ich habe mich geduckt«, sagte ich, »direkt in einen Tritt in die Zähne.«

Er lächelte nicht mehr. Die schlaffen, schweren Lider über seinen großen Augen, die große, gebogene Römernase, die fast bis zur Oberlippe seines breiten dünnen Mundes hinunterreichte, und das spitze Kinn mit dem Grübchen – alles zusammen verlieh ihm das gefährliche, drohende Aussehen eines Jagdfalken. »Wer war es?« fragte er.

»Ich weiß es nicht«, sagte ich und machte absichtlich eine Pause. »Aber ich kann es mir denken.«

»Sag es mir.«

Ich berichtete alles von Anfang an, beginnend mit dem ersten Anruf, den ich vor drei Jahren von Nummer Eins erhalten hatte. Ich ließ nichts aus, weder Geschäftliches noch Privates, denn ich wußte, daß er es so haben wollte und daß es so sein mußte. Eineinhalb Stunden später kam ich ans Ende meines Berichts und schilderte das Gespräch, das ich am Morgen mit Vater geführt hatte.

Er war ein guter Zuhörer und unterbrach mich nur wenige Male, um einen unklaren Punkt zu durchleuchten. Nun stand er auf und streckte sich. Für einen Mann Ende sechzig war er in phantastischer Verfassung. Er sah eher wie ein Fünfziger aus. »Ich könnte einen Drink brauchen«, sagte er.

»Ich auch.«

»Was möchtest du haben?«

»Einen Kanadischen *on the rocks*.«

Er lachte. »Dein Vater hat mir gesagt, daß du das verlangen würdest, aber ich darf dir nur zwei Unzen Kognak geben.«

»Vater hat immer recht.«

Auf einen Knopfdruck öffnete sich in der Wand eine verborgene Bar. Er goß Kognak in zwei Gläschen und reichte mir eines davon.

»Prost«, sagte ich. Der Kognak floß mir heiß durch die Kehle. Ein scharfer Schmerz, ich hustete und zuckte zusammen.

»Du mußt ihn schlürfen, nicht runterstürzen«, meinte er. Er trank langsam, dann schaute er mich an. »Na schön, jetzt habe ich deinen Bericht gehört. Und was willst du eigentlich von mir?«

»Hilfe«, antwortete ich einfach.

»In welcher Form?«

»Ich möchte, daß du zwei Dinge für mich tust. Wenn du kannst. Erstens herausfinden, woher Simpson das Geld bekam, um seine Kampagne gegen uns zu führen. Wenn er es rechtmäßig bekommen hat, gut und schön, dann reden wir nicht mehr davon. Wenn er es aber auf irgendeine Weise von jemandem aus unserem Unternehmen gekriegt hat, will ich das wissen. Zweitens brauche ich den Brief, den Loren III in seinem Tresor zu Hause aufbewahrt. Den sein Vater geschrieben hat, bevor er sich erschoß.«

»Was erwartest du dir davon?«

»Ich weiß es nicht. Ich habe bloß das Gefühl, es könnte der Schlüssel für alles sein.«

»Du verlangst gar nicht viel, wie?« Und ohne auf meine Antwort zu warten, fuhr er fort: »Ein klein wenig Detektivarbeit und ein klein wenig Geldschrankknacken, sonst nichts.«

Ich schwieg.

»Wieviel Zeit haben wir?«

»Bis Montag abend«, antwortete ich. »Ich brauche die Information für die Aktionärssitzung am Dienstag vormittag. Das ist unsere letzte Chance.«

»Du weißt, daß du von mir verlangst, wissentlich bei einer gesetzwidrigen Handlung mitzuwirken«, sagte er. »Das habe ich noch nie getan. Ich war mein ganzes Leben Rechtsanwalt, und das einzige, was ich je getan habe, war, daß ich meine Klientin nach besten Kräften verteidigte, nachdem sie die Tat begangen hatten.«

»Das weiß ich«, erklärte ich.

»Und trotzdem verlangst du das von mir?«

»Ja.«

»Warum?«

»Du bist Rechtsanwalt, du solltest mich das nicht fragen müssen«, sagte ich und sah ihn fest an. »Du hast mit meinem Großvater einen Vertrag auf Lebenszeit abgeschlossen, daß du meine geschäftlichen Angelegenheiten erledigst. Und das ist mein Geschäft.«

Er überlegte einen Augenblick, dann nickte er. »Du hast recht. Ich werde sehen, was sich tun läßt, aber versprechen kann ich dir nichts. Meine Beziehungen in Detroit sind vielleicht nicht mehr so gut wie früher.«

»Das genügt mir, Onkel Jake«, sagte ich. »Besten Dank.«

Er sah auf die Uhr. »Es ist Zeit, dich zu deinem Flugzeug zurückzubringen. Sieben Uhr vorbei, und ich habe deinem Vater versprochen, du würdest um diese Zeit schon auf dem Heimweg sein.«

»Es geht mir schon besser«, behauptete ich. Aber das stimmte nicht. Die Schmerzen setzten wieder am ganzen Körper ein.

»Wo erreiche ich dich Montag abend um neun Uhr?« fragte Onkel Jake.

»Entweder in der Klinik oder zu Hause«, antwortete ich. »Das hängt von Papa ab.«

»Okay«, sagte er. »Montag abend um neun Uhr wird sich jemand, wo du auch bist, an dich wenden. Entweder hat er, was du wünschst, oder er sagt dir, daß sie es nicht haben.«

»Ausgezeichnet.«

Er öffnete die Tür. Gianni stand draußen. »Alles in Ordnung, Gianni«, sagte er. »Bringen Sie ihn zurück.«

»Si, Eccellenza.« Gianni nahm eine kleine Metalldose aus der Brusttasche, riß die Verpackung von der Einmalspritze und füllte sie aus einer kleinen Phiole.

»Ich kann verstehen, warum dein Vater dich zu mir kommen läßt, obwohl du in einer solchen Verfassung bist«, sagte Onkel Jake. »Aber nicht, warum du so was tust. Was hast du denn davon?«

»Erstens einmal Geld. Diese Aktien könnten eines Tages zehn Millionen Dollar wert sein.«

»Das ist es nicht«, widersprach er. »Du besitzt jetzt bereits fünfmal so viel und hast nie darauf geachtet. Es muß einen anderen Grund geben.«

»Vielleicht weil ich dem alten Herrn mein Wort gegeben habe, daß wir einen neuen Wagen bauen werden. Und ich betrachte den Job nicht als getan, bevor der Wagen nicht vom Fließband rollt.«

»Das klingt mir schon wahrscheinlicher«, meinte er anerkennend.

Dann hatte ich noch eine Frage an ihn. Es war da etwas, worüber ich mich wunderte. »Du hast gesagt, du weißt, warum Papa mich zu dir reisen ließ. Nun, warum?«

»Ich habe gedacht, du wüßtest es. Es war der alte Mr. Hardeman, der deinen Vater im Krankenhaus als Assistent unterbrachte, nachdem alle ihn abgelehnt hatten, weil er der Sohn deines Großvaters war.«

»Dreh dich ein wenig zur Seite«, sagte Gianni.

Ich tat es automatisch, während ich immer noch Onkel Jake sah. Ich spürte den leichten Stich in meiner Hinterbacke.

»Das Rad dreht sich immer weiter, nicht wahr?« sagte Onkel Jake lächelnd. Dann verschwand er allmählich vor meinen Augen. Es muß eine der kräftigsten Spritzen aller Zeiten gewesen sein. Ich schlief die ganze Zeit, von Onkel Jakes Büro bis neun Uhr am nächsten Morgen, dann erwachte ich in meinem Klinikbett in Detroit.

10

Am Samstag nachmittag ging es mir im Krankenhaus schon so halbwegs. Die Schmerzen hatten so weit nachgelassen, daß ich sie mit einer gehörigen Menge Aspirin niederkämpfen konnte, und ich wanderte in meinem Zimmer auf und ab wie ein Tier im Käfig. Ich wechselte am Fernsehapparat von einem Kanal zum anderen und drehte am Rundfunkknopf, bis er mir in der Hand blieb. Schließlich floh die Schwester aus dem Zimmer und kam zehn Minuten später mit meinem Vater wieder.

»Was ist los?« fragte er ruhig.

»Ich will raus!«

»Na schön.«

»Du kannst mich nicht länger hier festhalten«, sagte ich, ohne ihm zuzuhören. »Ich habe jetzt genug!«

»Wenn du zuhören würdest, statt soviel zu reden«, sagte mein Vater, »dann wüßtest du, daß ich ›Na schön‹ gesagt habe.«

Ich starrte ihn an. »Meinst du das im Ernst?«

»Zieh dich an. Ich hole dich in ungefähr fünfzehn Minuten ab. Sobald ich meine Visite beendet habe.«

»Was geschieht mit den Verbänden?«

»Du mußt das Pflaster noch ein paar Wochen auf den Rippen behalten, aber ich werde die Kopf- und Gesichtsverbände durch einige Streifen Heftpflaster ersetzen können.« Er lächelte. »Ich bin wirklich recht zufrieden. Soeben habe ich deine Röntgenaufnahmen und Laborergebnisse von heute morgen gesehen. Es geht dir gut. Nun können wir *Mammas* Wunderdroge, ihrer *pasta*, die Chance geben, dir ein wenig weiterzuhelfen.«

Mamma weinte natürlich, als ich nach Hause kam, und ebenso Gianni und mein Vater. Ich sah über *Mammas* Kopf hinweg Cindy an. Sie stand da, und auch ihr liefen die Tränen aus den Augen.

Ich grinste ihr zu. »Wie ich sehe, hat *Mamma* dich schon unterrichtet, wie man zur Italienerin wird.«

Sie schnitt eine Grimasse und wandte sich ab. Als sie sich wieder umdrehte, waren die Tränen versiegt. »Auch wie man Spaghettisauce macht«, sagte sie. »Wir waren seit heute morgen in der Küche, nachdem dein Vater uns versprochen hat, daß er dich nach Hause bringt.«

Ich schaute zu ihm hinüber. »Das hättest du mir wenigstens sagen können, Papa.«

Er lächelte. »Ich wollte erst noch die Berichte sehen, um sicherzugehen.«

»Hilf ihm nach oben, Gianni«, sagte Mutter.

»Si, Signora.«

»Zieh ihn aus und leg ihn gleich ins Bett«, fuhr sie fort. »Er soll sich bis zum Abendessen ausruhen.«

»Ich bin doch kein Kind, *Mamma*«, protestierte ich. »Ich komme schon selbst zurecht.«

Mutter beachtete mich nicht. »Kümm're dich nicht um ihn«, sagte sie energisch. »Geh mit ihm.«

Ich stieg die Stufen hoch, Gianni folgte mir.

»Und laß ihn nicht im Bett rauchen«, rief uns meine Mutter nach. »Er wird sich noch selbst in Brand stecken.«

Als ich dann im Bett lag, wußte ich, daß ich noch nicht so kräftig war, wie ich gedacht hatte. Ich war für Giannis Hilfe dankbar und schlief sofort ein.

Cindy kam vor dem Essen herein, gerade im richtigen Augenblick, um zu sehen, wie Mutter mich zwingen wollte, ein volles Gläschen Fernet Branca zu schlucken.

Ich brachte die Hälfte hinunter und erstickte fast an dem scheußlichen Geschmack, den das Zeug in meinem Mund zurückließ. Ich verzog das Gesicht. »Das genügt!«

»Du wirst das austrinken«, drängte Mutter. »Es ist besser für dich als die ganzen Tabletten.«

Ich stand widerspenstig mit dem Glas in der Hand da. Meine Mutter wandte sich an Cindy.

»Sehen Sie zu, daß er das austrinkt«, sagte sie. »Ich muß in die Küche, um das Wasser für die *pasta* aufzustellen.« Sie ging zur Tür und blieb dort stehen. »Hören Sie, er *muß* es austrinken, bevor er zum Essen kommt!«

»Ja, Mrs. Perino«, antwortete Cindy gehorsam. Mutter ging hinaus, und Cindy wandte sich mir zu. »Du hast deine Mutter gehört«, meinte sie lächelnd. »Also trink schon aus?«

»Die hat's in sich, wie? Nur leider glaubt sie es wirklich, wenn ich ihr erzähle, daß die beste Freundin eines Jungen seine Mutter ist.«

»Ich hab' noch nie jemand wie sie gekannt«, sagte Cindy mit einem Anflug von Neid. »Auch keinen Mann wie deinen Vater. Geld macht ihnen überhaupt keinen Eindruck. Jeder sorgt sich nur um den anderen. Und um dich. Das sind wirklich Menschen.«

»Das Dreckzeug will ich aber trotzdem nicht trinken.«

»Du trinkst es. Einfach, damit sie sich freut.«

Ich goß den Rest des Fernet Branca in einem Schluck hinunter und gab ihr das Glas mit einer Grimasse. »Pfui Teufel, das schmeckt wirklich scheußlich!«

Sie sagte nichts, sah mir nur weiter in die Augen.

Erstaunt schüttelte ich den Kopf. »Meine Mutter hat dich richtig beeindruckt, wie?«

»Du weißt nicht, wie glücklich du bist«, antwortete sie ernst. »Meine Familie hat mehr Geld als die deine, viel mehr. Aber meine Eltern schienen niemals auch nur zu bemerken, daß ich am Leben war.«

Für mich war das überraschend – sie hatte noch nie von ihrer Familie gesprochen.

Plötzlich fragte sie: »Hast du schon mal von Morris Mining gehört?«

Ich nickte. Natürlich. Jetzt wußte ich, warum Geld bei ihr nie eine Rolle zu spielen schien. Morris war eins der Spitzenpapiere. Ich besaß sogar tausend Aktien der Gesellschaft.

»Mein Vater ist Verwaltungsratsvorsitzender, mein Bruder Präsident. Er ist fünfzehn Jahre älter als ich. Ich war ein Spätling und habe immer das Gefühl gehabt, daß meine Geburt den Eltern peinlich war. Jedenfalls verfrachteten sie mich, sobald sie konnten, in die besten Schulen. Ich war seit meinem fünften Lebensjahr nicht viel zu Hause.«

Ich dachte an meine Kindheit und wie verschieden sie von der ihren gewesen war. Sie hatte recht, ich hatte Glück. Ich hob kapitulierend die Hände. »Na schön, mein Kind, ich gebe es zu. Ich liebe sie sehr.«

»Das brauchst du mir nicht zu sagen. Ich weiß es. Du bist geradewegs nach Hause gegangen, als du Schmerzen hattest. Ich bin mein Leben lang fortgelaufen, wenn es mir schlechtging.«

Es wurde an die offene Tür geklopft. Gianni trat ein. »*La Signora* schickt mich, um dir beim Ankleiden zu helfen und dich hinunterzubringen.«

Ich setzte mich im Bett auf, zog die Decke über meine Beine und lächelte Cindy zu. Sie wußte, was ich dachte. Mutter hatte es wirklich in sich.

Es war noch über eine Stunde bis zum Essen. Es eilte überhaupt nicht mit dem Anziehen. Aber brave Mädchen bleiben nicht allzulang im Schlafzimmer eines italienischen Jungen. Das schickt sich nicht.

Beim Abendessen merkte ich zu meiner Überraschung, daß ich Hunger hatte wie ein Wolf. Mutter hatte mich auch richtig verwöhnt. Die *pasta war genauso, wie ich* sie liebte *al dente.* Kernig gekocht, nicht weich und breiig. Und in der Sauce war alles drin. Scharfe Würstchen, milde Würstchen, grüne, leicht in Öl angebratene Paprika, Fleischklößchen, vermischt mit feingehacktem Schweinefleisch, geviertelte italienische Tomaten in kräftiger roter Sauce mit genau dem richtigen Duft von Oregano und Knoblauch. Das Ganze hatte nur einen Fehler. Wie gewöhnlich war es zu süß. Es ist echt sizilanisch, viel Zucker dranzutun.

Aber ich vertilgte es, als hätte ich Angst, das Essen könnte mir auskommen. Ich war zu hungrig, um herumzumeckern.

Mutter schaute mich stolz an. »Schmeckt dir die Sauce?«

Ich nickte mit vollem Mund. »Großartig!«

»Sie hat sie zubereitet. Ganz allein.«

Ich sah Cindy an und fragte mich, ob ich ihr wohl sagen dürfte, sie sollte mit dem Zucker sparsam umgehen, wenn Mutter sie nochmals kochen ließ. Cindys eigene Worte machten diesen Gedanken zunichte.

»Das ist von deiner Mutter nur so freundlich gesagt. Ich habe bloß in den Topf getan, was sie mir gegeben hat, und ab und zu umgerührt.«

Das hätte ich mir denken können. »Jedenfalls schmeckt es herrlich«, sagte ich.

»Ein paar Wochen mit mir zusammen«, sagte Mutter, »und ich mache aus ihr eine echt sizilianische Köchin.«

Die *pasta* wirkte besser als Schlaftabletten. Eine halbe Stunde nach dem Essen fielen mir mitten in der Lieblingsfernsehshow meiner Mutter die Augen zu. Ich ging schlafen.

Am nächsten Morgen war Sonntag, und da war es üblich, daß die ganze Familie einschließlich Gianni zur Zehn-Uhr-Messe ging. Diesen Sonntag wurde das geändert, weil mich meine Mutter nicht allein im Haus lassen wollte.

Gianni ging um neun Uhr zur Messe, und meine Eltern gingen um zehn, als er zurückkam.

Weil ich Cindy suchte, erklärte mir Gianni mit diskret verstehendem Lächeln in den Augen, sie sei mit ihnen gegangen.

Ich ging brummend in mein Zimmer. Jetzt wußte ich, daß es mir besserging. Ich hatte verdammt Appetit auf Cindy, aber Mutter arbeitete erstklassig.

Ich muß wieder eingeschlafen sein, denn als ich die Augen aufschlug, stand Vater an meinem Bett.

Er bückte sich und küßte mich auf die Stirn. »Wenn du dich gut genug fühlst, könnten wir in den Behandlungsraum gehen, und ich nehme dir die Verbände ab.«

»Gehen wir«, sagte ich.

Ich saß mit baumelnden Beinen auf dem Untersuchungstisch, während er vorsichtig meinen Kopfverband abnahm. Dann schälte er so sanft wie möglich das Pflaster ab, das meinen Nasenverband festhielt. Ebenso bedächtig entfernte er Pflaster und Verband von meinem Backenknochen, der einen Seite meines Kinns und meinem linken Ohr.

Er nahm ein Fläschchen und goß etwas Flüssigkeit auf einen Wattebausch. »Das wird ein wenig brennen«, sagte er, »aber ich möchte dich säubern.«

Es war die übliche Berufsuntertreibung. Es brannte teuflisch, doch er arbeitete schnell. Als er fertig war, sah er mich kritisch an.

»Nicht allzu schlimm«, lautete sein Urteil. »Sobald du etwas Zeit hast, machst du einen Sprung nach der Schweiz. Dr. Hans bringt das ohne große Mühe wieder hin.«

Ich stieg vom Tisch und sah mich im Spiegel an der Wand über dem Waschbekken an. Ein sehr vertrautes Gesicht schaute mir entgegen.

Plötzlich überkam mich ein gutes Gefühl. Ich war wieder ich selbst. Mit dem anderen Gesicht war ich die ganze Zeit ein anderer gewesen. Jetzt sahen meine Augen nicht mehr alt aus. Sie paßten zum Rest des Gesichts.

»Tag, Angelo«, flüsterte ich.

Und mein Gesicht antwortete leise: »Tag, Angelo.«
»Was hast du gesagt?« fragte mein Vater.
»Ich gehe nicht noch einmal zu Dr. Hans«, sagte ich. »Ich glaube, ich behalte dieses Gesicht. Es ist das meine.«

Montag morgen erwachte ich nervös wie ein Kater. Und das wurde nicht besser. Schon gar nicht, nachdem ich die Morgenzeitung gelesen hatte.
Da war ein Bericht mit Foto auf der Titelseite. Das Foto zeigte die Ruine eines ausgebrannten Gebäudes. Darüber standen zwei simple Schlagzeilen:

GEHEIMNISVOLLE EXPLOSION UND FEUER VERNICHTEN
DRUCKEREI UND GEBÄUDE IN MICHIGAN AVENUE

Den Rest des Berichts brauchte ich kaum mehr zu lesen, um zu wissen, was geschehen war. Kurz nach Mitternacht waren die Mark S. Druckerei, die IASO und vierzig Gebrauchtwagen vom neuesten Modell, die nebenan auf Simpsons Verkaufsstelle standen, durch zwei heftige Explosionen, welche die Fenster drei Häuserblocks weit eindrückten, für immer aus dem Verkehr gezogen worden. Auf den Versuch, Mr. Mark Simpson zu Hause zu erreichen, den Besitzer der drei Unternehmen, erhielt man den Bescheid, Mr. Simspon sei abwesend und nicht erreichbar. Die Polizei und Feuerwehrmannschaften untersuchten die Umstände des Vorfalls. Glücklicherweise befand sich niemand am Unglücksort, so daß es keine Verletzten gab.
Diese Nachricht trug nicht gerade dazu bei, mein Wohlbefinden zu steigern. Ich fragte mich, ob Onkel Jakes Verbindungsleute in ihrer Begeisterung nicht ein wenig zu weit gegangen waren. Dann verwarf ich den Gedanken. Wenn irgendeiner wußte, was er tat, dann war es Onkel Jake.
Trotzdem ließ mich die Nervosität nicht los. Je länger sich der Tag hinzog, um so schlimmer wurde es. Ich ging in mein Zimmer und versuchte zu schlafen, aber ich brachte kein Auge zu.
Also ging ich wieder hinunter.
Ich drehte im Fernsehen ein Fußballspiel der Profiliga an, doch mein Kopf war anderswo. Ich starrte auf den Schirm, ohne etwas zu sehen, und rauchte eine Zigarette nach der anderen. Schließlich schaltete ich das Zeug angewidert ab, ging nach oben, streckte mich mit den Armen unter dem Kopf auf dem Bett aus und starrte zur Decke hinauf.
Die Tür ging auf, ich schaute nicht hin. Mein Vater stand über mir. Ich sagte nichts.
»In deinem Zustand darfst du dich keineswegs aufregen«, sagte er.
»Ich kann es nicht ändern.«
»Soll ich dir eine Spritze geben, damit du etwas schläfst?« schlug er vor.
»Nein.«
»Dann nimm ein paar Beruhigungstabletten. Die werden dir helfen.«
»Laß mich in Frieden, Papa.«
Er machte wortlos kehrt, um hinauszugehen. Ich setzte mich im Bett auf und schwenkte die Füße auf den Boden. »Papa!«
Er drehte sich um, mit der Hand auf der Klinke.
»Entschuldige, Papa!«
Er nickte. »Schon gut, Angelo«, sagte er und verließ das Zimmer.
Beim Abendessen hatte ich keinen Appetit und stocherte mich durch die Mahlzeit, bei der keiner redete. Nach dem Essen ging ich wieder in mein Zimmer.
Um halb neun setzte ich mich unten allein ins Wohnzimmer. Von oben hörte ich die Geräusche des Fernsehapparats. Und Viertel vor neun klingelte das Telefon. Ich rannte hin.
Es war Donald, der Diener von Nummer Eins. »Mr. Perino?«

»Ja«, antwortete ich enttäuscht, weil es nicht der erwartete Anruf war.
»Mr. Hardeman möchte wissen, ob es Ihnen möglich ist, morgen an der Aktionärs- und Vorstandssitzung teilzunehmen.«
»Ich bin dort«, antwortete ich.
»Danke, ich werde es ihm ausrichten. Gute Nacht.«
»Einen Augenblick!« sagte ich schnell. »Kann ich Mr. Hardeman sprechen?«
»Tut mir leid, Sir, aber Mr. Hardeman schläft schon. Wir mußten die Reise in Pensacola unterbrechen und sind gerade erst eingetroffen. Mr. Hardeman war sehr müde und ging sofort zu Bett.«
»Gut, Donald, besten Dank«, sagte ich und legte auf. Ich verstand nicht, wie der Alte das schaffte. Er mußte aus Eis sein, um in einem solchen Augenblick schlafen zu können.
Aber hatte ich nicht einmal gelesen, daß General Grant kurz vor jeder großen Schlacht zu schlafen pflegte? Er behauptete, das und der Whisky erfrischten ihn für den Kampf.
Wenn ich schon nicht schlafen konnte, war Whisky vielleicht keine schlechte Idee. Ich schaute auf die Uhr, fünf Minuten vor neun. Ich ging zur Bar.
Punkt neun war ich bei meinem zweiten Glas, da läutete es am Eingang. Ich hörte, wie Gianni hinging, aber ich war vor ihm an der Tür und öffnete.
Im Dunkel stand ein Mann mit vorgezogenem Hut und aufgestelltem Kragen. Sein Gesicht konnte ich nicht sehen. »Mr. Angelo Perino?«
»Ja.«
»Das ist für Sie.« Er schob mir einen großen roten Pappumschlag in die Hand. »Mit Empfehlungen vom Richter!«
»Danke«, sagte ich. Aber er war schon unten und stieg in den Wagen, der durch die Einfahrt davonraste.
Ich schloß die Tür und ging langsam, während ich das flache Band um den Umschlag aufknüpfte ins Wohnzimmer zurück. Gleich darauf hielt ich zwei Aktendeckel in der Hand.
Ich ließ mich auf die Couch fallen und öffnete sie. Im ersten war der Brief aus Lorens Tresor. Ich las ihn schnell durch. Er enthielt fast Wort für Wort, was Bobbie mir erzählt hatte. Ich legte ihn wieder in den Aktendeckel und öffnete den anderen.
Hier war, was ich haben wollte, und noch mehr: Namen, Daten, Orte, alles. Sogar Fotokopien von den Schecks, die er erhalten hatte, und von seinen Ausgaben. Simpson mußte ein Narr sein, solche Aufzeichnungen aufzuheben. Oder aber er plante eine spätere Erpressung. Und wie ich ihn kannte, war es wohl das letztere.
Ich schaute auf. Alle standen sie dort und beobachteten mich besorgt. Vater, Mutter und Cindy. Sogar Gianni stand auf der Schwelle und sah mich an.
»War es das, was du haben wolltest?« fragte mein Vater.
Ich lächelte. Plötzlich war der ganze Druck fort, der auf mir gelastet hatte. Ich sprang hoch, küßte meinen Vater, küßte Cindy und begann mit meiner Mutter umherzutanzen. »He, Papa!« sagte ich und schaute ihn über die Schulter an. »Wer sagt, daß Großvater nicht über uns wacht?«
Meine Mutter hörte auf zu tanzen und bekreuzigte sich. »Er ist droben im Himmel bei den Engeln«, sagte sie feierlich. »Und sorgt für seine Kinder.«

11

Weil ich mich mit dem Pflaster auf meinen Rippen nicht selbst ans Steuer setzen konnte, fuhr mich Cindy um acht Uhr dreißig zum Verwaltungsgebäude. »Soll ich dich nachher wieder abholen?« fragte sie.

Ich hielt den Atem an. Es war gar nicht so leicht, mit einigen gebrochenen Rippen aus dem Maserati zu steigen. »Nein«, antwortete ich, »fahr nur zurück zum Hotel. Ich nehme mir ein Taxi und hole dich zum Essen ab, sobald ich fertig bin.«

»In Ordnung«, sagte sie lächelnd und ballte die Faust mit nach oben zeigendem Daumen.

Ich erwiderte grinsend ihre Geste, und sie fuhr ab. Ich betrat das Gebäude und ging sofort in mein Büro. Meine Sekretärin war noch nicht da, was mir ganz angenehm war. Ich setzte mich an ihren Schreibtisch, legte ein Blatt Papier in ihre Schreibmaschine ein und tippte ein paar Sätze.

Kaum war ich fertig, da kam sie, um zehn Minuten vor neun. Ich zog das Blatt aus der Maschine, unterschrieb es und steckte es in meine Innentasche.

»Wie geht es Ihnen, Mr. Perino?« fragte sie. »Besser?«

»Viel besser.«

»Es war für uns alle ein großer Schock, als wir hörten, was vorgefallen ist«, sagte sie.

»Nicht mehr als für mich.« Ich nahm meine Aktentasche vom Tisch. »Ich gehe zu Nummer Eins ins Büro.«

»Vergessen Sie nicht die Aktionärsversammlung um neun Uhr!«

»Ach nein«, sagte ich, als hätte ich diese Mahnung gebraucht.

Nummer Eins war noch nicht da. »Er kommt heute etwas später«, berichtete seine Sekretärin. »Er mußte unterwegs noch einen Besuch machen.«

Ich ging zurück in mein Büro, trank eine Tasse Kaffee und begab mich um Punkt neun Uhr in den Sitzungssaal. Der Raum war dicht besetzt, es waren alle da außer Nummer Eins.

Loren III klopfte mit dem kleinen Hammer auf den Tisch, und die Gespräche verstummten. »Ich bin soeben benachrichtigt worden, daß mein Großvater einige Minuten später kommt«, begann er. »Während wir auf ihn warten, werde ich kurz einige Veränderungen im Verfahren erklären, die ausschließlich für die heutigen Sitzungen der Aktionäre und der Direktoren vorgenommen wurden. Diese Änderungen sind meinem Großvater unterbreitet worden, und er ist damit einverstanden.«

Er machte eine kurze Pause, seine Augen schweiften rund um den Tisch. Ich glaube nicht, daß er mich gleich erkannte, denn er warf mir einen kurzen zweiten Blick zu, ehe seine Augen weiterwanderten. Aber ich konnte mich auch irren.

»Es sind sowohl die Aktionäre als auch die Direktoren eingeladen worden, an beiden Sitzungen teilzunehmen«, sagte er. »Bei der Aktionärssitzung werden sich die Direktoren, die nicht Aktionäre sind, vom Tisch zu den Sitzen zurückziehen, die für sie hier im Raum vorgesehen sind. Am Tisch sitzen zusammen mit den unmittelbaren Aktionären auch jene Kuratoren der Hardeman-Stiftung, die heute das Stimmrecht für die im Besitz der Stiftung befindlichen Aktien ausüben. Ich möchte der Gesellschaft diese noch außer mir anwesenden Kuratoren vorstellen.« Er machte eine kurze Pause. »Meine Schwester, Prinzessin Anne Elisabeth Alekhine.«

Anne, ganz Prinzessin, in einem schicken Pariser Tailleur, nickte hoheitsvoll und lehnte sich wieder auf ihrem Platz rechts von ihrem Bruder zurück.

»Ich darf noch hinzufügen«, sagte Loren, »daß meine Schwester außerdem das Stimmrecht für die Aktien der Gesellschaft ausübt, die sie auf ihren eigenen Namen besitzt. Rechts von ihr sitzt Dr. James Randolph, der geschäftsführende Direktor der Stiftung, und rechts von ihm Professor William Mueller, der Verwaltungsdirektor der Stiftung. Die Aktionäre können ihre neben ihnen sitzenden Rechtsberater befragen, wenn sie das wünschen. Die Rechtsberater dürfen jedoch nicht unmittelbar mit einem anderen Aktionär als mit ihren Klienten sprechen.«

Wieder schaltete er eine kleine Pause ein. »Für die Sitzung des Verwaltungsrats gilt das Gegenteil. Das heißt, jene Aktionäre, die nicht Direktoren der Gesellschaft sind, werden sich vom Tisch zurückziehen. Die Direktoren können sich dann ohne Verzug oder fremde Einmischung mit den Geschäften der Gesellschaft befassen.

Wenn die Direktoren, die nicht Aktionäre sind, sich nun freundlichst vom Tisch zurückziehen, könnten wir mit der Aktionärssitzung beginnen, sobald mein Großvater eintrifft.«

Man hörte ein Füßescharren, als sich die Anwesenden gruppierten. Danach waren wir nur noch fünf: Loren III, Anne, die beiden Stiftungskuratoren und ich.

Ich saß allein am anderen Tischende, den übrigen gegenüber. Loren sah zu mir hin, sagte jedoch nichts. Zwischen uns lagen tausend Meter eines offenen Schlachtfelds. Von den rundum aufgestellten Stühlen kam ein leises Flüstern. Ich konnte mich des Eindrucks nicht erwehren, daß wir Gladiatoren in einer Arena des alten Rom glichen.

Als die Tür langsam aufging, wurde es plötzlich still. Nummer Eins kam als erster herein, seine Arme schoben den Rollstuhl energisch über die Schwelle. Hinter ihm erschien Alicia, dann eine hochgewachsene, grauhaarige Dame, eine eindrucksvolle Erscheinung, die ich nicht kannte, und schließlich Artie Roberts.

Nummer Eins hielt einen Augenblick und sah sich im Raum um, dann rollte er zum Tisch. Um für ihn Platz zu schaffen, zog Artie einen Stuhl zur Seite. Nummer Eins winkte den Damen, und sie nahmen neben ihm Platz. Artie setzte sich auf den Stuhl direkt hinter Nummer Eins.

Blaß und mit böser Miene starrte Loren III seinen Großvater an. Anne stand schnell auf und stellte sich neben Nummer Eins. Loren folgte ihr zögernd.

Anne blieb bei der grauhaarigen Dame stehen und küßte sie herzlich auf die Wange. »Mutter!« sagte sie sichtlich überrascht. »Ich habe nicht erwartet, dich hier zu sehen. Du hättest uns benachrichtigen sollen, daß du kommst!«

Nun wußte ich, wer die interessante Dame war: die Frau von Admiral Hugh Scott. Kein Wunder, daß Loren so böse war. Sein Großvater hatte die Mutter und die ehemalige Frau Lorens zur Sitzung mitgebracht!

Anne begrüßte Alicia mit einem flüchtigen Kuß auf die Wange und einem »Nett, dich wiederzusehen«, gab Nummer Eins wortlos einen leichten Kuß auf die Wange und ging zu ihrem Platz zurück.

Loren benahm sich beträchtlich zurückhaltender. Er gab seiner Mutter einen höflichen Kuß auf die Wange, nickte Alicia wortlos zu, ignorierte seinen Großvater und setzte sich wieder.

Er nahm den Hammer zur Hand und klopfte energisch auf den Tisch. »Die Sitzung der Aktionäre der Bethlehem Motors Company Inc. ist hiermit eröffnet.« Jetzt warf er seinem Großvater einen Blick zu. »Bevor wir mit den vorgesehenen Geschäften beginnen, möchte der Vorsitzende Recht und Angemessenheit der Teilnahme von Mrs. Scott und der ehemaligen Mrs. Hardeman an dieser Sitzung bestreiten. Nach seiner Ansicht besitzen sie weder Eigentums- noch sonstige Interessen an dieser Gesellschaft, die ihre Teilnahme rechtfertigen würden. Denn der Vorsitzende hat bereits Mrs. Hardemans Vollmacht, nach eigenem Ermessen ihr Stimmrecht auszuüben, während Mrs. Scott, soweit dies dem Vorsitzenden bekannt ist, keinerlei Interessen an dieser Gesellschaft besitzt.«

Artie beugte sich vor, schob Alicia einen Zettel zu und flüsterte ihr etwas ins Ohr. Sie nickte und erhob sich. »Herr Vorsitzender!«

»Bitte, Mrs. Hardeman«, antwortete Loren förmlich.

Während Artie hinter ihr flüsterte, sagte Alicia mit feiner klarer Stimme: »Ich gestatte mir, dem Vorsitzenden diese von mir unterzeichnete Widerrufserklärung für die seinerzeit von mir erteilte Vollmacht vorzulegen, sowie die Erklärung, daß ich die darin enthaltenen Stimmrechte wieder wahrnehmen werde.« Sie legte das Blatt auf den Tisch, schob es ihrem geschiedenen Mann zu und nahm wieder Platz.

Loren sah sich das Schriftstück an, wandte sich um und gab es Dan Weyman, der hinter ihm saß und der es seinerseits dem Rechtsberater der Gesellschaft weiterreichte: Er sagte, ohne auf irgendeine andere Reaktion zu warten: »Mir erscheint dieser Widerruf ungesetzlich und einer vertraglichen Vereinbarung widersprechend und somit für diese Sitzung ungültig.«

Artie beugte sich vor und flüsterte schnell ein paar Worte in Alicias Ohr. Auch sie beugte sich vor, stand aber diesmal nicht auf. »Ich bin als Aktionärin bereit, einer Vertagung dieser Sitzung zuzustimmen, bis die Frage vor Gericht entschieden ist«, sagte sie.

Loren drehte sich in seinem Stuhl um und flüsterte dem Rechtsberater der Gesellschaft etwas zu. Nach einer Weile wandte er sich wieder nach vorn und zog verachtungsvoll die Schultern hoch. Es waren nur fünf Prozent, mit den Aktien der Stiftung besaß er immer noch die klare Mehrheit: vierundfünfzig Prozent. »Der Vorsitzende ist mit dem Widerruf einverstanden«, erklärte er. »Aber er erhebt weiterhin Einspruch gegen die Anwesenheit von Mrs. Scott.«

Diesmal warf Nummer Eins ein Blatt Papier auf den Tisch. »Nach dem mir in den eingetragenen Bestimmungen der Hardeman-Stiftung gewährten Recht, im Falle meines Zurücktretens von meiner Stellung als Kurator meinen Nachfolger zu bestimmen, tue ich dies jetzt und hiermit. Sie finden in diesem Dokument meinen ausdrücklichen Rücktritt als Kurator der Stiftung und die Ernennung von Mrs. Sally Scott zu meiner Nachfolgerin.«

Loren nahm das Papier und reichte es dem geschäftsführenden Direktor der Stiftung. Der Mann las es rasch durch und nickte. Loren wandte sich wieder den anderen zu. »Die Stiftung erkennt Mrs. Scott als Kurator an, und der Vorsitzende heißt sie persönlich an diesem Tisch willkommen.«

Mrs. Scott lächelte. »Danke, Loren.«

Er nickte. Schließlich brauchte ihn das nicht zu kümmern. Er hatte immer noch vier der fünf Kuratoren auf seiner Seite. »Können wir jetzt zur vorliegenden Tagesordnung übergehen?« fragte er sarkastisch.

Nummer Eins nickte freundlich. »Das können wir, mein Sohn.«

Loren sah kurz jeden einzelnen der am Tisch Sitzenden an. Alle nickten zustimmend. Bis er zu mir kam. Ich schüttelte den Kopf.

»Herr Vorsitzender«, sagte ich.

»Bitte, Mr. Perino.«

»Wäre es vielleicht möglich, bevor wir zum eigentlichen Zweck dieser Sitzung kommen, eine Privatsitzung nur mit jenen Aktionären abzuhalten, die Persönlichkeitsaktien der Gesellschaft besitzen, sowie mit den jetzigen oder früheren Mitgliedern der Familie Hardeman?«

Nun schaute mich auch Nummer Eins neugierig an.

»Das ist eine recht merkwürdige Forderung, Mr. Perino«, meine Loren überrascht.

»Angesichts gewisser Informationen, die ich besitze, Herr Vorsitzender«, sagte ich ruhig, »halte ich sie für angemessen. Weil diese Informationen die Mitglieder der Familie Hardeman persönlich angehen, sehe ich keinen Vorteil darin, sie öffentlich bekanntzugeben.«

»Könnte der Vorsitzende diese sogenannten Informationen zur Einsicht erhalten, um die Berechtigung Ihres Verlangens besser einschätzen zu können?«

»Ich habe nichts dagegen«, antwortete ich, öffnete meine Aktentasche, nahm die zwei Aktendeckel heraus und trennte die Originale von den Xerox-Kopien, die ich am Morgen hatte herstellen lassen. Ich gab ihm die Kopien.

Er betrachtete sie einige Sekunden, sein Gesicht durchlief die Farbenskala von zornrot bis totenblaß. Schließlich sah er mich niedergeschmettert an. »Ich lasse mich nicht erpressen!« sagte er heiser. »Was ich getan habe, geschah zum Wohl der Gesellschaft!«

»Zeig mir das!« verlangte Nummer Eins.

Loren warf die Papiere wütend vor seinen Großvater auf den Tisch. Nummer Eins las sie durch. Nach einigen Minuten schaute er mich an. Ich sah in seinen

Augen einen tiefen, brennenden Schmerz, und er tat mir leid. Es war ja doch sein Fleisch und Blut.

Langsam ließ er seinen Blick durch den Raum wandern. »Ich denke, wir besprechen das besser privat in meinem Büro«, sagte er müde.

Und das war das Ende der Aktionärssitzung.

12

»Ich glaube, wir haben ein Recht zu erfahren, wie Sie zu diesen Informationen gekommen sind«, fragte mich Nummer Eins, der hinter seinem Schreibtisch saß, mit ruhiger Stimme.

»Gestern abend um neun Uhr kam ein Mann zu mir und fragte, ob ich Angelo Perino sei. Ich bejahte es. Er sagte: ›Das ist für Sie‹, übergab mir die Papiere und verschwand.« Das war die Wahrheit, nicht die volle, aber sie genügte als Antwort auf seine Frage.

»Kannten Sie den Mann, hatten Sie ihn jemals vorher gesehen?« fragte Nummer Eins.

Ich schüttelte den Kopf. »Nein.«

»Sie sagen, daß mein Sohn in diesem Brief angeblich seinen Selbstmord begründet?« Seine Stimme zitterte leicht.

»Verdammt, Großvater!« schrie Loren plötzlich. »Das weißt du doch selbst ganz genau. Du kennst doch seine Handschrift! Oder willst du sie vielleicht nicht erkennen, weil es sich hier um dich handelt?« Er holte tief Atem. »Wie Angelo den Brief in die Hände bekam, weiß ich nicht. Ich habe ihn all die Jahre seit Vaters Tod in meinem Tresor aufbewahrt. Die Welt sollte nie erfahren, daß du deinen Sohn zum Selbstmord getrieben hast!«

Er begann zu weinen. »Mein Gott, wie habe ich dich dafür gehaßt! Immer, wenn ich an meinen Vater dachte, wie er mit durchschossenem Kopf auf dem kalten Boden der Bibliothek lag, sein Hirn auf dem Teppich verspritzt, haßte ich dich noch mehr. Doch auch dann konnte ich es noch nicht glauben. Ich erinnerte mich auch, wie du mit uns gespielt hast, als ich klein war. Aber dann fingst du mit der Betsy an. Da hast du mich genauso behandelt wie einst meinen Vater. Ich faßte einen Entschluß. Du solltest mit mir nicht machen, was du mit ihm gemacht hast. Ich würde dich vorher vernichten!« Er sank auf einen Stuhl und bedeckte sein Gesicht mit den Händen.

»Du glaubst, daß ich all das deinem Vater angetan habe?« fragte Nummer Eins ruhig.

Loren III bekam sich wieder in die Gewalt. Er sah seinem Großvater in die Augen. »Was soll ich sonst glauben? Ich weiß, wie er starb. Ich habe den Brief gelesen, in dem er dich anklagt und in dem nur dein Name fehlte. Und ich weiß, wie du mir gegenüber gehandelt hast.«

»Hast du dir nie überlegt«, fragte Nummer Eins immer noch ruhig, »daß dein Vater vielleicht einen anderen gemeint haben könnte als mich?«

»Wen sollte er meinen, außer dir?« sagte Loren anklagend.

Nummer Eins schaute zu Mrs. Scott hinüber. »Die Wahrheit kommt an den Tag«, erklärte er feierlich. »Wenn man lange genug lebt, holt sie einen ein.«

Sally sah ihn an, dann ihren Sohn, für beide hatte sie den gleichen warmen, mitleidigen Blick. Schließlich sagte sie: »Dein Großvater spricht die Wahrheit, Loren. Dein Vater hat nicht ihn mit dem gemeint, was er schrieb.«

»Das sagst du nur, um ihn zu verteidigen!« warf er ihr vor. »Ich habe die Geschichten über dich und ihn gehört, Mutter. Ich weiß, wie du zu ihm standest. Auch daran erinnere ich mich noch aus meiner Kinderzeit.«

»Loren«, begann Mrs Scott, »dein –«

»Sally!« unterbrach Nummer Eins sie scharf. »Laß mich es ihm sagen!«
Mrs. Scott beachtete ihn nicht. »Loren, dein Vater war homosexuell. Er hatte mehrere Jahre ein Verhältnis mit einem Mann, der bei ihm arbeitete, Joe Warren. Das war ein krankhafter, schrecklich perverser Mann, und nach seinem Tod glaubten wir, es sei alles mit ihm begraben. Aber das war nicht der Fall.
Warren scheint ihre Beziehung gründlich auf Fotos festgehalten zu haben, die einem ebenso skrupellosen Mann in die Hände fielen. Er ließ deinen Vater jahrelang bluten, bis dieser es nicht länger aushielt. Wir waren bei der Nachricht von seinem Selbstmord ebenso entsetzt wie du und konnten ihn nicht verstehen.
Aber mit dem Tod deines Vaters hörte die Habgier des Mannes nicht auf. Ich erinnere mich, damals mit deinem Großvater darüber gesprochen zu haben. Er sagte, das einzig Gute daran sei, daß der Erpresser nicht zu dir kam, sondern zu ihm. So würde es dir erspart bleiben, die Wahrheit über deinen Vater zu erfahren.
Dein Großvater sorgte dafür, daß der Erpresser ins Gefängnis kam und daß alle Fotos vernichtet wurden. Es kostete deinen Großvater ein Vermögen, alles zu vertuschen. Und er tat es nicht so sehr für sich, als um dir und deiner Schwester den Kummer zu ersparen. Trotz allem, was vorgefallen war, liebte er doch seinen Sohn, verstehst du, und er wollte das Andenken an deinen Vater schützen.«
Loren III sah sie an, dann seinen Großvater. »Ist das wahr?«
Nummer Eins nickte ernst.
Loren III bedeckte sein Gesicht mit den Händen. Ich war der einzige Außenseiter im Raum. Alle anderen waren Hardemans oder Hardemans gewesen.
Das Telefon klingelte. Nummer Eins beachtete es nicht. Es läutete hartnäckig weiter, schließlich hob er den Hörer ab, »Ja«, sagte er ungeduldig, lauschte einen Augenblick, dann winkte er Alicia. »Für dich.«
Alicia trocknete ihre Tränen. Sie blieb neben dem Stuhl von Loren III stehen und nahm Nummer Eins den Hörer aus der Hand. »Hallo«, meldete sie sich, »hier spricht Alicia Hardeman.«
Aus dem Hörer war das aufgeregte Schnattern einer Stimme zu hören. »Ja«, sagte sie, »ja, ja. Liebe Grüße an beide.« Sie legte langsam auf.
Dann wandte sie sich an ihren ehemaligen Mann. »Loren.«
Er schaute sie mit verstörtem Gesicht an. »Ja, Alicia«, antwortete er tonlos. »Ich habe wirklich alles verpfuscht. In jeder Hinsicht.«
»Loren«, sage sie. »Das war Max am Telefon.«
»Max?« wiederholte er matt.
»Ja.« Sie war ganz aufgeregt. »Max, der Mann unserer Tochter. Er rief aus der Schweiz an. Betsy hat einen Jungen bekommen! Beiden geht es ausgezeichnet!« Dann sagte sie plötzlich erschüttert: »Mein Gott, Loren, denk nur! Jetzt sind wir Großeltern!«
Auf einmal waren sie wieder eine Familie. Alle küßten sich, weinten und lachten.
Ich ging hinaus und durch den Korridor in mein Büro. Dort war ich einen Augenblick lang überzeugt, daß alle Welt zu Italienern wurde.
Eine halbe Stunde später flog meine Bürotür auf und Nummer Eins rollte herein. Er schloß die Tür und blieb, mit dem Blick auf mich, ruhig sitzen. Nach einer Weile sagte er: »Mit Ihnen ist Schluß, Sie sind entlassen!«
»Ich weiß«, antwortete ich. »Ich wußte es schon heute morgen, als ich herkam.« Ich nahm mein Entlassungsbuch aus der Tasche, stand auf und gab es ihm.
Er öffnete es und las es rasch durch, dann warf er mir einen schlauen Blick zu. »Bei Gott, Sie haben es wirklich gewußt!«
Ich nickte.
»Wissen Sie auch, warum?« fragte er.
»Auch das.«
»Sagen Sie es mir.«
»Es war nicht geplant, daß ich gewinnen sollte. Ich sollte verlieren.«

»Richtig«, gab er zu. »Wenn Sie aber wußten, daß Sie ihn gewinnen lassen sollten, warum haben Sie es dann nicht getan?«

»Weil es dazu für mich keine Möglichkeit gab. Auch wenn ich es versucht hätte, hätte ich ihn nicht gewinnen lassen können. Ich lag die ganze Zeit vorn.«

»Nicht beleidigt?«

»Überhaupt nicht.«

»Sie haben gar nicht übel abgeschnitten. Ihre Aktien werden nächstes Jahr, wenn wir auf den öffentlichen Aktienmarkt kommen, zwölf Millionen Dollar wert sein.«

»Sicher.« Ich fuhr mit der Hand in die Tasche. »Da habe ich etwas, das Ihnen gehört.« Ich gab ihm die goldenen Sundancer-Manschettenknöpfe.

Er betrachtete sie. »Mit dem Sundancer haben Sie mich auch reingelegt«, erklärte er. »Warum haben Sie den Namen Betsy Jet Star wieder in Sundancer umgeändert?«

»Weil er zu viele Jahre lang ein zu guter Wagen war, um ihn so sang- und klanglos aufzugeben.«

Er überlegte kurz, dann nickte er. »Vielleicht haben Sie recht.« Er nahm vorsichtig die Manschettenknöpfe aus seinen Manschetten und steckte die Sundancerknöpfe an. Die anderen ließ er in seine Tasche gleiten. »Vielleicht haben Sie recht«, wiederholte er.

Ich hielt ihm die Tür auf, während er seinen Stuhl durchrollen ließ, dann ging ich zurück zu meinem Schreibtisch und begann, ihn auszuräumen.

Als ich wieder ins Appartement kam, stand Cindy an der Tür. »Ich habe deine tragbare Jacuzzi angeschlossen und dir ein Bad mit deinem Lieblingssprudelzeug eingelassen.«

Ich küßte sie auf die Nasenspitze. »Das kann ich gut brauchen.«

Sie folgte mir ins Badezimmer und nahm mir die Kleider ab, die ich auszog. »Sie haben es in den Mittagsnachrichten im Radio gemeldet«, sagte sie.

»So ist das hier. Neuigkeiten aus der Autoindustrie verbreiten sich schnell.«

Ich stützte mich mit den Händen an die Wand. Mit meinen zugepflasterten Rippen in die Wanne zu steigen, würde nicht allzu leicht sein. »Du mußt mir helfen«, bat ich.

Sie legte einen Arm unter meine Schultern, und ich ließ mich langsam ins Wasser sinken.

»Es sind ein paar Anrufe für dich gekommen«, sagte sie.

»Was Wichtiges darunter?« fragte ich, während mein Hinterteil gerade die Wasserfläche berührte.

»Nein«, antwortete sie gelassen. »Bloß Iacocca von Ford, Cole von General Motors –«

»Mach dich nur über mich lustig!« sagte ich.

»Tu ich gar nicht«, erklärte sie empört und zog den Arm unter meinen Schultern fort.

Ich fiel das letzte Stück mit einem unangenehmen Aufprall in die Wanne. »Verdammt!« schrie ich.

Sie war schon draußen und kam gleich darauf mit einer Handvoll Telefonbotschaften zurück. »Siehst du! Ich hab' die Wahrheit gesagt. Auch Chrysler, auch American Motors. Sogar ein Anruf von Fiat aus Italien!«

Ich machte die Jacuzzi-Pumpe an. Das Wasser begann zu sprudeln und sein beruhigendes Lied zu singen. Ich lehnte den Kopf an die Wand hinter der Wanne und seufzte zufrieden. Es ging mir gut.

»Was soll ich damit anfangen?« fragte sie und schwenkte die Zettel vor meiner Nase.

»Laß sie auf dem Tisch. Ich bin nicht so versessen darauf, gleich wieder zu arbeiten. Es stört mich beim Reichsein.«

Es läutete an der Tür.

»Sieh doch mal nach, wer draußen ist«, sagte ich.

Sie ging kopfschüttelnd und kam kurz darauf etwas eingeschüchtert wieder. »Nummer Eins will dich sprechen.«

»Schick ihn rein.«

»Hierher?« fragte sie.

»Wohin denn? Du glaubst doch wohl selbst nicht, daß ich weniger als eine halbe Stunde brauche, um hier rauszusteigen?«

Sie ging, kam mit ihm zurück, schob ihn durch die Tür und verschwand wieder.

»Mein Gott, ist es hier heiß«, sagte er und schaute ihr nach. »Wer ist das Frauenzimmer?«

»Cindy.« Ich bemerkte sein ausdrucksloses Gesicht. »Die Testfahrerin, wissen Sie.«

»Hab' sie nicht erkannt. Sie sieht irgendwie anders aus.«

»Ich glaube, sie hat erst vor kurzem die weibliche Kleidung entdeckt.«

»Um Himmels willen, müssen Sie das verdammte Ding laufen lassen?« dröhnte er. »Ich schrei' mir die Lungen aus, um es zu überbrüllen.«

Ich stellte die Pumpe ab. Der Lärm verstummte. »Besser so?«

»Viel besser.« Er sah mich an. »Auch Sie sehen anders aus.«

Ich lächelte. »Ich habe wieder mein eigenes Gesicht.«

»Ich war auf dem Weg zum Flughafen, da fiel mir ein, daß ich noch etwas von Ihnen habe«, sagte er. »Das wollte ich Ihnen bringen.«

»Ja?« Mir fiel nichts ein, was er von mir haben konnte.

Er griff in die Tasche und zog eine kleine Schmuckschachtel hervor, öffnete sie und gab sie mir.

Es waren Manschettenknöpfe aus Platin. Der Betsy Silver Sprite. Ich starrte darauf. Dem Mann, der sie gearbeitet hatte, war keine Einzelheit des Wagens entgangen. Sie waren wunderschön. Aber ich trage nie Manschettenknöpfe. Ich schob sie ihm hin. »Die gehören nicht mir, sondern Ihnen.«

Er nahm sie nicht. »Sie gehören uns«, erklärte er, »aber Ihnen mehr als mir. Sie sollen sie behalten!«

Er rollte seinen Stuhl zur Tür und drehte sich herum. »Fräulein!« rief er. »Helfen Sie mir raus!«

Ohne den Blick von den winzigen Silver Sprites abzuwenden, stellte ich die Jacuzzi wieder an. Sie waren wirklich schön. Jetzt würde ich mir Hemden mit Umschlagmanschetten kaufen müssen, um sie zu tragen.

Ich stieg aus der Wanne, wickelte mir das Handtuch um die Hüften und betrachtete weiter meine neuen Knöpfe. »Cindy, sieh dir das mal an!«

»Prachtvoll«, sagte sie und betrachtete mich. »Du bist auch schön. Weißt du, dein anderes Gesicht hat mir eigentlich nie richtig gefallen.«

»Mir auch nicht.«

»Wie fühlst du dich?« Ihre Augen hatten den vertrauten reizvollen Blick.

»Stark wie ein Teufel«, sagte ich und faßte ihre Hand. »Komm ins Schlafzimmer, dann zeig ich's dir.«

»Okay.«

Wir gingen ins Schlafzimmer. Ich sah mich um. »Irgend etwas ist anders«, meinte ich, während sie aus ihrem Kleid glitt. Dann wußte ich es. »Wo hast du das Stereo versteckt, unterm Bett?«

»Rausgeschmissen«, antwortete sie und kam nackt in meine Arme. »Jeder Mensch, auch ein Mädchen, muß mal erwachsen werden.«

»Kommt das nicht etwas plötzlich?« fragte ich und knabberte an ihrem Ohrläppchen.

»Eigentlich nicht«, gab sie zurück. »Ich bin vierundzwanzig.«

»Ziemlich alt«, erklärte ich und ging zu ihrem Hals über.

»Nein, gerade richtig.« Sie drehte plötzlich den Kopf und sah mir in die Augen. »Außerdem brauchst du eigentlich gar kein Stereo.«

»Bist du sicher?« fragte ich mit einem leisen Kuß auf ihre Lippen.

Sie nahm mein Gesicht in ihre Hände, ihre Hände waren groß und dunkel. »Völlig sicher«, sagte sie. »Ich liebe dich.«

Einen Augenblick war ich ganz still, dann wußte ich es auch. »Und ich liebe dich.«

Wir küßten uns. Sie hatte völlig recht. Wir brauchten das Stereo nicht.

Wir hörten beide die Musik.

Die Traumfabrik

Montag

Am Rockefellerplatz stieg ich aus dem Taxi. Selbst für März war es ein windiger Tag, und mein Mantel schlug mir um die Hosenbeine. Ich gab dem Chauffeur einen Dollar und ließ ihn den Rest behalten. Als das Taxi weggefahren war, atmete ich noch ein paar Minuten die frische reine Luft ein, ehe ich in das Gebäude trat. Es war noch früh am Tag, und von der Bushaltestelle an der Ecke kam noch nicht der übliche Benzingeruch. Ich fühlte mich wohl, vielleicht besser als sein langem.

Dann ging ich hinein, kaufte mir an meinem Kiosk die »Times« und ging in die Arkaden hinunter zum Friseur.

De Zemmler ist unter den Friseuren, was Tiffany unter den Juwelieren. Die Tür öffnete sich gleichsam magisch, als ich näher kam. Ein kleiner stämmiger Italiener, in dessen schwärzlichem Gesicht große weiße Zähne aufblitzten, hielt sie mir auf. »Guten Morgen, Mr. Edge«, sagte er, »heute sind Sie aber früh dran.«

Automatisch blickte ich auf die Uhr gegenüber: es war zehn. »Ja, Joe«, sagte ich, während er mir den Mantel abnahm. »Ist Rocco schon da?«

»Sicher, Mr. Edge«, grinste er, »er zieht sich gerade um. In einer Minute wird er hier sein.«

In diesem Moment kam Rocco auch schon aus dem Hinterzimmer. Anscheinend machte Joe hinter meinem Rücken ein Zeichen, denn Rocco sah mich an und lächelte.

»Rocco ist fertig, Mr. Edge«, sagte Joe. Dann rief er ihm zu: »In Ordnung, Nummer sieben.«

Ich nahm meine Zeitung auf und ging zu dem Stuhl, bei dem Rocco stand. Er legte mir ein Tuch um, stopfte Seidenpapier in meinen Kragen. »Noch früh heute, Johnny«, begann er das Gespräch.

Beim Ton seiner Stimme mußte ich lächeln. »Hm«, machte ich.

»Großer Tag für dich, Johnny«, sagte er, »konntest wohl nicht schlafen?«

»Stimmt!«

Er ging zum Waschbecken vor dem Stuhl, um sich die Hände zu waschen. Über seine Schulter nach mir blickend, sagte er: »Wahrscheinlich könnte ich auch nicht schlafen, wenn ich gerade einen Job bekommen hätte, der einen Tausender pro Woche einbringt.«

Ich lachte auf. »Einen Tausender und fünfhundert, Rock«, sagte ich, »dann stimmt's.«

»Na, was bedeuten schon fünfhundert die Woche, wenn man erst mal so viel Moneten kriegt?« fragte er und trocknete sich beim Zurückkommen die Hände an einem Frottiertuch ab. »Nur noch ein Taschengeld.«

»Wieder falsch, Rock. Wenn man's erst mal soweit gebracht hat, ist es keine Geldfrage mehr, es ist eine Prestigefrage.«

Er nahm seine Schere aus der Tasche und begann an meinen Haaren herumzuschnippeln. »Prestige ist wie ein dicker Bauch. Du siehst wohlgenährt damit aus, wie jemand, dem's gutgeht. Aber heimlich schämst du dich, und oft wünschst du dir, du wärst ihn los und könntest wieder mager sein.«

»Saure Trauben, Rock«, sagte ich, »mir steht's.«

Er gab keine Antwort, schnitt nur weiter an meinen Haaren herum, und so schlug ich die Zeitung auf. Auf der ersten Seite waren nur uninteressante Nachrichten. Aber auf der Unterhaltungsseite fand ich es, die Überschrift zwei Spalten breit: »John Edge zum Präsidenten der Magnum-Film gewählt.« Dann folgte das Übliche: Geschichte der Filmgesellschaft, mein Lebenslauf. Bei dem zog ich ein bißchen die Stirn kraus. Sie hatten es sich nicht verkneifen können zu schreiben, daß ich von der berühmten Schauspielerin Dulcie Warren geschieden war.

Rocco sah mir über die Schulter in die Zeitung. »Na, willst du Zeitungsausschnitte sammeln, jetzt, wo du ein großer Mann geworden bist, Johnny?«

Das war immerhin ein Stich. Es war, als ob er einen Augenblick lang meine Gedanken gelesen hätte. Ich gab mir Mühe, nicht gekränkt zu sein, und brachte ein schwaches Grinsen zustande. »Sei nicht albern, Rock«, sagte ich, »ich bin immer noch derselbe, ich hab' nur einen andern Job. Sonst ändert sich für mich nichts.«

»Nein?« grunzte Rocco. »Hättest dich nur mal sehen sollen, wie du vorhin reinkamst. Wie Rockefeller persönlich.«

Nun war ich doch gekränkt. Ich hob eine Hand und sah sie an. »Ruf die Maniküre«, sagte ich.

Das Mädchen hörte es und kam sofort herüber. Sie nahm meine Hand, während Rocco den Stuhl nach hinten schraubte und mein Gesicht einseifte. Die Zeitung konnte ich nun nicht mehr lesen und ließ sie auf den Boden fallen.

Ich bekam alles: Rasieren, Schamponieren, Höhensonne. Als ich aufstand, kam Joe mit meinem Schlips angestürmt, den ich vor dem Spiegel band und zur Abwechslung gleich richtig hinkriegte, so daß ich ihn nicht noch mal zu binden brauchte wie sonst. Ich drehte mich zu Rocco, zog aus der Tasche einen Fünfdollarschein und gab ihm den.

Er stopfte ihn achtlos in seine Brusttasche, so, als ob er mir einen Gefallen täte, daß er ihn annahm. Dann fragte er: »Schon was von dem alten Mann gehört? Was ist seine Meinung?«

»Nichts«, sagte ich, »ist mir auch egal. Ich scher' mich nicht um ihn oder um seine Meinung.«

Rocco schüttelte sachte den Kopf. »So solltest du nicht reden, Johnny. Er ist schon in Ordnung, wenn er dir auch ein bißchen zugesetzt hat. Er hat dich immer gern gehabt, beinahe so wie seinen eigenen Sohn.«

»Aber er hat mir ganz hübsch zugesetzt, nicht?« fragte ich angriffslustig.

»Wenn schon. Er ist ein alter Mann. Er war nur müde und verzweifelt, und er wußte, daß er sein Pulver verschossen hatte.« Er schwieg eine Sekunde, um mir eine Zigarette anzuzünden. Sein Gesicht war dicht vor meinem, als er weitersprach: »Er wurde ein bißchen verrückt und ließ es an dir aus. Na und, Johnny? Du kannst die dreißig Jahre vorher doch nicht auslöschen. Du kannst doch nicht so tun, als wären sie nie gewesen.«

Ich wollte etwas sagen, schwieg aber dann doch. Statt dessen ging ich zur Tür, zog meine Jacke an, nahm den Mantel über den Arm und ging hinaus.

Die Touristen waren schon im Gebäude. Eine ganze Reihe von ihnen stand Schlange und wartete auf den Führer, der ihnen alles zeigen sollte. Diese Sorte änderte sich nie. Sie hatten genau denselben Gesichtsausdruck wie die vor dreißig Jahren auf dem Rummelplatz: eifrig, erwartungsvoll, mit offenem Mund, als ob sie so mehr sehen konnten. Ich ging an ihnen vorbei zur Rolltreppe und fuhr hinauf zum Hauptstock, von da zur zweiten Fahrstuhlwand, von wo aus die Fahrstühle direkt zum dreißigsten Stockwerk durchfuhren. Der Fahrstuhlführer sah mich an, als ich in den Fahrstuhl kam, und drückte auf den Knopf Nr. 32, ohne daß ich was gesagt hatte.

»Guten Morgen, Mr. Edge.«

»Guten Morgen.«

Die Tür schloß sich, und dann kam jenes leichte Gefühl der Übelkeit, als der Fahrstuhl mit zunehmender Geschwindigkeit aufwärts schoß. Die Tür ging auf, und ich trat hinaus.

Das Mädchen am Anmeldepult lächelte, als ich vorbeiging. »Guten Morgen, Mr. Edge.«

»Guten Morgen, Mona«, sagte ich, bog in den Korridor ein und ging zu meinem neuen Büro. Früher war es seines gewesen, aber jetzt stand in Goldbuchstaben mein Name an der Tür: »Mr. Edge«. Es sah komisch aus. Ich schaute mir die Buchstaben genau an, ob darunter vielleicht noch Spuren von seinem Namen zu erkennen wären, aber nein. Sie hatten gründliche Arbeit gemacht, und es hatte nicht mal lange gedauert. Selbst wenn so ein Name tausend Jahre an der Tür steht, ein paar Minuten genügen, ihn wegzunehmen.

Ich streckte meine Hand aus, um die Türklinke herunterzudrücken, hielt aber plötzlich inne. Das war alles nur ein Traum, es war nicht mein Name da an der Tür, es war seiner. Ich sah mir den Namen noch einmal genau an.

»Mr. Edge«, stand da in Goldbuchstaben.

Ich schüttelte den Kopf. Rocco hatte recht, man kann dreißig Jahre nicht einfach auslöschen.

Ich machte die Tür auf und trat ein. Es war das Büro meiner Sekretärin; meins war durch die nächste Tür zu erreichen.

Jane legte gerade den Hörer auf, als ich hereinkam. Sie stand auf, nahm meinen Mantel, hängte ihn in einen schmalen Wandschrank und sagte: »Guten Morgen, Mr. Edge«, und das alles in einem Zug.

»Guten Morgen, Miß Andersen«, gab ich lächelnd zurück, »na, wir sind aber formell heute morgen!«

Jane lachte. »Himmel, Johnny, schließlich bist du jetzt der Boß, und jemand muß mit gutem Beispiel vorangehen.«

»Laß es jemand anders tun, Janey«, sagte ich zu ihr, während ich in mein Zimmer ging.

An der Tür hielt ich einen Moment inne, um mich ein bißchen zu gewöhnen. Ich sah es zum erstenmal, seit es neu ausgestattet worden war. Bis Freitag abend war ich im Atelier gewesen, Sonntag nacht nach New York geflogen, und jetzt war erst Montag morgen.

Jane war mir nachgekommen. »Gefällt es dir?« fragte sie.

»O ja!« Wem würde wohl ein Büro nicht gefallen, das aussah, als wäre es aus gesponnenem Gold gemacht? Es war ein Eckzimmer, hatte zehn Fenster, fünf an jeder Seite. Die inneren Wände waren mit Holzimitation getäfelt. Die Hauptwand nahm eine direkt auf die Mauer gezogene Luftaufnahme der Studios ein, die Schmalseite ein elektrischer Kamin mit allem Drum und Dran: Kaminbock, Rost, Kaminsessel. Überall im Zimmer standen außerdem tiefrote Ledersessel, mein Schreibtisch aus Mahagoni war auf Hochglanz poliert und mit dazu passendem Leder bezogen. In der Mitte der Lederplatte leuchteten in kontrastierender Farbe reliefartig meine Initialen. Der Raum war groß genug, um einen Ball oder eine Gesellschaft drin zu geben, und auch dann hätte man immer noch eine stille Ecke für sich gehabt.

»Gefällt es dir, Johnny?« fragte Jane wieder.

Ich nickte. »Bestimmt«, ging zum Schreibtisch und setzte mich.

»Du hast noch nicht alles gesehen.« Sie trat zum Kamin und drückte auf einen Knopf in der Wand.

Der Kamin drehte sich, und eine Bar kam zum Vorschein.

Ich pfiff leise.

»Schick, was?« fragte sie stolz.

»Ich bin sprachlos.«

»Das ist noch nicht alles.« Sie drückte wieder auf den Knopf, und der Kamin kam zurück. Dann ging sie ein paar Schritte weiter und drückte auf einen andern Knopf. Ein Teil der Wand wich zurück, und man sah ein spiegelblankes gekacheltes Badezimmer. »Wie gefällt dir das?« fragte sie.

Ich stand auf und umarmte sie. »Janey, du hast mich zum glücklichsten Menschen der Welt gemacht. Woher wußtest du, daß ich mir immer einen privaten Waschraum gewünscht habe?«

Sie lachte ein wenig verlegen. »Ich bin froh, daß es dir gefällt, Johnny. Ich war ein bißchen nervös deswegen.«

Nun streckte ich meinen Kopf ins Badezimmer; es war alles da, sogar eine Duschecke. Ich wandte mich ihr wieder zu. »Brauchst nicht mehr nervös zu sein, Kind. Papa ist zufrieden.«

Aber so schnell konnte ich mich doch nicht an das Neue gewöhnen. Als es noch Peters Büro war, war es wie er: einfach und altmodisch. Man sagt: Das Büro eines Mannes sieht so aus, wie seine Sekretärin denkt, daß er ist. Ich begann mir Gedanken zu machen: Hielt Janey mich wirklich für einen so tollen Kerl?

Das Telefon in Janes Zimmer läutete, sie lief hinaus und schloß die Tür hinter sich. In diesem Augenblick begann ich mich einsam zu fühlen, so einsam, daß es geradezu lächerlich war.

In den alten Zeiten, als Peters Assistent, war mein Büro um diese Stunde immer voller Leute. Wir redeten, die Luft war blau von Rauch, und wir fühlten uns wohl. Sie pflegten mir ihre Ideen zu erzählen, über Filme, über den Verleih, über Reklame. Wir zankten uns, kritisierten uns gegenseitig, argumentierten; aber alles basierte auf selbstverständlicher Kameradschaft, die es nun nie wieder geben würde – das wußte ich.

Was hatte Peter doch einmal gesagt? »Wenn du Boß bist, Johnny, bist du auf dich allein gestellt. Du hast keine Freunde mehr, nur noch Gegner. Wenn Leute nett zu dir sind, fragst du dich, warum und was sie wohl von dir wollen. Du hörst ihnen zu und versuchst, es ihnen gemütlich zu machen, aber es geht nicht mehr. Sie vergessen niemals, daß du der Boß bist und daß du ihr Leben dauern ändern kannst. Es ist eine verdammt einsame Angelegenheit, Boß zu sein, Johnny.«

Damals hatte ich darüber gelacht, aber jetzt begann ich zu verstehen, was er meinte. Ich versuchte, meine Gedanken davon loszureißen, und wandte meine Aufmerksamkeit dem dicken Stapel Post zu. Schließlich war ich nicht drauf aus gewesen, den Posten zu bekommen. Ich griff nach dem ersten Brief, hielt aber plötzlich inne. Oder war ich es doch? Der Gedanke zuckte durch mein Gehirn, war wieder verschwunden, und ich las den Brief. Es waren Glückwünsche, genauso wie die übrige Post, auch die Telegramme. Jeder aus der Filmindustrie wünschte mir Glück und war bereit, mit mir zu arbeiten, die Großen wie die Kleinen. Das ging immer so in unserem Geschäft; beliebt oder unbeliebt, wenn irgend etwas passierte, schickte jeder ein paar Zeilen. Man galt gleichsam als Glied einer großen Familie, wo jeder aufpaßte, ob der andere erfolgreich oder ein Versager war. An seiner Post konnte man ablesen, was die Leute von einem hielten. Ich war mit den Briefen beinahe fertig, als Jane mit einem großen Blumenstrauß in mein Büro kam.

Ich sah auf. »Wer hat *die* denn geschickt?«

Sie stellte sie in eine Vase auf den Klubtisch und warf ohne ein Wort einen kleinen weißen Umschlag auf meinen Schreibtisch.

Noch ehe ich das Monogramm »D. W.« auf dem Umschlag sah, wußte ich aus der Art, wie Jane sich benahm, von wem sie waren. Ich öffnete den Umschlag und zog eine kleine Karte heraus, auf der in einer vertrauten zierlichen Handschrift gekritzelt stand:

»Nichts ist so erfolgreich wie Erfolg, Johnny. Es sieht so aus, als ob ich falsch gesetzt habe.« Unterschrift: »Dulcie.«

Ich warf das Ding in den Papierkorb und steckte mir eine Zigarette an. Dulcie war eine Hure. Aber ich hatte sie geheiratet, weil sie mir damals wundervoll erschien, weil sie schön war und weil sie eine Art hatte, einen anzusehen, daß man sich wie der prächtigste Kerl auf der Erde vorkam. Es zeigt, wie man zum Narren gehalten werden kann. Als ich herausbekam, wie sehr, wurden wir geschieden.

»Hat jemand für mich angerufen, Jane?«

Ihr Gesicht war besorgt gewesen, während ich den Brief las. Jetzt hellte es sich auf. »Ja«, sagte sie, »kurz ehe du kamst, George Pappas. Du sollst ihn anrufen, wenn du Zeit hast.«

»Gut, verbinde mich mit ihm.«

Sie ging hinaus. George Pappas, der Präsident der Borden-Filmgesellschaft, war in Ordnung, und wir kannten uns seit langem. Er war der Mann, der Peters kleines Fünfcentkino gekauft hatte, als Peter sich entschlossen hatte, zur Filmproduktion überzugehen.

Mein Telefon summte. Ich nahm den Hörer ab. Janes Stimme sagte: »Mr. Pappas für dich.« – »Stell ihn durch.« Ein Knacken, dann Georges Stimme: »Hallo, Johnny?« Er sprach das »J« weich und verschwommen aus.

»George, wie, zum Teufel, geht es dir?«

»Gut, Johnny. Und dir?«

»Kann mich nicht beklagen.«

»Wie wär's, wenn wir zusammen lunchten?«

»Ich fürchtete schon, ich müßte allein essen«, sagte ich.

»Wo wollen wir uns treffen?«

Ich hatte eine Idee. »George, komm rüber. Ich möchte dir mein Büro zeigen.«

»Na, es ist wohl hübsch, Johnny?« sagte er lachend.

»Hübsch ist gar kein Ausdruck. Es ist wie der Empfangsraum eines teuren französischen Bordells. Also, komm rüber und sag mir, was du davon hältst.«

»Um eins bin ich da, Johnny.«

Wir legten auf.

Ich rief Jane und trug ihr auf, alle Abteilungsleiter zu mir zu bitten. Es war Zeit, daß sie was von mir hörten. Außerdem: Wozu ist man Chef, wenn man niemanden hat, für den man's ist?

Die Konferenz dauerte fast bis ein Uhr. Das Übliche; sie waren voller Glückwünsche und Bereitwilligkeit. Ich sagte ihnen, daß die Firma mies dran sei und daß wir ernsthaft arbeiten müßten, wenn wir nicht alle plötzlich ohne Job dastehen wollten. Während ich so redete, kam ich mir etwas komisch vor. Ein solcher Sermon schien ganz fehl am Platz in einem Büro, dessen Neueinrichtung fünfzehn Tausender gekostet hatte, aber augenscheinlich dachte sonst niemand so. Sie waren alle beeindruckt. Zum Schluß der Konferenz sagte ich, noch vor Ende der Woche wünschte ich aus jeder Abteilung eine Aufstellung darüber, wen und was wir einsparen könnten. Wir müßten alle unnötigen Ausgaben vermeiden, wenn wir diese Wirtschaftskrise überdauern wollten. Dann fügte ich hinzu, sie sollten jetzt lunchen gehen, und während sie einer nach dem anderen hinausgingen, sah ich den Gesichtern an, daß keiner von ihnen imstande sein würde zu essen.

Als die Tür sich hinter dem letzten geschlossen hatte, ging ich zu der Wand mit der Bar, fand aber den Knopf nicht. Ich öffnete Janeys Tür. »Ich kann diese verdammten Knöpfe nicht finden.«

Sie sah einen Augenblick bestürzt aus, stand dann auf. »Ich werd' sie dir zeigen.«

Ich ging ihr nach und sah zu, wie sie auf den Knopf für die Bar drückte. Ich sagte ihr, sie solle mir was zu trinken machen, während ich mich waschen ginge. Automatisch wollte ich zur Tür nach außen, aber sie hielt mich an.

»Privat!« sagte sie und drückte auf einen anderen Knopf. Die Tür zum Badezimmer glitt auf. Als ich zurückkam, fand ich George im Büro, einen Cocktail vor sich. Wir schüttelten uns die Hände. »Na, George, was hältst du davon?«

Er lächelte sachte, trank seinen Cocktail aus, stellte das leere Glas auf die Bar zurück und sagte: »Noch ein paar Aktfotos an die Wände, und die Sache ist in Ordnung, Johnny.«

Zum Essen gingen wir in den englischen Grillroom. Er liegt in den Arkaden des Funkhauses, mit Blick auf den Springbrunnen. Es war noch kühl genug für die Kunsteisbahn, und George und ich schauten von unserem Fensterplatz aus ein paar Minuten den Schlittschuhläufern zu.

Der Ober kam. Ich bestellte Lammkotelett vom Grill und George einen Salat. Er müsse auf seine Diät achten, erklärte er. Wir sahen wieder eine Weile den Schlittschuhläufern zu.

Zuletzt seufzte er. »Man möchte wieder jung sein, wenn man das sieht, Johnny.«

»Mhm.«

Er sah mich genau an. »Tut mir leid, Johnny, hab' nicht dran gedacht.«

Ich lächelte. »Schon gut, George. Ich denke selbst nicht mehr oft dran – und wenn auch, du hast ja recht.«

Er gab keine Antwort, aber ich wußte, daß er an mein Bein dachte, mein rechtes Bein. Ich hatte es im Krieg verloren. Ich hatte die modernste Prothese, und jemand, der es nicht wußte, konnte nie vermuten, daß ich nicht auf meinem eigenen Bein herumlief.

Ich erinnerte mich noch an den Zustand, in dem ich war, als Peter mich im Lazarett auf Staten Island besuchte: verbittert, mit der Welt zerfallen. Noch nicht dreißig Jahre alt und ein Bein verloren! Ich bildete mir ein, ich würde den Rest meines Lebens im Krankenhaus verbringen, aber Peter hatte gemeint: »Du hast also dein Bein verloren, Johnny. Dafür hast du ja deinen Kopf noch auf den Schultern, oder nicht? Ein Mann lebt nicht davon, daß er rumlaufen kann, sondern von dem, was er zwischen den Ohren hat. Sei kein Narr, komm zurück ins Geschäft, und bald hast du alles vergessen.«

So ging ich zurück, und Peter behielt recht. Ich vergaß es bis zu jener Nacht, in der Dulcie mich einen Krüppel nannte. Aber Dulcie war eine Hure, und mit der Zeit vergaß ich auch das.

Der Ober brachte, was wir bestellt hatten. Wir fingen an zu essen. Als wir halb fertig waren, sagte ich: »George, ich bin froh, daß du angerufen hast und mich sehen wolltest. Sonst hätte ich nämlich dich angerufen.«

»Warum?« fragte er.

»Geschäft. Du weißt, was los ist. Du weißt, daß ich Präsident geworden bin, weil Ronsen glaubt, daß ich den Karren aus dem Dreck ziehen kann.«

»Willst du es auch?«

»Nicht besonders gern. Aber du weißt ja, wie es ist. Wenn man dreißig Jahre damit verbringt, etwas aufzubauen, sieht man es nicht gern vor die Hunde gehen. Außerdem ist es ein Job.«

»Und den hast du so bitter nötig?« fragte er lächelnd.

Darüber mußte ich grinsen. Eine Stellung war genau das, was ich nicht nötig hatte. Ich war eine Viertelmillion Dollar wert. »Nicht in dem Sinn, aber ich bin zu jung, um untätig rumzusitzen.«

Er gab keine Antwort. Nachdem er seinen Salat runtergeschluckt hatte, fragte er: »Und was soll ich tun?«

»Ich möchte, daß du mir die Zehnerreihe abnimmst.«

Sein Gesicht zeigte nicht, was er dachte, keine Überraschung darüber, daß er die Filme spielen sollte, von denen man innerhalb der Branche lachend sagte, es seien die zehn schlechtesten, die je gemacht worden seien. »Willst du meine Theater dichtmachen, Johnny?« fragte er sanft.

»Die Filme sind nicht so schlecht, George. Und ich biete dir gute Bedingungen. Du kannst sie spielen, wie du willst, für fünfzig Dollar pro Termin. Gib mir eine Garantie über fünfhundert Termine, danach kannst du sie frei spielen.«

George gab keine Antwort.

Ich aß mein Kotelett zu Ende, lehnte mich zurück und zündete mir eine Zigarette an. Es waren gute Bedingungen, die ich ihm geboten hatte. George besaß an die neunhundert Kinos; das bedeutete, daß er die angebotenen Filme in vierhundert Häusern mietfrei laufen lassen konnte.

»Sie sind nicht so schlecht, wie die Presse sie macht«, warf ich ein. »Ich hab' sie gesehen, und ich hab' eine Menge schlechtere in meinem Leben gesehen.«

»Versuch nicht, mich zu überreden, ich kaufe sie ja schon.«

»Noch eins, George. Ich brauche das Geld sofort.«

Er zögerte eine halbe Sekunde, ehe er antwortete: »Gut, Johnny, deinetwegen.«

»Danke, George. Es ist eine verdammt große Hilfe.«

Beim Kaffee fragte George mich, ob ich Peter in der letzten Zeit gesprochen hätte.

Ich schüttelte den Kopf. »Ich hab' ihn fast sechs Monate nicht gesehen.«

»Warum rufst du ihn nicht an, Johnny? Ich kann mir denken, daß er jetzt gern von dir hören würde.«

»Er kann mich ja anrufen«, sagte ich kurz.

»Noch immer beleidigt, Johnny?«

»Ich bin nicht beleidigt, ich bin angewidert. Er denkt, ich bin einer von denen, die das Filmgeschäft stehlen wollen. Antisemiten nennt er sie.«

»Du glaubst doch nicht im Ernst, daß er das noch denkt?«

»Wie, zum Teufel, soll ich wissen, was er denkt. Er hat mich an jenem Abend aus seinem Haus geworfen, als ich ihm sagte, er müsse verkaufen oder er werde alles verlieren. Er nannte mich einen Spion von Ronsen und sagte, ich sei mit Leuten im Komplott, die ihn ruinieren wollten. Er hat mir die Verantwortung für alles, was schiefging, zugeschoben, für alles, was er getan hatte und von dem er nun sagte, ich hätte es verhindern sollen! Nein, George, ich habe es lange Zeit hindurch hingenommen, aber das war für mich das Ende.«

Er nahm eine lange Zigarre, steckte sie umständlich in Brand, während er mich die ganze Zeit dabei ansah. »Und Doris?«

»Sie entschied sich für ihren Alten. Hab' von ihr auch nichts mehr gehört.« Noch als ich das sagte, tat es weh. Ich hatte vieles falsch gemacht, und gerade als ich glaubte, alles käme ins rechte Geleis, ging es wieder schief.

»Was erwartest du denn von ihr?« fragte George. »Ich kenne sie. Glaubst du, sie konnte den alten Mann im Stich lassen, als alles in die Brüche ging? Dazu ist sie zu anständig.«

Aber er sagte nichts darüber, was ich all die Jahre getrieben hatte, und ich war ihm dankbar dafür. »Sie sollte ihn auch nicht im Stich lassen. Sie sollte mich nur heiraten.«

»Und wie hätte das für Peter ausgesehen?« Ich gab keine Antwort, es gab keine darauf. Wir wußten, wie es für Peter ausgesehen hätte, aber mich hatte es trotzdem empfindlich getroffen. Jeder muß schließlich mal sein eigenes Leben leben, und wir hatten ihm beide mehr als genug von unserm Leben gegeben.

George ließ sich die Rechnung bringen.

Dann, draußen in den Arkaden, schüttelte er mir fest und herzlich die Hand.

»Ruf ihn an. Ihr werdet euch dann beide wohler fühlen.«

Ich gab keine Antwort.

»Und alles Gute, Johnny«, fuhr er fort. »Du wirst es schon schaffen. Ich bin froh, daß du den Posten bekommen hast und nicht Farber. Und ich möchte wetten, Peter geht es genauso.«

Ich dankte ihm und ging zurück. Die ganze Zeit im Fahrstuhl dachte ich darüber nach, ob ich Peter anrufen sollte. Als ich schließlich in meinem Stockwerk ankam, schlug ich's mir aus dem Sinn: Zum Teufel damit! Wenn er mich sprechen wollte, konnte er mich ja anrufen.

Janes Büro war leer. Vermutlich war sie noch beim Lunch. Während ich weggewesen war, hatte sie einen neuen Berg Post auf meinen Schreibtisch gelegt; der Stapel türmte sich ziemlich hoch, und obendrauf lag ein Briefbeschwerer.

Dieser Gegenstand kam mir irgendwie bekannt vor. Ich nahm ihn auf: es war eine kleine Büste von Peter. Ich wog sie in der Hand, setzte mich und sah sie an. Vor ein paar Jahren hatte Peter den Einfall gehabt, daß eine Büste von ihm jeden Angestellten zur Arbeit anregen würde. Er hatte einen Bildhauer bestellt, der ihm tausend Dollar für das Modell abgenommen hatte. Eine kleine Metallfabrik hatte Abgüsse angefertigt, und bald stand die Büste auf jedem Pult.

Sie war außerordentlich schmeichelhaft. Sie hatte mehr Haare, als Peter meiner Erinnerung nach je besessen hatte, ein kräftigeres Kinn, eine kühnere Nase als die, mit der er geboren worden war, und einen Ausdruck ruhiger Entschlossenheit, den Peter ebensowenig hatte wie der Mann im Mond. Und darunter standen auf dem Sockel die Worte: »Nichts ist unmöglich für den, der zu arbeiten gewillt ist – Peter Kessler.«

Ich stand auf und ging mit der Büste in der Hand ins Badezimmer. Rechter Hand waren ein paar kleine Borde für Flaschen und dergleichen. Sorgfältig stellte ich Peters Büste in die Mitte des obersten Fachs und trat zurück, um sie zu betrachten.

Das idealisierte Gesicht, das zugleich so echt aussah, starrte mich an. Ich drehte mich um, ging ins Büro zurück und schloß die Tür. Ich sah einen Teil der Post durch, aber es half nichts, ich konnte mich nicht konzentrieren. Ich dachte dauernd an Peter und wie er mich von dem Bord im Badezimmer aus angestarrt hatte. Es hatte keinen Zweck so.

Wütend auf mich selbst ging ich zurück und holte die Büste herunter. In meinem Zimmer sah ich mich nach einem Platz um, wo sie mich nicht stören würde. Schließlich stellte ich sie aufs Kaminsims. Da sah sie besser aus. Sie schien mir beinahe zuzulächeln. Fast glaubte ich, sie mit seiner Stimme sagen zu hören: »So ist es viel besser, Junge.«

»Ist es, du alter Bastard?« sagte ich laut. Dann mußte ich grinsen und ging zu meinem Schreibtisch zurück. Jetzt war ich in der Lage, mich auf die Post zu konzentrieren.

Um drei Uhr kam Ronsen in mein Zimmer. Sein rundes, wohlgenährtes Gesicht strahlte mich an, die Augen hinter der randlosen eckigen Brille sahen selbstzufrieden drein. »Alles schon im Geleise, Johnny?« fragte er mit seiner überraschend kräftigen Stimme. Wenn man ihn zum erstenmal sprechen hörte, wunderte man sich, daß eine so starke, zwingende Stimme aus diesem rundlichen bequemen Körper kam. Dann fiel einem ein, daß dies ja immerhin Laurence G. Ronsen war. In seiner Gesellschaftsschicht wurde man eben mit einem tiefen befehlenden Organ geboren. Ich wette, daß er als Baby nicht weinte, wenn er was zu trinken haben wollte, sondern seiner Mutter befahl, ihm die Brust zu geben. Oder vielleicht irre ich mich, vielleicht haben die Mütter jener Klasse überhaupt keine Brust.

»Ja, Larry«, sagte ich. Was ich auch nicht an ihm mochte, war, daß mich seine Anwesenheit ganz unbewußt zwang, ein nahezu vollkommenes Englisch zu sprechen – wozu ich doch immer unfähig blieb.

»Wie bist du mit Pappas zurechtgekommen?« fragte er.

Seine Spione machen wohl Überstunden, dachte ich. Laut gab ich zur Antwort: »Ziemlich gut. Ich hab' ihm die Zehnerreihe für eine glatte Viertelmillion verkauft.«

Sein Gesicht leuchtete auf. Ich verlängerte meinen Augenblick des Triumphes noch: »Und zwar im voraus, morgen kriegen wir das Geld.«

Er rieb sich die Hände, kam zu meinem Schreibtisch und schlug mir auf die Schulter. Seine Hand war überraschend schwer, und mir fiel ein, daß er ja in seiner Collegezeit ein bekannter Fußballspieler gewesen war. »Ich wußte, daß du der Richtige für uns bist, Johnny, ich wußte es.«

Ebenso rasch wurde er wieder reserviert. »Wir sind jetzt auf der rechten Spur, Junge«, sagte er, »wir können nicht fehlgehen. Eine gründliche Neuorganisation des Betriebes, und wir sind durch.«

Ich erzählte ihm von der morgendlichen Konferenz und meinen Vorschlägen. Er hörte aufmerksam zu und nickte hier und da bei verschiedenen Punkten.

Als ich fertig war, meinte er: »Na, an Arbeit wird es dir nicht fehlen.«

»Himmel, nein. Ich werde wahrscheinlich die nächsten drei Monate in New York bleiben, um immer auf dem laufenden zu sein.«

Er stimmte zu. »Ja, das ist wichtig. Wenn man die Dinge nicht genau kontrolliert, können wir zumachen.«

In diesem Augenblick läutete das Telefon. Jane sagte: »Doris Kessler ruft aus Kalifornien an.«

Ich zögerte eine Sekunde. »Stell sie durch.«

Ein Knacken, dann Doris' Stimme: »Hallo, Johnny.«

»Hallo, Doris.« Ich dachte darüber nach, warum sie wohl anrief; ihre Stimme klang fremd.

»Papa hatte einen Schlaganfall, Johnny. Er verlangt nach dir.«

Automatisch sah ich zu der Büste auf dem Kaminsims. Ronsen folgte meinem Blick.

»Wann ist es passiert, Doris?«

»Vor etwa zwei Stunden. Es ist schrecklich. Wir bekamen zuerst ein Telegramm, daß Mark in Spanien gefallen ist. Papa nahm es sich furchtbar zu Herzen, er wurde ohnmächtig. Wir brachten ihn eilig zu Bett und holten den Arzt, der sagte, es sei ein Schlaganfall, und er wisse nicht, wie lange Papa noch leben würde, ein, zwei Tage vielleicht. Dann öffnete Papa die Augen und sagte: ›Holt mir Johnny, ich muß ihn sprechen!‹« Sie fing an zu weinen.

Es dauerte nur einen Augenblick, dann hörte ich mich sagen: »Weine nicht, Doris, ich bin heute abend da. Warte auf mich.«

»Ja, Johnny«, sagte sie, und ich legte auf. Ein paar Sekunden drückte ich die Gabel auf und nieder, bis Jane sich wieder meldete.

»Besorg mir einen Platz im nächsten Flugzeug nach Kalifornien. Sobald du ihn hast, ruf mich an.«

Ronsen stand auf. »Was ist los, Johnny?« Ich steckte mir eine Zigarette an, meine Hände zitterten. »Peter hat einen Schlaganfall gehabt, ich fahr' hin.«

»Und die Pläne hier?«

»Müssen ein paar Tage warten.«

»Johnny, ich weiß, wie dir zumute ist, aber dem Vorstand wird es nicht gefallen. Außerdem – was kannst du schon tun?«

Ich sah ihn an und stand von meinem Schreibtisch auf. Ich gab mir gar keine Mühe, seine Frage zu beantworten. »Zum Teufel mit dem Vorstand.«

Er war der Vorstand, und er wußte, daß ich es wußte. Er kniff die Lippen zusammen und verließ wütend mein Büro.

Ich ließ ihn gehen. Zum erstenmal, seit ich auf Ronsens Angebot hin den Posten angenommen hatte, war mir friedvoll zumute.

»Zum Teufel auch mit dir!« sagte ich laut zu der geschlossenen Tür. Was wußte der von den letzten dreißig Jahren?

1

Johnny hielt sein Hemd in der Hand, während er der Turmglocke lauschte, die elf Uhr schlug. Nur noch vierzig Minuten bis zur Abfahrt des Zuges, dachte er und begann wütend zu packen. Zornig warf er die restlichen Kleidungsstücke in den Koffer und schlug ihn zu. Mit einem Knie auf der Kofferecke preßte er den Deckel mit seinem Gewicht herunter und zog die Riemen straff. Als er fertig war, richtete er sich auf, nahm den Koffer vom Bett, trug ihn durch den Laden und setzte ihn an der Tür nieder.

Er sah sich kurz um. In der Dunkelheit schienen die Automaten ihn und seinen Fehlschlag zu verhöhnen. Er preßte die Lippen zusammen, als er daran vorbei in das kleine Hinterzimmer ging. Jetzt kam das Unangenehmste von der ganzen scheußlichen Geschichte: Er mußte ein paar Zeilen für Peter schreiben und erklären, warum er mitten in der Nacht weglief.

Es wäre ihm leichter gefallen, wenn Peter nicht so gut zu ihm gewesen wäre, oder vielmehr, wenn die ganze Familie nicht so verdammt nett gewesen wäre; Esther, die ihn beinahe jeden Abend zum Essen bei sich hatte, die Kinder, die ihn »Onkel Johnny« nannten. Seine Kehle schnürte sich zusammen, als er sich an den Tisch setzte. Irgendwie waren sie alle genau die Familie, von der er immer geträumt hatte in den langen einsamen Jahren seiner Arbeit auf dem Rummelplatz.

Er nahm ein Stück Papier, einen Bleistift und schrieb: »Lieber Peter . . .« und dann starrte er auf das Papier. Wie sagt man auf Wiedersehen und danke zu Menschen, die so gut zu einem gewesen sind? Schreibt man ganz beiläufig »Es war nett, euch kennengelernt zu haben, danke für alles . . .« und vergißt sie dann?

Er begann nachdenklich auf seinem Bleistift herumzukauen, legte ihn hin und steckte sich eine Zigarette an. Nach ein paar Minuten nahm er den Bleistift wieder auf und schrieb:

»Du hattest recht, ich hätte das verdammte Ding nie aufmachen sollen.«

Ihm fiel ein, wie er zuerst in den Laden gekommen war. Er hatte fünfhundert Dollar in der Tasche, war neunzehn Jahre alt und platzte vor Besserwissen. Er hatte sein Leben lang auf dem Rummelplatz gearbeitet, jetzt wollte er seßhaft werden und es zu was bringen. Ein Bekannter hatte ihm den Tip mit dem vollständig eingerichteten Spielsalon in Rochester gegeben, der nur darauf wartete, daß er ihn übernahm.

An dem Tag lernte er Peter Kessler kennen. Peter gehörte das Haus und das Eisenwarengeschäft, das außer der Spielautomatenhalle das einzige Geschäft im Block war. Peter mochte Johnny vom ersten Augenblick an. Man konnte Johnny gern haben. Er war groß, sein dickes schwarzes Haar und sein rasches Lächeln mit den ebenmäßigen weißen Zähnen wirkten sympathisch. Peter tat der Junge leid, noch ehe er ihm sein Geschäft vermietet hatte. Er war so eifrig, so willig.

Peter beobachtete Johnny, wie er herumging, die maschinellen Figuren berührte und prüfte. »Mr. Edge.«

Johnny drehte sich um: »Ja?«

»Mr. Edge, es geht mich ja nichts an, aber glauben Sie, daß es eine gute Gegend für Spielautomaten ist?« Peter zögerte. Er kam sich selbst komisch vor. Schließlich war er der Hauswirt, und sein einziges Interesse sollte sein, daß der Junge die Miete bezahlte, aber . . .

Johnnys Augen wurden hart. Mit neunzehn gibt man nicht gern zu, daß man unrecht haben könnte. »Warum fragen Sie, Mr. Kessler?« sagte er kühl.

Peter stotterte leicht. »Nun, die beiden letzten Inhaber haben nicht so gut abgeschnitten.«

»Vielleicht hatten sie nicht die richtigen Ideen für diese Art Geschäft«, sagte Johnny. »Außerdem haben Sie recht: Es geht Sie wirklich nichts an.«

Peters Gesicht erstarrte. Er war außerordentlich empfindlich, obwohl er sich sehr bemühte, es nicht zu zeigen. Seine Stimme wurde rein geschäftsmäßig, wie zuerst, als Johnny in seinen Laden gekommen war und sich vorgestellt hatte. »Tut mir leid, Mr. Edge, ich wollte Ihnen nicht zu nahetreten.«

Johnny nickte.

Peter fuhr im gleichen Ton fort: »Jedenfalls muß ich, nach meinen Erfahrungen mit den früheren Inhabern, sicherheitshalber darauf bestehen, daß die Miete für drei Monate im voraus bezahlt wird.« Nun läßt er vielleicht davon ab, dachte er.

Johnny rechnete schnell. Fünfhundert Dollar weniger hundertzwanzig, blieben dreihundertachtzig. Genug für das, was er wollte.

Peter lehnte sich gegen eine der Figuren und schrieb eine Quittung aus. Dann gab er sie Johnny und streckte ihm die Hand hin. »Tut mir leid, wenn ich Ihnen grob vorgekommen bin, aber ich mein's gut.« Er lächelte zaghaft.

Johnny sah ihn genau an; da er aber keinen Spott in Peters Gesicht wahrnahm, ergriff er die ausgestreckte Hand. Ein rasches Händeschütteln, und Peter ging zur Tür. Dort zögerte er. »Wenn Sie irgendwas brauchen, Mr. Edge, kommen Sie nur zu mir. Ich bin direkt nebenan.«

»Ich werd' schon nichts brauchen, Mr. Kessler, danke.«

»Und viel Glück«, sagte Peter noch, während er rausging. Johnny winkte. Peters Gesicht war ungewöhnlich nachdenklich, als er in sein eigenes Geschäft trat.

Esther, seine Frau, die im Laden geblieben war, während er Johnny die Spielhalle zeigte, kam auf ihn zu und fragte: »Hat er es genommen?«

Peter nickte langsam: »Ja, der arme Junge. Hoffentlich kommt er zurecht.«

Johnny steckte sich noch eine Zigarette an und schrieb weiter: »Glaub mir, mir tut's nicht leid um das Geld, das ich verloren hab', nur um das, das ich euch gekostet habe. Mein alter Chef Al Santos gibt mir meinen früheren Job wieder, und sobald ich meinen Lohn habe, schicke ich dir Geld als Abzahlung für die schuldige Miete.«

Er ging nicht gern zum Rummelplatzbetrieb zurück; nicht, weil er die Arbeit nicht mochte, sondern weil er die Kesslers vermissen würde. Er erinnerte sich an seine Eltern nicht sehr deutlich. Sie waren durch einen Unfall auf dem Jahrmarkt umgekommen, als er zehn Jahre alt war. Al Santos hatte ihn damals unter seine Fittiche genommen, aber Al war ein vielbeschäftigter Mann, und Johnny mußte sehen, wie er allein zurechtkam.

Er war ein einsames Kind gewesen, denn es gab nicht viel Kinder seines Alters auf dem Jahrmarkt, und die Kesslers füllten einen Platz in seinem Leben aus, der bis dahin leer geblieben war.

Ihm fielen die Abendessen mit Peter und seiner Familie ein. Er glaubte beinahe, den Geruch von Esthers Hühnerbrühe und von ihren Klößen zu spüren. Er dachte an den vergangenen Sonntag, als er mit den Kindern im Park war. Wie hatten sie gelacht, und wie stolz war er, wenn sie »Onkel Johnny« zu ihm sagten. Es waren nette Kinder. Doris war ungefähr neun, Mark drei Jahre alt.

Nein, er ging nicht gern zum Jahrmarktsbetrieb zurück, aber er konnte nicht ewig Peter zur Last fallen. Er schuldete ihm schon für drei Monate die Miete, und wenn Esther ihn nicht so oft zum Essen bei sich gehabt hätte, wäre er manches Mal hungrig schlafen gegangen.

Wieder kritzelte der Bleistift über das Papier.

»Es tut mir leid, daß ich so weglaufe, aber morgen kommen ein paar Gläubiger mit einem Zahlungsbefehl, und da ist es wohl am besten so.« Unten schrieb er seinen Namen hin und las alles noch einmal durch. Es sah so leer aus. So sagte man Freunden nicht Lebewohl. Impulsiv schrieb er dicht unter seinen Namen:

»PS: Sag Doris und Mark, daß sie umsonst Karussell fahren dürfen, wenn wir einmal in die Stadt kommen. Danke noch mal für alles. Onkel Johnny.«

Jetzt war ihm wohler. Er stand auf, lehnte den Brief gegen ein leeres Glas auf dem Tisch und sah sich sorgfältig im Zimmer um. Er wollte nichts liegenlassen; er konnte es sich nicht leisten, denn er hatte nicht mehr genug Geld, um etwas Vergessenes zu ersetzen. Nein, es war alles in Ordnung, er hatte nichts vergessen.

Ein letzter Blick zum Brief auf dem Tisch, dann drehte er das Licht aus und schloß die Tür hinter sich. Er sah nicht, daß durch die Zugluft der Brief herunterflatterte und auf die Erde fiel. Langsam ging er durchs Geschäft, noch einmal Umschau haltend. Dann ergriff er seinen Koffer und trat auf die Straße.

Für eine Sekunde sah er zu Peters Fenstern empor. Alle Lichter waren aus. Die Familie schlief. Er stellte fröstelnd seinen Kragen hoch und trabte Richtung Bahnhof.

Oben in ihrem Bett im dunklen Zimmer wachte Doris plötzlich auf. Unruhig drehte sie sich nach dem Fenster um. In dem Licht der Straßenlaterne sah sie einen Mann über die Straße gehen, der einen Koffer trug. »Onkel Johnny«, murmelte sie im Einschlafen vor sich hin. Am Morgen hatte sie alles vergessen, aber ihr Kopfkissen war feucht, als ob sie im Schlaf geweint hätte.

2

Peter öffnete die Augen. Er lag still in dem großen Doppelbett, während der Schlaf langsam von ihm wich. Er streckte die Hände aus und berührte mit der Rechten die Vertiefung in dem Kissen, wo Esther neben ihm gelegen hatte und die noch warm von ihr war. Er hörte sie in der Küche Doris ermahnen, sich mit dem Essen zu beeilen, um nicht zu spät zur Schule zu kommen, und darüber wurde er völlig wach. Er stand auf, ging ins Badezimmer und begann Rasierschaum zu schlagen, während er vor sich hinsummte. Es war ein altes deutsches Lied aus seiner Jugendzeit.

Mark kam ins Badezimmer gewatschelt. »Muß mal, Papi«, sagte er.

»Na, dann los, du bist ja jetzt ein großer Junge.«

Mark beendete sein Geschäft, dann sah er seinen Vater an, der das Rasiermesser abzog. »Soll ich mich heute rasieren?«

Peter sah ihn ernsthaft an. »Wann hast du dich denn zuletzt rasiert?«

Mark rieb sich mit den Fingern übers Gesicht, wie er es seinem Vater abgesehen hatte, und sagte: »Vorgestern. Aber mein Bart wächst schnell.«

»In Ordnung«, sagte Peter, der sein Messer geschärft hatte, und gab Mark den Rasiernapf und Pinsel. »Seif dich schon ein, während ich mich fertigmache.« Er rasierte sich.

Mark bedeckte sein Gesicht mit Seifenschaum und wartete dann geduldig, bis sein Vater fertig war. Er sprach nicht, denn er wußte, daß Rasieren eine wichtige und heikle Angelegenheit ist und daß man sich unter Umständen schneidet, wenn man dabei gestört wird.

Endlich war sein Vater soweit und fragte ihn: »Fertig?«

Mark nickte; er wagte nicht zu sprechen, weil sein Mund mit Seifenschaum bedeckt war und er nichts davon verschlucken wollte.

Peter kniete nieder und sagte zu Mark: »Dreh deinen Kopf!« Mark drehte den Kopf und schloß die Augen. »Schneid mich nicht«, sagte er nun doch.

»Ich werde aufpassen«, versprach sein Vater. Peter drehte das Messer um und schabte mit der stumpfen Seite den Schaum von Marks Gesicht. »Alles fertig«, sagte er ein paar Sekunden später und stand auf.

Mark öffnete die Augen und rieb sich mit der Hand das Gesicht. »Ganz glatt«, sagte er glücklich.

Peter lächelte auf ihn hinunter, spülte sein Rasiermesser ab und trocknete es. Dann hob er Mark hoch und schwang ihn auf seine Schulter. »Jetzt wollen wir essen«, sagte er und trabte mit ihm in die Küche.

Doris kam und küßte ihn. »Guten Morgen, Papi«, sagte sie mit ihrer hohen klaren Stimme.

Er drückte sie an sich. *Gut' Morgen, liebe Kind, zeese Kind.«* Er sprach immer so zu ihr, vor allem seit Mark auf der Welt war. Mark war sein Liebling, und er hatte ein schlechtes Gewissen deswegen und machte daher mehr von Doris her als vor Marks Geburt.

Sie war ein hübsches kleines Mädchen mit goldenen Zöpfen, die um ihren Kopf gelegt waren, und weichen warmen blauen Augen. Ihre Wangen schimmerten frisch und rosig. Peter war zufrieden. Als kleines Kind war sie kränklich gewesen, und ihretwegen waren sie aus New York nach Rochester gezogen.

Esther kam mit einer Platte an den Tisch, hoch voll mit köstlich duftendem Rührei, geräuchertem Lachs und Zwiebeln, alles in Butter gebraten.

Peter schnupperte. »Lachs und Eier! Wie hast du das fertiggekriegt, Esther?«

Sie lächelte geschmeichelt; in Rochester gab's keinen Räucherlachs, aber sie hatte sich welchen aus New York schicken lassen. »Meine Cousine Rachel hat ihn besorgt«, sagte sie.

Er sah sie an, während sie einen Teller füllte. Sie war ein Jahr jünger als er, noch immer schlank und gut aussehend, von jener ruhigen dunklen Schönheit, die ihn gleich angezogen hatte, als er nach seiner Ankunft in Amerika im Geschäft ihres Vaters arbeitete. Sie trug ihr dickes schwarzes Haar nach der Mode der Zeit im Nacken aufgesteckt; ihre braunen Augen blickten in gleichmäßiger Heiterkeit aus einem glatten runden Gesicht. Sie füllte Marks Teller.

»Ich habe mich rasieren lassen«, erzählte er ihr.

»Ich kann's sehen«, sagte sie und fuhr mit dem Handrücken über sein Gesicht.

»Wann darf ich mich allein rasieren?« fragte er. Doris lachte. »Du bist noch viel zu klein. Du brauchst dich überhaupt noch nicht zu rasieren.«

»Doch, doch«, protestierte er.

»Seid still und eßt«, sagte Esther.

Als sie sich hinsetzte, war Peter schon fast fertig. Er sah auf die Uhr, stürzte seinen Kaffee hinunter und lief die Treppe hinab, um das Geschäft zu öffnen. Er sagte nichts, als er wegging, und niemand kümmerte sich drum. Er war morgens immer spät dran, und heute war es schon ein paar Minuten nach acht.

Der Morgen ging langsam herum. Es gab nichts zu tun, es war noch zu warm für diese Jahreszeit, und die Hitze hielt die Leute von jeder Extraanstrengung ab.

Um elf etwa kam ein Rollwagenkutscher in den Laden. »Wann macht denn der nebenan auf?« fragte er und zeigte mit dem Daumen nach Johnnys Spielsalon.

»Um zwölf etwa. Weshalb?«

»Ich soll einen Apparat abliefern, aber es ist alles zu, und ich kann nicht noch mal zurückkommen.«

»Klopfen Sie nur kräftig an die Tür, er schläft im Hinterzimmer und kommt dann heraus.«

»Hab' ich schon«, sagte der Kutscher, »aber es gibt niemand Antwort.«

»Moment«, Peter holte unter dem Ladentisch einen Schlüsser hervor, »ich werd' Sie reinlassen.«

Der Kutscher folgte ihm auf die Straße, Peter klopfte, aber es kam keine Antwort. Er guckte durchs Fenster, konnte aber nichts sehen. So schloß er auf, ging direkt zum Hinterzimmer und klopfte. Wieder keine Antwort. Er öffnete die Tür und sah hinein, aber Johnny war nicht da. Peter sagte zu dem Kutscher:

»Bringen Sie es nur ruhig rein, Johnny ist wahrscheinlich für 'ne Weile weggegangen.«

Peter ging auf die Straße, während der Kutscher den Apparat ablud. Er sah ihn neugierig an, er hatte so etwas noch nie gesehen. »Was ist das?« fragte er.

»Ein Filmapparat; er wirft Bilder auf eine Leinwand, und die bewegen sich.«

Peter schüttelte den Kopf. »Was die sich alles ausdenken! Funktioniert das Ding denn?« Der Kutscher brummte: »Hm. Hab' sie in New York gesehen.«

Als der Apparat drin war, unterschrieb Peter eine Quittung, verschloß die Tür und vergaß sofort alles bis halb vier, als Doris aus der Schule kam.

»Pappi, warum ist der Onkel Johnny noch nicht auf?«

Er sah sie erstaunt an. »Weiß nicht.« Zusammen gingen sie hinüber zur Spielhalle.

Er spähte durchs Fenster, aber drinnen war alles still. Die Lattenkiste mit dem Apparat stand noch da, wo der Rollwagenkutscher sie hingestellt hatte. Er sagte zu Doris: »Spring mal rauf zu Mama, sie soll für einen Augenblick runterkommen und aufs Geschäft aufpassen.«

Langsam ging er durch Johnnys Geschäft ins Hinterzimmer. Diesmal fand er den Brief. Er las ihn, ging zurück und gab ihn Esther.

Sie las und sah ihn dann fragend an. »Er ist weg?« Er sah verletzt aus und schien ihre Frage nicht zu hören. »Ich hab' das Gefühl, es ist meine Schuld. Ich hätte es ihm nicht vermieten sollen.«

Auch Esther hatte Johnny gern gemocht. »Du konntest es nicht ändern, Peter. Du hast es ja versucht.«

»Der Junge hätte nicht fortzulaufen brauchen. Er konnte mir ja sagen, wie's stand.«

»Wahrscheinlich schämte er sich ein bißchen.« Peter schüttelte den Kopf. »Ich kann's immer noch nicht verstehen. Wir waren doch seine Freunde.«

Plötzlich fing Doris an zu weinen. Sie hatte dabeigestanden und ernsthaft zugehört.

»Kommt Onkel Johnny nie mehr zurück?« schluchzte sie.

Peter hob sie auf. »Doch, natürlich. Er sagt, er kommt wieder und läßt euch auf allen Karussells fahren.«

Doris hörte auf zu weinen. »Ehrenwort?«

»Ehrenwort«, antwortete Peter und sah über den Kopf des Kindes hinweg seine Frau an.

3

Der Fremde wartete ruhig, bis Peter den Kunden abgefertigt hatte, dann kam er herüber. »Ist Johnny Edge irgendwo in der Nähe?«

Peter betrachtete ihn neugierig. Er sah nicht aus wie einer von den Gläubigern, die Johnny in seinem Brief erwähnt hatte; Peter kannte auch die meisten. »Im Augenblick ist er nicht da. Aber vielleicht kann ich Ihnen helfen? Ich bin Peter Kessler, der Hauswirt.«

Der Fremde hielt ihm lächelnd die Hand hin. »Ich bin Joe Turner von der Graphik-Filmgesellschaft. Ich wollte Johnny zeigen, wie man den Filmapparat bedient, der gestern hier abgeliefert wurde.«

Peter schüttelte ihm die Hand. »Freut mich, Sie kennenzulernen. Aber ich fürchte, ich muß Sie enttäuschen. Johnny ist vorgestern weggefahren.«

Turner sah wirklich enttäuscht aus. »Konnte er nicht noch ein bißchen durchhalten?«

Peter schüttelte den Kopf. »Es stand ziemlich schlimm, und so ist er zu seinem alten Job zurück.«

»Zu Santos?« fragte Turner.

»Ja. Kannten Sie Johnny?«

»Wir haben früher mal zusammen bei Santos gearbeitet. Er ist ein ordentlicher Junge. Schade, daß er nicht länger durchhalten konnte, mit den Filmen hätte er es geschafft.«

»In Rochester?« sagte Peter lachend.

»Warum nicht? Rochester ist auch nicht anders als andere Städte, und Filme sind in der Unterhaltungsbranche jetzt das größte Geschäft und werden täglich ein größeres. Haben Sie mal welche gesehen?«

»Nie. Bis Ihr Mann gestern den Apparat brachte, hab' ich auch noch nie was davon gehört.«

Turner nahm eine Zigarre aus der Tasche, biß die Spitze ab und steckte sie an. Er blies eine Rauchwolke vor sich hin und sah Peter einen Augenblick an, ehe er sprach. »Sie sehen mir wie ein Mann aus, der in Ordnung ist, Mr. Kessler, und deshalb mache ich Ihnen einen Vorschlag. Ich hab' in meiner Firma Johnnys Apparat schon als verkauft angegeben. Wenn ich ihn jetzt zurücknehmen muß, muß ich die Fracht und die Installationskosten bezahlen, auch wenn der Apparat nie benutzt worden ist. Das sind über hundert Dollar. Lassen Sie mich Ihnen heute abend den Apparat vorführen, und wenn es Ihnen gefällt, versuchen *Sie's* doch mal damit.«

Peter schüttelte den Kopf. »Ich bin Metallwarenhändler, ich versteh' nichts von Filmen.«

Turner gab nicht nach: »Das macht nichts, es ist ja eine ganz junge Branche. Vor zwei Jahren hat ein Mann namens Fox ohne jede Erfahrung ein Kino aufgemacht, und es geht ihm gut. Auch ein gewisser Mr. Laemmle hat's so gemacht. Sie haben weiter nichts zu tun, als den Apparat laufenzulassen. Die Leute werden gern Geld bezahlen, um Filme zu sehen. Es ist das kommende Geschäft, da steckt Gold drin.«

»Für mich nicht«, sagte Peter, »ich hab' ein gutes Geschäft, was soll ich mir unnötig Sorgen aufladen.«

»Schauen Sie, Mr. Kessler, es kostet Sie ja nichts, es sich mal anzusehen. Der Projektionsapparat ist schon da. Ein paar Filmrollen hab' ich draußen, und zu tun hab' ich auch nichts. Lassen Sie sich von mir eine Vorführung zeigen, und sehen Sie sich selbst an, wie es ist. Und wenn es Ihnen nicht gefällt, nehm' ich den Apparat zurück.«

Peter dachte einen Augenblick nach. Er war auf die Filme gespannt; die paar Worte des Rollwagenkutscher gestern hatten seine Phantasie erregt. »In Ordnung. Ich seh' sie mir an, aber ich kann nichts versprechen.«

Turner lächelte und gab Peter die Hand. »Das sagen alle, bis sie sie gesehen haben. Ich sagen Ihnen, Mr. Kessler, jetzt stecken Sie schon im Filmgeschäft drin, auch wenn Sie es noch nicht wissen.«

Peter lud Mr. Turner zum Abendessen ein. Als er ihn Esther vorstellte, sah sie ihn fragend an, sagte aber nichts. Er erklärte: »Mr. Turner zeigt uns heute abend ein paar Filme.«

Nach dem Essen entschuldigte Turner sich, er sagte, er wollte unten alles vorbereiten. Peter ging mit ihm. Als sie die Spielhalle betraten, sah Turner sich um. »Zu schade, daß Johnny aufgeben mußte. Kino ist gerade das, was er brauchte.«

Dann erzählte Peter von Johnnys Brief und warum Johnny weggegangen war.

Turner hörte aufmerksam zu, während er seine Vorbereitungen traf, und als Peter geendet hatte, sagte er: »Wegen des Geldes brauchen Sie sich keine Sorgen zu machen, Mr. Kessler; wenn Johnny sagt, er bezahlt, dann bezahlt er auch.«

»Wer macht sich denn Sorgen wegen des Geldes? Wir hatten den Jungen gern, er war beinahe einer von der Familie geworden.«

Turner nickte. »So ist Johnny. Als seine Leute umkamen, war er zehn Jahre alt, und Santos und ich unterhielten uns, was aus ihm werden sollte. Er hatte keine Verwandten mehr und hätte ins Waisenhaus gemußt, aber Santos behielt ihn lieber, und nach einer Weile sagte er, er käme ihm wie sein eigenes Kind vor.«

Turner machte seine Arbeit nur schweigend fertig, und Peter ging Esther holen. Als sie herunterkamen, waren alle Lichter aus. Befangen setzten sie sich im Dunkeln auf die Plätze, die Turner ihnen anwies. So gespannt Peter auch wegen der Filme war, so froh war er doch, daß nicht viele Leute auf der Straße standen, die ihn sehen konnten.

»Fertig?« fragte Turner.

»Ja.«

Plötzlich wurde die Leinwand hell, die Turner vor ihnen aufgespannt hatte. Einige gedruckte Worte waren undeutlich zu sehen und wurden schärfer, als Turner den Apparat einstellte. Dann waren die Worte weg, ehe sie sie lesen konnten, und statt dessen erschien ganz klein in der Ecke der Leinwand ein Zug, aus dem Rauchwolken quollen. Er bewegte sich auf sie zu und wurde mit jeder Sekunde größer. Dann war er über ihnen, er schien von der Leinwand in sie hineinzufahren.

Esther stieß einen leisen Schrei aus und verbarg ihr Gesicht an Peters Schulter, während sie nach seiner Hand griff. Peter hielt sie fest. Seine Kehle war trocken, er konnte nicht reden, und sein Gesicht war blaß und schweißbedeckt.

»Ist er weg?« fragte Esther mit halberstickter Stimme.

»Ja, er ist weg.« Peter war überrascht, daß er sprechen konnte.

Noch ehe die Worte ausgesprochen waren, sahen sie einen Badestrand, mit schwimmenden und herumstehenden lachenden Mädchen; dann eine Fähre, die in den New Yorker Hafen einfuhr, und die vertrauten Gebäude sahen so wirklich aus, daß sie in Versuchung waren, die Hand auszustrecken, um sie zu berühren, aber ehe sie etwas dergleichen tun konnten, waren sie auf einer Rennbahn, Pferde rannten, eine Menge schob und drängte sich, ein Pferd, das gewaltig lief, kam vor den andern ans Ziel – und alles war vorbei. Die Leinwand strahlte hell auf, so daß es den Augen weh tat.

Zu seiner Überraschung hielt Peter noch immer Esthers Hand. Er hörte Turner fragen: »Na, wie hat's Ihnen gefallen?«

Peter stand blinzelnd auf. Er sah, wie Turner ihn lächelnd anblickte, und fuhr sich nachdenklich über die Augen. »Wenn ich es nicht selbst gesehen hätte, würde ich es wirklich nicht für möglich halten.«

Turner lachte. »Das sagen alle zuerst.« Er knipste das Licht im Laden an.

Da erst sah Peter die Menge. Sie standen auf der Straße, die Gesichter gegen die Fenster des Geschäfts gepreßt, in ihren Augen das gleiche Erstaunen, die gleiche Verwunderung wie in den seinen. Er sagte zu Esther gewandt: »Was hältst du davon?«

»Ich weiß nicht, was ich denken soll, ich hab' noch nie so etwas gesehen.«

Die Tür ging auf, und die Menge strömte herein. Peter begann, einzelne Gesichter zu erkennen. Sie sprachen alle auf einmal.

»Was ist das?« fragte einer.

»Filme aus New York«, hörte Peter Turner antworten.

»Werden Sie sie hier vorführen?«

»Ich weiß nicht; das hängt von Mr. Kessler ab.«

Die Leute sahen Peter an.

Peter stand einen Augenblick wortlos da, den Kopf noch erfüllt von dem Geschehenen. Plötzlich hörte er sich sagen: »Sicher, sicher führen wir sie vor, ab Samstag abend.«

Esther packte seinen Arm: »Bist du verrückt? Das ist schon übermorgen!«

Er flüsterte: »Ich? Verrückt? Wo all diese Leute Geld ausgeben wollen, um die Filme zu sehen?«

Sie gab keine Antwort.

Peter begann sich groß zu fühlen, sein Herz schlug. Samstag abend würde er eröffnen – schließlich hatte Esther ja nicht nein gesagt.

Knapp sechs Wochen später kam Johnny nach Rochester zurück. Den Koffer in der Hand, kam er die Straße entlang auf seine alte Bude zu. Vor dem Haus auf dem Trottoir blieb er stehen. Das Metallwarengeschäft war noch unverändert da, aber nicht mehr die Spielhalle. Das alte Schild war weg, statt dessen hing ein neues da:

»Kesslers Fünf-Cent-Kino.«

Es war früh am Morgen und die Straße noch leer. Johnny sah das Schild an. Dann nahm er den Koffer in die andere Hand und ging in Peters Geschäft. Er zögerte einen Augenblick im Eingang, bis seine Augen sich an das Halbdunkel drinnen gewöhnt hatten.

Peter sah ihn zuerst und lief mit ausgestreckter Hand auf ihn zu. »Johnny!«

Johnny stellte den Koffer hin und ergriff Peters Hand.

»Du bist doch zurückgekommen«, Peter war ganz aufgeregt; »ich habe zu Esther wieder und wieder gesagt, du würdest kommen. Sie meinte, du möchtest vielleicht nicht, aber ich sagte, dann telegrafieren wir und werden schon sehen.«

»Na, ich weiß nicht, warum du mich zurückwünschst, nachdem ich dich so hab' sitzengelassen, aber . . .«

Peter ließ ihn nicht ausreden. »Kein Aber. Was geschehen ist, ist vergessen und vorbei.« Er hielt Ausschau nach Doris und rief ihr zu: »Geh rauf und sag Mama, daß Johnny da ist.« Er zog Johnny weiter in den Laden hinein.

»Ich hatte das Gefühl, daß du zurückkommen würdest. Schließlich war es deine Idee, du mußt also auch was davon haben.« Er sah Doris immer noch dastehen. »Hab' ich dir nicht gesagt, du sollst Mama Bescheid geben?«

»Ich wollte Onkel Johnny nur guten Tag sagen.«

»Also gut, sag guten Tag, und dann lauf schnell zu Mama.«

Doris kam zu Johnny und gab ihm ernsthaft die Hand. »Guten Tag, Onkel Johnny.«

Johnny lachte, hob sie auf den Arm und drückte sie an sich. »Tag, Liebling, du hast mir gefehlt.«

Sie wurde rot, kletterte aus seinem Arm und lief zur Treppe. »Ich muß Mama Bescheid sagen«, und weg war sie.

Johnny wandte sich wieder Peter zu. »Jetzt erzähl mir, was geschehen ist.«

»Einen Tag, nachdem du weggefahren bist, kam Joe Turner, und ehe ich wußte, was geschah, war ich im Filmgeschäft. Aber ich hab' nicht gedacht, daß es sich so entwickeln würde, es wird zuviel für mich. Esther arbeitet an der Kasse, aber ich bin abends, wenn ich den ganzen Tag im Geschäft gestanden hab', zu müde, um noch die Filme vorzuführen. Deshalb wollten wir dich bitten wiederzukommen. Wie ich schon telegrafierte: Du kriegst hundert im Monat und zehn Prozent der Einnahmen.«

»Klingt gut. Ich hab' unterwegs eine Menge dieser Fünf-Cent-Kinos gesehen, und sie entwickeln sich zu 'ner heißen Sache.«

Später gingen sie hinüber ins Kino. Johnny sah sich beifällig um. Die anderen Apparate waren alle entfernt und statt dessen Bankreihen aufgestellt worden.

Johnny sah sich um: »Ich kann es noch kaum glauben.« Er dachte daran, wie er Peters Telegramm bekommen hatte. Er hatte es Al Santos gezeigt und gesagt:

»Ich weiß nicht, warum er mich wiederhaben will, nachdem ich ihn mit der Miete für drei Monate hab' sitzenlassen.«

»Zwei Monate«, hatte Al Santos ihn verbessert. »Am letzten Zahltag hast du ihm die Miete für einen Monat geschickt.«

»Ich weiß, aber trotzdem . . .«

»Vielleicht mag er dich«, hatte Santos gesagt. »Was willst du jetzt tun?«

Johnny war überrascht gewesen: »Zurückgehen, was sonst?«

Johnny fragte Peter: »Wieviel Vorführungen hast du am Tag?«

»Eine«, sagte Peter.

»Von jetzt ab machen wir drei. Eine nachmittags und zwei abends.«

»Und wo sollen die Zuschauer herkommen?« Johnny sah Peter an, ob er vielleicht Spaß mache. Aber da Peter es ganz ernst meinte, antwortete Johnny: »Peter, du hast noch 'ne Menge zu lernen im Schaugeschäft. Ich werd' dir sagen, wie man's machen muß. Erst mal werden wir Reklame machen. Überall auf dem Land werden wir Plakate ankleben und in den Zeitungen annoncieren. Wir sind das einzige Kino im ganzen Umkreis. Die Leute werden angereist kommen, um es zu sehen, wenn sie erst wissen, wo es ist. Außerdem sind drei Vorführungen am Tag nicht teurer als eine, weil wir für die Filme eine feste Miete zahlen.«

Der Junge hat einen gesunden Menschenverstand; dreifaches Geschäft, dachte Peter, und zugleich fühlte er eine große Beruhigung in sich aufsteigen. Jetzt, wo Johnny zurück war, brauchte er sich wegen des Kinos keine Sorgen mehr zu machen.

»Eine gute Idee«, sagte er laut. »Eine sehr gute Idee.«

Spät am Abend beim Einschlafen dachte er noch immer daran. Dreifaches Geschäft!

4

George stand auf der Straße gegenüber von Kesslers Kino und sah die Leute in die Vorstellung gehen. Er sah nach der Uhr und schüttelte seufzend den Kopf. Diese Filmvorstellungen änderten die ganzen Gewohnheiten der Stadt. Ehe es das Kino gegeben hatte, traf man nach sieben Uhr abends kaum noch Leute auf der Straße. Und jetzt war es fast acht, und die Leute gingen ins Kino.

Es waren nicht nur die Städter. Die Leute kamen auch vom Land herein, um die Filme zu sehen. Dieser Edge, den Kessler bei sich hatte, war ein lebender Telegrafendraht – er hatte das ganze Land mit Plakaten von dem neuen Kino bedeckt.

George Pappas seufzte wieder. Er hatte das Gefühl, daß dieser Wechsel von Dauer war. Er war schon im Kino gewesen, und es schien ihm, daß es auch für sein Leben bedeutsam war, wenn er auch noch nicht wußte, auf welche Weise.

Er hatte fünf Häuserblocks weiter eine kleine Eisdiele. Um sieben Uhr abends pflegten sein Bruder und er zuzumachen und nach Hause zum Essen zu gehen. Außer samstags war abends nichts mehr zu tun. Aber jetzt war Dienstag, und mehr Leute gingen in Kesslers Kino, als George früher sogar samstags abends auf den Straßen von Rochester gesehen hatte. Er seufzte wieder und dachte darüber nach, wie er einen Teil dieses Publikums wohl in seine Eisdiele locken könnte.

Mit diesem Problem beschäftigt, machte er sich auf den Weg nach Hause, blieb aber plötzlich stehen; es war ihm ein Gedanke gekommen, und zwar auf griechisch. Es ging so schnell, daß er ihn erst verstand, als er ihn ins Englische übersetzt hatte. Dann aber war es eine so vollständige Antwort auf seine Frage, die ihn beschäftigte, daß er sich umdrehte und zurück zum Kino ging.

An der Tür blieb er stehen. Esther nahm von den Besuchern das Eintrittsgeld in Empfang. »Hallo, Mrs. Kessler«, sagte er.

Esther hatte zu tun und sagte nur kurz: »Hallo, George.«

»Ist Mr. Kessler wohl in der Nähe?« fragte er in seiner spaßigen, etwas gespreizten Art.

»Er ist drinnen.«

»Ich würde ihn gern sehen.«

Neugierig sah sie ihn an; seine ernsthafte Eindringlichkeit nahm ihre Aufmerksamkeit gefangen. »Er wird in ein paar Minuten rauskommen, wenn die Vorstellung anfängt. Kann ich etwas für Sie tun?«

George schüttelte den Kopf. »Ich werde warten, ich habe etwas Geschäftliches mit ihm zu besprechen.«

Esther sah zu, wie er zur Tür ging und sich gegen die Wand lehnte. Sie dachte darüber nach, was das wohl für ein Geschäft sein könnte, hatte aber zu tun und vergaß nach ein paar Sekunden, daß er da war. George war auch beschäftigt. Während er in der Nähe der Tür stand, zählte er etwa vierzig Leute, die hineingingen. Reihe an Reihe saßen die Zuschauer und plauderten erwartungsvoll miteinander. Einige hatten Obst mitgebracht und aßen es. George berechnete gerade, daß mehr als zweihundert Menschen im Kino waren, als Peter herauskam und die Tür zumachte. Es waren noch immer Leute auf der Straße, und es kamen noch welche. Er sah zu, wie Peter die Tür schloß und die Hand erhob. »In einer Stunde beginnt die nächste Vorstellung«, sagte Peter zu den Wartenden, »wir sind jetzt ausverkauft, aber wenn Sie warten, kommen Sie alle rein.«

Ein gutartiges, wenn auch enttäuschtes Murmeln ging durch die Menge, aber nur wenige gingen weg; die meisten entschlossen sich zu warten. Für die, die weggegangen waren, kamen noch mehr neue. Allmählich bildete sich die Straße entlang eine Schlange.

Peter steckte den Kopf durch die Tür. »In Ordnung, Johnny. Die Vorstellung kann anfangen.«

Als die Lichter ausgingen, klatschten die Zuschauer; dann leuchtete das erste Bild auf der Leinwand auf, und eine plötzliche Stille trat ein.

Peter steckte gerade seine Zigarre in Brand, als George zu ihm trat. »Hallo, Mr. Kessler.«

»Hallo, George, wie geht's Ihnen?« sagte Peter freundlich, an seiner Zigarre ziehend.

»Ziemlich gut, Mr. Kessler«, antwortete George höflich. Er sah sich um. »Eine Menge Leute kommen zu Ihnen.«

Peter schmunzelte. »Stimmt, George. Jeder will die Filme sehen. Waren Sie schon drin?«

George nickte.

»Es ist die kommende Sache«, sagte Peter.

»Das glaub' ich auch, Mr. Kessler. Sie haben ein Gefühl dafür, was das Publikum will.«

Peter strahlte über das Kompliment. »Danke, George.« Er griff in seine Westentasche. »Hier, nehmen Sie eine Zigarre.«

Ernsthaft nahm George sie. Obwohl er Zigarren gar nicht mochte und sie auch nicht vertragen konnte, hielt er sie sachverständig unter die Nase und roch daran. »Eine gute Zigarre.«

»Ich lass' sie mir extra aus New York schicken. Kosten pro Stück sechs Cent.«

»Wenn es Ihnen recht ist, Mr. Kessler« – und George steckte die Zigarre sorgfältig in seine Tasche –, »werd' ich sie nach dem Essen rauchen, dann hab' ich mehr davon.«

Peter nickte; er war mit den Gedanken schon woanders, während er die wartende Menge betrachtete.

George fühlte diese Unaufmerksamkeit, wußte aber nicht, wie er das, was er wünschte; zur Sprache bringen sollte. Schließlich platzte er heraus: »Mr. Kessler, ich möchte hier eine Eisdiele aufmachen.«

Peter war mit einem Schlag aufmerksam. »Eine Eisdiele? Hier? Wozu?«

George wurde vor Verlegenheit rot im Gesicht. Sein ohnehin unzureichendes Englisch wurde noch unverständlicher. »Diese Leute«, stammelte er, »sind gut fürs Geschäft. Eis, Bonbons, Obst, Nüsse.«

Peter hörte auf zu lächeln; ihm ging plötzlich auf, was George meinte, er wurde ernst. »Eine gute Idee, George. Aber wo? Wir haben keinen Platz!«

Wie durch Zauber fand George die richtigen Worte. Er sprach rasch und leicht. Er erklärte Peter, wie wenig Raum er brauchte. Und sein Angebot, außer der Miete einen Anteil seines Gewinns zu zahlen, machte die Sache perfekt.

Das Kino ging zwar gut, brachte aber auch seine Probleme mit sich. Peter hatte ein Abkommen mit der Graphik-Gesellschaft, wonach er alle drei Wochen ein neues Programm bekam. Das war so lange in Ordnung gewesen, bis sie anfingen, drei Vorstellungen am Tag zu geben. Dann drängten sich in der ersten Woche alle Leute aus der Umgegend zu den Vorstellungen, aber in den nächsten beiden Wochen ließ das Geschäft stark nach. Er hatte mit Johnny darüber gesprochen, und sie waren übereingekommen, Joe Turner bei seinem nächsten Besuch zu fragen, ob sich da nichts tun ließe.

Etwa zwei Wochen, nachdem George im Kino seinen kleinen Stand aufgemacht hatte, kam Joe zu seinem üblichen monatlichen Besuch. Er beobachtete in der engen Vorhalle, wie George und sein Bruder geschäftig hinter der Theke hin und her gingen. Nach einer Weile ging er hinein und sprach mit Johnny.

Die Nachmittagsvorstellung war gerade zu Ende, und Johnny spulte den Film für die nächste Vorführung auf.

»Wessen Idee war das mit dem Stand?« fragte Joe.

»Peters. Was hältst du davon?«

Joe nickte beifällig. »Ausgezeichnet. Ich glaube, das wird sich auch anderswo durchsetzen, wenn ich davon erzähle.«

Johnny war mit dem Aufspulen fertig und setzte die Filmrolle in den Apparat ein, so daß alles für die nächste Vorführung bereit war. Er kletterte von der kleinen Plattform, auf der der Apparat stand. »Komm und laß uns was trinken«, lud er Joe ein. Sie gingen zum Stand und bestellten. Johnny machte Joe mit George und dessen Bruder bekannt. Einen Augenblick schlürften sie nachdenklich ihre Getränke, dann sagte Johnny: »Hast du keine andern Filme für uns? Das Publikum will nicht drei Wochen hintereinander dieselbe Vorführung sehen.«

Joe schüttelte den Kopf. »Es ist nicht viel zu kriegen, aber einen neuen Streifen hätte ich, den ich euch schicken kann.«

»Was soll ich mit einem Streifen, wenn wir ein vollständiges Programm brauchen?«

Joe sah ihn einen Moment an, ehe er Antwort gab. »Ich könnte euch vielleicht helfen, aber es darf nicht drüber geredet werden.«

»Du kennst mich, Joe. Ich kann stumm wie eine Auster sein, wenn's nötig ist.«

Joe lächelte über Johnnys Miene. »Vermutlich hast du schon davon gehört, daß die großen Firmen sich zu einem Verband zusammengeschlossen haben, der die Filmproduktion kontrolliert.«

»Ja.«

»Nun, dann weißt du wohl, daß der Grund dafür die Konkurrenz einer Menge kleiner Produzenten ist. Der Verband will, daß ihr Theaterbesitzer nur sein Programm spielt, und um das zu erreichen, hat er alle Verleihverträge an sich gebracht, so daß für niemanden außerhalb des Verbandes die Filmproduktion sich lohnt.«

»Na und? Ich sehe immer noch nicht, wie wir zu einem reicheren Programm kommen können.«

»Das kommt jetzt. Die ›Graphik‹ tritt in den Verband ein, und ich scheide aus, weil ich mich den unabhängigen Produzenten anschließe, die so viele Filme herstellen wollen, daß es für ein neues Programm jede Woche reicht.«

»Klingt gut, aber wo kommen wir hinein? Wir haben einen Vertrag mit der ›Graphik‹, daß wir nur deren Filme zeigen dürfen.«

»Viele Theaterbesitzer denken: Was der Verband nicht weiß, macht ihn nicht heiß«, antwortete Joe. »Ihr müßt die Filme für drei Wochen nehmen, braucht sie aber nicht drei Wochen zu spielen, wenn es kein Geschäft ist.«

»Aha«, sagte Johnny und trank aus, »wir wollen mit Peter drüber reden.« Auf dem Weg zu Peters Geschäft erklärte Joe, alles, was Johnny zu tun habe, um das nötige Programm zu bekommen, sei, nach New York zu fahren und einen Verleihvertrag abzuschließen.

»Für wen wirst du nun arbeiten?« fragte Johnny.

»Bill Borden. Er ist der größte der unabhängigen Produzenten.«

»Was wirst du für ihn tun? Filme verkaufen?« Johnny steckte sich eine Zigarette an. Joe verneinte. »Damit bin ich fertig. Ich mache Filme. Ich hab' Borden klargemacht, daß er einen Mann braucht, der weiß, was die Kinobesitzer wollen, und daß ich dieser Mann bin.«

Johnny lachte. »Du hast dich überhaupt nicht verändert, seit wir zusammen auf dem Jahrmarkt gearbeitet haben. Du schießt immer noch den Vogel ab.«

Joe stimmte in Johnnys Lachen ein. »Aber im Ernst, Junge, was ich vorhabe, wird eines Tages eine große Sache; ich möchte, daß du mitmachst!«

5

Johnny blieb, die Hand auf der Türklinke, stehen. Er hörte Esther, die mit Peter sprach.

»Nun? Bist du immer noch nicht angezogen? Du sollst heute mit Doris und Mark in den Park gehen.«

Johnny grinste in der Diele vor sich hin. Er hörte, wie Peter seiner Frau antwortete, konnte aber nichts verstehen. Es klang faul und mürrisch. Johnny grinste wieder. Es war Sonntag, und er wußte, daß Peter gern den ganzen Morgen Zeitung las, die Füße auf einem Kissen. Er drückte die Klinke herunter und ging in die Küche.

Esther sah ihn überrascht an, dann auf die Uhr. »Du bist aber früh auf, Johnny.« Auf dem Herd hinter ihr brodelte es in einem großen Topf.

»Es dauert nur eine Minute. Ich will Peter nur fragen, ob ich etwas für ihn in New York erledigen soll.«

»Du fährst heute nach New York?«

Er nickte; sie sah ein wenig verdrießlich aus. Er überlegte, was los sei. Peter kam zur Küchentür und sah hinein. »Du fährst nach New York?« fragte auch er.

»Ja«, sagte Johnny lakonisch. Er sah Peter an, der in Hemdsärmeln war und den Gürtel um seine Hosen bequem gelockert hatte. Peter war in der letzten Zeit etwas dicker geworden, dachte er. Und warum nicht? Die Geschäfte gingen ja ziemlich gut.

»Warum?« fragte Peter.

»Ich hab' Joe versprochen, mir ein paar der neuen Filme anzusehen. Ich bin morgen rechtzeitig zur Abendvorstellung zurück.«

Peter zuckte die Achseln. »Wenn du acht Stunden reisen magst, nur um ein paar Filme anzusehen – mir soll es recht sein, aber ich würde es nicht tun.«

Johnny lächelte. Wenn du es tätest, dachte er im stillen, würdest du vielleicht verstehen, was ich dir die ganzen letzten Monate klarzumachen versucht habe: daß das Kinogeschäft sich zu einem großen Unternehmen auswächst. Laut sagte er: »Ich tu's gern. Man kriegt mal 'ne Vorstellung, was eigentlich los ist.«

Ein sonderbar fanatischer Ausdruck war in Johnnys Augen getreten, während er redete. Der Film hatte sich seines ganzen Wesens bemächtigt. Er aß, schlief, träumte Filme. Seit er begonnen hatte, nach New York zu fahren, um Filme für das Kino zu kaufen, sprach er von nichts anderem mehr. Peter erinnerte sich, daß Johnny eines Tages nach einer solchen Reise gesagt hatte:

»Dieser Borden ist auf dem richtigen Weg. Er macht Filme, die sechshundert Meter lang sind und eine Handlung haben. Fox und Laemmle machen das auch. Sie sagen, es wird ein großes Geschäft, und eines Tages wird es richtige Filmtheater geben, so wie jetzt Schauspielhäuser.«

Peter hatte die Nase gerümpft, aber insgeheim war er beeindruckt. Vielleicht hatten all diese Männer doch was Besonderes los. Er hatte ihre Filme gesehen, die zweifellos besser waren als die des Verbandes. Vielleicht wußten sie, was sie taten.

Er dachte darüber nach, wie es wohl wäre, ein Theater zu besitzen, in dem nur Filme liefen, verbannte aber den Gedanken wieder energisch. Es war töricht, überhaupt Zeit an solche Gedanken zu verschwenden. Es würde sich niemals bezahlt machen, er war besser so dran, wie es jetzt war.

Doris kam in die Küche gelaufen, Mark hinter ihr her. Sie sah Johnny strahlend an, sie hatte vom Zimmer aus seine Stimme gehört. »Gehst du in den Park, Onkel Johnny?« fragte sie aufgeregt.

»Heute nicht, Liebling. Onkel Johnny muß geschäftlich weg.«

»Oh!« machte sie ganz kleinlaut.

Esther drehte sich um und sah ihren Mann bedeutungsvoll an; er fing den Blick auf, trat einen Schritt vor und nahm Doris' Hand. »Papa geht mit dir, Liebchen«, sagte er. Und zu Johnny: »Warte auf uns, wir bringen dich zur Bahn.« Er ging seine Jacke holen.

»Eine Tasse Kaffee, Johnny?« fragte Esther. »Nein, danke, ich hab' schon gefrühstückt.« Peter kam, sich die Jacke zuknöpfend, in die Küche zurück. »In Ordnung, Kinder, wir können gehen.«

Auf der Straße zupfte Mark an Johnnys Hand. Der sah auf ihn hinunter.

»Pferdchenreiten«, sagte Mark mit seiner Piepsstimme.

Lachend hob Johnny das Kind auf die Schultern.

»Hüh!« schrie Mark.

Als sie den Block bereits zur Hälfte entlanggegangen waren, merkte Peter erst, daß Doris zu Johnny hinübergewechselt war und dessen freie Hand hielt. Er lächelte vor sich hin, es war immer ein gutes Zeichen, wenn Kinder jemanden mochten.

»Wie kommt Joe zurecht?« fragte er Johnny. Er hatte Joe nicht mehr gesehen, seit dieser aus dem Verband ausgeschieden war und für Borden arbeitete.

»Gut. Er hat ein paar prachtvolle Filme gemacht. Borden sagt, er ist sein bester Mann.«

»Fein. Ist Joe zufrieden?«

»Es gefällt ihm schon, aber er möchte noch was anderes.« Johnny versuchte, Marks Fäuste in seinem Haar zu lockern.

Peter sah auf und sagte streng: »Laß Onkel Johnnys Haar los, oder ich sag' ihm, er soll dich runtersetzen.«

Mark lockerte seinen Griff, und Peter sagte zu Johnny: »Was möchte er denn?«

Johnny gab seiner Stimme einen ausgesucht beiläufigen Klang. »Er möchte selbst ins Geschäft einsteigen. Er sagt, es ist eine Menge Geld dabei zu machen.«

»Was hältst du davon?« Peter war sichtlich interessiert, obwohl er es sich nicht anmerken lassen wollte.

»Ich glaube«, sagte Johnny, »er ist da einer Sache auf der Spur; wir haben es zusammen durchkalkuliert. Ein Film von dreihundert Meter Länge kostet etwa dreihundert Dollar, zuzüglich der Kosten für die Kopien. Von jedem Negativ stellt man hundert Kopien her, und jede Kopie verleiht man mindestens zweimal zu zehn Dollar. So holt man aus jedem Film zweitausend Dollar heraus; es kann gar nicht schiefgehen.«

»Was hält ihn dann zurück?«

»Das Anfangskapital fehlt ihm. Er braucht mindestens sechstausend Dollar für die Kamera und die sonstige Ausrüstung, und die hat er nicht.«

Sie waren jetzt am Bahnhof angelangt, und Johnny hob Mark von seiner Schulter. »Weißt du, Peter«, sagte er nachdenklich, »es wäre kein schlechtes Geschäft für uns.«

Peter lachte. »Ohne mich. Ich bin kein *Schlemihl*! Ich weiß, wann ich aufhören muß. Was geschieht, wenn du deinen Film nicht loswirst? Du gehst pleite.«

»Glaub' ich nicht«, sagte Johnny rasch. »Nimm uns als Beispiel. Wir mieten Filme, wo wir sie nur kriegen können, und haben doch nie genug. Es kann gar nicht schiefgehen. Und alle andern Kinobesitzer, die ich in New York getroffen habe, sind in der gleichen Lage. Sie lecken sich die Finger nach neuen Filmen.«

Peter lachte wieder, aber nicht mehr ganz so selbstsicher wie vorher. Johnny sah, daß die Idee ihn zu fesseln begann. »Ich bin nicht geldgierig. Laß die andern sich den Kopf zerbrechen. Uns geht es gut genug.«

Ein paar Minuten später lief Johnnys Zug ein. Bei der Anfahrt stand er auf der Plattform und winkte. Sie winkten zurück, und er lächelte.

Er kannte Peter inzwischen gut genug, um zu wissen, daß er ihm eine Idee in den Kopf gesetzt hatte. Vorläufig mußte man ihn nun in Ruhe lassen und nur hier und da ein paar Worte über die Sache fallenlassen. Dann würde sich die Idee Peters bemächtigen und zu wachsen anfangen. Vielleicht würden Peter und Joe gleichzeitig soweit sein.

Doris begann zu weinen, als der Zug abfuhr. Peter sah sie überrascht an. »Warum weinst du denn, Liebchen?«

Sie schnupfte. »Ich mag niemanden mit dem Zug abfahren sehen.«

Peter kratzte sich verwundert am Ohr. Soviel er wußte, hatte sie noch nie jemanden mit dem Zug abfahren sehen. »Warum denn nicht?«

Sie sah ihn mit ihren weichen blauen Augen an, die in Tränen schwammen. Kleinlaut antwortete sie: »Ich – ich weiß nicht, Papa. Mir ist nur so zum Weinen. Vielleicht kommt Onkel Johnny nicht wieder.«

Einen Augenblick blieb Peter stehen, ohne ein Wort zu sagen, dann nahm er ihre Hand. »Unsinn«, sagte er brummig, »komm, jetzt gehen wir in den Park.«

6

Johnny kam in die Küche, in der es warm und gemütlich war; der große Herd strömte Wärme aus. »Wo ist Peter?« fragte er.

Esther tat den Deckel auf den Suppentopf zurück. »Er macht einen Spaziergang.«

»Bei diesem Wetter?« fragte er überrascht und sah aus dem Fenster. Es schneite heftig; die Straße war bereits mit Schneewehen bedeckt. »Der Schnee liegt fast dreißig Zentimeter hoch.«

Sie machte mit der Hand eine hilflose Bewegung. »Ich hab' es ihm ja gesagt«, meinte sie ruhig, »aber er ging weg. Er ist in den letzten Tagen so rastlos gewesen.«

Auch Johnny hatte Peters Rastlosigkeit bemerkt, seit sie vor drei Tagen wegen des schweren Schneefalls das Kino hatten schließen müssen. Im Sommer war das Geschäft gut gewesen, aber der erste Schnee hatte sie lahmgelegt.

Halb zu sich selbst sagte Esther: »Ich weiß nicht, was neuerdings in ihn gefahren ist; früher war er nie so.«

Johnny ließ sich in einen Stuhl fallen und zog die Augenbrauen verwundert zusammen. »Wie meinst du das?«

Sie sah ihm direkt in die Augen, als ob sie dort die Lösung ihrer Probleme fände. Langsam sagte sie: »Seit wir das Kino eröffnet haben, ist er verändert. Früher hatte es ihm nichts ausgemacht, ob das Geschäft mal ein bißchen besser oder schlechter ging; jetzt steht er jeden Morgen am Fenster und flucht auf den Schnee. ›Er kostet uns Geld‹, sagt er.«

Johnny lächelte. »Na, so schlimm ist es nun wieder nicht. Auf dem Rummelplatz wußten wir auch, daß die Sonne nicht jeden Tag scheint. Das ist so im Geschäft.«

»Ich hab' ihm ja gesagt, daß wir keinen Grund zur Klage hätten, es ist uns ja bisher gutgegangen. Aber er hat gar nicht zugehört und ist weggegangen.« Sie setzte sich Johnny gegenüber und sah auf ihre Hände, die sie im Schoß gefaltet hielt. Als sie wieder aufschaute, standen Tränen in ihren Augen. »Es ist fast, als ob ich ihn gar nicht mehr kennen würde, als ob er ein anderer Mensch wäre, ein Fremder. Damals in New York, als Doris noch ein Baby war und der Arzt sagte, sie müßte raus aus der Stadt, wenn sie wieder gesund werden sollte, hat Peter sein Geschäft verkauft und ist hierhergezogen, ohne eine Sekunde zu zögern. Ich weiß nicht, ob er das heute noch tun würde.«

Johnny rückte unbehaglich auf seinem Stuhl hin und her. Dieser plötzliche Vertrauensausbruch machte ihn verlegen. Er versuchte sie zu trösten: »Er hat in der letzten Zeit ziemlich hart gearbeitet. Es ist nicht so leicht, zwei Geschäfte gleichzeitig zu führen.«

Ein plötzliches Lächeln über seinen ungeschickten Versuch, sie zu trösten, schimmerte durch ihre Tränen. »Sag mir das nicht, Johnny, ich weiß es besser. Seit du zurück bist, hat er sich um das Kino überhaupt nicht zu kümmern brauchen.«

»Aber er trägt doch die Verantwortung«, sagte er lahm.

Sie nahm seine Hand, noch immer lächelnd. »Du meinst es gut, Johnny, aber mir kannst du nichts vormachen.«

Die Suppe auf dem Herd hinter ihr begann zu kochen; sie ließ seine Hand los und stand auf, um danach zu sehen. Sie nahm einen Löffel und rührte in dem Topf, während sie über die Schulter gewandt zu ihm sagte: »Nein, das ist es alles nicht. Es drückt ihn etwas, aber ich weiß nicht, was.« Ihre Stimme klang entmutigt, als ob Peter weiter von ihr entfernt sei als je zuvor.

Sie hörte, wie die Tür geöffnet wurde. Peter kam, sich den Schnee abklopfend, in die Küche.

Johnny räusperte sich erleichtert. Er war froh, daß Peter kam. Esthers Ausbruch hatte ihn verlegen gemacht. »Schlechtes Wetter«, sagte er.

Peter nickte trübsinnig und irritiert. »Werden morgen wohl auch geschlossen halten müssen, es sieht nicht so aus, als ob es nachläßt.« Er zog seinen Mantel aus und ließ ihn auf einen Stuhl fallen.

»Hab' ich mir auch gedacht; ich wollte deshalb nach New York und Joe wegen des Studios sehen. Warum kommst du nicht mit?«

»Was hat das für einen Zweck?« sagte Peter scharf. »Ich hab' dir schon mal gesagt, daß ich nicht interessiert bin.«

Esther sah plötzlich zu ihm auf. Intuitiv spürte sie aus dem Klang seiner Stimme, daß es das war, was ihn bedrückte. Sie wandte sich an Johnny. »Was soll er denn?«

Johnny witterte eine Bundesgenossin. »Borden baut in Brooklyn ein neues Studio und gibt sein altes auf. Peter soll mit nach New York kommen und es sich ansehen. Wenn er was davon hält, können er, Joe und ich es vielleicht übernehmen.«

»Du meinst, um Filme zu produzieren?« fragte sie, während sie Peter von der Seite beobachtete.

»Ja. Da ist 'ne Menge Geld zu machen.«

Erregt begann er die Möglichkeiten zu schildern, die er in der Filmproduktion vor sich sah.

Esther hörte aufmerksam zu. Für sie war alles neu, aber Peter sank offenkundig gelangweilt in einen Stuhl. Nur Esther bemerkte, daß er unter der Maske der Gleichgültigkeit von der Idee gepackt war.

Johnny sprach während des ganzen Abendessens von nichts anderem. Er konnte ohne Ende darüber reden, und als er schlafen gegangen war, hatte Esther seine Worte immer noch im Ohr. Peter hatte nichts dazu gesagt, er schien mit seinen Gedanken woanders zu sein.

Um neun etwa gingen sie zu Bett. Es schneite immer noch, und im Zimmer war es kalt.

Esther wartete, bis Peter ins Bett kam; er war schläfrig, aber Esther wollte reden.

»Warum gehst du nicht und siehst dir mal selbst an, worüber Johnny redet?« fragte sie.

»Wozu?« murmelte er ins Kissen. »Der Junge regt sich über nichts und wieder nichts auf.«

»Er hatte mit dem Kino recht, vielleicht hat er jetzt auch den richtigen Riecher.«

Er setzte sich auf. »Das ist was anderes. Der Kinematograph war was Neues. Wenn das sich abgenutzt hat, machen wir ihn zu und verlieren nichts, weil wir billig drangekommen sind. Aber hier handelt es sich um ein großes Geschäft, das auch ein großes Kapital erfordert. Und doch basiert es auf derselben Neuigkeit, und wenn die Kinos schließen, was dann?«

»Aber Johnny meint, es entwickelt sich erst. Er sagt, etwa zwanzig neue Kinos pro Woche werden eröffnet.«

»Um so schneller gehen sie pleite.« Er legte sich in die Kissen zurück. Dann kam ihm plötzlich ein Gedanke. »Warum bist du denn auf einmal an allem, was Johnny sagt, interessiert?«

»Weil du es bist«, gab sie schlicht zur Antwort, »ich suche nur nicht nach Ausreden, etwas nicht zu tun, wovor ich Angst habe.«

Peter antwortete nichts. Er dachte: Sie hat recht. Ich habe Angst, diese Chance zu ergreifen. Deshalb will ich nicht mit Johnny fahren. Ich habe Angst, er könnte recht haben, und ich würde doch nicht zugreifen.

Sie lagen eine Weile still. Peter war gerade im Begriff einzuschlafen, als sie wieder sprach: »Bist du noch wach?«

»Ja«, sagte er gereizt.

»Peter, ich hab' so ein Gefühl, als ob Johnny einer guten Sache auf der Spur ist.«

»Ich hab' auch so ein Gefühl«, brummte er, »daß ich nämlich schlafen möchte.«

»Nein, Peter. Ich meine es wirklich. Weißt du noch, wie der Doktor sagte, wir sollen Doris aus New York wegnehmen, und wie ich ein Vorgefühl über Rochester hatte?«

Er sah durch die Dunkelheit zu ihr herüber. Obwohl er es nicht zugeben wollte, hatte er einen mächtigen Respekt vor ihrem Instinkt. Sie hatte oft recht behalten. Damals zum Beispiel, als er woanders hingehen wollte. Sie waren hierhergekommen, und es ging ihnen gut, während der Mann, der jenes andere Geschäft übernommen hatte, pleite gegangen war. »Na und?« fragte er.

»Nun, ich hab' das Gefühl, als ob für uns die richtige Zeit wäre, nach New York zurückzugehen. Wir sind damals wegen Doris' Gesundheit hergekommen, aber jetzt geht es ihr gottlob gut, und ich fühl' mich hier einsam. Meine Verwandten fehlen mir. Ich möchte, daß Mark in die Synagoge geht, wo mein Papa predigte. Ich möchte wieder Jiddisch reden hören und mit meinen Kindern zu dem Matzenbäkker in die Rivingtonstraße gehen und die warmen Matzen riechen, so wie Papa und ich früher. Und das Gefühl ist plötzlich ganz stark geworden, daß es jetzt die richtige Zeit ist, heimzugehen. Bitte, Peter, fahr mit und sieh es dir an. Wenn es nichts ist, brauchst du es ja nicht zu tun, aber geh und sieh selbst.«

Es war für ihre Verhältnisse eine lange Rede; sie ähnelte in der Beziehung ihrem Vater, und Peter war beeindruckt. Er zog ihren Kopf an seine Schulter. Ihre Wange an seinem Hals fühlte sich weich und naß an. Mit der freien Hand strich er ihr übers Haar. Als er schließlich sprach, war seine Stimme sanft, und er sprach jiddisch. »In Ordnung, ich geh' und seh' es mir an.«

Sie wandte ihm ihr Gesicht zu.

»Morgen?«

»Morgen.« Und dann plötzlich auf englisch: »Aber ich verspreche nichts!«

Esther lag noch lange wach und lauschte Peters tiefen Atemzügen. Manchmal war es ein hartes Stück Arbeit, einen Mann davon zu überzeugen, daß es richtig war, das zu tun, was er doch so gern tun wollte.

7

Am nächsten Nachmittag um drei Uhr kamen sie in Bordens Studio an. Johnny führte sie kundig hindurch zu Joe, der ihnen zuwinkte, als er sie bemerkte. »Setzt euch irgendwohin und seht zu!« schrie er ihnen durch den Atelierlärm zu. »Ich komme bald zu euch.«

Aber es dauerte fast eine Stunde, bis Joe kam. Inzwischen hatte sich Peter im Atelier umgesehen. Trotz seiner Unerfahrenheit merkte er, wie angespannt um ihn herum auf drei verschiedenen Plattformen gearbeitet wurde. Johnny erklärte ihm, daß man sie Bühnen nenne. Alle Leute hatten einen Ausdruck im Gesicht, als hielten sie ihre Arbeit für die wichtigste Sache der Welt.

Peter beobachtete Joe, der mit einer Gruppe von Schauspielern eine Szene probierte, die er drehen wollte. Wieder und wieder ließ er sie alle Bewegungen wiederholen, bis sie genau das taten, was er wollte. Es erinnerte Peter an die Zeit, als er als Kind seinem Vater das Frühstück ins Theater in München gebracht hatte. Sein Vater spielte dort im Orchester die zweite Geige. Wenn Peter kam, war die Probe in vollem Gange, der Dirigent schrie, und dann plötzlich trat Stille ein. Wenn sie mit dem Stück fertig waren, nickte der Dirigent zufrieden und sagte: »So, Kinder, jetzt könnt ihr vor dem König spielen, falls er kommt.«

Genauso machte Joe es. Er ließ sie eine Szene wieder und wieder spielen, bis sie ganz in Ordnung war, und dann fing er sie mit der Kamera ein. Denn hier war die Kamera der König. Peter wurde es eng um die Brust, als er zusah. Das war etwas, was er verstehen konnte. Sein Vater hatte ihn tagein, tagaus Geige üben lassen, weil er wollte, daß er eines Tages neben ihm im Orchester spielen sollte. Die Zeit verging ihm schnell. Die Stunde, die Joe für die Szene brauchte, kam Peter nur wie wenige Minuten vor, so sehr war er gefangengenommen.

»Du bist also schließlich gekommen?« fragte Joe lächelnd.

Peter war auf der Hut. »Es ist augenblicklich ruhig im Geschäft, so daß ich nichts Besseres zu tun hatte.«

»Nun, und was hältst du davon?« Und Joe zeigte mit der Hand im Atelier herum.

»Es ist sehr interessant«, sagte Peter, noch immer vorsichtig.

Joe wandte sich an Johnny. »Ich glaube, ich habe den Boß kommen sehen, während ich bei der Arbeit war. Wie wär's, wenn du Peter zu ihm brächtest? Ich muß ohnehin noch eine Szene drehen, wenn ich mein Tagespensum schaffen will.«

»In Ordnung«, sagte Johnny.

Peter folgte ihm ins Büro. Es war ein großer Raum, in dem einige Männer und Mädchen an Pulten saßen und arbeiteten. William Borden saß hinter einem großen Rollschreibtisch, der den kleinen Mann vollständig verbarg. Nur sein kahler Schädel war zu sehen, wenn er sich bewegte oder ins Telefon sprach, das etwas seitlich stand.

»Mr. Borden«, sagte Johnny, »ich möchte Sie gern mit Peter Kessler, meinem Chef, bekannt machen.«

Der kleine Mann sprang auf die Füße, Peter und er sahen sich ein paar Augenblicke verblüfft an. Dann lächelte Borden und streckte die Hand aus. »Peter Kessler«, sagte er mit einer dünnen hohen Stimme, »natürlich! Erinnerst du dich nicht an mich?«

Peter schüttelte ihm die Hand. Er schien verwundert, aber plötzlich leuchteten seine Augen auf. »Willi – Willi Bordanow!« Er nickte freudig erregt mit dem Kopf. »Natürlich. Dein Vater hatte . . .«

»Richtig« – Borden grinste – »den Karren in der Rivingtonstraße vor Greenbergs Geschäft. Du hast seine Tochter Esther geheiratet, nicht wahr? Wie geht es ihr?«

Johnny verließ die beiden, die aufgeregt aufeinander einredeten, und ging zu Joe. Er hatte das Gefühl, daß etwas dabei herauskommen würde. Etwas mußte dabei herauskommen, Borden war der beste Kaufmann der ganzen Filmbranche. Sein Vorgefühl vertiefte sich, als Peter ihm mitteilte, sie würden heute abend bei Borden essen.

Nach dem Essen, als sie in Bordens Küche saßen, kam das Gespräch schließlich auf das Filmgeschäft. Die Zeit verging, und die beiden Männer hatten, sehr zu Johnnys Unwillen, bis jetzt nur von ihren gemeinsamen Freunden und ihrer Jugend geredet. Johnny brachte das Gespräch auf den Film, indem er Borden veranlaßte, über sein Lieblingsthema, den Verband, zu reden. Dann brachte er ihn schließlich zu der Feststellung, daß der Verband nachgeben müsse, wenn es mehr unabhängige Produzenten gebe.

Johnny nickte zustimmend. »Hab' ich Peter auch gesagt, aber er meint, das Metallwarengeschäft ist sicherer.«

Borden sah erst Peter an, dann Johnny. »Vielleicht hat Peter recht, vielleicht ist es sicherer. Aber das Filmgeschäft hat mehr Möglichkeiten. Für den, der es wagt, bietet es höhere Gewinne. Seht mich an. Ich hab' vor drei Jahren mit tausendfünfhundert Dollar Kapital angefangen. In ein paar Wochen wird in Brooklyn mein neues Studio fertig, das mich fünfzehntausend Dollar kostet, ohne die Einrichtung. Ich verkaufe meine Filme im ganzen Land und habe einen Wochenumsatz von achttausend, und in einem Jahr wird er sich verdoppeln.«

Die Zahlen machten Eindruck auf Peter.

»Wieviel Anfangskapital braucht man heute?« fragte er.

»Ist es dir ernst?« Kam Bordens Gegenfrage. Peter nickte, auf Johnny zeigend. »Mein junger Freund hier hat mir die letzten sechs Monate über die Hölle heiß gemacht, ich soll mit ihm ins Filmgeschäft einsteigen. Es ist mein Ernst. Warum soll ich spaßen, wenn Geld dabei zu verdienen ist?«

Borden sah Johnny mit Respekt an. »Deshalb wolltest du also die Stellung nicht nehmen, die ich dir angeboten habe, weil du eigene Pläne hast.« Er wandte sich an Peter. »Ein dutzendmal hab' ich Johnny wohl angeboten, für mich zu arbeiten, und immer hat er abgelehnt. Na, jetzt weiß ich, weshalb.«

Aus irgendeinem Grund war Peter gerührt. Johnny hatte die Stellung ausgeschlagen und es nicht einmal erwähnt. »Johnny ist ein guter Junge«, sagte er, »er gehört mit zur Familie.«

Johnny war verlegen.

»Wieviel brauchen wir, Mr. Borden?«

Die beiden älteren Männer lächelten sich verständnisvoll zu. Borden lehnte sich im Stuhl zurück. »Mit zehntausend Dollar könntet ihr ins Geschäft einsteigen.«

»Dann kommt es nicht in Frage für mich«, sagte Peter und steckte sich eine Zigarre an, »soviel hab' ich nicht.«

Borden lehnte sich vor, er wurde aufgeregt. »Ich hab' eine Idee.« Er stand auf und ging zu Peter. »Wenn es wirklich dein Ernst ist, werde ich dir einen Vorschlag machen.«

»Na?« fragte Peter.

»Wie ich schon sagte«, fuhr Borden wieder ruhig fort, »eröffne ich in ein paar Wochen in Brooklyn ein neues Studio. Weil ich dafür eine neue Ausrüstung bekomme, wollte ich die alte verkaufen.« Er lehnte sich zu Peter hinüber und senkte die Stimme zu einem vertraulichen Flüstern. »Für sechstausend Dollar kannst du die Ausrüstung in meinem alten Studio haben, und du machst ein gutes Geschäft.«

»Willi«, sagte Peter und stand auf, »du hast dich kein bißchen verändert seit der Zeit, wo du mir von deines Vaters Karre Schuhbänder für einen Fünfer verkaufen wolltest, die nur zwei Cent wert waren. Ich bin zwar grün im Filmgeschäft, aber so dumm, wie du denkst, bin ich doch nicht. Glaubst du, ich weiß nicht, in welchem Zustand das Zeug ist? Ich hab' nicht umsonst all die Jahre im Metallwarenhandel zugebracht, ich versteh' mich auf die Ware. Wenn du dreitausend gesagt hättest, hätte ich vielleicht zugehört, aber bei sechs kann ich nur lachen.«

Johnny stockte der Atem. War Peter verrückt? Wußte er nicht, daß überhaupt keine Filmausrüstung zu kriegen war, daß der Verband alles kontrollierte und daß es Leute gab, die mit beiden Händen bei dem Angebot von sechstausend Dollar zugreifen würden?

Aber Bordens Antwort setzte Johnny noch mehr in Erstaunen. »Peter«, sagte der, »der einzige Grund, warum ich dir ein so sensationelles Angebot mache, ist der, daß ich dich gern ins Geschäft kommen sehen möchte. Ich hab' ohnehin das Gefühl, daß du beim Film landest, und so mache ich dir noch einen Vorschlag. Von dir und nur von dir verlange ich dreitausend Dollar bar auf den Tisch und dreitausend in Verpfändungen. Ich habe nämlich Zutrauen zu dir, daß du mich bezahlen kannst, wenn du das Geld verdienst.«

Der Geist des Handels war über Peter gekommen.

»Sag fünftausend, zweitausend bar und dreitausend in Obligationen, und ich will's mir überlegen. Ich werd' sogar mit Esther darüber reden.«

Johnny war abermals überrascht. Er verstand nicht, warum Peter sagte, er wolle mit Esther darüber reden. Er sah nicht ein, warum das nötig sein sollte. Schließlich verstand sie nichts vom Filmgeschäft. Aber Borden schien nicht überrascht. Was er sah, schien ihm zu gefallen, denn er knuffte Peter plötzlich vergnügt in den Arm. »Gut, Landsmann! Wenn es Esther gefällt, geht das Geschäft in Ordnung!«

8

Auf der Heimreise war Peter sehr still, und Johnny, der sah, daß er in Ruhe gelassen werden wollte, redete auch nicht viel. Die meiste Zeit sah Peter aus dem Fenster.

Als sie schließlich aus dem Zug stiegen und nach Hause stapften, lag immer noch dicker Schnee. Kurz vor dem Haus fing Peter an zu sprechen.

»Es ist nicht so leicht, wie du denkst, Johnny. Es sind eine Menge Dinge zu bedenken, bevor ich mich auf so etwas einlassen kann.«

Johnny gab keine Antwort, weil er den Eindruck hatte, daß Peter mehr zu sich selber als zu ihm redete.

Und er hatte recht, Peter erwartete auch keine Antwort, sondern fuhr fort: »Ich hab' hier eine Menge Verantwortung. Ich hab' zwei Geschäfte und das Haus, die ich verkaufen muß, damit wir genug Bargeld gekommen. Im Augenblick geht das Eisenwarengeschäft nicht besonders gut, ich hab' ein großes Lager, das ich im Frühjahr losschlagen wollte.«

»Aber so lange können wir nicht warten«, protestierte Johnny, »wir können nicht verlangen, daß Borden sich so lange geduldet, er muß jetzt verkaufen.«

»Weiß ich«, stimmte Peter ihm zu, »aber was soll ich tun? Du hast selbst gehört, daß er zweitausend in bar auf den Tisch verlangt, und die hab' ich jetzt nicht. Ich weiß auch nicht einmal, ob man überhaupt zugreifen sollte. Es ist ein riskantes Geschäft. Wenn man die Filme nun nicht los wird? Ich versteh' nichts von Filmproduktion.«

»Joe würde zu uns kommen, und der versteht was davon. Seine Filme sind die besten, die Borden hat. Es kann gar nichts schiefgehen.«

»Vielleicht«, sagte Peter zweifelnd, als sie vor der Haustür waren, »aber eine Garantie gibt's nicht.«

Peter ging hinauf in seine Wohnung und Johnny ins Kino.

»Hallo, Johnny«, rief George hinter der Theke hervor.

»Hallo, George«, Johnny ging zu dem Stand und setzte sich.

George stellte eine Tasse Kaffee vor ihn hin. »War die Reise gut?«

Johnny schlürfte dankbar den Kaffee, während er seinen Mantel aufknöpfte. »Ziemlich«, nickte er. Wenn Peter nur nicht so verdammt vorsichtig wäre, setzte er in Gedanken hinzu.

Laut sagte er: »Ich hab' nicht gedacht, daß du heute hier sein würdest. Es ist so kalt, daß niemand kommen wird.«

»Die Leute kommen trotzdem. Du hättest gestern abend hier sein sollen. Im selben Augenblick, so es aufhörte zu schneien, kamen die Leute und warteten am Eingang, daß du aufmachen würdest.«

Johnny war überrascht. »Es waren gestern abend tatsächlich Leute hier, trotz all dem Schnee?«

»Gewiß.«

»Hast du ihnen gesagt, daß wir erst heute wieder aufmachen?«

»Unsinn«, sagte George stolz, »was viel Besseres. Ich bin raufgegangen und hab' Mrs. Kessler Bescheid gesagt. Sie hat den Kopf aus dem Fenster gesteckt, die Leute gesehen und ist heruntergekommen. Wir haben eine Vorstellung gegeben, und es war sogar ein gutes Geschäft.«

»Mich laust der Affe«, murmelte Johnny vor sich hin, »aber wer hat den Projektionsapparat bedient?«

»Ich«, George strahlte. »Mrs. Kessler gab die Karten aus, und mein Bruder Nick hat den Stand bedient. Ich hab' es sogar ziemlich gut gemacht, der Film ist nur zweimal gerissen.«

Zweimal in der Vorführung war gar nichts. »Aber wo hast du denn gelernt, den Apparat zu bedienen?« fragte Johnny ungläubig.

»Ich hab' dich beobachtet. Es ist auch nicht schwer.« Er lächelte. »Das ist mal ein gutes Geschäft. An dem einen Ende steckst du den Film rein, am anderen kommt das Geld raus.«

Johnny hatte es nie plastischer ausgedrückt gehört. Er trank seinen Kaffee aus und wollte ins Hinterzimmer gehen.

»Johnny!« rief George ihm nach.

»Ja?«

»Mrs. Kessler sagt, Peter ist nach New York gefahren, weil er vielleicht ins Filmgeschäft will.«

»Vielleicht.«

»Was macht ihr dann mit dem Kino? Verkaufen?«

»Vielleicht.«

Aufgeregt ging George zu ihm und legte seine Hand auf Johnnys Arm. »Meinst du, er würde es mir verkaufen?«

Johnny zögerte. »Wenn er verkauft, und du hast das Geld, sehe ich nicht ein, warum nicht.«

George sah auf den Boden; sein Gesicht rötete sich leicht, wie immer, wenn er aufgeregt war. »Vor fünfzehn Jahren bin ich in dieses Land gekommen, ein armer griechischer Junge, aber mein Bruder Nick und ich haben sparsam gelebt und ein bißchen was zurückgelegt, damit wir vielleicht eines Tages in unsere Heimat zurück können. Aber jetzt wollen wir vielleicht nicht so schnell zurück, sondern nehmen das Geld und machen ein Kino auf.«

»Wie bist du darauf gekommen?« Johnny traute seinen Ohren nicht.

»Ich hab' in den Zeitungen gelesen, daß sie überall Kinos aufmachen. In New York haben sie sogar richtige Theater, die nur Filme zeigen.« George sprach langsam, er wählte seine Worte vorsichtig. »Wenn Peter mir das Haus verkauft, geb' ich das Eisenwarengeschäft auf und baue ein richtiges Theater, wie in New York.«

»Aus dem ganzen Haus?« Johnny traute seinen Ohren nicht.

»Aus dem ganzen Haus«, bestätigte George, fügte aber vorsichtig hinzu: »Das heißt, wenn Peter nicht zuviel dafür verlangt.«

Peter hatte Esther gerade erklärt, warum es ihnen doch wohl nicht möglich sein würde, Bordens Vorschlag anzunehmen, als Johnny die Treppen hinauf ins Zimmer gestürzt kam.

»Peter, wir haben es, wir haben es!« Peter sah ihn an, als ob er verrückt wäre.

»Haben was?«

Johnny konnte nicht stillstehen. Er hob Esther auf und schwang sie herum. Peter sah ihnen mit offenem Mund zu. »Unsere Sorgen sind vorbei! George will das ganze Haus kaufen!« Seine Aufregung war ansteckend. Peter ging zu ihm und schrie:

»Steh mal eine Minute still, du verrückter Narr! Was heißt das, George will es kaufen? Woher will er das Geld nehmen?«

Johnny lachte. »Er hat das Geld, und er will alles kaufen.«

»Du bist verrückt. Das ist ausgeschlossen.«

»Ausgeschlossen?« brüllte Johnny. Er machte die Tür auf und rief hinunter in die Diele: »He, George, komm mal rauf!«

Man hörte Fußtritte auf der Treppe, zuerst langsam und zögernd, dann fester werdend, als sie näher kamen. Schließlich trat George ins Zimmer.

»Was redet Johnny da?« fragte Peter. George wollte sprechen, konnte aber nicht. Die englischen Ausdrücke wollten einfach nicht auf seine Zunge. Er schluckte zweimal und sah Peter hilflos an.

Schließlich kam Esther ihm zu Hilfe. Sie fühlte seine Verlegenheit. »Komm, George«, sagte sie ruhig, »setz dich, und während ihr euch aussprecht, mach' ich Kaffee.«

So entschied es sich. Eine Woche später hatte George das Haus und das Kino für zwölftausend Dollar gekauft, die Hälfte in bar und die andere Hälfte in Hypotheken. Peter verkaufte das Eisenwarenlager dem einzigen Konkurrenten in der Nachbarschaft, der nur zu froh darüber war, weil er nun das Feld allein behielt. Am nächsten Tag bereits unterzeichnete Peter den Vertrag mit Borden, und eine Stunde später mietete er das Haus, in dem sich das Studio befand.

Als alle Papiere unterzeichnet waren, sagte Borden schmunzelnd zu Peter: »Du brauchst jemand, der dir bei der Produktion hilft. Ich hab' ein paar Verwandte, die was vom Geschäft verstehen und dir nützlich sein könnten. Soll ich sie dir mal schicken?«

Peter schüttelte lächelnd den Kopf. »Ich glaube, ich brauche sie nicht.«

Borden protestierte. »Aber du brauchst Hilfe. Ich meine es nur gut mit dir, du verstehst schließlich nichts von Filmproduktion.«

»Stimmt. Aber ich hab' ein paar Ideen, die ich zuerst einmal ausprobieren möchte.«

»Mir ist es recht«, sagte Borden, »mein Begräbnis ist es nicht.«

Sie saßen um einen großen runden Tisch in Luchows Restaurant in der Vierzehnten Straße, Borden und seine Frau, Peter, Esther, Johnny und Joe. Borden stand auf und trank ihnen zu. »Auf Peter Kessler und Esther, seine gute Frau!« sagte er mit dem Champagnerglas in der Hand. »Und alles Gute für die Produktion.« Mitten in seinem Toast hielt er inne.

»Mir ist gerade etwas eingefallen«, sagte er. »Du hast noch keinen Namen für deine Firma. Wie willst du sie nennen, Peter?«

Peter sah überrascht aus. »Daran habe ich noch gar nicht gedacht. Ich wußte nicht, daß man einen Firmennamen für Filme braucht.«

»Das ist sehr wichtig«, versicherte Borden feierlich, »woher sollen die Zuschauer sonst wissen, daß es deine Filme sind?«

»Ich habe eine Idee«, sagte Esther. Alle sahen sie an.

Sie errötete leicht. »Peter, wie nannte der Kellner die große Flasche Champagner, die du bestellt hast?«

»Eine Magnum.«

»Das ist's. Wollen wir die Firma nicht Magnum-Film nennen?«

Ein Beifallschor erhob sich ringsum.

»Dann ist's in Ordnung«, sagte Borden und hob abermals sein Glas. »Auf die Magnum-Filme! Mögen sie ebenso wie die Borden-Filme auf jeder Leinwand des Landes zu sehen sein!«

Sie tranken alle, dann stand Peter auf, sah sich um und nahm sein Glas. »Auf Willi Borden, dessen Freundschaft ich nie vergessen werde.« Sie tranken wieder, als sie die Gläser absetzten, stand Peter immer noch. Er räusperte sich. »Heute ist ein großer Tag in meinem Leben. Ich habe eine Filmproduktion übernommen, und meine liebe Frau hat ihr einen Namen gegeben. Nun möchte ich noch etwas ankündigen.« Er sah sich dramatisch um. »Ich ernenne Mr. Joe Turner zum Produktionschef der Magnum-Film.«

Borden schien nicht weiter überrascht. Er lächelte und schüttelte über den Tisch hinweg Joe die Hand. »Kein Wunder, daß Peter meine Verwandten nicht haben wollte«, sagte er wehmütig. Jedermann lachte erleichtert. Peter hatte sich Sorgen gemacht, wie Borden diese Nachricht wohl aufnehmen würde. Er wußte nicht, daß Joe und Johnny schon früher mit Borden darüber gesprochen hatten.

»Wartet einen Augenblick«, sagte er, »ich muß noch etwas ankündigen.«

Sie sahen sich an.

Er hob sein Glas: »Auf meine Partner, Johnny Edge und Joe Turner.«

Joe saß nur mit offenem Mund da; er schluckte, konnte aber nicht sprechen.

Johnny aber sprang auf. Sein Herz schlug heftig, und seine Augen glitzerten feucht. »Peter, Peter . . .«

Peter grinste. »Reg dich nicht auf, Johnny. Schließlich kriegt ihr jeder nur zehn Prozent!«

Dienstag

Man setzt sich in seinen Sitz zurück und versucht, entspannt auszusehen. Der Druck in den Ohren wird stärker, und man hat das Gefühl, in der Magengrube einen dicken Klumpen zu haben. Die Kabinenbeleuchtung ist gedämpft, und man strengt die Augen an, um zu sehen, wie die Mitreisenden reagieren, und dann berühren die Flugzeugräder plötzlich den Boden. Ohne es zu merken, hatte ich schneller und schneller auf dem Kaugummi herumgekaut, und jetzt hatte ich einen schlechten Geschmack im Mund.

Ich nahm ein Stück Kleenex aus dem Behälter, wickelte den Kaugummi hinein und tat ihn weg. Die Räder rollten stoßartig über den Boden, und allmählich kam das Flugzeug zum Stehen. Die Stewardeß kam den Gang entlang und machte den Sicherheitsgürtel los.

Ich stand auf und streckte mich. Meine Muskeln waren ganz verkrampft von der Anspannung. Ich konnte es nicht ändern, ich hatte Angst beim Fliegen. Ganz egal, wie oft ich schon geflogen war, ich fürchtete mich immer wieder.

Die Motoren schwiegen und hinterließen in meinen Ohren ein hohles, leeres Sausen. Unbewußt wartete ich darauf, daß dies Sausen aufhörte, denn dann ging es mir erfahrungsgemäß wieder normal.

Vor mir saßen ein Mann und eine Frau; während das Flugzeug landete, hatten sie miteinander geredet, aber durch den Motorenlärm hatte ich sie kaum hören können, und jetzt in der Stille kam es mir vor, als ob sie schrien.

»Ich meine, wir hätten ihnen unsere Ankunft mitteilen sollen«, sagte die Frau. Als sie merkte, daß sie zu laut sprach, hörte sie mitten im Satz auf und sah zu mir hin, als ob ich an der Tür gehorcht hätte. Ich sah weg, und sie nahm mit leiser Stimme die Unterhaltung wieder auf. Die Stewardeß kam wieder durch den Gang.

»Wie spät ist es?« fragte ich.

»9 Uhr 35, Mr. Edge.«

Ich nahm meine Armbanduhr ab, stellte sie und ging nach hinten. Die Flugzeugtür stand bereits offen, und ich ging die Gangway hinunter. Das Scheinwerferlicht tat meinen Augen weh, und ich blieb einen Augenblick stehen.

Mir wurde kühl, und ich war froh, daß ich meinen Überzieher anhatte. Ich schlug den Kragen hoch und ging zur Sperre. An mir vorbei drängten sich eilig die anderen Passagiere zum Ausgang, aber ich ging langsam. Im Gehen steckte ich mir eine Zigarette an und nahm ein paar tiefe Züge, während ich mit den Augen die Menge absuchte.

Da war sie. Ich blieb einen Augenblick stehen. Sie hatte mich noch nicht entdeckt. Sie zog nervös an ihrer Zigarette, ihr Gesicht hatte in dem grellen Licht einen blassen Schimmer. Ihre tiefblauen Augen sahen müde aus und waren von Ringen umschattet; ihr Mund war angespannt. Unter dem weiten Kamelhaarmantel, den sie über die Schulter geworfen hatte, war ihr Körper gestrafft, und ihre freie Hand öffnete und schloß sich.

Sie sah mich, hob die Hand, als ob sie mir winken wollte, hielt sie aber mitten in der Luft still, und es sah aus, als ob sie nach einer unsichtbaren Klingel griffe. Sie beobachtete mich, während ich durch die Sperre zu ihr ging. Sie war wie eine zu stark angespannte Feder. »Hallo, Liebling«, sagte ich.

Im nächsten Augenblick war sie in meinen Armen, ihr Kopf lag an meiner Brust. Sie schluchzte. »Johnny, Johnny!«

Ich fühlte, wie sie am ganzen Körper zitterte, ließ meine Zigarette fallen und fuhr ihr übers Haar. Ich sagte nichts, es hatte ja keinen Zweck zu reden, das würde ihr nicht helfen. Ich dachte immer wieder an dasselbe:

»Wenn ich groß bin, heirate ich dich, Onkel Johnny.«

Sie war beinah zwölf, als sie das sagte. Ich wollte gerade nach New York zurückfahren, mit dem ersten Magnum-Film, der in Hollywood gedreht worden war, und wir aßen alle zusammen in Peters Haus zu Abend, ehe ich abfuhr. Wir waren sehr glücklich und nervös zugleich, wir wußten ja nicht, was geschehen würde. Der fertige Film würde uns entweder ruinieren oder reich machen, und so versuchten wir alle zu scherzen und unbeschwert zu tun, um die andern nicht merken zu lassen, wie ängstlich wir waren.

Esther hatte lachend gesagt: »Laß dich im Zug nicht von einem hübschen Mädchen herumkriegen, sie zu heiraten, mit ihr durchzugehen und den Film zu vergessen.«

Ich war ein bißchen rot geworden. »Keine Angst, mich will kein Mädchen heiraten.«

Da hatte Doris gesprochen. Ihr Gesicht war ernst, ihre Augen ganz tiefblau und ihre Stimme viel älter als ihr Jahre. Sie kam zu mir, nahm meine Hand und sagte:

»Wenn ich groß bin, heirate ich dich, Onkel Johnny.«

Ich weiß nicht mehr, was ich antwortete, aber alle lachten. Doris hielt meine Hand fest und sah mich an, ihre Augen schienen zu sagen: Laß sie lachen.

Jetzt hielt ich ihren Kopf fest an meine Schulter gepreßt, und die Worte von damals gingen mir wieder und wieder durch den Sinn. Hätte ich ihr doch geglaubt, hätte ich mich früher daran erinnert, unser beider Leben wäre weniger mit Schmerz beladen gewesen.

Langsam hörte sie auf zu zittern.

Ich tupfte ihr mit meinem Taschentuch die Tränen von den Wangen und aus den Augenwinkeln. »Ist dir nun ein bißchen besser, Liebling?« Sie nickte.

Ich fischte ein paar Zigaretten aus meiner Tasche und gab ihr eine.

»In Chikago wurden wir durch schlechtes Wetter aufgehalten«, sagte ich.

»Ich weiß, ich hab' dein Telegramm bekommen.«

Sie nahm meinen Arm, und wir setzten uns in Bewegung.

»Wie geht es ihm?«

»Er schläft. Der Arzt hat ihm Beruhigungsmittel gegeben, und er wird bis zum Morgen durchschlafen.«

»Hat sich irgend etwas gebessert?«

Sie machte eine kleine hilflose Handbewegung. »Der Arzt weiß es nicht, er sagt, es sei noch zu früh, um etwas festzustellen.« Sie blieb stehen und drehte mir ihr Gesicht zu, ihre Augen füllten sich wieder mit Tränen. »Johnny, es ist schrecklich; er will gar nicht mehr leben, es liegt ihm nichts mehr dran.«

Ich drückte ihre Hand. »Sei tapfer, Liebes. Er wird schon durchhalten.«

Sie lächelte zum erstenmal, und es sah schön aus, auch wenn es ihr Mühe machte. »Ich bin froh, daß du da bist, Johnny.«

Sie fuhr mich zu meiner Wohnung und wartete, während ich badete, mich rasierte und umzog. Ich hatte den Dienstboten ein paar Wochen freigegeben, weil ich dachte, ich würde eine Weile weg sein, und die ganze Wohnung sah irgendwie leer aus.

Als ich ins Wohnzimmer zurückkam, hatte sie den Plattenspieler angestellt und spielte irgend etwas von Sibelius. Nur die Tischlampe neben ihrem Stuhl brannte und warf einen sanften Schein über ihr Gesicht; sie sah entspannt aus. Ihre Augen waren geschlossen, ihr Atem kam sanft und gleichmäßig. Sie schlug die Augen zu mir auf, als sie mich neben sich fühlte.

»Hungrig?«

»Ein bißchen«, antwortete sie. »Ich hab' noch gar nichts Richtiges gegessen, seit es passiert ist.«

»Also gehen wir erst einmal zu Murphy und essen ein Steak.« Ich war gerade ins Schlafzimmer zurückgegangen, um meinen Mantel anzuziehen, als das Telefon läutete. »Nimm ab, Liebling, ja?« rief ich durch die offenstehende Tür.

Ich hörte, wie sie den Hörer abnahm; dann rief sie mir zu: »Es ist Gordon, er möchte dich sprechen.«

Gordon war der Produktionschef.

»Frag ihn, ob es bis morgen Zeit hat, dann komm' ich ins Atelier.«

Ich hörte sie ins Telefon reden, dann rief sie:

»Er sagt, es sei eilig, er müsse dich sprechen.« Ich nahm im Schlafzimmer den Hörer ab, hörte das Klicken, als sie drüben auflegte, dann:

»Johnny?«

»Ja, was ist los?«

»Ich kann am Telefon nicht darüber reden, ich muß dich sehen.«

»Gut«, sagte ich abgespannt, »wo bist du, zu Hause?«

»Ja.«

»Ich komm' zu dir rüber«, sagte ich und legte auf.

Wir fuhren zu Gordon.

Er machte uns die Tür schon auf, ehe wir überhaupt die Stufen hinauf waren. Sein Haar war zerzaust, in der Hand hielt er ein Glas; er sah nervös aus und war überrascht, daß Doris bei mir war.

Wir begrüßten uns und gingen ins Wohnzimmer, wo Joan, seine Frau, saß. »Hallo, Johnny«, sagte sie und ging dann zu Doris und küßte sie. »Wie geht es Peter?«

»Ein bißchen besser. Er schläft.«

»Das ist gut. Wenn du ihn dazu kriegen kannst, zu schlafen, wird er sich schon erholen.«

»Was ist eigentlich los?« fragte ich Gordon.

Er trank sein Glas aus und sah zu Doris hin. Joan verstand den Wink. »Komm, laß uns Kaffee kochen, die Männer wollen übers Geschäft reden.«

Doris lächelte mich verständnisvoll an und ging mit Joan aus dem Zimmer.

Ich wandte mich zu Gordon. »Also?«

»Es geht das Gerücht, daß Ronsen versucht, dir was anzuhängen.«

Die beiden Haupterzeugnisse von Hollywood sind Filme und Gerüchte. Von morgens bis abends werden Filme hergestellt, von abends bis morgens Gerüchte. Es wurde oft darüber gestritten, welches von beiden Erzeugnissen das wichtigere sein, aber diese Frage wurde, glaube ich, noch nie zur Zufriedenheit von irgendwem gelöst.

»Erzähl mir mehr.«

»Du hast dich in New York mit ihm gestritten. Er wollte nicht, daß du herkommst, um Peter zu sehen. Du hast es doch getan. In derselben Minute, in der du weg bist, hat er sich mit Stanley Farber in Verbindung gesetzt, und morgen kommt er rübergeflogen, um sich mit ihm zu treffen.«

»Ist das alles?«

»Ist das nicht genug?«

Ich grinste ihn an. »Ich dachte, es wäre wichtig.« Er füllte sich gerade sein Glas und ließ es beinahe fallen, als ich das sagte. »Schau, Johnny, mach keine Witze, die Sache ist verdammt ernst. Er hat Dave Roth nicht aus Liebe behalten.«

Damit hatte Gordon nicht unrecht. Dave war Farbers rechte Hand, und Ronsen gab ihm eine Stellung als Gordons Assistent, um mich psychologisch unter Druck zu setzen. Und Farber hätte Roth diese Stellung nicht annehmen lassen, wenn er nicht sicher gewesen wäre, daß eines Tages etwas dabei herauskommen würde.

»Was hat Dave getrieben?« fragte ich.

Er zuckte die Achseln. »Du kennst Dave ja. Der hält dicht wie 'ne Auster, wenn er will. Aber er sieht verdammt selbstsicher aus.« Er hielt mir etwas zu trinken hin.

Ich nahm das Glas und nippte nachdenklich daran. Vielleicht kam Ronsen, um Farber zu sehen, aber ich war derjenige, der die ganze Organisation kannte, mit ihren schwachen und starken Punkten. Ich wußte, was getan werden mußte, und bis ich damit fertig war, war meine Position gut.

»Schau, Gordon, hör auf, dir Sorgen zu machen. Ich komme morgen ins Atelier, und wir sprechen die Situation durch.« Er sah mich zweifelnd an. »Gut, aber ich hoffe, du weißt, was du tust.«

Joan kam mit einer Kanne Kaffee ins Zimmer. Doris folgte ihr mit einer Platte winziger belegter Brote. Die Frauen von Diplomaten und Hollywoodleuten müssen ein Gefühl für den richtigen Augenblick haben. Sie müssen wissen, wann sie sich zurückziehen und wann sie wiederkommen müssen. Ich habe mich oft gefragt, woher sie wissen, daß es der richtige Augenblick zum Zurückkommen ist.

Doris und ich gingen nach einer Weile. Es war fast halb drei, als wir zu ihrem Haus kamen.

Drinnen war es ruhig; im Wohnzimmer brannte nur eine kleine Lampe. Doris zog ihren Mantel aus und ging nach oben. Einen Augenblick später war sie wieder da.

»Er schläft noch, ebenso Mutter. Die Pflegerin hat mir gesagt, daß der Arzt ihr auch eine Spritze gegeben hat. Die Arme, sie kann gar nicht verstehen, was geschehen ist, es war zuviel.«

Ich ging ihr nach in die Bibliothek, wo ein großes Feuer brannte. Es tat gut, denn es war kalt geworden. Ein plötzlicher Frost hatte eingesetzt, in den Obsthainen würden wohl die Räucherbecken in Betrieb sein. Wir setzten uns auf eine Couch.

Ich legte meine Hand auf ihre Schulter, zog ihren Kopf an mich und küßte sie. Sie legte ihre beiden Hände auf meine Wangen und hielt mein Gesicht ganz dicht an ihres.

»Ich wußte, daß du kommen würdest, Johnny«, flüsterte sie.

»Ich hätte gar nicht wegbleiben können, auch wenn ich es gewollt hätte.«

Sie drehte sich so, daß ihr Kopf an meiner Schulter lag, und wir sahen ins Feuer.

Nach einer Weile sagte ich: »Möchtest du darüber reden, Liebes?«

»Für einen Mann hast du gar keinen schlechten Instinkt«, sagte sie leise, »du hast gemerkt, daß ich vorher nicht darüber reden wollte.«

Ich gab keine Antwort.

Nach ein paar Minuten fing sie wieder an. »Es begann gestern. Ein Telegramm kam. Der Butler nahm es in Empfang. Ich war in der Nähe, also nahm ich es ihm ab.

Es war vom Ministerium und an Vater adressiert. Ich las es gottlob zuerst. Drin stand nämlich: ›Unsere Botschaft in Madrid teilt uns mit, daß Ihr Sohn Mark Kessler in einem Gefecht in der Nähe von Madrid gefallen ist.‹ In so dürren Worten stand es da. Mir gefror das Blut. Wir wußten, daß Mark in Europa war, obwohl wir seit fast einem Jahr nichts von ihm gehört hatten, aber wir hatten niemals daran gedacht, daß er in Spanien sein könnte. Wir glaubten, er wäre in Paris mit ein paar von seinen alten Kameraden, und machten uns weiter keine Sorgen. Wir kannten Mark ja. Wir sagten uns, wir würden schon wieder von ihm hören, wenn er auf dem trockenen säße. Und Papa dachte, inzwischen wäre es ganz gut, wenn er eine Weile weg wäre, nach allem, was geschehen war.«

Sie nahm eine Zigarette von dem Tisch neben ihr und beugte sich vor, damit ich ihr Feuer geben konnte. Dann lehnte sie sich wieder zurück und blies langsam den Rauch aus. Ihre Augen waren dunkel und verwirrt.

»Weißt du«, sagte sie, »das ist etwas, was ich nie verstehen werde. Mark war einer der selbstsüchtigsten, egozentrischsten Menschen, die je gelebt haben, er scherte sich keinen Deut darum, wie es jemand anders ging. Und trotzdem ging er nach Spanien, trat in die Abraham-Lincoln-Brigade ein und kämpfte für eine Sache, an die er nie wirklich geglaubt hatte, und gegen etwas, was er vielleicht sogar bewundert haben würde, wenn er nicht zufällig Jude gewesen wäre. Mein erster Gedanke war Mutter und wie sie es aufnehmen würde. Seit Mark weg war, ging es ihr nicht gut. Er war immer noch ihr Baby, und seit Papa ihn aus dem Haus warf, war sie nicht mehr dieselbe wie früher. Sie war immer hinter Papa her, er solle Mark zurückkommen lassen. Ich glaube, Papa wünschte ihn auch zurück, aber du kennst ihn ja – er kehrte seine deutsche Hartnäckigkeit heraus und schob es immer wieder hinaus.«

Sie schwieg und sah in die züngelnden Flammen. An was sie wohl dachte? Mark war immer Peters Liebling gewesen, und sie wußte es. Aber sie hatte sich niemals beklagt. Sie redete überhaupt nicht viel. Mir fiel ein, wie wir herausbekamen, daß sie schreiben konnte. Es war in dem Jahr, als sie vom College abging. Sie hatte nichts davon erzählt, daß sie ein Buch schrieb, bis es von einem Verleger angenommen war. Und auch dann veröffentlichte sie es unter einem Pseudonym, weil sie nicht aus dem Namen ihres Vaters Nutzen ziehen wollte. Das Buch hieß »Das Fuchsenjahr« und behandelte die Geschichte eines Mädchens, das das erste Jahr auf der Universität und weg von zu Hause ist; es hatte viel Erfolg. Es war voller Wärme und Heimweh und zeigte das Erwachsenwerden eines Mädchens. Die Kritiker machten viel davon her, sie waren alle erstaunt über die Tiefe der Beobachtung und des Verständnisses darin. Als es herauskam, war sie gerade zweiundzwanzig.

Ich hatte ihm nicht viel Aufmerksamkeit geschenkt; um die Wahrheit zu sagen, hatte ich es damals noch nicht einmal gelesen. Das erstemal, als ich sie nach der Veröffentlichung ihres Buches wiedersah, war am Tag nach meiner Hochzeit, als ich Dulcie in Peters Haus brachte.

Als wir hereinkamen, saßen sie gerade beim Frühstück.

Esther stand auf und brachte uns Stühle. Bis zu diesem Augenblick hatte ich ihnen noch nicht gesagt, daß wir verheiratet waren, und ich begann verlegen zu werden, weil ich nicht recht wußte, wie ich es ihnen beibringen sollte. Ich sah mich am Tisch um, und da saß Doris und sah uns neugierig an. Ihre Augen schienen etwas zu fragen.

Da kam mir eine Idee. Ich sagte zu ihr: »Also, Liebes, du brauchst dir um Onkel Johnny keine Sorgen mehr zu machen, er hat schließlich ein Mädchen gefunden, das ihn heiraten wollte.«

Doris wurde blaß, aber ich war zu aufgeregt, um darauf zu achten. »Du – du meinst, du wirst heiraten?« fragte sie, und ihre Stimme war etwas zittrig.

Ich lachte. »Was meinst du mit ›wirst heiraten‹? Wir haben gestern geheiratet!«

Peter sprang auf, kam um den Tisch herum und schüttelte mir die Hand. Esther war zu Dulcie gegangen und legte den Arm um sie. Nur Doris saß da, ihr Gesicht noch blaß, die Augen groß und weit geöffnet, den Kopf etwas zur Seite geneigt, als ob sie so besser hören könnte.

»Willst du deinem Onkel Johnny keinen Kuß geben?« fragte ich.

Sie stand auf und kam zu mir; ich küßte sie, ihre Lippen waren kalt. Dann ging sie zu Dulcie und nahm ihre Hand. »Ich hoffe, ihr werdet sehr glücklich sein«, sagte sie und küßte Dulcie auf die Wange.

Die beiden waren etwa gleichaltrig, aber mir fielen plötzlich eine Menge Dinge an ihnen auf.

Doris war blaß und trug das Haar kurz geschnitten. Neben Dulcie sah sie wie ein Schulmädchen aus. Dulcie studierte sie ebenfalls. Ich kannte diesen Gesichtsausdruck schon. Für die meisten Leute sah es nur wie ein flüchtiger Blick aus, aber ich wußte es besser. Sie sah in ein paar Sekunden mehr als die meisten Leute in ein paar Stunden.

Esther wandte sich zu mir. »Sie ist reizend, Johnny. Wo hast du sie getroffen?«

»In den Kulissen eines New Yorker Theaters; sie ist Schauspielerin.«

»Schauspielerin?« sagte Peter. »Vielleicht haben wir eine Rolle für sie.«

Dulcie lächelte ihm zu.

»Na, dafür ist noch Zeit genug«, antwortete ich, »erst müssen wir uns mal häuslich einrichten.«

Dulcie sagte nichts.

Als wir weggegangen waren, sagte Dulcie: »Johnny.« Ich war mit dem Steuern des Wagens beschäftigt. »Ja, Liebling?«

»Sie liebt dich.«

Ich sah sie schnell an. Sie beobachtete mich amüsiert mit ihren lohfarbenen Augen. »Du meinst Doris?«

»Du weißt schon, wen ich meine, Johnny.«

Ich lachte unbehaglich. »Diesmal hast du unrecht, Schatz, ich bin für sie nur Onkel Johnny.«

Sie lachte auch, ein Lachen voll Wissen und Amüsiertsein über die männliche Dummheit. »Onkel Johnny!« Sie lachte wieder. »Hast du mal ihr Buch gelesen?«

»Nein, hab' keine Zeit gehabt.«

»Du solltest es lesen, Onkel Johnny«, sagte sie mit leisem Spott, »du kommst drin vor!«

Doris begann wieder mit leiser Stimme zu reden.

»Ich dachte, ich wollte erst Mutters Arzt anrufen, ehe ich ihr das Telegramm zeigte, und dann fiel mir ein, ich sollte es erst Papa zeigen. Er war in der Bibliothek. Ich klopfte an, er gab keine Antwort, und ich ging hinein. Er saß da am Schreibtisch, das Telefon vor sich, und sah es an. Ich hab' mich oft gewundert, warum er es nicht wegnehmen ließ. Du weißt, welches ich meine – die direkte Verbindung zum Studio.«

Ich wußte es. Unwillkürlich sah ich hinüber, wo es auf dem Schreibtisch stand, verloren, unbenutzt. Früher flammte im Studio am Klappenschrank ein blaues Licht auf, wenn der Hörer abgenommen wurde. Das bedeutete, daß der Präsident telefonierte und daß das Gespräch allen andern Anrufen vorging.

»Er sah es mit leiser Sehnsucht an, und ich sagte: ›Papa.‹ – ›Was ist denn, Liebchen?‹ fragte er. Plötzlich wußte ich nicht mehr, was ich sagen sollte. Ich gab ihm wortlos das Telegramm. Er las es langsam und wurde unter seiner Bräune blaß. Er sah mich einen Augenblick lang ungläubig an, seine Lippen bewegten sich, er las das Telegramm noch einmal. Er stand auf, seine Hand zitterte.

›Ich muß es Mama sagen‹, sagte er mit toter Stimme. Er machte ein paar Schritte und taumelte. Ich hielt seinen Arm fest.

›Papa‹, sagte ich, ›Papa!‹ und fing plötzlich an zu weinen. Er hielt sich eine Minute lang an mir fest, seine Augen suchten meine, sie standen auch voller Tränen. Dann fiel er zusammen. Es ging so schnell, daß ich ihn nicht halten konnte. Ich versuchte ihn aufzuheben, aber es ging nicht. Ich rief den Butler, und zusammen hoben wir ihn auf die Couch. Ich lief zum Schreibtisch und hob den Hörer vom Telefon. Aus Versehen hatte ich das falsche genommen, das zum Studio. Augenblicklich kam die Stimme der Telefonistin, fragend: ›Hier Magnum-Film.‹ Ich hing ein, überrascht und betroffen. Magnum-Film, dachte ich. Ich begann den Klang dieser Worte zu hassen. Ich hatte sie mein ganzes Leben lang gehört, und sie hatten unsere aller Existenz verändert. Warum mußten wir je in die Filmindustrie gehen?«

Sie sah mich an. Ihre weitgeöffneten Augen hatten ein seltsam flackerndes Licht. »Warum konnten wir nicht weiter in Rochester leben, warum konnte uns dies alles nicht erspart bleiben? Mark ist tot, Papa liegt mit gebrochenem Herzen da. Es ist deine Schuld allein, Johnny. Ich habe Papa oft sagen hören, ohne dich hätte er es nie getan. Nur deinetwegen ist er nach New York gekommen, ohne dich und dein Gerede wäre unser Leben friedlich und ohne all das geblieben, was jetzt auf uns liegt.«

Plötzlich weinte sie wieder, ihre Fäuste hämmerten auf meine Brust. »Ich hasse dich, Johnny, ich hasse dich. Papa hätte sein Leben zu Ende leben können, auch ohne den Film. Aber du nicht, du warst dafür geboren und mußtest Papa dazu treiben, weil du es allein nicht schafftest.«

Ich wollte ihre Hände festhalten, aber es gelang mir nicht, sie trommelten zu schnell.

»Du bist die Magnum-Film, Johnny, und warst es immer. Aber warum konntest du nicht aufhören, als du nach New York gekommen warst? Warum mußtest du ihn hierherschleppen und ihn in dem Glauben lassen, er sei so groß, daß sein Herz brach, als die Seifenblase platzte?«

Ich fing schließlich ihre Hände ein und hielt sie fest. Sie weinte bitterlich. Sie hatte wegen mehr Dingen nach mir geschlagen, als sie wußte, wegen all der Jahre, in denen ich blind gewesen war.

Zuletzt war sie ruhig, ihr Körper zitterte noch leicht an meinem, und als sie sprach, merkte ich, welche Anstrengung es sie kostete, ihre Stimme zu kontrollieren. Sie sprach leise und heiser und immer noch etwas zitternd, so leise, daß ich es kaum verstehen konnte: »Es tut mir leid, Johnny, aber warum sind wir je nach Hollywood gekommen?«

Ich antwortete nicht, ich wußte nicht, was ich hätte sagen sollen. Über ihren Kopf weg sah ich zum Fenster. Es begann draußen bereits in schwachen grauen Streifen zu dämmern. Auf Peters Schreibtischuhr war es halb fünf.

Sie war elf Jahre alt, Peter fünfunddreißig und ich einundzwanzig, als wir hierherkamen. Niemand von uns wollte es, aber wir mußten es. Wir hätten nichts daran ändern können.

Dreißig Jahre 1911

1

Alle, außer Johnny, waren glücklich. Borden war zufrieden, weil er das Geld bekam, das Peter ihm schuldete; Joe, weil er zum erstenmal Filme drehen konnte, ohne daß jemand ihm sagte, was er tun und was er lassen sollte; Peter, weil das Geschäft noch besserging, als er gedacht hatte. Er hatte all seine Schulden bezahlt, hatte achttausend Dollar auf der Bank, eine neue Wohnung und hielt Esther ein Kindermädchen. Und Esther war glücklich, weil Peter es war. Aber Johnny war es nicht. In mancher Hinsicht war er zufrieden, aber irgend etwas fehlte. Das erregende Gefühl, daß etwas Großes geschehen, sich entwickeln würde, war immer noch in ihm, nur zugedeckt von den Alltagsaufgaben.

Wenn der Filmverband nicht gewesen wäre, hätte Johnny zufrieden sein können. Aber schon seit der Zeit auf dem Rummelplatz hatte er eine tiefe Abneigung, ja Verachtung dagegen, in eine Schablone gezwängt zu werden, die nicht seiner eigenen Wahl entsprach. Und gerade das versuchte der Verband mit der Filmproduktion zu machen.

Die unabhängigen Produzenten, unter denen sich Borden und Kessler befanden, hingen dennoch in gewisser Weise von dem Verband ab; er kontrollierte das Rohmaterial für die Filme, die Patente auf die Filmkameras und auf die Hilfsausrüstung, die zur Filmherstellung nötig war, wie etwa die Quecksilberlampen und der Lichtsynchronisator.

Mit Hilfe dieser Kontrolle war es dem Verband möglich, sich die unabhängigen Produzenten gefügig zu machen, da jeder im Vertrag mit ihm stand. So konnte er diktieren, welche Art Filme der Produzent herstellen und welche Leihgebür er dafür nehmen durfte. Die Regeln waren streng und durch die Verträge gedeckt. Kein Film durfte länger als sechshundert Meter sein. Der Theaterbesitzer mußte, wenn er seinen Produktionsapparat behalten wollte, einen Satz von Verbandsfilmen zeigen, neben denen er dann Filme unabhängiger Produzenten vorführen durfte. Aber der Verbandssatz war groß genug, um die Möglichkeiten für die Filme der Unabhängigen von vornherein zu begrenzen.

Johnny stöhnte unter diesen Behinderungen. Er hatte eine noch ungeformte Vorstellung davon, was aus der Filmindustrie werden könnte. Aber er schimpfte vergeblich auf den Verband, der in seinen Augen den Fortschritt in der Filmproduktion aufhielt. Er wußte, daß er ebensogut den Mond anbellen konnte, denn kein unabhängiger Produzent konnte es wagen, sich gegen die Vorherrschaft des Verbandes aufzulehnen – der war unumschränkter Herr der Lage; er duldete die Unabhängigen wie ein Vater seine Sprößlinge. Die Grenzen, die die Unabhängigen einhalten mußten, waren genau gezogen. Tat einer es nicht, wurde die Lizenz sofort zurückgezogen; seine Wechsel wurden vom Verband angekauft und die Quellen seines Umsatzes rasch verstopft. Hielt er die Regeln ein, so duldete ihn der Verband und erhob nur eine Abgabe auf jeden Meter Film, den er kaufte oder verkaufte.

In den letzten drei Jahren hatte Johnny eine Menge über Filme gelernt, und die Überzeugung setzte sich in ihm fest, daß ihnen noch etwas fehlte; was, wußte er nicht; er wußte nur, daß die von dem Verband auferlegte Schablone des Kurzfilms dem Hersteller nicht erlaubte, eine Filmgeschichte richtig zu entwickeln und zu erzählen.

Mit Interesse beobachtete er die Entwicklung von Serienfilmen, mit denen manche Hersteller die Bestimmung des Verbandes zu umgehen versuchten. Aber sie wurden, um sich den Regeln des Verbandes anzupassen, auch nur in sechshundert Metern wöchentlich gezeigt, oder in einem Kapitel, wie man es nannte. Die Kinobesucher drängten sich von Woche zu Woche zu diesen Filmen, aber für Johnny fehlte noch etwas.

Das lag ständig und unberührt in Johnnys Unterbewußtsein und quälte ihn. Es war, als ob er sich einer Meldoie zu erinnern versuchte, die er einmal gehört hatte. Innerhalb vernahm er die Melodie, die Musik, aber wenn er sie singen wollte, kam sie nicht. Sie war nur innerlich vernehmbar und quälte ihn mit ihren Tönen. So ging es ihm mit dem Film.

Er konnte sich genau vorstellen, welche Art von Filmen man machen sollte. Er wußte, was für einen Umfang, was für eine Form sie haben müßten. Er wußte, wie lange sie laufen sollten, ja sogar, wie das Publikum auf sie reagieren würde. Und so bedeuteten ihm, der der kommenden Entwicklung ungeduldig und erregt entgegensah, die augenblicklichen Erfolge nichts.

Dann eines Tages nahm die Idee Gestalt an. Es war spät im Dezember des Jahres 1910, und er stand in der Vorhalle von Pappas' neuem Theater in Rochester und sprach mit George, als ein Mann und eine Frau herauskamen.

Der Mann blieb in der Nähe stehen, um sich eine Zigarre anzuzünden, und die Frau sagte: »Ich wünschte, sie hätten uns die anderen Episoden der Serie heute abend auch gezeigt. Ich möchte einmal einen ganzen Film sehen, statt immer nur Teile.«

Ihre Stimme drang in Johnnys Gedanken, und unwillkürlich hörte er auf, mit George zu sprechen, und lauschte statt dessen.

Der Mann hatte gelacht. »Das machen sie doch, damit wir jede Woche wiederkommen. Sie zeigen immer nur einen Teil; wenn du das Ganze auf einmal sähest, wie im Theater, brauchtest du doch nicht wiederzukommen.«

»Das weiß ich nicht«, sagte die Frau, während sie zusammen weggingen, »ich käme gern jede Woche wieder, wenn ich wüßte, ich krieg' für mein Geld eine vollständige Vorführung.«

Johnny konnte nicht mehr hören, was der Mann entgegnete, weil die beiden bereits außer Hörweite waren, aber seine Gedanken nahmen jene erregte Färbung an wie immer, wenn er an die künftige Entwicklung der Filmproduktion dachte. Er sagte zu George: »Hast du das gehört?«

George nickte.

»Und was hältst du davon?«

»Eine Menge Leute denken so«, sagte George einfach.

»Aber du?« forschte Johnny.

George überlegte ein paar Sekunden, ehe er antwortete. »Ich weiß nicht«, sagte er schließlich. »Es könnte gut sein, es könnte auch schlecht sein. Es hängt von dem Film ab. Ich müßte erst einen sehen, dann wüßte ich es.«

Im Zug, auf der Rückfahrt nach New York, beschäftigte sich Johnny in Gedanken immer wieder mit der Idee. »Einen ganzen Film«, hatte die Frau gesagt. Was bedeutete das? Er zog verwirrt die Brauen zusammen, während er darüber nachdachte. Meinte sie eine Serie, die hintereinader gezeigt wurde? Unbewußt schüttelte er den Kopf. So ging es nicht. Eine Serie umfaßte sechstausend Meter, und die Vorführung würde einen halben Tag in Anspruch nehmen. Vielleicht mußte man die Serie zusammenschneiden? Aber auf welche Länge? Er mußte es in Erfahrung bringen.

Es war spät, als er ins Büro kam, aber die Erregung war noch in ihm. Er erzählte Peter und Joe, was er gehört hatte, und die Gedanken, die er sich darüber machte.

Joe zeigte Interesse, aber Peter nicht. Er sagte: »Das ist nur einer, die meisten Zuschauer sind zufrieden, wie es ist. Man soll nichts Neues anfangen, das nur Ärger macht.« Jedoch Johnny gab sich nicht zufrieden; er hatte das Gefühl, als ob in der Bemerkung, die er zufällig gehört hatte, der Schlüssel zu dem läge, was ihn beschäftigte. Und die Geschehnisse der kommenden Tage und Wochen bestärkten ihn darin.

Immer öfter fragten ihn die Theaterbesitzer, wenn er sie aufsuchte: »Haben Sie nichts anderes? Die Zuschauer wollen mal etwas Neues sehen.«

Johnny wußte, daß sie recht hatten. Für die Theaterbesitzer war es gleichgültig, wessen Filme sie spielten – alle Produzenten stellten ja doch die gleiche Art Filme her.

Er beschloß, eine Serie zusammenzuschneiden und sich das Ergebnis anzusehen. Aber hier tauchte eine neue Schwierigkeit auf. Die Magnum-Film produzierte keine Serien, er mußte sie sich also von einer andern Gesellschaft beschaffen. Und welche Firma würde ihm eine Kopie überlassen, damit er damit experimentieren konnte? Außerdem hätte er dann von seinem Vorhaben erzählen müssen, und das wollte er nicht.

Er löste das Problem, indem er George um eine Kopie einer Borden-Serie bat. George erzählte Borden, sie gefiele ihm so gut, daß er gern eine Kope für sich hätte, und Bill Borden fühlte sich sehr geschmeichelt und bestand darauf, sie George zu schenken. Wenn Borden gewußt hätte, wozu die Kopie dienen sollte, hätte er eher sonst etwas angestellt, als sie wegzugeben; aber er ahnte nichts, und so gelangte die Kopie über George an Johnny.

Johnny nahm sie mit nach New York, und gemeinsam mit Joe schnitt er sie zusammen; sie arbeiteten fünf Wochen daran – das Ergebnis war ein Film von achtzehnhundert Meter und einer Vorführdauer von einer guten Stunde. Sie erzählten Peter erst davon, als sie mit ihrer Arbeit fertig waren, und baten ihn, sich das Ergebnis anzusehen. Er willigte ein, und sie setzten für den nächsten Abend eine Vorführung an.

Johnny schickte George ein Telegramm, er solle kommen und sich den Film ansehen. Am nächsten Abend waren sie alle in dem kleinen Vorführraum des Magnum-Studios versammelt: Peter, Esther, Joe, George und Johnny. Der Vorführer war nach Hause geschickt worden, Johnny bediente den Projektionsapparat selbst.

Solange die Vorführung dauerte, herrschte Schweigen, aber sobald sie zu Ende war, begannen alle auf einmal zu reden.

»Es ist zu lang«, sagte Peter. »Mir gefällt das nicht. Niemand kann so lange stillsitzen und sich an einem Film freuen.«

»Warum nicht?« fragte Johnny. »Du hast ja auch so lange stillgesessen, und ohne Schwierigkeit.«

»Es tut den Augen weh, wenn man so lange auf die Leinwand starrt«, erklärte Peter, »das ist ungesund.«

»Die Leute sitzen jetzt genausolang im Kino, und es tut ihren Augen nicht weh«, sagte Johnny hitzig. Peters Dickköpfigkeit ärgerte ihn. »Wo ist der Unterschied, ob sie einen langen Film sehen oder vier kurze?«

Joe grinste. »Vielleicht brauchst du eine Brille, Peter?«

Peter explodierte. Seine Augen machten ihm tatsächlich zu schaffen, aber er weigerte sich, eine Brille zu tragen. »Meine Augen haben nichts damit zu tun; der Film ist zu lang!«

Johnny wandte sich an George; seine Stimme war kriegerisch. »Nun?«

»Mir gefällt es, aber ehe ich mehr sage, möchte ich es erst mal in einem Theater sehen.«

Johnny lächelte. »Ich auch, aber das geht nicht.«

Esther aber war es, die den Finger auf die schwache Stelle legte. »Es war interessant, aber nicht vollständig. Etwas fehlte. In einer Serie ist es in Ordnung, wenn in jedem Kapitel etwas Aufregendes passiert; wenn man es zu einem Film zusammenzieht, wird es zuviel. Man kommt aus dem Aufregenden nicht mehr raus, das wirkt wie etwas Unmögliches und nach einer Weile sogar komisch.«

Johnny dachte darüber nach und spürte, daß sie recht hatte. Man durfte keine Serie zusammenschneiden, sondern mußte Filme von neuem Umfang herstellen. Er hatte sich die zusammengeschnittene Serie öfters angesehen und war zu dem Ergebnis gekommen, daß sie zwar die richtige Länge hatte, aber daß andere notwendige Element fehlten. Man mußte eine Handlung entwickeln, die der Länge des Films entsprach.

Peter sah auf die Uhr. »Ich will euch was sagen« – er versuchte Johnny aufzuheitern –, »es ist noch früh. Wie wär's, wenn wir alle zusammen essen und uns dann eine Revue ansehen?«

2

»Nein!« schrie Peter, »unter keinen Umständen! Ich werde es nicht tun!« Er ging zornig an Joe vorbei und blieb vor Johnny stehen, vor dessen Gesicht er aufgeregt mit dem Zeigefinger fuchtelte. »Ich wär' ja verrückt, wenn ich täte, was ihr wollt! Seit zwei Jahren schuften wir wie die Sklaven, um auf die Beine zu kommen, und jetzt, wo wir mal einen Dollar verdienen, wollt ihr alles wegschmeißen für eine neue Idee. Ich mache nicht mit!«

Seit Johnny mit dem Vorschlag gekommen war, einen Film von der Länge von achtzehnhundert Meter herzustellen, hatte Peter getobt. Er war noch ganz ruhig geblieben, als Johnny vorschlug, den »Banditen«, ein Stück, das am Broadway lief, zu kaufen und einen Film daraus zu machen, auch als Johnny sagte, er wolle den Autor des Stückes engagieren, um das Drehbuch zu schreiben, und auch noch, als Johnny auseinandersetzte, daß sie aus der gewissen Berühmtheit, die das Stück bereits erlangt hatte, Nutzen ziehen könnten. Es war augenscheinlich, daß ihn die Idee interessierte, denn er fragte: »Wie teuer kommt das?«

Johnny hatte diese Frage vorausgesehen. Er hatte die Herstellungskosten mit etwa dreiundzwanzigtausend Dollar berechnet und gab Peter die Aufstellung darüber.

Peter warf nur einen Blick darauf und schmiß es Johnny hin. »Dreiundzwanzigtausend Dollar für einen Film!« schrie er. »Man müßte ja direkt *meschugge* sein! Ein Stück kaufen und einen Autor engagieren für zweitausendfünfhundert Dollar? Dafür kann man einen ganzen Film herstellen!«

»Irgendwo muß man anfangen«, beharrte Johnny, »eines Tages wirst du doch dahin kommen.«

»Eines Tages vielleicht«, sagte Peter hitzig, »aber jetzt noch nicht. Wir sind jetzt gerade im trockenen, und du willst mich wieder in Schulden jagen. Woher soll ich das Geld nehmen? Ich bin noch nicht die Schatzkammer der Vereinigten Staaten.«

»Wer nichts wagt, gewinnt nichts«, zitierte Johnny ruhig.

»Aber der verliert auch nicht sein Hemd«, antwortete Peter schnell. »Außerdem handelt es sich nicht um dein Geld.‹

Jetzt wurde Johnny zornig. »Du weißt verdammt genau, daß ich dich nie dazu verleiten würde, Geld in etwas zu stecken, wo ich meins nicht reinstecke!«

»Dein Geld!« sagte Peter höhnisch. »Es reicht nicht mal, um eine Woche lang Toilettenpapier fürs Studio zu kaufen!«

»Es ist genug, um zehn Prozent der Kosten zu tragen«, schrie Johnny, der dunkelrot angelaufen war.

»Sachte, sachte«, sagte Joe und trat zwischen sie. »Aus all dem Geschrei kommt nichts raus.« Er wandte sich an Peter. »Ich hab' genug für weitere zehn Prozent. Du brauchst also nur noch achtzehntausend.« Peter warf die Hände in die Luft. »Nur achtzehntausend. Als ob ich sie mal eben auf der Straße aufsammeln könnte!« Er warf den Deckel seines Pultes zu. »Nein«, schrie er, »unter keinen Umständen! Ich tu's nicht!«

Johnnys Zorn war verraucht. Er konnte verstehen, daß Peter das, was sie jetzt erreicht hatten, nicht gefährden wollte, war aber überzeugt, daß sie dennoch tun mußten, was er vorgeschlagen hatte. Er sprach langsam und überlegt.

»Damals in Rochester hieltest du mich auch für verrückt, aber es kam nicht schlecht heraus, oder?« Er ließ Peter keine Zeit zum Antworten. »Du hast eine hübsche Wohnung in Riverside Drive, achttausend auf der Bank, keine Schulden, stimmt's?«

Peter nickte. »Und das setz' ich auch nicht aufs Spiel für deine verrückten Ideen. Das letztemal hatten wir Glück. Diesmal ist es was anderes; wir müßten nicht nur unser Geld riskieren, sondern auch gegen den Verband kämpfen. Und du weißt, wie weit wir damit kämen.« Er war auch ruhiger geworden und sprach mit mehr Verständnis. »Es tut mir leid, Johnny, wirklich. Vielleicht ist deine Idee gut, auch wenn ich es nicht glaube. Aber so, wie die Dinge liegen, können wir es nicht riskieren. Das ist mein letztes Wort.« Er ging zur Tür, sagte noch: »Gute Nacht«, und draußen war er.

Johnny sah Joe an und zuckte die Achseln; Joe lachte. »Sieh nicht so enttäuscht aus, Junge. Schließlich ist es sein Geld.« Er stand auf. »Komm, wir wollen ein Bier trinken und das Ganze vergessen.«

»Nein, danke. Ich will noch eine Weile hierbleiben, vielleicht fällt mir ein Weg ein, wie ich es ihm plausibel machen kann. In unserem Geschäft darf man nicht behaglich sitzen bleiben, sonst ist man verraten und verkauft.«

»Gut, tue, was du für richtig hältst. Aber du rennst mit dem Kopf gegen eine Betonwand.«

Als Joe gegangen war, blieb Johnny noch eine Weile sitzen; dann stand er auf, ging zu Peters Pult, rollte den Deckel auf und nahm die Aufstellung heraus, die er Peter gegeben hatte.

Fast zehn Minuten lang studierte er sie. Zuletzt legte er sie zurück und schloß das Pult. »Gut, du alter Bussard«, sagte er zu dem Pult, als ob es Peter wäre, »eines Tages wirst du es doch tun.«

Langsam öffnete Johnny die Augen. Die Luft im Zimmer war warm. Es war dieses Jahr zeitig Frühling geworden, und man spürte schon deutlich den kommenden Sommer. Es war erst Mitte März, aber kein Mensch trug mehr Mäntel, die Männer gingen in Jacken und sogar in Hemdsärmeln zur Arbeit.

Faul stand er auf, ging durch die Diele zur Wohnungstür und öffnete sie. Die Sonntagszeitungen lagen davor. Er hob sie auf und setzte sich in einen Sessel, während er die Schlagzeilen las.

Durch die geöffnete Tür konnte er Joes Schnarchen hören. Joe lag zusammengerollt in einer Ecke des Bettes und sägte Holz. Johnny schloß leise die Tür und ging zu seinem Stuhl zurück.

Er drehte die Seiten um, bis er zu den Theaternachrichten kam. Noch berichteten die Tageszeitungen nicht regelmäßig über die Filme, aber die Sonntagsausgabe brachte gelegentlich Nachrichten von und aus der neuen Branche. Diesen Sonntag standen zwei Notizen drin, die Johnny plötzlich in seinem Stuhl auffahren ließen.

Die erste war aus Paris. »Madame Sarah Bernhardt wird bei der Verfilmung des Lebens der Königin Elisabeth die Hauptrolle übernehmen.« Die zweite stammte aus Rom. »Der berühmte Roman ›Quo vadis?‹ wird nächstes Jahr in Italien verfilmt werden.«

Die Notizen waren nur kurz und standen versteckt in einer Ecke, aber für Johnny waren es riesige Schlagzeilen, die verkündeten, daß er recht gehabt hatte. Er starrte lange auf die Zeitung und dachte darüber nach, ob Peter ihm jetzt wohl zustimmen würde. Zuletzt gab er es auf, ging in die Küche und stellte Kaffeewasser auf.

Der Kaffeeduft holte Joe aus dem Bett. »Morgen«, brummte er. »Was gibt's zum Frühstück?«

Johnny war dran, das Sonntagsfrühstück zu machen. »Eier«, antwortete er.

»Oh.« Joe drehte sich um und stelzte zum Badezimmer.

»Einen Augenblick«, rief Johnny hinter ihm her. Er nahm die Zeitung und zeigte Joe die beiden Notizen.

Joe las sie und gab Johnny die Zeitung zurück. »Und was beweist das?«

»Das beweist, daß ich recht habe«, sagte Johnny triumphierend. »Siehst du das nicht? Jetzt muß Peter mich anhören.«

Joe schüttelte langsam den Kopf. »Du gibst wohl niemals auf, wenn du dir was vorgenommen hast, was?«

»Warum sollte ich?« meinte Johnny indigniert. »Es ist eine gute Idee, und ich hatte recht, als ich sagte, längere Filme seien im Kommen.«

»Vielleicht«, gestand Joe ein, »aber wo und wie willst du sie herstellen? Selbst wenn wir das Geld zusammenkriegen, so weißt du ganz genau, daß unser Studio nicht groß genug ist. Außerdem brauchen wir für einen solchen Film das gesamte Rohmaterial eines halben Jahres. Und du weißt ferner, daß der Verband gegen jeden Film über sechshundert Meter Einspruch erhebt, und wo sind wir, wenn er herauskriegt, was wir vorhaben, und uns die Lizenz entzieht? Schön in der Traufe, was?«

»Wir stellen eine Zeitlang keine Kurzfilme her, sparen das Rohmaterial für unseren Film und produzieren ihn, ehe sie rauskriegen, was los ist.«

Joe steckte sich eine Zigarette an und blies den Rauch in die Luft. »Villeicht hast du recht, vielleicht kommen wir damit durch, vielleicht aber nicht. Wenn nicht, ist die ›Magnum‹ aus dem Geschäft raus. Als Gegner für uns sind sie ein bißchen zu groß. Sie werden uns wie ein Insekt zerquetschen. Laß Borden oder einen von den andern den Kampf aufnehmen. Sie haben mehr Kapital, aber ich seh' trotzdem nicht, daß sie es eilig haben, sich mit dem Verband anzulegen.«

»Und ich glaube immer noch, daß es einen Weg gibt«, sagte Johnny hartnäckig.

Joe seufzte. »Mag sein, aber sieh mal, was du riskierst. Ich mach' mir um meinen oder deinen Hals keine Sorgen. Wir sind allein, und wenn die Sache schiefgeht, kommen wir immer durch. Aber mit Peter liegen die Dinge anders. Wenn's schiefgeht, ist er ruiniert. Und was soll er dann anfangen? Er hat Frau und zwei Kindern. Alles, was er besitzt, hat er in das Geschäft gesteckt, und er ist erledigt, wenn das danebengeht.« Er tat einen tiefen Atemzug und sah Johnny direkt in die Augen. »Willst du das auf dich nehmen?«

Johnny gab lange keine Antwort. Er hatte schon früher über all dies nachgedacht. Er kannte das Wagnis in seinem vollen Umfang, ohne daß Joe etwas zu sagen brauchte. Aber irgend etwas in ihm drängte ihn weiter, flüsterte ihm unausgesetzt zu: Das Goldene Vlies liegt vor dir, du brauchst nur genug Mut, um zuzugreifen. Die Vision in ihm war wie eine lockende Circe. Er konnte so wenig aufhören, ihr zu folgen, wie er aufhören konnte zu atmen.

»Ich muß es tun, es ist das einzige, worauf es ankommt. Es ist die Chance, daß aus unserem Unternehmen etwas Großes, Bedeutsames wird. Sonst stecken wir unser ganzes Leben im Fünf-Cent-Kino; aber auf dem Weg, der mir vorschwebt, geht es weiter. Wir werden eine Kunstform wie das Theater, die Musik, die Literatur sein, nur eines Tages vielleicht noch besser und größer als sie alle. Wir müssen voran.«

»Du meinst, du mußt voran«, sagte Joe langsam. Ein seltsames Gefühl der Enttäuschung nagte an ihm. Er zerdrückte seine Zigarre auf dem Tablett. »Du hast Träume von dem, was du möchtest, und denkst, das ist der Weg, den das Geschäft einschlagen muß. Wenn ich dich nicht kennen würde und so gern hätte, würde ich sagen, du seist selbstsüchtig und ehrgeizig. Aber ich weiß es ja besser. Du meinst wirklich, was du sagst. Nur eins mußt du immer bedenken.«

Johnny war bei Joes Worten weiß im Gesicht geworden. Mühsam zwang er sich zu fragen: »Und das ist?«

»Peter ist schrecklich gut zu uns gewesen. Vergiß das nicht.« Joe ging aus dem Zimmer.

Johnny sah ihm nach und wandte sich dann dem kochenden Wasser zu. Als er den Gashahn abdrehte, zitterte seine Hand.

»Wessen Wohnung sagten Sie, Sir?« fragte der Fahrstuhlführer, als er die Tür schloß und der Fahrstuhl langsam aufwärts glitt.

Johnny steckte sich eine Zigarette an. Er hatte gar keinen Namen genannt, nur das Stockwerk, zu dem er wollte. Er dachte bei sich, daß sie hier ganz schön aufpaßten, daß die Mieter nicht unnötig gestört wurden. »Zu Mr. Kessler«, sagte er. Es war ein weiter Weg von Rochester – wo man nur nach oben zu schauen brauchte, nach dem Fenstern über dem Geschäft – bis Riverside Drive.

Seine Gedanken beschäftigten sich wieder mit der Unterhaltung, die er am Morgen mit Joe gehabt hatte. Was Joe gesagt hatte, quälte ihn immer noch. Sie hatten danach nicht mehr viel miteinander geredet, und bald nach dem Frühstück war Joe weggegangen. Joe hatte ihn freilich gefragt, ob er nicht mitkommen und May und Flo besuchen wollte, aber er hatte gesagt, daß er am Nachmittag zu Peter ginge.

Der Fahrstuhl hielt, lautlos glitt die Tür auf. »Die Halle rechts runter, Apartment 9 C, Sir«, sagte er Fahrstuhlführer höflich.

Johnny dankte, ging durch die Halle und drückte auf den Klingelknopf.

Das Mädchen machte auf. Johnny trat ein und gab ihr seinen Hut.

»Ist Mr. Kessler zu Hause?«

Ehe das Mädchen antworten konnte, fegte Doris in die Diele. »Onkel Johnny! Ich hab' deine Stimme gehört!«

Er hob sie auf und drückte sie an sich. »Hallo, mein Schatz.« Sie sah ihm ins Gesicht. »Ich hab' so gehofft, daß du heute kommen würdest. Du besuchst uns nicht mehr oft.«

Er wurde rot. »Hab' nicht viel Zeit, Schatz. Dein Vater sorgt dafür, daß ich ganz schön zu tun habe.«

Jemand zog an seinen Hosen. Es war Mark. »Heb mich hoch, Onkel Johnny!«

Johnny setzte Doris nieder, schwang ihn in die Luft und dann auf seine Schultern. Mark schrie vor Seligkeit und grub seine Finger gerade in Johnnys Haar, als Esther hereinkam.

»Nanu, Johnny, komm herein.«

Er folgte ihr ins Wohnzimmer, Mark auf der Schulter. Peter las die Zeitung. Er hatte sein Oberhemd ausgezogen, und Johnny stellte überrascht fest, daß er einen kleinen Bauch bekommen hatte.

»Sieh ihn dir an«, sagte Esther, mit einem Zwinkern in den Augen, »den ganzen Tag sitzt er vor dem Mädchen im Unterzeug herum. Mr. Elegant von Riverside Drive.«

Peter grunzte. Er sprach jiddisch. »Nu und? Ich kenne das Dorf in Deutschland, aus dem sie stammt. Wenn sie da überhaupt Hemden haben, ist es ein Wunder.«

Johnny sah verständnislos drein, und sie lachten ihn beide aus.

»Zieh dir ein Hemd an«, sagte Esther.

»Schön, schön«, brummte Peter, während er ins Schlafzimmer ging. Er kam zurück und knöpfte sich das Hemd zu, als Johnny gerade Mark auf den Boden setzte. »Was bringt dich denn her?«

Johnny lächelte innerlich. Peter entging nichts. Es war seit Wochen das erstemal, daß Johnny zu Besuch kam. »Ich wollte mal sehen, wie die andere Hälfte lebt«, sagte er.

»Du bist doch schon hier gewesen«, meinte Peter völlig humorlos.

Johnny lachte laut auf. »Aber nicht, seit du ein Mädchen hast.«

»Und das macht solchen Unterschied?«

»Manchmal.« Johnny lächelte noch immer.

»Bei mir nicht.« Peter war ganz ernst. »Ich könnte das Haus voller Dienstboten haben und würde mich doch nicht anders benehmen.«

»Bestimmt nicht«, meinte Esther. »Er würde immer noch in seinem Unterzeug im Haus herumsitzen.«

»Das beweist ja, was ich sage«, triumphierte Peter. »Dienstboten oder nicht, Peter Kessler ist stets derselbe.«

Johnny gestand sich ein, daß Peter recht hatte. Peter hatte sich in den letzten paar Jahren nicht verändert, wohl aber er. Peter war damit zufrieden, wie die Dinge waren, im Gegensatz zu Johnny, der mehr wollte, ohne recht zu wissen, was. Nur das Gefühl des Unbefriedigtseins war ganz deutlich. Alles, was Joe morgens gesagt hatte, fiel ihm wieder ein. Peter hatte einen langen Weg zurückgelegt von dem kleinen Eisenwarengeschäft in Rochester. Er hatte ein gewisses Maß an Sicherheit erlangt und war zufrieden damit. Welches Recht hatte er, von Peter zu verlangen, dies alles für eine Idee aufs Spiel zu setzen? Auf der anderen Seite hätte Peter auch das nicht, was er jetzt besaß, wenn Johnny ihn nicht vorwärtsgedrängt hätte. Ob ihm das aber ein Recht gab, Peter noch weiterzustoßen – das wußte Johnny nicht. Er wußte nur, daß er jetzt nicht aufhören konnte. Die Zukunft, wie nebelhaft sie auch noch schien, war schon zu sehr ein Teil von ihm, als daß er sie aufgeben konnte. Er sah Peter mit leichtem Spott an.

»Du meinst, du bist noch kein zu großer Herr geworden, um nicht einen guten Vorschlag anzuhören?«

»Das glaube ich; guten Rat nehme ich immer an.« Johnny tat, als ob er erleichtert seufzte. »Freut mich. Manche Leute sagen, du seist sehr hochnäsig geworden, seit du in Riverside Drive wohnst.«

»Wer sagt so etwas?« Peter war ganz empört. »Im Augenblick, wo es jemandem gut geht, hacken die Leute auf ihm herum.«

Esther lächelte verständnisinnig; sie fühlte, daß Johnny etwas Bestimmtes im Schilde führte, war neugierig, was es wohl war, und gleichzeitig davon überzeugt, daß er bald damit herausrücken würde. »Mißverständnisse lassen sich nicht vermeiden«, sagte sie. »Vielleicht hast du irgend jemand Grund dafür gegeben?«

»Niemals«, protestierte Peter, immer noch empört. »Ich bin zu allen freundlich, wie immer.«

»Dann mach dir keine Sorgen«, sagte sie beruhigend; und zu Johnny: »Möchtest du vielleicht etwas Kaffee und Kuchen?«

Sie gingen mit ihr in die Küche. Als Johnny sein zweites Stück Kuchen aufgegessen hatte, fragte er so nebenbei: »Hast du heute die ›Welt‹ gelesen?«

Esther mußte wohl einen sechsten Sinn haben, denn sie drehte sich um und sah ihn an. Die Frage war ganz beiläufig – zu beiläufig, dachte sie. Sie hatte das Gefühl, daß jetzt herauskäme, was er eigentlich wollte.

»Mhm«, antwortete Peter.

»Hast du gelesen, daß Sarah Bernhardt filmt? Und die Notiz über ›Quo vadis?‹«

»Natürlich. Warum fragst du?«

»Erinnerst du dich an das, was ich über längere Filme gesagt habe?«

»Natürlich. Und ich erinnere mich auch an die Serie, die du zusammengeschnitten hast.«

»Das war etwas anderes, das war nur ein Experiment. Aber hier das beweist, daß ich mit den ›Banditen‹ recht hatte«, trumpfte Johnny auf.

»Wieso?« fragte Peter. »Es hat sich nichts dadurch geändert.«

»Nein? Wenn die größte Schauspielerin unserer Zeit sich entschließt, zu filmen, wenn man einen berühmten Roman verfilmen will, hat sich nichts geändert? Siehst du nicht, daß der Film anfängt erwachsen zu werden und daß die Kurzfilmkinderschuhe des Verbandes zu drücken beginnen?«

Peter stand auf. »Du redest dummes Zeug. Irgend jemand auf der Welt dreht einen langen Film; gut, du liest in der Zeitung, daß gleichzeitig zwei gemacht werden sollen, und schon glaubst du dich im Recht. Vielleicht würde ich auch einen längeren Film produzieren, wenn ich Sarah Bernhardt dafür bekäme – aber wer wird sich einen langen Film ohne Star ansehen?«

Johnny gab Peter innerlich recht. Ohne bekannte Namen würde es schwierig sein, das Publikum anzuziehen. Sogar auf dem Jahrmarkt hatte es Nummern gegeben, die allein durch ihren Namen die Zuschauer anzogen. Auch das Theater stellte bestimmte Schaupieler und Schauspielerinnen aus diesem Grund groß heraus, nur der Film tat das noch nicht. Der Verband wollte es nicht, weil er fürchtete, die Darsteller würden damit ihren Wert erfahren und höhere Gagen fordern.

Aber das Publikum merkte sich trotzdem bestimmte Darsteller, und wann immer ihre Filme liefen, kam es wieder und bezahlte, um seine Lieblinge zu sehen. Wie jener komische kleine Vagabund, der gerade ein paar Lustspielfilme gemacht hatte. Wie hieß er doch noch? Johnny hatte den Namen schon einmal gehört, aber er mußte nachdenken, bevor er ihm einfiel – Chaplin. Und das Mädchen, das als »das Mädchen aus der Lebensbeschreibung« bekannt war – er wußte nicht einmal ihren Namen. Aber die Zuschauer hatten ihn sich gemerkt und kamen ihretwegen wieder, auch wenn sie sonst vielleicht keine Lust gehabt hätten, ins Kino zu gehen.

Er nahm sich vor, Joe zu sagen, daß der Name der Darsteller künftig unter dem Titel erscheinen sollte. Es würde dem Zuschauer dadurch leichter, sich die Darsteller zu merken, und der Theaterbesitzer konnte besser Reklame für den Film machen.

Johnny war so lange still gewesen, daß Peter glaubte, er hätte ihn geschlagen. »Jetzt weißt du nicht, was du sagen willst, was?« fragte er triumphierend.

Johnny riß sich aus seiner Träumerei. Er steckte sich eine Zigarette an. »O doch. Aber du hast mich gerade auf das gebracht, was ich noch brauche, damit der Erfolg eines langen Films sicher ist: einen großen Namen. Jemand, den jeder kennt. Wenn du den richtigen Darsteller hast, kannst du dich nicht länger sträuben, einen großen Film herzustellen.«

»Mit einem großen Nanen ginge es wohl«, gestand Peter zu. »Aber wen willst du dafür kriegen?«

»Den Schauspieler, der auch auf der Bühne den ›Banditen‹ spielt, Warren Craig.«

»Warren Craig?« Peter traute seinen Ohren nicht. »Und warum nicht gleich John Drew?« Er sah Johnny sarkastisch an.

»Warren Craig ist gut genug«, antwortete Johnny ganz ernst.

»*Zei nicht a Narr*«, sagte Peter auf jiddisch, und als er Johnnys verständnislosen Blick sah, wiederholte er es auf englisch: »Sei kein Narr! Du weißt, daß sie alle auf den Film runtersehen. Du kriegst sie nicht dazu!«

»Jetzt, wo Sarah Bernhardt filmt, wird es vielleicht nicht so schwer sein.«

»Vielleicht beschaffst du mir dann auch gleich John Jacob Astors Geld, um sie bezahlen zu können«, meinte Peter bissig.

Johnny achtete nicht auf diese letzte Bemerkung. Er war aufgeregt aufgestanden, die Zigarette hing vergessen zwischen seinen Fingern. »Ich kann es schon auf der Leinwand sehen: ›Peter Kessler zeigt Warren Craig in dem berühmten Broadway-Stück *Der Bandit* – ein Magnum-Film.‹« Mit der Hand wies er dramatisch auf Peter.

Unbewußt hatte der sich im Stuhl vorgebeugt, als ob er das zu sehen versuchte, wovon Johnny sprach. Jetzt war der Bann gebrochen, und er lehnte sich wieder zurück. »Und ich kann schon sehen«, sagte er und versuchte, sein eben gezeigtes Interesse zuzudecken, »wie Peter Kessler Bankrott anmeldet!«

Esther beobachtete die beiden, erst den einen, dann den andern, mit einem undeutlichen Gefühl der Überraschung. In Wirklichkeit möchte Peter es ja! dachte sie.

Peter stand auf; seine Worte klangen abschließend, endgültig. »Nichts zu machen, Johnny, wir können es nicht, das Risiko ist zu groß. Dem Verband würde es bestimmt nicht gefallen, und wenn er uns die Lizenz entzieht, sind wir aus dem Geschäft raus. Für ein solches Risiko haben wir nicht genug Kapital.«

Johnny sah ihn nachdenklich an, eine kleine Ader an seiner Schläfe hämmerte. Er sah, wie Esther Peter beobachtete. Er sah durch die geöffnete Tür ins Wohnzimmer, wo Mark auf dem Fußboden mit Bauklötzen spielte; während er noch hinstarrte, warf Mark die Klötze durcheinander, und Doris legte ihr Buch weg und half ihm, sie aufzusammeln.

Langsam wandte Johnny sich zu Peter. Die Worte kamen gleichmäßig und seine Stimme verriet nichts von einem inneren Kampf. Er war jetzt fest entschlossen.

»Ihr Produzenten seid alle gleich! Alle habt ihr Angst vor dem Verband. Ihr schreit alle, daß er euch nicht leben läßt, daß er euch aushungert, aber was unternehmt ihr dagegen? Nichts! Ihr lungert um seinen Tisch herum und nehmt die Krumen und Abfälle, die er euch zuwirft. Denn mehr als Krumen kriegt ihr ja nicht. Weißt du, wieviel er im letzten Jahr verdient hat? Zwanzig Millionen Dollar! Und alle unabhängigen Produzenten zusammen, vierzig an der Zahl, vierhunderttausend Dollar, also nur zehntausend jeder. Aber gleichzeitig bezahlt ihr Unabhängigen dem Verband etwa acht Millionen Dollar, um im Geschäft zu bleiben. Acht Millionen Dollar! Geld, das ihr verdient und nicht behalten könnt! Das Zwanzigfache dessen, was euch selber bleibt. Und der einzige Grund dafür, daß es so bleibt, ist eure Angst, den Verband abzuschütteln!«

Die Zigarette verbrannte ihm die Finger. Er drückte sie aus, ohne weiter darauf zu achten. Seine Stimme wurde hart und eindringlich, ja ergriffen; die Gefühle, die er in anderen hervorrufen wollte, schwangen stets in seiner eigenen Stimme mit und wurden durch neue verdrängt, wenn es Zeit war.

»Wann werdet ihr endlich klug? Es ist euer Geschäft so gut wie das des Verbandes. Ihr verdient das Geld. Warum behaltet ihr es nicht? Früher oder später kommt es doch zum Kampf; warum dann nicht jetzt? Bekämpft ihn mit besseren Filmen. Er weiß, daß ihr's könnt, deshalb schreibt er euch auch vor, was ihr herstellen sollt. Er hat Angst davor, daß ihr auf eigenen Füßen steht. Schließt euch zusammen. Vielleicht könnt ihr ihn gerichtlich bekämpfen, vielleicht ist das, was der Verband tut, gegen die neuen Anti-Trust-Gesetze. Ich weiß es nicht, aber was auf dem Spiel steht, ist schon einen Kampf wert.

Weißt du noch, wie ich dich damals in Rochester in die Filmproduktion bringen wollte? Ich hatte guten Grund dazu. Ich hätte ja zu Borden oder irgendeinem andern Produzenten gehen können, aber ich wollte dich, weil ich dich für den richten Mann hielt, der auch im gegebenen Augenblick kämpfen könnte. Oft genug hab' ich andere Stellungen angeboten bekommen, aber ich hab' bei dir ausgehalten, immer aus diesem Grund. Und jetzt muß ich wissen, ob ich richtig gehandelt habe oder nicht. Denn jetzt ist die Zeit gekommen, wo wir den Kampf mit dem Verband aufnehmen müssen, oder er wird uns bald ganz verdrängen.«

Er sah Peter an und versuchte, die Wirkung seiner Worte abzuschätzen. Peters Gesicht verriet nichts, aber an anderen Zeichen las Johnny ab, daß er gewonnen hatte; Peter hatte die Hände geballt wie ein Mann, der sich in den Kampf stürzt.

Peter schwieg lange Zeit. Er diskutierte nicht mit Johnny, er konnte es nicht. Er wußte seit langem, daß Johnny recht hatte. Im letzten Jahr hatte er einhundertvierzigtausend Dollar an den Verband abgeführt und nur achttausend für sich behalten. Aber Johnny war jung und allzu bereit, gegen Windmühlen anzukämpfen. Wenn er etwas älter wäre, würde er vielleicht einsehen, daß man manchmal Geduld haben mußte.

Er ging zum Ausguß, füllte sich ein Glas mit Wasser und trank es langsam. Es war schon etwas dran an Johnnys Worten. Wenn sich die unabhängigen Produzenten einigten, konnten sie den Kampf mit dem Verband aufnehmen und vielleicht sogar gewinnen. Manchmal war Kämpfen besser als Warten. Vielleicht war der Zeitpunkt gekommen. Er stellte das Glas in den Ausguß und drehte sich zu Johnny um:

»Wieviel, sagtest du, würde ein solcher Film kosten?«

»Etwa fünfundzwanzigtausend Dollar, wenn Warren Craig die Hauptrolle spielen soll.«

Peter nickte. Es war eine Menge Geld für einen Film. Gelang es aber, war ein Vermögen damit zu machen. »Wenn wir so einen Film machen, *muß* Warren Craig die Hauptrolle spielen, anders können wir es nicht riskieren.«

Johnny ergriff die Gelegenheit eifrig. »Du brauchst die fünfundzwanzigtausend nicht allein aufzubringen; Joe und ich können fünftausend geben, du gibst achttausend, den Rest leihen wir uns. Viele Theaterbesitzer werden, glaub' ich, die Chance ergreifen. Sie schreien ja immer nach was anderem. Wenn wir es ihnen beschaffen, schießen sie uns vielleicht das Geld vor.«

»Aber wir brauchen Warren Craig.«

»Überlaß das nur mir«, sagte Johnny zuversichtlich, »ich krieg' ihn schon.«

»Zehntausend kann ich aufbringen.«

»Du willst es also tun?« fragte Johnny. Der Puls an seiner Schläfe hämmerte wie toll.

Peter zögerte einen Augenblick. Er sah Esther an und sagte langsam: »Ich sag' jetzt nicht ja und auch nicht nein. Ich sage nur: Ich werde es mir überlegen.«

4

Peter wartete vor der Synagoge auf Borden. Die Synagoge am unteren Broadway war morgens der Treffpunkt vieler wichtiger Filmleute aus den Reihen der Unabhängigen. Als Borden die Straße entlangkam, trat er neben ihn.

»Guten Morgen, Willi.«

Borden sah ihn lächelnd an. »Was macht das Geschäft, Peter?«

»Kann nicht klagen. Aber ich muß mit dir reden. Hast du Zeit für 'ne Tasse Kaffee?«

Borden schaute wichtig auf seine Uhr. »Sicher«, meinte er dann. »Was ist los?«

»Hast du die gestrige Zeitung gelesen?« fragte Peter, als sie in dem in der Nähe gelegenen Restaurant Platz nahmen.

»Sicher. Was speziell meinst du?«

»Die Notizen über den Film mit der Bernardt und ›Quo vadis?‹.«

»Ja, die hab' ich gesehen.« Borden überlegte bei sich, worauf Peter hinaus wollte.

»Meinst du, daß längere Filme im Kommen sind?«

»Könnte sein«, antwortete Borden vorsichtig. Peter schwieg, während die Kellnerin den Kaffee brachte. »Johnny möchte einen Film von achtzehnhundert Meter machen.«

Bordens Interesse war geweckt. »Achtzehnhundert Meter? Und worüber?«

»Ich soll ein Stück kaufen, einen Film daraus machen und den Hauptdarsteller dafür engagieren.«

»Ein Stück kaufen?« Borden lachte. »Das ist Unsinn. Wer hat je so etwas gehört? Du kannst alle Geschichten, die du willst, für nichts haben.«

»Ich weiß.« Peter schlürfte seinen Kaffee. »Aber Johnny sagt, der Name des Stückes zieht die Zuschauer an.«

Borden sah ein, daß da etwas dran war. Sein Interesse wurde lebhafter. »Wie willst du die Regeln des Verbandes umgehen?«

»Johnny meint, wir sollen genug Rohfilm aufsparen und den Film dann heimlich drehen. Sie sollen es nicht eher erfahren, als bis der Film herauskommt.«

»Wenn sie es herauskriegen, können sie euch ausschließen.«

»Vielleicht«, sagte Peter. »Vielleicht tun sie's, vielleicht auch nicht. Aber irgendwo müssen wir mal eine Grenze ziehen und den Kampf aufnehmen. Sonst machen wir immer noch Kurzfilme, wenn überall sonst auf der Welt Großfilme gedreht werden. Dann erobern die ausländischen Produzenten unsern Markt, und wir werden darunter mehr zu leiden haben als der Verband. Wir haben uns lange genug von den Brosamen ernährt, die er vom Tisch fallen ließ, jetzt müssen wir Unabhängigen uns zusammenschließen und kämpfen.«

Borden dachte nach. Peter hatte nur ausgesprochen, was sie alle fühlten, aber keiner von ihnen wollte anfangen. Sogar er hatte keine Lust, ein solches Wagnis einzugehen. Aber wenn Peter es auf sich nehmen wollte und Erfolg haben sollte, käme es auch ihm zugute, das war ihm klar. »Wieviel würde ein solcher Film kosten?« fragte er.

»Ungefähr fünfundzwanzigtausend.«

Borden versuchte abzuschätzen, wieviel Geld Peter hatte, und kam nach ein paar Augenblicken zu dem Ergebnis, daß es etwa zehntausend Dollar sein müßten. Er müßte sich also den Rest leihen. Er legte ein Geldstück auf den Tisch und stand auf. »Wirst du den Film machen?« fragte er, als sie auf der Straße waren.

»Ich überlege es mir, aber ich hab' nicht genug Geld. Wenn diese Schwierigkeit behoben wäre, würde ich es vielleicht riskieren.«

»Wieviel hast du?«

»Etwa fünfzehntausend.«

Borden war überrascht. Peter hatte besser abgeschnitten, als er gedacht hatte. Er sah ihn respektvoll an und sagte impulsiv: »Zweitausendfünfhundert kannst du von mir haben.« Es war ein kleiner Betrag für ihn angesichts der Möglichkeiten, die sich auch ihm erschlossen, wenn die Sache gutging. Er kam sich sehr schlau vor – es war besser für ihn, wenn Peter die Sache riskierte.

Aber Peter hatte nur wissen wollen, ob Borden so stark an der Idee interessiert war, daß er sein Geld riskierte. Daß es eine so kleine Summe war, störte ihn nicht; es kam ihm gar nicht in den Sinn, daß Borden ihm den gesamten fehlenden Betrag vorstrecken konnte, wenn er wollte. »Ich bin noch nicht fest entschlossen. Ich werde dir Bescheid geben.«

Jetzt wollte Borden, daß Peter die Sache machte. »In Ordnung«, sagte er listig. »Wenn du's nicht tust, laß es mich wissen, dann werd' ich es vielleicht machen. Je mehr ich darüber nachdenke, desto besser gefällt mir die Idee.«

»Ich weiß noch nicht«, sagte Peter schnell, »ich muß mir erst klarwerden. Aber ich sag' dir Bescheid.«

Johnny sah die Tür an. Auf der Glasscheibe stand: »Samuel Sharpe« und in kleineren Buchstaben darunter: »Theateragentur«. Er drückte die Klinke herunter und trat ein. Das Zimmer war nur klein; die Wände waren mit Fotos bedeckt, alle mit der Widmung: »Meinem lieben Sam.« Johnny sah sie genau an, es schien immer dieselbe Handschrift zu sein. Er lächelte vor sich hin.

Durch eine andere Tür kam ein Mädchen herein und setzte sich an ein Pult an der Wand. »Was kann ich für Sie tun?« fragte sie.

Sie war hübsch, dieser Sharpe hatte Geschmack, fand Johnny. Er warf seine Karte auf ihr Pult. »Mr. Edge möchte Mr. Sharpe sprechen.«

Sie nahm die Karte und betrachtete sie. Es war eine einfache Karte mit sorgfältiger Gravierung: »Johnny Edge, Vizepräsident der Magnum-Film«.

»Wollen Sie nicht Platz nehmen?« sagte sie respektvoll. »Ich werde nachsehen, ob Mr. Sharpe frei ist.«

Johnny lächelte sie an, als er sich setzte. »Sie sollten zum Film.«

Sie wurde rot und ging hinaus. Nach einem Augenblick kam sie zurück. »Mr. Sharpe wird in ein paar Minuten frei sein.« Sie setzte sich an ihr Pult und versuchte, beschäftigt auszusehen.

Johnny nahm eine Theaterzeitschrift auf und warf einen Blick hinein. Aus den Augenwinkeln sah er, daß sie ihn beobachtete, und legte die Zeitschrift hin. »Schöner Tag, nicht?« sagte er freundlich.

»Ja, Sir.« Und sie schob einen Bogen in die Schreibmaschine und begann zu tippen.

Johnny stand auf und ging zu ihr hinüber. »Glauben Sie, daß man aus der Handschrift den Charakter erkennen kann?« fragte er.

Sie schien verblüfft. »Ich hab' nie darüber nachgedacht, aber es könnte schon sein.« Sie hatte eine angenehme Stimme.

»Schreiben Sie mal was auf ein Stück Papier.«

Sie nahm einen Bleistift. »Was soll ich schreiben?« Er dachte eine Sekunde nach: »Schreiben Sie: für Sam von – und dann Ihren Namen.« Er lächelte entwaffnend.

Sie kritzelte etwas auf ein Stück Papier und gab es ihm. »Da, Mr. Edge, aber ich weiß nicht, ob Sie was damit anfangen können.«

Johnny sah erst auf das Papier und dann mit plötzlicher Überraschung zu ihr. Sie lachte, und er grinste und las noch einmal, was sie geschrieben hatte.

»Sie hätten mich ruhig fragen können«, stand da, »Jane Andersen. Zu weiteren Auskünften bereit.«

Er stimmte in ihr Lachen ein. »Ich hätte mir denken können, Jane, daß Sie mich durchschauen.«

Sie wollte antworten, aber es klingelte neben ihrem Pult. »Sie können rein, Mr. Sharpe ist frei«, sagte sie lächelnd.

Er ging zur Tür, blieb aber stehen und sah zu ihr zurück. »Sagen Sie« – er sprach im Bühnenflüsterton –, »war Mr. Shape wirklich beschäftigt?«

Sie warf den Kopf zurück. »Natürlich«, antwortete sie im gleichen Tonfall, »er hat sich rasiert.«

Johnny lachte und ging ins andere Zimmer, das genauso aussah wie das erste, nur größer. Die gleichen Fotos an den Wänden, aber ein größerer Schreibtisch. Dahinter saß ein kleiner Mann im hellgrauen Anzug.

Er hielt Johnny die Hand hin. »Freut mich, Sie kennenzulernen, Mr. Edge«, sagte er mit dünner, aber nicht unangenehmer Stimme.

Johnny kam gleich zur Sache. »Die Magnum-Film kauft die Verfilmungsrechte für den ›Banditen‹, und wir möchten, daß Warren Craig auch im Film die Titelrolle spielt.«

Sharpe schüttelte betrübt den Kopf, sagte aber nichts.

»Warum schütteln Sie den Kopf, Mr. Sharpe?«

»Tut mir leid, Mr. Edge, wenn es irgendein anderer von meinen Klienten gewesen wäre, hätten Sie ihn vielleicht kriegen können, aber Warren Craig –«, er beendete den Satz nicht, machte nur eine hilflose Geste mit den Händen.

»Was meinen sie mit ›aber Warren Craig‹?«

Sharpe lächelte beschwichtigend. »Mr. Craig ist einer unserer ersten Schauspieler, und Sie wissen, wie die über die Flimmerkiste denken – sie sehen auf sie herab, das ist es. Und außerdem, um aufs Praktische zu kommen, zahlen sie nicht genug.«

»Wieviel ist das Übliche für Warren Craig, Mr. Sharpe?«

»Craig bekommt einhundertfünfzig Dollar die Woche, und ihr Flimmerleute wollt nicht mehr als fünfundsiebzig zahlen.«

Johnny beugte sich vor und senkte seine Stimme. »Mr. Sharpe, was ich Ihnen jetzt sage, ist streng vertraulich.«

Sharpe hob den Kopf. »Ich weiß dieses Vertrauen zu schätzen«, sagte er rasch.

»Gut«, und Johnny zog seinen Stuhl näher heran. »Die Magnum-Film will keinen gewöhnlichen Streifen aus dem ›Banditen‹ machen, sondern einen ganz neuen Filmtyp schaffen, etwas, was neben den besten Theaterstücken rangieren kann. Deshalb möchten wir Warren Craig für die Rolle haben, die er auf der Bühne kreiert hat.« Er schwieg eindrucksvoll.

»Wir sind bereit, ihm für diese Rolle vierhundert Dollar pro Woche zu zahlen, mit einer Mindestgarantie von zweitausend Dollar.« Johnny lehnte sich zurück, um die Wirkung seiner Worte auf Sharpe zu beobachten.

Er konnte sehen, daß Sharpe interessiert war und die Sache gern machen würde. Aber Sharpe seufzte tief und sagte bedauernd: »Ich will aufrichtig zu Ihnen sein, Mr. Edge; Ihr Angebot ist sehr großzügig, aber ich fürchte, ich kann Craig nicht dazu bringen, es anzunehmen. Ich muß Ihnen wiederholen, daß Craig nichts vom Film hält, daß er ihn sogar verachtet und für unter der Würde seiner Kunst ansieht.«

Johnny stand auf. »Wenn Sarah Bernhardt es nicht unter ihrer Würde findet, in Frankreich zu filmen, kann sich Mr. Craig vielleicht auch entschließen, hier in einem Film zu spielen.«

»Ich hab' davon gehört, aber ich hab's nicht geglaubt«, sagte Sharpe. »Ist es wirklich wahr?«

Johnny nickte. »Sie können es glauben«, log er, »unser französischer Vertreter war dabei, wie der Vertrag abgeschlossen und unterzeichnet wurde.« Er zögerte eine Sekunde und fügte dann hinzu: »Natürlich würden wir Ihnen dieselbe Tantieme zahlen, die der Agent von Madame Bernhardt erhielt, nämlich zehn Prozent der Garantiesumme.«

»Mr. Edge«, sagte Sharpe, indem er aufstand, »Sie haben mich überzeugt und für Ihr Vorhaben gewonnen, aber Sie müssen auch Mr. Craig überzeugen. Mir würde er gar nicht zuhören, wollen Sie selbst mit ihm reden?«

»Jederzeit.«

Als Johnny wegging, hatten sie sich geeinigt, daß Sharpe ihn anrufen würde, sobald eine Verabredung mit Craig getroffen war.

Beim Hinausgehen blieb er an Janes Pult stehen und sagte lächelnd: »Wegen der weiteren Auskünfte . . .«

Sie gab ihm einen Bogen, auf dem sauber mit Schreibmaschine ihr Name, ihre Adresse und ihre Telefonnummer getippt waren.

»Rufen Sie bitte nicht nach acht Uhr an«, sagte sie, »es ist eine Pension, und die Wirtin hat es nicht gern, wenn noch nach acht telefoniert wird.«

Johnny lachte. »Ich werde Sie anrufen, Jane. Dann brauchen wir uns wegen der Wirtin nicht zu sorgen.«

Und er ging pfeifend weg.

Johnny kam erst spät am Nachmittag ins Studio.

»Wo hast du denn gesteckt?« fragte Peter. »Ich hab' den ganzen Tag nach dir gesucht.«

Johnny ließ sich auf einer Ecke des Schreibtisches nieder. »Ich hatte zu tun. Zuerst war ich bei Craigs Manager. Dann hab' ich mit George gegessen, der heute in der Stadt war.«

»Warum?«

»Wegen Geld«, sagte Johnny vergnügt. »Es sieht so aus, als ob wir Craig bekommen, und da kann es ja nichts schaden, wenn wir langsam das Geld für den Film beschaffen; George gibt uns tausend.«

»Ich habe noch nicht gesagt, daß wir den Film machen.«

»Weiß ich; aber wenn du ihn nicht drehst, macht es jemand anders. Und ich will nicht dabeistehen und zusehen, während das passiert.«

Peter sah ihn an, aber Johnny hielt seinen Blick stand. Schließlich fragte Peter: »Du bist also fest entschlossen?«

Johnny nickte. »Ganz fest. Ich hab' es satt.«

Das Telefon läutete. Peter nahm den Hörer ab und hielt ihn dann Johnny hin. »Es ist für dich.«

Johnny nahm ihn. »Hallo!«

Dann hörte er ein paar Minuten lang der Stimme im Telefon zu, legte die Hand über die Muschel und sagte zu Peter:

»Es ist Borden. Hast du heute morgen mit ihm über den Film gesprochen?«

»Ja. Was will er?«

Johnny antwortete nicht, sondern sprach statt dessen in den Apparat, während er Peter fragend ansah: »Ich weiß noch nicht, Bill, er hat sich noch nicht entschlossen.«

Eiliges Sprechen am andern Ende des Drahtes.

»Bestimmt, Bill, bestimmt, ich geb' dir Bescheid.« Johnny legte auf.

»Was wollte er denn?« fragte Peter mißtrauisch.

»Er wollte wissen, wozu du dich entschlossen hast. Wenn du's nicht tun willst, will er mich sehen.«

Jetzt explodierte Peter. »Der Gauner!« Er kaute wütend auf seiner Zigarre herum. »Heute morgen hab' ich erst mit ihm darüber gesprochen, und schon versucht er, meine Idee zu klauen. Was hast du gesagt?«

»Das hast du ja gehört: daß du dich noch nicht entschieden hast.«

»Ruf ihn an und sag ihm, daß wir den Film machen.«

»Wirklich?« Johnny grinste.

»Ja«, sagte Peter zornig, »ich will Willi Bordanow zeigen, daß er meine Ideen nicht stehlen kann.«

Johnny nahm den Hörer ab.

»Einen Augenblick, ich werde ihn selbst anrufen«, sagte Peter. »Er hat mir versprochen, mir für den Film zweitausendfünfhundert Dollar zu leihen, und er soll sie mir gleich rüberschicken.«

Das leichteste an dem ganzen Projekt war die Beschaffung des Geldes. Die Theaterbesitzer, mit denen Johnny gesprochen hatte, waren nur zu bereit, das Geld für den Film aufzubringen. Sie hatten die üblichen Filme satt. Johnny erhielt Summen von eintausend Dollar, wie von George Pappas, bis herunter zu hundert Dollar von einem kleinen Kinobesitzer auf Long Island.

Es war innerhalb der Filmbranche das größte offene Geheimnis. Jeder, außer den Leuten vom Verband, wußte davon. Die andern Unabhängigen warteten gespannt darauf, was geschehen würde.

Peter kaufte inzwischen in aller Stille so viel Rohfilm auf, wie er bekommen konnte, und Joe schrieb mit dem Autor zusammen das Stück für den Film um.

Warren Craigs Garderobe war überfüllt, während er sich abschminkte. Im Spiegel konnte er sehen, wie die Leute angeregt miteinander sprachen, nur das hübsche Mädchen in der Ecke sagte nichts, sie sah nur beeindruckt dem Prozeß des Abschminkens zu.

Er fühlte sich wohl. Die Vorstellung heute abend war gut gewesen, und er wußte es. Es gab Abende, an denen alles wie geschmiert ging, und umgekehrt. Er kreuzte abergläubisch die Finger bei dem Gedanken. Das Mädchen sah die Bewegung im Spiegel und lächelte, noch ein wenig zaghaft. Er lächelte zurück.

Mit Schwung wischte er den letzten Rest Cold Cream ab und drehte sich um. »Und jetzt entschuldigt mich, gute Leute«, sagte er mit seinem vollen Bariton, »aber ich muß aus diesem provinziellen Kostüm heraus.«

Sie lachten, wie immer, wenn er das sagte; es war ein Teil der Vorstellung geworden. Er hatte ein Cowboykostüm an, das ihm gut stand. Die kräftigen Farben des Hemdes betonten seine breiten Schultern ebenso wie die dunklen Lederhosen seine sehr schmalen Hüften.

Er ging hinter einen Wandschirm, und nach eine paar Minuten erschien er in gewöhnlichen Kleidern. Im Abendanzug sah er genauso gut aus wie im Kostüm. Er war Schauspieler und wußte es. Alles, was er trug, tat und sagte, ließ einen niemals vergessen, daß er aus einer Familie kam, die seit drei Generationen dem amerikanischen Theater angehörte.

Sie konnten ihm jetzt ihre Huldigungen darbringen. Er stand mit leicht vorgeneigtem Kopf mitten im Zimmer und sprach zu jedem, der zu ihm kam und ihn beglückwünschte, ein paar Worte. Zwischen den Lippen hielt er lässig eine lange russische Zigarettenspitze.

In dieser Pose sah Johnny ihn zuerst, als er hinter Sam Sharpe in die Garderobe trat. Warren Craig war nicht sehr glücklich über Sams Erscheinen; es fiel ihm ein, daß er Sam – wenn auch widerstrebend – versprochen hatte, mit dem Flimmerkistenkerl zu reden, und er hätte lieber versucht, sich mit dem hübschen Mädchen in der Ecke zum Essen zu verabreden.

Aber er lächelte philosophisch. Wenn man einer der ersten Schauspieler Amerikas war, dachte er, war man nicht immer Herr seiner Zeit.

Allmählich leerte sich das Zimmer. Zuletzt ging das hübsche Mädchen. Von der Tür lächelte sie noch einmal zu ihm zurück. Er machte eine hilflose kleine Geste, die deutlicher als Worte sagte: Tut mir leid, Liebe. Aber es hat eben auch seine Nachteile, wenn man ein großer Schauspieler ist.

Ihr Lächeln antwortete ihm, er verstand es: Ich begreife, ein andermal. Die Tür schloß sich hinter ihr.

Johnny entging die kleine Szene nicht. Er stand ruhig da und schätzte Craig ab. Zweifellos war er ein guter Schauspieler, aber seine Eitelkeit hing um ihn wie ein weiter Mantel. Nun, er hatte Grund zur Eitelkeit. Er war jung, etwa fünfundzwanzig, schätzte Johnny, gut aussehend, mit schmalen ebenmäßigen Zügen, dickem schwarzem lockigem Haar, das sich wundervoll fotografieren lassen würde.

Craig nahm Johnny nun erst wirklich wahr. Sein erster bestürzter Gedanke war: Der ist ja jünger als ich, und schon Vizepräsident von so einem Flimmerkonzern. Aber dann sah er andere Dinge, die ein Durchschnittsmensch zuerst nicht an Johnny bemerkte. Die vom Theater lernen, auf bestimmte Kennzeichen zu achten, die wichtig sind. Johnnys Mund war breit und großzügig, aber zugleich fest und entschlossen. Sein Kiefer hatte eine leicht aggressive Wölbung, aber wirkte beherrscht. Das Ungewöhnlichste an ihm aber waren seine Augen. Sie waren dunkelblau, und tief innen schien eine verborgene Flamme zu brennen. Ein Idealist, dachte Craig.

»Hast du Hunger, Warren?« fragte Sharpe mit seiner dünnen kleinen Stimme.

Craig zuckte die Achseln. »Ich könnte was essen«, sagte er, so als ob Nahrung ihm gleichgültig wäre. Und zu Johnny: »Diese Vorstellungen nehmen einen mit.«

»Kann ich mir denken, Mr. Craig.«

Craig erwärmte sich an Johnnys Stimmklang. »Hören Sie, wir wollen nicht so formell sein. Mein Name ist Warren.«

»Meiner Johnny.«

Die beiden schüttelten sich die Hand, und Sam Sharpe lächelte vor sich hin, als sie die Garderobe verließen. Es sah so aus, als ob er die zehn Prozent Kommission kriegen würde.

5

Joe saß im Sessel und sah zu, wie Johnny sich die Krawatte band. Er mußte sie zweimal neu binden, dann riß er sie ab und nahm eine andere vom Ständer. »Verdammt!« murmelte er. »Ich krieg' sie nie beim erstenmal richtig hin.«

Joe lächelte. Seit er an jenem Morgen Johnny vor dem Risiko gewarnt hatte, in das er Peter mit seinem Film stürzen würde, hatte er nichts mehr zu dem Thema gesagt. Er leistete seinen Beitrag an der Arbeit und hoffte, daß alles gut auslaufen würde. Aber bis jetzt ging alles zu glatt. Er hatte böse Vorahnungen, wenn er sah, *wie* glatt, und schalt sich dann einen Pessimisten.

»Hast du 'ne Verabredung?« fragte er Johnny.

Johnny nickte, ganz mit seiner Krawatte beschäftigt.

»Kenn' ich sie?«

Die Krawatte war endlich in Ordnung. »Glaub' ich nicht«, meinte Johnny. »Sharpes Sekretärin.«

Joe pfiff vor sich hin. »Sei vorsichtig, Junge. Ich hab' die hübsche kleine Blondine einmal gesehen; sie gehört zu der Sorte, die geheiratet werden will.«

Johnny lachte. »Unsinn. Die kann Spaß verstehen.« Joe schüttelte den Kopf in gespielter Traurigkeit. »Ich hab' so was schon mal passieren sehen. Du gehst mit einer Dame rein zum Vergnügen aus und kommst an der Kette nach Hause.«

»Jane ist nicht so. Sie weiß, daß ich keine ernsten Absichten habe.«

»Das mag eine Dame wissen – glauben wird sie's nie.« Dann aber wurde Joe ernst. »Du gehst mit Peter morgen zum Verband?«

Johnny nickte. Es war Ende Mai, und alles war fertig, um mit den Dreharbeiten zu dem Film anzufangen. Drehbuch und Rollenbesetzung standen; die einzige Schwierigkeit war, ein Studio zu finden, das groß genug war. Ihr eigenes war erbarmungswürdig klein.

Sie hatten es bei den andern Unabhängigen versucht; aber kein Studio war frei. So hatten sie sich entschlossen, ein Studio vom Verband zu mieten, der mehrere große Studios besaß, die für den »Banditen« genügen würden; eins davon, das wußte Johnny, wurde während des Sommers nicht gebraucht. Sie waren übereingekommen, dem Verband zu sagen, daß sie eine Serie drehen wollten – eine plausible Erklärung. »Und wenn sie es ablehnen?« fragte Joe.

»Sie werden schon nicht«, sagte Johnny zuversichtlich. »Hör mit der Schwarzseherei auf.«

»Gut, gut, ich hab' ja nur gefragt.«

Das Geklapper der Pferdehufe auf dem Pflaster verstummte, die Droschke hielt. Der Kutscher fragte: »Wohin jetzt, Sir?«

»Noch mal um den Park«, sagte Johnny, und zu Jane: »Es ist dir doch recht? Oder bist du müde?«

Ihr Gesicht schien im Mondlicht blaß. Die Nacht war warm, aber sie trug einen Schal um die Schultern. »Ich bin nicht müde.«

Die Droschke setzte sich wieder in Bewegung, und Johnny lehnte sich in die Polster zurück. Er sah zum Himmel: Die Sterne waren aufgegangen und blinkten auf ihn nieder. Er verschränkte die Hände hinter dem Kopf. »Wenn wir mit dem Film fertig sind, Janey, sind wir auf dem richtigen Weg, und nichts kann uns mehr aufhalten.«

Er fühlte, wie sie sich neben ihm bewegte.

»Johnny?«

»Ja, Jane?«

»Denkst du nie an etwas anderes? Immer nur an den Film?«

Er wandte sich ihr überrascht zu. »Was meinst du damit?«

»Es gibt im Leben auch noch was anderes als nur Filme.«

Er reckte sich lachend. »Für mich nicht.« Sie drehte ihr Gesicht von ihm weg und blickte aus dem Wagen hinaus. »Andere Leute finden neben ihrem Geschäft auch noch Zeit für etwas anderes.«

Er legte einen Arm um ihre Schultern, mit der anderen Hand drehte er ihr Gesicht zu sich. Einen Augenblick lang sah er sie an, ehe er sie küßte. Ihre Lippen waren warm, und ihre Arme schlossen sich hungrig um ihn, fielen aber ebenso rasch wieder von seinen Schultern.

»Meinst du diese Dinge, Janey?« fragte er weich.

Sie antwortete nicht gleich, erst nach ein paar Sekunden sagte sie leise: »Ich wünschte, du hättest das nicht getan, Johnny.«

Johnny war überrascht. »Warum nicht, Liebes? Hast du das nicht gemeint?«

Sie sah ihn wieder mit ihrem offenen Blick an. »Ja und nein. Ein Kuß bedeutet an sich nichts, nur was dahinter ist, zählt. Es tut mir leid, daß du mich geküßt hast, weil ich jetzt weiß, daß nichts dahinter ist. Du hast keinen Raum in dir für Gefühle, Johnny. Es gibt nur den Film.«

Das Büro des Verbandes war in einem großen Gebäude in der 23. Straße. Das Gebäude hatte zwölf Stockwerke, und der Verband brauchte sie alle. Das Büro war im siebten Stock, und als Johnny und Peter aus dem Fahrstuhl stiegen, wurden sie von einem jungen Mädchen empfangen. »Wen wollen Sie sehen, bitte?«

»Mr. Segale«, antwortete Peter. »Wir sind Mr. Edge und Mr. Kessler; wir sind angemeldet.«

»Wollen Sie Platz nehmen?« Das Mädchen zeigte auf ein bequemes Sofa an der Wand. »Ich werde Mr. Segales Büro anrufen.«

»Ein Riesenladen«, flüsterte Johnny.

»Ich bin nervös«, sagte Peter.
»Nimm's leicht. Sie haben keine Ahnung von unserem Plan. Wir brauchen uns nicht zu sorgen.«
Peter wollte antworten, aber das Mädchen unterbrach ihn. »Mr. Segale wartet auf Sie. Gehen Sie bitte die Halle rechts runter, sein Name steht an der Tür.« Sie bedankten sich und gingen. Das Gebäude war groß und bedrückte sie. Gelegentlich eilte jemand mit ungeheuer wichtiger Miene an ihnen vorbei. Sogar auf Johnny machte es Eindruck.
Auf der Tür stand: »Mr. Segale – Produktionsleiter.« Sie traten ein und befanden sich in einem Vorzimmer. Ein Mädchen wies auf eine andere Tür an einer Innenwand: »Dort hinein, bitte. Mr. Segale erwartet Sie.«
Sie gingen hinein; der Raum war schlicht, aber großzügig eingerichtet. Ein dikker weinroter Teppich bedeckte den Boden, an den graugetünchten Wänden hingen mehrere Gemälde, und überall standen üppige Ledersessel und -sofas.
Hinter einem imponierenden Nußbaumschreibtisch saß Mr. Segale. Er begrüßte sie herzlich und zeigte auf die Sessel. »Machen Sie es sich bequem, meine Herren. Rauchen Sie?« Er reichte eine Zigarrenkiste herum.
Peter nahm eine und steckte sie an. Johnny dankte und nahm eine Zigarette.
Mr. Segale war ein kleiner fetter Mann mit einem Kindergesicht. Aber seine blauen Aguen waren ungewöhnlich scharfblickend, und die Lippen seines kleinen runden Mundes waren schmal.
Unter seinem Blick bekam Johnny ein schlechtes Vorgefühl. Dieses Baby ist kein Narr, dachte er. Es wird nicht so leicht sein, diese hellblauen Augen hinters Licht zu führen. Aber er sagte nichts.
Mr. Segale sprach als erster. »Was kann ich für Sie tun?«
Peter entschloß sich, ohne Umschweife zu reden. »Die Magnum-Film möchte gern für drei Wochen die Slocum-Studios für eine Serie mieten.« Mr. Segale faltete die Hände über seinem Magen und lehnte sich zurück. Er sah zur Decke und blies den Rauch nach oben. »Ich verstehe. Ich glaube, Sie haben von uns eine Lizenz erhalten zur Produktion von Kurzfilmen, nicht über sechshundert Meter lang.«
»Stimmt, Mr. Segale«, sagte Peter schnell.
»Die Geschäfte damit laufen gut?« fragte Segale. Johnny sah Peter an. Die Dinge nahmen nicht den gewünschten Verlauf. Aber Peter antwortete mit sanftem Erstaunen: »Was für eine Frage! Sie wissen ja, wie unsere Geschäfte gehen.«
Mr. Segale setzte sich gerade auf. Seine rundlichen Hände suchten auf dem Schreibtisch nach einem Papier; er fand und studierte es. »Im letzten Jahr haben Sie über zwanzigtausend Meter Film produziert.«
Peter antwortete nicht. Auch er fühlte, daß irgend etwas schiefging, und sah schnell zu Johnny hinüber. Dessen Gesicht war kalt, seine blauen Augen hart hinter den zusammengekniffenen Lidern. Er sah mit sinkendem Mut, daß es Johnny genauso ging wie ihm. »Warum alle diese Fragen, Mr. Segale? Wir wollen nur Platz, um eine Serie zu produzieren.«
Mr. Segale stand auf und ging zu Peter. Vor dessen Stuhl blieb er stehen und sah auf ihn hinunter. »Ist das alles, Mr. Kessler?«
Johnny fühlte, daß der Mann mit Peter spielte wie die Katze mit der Maus, daß er wußte, was sie vorhatten, es gewußt hatte noch vor ihrem Kommen. Warum sagte er es nicht gerade heraus?
Peters Stimme war glatt und ohne Ausdruck, als er erwiderte: »Natürlich, Mr. Segale. Wozu sollten wir das Studio sonst haben wollen?«
Segale sah ihn an. »Es ist mir zu Ohren gekommen, daß Sie aus dem ›Banditen‹ einen Großfilm machen wollen.«
Peter lachte. »Lächerlich. Vielleicht habe ich mal davon gesprochen, eine Serie daraus zu machen, aber einen Großfilm – niemals.«
Segale ging zu seinem Sessel zurück und setzte sich. »Es tut mir leid, Mr. Kess-

ler, aber das Slocum-Studio ist den Sommer über bereits vermietet, so daß Sie es nicht bekommen können.«

Johnny sprang erregt auf. »Was meinen Sie mit ›vermietet‹? Das ist nur eine Ausrede. Ich weiß, daß diesen Sommer dort nicht gedreht wird.«

»Ich weiß nicht, woher Sie Ihre Informationen beziehen, Mr. Edge«, sagte Segale glatt, »aber ich muß es ja schließlich wissen.«

»Ich nehme also an«, warf Peter ein, »daß der Verband nicht wünscht, daß die Magnum eine Serie herstellt.«

»Mr. Kessler, der Verband wünscht, daß die ›Magnum‹ ab 1. Juni überhaupt keine Filme mehr herstellt. Gemäß Paragraph 6, Abteilung A unseres Vertrages nehmen wir hiermit unsere Lizenz an Sie zurück.«

Johnny sah, daß Peters Gesicht bei Segales Worten grau wurde. Für eine Sekunde sank er im Sessel zusammen, dann straffte er sich, die Farbe kehrte in sein Gesicht zurück, und er stand auf. »Der Verband übt also seine Monopolrechte aus, um jede Konkurrenz auszuschalten.«

Segale betrachtete ihn. »Nennen Sie es, wie Sie wollen. Der Verband übt nur die ihm vertraglich zustehenden Rechte aus.«

»Sie können die ›Magnum‹ nicht daran hindern, Filme herzustellen, indem Sie den Vertrag kündigen, Mr. Segale. Sie können überhaupt den Fortschritt in der Filmproduktion nicht aufhalten. Die ›Magnum‹ wird auch weiterhin Filme machen, mit oder ohne Ihre Lizenz!«

»Der Verband will Sie keineswegs aus der Branche drängen, Mr. Kessler. Sie müssen sich bloß erneut verpflichten, nur Kurzfilme nicht über sechshundert Meter Länge herzustellen.«

Peter stand ruhig da, aber innerlich wirbelten seine Gedanken durcheinander. Hier war eine Chance, sein Geschäft zu retten, aber wenn er sie ergriff, war es mit jeder eigenen Initiative gegen den Verband vorbei.

Er wollte nur einen Film machen – Hunderte, Tausende Meter Zelluloid mit kleinen Bildern drauf. Aber auf der Leinwand erwachten sie zum Leben, da wurden sie zu wirklichen Personen, wirklichen Landschaften, gewannen Bedeutung und Sinn. Die Leute weinten und lachten mit ihnen, sie waren in der Lage, Gefühle zu erregen, genau wie das Theater, die Literatur, die Musik – wie jede Kunst. Und Kunst mußte frei sein, um sich zu entfalten, um bedeutend zu werden, genau wie ein Mensch frei sein mußte, um das Leben zu leben, das er sich vorstellte.

Damals, als er dies anfing, hatte Esther gesagt: »Tu nur, was du möchtest. Daß wir eine Wohnung in Riverside Drive haben, ist nicht so wichtig . . .«

Er wußte genau, was er Segale sagen wollte, aber es kamen ganz andere Worte heraus, die gleichsam selbständig über seine Zunge fluteten. »Die ›Magnum‹ wird keinen Vertrag mehr unterzeichnen, der ihr die Art der Filme vorschreibt, die sie herstellt. Es ist nicht so wichtig, in Riverside Drive zu wohnen.«

Er drehte sich um und ging aus dem Zimmer, Johnny hinterher.

Drinnen kratzte sich Mr. Segale den Kopf und fragte sich, was eine Wohnung in Riverside Drive mit Filmen zu tun hatte.

6

Das weiß gleißende Sonnenlicht tat ihren Augen weh, als sie vor dem Bürogebäude des Verbandes standen. Johnny sah Peter an, dessen Gesicht ihm blaß und eingefallen vorkam. »Komm, wir wollen etwas trinken«, schlug er vor.

Peter schüttelte den Kopf. »Nein, ich glaube, ich gehe nach Hause und lege mich ein bißchen hin. Mir ist nicht besonders gut.« Seine Stimme zitterte.

Johnny sagte mitfühlend: »Es tut mir leid, Peter, das wollte ich nicht«, schließlich war es seine Schuld, daß es soweit gekommen war.

Peter fiel ihm ins Wort: »Laß nur, Johnny. Es ist meine Schuld genauso wie deine. Ich wollte es.« Er sog an seiner Zigarre, die kalt geworden war. Er versuchte, sie wieder in Brand zu setzen, aber seine Hand zitterte so sehr, daß es ihm nicht gelang. Schließlich warf er sie angewidert weg.

Sie sahen einander bedrückt an, jeder mit seinen Gedanken beschäftigt. Für Peter schien dies das Ende all seiner Pläne. Sein Gewissen begann ihn zu plagen. Er war bei Segale zu voreilig gewesen. Er hätte das Angebot annehmen und jemand anderem den Kampf mit dem Verband überlassen sollen, jemandem, der mehr Kapitel und eine festere Position besaß. Er fühlte sich verwirrt und elend. Vielleicht konnte er die Dinge klarer sehen, wenn er nach Hause ging und alles mit Esther besprach.

Johnny plante bereits, den Film woanders zu machen. Es mußte doch noch ein anderes Studio geben, das sie mieten konnten. Der Verband konnte doch nicht in ganz New York die einzige Organisation mit einem Studio sein, das für den »Banditen« groß genug war. Er mußte sich umsehen. Vielleicht konnte Borden ihm Raum vermieten – der stellte Serien her, und wenn man sich einrichtete, reichte es eventuell für den »Banditen«. Schließlich war Borden mit zweitausendfünfhundert Dollar beteiligt, die er sicher nicht gern verlieren würde.

»Ich hole dir eine Droschke«, sagte Johnny.

Als die Droschke kam, half er Peter hinein. »Mach dir nicht allzuviel Sorgen, wir seifen die Kerle schon ein!«

Peter nickte; zu sprechen traute er sich nicht, er fürchtete, in Tränen auszubrechen. Die Droschke setzte sich in Bewegung, und Johnny sah ihr nach, bis sie um die Ecke bog.

Als Johnny hereinkam, saß Joe am Schreibtisch und las Zeitung. Er sprang erregt auf und wollte fragen: »Wie ging –«, brachte aber den Satz nicht zu Ende, als er Johnnys Gesicht sah. Er sank in seinen Stuhl zurück. »Nicht gutgegangen?«

Johnny schüttelte den Kopf.

»Wie ist das gekommen?«

Johnny sagte wütend: »Sie wußten über alles Bescheid. Irgendein Lump hat den Mund nicht halten können.«

Joe nickte philosophisch. »Das hat ja kommen müssen.«

Johnny schrie fast: »Es hätte nicht so kommen müssen. Es hätte gutgehen können.«

Joe hob die Hand. »Sachte, sachte, Junge. Es hat keinen Zweck, daß du mich anschreist. Ich hab' nichts verraten.«

Johnny war sofort zerknirscht. »Tut mir leid, Joe, ich weiß es ja. Aber ich hätte Peter nicht dazu drängen sollen. Wenn ich meine große Klappe gehalten hätte, wären wir noch im Geschäft.«

Joe pfiff. »So schlimm steht es?«

»Ja«, sagte Johnny düster. »Sie haben die Lizenz zurückgezogen.‹

»Auf den Schreck muß ich was trinken«, sagte Joe.

»Wo ist die Flasche?«

Joe öffnete ein Schreibtischfach und nahm eine Flasche und zwei kleine Gläser heraus, die er schweigend füllte. Eins gab er Johnny und sagte: »Na dann Prost.«

Sie tranken in einem Zug aus.

Johnny hielt Joe sein Glas hin. Sie tranken wieder. Dann saßen sie eine ganze Zeit schweigend da.

Zuletzt brach Joe das Schweigen. »Und was tun wir jetzt?«

Johnny sah ihn an; Joe war ein anständiger Kerl. Er machte ihm keine Vorwürfe, obwohl er es hätte tun können. »Ich weiß nicht. Laemmle macht seinen Pickford-Film in Kuba, aber dazu fehlt uns das Geld. Wir müssen schon hier in der Nähe was finden. So ohne weiteres geb' ich nicht auf.«

»Jetzt weiß ich, warum Santos mal gesagt hat, du seist ein Kämpfer. Du gibst wohl nie auf, was?«

Johnny hatte einen entschlossenen Zug um den Mund. »Wir machen den Film.« Er nahm den Hörer ab und verlangte Bordens Nummer. Borden meldete sich.

»Bill«, sagte er, »hier spricht Johnny.«

Borden zögerte leicht, ehe er antwortete. »Oh – hallo, Johnny.«

»Wir waren beim Verband, hatten aber kein Glück. Können wir von dir Atelierraum kriegen?«

Borden schien verlegen. »Es ist jetzt schon verflucht eng hier, Johnny.«

»Weiß ich. Aber vielleicht können wir uns dazwischenquetschen. Wir haben in die Geschichte schon zuviel reingesteckt.«

»Ich würde dir gern helfen, Johnny« – Borden sprach sehr zögernd –, »aber ich kann nicht.«

»Was meinst du damit?« fragte Johnny zornig. »Du warst ja einverstanden damit, daß Peter den Film machen wollte. Ihr wißt ja alles, daß es auch eure Sache ist.«

Bordens Stimme klang außerordentlich demütig. »Es tut mir wirklich leid, Johnny, ehrlich.«

Plötzlich ging Johnny ein Licht auf. »Hast du was vom Verband gehört?«

Borden schwieg eine Sekunde und antwortete dann entschuldigend. »Ja.«

»Was haben sie gesagt?«

»Ihr steht auf der schwarzen Liste. Du weißt, was das heißt.«

Johnny fühlte Übelkeit in sich aufsteigen. Er wußte Bescheid, jeder der anderen unabhängigen Produzenten, der mit der »Magnum« Geschäfte machte, würde seine Lizenz verlieren. »Und du richtest dich danach?« fragte er.

»Was sollen wir machen? Wir können es uns nicht leisten, ausgeschlossen zu werden.«

»Aber Peter kann es, wie?« sagte Johnny böse. Borden geriet ins Stottern. »Laß – laß mich darüber nachdenken. Ich ruf' dich morgen an.«

»Gut«, sagte Johnny und hing auf. Und zu Joe. »Der Verband war schon tätig; wir stehen auf der schwarzen Liste.«

Joe stand auf.

Johnny sah ihn überrascht an. »Wohin gehst du?«

Joe lächelte. »Eine Zeitung kaufen. Ich will mal die Stellenangebote durchsehen.«

»Laß den Unfug und setz dich. Wir haben Sorgen genug.«

Joe setzte sich. »Also, was tun wir als nächstes?«

»Weiß ich noch nicht. Aber es muß einen Ausweg geben. Ich hab' Peter in diese Lage gebracht und ich muß ihn auch wieder rausholen.«

»Gut, Junge. Auf mich kannst du jederzeit zählen.«

»Danke, Joe.«

»Bedank dich nicht. Erinnere dich, daß ich immerhin zweitausendfünfhundert in das Geschäft gesteckt hab'.«

7

Der Sommer ging langsam dahin, ohne daß sie ein Studio fanden, wo sie ihren Film drehen konnten. Johnny war bei jedem einzelnen der Unabhängigen gewesen, aber keiner half.

Sie waren alle voller Sympathie und stimmten mit Johnny darin überein, daß man nur auf dem Wege, den die Magnum-Film eingeschlagen hatte, mit dem Verband fertig werden konnte, aber das war auch alles. Vergeblich bewies Johnny ihnen, daß die »Magnum« für sie alle kämpfte, daß es für sie alle von großem Vorteil sein würde, wenn die »Magnum« die Oberhand behielt – sie stimmten zu, aber keiner war gewillt, den Entzug seiner Lizenz zu riskieren.

Ende August waren sie nahezu erledigt. Das Geld war zu Ende. Esther hatte im

Juli ihr Mädchen entlassen. Peter war mager geworden und sah neidisch und nachdenklich zu den Metallwarengeschäften hin, an denen er vorbeiging.

Joe verbrachte fast den ganzen Tag im Studio mit endlosen Patiencen. Weder er noch Johnny hatten einen Pfennig von ihrem Gehalt angenommen, seit die Lizenz entzogen worden war, aber sie hielten zusammen. Um Geld zu sparen, aßen sie alle bei Peter, einfache, aber kräftige Mahlzeiten, und Esther beklagte sich nie über die Extraarbeit.

Hier und da erhielt Joe eine Aushilfsstellung bei einem andern unabhängigen Produzenten; das Geld, das er so verdiente, warf er in den gemeinsamen Topf. Am meisten von ihnen allen hatte sich Johnny verändert.

Er lächelte nur noch selten. Als die ganzen Sorgen anfingen, war er schon schlank gewesen, jetzt aber war er dünn, ja mager, mit tief in die Höhlen gesunkenen Augen. Nur die Flamme darin war nicht erloschen. Nachts lag er da und starrte schlaflos gegen die Decke. Er fühlte, daß es ohne sein Drängen nie soweit gekommen wäre.

Sein einziger Gedanke war, diesen Film zu machen. Er wußte, daß sie den Kampf gewonnen hatten, wenn ihnen das gelang. Jeden Morgen wachte er mit der Überzeugung auf, daß er heute ein Studio finden würde. Aber die Tage gingen hin, und seine Hartnäckigkeit fing an, den Produzenten auf die Nerven zu gehen. Sie ließen sich verleugnen, wenn er kam, und gingen ihm aus dem Wege, wenn sie ihn sahen.

Als Johnny das merkte, wurde er verbittert. Die Schufte, dachte er, sie spielen sich als die Helden auf, solange ein anderer für sie den Kampf austrägt, aber wenn sie mal ein bißchen Hilfe leisten sollen, reden sie nicht einmal mehr mit dir.

Ihr Rechtsanwalt hatte den ganzen Sommer über vergeblich versucht, gerichtlich den Verband daran zu hindern, die »Magnum« auf die schwarze Liste zu setzen. Schließlich kam er zu Peter und sagte ihm, es sei nutzlos, den Kampf fortzusetzen. Der Lizenzvertrag war zu geschickt abgefaßt und die Position des Verbandes zu gut gesichert, als daß man von dieser Seite her hätte angreifen können. Außerdem wollte er Geld statt Versprechungen.

Peter bezahlte ihn schweigend, und sie setzten ihren Kampf fort. Aber jetzt war es Ende August, und der Tag, an dem sie abrechnen mußten, rückte immer näher.

Peter, Johnny und Joe saßen zusammen im Büro, als Warren Craig mit Sam Sharpe hereinkam.

Johnny stand auf und hielt ihm die Hand hin. »Hallo, Warren.«

Aber Craig ignorierte ihn und ging an ihm vorbei zu Peter. »Mr. Kessler.«

Peter sah müde zu ihm auf. Er hatte in der letzten Nacht nicht allzugut geschlafen, weil er versucht hatte auszurechnen, wie weit ihr Geld reichen würde. Es war nicht sehr weit. »Ja, Mr. Craig.«

»Mr. Kessler, ich muß jetzt endgültig wissen, wann wir mit dem Film beginnen, oder ich muß kündigen«, sagte Craig hochtrabend.

Peter spreizte matt die Hände auf dem Schreibtisch. »Ich würde Ihnen gern ein festes Datum nennen, Mr. Craig, aber wie kann ich? Ich weiß es ja selbst nicht.«

»Dann muß ich kündigen.« Sam Sharpe sprach mit seiner dünnen Stimme dazwischen. »Sei nicht voreilig, Warren. Es ist schließlich nicht ihre Schuld, und vielleicht . . .«

Craig drehte sich rasch um. Seine Stimme klang scharf und schneidend. »Mit ›vielleicht‹ ist es aus, Sam. Ich habe mich von dir zu dieser ganzen Sache überreden lassen. Als wir den Vertrag unterzeichneten, hieß es, der Film sollte Mitte Juli fertig sein. Jetzt ist es bald September, und die neue Saison am Broadway fängt an. Wenn du ein tüchtiger Manager wärst, hättest du mir eine Rolle in einem neuen Stück verschafft, statt mich mit diesem närrischen Projekt hinzuhalten.«

Sam schien förmlich zusammenzuschrumpfen. »Aber, Warren . . .«, fing er an, doch ein Blick von Craig brachte ihn zum Schweigen.

»Einen Augenblick« – Johnny pflanzte sich kampflustig vor Craig auf –, »sie sind für die ganze Zeit, die Sie sich zur Verfügung gehalten haben, bezahlt worden, nicht?«

»Das stimmt.«
»Zweitausend im Monat, für Juni, Juli und August, nicht wahr?«
»Stimmt. Aber . . .«
»Zum Teufel mit dem ›Aber!‹« schrie Johnny. »Wir wollten Ihnen zweitausend für den Film zahlen. Als wir merkten, daß wir nicht rechtzeitig anfangen konnten, waren Sie einverstanden damit, so lange monatlich zweitausend Dollar zu bekommen, bis der Film fertig ist. Jetzt, wo der Sommer und damit Ihre tote Zeit zu Ende geht, wollen Sie kneifen!«
»Ich kneife nicht«, sagte Craig unbehaglich. »Aber ich muß an meine Karriere denken. Am Broadway ist man rasch vergessen, wenn man nicht jede Saison mit einem neuen Stück herauskommt.«
»Sie sind bei uns im Vertrag, daß Sie den Film machen!« schrie Johnny mit geballten Fäusten, »und bei Gott, Sie werden den Vertrag erfüllen!«
»Johnny«, rief Peter scharf.
Johnny drehte sich überrascht zu ihm um.
»Was hat das alles für einen Zweck?« sagte Peter leise. »Laß ihn raus, wenn er will. Die ganze Geschichte ist ohnehin nichts mehr wert.«
»Aber wir haben ihm bereits sechstausend Dollar bezahlt.«
»Wir könnten ihm noch weitere hunderttausend bezahlen, wenn wir sie hätten, und wären keinen Schritt weiter als jetzt«, sagte Peter. Und dann zu Craig:
»In Ordnung, Mr. Craig, ich nehme Ihre Kündigung an.«
Craig wollte etwas sagen, besann sich aber anders, drehte sich auf dem Absatz um und ging hinaus. »Komm, Sam«, rief er über die Schulter.
Sharpe blieb eine Sekunde zurück. »Es tut mir leid, Johnny. Ich wollte es nicht und hab' auch versucht, es ihm auszureden.«
Johnny nickte.
»Morgen schick' ich meine Kommission zurück«, sagte Sharpe voller Mitgefühl.
»Das brauchst du nicht; du hast dir dein Geld ehrlich verdient. Dich trifft keine Schuld.«
»Unser Vertrag sah voraus, daß Craig den Film machen sollte; er hat es nicht getan. Ich lass' mich nicht dafür bezahlen, daß ich den Vertrag nicht gehalten hab'.«
Johnny sah ihn an; der kleine Mann hatte seinen Stolz. »In Ordnung, Sam.« Sie schüttelten sich kurz die Hand, und Sharpe eilte hinter seinem Klienten hinaus.
Ein paar Sekunden herrschte Stille: Dann sprach Joe mit angespannter brüchiger Stimme. »Ich glaub', ich geh' mich jetzt besaufen.«
Johnny blinzelte. »Das ist die erste gute Idee in diesem Sommer!«

8

Johnnys Kopf lag auf dem Tisch. Die kühle Marmorplatte tat gut. Jemand versuchte ihn hochzuziehen, aber er wollte nicht aufstehen. Er schob die Hände weg. »Meine Schuld, Peter, alles meine Schuld.«
Joe sah auf ihn hinunter und sagte dann zu dem Mann neben ihm: »Er ist betrunken, Al.«
Al Santos sagte kurz: »Du bist der Richtige, um so zu reden.«
»Er ist betrunkener als ich.«
»Er hat noch nicht die Erfahrung wie du beim Trinken; er ist noch ein Kind.«
»Er ist zweiundzwanzig.«
»Meinetwegen kann er fünfzig sein«, gab Al zurück, »für mich ist er immer noch ein Kind.« Er schüttelte Johnny. »Komm, Junge, steht auf. Ich bin Al, ich hab'die ganze Nacht nach dir gesucht.«
Johnny drehte nur den Kopf und murmelte: »Tut mir leid, Peter, alles meine Schuld.«

Al fragte Joe: »Was redet er da immer?«

Joe wurde langsam nüchtern, seine Augen wurden klarer. »Armer Kerl, er wollte einen Film machen, und dabei ist die ganze Firma geplatzt. Wir haben alle unser Geld verloren, und Johnny sagt, es ist seine Schuld.«

»Ist es?«

»Nein. Es war freilich seine Idee; aber die Idee war gut, und außerdem hat uns ja niemand gezwungen. Wir sind alt genug, um zu wissen, was wir tun.«

»Komm hierher und erzähl mir alles«, sagte Al und ging zu einem andern Tisch; er bestellte eine Flasche Wein.

Schweigend hörte er zu, während er berichtete. Hier und da sah er zu Johnny hinüber, der schlief, und lächelte nachsichtig.

Johnny Edge. Ihm fiel ein, wie er diesen Namen zum erstenmal gehört hatte. Eines Abends, spät im Jahr 1898, war ein Wagen auf seinem Rummelplatz gefahren. Das war dreizehn Jahre her – eine lange Zeit, aber sie kam ihm gar nicht so lang vor.

Es war in dem Jahr, als er und sein Bruder Luigi die Farm in Kalifornien gekauft hatten, Luigi wollte Trauben und Orangen züchten, wie in der alten Heimat, und er wollte einen Platz haben, wohin er gehen konnte, wenn er sich vom Geschäft zurückzog. – Und jetzt war es soweit, er war vierundfünfzig Jahre alt, hatte das Geschäft aufgegeben und wollte auf seine Farm in Kalifornien.

Es war eines Morgens früh gewesen, er war aus seinem Wagen gekommen. Die purpurgrauen Morgennebel bedeckten noch den Boden, als er um den Wagen ging und sich erleichterte. Er fühlte, daß jemand ihn beobachtete, und drehte sich um.

Es war ein kleiner Junge, ungefähr neun Jahre alt. Al betrachtete ihn genau. Jungen von diesem Alter gab es sonst nicht auf dem Rummelplatz. »Wer bist du?«

»Johnny Edge«, hatte der Junge gesagt und ihn aus unschuldigen blauen Augen angesehen.

Al sah verständnislos drein, und der Junge erklärte eilig: »Ich bin mit Vater und Mutter gekommen. Sie sind gestern abend in Ihrer Schau aufgetreten.«

»Oh«, Al verstand plötzlich, »du gehörst zu Doc Psalter?«

»Das ist mein Vater«, hatte Johnny ensthaft gesagt, »aber es ist nicht sein richtiger Name. In Wirklichkeit heißt er Walter Edge und meine Mutter Jane Edge. Da drüben ist ihr Wagen.«

»Gut«, hatte Al gesagt, »laß uns rübergeben und guten Morgen sagen.«

»Du bist Al Santos, nicht?«

Al nickte und ging auf den Wagen zu. Plötzlich blickte er hinab: Der Junge hatte seine Hand genommen und ging mit ihm.

Ihm fiel die Nacht ein, in der Johnnys Eltern in dem Feuer umgekommen waren, das im großen Zelt ausgebrochen war. Jane war von dem Zelt erfaßt worden, als der Hauptmast zusammenbrach, und Johnnys Vater lief ihr nach. Als sie ihn herausholten, hatte er schwere Brandwunden. Sein Haar war weg, überall sah das rohe Fleisch durch die verbrannte Haut.

Sie legten ihn auf die Erde. Auf der einen Seite kniete Al, Johnny auf der anderen.

Johnnys Vater schlug die Augen auf und fragte: »Jane?« Seine Stimme war so schwach, daß man sie kaum hören konnte.

Al schüttelte den Kopf und schaute mitleidig zu Johnny hin. Johnny war erst zehn Jahre alt und begriff noch nicht recht, was so schnell geschehen war.

Walter Edge ergriff die Hand seines Sohnes, mit der anderen nahm er Als Hand. »Kümmere dich um ihn, Al«, flüsterte er, »er ist doch noch so ein kleiner Kerl.« Er rang nach Atem und sah mit schmerzverzerrtem Gesicht zu Al auf. »Hilf ihm, wenn er jemals aus unserm Geschäft raus will, Al. Laß ihm nicht passieren, was mir passiert ist.«

Das war der Grund, warum Al Johnny nicht zurückhielt, als er vom Rummelplatz wegging. Er erinnerte sich auch, wie Johnny ihm überallhin gefolgt war, um alles zu lernen, was es auf dem Rummelplatz zu tun gab.

Al hatte niemals Zeit gehabt zu heiraten und eine Familie zu gründen wie sein Bruder Luigi, und nach einer gewissen Zeit kam es ihm vor, als ob Johnny sein eigener Sohn sei. Als Johnny zu Peter zurückging, sagte Al nichts. Wenn der Junge es so wollte, war es ihm recht.

Jetzt, wo er sich vom Geschäft zurückgezogen hatte, wollte er Johnny noch einmal sehen, ehe er nach dem Westen ging. Er war ins Studio gegangen, hatte aber niemanden getroffen. Als er Peter anrief, wußte der nicht, wohin Johnny gegangen war. Er hatte Johnny angerufen, aber da meldete sich niemand.

Und nun hatte er ihn durch Zufall gefunden. Er war in das Lokal in der Vierzehnten Straße gegangen, wo alle Leute vom Rummelplatz verkehrten, um sich nach Joe umzusehen. Er hatte nicht damit gerechnet, Johnny zu finden, hatte im Grunde nur gehofft, daß Joe wissen würde, wo er war.

Joe war mit seinem Bericht zu Ende. Al schwieg einen Augenblick und steckte sich eine dünne schwarze Zigarre an.

»Was ist denn dieser Verband, von dem du immer redest?« fragte er. »Der kontrolliert alle Kinopatente; ohne seine Zustimmung kann man keine Filme machen.« Joe war gespannt, worauf Al hinauswollte.

»Das Material für diesen Film habt ihr?«

»Liegt alles im Studio.«

Al drehte die Zigarre nachdenklich in der Hand. »Weck Johnny auf, ich muß mir ihm reden.«

Joe stand auf und ging zur Bar. Er hatte eine Gänsehaut, wie immer, wenn er aufgeregt war. »Gib mir einen Kübel mit Eiswasser«, sagte er zu dem Mixer.

Der füllte schweigend einen Kübel unter der Theke und gab ihn Joe.

Joe ging zu Johnny und goß das Eiswaser über ihn.

Das Wasser platsche auf Johnnys Hinterkopf und rann an den Kleidern herunter. Johnny regte sich nur ein bißchen.

Joe ging zur Bar zurück. »Mach ihn noch mal voll.«

Der Mixer füllte den Kübel, und Joe wiederholte die Prozedur.

Diesmal erwachte Johnny. Er setzte sich auf, schüttelte den Kopf. »Es regnet«, sagte er.

Joe sah ihn an und sagte dann zu dem Mixer: »Noch mal dasselbe, dann müßte er in Ordnung sein.«

Johnny versuchte, seinen Blick auf Joe zu konzentrieren, aber vor seinen Augen verschwamm alles. Was hatte Joe bloß in der Hand?

Das Wasser traf ihn. Es war eiskalt, er fühlte es bis ins Mark. Plötzlich war sein Kopf klar, er stand auf – allerdings noch ein bißchen wackelig – und brachte mit klappernden Zähnen heraus: »Was, zum Teufel, machst du da?«

Joe grinste. »Ich versuche, dich nüchtern zu kriegen. Wir haben Gesellschaft.« Und er zeigte auf Al.

9

Als Peter um Viertel vor acht ins Studio kam, saß Johnny am Schreibtisch und sprach aufgeregt auf einen kleinen dunklen Mann ein, den Peter nie zuvor gesehen hatte. Johnny hatte etliche Bogen Papier vor sich liegen, die er gerade dem Fremden zeigte, als er Peter sah.

Er sprang auf und ging Peter entgegen. Der Mann im grellkarierten Anzug folgte ihm. »Das ist Al Santos«, stellte Johnny vor.

Peter sah einen kleinen sonnengebräunten Mann mit einer dünnen schwarzen Zigarre zwischen den kräftigen weißen Zähnen.

Johnny erklärte: »Wir können bei Al drehen.« Peter lächelte. »Freut mich, Sie kennenzulernen, Mr. Santos.«

Al nahm die Zigarre aus dem Mund und winkte Peter damit zu. »Ich heiße Al. Zu mir sagt niemand Mister.«

Peters Lächeln wurde breit. Mit solchen Männern wie Al, einfach, unkompliziert, fühlte er sich wohl. »Gut, Al«, sagte er, während er eine Zigarre aus der Tasche nahm, »ich kann Ihnen gar nicht sagen, wie ich mich freue, daß wir in Ihrem Studio drehen können.«

Johnny fuhr dazwischen: »Wer hat denn gesagt, daß er ein Studio hat?«

Peter ließ beinahe das brennende Streichholz fallen, das er gegen seine Zigarre hielt. »Er hat kein Studio?«

»Nein.«

»Wo sollen wir dann drehen?«

»Auf seiner Farm«, sagte Johnny. »Er hat Platz genug. Letzten Winter hat Griffith in der Nähe gedreht und sagt, es ist ideales Filmgelände.«

Nun war Peter erst recht bestürzt. »Griffith hat in Kalifornien gedeht. Wir haben kein Geld, um dahinzufahren.«

Johnny lachte. »Doch, Al leiht uns das Zeug.«

Peter wandte sich mit ernstem Gesicht an Al. »Sie sind sehr freundlich; aber ich kann Ihnen keine Sicherheit bieten.«

Für einen Augenblick studierte Al den Mann da vor ihm. Er wußte nach allem, was er von Joe und Johnny über Peters Lage erfahren hatte, was für eine Anstrengung es ihn kosten mußte, so zu reden. Johnny hatte recht, dieser Kessler war grundanständig. Er lächelte sachte. »Ich hab' alle Sicherheiten, die ich brauche, Peter. Ich kenne Johnny seit vielen Jahren, seit er ein kleiner Junge war. Zweimal ist er von mir weggegangen, um für Sie zu arbeiten. Wenn er so was tut, muß der Mann in Ordnung sein, für den er arbeitet, hab' ich mir gedacht. Und jetzt, wo Sie mit mir geredet haben, weiß ich es.«

»Ihnen hat der Rummelplatz gehört?« Langsam begann Peter die Zusammenhänge zu verstehen.

»Stimmt. Aber jetzt hab' ich mich vom Geschäft zurückgezogen.« Er wandte sich zu Johnny. »Schau, Johnny, bring alles mit Peter in Ordnung. Ich geh' ins Hotel und leg' mich ein bißchen schlafen. Ich bin nicht mehr so jung wie ihr.« Er hatte die ganze Nacht über mit Johnny geredet, und man sah es ihm an, daß er jetzt müde war.

»Gut, Al. Wir machen alles fertig und rufen dich dann an.«

Al schüttelte Peter die Hand. »Freut mich, Sie kennengelernt zu haben, Peter. Jetzt machen Sie sich keine Sorgen mehr, es wird schon alles in Ordnung kommen.«

»Mit Ihrer Hilfe. Ich wüßte nicht, was wir sonst . . .« Al ließ ihn nicht ausreden. »Danken Sie mir nicht, Peter. Ich bin lange Zeit im Schaugeschäft gewesen. Um die Wahrheit zu sagen, ich wollte mich noch gar nicht zur Ruhe setzen, aber mein Bruder Luigi hat darauf bestanden. Er hat gesagt: ›Al, du hast Geld genug, jetzt hör auf zu arbeiten und genieß auch mal dein Leben. Wir machen guten Wein hier draußen, wie in Italien. Wir haben Orangen und Leute wie zu Hause. Komm raus und lebe mal.‹ Ich hab's mir überlegt, er hat recht. Ich werde alt. Es hat keinen Sinn, wie ein Pferd zu arbeiten, ich tu', was Luigi sagt. Aber ich denk' immer, ein Mann soll ein bißchen was zu tun haben, ein Interesse, das ihn beschäftigt hält. Mit dem Rummelplatz bin ich übers ganze Land gereist und hab' die Leute überall ins Kino gehen sehen; jeden Tag nimmt das zu. Wie Johnny mit mir geredet hat, hab' ich mir gesagt: Es ist eine gute Idee, und so hab' ich mich entschlossen.«

Peter lächelte verständnisvoll; er hatte gesehen, wie Al beim Reden zu Johnny hinübergeblick hat, und alle seine Worte verrieten Peter nicht halb soviel wie dieser Blick. Die Worte waren nur der Rahmen um den wirklichen Grund, warum Al das alles tat.

Al lächelte zurück; er fühlte, daß Peter ihn verstand, und ohne weitere Worte fühlten beide sich zueinander hingezogen. Al verließ das Büro. Die drei sahen einander an. Joe ergriff Peteres Arm. »Was für eine Wendung!«

»Kalifornien!« sagte Peter, wie aus einer Betäubung erwachend. »Das ist ja dreitausend Meilen weit weg!«

»Dreitausend oder zwanzigtausend«, lachte Johnny, »was macht's?«

»Aber ich kann Esther und die Kinder nicht hierlassen.«

»Wer sagt denn, daß wir sie hierlassen? Wir nehmen sie natürlich mit.«

»Fein«, sagte Peter. Ein Lächeln dämmerte auf seinem Gesicht; plötzlich aber sah er wieder bestürzt und sorgenvoll aus.

»Was ist jetzt wieder los?« fragte Johnny.

»Ich dachte gerade an all die Gefahren.«

Johnny sah verblüfft zu Joe. »Was denn für Gefahren?«

»Die Indianer«, sagte Peter ernsthaft.

Joe und Johnny brachen in Gelächter aus. Joe lachte, daß ihm die Tränen über die Backen liefen und er sich die Seiten halten mußte. »Die Indianer!« brachte er heraus. Peter sah sie an, als ob sie übergeschnappt wäre. »Was ist daran so komisch?«

Aber sie lachten nur noch mehr.

Die Kamera und die Ausrüstung sollten sofort verpackt werden. Es würde etwa eine Woche dauern, bis alles zum Versand fertig war.

Am späteren Nachmittag, als die Aufregung sich etwas gelegt hatte, ging Johnny zu Sam Sharpe. Den Scheck, den Sam mit der Morgenpost geschickt hatte, nahm er mit, er war entschlossen, ihn zurückzugeben und darauf zu bestehen, daß Craig seinen Vertrag erfüllte.

Jane sah ihn kommen. »Der Herr Vizepräsident persönlich! Was macht der Film?«

Er schwieg verletzt. Das Licht der Deckenlampe fiel voll auf ihn, und nun merkte sie erst, wie er aussah. Seit jener Nacht, als sie durch den Park gefahren waren, hatte sie ihn nicht wiedergesehen, und das hatte ihr weh getan. Aber als sie jetzt sah, wie dünn er geworden war, daß er Falten um Augen und Mundwinkel bekommen hatte, war sie zerknirscht. Alles, was Sam ihr erzählt hatte, wurde ihr jetzt klar.

Impulsiv ergriff sie seine Hand und sagte leise: »Verzeih, Johnny, ich wollte nicht gemein sein.«

»Es ist meine Schuld, Jane. Ich hätte es besser wissen sollen.«

»Es ist meine Schuld genauso gut wie deine. Wir wünschen uns nur jeder was anderes, und jetzt, wo wir das wissen, können wir vergessen, was geschehen ist.«

Er lächelte sie an, und sie dachte: Erstaunlich, wie jung und strahlend er aussieht, wenn er lächelt. »Du bist ihn Ordnung, Jane«, sagte er.

»Du auch, Johnny.« Dann fragte sie geschäftsmäßig: »Du willst Sam sprechen?«

Er nickte.

»Geh nur hinein.«

Sam saß hinter seinem Schreibtisch, als Johnny den Kopf zur Tür reinsteckte. »Komm rein, Johnny, ich hab' gerade an dich gedacht.«

Sie schüttelten sich die Hand, und Johnny nahm den Scheck heraus und legte ihn auf den Schreibtisch. »Hier hast du ihn zurück.«

»Einen Augenblick, Johnny. Erinnere dich bitte an das, was ich gestern gesagt habe. Ich nehm' kein Geld dafür, daß ich etwas nicht getan habe.«

»Du wirst schon was dafür tun, Sam. Ich kann dir heute ein Datum für den Film geben, und Craig muß seinen Vertrag erfüllen, ob er will oder nicht.«

»Du hast einen Platz zum Drehen?« fragte Sam. »Und gestern dachte ich, ihr wäret fertig.«

Johnny lächelte. »Das war gestern, Sam. Aber im Filmgeschäft zählt das Gestern nicht. Heute ist es in Ordnung.«

»Das wird Craig nicht gefallen«, grinste Sam. »Aber mir macht's Spaß. Wo dreht ihr denn?«

»Streng vertraulich, Sam – in Kalifornien!«

»Kalifornien!« Sam war ganz glücklich. »Jetzt weiß ich bestimmt, daß es Craig nicht gefallen wird.«

»Nächste Woche reisen wir ab. Ich werde aufpassen, daß er seine Fahrkarte so rechtzeitig bekommt, daß er gleichzeitig mit uns an der Bahn sein kann.«

Sam nahm den Scheck und zerriß ihn. »Er wird da sein«, versprach er, »und wenn ich ihn an den Haaren herbeischleifen muß.«

Nur Borden und Pappas wußten, wohin sie gingen. Man wollte nicht riskieren, daß wieder etwas von den Neuigkeiten durchsickerte. Dem ganzen Stab war strengstens anbefohlen, den Mund zu halten.

Al Santos reiste mit dem Versprechen nach Kalifornien ab, alles bei ihrer Ankunft fertig und bereit zu haben. Esther lagerte ihre Möbel bis zur Rückkehr ein, schloß die Wohnung und nahm die Kinder aus der Schule.

Doris las jedes Buch über Kalifornien, das sie bekommen konnte. Sie war die erste von ihnen, die eine richtige Kalifornierin wurde – sie wurde es eigentlich an dem Tag, an dem sie erfuhr, daß sie hinreisten.

Zwei Tage vor ihrer Abreise läutete das Telefon auf Peters Schreibtisch. Johnny kam aus dem Atelier, wo er beim Packen geholfen hatte, und hob den Hörer ab, weil Peter nicht da war.

Borden meldete sich. »Ist Peter da?« fragte er mit vor Aufregung schriller Stimme.

»Nein. Warum? Was soll er?«

»Ich habe gerade erfahren, daß der Verband einen Teil eurer Wechsel aufgekauft hat und diesen Morgen bei Gericht einen Zahlungsbefehl gegen euch erwirken will.«

»Heute morgen?« schrie Johnny. Dann könnten sie kein Stück der Ausrüstung verschicken! »Aber Freitag abend fahren wir ab!«

»Nicht, wenn sie das Urteil kriegen. Am besten fahrt heute abend, wenn ihr es schafft.«

Johnny hing ein und sah auf die Uhr. Es war fast elf. Der ganze Stab mußte benachrichtigt, die Ausrüstung an den Zug gebracht werden, Peter mußte die Wohnung räumen, und schließlich und endlich mußten die Fahrkarten umgetauscht werden.

Wenn sie es bis abends nicht schafften, waren sie erledigt.

10

Johnny raste ins Studio, auf der Suche nach Joe, aber das Atelier war leer, nur die Kisten standen da, fertig zum Versand.

Er rannte in die Kneipe an der Ecke. Dort stand Joe an der Theke, ein Glas Bier in der Hand.

Er warf nur einen Blick auf Johnny und setzte das Glas hin. »Was ist jetzt los?«

»Das Dach stürzt ein«, sagte Johnny kurz und bündig, »komm zurück ins Büro.«

Joe ging mit; an der Tür blieb er stehen, sagte: »Einen Augenblick . . .«, ging zur Theke zurück und trank sein Bier aus, wischte sich den Mund und folgte Johnny. Unterwegs erklärte Johnny, was geschehen war. »Wir sind erledigt«, sagte Joe mit langem Gesicht, als sie ins Studio kamen.

»Nicht, wenn wir heute abend abfahren.«

»Heute abend? Du bist verrückt, das schaffen wir nie!«

»Wir müssen«, sagte Johnny dickköpfig.

»Vielleicht geht gar kein Zug«, sagte Joe hart, »oder wir kriegen keine Fahrkarten mehr. Wir täten besser dran, klein beizugeben, die Kerle sind zu mächtig für uns, wir können sie nicht schlagen.«

»Läßt du mich im Stich, Joe?«

Joe wich seinem Blick nicht aus. »Du solltest mich besser kennen, Junge. Ich war zuerst gegen diese verrückte Idee, aber als du Peter rumkriegtest, hab' ich mitgemacht, oder nicht? Den ganzen Sommer hab' ich damit zugebracht, daß ich zu dir gehalten hab'. Aber jetzt versuchst du was Unmögliches. Die Chance, daß wir damit durchkommen, ist eine Million zu eins, das mußt du doch auch sehen. Wir sind am Ende, Johnny, du hast es so lange aufgehalten, wie du nur konntest.« Johnny ließ ihn ausreden und wiederholte nur kalt: »Du läßt mich also im Stich?«

»Nein«, schrie Joe, »nein, ich lass' dich nicht im Stich, aber wenn wir damit fertig sind, trete ich dich so lange in den Hintern, bis du einmal um den Block läufst!«

Johnny lächelte, seine innere Anspannung ließ etwas nach. »Wenn wir damit fertig werden, wird es mir ein Vergnügen sein, wenn du das tust!«

Er ging zum Schreibtisch, nahm die Fahrkarten und gab sie Joe. »Renn zum Bahnhof, versuch sie für heute abend umzutauschen. Wenn kein Zug geht, nimm Karten nach irgendeinem Ort außerhalb des Staates. Von da aus müssen wir halt sehen, wie wir nach Kalifornien kommen.« Joe nahm schweigend die Karten und ging. »Und ruf mich an, sobald du Bescheid weißt!« rief Johnny ihm nach.

Dann setzte er sich und rief bei Peter an.

Esther war am Apparat.

»Wo ist Peter?«

»Ich weiß nicht«, sagte sie überrascht, »ist er nicht bei dir?«

»Nein.«

»Unbegreiflich. Er ging heute früh von hier weg ins Studio.«

Johnny schwieg einen Augenblick.

»Was ist los? Ist irgend etwas nicht in Ordnung?« fragte sie schnell.

»'ne ganze Menge. Wir müssen heute abend weg. Kannst du das schaffen?«

»Aber was machen wir mit Peter?«

»Ich suche ihn; aber wenn er dich vorher anruft, sag ihm, er soll mich anrufen.«

»In Ordnung«, und sie hing auf. Sie verschwendet keine überflüssige Zeit mit Fragen; wenn Johnny sagte, sie müßten weg, hatte er seinen Grund.

Johnny telefonierte mit der Frachtgesellschaft, und sie erklärten sich bereit, sofort zwei Lastwagen zu schicken. Eine Stunde später rief Joe an, daß heute abend ein Zug ginge, aber ohne Schlafwagen.

»Gibt es Karten für die zweite Klasse?« fragte Johnny.

»Bestimmt.«

»Worauf, zum Teufel, wartest du noch? Nimm sie! Wir nehmen den Zug heute abend, und wenn wir bis Kalifornien stehen müssen!«

»In Ordnung. Ich komme dann mit den Karten zurück ins Büro.«

»Nein!« schrie Johnny. »Ruf dann deine Leute zusammen und sorg dafür, daß sie am Zug sind, geh nach Hause pack unsre Sachen. Wir treffen uns heute abend am Zug.«

Als der letzte Lastwagen mit den Kisten abfuhr, läutete das Telefon. Johnny nahm ab.

»Hier ist Borden. Ist Peter jetzt da?«

»Nein.«

»Dann halt ihn vom Studio weg. Der Verband hat den Zahlungsbefehl erwirkt und will ihn Peter heute nachmittag präsentieren.«

»Wie kann ich ihn weghalten, wenn ich nicht einmal weiß, wo er ist?« Johnny war außer sich.

»Ich weiß auch nicht, wo er ist. Als ich ihn heute früh sah, dachte ich, er ginge ins Studio.«

»Du hast ihn gesehen? Wo denn?« schrie Johnny.

»In der Synagoge, wo wir jeden Morgen hingehen.«

»Ach so.« Johnny war enttäuscht. Da würde Peter ja nicht den ganzen Tag bleiben.

»Dann hab' ich noch was rausbekommen, Johnny.«

»Ja?«

»Jemand hat dem Verband verraten, daß ihr am Freitag abfahren wolltet, ich weiß nur nicht, wer.«

»Der Lump«, sagte Johnny bitter. Der zweite Apparat läutete. »Bill, das andere Telefon läutet, vielleicht ist es Peter. Ich versuche, dich später noch mal anzurufen.«

Am Apparat war Joe.

»Was willst du?«

»Ich kann Craig nicht erreichen.«

»Laß es, ich rufe Sharpe an. Geh du nach Hause, packen.«

Er rief Sharpe an. »Jemand hat uns beim Verband verraten, so daß wir noch heute abend aus der Stadt müssen. Kannst du Craig erreichen?«

»Mach dir keine Sorgen, Johnny«, sagte Sam, »ich bring' ihn an den Zug.«

Der Tag ging hin. Johnny konnte nicht stillsitzen. Zigarette nach Zigarette trat er mit dem Absatz aus, während er sich am Ende der einen die andere ansteckte. Wo, zum Teufel, steckte Peter? Er sah auf seine Uhr: Es war vier, nur noch drei Stunden bis zur Abfahrt des Zuges. Er betete schweigend: »Peter, Peter, wo du auch bist, ruf mich an, ruf Esther an! Oder ruf um Gottes willen überhaupt jemand an und laß uns wissen, wo du bist.«

Es schien, als ob sein Stoßgebet erhört würde: das Telefon läutete. Er riß den Hörer an sich und schrie: »Peter?« in die Muschel.

»Ist er denn noch nicht da?« fragte Esther.

Er sank in seinem Stuhl zusammen. »Nein.«

»Alles ist fertig, Johnny. Die Möbelleute waren da, wir können weg.«

Er richtete sich langsam auf. »Gut, geh zum Bahnhof. Joe ist dort, ich komme etwas später.«

»Aber Johnny«, sagte sie, und ihre Stimme klang, als ob sie den Tränen nahe sei, »was sollen wir denn tun? Wir können ihn nicht finden. Vielleicht ist ihm was zugestoßen.«

Er versuchte sie zu beruhigen. »Mach dir keine Sorgen. Als Borden ihn heute morgen in der Synagoge sah, ging es ihm gut.«

Sie war einen Augenblick ganz still und fragte dann ungläubig; »Willi hat ihn heute morgen in der Synagoge gesehen?«

»Ja. Mach dir keine Gedanken ...« Sie ließ ihn nicht ausreden. »Ich mach' mir keine Gedanken mehr, Johnny. Da ist er noch! Wie dumm von mir, daß ich nicht eher daran gedacht habe! Es ist der zehnte Todestag seines Vaters, und er wird den *Kaddisch* für ihn sagen!«

»Bist du sicher?«

»Ganz sicher.« Sie lachte glücklich. »Da ist er. Vor lauter Aufregung und Nervosität hab' ich es vergessen.«

»Esther, du bist ein Engel. Geh du jetzt zum Zug, ich hole ihn!«

Peter saß in der vordersten Reihe, die Augen auf sein Gebetbuch geheftet; er bewegte die Lippen beim Lesen.

Johnny blieb ihm gegenüber stehen und rief leise: »Psst!«

Peter sah auf. Er zeigte keine Überraschung, Johnny hier zu sehen. Seine Augen waren umwölkt und schienen in eine weite Ferne zu blicken. Plötzlich schien sein Blick klar zu werden. »Johnny!« sagte er und zeigte auf seinen Kopf.

Johnny begriff ihn nicht. »Ich muß mit dir reden!« flüsterte er ihm zu. Einige andere Männer in der Synagoge blickten zu Johnny hin, anscheinend unwillig über die Störung.

Peter nahm etwas von der Bank auf und hielt es Johnny hin: es war ein kleines schwarzes Käppchen. Er bedeutete Johnny, er solle es aufsetzen. »Dein Kopf ist unbedeckt«, flüsterte er.

Johnny setzte das Käppchen auf. »Komm mit, ich muß dich sprechen.« Peter folgte ihm nach hinten in die Synagoge. »Was ist los?«

»Ich hab' dich den ganzen Tag gesucht; warum hast du nicht Bescheid gesagt, wo du hingehst?«

»Seit wann muß ein Mann ankündigen, wenn er in die Synagoge geht? Ich fragte dich ja auch nicht, wann du in die Kirche gehst«, sagte Peter gekränkt.

Johnny war verzweifelt. »Ich frage dich ja nicht, warum du gehst, nur, warum du nicht Bescheid sagst. Wir sitzen in der Tinte. Heute abend müssen wir aus der Stadt heraus sein.«

»Heute abend?« schrie Peter. Der Klang der eigenen Stimme bestürzte ihn, er sah sich schuldbewußt um. Flüsternd wiederholte er: »Heute abend?«

»Ja. Der Verband hat einen Vollstreckungsbefehl gegen uns, und wenn sie uns den präsentieren, sind wir erledigt.«

»Mein Gott!« sagte Peter. »Ich muß es Esther sagen.«

»Nicht nötig, ich hab' schon mit ihr gesprochen. Sie wird mit den Kindern am Zug sein.«

»Und die Ausrüstung?«

»Die ist bereits verladen; um zwei Uhr heute nachmittag ist sie weg.«

»Dann laß uns ins Büro gehen«, sagte Peter, »Ich muß noch ein paar Sachen mitnehmen«, und er ging zur Straße.

Johnny holte ihn ein. »Das kannst du nicht, sie warten dort wahrscheinlich mit ihrem Urteil auf dich.«

Aber Peter blieb hartnäckig. »Ich muß noch mal zurück. Das Drehbuch liegt in meinem Schreibtisch.«

»Ach, zum Teufel damit! Wir müssen zum Zug!«

Esther sah sie als erste, als sie durch die Sperre kamen. »Peter!« rief sie, lief auf ihn zu und warf weinend die Arme um ihn.

Er sagte mit rauher Stimme, die seine Zärtlichkeit verbergen sollte, auf jiddisch: »Warum weinst du denn?«

Johnny fragte Joe: »Sind alle da?«

»Alle außer Craig.«

Johnny sah sich um. »Ich möchte wissen, was ihn nun wieder aufhält.«

»Johnny!« rief da jemand.

Johnny sah auf. Sam Sharpe kam angelaufen, hinter ihm Jane. Vor Johnny blieb er stehen, nach Luft schnappend; sein sonst so rotbäckiges Gesicht war blaß.

»Wo ist Craig?« fragte Johnny.

»Er kommt nicht«, Sharpe rang immer noch nach Luft, »er hat euch an den Verband verraten!«

»Der Schuft!« brach es verbittert aus Johnny heraus. Dann kam ihm ein Gedanke. Noch konnte der Verband sie ja erreichen. »Wo ist er jetzt?«

»In meinem Büro«, sagte Sharpe.

Johnny starrte ihn mit wilden Blicken an. »Er kann noch verraten, daß wir unsere Pläne geändert haben. Wir müssen ihn kriegen.« Er wollte weg.

Sharpe hielt ihn am Arm fest. »Einen Augenblick, Johnny; er kann euch nicht verraten.«

»Was heißt das?«

»Als er mir sagte, was er getan hat, wurde ich so wütend, daß ich ihn niederschlug.«

Johnny sah den kleinen Mann ungläubig an. Craig hatte fast den doppelten Umfang von Sharpe.

Aber Sam blieb dabei. »Ich hab's getan, Johnny. Ich habe ihn gestoßen. Jane hat den Fuß vorgestreckt, und er ist drübergefallen, und dann haben wir ihn festgebunden.«

»Mit einer Wäscheleine«, setzte Jane hinzu.

Johnny lachte. Es mußte zu komisch ausgesehen haben, wie der kleine Mann und das Mädchen dieses aufgeblasene Idol festbanden.

Sharpe fragte ihn besorgt: »Glaubst du, daß wir mit euch kommen können? Wenn er loskommt, wird es peinlich für uns.«

»Sicher«, brachte Johnny, noch immer lachend, heraus, »kommt nur mit, wir können da draußen vielleicht eine Leibwache gut gebrauchen.«

Mittwoch

Es war fünf Uhr, als ich auf die Armbanduhr sah. Das graue Frühlicht färbte sich langsam golden, und ich sagte zu Doris: »Müßtest du nicht noch ein bißchen schlafen, Liebling?«

Ihre Augen waren dunkelblau und umschattet. »Ich bin nicht müde.« sagte sie; aber die Linien in ihrem Antlitz straften sie Lügen.

»Du mußt ruhen, Kleines, so kann das nicht immer weitergehen.«

Der Schatten eines Lächelns glitt über ihr Gesicht und war wieder weg. Mit einem leisen Unterton von Neckerei sagte sie: »Bist du müde, Johnny?«

Es war ein alter Familienscherz; er hatte vor langer Zeit begonnen, als Peter zu jeder Tages- und Nachtzeit ins Studio kam und mich dort fand.

»Johnny schläft nie«, pflegte er lachend zu sagen, »der sorgt sich um sein Geld.«

»Ein bißchen«, gestand ich, »aber du brauchst vor allem Ruhe. Die Lage ist ernst genug, und du darfst nicht schlappmachen.«

Ein Lächeln blühte auf ihrem Gesicht auf und erfüllte mit seiner Wärme ihre Augen. »Gut, Onkel Johnny«, sagte sie mit Kleinmädchenstimme, »aber versprichst du mir, mich morgen zu besuchen?«

Ich zog sie an mich und hielt sie fest: »Morgen und jeden Tag meines Lebens, wenn du es willst.«

»Ach, Johnny«, sagte sie, »ich hab' nie etwas anderes gewollt.« Ich küßte sie. Sie hielt mein Gesicht nah an das ihre, die Hände um meinen Hinterkopf gelegt – aber *wie* sie das machte! Ihre Berührung war leicht und fest zugleich und voll von dem Wissen einer Leidenschaft, die Jahre überdauert hatte. Ich mochte die Weichheit ihres Gesichts an meinem, den leichten Duft, der von ihrem Nacken und ihren Schultern aufstieg, das zarte Knistern ihres Haares unter meinem Streicheln.

Sie trat zurück und sah mich einen Augenblick an, dann nahm sie meine Hand, und wir gingen in die Halle.

An der Tür blieb ich stehen und sagte streng: »Jetzt gehst du direkt nach oben und schläfst etwas.«

»Johnny, du bist süß.«

»Ich kann auch anders sein« – ich versuchte streng zu bleiben, aber es gelang mir nicht so ganz – »wenn du . . .«

»Wenn ich nicht ins Bett gehe, verhaust du mich, wie schon einmal«, sagte sie mutwillig.

»Hab' ich nie getan!« protestierte ich.

»O doch.« Sie legte den Kopf auf die Seite. »Ob du es wohl tun würdest, wenn du zornig genug wärst? Es könnte Spaß machen.«

»Ich werde dich mit einem Stock verhauen, wenn du nicht sofort ins Bett gehst.«

Sie ging den halben Weg zur Treppe, drehte sich um und sah mich an. Schließlich sagte sie ernst: »Verlaß mich nie, Johnny.«

Aus irgendeinem Grunde konnte ich ein paar Sekunden lang nicht reden. Irgend etwas in ihrem Ton, der leise, ruhige Klang, die Einsamkeit und Geduld darin, traf mich tief innen. Dann kamen mir die Worte wie von selbst, ohne daß ich sie formen, ja auszusprechen schien. Sie kamen einfach aus meinem Innern und schlugen eine Brücke zwischen uns, die keine Entfernung je wieder zerstören konnte.

»Niemals mehr, Geliebtes.«

Ihr Ausdruck veränderte sich nicht, aber von innen her schien sie zu leuchten – es drang zu mir durch den Raum hindurch. Einen Augenblick lang stand sie da, dann ging sie die Treppe hinauf.

Ich sah sie gehen. Ihr Schritt war leicht und von der ruhigen Anmut einer Tänzerin. Von oben warf sie mir noch einen Kuß zu.

Draußen, unter einem klaren Himmel, war die Luft kalt. Tau glänzte auf den Blumen in den schrägen Strahlen der Frühsonne. Plötzlich war ich nicht mehr müde. Mit dem ersten Atemzug in der Morgenluft war meine Erschöpfung von mir abgefallen. Es war kurz nach fünf, zu spät, um schlafen zu gehen.

Zwei Häuserblocks weiter fand ich ein Taxi. »Zu den Magnum-Studios«, sagte ich zu dem Fahrer, während ich mir, in die Kissen zurückgelehnt, eine Zigarette anzündete.

Es waren nur fünfzehn Minuten von Peters Wohnung bis zum Studio. Ich bezahlte das Taxi und ging zu dem Tor, das noch verschlossen war; also läutete ich und wartete auf den Wächter.

In dem Torhüterhaus bewegte sich ein Schatten an dem erleuchteten Fenster vorbei, die Tür öffnete sich, und er kam heraus.

Durch das Tor sah und erkannte er mich. Fast unmerklich beschleunigte er seine Schritte, bis er beinahe rannte. Er schloß das Tor auf und sagte: »Ich hab' Sie nicht so schnell zurückerwartet, Mr. Edge.«

»Ich mich auch nicht; es kam ganz überraschend.«

»Kann ich was für Sie tun, Mr. Edge?«

»Nein, danke, ich gehe in mein Büro.«

Ich ging die lange Straße hinunter zum Verwaltungsgebäude. Im Atelier war es ruhig, meine Schritte hallten hohl. In den Bäumen wachten die Vögel auf und fingen an zu zwitschern, ärgerlich über die frühe Störung. Ich lächelte vor mich hin, als ich daran dachte, wie sie immer in den langen Jahren hinter mir her geschimpft hatten, wenn ich so früh ins Studio gekommen war.

Am Verwaltungsgebäude wartete der Nachtwächter auf mich. Er stand in der Tür, noch ganz verschlafen. Der Torhüter hatte ihn wohl angerufen und ihm gesagt, daß ich käme. »Guten Morgen, Mr. Edge.«

»Guten Morgen«; ich ging hinein.

Er eilte vor mir her durch die Halle und schloß mein Büro auf. »Kann ich Ihnen etwas besorgen, Mr. Edge, Kaffee oder sonst etwas?«

»Nein, danke.« Ich schnupperte. Die Luft im Büro war tot und muffig. Er bemerkte es, stürzte ans Fenster und öffnete es. »Ein bißchen frische Luft hier kann nicht schaden.«

Ich dankte lächelnd, und er ging eilig, die Tür sorgfältig hinter sich zuziehend. Ich zog meinen Überzieher aus und hing ihn in den Schrank. Mir war nach etwas Stärkendem zu trinken zumute nach der langen Nacht.

Zwischen meinem Büro und dem von Gordon war eine kleine Küche mit einem Eisschrank, Speiseschrank und einem kleinen elektrischen Herd, auf dem ein Kaffeetopf stand, noch warm. Der Nachtwächter hatte sich wohl Kaffee gekocht. Aus dem Eisschrank holte ich eine kleine Flasche Ingwerbier und aus meinem Schreibtisch eine Flasche Bourbon-Whisky, von einem kleinen Tisch dahinter ein Glas. Ich füllte das Glas zwei Finger hoch mit Whisky und goß dann das Bier darüber, bis es halb voll war. Es schmeckte genau richtig. In einem Zug trank ich fast die Hälfte davon, dann ging ich ans Fenster.

Der Himmel war schon heller, ich konnte gut sehen. Direkt hinter unserm Gebäude lag das Autorenhaus, rechts und links in einer Art von Halbmond standen die technischen Gebäude, hinter dem Autorenhaus die Tonhalle Nummer eins.

Ja, das war ein neues Haus, schneeweiß, ganz modern, feuerfest. Die erste Halle, die Peter und ich eröffnet hatten, war mehr eine Scheune als sonst etwas. Es war ein planloser Bau mit vier Wänden und ohne Dach, so daß die Sonne hineinscheinen konnte. Beim ersten Anzeichen von Regen pflegten wir eine große Zeltbahn drüberzudecken. Auf einer kleinen Plattform hoch oben saß immer ein Mann, der den Himmel genau beobachtete.

Wir nannten ihn den Regenwächter. Sobald Regen drohte, schrie er warnend nach unten, und die Zeltbahn wurde eilig hochgezogen. Wir verschoben das immer auf die letzmögliche Minute, weil die Quecksilberlampe, die wir für die Innenausleuchtung benutzten, so viel Strom verbrauchten. Joe Turner hatte sich das ausgedacht. Als wir ausrechneten, wie teuer die Lampen waren, hatte er vorgeschlagen. »Baut die Halle doch ohne Dach; wenn es regnet, decken wir sie zu.«

Jo war jetzt schon fast zwanzig Jahre tot, aber vieles von ihm lebte so frisch in meiner Erinnerung, als ob ich ihn in den letzten beiden Jahrzehnten täglich gesehen hätte. Ich hörte immer noch sein schallendes Lachen, wenn er erzählte, wie wir den Grund und Boden für das Studio umsonst bekommen hatten; es war eine seiner Lieblingsgeschichten. Als ich die Bodenfläche überblickte, auf der unser Studio heute stand, mußte ich auch lächeln. Sie hatte uns wirklich keinen Cent unseres eigenen Geldes gekostet.

Es war, nachdem ich mit der ersten Kopie des »Banditen« nach New York zurückgekommen war. Peter konnte wegen des Urteils, das der Verband noch gegen ihn in Händen hielt, nicht mitkommen. Die erste Vorführung fand in Bill Bordens Studio statt. Seit Fox einen erfolgversprechenden Prozeß gegen den Verband angestrengt hatte, zeigten die unabhängigen Produzenten etwas mehr Rückgrat.

Der Vorführraum war überfüllt. Alle wichtigen Verleiher hatten sich eingefunden, dazu noch eine große Anzahl unserer Gläubiger. Ich weiß nicht, wer mehr Begeisterung zeigte: die Verleiher, die den Film alle mieten wollten, oder die Gläubiger, die die Möglichkeit vor sich sahen, ihr Geld zurückzubekommen und vielleicht sogar einen kleinen Gewinn obendrein.

Ich glaube nicht, daß einer von uns auch nur in seinen wildesten Träumen mit dem rechnete, was nun geschah. Innerhalb von zwei Stunden, nachdem ich den »Banditen« vorgeführt hatte, besaß ich von den Verleihern bereits Schecks über vierzigtausend Dollar Vorauszahlung für den Film. Borden, der neben mir stand und zusah, wie jeder Verleiher mir seinen Scheck in die Hand drückte, sagte nur immer wieder: »Ich glaub's nicht, ich glaub's nicht.«

Um Mitternacht rief Peter an. Ich war so aufgeregt, daß ich stottert. »Wir haben vierzigtausend Dollar, Peter!« schrie ich in die Muschel.

Seine Stimme kam ganz dünn und zittrig zurück. »Was hast du gesagt, Johnny? Es klang so ungefähr wie vierzigtausend Dollar!«

»Es stimmt!« schrie ich. »Es sind vierzigtausend Dollar! Alle sind verrückt nach dem Film!«

Schweigen am anderen Ende des Drahtes, dann eine Stimme voller Zweifel: »Johnny, wo bist du denn?«

»In Bordens Studio.«

»Ist Willi auch da?«

»Steht direkt neben mir.«

»Laß mich mit ihm reden«, sagte Peter. Ich gab Borden den Hörer.

»Hallo, Peter, alter Junge«, sagte Borden. Ich konnte Peters Stimme im Telefon hören, aber nicht verstehen, was er sagte. Borden drehte sich um und sah mich an, ein leises Grinsen um den Mund.

Er wartete, bis Peter fertig war. Mit breiter werdendem Grinsen sagte er: »Nein, Johnny hat den ganzen Abend nichts zu trinken gehabt. Er ist stocknüchtern, genau wie ich.« Er schwieg, während Peter wieder sprach und sagte dann: »Ja, vierzigtausend Dollar. Ich hab' die Schecks mit meinen eigenen Augen gesehen!«

Borden gab mir den Hörer zurück, und ich fragte Peter: »Hast du mir nicht geglaubt?«

»Dir nicht geglaubt?« sagte er glücklich. »Mein Junge, ich habe meinen eigenen Ohren nicht geglaubt. Vierzigtausend Dollar!«

»Morgen früh überweise ich dir das Geld.«

»Nein; überweise mir die Hälfte, damit ich Al die zwanzigtausend Dollar bezahlen kann, die ich ihm schulde. Mit der anderen Hälfte bezahlst du unsere New Yorker Verpflichtungen.«

»Aber Peter, dann sitzen wir ja wieder auf dem trockenen. Wir schulden hier ja fast zwanzigtausend, und wir brauchen doch auch Geld für unseren nächsten Film.«

»Wenn ich meine Schulden bezahle«, sagte er, »kann ich mal eine Nacht ruhig schlafen. Morgen mach' ich mir dann Sorgen um das Geld für den nächsten Film.«

»Und das Geld für ein Studio? Wir können nicht immer auf einer Farm arbeiten. Bezahl jetzt die Hälfte; sie warten gern auf den Rest. Der Film ist wahrscheinlich eine Viertelmillion wert, und sie wissen es.«

»Wenn er so viel einbringt, können wir sie auch jetzt bezahlen!«

»Aber wir müssen fast ein Jahr auf das Geld warten«, protestierte ich. Nach dem Gesetz stand uns unser Geld sechs Monate nach der Vermietung des Films durch den Verleiher zu. »Was tun wir solange? Herumsitzen und warten? Das können wir uns jetzt nicht leisten.«

Peter Stimme war fest. »Bezahle das Geld, wie ich gesagt habe. *Eine* ruhige Nacht will ich haben!«

Ich wußte, daß ich geschlagen war. Wenn Peters Stimme so hartnäckig klang, konnte ich ihn nicht umstimmen, auch wenn ich mich auf den Kopf stellte. »Gut, Peter.«

Seine Stimme lockerte sich. »Sie mochten den Film also?«

»Sie sind verrückt danach, besonders bei der Szene mit der Schießerei zwischen dem Sheriff und dem Banditen in dem Wohnzimmer des Mädchens.« Das würde ihm Freude machen. Es war seine Idee gewesen. In dem Stück fand die Schießerei in einer großen Kneipe statt, aber wir hatten nicht genug Geld, um sie zu bauen, und so verlegte Peter die Szene in das Wohnzimmer.

Er lachte. »Hab' ich nicht gesagt, daß es so noch dramatischer sein würde?«

»Du hast recht gehabt, Peter.« Ich mußte darüber lächeln, wie stolz er war.

Er lachte vor sich hin. »Es hat ihnen nichts ausgemacht, so lange stillzusitzen?«

»Es tat ihnen leid, als es zu Ende war, so gut hat es ihnen gefallen. Du hättest sie sehen sollen, Peter. Sie standen auf und klatschten.«

Ich hörte, daß er zu irgend jemand etwas sagte, konnte aber nicht verstehen, was.

»Ich hab' Esther gerade gesagt, daß ich recht hatte damit, daß zweitausend Meter nicht zu lang sind.«

Ich lachte, als mir einfiel, daß er einmal der Meinung gewesen war, daß man nicht so lange stillsitzen könne.

Er unterbrach mein Gelächter: »Esther fragte gerade, wer dies Telefongespräch bezahlt.«

Ich sah Borden schmunzelnd an. »Wir natürlich. Du hast doch nicht geglaubt, daß ich über das Telefon von jemand anderem ein solches Gespräch führe und nicht dafür bezahle?«

Erschrockenes Schweigen am anderen Ende; dann sagte er schwach: »Wir haben beinahe zwanzig Minuten gesprochen – ein Hundertdollargespräch.« Und mit stärkerer Stimme: »Auf Wiedersehen, Johnny.«

Ich wollte noch etwas sagen, aber er hatte schon eingehängt. Einen Moment war ich überrascht, dann hängte ich auch ein.

Ich sah Borden an und lachte. Er zuckte die Achseln, und zusammen gingen wir in das Hauptbüro. Es waren immer noch eine Menge Leute da, die angeregt miteinander sprachen, unter ihnen die führenden der unabhängigen Produzenten. Die Luft war ganz blau vor Rauch.

Einer sagte: »Ich glaube, jetzt ist ein für allemal bewiesen, daß die Zeit des Kurzfilms vorbei ist. Jetzt müssen wir in Großfilmen denken.«

»Was sagst du da, Sam?« antwortete ein anderer. »Es kann schon wahr sein, aber wo sollen wir drehen? In New York ist die Saison für Außenaufnahmen höchstens drei Monate lang. In der Zeit kann man allenfalls fünf Filme herstellen. Und was machen wir den Rest des Jahres? Stilliegen?«

Der erste dachte eine Minute nach, ehe er antwortete: »Wir müssen irgendwohin, wo die Saison länger dauert.«

Der andere sagte trübsinnig und ohne viel Hoffnung. »Aber wohin? Nicht jeder hat so einen Freund wie Mr. Kessler. Wir können nicht alle in Kalifornien drehen.«

Plötzlich ging mir ein Licht auf.

»Warum nicht, meine Herren?« sagte ich. »Warum sollten Sie keinen Film in Kalifornien drehen können?«

Ich sah, wie der Ausdruck auf ihren Gesichtern zwischen Überraschung und verhaltener Neugier wechselte.

»Wie meinen Sie das?« fragte einer. Ich sah sie einen Augenblick an, ehe ich antwortete. Ich wollte, daß sie von dem, was ich nun sagte, auch gehörig beeindruckt würden. Ich begann in leisem vertraulichem Ton:

»Die Magnum-Film, meine Herren, hat vorausgesehen, welche Auswirkungen der ›Bandit‹ auf die künftige Entwicklung der Filmproduktion haben wird. Peter Kessler ist voller Dankbarkeit gegen seine vielen Freunde, die ihm in der dunkelsten Zeit beigestanden haben. Deshalb, meine Herren« – ich sprach noch leiser, und sie drängten sich um mich, um etwas zu verstehen –, »hat Kessler mich eben am Telefon beauftragt, Ihnen zu sagen, daß er Ihnen die gleiche Chance geben will, wie er sie hat, nämlich Filme in Kalifornien zu drehen. Überdenken Sie es, meine Herren!« Innerlich grinste ich, es war der alte Leim. »Sie kriegen die Möglichkeit, nicht nur dreizehn Wochen lang im Jahr Filme zu machen, und in einem Land, wo ewig Sonne ist und genug Platz für jede Art von Film. Die Magnum-Film hat die Option auf beinahe tausend Morgen Grund und Boden in Hollywood, genug, um hundert Studios darauf zu bauen. Als Lasky, Goldwyn und Laemmle dahin gezogen sind, hatte Peter den brillanten Einfall, daß alle anderen Unabhängigen nachfolgen und Hollywood zur Filmmetropole der Welt machen sollten! Deshalb hat er mich beauftragt, Ihnen folgendes vorzuschlagen: Als Gegengabe für Ihre Freundschaft und Hilfe bietet er Ihnen so viel Land an, wie Sie wollen, zu dem Preis, den er für die Option bezahlt hat, nämlich zu hundert Dollar pro Morgen.

Natürlich erwartet er nicht, daß Sie die Katze im Sack kaufen. Er gibt Ihnen jetzt die Option auf so viel Land, wie sie haben wollen, entscheiden können Sie sich, wenn Sie es gesehen haben. Die Auswahl der Grundstücke geschieht in der Reihenfolge der Optionen. Der erste, der optiert, hat als erster die Wahl. Sollte jemand nicht zufrieden sein, erhält er sein Geld zurück.«

Borden war genauso erstaunt wie die anderen. »Davon hast du mir vorher gar nichts gesagt.«

»Tut mir leid, Bill«, sagte ich zu ihm. »Ich habe den Auftrag von Peter, vorher nicht darüber zu reden.«

»Aber was wird mit unseren Studios hier?« fragte Bill. »Da steckt eine Menge Geld drin.«

»Du kannst sie ja noch für Kurzfilme verwenden. Aber für Großfilme und großen Gewinn mußt du nach Hollywood kommen. Wie groß ist dein Studio hier? Kannst du eine hundertköpfige Rinderherde hindurchtreiben, oder kannst du eine Reitergruppe im vollen Galopp fotografieren, wie wir es im ›Banditen‹ gemacht haben? Die Antwort ist klar. Wenn du hierbleibst, hast du nur begrenzten Raum, begrenzte Zeit, begrenzte Möglichkeiten.«

Ich sah mich um. Ihre Gesichter zeigten, daß sie beeindruckt waren, und ich wußte, jetzt hatte ich sie. Es war nur noch ein Haken dabei. Wenn einer von ihnen mich fragte, woher Peter das Geld für all diese Optionen hatte, war ich erledigt. Aber meine Sorgen waren überflüssig. Borden schluckte den Köder als erster.

Er nahm seinen Federhalter und schrieb einen Scheck aus. »Ich möchte fünfzig Morgen.«

Binnen einer Stunde hatte ich Optionen auf Land, das wir gar nicht besaßen, im Werte von sechzigtausend Dollar verkauft.

Als die andern Borden anbeißen sahen, drängten sie sich auch an den Köder.

Es war leichter, als auf dem Rummelplatz die dummen Bauern in das Zelt zu locken, wo Salome ihren Tanz mit den sieben Schleiern aufführte.

Um drei Uhr morgens rief ich Peter wieder an, diesmal von meinem Hotel aus, wo mir niemand zuhörte.

Als er abnahm, hörte ich, daß hinter ihm lebhaft gesprochen wurde.

»Peter, hier ist Johnny.«

Er wurde aufgeregt. »Hab' ich dir nicht gesagt, daß du nicht anrufen sollst? Es ist zu teuer!«

»Laß mal die Ausgabe, ich muß dich anrufen. Ich habe gerade für sechzigtausend Dollar Land in Kalifornien verkauft, und du mußt sofort welches kaufen.«

Er schrie jetzt mit schriller Stimme. »Mein Gott, bist du verrückt geworden? Willst du uns alle ins Zuchthaus bringen?«

»Beruhige dich«, sagte ich so gleichmütig, wie ich nur konnte, »ich mußte es tun. Die sind alle versessen darauf, nach Kalifornien zu kommen, und es ist besser, wir verdienen was dran als diese Haie von Grundstücksmaklern. Was kostet denn ein Morgen Land draußen?«

»Wie soll ich das wissen?« fragte er, immer noch mit zitternder Stimme.

»Ist Al bei dir? Wenn ja, frag ihn.«

Nach ein paar Sekunden sagte Peter: »Al meint, fünfundzwanzig Dollar.«

Ich fühlte, wie mir das Blut ins Gesicht strömte, und seufzte auf: ich hatte richtig getippt. »Kauf tausend Morgen, das kostet uns fünfundzwanzigtausend Dollar. Ich hab' gerade sechshundert für hundert pro Stück verkauft, so haben wir fünfunddreißigtausend Dollar übrig und können Studios bauen.«

Peter schwieg erst. Dann sagte er mit einem seltsamen Ausdruck in der Stimme, den ich für Respekt gehalten hätte, wenn ich ihn nicht besser gekannt hätte: »Du bist ein *gonif,* Johnny. Aber ein smarter.«

Ich ging vom Fenster weg, setzte mich an meinen Schreibtisch und trank mein Glas aus. Das alles war lange her, aber mir kam es wie gestern vor. Hollywood war auf Schwindel aufgebaut, und Schwindel regierte es heute noch, aber die Schwindler von gestern hatten ihre Meister gefunden, nämlich die von heute, die nahmen, was sie konnten – nicht wie wir in den alten Zeiten aus Notwendigkeit, sondern aus Gewinnsucht, aus Gier. Und ihr Beutefeld war die ganze Welt.

Meine Augen waren müde. Die Lider fühlten sich schwer und heiß an. Ich wollte sie ein paar Minuten schließen.

Dumpfer Stimmenklang schlug an mein Ohr; ich drehte den Kopf weg, um die Stimmen auszuschließen, aber sie blieben hartnäckig. Ich setzte mich im Stuhl auf und rieb die Augen. Meine Glieder taten weh, mein Rücken war steif von der unbequemen Stellung, in der ich eingeschlafen war. Ich streckte mich und sah mich um, wobei mein Blick auf die Schreibtischuhr fiel. Mit einem Ruck war ich wach. Es war halb vier nachmittags, ich hatte den ganzen Tag geschlafen.

Ich stand auf und ging in den kleinen Raum nebenan, drehte das kalte Wasser auf und wusch mein Gesicht gründlich. Unter der Kälte kam ich vollständig zu mir.

Als ich gerade zum Friseur gehen wollte, um mich rasieren zu lassen, hörte ich Gordons Stimme durch die Wand.

»Es tut mir leid, Larry, aber ich kann meine Zustimmung nicht geben. Mein Vertrag mit Johnny macht mich zum Produktionsleiter. Dein Vorschlag der Aufteilung führt nur zu unnötiger Verwirrung und Verdoppelung der Arbeit.«

Ich dachte nicht mehr ans Rasieren. In Gordons Büro ging etwas vor, das ich wissen mußte. Also öffnete ich die Tür. Gordon saß mit zorngerötetem Gesicht hinter seinem Schreibtisch, ihm gegenüber Ronsen und Dave Roth. Ronsens Gesichtsausdruck war ruhig und unerschütterlich wie immer, aber Dave sah wie eine Katze aus, die gerade den Kanarienvogel gefressen hat.

Ich trat ins Zimmer, und sie sahen mich an. Gordon sichtlich erleichtert, Ronsen irritiert, Roth furchtsam. »Was ist los?« sagte ich lächelnd. »Könnt ihr einen nicht mal schlafen lassen?«

Sie gaben keine Antwort. Ich ging zu Gordon und streckte ihm die Hand hin. »Tag, alter Junge, nett, dich wiederzusehen.«

Er spielte seine Rolle gut und verriet mit keinem Zeichen, daß wir uns schon in der Nacht getroffen hatten, sondern nahm meine Hand. »Was tust du denn hier? Ich glaubte dich noch in New York.«

»Ich bin gestern abend angekommen, um Peter zu sehen.« Und zu Ronsen gewandt, fügte ich hinzu: »Dich hab' ich hier nicht erwartet, Larry.«

Für eine Minute sah er mich prüfend an, als wollte er herausfinden, wieviel ich wußte, aber das gelang ihm nicht. Mein Gesicht war genauso ausdruckslos wie seines. »Nachdem du weg warst, ist was passiert, und da du nicht da warst, bin ich hierhergeflogen, um es zu erledigen.«

Ich zeigte etwas Interesse. »Ja? Und was ist passiert?«

»Stanley Farber hat uns angerufen«, antwortete er. Sogar sein Gleichmut war durch mein unerwartetes Erscheinen ins Wanken geraten, er suchte nach Worten. »Er hat uns den Vorschlag gemacht, Dave mit der Überwachung unserer Spitzenfilme zu beauftragen. Dafür will er dafür sorgen, daß unsere Filme in allen seinen Theatern gespielt werden, und uns außerdem eine Million Dollar leihen.«

Jetzt schaute ich zu Dave Roth hinüber, richtete meine Worte aber an Ronsen: »Ich kenne Stanley; er will für seine Million noch was anderes, als seinen Protegé unterbringen.«

Während Ronsen antwortete, wandte ich keinen Blick von Daves Gesicht. »Nun, wir mußten ihm natürlich für so viel Geld Sicherheit geben.«

Ich nickte langsam. Dave war unter meinem Blick blaß geworden. Ronsen redete eifrig weiter, er konnte nicht verhindern, daß seine Stimme seine innere Anspannung verriet. »Du hältst es also für eine gute Idee?«

Langsam wandte ich mich ihm zu. Hinter seiner Brille brannten seine Augen, und er erinnerte mich mehr denn je an einen Tiger, der im Begriff ist, seine Beute anzuspringen. »Ich sage nicht, daß es eine gute Idee ist, aber ich werde darüber nachdenken. Eine Million ist viel Geld.«

Ronsen wollte meine Zustimmung, das konnte ich merken. »So ist es, Johnny«, meinte er eifrig. »Farber will sofort Bescheid, er hält sein Angebot nicht ewig aufrecht.«

»Aber wenn wir erst einmal angenommen haben, sitzen wir fest«, sagte ich trokken. »Wie schon gesagt, ich kenne Stanley, und wir werden nicht mehr loskommen, wenn es nachher doch nicht klappt. Dave ist ein heller Junge, er kann Theater leiten, das weiß ich. Aber er hat nie in seinem Leben einen Film gemacht, und – bei allem Respekt vor ihm – was tun wir, wenn er versagt? Ich hab' so was schon vorkommen sehen.«

Roths Gesicht war schneeweiß geworden. Ich lächelte ihm beruhigend zu: »Ich will dich nicht verletzen, Junge, aber hier geht es ums Geschäft, und man muß erst ein bißchen in Erfahrung bringen, wie eine Sache wohl läuft, ehe man sie anfängt. Ich weiß, daß Larry es gut meint, aber ich muß es mir erst mal überlegen. Morgen reden wir weiter drüber.«

Mit diesen Worten ließ ich Ronsen wissen, daß ich auf sein Urteil nichts gab, zeigte Dave, daß ich ihn für unerfahren hielt, und schloß die Diskussion.

Aus den Augenwinkeln konnte ich sehen, daß Larry bleich vor Zorn war, aber er beherrschte sich. »Falls du ein paar Minuten Zeit hast, Larry«, sagte ich zu ihm, »möchte ich dich gern sprechen, wenn ich mich rasiert hab'.«

Seine seltsam tiefe Stimme klang ganz normal, als er sagte: »Natürlich, Johnny. Ruf mich an, wenn du zurück bist.«

Ich ging zur Tür und sah sie alle noch einmal an. Gordon, der hinter den anderen saß, blinzelte mir zu. »Ich seh' euch später«, sagte ich und zog die Tür hinter mir zu.

Gordon wartete schon auf mich, als ich vom Friseur zurückkam – Rasieren und eine heiße Gesichtsmassage können eine Menge für einen tun –, und ich lachte ihn an.

»Was ist los, Junge? Du siehst nicht besonders gut aus.«

Er fluchte los.

»Na, du scheinst von unserem ausgezeichneten Vorstandspräsidenten nicht viel zu halten.«

Gordon wurde rot im Gesicht. »Warum, zum Teufel, kann er sich nicht darauf beschränken, bei den lausigen Vorstandssitzungen zu präsidieren, sondern muß er seine lange Nase ins Atelier stecken?« brüllte er. »Er hält uns nur bei der Arbeit auf.«

»Sachte, Junge. Vergiß nicht, daß er nichts vom Film versteht. Du weißt, wer er ist: jemand mit genug Geld, den die Gewinnsucht gepackt hat, als er sah, daß man beim Film unter Umständen schnell reich werden kann. Als er aber gemerkt hat, daß nicht alles Gold ist, was glänzt, ist er nervös geworden und probiert, wie er entweder sein Geld zurückbekommen oder aus dem Ganzen wieder aussteigen kann.«

Als Gordon sah, wie gelassen ich blieb, kühlte er ein wenig ab. »Du bist deiner Sache sicher?«

»Ja«, sagte ich zuversichtlich. »Ich bleibe fest sitzen und lass' ihn sich den Schädel einrennen. Wenn er dessen müde ist, kommt er schon zu mir zurück.«

Er sah skeptisch drein. »Er ist hartnäckig. Wenn er nun auf der Sache mit Farber besteht?«

Für eine Sekunde schwieg ich. Wenn Ronsen darauf bestand, konnte ich es nicht ändern, und dann war es aus mit meiner Position. Vielleicht wäre es sogar gut. Ich war seit dreißig Jahren im Geschäft und hatte genug Geld. Vielleicht wäre es mal ganz schön, nur einfach auszuruhen und alles zu vergessen. Aber so leicht war es doch nicht – ein Teil meines Lebens steckte darin, daß ich nicht ohne weiteres aufgeben konnte.

Schließlich sagte ich mit mehr Zuversicht, als ich empfand: »Er wird schon nicht. Wenn ich mit ihm fertig bin, wird er Farber nicht mehr reinnehmen wollen, und wenn man ihm die Schatzkammer der Vereinigten Staaten dafür bietet.«

»Ich hoffe, du weißt, was du tust«, meinte Gordon beim Hinausgehen.

Ich sah ihm nach und dachte: ich auch!

Das Telefon läutete; es war Doris. »Wo bist du gewesen?« fragte sie. »Ich hab' dauernd angerufen, ohne dich zu ereichen.«

»Ich bin im Büro eingeschlafen«, sagte ich reuig. »Ich bin von dir aus direkt hierhergekommen. Niemand wußte, daß ich hier war. Aber wie geht es Peter?«

»Der Arzt war gerade da und meint, besser; er schläft jetzt.«

»Und Esther?«

»Sie steht neben mir und möchte dich sprechen.«

»Ich sie auch.«

Als Esther sprach, bekam ich zuerst einen Schrecken; ihre Stimme klang so verändert. Als ich sie zuletzt gehört hatte, war sie jung und fest gewesen, jetzt klang sie alt und unsicher, so, als ob sie plötzlich in einem Raum mit lauter fremden Menschen wäre, von denen sie nicht wußte, wie sie sie aufnehmen würden.

»Johnny?« sagte sie fragend.

»Ja«, antwortete ich weich.

Einen Augenblick lang hörte ich nur ihren Atem, dann ihre seltsam zögernde Stimme: »Ich bin froh, daß du gekommen bist; es bedeutet mir viel, und ihm wird es noch mehr bedeuten, wenn er es erfährt.«

Es tat mir weh. Am liebsten hätte ich gerufen: Ich bin es, Johnny! Dreißig Jahre haben wir zusammen verbracht, ich bin kein Fremder. Du brauchst keine Angst davor zu haben, mit mir zu reden! Aber ich brachte es nicht heraus, ich sagte nur einfach: »Ich mußte kommen. Ihr beide gehört doch in mein Leben.« Und zögernd setzte ich hinzu: »Es tut mir so entsetzlich leid um Mark.«

Plötzlich hörte ich ihre alte Stimme, als ob sie mich erst jetzt erkannt hätte. Aber der Schmerz, der Verzicht waren noch darin. Es war die Stimme eines mit dem Leid vertrauten Menschen. »Es ist Gottes Wille, Johnny, wir können nichts daran ändern. Wir können nur hoffen, daß Peter ...«, sie sprach den Satz nicht zu Ende, ihre Stimme brach. Ich hörte sie weinen.

»Esther«, sagte ich scharf, um sie wieder zum Sprechen zu bringen.

Mir war, als könnte ich sehen, wie sie darum rang, sich zu beherrschen, die Tränen zurückzuhalten, die so leicht kamen und zu denen sie soviel Grund hatte.

Zuletzt antwortet sie: »Ja, Johnny.«

»Du hast keine Zeit zum Weinen«, sagte ich, aber ich kam mir wie ein Narr dabei vor. Welches Recht hatte ich dazu? Es war ihr Sohn. »Du mußt erst dafür sorgen, daß Peter wieder gesund wird.«

»Ja«, sagte sie schwer. »Er muß gesund werden, damit er das Totengebet für seinen Sohn sagen kann und wir zusammen die Totenwache halten können.«

Bei der hebräischen Totenwache wurden alle Spiegel und Bilder im Haus verhängt. Man saß eine Woche lang nach dem Tode des geliebten Menschen auf dem Fußboden oder auf Kisten.

»Nein, Esther, nein«, widersprach ich ihr sanft. »Nicht für die Totenwache, sondern damit ihr zusammen leben könnt.«

Ihre Stimme klang sanft und gelehrig, fast als ob sie zu sich selber spräche: »Ja, Johnny, wir müssen weiterleben.«

»So ist es besser, das klingt mehr nach der Frau, die ich kenne.«

»Wirklich, Johnny? Die war ich bis zu diesem Unglück. Aber jetzt bin ich alt. Vorher hat mich nie etwas wirklich verändert, aber dies hat es getan.«

»Es geht vorbei, die Zeit heilt.«

»Es wird nie wieder wie früher sein«, sagte sie still, aber es klang endgültig.

Wir sprachen noch ein paar Worte und hängten dann ein.

Ich zündete mir eine neue Zigarette an, die alte war unbeachtet im Aschenbecher verglüht.

Ich weiß nicht, wie lange ich so dasaß und das Telefon anstarrte. Ich erinnerte mich daran, wie Mark als Kind gewesen war. Es ist seltsam, wie man die Dinge vergißt, welche man an einem Menschen nicht mochte, wenn er tot ist. Mark als Erwachsenen hatte ich nie gemocht, so dachte ich an Mark als Kind. Er hatte es so gern, wenn ich ihn hochhob und auf meiner Schulter reiten ließ. Ich konnte jetzt noch hören, wie er dabei vor Seligkeit schrie; fast fühlte ich seine Finger, die sich in mein Haar gruben und darin rissen.

Mein Bein tat weh. Ich dachte immer noch daran, als mein Bein – aber es war ja nur ein Stumpf. Der Rest war in Frankreich geblieben. Ich fühlte, wie der Schmerz durch meinen Schenkel stach. Der Stumpf war wund, in den letzten drei Tagen hatte ich die Prothese nicht einmal für ein paar Minuten abgenommen.

Ich lockerte meine Hosen, lehnte mich zurück und machte den Riemen um meine Taille los, der das künstliche Bein an seinem Platz hielt; dann löste ich den andern Riemen an meinem Schenkel, und die Prothese fiel mit einem dumpfen Aufschlag auf den Fußboden.

Ich massierte den Stumpf mit gleichmäßig kreisenden Bewegungen, wie ich es vor Jahren gelernt hatte. Langsam begann das Blut wieder zu zirkulieren. Der Schmerz ebbte ab.

Da ging die Tür auf, und Ronsen kam herein. Er kam mit elastischen Schritten zu mir an den Schreibtisch; er war groß und stark, seine Augen hell und durchdringend hinter der Brille.

»Johnny«, sagte er mit seltsam sicherer Stimme, »können wir nicht in der Farber-Geschichte . . .«

Ich starrte ihn an, ohne mich auf das, was er sagte, konzentrieren zu können. Meine Hände, die automatisch mit der Massage fortfuhren, begannen zu zittern.

Warum hatte er nicht gewartet, bis ich ihn anrief?

Ich stimmte zu, bevor er überhaupt ausgeredet hatte, bevor ich wußte, was er sagte, nur um ihn loszuwerden, nur damit ich ihn nicht anschauen brauchte, wie er gelassen, stark und elastisch dastand, damit ich die Lebenskraft nicht zu spüren brauchte, die ihn erfüllte.

Seine Augen verengten sich vor Überraschung bei meinem schnellen Einverständnis. Dann ging er eilig aus meinem Büro, als ob er befürchtete, ich könnte meine Meinung ändern.

Mit ungeschickten Fingern versuchte ich, den Riemen wieder um meinen Schenkel zu befestigen; es gelang mir nicht, und ich fluchte lautlos vor mich hin. Ich fühlte mich so verdammt hilflos ohne mein Bein.

1

Johnny trat aus dem Vorführraum in den Korridor, blieb stehen und zündete sich eine Zigarette an.

Ein Mann kam auf ihn zu. »Können wir mit Kopieren anfangen, Johnny?«

Johnny warf sein Streichholz in eine mit Sand gefüllte Kiste. »Natürlich, Irving, fang an.«

Der Mann lächelte erfreut. »Ein paar gute Aufnahmen, die von Wilson, wie er den Eid ablegt, was?«

»Wirklich gut, Irving.« Sie gingen zusammen die Halle entlang. »Jetzt bring sie noch bei den Theatern unter, dann schlagen wir jede andere Wochenschau.«

Wilson hatte an diesem Morgen, vor noch nicht drei Stunden, den Eid seiner zweiten Amtszeit als Präsident abgelegt, und Johnny hatte ein Flugzeug gemietet, um die Filmkopien nach New York zu bringen. Er rechnete aus, daß er auf diese Weise mindestens sechs Stunden Vorsprung vor den anderen Gesellschaften hatte; das bedeutete, daß der Film bereits heute abend in den Broadway-Theatern laufen konnte – ein Rekord.

Irving Bannon machte die Wochenschau. Er war früher, ehe Johnny ihn für diesen Posten empfohlen hatte, Kameramann gewesen. Johnny gefiel an ihm, daß er keine ausgedehnten Vorbereitungen brauchte. Alles, was er nötig hatte zum Drehen, war ausreichend Licht. Er war ein aktiver kleiner Mann, gerade der richtige Typ für einen solchen Posten. Johnny konnte mit ihm zufrieden sein.

Er lief neben Johnny her, seine kurzen Beine machten jedesmal zwei Schritte, wenn Johnny einen tat. »Ich hab' die Kriegsbilder aus England, Johnny«, sagte er, ein bißchen außer Atem von der Anstrengung, mit Johnny Schritt zu halten. »Willst du sie dir heute ansehen?«

Johnny blieb vor seinem Büro stehen. »Heute nicht, Irving, ich hab' keine freie Minute mehr; lieber morgen früh.«

»Gut, Johnny.« Der kleine Mann lief eilig die Halle hinunter.

Johnny sah ihm lächelnd nach. Ja, der war in Ordnung. Es ging auf sein Konto, daß die Magnum-Wochenschau als die beste galt.

Im Büro empfing ihn Jane. »Wie sind die Aufnahmen, Johnny?«

»Ausgezeichnet. Irving hat großartige Arbeit geleistet. Hast du Peter angerufen?«

Sie nickte und legte Johnny verschiedene Papiere vor, säuberlich in zwei Stapel geordnet. »Die hier mußt du durchsehen und die hier unterzeichnen.«

»Sonst noch was, Boß?« fragte er vergnügt.

Sie schaute ihren Notizblock durch. »Um zwölf Uhr kommt George Pappas, und um eins gehst du mit Doris zum Lunch.«

Er sah auf seine Armbanduhr. »Höchste Zeit, daß ich mit diesem Zeug fertig werde, bevor George kommt. Du bist ein Sklaventreiber, Jane.«

»Jemand muß es sein, sonst würdest du nie etwas tun.«

Johnny durchblätterte die Papiere auf seinem Schreibtisch; es waren die üblichen Verträge mit den Verleihern – der Teil seiner Arbeit, den er verabscheute. Jane hatte recht, ohne sie würde er sie nicht einmal ansehen. Seufzend begann er, sie zu unterschreiben.

In den letzten fünf Jahren war er kräftiger geworden. Er war noch immer schlank, aber sein Gesicht hatte den mageren, hungrigen Zug verloren. Der Magnum-Film ging es gut. Sie hatten ein Studio in Kalifornien, dessen Produktion Peter mit Joes Hilfe leitete. Die beiden arbeiteten glänzend zusammen. Peter bestimmte, was getan werden sollte, Joe führte es aus. Das Ergebnis war, daß die Magnum-Filme zu den besten auf dem Markt zählten.

Johnny leitete das New Yorker Büro. Seine Voraussage, daß der Hauptteil der Produktion sich nach Kalifornien verlagern würde, daß aber New York das Verleihzentrum und der Produktionsort für Kurzfilme bleiben würde, hatten sich erfüllt. William Fox hatte ganz unerwartet seinen Prozeß gegen den Verband gewonnen, andere Niederlagen des Verbandes waren gefolgt, und alles schien darauf hinzudeuten, daß der amerikanische Gerichtshof die Auflösung des Verbandes anordnen würde.

Als sie erfuhren, daß Fox seinen Prozeß gewonnen hatte, überredete Johnny Peter, ihn nach New York zurückgehen und das dortige Büro eröffnen zu lassen. Er fragte Jane, die bei Joe als Scriptgirl arbeitete, ob sie mit ihm nach New York kommen wolle, und sie nahm an. Sam Sharpe war bis zum vergangenen Herbst Aufnahmeleiter bei ihnen gewesen, nun aber zur Agentur zurückgegangen. »Es gibt hier draußen eine Menge Talente«, sagte er erklärend zu Peter, »um die sich niemand kümmert. Außerdem ist es mein Beruf, ohne den ich nun mal nicht glücklich bin.«

Das konnte Peter verstehen. »Gut, Sam. Tu, was du für richtig hältst. Ich werde mit unsern Leuten reden, daß sie dich als Manager nehmen, das ist dann ein Anfang.«

Sam lächelte. »Hab' ich schon, ich vertrete sie alle.«

»Wundervoll«, gratulierte ihm Peter. »Wann willst du anfangen?«

»Sofort«, antwortete Sam. »Nämlich wegen des Cooper-Vertrages. Das Mädchen muß mehr Gage haben, schließlich hat ihr letzter Film ein Vermögen eingebracht.«

Peter schnappte nach Luft. »Ich bin von Räubern umringt«, sagte er lachend.

Zu Beginn des Jahres 1912 war am Broadway die Premiere des »Banditen«. Es war die erste der großen Filmpremieren, und man erwartete ein gutes Geschäft, aber auch Johnny ahnte nichts von dem, was kommen sollte.

Um die Mittagszeit, also zwei Stunden vor Eröffnung des Theaters, hatte sich vor der Kasse eine Schlange gebildet, die den ganzen Block hinunterreichte. Der Bürgersteig war vollständig blockiert, und wer vorbeiwollte, mußte auf der Fahrbahn gehen. Die Straße füllte sich immer mehr; irgend jemand, der von einem Bürofenster aus die Menschenmenge sah, alarmierte die Polizei.

Der Geschäftsführer des Theaters raufte sich die Haare und lief hinaus, um einem ältlichen Polizeihauptmann zu erklären, daß alle diese Menschen weiter nichts als einen Film sehen wollten.

Der Hauptmann, ein ergrauter Mann mit gerötetem Gesicht, nahm seine Mütze ab, um sich den Kopf zu kratzen. »Na, so was«, sagte er mit starkem irischem Akzent, »daß ich das noch erlebe, daß die Leute einen solchen Wirbel machen, nur um ins Kino zu kommen!« Er sah die Menge an, dann den Geschäftsführer. »Aber sie können nicht hier auf der Straße bleiben und den ganzen Verkehr aufhalten. Sie müssen dafür sorgen, daß sie von der Straße gehen.«

Voller Verzweiflung sagte der Geschäftsführer zu Johnny: »Was soll ich denn bloß tun? Der Film fängt erst um zwei Uhr an.«

Johnny lachte. »Machen Sie jetzt schon auf und lassen Sie die Leute rein.«

»Aber was wird dann aus der Zweiuhrvorstellung?«

»Wenn die Leute nicht von der Straße kommen«, warf der Hauptmann ein, »gibt es überhaupt keine Zweiuhrvorstellung. Ich habe Auftrag, die Straße zu räumen!«

Johnny faßte einen Entschluß. »Lassen Sie die Leute rein und fangen Sie nachher um zwei Uhr wieder von vorn an. Lassen Sie den Film so lange laufen, bis niemand mehr neu dazukommt.«

»Aber sie platzen dann ja mitten in den Film hinein«, protestierte der Geschäftsführer.

»Sie können ja bleiben, bis der Film wieder an dem Punkt ist, bei dem sie gekommen sind. Bei den Kurzfilmvorführungen machen wir es ja auch so!«

Der Geschäftsführer sah den Hauptmann hilfeflehend an, aber der schüttelte nur den Kopf. So ging er langsam zur Kasse, klopfte an das Fenster und sagte unglücklich zu der Kassiererin: »Fangen Sie mit dem Kartenverkauf an.«

Die Leute in den ersten Reihen der Schlange hörten ihn, drängten die Polizisten beiseite und strömten zur Kasse.

Der Geschäftsführer drängte sich durch die Menge zu Johnny durch, der einen Blick auf ihn warf und zu lachen begann. Man hatte ihm die Knöpfe seiner Jacke und eine Seite seines Kragens abgerissen, die Knopflochblume hing auf dem Jakkettaufschlag und der Schlips über seiner Schulter. Der Geschäftsführer starrte Johnny an und sagte schockiert: »Wer hat so etwas schon einmal erlebt? Durchgehende Vorstellungen? Man könnte meinen, es sei ein Karussell.«

Das war der Anfang. Andere Gesellschaften, andere Filme folgten. Ein Jahr später kam die langangekündigte »Königin Elisabeth« nach New York, 1913 »Quo vadis?«, gefolgt von Laemmles und Cecil de Milles ersten Großfilmen. 1914 wurde das erste große New Yorker Filmtheater eröffnet, im selben Jahr sah man den ersten Großfilm mit Charlie Chaplin und Marie Dressler als Stars – im nächsten Jahr folgten Griffith und Fox im neuen Fahrwasser.

Namen wie »Paramount«, »Metro«, »Vitagraph« wurden in der Branche berühmt. Im Publikum wurden Starnamen wie Mary Pickford, Charlie Chaplin, Clara Kimball Young, Douglas Fairbanks und Theda Bara immer bekannter. Die Zeitungen erkannten rasch die Möglichkeiten, die diese Namen in sich bargen. Man setzte Reporter ein, die täglich über das Leben und Treiben dieser Schauspieler und Schauspielerinnen berichteten.

Das Publikum schloß den Film ins Herz, die Filmindustrie begann erwachsen zu werden, wenn auch nicht ohne Schwierigkeiten. Produzenten bekämpften sich, man versuchte, sich gegenseitig die Stars mit immer phantastischeren Gagen abspenstig zu machen, Vertragsbrüche waren an der Tagesordnung. Trotz allem aber wuchs die Produktion.

Johnny sagte eines Tages halb im Ernst, halb im Scherz zu Peter: »Wir haben zum erstenmal ein Theater fürs Volk. Der Film gehört ihm, es hat ihn gemacht.«

Und das Publikum stützte sie mit den langen Schlangen, die überall vor den Kassen der Kinotheater standen.

Gegen Mittag schob Johnny die Zeitungen weg und sagte zu Jane: »Ruf Peter noch mal an, ich muß ihn sprechen, bevor George kommt.«

Jane nahm den Hörer ab, und Johnny stand auf und streckte sich, ging zum Fenster und sah hinaus. Draußen regnete es ganz fein. Er dachte nach.

George Pappas hatte in den letzten paar Jahren gut verdient. Er besaß neun Kinotheater und erwog weitere Erwerbungen. Er hatte Johnny vorgeschlagen, gemeinsam zehn Theater in der New Yorker Innenstadt zu kaufen. Er hätte es gern allein getan, hatte er in seiner sanften, etwas zögernden Art erklärt, hatte aber nicht genug Kapital dafür. Für die in Frage kommenden Theater – zehn Häuser in guten Gegenden, wenn auch keines davon am Brodway – waren etwa eine Viertelmillion Dollar nötig. Die Hälfte könnte George aufbringen, wenn die »Magnum« die andere Hälfte beisteuerte. Es wäre eine Partnerschaft mit gleichen Rechten, die Leitung der Theater wollte George übernehmen.

Johnny hatte gründlich über den Plan nachgedacht und wollte ihn Peter empfehlen. Borden, Fox und Zukor besaßen eigene Theater, in denen sie ihre Filme laufen ließen – mit großem Profit. Sie gaben ihren Filmen die bevorzugten Daten, nämlich die Wochenenden, und bezahlten sich selbstverständlich die Spitzenleihgebühren. Es funktionierte sehr gut, und Johnny erhoffte sich für die »Magnum« einen ähnlichen Ablauf.

Janes Stimme unterbrach seine Gedanken. »Peter ist in ein paar Minuten am Apparat.«

Johnny setzte sich und wartete. Er hoffte, daß Peter diesmal nicht lange diskutieren würde. Ihm fiel ein, wie Peter sich vor sechs Jahren gesträubt hatte, als er größere Filme herstellen sollte, und er mußte lächeln. Er hatte damals recht gehabt und hatte auch jetzt recht, aber Peter liebte nun einmal ausführliche Debatten.

Peter nannte es allerdings anders; er sagte, er spräche sich über eine Sache aus. Johnny erinnerte sich an Dinge, über die sich Peter mit Joe »ausgesprochen« hatte, Filmideen, die Joe verwirklichen wollte und Peter nicht. Einem Außenstehenden mußten diese »Aussprachen« vorkommen, als ob beide kurz vor Tätlichkeiten ständen. Dann plötzlich trat eine Stille ein, sie sahen sich etwas verlegen über die eigene Heftigkeit an, und dann gab einer von ihnen nach, gleichgültig wer; war ein Film fertig, so lobte jeder den anderen in den höchsten Tönen und schob ihm den Hauptanteil am Gelingen des Films zu. Die Ergebnisse dieser Zusammenarbeit aber waren so gut, daß die Magnum-Filme mit unter den besten der gesamten Produktion rangierten.

Johnny zuckte philosophisch die Achseln. Sollte Peter nur Schwierigkeiten machen – er war gerüstet; er hatte sich ein paar Statistiken über die Gewinne verschafft, die bei einer Verbindung zwischen Filmproduktion und Filmtheatern möglich waren.

»Er ist am Telefon, Johnny«, sagte Jane aufgeregt. Für sie bedeuteten diese täglichen Telefongespräche über den ganzen Kontinent hinweg immer noch eine Sensation.

Johnny nahm den Hörer und dachte: Also los, laß ihn argumentieren, ich bin bereit. Laut sagte er: »Hallo, Peter.«

»Hallo, Johnny.« Peters Stimme klang über die Entfernung hinweg dünn. »Wie geht es dir?«

»Gut. Und dir?«

»Auch gut.« Peters Stimme klang jetzt kräftiger. Seltsamerweise merkte man am Telefon seinen deutschen Akzent stärker. »Hast du Doris gesehen? Ist sie gut angekommen?«

Johnny hatte fast vergessen, daß sie da war. »Ich war im Vorführraum, als sie kam«, erklärte er entschuldigend, »aber Jane hat sie abgeholt. Sie ist jetzt im Hotel und zieht sich um. Ich gehe mit ihr zum Lunch.«

»Du wirst sie nicht wiedererkennen, Johnny. Sie ist in den letzten Jahren tüchtig gewachsen – sie ist jetzt eine junge Dame.«

Die letzten Male, als Johnny draußen in Kalifornien gewesen war, hatte er sie nicht gesehen. Sie war in einem Mädchenpensionat gewesen. In Gedanken rechnete er die Jahre zusammen – und stellte fest, daß sie jetzt achtzehn sein müsse.

»Ich wette, ich kenne sie wirklich nicht wieder. Ich hab' gar nicht gemerkt, wie die Zeit vorbeifliegt.«

Peter wurde immer stolzer. »Du würdest auch Mark nicht wiedererkennen. Er ist so groß wie ich.«

Johnny zeigte sich erstaunt, wie es sich gehörte. »Nicht möglich!«

»Bestimmt«, versicherte Peter. »Esther kann gar nicht so schnell Anzüge für ihn kaufen, wie er sie auswächst.«

Er schwieg einen Augenblick und sagte dann geschäftsmäßiger: »Hast du schon die letzte Monatsabrechnung?«

Johnny nahm eine Liste von seinem Schreibtisch, las rasch ein paar Zahlen vor und das Ergebnis. Sie hatten im letzten Monat mit einem Gewinn von sechzigtausend abgeschlossen.

Peter schien zufrieden. »Wenn wir so weitermachen, bringen wir es in diesem Jahr auf über eine Million.«

»Leicht!« meinte Johnny. »In der vergangenen Woche lag das Geschäft bei zwanzigtausend brutto.«

»Gut. Macht so weiter«, sagte Peter.

»Werden wir schon.« Nicht ohne Stolz setzte Johnny hinzu: »Ich habe heute die Wochenschauaufnahmen von Wilson bekommen.«

»Phantastisch!« Peter bediente sich bereits der in der Filmbranche üblichen Ausdrücke.

»Heute abend laufen sie bereits in den Brodway-Theatern, und zwar zu Spielfilmmieten. Als ich ihnen sagte, daß die Aufnahmen per Flugzeug gebracht worden sind, haben sie über die Kosten gar nicht mehr geredet.«

»Ich möchte sie gern sehen«, sagte Peter.

»Deine Kopie geht mit dem Abendzug ab. Was gibt's bei euch Neues?«

Peter sprach ein paar Minuten lang, und Johnny hörte aufmerksam zu. Die »Magnum« hatte mehrere Filme fertiggestellt, jetzt war sie beim letzten Film der Serie dieser Saison. Zum Schluß seines Berichtes kam Peter eine Idee.

»Ich glaube, ich werde nächsten Monat nach New York kommen, wenn wir hier fertig sind. Ich bin fast ein Jahr nicht dagewesen, und Esther würde Ostern gern bei ihren Verwandten sein. Ferien würden ihr mal guttun.«

Johnny lächelte vor sich hin. Peter hatte nichts darüber gesagt, daß er gern einmal sehen wollte, was im Hauptbüro vor sich ging, aber er drängte: »Tut das doch, es wird euch beiden Freude machen. Laß mich nur wissen, wann ihr kommt, damit ich alles vorbereite.«

»Gut.« Dann sagte Peter, etwas zögernd: »Wie ist denn in New York die Stimmung in bezug auf den Krieg?«

Johnny, der sich an Peters deutsche Herkunft erinnerte, fragte zurückhaltend: »Wie meinst du das?«

»Joe möchte einen Film über den Einzug der Deutschen in Belgien und Frankreich machen.« Peters Stimme klang leicht verlegen. »Ich weiß nicht, ob ein solcher Film ein gutes Geschäft wäre.«

»Die Stimmung hier ist für die Alliierten«, antwortete Johnny vorsichtig. Er wußte von dem Film. Joe hatte ihn angerufen, um mit ihm darüber zu reden. Joe hatte ihm auch gesagt, daß Peter dagegen war; er konnte sich nicht dazu überwinden, einen Film zu machen, der das Land seiner Geburt in irgendeiner Form anklagt, auch wenn er über dieses Land keine Illusionen hegte. Aber Gerüchte von einem solchen Film waren zu den Zeitungen durchgesickert, und wenn Peter jetzt widerrief, war er als prodeutsch abgestempelt. Johnny wies ihn darauf hin.

Er konnte fast sehen, wie Peter dazu nickte, während er unsicher sagte: »Unter diesen Umständen müssen wir den Film wohl machen.«

»Die Situation ist ungefähr so«, sagte Johnny, »daß du Kritik erregst, ob du es tust oder nicht.«

Peter seufzte; er wußte, wenn er geschlagen war. »Joe soll das Drehbuch in Arbeit geben«, sagte er schwerfällig.

Johnny konnte nachfühlen, was Peter empfand, denn er hatte ihn oft von seiner Familie, seinen Verwandten in Deutschland reden hören. Er wollte sie eines Tages einmal besuchen. »Sag Joe, er soll sich Zeit lassen«, sagte er ruhig, »vielleicht ist alles entschieden, bevor ihr mit den Dreharbeiten anfangt.«

Peter begriff, daß Johnny ihn schonen wollte. »Nein, das hat keinen Zweck. Wir können es ebensogut hinter uns bringen.« Er lachte etwas beschämt. »Warum mache ich mir eigentlich soviel Gedanken deswegen? Seit über zwanzig Jahren bin ich amerikanischer Staatsbürger. In der Zeit können sich die Leute drüben sehr geändert haben.«

»So wird es wohl sein«, sagte Johnny freundschaftlich.

»Bestimmt.« Aber Peter wußte es besser. Sie hatten sich sicher nicht verändert.

»Gut, Johnny, wir machen den Film«, sagte er abschließend. Seine Zweifel schienen ihn zu verlassen. »Sag Doris, sie soll uns heute abend zu Hause anrufen.«

»Werd' ich bestellen.«

»Ich ruf' dich morgen an.«

»Ja.« Johnny war mit seinen Gedanken woanders – er dachte immer noch darüber nach, wie Peter wegen jenes Filmes empfinden mußte. Dann fiel ihm plötzlich ein, daß George heute eine Antwort haben mußte. »Peter!«

»Ja?«
»George muß wegen der Kinotheater Bescheid haben.«
»Ach so.« Peters Stimme klang uninteressiert, und Johnnys Herz sank; nach dem vorhergehenden Gespräch fühlte er sich nicht in der Lage, mit Peter eine Debatte anzufangen. Aber Peter sagte: »Ich habe mit Joe und Esther darüber gesprochen, und sie stimmen mit mir überein, daß es eine gute Sache ist. Schließt ab.«
Johnny gab Jane die Statistiken, nachdem er aufgelegt hatte. »Die brauche ich nicht mehr, lege sie ab.« Er lehnte sich kopfschüttelnd zurück. Man konnte aus dem Burschen nicht klug werden, er tat niemals, was man erwartete.

3

Doris stand vor dem Spiegel, seltsam erregt. Sie nickte sich zu; was sie sah, gefiel ihr. Dieses Kleid stand ihr viel besser als das von vorher. Sie sah älter, reifer darin aus. Zum Glück hatte es aufgehört zu regnen, so daß sie es tragen konnte. In all ihren andern Kleidern wirkte sie wie ein Kind.
Johnny konnte nun jede Minute eintreffen. Sie war enttäuscht gewesen, daß er nicht an den Zug gekommen war, aber Jane hatte ihr erklärt, daß er mit den Wilson-Aufnahmen für die Wochenschau beschäftigt war, und sie hatte diese Erklärungen hingenommen. Seit langem war sie daran gewöhnt, daß die Filmleute unter einem ständigen Druck lebten. Als sie erfuhr, daß er mit ihr zum Essen gehen und sie vom Hotel abholen wollte, lebte sie auf.
Es klopfte. Da ist er, dachte sie und wollte zur Tür laufen. Mitten im Zimmer aber blieb sie plötzlich stehen. Du benimmst dich kindisch, warf sie sich vor, aber ihr Herz schlug schnell, als sie öffnete.
Es war, als ob jemand Fremder und nicht sie selbst die Tür geöffnet hatte. Sie sah sich abwartend dastehen, sie sah sein Gesicht, sein Lächeln, das verschwand, sein Erstaunen, als er sie ansah, dann wieder sein Lächeln, diesmal warm und bewundernd.
Er hielt einen Strauß Blumen in der Hand. Auch er hatte sich auf dieses Wiedersehen vorbereitet; er hatte sich gesagt, daß sie erwachsen sein würde, aber innerlich hatte er es nicht geglaubt. Er wollte sie aufheben und herumschwenken und »Hallo, Liebling« sagen, wie früher, aber jetzt konnte er es nicht. Er sah sie im Türrahmen stehen, ins Zimmer zurücktreten, ihre Wangen leicht gerötet, die Augen vor innerer Erregung leuchtend, die Lippen leise zitternd.
Er trat ins Zimmer und gab ihr die Blumen.
Sie nahm sie schweigend, ihre Hände berührten sich. Plötzlich war es wie ein elektrischer Strom zwischen ihnen, seine Finger prickelten wie von einem Schock. Sie gaben sich die Hand.
»Hallo, Liebling«, sagte er ruhig, aber seine Stimme war voll von dem Staunen, das er empfand.
»Hallo, Johnny.«
Zum erstenmal nannte sie ihn bei seinem Namen, ohne »Onkel« davor. Plötzlich wurde ihr bewußt, daß sie sich immer noch bei der Hand hielten. Sie wurde rot und zog ihre Hand zurück. »Ich werde die Blumen ins Wasser stellen«, sagte sie leise.
Er beobachtete sie genau, während sie die Blumen in der Vase ordnete. Sie hatte sich etwas von ihm abgewandt, so daß er nur ihr Profil sah. Ihr kupferbraunes Haar schimmerte über dem lieblichen rosigen Gesicht, die tiefliegenden Augen über den hohen Wangenknochen waren blau, der Mund sanft gewinkelt, die Wangen zart, aber das runde Kinn fest modelliert.
Sie drehte sich um und sah, daß er sie beobachtete. »Ist es nicht besser so?«

fragte sie und zupfte noch einmal an den Blumen. Er nickte verwirrt. Er wußte nicht, was er mit dieser selbstsicheren jungen Dame reden sollte, die er eben erst kennengelernt hatte. »Ich kann es noch nicht glauben. Du bist . . .«

Sie unterbrach ihn lachend. »Sag bloß nicht, wie groß ich geworden bin. Wenn ich das noch einmal hören muß, schreie ich.«

Er lachte etwas verlegen mit. »Das wollte ich gerade sagen«, gestand er.

»Ich wußte es. Warum die Leute das bloß immer sagen. Auch für mich steht die Zeit doch nicht still. Natürlich bin ich erwachsen geworden. Du möchtest doch nicht, daß ich ewig ein Kind bleibe?«

Er fühlte sich behaglicher, entspannter. »Ich weiß nicht«, begann er, »als du noch ein Kind warst, konnte ich dich noch in die Luft schwenken, dich küssen und Liebling zu dir sagen, und es gefiel uns beiden. Das kann ich jetzt nicht mehr.«

Ihre Augen wurden rasch ernst. Es war seltsam, wie schnell sie ihre Farbe verändern und dunkel werden konnten. Ruhig, wenn auch sehr leise, sagte sie: »Immerhin könntest du eine alte Freundin küssen, wenn du sie nach fast vier Jahren wiedersiehst.«

Er sah auf sie hinunter und beugte sich dann zu ihr. Sie hob ihm ihr Gesicht entgegen, und ihre Lippen trafen sich.

Er empfand es wie einen Schlag. Ohne daß er es wollte, legte er die Arme um sie und zog sie an sich. Sie schlang ihre Arme um seinen Hals und hielt ihr Gesicht an seines geschmiegt. Er fühlte, wie die Wärme ihres Körpers in ihre Lippen flutete und zu ihm herüberströmte, spürte den zarten, erregenden frischen Duft ihres Haares. Dann sah er, daß sie die Augen geschlossen hatte.

Gedanken schossen ihm durch den Kopf wie Blitze: Dies ist Wahnsinn. Sie mag wie eine Frau aussehen, aber sie ist doch noch ein Kind, das zur Schule geht und das zum erstenmal von zu Hause weg ist, ein romantisches Kind obendrein. Sei kein Narr, Johnny!

Er ließ sie plötzlich los. Sie verbarg ihr Gesicht an seiner Schulter. Er strich ihr über die Wange und das Haar. Einen Augenblick lang standen sie schweigend da, dann sagte er so ernst, wie sie vorhin gewesen war: »Du bist erwachsen, Liebling, zu groß zum Spielen.«

Sie sah zu ihm auf, ihre Augen leuchteten, ihre Stimme war so jung, sie lächelte. »Bin ich, Johnny?«

Noch immer ernst, nickte er. Er antwortete nichts, innerlich suchte er immer noch seine eigene überraschte Frage zu beantworten: Was ist bloß mit mir geschehen?

Sie ging durchs Zimmer, um ihren Mantel zu holen. In ihr sang es: Er liebt mich, er liebt mich, auch wenn er es noch nicht weiß! Laut sagte sie: »Wohin gehen wir essen, Johnny? Ich bin halb verhungert.«

4

Johnny sah von seinem Schreibtisch auf und fragte Jane zum viertenmal: »Du bist ganz sicher, daß Doris gesagt hat, sie käme hierher, bevor wir an den Zug gehen?«

Sie nickte müde. »Ganz sicher.« Sie wunderte sich, warum er so nervös war. Für den Fall, daß sie nicht kam, hatte Doris die genaue Ankunftszeit des Zuges und konnte ihre Eltern allein abholen. Diese Nervosität sah Johnny gar nicht ähnlich.

Er unterzeichnete ein paar andere Schriftsätze, dann sah er wieder auf.

»Wie ist doch der Name des Mannes, den George als Geschäftsführer für die drei Theater in der Oberstadt haben will?«

»Stanley Farber.«

Er prüfte noch einmal den Brief, der vor ihm lag und der ein Dankesbrief für die Bestätigung der Einstellung war. Es überraschte ihn, denn er hatte diese Bestätigung noch gar nicht vorgenommen; er pflegte dergleichen nie zu tun, ehe er nicht mit dem Betreffenden persönlich gesprochen hatte. Aber diesen Farber hatte er noch nicht einmal gesehen. Er schob Jane den Brief hin. »Leg den Brief George vor und laß mich wissen, was er dazu sagt.«

Er sah ungeduldig auf die Uhr. Es waren nur noch zwei Stunden bis zur Ankunft des Zuges. Was hatte sie wohl aufgehalten? Die Tür ging auf, noch ehe er die Uhr weggesteckt hatte, und Doris kam ins Büro.

Er stand auf, ging ihr entgegen und nahm ihre Hand. »Ich hab' mir schon Gedanken gemacht, wo du bleibst.«

Sie lächelte. »Ich hab' den Schnellzug versäumt und mußte den Personenzug nehmen.«

Jane sah die beiden überrascht an. Eine Sekunde saß sie ganz still, in einer Art Betäubung. Sie war nicht in Johnny verliebt, wäre aber dazu bereit gewesen, wenn er es gewollt hätte. Seit langem ahnte sie, daß er eines tiefen und starken Gefühls fähig war, das sich eines Tages Raum schaffen würde. Aber nichts, was er je gesagt oder getan hätte, wies darauf hin, daß es sich ihr zuwenden könnte. Jetzt wußte sie, daß es nie geschehen würde, und sie fühlte eine unerklärliche Erleichterung. Doris wandte sich ihr zu und begrüßte sie.

Automatisch fragte Jane, wie es ihr ginge.

Doris antwortete, und Johnny führte sie zu einem Sessel.

»Hab' einen Augenblick Geduld, bis ich noch ein paar Sachen erledigt habe«, sagte er, auf sie herablächelnd, »dann können wir noch eine Kleinigkeit essen, ehe wir sie abholen.«

»Ich warte gern«, sagte sie sanft.

Jane spürte, wie Johnny erregt war, als er sich wieder hinter seinen Schreibtisch setzte. Wie ein Junge, der zum erstenmal verliebt ist, dachte sie, und es noch gar nicht weiß.

Aber Doris saß ruhig in ihrem Sessel. Sie hatte ihren Hut abgenommen, und ihr Haar schimmerte im Licht. Sie sah glücklich und zufrieden aus, und ihre ganze Seele lag in ihren Augen, während sie Johnny zuschaute. Dabei merkte sie nicht, daß Jane sie beobachtete.

Impulsiv stand Jane auf und ging zu ihr, beugte sich über sie und nahm lächelnd ihre Hand. So leise, daß Johnny es nicht hören konnte, sagte sie: »Es ist wie ein Traum, nicht wahr, Doris?«

Doris sah die Wärme und Freundschaft in Janes Augen und nickte wortlos.

Die Tür ging auf, und Irving Bannon kam herein. Sein Gesicht war vor Aufregung gerötet. »Der Fernschreiber kündigt was Wichtiges an, Johnny, komm lieber mit und sieh es dir an.«

»Was ist denn los?«

»Ich weiß nicht. Der Streifen sagt einfach: ›Wichtige Nachricht folgt.‹«

Johnny stand auf und sagte zu Doris: »Kommst du mit?«

»Ja.«

Sie gingen mit Irving ins Büro der Wochenschau. Das Büro war nur ein kleiner Raum, der Irvings Schreib- und Arbeitstisch enthielt. Neben dem Schreibtisch stand der Fernschreiber. Bannon hatte Johnny dazu überredet, ihn anzuschaffen, damit die Wochenschau alle neuesten Nachrichten erfassen konnte.

Um den Apparat herum standen ein paar Leute. Als sie Johnny sahen, machten sie ihm Platz. Doris stand neben ihm, gegenüber Irving und Jane. Der Fernschreiber schwieg, als sie hereinkamen, aber jetzt begann er zu ticken.

Johnny nahm den Streifen auf und las laut:

»›Washington, 12. März. – Durch Exekutiverlaß hat Präsident Wilson heute angeordnet, daß die Handelsflotte zum Schutz gegen weitere Zerstörungen durch die deutschen Unterseeboote bewaffnet wird. Der Erlaß ist genau acht Tage, nachdem der Kongreß ein Gesetz ablehnte, das der Handelsflotte dieses Recht zusprach, herausgekommen. Der genaue Wortlaut des Erlasses wird sobald wie möglich folgen.‹«

Fast eine Minute herrschte vollständiges Schweigen, man wurde sich der Wichtigkeit dieser Nachricht langsam bewußt. Bannon war der erste, der die Sprache wiederfand. »Das bedeutet Krieg«, sagte er tonlos, »niemand kann es jetzt noch aufhalten. Es scheint, der Präsident hat sich endlich entschlossen.«

Johnny sah ihn an. Die Vereinigten Staaten würden in den Krieg eintreten. Plötzlich erwachte er zu fieberhafter Aktivität. Zu Jane sagte er: »Ruf Joe Turner im Studio an, schnell!«

Dann wandte er sich zu Bannon. »Mach daraus einen Extrafilm, so schnell du kannst, und dann fahr mit einem Sonderstab nach Washington. Dreh alles, was irgendwie wichtig ist. In zwei Stunden mußt du unterwegs sein!«

Er ging mit Doris in sein Büro zurück. Für ein paar Sekunden hatte er ihre Gegenwart ganz vergessen, jetzt fühlte er ihre Hand auf seinem Arm, blieb stehen und sah sie an.

Im gelben Licht des Korridors war ihr Gesicht blaß und ihre Augen weit geöffnet. Leise fragte sie: »Was wirst du tun, Johnny, wenn es Krieg gibt?«

Er lächelte sie beruhigend an, vermied aber eine direkte Antwort. »Ich weiß nicht, Liebling, wir müssen erst abwarten, was geschieht.«

Jane erwartete ihn schon im Büro. »In fünfzehn Minuten etwa kommt dein Gespräch, Johnny.«

»Tüchtiges Mädchen.« Er setzte sich an seinen Schreibtisch und zündete sich eine Zigarette an. Er dachte darüber nach, was er wohl tun würde, wenn es Krieg gäbe. Er wußte es nicht und wußte es doch – es gab nur eine Antwort in einem solchen Fall.

Er konnte nicht stillsitzen, rutschte unruhig auf dem Stuhl hin und her und stand schließlich auf. »Ich geh' zu Irving, ruft mich da an, wenn Joe am Telefon ist.« Und er ging hinaus.

Doris folgte ihm mit den Augen. Sie sagte nichts; aber etwas schnürte ihr beim Anblick seiner Rastlosigkeit die Kehle zu, bis sie kaum mehr atmen konnte.

»Beunruhigt?« fragte Jane, der es im Gefühl ihrer neugewonnenen Freiheit nun ganz leichtfiel, herzlich zu sein.

Doris nickte. Sie kämpfte hart mit den Tränen.

»Du liebst ihn«, sagte Jane.

Doris erwiderte mit verschleierter Stimme: »Ich habe ihn immer geliebt, seit meiner Kindheit schon. Ich hab' von ihm geträumt, ohne zu wissen, was es bedeutet, aber eines Tages ist es mir klargeworden.«

»Er liebt dich auch, aber er weiß es noch nicht«, sagte Jane weich.

Jetzt weinte Doris doch. »Ja, aber wenn es nun Krieg gibt – und er muß fort – wird er es vielleicht nie merken.«

»Mach dir keine Sorgen, er wird es schon merken.«

Doris lächelte durch ihre Tränen hindurch. »Glaubst du wirklich?«

»Natürlich«, versicherte Jane. Bei sich aber dachte sie: Armes Kind, so schlimm ist es also.

Das Läuten des Telefons schreckte sie auf. Die Telefonistin meldete sich. »Ihr Gespräch mit Los Angeles ist da.«

»Einen Augenblick.« Jane bedeckte die Muschel mit der Hand und sagte zu Doris: »Würdest du ihn wohl holen, Liebes?«

Doris war froh, irgend etwas zu tun zu haben; Jane zulächelnd, nickte sie und ging aus dem Zimmer.

Eine Minute später kam sie mit Johnny zurück. Er nahm Jane den Hörer ab. »Hallo, Joe?«

»Ja, Johnny. Was ist los?«

»Der Präsident bewaffnet die Handelsflotte. Es sieht ziemlich sicher nach Krieg aus.«

Joe pfiff. »Das ging schneller, als ich gedacht habe.« Er war einen Augenblick still. »Was soll ich tun?«

»Ist der Kriegsfilm schon fertig?«

»Heute morgen haben wir die letzte Szene gedreht«, antwortete Joe stolz.

»Schick ihn gleich nach New York, wir müssen ihn sofort herausbringen.«

»Kann ich nicht. Er muß doch geschnitten und kopiert werden – das dauert mindestens ein paar Wochen.«

Johnny überlegte. »So lang können wir nicht warten«, sagte er entschieden. »Nimm dir drei gute Fachleute, laß dir im Zug zwei nebeneinanderliegende Abteile reservieren und schneidet den Film unterwegs auf der Fahrt. Die Kopien können wir dann hier herstellen und schleunigst an die Theater schicken.«

»Ich weiß nicht, ob das geht, die Frist ist sehr kurz.«

»Du wirst es schon schaffen«, meinte Johnny zuversichtlich. »Ich benachrichtige die Verleiher, daß der Film nächste Woche fertig ist.«

Joe explodierte. »Du lieber Gott! Du hast dich überhaupt nicht verändert. Du kannst aber auch gar nicht warten!«

»Wir können es uns nicht leisten zu warten.«

»Was sagt Peter dazu?«

»Weiß ich nicht, er ist noch nicht hier.«

»Schön, schön, also, ich werd's versuchen.«

»Gut. Ich bin überzeugt, daß du es schaffst. Hast du schon einen Titel für den Film?«

»Noch nicht. Der Arbeitstitel hieß: Eine Kriegsgeschichte!«

»Schön, wir werden ihn benennen, wenn du hier bist«, sagte Johnny und hing ein. Zu den beiden Mädchen gewandt, setzte er hinzu: »Vielleicht ist das alles ja für etwas gut.«

»Johnny«, rief Doris gequält aus: »Wie kannst du so reden? Wie kannst du nur sagen, ein Krieg gegen soviel Unschuldige könne für etwas gut sein?«

Er starrte sie an, ohne den Vorwurf in ihrer Stimme zu fühlen, ergriff ihre beiden Hände und schüttelte sie aufgeregt. »Das ist es, Doris, das ist es!«

»Was?« fragte sie bestürzt.

Er gab keine Antwort, sondern sagte eilig zu Jane: »Schreib an alle Verleiher und an die Reklameabteilung.«

Er schwieg einen Augenblick, während Jane Papier und Bleistift ergriff.

»Die Magnum-Film kündigt die Fertigstellung ihres letzten und größten Films ›Der Krieg gegen die Unschuldigen‹ an; der Film wird in der nächsten Woche herauskommen.«

Dann sagte er lächelnd zu Doris: »Nimm deinen Mantel, Liebling, wir wollen nicht zu spät an den Zug kommen!«

5

Der Vorführraum war überfüllt, als die erste Kopie von »Krieg gegen die Unschuldigen« lief, und am Ende der Vorstellung gingen die Zuschauer schweigend hinaus; auf dem Korridor bildeten sich kleine Gruppen.

Zur Vorschau des Films war ein ausgewählter Kreis geladen worden. Vor einer Woche hatten die Vereinigten Staaten den Kriegseintritt erklärt, daher das starke Interesse an dem Film. Vertreter der großen Zeitungen, der Nachrichtenagenturen, der Regierung, prominente Verleiher und Theaterbesitzer waren anwesend.

Jetzt drängten sie sich gratulierend um Peter und Joe.

Einer der Gäste sagte zu Peter: »Eine ausgezeichnet gemachte, glänzende Propaganda für unsere Seite. Das trifft den Gegner an der empfindlichsten Stelle.«

Peter nickte. Während des Films hatte er sich elend gefühlt. Jetzt, bei diesem Glückwunsch, dachte er bitter: Man gratuliert mir dazu, daß ich gegen mein eigenes Volk, meine eigene Familie Krieg führe. Sprechen konnte er nicht, das Hez war ihm zu schwer; er war froh, als der letzte Gast weg war und sie in Johnnys Büro gehen konnten, wo es verhältnismäßig ruhig war und er sich hinsetzen konnte. Esther, Doris, Joe und Johnny waren bei ihm.

Sie sprachen nicht viel miteinander, sahen einander nur gequält an. Es lag eine Spannung in der Luft, die sie alle fühlten, für die nur jeder eine andere Ursache annahm.

Schließlich sagte Peter: »Hast du Schnaps oder sonst etwas da, Johnny? Ich fühl' mich ein bißchen abgespannt.«

Schweigend holte Johnny aus seinem Schreibtisch eine Flasche und ein paar Pappbecher, in die er Whisky goß. Er reichte Peter und Joe die Becher und trank ihnen zu. »Auf den Sieg!« sagte er.

Sie tranken aus.

Der Alkohol löste Joe die Zunge. »Ich hab' den verdammten Film selbst gemacht, aber jetzt, nachdem ich ihn gesehen hab', möchte ich mich am liebsten freiwillig melden.«

Peter antwortete nicht. Von Johnnys Schreibtisch nahm er verschiedene Papiere und sah sie geistesabwesend durch. Es waren Leihverträge für den neuen Film, und er ließ sie fallen, als ob er sich die Finger an ihnen verbrannt hätte. Und daran soll ich auch noch verdienen! dachte er.

Esther ahnte, wie ihm zumute war. Sie ging zu ihm und stand schweigend neben ihm; er sah dankbar zu ihr auf – sie verstanden einander.

Johnnys Stimme platzte wie eine Granate in das allgemeine Schweigen: »Wer soll mich vertreten, wenn ich weg bin?« fragte er. Sie sahen ihn bestürzt an. Er lächelte, aber seine Augen waren ernst.

Peter antwortete zuerst. »Was meinst du damit?«

»Genau das, was ich gesagt habe. Morgen melde ich mich freiwillig.«

»Nein!« Doris rief es gequält und entsetzt.

Esther bemerkte, daß aus dem Gesicht ihrer Tochter alle Farbe gewichen war; es schien weiß, ja aschfarben. Ich hätte es wissen müssen, warf Esther sich innerlich vor. Vieles, was Doris getan und gesagt hatte, bekam plötzlich einen neuen Sinn. Sie ging zu Doris und ergriff ihre zitternde Hand.

Die Männer achteten nicht darauf. »Und ich geh' mit dir!« sagte Joe.

Peter dachte: Ich mußte diesen Tag erleben, um es zu glauben. Die Männer, die ich gern habe, ziehen in den Krieg gegen meine Brüder. Er stand auf und sagte laut: »Müßt ihr denn gehen?«

Johnny sah ihn mit einem seltsamen Blick an. »Es bleibt mir nichts anderes übrig. Es ist meine Heimat.«

Peter bemerkte den Blick, und er tat ihm weh. Zweifelt er an meiner Loyalität? fragte er sich. Er zwang sich zu einem Lächeln. »Geh, wenn du mußt«, sagte er schwerfällig, »und mach dir um uns keine Sorgen. Aber seid vorsichtig, wir wollen euch beide wiedersehen.« Er hielt Johnny die Hand hin.

Johnny schüttelte sie über den Schreibtisch hinweg. »Ich wußte, daß du mich verstehen würdest.«

Doris stiegen die Tränen in die Augen. Aber ihre Mutter flüsterte ihr etwas zu, woran sie noch lange denken sollte und was den Tränen Einhalt gebot. »Weine niemals vor deinem Mann, liebes Kind«, sagte sie verständnisvoll.

Johnny stand von seinem Schreibtisch auf. Das letzte Schreiben war unterzeichnet, alles war erledigt. Er legte die Feder hin und sah Peter an. »Ich glaube, das wär's. Hast du noch Fragen?«

Peter schüttelte den Kopf. »Nein, alles klar.«

»Gut. Wenn etwas auftauchen sollte, womit du nicht Bescheid weißt, frag Jane. Sie ist ohnehin der Chef hier.« Er lächelte Jane zu.

Sie sagte, zurücklächelnd: »Wir müssen halt sehen, wie wir durchkommen, während du weg bist, Boß.«

Er lachte. »Ich weiß schon Bescheid, Jane.« Er sah auf die Uhr.

»Oje, ich muß mich beeilen. Ich hab' Joe versprochen, ihn um drei Uhr zu treffen.«

Er nahm seinen Hut. »Na dann – Peter, ich seh' dich wieder, wenn alles vorbei ist.«

Peter hielt für ein paar Sekunden schweigend seine Hand fest und ließ sie dann los.

Johnny ging an Janes Schreibtisch und fuhr ihr durchs Haar. »Wiedersehen, Baby.«

Sie stand auf und küßte ihn schnell. »Wiedersehen, Boß«, sagte sie heiser. »Sei vorsichtig.«

»Bestimmt.« Die Tür schloß sich hinter ihm.

Als er gegangen war, sahen Peter und Jane sich an. »Ich – ich glaube, ich muß weinen«, sagte sie kleinlaut.

Er schneuzte sich heftig in sein Taschentuch. »Also los, wer hindert dich daran?«

Als Johnny vor dem Bürohaus stehenblieb, um sich eine Zigarette anzustecken, hörte er, wie jemand ihn anrief, und sah auf.

»Johnny! Johnny!« Doris lief auf ihn zu.

»Warum bist du nicht in der Schule, Liebling?« fragte er streng, aber sein Herz wurde leicht bei ihrem Anblick.

»Ich bin gestern gar nicht zurück«, sagte sie atemlos. »Ich wollte dich noch einmal sehen, bevor du weggehst. Ach, bin ich froh, daß ich dich nicht verpaßt habe!«

Sie standen da und sahen einander an, ohne zu wissen, was sie sagen sollten.

Johnny brach das Schweigen. »Ich bin froh, daß du gekommen bist, Liebling.«

»Wirklich, Johnny?« Ihre Augen leuchteten.

»Sehr froh.«

Sie schwiegen wieder. Diesmal sprach Doris zuerst. »Schreibst du mir wieder, Johnny, wenn ich dir schreibe?«

»Natürlich.« Verlegenes Schweigen abermals. Nur ihre Augen sprachen. Er sah auf die Uhr. »Es ist schon spät, ich muß gehen«, sagte er ganz unnötig.

»Ja, Johnny.« Sie sah zu Boden.

Er legte seine Hand unter ihr Kinn und hob ihr Gesicht zu sich empor. »Sei ein gutes Mädchen«, sagte er mit einem Versuch zu scherzen, »und warte auf mich. Vielleicht bring' ich dir was Hübsches mit, wenn ich zurückkomme.«

In ihren Augenwinkeln standen Tränen. »Ich werde immer auf dich warten, Johnny.«

Die Intensität, mit der sie das sagte, machte ihn verlegen. Er wurde rot und versuchte weiter, ungeschickt zu scherzen. »Tu das, dann bring' ich dir ein Geschenk mit.«

»Du brauchst mir nichts mitzubringen, Johnny. Komm nur so wieder, wie du bist, mehr will ich gar nicht.«

»Was kann mir schon passieren?« Er lachte.

6

Auf dem Boden des Granatloches war eine Pfütze,und sie drückten sich an die Seiten, um nicht naß zu werden. Nicht, daß es noch viel ausgemacht hätte. Die ganze Nacht hatte es geregnet, und ihre Kleider waren völlig durchweicht und mit Lehm verkrustet.

»Wo, zum Teufel, sind die Kerle, die uns hier treffen sollten?« brummte Joe Turner.

Johnny sog hinter der gekrümmten Hand an seiner Zigarette. »Weiß nicht, ist mir auch egal. Ich bin gern bereit, den Rest des Krieges hier auf sie zu warten, wenn's sein muß. Da draußen gefällt es mir nicht, da ist es nicht gut für die Gesundheit.«

Joe nahm eine Zigarette von ihm. Sorgfältig steckte er sie an Johnnys Zigarette an, mit der Hand einen Schild bildend, damit das Aufleuchten ihren Schlupfwinkel nicht verriet. Das Knattern der Maschinengewehre schwoll immer mehr an, und sie konnten das Pfeifen der Kugel über ihren Köpfen hören.

»Die Spritze müssen sie erst lahmlegen, ehe wir weiter können«, sagte Joe.

»Hast du's eilig?« spottete Johnny.

Joe schüttelte den Kopf. »Nee, aber vielleicht denken die, wir sollten weiter.«

»Na und? Sind wir Gedankenleser? Niemand hat uns was gesagt. Der Hauptmann hat gesagt, wir sollen nur tun, was man uns befiehlt. Haben wir. Von jetzt an bleib' ich hier, bis ich einen neuen Befehl krieg'.«

Joe antwortete nicht, sondern kratzte sich nur nachdenklich den Kopf unter dem Helm. Plötzlich fluchte er, zog etwas aus seinem Haar und warf es ins Wasser. »Die verdammten Läuse machen mich wahnsinnig.«

Johnny lehnte sich gegen die Kraterwand und schloß die Augen. Er war müde. Seit drei Tagen waren sie ohne Rast im Angriff, und jetzt hatte er das Gefühl, er könnte hier mitten im Niemandsland auf der Stelle einschlafen.

Joe schüttelte ihn, und er öffnete die Augen. Als er sie geschlossen hatte, war es Abend gewesen, mit den letzten Spuren des Tageslichtes noch am Himmel, und jetzt war es Nacht. »Ich hab' wohl geschlafen«, sagte er einfältig.

Joe grinste. »Kann man wohl sagen. Du hast so laut geschnarcht, daß ich Angst hatte, man höre es in Berlin. Allerhand, daß du hier schlafen kannst, das muß ich zugeben.«

Johnnys Antwort ging im Maschinengewehrgeknatter unter. Eine Weile schwiegen sie, bis Joe aus seinem Rucksack einen Riegel Schokolade hervorholte, von dem er Johnny die Hälfte gab. Sie kauten darauf herum, der volle süße Geschmack erfüllte ihren Mund.

»Ich hab' nachgedacht«, sagte Joe.

»Ja?«

»Die denken sicher, wir sollen die Spritze erledigen, sonst würden sie nicht warten.«

»Das geht uns nichts an, niemand hat uns was davon gesagt«, meinte Johnny.

Joe sah ihn mit zusammengekniffenen Augen an. »Das hier ist ein Fall, wo uns niemand etwas sagen kann, wo wir uns allein entscheiden müssen, und das weißt du auch ganz genau.«

»Ich hab' entschieden. Ich bleib' hier.«

Joe kniete sich hin, nahm zwei Handgranaten aus dem Gürtel und prüfte sie. »Ich versuch's«

»Du bleibst hier«, sagte Johnny ausdruckslos.

Joe legte den Kopf auf die Seite und sah Johnny prüfend an. »Willst du mich zwingen?« sagte er ebenso ausdruckslos.

Sie starrten einander an, dann lächelte Johnny und gab Joe mit der flachen Hand einen Stoß. »Also schön, wenn du den Helden spielen willst, muß ich wohl mitkommen und auf dich aufpassen.«

»Ich wußte, daß du es einsehen würdest, Junge.«

Johnny nahm aus seinem Gürtel ebenfalls zwei Handgranaten und prüfte sie, ob sie in Ordnung waren. »Ich bin soweit, wenn du es bist.«

»Ich bin fertig.« Joe kroch zur Höhe des Kraters, er sah sich nach Johnny um, der ihm nachkam. »Ich konnte diese Läuse ohnehin nicht mehr aushalten.«

Sie waren jetzt am Kraterrand und äugten vorsichtig hinüber. Vor ihnen flammten beim Knattern des Maschinengewehrs Lichtstreifen auf.

»Siehst du es?« flüsterte Johnny.

Joe nickte.

»Nimm du's von rechts, ich komme von links.«

Joe nickte wieder.

»Was ist los?« fragte Johnny nervös. Er stemmte sich auf Händen und Knie. »Los, Junge, auf sie! Und damit lief Joe im Zickzack über das Feld.

Johnny kauerte noch für eine Sekunde da, dann folgte er ihm.

7

Er lag still auf dem Bett und lauschte der Musik, die durch das geöffnete Fenster kam. Seine Augen standen weit offen, aber er nahm nichts wahr. Er sah nicht zum Fenster, er wollte nicht wissen, was für ein Tag es war, wie weiß und blau der Himmel, wie golden das Licht auf dem frischen Frühlingsgrün der Bäume. Mit einer Hand hielt er das Leintuch fest, das ihn bis zur Brust bedeckte, als ob er fürchtete, man könnte es ihm entreißen.

Die Musik schwieg. Stille trat ein. Unwillkürlich wartete er auf die nächste Melodie. Er wußte, welche es sein würde; sie spielten sie immer gerade dann, wenn der Omnibus abfuhr.

Er langte auf das Tischchen an seinem Bett nach einer Zigarette, zündete sie an und nahm einen tiefen Zug.

Stimmengewirr drang zu ihm, leicht und weich in der Luft, Männerstimmen, Frauenstimmen, angenehme Stimmen, weiche, zärtliche und zugleich brummige Worte.

»Wiedersehen, Schwester, wenn's nicht wegen der Tracht wäre, würde ich Sie küssen.«

Weiches, warmes Lachen, dann die Antwort: »Tun Sie's ruhig, aber passen Sie auf ihren Arm auf. Vergessen Sie nicht, was der Arzt gesagt hat!«

Männerstimmen, Männergespräche. »Ehrenwort, ich hätte sie haben können, aber sie hielt mir meinen Rang unter die Nase!«

Angewiderte Zustimmung. »Die sind nur auf Offiziere aus.«

Dann zwei Stimmen. Seine Stimme: »Sie werden mir fehlen.«

Ihre Stimme: »Sie mir auch.«

»Darf ich wiederkommen und Sie besuchen?«

Eine Sekunde Zögern, dann: »Warum wollen Sie das? Sie gehen doch jetzt nach Hause!«

Die Stimmen wurden schwächer, dann war Stille.

Seine Hand krampfte sich fester um das Leintuch: Jetzt kam es. Die Musik traf ihn wie eine Meereswoge und rollte über ihn, bis er das Gefühl hatte, darin zu ertrinken. Es war eine laute metallische Musik, geschrieben, um ihn zu quälen.

»Wenn Johnny wieder nach Hause marschiert, tralala.«

Er hielt sich die Ohren zu, aber er hörte die Musik trotzdem. Schließlich hörte es auf, und er nahm die Hände von den Ohren. Sie waren feucht von Schweiß. Er legte die Zigarette in den Aschenbecher und trocknete sich die Hände am Leintuch. Allmählich ließ die Anspannung nach, die Augenlider fielen ihm zu. Nach einer Weile schlief er ein.

Das Klappern von Geschirr auf einem Tablett weckte ihn. Während er die Augen öffnete, griff er schon nach seiner Zigarette. Eine ruhige Hand hielt ein Streichholz dran, ehe er selbst eins anzünden konnte.

Ohne aufzusehen, nahm er einen tiefen Zug. »Danke, Rock.«

»Ich hab' dein Essen, Johnny. Willst du aufstehen?« Roccos Stimme war so ruhig wie seine Hand.

Instinktiv sah Johnny nach den Krücken am Fußende des Bettes, die ständige Erinnerung an das, was er geworden war. Er schüttelte den Kopf. »Nein.«

Er setzte sich, auf die Hände gestützt, auf, und Rocco schüttelte das Kissen und schob es ihm als Stütze in den Rücken. Dann stellte er ihm das Tablett mit dem Essen aufs Bett. Johnny betrachtete es und schaute dann weg. »Ich hab' keinen Hunger.«

Rocco zog sich einen Stuhl ans Bett. Er zündete sich eine Zigarette an und blies den Rauch langsam durch die Nase. »Ich werde nicht klug aus dir, Johnny«, sagte er ruhig.

Johnny gab keine Antwort.

»Du bist ein großer Held und hast doch Angst, aus dem Bett zu steigen. Du hast ganz allein ein deutsches Maschinengewehrnest angegriffen, hast einen Orden dafür bekommen, sogar zwei, unsern und einen französischen, und willst doch nicht aus dem Bett.« Seine Stimme war nachdenklich geworden.

Johnny stieß heftig ein häßliches Wort aus, während er in Roccos unbewegliches Gesicht sah. »Laß sie auf ihren verdammten Orden gehen, wenn sie können. Sie haben Joe auch welche verliehen, aber es nützt ihm nichts mehr. Ich hab' dir oft genug erzählt, daß ich das Ding nicht allein angegriffen hab'. Wenn ich gewußt hätte, daß Joe dabei draufgeht, hätte ich es nie getan. Mir liegt nichts daran, ein Held zu sein.«

Rocco antwortete nicht; sie saßen da und rauchten ihre Zigaretten.

Johnny brach zuerst das Schweigen. Er zeigte auf die sieben leeren Betten im Zimmer. »Wann kommt der neue Schub?«

»Morgen früh«, sagte Rocco. »Bis dahin hast du ein Zimmer für dich.« Er sah Johnny prüfend an. »Was ist los, Johnny, fühlst du dich einsam?«

Keine Antwort.

Rocco stand auf und schob seinen Stuhl zurück. Er sah auf Johnny hinunter. Sein Gesicht zeigte das Mitleid, das er empfand, aber seine Stimme verriet nichts davon, als er beiläufig sagte: »Du hättest mit ihnen gehen können, wenn du gewollt hättest.«

Johnnys Gesicht erstarrte zur Maske. Auch er sagte ganz beiläufig: »Mir gefällt es hier, Rock, ich glaube, ich bleibe noch eine Weile.«

Rocco lächelte. »Das ist hier ein Durchgangshotel, Johnny, nichts zum Seßhaftwerden nach meinem Geschmack.«

Johnny drückte seine Zigarette aus. »Du kannst es dir ja leisten, Rock. Niemand zwingt dich, hier zu bleiben.« Seine Stimme klang bitter.

Da nahm Rocco das Tablett, stellte es auf den kleinen Wagen zurück, den er zur Tür schob, kehrte noch einmal um und nahm die Krücken auf. »Es gibt hier eine Menge Jungens, die wären glücklich, wenn sie die benutzen könnten. Werde damit fertig, Johnny. Du kannst nicht dein Leben lang im Bett liegen.«

Johnny drehte das Gesicht zur Wand.

Rocco stand einen Augenblick lang da. Am liebsten hätte er geweint. Es war immer so gewesen, seit er Johnny in dem kleinen Graben gefunden hatte, in dem das Maschinengewehr gewesen war.

Ein paar Meter weiter lag Joes Leiche und im Graben drei tote deutsche Soldaten. Johnny war fast bewußtlos, aber wiederholte immer wieder in einem wilden Delirium: »Die Schufte haben mir das Bein mit lauter Nadeln zerstochen!«

Er kniete neben Johnny nieder und drehte ihn herum. Johnnys rechtes Hosenbein war mit Blut durchtränkt. Er fluchte vor sich hin, während er rasch die Hose aufschnitt und die Kugellöcher direkt über dem Knie sah, durch die das Blut quoll.

Er schnitt einen Streifen von seiner Bluse und band das Bein ab, um die Blutung zum Stehen zu bringen. Dann versuchte er das Bein zu bewegen.

Noch jetzt hörte er Johnnys Schrei in seinen Ohren gellen. Es war ein Schrei der Qual und des Entsetzens, der über das still gewordene Schlachtfeld schrillte.

»Rocco«, schrie Johnny, der seinen Feldwebel erkannte, »reiß mein Bein nicht ab!« Dann fiel er in Ohnmacht.

Rocco trug ihn zurück zum Verbandsplatz. Er stand dabei, als der Arzt den Kopf schüttelte. Er sah zu, wie das Fleisch über dem Knie weggeschnitten und der zersplitterte Knochen abgesägt wurde.

Während Rocco neben der Bahre herging, auf der sie Johnny nach der Operation in das kleine Lazarett trugen, fühlte er Johnnys Hand an seinem Ärmel und sah hinunter.

Johnny starrte ihn mit offenen Augen an. »Rocco, laß sie nicht mein Bein abnehmen, bleib bei mir!«

Roccos Augen füllten sich mit Tränen. »Schlaf, Johnny, ich pass' auf, daß sie dir nicht weh tun!«

Der Krieg war zu Ende, und Rocco ging nicht mit den andern nach Hause. Er ließ sich zu den Sanitätern versetzen und folgte Johnny von dem Lazarett in Frankreich in das auf Long Island. Er hatte sich gelobt, bei Johnny zu bleiben, solange dieser ihn brauchte. Vielleicht, weil er fühlte, daß er schuld an allem war. Er hatte den Befehl gegeben, der Johnny damals mit Joe auf seine Mission geschickt hatte, aber irgend etwas war schiefgegangen. Alles war an jenem Tag schiefgegangen, und ihm war immer noch nicht klar, wieso dabei der Angriff gelingen konnte. Aber er war gelungen.

Und jetzt stand er neben Johnnys Bett und sah auf ihn hinab. Mitleid ergriff ihn, und er legte seine Hand auf Johnnys Schulter.

»Sieh mich an, Johnny.«

Der kehrte sich langsam um, bezwungen von der Wärme, die von der Hand ausging.

»Ich weiß, wie dir zumute ist, Johnny. Aber du mußt den Tatsachen ins Gesicht sehen. Du hast noch eine Menge zu tun da draußen. Deine Freunde warten auf dich. Und ich lasse nicht zu, daß du dich hier verkriechst.« Er tat einen tiefen Atemzug. »Du wirst auch wieder gehen – ich werd' schon was finden, damit du es willst.«

Johnny sah ihm in die Augen, fühlte seinen Widerstand schwinden, und verschloß sich instinktiv. »Wenn du willst, daß ich wieder laufe, such mir mein Bein«, sagte er bitter.

Rocco ließ die Hand sinken und ging still aus dem Zimmer.

8

Der Aufenthaltsraum war überfüllt, als Rocco den Rollstuhl zu einem freien Fleck schob, von wo aus Johnny die Leinwand sehen konnte. Johnny sah sich um. Die Gesichter ringsum waren eifrig, erwartungsvoll.

Seit einer Woche, als sie zum erstenmal hörten, daß sie einen Film zu sehen bekommen sollten, war im ganzen Lazarett von nichts anderem die Rede. Männer, die bisher teilnahmslos geblieben waren, zeigten plötzlich Interesse.

Sehr zu Roccos Überraschung gehörte Johnny zu ihnen. Als er davon erfuhr, setzte er sich im Bett auf und sagte zu Rocco: »Ich möchte den Film sehen.« Dabei hatte Johnnys Gesicht einen Ausdruck der Vorfreude, der Erregung. »Natürlich. Willst du laufen oder fahren?«

Johnny sah die Krücken an und dann Rocco. »Ich glaub', ich fahre«, sagte er und versuchte zu lächeln. »Es ist vornehmer, und außerdem habe ich dann bestimmt einen Sitzplatz.«

Rocco lachte; er fühlte sich plötzlich leichter. Es war das erstemal seit langem, daß Johnny zu scherzen versuchte.

Während der folgenden Woche überschüttete Johnny Rocco mit Fragen. Was für ein Film es war? Wer spielte mit? Welche Gesellschaft hatte ihn produziert? Wer führte Regie?

Rocco konnte keine einzige Frage beantworten. Niemand konnte es. Alles, was sie wußten, war, daß sie einen Film sehen würden. Er fand es seltsam, daß Johnny alle diese Fragen stellte. »Warum bist du denn so neugierig?« fragte er.

Johnny gab keine Antwort, und Rocco dachte, er wäre eingeschlafen. Aber er war es nicht. Er lag mit geschlossenen Augen da, aber er war hellwach und von einer Erregung erfüllt, von der er nicht geglaubt hatte, daß er sie je wieder empfinden könnte. Er hatte seit seiner Verwundung weder an Peter noch an sonst jemanden geschrieben. Alle Briefe hatte er unbeantwortet gelassen. Er wollte kein Mitleid in irgendeiner Form. Wenn er heil geblieben wäre, wäre er freudig zurückgegangen. Aber er glaubte, daß ein Krüppel nur eine Last für sie alle sein würde. Deshalb hatte er nicht geschrieben und sein Herz und Gemüt gegen die Vergangenheit verschlossen.

Nun aber entdeckte er nicht allzuweit hinter sich den Projektionsapparat. Er sah ihn liebevoll an, so wie ein Mann sein Zuhause ansieht. Und plötzlich hatte er Heimweh. Heimweh nach dem Geruch der Filmstreifen, wenn sie durch den Apparat liefen, und nach dem scharfen Kohlegeruch des Apparates selbst.

Er winkte Rocco. »Schieb mich an den Apparat, ich möchte sehen, wie er aussieht.«

Rocco schob ihn näher, und Johnny paßte auf, wie der Vorführer den Film einlegte. Es tat ihm gut, einfach zuzuschauen.

Man zog die Fenstervorhänge zu, und allmählich verdunkelte sich der Raum. Dann war es finster. Johnny hätte sich fürs Leben gern eine Zigarette angesteckt, aber ihm fiel ein, daß er so nahe am Projektionsapparat nicht rauchen durfte. Er hörte das vertraute Summen, und dann wurde die Leinwand hell.

Worte flimmerten auf und wurden deutlicher. Johnny las sie und bewegte die Lippen dabei.

»Die Filmausrüstung und den Film, den Sie heute sehen werden, hat uns Mr. Peter Kessler gestiftet, der Präsident der Magnum-Film. Mehr als fünfzig seiner Mitarbeiter und Angestellten haben am Krieg teilgenommen, viele von ihnen sind nicht zurückgekehrt; um ihretwillen hat er dieses Geschenk gemacht.

Wir danken Mr. Kessler für seine freundschaftliche und großmütige Gabe und wollen unserer Dankbarkeit Ausdruck geben, indem wir den Film, der jetzt folgt, recht genießen.«

Die Worte verschwanden von der Leinwand, ehe Johnny ihren Sinn recht erfaßt hatte. Er war in seinem Stuhl erstarrt, als Peters Name aufleuchtete und an dessen Stelle jetzt das bekannte Zeichen erschien, das jeden Magnum-Film einleitete: die große Champagnerflasche, aus der der Champagner in ein Glas floß, bis es zum Rand gefüllt war. Dann in gotischen Lettern über die ganze Leinwand:

»Magnum-Film zeigt«

Rocco hörte, wie Johnny gequält flüsterte. »Bring mich raus, Rocco, bring mich raus!«

Rocco stand überrascht still. Er verstand nichts. Johnny hatte sich so auf den Film gefreut, und jetzt, wo es anfangen sollte, wollte er weg.

»Was ist los, Johnny?« flüsterte er ihm ins Ohr. »Ist dir nicht gut?«

Er konnte Johnnys Hände sehen, die die Armlehnen seines Rollstuhles umklammerten. »Nein, nur bring mich raus, bring mich raus!«

Rocco schob den Rollstuhl hinaus. Dabei bemerkte er, daß Johnny die Augen so fest zusammengepreßt hielt, daß er Tränen in den Augenwinkeln hatte. Sein Gesicht war weiß, angespannt und schweißbedeckt.

Rasch brachte Rocco ihn in sein Zimmer und half ihm ins Bett. Johnny zitterte am ganzen Körper. Rocco deckte ihn sanft zu und blieb neben ihm stehen. »War es jemand, den du kanntest, Johnny?«

Der öffnete plötzlich die Augen. Zufällig hatte Rocco die Wahrheit erraten.

Aber er sollte nicht mehr erfahren. »Nein . . .«, sagte er langsam. Vor ein paar Tagen hatten die Ärzte über Klaustrophobie gesprochen, die Angst, in einen engen Raum eingeschlossen zu sein und nicht heraus zu können. Rocco sollte denken, das sei es gewesen.

»Ich konnte es plötzlich da drinnen nicht mehr aushalten. Ich hatte das Gefühl, ich müßte unbedingt raus.« Er lachte verlegen. »Ich hab' wohl Klaustro – na, das Ding, über das die Ärzte reden.«

Rocco betrachtete ihn, ohne zu antworten. Diesmal konnte Johnny ihn nicht zum Narren halten. Er war entschlossen, den wahren Grund für sein Verhalten herauszufinden. Wäre es wirklich die Angst gewesen, da drinnen eingepfercht zu sein, hätte er es niemals so lange in diesem Zimmer ausgehalten.

Das Mädchen kam aus dem Offiziersbüro und lächelte Rocco an. »Sie können jetzt hinein, Hauptmann Richards erwartet Sie.«

Er dankte und ging in das kleine Büro, stand stramm und grüßte militärisch.

Der Hauptmann erwiderte den Gruß nachlässig und sah müde auf.

»Nehmen Sie Platz, Feldwebel, nur nicht zuviel Formalitäten.«

Rocco setzte sich dem Schreibtisch gegenüber, während der Hauptmann ein Papier zur Hand nahm. »Sie verlangen etwas ziemlich Ungewöhnliches.«

Rocco beugte sich vor. »Ich glaube, man kann ihm nur auf diese Weise helfen, Herr Hauptmann.«

Der Hauptmann brummte etwas und sah sich wieder das Papier an, das er ein paar Minuten genau studierte.

»Ich habe hier Unteroffizier Edges Dienstpapiere, wie Sie beantragt haben, aber ich finde nirgends einen Schlüssel zu seinem Privatleben. Er hat keine Lebensversicherung mit uns abgeschlossen, und der einzige, der im Falle einer Verwundung benachrichtigt werden sollte, ist der gefallene Josef Turner.« Er stopfte sich eine Pfeife und hielt ein Streichholz daran, bis sie zog. »Sie sagen, er hat keinen Platz, wohin er gehen könnte, und möchte hier bleiben.«

Rocco nickte.

»Nun, wir können ihn nicht zwingen, hier wegzugehen, wenn er nicht will. Wir könnten ihn höchstens in eine Nervenheilanstalt überweisen.«

Rocco sprang auf. »Dazu liegt kein Grund vor, Herr Hauptmann«, sagte er rasch. »Johnny ist in Ordnung. Er ist genauso gesund wie ich.«

»Sie scheinen ihn gut zu kennen.«

»Wir waren Kameraden. Wir waren drüben in derselben Kompanie. Ich hab' ihn in die Unternehmung geschickt, bei der er verwundet wurde und Joe gefallen ist.«

Der Hauptmann nickte bedächtig. »Ich verstehe. Und nun fühlen Sie sich verantwortlich für ihn?«

»Ein bißchen«, gestand Rocco.

»Haben Sie deshalb Ihre Entlassung nicht beantragt?«

»Ja, Herr Hauptmann.«

Der Hauptmann schwieg eine Weile, dann sagte er: »Ihre Gefühle ehren Sie, aber wenn alle beim Militär ihre Verantwortung so auffaßten, hätten wir mehr Sanitäter als Patienten in den Lazaretten.«

Rocco antwortete nicht.

Der Hauptmann fuhr fort: »Das aber löst unser Problem nicht. Haben Sie noch weitere Vorschläge?«

Rocco lehnte sich vor und sagte besorgt: »Vielleicht könnte man Joe Turners Militärakte bekommen und dort einen Schlüssel zu Johnnys Privatleben finden.«

Der Hauptmann dachte nach. »Selbst wenn wir sie bekämen, dürften wir nicht weiterforschen.« Er schwieg und setzte hinzu: »Offiziell.«

Rocco lächelte verständnisvoll. »Das weiß ich, Herr Hauptmann. Aber ich könnte doch zufällig auf etwas stoßen, was von großem Nutzen wäre.«

Der Hauptmann stand auf; er gab Roccos Lächeln zurück. »Zufällig, natürlich.«

»Dann werden Sie versuchen, eine Kopie von Joes Papieren zu bekommen, Herr Hauptmann?«

Der Hauptmann nickte.

Rocco stand vor dem Gebäude. Über der Tür stand: »Magnum-Film-Gesellschaft.« Er zögerte einen Augenblick und trat dann ein; er befand sich in einem kleinen Empfangsraum.

Ein Mädchen blickte durch ein Fensterchen zu ihm hin. »Hier wird niemand angestellt.«

»Ich suche keine Stellung, Fräulein, ich wollte jemanden sprechen.«

»Oh, Verzeihung. Wen wollten Sie sprechen?«

Rocco nahm einen Papierstreifen aus der Tasche und las ab. »Mr. Peter Kessler.«

»Ihr Name, bitte?«

»Rocco Savold.«

»Bitte, nehmen Sie Platz, ich will sehen, ob Mr. Kessler frei ist.«

Rocco setzte sich. Er wartete fast fünfzehn Minuten und dachte schon, das Mädchen hätte ihn vergessen, als das Fenster plötzlich aufflog und das Mädchen ihm winkte. »Mr. Kesslers Sekretärin ist am Apparat. In welcher Angelegenheit möchten Sie Mr. Kessler sprechen? Er ist im Augenblick beschäftigt. Wenn Sie ihr sagen, worum es sich handelt, gibt sie Ihnen einen Termin.«

Rocco zögerte etwas, er wollte nicht gern mit der Sekretärin sprechen, mußte es aber wohl, wenn er Mr. Kessler nicht direkt erreichen konnte.

Er nickte.

Das Mädchen gab ihm das Telefon durch das Fenster. »Hallo.«

Die unpersönliche Stimme der Sekretärin meldete sich. »Hier ist Miß Andersen, Mr. Kesslers Sekretärin. Kann ich etwas für Sie tun?«

»Ich – ich weiß nicht. Ich hätte Mr. Kessler gern in einer persönlichen Angelegenheit gesprochen.«

»Sie können ruhig zu mir sprechen«, sagte die angenehme, sachliche Stimme, »ich bin auch seine Privatsekretärin.«

Er dachte einen Augenblick nach; es mußte genügen. »Ich wollte ihn wegen Johnny Edge sprechen«, sagte er. Am anderen Ende des Telefons war es plötzlich still. »Haben Sie mich verstanden, Fräulein?« fragte er besorgt.

Eine veränderte Stimme sagte so leise, daß er es kaum hören konnte:

»Ich hab' Sie verstanden. Wegen Johnny Edge, sagten Sie?«

»Richtig, Fräulein.« Er war plötzlich aufgeregt. »Kannten Sie ihn?«

»Ja. Geht es ihm gut?«

»Natürlich«, er lächelte ins Telefon, »bestimmt.«

Ein leidenschaftliches Flüsten klang in sein Ohr. »Gott sei gedankt.«

9

Rocco schob den Rollstuhl in einen schmalen Weg am Ende des Geländes. Sie waren fast zweihundert Meter vom Hospital entfernt. Es war still hier. Hohe Hekken wuchsen zu beiden Seiten des Weges, mit schmalen Blumenbeeten dazwischen. Der Rollstuhl hielt, und Johnny sah auf.

Rocco suchte etwas in seinen Taschen.

»Was suchst du?«

»Meine Zigaretten, aber ich hab' keine bei mir.«

»Nimm meine«, sagte Johnny und griff in die Tasche. Verwundert fühlte er in der anderen Jackentasche nach, aber sie war auch leer. Seltsam, dachte er; er hatte welche eingesteckt, ehe sie weggingen. »Ich hab' auch keine.«

»Macht es dir was aus, wenn ich mal eben in die Kantine laufe und welche hole?« fragte Rocco. »Ich bin in ein paar Minuten wieder da.«

»Geh ruhig los, ich brauch' dich nicht.«

Rocco trabte fort, während Johnny den Rollstuhl in die Sonne drehte und den Kopf zurücklegte. Er konnte die Wärme der Strahlen auf seinem Gesicht spüren. Seine Hände hingen herunter und spielten mit den langen Grashalmen. Er riß ein paar aus und kaute darauf herum. Sie schmeckten bitter-grün, und er lächelte. Du kannst doch eine Farbe nicht schmecken, dachte er. Er genoß die Sonne.

Er fühlte sich faul und schläfrig. Es wäre schön, aus dem Stuhl herauszukommen und sich in das frische Gras zu legen. Es wäre schön, aber für ihn gab es das nicht. Er konnte nicht herumlaufen und sich auf den Boden werfen wie früher. Das war nur noch für die andern da. Er schloß die Augen wieder.

Er hörte jemanden hinter sich gehen.

»Rocco?« fragte er, ohne den Kopf zu drehen oder die Augen zu öffnen. »Gib mir eine Zigarette.«

Jemand steckte ihm eine Zigarette zwischen die Lippen. Er hörte, wie ein Streichholz angezündet wurde. Er zog tief an der Zigarette und fühlte den Rauch in seinen Lungen. »Hübsch hier draußen«, sagte er. »Gefällt es dir, Johnny?« Es war eine bekannte Stimme, aber nicht die Roccos.

Er öffnete die Augen und drehte hastig den Stuhl herum. »Peter!«

Peter stand vor ihm, mit blassem angespanntem Gesicht und nassen Augen. Er nickte mit dem Kopf. »Ja, Peter. Wolltest du mich nicht sehen, Johnny?«

Johnny saß vollständig still, die Zigarette hing ihm wie angefroren an den Lippen, er konnte nicht sprechen.

Peter kam näher und nahm seine Hand.

Er fühlte die Wärme von Peters Hand auf seiner, und plötzlich schnürten ihm seine Empfindungen die Kehle zu. Er beugte sich über Peters Hand und begann zu weinen.

Peter legte seine andere Hand auf Johnnys Haar. »Johnny«, sagte er mit zitternder Stimme, »hast du geglaubt, du könntest dich für immer vor denen verbergen, die dich lieben?«

10

Während die Droschke wegfuhr, standen sie auf dem Bürgersteig. Johnny besah seine Krücken, die neu und hellgelb leuchteten. Sein Hosenbein war ordentlich zusammengesteckt. Das eine Bein sah seltsam und verloren zwischen den gelben Krücken aus.

Er lächelte Rocco ein wenig verzerrt an und sah zu dem Gebäude hinüber. Die Steinbuchstaben daran lauteten: »Magnum-Film«.

»Wir können es ebensogut hinter uns bringen«, sagte er.

»Ja.«

Johnny ging langsam auf die Tür zu und blieb zögernd davor stehen. Sein Gesicht war blaß, und Schweiß stand auf seiner Stirn. Leise sagte er. »Es soll mich niemand bemitleiden.«

»Mach dir keine Sorgen, niemand wird dich bemitleiden. Sie werden sich zuerst etwas fremd vorkommen und dir mehr helfen wollen, als nötig ist, aber das wird rasch vorbeigehen, wenn sie sehen, daß du zurechtkommst. Dann wird alles wieder wie früher sein.

»Hoffentlich.«

»Bestimmt«, und Rocco öffnete die Tür für ihn.

Johnny betrat das kleine Wartezimmer, von Rocco gefolgt. Das Mädchen betrachtete ihn neugierig durch das kleine Fenster, sie öffnete es aber nicht.

Rocco lächelte ihr zu und sagte zu Johnny: »Durch diese Tür.«

Johnny sah sich neugierig um. Der Raum hatte sich verändert. Er sagte nichts, sondern humpelte durch die Tür; sie befanden sich in einem langen Korridor. Man hörte Arbeitsgeräusche: Schreibmaschinen, Rechenmaschinen. Gespräche. Sie gingen dem Ende des Korridors zu. Gelegentlich kam jemand an ihnen vorbei, der sie neugierig und unpersönlich betrachtete.

Johnny hatte das Gefühl, an einem ganz fremden Ort zu sein. Er erkannte niemanden von den Leuten, die an ihm vorbeigingen. Sie kamen an eine andere Tür mit der Aufschrift: »Verwaltungsbüros.«

Sie gingen hindurch und betraten einen kleinen, angenehm erleuchteten Korridor. Ein paar bequeme Stühle standen herum, der Boden war mit einem weichen roten Teppich bedeckt. Man hörte keinerlei Geräusche.

»Scheint niemand da zu sein«, sagte Johnny.

»Wir sind früh. Peter hat mir gesagt, daß vor zehn kaum jemand kommt.«

Johnny sah auf seine Armbanduhr, es war Viertel nach neun. »Gut, dann kann ich mich ein paar Minuten hinsetzen, bevor es losgeht.«

»Dein Büro ist unten am Ende, neben dem von Peter«, sagte Rocco.

Johnny folgte ihm den Korridor hinunter. Verschiedene Türen trugen Namen, die Johnny nicht kannte. Er war nur zwei Jahre weggewesen, aber inzwischen war die Firma so gewachsen, daß lauter neue Namen an den Türen standen. Er fühlte sich fremd, nicht zugehörig.

Sie gingen an der Tür mit Peters Namen vorbei. »Deins ist das nächste«, sagte Rocco und blieb davor stehen.

Johnny sah die Tür an, auf die sein Name gemalt war; die Farbe schien so frisch, als ob sie noch nicht trocken wäre. Impulsiv legte er die Finger darauf – sie war nicht mehr naß.

Rocco lächelte über die Geste.

Er lächelte zurück.

»Sollen wir hineingehen?« fragte Rocco.

Johnny nickte.

Rocco riß die Tür auf und trat zurück, als Johnny über die Schwelle ging.

Johnny blieb überrascht stehen, als ihm ein Wortschwall entgegenschlug. Sein Gesicht wurde fahl, und er schien etwas zu taumeln, wie er da auf seinen Krücken gelehnt stand.

Rocco streckte seine Hand aus, um ihn zu beruhigen.

Das Zimmer war voll von Leuten – Leute, die Johnny kannte, und auch solche, die er nie zuvor gesehen hatte. Peter, George und Jane standen vor den andern und blickten ihm entgegen.

Der Raum war mit rot-weiß-blauem Fahnentuch dekoriert, von der Decke hing ein großes gemaltes Schild, auf dem in roten Buchstaben stand: »Willkommen wieder daheim, Johnny.«

Erwartungsvolle Stille. Zweimal versuchte Johnny zu sprechen, aber er brachte keinen Ton heraus.

Da trat Jane vor und hielt ihm die Hand hin. »Hallo, Boß«, sagte sie, als ob er gerade vom Lunch zurückgekommen wäre.

Wie auf ein Signal stellte jemand den Phonographen an, Musik ertönte, und alle begannen zu singen:

»Wenn Johnny wieder heimmarschiert, tralala.« Er konnte die Tränen in ihren Augen sehen, seine eigenen Augen brannten, und »Jane« brachte er heraus.

Sie warf ihre Arme um ihn und küßte ihn.

Seine Augen wurden feucht. Er wollte sie umarmen, dabei fiel ihm eine seiner Krücken mit Gepolter hin. Er stolperte und wäre gefallen, wenn Rocco ihn nicht gehalten hätte.

Er schaute auf die Krücke nieder, und als er sie daliegen sah, gelblich glänzend auf dem weichen roten Teppich, fühlte er sich hilflos. Mit diesem Gefühl der Hilflosigkeit zugleich ergriff ihn Angst – Angst vor all diesen Leuten, die ihn beobachteten.

Er mußte die Augen schließen. Verzweifelt sagte er sich, daß dieses Gefühl vorübergehen würde. Aber es dauerte an. Sein Kopf begann zu schwimmen, er fühlte, wie er taumelte und fiel, aber er hielt die Augen fest geschlossen. Er hörte, wie Rocco sie alle bat, ihn allein zu lassen, wie er erklärte, er sei noch schwach und erschöpft und die Erregung sei zuviel für ihn.

Er fühlte die plötzliche Stille, als sie hinausgingen. Langsam öffnete er die Augen und sah sich um. Er lag auf einer kleinen Couch. Peter, George und Jane beobachteten ihn mit erschrockenen Gesichtern, Rocco hielt ihm ein Glas an den Mund.

Automatisch trank er. Der Alkohol brannte wie eine Flamme in seiner Kehle und in seinem Magen. Farbe kehrte in seine Wangen zurück, er lächelte ihnen schwach zu, noch einen Rest der Furcht, die ihn erfüllt hatte, in seinem Herzen.

»Geht es dir besser?« fragte Peter besorgt. Er nickte. »Es ist schon besser. Es war wahrscheinlich zuviel Aufregung. Wenn ich mich ein bißchen ausgeruht habe, wird's mir wieder gutgehen.« Wenn sie doch gehen und ihn allein lassen wollten! Und als sie es spürten, gingen sie wirklich.

Nur Rocco blieb bei ihm.

»Rock«, sagte er flüsternd.

»Was ist, Johnny?«

»Du mußt bei mir bleiben, Rock«, seine Stimme war angespannt und verzweifelt, »ich hab' Angst davor, mit ihnen allein zu sein.«

Rocco versuchte, ihn zu beruhigen. »Wovor hast du denn Angst, Johnny? Es sind alles deine Freunde!«

»Ich weiß, aber ich fühl' mich so hilflos ohne das Bein. Als ich runtersah, und es war nicht da, dachte ich, sie würden mich auslachen.«

»Niemand wird lachen.«

»Es ist egal, ich hab' Angst. Du mußt immer ganz in meiner Nähe bleiben, Rock, ich kann sie allein nicht aushalten.« Er griff nach Roccos Hand und preßte sie. »Versprich es mir, Rock, versprich es mir.«

Rocco sah ihn weich an. »In Ordnung, Johnny, ich bleib' bei dir.«

»Versprich es!«

»Ich verspreche es«, sagte Rocco zögernd.

Eine kleine Weile später kam Jane in das Büro zurück. Sie trug ein Tablett mit einer Kanne Kaffee und zwei Tassen, das sie auf einen kleinen Tisch neben die Couch stellte. »Ich dachte, etwas Kaffee würde dir guttun.«

»Bestimmt«, sagte Rocco, goß eine Tasse voll und gab sie Johnny.

»Danke.« Plötzlich sah Johnny ihre Hand. Etwas funkelte an ihrem Finger.

Er setzte die Tasse hin, griff nach ihrer Hand und betrachtete sie. Es war ein Ehering. »Jane«, sagte er überrascht, »du bist verheiratet! Das hättest du mir auch sagen können. Wann war es?«

»Ich hab's dir geschrieben«, sagte sie ruhig, »etwa vier Monate, nachdem du weggegangen warst.«

»Ich hab' den Brief nie bekommen. Wie ist er?«

»Er war ein netter Junge. Ich lernte ihn bei einer Tanzerei kennen.«

Plötzlich merkte er die Anspannung, mit der sie sprach. Er sah ihr in die Augen. »Ist er nicht zurückgekommen?«

Sie schüttelte fast unmerklich den Kopf.

Er ergriff ihre beiden Hände. »Es tut mir so leid, Jane, ich wußte es nicht, niemand hat mir etwas gesagt.«

»Das konnte auch niemand. Wir wußten nicht, wo du warst; wir haben vergeblich versucht, dich zu finden.«

Sie schwiegen. Dann sagte sie: »Aber es ist nicht ganz so schlimm. Ich hab' einen prächtigen kleinen Jungen.«

Johnny sah sie an; sie erwiderte seinen Blick ruhig, ein bißchen stolz. Er senkte den seinen auf ihre Hand. »Ich muß mich an eine Menge gewöhnen, es hat sich alles verändert.«

»Nicht alles, Johnny, nur deine Gedanken.«

11

Den ganzen Morgen saß Johnny mit Peter in seinem Büro. Er hörte ruhig zu, während Peter geduldig alles berichtete und erklärte, was sich während seiner Abwesenheit ereignet hatte. Das Geschäft war in einer Weise gewachsen, die nicht einmal Johnny erwartet hatte. Allein die Gewinne der »Magnum« im letzten Jahr betrugen über drei Millionen Dollar.

Sie produzierten pro Jahr jetzt dreißig Spielfilme und eine Reihe von Kurzfilmen aller Art. Und es reichte nicht, wie Peter sagte. Die Nachfrage nach Unterhaltungsfilmen war unerschöpflich. Er plante bereits, das Studio so zu erweitern, daß eine Jahresproduktion von fünfzig Filmen möglich wäre. Darüber hinaus besaß die »Magnum« nun zusammen mit George über vierzig Theater rings im Land, und der Erwerb oder Bau weiterer war ebenfalls geplant.

Im Augenblick diskutierte man die Notwendigkeit, in den Hauptstädten Zweigbüros zu errichten und einen eigenen Filmverleih aufzuziehen, was der Gesellschaft pro Jahr viele tausend Dollar sparen würde, die sie jetzt als Vermittlungsgebühren bezahlte. Borden hatte im letzten Jahr einen eigenen Verleih aufgezogen, und es hatte sich als sehr gewinnbringend für ihn erwiesen.

Als Johnny in die Armee eingetreten war, hatte die »Magnum« etwas über zweihundert Leute im Studio und ungefähr vierzig in ihrem Büro in New York beschäftigt. Jetzt waren es im Studio achthundert, in New York beinahe zweihundert, und eine weitere Ausdehnung schien notwendig.

Während Johnny zuhörte, versuchte er das alles innerlich zu ordnen und zu überschauen. Peter leitete das Studio nicht mehr allein. Er hatte einen Produktionsleiter eingestellt, der nur ihm verantwortlich war. Der Verleihbetrieb zerfiel in zwei Gruppen, eine für den Inlands- und eine für den Auslandsmarkt.

Im nächsten Jahr beabsichtigte Peter, mit seinen Auslandsvertretern herumzureisen und in jedem Land eine Zweiggesellschaft zu gründen. Auf Peter, bei dem alle Fäden zusammenliefen, lag eine große mannigfache Verantwortung. Er brauchte tüchtige Assistenten, Leute, denen er vertrauen konnte. Er konnte sich nicht um jede Angelegenheit persönlich kümmern, und er hatte sich gedacht, daß Johnny sein erster Assistent werden sollte.

Johnny sollte in New York bleiben, die ganze Abwicklung der Geschäfte würde durch seine Hände laufen. Alles, was nicht direkt Peters persönliche Entscheidung verlangte, sollte Johnny regeln.

Um sein gigantisches Expansionsprogramm auszuführen, hatte Peter Verhandlungen mit Al Santos' Bank wegen einer Anleihe von viereinhalb Millionen Dollar angeknüpft. Als er den Betrag hörte, pfiff Johnny leise vor sich hin, nicht nur, weil Peter so beiläufig die Anleihe einer solchen Summe erwähnte, sondern auch, weil die Santos-Bank eine solche Summe zu verleihen in der Lage war.

Den ganzen Morgen hindurch, während sie redeten, kamen ununterbrochen Leute – Leute, die Johnny von früher her kannte, die ihn zu Hause willkommen heißen wollten, und andere, die ihm unbekannt waren, die es eilig hatten, den ersten Assistenten des Chefs kennenzulernen. Wie kurz diese Begegnungen auch waren, sie bedeuteten alle ein gegenseitiges Abtasten und Fühlungnehmen: Johnny versuchte herauszufinden, wie wichtig diese Männer in der gegenwärtigen Organisation waren, die andern, wie nahe Johnny wohl dem Chef stehen mochte.

Johnny, der in allen menschlichen Beziehungen rasch reagierte, fühlte sofort etwas Neues. Es hatten sich Cliquen gebildet, verschiedene Gruppen, die dauernd versuchten, das Gehör des Chefs zu erlangen. Er lehnte sich zurück und lächelte Peter an. »Mein Kopf dreht sich«, gestand er reuig, »ich hatte keine Vorstellung, daß das Geschäft sich so ausgedehnt hat. Ich muß wieder ganz von vorn lernen.«

»Du wirst keine Schwierigkeiten haben«, sagte Peter vertrauensvoll, »es ist das alte Geschäft, nur größer.« Er stand auf. »Fertig zum Lunch? George wartet im Restaurant auf uns.«

Johnny sah hinüber zur Couch, wo Rocco die ganze Zeit so ruhig gesessen hatte, als ob er ein Teil der Zimmereinrichtung wäre; er hatte sich nur bewegt, wenn Johnny ihn anredete oder etwas wollte. Er hatte Johnny den ganzen Morgen über intensiv aus seinen dunkelbraunen Augen beobachtet, ob er irgendeine Art von Schwäche zeigte. Aber er hatte keine gesehen, im Gegenteil, Johnny blühte zu einer Art von neuem Leben auf, erwartungsvoll, bereit, wie er ihn nie zuvor gesehen hatte. Vieles Gehörte verstand er nicht, aber er konnte sehen, daß Johnny es aufsaugte wie ein Schwamm die Flüssigkeit.

Er sah zu, wie Johnny Leuten mit einer Wärme, einem Charme begegnete, dessen er ihn nie fähig geglaubt hatte. Das Militär war solchen Eigenschaften nicht gerade günstig, aber er begann jetzt zu verstehen, warum Joe Turner so an Johnny gehangen hatte.

Nur wenn Johnny aufstand, verschwand das alles. Sein Gesicht wurde dann weiß und angestrengt, er fühlte sich unsicher und unbehaglich, begann zu stammeln und nach Worten zu suchen, während er sonst präzise und genau sprach.

In solchem Augenblick überflutete Rocco die Sympathie für Johnny wie eine Welle. Er konnte nachempfinden, wie stolz Johnny einmal auf seine körperliche Erscheinung gewesen sein mußte, eine Erscheinung, die seinem Wesen entsprach: jung, stark, gesund und erfüllt von Leben und dem Gefühl der eigenen Stärke.

Er merkte, wie Johnny ihn ansah, und las den stummen Hilferuf in diesem Blick. Ruhig stand er auf, ging zu ihm und legte einen Arm unter Johnnys Schulter, während dieser die Krücken zurechtrückte. Dann gab er ihm seinen Hut.

Es ist zu schade, daß man nichts dagegen tun kann, dachte er. Aber es war nichts dagegen zu tun, niemand auf Gottes Erden konnte Johnny sein Bein wiedergeben.

An der Tür blieb Johnny stehen und sagte verlegen zu Peter: »Wir müssen etwas für Rock finden, ich kann ohne ihn nicht auskommen.«

Peter kam sofort mit einem Vorschlag. »Ich hab' einen Job für ihn hier bei dir, wenn er ihn will. Er bringt fünfundsiebzig die Woche.«

Johnny sah Rocco an, der nachdachte. Fünfundsiebzig war mehr, als er verdienen würde, wenn er ins Friseurgeschäft zurückginge. Es war ein gutes Einkommen. Außerdem hatte er Johnny versprochen, bei ihm zu bleiben. Fast unmerklich nickte er.

Johnny lächelte Peter zu. »Danke, Peter, er nimmt es an.«

Als Johnny fort war, hatte Rocco ein Gespräch mit Jane. »Sie mögen ihn, nicht wahr?« fragte das Mädchen.

»Ja«, sagte er einfach. »Sie nicht?«

Es dauerte einen Augenblick, bevor sie antwortete. »Einmal hab' ich ihn geliebt. Und ich hab' ihn immer noch gern, nur anders.« Sie sah zu Boden und suchte nach Worten, um ihre Empfindung auszudrücken. »Es muß schon was sein, wenn man wie verrückt verliebt ist in einen, und dann ist es weg, weil man merkt, daß er einen nicht liebt oder doch nicht so sehr; aber man hat ihn für das, was er ist, gern – und daraus wächst eine neue Zuneigung, die dauert, und man vergißt darüber die andere, die schmerzliche. Das ist schon was.«

Er antwortete ruhig: »Es könnte Achtung sein.«

»Stimmt«, gestand sie zu, »aber es ist mehr als das. Ich kann es nicht erklären. Aber ich denke jetzt nicht an mich, sondern an Doris.«

»Wer ist Doris?«

»Peters Tochter. Sie liebt ihn, und ich glaube, er liebte sie auch, bevor er wegging, wenn er es sich auch nicht eingestand.«

»Warum?«

»Sie ist zehn Jahre jünger als er. Er hat sie sozusagen mit großgezogen, sie pflegte Onkel zu ihm zu sagen.«

»Ich verstehe.«

»Aber ich glaube nicht, daß sie jetzt eine Chance hat. Ich hab' das Gefühl, er hat sich gegen sie verschlossen. Den ganzen Morgen hat er sie gar nicht erwähnt, hat nicht einmal gefragt, wie es ihr geht.«

»Er hat seinen Grund«, verteidigte Rocco seinen Freund, »er will sich nicht an sie hängen, jetzt, wo er sein Bein verloren hat.«

»Für sie würde das keinen Unterschied machen. Es macht niemandem etwas aus, der wirklich liebt.«

»Aber dem macht es was aus, der sich als Last fühlt«, sagte Rocco.

Jane antwortete nicht. Sie nahm ihre Handtasche vom Schreibtisch auf und erneuerte ihr Make-up.

Rocco schaute ihr mit einem halben Lächeln zu; dann sagte er: »Wenn Sie zum Lunch noch nicht verabredet sind – wie wär's mit mir?«

Sie sah ihn überrascht an, dann lachte sie beinahe hinterhältig. »Sie wollen also die ganze Geschichte hören?«

»Gern«, gestand er freimütig.

»Es fing so an«, sagte sie und nahm ihren Hut aus dem Schrank, »ich war Sekretärin bei Sam Sharpe, einem Theateragenten, und Johnny kam in sein Büro.« Sie setzte vorm Spiegel ihren Hut auf und sah plötzlich verwundert drein. »Nein, es stimmt nicht, es fing lange vorher an, ehe ich ihn überhaupt kannte. Kommen Sie, lassen Sie uns essen gehen, dann erzähle ich Ihnen alles von Anfang an.«

Er nahm seinen Hut, und sie verließen das Büro.

12

Beim Lunch ging es ruhig zu. Peter und George redeten, und Johnny hörte zu. Er fühlte, daß er viel zu lernen hatte, und sie waren bemüht, ihn in alles Neue einzuweihen. Beide vermieden sorgfältig, auf seine Verletzung anzuspielen. Auch über Joe sprachen sie nicht, um nicht schmerzliche Erinnerungen wachzurufen.

Es ging schnell vorbei, und als Peter Johnny in seinem Büro verließ, sagte er ihm, er wolle ihn nach den Vorführungen, die für Johnny vorbereitet seien, hier abholen. Johnny winkte ab. »Nicht nötig, Peter, ich sehe dich ja morgen früh.«

»Wie meinst du das? Du kommst nicht mit mir nach Hause zum Essen? Esther hat dein Lieblingsessen vorbereitet – Klöße und Hühnersuppe. Und Doris kommt extra von der Schule hin. Es wird wie in den alten Zeiten sein, Johnny. Du kommst mit mir, ich nehm' keine Absage an. Ich kann gar nicht verstehen, daß du an was anders denkst an deinem ersten Abend zu Hause.«

Johnny schwieg. Doris. Er hatte den ganzen Tag versucht, nicht an sie zu denken, obwohl ihm klar war, daß er diesem Problem eines Tages ins Gesicht sehen mußte. Sie hatte früher einmal geglaubt, ihn zu lieben, aber das war nur eine Schulmädchenschwärmerei gewesen, die jetzt vorbei sein würde, so redete er sich ein. Dabei wußte er es im Grunde besser. Es war etwas Tieferes, Stärkeres. Sonst hätte er anders empfunden. Und er war ein einbeiniger Krüppel. Er konnte sich vorstellen, daß sie Mitleid mit ihm hatte, Mitleid, das seine früheren Gefühle wecken mußte.

Aber es gab keinen Ausweg. Er mußte es durchstehen. Und wenn sie auf das anspielte, was war, ehe er wegging, mußte er ihr sagen, daß es von ihrer Seite eine Jugendschwärmerei war und daß er nie etwas anderes empfunden habe als eine fast väterliche Zuneigung.

Peter würde es seltsam finden, wenn er nicht mitkäme. Er würde verletzt sein und Esther ebenso.

Er zwang sich zu lächeln. »Gut, wenn du willst. Ich wollte euch nur nicht zur Last fallen.«

Peter lachte. »Seit wann fallen einem die eigenen Angehörigen zur Last?«

Mit dem Klang dieser Worte im Ohr ging Johnny nachdenklich in sein Büro. »Die eigenen Angehörigen.« Hatte Peter Pläne mit Doris und ihm? Hatte sie etwas zu ihren Eltern gesagt?

Nein, das war töricht, sie hatte nichts zu erzählen. Es war nur Peters Art. Sie waren sich so nahe gewesen, daß Peter ihn als zur Familie gehörig betrachtete, das war alles.

Er und Rocco saßen im verdunkelten Vorführraum. Als der erste Film abgelaufen war, sah er, daß auch hier technische Verbesserungen gemacht worden waren. Es flimmerte längst nicht mehr so stark auf der Leinwand. Die Bewegungen der Schauspieler waren echter, nicht mehr so abrupt. Die Figuren bewegten sich nicht länger ruckartig von einem Platz zum andern wie früher.

Auch die Methode, mit der die Handlung auf der Leinwand erzählt wurde, hatte sich verbessert. Man konnte dem Ablauf leicht folgen. Aus Großaufnahmen, Überblendungen usw. war ein harmonisches Ganzes entstanden. Ihm wurde klar, daß er eine Reise zum Studio machen mußte, um die neue Technik kennenzulernen.

Er steckte sich eine Zigarette an. Im Schein des Streichholzes sah er Roccos Gesicht, der von den Geschehnissen auf der Leinwand ganz gebannt war, und er lächelte vor sich hin. Es war seltsam, wie gut ihm Rocks Nähe tat.

Wenn Rocco bei ihm war, fühlte er sich sicher, Rocco hatte eine Art, schwierige Situationen vorauszusehen und zu vermeiden. Er lenkte das Gespräch von Dingen ab, die ihn aufregten, und trat zwischen ihn und alles, was ihn verletzen konnte.

Er war froh, daß Rocco versprochen hatte, bei ihm zu bleiben.

»Mein Wagen wartet unten«, sagte Peter, »ich hab' gerade Esther angerufen und ihr gesagt, daß wir in einer halben Stunde zu Hause sind. Sie war so aufgeregt wie eine junge Frau, wenn die Verwandten zum erstenmal zum Essen kommen.«

»Ich bin fertig«, antwortete Johnny.

Peter ließ Johnny zuerst einsteigen. Der Wagen war innen luxuriös gepolstert und ausgestattet.

»Große Klasse. Neu?« fragte Johnny.

Peter nickte stolz. »Eine Spezialanfertigung.«

»Großartig.«

Der große Wagen rollte lautlos und weich dahin. Bald waren sie auf der Fünften Avenue. Vor einem großen Haus gegenüber dem Central Park hielten sie.

Ein Portier öffnete den Wagenschlag. »Guten Abend, Mr. Kessler.«

»'n Abend, Tom.«

Sie warteten, bis Johnny aus dem Wagen gestiegen war, dann gingen sie ins Haus. Es war ein neues Gebäude.

Johnny sah sich um. Er sagte nichts, aber er war beeindruckt. Man mußte eine Menge Geld haben, um hier zu wohnen. Ihm wurde die Bedeutung dessen, was er im Laufe des Tages gehört und gesehen hatte, erst jetzt richtig klar.

Er folgte Peter in den Aufzug. Im elften Stock stiegen sie aus und waren in einer luxuriös eingerichteten Halle.

Peter blieb vor einer Tür stehen und läutete.

Johnnys Herz begann heftig zu schlagen. Unbewußt straffte er sich.

Die Tür öffnete sich, Esther stand da und nahm ihn weinend in die Arme.

Johnny konnte die Hände nicht von den Krücken nehmen, aus Angst zu fallen. Während sie ihn küßte, starrte er über ihre Schulter. Doris stand in der Tür. Ihr Gesicht war blaß und schmal, im Licht der Halle schimmerten ihre Augen dunkel.

Rocco, der hinter Johnny stand, sah, wie sie mit den Augen Zwiesprache hielten. Er betrachtete Doris. Das Haar hing ihr lose auf die Schultern, und in seinem Rahmen erschien ihr Gesicht wie eine ovale Maske. Ihre Hände waren zu Fäusten geballt, und es war, als ob jemand alles Licht in ihrem Gesicht ausgelöscht hätte. Sie senkte die Augenlider und blickte zu Boden, und Rocco sah, daß sie sich vergeblich bemühte, die Tränen zurückzuhalten.

Irgendwie wußte sie alles, was Johnny ihr sagen wollte. Kein Wort war gefallen, aber sie wußte es. Ihr ganzer Körper verriet es – das plötzliche Nachlassen der Anspannung, die leicht herabgesunkenen Schultern.

Es dauerte nur einen Augenblick, aber Rocco wußte, daß er für sie so lange wie ein ganzes Leben gewesen war.

Esther ließ Johnny los, trat zurück und betrachtete ihn, während sie ihn bei den Schultern hielt. »Mein Johnny, was haben sie mit dir gemacht?«

»Mama, sei nicht närrisch«, sagte Peter brummig, »er ist da, nicht wahr? Was können wir mehr verlangen?«

Es wurde eine schweigsame Mahlzeit. Sie redeten, aber nicht von dem, was sie wirklich bewegte.

Rocco beobachtete, wie Doris während der ganzen Mahlzeit Johnny ansah. Sie saßen einander gegenüber. Wann immer er aufsah, ruhte ihr Blick auf ihm. Johnny war blaß und sprach wenig. Er wußte nicht, was er sagen sollte.

Sie war reifer geworden, seit er sie zuletzt gesehen hatte. Damals war sie ein schönes Mädchen gewesen, aber jetzt war sie eine Frau, eine schöne, anmutige, warmherzige Frau.

Nach dem Essen gingen sie ins Wohnzimmer. Johnny und Doris standen als letzte auf, und für einen Moment waren sie allein im Eßzimmer. Sie stellte ihre Kaffeetasse hin und ging zu ihm. Er sah sie an.

Sie beugte sich über ihn und sagte mit ruhiger beherrschter Stimme:

»Du hast mich nicht geküßt, Johnny.«

Er gab keine Antwort, sah ihr nur in die Augen.

Langsam preßte sie ihre Lippen auf seine. Jäh sprang ein Funke zwischen ihnen auf. Johnny fühlte, wie es ihn zu ihr hinzog, und hielt sich zurück. Ihre Mundwinkel zitterten an seinen Lippen, und er wandte sich von ihr ab.

Da richtete sie sich auf. Leise, mit einem wehen Unterton, sagte sie:

»Du hast dich verändert, Johnny.«

Er schaute auf sein Bein. »Ja, ich habe mich verändert«, sagte er bitter.

»Das meine ich nicht. Innerlich bist du anders.«

Seine Stimme war ganz gelassen. »Mag sein. Alles, was die Erscheinung eines Menschen verändert, verändert auch sein Wesen. Selbst wenn man einen Zahn verliert, ändert man sich. Man lacht nicht mehr so oft.«

»Aber doch manchmal, Johnny; man wird doch nicht kalt und bitter.«

Er antwortete nicht.

Sie fühlte die Tränen zurückkommen und schämte sich darüber. Mit zitternder Stimme sagte sie: »Erinnerst du dich an das letztemal, als wir uns sahen – wie wir lachten und wie du versprachst, mir ein Geschenk mitzubringen?«

Er schloß die Augen. Er erinnerte sich. »Ja«, sagte er und wußte, daß er ihr sehr weh tun würde, »ich weiß. Du warst ein Kind und der Krieg ein Abenteuer, aus dem ich dir ein Andenken mitbringen wollte.«

Sie zuckte unter seinen Worten zusammen. »Das ist alles, was es dir bedeutete?«

Er öffnete die Augen und sah sie mit gespielter Unschuld an. »Alles. Sollte es mehr bedeuten?«

Sie wandte sich ab und lief aus dem Zimmer.

Mit zitternden Fingern steckte er sich eine Zigarette an. Einen Moment noch blieb er sitzen, dann stand er mühsam auf und ging hinüber.

Nachspiel 1938

Donnerstag

Das Geräusch vom Aufziehen der Vorhänge und Öffnen der Fenster weckte mich. Einen Augenblick lag ich da und starrte gedankenlos zur Decke. Das Zimmer kam mir fremd vor, bis mir plötzlich einfiel, wo ich war. Aber es stimmte noch nicht. Ich sollte in New York sein – was machte ich in Hollywood?

Dann kam mir alles wieder zu Bewußtsein. Ich hatte es vermutlich vergessen über jenem Traum, in dem ich eine Straße entlang einem Mädchen nachlief, das ich nicht sehen konnte. Seit dem Krieg träumte ich diesen Traum immer wieder, und er endete immer damit, daß ich fiel und die Leute mich auslachten.

Sie würden wahrscheinlich heute morgen auch über mich lachen. Nach allem Vorgefallenen hatte ich Farber Fuß fassen lassen, nun mußte ich ihn wieder ausschalten. Ich hatte es schon einmal getan, aber ich war nicht sicher, ob es mir wieder gelingen würde. Und diesmal war es meine eigene Schuld.

»Guten Morgen, Mr. John.« Christopher stand an meinem Bett. Sein schwarzes Gesicht glänzte, und er lächelte breit.

»Guten Morgen, Christopher. Woher wußtest du, daß ich hier bin?«

Ich hatte ihm ein paar Wochen frei gegeben, weil ich glaubte, ich würde eine Weile weg sein.

»Ich hab' in der Zeitung gelesen, daß Mr. Peter krank ist, und da dachte ich mir, Sie würden bei ihm sein wollen.« Er stellte das Frühstückstablett aufs Bett, ich antwortete nichts. Wußte denn jeder außer mir selbst, wie ich handeln würde? Christopher kannte meinen Streit mit Peter, und trotzdem wußte er, daß ich zurückkommen würde. Und sie hatten recht – ich war ja hier.

Auf dem Tablett lagen ordentlich zusammengefaltet die Zeitungen. Während ich meinen Orangensaft trank, schlug ich sie auf. Die Schlagzeile im »Reporter« war klein und deutlich: »Farber mit einer Millionenanleihe in der ›Magnum‹«.

Es stimmte – aber nicht mehr lange, wenn ich es ändern konnte.

Wäre Ronsen nicht in jenem kritischen Augenblick in mein Büro gekommen, wäre es nie geschehen. Mit Interesse las ich den Bericht:

»Über die Bedeutung einer Anleihe von einer Million Dollar an die Magnum-Film durch Stanley Farber gingen heute innerhalb der Filmindustrie viele Gerüchte um. Es ist allgemein bekannt, welches Interesse Farber an der ›Magnum‹ nimmt, seit Peter Kessler seine Anteile an Laurence G. Ronsen verkauft hat. Ronsen war seinerzeit geneigt, Farber partizipieren zu lassen, scheiterte aber an dem Widerstand John Edges. Edge und Farber bekämpfen sich seit fünfzehn Jahren, seit Farber von der Leitung der Magnum-Filmtheater durch Edge ausgeschlossen worden war.

Farbers Neffe, David Roth, wurde vor zwei Monaten zum Produktionsleiter der Magnum-Studios ernannt, als Edge zum Präsidenten der Gesellschaft gewählt worden war. Das erste Anzeichen eines Bruches zwischen Ronsen und Edge zeigte sich zu Beginn dieser Woche, als Edge entgegen Ronsens Wünschen hierherflog, um bei Peter Kessler zu sein, der einen Schlaganfall erlitten hatte.

Das Gerücht geht um, daß Farber als Sicherheit für seine Anleihe einen großen Anteil der Magnum-Aktien erhalten soll und daß er und Roth in den Vorstand gewählt werden. Es heißt auch, daß Roth die Produktion der Magnum-Spitzenfilme übernehmen soll.

Man hört ferner, daß Bob Gordon, Produktionsleiter der ›Magnum‹, wegen dieses Eingriffes in seine Befugnisse zurücktreten will. Die Folge könnte sein, daß auch Edge seinen Posten zur Verfügung stellt. Zusätzlich zu der Anleihe garantiert Farber der ›Magnum‹, daß sie alle ihre Filme in Farbers Theatern spielen darf.«

Ich stand auf dem Bürgersteig und zündete mir eine Zigarette an, während ich darauf wartete, daß Christopher mit dem Wagen vorfuhr. Es war ein frischer heller Tag, und ich fühlte mich bereits wohler. Die Depression, die seit der Nachricht von Peter wie eine Wolke auf mir gelegen hatte, schien sich zu verflüchtigen. Es ist schwer zu erklären, aber ich fühle mich immer besser, wenn ich gegen etwas oder gegen jemanden zu kämpfen habe.

Bis jetzt hatte ich nur gekämpft, um die Gesellschaft zusammenzuhalten. Ronsen war mir nie als ein echtes Problem erschienen. Er war ein Außenseiter, ein notwendiges Übel, das man eine gewisse Zeit dulden mußte; man konnte ihn eines Tages wieder loswerden. Aber jetzt, gegen Farber, hatte ich ein persönliches Interesse an dem Kampf. Jetzt ging es nicht mehr darum, die Gesellschaft zusammenzuhalten, sondern darum, *wer* das tun sollte. Wenn Farber interessiert war, so bewies das, daß doch Geld mit der Firma zu machen war. Ich mußte herausbekommen, was Farber tun wollte, ihn in die Enge treiben und gleichzeitig etwas unternehmen, was besser war. In dieser Branche brachte erst der Konkurrenzkampf die besten Fähigkeiten in einem zur Entfaltung. War einem das zu hart, so blieb man besser nicht dabei.

Der Wagen fuhr vor, und ich stieg ein. Christopher fragte: »Zu den Studios?«

»Nein, erst zu Mr. Kesslers Haus.«

Das Studio konnte jetzt warten. Es war besser, daß Farber und Ronsen erst ihre Pläne machten und ankündigten, bevor ich zu arbeiten begann. Dann wußte ich, was sie vorhatten, und konnte ihre Karre umwerfen. Ich lächelte; es gab gar keinen Grund, daß ich mich so wohl fühlte, aber Tatsache war, daß ich es tat.

Die Pflegerin kam in die Halle und zog die Tür sanft hinter sich ins Schloß. Sie sprach so leise, daß man sie im Krankenzimmer nicht hören konnte. »Sie können jetzt hinein, Mr. Edge, aber bleiben Sie nicht zu lange, er ist noch sehr schwach.«

Als Doris mit mir kommen wollte, legte ihr die Schwester die Hand auf den Arm. »Nur einer auf einmal, bitte.«

Doris lächelte und trat zurück. »Geh du, Johnny, ich hab' ihn heute morgen schon gesehen, und ich weiß, daß er auf dich wartet.«

Peter lag im Bett, den Kopf von zwei Kissen gestützt. Zuerst dachte ich, er schliefe, weil er sich nicht bewegte. Sein Gesicht war weiß und mager, und die Augen lagen tief eingesunken. Aber langsam drehte er den Kopf zu mir, öffnete die Augen und lächelte.

»Johnny.« Seine Stimme klang schwach und doch erfreut.

Ich setzte mich an sein Bett und nahm seine Hand. Man konnte seine Fingerknochen fühlen, wenn er die Hand bewegte, so dünn war sie. Das verschlug mir die Worte.

»Johnny, ich war ein Narr«, sagte er und sah mir in die Augen. Mir wurde warm ums Herz. »Ich auch, Peter.« Meine Stimme klang seltsam rauh.

»Wir verbringen unser Leben damit, daß wir Fehler machen und dann versuchen, sie wiedergutzumachen.«

Langsam schlossen sich seine Augen, und ich dachte, er wäre eingeschlafen. Ich saß ganz ruhig, bewegte mich nicht, um ihn nicht aufzuwecken. Seine Hand lag immer noch in meiner. Auf ihrem Rücken klopfte eine schmale blaue Ader, die auf- und abschwoll und die ich fasziniert beobachtete.

Beim Klang seiner Stimme sah ich auf. Seine Frage: »Wie geht das Geschäft, Johnny?« wunderte mich. Seine Augen glänzten interessiert. Für einen Moment war es ganz wie in den alten Zeiten. Es war seine Lieblingsfrage, die er vor allen andern stellte, die erste von dreien. Die zweite und dritte waren: »Wie sind die Eingänge? Wie steht das Bankkonto?«

Bevor ich es recht begriff, berichtete ich ihm über die Abmachung mit George wegen der Zehnerreihe, über Ronsens Eifer, Farbers Million zu bekommen. Nur die Gründe, aus denen Ronsen und ich verschiedener Ansicht waren, ließ ich weg.

Bei meinem Bericht kam die Farbe in sein Gesicht zurück, und er sah wieder mehr aus wie der Peter von damals. Er unterbrach mich nicht, sondern hörte nur zu, und als ich fertig war, lehnte er sich mit einem Seufzer in die Kissen zurück.

Ich sah ihn besorgt an: Ich fürchtete, ihn ermüdet zu haben. Aber ich brauchte mir keine Sorgen zu machen, der Bericht über das Geschäft war wie eine stärkende Medizin für ihn. Nach ein paar Sekunden sprach er, und seine Stimme klang schon fester:

»Sie haben keinen Mumm, Johnny«, sagte er, ein leichtes Lächeln um die Mundwinkel, »es sah sehr schön für sie aus, Filme zu machen und Geld zu verdienen. Aber wenn sie auf Schwierigkeiten stoßen, wie wir so oft, kriegen sie Angst. Sie laufen wie Küken mit abgeschlagenem Kopf herum und halten Ausschau nach einem Retter.« Nun lächelte er wirklich. »Wenn wir es nicht zulassen, Johnny, können sie nicht gewinnen. Wir haben uns mal von ihrem Geld einschüchtern lassen, aber jetzt wissen wir es besser. Geld spielt beim Filmgeschäft nicht die Hauptrolle. Die Filme allein sind wichtig. Und da haben wir sie, denn wir können Filme machen und sie nicht.«

Die Schwester kam herein, trat wichtig ans Bett und fühlte an seinem Handgelenk nach dem Puls. Mich sah sie dabei vorwurfsvoll an. »Sie müssen jetzt gehen, Mr. Edge. Mr. Kessler braucht Ruhe.«

Ich lächelte Peter zu, stand auf und ging zur Tür. Er rief mir nach:

»Besuch mich morgen wieder, Johnny.«

»Natürlich, Peter. Ich erzähl' dir, wie alles geht.«

Da ließ er befriedigt den Kopf in die Kissen sinken. Die Schwester schob ihm ein Thermometer in den Mund. Eine Zigarre hätte besser dorthin gepaßt, dachte ich unsinnigerweise, als ich hinausging.

Doris wartete in der Halle. »Wie geht es ihm?«

Ich lachte. »Ich glaube, er möchte am liebsten wieder anfangen zu arbeiten.« Ich steckte mir eine Zigarette an und setzte hinzu: »Wär' im übrigen gar keine schlechte Idee. Es würde uns beiden guttun.«

Und die ganze Zeit über dachte ich nach. Vorhin in seinem Zimmer hatte ich gar nichts von dem gesagt, was doch wichtig gewesen wäre, nichts über mein Gefühl für ihn, nichts über unsere Beziehungen; schließlich hatten wir die meiste Zeit unseres Lebens miteinander verbracht. Zum Teufel, war das einzige, was uns nach all diesen Jahren verband, worüber wir reden konnten, die Filmgesellschaft?

Kurz nach eins ging ich in die Kantine, die mit Leuten vollgestopft war. Die Luft war voll Rauch und Reden. Ich merkte, wie man mich beobachtete, als ich in ein kleineres Eßzimmer ging, das das Sonnenzimmer hieß. Über der Tür stand: »Alle Tische reserviert.« Es war eine Warnung für die kleineren Leute, denn dies Zimmer gehörte nur der Elite.

Der Raum war leer, als ich hindurchging, auch Ronsens Tisch. Ich setzte mich, und die Kellnerin kam.

»Guten Tag, Mr. Edge.«

»Hallo, Ginny, was gibt's denn heute Gutes?«

»Das Kalbsfrikassee ist gerade so, wie Sie's mögen.«

»Also schön.«

Als sie sich entfernte, kam Gordon gerade herein, sah mich und trat auf mich zu. »Hallo, Robert.«

Er ließ sich schwer auf einen Stuhl fallen. »Scotch Whisky«, sagte er zu Ginny und zu mir: »Ich hab' was zu trinken nötig.«

»So was hab' ich schon mal gehört.«

»Und du wirst es auch noch öfter hören, ehe das Picknick zu Ende ist. Farber ist schon da und spielt sich gewaltig auf.«

Ich antwortete nicht, und er sah mich an. Ginny stellte sein Glas vor ihn hin, das er in einem Zug austrank. »Ich dachte, du wolltest nicht einen Zollbreit nachgeben«, sagte er niedergeschlagen.

»Ich hab's mir anders überlegt.«

»Warum? Ich dachte, du wolltest ihn nicht. Gestern ...«

Ich unterbrach ihn. »Ich will ihn immer noch nicht. Aber eine Million ist eine Million. Spart uns 'ne Menge Sorgen.«

»Kann auch 'ne Menge Sorgen bringen«, sagte er sarkastisch. »Ronsen, Farber und Roth waren heute morgen bei mir. Sie sagen, Dave soll die ›Schneekönigin‹ produzieren. Dir wär's recht.«

Die »Schneekönigin« war der größte Film, an dem wir zur Zeit arbeiteten. Es war ein Revuefilm mit einem jungen Ding als Star, das Gordon mit viel Mühe Borden abgejagt hatte. Sie war erst vierzehn Jahre alt, und Gordon hatte hart mit ihr gearbeitet. Ihre Stimme war die einer reifen Frau. Bob hatte sie in einer Rundfunksendung herausgestellt, und sie hatte einen Riesenerfolg gehabt. Er hatte viel Geld dafür ausgegeben, ihren Vertrag mit Borden zu lösen, und hatte eigens für sie ein Drehbuch geschrieben. Wir wußten, daß es ein Treffer werden mußte, ein sicherer Kassenschlager. Es war sein Lieblingsprojekt, und jetzt, wo alles bereits glattging, würde Dave den Ruhm ernten. Ich konnte es Bob nicht übelnehmen, daß er vor Wut kochte.

Er war bei seinem zweiten Whisky, als ich beiläufig sagte: »Interessant.«

Er erstickte beinahe. »Ist das alles, was du zu sagen hast?«

Ich nickte.

Er wurde rot im Gesicht und wollte aufstehen.

Da grinste ich ihn an. »Komm, setz dich und behalt dein Hemd an. Ich lass' schon nicht zu, daß man dich rausdrängt. Meinetwegen kann Dave Produktionsassistent werden, wenn's sein muß, aber es bleibt eine Robert-Gordon-Produktion.«

»Ich hab' sehr was anders gehört«, sagte er wütend.

»Aber so wird es sein, und wenn es ihnen nicht paßt, können sie mir den Buckel runterrutschen.«

Er setzte sich nachdenklich wieder hin und schlürfte sein Getränk.

»Hast du einen Einfall, Johnny?«

Das war wieder echt Hollywood. Jedermann mußte Einfälle haben. Es gab Leute, die waren bereit, sich aufzuhängen, wenn sie dachten, das wäre ein Einfall, mit dem sie jemanden, den sie nicht leiden mochten, in den Hintergrund drängen könnten.

»Einen Millioneneinfall«, sagte ich schmunzelnd.

Er lächelte jetzt auch. »Ich hätte dich besser kennen sollen, Johnny. Es tut mir leid, daß ich so in die Luft gegangen bin.«

»Schon gut, Bob«, sagte ich großmütig. Ich konnte es mir leisten, großmütig zu sein.

»Was hast du vor?« fragte er leise im Verschwörertonfall.

Nun senkte ich ebenfalls meine Stimme. Die besten Schauspieler in der Branche waren nicht immer die, die man auf der Leinwand sah. In unserem Zweig wurde in jeder Minute mehr geschauspielert als in einem Jahr vor der Kamera. »Hier kann ich nicht darüber reden, Bob. Ich sag's dir später.«

Jetzt war er restlos glücklich. Er sah sich um, nickte und lächelte sogar einigen Leuten zu. Jede seiner Gesten war voller Zuversicht. Es war erstaunlich, wie das die Atmosphäre im Raum veränderte.

Vorher hatten alle leise geredet und uns argwöhnisch aus den Augenwinkeln beobachtet. Sie machten sich Gedanken, ob wir morgen wohl noch ihre Chefs sein würden, und machten schon Pläne, falls wir es nicht mehr sein sollten; dann mußte man neuen Leuten schmeicheln, neue Beziehungen pflegen, vielleicht sogar eine neue Stellung suchen.

Aber aus Gordons Betragen schlossen die meisten jetzt, daß sie noch eine Zeitlang sicher waren.

Über Gordons Kopf sah ich zur Tür. Ronsen, Farber und Roth standen dort. Ronsen fing meinen Blick auf und kam auf mich zu. Er ging mit Farber, seine Hand freundschaftlich auf dessen Arm. Dave lief hinterher wie ein junger Hund. Ich mußte beinahe lächeln. Peter hatte recht: Ronsen zeigte in jeder Bewegung sein eifriges Bemühen um Farber.

Ronsen hatte sich etwas verändert, seit er sich in die Firma gedrängt hatte. Damals war er selbstsicher gewesen. Mir fiel ein, was er gesagt hatte: »In der Branche hapert es daran, daß alles zu sehr von den Leuten abhängt und daß man zuwenig Vertrauen in die guten alten amerikanischen Geschäftsprinzipien hat. In Wirklichkeit ist alles ganz einfach. Das Studio ist nichts als eine Fabrik. Man muß Filme machen und sie ordentlich verkaufen. Mein Job ist es, dem Filmgeschäft zu zeigen, wie es geführt werden muß: Wenn ich hier fertig bin, wird die Firma laufen wie die Fordwerke.«

Ich lachte beinahe laut auf, als ich daran dachte. Die Fordwerke. Das erste, was er getan hatte, war ein Versuch, unsere Verträge mit den Gewerkschaften zu brechen. Das hätte uns beinahe den Kopf gekostet. Neun Wochen lang lief keiner unserer Filme. Er hatte getobt und gerast, aber es hatte nichts genutzt. In der letzten Woche des Streiks gab er schließlich nach, und ich mußte alles wieder in Ordnung bringen. Ja, Peter hatte recht. Letzten Endes mußten sie doch immer wieder zu uns kommen. Vielleicht, weil wir nichts zu verlieren hatten und sie alles. Als wir anfingen, hatten wir nichts, und wir konnten es uns leisten, auch mit nichts wieder aufzuhören, wenn es sein mußte. Wir wußten, daß das Geschäft auf einem Glücksspiel aufgebaut war. Jeder Film war ein Glücksspiel, und wie echte Hasardeure konnten wir den Ausgang nicht abwarten und fingen einen neuen Film an, ehe heraus war, ob der alte gut war, und so ging es immer weiter.

Das konnten sie sich nicht leisten. Sie kamen mit vollen Taschen zu uns, mit Geld, das sie seit Jahren besaßen, das schon ihren Vätern gehört hatte, und wenn sie es verloren, brach ihre Welt zusammen. Sie mußten zu uns kommen.

Als sie sich meinem Tisch näherten, stand ich auf. Ich betrachtete Stanley, den die Jahre nur wenig verändert hatten. Vielleicht war er grau geworden und im ganzen voller, aber er hatte noch immer das schnelle breite Lächeln, dem jede Wärme fehlte. Seine Augen sahen immer noch so aus, als ob sie ständig addierten und subtrahierten, und ich reagierte genauso auf ihn wie stets: Ich mochte ihn nicht.

Larry sprach als erster. »Hallo, Johnny«, sagte er mit seiner tiefen Stimme, die in jeden Winkel des Raumes drang. »Du kennst doch Stanley, nicht wahr?«

Jeder im Raum beobachtete uns. Ich lächelte und streckte die Hand aus. »Natürlich, ich würde ihn überall wiedererkennen.« Er gab mir die Hand, und es war genau wie früher: als ob man einen toten Fisch berührte. »Wie geht's dir?« fuhr ich fort. »Freut mich, dich zu sehen.«

Unter seiner kräftigen Farbe war er etwas blaß, aber seine Augen glänzten unmißverständlich vor Triumph. »Johnny, es ist Jahre her.« Für jeden Außenstehenden sahen wir wie alte Freunde aus, die sich nach langer Zeit wieder trafen, dabei hätten wir uns nur zu gern gegenseitig die Kehle durchgeschnitten.

»Setzt euch«, sagte ich.

An meinem Tisch waren nur vier Stühle. Bob und ich hatten uns gesetzt, so blieben nur noch zwei Plätze frei. Larry setzte sich rechts, Stanley links von mir, und Dave stand und sah sich nach einem Platz um.

Ginny wollte ihm einen Stuhl holen, aber ich fing ihren Blick auf, und sie drehte sich um, ein Lächeln unterdrückend, und ging in die Küche.

Dann wandte ich mich freundlich an Dave: »Nimm dir einen Stuhl und setz dich zu uns. Ich weiß nicht, was mit den Kellnerinnen los ist. Wenn man sie braucht, sind sie nie da.«

Dave mußte hinüber zur Wand und sich einen Stuhl holen. Ich beobachtete ihn und sagte, ohne den Kopf zu wenden, so laut zu Stanley, daß man es im ganzen Raum hören konnte: »Heller Junge, dein Neffe. Erinnert mich an dich, wie du früher warst. Er kann's zu was bringen, wenn er einen kühlen Kopf behält.«

Aus den Augenwinkeln sah ich, wie Stanleys Gesicht sich verfärbte. Dave blieb eine Sekunde stehen, als meine Worte ihn erreichten; dann nahm er einen Stuhl und kam zum Tisch zurück. Er war blaß.

Zu Stanley gewandt, sagte ich: »Du siehst gut aus, alter Junge. Aber du bist dicker geworden, stimmt's?«

Das Gespräch ging in diesem Sinne weiter. Ich dachte daran, als Stanley und ich zum erstenmal an einem Tisch gesessen hatten, nämlich als er mit dem Vorschlag gekommen war, wir sollten uns zusammentun und die Firma für uns übernehmen. Noch nicht einmal so sehr lange her. Nur fünfzehn Jahre. Es war 1923.

Der kleine Mann stand auf. Seine hellen blanken Augen zwinkerten mir zu; der graue Haarkranz um seinen kahlen Schädel stand seitlich wie eine Drahtbürste ab. Er sprach mit schwerem deutschem Akzent.

»Ich denke, so müßte es gehen, Mr. Etch.«

Ich sah auf meine Beine – es waren zwei. Eins war fleischfarben und meins, das andere war aus Holz und hatte Aluminiumgelenke. Es schloß genau an den Stumpf an und wurde von zwei Riemen gehalten. Einer lief um meinen Schenkel, der andere um meine Taille. Zweifelnd betrachtete ich es.

Er schien meine Gedanken zu erraten. »Machen Sie sich keine Sorgen, Mr. Etch, es geht schon. Ziehen Sie Ihre Hosen an, dann versuchen wir's.«

Plötzlich war ich begierig darauf, es zu versuchen. Wenn es funktionierte, konnte ich gehen, konnte wieder wie andere Leute sein. »Kann ich es nicht ohne Hosen versuchen?«

Er schüttelte den Kopf. »Nein, ziehen Sie erst die Hosen an. Glauben Sie mir, ohne Hosen werden sie immer hinschauen, und das ist nicht gut. Sie dürfen gar nicht dran denken.«

Also zog ich die Hosen an, und er half mir dabei. Dann rollte er etwas zu mir heran, was wie ein Laufstall für Babys aussah, nur größer. Zwei parallele Stahlstangen wurden von vier senkrechten Stangen getragen, darunter vier kleine Räder.

»Halten Sie sich daran fest, Mr. Etch, und hängen Sie sich zwischen die Stangen.«

Ich tat es, während er besorgt dabeistand.

»Stützen Sie Ihre Achseln auf die Stangen«, er ging zur anderen Seite des Zimmers, »und jetzt kommen Sie zu mir.«

Ich sah zu ihm hin und dann an mir hinunter. Meine beiden Hosenbeine fielen gerade zur Erde; es sah seltsam aus, daß das eine nicht hochgesteckt war.

»Sehen Sie nicht nach unten«, sagte er scharf, »Kommen Sie zu mir, wie ich gesagt habe!«

Versuchsweise tat ich einen Schritt. Das Gestell rollte unter meinen Armen, und ich wäre beinahe hingefallen, wenn die Stangen mich nicht gehalten hätten.

»Nicht stehenbleiben, Mr. Etch! Gehen Sie weiter!«

Ich tat noch einen Schritt, dann noch einen und noch einen und noch einen. Ich hätte tausend Meilen gehen können. Das Gestell rollte mit mir. Ich erreichte ihn.

Er legte die Hand auf die Stangen und brachte es zum Stehen. »So weit ging es gut.« Er kniete hin und zog den Riemen um meinen Oberschenkel fester an. »Nun gehen Sie hinter mir her!«

Er sah mich an und ging rückwärts. Langsam folgte ich ihm. Er ging weiter in einem großen Bogen rückwärts. Er sah sich keinen Moment um, seine Augen beobachteten ständig meine Beine.

Ich begann müde zu werden. Mein Oberschenkel schmerzte, und mein Nacken tat von dem Druck der Stangen weh; jedesmal wenn ich atmete, schnitt der Riemen um meine Taille in mich ein. Endlich blieb er stehen. »Genug für das erstemal. Setzen Sie sich hin und nehmen Sie das Bein ab. Wenn Sie einen Monat lang geübt haben, sind Sie durch.«

Schwer atmend sank ich auf einen Stuhl. Ich öffnete meine Hose, und er streifte sie mir ab. Dann löste er rasch die Riemen und nahm das Bein ab. Mit kundigen Fingern massierte er den Stumpf. »Tut weh, nicht?«

Ich nickte.
»Am Anfang ist es immer so, aber Sie werden sich daran gewöhnen, und dann geht der Schmerz weg.«
Nun verließ mich das Kraftgefühl, das mich zuerst durchdrungen hatte.
»Ich werde mich nie daran gewöhnen, ich werde es nie mehr als ein paar Minuten benützen können.«
Er zog sein Hosenbein hoch. »Wenn ich es geschafft habe, Mr. Etch, wird ein junger Mann wie Sie erst recht keine Schwierigkeiten haben.«
Ich sah sein Bein – es war künstlich. Wir lächelten einander zu.
»Sehen Sie, es ist nicht so schlimm.«
Ich nickte.
»Als Mr. Kessler in Deutschland war, hab' ich ihm gesagt, daß es funktionieren wird, und das wird es auch. Er sagte: ›Herr Heink, wenn Sie meinem Freund das Gehen wieder möglich machen, sorge ich dafür, daß Sie mit Ihrer Familie nach Amerika kommen können.‹ Da habe ich gesagt: ›Dann bin ich schon so gut wie Bürger von Amerika.‹ Stimmt's?«
Ja, Peter! So beschäftigt er auch gewesen war, er hatte mich nicht vergessen. Er hatte sich die Zeit genommen, in jene kleine Stadt zu fahren, wo Herr Heink lebte, auch wenn es sein Arbeitsprogramm um mehr als eine Woche zurückwarf.
Dann schickte er den Mann und seine ganze Familie nach Amerika und bezahlte die Überfahrt für sie, weil das der Preis war, den Heink forderte. Er hatte mir nichts davon gesagt, weil er wußte, wie oft mich die hier hergestellten Prothesen schon enttäuscht hatten. Es waren keine künstlichen Beine, es waren einfach plumpe Stümpfe.
Ich erfuhr zuerst davon durch eine Karte, die Herr Heink zusammen mit einem Brief von Peter in meinem Büro abgab. Peters Brief lautete einfach: »Dies ist Herr Joseph Heink, der nach den USA gekommen ist, um hier ein Geschäft zu eröffnen. Er stellt künstliche Beine her. Vielleicht kann er dir helfen, Peter.«
Kein Wort über die Kosten. Erst nachdem ich mit Heink gesprochen hatte, erfuhr ich, was Peter alles getan hatte.
Und der Mann konnte etwas. Das Gelenk der Prothese funktionierte ganz natürlich. Die Bewegungen waren locker und leicht, und ein anderer konnte nicht sehen, daß es ein künstliches Bein war, auf dem man ging.
Peter war noch mit Doris und Esther in Europa. Sie wollten weitere sechs Monate bleiben, und inzwischen ruhte das ganze Geschäft auf meinen Schultern.
Ich stand auf und lehnte mich auf meine Krücken.
»Kommen Sie bitte morgen wieder, Mr. Etch«, sagte Heink, »Dann mache ich mit Ihnen weitere Gehübungen.«
Als ich ins Büro kam, wartete Rocco auf mich. »Wie war es?« fragte er.
»Gut. Ich glaube, diesmal klappt es.«
»Fein.«
Ich setzte mich hinter meinen Schreibtisch, er nahm mir die Krücken ab, die er gegen die Wand lehnte. »War inzwischen etwas Besonderes?« fragte ich.
»Das Übliche. Aber Farber hat angerufen und wollte wissen, ob du zum Lunch noch frei wärst.«
»Was hast du gesagt?«
»Ich wüßte es nicht, du seist noch nicht da.«
Ich dachte nach. Ich mochte Farber nicht und hatte ihn nie gemocht, wenn ich auch nicht wußte, warum. Er verstand was vom Geschäft, aber etwas an ihm störte mich. Vielleicht ging meine Abneigung auf jenen Brief zurück, den ich vor meinem Eintritt in die Armee von ihm erhalten hatte und in dem er sich für eine Stellung bedankte, die ich ihm noch gar nicht gegeben hatte.
George hatte für ihn gebürgt, und ich hatte es dabei bewenden lassen. Aber jetzt hatte er die Leitung des gesamten Kinotheatergeschäftes, und wir besaßen über zweihundert Theater. George, der etwa ebenso viele hatte, war von seinen eigenen

Geschäften in Anspruch genommen, und wir waren übereingekommen, Farber die Leitung der Theater zu überlassen, die uns gemeinsam gehörten.

»Was wollte er denn?«

Rocco wußte es nicht.

»Na schön«, sagte ich, »ich kann ihn ebensogut sehen und es hinter mich bringen. Eher läßt er mir ja doch keine Ruhe. Sag ihm, er soll mich um halb zwei im Klub erwarten.«

Rocco ging hinaus, und ich konnte ihn mit Jane reden hören.

Stanley wartete in der Klubhalle auf mich. Bei ihm war ein großer schwerer Mann mit stahlgrauem Haar und scharfen Augen. Die beiden kamen mir entgegen. Stanley gab mir die Hand und fragte mit einem Lachen, das eine Nuance zu laut und zu forciert war: »Hallo, Johnny, wie geht's dir?«

Ich zwang mich zurückzulächeln. »Gut, Stanley, und dir?« Warum er wohl so nervös war?

»Glänzend«, sagte er und hörte ebenso plötzlich zu lachen auf, wie er angefangen hatte. »Johnny, das ist mein Schwager, Sydney Roth; Sid, das ist Johnny Edge, von dem ich dir schon erzählt hab'.«

Wir gaben uns die Hand. Mir gefiel der kräftige, feste Händedruck des Mannes ebenso wie sein grader, ehrlicher Blick.

»Freut mich, Sie kennenzulernen«, sagte ich.

Für einen so großen Mann hatte er eine überraschend weiche, sanfte Stimme. »Ganz meinerseits, Mr. Edge.«

Stanley ging zu einem Tisch. »Wollen wir essen?« fragte er mit seinem albernen Lachen.

Ich überlegte mir, warum in aller Welt ich mit ihm und seinem Schwager essen sollte, aber ich brauchte nicht lange auf die Lösung zu warten. Schon bei der Suppe fing Stanley damit an.

»Du bist schon ziemlich lange in der Branche, nicht wahr, Johnny?«

Er wußte genausogut wie ich, wie lange ich dabei war, aber ich antwortete höflich: »Fünfzehn Jahre. Seit 1908.« Ich war selbst überrascht – es schien eine lange Zeit.

»Hast du je daran gedacht, dich selbständig zu machen?« fuhr Stanley fort.

Ich schüttelte den Kopf. »Ich bin mir immer sehr selbständig vorgekommen.«

Stanley warf seinem Schwager einen raschen Blick zu, der hieß: Ich hab's dir gesagt. Eine seltsame Herablassung lag in diesem Blick. Zu mir sagte er: »Ich meine, eine eigene Gesellschaft zu gründen oder zu übernehmen?«

»Nein. Ich sehe keinen Grund dafür, ich komme mit Kessler gut zurecht.«

Stanley schwieg einen Moment. Als er wieder sprach, verfolgte er einen andern Kurs: »Ich hab' gehört, daß du der eigentliche Leiter bei Kessler bist, daß du ihn zu allem angetrieben hast und daß er seinen Erfolg nur dir verdankt.«

Mir gefiel die Richtung nicht, die die Unterhaltung nahm, aber ich nahm mich zusammen, weil ich herausbekommen wollte, worauf er aus war. »Das würde ich nicht sagen, Stan, wir haben alle dabei mitgeholfen.«

Jetzt lachte er zuversichtlich. »Nur keine falsche Bescheidenheit, Johnny. Du bist unter Freunden. Du hast die eigentliche Arbeit geleistet, und Peter hat das Geld und den Ruhm geerntet.«

»Ich hab' auch nicht so schlecht abgeschnitten«, warf ich ein.

»Was hast du schon dabei verdient?« Stanley schwenkte überlegen die Hand. »Kleine Fische, und er ist Millionär. Als du ihn kennengelernt hast, hatte er ein kleines Eisenwarengeschäft.«

Ich versuchte, interessiert auszusehen, und beugte mich, ohne zu sprechen, über den Tisch.

Er sah seinen Schwager an und dann mich. »Meinst du nicht, daß es an der Zeit ist, daß der Alte dich fair behandelt?«

»Wie?« Ich machte eine ratlose Handbewegung.

»Jedermann weiß, daß Kessler auf dich hört. Es ist ganz einfach. Sein Wechsel bei der unabhängigen Bank wird dieses Jahr fällig; jeder weiß, daß er versuchen wird, ihn zu verlängern. Leg ihm nahe, statt dessen Geschäftsanteile zu verkaufen.«

Ich stellte mich dumm. »Aber wer hat so viel Geld, sie zu kaufen?«

»Mein Schwager hätte Interesse an einer fünfzigprozentigen Partnerschaft.«

Ich schaute zu Roth hinüber, der die ganze Zeit geschwiegen hatte.

»Und was soll ich dabei?« fragte ich sanft.

»Du sollst mit uns arbeiten. Wenn wir das Geschäft zur Hälfte übernehmen, kann ich Pappas seinen Anteil an den Kinotheatern abkaufen. Das gibt uns die Kontrolle über das Theatergeschäft, und von da aus ist es nur ein Schritt zur Kontrolle des Gesamtgeschäftes.«

Plötzlich ereiferte er sich. »Ich sag' dir, Johnny, wir machen reinen Tisch. Mit deinen Kenntnissen von der Produktion und meinen vom Theaterwesen machen wir zusammen ein Vermögen. Wir haben das ganze Geschäft in der Hand!« Er hielt ein Streichholz an meine Zigarette. »In kurzer Zeit haben wir Kessler rausgedrängt!«

Ich nahm einen tiefen Zug von meiner Zigarette, dann sah ich seinen Schwager und ihn an. »In welcher Branche sind Sie, Mr. Roth?« fragte ich plötzlich.

Ruhig gab er zur Antwort: »Im Schrotthandel.«

»Das Geschäft muß ziemlich gut gegangen sein, wenn Sie vier Millionen übrig haben.«

Er zuckte die Achseln und meinte zurückhaltend: »Nicht schlecht.«

»Na, ziemlich gut«, bestand ich.

»Während des Krieges haben wir viel Geld gemacht«, sagte er leichthin, »jetzt geht's nicht mehr ganz so gut, aber immerhin ganz ordentlich.«

»Was halten Sie von dem vorgeschlagenen Geschäft, Mr. Roth?«

»Es klingt gut, Mr. Edge«, sagte er betont beiläufig.

»Ich rede nicht über die materielle Seite, Mr. Roth, sondern über die moralische.«

Er lächelte langsam, und ich konnte sehen, wie seine Augen wärmer wurden. »Das ist Ihre Sache, nicht meine, Mr. Edge.« Und nach einer Pause: »Nun, was halten Sie denn davon?«

Meine Bewegungen waren noch immer beiläufig, wie ich da im Stuhl zurückgelehnt saß, aber die plötzliche Wut in meiner Stimme überraschte sogar mich. »Ich denke, es stinkt zum Himmel, Mr. Roth, und wenn Sie die dreckige Ratte nicht von meinem Tisch entfernen, mach' ich den Schuft mit meinen bloßen Händen kalt!«

Stanley sprang auf; er war weiß geworden und sagte rauh: »Du meinst, du hast kein Interesse? Nachdem du es mich erst hast glauben lassen?«

Ich merkte, wie man sich im Restaurant nach ihm umsah. Kalt antwortete ich: »Wenn ich ins Büro zurückkomme, erwarte ich, deine Kündigung auf meinem Schreibtisch zu finden.«

Stanley stand auf und sah mich wütend an. Ich wandte mich Roth zu. Sein Gesicht trug einen Ausdruck stillen Einverständnisses. Stanley wollte etwas sagen, aber Roth hob die Hand und brachte ihn zum Schweigen. »Geh in ein anderes Zimmer und warte auf mich«, sagte er ruhig. »Ich möchte mit Mr. Edge allein reden.« Stanley ging.

Eine lange Zeit saßen wir schweigend da. Schließlich sagte Roth: »Ich möchte mich für meinen Schwager entschuldigen, Mr. Edge. Ich schäme mich, daß ich mich auf so etwas überhaupt eingelassen habe.«

Ich antwortete nichts.

»Ein Mann tut alles für seine einzige Schwester, Mr. Edge. Ich bin gut zwanzig Jahre älter als sie, und als meine Mutter starb, hab' ich versprochen, mich um sie zu kümmern. Ich dachte, wenn ich ihrem Mann helfe, helfe ich auch ihr. Aber ich weiß, ich hatte unrecht.« Er hielt mir die Hand hin.

Langsam stand ich auf und ergriff sie. Sein Gesicht war traurig, aber er sah mir in die Augen. Er neigte den Kopf leicht und verließ den Raum.

Als ich ins Büro zurückkam, lag Stanleys Kündigung auf meinem Schreibtisch, und ich vergaß ihn für eine gewisse Zeit. Ich erfuhr, daß er mit seinem Schwager nach Chikago zurückgegangen war und dort verschiedene Kinotheater eröffnet hatte; aber ich schenkte dem nicht viel Beachtung. Ich war zu beschäftigt damit, gehen zu lernen.

Ich sah mich um. Larry redete, aber ich wußte nicht, worüber. Plötzlich war ich neugierig, was aus dem Mann geworden war, den ich ein einziges Mal vor fünfzehn Jahren gesehen hatte. Zum erstenmal wurde mir klar, daß Dave ja Roths Sohn war.

Ich unterbrach Larry mitten im Satz. »Was macht dein Vater, Dave?«

Dave war überrascht und verlegen. »Wer? Mein Vater?« stammelte er.

Larry schwieg vor lauter Überraschung, daß ich ihn unterbrochen hatte. Daran war er nicht gewöhnt. Ich kümmerte mich nicht um ihn und sagte zu Dave: »Ja, dein Vater. Ich hab' ihn einmal vor Jahren getroffen. Ein prächtiger Mann.«

Dave sah aus, als ob er sich darüber freute. Wenn er ruhig war, sah er seinem Vater sehr ähnlich, nur hatte sein Gesicht nicht dessen Kraft.

»Mein Vater ist vor zwei Jahren gestorben«, sagte er einfach.

Es tat mir wirklich leid, und ich sagte es. »Zu schade, daß wir uns nicht näher kennengelernt haben. Ich glaube, wir hätten uns gut vertragen.«

Ich betrachtete Dave und dann Stanley. Ein verrückter Gedanke kam mir. Sie waren nur durch Heirat verwandt und doch einander ähnlich. Beide hatten den gleichen selbstsüchtigen und sinnlichen Gesichtsausdruck, beide einen schmallippigen runden verwöhnten Mund.

Stanley sah unbehaglich drein. Alles, was er über seine harte Arbeit sagte, war Unsinn. Nicht er, seine Frau besaß das Geld, hatte es von ihrem Bruder geerbt. Sie und Dave. Deshalb protegierte Stanley ihn. Ich lachte laut. Sie sahen mich an, als ob ich übergeschnappt sei, aber ich lachte wieder. Was mir bevorstand, war leichter, als ich geglaubt hatte.

1

Johnny verdeckte mit der Hand die Telefonmuschel und sagte zu Rocco: »Hol den Wagen, ich komme runter, sobald Peter und ich fertig sind.«

Rocco nickte und ging hinaus.

Johnny nahm die Hand vom Telefon und sprach hinein. Peter hatte sich über einen gewissen Will Hays beklagt, den die Produzenten als Geschäftsführer ihres Verbandes angestellt hatten und der Peter zufolge die Branche ruinierte. »Hör auf, dir wegen dieses Hays Sorgen zu machen, Peter. Er tut nur, wozu du und die anderen Produzenten ihn engagiert haben. Das Filmgeschäft ist keine Würstchenbude mehr, sondern ein großes Unternehmen, das im Mittelpunkt des öffentlichen Interesses steht. Deshalb habt ihr einen Schutzverband gegründet.«

Peter unterbrach ihn. »Aber weißt du, was er verlangt? Wir sollen ihn darüber informieren, wie groß das Geschäft in jedem Gebiet ist. Kannst du dir vorstellen, was Borden, Laemmle, Fox oder Mayer tun, wenn sie erfahren, daß die ›Magnum‹ in New York im Jahr zwei Millionen macht, und noch dazu in ihren Theatern? Sie würden versuchen, uns rauszudrängen. Ich kenne die Burschen, sag' ich dir, und ich traue ihnen nicht!«

Johnny sagte beruhigend: »Na und? Dafür laufen ihre Filme wieder in unsern Theatern. Eine Hand wäscht die andere. Außerdem erklärt Hays, daß alle Informationen streng vertraulich sind und nur die Gesamtziffern benutzt werden. Keine Gesellschaft erfährt etwas über die andern, also mach dir keine Gedanken.«

»Gut, gut«, brummte Peter. »aber mir gefällt's nicht. Hays hätte in Washington bleiben und weitere Briefe austragen sollen, oder was er sonst früher getan hat.«

Johnny lächelte darüber. Er stellte sich den Generalpostmeister der Vereinigten Staaten vor, wie er Briefe austrug. Er wechselte das Thema.

»Was machen die neuen Filme? Die ›Paramount‹ macht uns starke Konkurrenz, wir müssen bald was Besonderes herausbringen, oder wir kriegen keinen guten Termin mehr.«

Jetzt klang Peters Stimme wirklich deprimiert. »Damit hab' ich auch Sorgen, Johnny. Ich komme aus Europa zurück, und alles hier ist in Unordnung. Filme, die fertig sein sollten, sind es nicht. Ich kann hier keine Minute weg, aber ich müßte an fünfzehn Stellen gleichzeitig sein. Ich brauche einen guten Produktionschef, der das Studio nicht in einen Dornröschenschlaf sinken läßt, wenn ich mal den Rücken drehe.«

»Dann stell einen ein! Wir brauchen neue Filme.«

»Stell einen ein!« Peter machte Johnnys Tonfall nach. »Als ob ich ihn von einem Orangenbaum pflücken könnte! Du sitzt die ganze Zeit in New York und weißt nicht, was wir hier für Schwierigkeiten haben. Wir müssen vierzig Filme pro Jahr machen.«

»Ich weiß«, sagte Johnny ruhig, »aber wenn wir sie verkaufen können, müßtet ihr sie produzieren können.«

Peters Stimme wurde schrill. »Wenn du soviel davon verstehst, warum kommst du nicht her und hilfst uns? Es ist leicht, in New York zu sitzen und zu sagen, wir brauchen Filme, aber hier draußen sieht es sich anders an!«

Johnny begann sich zu ärgern. »Wenn du willst, komme ich.«

Peter sagte mit Nachdruck: »Also gut! Überzeuge dich selbst, mit was ich zu kämpfen habe. Wann kannst du weg?«

Johnny überlegte rasch. »Wie wär's mit Neujahr?«

»Das ist ungefähr in vier Wochen. Gut.«

Beide schwiegen verlegen, dann räusperte Peter sich und sagte: »Ich freue mich, daß du kommst, Johnny. Es wird wie in den alten Zeiten sein. Wenn es Schwierigkeiten gibt, vertragen wir uns immer am besten.«

Johnny antwortete herzlich: »Hoffentlich kann ich helfen.«

»Bestimmt«, versicherte Peter ernsthaft. »Ich sag' Esther, daß du kommst; sie soll dein Zimmer herrichten.«

»Und Hühnersuppe kochen!«

»Die kriegst du!« versprach Peter.

Nachdenklich hing Johnny ein. Draußen fiel ein leichter Schnee, die Straße war schon weiß. Er stand auf und holte Hut und Mantel aus dem Schrank.

Während er hinausging, überlegte er. Peter schien seit seiner Rückkehr aus Europa ständig überanstrengt zu sein. In Europa hatte er eine Riesenarbeit geleistet. Die »Magnum« hatte jetzt Büros in ganz Europa, in Asien, in Südamerika. Ihre Filme liefen überall auf dem Erdball. Sie hatten den größten Auslandsvertrieb, und das hatte Peter fast ausschließlich allein zuwege gebracht.

Kein Wunder, daß er abgespannt war. Er hatte achtzehn Stunden am Tage gearbeitet, sich keinen freien Augenblick gegönnt, und jetzt war die Produktion im Rückstand. Es war schon zuviel für einen einzelnen Mann, und trotzdem hatte er Zeit gefunden, noch an Johnny zu denken.

Johnny sah an seinen Beinen hinab. Wer es nicht wußte, konnte die Prothese nicht von seinem eigenen Bein unterscheiden. Peter hatte Zeit gefunden, jenen spaßigen kleinen Mann aufzusuchen und zu Johnny zu schicken. Johnny schüttelte den Kopf. Für einen solchen Mann arbeitet man nicht nur, den mußte man gern haben.

Auf der Straße war es nicht so kalt, wie Johnny geglaubt hatte. Rock hatte den Motor laufenlassen, während er wartete. Johnny stieg vorn bei Rock ein und sah nach hinten, wo Jane saß. »Hast du's warm genug, Jane?«

Sie nickte.

Rocco startete und fragte: »Was wollte der Alte?«

»Ich soll rauskommen und helfen.«

Rocco gab keine Antwort.

»Was ist los?«

»Nichts«, brummte Rocco.

»Eine Reise an die Küste um diese Jahreszeit wär' ganz hübsch.«

Rocco sah vor sich auf die Straße, mit Steuern beschäftigt.

Johnny beobachtete ihn ein paar Sekunden lang. »Was ist los? Gehst du nicht gern mit?«

Rocco murmelte etwas Unverständliches.

Johnny nahm zwei Zigaretten, schob eine Rocco und die andere sich in den Mund und steckte sie an. Rauchend lehnte er sich zurück, ohne etwas zu sagen. In letzter Zeit war jeder nervös, sogar Rocco, der sonst so Ruhige. Er überlegte, warum wohl, beschloß aber, nicht zu fragen. Ein paar Wochen in Kalifornien würden einen neuen Mann aus ihm machen.

Der Wagen hielt vor dem Theater, und Rocco sagte zu Johnny: »Steig du mit Jane aus, ich parke und treffe euch gleich.«

Sie sahen ihm nach. »Jane, was hat er denn?« fragte Johnny verwirrt.

»Weißt du's nicht?«

Er schüttelte den Kopf.

»Er ist schon eine ganze Weile so; ist es dir nicht aufgefallen?«

»Schon, bloß ich hab' es nicht ernstgenommen.«

Sie wollte etwas sagen, aber Rocco kam zurück, und sie gingen ins Theater. Einen Augenblick herrschte verlegenes Schweigen, dann lachte sie. »Spaßig, daß wir uns nach allem, was vorgefallen ist, eine Aufführung mit Warren Craig ansehen!«

Johnny stimmte in ihr Lachen ein. »Es wär' noch komischer, wenn er wüßte, daß wir hier sind. Was er wohl sagen würde, wenn wir zu ihm hinter die Bühne gingen?«

»Nach dem, was ich gehört habe, würde er dich wohl hinauswerfen«, meinte Rocco.

2

Der Beifall wurde stärker, als sich der Vorhang langsam hob. Johnny beobachtete Warren Craig, wie er da auf der Bühne stand. Er applaudierte mit den Zuschauern – trotz allem. Er sah zu Jane hinüber: sie klatschte auch.

Sie fing seinen Blick auf und schnitt eine Grimasse. »Ich kann ihn immer noch nicht leiden, aber . . .«

Johnny unterbrach sie. »Ich weiß. Der Kerl ist ein großartiger Schauspieler.«

Die Jahre waren nicht spurlos an Craig vorübergegangen. Er war reifer geworden, ohne seinen Charme verloren zu haben. Er war noch sicherer geworden, seine Stimme ausdrucksvoller und schöner.

Der Vorhang senkte sich langsam. Der Beifall erstarb, die Zuschauer verließen das Theater. Johnny saß in Gedanken verloren da.

»Fertig?« fragte Jane.

Er sah bestürzt auf.

Sie bemerkte seinen Ausdruck. »Woran hast du gedacht?« fragte sie argwöhnisch.

Er lächelte schuldbewußt, wie ein kleiner Junge, der beim Naschen ertappt worden ist. »Du weißt es ja!« gestand er.

»O Johnny! Nicht noch einmal!«

»Doch. Er ist zu gut. Wir brauchen ihn.«

Sie protestierte. »Er wird nicht einmal mit dir reden.«

Er stand entschlossen auf. »Ein Versuch kann ja nichts schaden. Kommst du mit?«

»Nein. Du hast vielleicht vergessen, was Sam und ich mit ihm gemacht haben, aber er bestimmt nicht.«

Er fragte Rocco: »Würdest du Jane wohl nach Hause bringen? Ich hab' das Gefühl, daß er Vernunft annehmen wird.«

Rocco lächelte. »Gern.«

»Ich kann gut allein nach Hause gehen«, sagte Jane schnell, »Rock kann bei dir bleiben.«

Johnny wußte, woran sie dachte, und lächelte ihr beruhigend zu.

»Mach dir keine Sorgen, ich komm' gut damit zurecht.« Er klopfte an seine Prothese.

»Bestimmt?«

»Ganz gewiß.«

Draußen auf der Straße sagte sie zu Rocco: »Wahrscheinlich ist es dumm von mir, aber ich mache mir Sorgen, ob er zurechtkommt.«

»Nicht mehr nötig, er schafft es schon.« Er schwieg und setzte dann hinzu: »Er braucht niemanden mehr, der nach ihm sieht. Ich weiß nicht, warum ich noch da bin.«

Sie sah ihn nachdenklich an. »Aber Rocco, Johnny könnte gar nicht ohne dich auskommen.«

Sein Gesicht war ausdruckslos, und sie wußte nicht, was in ihm vorging, als er sagte: »Ich bin nicht so sicher.« Zum erstenmal bemerkte sie einen schmerzlichen Ausdruck in seinen Augen.

Unwillkürlich legte sie ihre Hand auf seinen Arm, fühlte, wie er angespannt war und sich langsam unter ihrer Berührung lockerte. Nach einer Weile fragte sie: »Was bedrückt dich? Du bist nicht mehr du selbst.«

»Nichts, ich bin nur ein bißchen herunter.«

Er sah, daß sie verletzt war, weil er kein Vertrauen zu ihr hatte, und es tat ihm wohl. Er war sich vereinsamt und überflüssig vorgekommen, das hatte sich plötzlich geändert. Abrupt blieb er stehen.

»Interessiert es dich wirklich?«

Sie sah ihn nicht direkt an, als sie leise zur Antwort gab: »Das weißt du doch, Rock.«

Ein Gefühl von Befreiung durchlief ihn. Er nahm ihre Hand, als sie weitergingen. Seltsamerweise war das, was ihn gequält hatte, nicht länger wichtig. Ihre Hand fühlte sich gut an. »Der Wagen steht am nächsten Block.«

Sie lächelte ihm wortlos zu.

Ihr Lächeln gefiel ihm. Sie hatte ihn nie zuvor so angelächelt. Es würde ihm guttun, sich auf dem Nachhauseweg ihr gegenüber auszusprechen.

Johnny bahnte sich einen Weg in die überfüllte Garderobe. Es war ein neues Theater, und der Raum war größer, aber die Szene schien die gleiche wie die, an welche er sich erinnerte.

Craig entfernte, vor seinem Toilettentisch sitzend, das Make-up und beobachtete im Spiegel die Leute im Zimmer. Er war auch hier der Mittelpunkt wie auf der Bühne.

Johnny war sicher, daß Craig ihn hatte hereinkommen sehen, aber da dieser kein Zeichen des Erkennens gab, ging er an die gegenüberliegende Seite des Zimmers und setzte sich. Dann zündete er sich eine Zigarette an und sah sich um.

Die Menschen blieben sich immer gleich, sie änderten sich nie. Als Craig schließlich aufstand, umdrängten sie ihn; verschiedene Frauen baten ihn um sein Autogramm auf ihrem Programm, andere gratulierten ihm. Für alle hatte er ein Lächeln und ein freundliches Wort. Er schien glücklich und in seinem Element.

Er sah aus, als ob es lange dauern würde, und Johnny schaute gelangweilt in den Gang hinaus. Durch die geöffnete Tür konnte er andere Garderoben sehen. Aus einer kam gerade ein Mädchen heraus, auf Craigs Zimmer zu. Im schwachen Licht des Korridors hatte ihr Gang etwas Fließendes, etwas ausgesprochen Feminines. Einen Augenblick hatte Johnny den Eindruck, als ob er durch ihr enganliegendes Kleid hindurch die Bewegung ihrer Oberschenkel, den Umriß ihrer Brüste sehen könnte.

Nun trat sie ins Zimmer. Im hellen Licht des Raumes sah er, daß sie ein junges Mädchen war, mit honigfarbenem Haar, das auf ihre Schultern herabfloß.

Johnny folgte ihr unwillkürlich mit den Augen, wie sie sich den Weg zu Craig bahnte. Das Mädchen hatte etwas Magnetisches. Zuerst wußte er nicht, woran das lag, aber plötzlich begriff er. Die Mode der Zeit verlangte dünne Gestalten und knabenhaft kurz geschnittenes Haar. Sie beugte sich keiner dieser Forderungen. Sie war schlank, aber ausgesprochen weiblich, und trug ihr Haar in langen blonden Wellen.

Johnny konnte hören, was sie sagte. An ihrer tiefen geschulten Stimme merkte er, daß sie Schauspielerin war.

»Warren«, sagte sie, »Cynthia hat sich etwas verspätet.«

Craig nickte. »Sag ihr, daß ich auf sie warte, Dulcie.«

Das Mädchen ging schweigend weg. Johnny sah ihr nach, bis sie in der Garderobe verschwand, aus der sie gekommen war. Im schwachen Licht des Korridors sah sie wieder wie nackt aus.

Johnny schüttelte den Kopf und dachte: Sie würde mir eine runterhauen, wenn sie meine Gedanken wüßte.

Die Leute begannen hinauszugehen. Er zündete sich eine neue Zigarette an und machte sich auf weiteres Warten gefaßt. Aber es dauerte nicht lange: Plötzlich waren alle weg, und Craig kam auf ihn zu. Er stand auf.

Der Schauspieler streckte ihm die Hand hin. »Hallo, Johnny.«

»Hallo, Warren.«

Craig sah ihm in die Augen und lächelte zögernd. »Ich hab' nie erwartet, dich hier zu sehen.«

»Ich auch nicht«, sagte Johnny offen. »Aber ich hab' die Aufführung erlebt und muß dir sagen, wie gut sie mir gefallen hat.«

»Ich freue mich, daß du da bist. Ich hab' oft gewünscht, mich bei dir zu entschuldigen, daß ich damals so ein Esel war. Ich hab' eure Gesellschaft beobachtet und bin froh, daß es euch so gutgeht.«

Instinktiv wußte Johnny, daß es echt war und daß Craig nicht Theater spielte. »Das freut mich, denn ich bin aus demselben Grund hier wie das letztemal.«

Craig warf den Kopf zurück und lachte herzlich. »Du hast dich kein bißchen verändert, Johnny.«

»Ich hab' ein eingleisiges Gehirn. Vergiß nicht, daß du mir noch einen Film schuldest.«

Craig wurde ernst. »Ich weiß nicht, ob ich kann, Johnny. Du kennst meine Lage.«

Johnny kannte sie. Seit dem Bruch seines Vertrags, den »Banditen« zu spielen, hatte Craig dauernd öffentlich erklärt, er sei am Film nicht interessiert. Er sah den Schauspieler unbefangen an: »Gewiß. Aber die Zeiten ändern sich, und du kannst deine Ansichten ja auch ändern.« Er schwieg und fügte wie einen nachträglichen Gedanken hinzu: »Ich weiß, es bedeutet dir nichts, aber du kannst beim Film in einem Monat so viel verdienen wie beim Theater in einem Jahr.«

Craig schien interessiert zu sein. Die Spielzeit des Stücks näherte sich dem Ende; es war fast ein Jahr gelaufen, und er hatte noch keine Pläne für die Zukunft. »Ich will dir was sagen, Johnny, laß uns zusammen essen, und wir sprechen es durch. Ich kann dir nichts versprechen, aber du kannst mir ja deine Ideen auseinandersetzen.«

Johnny nickte. »Das ist alles, was ich will. Wenn wir jetzt zusammenkommen, wollen wir das Vergangene vergessen.«

Craig meinte ruhig: »Hast recht, reib es mir nur unter die Nase.« Aber seine Worte waren ohne Bosheit.

Johnny lächelte und sah zu, wie er sich Hut und Mantel holte. »Wir holen Cynthia in ihrer Garderobe ab«, sagte er.

Johnny protestierte. »Halt, ich will deine Verabredung nicht stören.«

Craig lachte. »Unsinn, alter Junge, das tust du auch nicht. Cynthia und ich essen immer zusammen nach der Vorstellung. Außerdem bist du mir hochwillkommen, denn meine Kusine Dulcie geht mit uns. Sie möchte gern Schauspielerin werden, wenn meine Frau und ich es ihr auch auszureden versuchen, und sie wird selig sein, einen großen Filmmann wie dich kennenzulernen.«

Johnny war zunächst überrascht; dann erinnerte er sich, im Programm gelesen zu haben, daß während der Spielzeit des Stücks Craig und die Hauptdarstellerin geheiratet hatten. »Ich hatte im Augenblick vergessen, daß du jung verheiratet bist. Herzliche Glückwünsche!«

Craig schüttelte ihm die Hand. »Danke. Können wir gehen?« Johnny nickte und drehte sich um, um seinen Mantel vom Stuhl aufzunehmen. Er rutschte dabei aus und wäre beinahe hingefallen.

Craig heilt ihn fest und lachte: »Einen zuviel getrunken?«

Johnny lächelte kleinmütig. »Ich wollte, es wäre das. Aber ich hab' mein Bein in Frankreich verloren.«

»Entschuldige«, sagte Craig rasch und mitfühlend, »ich benehme mich wie ein Narr, aber ich wußte es wirklich nicht.«

»Macht nichts«, sagte Johnny leichthin, während sie hinausgingen. Er tippte gegen die Prothese. »Das Gute an dem Ding ist, daß du es manchmal sogar vergessen kannst.«

3

Pfeifend kam er ins Büro. Jane sah überrascht auf – so sorglos hatte sie ihn lange nicht gesehen. »Wie war's gestern abend? Hat er unterschrieben« fragte sie.

»Nein, wir haben zusammen gegessen, aber er war nicht interessiert.« Verwundert bemerkte sie, wie er pfeifend den Mantel auszog. »Ist irgend etwas Besonderes heute morgen?« fragte er.

»George Pappas wartet in deinem Büro auf dich. Du hast dich um neun Uhr mit ihm verabredet, erinnerst du dich?«

Er sah auf die Uhr, es war beinahe zehn. Er hatte es vollständig vergessen und ging jetzt eilig in sein Büro, wo George wartete und aufstand, als Johnny hereinkam.

»George, es tut mir leid, daß ich dich so lange hab' warten lassen, ich hab' heute verschlafen.«

»Macht nichts, Johnny, ausschlafen tut einem manchmal ganz gut.«

»Wie geht das Geschäft?«

»Zu gut, Johnny. Ich werde nervös.«

»Was meinst du damit?«

George setzte sich Johnny gegenüber und sah ihn ernsthaft an. »Täglich werden neue Theater gebaut und verkauft. Dabei steigen die Preise die ganze Zeit. Vor zwei Jahren kostete ein Kino mit zwölfhundert Plätzen dreißigtausend Dollar. Heute kostet es fast das Doppelte.«

»Und was ist daran so Schlimmes?« fragte Johnny mit einem nachsichtigen Lächeln. »Das deutet, daß unser Eigentum doppelt soviel wert ist, als wir dafür bezahlt haben.«

George schüttelte den Kopf. »Das wäre so, wenn sich die Anzahl der Theater nicht veränderte. Aber bald werden wir so viele haben, daß die Preise fallen müssen.«

Johnny beugte sich mit plötzlichem Interesse vor; Georges Argumentation leuchtete ihm ein. »Und was schlägst du vor, George?«

»Wir besitzen jetzt mehr als zweihundert Theater; ein paar Jahre lang sind sie noch gut. Aber dann?« Er zuckte bedeutungsvoll die Achseln.

»Nun?«

»Ich denke, wir prüfen die Theater sorgfältig darauf hin, welche wirklich gut sind, und die andern verkaufen wir, solange die Preise noch hoch sind.«

Johnny steckte sich eine Zigarette an und blies den Rauch vor sich hin. »Ich weiß nicht, ob Peter das gefallen wird. Er ist sehr stolz auf den Ring von Theatern, die den Namen der ›Magnum‹ tragen.«

»Man muß es Peter erklären, damit er es einsieht, auch wenn es ihm nicht gefällt«, entgegnete George ruhig.

»Und wenn er trotzdem nicht verkaufen will?«

»Darüber hab' ich auch mit meinem Bruder Nick gesprochen. Vielleicht kauft er dann unsern Anteil.«

Johnnys Gesicht wurde nachdenklich. »Du glaubst also wirklich, daß ein Krach kommt?«

»Vielleicht kein Krach, aber es wird nicht so glatt weitergehen.«

»Welche Theater möchtest du denn loswerden?«

George öffnete seine Brieftasche und nahm ein Bündel Papiere heraus, das er auf den Schreibtisch legte. »Hier ist eine Aufstellung aller Theater; die rot markierten sollten wir verkaufen, die Gründe dafür sind angegeben.«

Johnny sah sich die Papiere bedächtig durch. Als er damit fertig war, sah er zu George auf. »Das ist mehr als die Hälfte.«

George nickte. »Einhundertundfünfzehn.«

»Wenn wir uns zum Verkauf entschließen – wer wird so viele Theater auf einmal kaufen?«

George zuckte wieder die Achseln. »Loew vielleicht oder Proctor. Vielleicht sogar Borden. Er baut sein Theatergeschäft rapide aus.«

»Was könnten wir wohl dafür bekommen?«

»Wenn wir sie zusammen verkaufen, etwa vier Millionen, wenn wir sie einzeln verkaufen, etwas mehr.«

Johnny lehnte sich zurück. Die Hälfte davon war der Anteil der »Magnum«. Es wäre für sie allein ein Gewinn von einer runden Million gegenüber dem Preis, den sie dafür gezahlt hatten. Ebensoviel würde George daran verdienen. Kein Wunder, daß er sie loswerden wollte. Man konnte nicht alle Tage eine glatte Million verdienen.

»Ich will dir was sagen, George«, meinte er schließlich, »in ein paar Wochen fahr' ich runter in die Studios, dann spreche ich mit Peter darüber, und wenn ich zurückkomme, kriegst du Bescheid. Ist es dir so recht?«

George stand auf. »Natürlich. Es hat keine Eile. Ein, zwei Jahre sind sie noch gut. Man muß nur vorbeugen.«

»Das versteh' ich.« Johnny stand auf und lächelte ihm zu. »Du bist wirklich fair gegen uns, alter Kamerad.«

»Wir sind langjährige Freunde; ihr habt mir geholfen, jetzt helfe ich euch.«

Als George gegangen war, setzte Johnny sich wieder an den Schreibtisch. Wenn George gewollt hätte, hätte er seinen Anteil einfach verkaufen können, ohne vorher mit ihm darüber zu reden. Aber er wußte, daß er damit dem einen oder anderen Gelegenheit gab, in die Magnum-Theater-Gesellschaft einzusteigen, wie Farber das schon versucht hatte. Bei dem Gedanken an Farber lachte Johnny angewidert.

Es war gut, daß er den losgeworden war. Er hatte sich gar nicht klargemacht, wie tief Farber sich schon in ihre Organisation hineingedrängt hatte. Er hatte den größten Teil des Kinotheaterpersonals engagiert und hatte darüber hinaus viele Beziehungen zur Filmgesellschaft angeknüpft. Erst nach Farbers Kündigung hatte Johnny herausgefunden, wie weit er in dieser Beziehung gegangen war.

Er nahm den Hörer ab und fragte: »Ist Rocco schon da?« Rocco hatte den Wagen geparkt.

»Er ist gerade gekommen.«

»Sag ihm, ich möchte ihn sprechen.«

Rocco kam herein. »Was möchtest du denn, Boß?« fragte er lächelnd.

»Geh in ein gutes Blumengeschäft und kauf ein Dutzend der schönsten Rosen, nein, lieber zwei, und schick sie mit meiner Karte an Miß Dulcie Warren im Plaza-Hotel.«

Rocco starrte ihn überrascht an, nahm sich aber rasch zusammen.

»Gut, Boß«, sagte er und ging zur Tür.

Johnny rief ihm nach: »Hast du den Namen richtig verstanden?«

»Natürlich, Johnny. Dulcie Warren im ›Plaza‹. Zwei Dutzend der schönsten Rosen mit deiner Karte.«

Johnny nickte erfreut. »Stimmt.«

Rocco schloß die Tür hinter sich und fluchte leise vor sich hin. »Was ist gestern abend mit ihm passiert?« wollte er von Jane wissen.

»Ich weiß nicht. Er kam pfeifend hier an. Ich hab' ihn gefragt, ob Craig unterschrieben hat, und er hat verneint, als ob ihm gar nichts daran läge. Dann ist er zu Pappas gegangen, der auf ihn wartete. Warum?«

Rocco kratzte sich verwirrt den Kopf. »Weißt du, was ich tun soll?«

»Nein, was denn?«

»Blumen an eine Dame im ›Plaza‹ schicken. Zwei Dutzend der schönsten Rosen, volle zwei Dutzend, an eine Dulcie Warren. Wer ist das überhaupt?«

»Weiß ich nicht. Hab' nie von ihr gehört.«

Rocco sah sie kriegerisch an. »Siehst du nun, daß ich recht hatte, als ich gestern abend zu dir sagte, er braucht mich als Laufjungen? Rock, hol den Wagen, Rock, hol mir dies, hol mir das. Jetzt soll ich Blumen an eine Dame schicken. Ich sag' dir, Jane, ich bin hier nur Laufbursche, und das paßt mir ganz und gar nicht.«

»Still«, Jane versuchte ihn zu beruhigen, »er kann dich hören.«

»Na und?« sagte Rocco wütend.

Sie antwortete nicht, sondern sah ihn nur flehend an. Gestern abend im Wagen hatte er ihr gestanden, daß er damals gezögert hatte, seinen Job zu übernehmen, aus Angst, er würde eine Art Dienstbote für Johnny werden. »Besser, ich ginge in meinen Friseurberuf zurück«, hatte er gesagt, »wenigstens wäre ich da nicht Laufbursche.«

Sie hatte ihm geantwortet, er sähe es falsch an. Johnny würde ihm bestimmt eine vernünftige Stellung geben, wenn er nur mal Zeit hätte, über all das nachzudenken.

Er hatte sie ausgelacht. »Was soll ich denn tun? Es ist nicht mein Beruf. Was könnte ich da schon machen?«

Abermals wußte sie keine Antwort. Aber zwischen ihnen hatte irgend etwas begonnen gestern abend. Er hatte ihre Hand gehalten, und sie hatte wieder gefühlt, daß sie lebte. Sie war nicht länger eine einsame Frau mit einem Kind. Als der Wagen vor ihrer Tür hielt, hatte sie ihn plötzlich geküßt.

Er hatte seine Arme um sie gelegt und sie wieder geküßt. Mit einer ganz sanften Stimme hatte er leise gefragt: »Steht es so mit uns?«

Und sie sagte ja und schlang die Arme um seinen Nacken.

Während sie ihre Wohnung aufschloß, hatte sie vor sich hingesummt, dann war sie an das Bettchen ihres Jungen gegangen und hatte ihn betrachtet. Sie erinnerte sich, wie jung und töricht sie sich vorgekommen war, als sie ihn zugedeckt hatte und sich auszuziehen begann.

Sie sah überrascht zu Rocco auf. Johnny war pfeifend ins Büro gekommen, und sie war selber so glücklich gewesen, daß sie nicht über den Grund nachgedacht hatte. Aber jetzt ging es ihr auf, und das Herz wurde ihr schwer. Sie hatte immer geglaubt, Johnny würde sich Doris zuwenden, sobald er wieder ganz in Ordnung wäre, und jetzt wußte sie, daß Doris unglücklich werden würde.

Sie hätte es merken müssen. Seit er seine Prothese hatte, wurde er von Tag zu Tag mehr wieder wie früher. Sein Selbstvertrauen kehrte zurück, und jetzt war er der alte: Es gab nur ihn und den Film. Damals hatte er an nichts anderes gedacht, und so war es heute wieder.

Fast flüsternd fragte sie Rocco: »Wie heißt das Mädchen?«

»Dulcie Warren.«

Der Name gefiel ihr nicht, er hatte etwas betont Feminines. Und irgendwie wußte sie jetzt schon, ohne sie gesehen zu haben, daß ihr auch die Frau nicht gefallen würde.

4

Der Sprühregen der Dusche auf ihrem Körper, die scharfen Nadelstiche des Wassers, die ihre Haut prickeln ließen, waren ihr angenehm. Sie bog den Körper, so daß das Wasser auf ihre Brust sprühte und ihre Brustwarzen erstarren ließ wie von der Hand eines Liebhabers. Sie lachte – sie liebte ihren Körper und war stolz auf ihn.

Andere Frauen hatten jene modischen knabenhaften Figuren, aber sie hatte den Körper einer Frau, und es freute sie, wenn andere es bemerkten. Jedesmal, wenn sie in ein Zimmer kam, sahen sich die Männer darin unwillkürlich nach ihr um, und wie wußte es. Waren sie mit ihren Frauen oder Freundinnen da, so warfen sie ihr nur verstohlene Blicke aus den Augenwinkeln zu, aber waren sie allein, so sahen sie sie ununterbrochen an, und sie las die Begierde in ihren Blicken. Es gefiel ihr, so angeschaut zu werden.

Sie war schon während ihrer Schulzeit so gewesen. Die andern Mädchen hatten Angst, sie mit ihren Freunden zusammenzubringen, die törichten Geschöpfe. Was machte sie sich aus diesen grünen Jungen? Sie wollte eine große Schauspielerin werden.

Sie war dafür geboren. Ihre Familie war schon immer beim Theater, ihr Vater und seine Schwester, Warren Craigs Mutter. Die beiden größten Theaterfamilien Amerikas waren die Warrens und die Craigs, die untereinander geheiratet hatten, und Warren Craig war der einzige Sohn. Bei seiner Taufe hatte sein Vater gesagt: »Eines Tages wird er den größten Namen am Theater haben.« Die Prophezeiung schien sich zu erfüllen.

Das Theaterspielen lag Dulcie im Blut, sie konnte es nicht ändern. Sie war einfach dafür geboren. Sie war nach New York gekommen in der Überzeugung, daß ihr Vetter Warren Craig ihr eine Chance geben würde. Aber sie hatte nicht mit seiner jungen Frau gerechnet.

Cynthia warf nur einen Blick auf Dulcie und schrie im stillen nach Hilfe. Diese Kokotte von Geburt war nicht gerade ideal als Gesellschafterin in einer jungen Ehe, aber sie konnte nichts dagegen machen, Warren bestand hartnäckig darauf, daß Dulcie blieb, solange sie wollte. Und Dulcie blieb.

Cynthia versuchte sogar, Dulcie Rollen zu verschaffen, mit denen sie hätte auf Tournee gehen müssen, aber Warren wies das zurück. »Das ist nicht das Richtige für sie«, sagte er, »sie braucht noch dramatische Schulung, und ich werde dafür sorgen, daß sie sie bekommt.«

Cynthia dachte, wenn sie Dulcie ansah, ein Mädchen mit einer solchen Figur sollte nicht zum Theater, sondern zu Ziegfeld gehen. Er würde ihr neunzig Prozent ihrer Kleider wegnehmen und sie über die Bühne gehen lassen. Aber Cynthia vergaß etwas: Dulcie konnte wirklich spielen und brauchte nichts als eine Chance.

Schließlich gab Cynthia Dulcie ein paar Ratschläge. »Du kannst bestimmt Rollen kriegen, wenn du schlanker wirst und dein Haar abschneiden läßt. Dann siehst du nicht mehr wie ein Mädchen von gestern aus.«

Dulcie sah sie geringschätzig an. Sie betrachtete Cynthias schlanke Gestalt von oben bis unten, bis diese rot wurde. Dann warf sie den Kopf zurück, daß ihr Haar im Licht aufleuchtete. »Ich fühl' mich wohl so, wie ich bin.«

Das Wasser tat ihr gut. Sie drehte sich um und ließ es auf ihren Rücken sprühen. Plötzlich neigte sie den Kopf auf eine Seite: Das Telefon klingelte. Ihr fiel ein, daß sie allein in der Wohnung war, und seufzend steckte sie einen braunen Arm aus und stellte das Wasser ab.

Rasch schlang sie sich ein Badetuch um und ging ins Wohnzimmer ans Telefon. »Hallo?«

»Dulcie?«

Sie erkannte die Stimme sofort, ließ es aber nicht merken. »Ja, hier ist Dulcie.«

»Hier ist Johnny; was machst du heute abend?«

Johnny war ein netter Junge, aber nicht besonders aufregend. Er hatte nur Filme im Kopf, vom Theater verstand er nichts. Sie war ein paarmal mit ihm ausgegangen, und er hatte ihr jedesmal Blumen geschickt, aber heute war sie nicht in der Stimmung, sich mit ihm zu treffen. Vorwurfsvoll sagte sie: »O Johnny, warum hast du nicht früher angerufen? Jetzt hab' ich mich gerade mit einer Freundin verabredet.«

Johnny fragte enttäuscht: »Wie wär's dann mit morgen?«

»Vielleicht haben Cynthia und Warren schon was verabredet. Rufst du mich morgen früh an?«

Seine Stimme klang schon etwas fröhlicher. »Gut, dann bis morgen, Dulcie.«

»Bis morgen, Johnny.« Sie hing ein und dachte nach, was sie wohl morgen für eine Ausrede erfinden sollte, als sie plötzlich zusammenfuhr. Jemand war ins Zimmer gekommen und beobachtete sie. Es war Warren.

Sie wickelte das Handtuch fester, das sich beim Telefonieren gelockert hatte. »Warren! Du hast mich aber erschreckt!«

Er lachte. »Das möcht' ich mal erleben, Dulcie. Dich erschreckt doch nichts, nicht einmal Cynthia.«

Er sprach mit etwas schwerer Zunge, offenbar hatte er reichlich Cocktails getrunken. »Wie meinst du das?« fragte sie.

»Du brauchst mir nichts vorzumachen, Dulcie. Ich hab' dich und Cynthia beobachtet, und ich glaube, sie hat etwas Angst vor dir.« Dabei sah er auf ihre Brüste, die unter dem Handtuch hervorsahen. Es war ein Blick, den sie kannte und der ihr wohltat. Warren schaute sie zum erstenmal so an. Sie schüttelte den Kopf. »Ich weiß nicht, warum, ich hab' ihr keinen Grund gegeben.«

Sie wollte an ihm vorbei ins Badezimmer, aber er streckte seinen Arm aus und hielt sie fest. »Nein?« fragte er stockend. »Bestimmt nicht? Ich glaube zum Beispiel, daß sie sich Sorgen machen würde, wenn sie wüßte, daß du so im Haus herumläufst.«

Sie schob seine Hand nicht weg. »Das braucht sie nicht«, sagte sie gelassen, »es ist ja niemand zu Hause.«

Eine Sekunde sahen sie sich an, dann zog er sie an sich. Willig hielt sie ihm ihre Lippen hin. Das Handtuch fiel unbeachtet zu Boden, als er sie aufhob und in sein Zimmer trug.

An der Tür hielt sie ihn einen Augenblick fest. »Cynthia?«

»Cynthia ist mit ihrem Manager essen gegangen. Ich soll sie im Theater treffen«, sagte er. Seine Stimme klang heiser.

Es war still im Zimmer. Draußen dunkelte es schon. Sie drehte sich auf dem Bett um. »Gib mir eine Zigarette.«

Er holte zwei, eine für sie, eine für sich selber, und beobachtete, wie sie sich aufsetzte, an ihrer Zigarette ziehend. Gegen das Fenster konnte er den Umriß ihrer Brüste sehen. Er legte seine Hand auf ihren Körper, der sich warm und fest anfühlte.

»Woran denkst du, Warren?«

Er setzte sich auf. »Du weißt verdammt gut, woran ich denke. Seit du hier bist, hatte ich Angst, daß es passieren würde, und doch konnte ich dich nicht in Ruhe lassen.«

Sie nahm seine Hand und führte sie über ihren Körper. »Jetzt ist es passiert, und es hat keinen Zweck, sich Sorgen zu machen«, sagte sie gelassen.

Er drehte die Nachttischlampe an und betrachtete sie erstaunt. Er konnte kaum glauben, daß sie sich noch vor ein paar Minuten leidenschaftlich stöhnend an ihn geklammert hatte.

»Ich soll mir keine Sorgen machen?« explodierte er. »Wie lange, glaubst du, dauert es, bis Cynthia dahinterkommt?‹

»Das braucht sie ja nicht.«

»Unterschätz sie nicht, Dulcie. Sie ist nicht dumm.« Er stand auf und zog sich einen Hausmantel an. »Ich muß dich wegschicken, und zwar so weit wie möglich. Dies darf nicht wieder passieren.«

Sie senkte die Augen und sagte kleinlaut: »Warum, Warren? Gefall' ich dir nicht?«

Er lachte auf. »Du gefällst mir viel zu gut.« Er ging vor den Spiegel und kämmte sich. Halblaut sagte er: »Aber wohin kann ich dich schicken?«

Sie stand auf und trat zu ihm. Sie schmiegte sich an seinen Rücken und schob die Arme unter seinen Hausmantel. »Wenn ich aber nicht von dir weg will?«

»Darauf kannst du dich verlassen, du kommst weg.«

»Du bist gemein.« Sie küßte ihn auf die Brust.

Er zog ihren Kopf an den Haaren nach rückwärts und küßte sie. »Es ist besser für uns beide. Wer war das vorhin am Telefon?«

»Johnny Edge.«

»Den siehst du in letzter Zeit ziemlich oft, nicht?«

»Ja, aber ich hab' ihn satt. Er redet nur über Filme. Ich glaube, er ist in mich verliebt, aber ich will ihn loswerden, er fängt an, mir auf die Nerven zu gehen.«

Mit plötzlichem Interesse fragte er: »Glaubst du, daß er dich heiraten möchte?«
»Wahrscheinlich«, sagte sie gleichgültig.
»Warum heiratest du ihn dann nicht? Er kann eine Menge für dich tun. Außerdem kann man beim Film viel Geld verdienen.«
»Ich will aber zum Theater. Außerdem würd' ich ihn nicht heiraten, auch wenn er nicht so langweilig wär'. Er ist ein Krüppel.«
»Sei nicht so närrisch«, sagte er wütend, ohne ihr letztes Argument überhaupt zu beachten. »Meinst du, ich würde nicht auch gern filmen, wenn ich nur wüßte, wie ich es mit meinen Erklärungen in Einklang bringen soll?«
»Soll ich Johnny heiraten, damit du mich los bist?«
»Nein, du Dummes. Aber wenn du verheiratet bist, brauch' ich mir wegen Cynthia keine Sorgen mehr zu machen.«
Sie umschlang und küßte ihn. Dann ging sie ans Telefon und nannte eine Nummer.
»Wen willst du anrufen?«
»Johnny. Er hat mich heute zum Essen eingeladen.«
Er nahm ihr den Hörer ab und legte ihn auf die Gabel zurück. »Das kannst du morgen machen, heute hab' ich ein nacktes Mädchen zum Essen bei mir.«

5

Auf Janes Schreibtisch läutete das Telefon. »Hier Mr. Edges Büro.«
Eine Frauenstimme, seltsam heiser und tief, fragte: »Ist Mr. Edge da?«
»Wer ist da?« Aber Jane wußte es schon.
»Dulcie Warren.«
»Einen Augenblick, ich will sehen, ob ich ihn erreichen kann.«
Ein paar Minuten später kam Johnny aus seinem Zimmer. Sein Gesicht war gerötet und strahlend. »Heute mittag kommt Miß Warren hierher. Sag mir gleich Bescheid, wenn sie da ist, ich hab' versprochen, ihr alles zu zeigen.«
»Noch was?« fragte Jane sarkastisch.
Aber er merkte den Spott nicht. »Nein«, und er ging in sein Büro zurück.
Jane empfand eine heftige Schadenfreude, als Peter unerwartet gerade in dem Augenblick anrief, als sie Dulcie in Johnnys Büro führte.
Er lächelte Dulcie entschuldigend zu. »Ich muß den Anruf annehmen, er ist vom Chef.« Und zu Jane: »Hol Rock für mich, er soll sie inzwischen herumführen.«
Dulcies Parfüm hing noch in der Luft, als Jane wütend nach Rocco telefonierte. Dulcie war genauso, wie Jane sie sich vorgestellt hatte. Widerwillig gestand sie sich ein, daß Dulcie schön war. Sie konnte sehen, was Johnny an ihr reizte, aber instinktiv mochte sie sie nicht.
Schließlich erreichte sie Rocco im Büro der Wochenschau. Sie war so zornig, daß sie einfach sagte: »Sie ist hier, Rock.«
»Wer ist hier?« fragte er verwundert.
»Sie. Das Mädchen, dem Johnny Blumen schickt. Du sollst gleich herkommen und ihr alles zeigen.«
Er pfiff. »Deinem Zorn nach zu urteilen, muß sie toll sein.«
»Sei nicht töricht, Rock«, sagte sie hitzig, »sie ist mir ganz egal.«
»Natürlich, Jane«, er versuchte, sie zu beruhigen, »aber ich sehe ja gleich mit eigenen Augen, wie sie ist.«
Das rote Licht auf ihrem Pult ging an und aus, Peter wurde ungeduldig. Sie klingelte ein paarmal nach Johnny. »Peter wartet.«
Sie hörte, wie Johnny sich bei Dulcie entschuldigte. Dann sagte er zu ihr: »Stell ihn durch.«

Rocco kam herein, sah sie fragend an und ging in Johnnys Büro. Er kam mit Dulcie wieder heraus und brachte sie, seltsam lächelnd, an Janes Pult.

Höflich stellte er sie einander vor. »Miß Andersen, Johnnys Sekretärin, Miß Warren.«

Dulcie lächelte ihr zu, herablassend, wie Jane glaubte, und ihre Abneigung vertiefte sich.

Rocco nahm Dulcies Arm und ging mit ihr hinaus. Ein paar Minuten später kam er allein zurück und grinste sie verschmitzt an. »Kein Wunder, daß Johnny aus dem Häuschen ist! Das ist ein Mädchen! Wenn man sie anfaßt, sprüht sie Funken.«

Sie schnitt ihm eine Grimasse. »Ihr Männer seid alle gleich.«

Er lachte. »Ich wollte dir nur sagen, Baby, du sollst dich um mich nicht sorgen. Ich bleib' dir treu! Aber der arme Johnny!«

6

Dulcie wußte, daß er sie ansah, aber sie schaute weiter den Tanzenden auf dem Parkett zu. Die Beleuchtung war gedämpft, die Musik schmelzend, die Tanzenden bewegten sie wie in einem Traum.

Ihr fiel ein, was Warren heute morgen gefragt hatte, ehe Cynthia ins Zimmer gekommen war. »Und wie steht es mit dem großen Filmmann?«

»Gut«, hatte sie geantwortet, »ich glaube, er sammelt Mut, um mit der großen Frage herauszuplatzen.« Er hatte sie spöttisch angelächelt.

»Entfalte lieber ein bißchen mehr Charme, Liebling, sonst beißt der Fisch nicht an. In der Zeitung hab' ich gelesen, daß er morgen ins Studio fährt.«

Johnnys Stimme unterbrach ihre Gedanken. »Dulcie?«

»Ja, Johnny?«

Er lächelte entschuldigend. »Ich glaube, es ist nicht gerade ein Vergnügen, mit mir in eine Tanzbar zu gehen.«

Sie wußte, was er meinte, und plötzlich empfand sie Mitleid mit ihm und legte ihre Hand auf seine. »Das stimmt nicht, Johnny«, sagte sie weich, »sonst wär' ich ja nicht hier.«

Er hielt ihre Hand fest, die schmal und zartgliedrig in seiner lag. »Es ist wirklich lieb von dir, daß du in den letzten Wochen soviel mit mir zusammen gewesen bist«, sagte er demütig.

Sie hielt ein Lächeln zurück. »Es hat mir Freude gemacht, Johnny.«

Er sah nicht auf, sondern sagte im gleichen Ton: »Und für mich bedeutet es soviel. Es ist schwer zu verstehen, wie Leute wie ich fühlen. Wir sind immer Außenseiter, niemals wirklich dabei.« Er sah zu ihr auf, seine dunkelblauen Augen waren offen und voller Wärme. »Du hast mir eine Zeitlang das Gefühl gegeben, daß ich wieder dazu gehöre.«

Der Narr, dachte sie verzweifelt, warum sagt er es nicht und bringt es hinter sich? Aber sie sagte nichts, sie wartete, daß er endlich mit der Sprache herauskäme.

»Du wirst mir fehlen«, sagte er.

Er fragte sie nicht. Sie war so überrascht, daß man es ihrer Stimme anmerkte. »Ich werde dir fehlen?«

Bei dem enttäuschten Ton, in dem sie das sagte, tat sein Herz einen Sprung. »Ja. Hast du vergessen, daß ich morgen nach Kalifornien fahre?«

»O Johnny« – sie war wirklich enttäuscht –, »mußt du denn?«

Er nickte. »Ja, Geschäfte.«

Sie warf zornig den Kopf zurück und blitzte ihn mit ihren Augen an. »Manchmal glaube ich, das ist alles, woran dir liegt! Geschäfte! Du kannst nie mal ausspannen und dich amüsieren!«

»Amüsement ist nichts für mich«, meinte er lächelnd, »ich kann nur arbeiten.«

Sie beugte sich vor, ihr Gesicht war dicht an seinem »Laß das, Johnny! Du bist genau wie alle anderen. Was geschehen ist, war ein Unglücksfall, der für andere nichts geändert hat und es auch für dich nicht sollte!« Sie schloß die Augen und wartete, daß er sie küßte. Triumphierend dachte sie: Jetzt ist es wohl soweit.

Statt dessen drückte er ihre Hand. Sie öffnete die Augen und kam sich ein bißchen lächerlich vor. »Es ist nett von dir, das zu sagen, Dulcie. Ich werde es nicht vergessen.«

Er sah auf die Uhr. »Mein Gott, so spät! Wollen wir gehen?«

Einen Augenblick lang war sie wütend. Spielte er mit ihr? Aber er meinte es wirklich so. Er wollte sich ihr nicht aufdrängen. Sie holte ihren Lippenstift aus der Handtasche. »In einer Minute bin ich fertig.«

Im Taxi schwiegen sie. Er bezahlte den Chauffeur und folgte ihr in den Hausflur. Schweigend warteten sie auf den Fahrstuhl und fuhren zu ihrer Wohnung hinauf. In der nur schwach beleuchteten Halle hielt er ihr verlegen die Hand hin. »Auf Wiedersehen, Dulcie.«

»Bleibst du lange weg, Johnny?«

»Bis März.«

»Oh«, sagte sie enttäuscht, »das ist sehr lange.«

»Nicht so schlimm, Dulcie. Ich seh' dich wieder, wenn ich zurück bin.«

Sie wandte ihr Gesicht ab und sagte klagend: »Vielleicht sehen wir uns nicht wieder. Warren will, daß ich nach Hause fahre und nicht zur Bühne gehe.«

»Vielleicht hat Warren recht. Es ist ein ziemlich hartes Leben.«

Sie wandte sich ihm wieder zu, leuchtend von einer inneren Flamme. »Nein, er hat nicht recht, ich weiß es! Aber ich kann nichts daran ändern, ich muß wohl nach Hause zurück.« Hilflos ließ sie die Schultern sinken.

Er legte ihr die Hand unters Kinn und hob ihr Gesicht zu sich empor. »Sei nicht niedergeschlagen, Dulcie. Wenn du etwas wirklich willst, bekommst du es!«

»Glaubst du wirklich, Johnny? Ich möchte Schauspielerin werden, eine große Schauspielerin. Glaubst du, daß ich es schaffe?«

»Bestimmt, wenn du es stark genug wünschst.«

Sie warf ihm die Arme um den Hals und küßte ihn. Vor Überraschung stolperte er beinahe. Dann umschlang er sie; sie preßte ihren Körper an den seinen. »Ich weiß nicht, was ich ohne dich anfangen soll«, flüsterte sie an seinem Ohr.

Er ließ sie los. Plötzlich wurde er sich seiner Unbeholfenheit bewußt, sein Verstand sagte ihm, daß ihr nicht wirklich etwas an ihm lag, an einem Einbeinigen. Sie konnte nur Mitleid für ihn empfinden. Das war wie ein scharfer Stich in der Brust.

Unsicher sagte er: »Ich muß gehen, Dulcie.«

Sie starrte ihn ungläubig an. Der Mann war verrückt. Wollte er eine schriftliche Einladung? Wie betäubt hielt sie ihm die Hand hin. »Auf Wiedersehen!« Immer noch betäubt, sah sie, wie sich die Tür hinter ihm schloß. Dann erwachte sie plötzlich zum Leben, und in jäh aufflammenden Zorn warf sie einen Schuh gegen die Tür.

Das Licht in der Diele ging an, Warren stand spöttisch lachend da. Lautlos applaudierte er und sagte leise: »Vorhang, zweiter Akt.«

»Was soll ich denn tun?« zischte sie. »Ihn an der Hose festhalten?«

Er schüttelte sanft den Kopf. »Zuviel Temperament! Kannst du nicht sehen, daß er Ideale hat und ein Gentleman ist?«

Mühsam beherrschte sie sich. Sie legte ihre Arme um ihn und sah zu ihm auf. »Was sollen wir jetzt tun, Warren?«

Er löste sich aus ihrer Umschlingung. »Eines weiß ich, mein Liebling«, sagte er gelassen, »nämlich, daß du von hier weggehst.«

Sie starrte ihn wütend an, dann lächelte sie. »Liebling«, fragte sie sanft, »hast du schon mal etwas haben wollen, was du nicht bekommen konntest?«

»Nein«, sagte er verwundert, »warum?«

Sie drehte sich voll zu ihm um und ließ ihren Abendumhang von den Schultern fallen. »Dann sieh es dir gut an, Liebling, denn eines Tages wirst du es so schrecklich gern haben wollen und wirst es nicht bekommen!«

Johnny sah aus dem Fenster. Der Zug fuhr durch Wiesengelände. Er lehnte sich behaglich in die Kissen zurück, als es klopfte.

Das war wahrscheinlich Rock, der die Hände voller Akten hatte und die Klinke nicht bewegen konnte. Er stand auf und öffnete.

»Kann ich hereinkommen, Johnny?« sagte eine flehende Stimme.

Er blieb überrascht stehen. »Dulcie! Was machst du denn hier?«

Sie kam in sein Abteil und zog die Tür hinter sich zu. Atemlos sagte sie: »Ich wollte bei dir sein, Johnny.«

Glück verdrängte auf seinem Gesicht die Überraschung, und er streckte den Arm nach ihr aus. »Aber deine Pläne?«

Sie schmiegte sich an ihn. »Gestern abend, als du mich geküßt hast, wußte ich plötzlich, was ich wollte. Ich wollte keine Schauspielerin mehr werden – ich will nur dich!«

»Aber . . .«

»Kein Aber. Ich bin frei, vierundzwanzig Jahre alt und weiß, was ich will!« Sie preßte ihren Mund auf den seinen.

Ihre Lippen sagten ihm, daß es wahr sei. Er hörte es immer noch: »Ich weiß, was ich will!« Aber er wußte nicht, wie wahr das war.

7

Das Geräusch der Dusche weckte ihn, und er rollte sich auf den Rücken. Er hatte auf dem Bauch geschlafen. Er öffnete die Augen. Die Tür zum Badezimmer stand offen.

Er setzte sich auf und sah auf die Uhr. Es war fast sechs Uhr morgens. Er langte nach seinen Krücken, die neben dem Bett lagen, und stand auf; das Bett knarrte dabei.

Vom Bad her rief Dulcie: »Bist du auf, Liebling?«

Beim Klang ihrer Stimme war er hellwach. Er fühlte sich so voller Lebenskraft wie seit vielen Jahren nicht mehr. »Ja«, rief er zurück.

»Auf dem Ankleidetisch ist ein Brief für dich. Er lag heute früh, als ich aufwachte, unter der Tür.«

Es war ein Hotelumschlag, der Roccos Handschrift trug. Der Brief lautete:

»Lieber Johnny, ich hab' den Wagen auf sieben Uhr fünfzehn bestellt, wie du es wolltest. Ich bin mit dem Fünfuhrzehnzug zurück nach New York. Auf einer Hochzeitsreise ist ein Dritter überflüssig. Viel Glück. Rocco.«

Nachdenklich klopfte er mit dem Brief auf den Tisch. Roccos Benehmen gestern, als sie kurz hinter der kalifornischen Grenze geheiratet hatten, war ihm seltsam vorgekommen. In Pasadena waren sie um halb elf abends dann ausgestiegen und direkt ins Hotel gegangen.

Er hatte Rocco gesagt, er hätte den Wagen gern um sieben Uhr fünfzehn. Rocco hatte gelacht: »Glaubst du, daß du so früh auf sein wirst?«

Er hatte etwas töricht zurückgelacht. »Natürlich. Ich hab' Peter gesagt, daß ich zum Frühstück bei ihm bin.«

Verlegen hatten sie sich gute Nacht gesagt, und er war nach oben gegangen.

Dulcie lag schon im Bett, irgendein dünnes Kleidungsstück um die Schultern. Nur ihre Nachttischlampe brannte, und sie sah ihm entgegen.

»Nervös?« hatte er gefragt.

»Ein bißchen. Ich war noch nie verheiratet.«

Er lachte, setzte sich aufs Bett und küßte sie zart. »Hab' keine Angst, Liebling«, flüsterte er, »ich werde sanft mit dir sein.«

Er wußte es nicht, aber es war genau umgekehrt. Sie war sanft mit ihm, so sanft, daß er nicht ahnte, wie erfahren sie war.

Sie kam aus dem Badezimmer, einen Bademantel lose um die Schultern. »Was ist es?« Der Mantel stand offen, sie war bezaubernd darunter.

»Von Rock«, sagte er und sah sie an.

»Was schreibt er?«

Er gab ihr den Brief, den sie mit einem Gefühl der Befreiung überflog; denn Rocco hatte ihr Furcht eingeflößt mit seiner Anhänglichkeit für Johnny. »Komisch, daß er gestern abend nichts davon gesagt hat.«

»Ja«, sagte er nachdenklich. »Ich komme mir seltsam vor, es ist das erstemal seit dem Kriege, daß Rock nicht bei mir ist.«

Sie kam zu ihm und umarmte ihn. »Du brauchst ihn jetzt nicht mehr, Liebling, du hast ja mich.«

Er küßte sie aufs Ohrläppchen, das unter den Haaren hervorlugte. »Es ist nicht das, Dulcie, es ist was anderes.« Er hatte Rock gegenüber ein seltsames Schuldgefühl, als ob er ihn im Stich gelassen hätte.

»Was denn?« fragte sie, eng an ihn geschmiegt.

Er lachte verlegen. »Wer soll zum Beispiel heute morgen fahren?« Aber das war es nicht, was ihn bedrückte.

Sie nahm ihn jedoch beim Wort. »Ich bin sehr talentiert, Liebling, ich kann auch Auto fahren.«

Sie war so neugierig auf Peter und die ganze Familie, daß sie Johnny auf dem Weg mit Fragen überschüttete. Er merkte nicht, daß die meisten davon Doris galten.

Zuletzt sagte er lachend: »In ein paar Minuten lernst du sie alle kennen, also hör auf.«

»Ich frage nur, weil du sie so lange kennst«, sagte sie verletzt, »ich mach' mir Sorgen, ob sie mich wohl mögen.«

Er küßte sie auf die Wange. »Spiel kein Theater, Liebling, du weißt genau, daß sie dich gern haben werden.«

Sie fuhr schweigend weiter. Sie war nicht dumm. Als sie beschlossen hatte, Johnny zu heiraten, versuchte sie, alles über ihn zu erfahren, was sie konnte. Warren mußte ihr erzählen, und sie hatte Freunde, die an einer Theaterzeitung waren, sorgfältig ausgefragt. Von ihnen hatte sie über Peter und seine Familie gehört. Ein Instinkt hatte ihr geraten, mehr über Doris in Erfahrung zu bringen. So hatte sie herausgefunden, daß Doris einen Roman geschrieben hatte, der gerade vor ein paar Monaten veröffentlicht worden war. Sie las das Buch und wußte Bescheid. Der Held ähnelte Johnny zu sehr.

Johnny unterbrach ihre Gedanken. »Noch diese Kurve, und wir sind vorm Haus.«

Sie blickte ihn an. Er sah glücklich aus, wie er nach Peters Haus Ausschau hielt. Im Moment mochte sie ihn wirklich gern. Er war so ein netter Junge, er hatte sich ihr gegenüber benommen wie ein Schuljunge bei seiner ersten Liebe. Sie legte ihre Hand auf seine. »Glücklich, Johnny?«

Er drückte ihre Hand. »Was glaubst du denn?«

8

Conrad von Elster starrte mit aufgestützten Ellbogen, den Kopf in den Händen, die Fotografien auf seinem Tisch an. Er war unglücklich und unzufrieden, er suchte einen bestimmten Frauentyp und konnte ihn nicht finden.

Nicht daß er persönlich über Frauenmangel zu klagen hatte, im Gegenteil. Trotz absichtlicher Manierenlosigkeit, trotz seines ungepflegten sandfarbenen Haares, seiner leicht schielenden blauen Augen und seiner öligen blassen Haut zog er viele Frauen an. Aber diesmal wollte er keine Frau für sich, sondern für einen Film, den er vorbereitete.

Elster war in Deutschland von Kessler persönlich als Regisseur engagiert worden, und er hatte ihm gesagt, Amerika warte nur auf seine Filme, und hatte ihm eine Wochengage von tausend Dollar geboten, in einer Zeit, als in Deutschland die Inflation auf ihrem Höhepunkt war.

Mitte November war er mit Kessler zusammen in New York angekommen. Er hatte ein Drehbuch durchgesehen und gebilligt und suchte nun nach der angemessenen Besetzung. Die war leicht – bis auf die Hauptdarstellerin. Keine der Schauspielerinnen, die bei der »Magnum« im Vertrag waren, paßte ihm. Kessler wies das Besetzungsbüro an, Elster jede nur mögliche Unterstützung zu geben, und sofort ertrank er in einer Flut von Fotos hübscher junger Mädchen. Jede Minute läutete das Telefon, und die nächste Hoffnung stellte sich vor.

Aber Elster hatte nichts gefunden, was ihn zufriedenstellte. Die Fotos, die vor ihm lagen, waren schon die besten unter allen, aber ihm gefiel keins.

Er mußte ein Mädchen für die Rolle finden oder seinen Posten aufgeben. Um elf Uhr dreißig sollte er in Kesslers Büro sein. Vor dem ersten Januar hätte er der Zusammenkunft gelassen entgegengesehen, aber es war nach dem zweiten Januar, dem Tag, an dem Mr. Edge aus New York eingetroffen war.

Von Elster war nicht dumm. Er fühlte, wie sich sofort die ganze Atmosphäre veränderte. Sogar die Sekretärinnen waren jetzt früh da. Es war Ende Januar, und diese kurze Benachrichtigung, er möge um elf Uhr dreißig in seinem Büro sein, war das erste, was er von Kessler seit vier Wochen gehört hatte.

Seine Befürchtungen waren auch sonst nicht grundlos. Gewisse Autoren, Direktoren und Regisseure waren wegen Unfähigkeit entlassen worden. Zuerst hatte er diese Warnzeichen nicht beachtet. Hatte Mr. Kessler ihm nicht gesagt, er sollte mit der Produktion erst anfangen, wenn er mit allem vollkommen zufrieden wäre? Aber allmählich war ihm aufgegangen, was um ihn herum vorging, und er fühlte sich unbehaglich. Er wollte die tausend Dollar pro Woche nicht gern verlieren. Die Zeiger der Uhr rückten auf elf. Er sah sich wieder die Fotos an, angewidert und verzweifelt. Das nannte man in Amerika Frauen? Sie waren alle gleich, schienen in Serienproduktion hergestellt worden zu sein wie die Autos. Zuviel Make-up, zu kurze Haare, zuwenig Kurven.

Sorgenvoll sah er aus dem Fenster, auf seiner Zigarre herumkauend. Da ging drüben die Tür der Besetzungsabteilung auf, und ein Mädchen kam heraus. Sie blieb oben auf der Treppe stehen und zündete sich eine Zigarette an. Das Licht ließ ihre Haare wie Gold aufleuchten. Elster betrachtete sie bewundernd. Das war eine Frau, wie sie sein sollte.

Sie trug ein einfaches weißes enganliegendes Sportkleid. Der kurze Rock gab lange schlanke Beine frei. Jetzt kam sie auf sein Fenster zu.

In diesem Augenblick läutete das Telefon. »Hallo, hier Conrad von Elster«, sagte er, ohne den Blick vom Fenster zu lösen.

»Mr. Kessler möchte Sie erst um vier Uhr dreißig heute nachmittag sehen. Paßt Ihnen die Zeit?«

»Ja, in Ordnung.« Er hängte ein, als das Mädchen an seinem Fenster vorbeiging. Für eine Sekunde konnte er ihr Gesicht sehen. »Gott im Himmel!« fluchte er, »warum schicken sie mir nicht solche Mädchen?« Geistesabwesend sah er auf die Fotos, während er sich eine Zigarre ansteckte.

Plötzlich ließ er das Streichholz fallen. Dummkopf! schrie er innerlich und lief hinaus auf die Straße. Schließlich entdeckte er das Mädchen, sie ging mit elastischen Schritten auf das Verwaltungsgebäude zu. »Fräulein!« rief er hinter ihr her, dann begann er zu laufen. Sein Herz hämmerte von der ungewohnten Anstrengung. »Fräulein! Fräulein!« Schließlich hörte ihn das Mädchen und blieb stehen. Er winkte ihr, sie solle warten; schwer atmend kam er auf sie zu.

Mit hochgezogenen Brauen und sorgfältig einstudiertem Lächeln sah sie ihm entgegen. Er fragte, noch ganz außer Atem: »Sind Sie Schauspielerin?«

Das Mädchen nickte verwundert.

»Gut«, sagte er, »beim Film brauchen Sie auch nicht zu sprechen. Ich werde Sie zum größten Filmstar machen, ich, Conrad von Elster!« Und er gestikulierte dramatisch mit den Händen.

Dulcie hätte am liebsten losgelacht. Einen Moment dachte sie nach, ob sie dem kleinen Mann sagen sollte, wer sie war. Dann überlegte sie es sich anders. Sie wollte sehen, wie es weiterging. Johnny saß für den ganzen Tag fest, und sie hatte nichts Besseres vor. Einfach dazusitzen und zu warten, wurde ihr allmählich langweilig.

Elster wartete nicht ab, bis sie etwas sagte, sondern führte sie in sein Büro. »Wir müssen sofort Probeaufnahmen machen.«

Probeaufnahmen! dachte Dulcie. Was Johnny wohl dazu sagen wird? Sie wußte, daß es ihm nicht gefallen würde, und begann bereits, nach Erklärungen für ihn zu suchen.

Elster rief das Atelier an. »Mr. Reilly, ich habe hier ein Mädchen, von dem gleich Probeaufnahmen gemacht werden müssen. Nein, nicht heute nachmittag, da habe ich eine Verabredung mit Mr. Kessler, jetzt sofort.« Er bedeckte die Muschel mit der Hand und zischte ihr zu: »Schnell, wie heißen Sie?«

Dulcie zögerte eine Sekunde. Noch konnte sie der Farce ein Ende machen – aber sie wollte gar nicht. Sie wollte Schauspielerin werden, jetzt genausogut wie früher. Sie antwortete: »Dulcie Warren.«

Der Atem stockte ihr, als Elster den Namen ins Telefon wiederholte, aber dann auf einmal entspannte sie sich. Es würde Johnny nicht passen, aber was machte das? Hatte sie ihn unter anderem nicht auch deswegen geheiratet?

Die Probeaufnahmen wurden gut. Dulcie wußte es, ohne daß es ihr jemand zu sagen brauchte. Sie las es an der Reaktion der Leute um sie herum ab. Zuerst waren sie gelangweilt, es waren halt nur Probeaufnahmen.

Dann weckte der aufgeregte ausländische Regisseur ihr Interesse. Seine Anweisungen, sein Stil, seine Technik waren zweifellos einmal etwas anderes. Und sie waren einfach und gut zugleich.

Bis zu dem Augenblick, wo Dulcie vor der Kamera stand, war dies Interesse nur ein rein technisches gewesen. Aber plötzlich begriffen alle, daß der Regisseur jene Technik, jenen Stil nur für diese Schauspielerin geschaffen hatte, und sie bekamen Respekt vor dem kleinen Mann. Er gab Dulcie die letzten Anweisungen, dann trat er zurück und setzte sich.

Alle Blicke konzentrierten sich auf das Mädchen. Es wurde still im Studio, nur das Klicken der Kameras war zu hören. Die Scheinwerfer strahlten eine intensive Hitze aus. Schweiß überströmte Elsters blasses Gesicht, während er Dulcie beobachtete, die zu spielen begonnen hatte. Es mußte gut werden, es war die letzte Chance.

Plötzlich lag eine Spannung in der Luft. Es war, als ob das Mädchen elektrische Funken sprühte, die jeden trafen. Elster stieß einen langen Seufzer der Erleichterung aus und drehte den Kopf nach den anderen im Studio um. Das Scriptgirl hatte das Drehbuch vergessen und beobachtete Dulcie. Aber vor allem die Männer waren von ihr fasziniert. Alle starrten sie an, alle mit dem gleichen Blick.

Und dieser Blick war alt wie die Zeit. Elster lehnte sich behaglich zurück. Er sah mit dem Auge der Kamera und wußte, daß er recht gehabt hatte. Sie würde auf der Leinwand kommen, in mehr als einer Beziehung, er brauchte sich keine Sorgen mehr zu machen.

9

Dulcie legte die Zeitung hin und zog sich das Bettjäckchen fester um die Schultern. Es wurde kühl. Es war fast Mitternacht, und Johnny war noch nicht da. Es war ein aufregender Tag gewesen.

Sie hörte immer noch Elsters Entsetzensschrei aus dem Vorführraum, während sie in der Halle wartete: »Aber, Mr. Edge, woher sollte ich wissen, daß es Ihre Frau ist? Sie hat mir nichts gesagt!« Dann war sie geflohen.

Etwas von Elsters Panik hatte auch sie ergriffen. Sie konnte sich Johnnys Verfassung vorstellen und wollte ihm nicht begegnen, jedenfalls nicht dort, lieber in ihrer Wohnung, wo sie nicht nur mit den Lippen, sondern auch mit ihrem Körper zu ihm reden konnte. Sie kannte Johnny, und sie vertraute ihrem Körper.

Den ganzen Nachmittag war sie in der Nähe des Telefons geblieben, aber Johnny hatte erst gegen sieben Uhr angerufen.

Kühl und unpersönlich hatte er gesagt: »Ich komme zum Essen nicht nach Hause, ich habe noch im Studio zu tun. Iß bitte und geh zu Bett, um Mitternacht etwa komme ich.«

»Ja, Johnny«, hatte sie gehorsam gesagt und darauf gewartet, daß er etwas über die Probeaufnahmen sagen würde. Er zögerte, räusperte sich und sagte: »Auf Wiedersehen, Dulcie«, und sie hörte das Klicken, als er auflegte. Sie war enttäuscht, lächelte dann aber. So konnte sie unter günstigeren Umständen kämpfen.

Sie hörte, wie der Schlüssel im Schloß umgedreht wurde. Rasch löschte sie das Licht, warf das Bettjäckchen ab und legte sich in die Kissen.

Er öffnete die Tür und blieb auf der Schwelle stehen. »Johnny« sagte sie leise, beinahe furchtsam. »Ja.« Sie knipste das Licht an, ein Träger des Nachthemdes rutschte, sie ließ ihn ganz über die Schulter fallen.

Er sah verletzt aus, wie er da stand. Sie sagte schwach: »Ich muß eingeschlafen sein, während ich auf dich wartete.«

Er gab keine Antwort und zog mit steifen Bewegungen seine Jacke aus. »Hattest du einen harten Tag, Liebling?« fragte sie mitfühlend.

Er verzog keine Miene. »Du hast ihn nicht gerade leichter gemacht.«

Sie sah ihn flehend an und sagte ganz leise: »Du bist mir böse.«

Er band sich die Krawatte ab und knöpfte den Kragen auf, ehe er antwortete: »Nein, nicht böse, Dulcie, aber du hast mir weh getan.« Sein Gesicht zuckte. »Warum hast du das getan, Dulcie?«

Sie sprang aus dem Bett, lief zu ihm und umarmte ihn. Ihren Kopf legte sie an seine Brust. Seine Arme hingen wie leblos herunter. »O Johnny, ich dachte, du würdest darüber lachen!«

Unfreiwillig umschlang er sie. Weicher sagte er: »Es war nicht zum Lachen.« Seine Stimme zitterte.

Sie küßte seine Brust, da, wo sein Hemd offenstand. Sie sah nicht zu ihm auf, aber sie wußte, daß er in ihrem Bann war. Ihre Stimme klang, als ob sie gleich in Tränen ausbrechen würde: »Johnny, wir streiten uns ja!« Er legte ihr die Hand unters Kinn, hob ihr Gesicht zu sich empor, sah ihr in die Augen, küßte sie und legte seine Wange gegen ihre. »Warum hast du es getan? Bist du nicht glücklich mit mir? Ich dachte, du hättest vergessen, daß du Schauspielerin werden wolltest!«

»Ich hatte es auch, Johnny«, sagte sie schnell, »ganz bestimmt. Aber irgend etwas geschah. Vielleicht, weil ich den ganzen Tag allein war. Du warst immer im Studio und hattest soviel zu tun. Als der komische kleine Mann mir nachgelaufen kam, habe ich gar nicht nachgedacht. Es war mal etwas anderes, etwas, um die Zeit auszufüllen, bis ich dich wiedersah.« Sie sah zu ihm auf. »Es ist so einsam den ganzen Tag hier ohne dich. Ich kenne ja auch niemanden.«

»Es tut mir leid, Liebling«, sagte er mitfühlend und entschuldigend.»Ich hätte daran denken sollen. Bald sind wir auch zurück in New York.« Ein Gedanke kam ihm, und er lächelte: »Vielleicht brauchst du dir bald keine Sorgen mehr zu machen, wie du deine Zeit ausfüllen sollst«, setzte er bedeutungsvoll hinzu.

Sie stand ganz still in seinen Armen. Es war Zeit, daß er seine erste Lektion bekam. Sie wollte keinen solchen Zeitvertreib, niemals. Schweigend sah sie ihn an, während ihr die Tränen in die Augen stiegen. Verwundert blickte er auf sie nieder. Plötzlich riß sie sich von ihm los, warf sich aufs Bett und schluchzte.

Er setzte sich neben sie, legte ihr die Hand auf die Schulter und versuchte, sie zu sich zu drehen, aber sie schluchzte nur heftiger. Erschrocken fragte er: »Dulcie, Geliebtes, was ist denn? Was hab' ich gesagt?«

Sie setzte sich auf, ihr Nachthemd glitt herunter, die Tränen liefen ihr übers Gesicht. »Du wirst mich hassen, Johnny, ich hab' dich getäuscht.«

Er zog sie an sich und preßte seine Lippen an ihr Ohr. »Aber nein«, flüsterte er sanft, »warum weinst du?«

Sie vergrub ihr Gesicht an seiner Schulter. »Ich hätte es dir vorher sagen sollen, aber ich hatte solche Angst, du würdest mich nicht heiraten.«

Jetzt bekam er wirklich Angst. Er packte ihre Schultern, daß es ihr weh tat. »Dulcie, was ist?«

Sie sah tapfer zu ihm auf und sagte voller Selbstvorwurf: »Ich hatte vor Jahren einen Unfall. Der Arzt hat gesagt, ich könnte nie ein Kind haben.« Ihre Tränen flossen wieder. »Und nun bist du enttäuscht, du hast dir ein Kind gewünscht!«

Sie wußte nicht, daß sie die Wahrheit erraten hatte. Er preßte ihren Kopf an sich und log: »Nein, Liebling, es macht nichts.« Über ihre Schulter blickte er zu Peters Bild. Er hatte seinen ersten Sohn nach ihm nennen wollen.

Sie bedeckte seine Wange, sein Kinn, seinen Mund mit kurzen, schmetterlingshaften Küssen. »Du bist so gut zu mir, Johnny.«

»Warum nicht? Du bist doch mein Liebstes.«

»Dann bist du nicht mehr böse mit mir?«

Statt einer Antwort küßte er ihren Nacken. Sie nahm seinen Kopf an ihre Brust. Immer noch mit leiser Stimme fragte sie: »Wie waren die Probeaufnahmen?«

Er zuckte überrascht zusammen und wollte den Kopf heben, aber sie hielt ihn fest. »Sehr gut«, sagte er undeutlich.

Eine Weile schwieg sie. Seine Hände gingen über ihren Körper, und sie überließ sich ihnen. »Wirklich, Johnny?«

Er sagte, ohne nachzudenken: »Die besten, die wir je gesehen haben.«

Sie löschte das Licht aus und begann, sein Hemd auszuziehen. Ein paar Minuten später lagen seine Lippen auf den ihren, ihr Körper warm an seinem.

Sie schwiegen. Ihre Zigaretten glühten im Dunkeln. Sie liebkoste seine Brust mit der Hand. »Johnny.«

»Ja, was ist?«

»Dieser Film von Elster . . .«, ihr Herz schlug aufgeregt, und sie beendete den Satz nicht. »Wir sind doch bis Ende März hier?«

Er sah durch die Dunkelheit zu ihr hin. »Du möchtest ihn machen?«

Sie nickte, zu antworten wagte sie nicht.

»Warum?«

»Weil ich immer gesagt habe, ich könnte eine gute Schauspielerin sein und weil Cynthia und Warren mir nicht geglaubt haben. Ich möchte es ihnen zeigen, Johnny, sie haben mich immer ausgelacht. Du hast selbst gesagt, daß die Aufnahmen gut sind. Bitte, Johnny, nur diesen einen Film, das ist alles, was ich will!«

Er nahm einen tiefen Zug aus seiner Zigarette. Nur einen Film. Und sie war gut. Deshalb war er ja auch so zornig gewesen. Eine kalte Furcht hatte ihn erfüllt, als er ihr Gesicht auf der Leinwand sah. Er konnte nicht hoffen, sie für sich zu behalten.

Um ihn herum im Vorführraum waren sie alle hingerissen gewesen, sogar Peter. Peter hatte sich nett benommen und ihm keine Entscheidung abgenötigt.

Er liebte sie, und er liebte den Film. Plötzlich wußte er, daß sie zum Film gehörte und daß er sie davon fernhielt. Aber er hatte Angst, sie zu verlieren.

Er konnte ihren Atem hören, wie sie ganz still neben ihm lag, als hätte sie Angst, sich zu bewegen, ihm zu mißfallen. Zärtlichkeit und Liebe durchfluteten ihn. Sie war so gut zu ihm, wie er nie geglaubt hätte, daß eine Frau sein könnte. Sie tat ihm leid, und er wurde zornig auf sich selbst. Wie konnte er so herzlos sein, wenn sie um so wenig bat? »Nur diesen einen Film?« fragte er leise.

»Nur diesen einen Film.«

Vom Fenster her fiel Licht auf ihr Gesicht. Sie war schön. Ihre Augen leuchteten vor Hoffnung, ihre Unterlippe zitterte leicht, die Zigarette hing vergessen zwischen ihren Fingern.

»Gut.«

Sie warf sich über ihn und küßte ihn. Er konnte fühlen, wie sie zitterte, und eine unbekannte Furcht erfüllte ihn. Er zog ihr Gesicht zu sich, er wollte ihre Wärme spüren. »Johnny«, sagte sie erregt, und ihre Zähne gruben sich in seinen Mund, »Johnny, ich liebe dich!« Seltsamerweise meinte sie in diesem Augenblick jedes Wort, das sie sagte.

10

Al Santos' Büro lag im Hintergrund der Bank, und durch die Glaswand konnte er alle Vorgänge beobachten. Das Büro war sehr einfach eingerichtet. Auch Als Anzüge waren schlicht und konservativ. Von dem Jahrmarktsbetrieb war wenig an ihm haften geblieben. Er sah jetzt wie ein typischer Bankier aus. Nur seine Augen waren dieselben und die gegerbte Gesichtshaut – und geblieben war auch die lange schwere Zigarre zwischen seinen Zähnen. Es ging ihm gut, wie er da im Sessel zurückgelehnt saß, blaue Rauchwolken in die Luft blasend, und Johnny aus halbgeschlossenen Augen betrachtete, während Peter redete. Johnny sah abgespannt aus, fand er. Er arbeitete zu angestrengt im Studio. Dort ging wenig vor, was Al nicht früher oder später erfuhr, und er war stolz auf Johnnys Arbeit. Seit einem Monat glichen die Magnum-Studios einem summenden Bienenhaus, und das meiste davon kam auf Johnnys Konto.

Aber Linien der Erschöpfung zeichneten sein Gesicht; in diesem Tempo konnte er nicht weiterarbeiten. Und dann war da Johnnys junge Frau. Al schmunzelte bei dem Gedanken vor sich hin. Sie gehörte zu dem Typ, der einem Mann auch nicht gerade viel Ruhe ließ.

Nur mit halbem Ohr hörte er Peter zu. Er war daran gewöhnt, daß Filmleute in seinem Büro saßen, die Geld leihen wollten. Es war eine eigenartige Branche. Ganz gleichgültig, wieviel Geld sie hatten, sie brauchten immer noch mehr, um etwas zu tun, wozu ihr eigenes Kapital nicht reichte. Im allgemeinen lieh er ihnen das Geld, und es ging in Ordnung.

Er erinnerte sich daran, wie er hierhergekommen war. Das letzte, woran er damals gedacht hätte, war, Bankier zu werden. Aber eines Tages, als er mit seinem Bruder Luigi vor seiner Farm saß und die Wechsel ordnete, die er von den Filmleuten ringsum in Händen hatte und die er in einer kleinen Schachtel in seinem Toilettentisch aufhob, hatte er sie zufällig zusammengezählt – es waren eine Viertelmillion Dollar. Da hatte er im Scherz zu Luigi gesagt, er könnte ebensogut eine Filmbank aufmachen, und Vittorio, der Sohn seines Nachbarn, der Buchhalter in einer Bank in Los Angeles war und in diesem Augenblick gerade zu ihm und seinem Bruder trat und die Bemerkung hörte, hatte gesagt: »Warum nicht, Mr. Santos?«

Und er hatte es getan, zunächst in einem kleinen Laden. Über die Tür hingen sie ein kleines Holzschildchen: »Unabhängige Bank. Anleihen an die Filmindustrie.«

Die Filmindustrie wuchs, und mit ihr die Bank. Von jenem kleinen Laden bis zu dem großen Bankhaus, das er heute in Los Angeles besaß, war ein weiter Weg. Heute stand in Goldbuchstaben auf der Tür: »Fünfzig Millionen Dollar Kapital.«

Peter war fertig und wartete auf Antwort. Al riß sich aus seinen Gedanken und sah Peter durchdringend an. Er hatte immerhin genau genug zugehört, um zu wissen, worum es ging – um eine zusätzliche Anleihe von zwei Millionen Dollar, mit denen Peter Georges Anteil an den Magnum-Theatern kaufen wollte. »Warum will George verkaufen?« fragte er.

Peter antwortete schnell: »Er will mehr Zeit für seine eigenen Theater haben.«

Al lehnte sich zurück und dachte nach. Er hielt das keineswegs für Georges einzigen Grund. Außerdem waren noch andere Faktoren zu berücksichtigen. »Du schuldest uns bereits dreieinviertel Millionen«, sagte er gelassen, »und es wird schwer sein, den Vorstand dazu zu bewegen, dir weitere zwei Millionen zu bewilligen. Wie willst du die Wechsel einlösen?«

Peter räusperte sich nervös. Manchmal wußte er nicht, warum er das Geschäft immer größer werden ließ – er hatte nur mehr Sorgen dadurch. »Wir werden die Anleihe in Fünfundsiebzigtausend-Dollar-Wechsel umsetzen, pro Woche ist einer zahlbar. Auf diese Weise ist die neue Anleihe innerhalb eines Jahres abgezahlt und die alte erheblich reduziert. Als Sicherheit biete ich dir eine Zehnjahreshypothek auf alle Magnum-Theater. Sie sind etwa das Doppelte der Anleihe wert.«

»Fünfundsiebzigtausend Dollar ist eine Menge Geld«, sagte Al nachdenklich. »Bist du sicher, daß du sie jede Woche aufbringst?«

»Ganz sicher«, sagte Peter zuversichtlicher, als er sich fühlte. »Wir haben eine wöchentliche Bruttoeinnahme von dreihunderttausend, und Ende des Jahres, wenn die Auslandsorganisation auf vollen Touren läuft, müßten es vierhunderttausend werden.«

»Wer soll die Theater leiten, wenn George ausscheidet?«

»Johnny.«

»Und du hältst den Plan für gut?« wandte sich Al an Johnny.

Johnny hatte bisher geschwiegen. »Es wird 'ne Menge Schwierigkeiten geben«, sagte er aufrichtig, »aber ich denke, im Endergebnis wird es glattgehen.«

Al dachte nach – Georges Standpunkt in der Angelegenheit war ihm noch nicht ganz klar –, aber die übrigen Voraussetzungen für die Anleihe waren gut. Er stand auf. »Klingt, als ob alles in Ordnung wäre«, sagte er. »Ich werde deine Unterlagen an Vittorio weitergeben und sag' dir in ein, zwei Tagen Bescheid.«

Peter lächelte erleichtert. Er wußte aus Erfahrung, daß Vittorios Meinung nicht von Bedeutung war, wenn Al eine Sache für gut hielt. »Danke, Al.«

Sie schüttelten sich die Hand. An der Tür sagte er vorwurfsvoll zu Johnny: »Du bist erst einmal draußen auf der Farm gewesen, seit du hier bist.«

Johnny sah ihn rasch an. Er war so in Anspruch genommen, und außerdem wollte Dulcie nicht hin. Sie behauptete, die Farm mit ihrer Stille deprimiere sie. Entschuldigend sagte er: »Ich arbeite immer ziemlich lange.«

»Werde nur nicht ganz fremd! Ich möchte auch mehr von deiner hübschen Frau sehen. Ich bin zwar ein alter Mann, aber eine schöne Frau gefällt mir immer noch, besonders, wenn sie praktisch zur Familie gehört.«

Als Johnny und Peter gegangen waren, schüttelte Al den Kopf. Etwas quälte Johnny, und zwar nicht nur das Geschäft – er kannte Johnny zu gut. Vielleicht war es seine Frau. Sie sah nicht aus, als ob sie zu Hause bleiben und Kinder großziehen würde, vor allem, nachdem sie einmal gefilmt hatte. Al setzte sich wieder an seinen Schreibtisch und läutete nach Vittorio. Während er auf ihn wartete, blätterte er Peters Unterlagen durch, aber seine Gedanken waren noch bei Johnny. Schade, daß es zwischen ihm und Peters Tochter nichts geworden war. Sie hätte besser zu ihm gepaßt. Vittorio kam herein, und Al gab ihm die Papiere. »Sieh das durch, wir wollen Kessler weitere zwei Millionen leihen.«

Auf dem Weg zum Studio schwieg Peter fast die ganze Zeit.

Der Wagen hielt vor dem Verwaltungsgebäude, und Johnny folgte Peter ins Büro. Peter sagte verlegen: »Wenn wir die Anleihe kriegen, wirst du wohl eilig nach New York zurück müssen. Wir müssen hinter dem Geschäft her sein, wenn die Fünfundsiebzigtausend pro Woche aufgebracht werden sollen.«

Johnny gab keine Antwort, sondern sah aus dem Fenster. Peter fuhr fort: »Du hast hier alles getan, was nötig war, ich werd' jetzt schon zurechtkommen. Wir brauchen dich in New York.«

»Und Dulcie?« fragte Johnny bitter.

Peter sah unbehaglich drein. Es war wirklich eine Schande, ihre Flitterwochen zu stören – sie waren erst einen Monat verheiratet. Unbeholfen sagte er: »Ich werde mich um sie kümmern und sie nach New York zurückschicken, sobald der Film fertig ist.«

Johnny wußte, daß nichts anderes übrigblieb. Wenn die Anleihe zustande kam, mußte er nach New York zurück. »Erinnere mich daran, daß ich in Zukunft niemals wieder eine Frau von mir mit hierher bringe«, sagte er zornig. Aber die Worte taten ihm sofort leid, es war ja nicht Peters Schuld. Es war eben eine verrückte Branche, man wußte nie, was als nächstes geschehen würde.

11

»Rock!« Seine Stimme hallte in der Wohnung wider; er wartete auf Antwort, aber es kam keine. Er öffnete die Tür zu Roccos Zimmer, aber es war leer.

Er trug den Koffer in sein Zimmer. Seltsam, daß Rocco nicht zu Hause war. Wohin mochte er wohl gegangen sein? Noch etwas verwirrt begann er mit dem Auspacken. Zuallererst nahm er Dulcies Fotografie heraus und stellte sie auf seinen Toilettentisch.

Das Bild war erst vor ein paar Tagen draußen im Studio aufgenommen worden, und es zeigte die Unergründlichkeit ihrer Augen, die reizvolle Kurve ihrer Lippen über den ebenmäßigen weißen Zähnen und den weichen Fall ihres Haares.

Sie war außer sich gewesen über seine plötzliche Abreise und hatte ihre Filmarbeit im Stich lassen wollen. Er hatte sie überreden müssen zu bleiben; er lächelte noch in der Erinnerung daran. Sie hatte sogar geweint, weil er abreiste. Sie hatte es zwar vor ihm zu verbergen gesucht, aber er hatte es gemerkt.

Er war mit Auspacken fertig. Es war zwei Uhr morgens. Wo, zum Teufel, blieb Rocco? Plötzlich lachte er auf. Der Junge hatte auch ein Recht auf ein bißchen Vergnügen.

Er zog sich aus und setzte sich auf die Bettkante, um die Prothese abzunehmen. Unbehaglich, dies Alleinsein! Er stand auf und ging in Roccos Zimmer – vielleicht hatte er ihm einen Brief hinterlassen.

Aber es war nichts da. Impulsiv zog er eine Schublade auf – sie war leer. Er öffnete die andern Schubladen – gleichfalls leer. Er sah in den Schrank – Roccos Anzüge waren weg.

Nachdenklich tappte er in sein Zimmer zurück. Da fiel ihm etwas ein. Rocco hatte sicher geglaubt, er käme mit Dulcie zurück, und hatte deshalb Platz gemacht. Wie töricht, daß er nicht früher daran gedacht hatte!

Er nahm das Bein ab und legte sich hin. Er würde Rock vermissen. Dann tauchte Dulcies Gesicht vor ihm auf, und er dachte im Einschlafen: Man kann nicht alles haben.

Aber er schlief unruhig. Selbst im Traum quälte ihn ein Gefühl der Einsamkeit. Seltsamerweise vertrieb Dulcies Gesicht dies Gefühl nicht.

»Guten Morgen, Jane!« rief er, als er munter ins Büro trat.

»Du hast es also getan«, sagte sie mit gespieltem Ernst. »Du hast mich verlassen!«

Er lachte und nahm ihre Hand. »Sprichst du so mit deinem Chef, wenn er sich verheiratet hat?«

Sie tat so, als sähe sie sich um, ob er allein sei. »Die Luft scheint rein, ich sehe deine Frau nicht, so kann ich dir wohl einen Kuß geben.«

Sie küßte ihn rasch und sah ihn dann an, jetzt wirklich ernst. »Alles Gute, Johnny! Hoffentlich wirst du sehr glücklich.«

»Bestimmt«, sagte er zuversichtlich, »ich bin ein Glückspilz. Sag Rock, er soll zu mir kommen, wenn er aufkreuzt, ich hab' ihm was zu sagen.« Er ging in sein Büro. Auf seinem Schreibtisch lag die Post, und er begann sie durchzusehen, als das Telefon läutete. Irving Bannon war am Apparat. »Johnny, alter Junge, du hast uns schön an der Nase herumgeführt.«

Johnny lächelte. Wahrscheinlich würde er sich den ganzen Tag ähnliche Dinge anhören müssen. »Irving, ich war genauso überrascht wie die andern.«

»Glaub' ich kaum. Aber ich will's vergessen, wenn du mich deiner Frau gleich vorstellst, wenn sie hier ist. Ich hab' Bilder von ihr aus dem Studio gesehen, sie ist eine Schönheit.«

Johnny war geschmeichelt. »Danke, Irv. Ich werde meiner Frau sagen, daß du angerufen hast. Sie wird sich freuen, ich hab' ihr eine Menge von dir erzählt.«

»Warte, bis sie hört, was ich von dir erzähle!« sagte Irving lachend. »Wiedersehen, Johnny, und alles Gute für euch beide.«

»Danke, Irv. Auf Wiedersehen.« Johnny hing schmunzelnd ein. Im Büro zerbrachen sie sich wahrscheinlich die Köpfe über Dulcie. Wenn sie zurückkam, würde er eine Gesellschaft für sie geben und sie mit allen Leuten bekannt machen.

Dann rief George Pappas an. »Hallo, Johnny«, sagte George, »herzliche Glückwünsche!«

»Danke, George.«

»Als ich in der Zeitung gelesen hab', daß du geheiratet hast, haben mein Bruder Nick und ich gesagt: ›Das sieht Johnny ähnlich, daß er so im stillen heiratet.‹ Wie ist es denn dazu gekommen?«

»Frag mich nicht. George, ich kann es selbst noch kaum glauben. Ich bin ein Glückspilz.«

»Stimmt. Deine Frau ist wunderschön.«

Johnny freute sich. Alle sagten das, und er war stolz darauf, daß er eine soviel bewunderte Frau erobert hatte. »Danke, George.« Dann wechselte er das Thema. »Ich hab' mit Peter gesprochen, und ich hab' Nachrichten für dich.«

George lachte leise. In Gedanken war er immer noch bei Johnnys plötzlicher Heirat. Was für ein schönes Geschöpf! Und sie war sicher auch reizend, sonst hätte Johnny sie nicht geheiratet. »Was für Nachrichten?« fragte er geistesabwesend.

»Peter will die Theater nicht verkaufen.«

George war einen Moment still. Dann fragte er in geschäftsmäßigem Ton: »Und was will er tun?«

»Er will deinen Anteil kaufen, wenn wir uns über den Preis einig werden.«

George dachte darüber nach, was Johnny damit wohl meinte. Vorsichtig sagte er: »Der Preis muß natürlich nach der gegenwärtigen Marktlage kalkuliert werden.«

»Die Preise sind im Moment unnatürlich hoch.«

»Sicher«, stimmte George zu, »aber man kriegt sie.«

Johnny lachte. »Schau, George, wir sind alte Freunde und wollen offen miteinander reden. Wir könnten anderthalb Millionen für deinen Anteil aufbringen. Außerdem tragen wir alle Unkosten, die durch den Verkauf entstehen. Du verdienst also eine glatte halbe Million dabei.«

George zögerte. Die Theater waren im Moment mehr wert. Außerdem brauchte er eine größere Summe für sein Theaterbauprogramm. »Sag eindreiviertel Millionen, und es ist abgemacht.«

»In Ordnung«, sagte Johnny prompt. Peter würde sich über die Ersparnis von zweihundertfünfzigtausend Dollar freuen. Aber auch George war zufrieden, er hatte mehr bekommen, als die Theater wirklich wert waren, und der Gewinn ließ ihm Spielraum genug für seine künftigen Pläne.

Sie kamen überein, sich am nächsten Tag zum Lunch zu treffen und alles Weitere zu besprechen.

Johnny läutete nach Jane. »Wo ist Rock?« Sie sah ihn verwundert an. »Ich weiß nicht, ich werde Bannon mal anrufen, vielleicht ist er zu ihm gegangen, nachdem er den Wagen geparkt hat.«

»Welchen Wagen?« fragte Johnny.

Plötzlich fühlte Jane, daß irgend etwas nicht stimmte. »Deinen Wagen, nachdem er dich hier abgesetzt hat«, sagte sie; ihr Herz schlug heftig.

»Meinen Wagen? Aber ich bin doch mit dem Taxi gekommen!«

Sie fühlte, wie ihr das Blut ins Gesicht stieg und ihre Stimme zitterte. »Hat er dich denn nicht hergebracht?«

»Nein. Als ich heute nacht ankam, war er gar nicht zu Hause. Ich hab' ihn seit meiner Hochzeit nicht gesehen, seit er nach New York zurückfuhr.«

»Nach New York . . .?« Plötzlich wußte Jane, was geschehen war. Die Tränen traten ihr in die Augen. »Er ist nicht hiergewesen.« Sie taumelte leicht.

Johnny sprang vom Stuhl auf und hielt sie fest, sie zitterte am ganzen Körper. »Was ist los?«

Sie verbarg das Gesicht an seiner Schulter. »Hast du es denn nicht gewußt?«

»Du und Rocco?« fragte er überrascht.

Sie nickte stumm.

Was für ein Narr war er gewesen! Er hätte es sehen müssen. Und er hatte nur an sich gedacht, während es für sie viel mehr bedeuten mußte. Zögernd sagte er: »Vielleicht hat er mal Ferien gemacht, er . . .«, er brach mitten im Satz ab, er hatte sagen wollen, daß Rock sich in der letzten Zeit nicht besonders gut gefühlt hatte, aber das hätte die Sache nur noch schlimmer gemacht.

Sie gewann ihre Beherrschung zurück. Automatisch faßte sie nach ihren Haaren. »Ich seh' sicher schrecklich aus.«

Johnny mußte lächeln – eine echt weibliche Bemerkung unter diesen Umständen! Er holte eine Flasche und zwei Gläser aus seinem Schreibtisch. »Du brauchst was zu trinken.«

Sie trank, und ihr Gesicht bekam wieder Farbe. »Schon besser.«

»Wirklich?« fragte er ängstlich.

Sie nickte und lächelte sogar etwas.

»Wahrscheinlich machen wir uns wegen nichts Sorgen«, sagte er zuversichtlicher, als ihm zumute war. »Rock hat sicher Ferien gemacht und ist noch nicht wieder da, weil er mich nicht so früh zurückerwartet hat.«

Sie sah ihn an, ohne zu antworten, er tat ihr leid. Er begriff nicht, was geschehen war. Aber sie konnte es ihm nicht sagen, er mußte es selbst herausfinden. In ihrem Zimmer läutete es. »Das Telefon«, sagte sie rasch und ging hinaus.

Johnny sah nachdenklich hinter ihr her. Rocco hätte ihm etwas über seine Pläne sagen sollen. Jane war auch erschrocken. Es sah Rocco gar nicht ähnlich. Langsam wurde er zornig, aber eine kleine Stimme flüsterte ihm zu: Worüber beklagst du dich? Rocco schuldet dir nichts, aber du ihm sehr viel.

Aber was wird mit Jane? fragte er sich.

Das geht dich nichts an, antwortete die Stimme. Du hast dir auch früher keine Gedanken über sie gemacht, du hast ja nicht einmal was gemerkt!

Das Telefon läutete, und er hob ab. Als das Gespräch beendet war, versucht er sich zu erinnern, woran er vorher gedacht hatte, aber ohne Erfolg. Nur ein undeutliches Gefühl des Versagens blieb in ihm – ein Gefühl, das sich vor Ablauf des Tages noch verstärken sollte.

12

Dienstag abends kam Jane immer spät aus dem Büro weg; es war der Abend, an dem die Wochenschau fertiggestellt wurde, und Johnny blieb da, bis sie fertig war. Sie ließen sich Kaffee und belegte Brote holen; wenn sie die gegessen hatten, war es gewöhnlich sieben Uhr und Zeit für Johnny, in Bannons Büro zur Abnahme der Wochenschau zu gehen, gegen neun kam er zurück, und dann gingen sie weg. Jane benutzte die Zwischenzeit, um Briefe zu schreiben, denn Anfang der Woche häuften sich die Posteingänge.

Dieser Dienstagabend bildete keine Ausnahme, obwohl Johnny erst morgens aus Kalifornien eingetroffen war.

Etwa um acht Uhr hatte Jane den letzten Brief getippt und seufzte erleichtert auf. Es war ein langer aufregender Tag gewesen, und sie fühlte sich müde. Einen Augenblick überlegte sie, ob sie nach Hause gehen sollte, aber dann beschloß sie doch, auf Johnny zu warten.

In diesem Augenblick ging die Tür auf, und Rocco stand da. Er sah etwas beschämt aus, doch zugleich zufrieden, ja stolz. Unbewußt griff sie mit der Hand nach ihrem Herzen. In ihr sang es. Er ist nicht fortgegangen! Und plötzlich war sie in seinen Armen und sagte immer wieder: »Rocco, Rocco . . .«, als ob es ein Lied wäre.

»Baby«, raunte er, ihr Haar streichelnd.

Sie lächelte strahlend zu ihm auf. »Sag es noch einmal, Rocco.«

Er küßte sie zart und sah sie an. »Baby!«

Er sagte es sanft, zärtlich und ehrerbietig zugleich, und sie würde glücklich sein, wenn er es ihr Leben lang so sagen würde. »Hör nie auf, es zu sagen, Rocco«, flüsterte sie.

»Nie!«

Sie betrachtete ihn. Er sah gut aus, gewisse Linien in seinem Gesicht waren verschwunden, und aus seinen Augen strahlte Zuversicht.

»Was machst du?« fragte sie.

Er antwortete nicht; während er sie nur forschend ansah, knöpfte er sich rasch den Mantel auf.

Sie starrte auf seine Jacke aus weißem Leinen. Auf der Brusttasche stand in kleinen roten Buchstaben: »Frisiersalon Savoy-Hotel.« Sie sah ihn ungläubig an – er hatte gesagt, daß er zu seinem Beruf zurückgehen wollte, aber sie hatte es nicht geglaubt.

Kriegerisch fragte er: »Ist etwas nicht in Ordnung?«

Sie konnte in seinen Augen lesen, daß er Angst vor ihrer Antwort hatte, aber das war unnötig. »Nein, nichts – solange du glücklich bist.«

Er lächelte und sagte schlicht: »Ich bin glücklich – das Spektakel hier war nie was für mich.«

Er hatte recht. Das war nur etwas für Leute wie Johnny, für jemand, der mit Leib und Seele dabei war, der davon besessen war. Plötzlich war sie glücklich, daß Rocco nicht so war.

»Es wird Johnny nicht gefallen«, meinte sie.

»In Wirklichkeit bedeutet es Johnny nicht viel«, sagte er einsichtig, »er braucht mich nicht mehr. Ich bin für ihn wie die Krücke, die an seinem Bett steht – er braucht sie nur, wenn er sein Bein nicht anhat.«

Das stimmte. Seit Johnny gehen konnte und erst recht, seit er geheiratet hatte, war Rocco wirklich nur so etwas wie eine Ersatzkrücke für ihn.

»Woran denkst du?« fragte er.

»Ich hab' mir überlegt, wann du wohl um meine Hand anhältst.«

Er lachte. »Du hast sicher die Antwort schon bereit!«

»Ja.«

Plötzlich wurde er ernst. »Und die ist?«

Weich sagte sie: »Du hast es ja gerade gehört.«

Er zog sie an sich. »Worauf warten wir dann noch?« fragte er glücklich.

Als Johnny ins Büro zurückkam, saßen sie auf der Couch. Überrascht blieb er in der Tür stehen. Dann ging er auf Rocco zu und hielt ihm die Hand hin; er sah ehrlich erfreut aus. Sie schüttelten sich etwas verlegen die Hände, und Johnny sagte: »Warum jagst du uns einen solchen Schrecken ein? Jane ist heute morgen beinahe umgekippt.«

Johnny sah, wie Rocco einen Blick mit Jane austauschte. »Wo, zum Teufel, hast du gesteckt?« fragte er gutmütig.

»Ich hab' gearbeitet«, antwortete Rocco gelassen, »in einem Friseursalon.«

Johnny lachte. »Du willst mich wohl auf den Arm nehmen, was?«

»Keineswegs. Als ich nach New York zurückfuhr, hab' ich mich dazu entschlossen. Hier gibt's nichts mehr für mich zu tun.«

»Was meinst du damit? Du hast hier einen Job.«

»Das kann ein Laufbursche machen für sehr viel weniger, als du mir bezahlst«, sagte Rocco verächtlich.

Johnny schwieg. Rocco hatte recht. Wortlos gab er Rock eine Zigarette, er schämte sich plötzlich. »Es tut mir leid, Rock, ich hätte das sehen müssen. Sag mir mal, was du für eine Stellung haben willst, und du kriegst sie.«

Rocco sah Johnny an. Er wußte, daß dieser es wirklich gut mit ihm meinte, nur dachte er eben, Film sei das einzige auf der Welt. »Ich hab' die Stellung, die ich mir wünsche.«

»In einem Friseursalon?« fragte Johnny ungläubig.

»In einem Friseursalon.«

»Warum machst du dann nicht wenigstens ein eigenes Geschäft auf?«

»Das tu' ich eines Tages auch vielleicht.«

»Ich kann dir das Geld dazu geben«, schlug Johnny vor, »dann kannst du es jetzt schon tun.«

»Es ist nicht das Geld«, erklärte Rocco, »ich hab' nichts verbraucht, seit ich bei dir bin, und hab' fünfzehntausend im Strumpf, aber ich möchte jetzt noch nicht.«

»Nein.«

»Dann kann ich gar nichts für dich tun?«

Johnny sah plötzlich müde und erschöpft aus. »Es tut mir leid, Rock, daß alles so gekommen ist«, sagte er leise.

»Es ist nicht deine Schuld allein, Johnny, und ich hoffe, du bist mir nicht böse.«

»Nein, bestimmt nicht. Ich schulde dir viel, was ich dir nie bezahlen kann. Danke für alles, Rock.«

»Du schuldest mir nichts, Johnny«, sagte Rocco verlegen; er versuchte zu scherzen: »Laß dir nur die Haare bei mir schneiden, das ist alles, was ich von dir verlange.«

Sie schwiegen beide unbehaglich, keiner wußte, was er sagen sollte. Schließlich brach Rocco das Schweigen. »Ist es dir recht, wenn ich Jane jetzt mitnehme? Wir haben 'ne Menge zu besprechen.«

»Natürlich, du brauchst doch nicht zu fragen.«

Als sie gegangen waren, fühlte er sich seltsam allein. Er wünschte plötzlich, Dulcie wäre bei ihm. Er wollte sie anrufen, aber ihm fiel ein, daß sie noch im Studio sein mußte, vor elf würde sie nicht nach Hause kommen, sie wollten lange arbeiten. Er würde sie später anrufen. Er fühlte sich leer und erschöpft, in seinem Mund war ein bitterer Geschmack. Wenn er erst mit Dulcie gesprochen hatte, würde es ihm bessergehen.

Nachspiel 1938

Freitag

Es war ein Tag von der Sorte, an dem ich hätte im Bett bleiben sollen. Alles ging schief, und ich konnte es nicht ändern. Freitag war nicht mein Tag.

Es begann schon morgens, als ich zu Peter ging. Sie ließen mich nicht zu ihm, seine Temperatur war wieder gestiegen, und er durfte keinen Besuch haben.

Ich sprach mit Doris und Esther und versuchte sie ein bißchen aufzumuntern. Ich weiß nicht, ob es mir gelang; aber je mehr ich redete, desto deprimierender wurde ich.

Ich war länger in Peters Haus geblieben, als ich gedacht hatte, und kam erst nach dem Lunch ins Studio. Auf meinem Schreibtisch lag ein Zettel von Larry. »Ruf mich gleich an, wenn du kommst«, stand darauf.

Ich spürte ein seltsames Verlangen, nach Hause zu gehen und ihn erst Montag zu sehen, aber ich tat es nicht, sondern ließ mich mit ihm verbinden.

»Stan und ich hätten dich gern ein paar Minuten gesprochen, wenn du Zeit hast«, sagte er.

»Kommt gleich«, entschloß ich mich nach einer Sekunde des Zögerns.

»Gut.«

Ich überlegte noch, was sie wohl von mir wollten, als sie auch schon hereinkamen. »Setzt euch, Jungens. Was ist los?« fragte ich munterer, als mir zumute war.

Ronsen kam sofort zur Sache. Er sprach, aber es waren Farbers Gedanken. »Ich hab' beschlossen, für nächsten Mittwoch eine Sondersitzung des Vorstandes in New York einzuberufen. Wir müssen Stans Position ohne Aufschub klarstellen.«

»Klingt, als ob es in Ordnung wäre«, stimmte ich zu. »Was wollt ihr denn klarstellen?«

Ronsen antwortete unbehaglich: »Erstens müssen wir endlich eine Position für Dave schaffen. Er ist seit ein paar Monaten bei uns, aber bis jetzt ist das nicht Fisch noch Fleisch. Wir müssen seine Verantwortlichkeit klar abgrenzen. So wie es jetzt steht, weiß niemand genau, was er eigentlich tun soll.«

»Ich hab' schon eine Idee, was er tun soll, aber sie wird wohl kaum mit eurer übereinstimmen«, bemerkte ich sanft.

Farber wurde rot, aber Ronsen ignorierte meine Bemerkung einfach. »Ich habe vor – hm« – er geriet etwas ins Stottern –, »ihn zum Vizepräsidenten wählen zu lassen. Er soll die Produktion übernehmen.«

Ich nickte. »Ein hübscher Titel. Bei der ›Metro‹ und auch bei der ›Fox‹ hatten sie mal einen. Aber die verstanden auch ihr Handwerk. Was, zum Teufel, aber kann der Junge? Er kann die Vorderfront einer Kamera nicht von seinem Hintern unterscheiden. Außerdem, ihr Herren, haben wir einen Produktionsleiter, der sein Geschäft versteht. Ich kann mir Dave nicht auf dem Posten vorstellen – er kann einfach nicht genug dafür.«

Ronsen warf Farber einen unbehaglichen Blick zu und sagte dann versöhnlich zu mir: »Es ist wirklich kein Grund zur Aufregung vorhanden, Johnny. Gordon soll ja bleiben, wir müssen Dave nur einen Titel geben.«

Er wurde unruhig unter meinem Blick und rutschte auf seinem Stuhl hin und her. »Warum?« fragte ich.

Zum erstenmal, seit er in mein Büro gekommen war, sprach Farber. »Das ist ein Teil des Preises, den ihr für die Million zu zahlen habt.«

Jetzt lagen die Karten auf dem Tisch, und ich konnte es ebensogut rasch hinter mich bringen. »Und was ist der Rest des Preises, Stan?« fragte ich. Er gab keine Antwort, Larry nahm wieder das Wort, aber ich fuhr fort, Stanley anzusehen.

»Stanley wird zusammen mit Dave in den Vorstand gewählt. Er erhält spezielle

Befugnisse, die kaufmännische Abteilung nach gewissen Ideen, die er hat, umzuorganisieren.«

»Und was sind das für Ideen? Oder stehen da noch ein paar von seinen Verwandten im Hintergrund, von denen ich nichts weiß?«

»Einen Augenblick, Johnny«, sagte Ronsen rasch, »du kennst seine Pläne noch nicht und bist voreingenommen. Der Vorstand hat im Prinzip schon zugestimmt.«

»Wie kommt es, daß ich davon nichts weiß? Schließlich bin ich auch im Vorstand, oder nicht?«

Seine Augen gingen hinter der Brille hin und her. »Es war am Tag nach deiner Abreise, wir mußten schnell handeln. Wir versuchten, dich zu erreichen, haben's aber nicht geschafft.«

Ich lehnte mich bequem zurück. »Als Präsident der Gesellschaft bin ich für ihre Operationen verantwortlich, und zwar sowohl für die Produktion wie für den Verleih. Deine Verantwortung, Larry, ist die finanzielle Seite. Du hast darüber zu wachen, daß die finanziellen Grundlagen der Gesellschaft gesund sind. Wenn du dich in Dinge mischst, die dich nichts angehen, gefährdest du diese Grundlage und damit deine eigene Stellung. Ich kann verstehen, daß du um das Geld besorgt bist, das du in die Gesellschaft investiert hast, aber ein sehr wichtiger Faktor bei jeder Veränderung der Geschäftsleitung ist nun einmal die Qualifikation der Leute.«

Ich steckte mir eine neue Zigarette an und betrachtete sie etwa so wie ein Lehrer seine Klasse. »Wir wollen diese Qualifikationen einmal untersuchen, zuerst deine. Deine früheren Erfahrungen beschränkten sich auf eine Verbindung mit der Bank, die jetzt Bordens Firma kontrolliert. Diese Bank hat versucht, die Firma nach ihren eigenen Ideen zu leiten, hat dabei Millionen verloren und sich schließlich nach einem Mann umgesehen, der die Firma profitabel leiten könnte, und ihn in George Pappas gefunden. Er allein trägt nun die volle Verantwortung, und daß diese Entscheidung richtig war, beweist der heutige finanzielle Status der Firma.

Die anderen Mitglieder unseres Vorstandes wissen genauso wenig oder noch weniger als du vom Filmgeschäft. Einer ist Bankier, ein anderer Börsenmakler, ein dritter ist in der Konservenindustrie, ein vierter Hotelier. Dann haben wir schließlich noch einen Mann, der von seinem Geld lebt, in den verschiedenen Jahreszeiten in den entsprechenden, gerade in Mode befindlichen Orten wohnt und Vorstandsmitglied der verschiedensten Firmen ist, in die er sein Geld investiert hat. Für sie alle bringt er eine vollkommene sachliche Unkenntnis mit, genau wie für uns. Soll ich fortfahren, meine Herren? Oder reicht es?«

Meine Stimme wurde kalt. »Ich werde nicht erlauben, daß die Geschäftsleitung unserer Firma sich durch die gleiche Inkompetenz auszeichnet, wie es unser Vorstand tut. Der Film mit seiner schwierigen und ungewissen Zukunft braucht erfahrene Leute, keine Amateure. Wenn ihr das Geld sichern wollt, das ihr investiert habt, kann ich euch nur einen Rat geben: Vorsicht in dieser Branche! Sie ähnelt keiner, mit der ihr früher in Berührung gekommen seid.«

Larrys Gesicht war blaß und angespannt. Ich lächelte ihm zu: »Ihr bringt dem Geschäft das Geld oder wißt doch, wo ihr es hernehmen könnt. Ich will das nicht unterschätzen, aber bleibt bei diesem Teil eurer Arbeit und mischt euch nicht in meinen.«

Larrys Stimme zitterte vor Wut, als er mir antwortete. Seit seiner Kindheit hatte wahrscheinlich niemand mehr so ungeschminkt zu ihm gesprochen. Aber jetzt blätterte der Lack der Höflichkeit von ihm ab, und er sagte wutentbrannt: »Deiner Absicht zum Trotz hat der Vorstand Stans Pläne bereits gebilligt und wird das auch noch offiziell tun. Er leitet die Gesellschaft und nicht du. Dies ist nicht länger ein Einmannkonzern wie zu Kesslers Zeiten, und wenn du das bisher geglaubt hast, dann ändere deine Ansicht schleunigst.« Er war zornig aufgestanden.

Diese Art Sprache verstand ich. Kühl sagte ich: »Ihr habt drei Millionen verloren, bevor ihr mich rieft, damit ich eure Kastanien aus dem Feuer hole. Gut, wenn ich das tun soll, muß ich es auf meine Weise tun. Eine zusätzliche Last unfähiger Leute nehme ich nicht auf mich.«

Larry hatte wohl nicht geglaubt, daß ich soweit gehen würde. Er dachte, ich wünschte mir diesen Posten wie nichts sonst auf der Welt, und es war gut, daß er nicht wußte, wie recht er damit hatte. Er rang nach Worten; er hatte seine Beherrschung wiedergefunden; seine Stimme war glatt und höflich: »Warum regen wir uns so auf? Es ist ja nur eine Meinungsverschiedenheit, ich bin sicher, es wird sich ein Weg finden, der uns alle zufriedenstellt – nicht wahr, Stan?« Die drei Millionen gingen ihm nicht aus dem Sinn.

Farber sah mich an, aber mein Gesicht war ausdruckslos. So wandte er sich wieder Ronsen zu und sagte zu dem klagenden Ton, den ich vor vielen Jahren schon einmal von ihm gehört hatte: »Und was bekomme ich dafür, daß ich schließlich die Million leihe?«

Ich wußte, daß ich sie vorübergehend in der Hand hatte. Aber es würde nicht dauern, früher oder später würden sie mich rausdrängen. Ich konnte sie nicht mehr ganz draußen halten, ich hatte der Millionenanleihe schon zugestimmt! Es blieb mir nichts anderes übrig, als den Preis dafür so niedrig wie möglich zu halten.

»Ich bin nicht uneinsichtig«, sagte ich, mich zu ihnen hinüberbeugend, »ich kümmere mich um meine Angelegenheiten und verlange nichts weiter, als daß ihr euch um eure kümmert. Ich hab' nichts dagegen, daß Stan Vorstandsmitglied wird, allerdings ohne Sonderbefugnisse, und ich bin auch vollkommen bereit, Dave eine Chance zu geben. Vielleicht entwickelt er sich so, daß er eines Tages die Produktion leiten wird, aber im Augenblick steht für uns zuviel auf dem Spiel, als daß wir ein solches Risiko eingehen können.«

Ronsen sah Farber an. »Das klingt fair, Stan. Was meinst du?« Seine Stimme war aalglatt.

Farber hätte mich wohl am liebsten zum Teufel gejagt, doch er hatte seine Million schon in unsern Topf geworfen, und er mußte sich, wenn er sie nicht gefährden wollte, wohl oder übel mit meinem Vorschlag einverstanden erklären. Aber der eigentliche Kampf würde nun beginnen. Mir war klar, daß er nur auf den richtigen Zeitpunkt wartete, um mich abzuschieben.

»Ich werde es mir überlegen«, war alles, was er sagte, dann ging er.

Ronsen sprang auf. Ich lächelte und sagte herablassend: »Lauf ihm lieber nach, Larry, und sieh zu, daß er Verstand annimmt.« Einen Augenblick sah er mich wütend an, dann war auch er gegangen.

Ich wußte, daß ich mir beide zu Feinden gemacht hatte, aber es ließ mich kalt; Leute wie sie hatte man besser zu offenen Feinden. Tief innen freilich wußte ich, daß da eine Fehlerquelle war: Was wir auch im Laufe des Tages beschlossen, abends würden wir es umändern. Unser Geschäft war nun einmal so.

Die Uhr in Doris' Wagen zeigte nach zehn, das Radio spielte leise beim Fahren. Die Nacht war warm und voller Sterne. Sie war still gewesen, seit wir das Restaurant verlassen hatten, und ich sah sie an, während sie den Hügel zu ihrem Haus hinauffuhr.

Sie brachte den Wagen zum Halten. Wir rauchten und lauschten der Musik. Wir begannen gleichzeitig zu sprechen und lachten darüber. Die Spannung lockerte sich, die zwischen uns war, seit wir im Restaurant Dulcie gesehen hatten.

»Was wolltest du sagen?« fragte ich.

Sie zog an ihrer Zigarette, und ich sah die Schatten in ihren Augen. »Du hast sie einmal sehr geliebt.«

Hatte ich Dulcie wirklich geliebt, sie wirklich je gekannt? Ich zweifelte daran. Aber sie war eine gute Schauspielerin, und ich hatte das Geschöpf geliebt, von dem sie mich glauben ließ, daß sie es wäre. Doris würde mir nicht glauben, wenn ich ihr sagte, ich wüßte es nicht, und so antwortete ich: »Ich habe sie geliebt – früher einmal.«

Die Nacht war still, wir hörten die Grillen in den Büschen zirpen. Glühwürmchen leuchteten hier und da auf, und unter uns im Tal waren die langen Lichterketten der Häuser, der Straßenlampen, der Lichtreklamen.

Plötzlich richtete Doris sich auf. »Was geht im Studio vor sich, Johnny, ist was nicht in Ordnung?«

»Nichts von Bedeutung«, antwortete ich.

Aber sie blickte skeptisch drein, sie kannte Hollywood zu gut, um mir zu glauben. »Sag mir das nicht, Johnny. Ich hab' den ›Reporter‹ gestern gelesen. Ist es wahr?«

»Zum Teil«, gestand ich.

»Du hast Scherereien, weil du hierhergekommen bist, um Papa zu sehen. Ich hätte daran denken sollen, als ich dich anrief.«

Sie machte sich Sorgen um mich, trotz allem, was sonst auf ihr lag, und das tat mir gut. »Ich möchte es nicht anders haben, Schatz, auch wenn es bedeutete, daß ich aus der ›Magnum‹ ausscheiden müßte. Bei dir und Peter zu sein, ist mir wichtiger als alles andere.«

Ihre Augen waren verschleiert. »Hoffentlich bekommst du deswegen keine Schwierigkeiten.«

Ich drückte beruhigend ihre Hand. »Mach dir keine Gedanken wegen des alten Onkels Johnny, mein Liebes«, sagte ich zuversichtlicher, als ich empfand, »er ist Herr der Situation.«

Noch nicht zehn Minuten später sollte ich erfahren, wie sehr ich unrecht hatte. Wir hörten einen Wagen auf uns zukommen, und Doris sagte verwundert: »Wer das wohl ist?«

»Christopher«, antwortete ich. Ich erkannte den Wagen. »Ich hab' ihm gesagt, er soll mich kurz nach elf hier abholen.«

Christopher brachte den Wagen neben uns zum Stehen. »Ich soll Ihnen von Mr. Gordon ausrichten, Sie möchten ihn sofort anrufen, es sei dringend«, rief er mir zu.

»Danke, Christopher.« Ich kletterte aus dem Wagen und sagte zu Doris: »Ich nehm' dein Telefon, ja?«

Bob meldete sich sofort, er mußte am Telefon gewartet haben. »Bob, hier ist Johnny.«

Er schrie wütend: »Du hast mir doch gesagt, es käme alles in Ordnung!« Warum, zum Teufel war er so wütend? Trocken sagte ich: »Schrei nicht so, sonst hör' ich dich auch ohne Telefon. Natürlich hab' ich das gesagt. Was ist denn nun schon wieder los?«

Er schrie immer noch. »Der Teufel ist los. Du hast mich auch zum Narren gehalten, aber ich mach' nicht mehr mit, ich gehe.«

Jetzt wurde ich zornig. »Hör auf zu schimpfen und sag mir, was passiert ist, ich hab' keine Ahnung.«

»Du hast keine Ahnung?«

»Nein.«

»Dann hat man uns beide verschachert, Billy vom ›Reporter‹ hat mich gerade angerufen. Ronsens Büro hat die Zeitung benachrichtigt, daß Roth und Farber heute abend in New York in einer Sondersitzung des Vorstandes zu Vorstandsmitgliedern gewählt worden sind und daß Roth außerdem zum Vizepräsidenten ernannt und mit der Produktionsleitung beauftragt worden ist.«

Ich schwieg. Ich konnte mir gut vorstellen, wie Farber Larry dazu überredet hatte: »Riskier es ruhig, Edge geht schon nicht. Er ist zu lange bei der Gesellschaft, sie ist sein Augapfel.« Und er hatte sogar recht. Zu Bob sagte ich: »Unternimm nichts, bevor ich dich gesehen hab'. Wenn ich dich am Wochenende nicht sehe, treffe ich dich Montag im Büro.«

Dann meldete ich ein Ferngespräch nach New York an, ich mußte Jane sprechen. In New York war es fast zwei Uhr nachts, aber ich mußte herausbekommen, was geschehen war.

Rocco meldete sich schlaftrunken.

»Rock«, sagte ich rasch, »es tut mir leid, aber ich muß Jane sprechen.« Er war sofort hellwach, und nach einer Sekunde meldete sich Jane.

»Um welche Zeit heute abend war die Sitzung?« fragte ich.

»Um neun. Um sechs kam das Fernschreiben, daß sie einberufen werden sollte, aber es dauerte bis um neun, ehe sie alle zusammen waren. Ich dachte, du wüßtest davon, hab' dir aber für alle Fälle telegrafiert.«

»Ich verstehe«, sagte ich. Auf meinem Schreibtisch im Büro lagen jetzt wahrscheinlich zwei Schreiben, die man dahin gelegt hatte, nachdem ich gegangen war. Ich war früh weggegangen, weil ich Peter noch sehen wollte.

»Sonst noch was, Johnny?« fragte sie besorgt. Plötzlich war ich müde. »Nein, danke. Es tut mir leid, daß ich dich aufgeweckt habe.«

»Macht nichts, Johnny.«

Ich hing ein und sah Doris an. Sie las aus meinem Gesicht, daß ich schlechte Nachrichten hatte. »Schwierigkeiten, Johnny?«

Ich nickte. Nichts als Schwierigkeiten. Langsam sank ich in einen Stuhl. Was für ein Tag! Ein schwarzer Freitag. Ich hätte im Bett bleiben sollen.

1

Johnny sah sich in dem vollgepfropften Raum nach Dulcie um, die vor einem Augenblick noch bei ihm gewesen war, als ihn eine kleine Frau mit einem schmalen Gesicht anrief. »Hallo, Johnny«, sagte sie mit einer hohen, aber nicht unangenehmen Stimme, »komm und laß uns ein bißchen miteinander plaudern. Wir haben so wenig Zeit dafür, daß ich schon fast vergessen habe, wie reizend du bist.«

Johnny lächelte und ging zu ihr. Niemand wagte es, Marian Andrews zu ignorieren. Sie schrieb Berichte, die durch alle Zeitungen gingen, und ihr ständiges Thema war Hollywood. Sie konnte Leute berühmt machen oder vernichten; sie wußte, wie wichtig sie war, und gebrauchte gelegentlich ihre Macht. Aber das alles lag geschickt verborgen hinter einer herzlichen impulsiven Art, sich zu geben, die irgendwie auch in ihre Berichte drang, so daß der Leser das Gefühl hatte, die Nachrichten direkt von einem Nachbarn beim Schwatz über den Gartenzaun hinweg bekommen zu haben.

»Marian, ich hab' dich gar nicht gesehen«, sagte Johnny.

Sie hob eine Augenbraue und entgegnete leichthin: »Eine Sekunde lang dachte ich, du wolltest mich nicht sehen.«

»Warum?« lachte er. »Ich war nur mit den Gedanken woanders.«

»Zum Beispiel bei deiner schönen Frau?«

»Ja – auch«, gestand er.

Sie lachte. »Mach dir keine Gedanken, sie ist nur ein bißchen an die frische Luft gegangen. Ihr Vetter Warren ist bei ihr.«

»Du siehst alles, Marian, nicht wahr?«

Ihre Augen glänzten stolz. »Das ist mein Beruf. Vergiß nicht, daß ich Reporterin bin. Und nun setz dich zu mir.«

Er setzte sich neben sie und dachte, sie nennt sich Reporterin, aber Oberklatschbase der Stadt träfe es besser.

»Gibt Peter nicht eine reizende Gesellschaft für ihren Vetter? Er ist so glücklich, daß Warren seinen ersten Film bei ihm gedreht hat, und du bist sicher glücklich darüber, daß Dulcie seine Partnerin darin ist.«

»Ja«, antwortete Johnny langsam, »wir sind alle sehr zufrieden. Warren Craig hat einen der größten Namen am Theater, und es ist ein entscheidender Gewinn für die ganze Branche, daß er gefilmt hat. Wir waren seit Jahren hinter ihm her.« Er sah sie direkt an.

»Ich hab' gehört, daß du Dulcie so kennengelernt hast«, sagte sie überschwenglich. »Wie wundervoll für dich! Du gehst hinter die Bühne, um einen Schauspieler zu verpflichten, und gewinnst eine Frau, die einer der führenden Stars wird, und jetzt filmen die beiden zusammen! Wie im Kino!« Sie sah lächelnd zu ihm auf. »Es ist eine herrliche Geschichte. Darf ich darüber schreiben? Jeder würde es gern lesen.«

Er gab lächelnd zurück: »Tu's ruhig.« Du würdest es ja auch tun, wenn ich nein sagte, dachte er.

Sie redete weiter. »Du mußt sehr stolz auf Dulcie sein. Nicht jede wird gleich mit ihrem ersten Film ein Star und macht dann zwei Filme, die noch besser sind als der erste. Ich höre, ihre Filme sind die größten Kassenschlager, die ihr habt.«

Wenn sie nur nicht immer nach zwei Richtungen gleichzeitig sondieren würde, dachte er und sagte: »Ich bin sehr stolz auf sie. Sie wollte immer eine berühmte Schauspielerin werden, und ich wußte auch, daß sie das Zeug dazu hat, aber niemand sah diesen Riesenerfolg voraus. Sie filmte erst überhaupt nur zum Zeitvertreib.«

»Und dann war sie so gut, daß du sie nicht mehr davon weghalten konntest.«

Er lachte trocken. »Stimmt. Sie war zu gut.«

Sie sah ihn scharf an. »Hättest du sie gern vom Filmen zurückgehalten?«

»Es bleibt unter uns?« fragte er offen.

»Es bleibt unter uns.«

»Ehrlich gestanden, ja, aber als ich den Film sah, wußte ich, daß ich keine Chance hatte.« Er hoffte, sie würde Wort halten und es nicht in ihrem Bericht erwähnen.

»Hab' ich mir gedacht«, nickte sie selbstzufrieden. »Es muß schwer sein, mit einer der schönsten und meistbewunderten Frauen verheiratet zu sein und dreitausend Meilen von ihr zu leben.«

»Es ist nicht ganz so schlimm«, sagte er rasch. »Wir treffen uns, sooft wir können. Viermal im Jahr bin ich hier, und sie ist ebensooft in New York.«

Sie klopfte ihm auf die Wange. »Du bist so ein reizender, verständnisvoller Junge. Manchmal tust du mir leid.«

Er sah sie forschend an. Was meinte sie damit? Während seiner letzten Besuche im Studio hatte er gelegentlich schon das Gefühl gehabt, daß die Leute Mitleid mit ihm hatten. »Nicht nötig«, sagte er trocken. »Wir sind sehr glücklich miteinander, trotz der Entfernung.«

»Natürlich, Johnny, natürlich«, stimmte sie zu – beinahe zu rasch.

»Da sind Doug und Mary. Ich muß mit ihnen reden. Entschuldigst du mich?«

Er lächelte nachsichtig. Sie hatte ihn als Quelle für Klatsch erschöpft und suchte eine neue. »Natürlich.«

Sie zögerte einen Augenblick und sah ihn ernst an. »Ich mag dich, Johnny«, sagte sie unerwartet, »du bist ein sehr anständiger Kerl.«

Überrascht von ihrem plötzlichen Ernst sagte er einfach: »Danke, Marian. Aber warum . . . ?«

Sie unterbrach ihn. »Dies ist ein seltsamer Beruf, Johnny. Wir leben hier wie in einem Goldfischglas, und ich weiß, ich hab' viel dazu beigetragen, daß es so ist. Ich weiß auch, daß vieles, was geredet wird, nicht wahr ist und den Betroffenen nur weh tut und Unfrieden stiftet.«

»Ich weiß, Marian.«

Sie sah erleichtert aus. »Ich bin froh, daß du das verstehst, Johnny. Glaub nichts, was du nicht mit eigenen Augen siehst. Es gibt viele Neider, die dein Glück zerstören möchten.« Und schnell wie ein Vogel war sie weg.

Er sah ihr nach. Das Gespräch hatte zum Schluß eine seltsame Wendung genommen. Was hatte sie wohl gemeint? Er kannte niemanden, der ihn hätte verletzen wollen. In diesem Augenblick traten Dulcie und Warren wieder ins Zimmer. Plötzlich begriff er.

Davor hatte Marian ihn warnen wollen. Dulcie lachte und sah jung und glücklich aus. Sie hatte so schnell Karriere gemacht, daß die Leute ihr den Erfolg neideten. Das hatte Marian ihm begreiflich machen wollen. Er lächelte sicher. Er würde niemandem Glauben schenken, nicht einmal Marian Andrews.

2

Peter hielt die Tür auf und ließ sie eintreten. Nach dem Lärm der Gesellschaft draußen war es in dem kleinen Arbeitszimmer wohltuend still. Im Kamin brannte ein schwaches Feuer, das einen rötlichen Schein auf ihre Gesichter warf.

Er schloß von innen zu. »Damit wir nicht gestört werden«, sagte er lächelnd. »Diese großen Gesellschaften machen mich nervös.«

»Kann ich verstehen«, sagte Borden. »Ich bin froh, wenn ich wieder in New York bin. Das hier ist kein Leben für mich. Manchmal komme ich mir wie ein Sklave unserer Reklamefachleute vor.«

»Ihr mögt so empfinden«, warf Sam Sharpe ein, »aber meiner Ansicht nach könnt ihr sie nicht entbehren. Draußen sind etwa zwanzig Leute, deren Beruf es ist, der ganzen Welt zu erzählen, was hier vorgeht. Morgen lesen zehn Millionen in Marian Andrews Bericht, daß ganz Hollywood auf der Gesellschaft war, die Peter Kessler zu Ehren von Warren Craig gab, der mit Dulcie Warren zusammen gefilmt hat. Und das ist nur *ein* Bericht. Bares Geld für euch, und ihr jammert!«

»Du brauchst dir ja auch keine Gedanken zu machen«, entgegnete Peter. »Du brauchst nur die zehn Prozent von der Gage deiner Klienten einzustreichen. Aber wir müssen sehen, daß sie auch die Gage wert sind, daß die richtigen Leute zu so einer Gesellschaft kommen.«

»Aber es lohnt sich«, bestand Sam, »es bringt die Kunden zur Kasse.«

Peter goß drei Gläser voll Whisky, und sie tranken. Dann sank er in einen Sessel vor dem Kamin, zog seufzend die Lackschuhe aus und stellte seine Füße auf ein Kissen. »Setzt euch, setzt euch. Ach, das tut gut, Esther hat mich gezwungen, meine neuen Schuhe anzuziehen, und ich bin beinahe umgekommen.«

»Du siehst müde aus«, sagte Borden nach einer Weile, in der jeder der drei seinen eigenen Gedanken nachhing.

»Bin ich auch.«

»Vielleicht arbeitest du zuviel.«

»Das ist es nicht. Aber seit Johnny hier ist, mach' ich mir Sorgen.«

Sie wußten beide, was Peter meinte.

»Wegen seiner Frau?« fragte Sharpe.

Peter nickte abgespannt.

»Ich hab' solche Frauen schon früher getroffen«, sagte Borden, »in unserer Branche läßt sich das nicht vermeiden, aber so schlimm war keine. Die Geschichten, die man sich über sie erzählt, sind haarsträubend.«

»Sie ist ein pathologischer Fall«, sagte Sam grob, »wenn sie so weitermacht, gibt's bald in Hollywood keinen Mann mehr, der nicht in ihrem Bett gelegen hat.«

Peter sah sie an. »Ihr wißt noch nicht die Hälfte. Wenn sie's bei ihrem eigenen Bett bewenden ließe, ginge es noch. Aber überall und zu jeder Zeit passiert es, wenn ihr danach ist. Ich hab' schon drei Männer deswegen entlassen müssen. Und eines Tages kam einer mit Fotos. Sie stand mit einem Kerl in einer Ecke der Dekoration und hatte das Kleid bis zum Gürtel hochgeschlagen. Ich mußte für das Negativ und die Abzüge tausend Dollar bezahlen, aber vielleicht hat er trotzdem Abzüge zurückbehalten. Ich hab' sie in mein Büro gerufen und ihr die Bilder gegeben. Und was sagt sie? Ihr werdet es nicht glauben. Sie lachte und sagte: ›Der Mann, der die Bilder gemacht hat, ist ein Amateur. Wenn er noch eine Minute gewartet hätte, hätte er mich noch ganz anders erwischt!‹«

Sie schwiegen, und Peter fuhr fort: »Ich hab' zu ihr gesagt: ›Dulcie, du hast einen netten Mann. Wenn er das nun erfährt?‹ Sie hat mich angesehen und gefragt: ›Wer soll's ihm denn erzählen? Du?‹

Sie wußte genausogut wie ich, daß ich es nie tun würde. Sie wollte weggehen, besann sich aber, und auf einmal hatte sie Tränen in den Augen, und ihre Lippen zitterten. ›Du verstehst mich nicht, Peter‹, sagte sie. ›Ich bin nicht glücklich mit Johnny. Es ist nicht nur sein Bein. Er ist unfähig zur Liebe. Ich bin Schauspielerin und muß manchmal das empfinden, was ich spielen soll, sonst bin ich nicht gut.‹ In dem Augenblick tat sie mir beinahe leid. Dann dachte ich, deshalb braucht sie sich noch nicht wie eine Hure aufzuführen und könnte mindestens diskreter sein. Ich sagte ihr, sie solle sich benehmen, oder ich würde ihren Vertrag lösen. Ich war froh, als ich es hinter mir hatte.«

»Armer Johnny«, sagte Borden, »ist es wirklich so?«

Peter wurde rot. »Sie hat gelogen. Ich hab' mit Johnnys Arzt gesprochen, und der hat gesagt, es sei alles in Ordnung mit ihm.«

Er hustete verlegen.

»Was wohl passiert, wenn Johnny dahinterkommt?« meinte Sam.

»Daran mag ich gar nicht denken«, sagte Peter. »Sie ist eine so gute Schauspielerin, daß sie ihn hundertprozentig zum Narren hält.«

»Schade«, sagte Borden, »warum hat nicht ein nettes Mädchen dieses Talent?«

Peter nickte zustimmend.

Sam goß die Gläser wieder voll und fragte Borden: »Wann gehst du nach New York zurück?«

»In ein bis zwei Wochen. Ich hab' auf Long Island ein Haus gekauft, und meine Frau ist ganz aufgeregt vor lauter Einrichten.«

»Du machst die Sache also?« fragte Peter neugierig.

»Natürlich, warum nicht?«

Peter schwieg. Borden stellte seine ganze Firma auf völlig neue finanzielle Grundlagen, dem Rat einiger Bankiers folgend. Er gab Aktien aus, von denen er für sich nur so viel behielt, um sich eine ausreichende Kontrolle über die Firma zu sichern. Er hoffte, auf diese Weise seine Kredite zu reduzieren und künftige große Anleihen überflüssig zu machen.

»Mir gefällt es nicht«, sagte Peter schließlich.

Borden lachte. »Du bist zu altmodisch, Peter. Eine so große Firma leitet heut' nicht mehr ein Mann allein, das wäre verrückt. Warum soll ich gleichzeitig Bankier, Produzent, Theaterleiter und Verleiher sein? Das Geschäft wächst immer noch, und wer weiß, wie sehr? Man braucht dafür Spezialisten.«

»Ich traue ihnen nicht«, beharrte Peter. »Jetzt, wo alles gutgeht, sind sie in Ordnung, aber wie benehmen sie sich, wenn mal harte Zeiten kommen? Vor Jahren, als wir noch klein waren, haben sie uns verachtet. Jetzt, wo wir Geld haben, wollen sie uns helfen. Früher haben sie es nicht getan. Damals gingen wir zu Santos, wenn wir Geld brauchten, und der hat es riskiert.«

»Mit zwölf Prozent Zinsen«, unterbrach Borden.

»Zwölf Prozent war billig genug, wenn wir nirgendwo anders Geld kriegen konnten. Wieviel Aktienkapital behalten deine Bankleute denn für sich?« fragte er Borden.

»Nur fünf Prozent.«

Peter schüttelte den Kopf. »Genug, um Schwierigkeiten zu machen, wenn mal was schiefgeht.«

»Was soll schiefgehen?« fragte Borden. »Nichts. Das Land hat eine wirtschaftliche Blütezeit, sag' ich dir. Außerdem sind diese Leute nicht auf Geld aus, sie haben selber genug davon.«

Peter sah ihn an. »Und seit wann kennst du sie so gut? Was weißt du schon von ihnen?«

Borden lachte zuversichtlich. »Ich kenn' sie ganz gut. Letztes Jahr hab' ich mir das Haus auf Long Island gekauft, mitten unter ihnen. Zuerst hab' ich nicht gewußt, ob ich mit ihnen zurechtkäme, aber sie haben mich eingeladen, in ihre Klubs aufgenommen, und keiner hat mich je daran erinnert, daß ich Jude bin.«

Peter sah düster drein. »Vielleicht wär' es ganz gut, wenn sie dich daran erinnert hätten. Du vergißt, wo du herkommst: aus der Rivingtonstraße, mit Ratten im Hinterhof und den Toiletten im Treppenhaus.«

Borden sah leicht verägert aus. »Ich vergesse gar nichts, aber ich mache niemanden für meine Herkunft verantwortlich, und heute nimmt mich jeder für das, was ich bin.«

»Nächstes Jahr stehst du vielleicht im goldenen Buch?« sagte Peter lächelnd.

»Und warum nicht? Wir leben in Amerika, da ist alles möglich.«

Peter starrte ihn mit offenem Mund an. Der kleine Willie Bordanow aus der Rivingtonstraße im goldenen Buch. Er hob versöhnlich die Hand und sagte auf jiddisch: »Nu sei kein Narr, Willie, ich meine es ja gut, und ich will nur, daß du vorsichtig bist, weiter nichts.«

Borden wurde weicher: »Mach dir keine Sorgen, Peter. Willie Borden legt keiner rein.«

Peter zog die Schuhe wieder an und stand schwerfällig auf. »Ich glaube, wir gehen besser zurück, bevor Esther uns sucht!«

Sam Sharpe sah von einem zum andern. In vieler Beziehung waren sie sich sehr ähnlich; mit keinem war das Leben sanft verfahren. Für alles, was sie besaßen, hatten sie hart kämpfen müssen. Und außerdem hatten sie dauernd Sorgen, ob man sie ihre Abstammung nicht würde fühlen lassen. Er sah, wie sie langsam, als sie zur Tür gingen, wieder die Maske über das Gesicht zogen, die sie vor der Welt trugen, und einen Augenblick taten sie ihm leid. Es war doch wohl hart, Jude zu sein.

3

Warren sah die Frau auf sich zukommen, aber seine Gedanken waren noch bei dem, was Dulcie draußen auf der Terrasse zu ihm gesagt hatte.

Er hatte versucht, sie zu küssen, doch sie hatte ihn ausgelacht: »So bald schon, Warren?«

»Dulcie«, hatte er geantwortet, »du weißt nicht, wie es ohne dich ist. Ich konnte nicht mehr essen, nicht mehr schlafen, überhaupt nichts mehr tun. Was glaubst du wohl, warum ich so bereit war, für Johnny zu filmen?«

Sie hatte wieder gelacht, selbstbewußt, zuversichtlich. Er hatte die Arme um sie gelegt und durch den dünnen Stoff ihres Abendkleides ihre Wärme gespürt. Als er sich über sie beugte, um sie zu küssen, ganz dicht vor ihrem Mund, sagte sie leise: »Erinnerst du dich an das, was ich gesagt habe, als wir uns das letztemal sahen?«

Er hatte gelächelt. »Du warst schön, so schön wie nie zuvor, und zornig.«

Sie schloß die Augen und drängte sich an ihn, bis ihm schwindlig wurde. Dann plötzlich öffnete sie die Augen und starrte ihn mit einer Wut an, die ihn erschreckte. Immer noch leise, aber haßerfüllt sagte sie: »Ich habe es damals so gemeint, und ich meine es heute noch so. Jeder, der mir gefällt, kann mich haben, wenn er will – nur du nicht!« Dann plötzlich lächelte sie und nahm seinen Arm, als ob nichts vorgefallen wäre. »Wollen wir nicht zur Gesellschaft zurück, Warren?«

Betäubt folgte er ihr ins Zimmer, aber er war zu sehr Schauspieler, um zu zeigen, was er empfand. Im Augenblick, als er über die Türschwelle trat und aller Augen auf sich fühlte, war sein Gesicht genauso strahlend wie das von Dulcie.

»Mr. Craig«, sagte die Frau da vor ihm, »den ganzen Abend schon hab' ich mir so brennend gewünscht, Sie mal allein zu erwischen und mit Ihnen zu plaudern!«

Er lächelte höflich und machte eine kleine Verbeugung. »Es ist mir eine große Ehre.«

»Ich liebe Ihre Stimme«, fuhr die Frau fort, »Sie ist so kultiviert. Die meisten Schauspieler hier können überhaupt nicht sprechen!«

»Vielen Dank, Miß . . .«, er machte eine beziehungsvolle Pause.

Unbewußt fuhr sie sich übers Haar. Craigs Stimme hatte auf viele Frauen diese Wirkung. »Wie töricht von mir! Ich vergaß, daß Sie hier noch neu sind und mich gar nicht kennen können. Ich bin Marian Andrews.«

Er zog die Augenbrauen hoch und beugte sich über ihre Hand. »Doch nicht *die* Marian Andrews? Eine ebenso große Ehre wie Überraschung.«

»Warum Überraschung?«

»Weil Sie viel jünger sind, als ich bei einer so weltberühmten Reporterin für möglich gehalten hätte.«

»Wie reizend von Ihnen, Warren. Ich darf Sie doch so nennen? Wir hier im Westen sind nicht so formell wie die Leute im Osten. Nennen Sie mich Marian. Ich hab' übrigens gerade mit Johnny Edge gesprochen, er ist so glücklich, daß Sie

›Rendezvous in der Dämmerung‹ für ihn gemacht haben. Es muß für Sie aufregend sein, mit Ihrer schönen Kusine zusammen zu filmen.«

Er lachte. »Das stimmt, Marian, Sie wissen gar nicht, wie sehr. Seit Jahren war Johnny hinter mir her, ich sollte für ihn filmen.«

»Ich weiß. Auch unter welchen romantischen Umständen Johnny und Dulcie sich kennengelernt haben. Doch in Ihrer Garderobe, nicht?«

Er nickte.

Sie sah ihn mit einem abwägenden Blick an. »Und was sagt Ihre reizende Frau zu dem allem? Sie filmt doch nicht mit?«

»Das ist das einzige, was schade ist. Cynthia muß zu den Proben für ihr neues Stück nach New York zurück. Aber hier ist sie, fragen Sie sie selbst.«

Cynthia trat zu ihnen. Und er sagte lächelnd: »Cyn. Marian Andrews möchte wissen, was du vom Film hältst.«

»Vom Film, Warren?« sagte Cynthia nicht ohne Spott.

»Ist es nicht aufregend, daß Ihr Gatte seinen ersten Film mit seiner Kusine dreht?«

»Es ist sicher aufregend«, sagte Cynthia sarkastisch, »aber anders, als Sie denken, Marian.«

Sie gefiel Marian sofort. Sie hatte ehrlichen Respekt vor Aufrichtigkeit. »Ich weiß, was Sie meinen, Cynthia. Ich glaube, wir werden uns gut vertragen.«

4

Caroll Ragin ließ ein Bündel Papier auf Johnnys Schreibtisch fallen. »Wieder einhundertzwanzig in der Morgenpost, Johnny«, sagte er bekümmert.

»Lauter Kündigungen?«

Ragin nickte. »Und einige unserer besten Kunden sind darunter.«

»Setz dich hin, Carrie, du siehst niedergeschlagen aus.«

»Bin ich auch. Den ganzen Morgen hab' ich rumtelefoniert, und jeder sagt dasselbe: »Kommt raus aus dem Mittelalter und macht Tonfilme, der Tonfilm setzt sich durch.«

Johnny nahm einen der Verträge auf. Mit Rostift war quer darübergeschrieben: »Abgelehnt, 10. September 1929.« Die Unterschrift war die eines der ältesten Kunden der ›Magnum‹.

»Hast du mit ihm auch gesprochen?«

»Ja. Er hat dasselbe gesagt wie die andern. Es tut ihm leid, aber . . .«

Ragin schüttelte unglücklich den Kopf.

Johnny blätterte die anderen Verträge durch und stieß wieder auf eine vertraute Unterschrift. »Sogar Morris, der 1912 als erster den ›Banditen‹ gezeigt hat«, sagte er bitter.

»Ich weiß«, antwortete Ragin, »ich hab' ihn sogar daran erinnert, und er hat gesagt: ›Was soll ich machen? Das Publikum will Tonfilme; immer, wenn ich einen Stummfilm spiele, ist das Haus leer.‹ Jeder will Tonfilme – außer Peter. Ich sage dir, Johnny, du mußt Peter auch dazu überreden, oder ich gebe keine zwei Cents für unsere Chancen, im nächsten Jahr im Geschäft zu bleiben!« Seine Stimme war heftig geworden.

Johnny sah ihn verständnisvoll an. Ragin war Leiter des Verleihbetriebes und hatte guten Grund, heftig und gereizt zu sein. Bis zu diesem Jahr war alles glänzend gegangen, und jetzt konnte er arbeiten, soviel er wollte, es war stets umsonst.

Wenn Peter nur vor zwei Jahren auf ihn gehört hätte, als man anfing, den Tonfilm zu diskutieren! Aber Peter war der Ansicht gewesen, es sei nicht von Dauer.

Als Warner den ›Jazzsänger‹ herausbrachte, in dem Jolson sang, aber nur eine einzige Zeile Dialog sprach, hatte Peter gesagt. »Eine Neuheit, weiter nichts.« Aber Peter hatte unrecht gehabt, der ›Jazzsänger‹ kehrte die ganze Branche um.

Ein Film nach dem anderen kam heraus, in dem gesungen und geredet wurde, einige waren sogar schon mit durchgehendem Dialog versehen, aber Peter hielt an seiner Ansicht fest. Vor einem Monat waren die Zeitungen voller Schlagzeilen darüber gewesen, daß Fox in Zukunft nur noch Tonfilme produzieren werde. Borden war mit der gleichen Ankündigung am nächsten Tag gefolgt, und bald darauf alle andern. In der Woche danach erhielt die »Magnum« über vierzig Vertragsannullierungen, vierzehn Tage später waren es über hundert, und jetzt gingen beinahe täglich rund hundert ein. Johnny rechnete aus, daß es bei diesem Tempo nicht lange dauern würde, bis sie erledigt waren.

»Gut, Carrie«, sagte er schließlich, »ich werde noch mal mit ihm reden, aber ich weiß nicht, ob es was nützt. Du kennst Peter. Wenn er sich mal was in den Kopf gesetzt hat . . .«

Ragin stand auf. »Ich weiß. Du kannst ihm sagen, daß ich mir eine neue Stellung suche, wenn er seine Haltung nicht ändert, denn dann werd' ich hier bald nichts mehr zu tun haben.«

»Glaubst du wirklich?«

»Bestimmt. Ich mache mir nichts vor, auch wenn Peter das tut. Ich geh' rüber in mein Büro, falls du mich brauchen solltest. Mal sehen, was die zweite Post gebracht hat.«

Johnny sah noch einmal die Papiere auf seinem Schreibtisch durch, und während er sich klarmachte, was für Folgen das Geschehene haben würde, erfüllte ihn immer stärker ein Gefühl der Furcht.

Es war nicht länger eine Frage, ob Peter seine Ansicht ändern würde, sondern noch mehr die, ob sie sich eine solche Produktionsumstellung heute noch leisten konnten, wenn Peter nachgab. Von der Herstellung eines Films bis zu seinem Erscheinen im Theater verstrichen fast sechs Monate, in manchen Fällen sogar mehr. Diese Zeit brauchte man, um die nötige Anzahl von Kopien herzustellen, für die Reklame, für die Zensur. Es war ein langer und manchmal qualvoller Weg von der Produktion bis zum Zuschauer. Aus diesem Grunde hatten alle Filmgesellschaften einige Streifen in Reserve, und die »Magnum« bildete keine Ausnahme. Sechzehn Filme waren fertig, weitere fünf in Produktion.

Als Johnny daran dachte, preßte er die Lippen zusammen. Es war eine Sitaution, wie sie sich für gewöhnlich jeder Produzent wünschte, sie hatte nur einen Haken: die Filme waren alle stumm!

Johnny nahm ein Blatt Papier und begann zu rechnen. Das Ergebnis war, daß rund neun Millionen Dollar in Stummfilmen angelegt waren, die das Publikum nicht mehr sehen wollte. Wenn sie sich zur Herstellung von Tonfilmen entschlossen, mußte jeder dieser Filme neu gemacht werden. Abfall für neun Millionen Dollar!

Er rief Fred Collins an, den Oberbuchhalter der Gesellschaft, und fragte: »Fred, wie ist unsere gestrige Bilanz?«

Collins, ein großer Mann mit einer lauten Stimme, trompetete prompt durchs Telefon: »900142 Dollar und sechsunddreißig Cent.«

»Ziemlich niedrig, nicht?«

»Ja, aber wir bekommen heute anderthalb Millionen von der Unabhängigen Bank.«

»Damit schulden wir ihr insgesamt sechs Millionen Dollar, stimmt's?«

»Jawohl! Das ist das Maximum, was wir leihen können, laut unserem Vertrag mit der Bank. Eine neue Anleihe ist erst möglich, wenn wir unsere bisherigen Darlehen bis auf drei Millionen reduziert haben.«

»Danke, Fred.« Johnny taten die Ohren von Freds dröhnender Stimme weh, obwohl er vorsichtig genug gewesen war, den Hörer ein gutes Stück von seinem Ohr wegzuhalten. Warum mußte Peter auch ein Nebelhorn als Buchhalter engagieren! Aber Collins war in Ordnung, er leistete gute Arbeit.

Dann rief Johnny Ed Kelly an und fragte ihn: »Wieviel Verleihverträge haben wir für 1929/1930 abgeschlossen?«

»Augenblick, Mr. Edge, ich sehe sofort nach.«

Die Filmgesellschaften pflegten ein ganzes Jahresprogramm im voraus zu verleihen, oft sogar, ehe die einzelnen Filme gemacht, ja geplant waren. Man hatte auf diese Weise einen annähernden Überblick, wieviel Einnahmen man im kommenden Jahr zu erwarten hatte.

Kelly meldete sich wieder. »Gestern abend waren es noch achttausendeinhundertundzwölf Verträge, Mr. Edge. Die Annullierungen, die, wie ich höre, heute früh eingegangen sein sollen, sind davon noch nicht abgezogen.«

»Danke, Ed.«

Johnny begann abermals zu rechnen, und das Ergebnis sah nicht gut aus. Im letzten Monat hatten sie beinahe tausend Abschlüsse eingebüßt: jeder Abschluß bedeutete eine durchschnittliche Wocheneinnahme von fünfzig Dollar. Sie würden also im nächsten Jahr infolge der Annullierungen rund zweieinhalb Millionen Dollar verlieren. Gingen noch weitere Annullierungen in dem bisherigen Tempo ein, so mußten sie zumachen. Eine Fortführung der Produktion war dann ausgeschlossen. Johnny wischte sich die Stirn. Ob es Peter nun gefiel oder nicht – sie mußten Tonfilme produzieren. Aber woher das Geld nehmen? Von den Banken konnten sie nichts mehr bekommen, und Peter würde wohl kaum genügend eigenes Kapital dafür besitzen. Er mußte einen Weg finden.

5

Er verließ sein Büro und sagte zu Jane: »Ich gehe zum Lunch.« Sie guckte ihn überrascht an, es war erst zwölf Uhr dreißig, und er ging sonst gewöhnlich um eins. Sie sah auf ihren Block. »Vergiß nicht, daß du um zwei mit Rocco verabredet bist.«

»Werd' ich schon nicht, wenn du mich dauernd daran erinnerst.«

»Ich muß dafür sorgen, daß der Junge beschäftigt ist, schließlich ist er ja mein Mann.«

Einen Augenblick lang beneidete er sie. Er fühlte, wie nah die beiden einander waren, wie sie sich verstanden. Zwischen ihm und Dulcie war es nie so, vielleicht weil sie so häufig getrennt waren. Er seufzte fast unmerklich, vielleicht würde sich das auch eines Tages ändern lassen. Zu Jane sagte er: »Was soll ich? Mir die Haare schneiden lassen?«

Sie lachte. »Tu das, und ich kündige! Mindestens die ganze Behandlung mit allem Drum und Dran! Vergiß nicht, daß mein Mann am Geschäft beteiligt ist.«

»Schön, schön! Ich tu's, ich hab' keine Zeit, eine neue Sekretärin anzulernen. Aber es ist Erpressung.«

Sie half ihm in den Mantel. »Das ist ein Teil des Lohnes, den du für meine Tätigkeit zahlen mußt.«

»Ich geb's auf.« Er lachte, aber sein Lachen schlug in einen Hustenanfall um, und die Tränen traten ihm in die Augen.

»Sei vorsichtig, Johnny«, warnte Jane, »du hast deine Erkältung noch nicht überwunden.«

Er nickte und ging. Draußen war die Luft schon herbstlich, obwohl die Sonne, die ihm ins Gesicht schien, noch Wärme gab. Er steckte sich eine Zigarette an, aber der Rauch irritierte seine Lungen, und er bekam einen neuen Hustenanfall.

Er kaufte sich in der Hotelhalle eine Zeitung und betrat das Restaurant. Es war niemand da, der ihn hätte stören können. Deshalb war er so früh gegangen, er brauchte Ruhe, um nachzudenken. Er schlug die Filmseite auf, und sein Blick fiel auf einen Bericht von Marian Andrews. Er las den ersten Absatz:

»Die Warren Craigs lassen sich scheiden. Als ich davon hörte, fragte ich Cynthia Craig, ob es wahr sei, und sie sagte: ›Ja, es ist wahr. Warren und ich trennen uns freundschaftlich. Seine Arbeit hält ihn die ganze Zeit in Hollywood und mich die meine in New York, da sind wir übereingekommen, daß es so am besten ist.‹ Es tut mir sehr leid, denn ich kenne Warren und Cynthia, seit sie vor einigen Jahren zum erstenmal nach Hollywood gekommen sind, und sie sind so ein reizendes Paar. Ich hoffe immer noch, daß sie sich ihre Entscheidung noch einmal überlegen, fürchte aber, sie tun es nicht. Die Dinge sind zu weit gediehen, und außerdem hörte ich, daß Warren lebhaftes Interesse an einer anderen jungen Dame nimmt, einem berühmten Filmstar, deren Ruf als Herzensbrecher das Tagesgespräch von Hollywood ist. Zu schade.«

Johnny dachte, als er zu Ende gelesen hatte, daß es Dulcie und ihm wenigstens nicht so schlimm ginge. Sie verstanden sich, und ihre Trennung beeinflußte ihre Beziehungen zueinander nicht.

Die nächste Seite zeigte Fotos von einer Hollywoodparty. Ein großes Bild in der Mitte erregte seine Aufmerksamkeit. Es zeigte Dulcie und Warren, die an einem Tisch saßen, sich bei den Händen hielten und einander zulächelten. Darunter stand:

»Dulcie Warren und Warren Craig, die Stars aus dem letzten Magnum-Film. ›Tag der Trauer‹, auf der John-Gilbert-Party. Miß Warren ist mit Johnny Edge verheiratet, Mr. Craig hat gerade seine bevorstehende Scheidung von Cynthia Wright, einer prominenten Schauspielerin, angekündigt. Miß Warren und Mr. Craig sind Vetter und Kusine.«

Johnny lächelte. Dulcie hatte ihm geschrieben, daß die Presseabteilung wünschte, daß man sie und Warren zusammen sähe, es sei eine gute Reklame für ihre Filme. In letzter Zeit waren in den Zeitungen ziemlich viel Bilder mit den beiden erschienen.

Er legte die Zeitungen zusammen und wandte sich seiner Suppe zu, die heiß und würzig war, wie er es gern hatte. Aber er aß sie trotzdem nicht auf, denn die geschäftliche Situation bewegte ihn zu sehr.

Er war sicher, daß Peter keine Einwände mehr gegen die Produktion von Tonfilmen erheben würde, wenn er erst mit ihm gesprochen hatte. Nur, woher sollte das Geld kommen? Sie könnten es vielleicht auftreiben, wenn sie sich an die Bankiers der Wall Street wendeten, aber zu einem solchen Schritt würde Peter sich nie entschließen. Er legte Messer und Gabel hin und rief den Kellner, um zu zahlen. Er konnte nichts essen.

Es war erst halb zwei, vielleicht war Rocco frei und konnte ihn eher drannehmen.

Rocco lächelte, als er ihn kommen sah. »Du bist früh.«

Johnny nickte. »Ich hab' nur Zeit zum Rasieren.«

»Wie geht's dir, Johnny?«

»Gut.«

»Jane hat mir erzählt, daß du eine schwere Erkältung hattest.«

»Die ist vorbei«, sagte Johnny kurz.

Während Rocco ihn rasierte, schwiegen sie. Als Johnny sich dann die Krawatte band, meinte Rocco, der ihn betrachtete: »Du siehst abgespannt aus.«

»Ich hab' viel zu tun. Aber du siehst gut aus, Rock.«

»Warum soll ich nicht? Ich hab' alles, was ich will.«

»Hm«, sagte Johnny mit einer leisen Spur von Neid, »das stimmt wohl. Ich wollte, ich könnte das auch von mir sagen.«

Rocco versuchte, das Thema zu wechseln. »Rate mal, wer heute hier war!«

»Wer denn?«

»Bill Borden. Junge, war der überrascht, mich hier zu sehen!«

»Das glaub' ich. Was hat er denn gesagt?«

»Nicht viel. Er will seinen Theaterring vergrößern.«

Eine Sekunde lang stand Johnny mit offenem Mund da, dann begann er zu lächeln. Was für ein vergeßlicher Narr war er gewesen! Letztes Jahr hatte Borden ihre Theater kaufen wollen, aber Peter hatte sich geweigert. Das war der Ausweg! Er umarmte Rocco. »Du bist der beste Friseur der Welt, und ich hab' dich gern.« Und weg war er, ohne bezahlt zu haben.

Der Geschäftsführer kam auf Rocco zu. »Ist der Kerl verrückt?«

»Verrückt wie ein Fuchs«, sagte Rocco und ging zur Kasse, um Johnnys Rechnung zu bezahlen. Johnny hatte sich überhaupt nicht verändert, man wußte bei ihm nie, was er als nächstes tun würde.

Aufgeregt und mit gerötetem Gesicht platzte er ins Büro. »Ruf Bill Borden an«, sagte er zu Jane.

Ein paar Sekunden später meldete sich Borden.

»Bist du noch an unsern Theatern interessiert?«

»Natürlich. Hat Peter seine Ansicht geändert?«

»Nein, aber ich glaube, er wird es.«

»Glaubst du wirklich?« Borden wollte die Theater gern haben, aber er kannte Peters Hartnäckigkeit.

Johnny zögerte eine Sekunde. »Ja, ich glaube schon, besonders, wenn ich ihm einen Scheck unter die Nase halten könnte.«

Borden räusperte sich. »Es ist ziemlich ungewöhnlich, einen Scheck über sechs Millionen Dollar auszustellen und nicht zu wissen, ob er angenommen wird oder nicht. Den Aktionären würde es nicht gefallen, wenn sie davon erführen. Ich muß Rücksicht auf sie nehmen.«

»Niemand braucht etwas davon zu wissen. Wenn Peter nein sagt, geb' ich dir den Scheck zurück; sagte er ja, was ich glaube, bist du für deine Aktionäre ein Mordskerl. Vergiß nicht, daß die Theater schließlich acht Millionen wert sind.«

Borden faßte seinen Entschluß, denn Johnny hatte recht. Nahm Peter sein Angebot an, dann besaß die Borden-Gesellschaft den größten Theaterring der Welt. »Wann gehst du weg?«

»Nicht später als fünf.«

»Ich halte den Scheck in meinem Büro bereit. Läßt du ihn abholen?«

»Ich hol' ihn selbst.«

Johnny legte auf und ging hinaus zu Jane. »Besorg mir Fahrkarten für einen Zug nach Hollywood nach fünf Uhr, ich muß heute noch hin.«

Sie starrte ihm immer noch überrascht nach, als ihr Telefon läutete. Es war Rocco. »Was ist mit deinem Chef los, Baby? Er ist hier weggerannt, ohne zu bezahlen.«

»Ich weiß nicht. Er hat mir eben aufgetragen, Fahrkarten nach Kalifornien zu bestellen.«

In diesem Augenblick klingelte Johnny nach ihr und trug ihr auf, in seiner Wohnung anzurufen, seine Koffer packen und hierher bringen zu lassen.

Es war Freitag nachmittag. Wenn er den Fünf-Uhr-Zug noch bekam, konnte er morgens um vier Uhr in Chikago sein und am Samstag gegen elf in Los Angeles.

Er wollte Peter anrufen, ließ es aber. Es wäre in diesem Fall vielleicht besser, ihn zu überraschen. Er wollte auch Dulcie überraschen. Zärtlich lächelte er ihrem Bild zu; in Gedanken hörte er sie vorwurfsvoll sagen: »O Johnny, du hast mich erschreckt. Du hättest mir sagen sollen, daß du kommst.«

Er zog an seiner Zigarette und bekam sofort einen Hustenanfall. Er war seine Erkältung noch nicht los, aber ein paar Tage in der Sonne Kaliforniens würden ihn schon in Ordnung bringen.

6

Der Zug lief bei strömendem Regen in Los Angeles ein, und Johnny fröstelte. Aber sein Gesicht fühlte sich heiß an, und er überlegte, ob er wohl Fieber hätte.

Im Zug war seine Erkältung wieder stärker geworden. Kehle und Brust taten ihm weh, in seinem ganzen Körper hatte er dumpfe Schmerzen. Er nahm zwei Aspirintabletten, und das wunde Gefühl im Rachen ließ etwas nach.

Es war kurz nach zehn, und er beschloß, direkt zu Peter und dann nach Hause zu fahren.

Während er vor Peters Tür stand, prasselte der Regen auf ihn nieder. Er hustete und läutete noch einmal. Es war inzwischen Mitternacht geworden, und das Haus lag dunkel.

Endlich flammte Licht auf, und der Butler steckte seinen Kopf durch den Türspalt.

»Laß mich rein, Max, ich ertrinke hier draußen.«

»Mr. Edge! Wir haben Sie gar nicht erwartet.« Der Butler riß die Tür auf und nahm ihm den Koffer ab.

»Nein; ist Mr. Kessler zu Hause?«

»Er hat sich schon hingelegt.«

»Wecken Sie ihn auf, ich muß mit ihm reden. Ich gehe in die Bibliothek.«

Im Kamin war noch Glut, auf die Johnny etwas Holz warf. Auf dem Cocktailtisch stand eine Karaffe, und er goß sich etwa zu trinken ein.

Peter sah bestürzt aus, als er hereinkam und Johnny am Kamin stehen sah. Esther war direkt hinter ihm.

»Was machst du denn hier? Ich hab's gar nicht glauben wollen, daß du gekommen bist.«

Johnny trank sein Glas aus, er fühlte die Wärme langsam durch seine Kehle rinnen und hustete. »Ich bin hergekommen, um zu sehen, ob ich deinem deutschen Dickschädel nicht etwas Vernunft einhämmern kann«, sagte er freundlich.

Peter sank erleichtert in einen Sessel. »Ist das alles? Ich hab' gedacht, irgend etwas Schreckliches sei passiert.«

»Etwas Schreckliches wird passieren, wenn du nicht Vernunft annimmst.«

»Im Geschäft?«

»Ja.«

Peter stand auf. »Das kann bis morgen warten. Erst werden wir dir was Heißes zu essen machen, während du dich umziehst. Du bist triefnaß.«

Johnny bekam einen Hustenanfall und preßte die Hand auf die Stirn – zum Überfluß hatte er jetzt auch noch rasende Kopfschmerzen.

Peter sah zu Esther hin. »Mama, hol ihm was Heißes zu trinken.«

Johnny hob protestierend die Hand. »Das ist nicht nötig. Sobald wir hier fertig sind, geh' ich nach Hause.«

»Erwartet Dulcie dich?«

»Nein, ich wollte sie gern überraschen.«

Peter sah aus dem Fenster. »Du solltest bei diesem Wetter nicht mehr raus. Bleib die Nacht hier, du kannst sie morgen früh überraschen.«

»Nein, der schlimmste Sturm ist ja vorbei.«

Esther kam mit einer Kanne Kaffee zurück und goß Johnny eine Tasse ein. »Trink erst, das wird dir guttun.«

»Danke.«

»Du siehst nicht gut aus«, meinte sie besorgt.

»Nur eine kleine Erkältung, weiter nichts.«

Sie setzten sich, und Esther zog den Morgenrock fester um sich. Es war trotz des Feuers kühl, und sie war froh, daß sie Peter dazu gebracht hatte, seinen Bademantel anzuziehen. Als er gehört hatte, daß Johnny gekommen war, hatte er nämlich im Pyjama hinunterlaufen wollen.

»Na, Johnny«, begann Peter nun das Gespräch, »was ist denn so schrecklich Dringendes, daß du mitten in der Nacht aus New York hier ankommst?«

Johnny schwieg einen Moment, dann setzte er seine Kaffeetasse hin und erklärte rundheraus: »Wir müssen Tonfilme produzieren.«

Peter sprang zornig auf. »Ich dachte, das sei alles längst erledigt. Ich hab' schon mal gesagt, daß der Tonfilm sich nicht halten wird.«

»Wir haben im letzten Monat rund tausend Abschlüsse eingebüßt. Täglich kommen etwa hundert Vertragsannullierungen im Büro an, und alle aus demselben Grund, weil wir keine Tonfilme haben. Ragin will sich nach einer anderen Stellung umsehen, weil wir in drei Monaten erledigt sind, wenn nichts geschieht.«

»Das geht vorbei«, sagte Peter, aufgeregt mit den Händen gestikulierend. »Was soll ich denn tun? Die Filme wegwerfen, die ich gemacht hab'? Unser ganzes Geld steckt drin.«

»Wenn die Theaterbesitzer sie nicht spielen, kriegen wir unser Geld nie zurück.«

Peters Gesicht verriet zum erstenmal Unsicherheit. »Glaubst du wirklich, daß sie sie auf keinen Fall spielen werden?«

Johnny wich seinem Blick nicht aus und erwiderte mit Überzeugung: »Bestimmt nicht.«

Peter sank in seinen Stuhl, sein Gesicht war plötzlich ganz grau. »Dann bin ich ruiniert!« sagte er mit brüchiger Stimme. Seine Hand, die eiskalt war, griff nach Esther.

»Nicht, wenn wir sofort Tonfilme herstellen.«

Peter hob hilflos die Hände. »Wie sollen wir das machen? Unser ganzes Geld steckt in der bisherigen Produktion.«

»Du kannst dich an Wall Street wenden wie Borden.« Es kostete Johnny Überwindung, das zu sagen, aber er wollte ganz sichergehen, um Peters Zustimmung zu seinem Plan zu bekommen.

Peter schüttelte den Kopf. »Dazu ist es zu spät. Wir schulden Santos sechs Millionen und können erst neue Kredite aufnehmen, wenn unsere Schuld auf drei Millionen reduziert ist. Laut Vertrag.«

Johnny holte aus seiner Tasche einen Umschlag und gab ihn Peter mit einer melodramatischen Gebärde. »Vielleicht löst das unser Problem.«

Peter öffnete den Umschlag, der Scheck fiel heraus und flatterte zu Boden. Peter hob ihn auf und sah ihn an. »Wofür will Borden mir sechs Millionen geben?« fragte er ungläubig, fast betäubt.

»Für unsere Theater.«

»Aber sie sind fast acht Millionen wert«, protestierte Peter schwach.

Johnny mußte beinahe darüber lächeln, wie fest Peter den Scheck hielt. Wenn er das Angebot ablehnen wollte, hätte er ihm den Scheck vor die Füße geworfen. »Ich weiß, aber wir haben keine Wahl. Wir müssen das Angebot annehmen oder überhaupt aufgeben.«

Peters Augen wurden feucht, und er sah hilflos zu Esther auf.

Johnny, der den Blick auffing, fühlte, wie sich ihm die Kehle zuschnürte. Er stand auf und klopfte Peter tröstend auf die Schulter. »Es kann alles für etwas gut sein, Peter, wer weiß? Wenn wir wieder auf die Beine kommen, holen wir uns die Theater vielleicht zurück. Vielleicht machen wir sogar ein gutes Geschäft. George Pappas ist der Ansicht, daß der Theatermarkt jeden Tag zusammenbrechen muß. Unter Umständen kann es unser Glück sein, wenn wir rechtzeitig aussteigen.«

»Ja, vielleicht. Wir können wohl auch nichts anderes tun.«

»Nein, es bleibt uns nichts anderes übrig.«

»Ich hätte es besser wissen sollen, ich werde alt. Ich sollte mich zur Ruhe setzen und das Geschäft jungen Leuten wie dir überlassen.«

»Unsinn! Jeder macht mal einen Fehler. Und du hast weniger gemacht als andere aus unserer Branche, die ich dir nenne könnte.«

Peter fühlte sich gleich etwas wohler. »Glaubst du das wirklich?«

»Natürlich; ich würde es nicht sagen, wenn ich es nicht meinte.«

Esther lächelte dankbar vor sich hin. Johnny war ein guter Junge, er wußte, wieviel es bedeuten konnte, einmal etwas Freundliches zu sagen. Da Johnny darauf bestand, nach Hause zu gehen, bestellte Peter den Wagen. Er sah noch, wie Johnny wieder zu husten anfing, als der Wagen abfuhr.

Nachdenklich ging er in die Bibliothek zurück. Er war ein Narr gewesen, die Zukunft des Tonfilms nicht zu sehen. Ohne Johnny wäre er erledigt gewesen. Es gab nicht viele von Johnnys Art.

Plötzlich fiel ihm ein, daß Johnny gesagt hatte, Dulcie erwartete ihn nicht, und ihm wurde heiß und kalt. Er kannte Dulcie und wußte nicht, was Johnny zu Hause vorfinden würde. Was mit Dulcie geschah, war ihm gleichgültig, aber er wollte Johnny Leiden ersparen, und so lief er ans Telefon und wählte Dulcies Nummer. Mindestens fünf Minuten hörte er den Apparat läuten, ohne daß sich jemand meldete. Schließlich legte er auf und ging schweren Herzens zu Bett mit dem Vorgefühl, daß irgend etwas Schreckliches passieren würde.

»Wen hast du angerufen?« fragte Esther.

»Johnnys Frau«, sagte er zögernd, er konnte sich nicht überwinden, ihren Namen auszusprechen, »ich wollte nicht, daß sie erschrickt.«

Esther verstand. »Es ist eine Schande, sagte sie kopfschüttelnd auf jiddisch.

7

Das Läuten des Telefons weckte ihn, und er knipste die Nachttischlampe an. Dulcie, die ihn beobachtete, fragte träge: »Wozu tust du das?«

»Das Telefon klingelt«, sagte er unsicher, wollte den Hörer abnehmen und ihr geben, aber sie hielt ihn fest. »Laß es ruhig klingeln, Warren.«

»Vielleicht ist es was Wichtiges.«

»Oder eine falsche Nummer.«

Das Läuten störte ihn. In der nächtlichen Stille hatte es einen warnenden Klang. Er setzte sich auf und steckte sich mit leicht zitternden Händen eine Zigarette an.

»Aber, Warren«, sagte sie spöttisch, »du bist ja nervös.«

Er antwortete nicht, stand auf und ging zum Fenster. Draußen regnete es in Strömen, der Wind heulte. »Das Wetter macht mich verrückt«, sagte er gereizt, »schon drei Tage nichts als Regen!«

Seit der Ankündigung seiner bevorstehenden Scheidung war er durcheinander. Sie streckte die Arme nach ihm aus. »Komm zurück ins Bett, Baby«, sagte sie mit leiser, heiserer Stimme, »Mami hat etwas, was dich beruhigt.« Das Telefon schwieg.

»Siehst du, es hat aufgehört.« Sie neigte den Kopf zur Seite, so daß ihr Haar in Wellen über ihre Schultern flutete.

Die Sprungfedern knirschten, als er sich neben sie aufs Bett setze. »Erschreckt dich denn nie etwas, Dulcie?«

Sie lachte und zuckte die Schultern, wobei ihr Nachthemd herunterglitt. »Warum sollte es? Ich hab' nichts zu fürchten.« Sie preßte seine Hände gegen ihre Brüste.

Er fühlte ihre Wärme in seinen Armen, und seine Gereiztheit ließ nach. Statt dessen empfand er eine wachsende Erregung, und für eine Zeitlang hörte man nur ihrer beider Atemzüge.

Er wollte das Licht löschen, aber sie sagte mit weit geöffneten, seltsam funkelnden Augen: »Laß es an, ich seh' gern, wohin ich gehe.«

Er beugte sich über sie, ihre Zähne bissen in seine Unterlippe, ihre Arme umschlangen ihn und zogen ihn hinunter.

Minuten verstrichen. Sein ganzer Körper war lebendig und wild, wie er es nie zuvor gekannt hatte. Ihm war, als ob er in einem Meer ungekannter Empfindungen und Erregungen ertränke.

Einmal öffnete er die Augen und sah sie an. Ihre Augen waren halb geschlossen, durch die schmale Öffnung der Lider glitzerten sie vor Lust, Lust an der Macht und an den Begierden ihres Körpers. Zwischen ihren weißen Zähnen sah er ihre Zungenspitze rosa schimmern, ihr Atem schlug in heftigen Wogen gegen sein Gesicht.

Er schloß die Augen wieder und überließ sich diesem dunklen Meer der Lust. Doch plötzlich hörte er ein Geräusch und wandte erstarrt den Kopf: die Klinke wurde niedergedrückt, und langsam öffnete sich die Tür.

Johnny lehnte sich im Wagen in den Sitz zurück. Er fühlte sich müde, hatte rasende Kopfschmerzen und fröstelte. Er zündete sich eine Zigarette an, aber der erste Zug rief einen wütenden Hustenanfall hervor, und er mußte sich das Gesicht abtrocknen, das schweißbedeckt war. Er sah nach dem Haus zurück, auf das Peter so stolz war, besonders auf den Swimmingpool. Johnny war froh, daß er trotz seines schlechten Gesundheitszustandes die Reise unternommen hatte. Der dankbare Gesichtausdruck von Peter, als ihm klar wurde, daß noch nicht alles verloren sei, war schon eine Erkältung wert.

Er warf seine Zigarette aus dem Wagenfenster und nahm wieder zwei Aspirintabletten. Ihm war entsetzlich kalt, er konnte nicht verhindern, daß er am ganzen Körper zitterte.

Der Wagen hielt vor seinem Haus, und der Chauffeur fragte. »Soll ich Ihren Koffer nach oben bringen, Mr. Edge?«

Der arme Teufel sah müde aus, er war sicher aus dem Schlaf geholt worden, um ihn nach Hause zu fahren. »Nein, danke, es geht schon.« Der Nachtportier schlief hinter seinem Pult. Johnny fuhr nach oben und öffnete leise die Wohnungstür. Seine Fußtritte weckten auf den dicken weichen Teppichen keinen Laut. Die Tür zum Schlafzimmer war zu, aber unten fiel durch einen Spalt etwas Licht. Dulcie mußte wohl eingeschlafen sein, während das Licht noch brannte, das kam öfter vor.

Es tat gut, zu Hause zu sein. Morgen früh, nach einer richtigen Nachtruhe, würde er sich besser fühlen, er hatte im Zug wenig geschlafen.

Er drückte die Türklinke nieder und öffnete langsam die Tür zum Schlafzimmer.

Ihm wurde plötzlich schlecht, sein Magen drehte sich um, und er lief hinaus in die Küche. Seine Augen brannten, während er sich wieder und wieder übergab. Zuletzt hörte es auf, und er ging halbbetäubt ins Wohnzimmer.

Er fühlte sich völlig leer, die Augen hielt er fest geschlossen, als ob er das Bild ausschließen wollte, das er soeben gesehen hatte. Eine kreischende Stimme riß an seinem Gehör, und langsam, mühsam schlug er die Augen auf.

Dulcie stand nackt und mit wutverzerrtem Gesicht vor ihm und schrie ihn an. Er ging ausdruckslos und ohne ein Wort um sie herum, um seinen Hut und Mantel aufzunehmen. Sie schrie immer noch. Was sagte sie?

Plötzlich verstand er es, und im ersten Schock streckte er die Arme aus und legte die Hände um ihre Kehle. Seine Hände waren stark – sie hatten ja lange Krücken umklammert.

Ihre Stimme erstarb, und sie sah ihn in hilfloser Angst an. Sie wollte sprechen, konnte es aber nicht. Sie konnte auch nicht atmen, und ihre Hände zerrten an den seinen, um den Griff um ihre Kehle zu lockern.

Er schüttelte sie so wild, daß sie dachte, er würde ihr das Genick brechen. Er knurrte wie ein Tier dabei. Vom Schlafzimmer aus sah Warren ihm wie hypnotisiert zu, mit weißem verzerrtem Gesicht.

Plötzlich war ihm zumute, als ob er Dulcie zum erstenmal sähe. »Was tue ich mit dir?« sagte er angeekelt, ließ ihre Kehle los und schlug ihr mit dem Handrükken ins Gesicht.

»Das ist meine Frau«, sagte er wieder und wieder zu sich.

Sie sah zu ihm auf mit einer Mischung aus Triumph und Furcht. »Was anderes hab' ich nicht erwartet – von einem Krüppel«, warf sie ihm ins Gesicht. »Hast du je gedacht, du wärst zu was anderem zu gebrauchen?«

Einen Moment starrte er sie an, dann ging er hinaus und an den Fahrstuhl.

Der Nachtportier schlief immer noch, als er an ihm vorbei in die regnerische Nacht trat. Hut und Mantel waren oben geblieben, und der Regen prasselte auf ihn nieder. Er schlug den Kragen seiner Jacke hoch und ging weg.

Er wußte nicht, wie lange er so gegangen war, aber der Himmel wurde schon grau. Es regnete immer noch, er war bis auf die Haut durchnäßt. Sein Kopf, sein ganzer Körper schmerzte. Mit jedem Schritt schnitt es wie mit Messern durch den Beinstumpf.

Worte, die sie ihm zugeschrien hatte, verfolgten ihn. »Geh zu Doris zurück, geh zu Doris zurück, die kleine Hure wird immer noch heiß, wenn du nur in ihre Nähe kommst!« Da hatte er sie an der Kehle gepackt.

In wilder Hast begann er die Straße hinunterzulaufen. Er lief und rief mit schriller Stimme: »Doris, Doris, warte auf mich!« In der leeren Straße hallte seine Stimme wider.

Dann stolperte er und fiel. Mühsam kam er wieder auf die Füße, lief ein paar Schritte und fiel ein zweites Mal. Diesmal lag er in einer Pfütze. Er versuchte, wieder hochzukommen, aber er war zu erschöpft. Er legte seinen Kopf in das Wasser, das an seinem brennenden Gesicht angenehm kühl war.

Wie im Traum hörte er, wie ein Wagen zum Stehen gebracht wurde und jemand sagte: »Da scheint einer auf der Straße zu liegen.«

Fußtritte näherten sich, und eine Männerstimme rief aufgeregt: »Es ist ein Mann!«

Jemand drehte ihn um. Er wünschte, sie möchten doch weggehen und ihn in Ruhe lassen, er begann gerade, sich wohl zu fühlen.

Ungläubig sagte die Stimme: »Nanu, es ist Mr. Edge!«

Was ist daran so Ungewöhnliches? dachte er, soll ich jemand anders sein? Er fühlte, wie sie ihn aufhoben und in den Wagen trugen. Ihm war wieder kalt, und er zitterte.

»Was sollen wir mit ihm anfangen? Er sieht aus, als ob er krank wäre«, fragte die Männerstimme. Eine Frauenstimme antwortete kalt: »Er ist wahrscheinlich betrunken. Weißt du, wo er wohnt? Wir müssen ihn nach Hause bringen.«

Das Wort »nach Hause« brannte sich in Johnny ein, er zwang sich, die Augen zu öffnen. »Nicht nach Hause«, sagte er mit brüchiger, heiserer Stimme, »ich hab' kein Zuhause!«

Die Gesichter im Vordersitz wandten sich zu ihm und starrten ihn bestürzt an. Johnny erkannte den Mann, Bob Gordon, den Leiter der Wildwestfilm-Produktion. Die Frau kannte er nicht, es war wahrscheinlich seine Frau.

»Gordon«, sagte er so schwach, daß sie ihn kaum hören konnten, »bring mich zu Doris Kessler.« Und er schloß die Augen.

8

Peter drehte sich unruhig im Bett um, öffnete die Augen. Hinter dem Fenster spannte sich der Himmel grau, und Regen rauschte in den Dachrinnen. Er sah auf seinen Wecker, es war fast sechs Uhr früh, wie er erleichtert feststellte – in einer Stunde konnte er aufstehen, er hatte die ganze Nacht nicht geschlafen.

Müde streckte er sich. Es war töricht gewesen, sich wegen Johnny Sorgen zu machen, wahrscheinlich war alles in Ordnung, dachte er, als er ein Auto vorfahren hörte. Er setzte sich lauschend im Bett auf.

Jemand ging über den Kiesweg und läutete an der Haustür – es klang in dem stillen Haus wie ein Alarm.

Er sprang auf, griff nach seinem Bademantel und lief die Treppen hinunter. Bob Gordon stand an der Tür und sagte aufgeregt: »Mr. Kessler, ich hab' Mr. Edge draußen in meinem Wagen.«

Peter sah ihn verständnislos an, aber Gordon erklärte hastig: »Ich fand ihn in Ihrer Straße in einer Pfütze liegend, nur zwei Häuserblocks entfernt. Er sieht krank aus.«

Peter fand seine Stimme wieder und stammelte: »Bringen Sie ihn herein, worauf warten Sie noch?«

Er folgte Gordon durch den Regen zum Wagen, in dem eine Frau saß, aber er achtete nicht auf sie. Johnny lag im Rücksitz, zu einem Bündel zusammengesunken, mit kalten blauen Lippen. Er bewegte sich nicht. Peter griff Johnny bei den Beinen, während Gordon ihm die Arme unter die Schultern schob, und so trugen sie ihn ins Haus.

Esther stand an der Tür und fragte mit erschrockenen Augen: »Was ist geschehen?«

»Ich weiß nicht«, sagte Peter auf jiddisch. Sie legten Johnny auf die Couch in der Halle, aus seinen nassen Kleidern rann das Wasser auf den Teppich.

Esther kniete an Johnnys Seite nieder, lockerte seinen Kragen und fühlte seine Stirn. Die anderen standen herum und sahen ihr mit typisch männlicher Hilflosigkeit zu. »Er glüht«, sagte sie und stand auf. »Papa, hol sofort den Arzt.« Und Gordon und den Butler, der inzwischen gekommen war, wies sie an: »Tragt ihn hinauf und bringt ihn ins Bett, in Marks Zimmer.« Mark war in Europa, und sein Zimmer stand leer.

Ein paar Minuten später kam Peter zurück. »Der Arzt kommt gleich. Wie geht es ihm?«

»Ich weiß nicht«, antwortete Esther, »er hat entsetzlich hohes Fieber.« Peter nieste. »Papa«, befahl Esther, »geh und zieh dir trockene Kleider an. Ein Kranker im Haus ist genug.«

Dann wandte sie sich mitleidig an Gordon. »Sie müssen auch durch und durch naß sein. Kommen Sie, ich mache Ihnen heißen Kaffee.«

Gordon protestierte. »Mir geht's gut. Meine Frau wartet draußen im Wagen, und ich muß ins Studio.«

»Sie haben Ihre Frau im Wagen gelassen?« fragte Esther ungläubig und setzte dann mit allem Nachdruck hinzu: »Bringen Sie die Arme sofort herein, ich lasse keinen von euch weg, bevor ihr nicht richtig durchgewärmt seid. Das Studio kann warten.«

Als Peter ins Eßzimmer kam, hatte Gordon berichtet, wie er Johnny gefunden hatte, und Gordon wiederholte für ihn gerade seine Erzählung noch einmal, als es läutete. Es war der Arzt.

Während er Johnny untersuchte, sahen sie ihm ängstlich zu. Schließlich sagte er: »Er ist sehr krank und müßte eigentlich in eine Klinik, aber ich habe Angst vor einem Transport bei diesem Wetter. Er hat eine doppelseitige Lungenentzündung, die durch einen mir unverständlichen Schock kompliziert wird. Er muß unter ein Sauerstoffzelt.«

Peter sah Esther an, dann den Arzt. »Tun Sie alles, was nötig ist, Herr Doktor, und scheuen Sie keine Ausgabe. Der Junge muß wieder gesund werden.«

»Ich kann nichts versprechen, Mr. Kessler, aber ich werde alles versuchen. Wo ist das Telefon?«

Esther flüsterte Peter zu, während der Arzt telefonierte: »Wir müssen Dulcie verständigen.«

Peter nickte zögernd. »Das müssen wir wohl.«

Johnny bewegte sich im Bett. Er öffnete die Augen und starrte sie fiebrig an, wollte den Kopf heben, konnte es aber nicht. Erschöpft sanken ihm die Lider zu. So schwach, daß sie es kaum hören konnten, aber mit so verzweifelter Entschlossenheit, daß es wie eine Explosion wirkte, sagte er: »Sagt – Dulcie – nichts« – seine Lippen bewegten sich kaum –, »sie – taugt – nichts!«

Unbewußt preßte Peter Esthers Hand. Mit Tränen in den Augen sah er auf Johnny nieder, er wußte jetzt, was geschehen war.

Es war am Sonntagnachmittag, drei Wochen später. Die schrägen Sonnenstrahlen ließen das Wasser des Schwimmbeckens schillern und wärmten noch ihre Gesichter, die sich über das Schachbrett zwischen ihnen beugten.

Peter machte einen Zug. »Schach!« verkündete er lächelnd, »ich glaube, jetzt hab' ich dich!«

Johnnys Gesicht war noch blaß und schmal, wie er dasaß und das Schachbrett studierte. Seine Position war hoffnungslos, er sah zu Peter auf, in seinen Augen funkelte es übermütig. »Jetzt muß ich was Geniales tun.«

Peter triumphierte. »Nu los, tu was Geniales«, krächzte er, »es wird dir nichts nützen.«

Johnny lachte. »Ich tu's! Ich geb' auf.«

Peter stellte die Schachfiguren neu auf. »Noch ein Spiel?«

Aber Johnny schüttelte den Kopf. »Nein, danke. Zwei Niederlagen am Tag sind genug für mich.«

Peter lehnte sich zurück und ließ sich von der Sonne bescheinen. Eine Weile schwiegen sie. Johnny steckte sich eine Zigarette an.

Peter beobachtete ihn – sein Gesicht war düster und nachdenklich. »Hast du dich entschlossen? Fährst du morgen hin?«

Johnny nickte. »Ich will es so schnell wie möglich hinter mir haben.«

»Kann ich verstehen. Aber geht es dir gut genug dafür?«

»Ich kann mich ebensogut in Reno erholen wie irgendwo anders.«

Sie schwiegen eine Weile, dann sagte Peter: »Am Freitag hab' ich ihnen ihre Verträge zurückgeschickt, annulliert. Aus moralischen Gründen.«

Johnnys Stimme war rauh und angespannt. »Du hättest es nicht zu tun brauchen. Sie sind schließlich Kassenmagneten.«

»Glaubst du, ich hätte sie nach all dem noch im Studio haben mögen?« fragte Peter indigniert. »Ich könnte ihr Gesichter nicht mehr ertragen!« Johnny sah über das Schwimmbecken. »Wenn ich es nur früher gewußt hätte, wenn ich nur eine Ahnung gehabt hätte! Was für ein Narr war ich doch! Ich hätte es wissen müssen – all die Artikel in den Zeitungen, über die ich gelacht, denen ich nicht geglaubt habe! Und die ganze Zeit war ich der, über den man gelacht hat.« Seine Stimme wurde bitter, und er schlug die Hände vors Gesicht. »Warum hat mir niemand etwas gesagt?« fragte er gebrochen.

Peter legte Johnny die Hand auf die Schulter. »Das konnte dir niemand sagen, Johnny, du mußtest selbst dahinterkommen.«

Die Luft im muffigen alten Gerichtssaal war abgestanden, tot, als der Gerichtsschreiber halb singend aufrief: »Fall Johnny Edge contra Dulcie W. Edge. Ist der Kläger anwesend?«

»Ja.« Johnnys Rechtsanwalt bedeutete ihm, er solle aufstehen.

Der weißhaarige Richter sah müde und gelangweilt drein. Für ihn war das alles bloße Routine. »Mr. Edge«, fragte er mit eintöniger Stimme, während er die Augen dabei schloß, »ist es noch immer Ihr Wunsch, geschieden zu werden?«

»Ja, Euer Ehren.«

Der Richter öffnete die Augen, unterzeichnete das Schriftstück, das vor ihm lag, und erklärte: »Das Gericht gibt Ihrem Wunsche statt.«

Der Gerichtsschreiber verlas das Urteil, und Johnnys Rechtsanwalt sagte zu ihm: »Das ist alles. Jetzt sind Sie ein freier Mann.« Johnny gab keine Antwort, er nahm die Papiere in Empfang, die ihm der Anwalt hinhielt, und bedankte sich.

An der Tür blickte er noch einmal zurück auf die schmutziggrauen, mit braunem vermorschtem Holz getäfelten Wände des Saales. Die hellgelben Bänke waren mit Bleistiftgekritzel und Messereinschnitten bedeckt. Wirklich der richtige Ort für das Ende seiner Ehe.

Plötzlich waren seine Augen naß, und er beeilte sich, auf die Straße hinauszukommen. Was hatte der Anwalt gesagt? »Jetzt sind Sie ein freier Mann.« Er schüttelte den Kopf. Würde er je frei sein? Er fühlte sich leer, wie ausgelöscht.

An einem Zeitungsstand blieb er stehen und kaufte sich eine Zeitung. Müßig überflog er die Schlagzeilen. Auf der ersten Seite war ein roter Balken mit der Schlagzeile:

Zweiter Börsenkrach in diesem Monat!

Wall Street in Panik, Millionenverluste!

New York, 29. Oktober. Vor drei Stunden schrien an der New Yorker Börse konservative solide Geschäftsleute laut und erkämpften sich einen Weg durch eine aufgebrachte Volksmenge. Sie wollten nur eins: verkaufen, verkaufen! Verkaufen, bevor ihr gesamtes Vermögen verloren war und die Aktien noch tiefer fielen. Es war der größte Sturz in der Geschichte der Börse.«

Nachspiel 1938

Samstag

Ich wachte mit rasenden Kopfschmerzen auf. Die Pulse an meinen Schläfen hämmerten. Als ich mich im Bett aufsetzte, schwankte ich einen Augenblick. Ich preßte meine Hände an die Schläfen, um den Schmerz zu dämpfen, aber vergeblich.

Plötzlich drehte sich mein Magen um, mein Mund füllte sich mit einem bitteren Geschmack. Ich kämpfte gegen die Übelkeit, das Schlimmste war vorbei. »Christopher!« schrie ich.

Wo, zum Teufel, steckte er? Er war nie da, wenn ich ihn brauchte.

»Christopher!«

Er kam mit dem Frühstückstablett eilig an mein Bett. »Ja, Mr. Johnny!« sagte er und hob den Deckel von einer Schüssel.

Der Essensgeruch brachte meinen Magen abermals in Aufruhr, mir wurde fast schlecht. »Was ist heute los mit dir?« schrie ich gereizt. »Nimm das weg und gib mir ein Alka-Seltzer.«

Er deckte das Tablett wieder zu und wollte es hinaustragen. »Laß die Zeitungen hier!«

Ich sah nach den Schlagzeilen im »Reporter«.

»Farber und Roth im Vorstand der ›Magnum‹«, stand da.

Ich lehnte mich zurück, es war also kein Traum. Langsam las ich den Bericht, der das, was Bob gesagt hatte, voll bestätigte. Sie hatten gestern abend in der Vorstandssitzung Roth zum Vizepräsidenten gewählt und Farber zum Vorstandsmitglied mit besonderen Vollmachten. Zornig knüllte ich die Zeitungen zusammen und schleuderte sie auf den Boden, als Christopher mit dem Glas hereinkam. »Das können sie mir nicht antun!« sagte ich laut.

»Was meinten Sie, Mr. Johnny?«

»Nichts.« Ich trank und fühlte mich etwas besser.

»Welchen Anzug soll ich zurechtlegen, Mr. Johnny?« fragte Christopher besorgt.

Ich bereute nun schon, daß ich ihn angeschrien hatte. »Irgendeinen, Chris. Such einen aus. Es tut mir leid, daß ich dich angebrüllt hab'.«

Er lachte breit. »Macht nichts, Mr. Johnny, ich weiß, daß Sie's nicht so meinen. Sie haben einfach zuviel im Kopf.«

Ich lehnte mich zurück und schloß die Augen. Die Schmerzen ebbten langsam ab, ich konnte wieder klar und kühl denken.

Jetzt war ich an der Reihe. Zuerst war Borden drangekommen, dann Peter. Und jetzt ich. Einer nach dem andern waren wir hinausgedrängt worden – gab es denn keinen Weg, sie zu schlagen? Ich ballte die Fäuste. Mich hatten sie noch nicht draußen, und sie würden es auch nicht schaffen. Nicht ohne harten Kampf jedenfalls. Langsam entspannten sich meine Finger, mir fiel ein, wie alles angefangen hatte.

Anfang 1931 hatte es begonnen. Peter war in New York auf einem seiner halbjährlichen Besuche, und ich saß in meinem Büro mit einer Menge Leute und diskutierte. Der Tabaksqualm wölkte sich unter der Zimmerdecke.

Alles in allem war die Lage nicht schlecht. Wir setzten zwar Geld zu, aber das taten alle andern Filmgesellschaften auch, mit Ausnahme der »Metro«. Wir schrieben noch immer die neun Millionen ab, die wir in Stummfilmen angelegt hatten. Unsere neuen Filme waren nicht besser und nicht schlechter als die der andern Firmen. Wir beherrschten alle die Tonfilmtechnik noch nicht vollkommen.

Aber die Zukunft sah hoffnungsvoll aus. Wir hatten einen Film in Reserve, der ein Kassenschlager zu werden versprach. Und Peter sagte, andere würden folgen, was ich zwar hoffte, aber bezweifelte.

In die Produktion durfte ich nicht hineinreden. Als wir begannen, Tonfilme zu produzieren, hatte ich darauf bestanden, den Ton auf Platten aufzunehmen statt auf das Filmband direkt. Ich setzte das durch, indem ich darauf hinweis, daß ich auch in bezug auf den Tonfilm als solchen recht behalten hatte. Jetzt kostete es uns weitere Millionen, die Produktion umzustellen: der Ton wurde direkt aufs Filmband aufgenommen. Peter hatte sich sehr anständig benommen und es mir nicht unter die Nase gerieben; aber er hatte mir klargemacht, daß ich mich nicht mehr in Produktionsangelegenheiten einzumischen hatte.

Zuerst war ich wütend, beruhigte mich aber allmählich. Ich rechnete mir aus, daß auch darüber einmal Gras wachsen würde, wenn alles erst wieder in normalen Bahnen lief.

Ich weiß nicht mehr, wer gerade redete, als Peter sich in der Sprechanlage meldete. »Johnny, komm gleich in mein Büro.«

»Ja, Peter.«

»Und schick die Tagediebe in deinem Büro wieder an ihre Arbeit.«

Sie lachten. »Ihr habt's gehört, Jungens. Also zurück in die Tretmühle.« Nacheinander gingen sie aus dem Büro. Es waren gute Leute, so gut wie die besten in der Branche bestimmt. Manche arbeiteten schon seit der Zeit vor dem Krieg bei uns. Als der letzte von ihnen verschwunden war, öffnete ich die Verbindungstür zu Peters Büro und ging hinüber. Peter saß hinter seinem großen Schreibtisch. Er, der Kleinwüchsige, hatte eine manische Vorliebe für Riesenschreibtische. Dieser war groß genug, um ihn glücklich zu machen. Er nahm sich dahinter aus wie ein Zwerg. Jetzt sah er ernst zu mir auf. »Johnny, ich möchte, daß wir Bill Borden anderthalb Millionen leihen.«

»Anderthalb Millionen!« Ich erstickte beinahe, es war unsere ganze Reserve, falls einmal etwas schiefging. Und der Betrag war in unserer Branche nur ein Tropfen auf den heißen Stein.

Peter nickte. »Du hast mich schon richtig verstanden.«

»Aber, Peter, was soll werden, wenn bei uns der Laden mal nicht klappt?«

Hinter mir hustete jemand diskret. Es war Borden, der zusammengesunken in einem Sessel saß und den ich beim Hereinkommen gar nicht gesehen hatte. Erschrocken bemerkte ich, daß er hager und abgespannt aussah. Er war vollständig grau geworden. »Bill, ich hab' dich gar nicht gesehen«, sagte ich verlegen und gab ihm die Hand.

Er stand auf und antwortete mit vollkommen veränderter unsicherer Stimme: »Hallo, Johnny.«

»Ich wollte dich nicht verletzen, Bill.«

Er lächelte verzagt. »Ich versteh' dich, Johnny. Wenn ich an deiner Stelle wär', würde ich genauso reagieren.«

»Vielleicht ist es besser, wenn ich erfahre, was los ist«, sagte ich zu Peter.

»Es ist so . . .«, begann Peter, aber Borden unterbrach ihn. »Laß mich erzählen, Peter.«

Er setzte sich schwerfällig und sah mich ein paar Sekunden an. Als er zu sprechen begann, klang seine Stimme bitter, und ich wußte, daß er sich schämte.

»Es kommt dir sicher komisch vor, Johnny, daß Bill Borden sich von euch ein paar Dollar leihen muß, daß der Präsident der größten Filmgesellschaft der Welt nicht zu den Banken geht und alles Geld bekommen kann, das er braucht. Aber es ist so – ihr seid meine einzige Hoffnung.«

Ich starrte ihn gebannt an, wie er sich vor uns preisgab, wie sein Unternehmungsgeist, sein Stolz vor unseren Augen zusammenbrachen.

»Vor dem Börsenkrach 1929 war ich auf dem Gipfel der Welt. Als ich euch eure Theater abgekauft hatte, hatten sich alle meine Träume erfüllt. Ich besaß mehr Theater als irgend jemand sonst im Filmgeschäft, meine Bruttoeinnahmen waren die größten in der Branche. Ich war smart – zu smart.« Er lachte gallig. »Ich vergaß, daß der, der das größte Geschäft macht, auch am meisten Geld verlieren kann. Und genau das passierte. Ich verlor das meiste Geld. Ein Jahr nach dem Börsenkrach waren unsere Theater genau die Hälfte dessen wert, was wir dafür bezahlt hatten, sogar die Theater, die ich von euch gekauft hatte. Ihr wißt gar nicht, was für ein Glück es für euch war, daß ihr sie noch rechtzeitig verkauft habt.«

Ich wollte sprechen, aber er hob die Hand. »Ich mache euch keine Vorwürfe, Johnny. Ihr konntet genausowenig wie ich ahnen, was kommen würde. Ich wollte die Theater haben und kaufte sie. 1929 schlossen wir mit einem Verlust von elf Millionen ab. 1930 war es noch schlimmer, wir verloren fast sechzehn Millionen, und die ersten sechs Monate von diesem Jahr ist es auch nicht viel besser gegangen. Wir haben bisher sieben Millionen eingebüßt.«

Er sah mich an. »Vielleicht haltet ihr mich für verrückt, daß ich danach noch anderthalb Millionen von euch geliehen haben will? Aber ich will das Geld nicht fürs Geschäft, Johnny, ich will es für mich.«

Er sah mir an, daß ich nicht recht begriff. »Siehst du, Johnny«, erklärte er, »es ist nicht mehr wie in den alten Zeiten, wo ich der Herr in meiner Firma war und tun konnte, was ich wollte. Heute ist das anders. Die Firma gehört mir nicht mehr. Sicher, ich bin der Präsident, aber ich leite sie nicht wirklich, das besorgt eine Gruppe von Direktoren. Männer, die von den Aktionären gewählt worden sind und die nichts vom Geschäft verstehen, geben die Befehle, und Willi Borden muß sie ausführen – oder, wenn er das nicht will, aus der Firma ausscheiden.«

Er lehnte sich erschöpft zurück und schwieg für ein paar Sekunden. Dann fuhr er ironisch fort: »Aber sogar die große Borden-Gesellschaft kann es sich nicht leisten, vierunddreißig Millionen zu verlieren. Natürlich hat sie noch zwanzig Millionen in bar, siebzig weitere Millionen in Sicherheiten, aber jemand muß für die Aktionäre den Sündenbock abgeben, auf den sie die ganze Schuld abwälzen können, und dieser Sündenbock soll Willi Borden sein, der mit nichts angefangen hat, von einer Straßenkarre kommt und diese ganze Firma aufgebaut und geschaffen hat. So hatten sie einen glänzenden Einfall. Sie wollen die alten Aktien einziehen und neue ausgeben, für jede alte eine neue. Aber es ist ein Trick dabei. Statt der zwei Millionen Aktien wie bisher wollen sie vier Millionen ausgeben.« Er tat einen tiefen Atemzug.

»Es bedeutet ihnen gar nichts, daß der Markt die zusätzlichen Aktien überhaupt nicht absorbieren kann, denn sie verfolgen einen ganz bestimmten Plan damit. Zwischen der Borden-Gesellschaft und Willi Borden besteht ein Vertrag, wonach Willi Borden das Recht zusteht, fünfundzwanzig Prozent der gesamten Aktien zu besitzen, und er auf jede neue Ausgabe von Aktien, die diesen Anteil beeinflussen würde, eine Erstoption hat. Übt er diese Option nicht aus, werden die Aktien auf den Markt geworfen. Sehr geschickt! Sie wußten genau, daß ich diese fünf Millionen nicht habe, die nötig sind, um fünfundzwanzig Prozent der neuen Aktien zu kaufen. Mein Anteil, haben sie sich ausgerechnet, würde dann auf die Hälfte reduziert, er würde mir bei den Versammlungen der Aktionäre kein ausreichendes Gewicht mehr verleihen, und so könnten sie mir die Schuld an der Katastrophe in die Schuhe schieben, zumal wenn alle anderen Stimmberechtigten sich gegen mich einig sind. Aber sie haben etwas Wichtiges vergessen. Willi Borden war im Filmgeschäft, ehe sie überhaupt etwas davon wußten, und er hat viele Freunde, die nicht wollen, daß er in die Schlinge gerät.«

Er sah mich an. »Mit Hilfe meiner Freunde habe ich dreieinhalb Millionen zusammengebracht, und wegen des Restes komm' ich zu euch. Ich kenne eure Lage, ich weiß, wie prekär sie ist, wie ungewiß die nächste Zukunft, aber ich hab' niemanden sonst, an den ich mich wenden kann.«

Er schwieg, und es war still im Zimmer. Endlich rutschte Peter auf seinem Stuhl hin und her und fragte unbehaglich: »Nun, Johnny, was meinst du?«

Ich sah von Borden zu ihm. »Wie du immer sagst, Peter: wozu ist Geld gut, wenn nicht, um seinen Freunden zu helfen?«

Borden sprang auf und kam auf uns zu. Neues Leben, neue Energie strahlte aus seinem Gesicht. Er lächelte glücklich. »Das vergesse ich euch nie! Ich verspreche euch, es ist nur ein Darlehen, in einem Jahr hab' ich's euch zurückgezahlt.«

Borden verließ das Büro mit unserm Scheck in der Tasche. Peter sah auf seine Uhr und seufzte. »Hast du eine Verabredung zum Lunch, Johnny?«

Ich hatte eine, konnte sie aber absagen.

Während des ganzen Essens war er sehr still. Ich sah, daß er nachdachte, und störte ihn nicht. Erst beim Kaffee, als er sich eine von seinen großen Zigarren angesteckt hatte, sprach er, das heißt, er dachte eigentlich laut.

»Weißt du, was das bedeutet?« Ich schüttelte den Kopf. »Es bedeutet, daß eine neue Ära in der Filmbranche beginnt. Ich hab' es seit Jahren kommen sehen, seit ich Willi davor gewarnt hab', sich mit den Leuten von Wall Street einzulassen. Tief innen mögen sie uns nicht, weil wir neu sind, weil wir ohne sie große Geschäfte gemacht haben und weil wir Juden sind.« Er sah mich unter zusammengezogenen Augenbrauen an, wie ich das wohl aufnehmen würde.

Ich gab keine Antwort, ich war nicht seiner Ansicht, wollte aber im Augenblick nicht mit ihm debattieren. Mir schien es einfach nur eine Geldfrage, die mit seiner jüdischen Abstammung nichts zu tun hatte.

Er nahm mein Schweigen für Zustimmung und fuhr fort: »Und nun weiß ich, daß ich recht hatte, nach dem, was Borden und andern passiert ist. Die Antisemiten versuchen, uns aus dem Geschäft rauszudrängen.«

Einen Moment tat er mir leid. Er konnte wohl nicht anders denken, seine Haltung war das Ergebnis langer Jahre der Verfolgungen, der Entbehrungen, des Lebens in engen schmutzigen Gettos. Die jüdische Geschichte war eine Geschichte der Unterdrückungen, und es war natürlich, daß das seine Auswirkungen hatte.

Aber tief innen mußte er doch wissen, daß er unrecht hatte! Das Filmgeschäft war ebensowenig wie das Bank- oder Versicherungswesen eine jüdische Branche. Unsere Firma gab das beste Beispiel. Von den drei Begründern war nur Peter Jude. Joe Turner war irischer Katholik gewesen und ich Methodist, soviel ich wußte. Und wir drei konnten erst anfangen, nachdem uns ein Italiener das nötige Geld geliehen hatte.

Als wir das Restaurant verließen, sagte Peter noch: »Wir müssen von jetzt an sehr vorsichtig sein, Johnny. Sie werden auch uns rausdrängen wollen.«

Peters Haltung beunruhigte mich. Sie konnte seine Urteilskraft trüben und dadurch Schaden anrichten. Ich machte mir Sorgen deswegen, beschloß aber, es zu vergessen. Vielleicht war er auch nur aufgeregt wegen der Dinge, die seinem Freund widerfahren waren.

Borden hielt übrigens sein Wort und zahlte das Darlehen innerhalb von drei Monaten zurück. Aber der Kampf ging weiter.

Das Ziel zeichnete sich deutlich ab, es war der alte Kampf um die Kontrolle des Filmgeschäftes. Wer sollte die Branche beherrschen, die Finanzmächte oder die Produktion? Die ganze Filmindustrie beobachtete den Kampf innerhalb der Borden-Gesellschaft. Die Handelszeitungen brachten täglich Berichte über die neuesten Entwicklungen und bemühten sich sorgfältig, unparteiisch zu sein. Sie wußten nicht, mit wem sie nach beendetem Kampf Geschäfte machen würden, und wollten diese zukünftigen Geschäftsbeziehungen nicht durch eine Stellungnahme gefährden.

Ende 1931 hatte die Borden-Gesellschaft weitere sechs Millionen verloren, und einige der Hauptaktionäre hatten gegen Borden einen Prozeß wegen schlechter Geschäftsführung angestrengt und die Einsetzung eines Treuhänders beantragt, bis die finanziellen Grundlagen der Gesellschaft wieder gesundet seien. Es war offenes Geheimnis innerhalb der Branche, daß einige der Leute, die als Zeugen für die Verteidigung auftraten, insgeheim bemüht waren, die Lage zu verschärfen, um Borden aus seiner Position zu verdrängen. Anfang 1932 wurde der Fall vor Gericht verhandelt. Bill Borden hatte gleich zu Beginn der Verhandlungen im Zeugenstand enthüllt, daß er seit zwei Jahren der Gesellschaft als Präsident gedient hatte, ohne einen Cent dafür zu beziehen; er hatte auch keinerlei Aufwandsentschädigungen erhalten, sondern alle entsprechenden Ausgaben aus seiner eigenen Tasche bezahlt. Er legte ferner eine Liste von Vorschlägen vor, die er dem Vorstand der Gesellschaft in den letzten Jahren gemacht hatte, die ihre Verwaltungskosten erheblich reduziert und ihnen ein paar Millionen Dollar gespart hätten. Der Vorstand hatte diese Vorschläge – wie andere seiner Ideen auch – in Bausch und Bogen abgelehnt.

Die Kläger legten dem Gericht ihrerseits ebenfalls eine lange Liste von Übergriffen Bordens vor. Einer der Punkte war der Erwerb unserer Theater ohne Befragen des Vorstands. Borden zeigte auf, was ich auch wußte, daß dieser Vorwurf grundlos war, weil der Vorstand ein Jahr vorher dem Ankauf zugestimmt hatte, worauf sie entgegneten, diese Zustimmung habe nur für eine bestimmte Zeit gegolten und wäre ein Jahr später nicht mehr erteilt worden.

Ich erinnere mich noch an den Tag, an dem das Urteil im Borden-Prozeß gefällt wurde, und zwar aus mannigfachen Gründen. Es war der Tag nach der Amtsübernahme von Präsident Roosevelt, und die Worte, die er vor vierundzwanzig Stunden im Radio gesagt hatte und die ich jetzt in allen Morgenzeitungen las, klangen mir noch im Ohr: »Das einzige, was wir zu befürchten haben, ist die Furcht.«

Morgens hatte ich noch mit Peter gesprochen, und er hatte mir versichert, Borden könnte gar nicht verlieren. Um neun Uhr dreißig läutete das Telefon, es war Peter. Das bedeutete, daß es in Hollywood sechs Uhr dreißig war, selbst für Peter reichlich früh.

»Peter, warum bist du denn so früh auf?«

»Ich möchte mich noch mal vergewissern, daß du mich sofort anrufst, wenn im Fall Borden etwas entschieden ist.«

»Das ist doch heute, nicht?«

»Ja. Rufe mich bestimmt gleich an!«

»Bestimmt. Was glaubst du denn, wie es ausgeht?«

»Willi gewinnt.«

»Weshalb glaubst du das?« Ich war gar nicht so sicher.

»Ich hab' schon mit Borden gesprochen, und er ist ganz sicher.«

Nach ein paar weiteren Worten hängten wir ein. Ich hoffte, daß Borden gewinnen würde, aber die andere Seite hatte eine ganze Menge gegen ihn vorgebracht – und hatte außerdem die besseren Verbindungen.

Ich rief Bannon an, er solle für die Wochenschau die Verhandlungen aufnehmen. Es lag mir gar nicht an den Aufnahmen, ich wollte nur jemanden da haben, der mich im Augenblick nach der Entscheidung sofort benachrichtigte.

Um zwei Uhr rief ich Peter an, mit dem Urteil des Gerichts in den Händen.

Ich versuchte, jede Gefühlsbewegung aus meiner Stimme fernzuhalten. »Er hat verloren. Gerard Powell von Powell & Co. ist vorläufig als Treuhänder eingesetzt.«

Drüben am Draht war Stille. »Peter, hast du mich gehört?«

»Ja, ich hab' dich gehört«, sagte er leise und gebrochen, und dann war die Verbindung abgerissen – er hatte eingehängt.

Morgens war Borden noch sicher gewesen, daß er gewinnen würde. Wie ihm wohl zumute war? Es konnte für ihn nicht allzu schlimm sein, er war immer noch ein wohlhabender Mann. Aber ich bekam nur zu bald Antwort auf meine Frage. Am nächsten Morgen beging er Selbstmord.

Irving Bannon teilte es mir am Telefon mit, als ich gerade vom Lunch zurückgekommen war. Zuerst wollte ich es nicht glauben, aber Bannon las mir die Nachricht aus dem Fernschreiber vor:

»Heute um ein Uhr fünfzehn fand die Polizei den Leichnam von William Borden, dem prominenten Filmmagnaten, in einer Wohnung in der Rivingtonstraße im Osten New Yorks. Er hatte eine Kugelwunde an der Schläfe, neben dem Leichnam lag eine Pistole, .38er Kaliber. Die Polizei ist sicher, daß es sich um einen Selbstmord handelt. Für Mr. Bordens Gesellschaft wurde gestern vom Gericht ein

Treuhänder eingesetzt, und die Polizei nimmt an, daß hierin das Motiv für den Selbstmord zu suchen ist. Weitere Nachrichten folgen.«

Ich mußte Peter anrufen. Es war keine angenehme Aufgabe, aber ich mußte es tun. Während ich auf die Verbindung wartete, machte ich mir über Borden Gedanken. Wie wohl sein letzter Tag gewesen war? Die gestrigen Abendzeitungen hatten gemeldet, daß er Berufung einlegen wolle. Was hatte ihn umgestimmt und zu dieser letzten unwiderruflichen Tat getrieben?

Aus dem, was die Zeitungen am nächsten Tag berichteten, was Peter mir erzählte und was ich schon wußte, setzte ich mir ein Bild zusammen und begann zu verstehen, wie es soweit gekommen war.

Bordens letzter Tag hatte normal genug angefangen. Er war früh aufgestanden und hatte mit seiner Frau gefrühstückt. Sie sagte, er hätte nicht gut geschlafen, aber das war unter den gegebenen Umständen ja verständlich.

Er frühstückte kräftig und mit gutem Appetit, wobei er optimistisch genug zu sein schien und davon sprach, wie er die Kontrolle über seine Gesellschaft zurückzugewinnen hoffte. Er wollte für ein paar Minuten ins Büro gehen und dann zu seinem Anwalt, um die Vorkehrungen für die Berufung zu treffen.

Das erste, was ungewöhnlich schien, war, daß der Chauffeur, als er den Wagen bestellte, um ins Büro zu fahren, erklärte, beide Wagen seien nicht in Ordnung. Daraufhin beschloß Borden, mit dem Zug nach New York zu fahren, und ließ sich von einem Taxi an den Bahnhof bringen. Um acht Uhr zwanzig bestieg er den Zug, nachdem er sich eine New Yorker »Times« gekauft hatte.

Mit der Zeitung unterm Arm ging er durch den Zug zum letzten Wagen, der, besonders bequem und luxuriös, als »Sonderwagen der Bankiers« bekannt war und dessen Plätze stets für dieselben Reisenden reserviert waren, die für dieses Privileg das Fünffache des gewöhnlichen Fahrpreises bezahlten, und Borden war sehr stolz darauf gewesen, als man ihm nach seinem Einzug in sein Haus auf Long Island mitgeteilt hatte, ein Platz in diesem Wagen sei für ihn reserviert. Es gab ihm das Gefühl, daß er es wirklich zu etwas gebracht hatte.

Er nahm also seinen üblichen Platz ein und schlug die Zeitung auf. Er überflog die Schlagzeilen, las den Bericht über seinen Prozeß, lehnte den Kopf zurück und schloß die Augen. Er war müde nach der schlaflosen Nacht und wollte ruhen. Nach einer Weile öffnete er die Augen und sah sich um. Die üblichen Leute saßen auf ihren Plätzen, und er lächelte und nickte ihnen zu. Aber sie erwiderten seinen Gruß nicht und starrten ihn nur kalt an, als ob er gar nicht da sei.

Er begriff das nicht; gestern waren sie noch seine Freunde gewesen, hatten mit ihm gelacht und geredet, und heute taten sie, als ob sie ihn nicht kennen würden. Was konnte die Tatsache, daß er seinen Prozeß verloren hatte, für sie schon ausmachen, deshalb war er doch der gleiche, der er gestern und immer gewesen war.

Er beugte sich vor und tippte dem Mann im Sitz vor sich auf die Schulter. »Schöner Tag heute, Ralph, nicht?«

Der Angeredete senkte seine Zeitung und blickte Willi an. Einen Augenblick schien es, als ob er antworten wollte, aber er tat es dann doch nicht, sondern hob mit kaltem mißbilligendem Gesichtsausdruck und ohne ein Wort wieder seine Zeitung. Ein paar Sekunden später setzte er sich ein paar Plätze weiter weg.

Ich hab' mich oft gefragt, ob Borden wohl auch Selbstmord begangen hätte, wenn dieser Mann ein freundliches Wort für ihn gehabt hätte.

Bordens Gesicht erstarrte. Er sank in seinem Sitz zusammen und äußerte für die restlichen vierzig Minuten der Fahrt weder ein Wort, noch machte er eine Bewegung. Es muß wie ein Alpdruck für ihn gewesen sein. Ich kannte ihn, er war ein freundlicher, geselliger Mensch, der gern lachte und redete. Er hatte gern Leute um sich und kam gut mit ihnen aus, was viel zu seinem Erfolg beigetragen hatte.

In seinem Büro war es ganz ähnlich, er war in seinem eigenen Haus plötzlich ein Fremder geworden. Die paar Leute, die mit ihm redeten, taten das verstohlen und mit so ängstlichen Blicken, ob man sie beobachtete, daß Borden selber die Unterhaltung rasch abbrach, um diese peinliche Situation zu beenden.

Zwanzig Minuten vor elf bestieg er ein Taxi vor dem neunzehnstöckigen Gebäude der Bordon-Gesellschaft, dem Chauffeur gab er eine Adresse in der unteren Pinestraße an – die Adresse seines Anwaltes. Aber er kam niemals dort an.

Als sie die Delanceystraße überquerten, klopfte Willi Borden an die Scheibe und sagte: »Ich hab's mir anders überlegt, ich steige hier aus.« Borden gab dem Chauffeur zwei Dollar – einen Dollar und dreißig Cent betrug der Fahrpreis – und sagte, er solle den Rest behalten. Dann drehte er sich um und ging die Delanceystraße zurück, wo er sich in der Menge verlor.

Als nächstes wurde er dann wieder in der Rivingtonstraße gesehen, wo er sich an einer Karre zwei Äpfel kaufte. Einen Apfel steckte er sich in die Tasche, und während er in den andern biß, fragte er den Mann an der Karre auf jiddisch: »Nu, Schmulke, wie geht's Geschäft?«

Der alte Mann sah ihn aus entzündeten Augen an; sein weißer Bart wehte im Wind, während er versuchte, den Mann da zu erkennen, der seinen Namen wußte. Um ihn besser sehen zu können, ging er um die Karre herum, dann lächelte er breit und zahnlos. »Es ist der kleine Willi Bordanow!« krächzte er. »Wie geht es dir?« Und er schüttelte Willi aufgeregt die Hand.

Willi lächelte, erfreut darüber, daß der alte Mann ihn erkannt hatte. »Mir geht's gut«, sagte er, in seinen Apfel beißend.

Der Alte blinzelte ihm schlau zu. »Spaßig, daß du Äpfel von mir kaufst, statt sie zu klauen!«

»Na, ich bin ja inzwischen auch ein bißchen älter geworden!«

Der Alte schüttelte nachdenklich den Kopf. »Du warst ein rechter Lausebengel, ich mußte tausend Augen im Kopf haben, um auf dich aufzupassen; immer stelltest du was an.«

»Die Zeiten haben sich geändert.«

Der alte Mann kam so nahe an Borden heran, daß dieser seinen schlechten Atem riechen und die gelben Tabakflecke in seinem Bart sehen konnte, und legte die Hand auf Willis Mantel. »Ein gutes Stück Tuch«, sagte er kritisch und rieb es zwischen den Fingern, »weich wie Butter. Hast dein Leben beim Filmgeschäft?«

»Ich verdien' mein Brot«, antwortete Borden, aber das Lächeln verschwand aus seinem Gesicht. Er begann weiterzugeben und rief über die Schulter zurück: »Wiedersehen, Schmulke.«

Der alte Mann schaute ihm nach, wie er die Straße überquerte, ging dann zum nächsten Karren und ergriff den Mann dort am Arm. »Schau, Herschel«, sagte er aufgeregt, »das ist Willi Bordanow. Er ist ein großer Mann im Filmgeschäft. Seine Eltern sind mit demselben Schiff wie ich rübergekommen. Siehst du ihn? Er steht vor dem Haus, wo er früher gewohnt hat.«

Der andere sah hinüber. »Ein Schauspieler?« fragte er.

»Was sonst?« sagte der Alte indigniert.

Sie beobachteten Borden, der vor dem Haus stand und daran hinaufsah und dann die Treppen hinaufstieg und im Eingang verschwand.

Vor einer Tür im zweiten Stock blieb er stehen und holte Luft. Früher war er die Treppen hinaufgesprungen und hatte zwei, drei Stufen auf einmal genommen.

Aus seiner Tasche nahm er einen Schlüsselbund und öffnete die Tür. Sie knarrte rostig. Die Wohnung stand leer, seitdem sein Vater gestorben war. Er hatte den Vater zu sich nehmen wollen, aber der alte Mann hatte sich geweigert. Nach seinem Tod hatte Willi die Miete weiterbezahlt – es waren nur neunzehn Dollar im Monat.

Er schloß die Tür und sah sich um. Die armselige Einrichtung war vermodert und mit Staub bedeckt. Mitten im Zimmer stand eine Kiste, auf der sein Vater gesessen hatte, als er die Totenwache für Willis Mutter hielt, und die er immer da stehen ließ zur Erinnerung an sie.

Mit dem Fuß drehte Willi die Kiste um, und eine Maus rannte eilends fort; der Fußboden darunter war hell mitten in dem staubigen Zimmer. Borden ging durch die Wohnung, in seinem früheren Schlafzimmer blieb er stehen. Sein Bett war noch da, und in der Wand darüber war in unbeholfener Schrift sein Name eingekerbt: William Borden. Er hatte ihn eines Nachts dort eingeritzt, als er beschlossen hatte, seinen Namen zu verkürzen, damit er amerikanischer klänge.

Das Vorderzimmer hatte zwei Fenster – die einzigen Fenster der Wohnung, von denen alle andern Zimmer Luft empfingen. Im Sommer standen sie weit offen, und er schlief auf dem Fußboden direkt darunter. Er versuchte, das Fenster zu öffnen, aber es klemmte. Die Luft im Zimmer war dumpf und feucht, und er sah sich nach einem Stock um, um das Fenster aufzustoßen, fand aber keinen. So schlug er mit der Hand dagegen, und plötzlich ging es auf, ein Windstoß blies herein, und die Rufe der Straßenhändler drangen zu ihm.

Er sah auf die Straße hinunter, die voller Menschen war. Ich weiß nicht, wie lange er so stand und was er dabei dachte – niemand wird das je wissen. Wir wissen nur, daß er den andern Apfel aus seiner Tasche holte und anbiß, aber offenkundig schmeckte er ihm nicht mehr, denn er legte ihn nach ein paar Bissen auf das Fensterbrett.

Dann ging er in die Mitte des Zimmers und nahm aus einer andern Tasche einen Revolver. Die Polizei fand nie heraus, wie und wo er ihn sich beschafft hatte.

Ein dumpfer Schuß hallte in dem Raum wider, das Aufschlagen eines Körpers. Kleine Stückchen Stuck fielen von der Decke. Draußen auf der Straße trat eine erschrockene Stille ein.

Willi Borden war nach Hause gekommen, um zu sterben. Auf die harte Weise.

»Wie wär's mit dem Grauen mit den Nadelstreifen, Mr. Johnny?« sagte Christopher.

Ich sah ihn verständnislos an, meine Gedanken waren weit weg.

»Er paßt gut zu der blau-roten Krawatte und den braunen Schuhen«, versicherte er ernsthaft.

Ich holte tief Atem. »Gut, Christopher, mach's nur, wie du willst.«

Ich rasierte mich und nahm ein Bad. Das heiße Wasser beruhigte meine erregten Nerven, und bald war ich ganz entspannt, ja schläfrig. Als Christopher mich abfrottierte, hatten sich meine Kopfschmerzen verflüchtigt.

Kurz nach drei traf ich bei Peter ein. Es war einer jener ungewöhnlich warmen Frühlingstage, wie sie in Kalifornien nicht selten sind, und ich trocknete mir das Gesicht mit dem Taschentuch ab, als ich die Stufen hinaufging. Da rief Doris vom Schwimmbecken her.

Sie kam gerade aus dem Wasser, kleine Tropfen hingen noch an ihrem schwarzen Badeanzug und glitzerten im Sonnenlicht wie winzige Diamanten. Sie nahm die Badekappe ab und schüttelte ihr Haar. Es sah so einladend aus, daß ich nicht widerstehen konnte.

Ich küßte sie, und wir gingen zum Haus. »Wie geht's Peter?«

»Heute viel besser«, sagte sie glücklich, »er hat schon gefragt, wann du kommst, er möchte dich sehen.«

»Das freut mich.«

»Geh du zuerst zu ihm, ich zieh' mich um und komm' dann nach.«

»Gut. Wo ist Mutter?«

»Sie schläft.«

Als ich hereinkam, lächelte Peter mir entgegen. Die Handelszeitungen lagen auf seinem Bett, und mir war klar, daß er über alles Bescheid wußte, was in den letzten Tagen vor sich gegangen war.

»Ermüden Sie ihn nicht zu sehr, Mr. Edge«, ermahnte mich die Pflegerin noch, ehe sie das Zimmer verließ.

Heute hatte Peters Händedruck bereits wieder Wärme und Festigkeit. »Wie geht's dir?«

»Gut. Ich möchte aufstehen. Aber sie lassen mich nicht.«

»Spiel nicht den starken Mann, tu, was man dir sagt, und du bist bald gesund. Du warst ziemlich krank, also überstürze nichts.«

Er sah ernst drein, und zum erstenmal sprach er von Mark. »Ich hab' für meine Fehler bezahlt. Ich hätte den Jungen nicht so behandeln dürfen.«

»Mach dir keine Vorwürfe. Du hast getan, was du für deine Pflicht hieltest.«

Er schüttelte den Kopf. »Ich hätte es besserwissen müssen.«

»Vergiß es. Es ist vorbei, und du kannst die Zeit nicht zurückdrehen.«

»Nein, das kann man nicht.« Er sah mich mit feuchten Augen an. »Ich weiß, er war verzogen und egoistisch, aber das war meine Schuld. Ich ließ ihm immer seinen Willen und dachte, er sei noch zu jung, morgen würde er anders. Aber dieses Morgen kam nie.«

Tränen rollten ihm über die Wangen. Ich schwieg – es gab nichts zu sagen.

Er wischte sich die feuchten Spuren ab und sagte mit brüchiger Stimme: »Ich war ein solcher Narr, ich hab' ihm gar keine Zeit gelassen, sich zu bewähren. Er war mein Fleisch und Blut, und im Zorn hab' ich ihn verstoßen. Er war mein einziger Sohn, und ich hatte ihn doch lieb.«

»Ich weiß, Peter.«

Die Uhr tickte in unser Schweigen hinein. Schließlich sagte Peter, und seine Tränen waren versiegt: »Jetzt sind sie hinter dir her.« Dabei zeigte er auf den »Reporter«, der vor ihm lag.

Ich nickte schweigend.

»Wie, glaubst du, geht es aus?«

Ich zuckte die Schultern, er sollte nicht sehen, wie besorgt ich in Wirklichkeit war. »Ich weiß es nicht. Sie haben das Geld.«

Er nickte. »Ja, sie haben das Geld. Ich hatte unrecht, weißt du. Das war es die ganze Zeit, es hatte nichts mit Antisemitismus zu tun, und dies hier beweist es.«

»Wie meinst du das?«

Ein Ausdruck, gemischt aus Sympathie und Trauer, trat in sein Gesicht. »Wenn sie Antisemiten wären, würden sie nicht Farber und Roth über dich hinweg hineinbringen wollen. Die beiden sind Juden, du nicht.«

Ich hatte es noch nie so gesehen, aber er hatte recht. Ich antwortete nicht, aber war innerlich beinahe froh, daß er endlich die Dinge so sah, wie sie waren.

»Was willst du tun?« fragte er nach einer kleinen Pause.

Ich rieb mir die Stirn, ich begann müde zu werden. Die schlaflose Nacht machte sich bemerkbar. »Ich weiß es nicht. Ich weiß nicht, ob ich bleiben soll, bis sie mich rausdrängen, oder ob ich jetzt schon ausscheiden soll.«

»Du möchtest nicht ausscheiden?«

Ich schüttelte den Kopf.

»Hab' ich mir gedacht«, sagte er nachdenklich, »du und ich, wir waren zu lange drin und haben zu viel von uns reingesteckt. Es ist ein Teil von uns geworden. Dir geht's jetzt wie mir damals, als ich verkaufen mußte. Seit der Zeit hab' ich mich leer gefühlt.«

Wir schwiegen wieder, jeder mit seinen eigenen Gedanken beschäftigt, bis Doris kam. »Dein Bett ist aber unordentlich, Papa!«

Sie ordnete die Zeitungen, glättete die Leintücher und schüttelte sein Kissen auf. »Schläft Mama noch?« fragte er.

»Ja. Sie hat nicht richtig geschlafen, seit du krank bist. Jetzt ist sie müde.«

»Eine wundervolle Frau, deine Mutter. Ich könnte ohne sie gar nicht zurechtkommen.« Seine Augen hatten einen warmen Glanz, seine Stimme einen weichen Klang, als er das sagte.

Doris antwortete nichts, sondern fragte mich, ob ich gegessen hätte.

Aber Peter blieb hartnäckig. »Du hast mich vielleicht nicht gehört, ich sagte, daß deine Mutter eine wundervolle Frau ist.«

Doris lächelte. »Ich streite mich nicht mit dir, ich glaube, ihr seid beide prachtvoll.«

Peter wandte sich mir zu. »Wenn es nur eine Geldfrage ist, könnte Santos dir vielleicht helfen.«

Für einen Augenblick war ich verwirrt. »Aber Al hat sich zur Ruhe gesetzt. Was könnte er außerdem tun? Sie kriegen all ihr Geld von den Bostoner Banken.«

»Der Kredit muß jetzt fällig sein. Wenn er nun nicht verlängert wird? Haben sie genug Geld, um ihn abzudecken?«

Ich betrachtete ihn respektvoll, in irgendeiner Weise überraschte er mich immer wieder. Wenn man dachte, daß er an einer Sache völlig uninteressiert sei, kam er mit einer Bemerkung oder Frage, die bewies, daß er die Situation sehr genau beobachtet hatte. So war es diesmal auch. »Nein, wir haben das Geld nicht«, erwiderte ich bedächtig, »aber das macht keinen Unterschied. Konstantinow hat uns versichert, daß wir ohne Schwierigkeiten eine Prolongierung erhalten werden.« Konstantinow war der Präsident der größten Bostoner Bank, von der Ronsen das Geld geliehen hatte, um Peters Anteile aufzukaufen. Später war die Anleihe auf die Firma übertragen worden.

»Es schadet ja nichts, mal mit Al darüber zu reden«, Peter blieb seltsamerweise hartnäckig, »vier Millionen sind eine Menge Geld, und wenn soviel auf dem Spiel steht, kann immer was passieren. Warum suchst du ihn nicht auf und sprichst vorsichtshalber mit ihm?«

»Weißt du irgendwas?« fragte ich, weil es mir so vorkam, als ob er einen besonderen Grund für seine Hartnäckigkeit hätte.

Er schüttelte den Kopf. »Nein, aber ich meine, du solltest nichts außer acht lassen und auf jede Möglichkeit vorbereitet sein.«

Ohne daß ich wußte, warum, empfand ich plötzlich neue Zuversicht und Hoffnung. Al hatte sich auf eine Ranch, dreihundertfünfzig Meilen von Los Angeles, zurückgezogen. Es würde sechs Stunden dauern, bis ich dorthin käme, und jetzt war es nach vier, also zu spät. Al ging um acht zu Bett. »Vielleicht hast du recht«, sagte ich zu Peter, »aber für heute geht es nicht mehr.«

»Warum übernachtest du nicht hier?« schlug Doris vor, »Ich fahr' dich morgen hin, wir können dann sehr früh aufbrechen.«

Peter antwortete für mich. »Eine gute Idee.«

Ich lachte, zum erstenmal seit gestern. »Dann ist ja alles geregelt.«

Peter sah mich an. »Natürlich ist alles geregelt.« Und mit einem merkwürdigen Lächeln fragte er Doris: »Liebes Kind, holst du deinem alten Papa wohl das Schachbrett?«

Es ging ihm offenkundig besser. Ich verlor zwei Spiele, bis die Pflegerin kam und Doris und mich aus dem Zimmer jagte.

Dreißig Jahre 1936

1

Johnny nahm den Brief vom Schreibtisch auf und schnitt eine Grimasse. Eine neue Gehaltskürzung. Die dritte seit 1932. Diesmal waren es zehn Prozent für alle Angestellten der Firma. Zornig klingelte er nach Jane. »Schick ihn Freitag ab.«

Sie nahm das Schreiben und ging wortlos hinaus, während er aus dem Fenster starrte und über die Nutzlosigkeit der Maßnahme grübelte.

Gehaltskürzungen waren niemals eine Lösung. Am Freitag würde es überall sorgenvolle Gesichter geben, jeder würde auszurechnen versuchen, wie er dabei weiterexistieren sollte, aber nur wenige würden sich zu beklagen wagen – Stellungen waren zu knapp. Sie würden schweigend, aber mit anklagenden Augen an ihm vorbeigehen und ihm und Peter die Schuld daran zuschieben – und vielleicht hatten sie recht. Sie konnten ja nicht wissen, daß Peter und er seit fast dreieinhalb Jahren kein Gehalt mehr bezogen hatten, daß Peter von seinem Geld fast drei Millionen in die Firma gesteckt hatte, um sie durchzuhalten – sein gesamtes Vermögen.

Trotzdem hatten sie vielleicht recht. Ganz bestimmt hatten Peter und er nicht nur aus Selbstlosigkeit so gehandelt, schließlich ging es auch um ihren Hals dabei. Einige andere Filmgesellschaften hatten bereits den Bankrott erklärt, aber Peter hatte geschworen, daß er das nie tun würde.

»Wem sollen sie denn die Schuld geben, wenn nicht Peter und mir?« fragte er sich voller Selbstvorwurf. Zweifellos hatten nicht die Angestellten die Fehler begangen, die die Ursache ihrer schwierigen Lage waren. Es waren seine und Peters Fehler – ja, er hatte auch seinen Anteil an ihnen.

Was bedeutete es, daß Peter sich in bezug auf den Tonfilm geirrt hatte? Er selbst hatte sich über den Typ des Tonfilms geirrt, hatte darauf bestanden, den Ton auf Platten statt auf das Filmband aufzunehmen. Es hatte fast eine Million gekostet, ihre Produktion umzustellen.

Seitdem hatte er sich nicht mehr um Produktionsfragen kümmern dürfen. Peter war zornig gewesen, nicht ohne Grund. Eine Million war eine Menge Geld, und an Peters Stelle wäre er auch wütend gewesen.

Es waren noch andere Fehler gemacht worden, aber was half es, jetzt darüber nachzugrübeln? Sie bewiesen nur, daß Peter und er eben auch nur Menschen waren.

Aber am schlimmsten ging es mit den Filmen. Wären die gut gewesen, hätte alles glattgehen können, trotz aller sonstigen Schwierigkeiten. Aber die Filme waren ganz einfach schlecht, Peter war niemals ganz in die Geheimnisse der Tonfilmtechnik eingedrungen.

Er hatte einen guten Tonfilm gemacht, 1931. Es war der einzige, der gelungen war, und er hatte Peter eine irrsinnige Anstrengung gekostet, aber danach schien er nicht mehr mitkommen zu können.

Johnny meinte, daß es möglicherweise an Peters fixer Idee lag, daß die Juden aus der Filmbranche hinausgedrängt werden sollten. Die Produktion von Filmen war schließlich etwas Schöpferisches, und niemand konnte als Künstler sein Bestes leisten, wenn er innerlich zerrissen und angespannt war.

Johnny steckte sich eine Zigarette an und dachte noch weiter zurück – an die Anfänge des Films, als niemand auch nur im Traum ahnte, wie er sich eines Tages entwickeln würde. Damals war das Filmgeschäft eine verhältnismäßig einfache Sache gewesen. Man machte Filme und verkaufte sie. Heute war es sehr anders.

Heute mußte ein Filmproduzent Finanzmann, Wirtschaftler, Politiker und Künstler zugleich sein. Er mußte Bilanzen genauso gut lesen wie Drehbücher,

Marktanalysen, ebenso wie Erzählungen. Er mußte den Publikumsgeschmack ein halbes bis ein Jahr im voraus erfühlen, denn so lange brauchte ein Film von der Herstellung bis zur Vorführung.

Johnny nahm die kleine Büste von Peter in die Hand, die auf seinem Schreibtisch stand. Vielleicht lag es daran, daß Peter versuchte, zu vieles gleichzeitig zu sein. Er wollte alles selbst tun, er traute niemandem zu, daß er es ebenso gut wie er selbst machen könnte, seine Methoden waren noch die gleichen wie im Anfang, vor vielen Jahren.

Ein Mann mußte elastisch sein, um in der vielgestaltigen Welt der Filmindustrie von heute seinen Platz zu behaupten, und Peter war nicht elastisch. Er war zu sehr daran gewöhnt, das Ganze allein zu leiten, und diese jahrelange Gewohnheit war schwer abzulegen.

Johnny stellte die kleine Büste auf den Schreibtisch zurück. Vieles Geschehene überzeugte ihn von der Richtigkeit seiner Auffassung, zum Beispiel Peters Weigerung, nach Bordens Selbstmord noch Geschäfte mit der Borden-Gesellschaft zu machen. Er bestand darauf, mit diesen Antisemiten, wie er sie nannte, nichts zu tun zu haben. Sie hatten in seinen Augen seinen Freund ermordet. Sie hatten durch diese Haltung nicht nur die Möglichkeit verloren, in den Borden-Theatern ihre Filme zu zeigen, sie konnten auch nicht mehr mit der Borden-Produktion wegen der Stars, der Regisseure oder anderer Talente verhandeln wie bisher. Das Geschäft war ständig schlechter geworden, aber wenn Peter seine voreilige Entscheidung in bezug auf die Borden-Gesellschaft je bereute, so zeigte er es nie. Und seine letzte Handlung, nämlich Mark mit der Überwachung der Produktion zu betrauen, während er geschäftlich nach Europa fuhr, war ebenso schlimm, wie diese früheren Dinge, jedenfalls nach Johnnys Ansicht.

Mark war 1932 aus Europa zurückgekommen und sollte Peter eine Menge Kleinarbeit abnehmen. Das einzige, was er nach Johnnys Meinung Peter wirklich abnahm, war die Sorge um den Wohlstand der Hollywooder Nachtbars.

Mark war der Liebling der Reporter. Er gab immer Stoff für einen Bericht her, man brauchte nur an seinem Tisch stehenzubleiben und ihm zuzuhören. Er erzählte nur zu gern, was mit der Filmproduktion in Hollywood nicht in Ordnung war. Johnny hätte nichts dagegen gehabt, wenn Mark auf der anderen Seite irgend etwas getan hätte, aber Mark vermied erfolgreich jede Art von Arbeit, bis Peter sich zu jener Europareise entschloß.

Bis dahin hatte jedermann, einschließlich Johnny, geglaubt, daß Peter in einem solchen Fall Bob Gordon mit der Produktionsleitung beauftragen würde. Er war der gegebene Mann dafür, und Johnny war immer der Meinung gewesen, daß die Firma besser dran wäre, wenn Peter ihm überhaupt die Produktion anvertraute.

Peters Entschluß hatte wie eine Bombe auf ihn gewirkt. Er hatte Peter gefragt, warum Gordon nicht den Posten erhielte, und Peter hatte ihm wütend erklärt, daß er Gordon nicht traue, er sei zu freundlich mit den Antisemiten der Borden-Gesellschaft. Mark sei sein Sohn, auf den er sich verlassen könne, und außerdem ein smarter Junge. Zitierten die Zeitungen nicht dauernd seine Ansichten über die Filmindustrie? Er brauchte nur eine Chance, und jetzt sollte er sie haben.

Johnny war müde, sein Bein schmerzte, und er massierte es nachdenklich. Er wußte nicht, wohin das alles führen würde, aber er machte sich Sorgen. Das Geschäft hatte sich seit seinen Anfängen sehr verändert und veränderte sich noch täglich. Sie mußten bereit sein, sich mit ihm zu verändern. Man brauchte Erfahrung und Elastizität zugleich, aber er kannte niemand in der Firma, der beides besaß. Peter hatte Erfahrung, aber keine Elastizität, Mark besaß Elastizität, vielleicht sogar zuviel, aber keine Erfahrung. Blieb nur er selbst. Aber er fragte sich, ob er es schaffen könnte, selbst wenn Peter ihm eine Chance gäbe. Was getan werden mußte, war höchst unerfreuliche Arbeit, und man würde nicht mehr viel Freunde haben, wenn man damit fertig war. Die ganze Gesellschaft müßte durchgekämmt werden, von der Spitze bis zum letzten Mann – darüber war er sich im klaren.

Unwillkürlich zuckte er die Achseln: Was ging es ihn an? Das war Peters Sorge. Peter hatte ihm einen genau abgegrenzten Bezirk zugewiesen, für den er verantwortlich war, und ihm klargemacht, daß er keinerlei sonstige Einmischung dulden würde. Fast seit vier Jahren, seit sie in Schwierigkeiten geraten waren, hatte Peter ihn nicht mehr um seine Meinung befragt.

Ein Seufzer entschlüpfte ihm. Trotz allem wußte er, daß Peter ihn gern hatte und hochschätzte. Was war schiefgegangen zwischen ihnen? War Peter sich plötzlich seiner Macht bewußt geworden und wollte sie zeigen? Oder lag es daran, daß Peter alt wurde und befürchtete, Johnny könnte Mark aus seinem Erbe verdrängen?

Johnny wußte es nicht, aber das Herz war ihm schwer. Die Erinnerung an die alten Zeiten, als sie um ein gemeinsames Ziel kämpften, war lebendig und warm in seinem Herzen. Damals hatten sie sich nur um das Geschäft gesorgt und hatten sich nicht davor gescheut, einander zu trauen.

Johnny schüttelte den Kopf und rief Jane an. »Schick den Brief lieber morgen ab, Jane.« Bis Freitag waren es noch drei Tage, und Peter hatte gesagt, er solle die Gehaltskürzung sofort mitteilen. Der Aufschub würde ihm nicht gefallen.

2

Mark goß den Champagner in ihre Gläser. Das sanft erhellte Zimmer hatte für ihn schon einen rosafarbenen Schein angenommen; sie war noch schöner als in seiner Erinnerung, schöner als irgendeine Frau, die er gekannt hatte. Kein Wunder, daß Johnny sie nicht hatte halten können, er war kein Mann für eine solche Frau.

Es war spaßig, auf welche Weise er sie wiedergetroffen hatte. Er hatte mit ein paar Freunden an seinem Tisch im »Trocambo« gesessen. Dann war er aufgestanden, um einen Freund zu begrüßen, den er an der Bar stehen sah, und dabei war er mit einer Dame zusammengestoßen, die gerade vorbeikam. Er hatte sie am Arm festgehalten und sich entschuldigt: »Tut mir leid, es ist sowenig Platz zwischen diesen verdammten Tischen.« Da erkannte er sie.

Sie sah ihn mit einem amüsierten Lächeln an. »Schon gut, es ist ja nichts passiert.«

Ihr blondes Haar schimmerte in der blauen Beleuchtung, und sie wußte nicht, wie sehr sie unrecht hatte – es war etwas passiert, wenn auch nicht ihr. »Seltsam, sich so wiederzusehen, Miß Warren.«

»Hollywood ist in Wirklichkeit eine Kleinstadt, Mark.«

Es freute ihn, daß sie seinen Namen noch wußte. Der Freund an der Bar war vergessen, statt dessen überredete er sie, sich an seinen Tisch zu setzen.

Das war vor sechs Wochen gewesen, kurz nachdem sein Vater nach New York gefahren war, um zu sehen, ob er den Verleih nicht etwas ankurbeln könnte.

Mit einem Lächeln erinnerte er sich an Johnnys Debatte mit seinem Vater über seine Ernennung zum Produktionsleiter. Johnny traute ihm nicht genug Erfahrung zu und hielt Gordon für die richtige Besetzung, aber der alte Herr hatte seinen Willen durchgesetzt.

Letzte Woche war sein Vater nach Europa abgereist; so wie die Lage des inländischen Marktes nun einmal war, hoffte er, im Ausland bessere Resultate zu erzielen. Der Auslandsvertrieb der »Magnum« gehörte zu den besten in der Branche.

Seit er Dulcie in dem Nachtlokal wiedergetroffen hatte, hatte Mark sie ein paarmal gesehen und war auch einmal mit ihr ausgegangen, und jedesmal wuchs seine Verzauberung.

Vor vielen Jahren hatte er in Paris gelernt, daß es eigentlich nur zwei Grundtypen von Frauen gab: diejenigen, die das Fleisch erregten, und die andern, die den Geist gefangennahmen. Er zog die erste Art vor, und Dulcie gehörte ganz zweifellos zu dieser Art.

Heute war er zum erstenmal in ihrem Heim. Als er sie am Nachmittag angerufen und sie ihm gesagt hatte, sie sei viel zu müde zum Ausgehen, er solle zu ihr kommen, war er sehr glücklich gewesen.

Bis jetzt hatten sie schon zwei Flaschen Champagner getrunken. Sie hatte ihn in einem Hausgewand aus schwarzem Samt empfangen. Ihr blondes Haar umrahmte ihr herzförmiges, goldbraun gebranntes Gesicht, und sie lächelte ihn mit schimmernden Zähnen an.

Er dachte, das Lächeln gelte ihm, aber darin hatte er unrecht. Sie amüsierte sich darüber, daß er bei ihr war, der Sohn des Mannes, der sie aus moralischen Gründen hinausgeworfen hatte. Sie hatte damals nicht gewagt, dagegen zu klagen, um die ganze Angelegenheit nicht an die Öffentlichkeit zu zerren, aber sie hatte sich geschworen, eines Tages mit Peter abzurechnen.

Sie betrachtete Mark. Sein Blick war etwas verglast, er war leicht angetrunken. Vielleicht konnte sie sich durch ihn rächen? Sie hatte ihm zugehört, wie er über die Firma redete, die letzten Jahre waren anscheinend nicht leicht gewesen. Und jetzt war Peter weg und hatte Mark an der Spitze des Studios zurückgelassen.

Mark hatte versucht, seinen Vater dazu zu überreden, einige Filme nach seinen Ideen zu gestalten, aber Peter hatte sich geweigert. Die Ideen wären undurchführbar und würden zuviel kosten.

Während der Alkohol sich seiner bemächtigte, erzählte er ihr von diesen Ideen und seines Vaters Weigerung. Er setzte ihr den Plan zu einem Film auseinander, und während sie zuhörte, mußte sie sich das Lachen verbeißen. Die Idee war nicht nur unbrauchbar, sie war auch einfach dumm. Sie wußte sofort, daß Mark vom Film ebensowenig verstand wie von einem Flug nach dem Mond. Sie trachtete ihn nachdenklich – vielleicht war hier eine Gelegenheit zur Rache.

Sie lächelte, und ihre Augen öffneten sich weit. »Aber, Mark«, sagte sie scheinbar beeindruckt, »was für eine herrliche Idee! Und wie töricht von deinem Vater, das nicht zu sehen! Aber das ist hier ja nichts Ungewöhnliches, sie haben nicht das Gefühl für subtile Dinge, so wie du. Sagt man nicht, der Prophet gilt nichts in seinem Vaterland?«

Mark hatte Schwierigkeiten, seine Worte zu bilden, er hatte schon einen leichten Zungenschlag. »So ist es. Sie mögen Ideen nicht, sie haben immer Angst vor dem Neuen.«

Sie beugte sich zu ihm, so daß ihr Kleid etwas auseinanderglitt, und sagte ermutigend: »Vielleicht könntest du den Film doch auf irgendeine Weise machen?«

Sein Blick haftete auf ihrem Busen, den das auseinanderklaffende Gewand sehen ließ. »Aber wie? Wir haben gerade genug Geld für die Filme, die er machen will.«

Sie strich ihm leicht über die Wange. »Du könntest es vielleicht einrichten. Ich hörte einen ähnlichen Fall aus einem anderen Studio, wo der Produktionsleiter einen Film herstellte, den er nicht machen sollte, und das unter den Produktionsberichten über einen ganz anderen Film verbarg. Als der Film fertig war, wurde er ein Riesenerfolg, und jeder hielt ihn für ein Genie.«

»Glaubst du, ich könnte das?«

»Ich weiß nicht«, sagte sie vorsichtig. »Ich erwähne es nur als eine Idee. Schließlich leitest du das Studio, solange dein Vater nicht da ist.« Er setzte sich auf, goß sich mit unsicherer Hand ein neues Glas ein und trank es aus. »Vielleicht ginge es.«

»Natürlich, Mark. Du wirst schon einen Weg finden, klug genug bist du dazu.«

Sie ließ sich von ihm küssen und seine Hände über ihren Körper streichen. Plötzlich hielt sie sie fest. »Wie willst du es anfangen, Mark?«

Er sah sie töricht an. »Was anfangen?«

»Den Film produzieren, ohne daß sie etwas merken«, sagte sie ungeduldig, sich nur mit Mühe im Zaum haltend.

»Ich hab' nicht gesagt, daß ich es tun werde, nur daß ich es mir überlegen will.« Sein Gesicht nahm einen dummschlauen Ausdruck an.

Sie schmollte. »Ich hab' geglaubt, du hättest keine Angst.«

Er stand schwankend auf und fragte betrunken: »Wer hat Angst? Ich hab' vor niemandem Angst.«

»Dann wirst du es ihnen also zeigen?«

»Ich würde es gern tun, aber die Arbeitsberichte, die wir nach New York schikken, würden es verraten.«

»Du könntest sagen, es sei nur eine Änderung des Filmtitels. Dann merken sie es erst, wenn er fertig ist.«

»Dulcie, das ist eine gute Idee!«

»Natürlich ist es eine gute Idee.« Sie schmiegte sich an ihn und küßte ihn.

Er legte die Arme um sie und preßte sein Gesicht an ihren Hals. Sie überließ sich ihm, bis seine Küsse fordernder wurden und sein Körper sich spannte. »Nicht, Mark!« sagte sie scharf und löste sich aus seiner Umarmung.

Er war bestürzt und verwirrt. »Warum, Dulcie? Ich dachte, du magst mich!«

Sie lächelte ihn verwirrend an. »Ich mag dich auch, Liebling. Aber ich muß morgen arbeiten, und du weißt, was die Kamera alles entdeckt.« Er versuchte, sie an sich zu ziehen, aber sie steuerte ihn sanft zur Tür. Sein schmerzlicher Ruf: »Dulcie, ich begehre dich so sehr, daß es weh tut!« war wie Musik in ihren Ohren. Seine Augen funkelten wild vor Leidenschaft.

Sie öffnete die Tür und schob ihn nach draußen. »Ich weiß, Liebling. Später vielleicht.« Ihr Blick war voller Versprechungen.

Sie schloß lächelnd die Tür und ordnete ihr Gewand. Es gab so viele Wege ...

3

Peter betrachtete anerkennend den Mann ihm gegenüber, während er leicht auf seinem Stuhl hin und her rückte. Diese Engländer hatten keine Ahnung von Komfort. Wenn man bequem saß, konnte man besser arbeiten und denken. Er sah sich rasch im Büro um: es war dunkel und langweilig und sah genauso aus wie das, was es war: das Büro eines englischen Verleihers.

Er wandte sich wieder seinem Gegenüber zu, Mr. Philipp Danvere. Vor einem Monat noch hatte er nie von ihm gehört, aber seit seiner Ankunft in London waren die Handelszeitungen voll von diesem Namen. Philipp Danvere, einer der reichsten Männer von Europa, war in das Filmgeschäft eingestiegen. Wie er auf die Idee gekommen war, wußte anscheinend niemand. Gebürtiger Schweizer, war er vor dem Krieg zur Vollendung seiner Erziehung nach England geschickt worden. Während er noch in Oxford studierte, brach der Krieg aus, und er hatte sich freiwillig zum britischen Heer gemeldet. Sein Vater, Haupt der weltberühmten Danvere-Textilgesellschaft, hatte sich mit typisch schweizerischem Neutralitätsbestreben dem widersetzt, aber ohne Erfolg. Nach dem Krieg starb der Vater, und Philipp kehrte in sein Geburtsland zurück, um die Firma zu übernehmen, und hatte bis vor einem Monat ruhig dort gelebt.

Die Ankündigung, daß er mehrere Filmtheaterringe auf dem Kontinent und schließlich den Martin-Ring, den größten britischen Theaterring, erworben hatte, versetzte die Filmwelt in Aufregung. Die verschiedensten Gerüchte über seine Motive zu diesen Ankäufen gingen um, aber Mr. Danvere äußerte sich nicht dazu. Er war ein großer Mann, dunkeläugig, mit festem Mund und Kinn. Seine Sprache und Gebärden waren englischer als die vieler gebürtiger Engländer.

Peter hatte sofort alle Hebel in Bewegung gesetzt, um den Martin-Ring für die Magnum-Filme zu sichern. Es wäre ein riesiges Geschäft. Großbritannien bedeutete für die amerikanischen Filme die Hälfte des gesamten Auslandsmarktes.

Mr. Danvere war zu dem Vertreter der »Magnum«, Mr. Rosenberg, äußerst höflich, aber auch äußerst zurückhaltend gewesen. Er erklärte, er sei noch ein Neuling im Filmgeschäft und könne mit einer amerikanischen Firma erst zu einem Abkommen gelangen, wenn er sich von ihrer absoluten Zuverlässigkeit überzeugt habe.

Mr. Rosenberg hatte darauf hingewiesen, daß die »Magnum« seit 1910 im Filmgeschäft war und einen der ältesten Namen in der Branche darstellte.

Mr. Danvere hatte erklärt, daß er sich dessen wohl bewußt und unter bestimmten Voraussetzungen und Bedingungen an einem Abkommen mit der »Magnum« durchaus interessiert sei. Auf die Frage, was er damit meinte, hatte er erklärt, daß er als Textilfabrikant die Erfahrung gemacht habe, daß man am besten zu einer Verständigung käme, wenn Produzent und Verteiler in möglichst engem Kontakt miteinander ständen. Da Peter Kessler gerade in London war, wurde ein Zusammentreffen arrangiert, und nun saßen die beiden einander gegenüber, mit dem besorgten Mr. Rosenberg im Hintergrund.

Mr. Danvere sagte: »Ich muß bekennen, Mr. Kessler, daß ich mich seit dem Krieg für Ihre Firma interessiert habe. Ich war Offizier der britischen Armee und erinnere mich in großer Dankbarkeit an die Filme, die Sie der Armee kostenlos zur Verfügung stellten.«

Peter lächelte. Eines seiner Lieblingsprojekte war die kostenlose Überlassung von Filmen an die Armee der Alliierten gewesen. Mr. Danvere gab das Lächeln zurück und entblößte dabei ziemlich große Zähne. »Deshalb wollte ich Sie gern persönlich sehen, damit ich offen und vertraulich zu Ihnen sprechen kann.«

Peter sah Rosenberg an, der sofort mit einer Entschuldigung aus dem Zimmer verschwand, und Mr. Danvere fuhr fort: »Wenn ich richtig verstehe, Mr. Kessler, sind Sie der einzige Eigentümer Ihrer Gesellschaft.«

»Das ist im großen und ganzen richtig. Die Firma gehört mir bis auf zehn Prozent des Gesamtkapitals, die Mr. Edge gehören, dem Mitbegründer und jetzigen Vizepräsidenten der Gesellschaft.«

»Ich verstehe. Ich glaube, Mr. Rosenberg hat Ihnen meinen Standpunkt in bezug auf eine Übernahme Ihrer Firma für meine Theater klargemacht?«

»Nicht genau. Bitte legen Sie ihn mir doch dar.«

»Sehen Sie, Mr. Kessler, von Haus aus bin ich ein einfacher Textilkaufmann. Als solcher habe ich bestimmte Grundregeln, die sich als sehr erfolgreich für mich erwiesen haben. Eine davon ist die, daß der Verteiler ein Produkt besser verkauft, wenn er an dessen Erzeugung interessiert ist. Und das gilt, glaube ich, auch für die Filmbranche. Die Martin-Theater würden interessierter sein, den Magnum-Filmen zum Erfolg zu verhelfen, wenn sie an der Filmproduktion selbst mit interessiert wären und aus diesen ihren zusätzlichen Bemühungen zweifach Vorteil zögen, das heißt, an ihrer Produktion ebenso verdienten wie an ihrer Vorführung.«

Peter betrachtete Mr. Danvere. Was dieser meinte, war in dürren Worten: Laß mich bei dir einsteigen, und ich sehe zu, daß du zurechtkommst. Laut sagte er: »Sie möchten also einen Anteil an der Magnum-Gesellschaft erwerben.«

»Etwas Derartiges, Mr. Kessler.«

»Und wie hoch sollte dieser Anteil sein?«

Mr. Danvere räusperte sich. »Etwa fünfundzwanzig Prozent.«

»Und für wieviel?«

»Fünfhunderttausend Pfund.«

Innerlich rechnete Peter diesen Betrag in Dollar um – zweieinhalb Millionen. Es würde eine Menge Probleme lösen. »Wie kommen Sie gerade auf diesen Betrag, Mr. Danvere?«

»Ich unternehme niemals blindlings ein Geschäft, Mr. Kessler. Als ich die Martin-Theater kaufte, war ich mir klar, daß die Verbindung mit einer amerikanischen Filmgesellschaft für beide Teile sehr vorteilhaft sein würde. Ihre Firma interessiert mich persönlich am meisten. Sie sind unabhängig, das nötigte mir Respekt ab. Unser Familienvermögen wurde auf dem gleichen Grundsatz der Unabhängigkeit aufgebaut.«

Wider Willen war Peter beeindruckt. Daß dieser Mann seinen Kampf anerkannte, schmeichelte ihm. »Sehr freundlich von Ihnen, mir das zu sagen«, meinte er bescheiden.

»Keineswegs. Mein Respekt gehört Ihnen, gleichgültig, wie Sie sich in dieser Sache entscheiden.«

»Ich werde über Ihr freundliches Angebot nachdenken, Mr. Danvere, aber da ist noch etwas Wichtiges, was Sie wissen müssen. Die ›Magnum‹ hat seit 1929 schwere Jahre gehabt und runde zehn Millionen verloren.«

»Es ist mir bekannt, Mr. Kessler, aber ich würdige Ihre Ehrenhaftigkeit, mich darauf hinzuweisen. Einige dieser Verluste waren sicher unvermeidlich durch Ihre schwierige Position gegenüber der übrigen Industrie. Jedenfalls habe ich einen Plan, der der ›Magnum‹ finanziell von großem Nutzen sein könnte.«

Peter zog eine Augenbraue hoch. Er hatte bereits eine hohe Meinung von den Ansichten seines Gegenübers. Die ganze Unterhaltung hatte ihn zu der Überzeugung gebracht, daß er es in Danvere mit einem sehr soliden konservativen Geschäftsmann zu tun hatte. »Und der wäre?«

Mr. Danvere schlug die Beine übereinander. »Meine Grundidee ist sehr einfach. Ich kaufe von Ihnen fünfundzwanzig Prozent des gegenwärtigen Aktienkapitals der Firma. Dann lösen wir die jetzige Gesellschaft auf und reorganisieren sie neu auf der Basis, daß Ihnen fünfundsechzig, Mr. Edge zehn und mir fünfundzwanzig Prozent des Kapitals gehören. Um das Vertrauen der Öffentlichkeit und der Industrie in die neue Gesellschaft zu stärken, würde ich vorschlagen, zwanzig Prozent der Aktien auf den Markt zu werfen. Dann bleiben Ihnen immer noch fünfundvierzig Prozent – ein ausreichender Prozentsatz, um die Firma zu kontrollieren.« Er schwieg einen Augenblick, um Peters Reaktion zu beobachten, dessen Gesichtsausdruck aber ruhig und interessiert blieb, und fuhr dann fort: »Der Verkauf dieser zwanzig Prozent würde Ihnen ungefähr vierhunderttausend Pfund einbringen, was zusammen mit der Summe, die ich einbringe, neunhunderttausend Pfund oder, in Ihrer Währung ausgedrückt, viereinhalb Millionen Dollar ergibt. Dann würden ferner die Martin-Theater der ›Magnum‹ à conto der Verleihgebühren weitere vierhunderttausend Pfund vorschießen, so daß die ›Magnum‹ etwa vier Millionen Dollar Betriebskapital zur Verfügung hätte, eine ausreichende Summe, um das Produktionsprogramm zu garantieren. Außerdem halte ich es für möglich, daß die Verbindung mit den Martin-Theatern die Kreditfähigkeit der ›Magnum‹ erheblich stärken wird, so daß gegebenenfalls eine zusätzliche Finanzierung möglich sein würde.«

Peter saß schweigend da. Wenn ein Bankier der Wall Street ihm einen solchen Vorschlag gemacht hätte, er hätte ihn kurz und bündig abgelehnt. Aber dieser Mann da vor ihm war, wie er selbst gestand, ein einfacher Textilkaufmann. Seine Familie hatte ihr Vermögen auf ziemlich die gleiche Art erworben wie er das seine: im Kampf gegen größere Gesellschaften und ihre Finanzverbindungen. Außerdem war der Vorschlag ein sehr verlockender – nahm er ihn an, so war das Geschäft wieder flott und sein persönliches Vermögen gerettet.

»Ich muß die Angelegenheit natürlich mit meinem Partner, Mr. Edge, besprechen, bevor ich Ihnen eine Antwort geben kann, Mr. Danvere, aber ich muß zugeben, daß Ihr Vorschlag mir sehr gefällt.«

»Natürlich, Mr. Kessler.« Er schüttelte Peter fest die Hand. »Es war mir ein Vergnügen, mit Ihnen zu reden. Übrigens, ich hab' da eine kleine Besitzung in Schottland, und wenn Sie fürs Wochenende nichts Besseres vorhaben, würde ich mich freuen, wenn Sie mich besuchen. Wir könnten ein bißchen jagen.«

»Sehr gern. Ich hab' keine Pläne.«

»Fein. Mein Chauffeur holt Sie Freitag nachmittag ab, wenn es Ihnen paßt.«

»Vielen Dank, Mr. Danvere.«

»Sagen Sie Philipp, wir verstehen uns und brauchen nicht so formell miteinander zu sein.«

»Richtig, Philipp.«

»Auf Wiedersehen, Peter«, sagte Mr. Danvere von der Tür her.
Rosenberg kam aufgeregt ins Büro zurück.
»Wie ist es gegangen, Peter?«
Peter sah verwirrt auf. »Wie soll das mit der Jagd werden übers Wochenende? Ich kann ein Gewehrende nicht vom andern unterscheiden!«

4

Johnny sah die Studioberichte auf seinem Schreibtisch verwundert durch. Was, zum Teufel, bedeutete dieser neue Film »Wir gehören zusammen«? Er konnte sich nicht erinnern, früher davon gehört zu haben, und rief Jane herein. Aber sie wußte auch nichts. Seine Verwunderung stieg. »Spaßig«, sagte er, »er hat schon hunderttausend gekostet, und erst sechs Drehtage sind vorbei. Es ist auch kein endgültiger Kostenvoranschlag dafür da. Ruf Mark im Studio für mich an, ja, Jane?«
Ein paar Minuten später rief Peter aus London an, und Johnny sagte Jane, sie solle das Gespräch mit Mark noch nicht anmelden, er wollte Peter erst nach dem Film fragen.
»Hallo, Johnny!« meldete Peter sich.
»Peter, wie geht es dir? Was ist los?«
»Ich glaube, unsere Sorgen sind vorbei«, sagte Peter aufgeregt.
Peters Aufregung wirkte ansteckend auf Johnny. »Wie meinst du das?«
»Ist dir Danvere ein Begriff?«
»Der Schweizer Textilkönig?«
»Ganz recht. Er hat mir einen sehr interessanten Vorschlag gemacht. Er will unsern Filmen in seinen Theatern den Vorrang geben, wenn wir ihn mit fünfundzwanzig Prozent in die Gesellschaft einsteigen lassen.«
»Einen Augenblick«, unterbrach Johnny ihn, »ich dachte, du wolltest keine Anteile verkaufen?«
»Wollte ich auch nicht. Aber der Bursche ist richtig. Er hat zweieinhalb Millionen für den Anteil geboten, und außerdem will er uns zwei Millionen auf die Verleihverträge vorschießen.«
»Ich begreife es nicht – was hat er vor?«
»Nichts, bestimmt nichts. Sein Prinzip ist nur, daß der Verteiler härter arbeitet, wenn er am Produkt interessiert ist. Das scheint mir vernünftig. Was hältst du davon, Johnny?«
»Ich weiß nicht recht«, sagte er vorsichtig, »aber das Geld ist sehr verlockend.«
»Er hat noch einen anderen Plan, der uns weitere zwei Millionen einbringen soll. Er ist ein smarter Bursche, Johnny.«
»Nun, Peter, du mußt am besten wissen, was gut für uns ist.«
»Du hast also nichts dagegen, wenn ich ihm einen Anteil verkaufe?«
Johnny zögerte. Der Plan gefiel ihm nicht, aber er wußte nicht, was er dagegen einwenden sollte. Schließlich gehörte die Firma Peter, und wenn er wollte, hatte er das Recht, Anteile zu verkaufen. Peter mußte fast blank sein, und dies war eine Gelegenheit für ihn, sein Privatvermögen zum Teil wiederzugewinnen.
»Ich hab' nichts dagegen, Peter, aber sei vorsichtig.«
»Sicher.«
Dann fiel Johnny der Film aus dem Studiobericht ein. »Weißt du irgend etwas von einem Film ›Wir gehören zusammen‹?«
»Nein, nie davon gehört. Warum?«
»Er tauchte im letzten Studiobericht auf.«
Peter lachte. »Warum machst du dir dann Sorgen? Mark wird irgendeinen Filmtitel geändert haben.«

»Aber . . .«

Peter unterbrach ihn. »Ich hab' Mark über alles Instruktionen erteilt. Wenn er einen Titel ändert, ist nichts dabei. Ein bißchen Freiheit müssen wir ihm ja schließlich lassen, nicht?«

Johnny beherrschte sich nur mühsam. Seit jenem Fehlschlag mit dem Ton auf Platten brachte Peter ihn stets zum Schweigen, wenn er irgend etwas über Produktionsfragen äußerte. »Wir haben nichts im Arbeitsprogramm, worauf der Titel passen würde«, sagte er ausdruckslos.

»Woher weißt du das?« fragte Peter kriegerisch. »Mark leitet das Studio, nicht du. Er muß es besser wissen.« Er war noch immer gekränkt, weil Johnny sich Marks Ernennung zum Studioleiter widersetzt hatte.

Johnny erkannte diesen Tonfall. Er bedeutete, daß Peter sich jedem Argument verschloß und sich durch nichts umstimmen ließ. So sagte er nichts weiter darüber, er wollte Peter nicht mitten in den Verhandlungen mit Danvere erregen. Er hatte ohnehin das Gefühl, daß Peter dafür all seine Kraft brauchen würde. »Gut, gut. Wann kommst du zurück?«

»Ich weiß noch nicht. Wenn ich mit Danvere einig werde, wollte ich für zwei Monate auf den Kontinent und nach unseren dortigen Vertretungen sehen. Es ist mehr als zwei Jahre her, seit ich mich persönlich um sie gekümmert habe.«

»Eine gute Idee. Vielleicht kannst du sie ein bißchen ankurbeln.«

»Ich werd's versuchen.«

»Soll ich deiner Familie was bestellen?«

»Nein, danke, ich hab' ein Gespräch mit Esther angemeldet und spreche sie gleich.«

»Na, dann will ich dich nicht aufhalten – bis bald.«

»Auf Wiedersehen, Johnny.«

Johnny sah nachdenklich vor sich hin. Hoffentlich wußte Peter, was er tat.

Doris saß am Frühstückstisch und las die Zeitung, als Mark hereinkam. Seine Augen waren gerötet und verschwollen von zuwenig Schlaf. »Morgen, Schwester«, sagte er, noch heiser vor Verschlafenheit.

»Guten Morgen, Mark. Wann bist du denn gestern ins Bett gekommen?«

»Warum?«

Sie zuckte die Achseln. »Nur aus Neugier. Ich war bis nach drei auf und hab' dich nicht kommen hören.«

Gereizt erwiderte er: »Ich bin kein Baby mehr, du brauchst nicht auf mich zu warten.«

»Ich hab' nicht auf dich gewartet, ich hab' gearbeitet. Was hast du bloß? Seit ein paar Wochen bist du brummig wie ein Bär.«

»Ich hab' wahrscheinlich zuviel gearbeitet«, sagte er mit einem Versuch, versöhnlich und beschwichtigend zu lächeln.

»Du könntest trotzdem versuchen, ein bißchen früher schlafen zu gehen. Es würde dir nichts schaden.«

Er gab keine Antwort und trank seinen Orangensaft, während sie ihre Zeitung weiter las. Plötzlich hörte er sie lachen. »Was ist da so spaßig?«

»Ein Artikel von Marian Andrews.« Und sie las vor: »›Dem prominenten Sohn eines prominenten Vaters steht ein hartes Erwachen bevor, wenn Papa von seiner Geschäftsreise nach Hause kommt. Dieser Sohn nämlich ist viel mit einer Schauspielerin zusammen, die der Vater aus moralischen Gründen entlassen hat.‹ . . . Wen sie wohl meint?«

Mark fühlte, wie ihm die Röte ins Gesicht stieg, und hoffte, daß sie es nicht bemerken würde. Der Teufel sollte diese Reporterin holen! Woher sie die Nachrichten nur bekam? Sie hatten sich doch nach jenem ersten Zusammentreffen sorgfältig genug bemüht, nicht miteinander gesehen zu werden. Er war froh, daß in diesem Augenblick das Telefon klingelte und Doris abgelenkt wurde.

Sie nahm ab und hielt die Muschel mit der Hand zu. »Hol Mama«, sagte sie aufgeregt, »schnell, Papa ruft von London aus an!«

Er sah sie töricht an. Sollte der Alte schon von dem Film gehört haben? Aber das konnte nicht möglich sein. Er lief in die Küche.

Wie gewöhnlich stand Esther am Herd und briet die Eier, während die Köchin ihr zusah. »Mama, schnell, Papa ist am Telefon!«

Esther ließ die Pfanne los und lief ins Wohnzimmer, wobei sie sich die Finger an der Schürze abwischte. Ihre Hand zitterte so, daß sie kaum den Hörer halten konnte. »Hallo, Papa, wie geht es dir?«

Sie schwieg, während Peter sprach, und antwortete dann: »Mir geht es gut, Doris und Mark auch. Ja, Papa, Mark arbeitet tüchtig. Er kommt jeden Abend spät aus dem Studio nach Hause. Gestern nacht war es fast vier Uhr.« Ihre Augen leuchteten vor Stolz.

5

Sie sah ihn, als er den Zug verließ, hob sich auf die Zehenspitzen und winkte. »Johnny! Hier bin ich!« Sie lief auf ihn zu. »Ich bin so froh, daß du gekommen bist!«

Er lächelte. »Ich bin auch froh, daß ich da bin, aber warum all die Geheimnistuerei?«

Ihre Augen umwölkten sich plötzlich. »Es handelt sich um Mark, irgend etwas ist mit ihm los, ich weiß nur nicht genau, was. Jedenfalls stimmt im Studio irgend etwas nicht, der Film, an dem er arbeitet, ist nicht das, was er scheint.«

»Ich verstehe dich nicht, Doris.«

»Mama bekam letzte Woche einen Brief von Papa, und da sie ihre Brille nicht zur Hand hatte, hab' ich ihn ihr vorgelesen. Papa schrieb, er hoffte, daß alles viel leichter wäre, wenn Mark erst die sechs Filme fertiggestellt hätte, die in der Produktion seien.«

Johnny nickte. »Das hoffen wir alle.«

»Aber als ich am nächsten Tag ins Studio kam, sagte mir Papas Sekretärin, daß alle wegen ›Wir gehören zusammen‹ so aufgeregt und in Anspruch genommen seien, daß die ganze sonstige Arbeit liegenbliebe. Dieser Film sei die größte Sache, die die ›Magnum‹ je unternommen habe, er koste über zwei Millionen Dollar.«

»Zwei Millionen! Sie muß verrückt sein. Alle sechs in Arbeit befindlichen Filme kosten nicht soviel.«

»Das hab' ich mir gedacht. Ich konnte mir nicht vorstellen, daß Papa alles Geld, was er von Danvere bekommen hat, in *einen* Film steckt.«

»Hast du Mark danach gefragt?« Johnny durchfuhr ein eisiger Schreck.

»Ja, beim Essen, und er wurde zornig und sagte, ich solle mich um meine eigenen Angelegenheiten kümmern. Papa hätte ihm das Studio anvertraut, nicht mir. Es sei an der Zeit, daß jemand zeigte, wie man es machen müßte. Ich fragte ihn, ob der Film wirklich über zwei Millionen kosten würde.« Sie beobachtete Johnny, der sehr still saß, aus den Augenwinkeln.

»Und was gab er zur Antwort?«

»Er sagte sehr ungezogen: ›Na, und wenn schon! Willst du zu Johnny laufen und es ihm erzählen?‹ Dann aber lächelte er mich an und sagte in seiner reizenden Art (und du weißt ja, er kann sehr nett sein, wenn er will): ›Mach dir keine Sorgen, Schwesterchen, Papa ist mit allem einverstanden.‹ Aber mir schien es besser, daß du kommst – am Telefon konnte ich nicht darüber reden. Dich kann Mark nicht zum Narren halten.«

Er sah ziemlich grimmig aus. Wenn das alles stimmte, was sie ihm berichtet hatte, waren sie in des Teufels Küche. Sie mußten nächsten Monat sechs Filme an die Martin-Theater liefern. Außerdem hatte er auf der ersten Zusammenkunft des neu ernannten Vorstandes bereits mitgeteilt, daß sechs Filme in der Produktion seien, und dies würde den Herren wenig gefallen. Hatte Mark vergessen, daß er unter dem neuen Status zu allem, was er tat, der Zustimmung des Vorstandes bedurfte? Der hatte dem Produktionsprogramm von sechs Filmen zugestimmt, und Ronsen, der Vertreter Danveres, war kein Dummkopf. Er hatte bei der Borden-Gesellschaft bereits reiche Erfahrungen gesammelt, und es kam Johnny so vor, als ob er nur darauf wartete, daß etwas schiefging.

Er schwieg so lange, daß sie schließlich ängstlich fragte: »Johnny, woran denkst du?«

Seine blauen Augen blitzten zornig. »Wir sollten den Jungen mal im Studio besuchen und sehen, was da vorgeht.«

Etwas in seiner Stimme ängstigte sie. »Johnny, sind wir in Schwierigkeiten, wenn er es getan hat?«

»Kindchen, dann sind wir in der Tinte wie nie zuvor«, und er lachte, aber ohne eine Spur von Humor.

Mark sah auf die Uhr, es war kurz nach zwei. »Ich muß ins Studio zurück, Dulcie.«

»Und ich bin den ganzen Nachmittag allein«, schmollte sie.

»Ich muß den Film machen, Baby. Du möchtest doch nicht, daß ich mich damit verspäte.«

»Nein, keinesfalls, aber . . .«

»Aber was?«

Sie sah ihn herausfordernd an. »Ich hab' soviel davon gehört, ich möchte einmal selber sehen, wie er vorankommt.«

»Du weißt, daß das nicht geht.«

»Warum nicht? Hast du Angst?«

Er lachte unsicher. »Nein, es könnte unangenehm für dich sein, das ist alles.«

»Das macht mir nichts. Und ich möchte dich so gern einmal bei der Arbeit sehen!« sagte sie flehend.

»Nein, lieber nicht. Es wird schon genug geredet.«

»Du hast doch Angst!« Plötzlich wurde sie widerspenstig. »Wenn du mich nicht mitnimmst, brauchst du überhaupt nicht mehr zu mir zu kommen.«

Er versuchte sie in die Arme zu nehmen. »Dulcie, du weißt doch, daß ich nicht kann.«

Sie entwand sich ihm. »Ich weiß nur, daß du mich nicht mitnehmen willst. Du willst nicht mit mir gesehen werden«, sagte sie kalt.

»Dulcie, das stimmt nicht, ich hab' dich doch gefragt, ob du mich heiraten willst«, flehte er.

Sie gab keine Antwort, und plötzlich gab er nach. »Na, schön, komm mit.«

Als er ihr aus dem Wagen half und sie zusammen ins Studio gingen, sah er auf allen Gesichtern Überraschung und hörte erregtes Getuschel, wenn sie vorbei waren. Laß sie reden, dachte er zornig. Aber er war doch froh, als er sie erst in seinem Büro hatte. »Na, bist du jetzt zufrieden?« fragte er so nahe am Zorn, wie er es je ihr gegenüber gewesen war.

Sie sah zufrieden aus. Peter hatte ihr verboten, je wieder einen Fuß in sein Studio zu setzen, und sein eigener Sohn hatte sie hergebracht! Sie küßte Mark leicht auf die Wange. »Ja, Liebling, ich bin zufrieden.«

Er sah sie bewundernd an – sie hatte Nerven, das mußte man ihr lassen. Er legte den Arm um sie und küßte sie. »Du hast etwas Verrücktes an dir, Baby, aber es gefällt mir. Du gehörst zu der Art Frauen, die ich gern habe.« Er sah ihr nach, wie sie zur Tür ging. Ihr Gang hatte etwas Pantherhaftes, ihr prachtvoller Körper sagte mehr als Worte. »Rufst du mich heute abend an?« sagte sie mit ihrer heiseren Stimme.

Er wollte gerade antworten, als die Tür aufging und Doris und Johnny plötzlich hereinkamen, dann stehenblieben und sie ansahen.

Dulcie lächelte langsam, ging an ihnen vorbei und klopfte Johnny auf die Wange. »Laß dich nicht stören, Liebling, ich wollte ohnehin gerade gehen.«

6

Im nachtdunklen Gras zirpten die Grillen, und das Wasser des Schwimmbeckens, an dem sie saßen, schimmerte im Mondlicht. Sie hatten eine lange Zeit geschwiegen – düster und gedankenvoll.

»Johnny, was willst du tun?«

Er schüttelte langsam den Kopf; er wußte es nicht. Es war alles noch viel schlimmer, als er gedacht hatte. Anderthalb von den zwei Millionen, die für die Produktion von sechs Filmen gedacht waren, waren bereits in »Wir gehören zusammen« hineingesteckt worden.

»Sag Papa nichts, es würde . . .«, sie brach mitten im Satz ab, ihr Gesicht war angespannt und gequält. Zögernd sagte er: »Ich möchte es ihm viel lieber nicht sagen, aber ich muß es wohl. Wir haben sehr wenig bares Geld, es reicht nicht, um die Filme herzustellen.«

»Aber, Johnny, es wird ihm das Herz brechen. Er hat so an Mark geglaubt.«

Er lächelte bitter: Das war es ja gerade. Wenn Peter Gordon nicht hätte gehen lassen, säßen sie jetzt nicht so in der Tinte. Plötzlich hatte er es satt, immer wieder Peters Fehler auszugleichen. Aber irgendwo mahnte ihn sein Pflichtgefühl, daß er Peter jetzt nicht im Stich lassen könne. Peter hatte auch stets zu ihm gehalten, persönlich ebenso wie geschäftlich. Sie hatten zu viele Jahre miteinander durchgestanden, er konnte das nicht alles abschütteln.

»Ich weiß. Warum säße ich sonst wohl hier und dächte über einen Ausweg nach?«

Sie rückte näher zu ihm und schob ihren Arm in den seinen. »Du weißt, daß ich dich gern habe«, flüsterte sie vertrauensvoll.

»Ich kann mir gar nicht vorstellen, warum.«

»Man fühlt, daß man dir vertrauen kann, daß du zuverlässig bist – genau wie Papa.«

Er hätte gern geglaubt, daß sie recht hatte, aber er konnte es nicht. Es gab zu vieles, was ihn ängstigte. Als er zum Beispiel Dulcie in Marks Büro getroffen hatte, hatte er gezittert und nicht reden können – weil er nicht wußte, was er sonst alles sagen würde. Und als sie seine Wange berührte, war es wie eine Flamme gewesen, eine Erinnerung an lange Nächte und leidenschaftliches Geflüster. Auch jetzt noch fühlte er die Berührung ihrer Hand auf seinem Gesicht – würde er je seine Erinnerungen loswerden? »Ich wünschte, du hättest recht«, brachte er bitter hervor.

Ihre Augen waren voller Vertrauen. »Ich weiß, daß ich recht habe, Johnny.«

Sie schwiegen wieder. Der Gedanke an Dulcie durchschnitt Doris mit einem scharfen Schmerz, der aber nicht ihr selbst galt, sondern Johnnys Leiden, seinen qualvollen Erinnerungen. Konnte sie ihn je alles vergessen machen? Sie wußte es nicht. Sie wußte nur, daß sie ihn liebte, ihn immer geliebt hatte. Sie wollte versuchen, ihm zu helfen. Es würde zuerst schwierig sein, aber mit Geduld und Zeit würde es vielleicht gehen. »Vielleicht könnte ich genug Geld auftreiben, um die anderen Filme fertigzumachen, ohne daß dein Vater es erfährt«, sagte er nachdenklich.

»Aber woher könntest du soviel Geld nehmen?«

»Ich könnte meinen Anteil verkaufen!«

»Aber, Johnny, du hast dein ganzes Leben lang dafür gearbeitet.«

»Na und? Ich kann ihn ja zurückkaufen, wenn wieder alles in Ordnung ist. Es ist der einzige Ausweg.«

»Und wenn du ihn dann nicht zurückbekommen kannst? Dann hast du alles, was du besitzt, verloren.«

Irgendwo innen wußte er, daß er ihn nie zurückbekommen würde. Sein Herz begann heftig zu schlagen, und bevor er wußte, was er sagte, drängten sich die Worte auf seine Lippen: »Würde es dir was ausmachen, einen armen Mann zu heiraten, Liebling?«

Sie saß sehr still da, die Tränen stiegen ihr in die Augen. Dann aber warf sie die Arme um seinen Nacken. »O Johnny, ich würde dich immer heiraten! Ich liebe dich doch.«

Er hielt sie ganz fest und schloß die Augen. Dafür lebte man in Wirklichkeit, um einen solchen Satz zu hören.

Mark saß in seinem Zimmer und sah nervös nach dem Telefon. Es war zwei Uhr nachts, ein leichter Windhauch blähte die Gardinen. Als er leise das Fenster schloß, sah er Doris und Johnny am Schwimmbecken sitzen. Der Teufel soll sie holen! dachte er zornig.

Sie sollten nicht wissen, daß er noch wach war, deshalb knipste er das Licht aus. Warum das Gespräch nicht durchkam? Drüben in Paris war es jetzt elf Uhr vormittags, Peter müßte also im Büro sein.

Endlich klingelte es.

»Hallo, Papa?«

»Mark, was ist los? Geht es Mama gut?«

»Ja, der ganzen Familie geht es gut; ich muß dich geschäftlich sprechen.«

»Na, dann los, jede Minute kostet zwanzig Dollar.«

»Es ist wegen Johnny, er kam heute ins Studio und hat einen großen Krach gemacht. Er hat sich über alles mögliche beklagt, die Filme gefielen ihm nicht, und er bestand darauf, daß wir vor allem ›Wir gehören zusammen‹ fertigmachen.«

Peter lachte. »Reg dich nicht auf, Mark. Die in New York sagen uns immer, was wir tun sollen. Hast du ihn nicht nach dem Grund gefragt?«

»Ja, aber er hat mir keine klare Antwort gegeben. Er war in der letzten Zeit überhaupt so sonderbar.«

»Vielleicht hat er seine Gründe. Er ist ein smarter Junge, nur manchmal ist er etwas hartnäckig. Mach dir keine Sorgen, ich rede mit ihm, wenn ich zurück bin.«

»Er benimmt sich aber sonderbar. Heute hab' ich zufällig gehört, wie er am Telefon zu Gordon sagte: ›Vielleicht arbeiten wir wieder eher zusammen, als du denkst.‹«

»Das verstehe ich nicht.«

»Ich auch nicht. Aber wir müssen vorsichtig sein, deshalb hab' ich dich angerufen.«

»Wir sprechen darüber, wenn ich zurück bin, mach du deine Arbeit weiter.«

Als Mark eingehängt hatte, sah er noch einmal aus dem Fenster.

Johnny und Doris gingen Hand in Hand zum Haus. Mark lächelte vor sich hin; er würde schon mit Johnny fertig werden. Und mit Doris auch. Das Lächeln verschwand aus seinem Gesicht.

7

Vittorio Guido wunderte sich, warum Johnny in sein Büro gekommen war. Sie mochten einander nicht. »Was ist los, Johnny?«

»Ich brauche Geld«, sagte Johnny zögernd. Wenn nur Al Santos da wäre, aber der war auf seiner Ranch. Er kam ungern damit zu Vittorio, aber er hatte keine andere Wahl.

Vittorio betrachtete Johnny halb verächtlich. Diese Filmleute waren alle gleich, sie konnten nicht mit Geld umgehen.

»Wieviel?«

»Eine Million.«

»Wofür brauchst du das Geld?«
»Ich möchte den halben Anteil an unserem neuen Film ›Wir gehören zusammen‹ damit kaufen.«

Vittorio hatte von dem Film gehört – er hieß in Hollywood nur Mark Kesslers Verrücktheit. Angeblich kostete er über zwei Millionen. Warum Johnny wohl einen Anteil daran kaufen wollte? Nach allem, was er gehört hatte, war der Film eine Pleite. »Du kennst unsere Linie, Johnny. Die ›Magnum‹ schuldet uns zwei Millionen, und wir können ihre Filme nicht beleihen.«

Unsinn! dachte Johnny zornig. Vic konnte tun, was er wollte – er wollte ihm ganz offenkundig das Geld nicht leihen. »Kann ich das Geld auf andere Art und Weise bekommen?«

Vic sah ihn interessiert an. Wenn Johnny so auf dem Geld bestand, mußte bei der »Magnum« etwas wirklich Wichtiges vorgehen. »Hast du eine andere Sicherheit anzubieten?«

»Wie wär's mit meinem Anteil an der Firma?«

Vics Puls schlug schneller. Anteile waren das einzige, was diese Leute im allgmeinen nicht verpfändeten. Sie handelten mit Stars, Direktoren, Verträgen, einige, die er kannte, hätten gegebenenfalls sogar ihre Frauen verhandelt, aber niemals ihre Anteile. Johnny mußte in einer verzweifelten Lage sein, wenn er das anbot. »Ich könnte dir keine langfristige Anleihe geben. Johnny, dazu ist der Markt zu unbeständig. Aber drei Viertel des Wertes könnte ich auf einen Dreimonatswechsel geben.«

Siebenhundertfünfzigtausend waren besser als nichts, dachte Johnny. »Gut, wann kann ich das Geld haben?«

»Sobald du die Papiere ablieferst.«

»Morgen hast du sie.«

Vic sah Johnny zufrieden nach. Aber er mußte herausbekommen, was bei der »Magnum« vorging. Wenn er das Santos erzählte, würde der vielleicht Johnny nicht mehr so hoch einschätzen!

Mark saß wütend hinter seinem Schreibtisch. Er ärgerte sich über Johnny und Doris, die ihn seiner Ansicht nach nur kleinkriegen wollten. Aber eine innere Stimme sagte ihm, daß sie recht hatten, daß er mit dem einen Film zu weit gegangen war.

Aber wenn der Film erst fertig war, würden sie vielleicht doch sehen, daß er recht gehabt hatte.

Johnny stand vor ihm und betrachtete ihn mit eiskalten Blicken. »Ich tu' das alles keineswegs nur für dich, sondern weil deinem Vater das Herz brechen würde, wenn er je herausbekäme, was geschehen ist. Hör zu, wenn er zurückkommt, werden wir ihm sagen, daß mir der Film so gut gefallen hat, daß ich die Hälfte der Produktionskosten übernommen habe und du mir dafür die Hälfte der Einnahmen aus dem Film abgetreten hast. Klingt das überzeugend?« fragte er Doris. Sie nickte. Mark unterdrückte nur mit Mühe ein Grinsen. Der Narr spielte ihm glatt in die Hände! Mit dieser Geschichte konnte er seinen Vater davon überzeugen, daß Johnny an allem schuld war.

8

Draußen fiel dichter Schnee, der sich in den Straßen New Yorks schon in schmutzigen Brei verwandelte.

»Ich verstehe nicht, warum wir von Danvere noch keine Antwort auf unser Telegramm haben«, sagte Peter sorgenvoll.

Johnny sah auf die Uhr. »Es ist nicht mehr viel Zeit bis zur Vorstandssitzung.«

Peter nickte. »Ich hätte die Antwort gern vor der Sitzung gehabt. Ich kann nicht verstehen, warum er uns das Geld nicht leiht, wie er versprochen hat.«

Als Peter den Vertrag mit Danvere abgeschlossen hatte, war er sehr optimistisch gewesen. Die Zukunft hatte verheißungsvoll ausgesehen, aber inzwischen hatte es nichts als Schwierigkeiten gegeben. Mark hatte ihr Produktionsprogramm über den Haufen geworfen, nur zwei von den sechs versprochenen Filmen waren fertig, und die beiden waren nicht der Rede wert. »Wir gehören zusammen« war immer noch ein Sorgenkind – zwei Millionen waren schon hineingesteckt worden, und es sah so aus, als ob es noch ein paar Hunderttausend kosten würde, ihn fertigzustellen.

Zu allem Überfluß war das Geschäft auch sonst flau gewesen, und ihr Bankkonto war dahingeschwunden. Das Geld, das Peter von Danvere bekommen hatte, war ebenso weg wie das, was Johnny aufgebracht hatte. Jetzt hatte Peter nach der Summe telegrafiert, die Danvere ihm als Vorschuß auf die künftigen Verleihgebühren hatte geben wollen und die seit vier Monaten fällig war.

Johnny sah noch einmal auf die Uhr. »Ich glaube, die Antwort kommt nicht mehr vor der Sitzung, wir können ebensogut anfangen.«

»Jane soll mir Bescheid geben, wenn das Telegramm während der Sitzung eintrifft«, sagte Peter und nahm Hut und Mantel vom Haken.

»Protokoll der Vorstandssitzung der Magnum-Filmgesellschaft vom 12. November 1936.

Ort der Zusammenkunft: Hotel Waldorf-Astoria, New York.
Zeit: Zwei Uhr dreißig nachmittags.
Anwesende Vorstandsmitglieder:
Peter Kessler
John Edge
Laurence G. Ronsen
Oskar Floyd
Xavier Randolph
Abwesende Vorstandsmitglieder:
Mark Kessler
Esther Kessler
Philipp Danvere
Protokollführer:
John Edge

Nach Annahme verschiedener Vorschläge in bezug auf Gagen und Gehälter erfolgte eine Diskussion der allgemeinen Geschäftslage. Der Präsident der Gesellschaft erklärte, daß er für die nächste Zukunft sehr optimistisch sei, da die abgeschlossenen Verleihverträge für den Inlandsmarkt im letzten Jahr um sechshundert neue Abschlüsse angestiegen seien und er für das kommende Jahr eintausend weitere Abschlüsse erwarte. Bei seiner letzten Europareise habe er den europäischen Markt infolge dauernder politischer Störungen sehr unbeständig gefunden. In bezug auf die Geschäftsmöglichkeiten innerhalb Großbritannien äußerte er sich hingegen auf Grund seines Abkommens mit Mr. Danvere wieder sehr zuversichtlich. Er erklärte ferner, daß er von Mr. Danvere stündlich Nachricht wegen einer Bevorschussung der kommenden Verleihgebühren in Höhe von zwei Millionen Dollar erwarte, wodurch die Flüssigkeit der Gesellschaft beträchtlich erhöht würde.

Mr. Ronsen stellte dann die Frage, warum von den sechs Filmen, die bis jetzt vollendet sein sollten, erst ein Drittel fertig sei.

Der Präsident erwiderte, daß unvorhergesehene Produktionsschwierigkeiten aufgetreten seien, aber daß die ausstehenden Filme hoffentlich in Kürze fertiggestellt seien.

Mr. Ronsen legte dann ein Telegramm von Mr. Danvere an ihn vor, das folgendermaßen lautete:

›Lieber Mr. Ronsen, bin in großer Sorge um die Produktion der ›Magnum‹. In meiner letzten Unterredung mit Mr. Kessler versicherte er mir, daß bis zum 15. September sechs neue Filme zur Vorführung in unseren Theatern zur Verfügung ständen; bis jetzt sind aber erst zwei bereit, und beide auch erst seit Ende Oktober. Ich bitte Sie, Mr. Kessler in Antwort auf sein Telegramm davon in Kenntnis zu setzen, daß der Vorstand der Martin-Theater zu dem Vorschuß von zwei Millionen erst bereit ist, wenn alle sechs Filme zur Verfügung stehen.

Gezeichnet Philipp Danvere.‹

Daraufhin stand der Präsident auf und erklärte, Mr. Danvere habe ihm gesagt, die Zustimmung des Vorstandes der Martin-Theater zu dem Vorschuß sei eine reine Formalität; er bedauere, daß Mr. Danvere ihm nicht selbst geantwortet habe, würde sich aber in dessen Lage auch zu sehr schämen, diesen Bescheid direkt zu geben.

Mr. Ronsen machte dann folgenden Vorschlag: Ein Ausschuß wird eingesetzt, um im Studio Nachforschungen darüber anzustellen, warum die Filme nicht rechtzeitig fertig geworden seien.

Der Vorschlag wurde gegen Mr. Kesslers Widerspruch durch Abstimmung angenommen. Für den Vorschlag stimmten Ronsen, Floyd, Randolph, dagegen Kessler und Edge.

Um fünf Uhr zehn schloß die Sitzung.«

Seit zwei Stunden nach Schluß der Vorstandssitzung tobte Peter wie ein Irrsinniger. »Diese verdammten Schmarotzer! Warum hast du ihnen eine Chance gegeben?«

Johnny blieb der Mund offenstehen. »Ich? Welche Chance hätte ich ihnen gegeben? Du hast doch das Abkommen mit Danvere getroffen!«

»Abkommen, Abkommen! Hättest du deine Nase nicht ins Studio gesteckt, wären die sechs Filme fertig. Aber du wußtest es mal wieder besser und hast Mark getrieben, alles in den einen Film zu stecken und die anderen zu vernachlässigen, er hat es mir erzählt. Warum hast du das getan, Johnny? Hast du unser ganzes Geschäft gefährdet, weil du dein Geld in diesen Film gesteckt hattest?«

Johnny gab keine Antwort; alle Farbe war aus seinem Gesicht gewichen, er klammerte sich am Schreibtisch fest und starrte Peter nur an.

Peter sackte plötzlich in sich zusammen. »Warum hast du das getan, Johnny? Und die ganze Zeit, in der ich Geld so dringend brauchte, hattest du es, aber nur dafür, nicht für mich. Wäre es umgekehrt gewesen, ich hätte es dir gegeben.«

9

Die Entfremdung, die zwischen Peter und Johnny eingetreten war, machte sich sofort spürbar, obwohl beide der Überzeugung waren, daß sie es sich nicht merken ließen. Jane machte sich Sorgen deswegen, und Johnny bekam es allmählich satt, daß Peter ihm immer wieder vorhielt, er sei an allen Schwierigkeiten schuld. Aber er konnte nichts antworten, er hatte Doris versprochen zu schweigen.

Das Telefon läutete, und Jane meldete: »Mr. Ronsen ist hier und möchte dich gern sprechen.«

Johnny wunderte sich noch, warum Ronsen gekommen war, als die Tür aufging und dieser hereinkam. »Ich wollte Sie noch einmal sehen, bevor ich nach Kalifornien fahre, Mr. Edge.«

Sie schüttelten sich die Hände, und Johnny war überrascht über den kräftigen Druck der fleischigen Finger. »Sie wundern sich sicher, warum ich gekommen bin, Mr. Edge?«

»Ein bißchen schon.«

Ronsen beugte sich vor, hinter den dicken, schildplattgefaßten Brillengläsern funkelten seine Augen. »Ich hab' mich gefragt, ob Sie mir nicht vielleicht etwas zu berichten hätten?«

»Worüber?« fragte Johnny vorsichtig.

»Über das Studio. Ich fahre morgen ja hin«, sagte Ronsen lächelnd. Johnny lächelte ausdruckslos zurück; *das* Spiel konnten auch zwei spielen. »Leider hab' ich Ihnen nichts zu berichten, Mr. Ronsen, außer daß das Studio in fähigen Händen ist. Die Leitung hat Mark Kessler und nicht ich, und ich glaube, er weiß, was er tut.«

»Dann liegt der Fehler nicht im Studio, sondern vielleicht woanders?«

»Was meinen Sie damit, Mr. Ronsen?«

»Nennen Sie mich doch Larry.«

»Gut, also Larry. Aber das ist doch keine Antwort auf meine Frage.« Ronsen betrachtete ihn. Edge wußte mehr über diese Gesellschaft als irgend jemand sonst außer Kessler selbst. Er konnte mit diesen Kenntnissen ungeheuer nützlich sein. »Vielleicht liegt die Verantwortung dafür bei Mr. Kessler.«

»Wie kommen Sie darauf, Larry?«

»Er wird alt, wissen Sie. Er muß über sechzig sein. Vielleicht ist er ein bißchen senil?«

Johnny lachte laut auf. »Das ist lächerlich, Larry. Gut, ich gebe zu, er ist kein Jüngling mehr, aber er hat mehr Arbeitskraft und Verständnis für das Geschäft als mancher junge Mann.«

»Mehr als Sie, zum Beispiel?«

»Er ist der Präsident, nicht wahr? Ihm gehört die Firma.«

»Glauben Sie nicht, Johnny, Sie könnten genausoviel leisten, wenn Sie der Präsident wären?«

»Das glaube ich nicht«, sagte Johnny kalt.

»Kommen Sie, Johnny, seien Sie nicht so bescheiden.«

Was wollte der Bursche, fuhr es Johnny durch den Kopf. Sicher war er nicht gekommen, um ihm Komplimente zu machen. »Es ist keine Bescheidenheit. Ich bin mit Kessler nahezu dreißig Jahre zusammen, er ist der fähigste Kaufmann in der Branche.«

Ronsen klatschte lautlos Beifall. »Bravo! So viel Loyalität ist lobenswert.«

»Aber nicht an mir, sondern an dem Mann, der sie einflößt. Loyalität ist das Kostbarste im Leben und das einzige, was man nicht mit Geld kaufen kann.«

Ronsen war auch in diesem Punkt anderer Ansicht, aber er schwieg dazu. Nach kurzem Zögern sagte er: »Ich möchte vertraulich mit Ihnen reden, Johnny.«

»Bitte.«

»Eine Gruppe von Leuten hat mir angedeutet, daß sie an einem Ankauf von Mr. Kesslers Firmenanteil interessiert sei.«

Johnny zog die Augenbrauen hoch – er hätte wissen sollen, daß das kam. »Wer?«

»Ich habe kein Recht, die Namen zu nennen, aber man hat mir gesagt, daß Sie der Gesellschaft als Präsident sehr erwünscht seien, wenn man sich einig werden könnte.«

Johnny mußte lächeln. Glaubte der Kerl wirklich, er sei so leicht zu bestechen? »Diese Großmut ist sehr schmeichelhaft für mich, aber die Entscheidung über den Verkauf der Firma liegt doch wohl bei Mr. Kessler, nicht?«

»Sie könnten sehr dazu beitragen, Mr. Kesslers Zustimmung zu gewinnen.«

Es war gut, daß sie nicht wußten, wie die Dinge zwischen ihm und Peter lagen, dachte Johnny. »Ich würde niemals versuchen, Mr. Kessler in einer solchen Frage zu beeinflussen. Er hat da außerdem seine eigenen Ideen.«

Ronsen lachte. »Ideen, die in unserm modernen Zeitalter lächerlich sind, nicht wahr?«

»Das ist wiederum Mr. Kesslers Sache, und er hat seine Gründe dafür. Ich will Dinge nicht beurteilen, die mich nichts angehen.«

»Was schlagen Sie dann vor, Johnny?«

»Sprechen Sie direkt mit Mr. Kessler, er ist der einzige, der Ihnen eine solche Frage beantworten kann.«

»Die Leute werden einen guten Preis zahlen.«

»Es liegt bei Mr. Kessler.« Johnny stand auf zum Zeichen, daß die Unterredung beendet war.

Ronsen gefiel diese Entlassung wenig, aber er zeigte es nicht. »Vielleicht spreche ich mit ihm, wenn ich aus Hollywood zurückkomme. Möglicherweise nimmt er dann Vernunft an.« Ronsens Stimme klang außerordentlich zuversichtlich, es war die Stimme eines Mannes, der sich seiner Macht bewußt war.

»Wer steckt noch hinter dieser Sache außer Ihnen und Danvere, Larry?« fragte Johnny plötzlich.

»Ich darf im Augenblick keine Auskunft darüber geben, ich sagte es schon vorhin.«

»Floyd und Randolph sind es nicht«, versuchte Johnny das Gelände abzutasten, »das sind nur Strohmänner. Vielleicht Gerard Powell von der Borden-Gesellschaft, so was sähe ihm ähnlich.«

Ronsens Ausdruck bewies ihm, daß er richtig geraten hatte. »Ich will Sie nicht länger mit Fragen quälen, ich habe mich auf jeden Fall gefreut, daß Sie noch mal gekommen sind. Ich wollte Sie schon immer gern näher kennenlernen.«

»Mir ging's genauso, Johnny.«

Johnny begleitete ihn noch die Halle hinunter. »Gute Reise, Larry.«

Er sah nicht, daß Peter mit weitgeöffneten Augen in der Tür seines Büros stand und ihnen nachstarrte. Was tat Johnny mit diesem Burschen? Und er war so freundlich, als ob sie die besten Freunde wären! Peter wollte es nicht glauben – aber vielleicht hatte Mark doch recht. Johnny benahm sich in der letzten Zeit sonderbar.

10

Dulcie hörte Mark geistesabwesend zu. Er begann ihr auf die Nerven zu gehen – es war Zeit, ihn loszuwerden, er hatte ihr nichts mehr zu bieten.

Seit Warren sie verlassen hatte, war sie ruhelos und wechselte von einem Mann zum andern. Aber sie fand keinen, der sie so fesselte wie Warren. Früher oder später kamen sie angekrochen und bettelten um ihre Gunst, und dann hatte sie sie satt.

Warren war anders gewesen, ihr viel zu ähnlich, um sich unterjochen zu lassen. Er hatte die Fähigkeit besessen, sie in höchstem Maße fühlen zu lassen, daß sie lebte. Wenn er in ihrer Nähe war, spürte sie jeden Nerv in ihrem Körper und war voller Erregung.

Aber er war zu Cynthia zurückgekehrt – dieser blassen Nachahmung einer Frau. Womit konnte die einen Mann wie Warren nur an sich fesseln? Aber es war ihr gelungen, und jetzt hatten sie zwei Kinder. Es hatte wohl alles damals angefangen, als Johnny unerwartet nach Hause gekommen war und sie mit Warren überrascht hatte.

Als Johnny die Wohnung verlassen hatte, war sie ins Schlafzimmer zurückgegangen, wo Warren sich eilig anzog. Sie legte einen Arm um ihn. »Was willst du tun?«

»Ihm nachgehen. Er ist krank und sollte bei diesem Wetter nicht draußen sein.«

»Sei kein Narr. Laß ihn gehen, er bringt dich um, wenn du in seine Nähe kommst. Du hast gesehen, wie er mich behandelt hat.«

Er knöpfte sich das Hemd zu. »Was hast du erwartet? Beifall für unsere Vorstellung? Es ist schon die Hölle, nach Hause zu kommen und so was zu finden.«

Sie schmiegte sich an ihn und sagte aufreizend: »Du wirst ja moralisch.«

»Der Mann ist krank, das kann man mit halbem Auge sehen.«

»Na und? Er weiß ja, wo er hingehen kann.«

Er sah ihr in die weitgeöffneten Augen, griff in ihr Haar und bog plötzlich ihren Kopf nach hinten. Ihr Gesicht verriet, daß es weh tat, aber in ihren Augen war keine Furcht, und sie preßte ihren Körper an ihn.

»Dulcie, du bist eine Hure«, sagte er wild.

»Gut, dann bin ich das. Aber komm zurück ins Bett, wir sind noch nicht fertig!«

Danach war etwas zwischen ihnen verändert gewesen, und eines Tages, als sie nach Hause kam, waren seine Sachen weg, und auf dem Tisch lag ein kurzer, knapper Brief:

»Dulcie, ich bin zu Cynthia zurückgegangen. Warren.«

Sie hatte sogar geweint und ihm Rache geschworen, aber es war vorbei, und seit der Zeit war sie allein: mit welchem Mann sie sich auch einließ, keiner nahm sie so gefangen, ihr Inneres und ihren Körper, wie Warren.

Wie langweilig war Mark mit seinem ewigen Flehen und Winseln! Zuerst hatte es ihr Spaß gemacht, ihn zu quälen. Manchmal hatte sie sich gewundert, daß er sich so quälen ließ, daß er sie nicht einfach nahm. Wahrscheinlich hatte er nicht den Mut dazu. Sie lächelte vor sich hin – dabei hielt er sich für einen Mann von Welt! Er hatte in Europa gelebt, in Paris und Wien, wo die Männer angeblich mit Frauen, wie sie eine war, umzugehen verstanden. Plötzlich bekam sie Lust, selber nach Europa zu reisen und dort überall Mittelpunkt der Anziehung zu sein – ihre Filme waren drüben sehr populär.

Aber irgend etwas, was Mark sagte, fesselte sie. Der Vorstand habe das Studio von jemand überprüfen lassen, und Mark habe ihm etwas vorgemacht, so daß er nicht weit gekommen sei.

»Wie heißt er?« fragte sie neugierig.

»Ronsen. Er soll ein ziemlich scharfer Hund sein. Aber ich werd' mit ihm fertig wie mit einem Baby.«

»Was steckt dahinter?«

»Jemand will dem Alten wahrscheinlich das Geschäft nehmen. Aber sie haben keine Chance.«

»Erzähl mir mehr.« Sie wollte alles wissen, vielleicht konnte sie etwas dazu tun, um ihre alte Rechnung mit Peter auszugleichen.

Ronsen saß unbehaglich auf der Sesselkante, seine Augen wanderten immer wieder zu ihrem Ausschnitt, der den Ansatz ihrer Brüste freigab, und huschten dann schuldbewußt weg.

»Noch etwas Kaffee, Mr. Rosen?« Innerlich hatte sie ihn bereits eingeordnet. Ein Geldmann, sehr langweilig, wahrscheinlich mit Frau und vier Kindern zu Hause.

»Nein danke, Miß Warren. Zu dem Geschäft, von dem wir am Telefon sprachen . . .«, er räusperte sich.

Sie setzte die Kaffeekanne hin. »Gewiß, Mr. Ronsen. Wenn ich richtig verstanden habe, kamen Sie hierher, um die Magnum-Studios zu überprüfen?«

Er nickte unbehaglich – dies war eine seltsame Art, Informationen zu bekommen, aber er war eben in Hollywood, nicht in Wall Street. Hier handhabten sie Geschäfte etwas anders. Die Frau ihm gegenüber machte ihn nervös, sie hatte einen fast brutalen Sex-Appeal. Sein Gesicht begann sich zu röten.

»Vielleicht kann ich Ihnen helfen?« schlug sie vor.

»Ich wäre Ihnen sehr dankbar, Miß Warren«, antwortete er steif.

Ausführlich berichtete sie ihm über das, was Mark getan hatte. Während ihrer Erzählung bemächtigte sich seiner eine steigende Erregung, und ein paarmal unterbrach er sie. »Sie wollen also sagen, daß in den Arbeitsberichten absichtlich die Verteilung der Gelder an die einzelnen Filme falsch angegeben worden ist?«

»Ja, und zwar so lange, bis Johnny Edge dahinterkam und einen Riegel vorschob.«

»Aber wie ersetzte er das Geld, das bereits vertragswidrig für diesen einen Fall ausgegeben worden war?«

»Es war alles sehr einfach.« Sie wußte durch Mark Bescheid. »Er lieh sich von der Unabhängigen Bank Geld auf seinen Anteil an der ›Magnum‹. Damit kaufte er die Hälfte des Filmes und ersetzte so die fehlenden Beträge.«

»Wie langfristig ist die Anleihe?« fragte er erregt. Endlich arrangierten sich die Dinge für ihn – vielleicht würde es leichter sein, als er gedacht hatte.

»Wenn ich mich recht erinnere, liefen sie über drei Monate. Peter war noch in Europa.«

»Dann wäre der Wechsel jetzt fällig?«

»Stimmt.«

»Ob er das Geld hat, um ihn einzulösen?«

»Das glaube ich nicht. Er ist von den Einnahmen des Filmes abhängig, und der ist jetzt gerade erst fertig geworden.«

Er lehnte sich mit breitem Lächeln im Sessel zurück und rieb seine Brille mit dem Taschentuch blank. Dann sah er sie an. »Sieh einer an.«

»Halten Sie es nicht auch für eine sehr interessante kleine Geschichte, Mr. Ronsen?«

»Sehr interessant.«

Sie verstanden einander.

11

Das Telefon auf Johnnys Schreibtisch läutete heftig, und Jane meldete, daß es Vittorio war. Was konnte er wollen? Der Wechsel war erst in einer Woche fällig. Johnny zuckte die Achseln, er konnte ebensogut jetzt schon um eine Prolongierung bitten, er hatte das Geld erst, wenn der Film herauskam, und das würde aller Wahrscheinlichkeit nach noch sechs Wochen dauern. Plötzlich schoß ihm durch den Sinn, daß auch Al irgend etwas zugestoßen sein könnte, aber Vics Stimme unterbrach seine Gedanken.

»Ich wollte dich nur an den Wechsel erinnern, du weißt ja, er ist nächste Woche fällig.«

Johnny wußte nicht, ob er froh oder betrübt sein sollte, auf jeden Fall war er erleichtert, daß nichts mit Al los war. »Ich weiß, Vic, ich wollte dich schon deshalb anrufen.«

»Hast du das Geld?« Seltsamerweise schien Vics Stimme ängstlich zu klingen.

»Nein. Deshalb wollte ich ja mit dir reden. Ich hätte gern eine Prolongierung.«

Vics Stimme wurde wieder herzhaft und freundlich. »Tut mir leid, Johnny, aber das kann ich nicht. Der Vorstand würde es ohne zusätzliche Sicherheiten nicht genehmigen.«

»Heiliger Christ! Wieviel Sicherheiten braucht ihr denn? Sind hundertdreißig Prozent noch nicht genug?«

»Ich mache die Bestimmungen ja nicht, Johnny.«

»Aber, Vic, ich kann doch meinen Anteil nicht verlieren, er ist jetzt wichtiger denn je.«

»Vielleicht kannst du das Geld irgendwie auftreiben.«

»Unmöglich.«

»Versuch es. Es wär' mir wirklich schrecklich, wenn ich deine Papiere verkaufen müßte. Du würdest selbstverständlich nichts dabei verlieren, was wir über deinen Kredit hinaus erlösen, überweisen wir abzüglich der Zinsen auf dein Konto.«

»Daran liegt mir nichts, es geht nicht um Geld, sondern um den Anteil.«

»Ich werde sehen, was sich tun läßt, Johnny. Halt mich auf dem laufenden, wenn irgend etwas passiert.«

Johnny stand noch mit dem Hörer in der Hand da, als Vittorio eingehängt hatte. Er wußte, was er von Vic zu halten hatte. Für eine Sekunde schoß es ihm durch den Kopf, ob er nicht Al draußen auf der Ranch anrufen sollte, aber dann lehnte sich irgend etwas in ihm dagegen auf. Er konnte nicht sein Leben lang zu Al rennen, wenn er in Schwierigkeiten war, er war alt genug, um auf eigenen Füßen zu stehen. Vielleicht ging ja alles gut; Mark sagte, Ronsen hätte im Studio nichts Greifbares aufgespürt. Hoffentlich stimmte es. Aber im Grunde wußte er, daß er den Kopf in den Sand steckte.

Vic legte den Hörer auf und lächelte über den Schreibtisch hinweg seinem Besucher zu. »Es sieht so aus, als ob Sie den Anteil kriegen, Mr. Ronsen.«

»Das freut mich, Mr. Guido. Für mich persönlich wird es eine große Erleichterung sein, wenn die ›Magnum‹ wieder ordnungsmäßig arbeitet. Diese liederliche Art gefällt mir nicht.«

»Ich stimme vollkommen mit Ihnen überein, Mr. Ronsen. Wenn es nicht wegen Mr. Santos gewesen wäre, hätten sie von uns keinen Cent Kredit bekommen.«

»Seien Sie versichert, daß die ›Magnum‹ in Zukunft in der Lage sein wird, ihren Verpflichtungen Ihnen gegenüber nachzukommen. Dafür werde ich schon sorgen.«

»Ich rufe Sie also nächste Woche an.«

»Gut, nächste Woche.«

Vic ging mit seinem Besucher zur Tür. Vielleicht würde Al ihm jetzt glauben, daß Johnny nicht so ein Genie war.

Das Telegramm lag auf seinem Schreibtisch, als er vom Lunch zurückkam. Er sank in einen Stuhl, während er es las. Ihm wurde kalt – es war vorbei. Vic hatte seinen Anteil verkauft. Er ballte die Faust. Der Schuft! Er las das Telegramm noch einmal:

»Lieber Johnny, bedauere die Notwendigkeit, mußte Sicherheit heute für eine Million Dollar verkaufen. Zweihundertfünfzigtausend auf dein Konto überwiesen. Erwarte deine diesbezüglichen Aufträge. Grüße, Vic.«

Er zerknüllte das Telegramm zornig und warf es in den Papierkorb. Er erwartete seine Aufträge! Vic konnte das verdammte Geld einschaufeln, jeden Dollar einzeln.

12

Peter sah müde und abgespannt aus, wie er da am Fenster stand und auf den Platz hinunterblickte. Der große Weihnachtsbaum brannte mit tausend Kerzen, und in ihrem Licht schimmerte die Eisbahn wie Elfenbein. Die wenigen Eisläufer bewegten sich anmutig auf der glatten Bahn. Es war fast sechs Uhr, und die Menschen eilten in Scharen heimwärts.

Peter hatte aus seiner eigenen Tasche eine weitere Million in die Firma gesteckt, nachdem Danvere den Vorschuß verweigert hatte. Er hatte es tun müssen, sie waren gefährlich knapp an barem Geld gewesen.

Müde ging er an seinen Schreibtisch zurück und sah noch einmal das Fernschreiben durch. Die letzte Version von »Wir gehören zusammen« war endlich fertig, und sie wollten sie morgen in einem kleinen Theater in einem Vorort von Los Angeles zum erstenmal vorführen.

Er setzte sich und schloß die Augen. Wenn er doch zu Hause wäre! Seit sechs Monaten hielten ihn die Geschäfte in New York fest. Zum Glück brauchte er sich um die Produktion keine Sorgen zu machen. Mark war ein guter Junge. Auf sein eigenes Fleisch und Blut konnte man sich verlassen, wo man niemandem sonst trauen durfte.

Wäre es nur nicht so ein harter Winter gewesen, dann hätte Esther zu ihm nach New York kommen können, und alles wäre nicht so schlimm. Aber er konnte das bei diesem Wetter nicht von ihr verlangen, ihre Arthritis hätte sie hier zu sehr gequält.

Die Tür ging auf, und ein Mann fragte: »Mr. Kessler?«

Peter kannte ihn nicht. Wie kam er durch seinen Privateingang hier herein? »Ja«, sagte er müde.

Der Mann legte einen Zettel vor Peter hin, sagte: »Fröhliche Weihnachten«, und war auch schon wieder verschwunden.

Auf dem Zettel stand in großen schwarzen Lettern: »Vorladung.«

Sein müder Kopf erfaßte nicht sofort die Bedeutung der Worte, und er begann zu lesen. Plötzlich lief er rot an, sprang auf und öffnete die Tür, aber der Mann war nirgends mehr zu sehen. Die Halle war leer.

Er ging hinüber in Johnnys Büro. Johnny diktierte Jane gerade einen Brief, beide sahen überrascht auf, als Peter hereinkam – es war lange her, seit er das zuletzt getan hatte.

Peters Gesicht wurde puterrot, als er Johnny wütend das Papier hinwarf. »Lies das«, sagte er mit erstickter Stimme, »lies, was deine Freunde getan haben!«

Die Stadt lag hell erleuchtet hinter dem Fenster, an dem Peter saß. Der Anwalt ihm gegenüber tippte langsam auf das zusammengefaltete Papier. »Es scheint mir, daß der Hauptpunkt der Anklage dieser Film ist, ›Wir gehören zusammen‹. Die andern Anklagepunkte – Unfähigkeit, schlechte Geschäftsführung, Veruntreuung – sind zu vage und schwer zu belegen. Wenn der Film gut ist, bricht die Anklage zusammen. Ist er es nicht, liegt der Fall schon schwieriger. Dann müssen Sie es bei der Vollversammlung der Aktionäre durchkämpfen. Sie können natürlich eine Menge tun, um die Sache hinauszuzögern und auf unbestimmte Zeit zu verschieben – das heißt, solange Sie genug Stimmen kontrollieren, um sich die Majorität zu sichern.«

Peter nickte. »Stimmen genug habe ich«, sagte er zuversichtlich. Johnny und er besaßen zusammen fünfundfünfzig Prozent der Aktien.

»Dann brauchen wir uns nur um den Film zu sorgen. Ist er gut?«

»Ich weiß nicht, ich habe ihn noch nicht gesehen«, gestand Peter ehrlich.

»Es wäre wichtig für unseren Standpunkt, das zu wissen«, meinte der Anwalt nachdenklich.

»Übermorgen wissen wir es. Morgen ist eine Testvorführung in Los Angeles.« Plötzlich kam ihm ein Gedanke. »Ich werde hinfliegen und ihn mir ansehen, dann sind wir ganz sicher.«

»Gute Idee. Aber dann sind Sie die ganze Nacht unterwegs.«

»Macht nichts. Dann bin ich wenigstens für die nächste Vorstandssitzung gewappnet.«

»Wann ist die?«

»Am Mittwoch nächster Woche.« Er konnte Esther nicht mehr verständigen, daß er auf dem Heimweg war, aber es machte nichts. Morgen nachmittag war er ja da.

13

Peter platzte ins Haus, als sie gerade beim Essen saßen. Er stand in der Eßzimmertür, noch erhitzt vom Treppenlaufen. Vor noch nicht einer Stunde war er in Los Angeles angekommen.

Esther war sofort auf den Beinen und in seinen Armen. »Peter, du bist da! Ich kann's kaum glauben!«

Seine Augen wurden verdächtig feucht, als er auf ihren Kopf niedersah, der an seiner Brust lag. Ihr volles Haar hatte trotz der grauen Strähnen noch immer seinen dunklen Glanz. »Nu, Mama, du siehst ja, daß ich da bin«, sagte er rauh.

Doris küßte seine Wange. »Ich hatte so eine Ahnung, daß du die Feiertage zu Hause sein würdest«, flüsterte sie.

Es tat gut, zu Hause zu sein. Manchmal machte er sich Gedanken, ob das Geschäft eigentlich all die Opfer wert war. Man war nie Herr seiner Zeit. Jetzt war er über sechs Monate weg gewesen. Er sah sich um. »Wo ist Mark?«

»Er ißt auswärts«, sagte Doris.

Peter sah aus, als ob er nicht verstanden hätte. »Auswärts?«

Esther nickte. »Er sagte, er hätte noch etwas Geschäftliches zu erledigen, was sehr wichtig sei.«

Er sah sie fragend an. Es war bei ihnen immer üblich gewesen, daß sie vor einer Vorschau zusammen aßen und dann gemeinsam hingingen. »Geht ihr denn nicht zu der Vorschau?«

Esther sah verständnislos zu ihm auf. »Zu welcher Vorschau?«

»Von ›Wir gehören zusammen‹«, sagte er ungeduldig.

»Wir wissen von nichts«, warf Doris ein, »wann ist sie denn?«

»Heute abend um halb neun im Rivoli.«

»Das ist ganz was Neues für uns.«

»Manchmal verstehe ich den Jungen nicht«, sagte Peter irritiert. »Warum hat er euch nichts davon gesagt?«

»Vielleicht hatte er zuviel zu tun und hat es vergessen«, meinte Esther.

»Das sollte er nicht vergessen.«

Esther nahm seine Hand. »Reg dich nicht auf. Du bist zu Hause, wir gehen zusammen hin, nichts ist verloren. Der Junge hat schließlich hart gearbeitet, da kann man mal was vergessen. Setz dich jetzt hin und iß, du mußt müde von der Reise sein.«

Die ursprüngliche Idee einer Hollywoodvorschau war folgendes: Man führte in einem kleinen Kinotheater vor einem normalen Publikum den neuen Film vor, verteilte Postkarten mit der vorgedruckten Studioadresse und bat die Zuschauer, ihre Meinung über den Film daraufzuschreiben. Das sollte dem Produzenten die Möglichkeit geben, sich eine Meinung zu bilden, ob der Film gut war oder nicht.

Mit der Zeit freilich ging das Überraschungsmoment verloren. Auf geheimnisvolle Weise sickerte jedesmal durch, wann und wo eine solche Vorschau stattfand, und vor dem Kino staute sich eine Menschenmenge, zumal häufig prominente Schauspieler bei diesen Vorschauen anwesend waren.

Die Halle des Kinos war dicht gefüllt, als Peter mit Esther und Doris ankam. Der Pressechef der Magnum-Studios, der an der Tür stand und Peter erkannte, sagte ehrerbietig: »Guten Tag, Mr. Kessler. Der Film fängt gerade an, ich suche Ihnen Plätze.«

Sie folgten ihm in das bereits dunkle Kino. Verschiedene Reihen waren für die Vertreter der Produktion reserviert worden, und sie nahmen in der letzten davon Platz.

Peter sah sich um. Seine Augen gewöhnten sich rasch an die Dunkelheit, er erkannte verschiedene Leute. Über diesem Teil des Theaters lag eine angespannte Atmosphäre – hier saßen die, für welche der Film Aufstieg oder Abstieg bedeutete. Peters Stirn wurde feucht, wie immer bei einer Vorschau.

Er griff nach Esthers Hand. »Nervös?« flüsterte sie.

»Mehr als bei meinen eigenen Filmen.«

Sie nickte verstehend; sie wußte, wie wichtig dieser Abend für ihn war. Peter hielt Ausschau nach Mark, als er direkt vor sich seine Stimme hörte. Er redete mit einem Mädchen, dessen Profil Peter irgendwie bekannt vorkam, aber er konnte sie im Dunkeln nicht genau erkennen. Er wollte Mark gerade auf die Schulter klopfen, um ihm zu sagen, daß sie da seien, als die Musik mit dem Magnum-Thema einsetzte. So lehnte er sich zurück und sah erwartungsvoll zur Leinwand. Er würde Mark nachher überraschen.

Auf der Leinwand erschien das Firmenzeichen, die große Sektflasche, aus der die golden sprühende Flüssigkeit in einen Kelch floß, und dann in großen Lettern:

»Mark G. Kessler, Vizepräsident und Produktionsleiter, zeigt

›Wir gehören zusammen‹«

Peter flüsterte Esther zu: »Was bedeutet das G.?«

»Es muß wohl für Greenburg stehen, meinen Mädchennamen.«

Jemand klopfte ihm auf die Schulter, und eine Stimme sagte zornig: »Nur weil Sie Freikarten haben, brauchen Sie noch nicht solchen Lärm zu machen!«

»Verzeihung«, sagte Peter. Der Mann hatte recht, er war ein zahlender Kunde und durfte nicht verärgert werden.

Als der Film abrollte, drehte sich Peters Inneres um; nach ein paar Minuten wußte er, daß der Film nichts taugte. Er brauchte auch gar nicht mehr auf die Leinwand zu sehen, um das bestätigt zu finden – die Kommentare der Zuschauer, ihre Ruhelosigkeit, das Husten und das Gelächter an den falschen Stellen sagten genug. Immer mehr sackte Peter in seinem Sitz zusammen.

Und zum erstenmal wurde ihm alles klar. An Marks Film erkannte Peter nun auch seine eigenen Fehler. Zum erstenmal überwältigte ihn das Gefühl, ein Versager zu sein, die Empfindung, daß das Geschäft über ihn hinausgewachsen sei, daß er niemals wirklich etwas vom Tonfilm verstanden habe.

Johnny hatte in bezug auf Gordon recht gehabt, er hätte auf ihn hören sollen. Er sah zu Esther hinüber – sie blickte tiefunglücklich drein. Zorn stieg in ihm auf, wenn er auch wegen Gordon recht gehabt hatte, so hätte Johnny doch niemals darauf bestehen dürfen, daß dieser Film gemacht wurde.

Vor ihm flüsterte Mark mit dem Mädchen an seiner Seite. Peter hörte ihr Lachen, das ihm ebenfalls vertraut vorkam. Er beugte sich vor, um zu hören, was Mark sagte, und plötzlich erstarrte er: Was redete Mark da? Daß er jedermann an der Nase herumgeführt habe, daß der Alte sogar Johnny die Schuld an allem zuschiebe. War er nicht smart? Das Mädchen lachte und schob ihren Arm in seinen, das Gerede schien ihr zu gefallen.

Peter begann zu zittern. Den Rest des Filmes sah er nicht mehr, seine Augen hatten sich mit Tränen gefüllt, die brannten und ihn blendeten. Sein Sohn, sein eigen Fleisch und Blut tat ihm das an! Wem konnte man da noch trauen?

Der Film war zu Ende, die Lichter flammten auf. Mark stand auf und half dem Mädchen in den Mantel. Peter beobachtete dumpf, wie die beiden in den Gang traten, wo sie sofort von Leuten umringt waren, als ihm das Mädchen plötzlich das Gesicht zukehrte.

Die Überraschung war für Peter wie ein Schlag. Dulcie Warren? Mark mit ihr? Er wußte doch, was sein Vater von ihr hielt. Während er die beiden noch beobachtete, küßte sie Mark leicht auf die Wange. Dann schoben sich Leute dazwischen, und er konnte sie nicht mehr sehen.

Jemand sagte tröstend zu Mark: »Der Film ist zu gut für das breite Publikum, sie können nichts damit anfangen«, während Peter sich zornig einen Weg durch die Menge bahnte. Dulcie lehnte auf Marks Arm und sah mit amüsiertem Lächeln zu ihm auf.

»Das hab' ich gefürchtet, der durchschnittliche Kinobesucher ist ja nicht gerade intelligent«, sagte Mark, als sein Blick auf seinen Vater fiel.

»Peter! Was machst du denn hier?« Er fühlte, wie Dulcies Arm aus seinem glitt.

Einen Augenblick brachte Peter kein Wort heraus. Aber dann brach er mit schriller, schreiender Stimme los: »Du wußtest nicht, daß ich da war. Ich war nur zu sehr da! Ich hab' während des ganzen Drecksfilms hinter dir gesessen und jedes Wort gehört, das du zu dieser – dieser billigen Hure gesagt hast! Jedes Wort!«

Mark sah sich angstvoll um. Die Gesichter ringsum zeigten eifrige Erwartung, noch mehr Leute drängten sich herzu. »Papa!« sagte er mit weißen Lippen und wies auf die Menge.

Aber Peter war zu wütend, um Marks flehendem Blick Beachtung zu schenken.

»Hast du Angst davor, daß die Leute erfahren, was du getan hast? Du hast also einen Film gemacht, der zu gut für die Masse ist? Na, dann laß dir sagen, daß ein Film immer dann zu schade fürs Publikum ist, wenn er so zum Himmel stinkt wie deiner!«

Die Leute ringsum lachten beifällig. Mark wurde ziegelrot im Gesicht, er wünschte, der Boden unter ihm könnte sich öffnen und ihn verschlingen. Er sah sich hilflos nach Dulcie um, aber sie war schon weg, er sah sie eilig dem Ausgang zustreben. »Aber, Papa . . .«, sagte er, den Tränen nahe.

»Nach wem schaust du aus? Nach deinem Weibsstück? Willst du mit ihr gehen?« schrie Peter. »Worauf wartest du dann noch? Lauf ihr nach, lauf doch! Du hast hier genug Schaden angerichtet, du kostest mich die Firma! Du gehörst in die Gosse mit ihr zusammen!« Seine Stimme brach, als Esther zu ihm trat.

Esthers Augen standen voller Tränen, und als Mark auf sie zugehen wollte, schüttelte sie sanft den Kopf und wies über Peters Schulter schweigend zum Ausgang.

Peter schrie ihm noch nach: »Und komm mir nicht zurück, du Schmarotzer, du!«

Halb blind stolperte Mark zum Ausgang. Er hörte jemanden voller Bosheit sagen: »Das war besser als der ganze Film, dafür hat sich der Eintrittspreis gelohnt! Ich sag' dir, so sind die Filmleute alle, keiner taugt was!«

Zorn stieg in ihm auf, seine Kehle war wie ausgedörrt. Morgen würde ganz Hollywood über ihn lachen und klatschen. In seinem Wagen legte er den Kopf aufs Steuer und begann zu weinen.

Während der Fahrt sagte Peter leise zu Esther: »Meine einzige Chance liegt jetzt bei den Anteilen. Wenn Johnny für mich stimmt, geht alles vielleicht noch einmal gut.«

Esther beschwichtigte ihn. »Ruh dich jetzt aus und quäl dich nicht. Auf Johnny kannst du dich verlassen.« Aber ihr Herz schrie: Mark, Mark, du warst so ein süßes kleines Kind. Wie konntest du deinem Vater das antun?

14

»Bringst du mich nicht nach Hause?« fragte Dulcie gelassen vom Rücksitz. Als sie aus dem Kino gekommen war, hatte sie kein Taxi bekommen können und war in Marks Wagen gestiegen, um sich der gaffenden Menge zu entziehen.

Langsam hob er den Kopf und sah sich nach ihr um. Im schwachen Schein ihrer Zigarette waren ihre Augen dunkel und unerschüttert.

Schweigend fuhren sie zu ihrer Wohnung. Er sah nur manchmal aus den Augenwinkeln zu ihr hin. Wenn man sie so sah, hätte man meinen können, nichts sei vorgefallen. Und doch wußte er aus der Art, wie sie eine Zigarette an der andern anzündete, daß auch sie erregt war. Sie schloß die Tür auf und sagte ruhig: »Gute Nacht, Mark.«

»Ist das alles, was du mir nach dem, was heute abend geschehen ist, zu sagen hast?«

Sie zuckte die Achseln. »Was soll ich sonst sagen? Es ist geschehen und vorbei.« Sie wollte die Tür schließen.

Er schob seinen Fuß dazwischen und starrte sie zornig an. Noch immer ruhig und selbstsicher sah sie zu ihm auf. »Ich bin müde, Mark. Ich möchte schlafen.«

Statt aller Antwort schob er sie in die Wohnung und schloß die Tür hinter sich.

Ihre Augen waren ohne Furcht. »Warum gehst du nicht nach Hause, Mark? Es war für uns alle ein ziemlich harter Tag.«

Er ging zum Schrank, nahm eine Flasche Whisky heraus und trank direkt aus der Flasche. »Hast du gehört, was mein Vater sagte?« fragte er heiser.

»Morgen früh hat er es überwunden. Gehst du nun?«

Er griff hart nach ihr und zog sie an sich. Sein Mund tat ihren Lippen weh. Sie versuchte sich zu befreien. »Mark, du weißt nicht, was du tust!« Zum erstenmal verriet ihre Stimme so etwas wie Furcht.

Er hielt sie fest. »So, weiß ich das nicht? Ich hätte das schon längst tun sollen!«

Sie bekam jetzt wirklich Angst. Sein Ausdruck hatte etwas Irres, so hatte sie ihn noch nie gesehen. Sie kratzte ihn und stieß ihn von sich, und plötzlich kam sie von ihm los. »Hinaus mit dir!« schrie sie.

Er lächelte nur. »Du siehst wirklich hübsch aus, wenn du zornig bist. Aber das weißt du ja wohl? Das haben dir schon viele Männer gesagt.«

Er griff nach ihrer Schulter.

Sie riß sich los, aber er hielt ihr Kleid fest, und der dünne Stoff zerriß unter seiner Hand. Ihre Nägel zerkratzten sein Gesicht. »Laß mich los, du Wahnsinniger, laß mich los!«

Plötzlich schlug er sie ins Gesicht, so daß sie taumelte. Er schlug noch einmal zu, und sie fiel hin; der Rest ihres Kleides blieb in seiner Hand. Er beugte sich über sie und schlug immer weiter zu.

Mit den Händen schützte sie entsetzt ihr Gesicht. »Nicht! Nicht mein Gesicht!«

Er grinste. »Was ist los, Dulcie? Hast du Angst um dein Aussehen?« Er riß ihr den Rest ihrer Kleidung herunter; aus ihrem Mundwinkel rann etwas Blut, an ihrem Körper waren dunkelblaue Stellen. Sie begann vor Furcht zu zittern.

Er kniete über ihr und traf sie noch einmal. »Zu schade, daß keine Gosse zur Hand ist«, sagte er im Konversationston, »wir müssen mit dem Fußboden vorliebnehmen!«

Und dann fiel er über sie her.

15

Der Versammlungsraum im »Waldorf« war schon voller Rauch, als Johnny sich umsah. Ihm gegenüber saß Ronsen, der mit Floyd und Randolph flüsterte; seine Stirn war mit feinen Schweißtropfen bedeckt. Johnny sah auf die Uhr: Peter mußte jede Minute hier sein, sein Flugzeug war vor fast einer Stunde angekommen.

Ronsen rückte unter Johnnys Blick unruhig hin und her. Sie hatten nur einen kurzen Gruß ausgetauscht, als Johnny gekommen war, und dann nicht mehr miteinander geredet; sie warteten auf Peter. Plötzlich trat Stille ein, eine leise Spannung schien in der Luft zu hängen. Man hörte Stimmen draußen, und Peter kam mit Esther und Doris herein. Johnny sah überrascht auf, er hatte nicht gewußt, daß Doris mitkommen würde.

Verlegen erhoben sich die Männer und guckten auf die beiden Frauen. Peter sah müde aus, während er sie vorstellte. Esther nahm am Tisch neben ihm Platz, während Doris sich abseits an die Wand setzte.

»Können wir anfangen?« fragte Peter. »Dann eröffne ich die Versammlung.« Er schlug mit dem kleinen Hammer des Vorsitzenden auf den Tisch.

Während Johnny als Protokollführer die Zeit in sein Notizbuch eintrug, war Ronsen schon aufgestanden und hatte das Wort erbeten.

»In Anbetracht der im Studio herrschenden Bedingungen und der allgemeinen Geschäftslage – Angelegenheiten, die den Vorstand natürlich stark betreffen – wollte ich die Frage stellen, ob der Präsident ein Angebot annehmen würde, ihm seinen Anteil an der Firma abzukaufen?«

»Nein«, sagte Peter kalt und ohne Ausdruck.

Johnny beobachtete ihn; Peter war ohne Zweifel zornig, und Ronsen hatte einen schweren Kampf vor sich. Plötzlich war Johnny stolz auf Peter. Ihm fiel ein, wie er vor vielen Jahren gegen den Verband gekämpft hatte. Damals hatte er Mut gehabt, und die Zeit hatte ihn nicht gebrochen.

Ronsen stand noch. Auch sein Gesicht verriet Entschlossenheit. »Ich muß den Präsidenten darauf hinweisen, daß verschiedene Aktionäre eine Klage gegen ihn eingereicht haben, die ihm große Verlegenheit bereiten dürfte, wenn sie vor Gericht käme.«

Peter schüttelte sanft den Kopf. »In unserm Geschäft, Mr. Ronsen, haben wir seit langem gelernt, nicht verlegen zu sein. Wir haben uns daran gewöhnt, im Mittelpunkt der öffentlichen Aufmerksamkeit zu stehen, und haben keine Angst davor. Solange ich die Firma kontrolliere, verkaufe ich weder, noch lasse ich mich einschüchtern, am wenigsten durch Leute, die ihre Verträge brechen und in meinen Augen nichts als Gauner sind.«

Ronsens Augen begannen seltsam zu funkeln. »Würde der Präsident einer Abstimmung der Aktionäre über diese Frage zustimmen?«

Peter nickte.

Ronsen fuhr mit leisem Triumph in der Stimme fort: »Ich glaube, daß alle Aktionäre anwesend sind. Genügt dem Präsidenten eine mündliche Abstimmung? Eine schriftliche könnte, falls gewünscht, später folgen.« Peter wandte sich an Johnny. »Die Abstimmung lautet: Ob ich meinen Anteil verkaufen soll oder nicht. Würde der Protokollführer die Abstimmung vornehmen?«

Johnnys Blick wurde starr, während sein Herz wie wild schlug. Wußte Peter denn nicht, daß er seinen Anteil nicht mehr hatte? Hatte Doris ihm nichts gesagt? Er sah zu ihr hin – sie starrte ihn mit weitgeöffneten Augen an, ihr Gesicht war weiß vor Furcht, sie preßte die Hand gegen die Lippen.

Er stand auf. »Ich glaube nicht, daß eine solche Entscheidung dem Vorstand in dieser Sitzung vorgelegt werden kann«, sagte er mit dem verzweifelten Versuch, das Unvermeidliche aufzuschieben.

Peter sah ihn an. »Los, Johnny, laß abstimmen!« Und als Johnny immer noch zögerte, stand er zornig auf: »Gut, ich mache die Abstimmung selbst.«

Johnny zitterten die Knie, als er sich hinsetzte. Seine Hand bebte so, daß er kaum schreiben konnte.

Peters Stimme war fest. »Ich will es kurz machen, meine Herren. Ich stimme dagegen, das sind fünfundvierzig Prozent. Nun du, Johnny.«

Johnny öffnete den Mund, aber es kam kein Ton heraus. Als er schließlich sprach, erkannte er seine eigene Stimme nicht. »Ich – ich kann nicht stimmen, Peter!«

Peter kniff die Lider zusammen. »Was heißt das? Sei kein Narr, wir wollen es hinter uns bringen!«

»Ich habe meinen Anteil nicht mehr«, brachte Johnny heraus.

»Wer hat ihn denn?«

Ronsen stand mit kaltem Triumph auf. »Ich, Herr Präsident.«

Johnny warf jäh den Kopf zu ihm herum – das hätte er vermuten können. Ronsen war damals in Kalifornien gewesen, als Vic seinen Anteil verkaufte.

Peter wurde weiß im Gesicht und sank in sich zusammen. Bitter und anklagend sagte er: »Du hast mich verkauft, Johnny! Du hast mich verkauft!«

16

Er läutete, und Doris stand vor ihm, als die Tür sich öffnete. Er trat in die Halle und küßte sie. »Hast du schon mit Peter reden können?« fragte er.

Hoffnungslos ließ sie den Kopf sinken. »Nein. Niemand darf von dir sprechen. Ich habe Mama alles gesagt, aber ohne Erfolg. Sie darf auch nichts sagen. Er will nie wieder etwas von dir oder von Mark hören.«

»Der hartnäckige alte Dickschädel! Was wird aus uns? Heiraten wir, oder nicht?«

Sie legte ihm die Hand an die Wange. »Wir müssen warten, Johnny. Es wäre jetzt zu schlimm für ihn.«

Er hielt ihre Hand fest. »Ich hab' die Warterei satt.«

Sie gab keine Antwort, nur ihre Augen baten um Geduld.

»Was tust du hier?« brüllte Peter von der Treppe her.

»Ich wollte sehen, ob ich deinem deutschen Dickschädel nicht etwas Vernunft einhämmern kann.«

Peter kam auf ihn zu und schrie mit schriller zitternder Stimme: »Raus aus meinem Haus, du Judas, du!«

Johnny stand auf und hob beschwichtigend die Hand: »Peter, hör doch mal zu! Du mußt doch wissen, daß ich . . .«

Peter fiel ihm ins Wort: »Lüg mir nichts vor! Ich weiß, was du getan hast!« Er wandte sich an Doris. »Hast du ihn hergebeten?«

»Nein«, sagte Johnny, ehe sie antworten konnte, »das war meine Idee. Wir haben Verschiedenes miteinander zu regeln.«

»Willst du sie auch gegen mich aufhetzen? Bist du noch nicht zufrieden mit dem, was du angerichtet hast?«

»Wir wollen heiraten«, sagte Johnny hartnäckig.

»Heiraten? Doris dich heiraten? Einen Antisemiten? Lieber wollte ich, sie wäre tot! Gehe weg, ehe ich dich hinauswerfe!«

»Papa, du mußt Johnny anhören!« Doris legte den Arm um Peter. »Er hat dich nicht verkauft! Er verpfändete seinen Anteil für . . .«

»Schweig! Wenn du mit ihm gehst, bin ich fertig mit dir, dann wendest du dich gegen dein eigenes Fleisch und Blut. Meinst du, ich hätten nicht gewußt, daß er all die Jahre eifersüchtig auf mich war? Daß er hinter meinem Rücken schmiedete, um mir die Firma zu stehlen? Ich könnte weinen, wenn ich daran denke, was für ein Narr ich war. Er ist nicht besser als die andern auch. Sie hassen die Juden, er auch, und jetzt versucht er noch, dich gegen mich aufzuhetzen!«

Sie starrte ihren Vater hilflos und mit Tränen in den Augen an.

Johnnys Gesicht war eine steinerne Maske. »Du willst mir nicht zuhören«, sagte er bitter, »und wenn du es tätest, würdest du mir nicht glauben. Du bist ein alter Mann und voller Gift und Galle. Aber du bist noch nicht zu alt, um eines Tages zu erfahren, daß auch du im Unrecht sein kannst.« Von der Tür aus sah er zu Doris zurück.

Esther kam an ihm vorbei ins Zimmer, aber er sah sie nicht einmal, die Tränen blendeten ihn. Mit zitternder Stimme und flehend wie nie zuvor sagte er: »Doris, kommst du mit mir?«

Sie schüttelte den Kopf. Er sah sie lange an, bis Peter wütend schrie: »Geh! Worauf wartest du noch? Sie kommt nicht. Geh zu deinen Freunden, deinen heimlichen Partnern! Glaubst du, du könntest ihnen trauen, dich auf sie verlassen? Du wirst schon noch das Gegenteil herausbekommen. Wenn sie dich nicht mehr brauchen, werden sie dich hinauswerfen, so wie du es mit mir gemacht hast. Du hast aus dem kleinen Eisenwarenhändler aus Rochester einen Filmmann machen wollen, der tat, was du wolltest, und jetzt, wo du ihn nicht mehr nötig hast, wolltest du ihn loswerden, nicht wahr? Ich hätte es wissen sollen. Ich hab' dir vertraut, und du hast über mich gelacht. Du hast mir vorgemacht, es sei mein Geschäft, und dabei war es die ganze Zeit über deines. Du hattest deinen Spaß mit dem kleinen Juden aus Rochester, und nun ist es vorbei. Du kannst stolz sein, du hast mich die ganzen Jahre hindurch zum Narren gehalten. Jetzt ist es aus, und du kannst gehen!« Peters Stimme brach ab, er begann zu weinen.

Johnny tat ein paar Schritte auf ihn zu; Peters Stimme klang alt und gebrochen, als er fortfuhr: »Warum hast du es getan, Johnny? Du hättest ja zu mir kommen und sagen können: ›Peter, ich brauche dich nicht mehr. Das Geschäft ist über dich hinausgewachsen.‹ Meinst du, ich hätte es nicht gewußt? Wenn du zu mir gekommen wärst, hätte ich dir das Geschäft gegeben, ich brauchte das Geld und den Kampf nicht mehr, ich hatte genug davon in meinem Leben. Aber nein, du mußtest es anders machen, mußtest mir das Messer in den Rücken stoßen!«

Sie sahen einander in die Augen, es war, als ob sie ganz allein im Zimmer wären. Johnny suchte vergeblich nach einem Schimmer von Wärme in Peters Augen: sie blickten hart und unversöhnlich.

Er sah Esther und Doris an, die schweigend und voller Mitleid zu sagen schienen: Laß ihm Zeit, laß ihm Zeit!

Ohne ein Wort und mit einem Herzen, das zu Blei geworden zu sein schien, verließ er das Haus. Dreißig Jahre, dreißig lange Jahre. Ein halbes Leben – und nun dies!

Sonntag und Montag

Um sechs Uhr dreißig morgens fuhren wir weg, Frühstück und Lunch nahmen wir unterwegs ein. Es war zwei Uhr, die Sonne stand hoch über unseren Köpfen, als wir in die enge staubige Straße einbogen, die zu der Ranch führte. Auf den Feldern richteten sich ein paar Männer auf, um uns nachzusehen: die braunen Gesichter blickten neugierig unter den breitrandigen Strohhüten hervor, die sie zum Schutz gegen die Sonne trugen. Ein paar Minuten später hielten wir vor dem Haus.

Ein Mann kam heraus, um zu sehen, wer wir waren, ein großer Mann mit rundem Gesicht und dunklem Haar. Ich erkannte ihn, es war Vic Guido. »Johnny Edge! Was tust du hier?« Es klang nicht gerade begeistert.

Während ich für Doris den Wagenschlag aufhielt, antwortete ich beiläufig: »Ich wollte mal deinen Chef besuchen. Wo ist er?«

»Beim Jahrmarktwagen; er schaut einem Bocciaspiel zu. Soll ich dir den Weg zeigen?«

»Nein, danke, ich weiß Bescheid.«

Er ging wortlos ins Haus zurück.

»Ich krieg' immer eine Gänsehaut, wenn ich ihn sehe«, sagte Doris schaudernd.

»Er ist schon in Ordnung, er benimmt sich nur immer so, wenn ich in der Nähe bin. Ich glaube, er ist eifersüchtig, weil sein Chef mich mag.« Wir waren jetzt an der Rückseite des Hauses und hörten aufgeregtes Stimmengewirr. Ungefähr hundert Meter hinter dem Haus stand auf flachem Weideland der hellrot angestrichene Wagen; etwa zwanzig Männer standen neben der Bocciabahn.

Al saß auf den Wagenstufen, die vertraute schwarze Zigarre, die aber nicht brannte, im Mundwinkel. Sein braunes gefurchtes Gesicht verzog sich zu einem Lächeln, als er uns sah. »Johnny«, und er streckte die Arme nach mir aus.

Ich war etwas verlegen angesichts dieser offenen Freudenbezeigung und zugleich schuldbewußt, wenn ich an die Gründe dachte, die mich hergebracht hatten.

Er umarmte mich und sah mich dann an. »Fein, daß du gekommen bist, ich hab' gerade an dich gedacht«, sagte er einfach.

Ich wurde rot und sah nach den Männern hinüber, ob sie uns beobachteten, aber sie waren zu sehr in ihr Spiel vertieft. »Es war ein schöner Tag für die Fahrt hierher«, sagte ich lahm.

»Es tut auch gut, dich zu sehen«, lächelte er Doris an.

Sie küßte ihn auf die Wange. »Du siehst gut aus, Onkel Al.«

»Wie geht es deinem Vater?«

»Viel besser, danke. Ich glaube, das Schlimmste ist überstanden. Was er jetzt noch braucht, ist Ruhe und Zeit.«

»Er wird bald wieder wie früher sein«, sagte Al und setzte zu mir gewandt hinzu: »Und wie geht es dir?«

Ich trocknete mir das Gesicht mit dem Taschentuch ab, es war heiß hier draußen. »Mir geht's gut.«

»Wir gehen besser in den Wagen«, meinte er besorgt, »die Sonne ist ziemlich heftig, besonders für jemand, der sie nicht gewöhnt ist.«

Innen im Wagen war es kühl und dunkel, und Al steckte die alte Öllampe an.

In ihrem sanften goldenen Schein sah ich mich neugierig um. Es war alles ziemlich so, wie ich es in Erinnerung hatte. An der Wand stand der große Rollschreibtisch, hinten die Schlafkojen waren gemacht, sogar der alte Stuhl, in dem Al seine Zeitung zu lesen pflegte, stand noch da.

»Ich bin froh, daß ich den Wagen gekauft hab'«, sagte Al, »manchmal braucht ein Mann etwas aus seiner Jugend um sich, das ihn daran erinnert, was er wirklich ist.«

Es war seltsam, daß er das sagte – und doch war es die Wahrheit. Er sah sich trotz seines Riesenerfolges nie als Bankier, sondern stets als einen Mann vom Rummelplatz. Der Raum barg viele Erinnerungen für mich, aber meine Empfindungen waren anders als die von Al. Ich war kein Schaubudenmann, war vielleicht nie einer gewesen, ich gehörte zum Film. Als nächste Worte überraschten mich.

Er schloß sorgsam die Tür und fragte mit plötzlichem Ernst: »Was ist los, Johnny? Hast du Schwierigkeiten?«

Doris sah mich lächelnd an. »Erzähl es ihm ruhig, Johnny. Jeder, der dich gern hat, liest ohnehin in dir wie in einem offenen Buch.«

Ich tat einen tiefen Atemzug und begann meine Geschichte. Er hörte aufmerksam zu, und wie er mir in dem kleinen Wagen so gegenübersaß, fühlte ich mich viele Jahre zurückversetzt in die Zeit, wo wir abends, wenn der Betrieb geschlossen war, auch so gesessen und miteinander geredet hatten. Er hatte sich nicht viel verändert seit damals – ich konnte es kaum glauben, daß er mindestens siebenundsiebzig Jahre alt war.

Als ich geendet hatte, steckte er sich sorgfältig seine Zigarre an und betrachtete mich lange und forschend. Doris tastete nach meiner Hand, und Al, dessen scharfen Augen nichts entging, sah es. »Und was soll ich tun?« fragte er schließlich ruhig.

»Ich weiß nicht. Wahrscheinlich kannst du nichts tun. Du warst nur meine letzte Hoffnung, ich mußte mit dir reden.«

»Du hättest die Firma gern, nicht?«

Mir fiel ein, was Peter gestern gesagt hatte. »Ja«, antwortete ich schlicht. »Ich hab' dreißig Jahre meines Lebens hineingesteckt, und sie ist ein Teil meines Wesens geworden, das ich nicht gern verlieren möchte. Es ist das Bein, das ich in Frankreich verloren hab'. Ich kann wahrscheinlich ohne das Geschäft leben und etwas ebenso Gutes finden, aber es wird mir immer wie das da vorkommen.« Ich klopfte gegen meine Prothese. »Es erfüllt seinen Zweck, aber du weißt tief innen doch, daß du nie mehr derselbe sein wirst.«

»Du könntest unrecht haben, Johnny. Als ich so alt war wie du, hab' ich den einzigen Beruf aufgegeben, den ich je geliebt habe. Das Ergebnis war, daß ich ein sehr reicher Mann geworden bin. Vielleicht ist es Zeit für dich, aufzuhören.«

»Wenn ich es täte, könnte ich mir kein Filmstudio kaufen und es im Hinterhof aufstellen.« Ich sah mich im Wagen um.

Er saß ganz still, nur das Glühen seiner Zigarre bewahrte ihn davor, wie eine Bildsäule auszusehen. Nach einer Weile nahm er die Zigarre aus dem Mund und seufzte tief auf. »Kommt mit.«

Draußen brannte die Sonne, die Männer waren noch immer in ihr Spiel vertieft. Wir betraten das Haus durch die Küchentür. Eine dunkle dicke Frau knetete Teig auf einem großen hölzernen Tisch. Sie wechselte mit Al ein paar Worte auf italienisch, und er brachte uns in das geräumige altmodische Besuchszimmer und verschwand in die Halle.

Wir wunderten uns noch, was er wohl vorhatte, als wir ihn draußen rufen hörten: »Vittorio! Vittorio!« Von oben kam undeutlich Antwort. Al sagte etwas und kam zurück. »Vittorio kommt sofort.«

Ich überlegte mir noch, was Vic wohl sollte, als Al plötzlich meine Gedanken unterbrach: »Wann heiratet ihr beide endlich? Ich hab' es satt, noch länger darauf zu warten.«

Wir lachten, und Doris erklärte: »Seit Papas Krankheit waren wir so durcheinander, daß wir noch keine Zeit hatten, darüber zu reden.«

»Was gibt's da noch zu reden?« explodierte Al. »Wißt ihr immer noch nicht, was ihr wollt?«

Ich wollte antworten, als ich ihn verschmitzt lachen sah – er hatte uns nur aufgezogen. In dem Augenblick kam Vittorio herein, der uns völlig übersah. »Was möchtest du, Al?«

»Ruf Konstantin Konstantinow in Boston an.«

Vittorio sah schnell zu mir hin und dann wieder zu seinem Chef. Eine Flut von Protest brach in italienischer Sprache aus ihm heraus.

Al hob die Hand, und Vic war sofort still wie eine Muschel, trotz seines Umfanges. »Ich sagte, du sollst ihn anrufen, ich will ihn sprechen. Und im übrigen besinn dich auf deine Manieren und sprich englisch, wenn Leute da sind, die unsere Sprache nicht verstehen.« Seine Stimme war sanft, aber zugleich von stählerner Entschlossenheit. »Ich kenne Johnny von Kindesbeinen an, und ich weiß, daß ich ihm vertrauen kann. Er behält schon für sich, was er etwa hier erfährt.«

Ich hatte nicht gewußt, daß Al Konstantinow kannte. Was wollte, was konnte er tun? Es war Sonntag, und Konstantinow, Präsident der Bostoner Kreditbank und, wie es hieß, einer der reichsten Männer des Landes, saß in Boston.

»Was wird es schon nützen, wenn du mit ihm sprichst, Al?« fragte ich. »Er wird dich gar nicht anhören.«

»Er wird mich schon anhören«, antwortete Al ruhig und überzeugend. In dem Augenblick meldete Vittorio, daß Konstantinow am Apparat sei.

»Hallo, Konstantin, wie geht es dir?« sagte Al.

»Mir geht's ziemlich gut dafür, daß ich ein alter Mann bin«, antwortete er dann auf eine Frage und fuhr fort: »Ich möchte mit dir über die Lage der ›Magnum‹ reden; die Vorgänge innerhalb der Firma machen mir Sorge. Ich denke, wir müssen eine klare Stellung dazu einnehmen. Meine persönliche Anschauung ist, daß Farber nur Verwirrung in der Firma anstiften wird.«

Die Stimme drüben am andern Ende redete aufgeregt. Al hörte geduldig zu. Endlich sagte er gelassen und mit Autorität: »Es ist mir gleichgültig, was Ronsen dir berichtet hat. Farber wird die Gesellschaft spalten, und möglicherweise ihre Gesundung aufhalten. Informiere Ronsen, daß der Kredit nicht erneuert wird, wenn Farber in die Gesellschaft eintritt. Sage ihm, daß wir unter keinen Umständen dulden, daß in die Geschäftsführung der Gesellschaft eingegriffen wird. Ich ruf' dich Ende der Woche noch mal an.«

Er legte auf und kam zu uns zurück. »Das ist in Ordnung, Johnny, du wirst keine Schwierigkeiten mehr mit ihnen haben.«

Ich starrte ihn mit offenem Mund an. »Wieso kannst du ihn so rumkommandieren?«

Al lachte. »Ganz einfach. Mir gehört die Bostoner Bank.« Und er erzählte mir noch etwas, was mich sogar noch mehr überraschte.

Auf dem Rückweg war ich sehr still. Der kleine Mann mit dem braunen runzligen Gesicht in dem verschossenen blauen Hemd und dem abgetragenen Overall war tatsächlich der mächtigste Mann im Filmgeschäft, er kontrollierte die gesamten Filmfinanzierungen.

Jetzt, nachdem ich Bescheid wußte, sah ich, wie einfach es in Wirklichkeit war, und wieder setzte mich die Tüchtigkeit des kleinen Kerls in Erstaunen, der sich stets für einen Mann vom Rummelplatz gehalten hatte und noch hielt. Er war klug genug gewesen, um vorauszusehen, daß die Filmindustrie über ihre Methode der Finanzierung – ein Film durch den andern – eines Tages hinauswachsen würde, und 1925, als die Filmgesellschaften eine nach der andern mit den Banken der Wall Street zu liebäugeln begannen, eröffnete er im Osten ein kleines Büro, auf dessen Glastür »Bostoner Kreditbank« stand.

Das Büro enthielt zwei Räume, einen Empfangsraum und ein Privatbüro, auf dessen Eingangstür einfach stand: »Konstantin Konstantinow, Vizepräsident.« Konstantinow war bis dahin einfacher Angestellter in Vics Büro gewesen.

Innerhalb von zwei kurzen hektischen Jahren, als eine Filmgesellschaft nach der andern sich wegen ihrer Finanzierung ostwärts wandte, wuchs das Büro und nahm 1927 eine ganze Etage eines Bürohauses mitten im Herzen von Bostons konservativem Geschäftsviertel ein.

Ich lächelte vor mich hin, als ich darüber nachdachte. Finanzierung eines Filmes?

Geh zur Unabhängigen Bank in Los Angeles. Finanzierung des gesamten Produktionsprogramms einer Firma in Höhe von vierzig Filmen? Dann zur Bostoner Kreditbank. Ja, ich mußte lächeln, wenn ich daran dachte, wie viele Männer aus den andern Gesellschaften sich gerühmt hatten, daß sie sich aus Santos' Klauen gelöst hatten, die nie erfuhren oder je erfahren würden, daß sie weiterhin mit ihm Geschäfte machten, nur unter einem andern Namen.

Wieviel Geld Al wohl wirklich hatte? Fünfzig Millionen? Oder mehr? Aber es spielte keine Rolle, mir war es recht – wo es dieser uranständige Kerl war.

Es war beinahe zehn, als wir zu Hause ankamen. Wir gingen in die Bibliothek und mixten uns etwas zu trinken, als die Pflegerin hereinkam.

»Mr. Kessler möchte Sie gleich sprechen.«

»Ist er noch wach?« fragte ich überrascht.

Sie nickte. »Er wollte nicht einschlafen, bevor er Sie gesehen hat«, sagte sie mißbilligend. »Machen Sie es so kurz wie möglich, er hat keinen guten Tag gehabt und braucht Ruhe.«

Esther saß an seinem Bett und hielt seine Hand, als wir hereinkamen.

»Hallo, Kinder.«

Vielleicht war es nur das Licht – es brannte nur eine kleine gedämpfte Lampe –, aber mir kam es so vor, als ob Peter blaß und erschöpft aussah. Er hob den Kopf und sah mich an. »Nu?«

»Du hattest recht, Boß. Er hat uns geholfen. Alles in Ordnung.«

Er sank matt in die Kissen zurück und schloß die Augen. Einen Augenblick lag er still so da, dann öffnete er sie wieder, und sie kamen mir matt und verschleiert vor – aber vielleicht war das gedämpfte Licht schuld. Es schien ihm schwerzufallen, scharf zu sehen. Aber seine Stimme hatte einen festen Klang. »Dann heiratet ihr jetzt bald?«

Das war das zweitemal, daß ich das heute gefragt wurde, und wieder antwortete Doris für mich. »Sobald es dir gut genug geht, um Brautführer zu sein, Papa«, und küßte ihn zart.

»Wartet nicht zu lange, Kinder, ich hielte gern noch Enkel auf meinen Knien.« Mir kam es vor, als ob er Tränen in den Augen hätte.

Ich trat ans Bett. »Da mach dir keine Sorgen, Peter, das sollst du bestimmt!«

Er lächelte, aber gab keine Antwort, sondern drehte nur den Kopf erschöpft zur Seite.

Die Pflegerin vertrieb uns.

»Gute Nacht, Peter.«

»Gute Nacht, Johnny«, sagte er schwach.

Doris küßte ihn und fragte ihre Mutter: »Kommst du mit?« Esther schüttelte den Kopf. »Ich bleibe bei ihm, bis er eingeschlafen ist.«

Ich weiß noch, daß ich noch einmal zurücksah, als wir hinausgingen. Esther saß mit Peters Hand in ihrer am Bett und lächelte uns zu.

Schweigend gingen wir in die Bibliothek zurück, und Doris sagte leise und zitternd: »Johnny, ich hab' Angst.«

Ich nahm sie in die Arme: »Wovor, Liebling?«

»Ich weiß nicht. Ich hab' so ein schlechtes Vorgefühl.«

Ich hob ihr Gesicht zu mir empor. »Mach dir keine Sorgen, Liebling«, sagte ich zuversichtlich, »das ist nur die Reaktion auf die ganze vergangene Woche. Der Tag heute war auch anstrengend, du hast fast zwölf Stunden am Steuer gesessen. Es wird schon alles gut werden.«

Sie sah vertrauensvoll zu mir auf. »Glaubst du wirklich, Johnny?«

»Bestimmt.«

Aber ich irrte mich. Es war das letztemal, daß ich Peter lebend sah. Ich ging früh ins Büro, ich wollte da sein, wenn die Burschen die Neuigkeiten von ihrer Bank hörten.

Aber es war beinahe zehn Uhr, als Larry sich meldete. Seine Stimme hatte einen verstörten und sorgenvoller Klang: »Bist du jetzt in deinem Büro, Johnny? Ich möchte dich gern sprechen.« Für seine Verhältnisse war er nahezu bescheiden.

»Komm nur, Larry, für dich bin ich immer da.«

Sein Gesicht war bestürzt, als er in mein Büro kam. Ich brauchte ihn nur anzusehen, um zu wissen, was geschehen war. Konstantinow hatte sich gemeldet.

»Johnny, es ist ein schrecklicher Irrtum passiert!« waren seine ersten Worte – er war noch nicht ganz im Zimmer.

Ich stellte mich dumm. »Irrtum? Wieso?«

»Hast du übers Wochenende die Zeitungen gelesen?«

Ich nickte wortlos; auf der Stirn stand ihm der Angstschweiß um seine drei Millionen.

»Es haben sich Telegramme gekreuzt. Der Vorstand sollte ohne deine Zustimmung Farber und Roth nicht unterstützen.«

Ich antwortete nicht gleich. Ich sah ihn gern im dunkeln tappen, es tat meinem Selbstgefühl wohl. »Sehr bedauerlich.«

Er sah noch besorgter aus. »Wie meinst du das?«

»Erinnerst du dich, was ich gestern gesagt habe? ›Wenn die reinkommen, scheide ich aus.‹ Ich scheide also aus.«

Einen Augenblick sah es so aus, als ob er ohnmächtig würde. Sein Gesicht wurde aschgrau, er rang nach Luft. »Aber, Johnny, ich sagte dir doch, es ist alles ein Irrtum! Die Telegramme hatten sich gekreuzt!«

»Man kann es Irrtum nennen – oder Verrat!« murmelte ich. Der Bumerang, der mich hatte treffen sollen, war zu ihm zurückgeflogen. Plötzlich war mir diese ganze Getue zuwider. Warum sagte er nicht offen, daß er versucht hatte, mich kaltzustellen? Und daß es ihm nur leid tat, weil es fehlgeschlagen war? Dann hätten wir deutlich und ohne Umschweife miteinander reden können. Wir waren ja keine Säuglinge mehr.

Aber natürlich kann man solche Dinge nicht sagen. In der Filmbranche gibt es ein ungeschriebenes Gesetz, daß Ehrlichkeit sich nicht lohnt.

»Wie steht es also nun?« fragte ich geduldig, fast gelangweilt. Die Farbe kehrte allmählich in sein Gesicht zurück. »Ich habe die Zeitungen bereits verständigt, daß die Geschichte, die gemeldet wurde, nicht stimmt. Es tut mir leid, daß es passiert ist, Johnny«, sagte er ernst und mit einem leisen Hoffnungsschimmer. Ich glaubte es ihm sogar, denn für einen Mann wie ihn war es nicht angenehm, bei einer Unredlichkeit ertappt zu werden. »Schön, Larry, Fehler werden überall gemacht, vergessen wir es.« Ich konnte es mir leisten, großmütig zu sein.

Er lächelte zuerst zaghaft, dann erleichtert. Die Angst um seine drei Millionen verschwand aus seinen Augen. Als er ging, war er fast wieder sein normales Selbst, und ich hatte Hunger.

Nach dem Lunch war ich müde und faul. Ich hatte zur Feier des Tages ein bißchen getrunken. Die Hochspannung des Vormittags hatte etwas nachgelassen, aber ich war immer noch sehr guter Stimmung.

Auf meinem Tisch lag ein Zettel, ich möchte Miß Kessler zu Hause anrufen. Als sie sich meldete, klang ihre Stimme seltsam matt. »Hallo, Liebling, was ist los?«

»Johnny, Papa ist tot.«

Mir wurde eiskalt. »Wann ist es geschehen?«

»Vor einer Stunde.«

»Ich bin sofort draußen. Wie nimmt Mama es auf?«

»Sie ist oben bei ihm.« Sie begann zu weinen.

»Komm, Liebling, faß dich. Peter würde das gar nicht mögen.«

»Nein, bestimmt nicht. Er konnte mich nie weinen sehen. Wenn ich als Kind was haben wollte, brauchte ich nur zu weinen.«

Es war ein schöner Tag, aber für mich war sein Glanz entschwunden. Ich weiß noch, daß mir die Tränen in die Augen kamen und daß ich zu mir sagte: »Komm, Johnny, benimm dich nicht wie ein Baby. Niemand kann ewig leben, und er hat ein schönes reiches Leben gehabt.« Aber er hatte auch eine Menge Kummer gehabt – und ich legte meinen Kopf auf den Tisch und benahm mich wie ein Baby. Ich hatte ebenso viel Recht, um ihn zu weinen, wie irgendeiner sonst, zum Teufel.

Jemand kam herein, es war Bob. »Du hast es also schon gehört?« Er sah mir schweigend und voller Mitgefühl zu, während ich aufstand und meinen Hut nahm. »Ich weiß, wie dir zumute ist, Johnny, er war ein prachtvoller alter Bursche.«

»Er war größer, als die meisten von uns wußten; wenigstens lief er nie mit einem Messer in der Hand rum.«

Gordon nickte.

Draußen hatten sich kleine Gruppen gebildet, die mir mitleidig nachsahen. Der eine oder andere kam sogar zu mir und gab mir schweigend die Hand.

In den Hallen drei, vier und zwei war alles still, die Leute standen in kleinen Gruppen davor, und ihr Mitgefühl folgte mir wie eine tröstende Woge.

Plötzlich traf mich ein Schwall von Musik aus Tonhalle eins. Es tat weh wie ein körperlicher Schmerz. Welches Recht hatten sie, im Betrieb fortzufahren wie sonst? Die anderen hatten auch Takt genug gehabt, aufzuhören.

Ich ging hinein. Die Musik war jetzt laut wie ein Gewitter, verklang dann zu einem sanften Hauch, und eine volle junge Stimme sang. Ein junges Mädchen stand vor dem Mikrofon, die Melodie strömte aus ihrer Kehle wie aus einer goldenen Flöte.

Jemand packte mich am Arm: es war Dave. Seine Augen leuchteten. »Hör nur diesen Kanarienvogel singen, Johnny!«

Das Kind konnte wirklich singen, aber mir war nicht nach Zuhören zumute. Larry und Farber kamen auf mich zu. Ob Larry ihm schon Bescheid gesagt hatte? Aber auch das war nicht wirklich wichtig. Ich wollte nichts als hier heraus.

Dave hielt meinen Arm, bis sie bei uns waren. »Das Mädchen ist Bargeld!« sagte er aufgeregt. »Bei jeder Note, die sie singt, hör' ich die Kassen klingeln.«

Die andern nickten lächelnd, zustimmend.

»Wißt ihr, daß Peter Kessler tot ist?«

Larry nickte. »Ja. Es kam ja nicht unerwartet, er war ein alter Mann.«

Ich starrte sie einen Moment lang an, dann riß ich meinen Arm los und ging weg.

Ich hörte noch, wie Dave sagte: »He! Was ist dem denn über die Leber gelaufen?«

Ihre Antwort hörte ich nicht mehr, ich hatte die Tür hinter mir ins Schloß geworfen.

Das Büro war leer, als ich mich an meinen Schreibtisch setzte und zu schreiben begann:

»An den Vorstand der Magnum-Filmgesellschaft.«

Ich sah für einen Augenblick durch die offene Tür in den Korridor und dann wieder auf die Worte vor mir, und alles fügte sich zu einem Bild zusammen. Mir fiel ein, was Al mir noch berichtet hatte, nachdem er mir gesagt hatte, daß ihm die Bostoner Kreditbank gehörte. »Peter sagte, du würdest eines Tages zu mir rauskommen.«

Ich hatte überrascht aufgeblickt. »Wirklich? Wie konnte er das wissen? Wir haben es doch gestern erst beschlossen?«

Al schüttelte den Kopf. »Du irrst dich, Johnny. Es ist beinahe zwei Jahre her – als er seinen Anteil an der ›Magnum‹ verkaufte.«

»Wie konnte er das damals wissen?« fragte ich bestürzt und ungläubig.

Al sah Vic an, der sich zornig umdrehte und hinausging. »Erinnerst du dich an den Tag, an dem du einen Streit mit ihm hattest und er dich aus seinem Haus hinauswarf?«

Ich nickte; aus den Augenwinkeln sah ich, daß Doris mich beobachtete. Al steckte sich eine neue Zigarre an. »Gleich, nachdem du gegangen warst, rief er mich an. Stimmt doch, nicht Doris?«

»Ja. Es war, ehe ich aus dem Zimmer ging. Das Gespräch hab' ich dann nicht mehr gehört.«

»Seine ersten Worte waren: ›Johnny hat mich verkauft!‹ Dann bat er mich, ihm das Geld zu leihen, das für die Kontrollierung der Firma nötig war. Ich hatte gerade erfahren, was Vic getan hatte, und war wahnsinnig wütend auf ihn, aber es war geschehen und ließ sich nicht mehr ändern. Ich sagte Peter, ich würde ihm gern das Geld leihen, aber ob das wirklich alles sei, was er wollte?

›Wie meinst du das?‹ fragte er.

›Sie bieten dir viereinhalb Millionen für deinen Anteil‹, sagte ich, ›warum willst du dich in Schwierigkeiten stürzen und dir Sorgen machen, wie du deine Schulden abbezahlen sollst, wenn du dich mit diesem Geld zurückziehen und wie ein Gentleman leben kannst?‹

Er schwieg eine Minute und dachte nach. Dann erzählte ich ihm, was Vic mit dir gemacht hatte, und er sagte gebrochen: ›Dann hab' ich Johnny Unrecht getan?‹

›Du hast ihm Unrecht getan!‹

›In dem Fall *muß* ich das Geld haben!‹

›Warum?‹

›Weil Johnny alles verloren hat. Ich muß ihm helfen. Wenn ich nicht mehr in der Firma bin, verliert er seine Stellung.‹

›Johnny wird seine Stellung nicht verlieren, sie brauchen ihn, er ist der einzige, der die Firma genau kennt.‹

›Aber eines Tages werden sie ihm antun, was sie mir auch angetan haben. Was soll er dann machen? Er hat nur dich oder mich.‹

›Dann helfe ich ihm. Inzwischen nimm's leicht. Du hast hart gearbeitet, um die Firma aufzubauen, jetzt mach es dir mal bequem. Genieß dein Leben mit deiner Frau, deiner Familie. Mit viereinhalb Millionen hat man keine Sorgen.‹

Dann nahm er mir das Versprechen ab, dir zu helfen, wenn es nötig sein sollte – ich hätte es ohnehin getan –, und verkaufte.«

Es war still, als Al geendet hatte. Mein Herz war so voll, daß ich nicht sprechen konnte. Diese beiden Männer waren immer meine Schutzengel gewesen, ich schuldete ihnen so viel, daß ich es nie vergelten konnte. Ich war nie so smart gewesen, wie ich geglaubt hatte.

Wir vom Film waren so beschäftigt damit, Träume auf Zelluloid zu bannen, daß wir nie sahen, daß wir die einzigen waren, die an diese Träume glaubten. Wir waren so in unserer eigenen Traumwelt gefangen, daß wir vor Panik schrien und die Glieder unserer Zelluloidrüstung auszubessern suchten, wenn die harte Realität des Tages in diese Welt einbrach.

Ich war nicht besser als die andern. Ich hatte mir auch ein Haus aus Zelluloid gebaut. Aber Zelluloid schmilzt in der Hitze der Sonne, und ich hatte das vergessen, wie die andern auch. Ich hatte geglaubt, mein Haus sei stark genug, um mich gegen die Welt zu schützen. Es war nicht so.

Es war nur so stark, wie die Leute ringsum es für mich machten – am meisten Peter. Er war das Fundament und die Mauer. Ohne ihn gab es kein Haus, keine Traumwelt, in der ich leben konnte. Das wußte ich jetzt und hätte es längst wissen sollen.

Meine Feder kratzte, als ich weiterschrieb: »Hiermit lege ich mein Amt als Präsident und Vorstandsmitglied Ihrer Gesellschaft nieder.«

»Das darfst du nicht tun, Johnny!«

Doris stand neben mir, ihre weitgeöffneten Augen brannten zornig in ihrem blassen Gesicht. »Warum bist du nicht zu Hause bei deiner Mutter?« fragte ich barsch.

Sie ignorierte meine Frage. »Du darfst es nicht tun, du kannst nicht so ausscheiden!«

Ich stand auf, meine Hände zitterten. Aus der Tonhalle gegenüber kam Musik.

»Ich kann nicht, so? Hör dir das an. Ich will nicht, daß sie in seinem Haus Geschäfte treiben wie gewöhnlich, wenn ich gerade gestorben bin. Sie sollen aufhören, und wenn es nur für einen Tag, wenn es nur für eine einzige Minute ist. Sie sollen sich erinnern!«

Sie kam langsam auf mich zu, ihre Augen schienen in weite Fernen zu sehen, den Kopf hatte sie zur Seite geneigt wie immer, wenn sie intensiv zuhörte. Sie lauschte nach innen, sie erinnerte sich. Sanft erwiderte sie endlich in einem neuen, mir ganz unbekannten, ergreifenden Tonfall: »Welch größeres Denkmal könnte ein Mann hinterlassen als die Gabe, Freude und Zuflucht vor den Sorgen des Alltags zu bringen?«

Ich gab keine Antwort. Sie sah mir in die Augen. »Deshalb darfst du nicht ausscheiden, Johnny. Du und Papa hattet einen Vertrag miteinander, auch wenn ihr es nicht wußtet. Du kannst ihn jetzt nicht im Stich lassen. Er wollte nicht, daß du seinetwegen ausscheidest. Deshalb hat er dich zu Santos geschickt, obwohl er wußte, daß er selber nie mehr zurückkommen würde. Und es gibt noch andere Gründe, Johnny.« Sie wies zum Fenster. »Die Leute da draußen, die von dir abhängen. Du mußt ihnen ihre Stellung erhalten, ihr Heim, ihre Familie. Es sind doch deine Leute – Filmleute. Und du selbst, du wärst nie glücklich, wenn du weggingst. Erinnere dich an das, was du zu Santos gesagt hast: Du kannst dir kein Studio im Hof aufstellen. Aber vor allem kannst du nicht weg, weil du vor dreißig Jahren in einer kleinen Stadt mit einem Mann, der über seinem Eisenwarengeschäft lebte, einen Vertrag geschlossen hast, der euch beide weit von dieser kleinen Stadt weggeführt hat, dreitausend Meilen über den Kontinent, dahin, wo du heute bist.« Sie nahm meine Hand. »Du bist der einzige, der geblieben ist, um den Vertrag zu erfüllen, das Versprechen, das ihr euch gegeben habt.«

Ich tat einen tiefen Atemzug – sie hatte recht, ich wußte es beim ersten Wort, das sie sagte. Wenn ich ein rechter Mann war, durfte ich nicht wegen eines noch so großen Schmerzes vor dem Leben davonlaufen.

Ihr Vater war gestorben, und sie tröstete mich, anstatt ich sie. Ich küßte die Innenseite ihrer Hand und fühlte ihre Finger an meiner Wange, leicht, so leicht.

Ich nahm den Bogen Papier vom Schreibtisch, und zusammen verließen wir das Büro. Draußen im Sonnenlicht fühlte ich mich besser, die Musik tat meinen Ohren nicht mehr weh. Es war in Ordnung. Es war ein Monument, das hinter sich zu lassen jeder Mann stolz sein konnte. Zusammen schritten wir durchs Tor.

Über mir hörte ich das Spritzen von Wasser und sah auf. Es funkelte in der Sonne, wie es aus der großen Sektflasche in den Kristallkelch rann.

Meine Augen waren plötzlich feucht. Als ich sie schloß, hörte ich Esthers Stimme sagen, vor vielen, vielen Jahren: »Laßt sie uns ›Magnum‹ nennen . . .« nach dem Champagner, den Peter bestellt hatte, um unsern Eintritt ins Geschäft zu feiern.

Seit damals war allerlei geschehen. Viele Menschen waren gekommen und gegangen. Ich hielt Doris den Wagenschlag auf, und während ich noch mit dem Fuß auf dem Trittbrett stand und auf sie niedersah, merkte ich, daß ich immer noch den Bogen Papier in der Hand hielt. Ich zerriß ihn in winzige Fetzen, die ich auf die Straße streute. Sie flatterten im Wind wie Schneeflocken.

Doris nahm meine Hand, ihre Augen leuchteten. Mein Herz wurde froh bei ihrer Berührung.

»Du hast mir vorhin meine Frage nicht beantwortet. Warum bist du nicht bei deiner Mutter?«

Sie sah mich mit einer Tiefe des Verstehens an, die ich nie erreichen würde. »Sie sagte mir, ich sollte dich holen. Und ich sagte, du brauchtest mich gerade jetzt mehr als sonst jemand auf der Welt.«

Ich sah auf sie nieder und stieg dann in den Wagen. »Sie hatte recht, Doris. Laß uns nach Hause fahren.«

DIE BOSSE

Dieses Buch ist in herzlicher Freundschaft
Paul Gitlin gewidmet.

H. R.

AN JENEM TAG IM VORIGEN FRÜHJAHR

DER MORGEN

Ich war bei meiner dritten Tasse Kaffee, als das Telefon klingelte. Ich ließ es läuten. Wenn man drei Jahre auf einen Anruf gewartet hat, dann kann man ruhig noch weitere dreißig Sekunden warten.

Ich füllte die Kaffeetasse noch einmal. Mein Blick erfaßte den Stand der Sonne, das Fenster der Blondine, die in dem Haus unterhalb des meinen auf dem Hügel wohnte, den Verkehr auf der Autobahn.

Die Sonne hatte den Kamm des Hügels noch nicht erreicht, die Blondine schlief, ihre Jalousien waren geschlossen, und auf der Autobahn kroch einsam ein Streifenwagen dahin. Ich nahm den Hörer ab.

»Guten Morgen, Sam«, sagte ich.

Einen Augenblick war es still. Ich hörte seinen rauhen Atem durch die Leitung. »Wieso weißt du, daß ich es bin?«

»In dieser Stadt wird spät aufgestanden; keiner erhebt sich vor zehn Uhr.«

»Ich konnte nicht schlafen«, brummte er. »Ich kam gestern abend an, aber ich hab mich noch nicht umgestellt, bin zeitlich immer noch in New York.«

»Kenn ich.«

»Was treibst du?« fragte er.

»Ich sitze hier und trinke Kaffee.«

»Wie wär's? Willst du rüberkommen und mit mir frühstücken?«

»Ich frühstücke nicht, Sam, das weißt du doch.«

»Ich auch nicht«, gab er zurück, »und das weißt wieder du. Aber ich kann nicht schlafen. Und ich will mit dir reden.«

»Du hast mich ja am Apparat.«

»Mein halbes Leben verbringe ich am Telefon! Ich will dich sehen, wenn ich mit dir spreche.« Er schwieg. Wieder hörte ich seinen heiseren Atem. Dann: »Ich sag dir was: Komm rüber, und wir fahren irgendwohin. Ich werde sogar mein Leben riskieren und mich in deinen neuen Wagen setzen. Dreihundertzwanzig Kilometer, hab ich irgendwo gelesen.«

»Warum fährst du nicht einfach allein spazieren?«

»Zwei Gründe: erstens fahren alle in Kalifornien wie die Verrückten, und ich hab Angst vor ihnen, und zweitens – wie gesagt –, ich will dich sprechen.«

Ich zögerte kurz. »Okay. Ich hol dich vor dem Hotel ab.«

»In einer Viertelstunde«, sagte er. »Ich muß noch mal mit New York sprechen.«

Ich legte auf und ging nach oben ins Schlafzimmer. Ich öffnete leise die Tür und trat ein. Die Vorhänge waren fest zugezogen, und ich sah im Dämmerschein, daß Chinamädchen noch schlief. Sie lag nackt auf dem Laken, die Hände über dem Kopf ausgestreckt, als wolle sie gerade vom Turm ins Wasser springen; ihr langes Haar flutete über ihren Rücken und umhüllte sie wie eine Decke.

Ich trat ans Bett und blickte auf sie hinab. Sie lag völlig bewegungslos, ich sah sie kaum atmen. Im Zimmer hing noch der Duft der nächtlichen Liebesspiele wie das Bukett eines alten Weins. Ich legte meine Hand sanft auf ihre kleinen, elfenbeinfarbenen, marmorharten Hinterbacken. Sie drückte sich tiefer in die Matratze, und ich spürte, wie die Wärme ihres Körpers in meine Finger strömte.

Ohne den Kopf zu wenden, sagte sie mit schlaftrunkener, undeutlicher Stimme: »Was tust du nur mit mir, Steve? Sobald du mich berührst, werde ich ganz verrückt.«

Ich zog die Hand zurück und ging ins Badezimmer. Als ich fünfzehn Minuten später herauskam, saß sie aufrecht im Bett und streichelte sich.

»Du bist angezogen«, sagte sie. »Das ist gemein. Ich hab's für dich warm gehalten.«

»Tut mir leid, Chinamädchen«, antwortete ich. »Eine Verabredung.«

»Du kannst dich ja auch einmal verspäten«, sagte sie. »Komm rein ins Bett und mach's mir.«

Ich antwortete nicht, ging quer durch das Zimmer, nahm einen Pullover aus dem Wandschrank und zog ihn an.

»Es gibt ein altes chinesisches Sprichwort«, sagte sie. »Kein Tag, der mit einer Nummer beginnt, kann ganz schlecht sein.«

Ich lachte.

»Ich mach keinen Witz. Das ist das erstemal, daß du nein zu mir sagst.«

»Einmal mußte es kommen, Chinamädchen.«

»Und nenn mich nicht immer ›Chinamädchen‹. Ich hab einen Namen, und du kennst ihn.«

Ich blickte sie an. In ihrer Miene war ein Anflug von Ärger, der kurz zuvor nicht dagewesen war. »Reg dich ab, Chinamädchen«, sagte ich. »Nicht mal ich glaube an einen Namen wie Mary Applegate.«

»Ich heiße aber so.«

»Mag sein. Aber für mich bist du das Chinamädchen.«

Sie zog das Laken über sich. »Ich glaube, es ist Zeit, daß ich gehe.«

Ich antwortete nicht.

»Wie lange bleibst du fort?« fragte sie.

»Ich weiß nicht. Zwei Stunden vielleicht.«

»Dann bin ich nicht mehr hier.«

»Hast du genug Moneten?«

»Ich schaff es schon.«

Ich nickte. »Dann also, leb wohl. Du wirst mir fehlen.« Ich schloß die Tür hinter mir und ging nach unten.

Draußen war die Sonne bereits über den Hügel gewandert, und ich blinzelte in ihren grellen Schein. Ich zog die Markise herunter und ging hinter das Haus zum Parkplatz.

Der Iso warf das Licht zurück wie eine schwarze Perle in Cartiers Schaufenster. Ihr Volkswagen stand daneben, er sah wirklich wie ein kleiner Käfer aus; er hatte etwas beinahe Hilfloses, Verlorenes an sich.

Aber vielleicht empfand ich das nur so; wie immer, wenn ich einen solchen Wagen sah. Alle kleinen Leute besaßen einen; er hatte Räder, war billig und brachte sie zu ihren kleinen Geschäften und wieder nach Hause. Und manchmal stand er in irgendeiner Garage, während seine Besitzerin im Lincoln Continental rumkutschierte. Früher oder später jedoch hatte die Zeit in der Luxuslimousine ein Ende, und der Käfer trat wieder in Aktion. Wie zum Beispiel heute.

Ich ging ins Haus zurück und holte eine Rolle Klebestreifen aus der Küche. Damit befestigte ich zwei Hundertdollarnoten am Armaturenbrett des Volkswagens, wo sie sie nicht übersehen konnte. Ich landete mit dreißig Minuten Verspätung vor dem Hoteleingang – und er war noch gar nicht heruntergekommen.

Ich blieb im Wagen sitzen und verfluchte meine Albernheit. Chinamädchen hatte recht. Ich hatte mir einen erstklassigen Fick vermasselt.

Eine Viertelstunde später kam er heraus. Der Portier öffnete den Wagenschlag, und Sam stieg schnaufend ein. Die Tür schlug zu, und wir sahen uns in die Augen.

Ziemlich lange her. Dann beugte er sich vor und küßte mich auf die Wange. »Du hast mir gefehlt.«

Ich setzte den Wagen in Gang, fuhr durch die Einfahrt und sprach erst, als wir bei der Ampel am Sunset Boulevard anhielten. »Ich dachte nicht, daß du dir etwas aus mir machst.«

Er nahm es ernster als ich es meinte. »Du weißt es ganz genau. Was ich getan habe, mußte ich tun.«

Die Ampel wurde grün, und ich fuhr in Richtung Santa Monica. »Es spielt jetzt keine Rolle mehr; ist ja schon drei Jahre her.« Ich warf ihm einen Blick zu. »Wohin wollen wir fahren?«

Er zog die Schultern hoch. »Wohin du willst. Du bist hier zu Hause.«

Ich fuhr weiter.

»Du fragst dich wohl, warum ich angerufen habe?« fuhr er fort.

Ich antwortete nicht.

»Ich hatte das Gefühl, dir etwas schuldig zu sein.«

»Du bist mir nichts schuldig«, erwiderte ich schnell. »Ich hab die Aktien. Deine. Sinclairs.«

»Du brauchst mir nicht zu versichern, daß du reich bist«, sagte er, »das weiß jeder. Aber Geld ist nicht alles.«

Ich sah ihn an. »Und das sagst du mir jetzt!« Ich lächelte. »Warum hast du es dann getan?«

Seine dunklen Augen glänzten hinter den blankpolierten schwarzgeränderten Gläsern. »Ich stand unter Druck, hatte Angst, daß alles zum Teufel geht.«

Ich lachte bitter. »Und da war ich. Mit offenem Visier und voller Vertrauen. Ein gefundenes Fressen.«

»Erinnerst du dich, was ich dir damals sagte? Daß du mir eines Tages noch dafür danken würdest?«

Ich schwieg und hielt meine Augen auf die Straße gerichtet. Es gab so manches, wofür ich ihm danken konnte. Dumm war nur, daß ich eigentlich gar nichts gewollt hatte.

»Du kennst das alte Lied?« fragte er. »Denen, die man liebt, tut man weh.«

»Sing es mir nicht vor. Es ist zu früh am Morgen.«

»Es ist aber wahr«, sagte er ernst. »Ich dachte, gerade du wüßtest das.«

»Na schön. Du hast es mir gesagt. Nun weiß ich's.«

Plötzlich wurde er böse. »Nein, nichts weißt du. Ich hab dir dazu verholfen, reich zu werden, vergiß das nie!«

»Nun schalt aber die Düsen ab, Sam«, sagte ich trocken. »Gerade hast du mir erzählt, daß Geld nicht alles ist.«

Er schwieg eine Weile. »Gib mir eine Zigarette.«

»Wozu? Du rauchst doch nicht.«

Ich grinste. »Außerdem kenne ich den Trick längst.«

Er wußte, was ich meinte. »Ich will eine Zigarette.«

Ich öffnete das Handschuhfach. »Bedien dich!«

Seine Finger zitterten, während er unbeholfen seine Zigarette anzündete.

Als ich nordwärts in die Küstenstraße einbog, stand die Sonne bereits hoch. Er wollte die Zigarette aus dem Fenster werfen; ich verhinderte es und wies auf den Aschenbecher.

»Es muß schon ein verrücktes Land sein, in dem es hundert Tage nicht regnet und alles verbrennt; und wenn's dann endlich regnet, gibt es eine Überschwemmung, und alles wird fortgewaschen.«

Ich lächelte. »Man kann eben nicht alles haben. Wie weit willst du fahren?«

»Bleib stehen. Ich möchte meine Beine ausstrecken.«

Ich fuhr quer über die Straße zu einem Parkplatz. Wir stiegen aus, stellten uns an den Straßenrand und schauten auf den Strand hinunter.

Der Sand war weiß, das Wasser schimmerte blau, und die Wogen wälzten sich mit weißen Schaumkronen heran. Die Wellenreiter waren schon draußen, sie saßen zusammengekauert bei einem kleinen Feuer am Strand, einige in ihren nassen Anzügen. Auch ihre Mädchen waren da, doch die Wellenreiter kümmerten sich nicht um sie. Sie beobachteten das Wasser, prüften Dünung und Wirbel.

»Toll«, sagte Sam, »diese Jungs gehen mitten im Winter schwimmen!«

Ich wollte mir eine Zigarette anzünden und schirmte die Flamme in den hohlen Händen vor dem Wind. Er klopfte mir auf die Schulter. Ich wandte mich um, und die Flamme erlosch.

»Weißt du, wie alt ich bin?«
»Natürlich. Zweiundsechzig.«
»Ich bin siebenundsechzig«, sagte er und starrte mich an.
»Gut, dann bist du eben siebenundsechzig.«
»Ich lüge schon seit langem über mein Alter. Weil ich mir bereits damals zu alt vorkam, habe ich fünf Jahre unterschlagen.«
Ich zuckte mit den Schultern. »Na und?«
»Ich werde müde.«
»Wenn du nichts sagst, wird es niemand merken.«
»Mein Herz merkt es. Ich kann nicht mehr so laufen wie früher.«
Ich schwieg eine Weile. »Schränk das Vögeln ein.«
Er grinste. »Das hab ich schon längst aufgegeben. Ich hab sogar aufgehört, dann und wann Neunundsechzig zu spielen. Mir wird schwindelig.«
»Wenn du mir erzählen willst, daß du bald sterben wirst, dann spar dir deine Worte. Ich hielt dich nie für unsterblich.«
Er sah mich an. In seiner Stimme klang Panik. »Aber *ich* hab es immer geglaubt.«
Ich zündete meine Zigarette an und wandte mich ab. Die Wellenreiter wagten sich ins Wasser. Ich hörte ihre im Wind zurückschallenden Stimmen.
»Ich verkaufe meine Aktien, Steve. Ich wollte, daß du der erste bist, der es erfährt.«
»Warum gerade ich?«
»Irgendwie ist es so wie vor drei Jahren. Und wenn ich mich umsehe, bist du ja der einzige hier. Nur wird es diesmal umgekehrt sein. Ich kann dich nicht verletzen, sondern du mich.«
»Versteh ich nicht.«
»Ich will, daß du zurückkommst.«
»Nein«, sagte ich. »Niemals.«
Er legte seine Hand auf meinen Arm. »Du mußt mir zuhören. Du mußt hören, was ich zu sagen habe.«
Ich antwortete nicht.
»Ich kann von Palomar Plate für meinen Anteil an der Gesellschaft zweiunddreißig Millionen Dollar bekommen.«
»Dann nimm sie und hau ab«, sagte ich.
»Wenn ich könnte, würde ich's tun. Aber das ist ja nicht alles. Sie wollen eine Garantie für ununterbrochenen Fortbestand. Und die kann ich ihnen nicht geben. Sie sagten aber, sie wären mit dir an meiner Stelle einverstanden.«
Schweigend starrte ich ihn eine Weile an. »Interessiert mich nicht«, erwiderte ich schließlich.
»Du mußt zurückkommen«, sagte er nachdrücklich. »Weißt du denn, was ich durchgemacht habe in den letzten Jahren, während du auf deinem Hügel sitzt, dein Geld zählst und dir die Seele aus dem Leib vögelst?
Auf die Katastrophe hab ich gewartet; drei Jahre lang. Es wollte mir nichts gelingen; alles, was ich versuchte, ging zum Teufel. Direkt vor meinen Augen, ich konnte zusehen, wie es im Dreck landete. Dann hatte ich Glück; ich erwischte einen Schlager. Und plötzlich sagt jeder, Sam Benjamin hat seinen Riecher wieder.
Aber ich weiß Bescheid, und du auch. Die Sache damals hast du für mich arrangiert, und durchgekommen bin ich damit nur, weil es der einzige Abschluß war, bei dem ich noch Kredit hatte. Es war nicht mein Riecher, sondern deiner. Und ich weiß noch etwas: Wie ich nicht auf dem Kopf stehen und senkrecht zum Himmel pissen kann, so kann ich auch diese Sache nicht selbst weitermachen.«
Er nahm ein Päckchen Kaugummi aus der Tasche, riß es auf und steckte ein Stück in den Mund. Er bot mir die Packung an. »Diätkaugummi. Ohne Zucker.«
Ich schüttelte den Kopf.
Er kaute. »Nichts klappt mehr, wie es soll. Früher einmal glaubte ich, vielleicht seien die Kinder die Lösung. Jetzt weiß ich's besser. Wir bürden ihnen eine zu

große Last auf. Wir erwarten, daß sie uns eine Rechtfertigung liefern, und sie haben nicht mal eine für sich selbst. Weißt du, wo Junior ist?«

Er wartete meine Antwort nicht ab. »In Haight-Ashbury. Gestern, ehe wir hierherkamen, beschlossen wir, hinzufahren und ihn zu suchen.

›Denise‹, sagte ich, ›du bleibst hier im Hotel. Ich werde ihn schon finden und herbringen. Es regnet ja auch.‹

Ich nehm also die Limousine, und der Chauffeur fährt mich durch die Straßen. Schließlich steige ich aus und gehe auf und ab. Noch nie hab ich so viele Kinder auf einem Haufen gesehen. Nach einer Weile kommt es mir vor, als gehörten sie alle mir. Verwirrend . . . Also geh ich auf einen großen schwarzen Polypen zu und geb ihm einen Hunderter; zwanzig Minuten später bin ich vier Stock hoch und stehe atemlos in der eiskalten Wohnung.

Junior ist dort mit einem Dutzend anderer Jungs. Er trägt einen Jesusbart, die Löcher in seinen Schuhen hat er mit Papier zugestopft. Er sitzt an die Mauer gelehnt auf dem Fußboden. Als ich reinkomme, sagt er gar nichts und sieht nur zu mir herüber.

›Ist dir nicht kalt?‹ frag ich hin.

›Nein‹, sagt er.

›Du bist ja ganz blaugefroren! Deine Mutter sitzt drüben im Hotel. Geh rüber und sprich mit ihr.‹

›Nein‹, sagt er.

›Warum nicht?‹

Er antwortet nicht.

›Ich könnte die Bullen rufen und dich hier rausholen lassen. Du bist neunzehn und hast zu tun, was ich sage.‹

›Möglich‹, meint er. ›Aber du kannst mich nicht die ganze Zeit bewachen. Ich bleibe nicht bei euch!‹

›Was hast du denn hier? Frierst dir den Arsch ab in diesem Eiskasten, und zu Hause hast du ein warmes, sauberes Zimmer!‹

Er starrt mir eine Minute lang ins Gesicht, dann ruft er: ›Jenny!‹

Die Kleine kommt aus dem Nebenzimmer. So eine, weißt du, mit langem strähnigem Haar, weißem Gesicht und großen Augen. Wenn die mehr als fünfzehn ist, freß ich einen Besen! Und so einen Bauch!

›Ja, Samuel?‹ sagt sie.

›Hat sich heute was gerührt?‹ fragt er.

›Ganz wild.‹ Sie lächelt glücklich. ›Baby schießt Elfmeter.‹

›Das ist der älteste Trick der Welt‹, sage ich. ›Ich hätte dich für klüger gehalten. Es ist nicht von dir, dazu bist du noch nicht lange genug hier.‹

Er betrachtet mich, dann schüttelt er traurig den Kopf. ›Du hast es immer noch nicht begriffen.‹

›Was begriffen?‹

›Was macht es aus, von wem das Baby ist? Es ist ein Baby, nicht? Wenn es geboren wird, ist es wie jedes andere Baby auf der Welt, es gehört dem, der es liebt. Und das hier ist unser Baby. Von uns allen. Weil wir alle es schon jetzt lieben.‹

Ich seh ihn mir an, ich weiß, das ist eine andere Welt, und ich kann sie nicht verstehen. Ich nehme zwei Hunderter aus der Tasche und lege die Scheine vor ihn auf den Fußboden.

Zwei Jungs treten näher, und bald stehen sie alle im Kreise herum und starren auf das Geld.

Keiner sagt ein Wort.

Schließlich erhebt sich Junior und klaubt die Scheine auf. Er hält sie mir entgegen. ›Kannst du mir statt dessen zwei Fünfer geben?‹

Ich schüttle den Kopf. ›Du weißt doch, ich trage nie kleinere Scheine bei mir als Hunderter.‹

›Dann behalt sie‹, sagt er. ›So was brauchen wir nicht.‹

Plötzlich schienen sie alle ihre Stimmen wiedergefunden zu haben. So einen Radau hast du noch nie gehört. Einige verlangten, daß er das Geld behielt, andere, daß er es zurückgab.

›Ruhe!‹ brüllte Junior schließlich. Sie schwiegen alle, sahen ihn an, und dann ging einer nach dem anderen auf seinen Platz zurück.

Er trat auf mich zu und drückte mir die Scheine in die Hand. Ich spürte, wie verkrampft er war, wie er zitterte. ›Laß mich in Ruhe, komm nie wieder hierher. Sieh dir an, was schon der kleinste Spritzer deines Giftes anrichtet. Wir haben es schon schwer genug, wir wollen unsere Kräfte nicht noch damit vergeuden.‹

Einen Augenblick lang hatte ich Lust, ihn zu verbläuen. Dann sah ich Tränen in seinen Augen. Ich nahm das Geld. ›Okay‹. Ich schick dir den Chauffeur mit zwei Fünfern rauf.‹

Ich ging, ohne mich umzudrehen, und blieb draußen im Wagen sitzen, während der Chauffeur mit dem Geld hinaufging. Auf dem ganzen Weg zum Hotel überlegte ich, was ich Denise sagen sollte.«

Ich fragte ihn: »Und was hast du ihr schließlich gesagt?«

»Das einzig Mögliche: daß ich ihn nicht gefunden hätte.«

Er steckte noch ein Stück Kaugummi in den Mund. »Denise will, daß ich aussteige. Sie sagt, wir haben noch genügend Zeit, um die Dinge wieder einzurenken. Sie sagt, daß es ihr keinen Spaß mehr macht, das ›große Tier‹ zu spielen. Jetzt zwing mich nicht, ihr zu sagen, ich hätte auch dich nicht finden können.«

Ich wandte mich von ihm ab und sah lange auf das blaue Wasser hinaus. Ich wüßte gern, was ich dachte oder was mir durch den Kopf ging; aber es war alles öde und leer, nichts als das blaue Wasser vor mir.

»Nein«, hörte ich mich sagen. »Es ist zu groß.«

»Was ist zu groß?«

Ich zeigte auf den Ozean. »Zu groß, um es zu filtern, zu teuer, um es zu erwärmen, und ich könnte es nie in mein Bassin bringen. Und selbst wenn es möglich wäre, irgendwie würde das Wasser nicht so schmecken, als ob es aus einer Quelle käme. Nein, Sam. Diesmal passe ich.«

Wir gingen zum Wagen zurück. Zweimal wollte ich zu ihm sprechen, als ich jedoch hinsah, weinte er.

Wir kamen zum Hotel. Er hatte sich wieder gefaßt und stieg aus. »Danke für die frische Luft. Wir werden noch miteinander reden.«

»Natürlich.«

Er betrat die Halle, ich beobachtete, wie er die kurzen Arme und Beine schwang, er hatte den eigenartig aggressiven Gang der kleinen korpulenten Männer. Dann fuhr ich nach Hause.

Der Volkswagen war fort, und kaum war ich in die Küche getreten, klingelte das Telefon.

An der Wand neben dem Apparat klebte eine Botschaft. Ich ließ es klingeln und las den Text.

Lieber Steve Gaunt,
Geh und fick dich allein.
Deine aufrichtig ergebene
Mary Applegate.

Das war in kleiner, ordentlicher, artiger Schrift geschrieben. Ich las es noch einmal, dann lachte ich und griff nach dem Hörer. Ich blickte aus dem Fenster.

Die Vorhänge im Zimmer der Blondine waren zurückgezogen. »Hallo«, sagte ich.

Es war ein Mädchen. »Steve?«

»Ja.« Die Stimme kannte ich nicht. Die Blondine kam ans Fenster. Sie trug ein Telefon, aber sonst kaum etwas. »Ich sah beim Aufstehen zufällig aus dem Fenster, als der Volkswagen abfuhr«, sagte sie.

»Und, was weiter?«

»Wie wäre es, wenn Sie auf ein Täßchen Kaffee zu Ihrer freundlichen Nachbarin rüberkämen und sich trösten ließen?«

»Bin sofort da«, sagte ich und legte den Hörer auf.

Das war der Morgen.

Stephen Gaunt

Vom Central Park West bis zur Madison Avenue waren es nur fünfundsechzig Cents auf dem Taxameter, aber das eine Ende der Stadt schien vom anderen Lichtjahre entfernt zu sein. Dieses Gefühl hatte ich sofort, als ich das Gebäude betrat.

Die kühle, hohe, weiße Marmorhalle, der halbkreisförmige Empfangstisch mit den zwei Mädchen und den uniformierten Wächtern und dahinter an der Wand in goldenen Blockbuchstaben die Worte:

SINCLAIR BROADCASTING COMPANY

Ich trat auf das erste Mädchen zu. »Mr. Spencer Sinclair, bitte.«

Das Mädchen musterte mich. »Ihr Name, bitte?«

»Stephen Gaunt.«

Ihr Auge durchlief eine Namensliste. »Mr. Gaunt, richtig. Sie sind für zehn Uhr dreißig eingetragen.«

Die Wanduhr hinter ihr zeigte zehn Uhr fünfundzwanzig.

Sie wandte sich an einen der Wächter. »Mr. Johnson, führen Sie Mr. Gaunt bitte zu Mr. Sinclairs Büro.«

Der Wächter nickte, lächelte freundlich, betrachtete mich aber mit kühlem abschätzenden Blick. Ich wartete nicht, sondern schritt auf die Fahrstühle zu.

»Mr. Gaunt.«

Ich blieb stehen und drehte mich nach ihm um.

Er lächelte noch immer. »Hier herüber, bitte.«

Ich folgte ihm quer über den Korridor zu einer kleinen, beinahe verborgenen Reihe von Fahrstühlen an der Hinterwand der Halle. Er nahm einen Schlüssel aus der Tasche, steckte ihn ins Schloß und drehte ihn um. Die Lifttüren öffneten sich.

Er ließ mich vor sich einsteigen, zog den Schlüssel ab und folgte mir. Als die Türen sich schlossen, erklang ein Glockenzeichen.

Seine Stimme war weiterhin freundlich. »Haben Sie etwas Metallisches in den Taschen?«

»Nur etwas Kleingeld.«

Er machte keine Anstalten, den Fahrstuhl in Bewegung zu setzen. »Sonst nichts?« Er bemerkte meine erstaunte Miene. »Die Glocke, die Sie hören, ist ein elektronisches Warnsystem. Es reagiert auf Metall. Kleingeld genügt nicht, um einen Alarm auszulösen. Sie müssen noch etwas anderes haben. Vielleicht ist es Ihnen nicht gleich eingefallen.«

Jetzt wußte ich es. »Nur dies hier. Ein silbernes Zigarettenetui, das mir eine Freundin geschenkt hat.« Ich zeigte es ihm.

Er warf einen kurzen Blick darauf; dann nahm er es mir ab, öffnete ein Türchen in der Holzfüllung neben sich und legte es hinein. Die Glocke verstummte sofort.

Er nahm das Etui heraus, gab es mir zurück und entschuldigte sich mit einem Lächeln. »Tut mir leid, Mr. Gaunt, Sie enttäuschen zu müssen, aber das ist nur versilbertes Metall mit Nickelgrundlage.«

Ich steckte es grinsend ein. »Das überrascht mich nicht.«

Jetzt drückte er auf einen Knopf. Während der raschen Fahrt sah ich auf die blinkenden Lichter über der Tür. Es gab keine Ziffern, nur Kreuze.

»Wie weiß Mr. Sinclair, in welchem Stockwerk er sich befindet?«

Der Gesichtsausdruck des Mannes wurde ernst. »Er hat einen Schlüssel.«

Der Lift fuhr langsamer, hielt an, und die Türen gingen auf. Ich trat in einen ganz in Weiß gehaltenen Empfangsraum. Die Türen schlossen sich, und eine junge Dame kam auf mich zu.

Es war eine kühle Blondine in einem schwarzen Kleid. »Hier herein, bitte, Mr. Gaunt.«

Ich folgte ihr in ein kleines Wartezimmer. »Mr. Sinclair wird Sie in ein paar Minuten empfangen. Hier, bitte – Zeitungen und Magazine. Darf ich Ihnen einen Tasse Kaffee bringen?«

» Besten Dank«, sagte ich. »Schwarz, mit einem Stück Zucker.«

Sie ging hinaus. Ich setzte mich, nahm das *Wall Street Journal* und suchte die gestrigen Schlußkurse. Greater World Broadcasting war mit 18 um einen Achtelpunkt gefallen, Sinclair Broadcasting, SBC, mit 142 einen Viertelpunkt gestiegen. Nicht nur um tausend Lichtjahre war man hier von Central Park West entfernt, sondern auch um zweiundsiebzig Fernsehstationen, hundert Märkte und fünfhundert Millionen Dollar.

Sie brachte den Kaffee. Er war heiß und schwarz, duftete herrlich und wurde in Coalport-Porzellan serviert, auf das meine Tante Prue stolz gewesen wäre, wenn sie es in ihrer Vitrine gehabt hätte. »Nur noch ein paar Minuten«, sagte sie lächelnd.

»Macht gar nichts. Ich habe Zeit.«

Sie ging hinaus; ihre Bewegungen waren geschmeidig, es war alles vorhanden, doch, wie das übrige in diesem Büro, sehr zurückhaltend. Ich hätte gern gewußt, was sie getan hätte, wenn ich sie an den Hintern gefaßt hätte.

Als ich mit meinem Kaffee fertig war, kam sie wieder. »Mr. Sinclair läßt bitten.«

Ich folgte ihr durch die Empfangshalle zu einer Tür. Es stand nichts drauf, nicht einmal PRIVAT. Sie öffnete, und ich trat ein.

Spencer Sinclair sah genauso aus wie auf den Fotos, die ich von ihm gesehen hatte. Groß, schlank, sehr elegant gekleidet, schmale Nase, schmaler Mund, vorspringendes Kinn, kalte, intelligente graue Augen. Alles in allem sah man ihm seine Jahre nicht an.

»Mr. Gaunt.« Er stand auf, und wir reichten uns die Hand. Sein Griff war fest und höflich. Nicht mehr, nicht weniger. »Nehmen Sie doch bitte Platz.«

Ich setzte mich auf einen Stuhl gegenüber seinem Schreibtisch. Er drückte auf einen Knopf an seinem Sprechgerät. »Bitte jetzt keine Telefongespräche, Miß Cassidy.«

Wir betrachteten uns einige Augenblicke, dann sagte er: »Nun treffen wir endlich persönlich zusammen. Ich habe viel von Ihnen gehört. Sie haben anscheinend das Talent, die Aufmerksamkeit der Leute auf sich zu ziehen.«

Ich wartete.

»Möchten Sie gern wissen, was man über Sie sagt?«

»Eigentlich nicht«, antwortete ich. »Es genügt, daß man redet.«

»Sie sollen ein kommender Mann sein«, sagte er.

Ich lächelte. Er wußte nicht, wie recht er hatte! Am Nachmittag war ich mit seiner Tochter verabredet; ich sollte sie zu einem Abtreibungsarzt bringen.

Er nahm ein Blatt Papier von seinem Schreibtisch und warf einen Blick darauf. »Hoffentlich verübeln Sie es mir nicht«, sagte er. »Ich habe mir von der Personalabteilung einen kleinen Bericht über Sie zusammenstellen lassen.«

Ich zog die Schultern hoch. »Natürlich; auch ich habe Informationen über Sie eingeholt. Allerdings im Archiv der *New York Times*.«

»Stephen Gaunt, achtundzwanzig, geboren New Bedford, Massachusetts. Vater John Gaunt, Bankpräsident; Mutter geborene Anne Raleigh, beide verstorben. Besuchte gute Schulen in New England. Anstellung bei Kenyon und Eckhardt, Werbefirma, ein Jahr; Metro-Goldwyn-Mayer, Filme, Verwaltung und Werbeabteilung, zwei Jahre; Greater World Broadcasting, Rundfunk und Fernsehen; während der letzten drei Jahre Assistent des Präsidenten Harry Moscovitz. Ledig. Führt ein geselliges Leben.«

Er legte das Blatt nieder und sah mich an. »Nur eines verstehe ich nicht.«

»Und das wäre? Vielleicht kann ich Ihnen helfen.«

»Was treibt ein netter christlicher Junge wie Sie bei einer solchen Firma?«

Ich wußte genau, was er meinte. »Ist eigentlich ganz einfach«, sagte ich. »Ich bin ihr *Schabbes-Goi.*«

Ich sah, daß er nicht verstand, und erklärte es ihm einfach und genau: »Sonnabend ist der jüdische Sabbath. Da arbeiten sie nicht. Also überließen sie mir den Sonnabend. Und nach den Meinungsforschungsergebnissen von Nielsen taten Sie, CBS, NBC und ABC das gleiche.«

»Sie sind ziemlich eingebildet, nicht wahr?«

»Ja«, sagte ich entschieden.

»Warum glauben Sie eigentlich, wir könnten Sie nicht stoppen, wenn wir es wollten?«

Ich grinste. »Mr. Spencer, Sie alle haben das nun schon seit fast eineinhalb Jahren versucht und nichts erreicht. Ihr Glück, daß wir nur in elf von den hundert Märkten sind, sonst wärt ihr völlig ausgeschaltet worden.«

Er ließ mich nicht aus den Augen. »Ich weiß nicht recht, ob Sie mir gefallen oder nicht.«

Ich stand auf. »Sie sind ein vielbeschäftigter Mann, Mr. Spencer, also will ich Ihre Zeit nicht unnötig in Anspruch nehmen. Bekomme ich den Posten oder nicht?«

»Welchen Posten?« fragte er. »Ich war mir nicht bewußt . . .«

»Mr. Sinclair, wenn Sie mich nur herkommen ließen, um zu sehen, wer Ihrer Tochter den Gutenachtkuß gibt, dann vergeuden Sie Ihre und meine Zeit. Ich habe ein Sendernetz zu betreuen und war lange genug von meinem Schreibtisch fort.«

»Setzen Sie sich, Mr. Gaunt«, sagte er scharf.

Ich blieb stehen.

»Ich hatte daran gedacht, Sie bei uns als Vizepräsident anzustellen, mit der Aufgabe der Programmgestaltung; nun aber bin ich nicht mehr so sicher, daß ich es tun will.«

Ich lächelte. »Sparen Sie sich die Mühe, das interessiert mich nicht. So etwas mache ich nun schon seit drei Jahren.«

»Für welchen Posten interessieren sie sich dann eigentlich? Für meinen?«

»Nicht ganz«, gab ich sanft zurück. »Präsident bei Sinclair Television.«

»Sie machen wohl Witze!« Er war schockiert.

»Beim Geschäft mache ich nie Witze.«

»Dan Ritchie ist jetzt seit zehn Jahren Präsident der STV und war davor fünfzehn Jahre lang Präsident von Sinclair Radio. Er ist einer der besten Männer unserer Industrie. Glauben Sie, Sie können in die Fußstapfen eines solchen Mannes treten?«

»Will ich gar nicht«, gab ich zurück. »Das sind alte Fußstapfen, die taugen nichts mehr. Das ist Rundfunk, nicht Fernsehen. Sie, Mr. Sinclair, haben keinen einzigen leitenden Mann unter zweiundfünfzig Jahren, aber der Großteil Ihres Publikums ist unter dreißig und wird jedes Jahr jünger. Wie wollen Sie bei denen ankommen, die nicht einmal mehr auf ihre Eltern hören? Ich habe gar nicht die Absicht, mir den Kopf zu zerbrechen, wie ich die alten Knaben überzeugen soll, daß das, was ich tun will, richtig ist. Ich will das entscheidende Wort zu sagen haben, die Autorität sein. Sonst interessiert mich die Sache nicht.«

Er schwieg eine Weile. »Wie soll ich wissen, ob Sie auf mich hören werden?«

»Das können Sie nicht.« Ich lächelte. »Aber es gibt jemanden, auf den ich hören werde, dessen können Sie sicher sein.«

»Auf wen?«

»Nielsen«, sagte ich. »Im Augenblick ist STV Nummer Vier hinter den anderen Fernsehanstalten. In zwei Jahren werden wir Nummer Eins sein oder verdammt knapp daran.«

»Und wenn wir's nicht sind?«

»Dann können Sie mich rausschmeißen. Schlimmer werden Sie keinesfalls dastehen als jetzt. Weniger als Vierter können Sie nicht sein.«

Er vertiefte sich in seine Papiere. Als er wieder sprach, war seine Stimme verändert. Nun war er Barbaras Vater. »Werden Sie meine Tochter heiraten?«

»Ist das eine der Bedingungen für den Posten?«

Er zögerte. »Nein.«

Ich zögerte nicht. »Dann werde ich sie nicht heiraten.«

Seine nächsten Worte klangen gezwungen und traurig. »Was geschieht aber mit dem Baby?«

Ich blickte ihn an. Er stieg um zehn Punkte in meiner Achtung. »Das erledigen wir heute nachmittag.«

»Ist es ein guter Arzt?«

»Der beste«, sagte ich. »Es wird in einer Privatklinik in Scarsdale gemacht.«

»Werden Sie mich anrufen, sobald es vorbei ist?«

»Ja, Sir, das werde ich tun.«

»Arme Barbara«, sagte er. »Sie ist eigentlich ein anständiges Mädchen.«

Wie soll man einem Vater sagen, daß seine Tochter ein Flittchen ist und sich ständig bis zur Besinnungslosigkeit mit Marihuana berauscht?

»Ist das Kind – von Ihnen?«

Ich sah ihm in die Augen. »Das wissen wir nicht.«

Er senkte den Blick. »Wenn der Arzt meint, daß es irgendwelche Komplikationen geben könnte, werden Sie es nicht machen lassen, nicht wahr?«

»Nein«, sagte ich. »Es mag Ihnen seltsam scheinen, Sir, aber auf meine Weise liegt mir an Barbara, und ich möchte nicht, daß sie Schaden erleidet.«

Er holte tief Atem und erhob sich; dann streckte er die Hand aus. »Sie bekommen den Posten. Wann können Sie anfangen?«

»Morgen, wenn es Ihnen paßt. Ich habe vorige Woche drüben meine Anstellung aufgegeben und heute morgen meinen Schreibtisch geräumt.«

Er lächelte zum erstenmal. »Einverstanden! Morgen.«

Wir trennten uns mit einem Händedruck. Vor der Tür blieb ich stehen. »Apropos, in welchem Stockwerk sind wir hier?«

»Einundfünfzig.«

»Wo liegt Ritchies Büro?«

»Im neunundvierzigsten.«

»Ich möchte meines im fünfzigsten haben«, sagte ich und schloß die Tür hinter mir.

2

Ich drückte noch einmal auf die Klingel. Drinnen grölte der Plattenspieler. Sie antwortete noch immer nicht.

Die Tür ließ sich öffnen. Schon beim Eintreten spürte ich den schweren, süßlichscharfen Rauch. Es genügte, durch den Raum zu gehen, und man war berauscht. Ich riß die Terrassenfenster auf und stellte die Stereoanlage ab. Meine Ohren summten in der plötzlichen Stille.

»Barbara!« rief ich.

Keine Antwort. Dann hörte ich sie kichern. Ich ging zum Schlafzimmer und blieb in der offenen Tür stehen.

Sie saß nackt mitten auf dem Fußboden, die Marihuanazigarette zwischen den Lippen. Über sie gebeugt stand ein großer Negerjunge, an dessen aufgerichtetem Penis ein Spielzeugeimer mit Wasser hing.

Er sah mich früher als sie und griff entsetzt nach dem Eimer, da er seine Erektion verlor. Er erwischte ihn gerade noch, allerdings nicht, ohne etwas Wasser über sie zu verschütten. Sein Gesicht wurde grau.

Sie fuhr herum. »Steve!« In ihrem Ton lag ein Vorwurf. »Du hast ihn erschreckt!«

»Tut mir leid.« Ich trat ins Zimmer.

Der Junge schreckte zurück. Seine Stimme zitterte: »Sind Sie ihr Mann?«

Ich schüttelte den Kopf.

»Ihr Liebhaber?«

»Sei nicht albern, Raoul«, sagte sie scharf. »Er ist nur ein Freund.« Sie wandte sich wieder kichernd mir zu. Du hast mir fünfzig Dollar erspart. Raoul sagte, wenn er in weniger als einer Stunde seinen Steifen verliert, brauche ich ihm nichts zu zahlen.«

Ich nahm zwei Geldscheine aus der Tasche und gab sie dem Jungen. »Hau ab.« Er brauchte keine zwei Minuten, um sich anzuziehen und zu verschwinden. Ich schloß die Tür hinter ihm und ging ins Schlafzimmer zurück.

Sie lag ausgestreckt auf dem Bett. »Fick mich, Steve«, sagte sie mit heiserer Stimme. »Er hat mich aufgeregt mit seinem wunderschönen großen Schwanz.«

»Zieh dich an«, sagte ich barsch. »Wir haben eine Verabredung.

Plötzlich weinte sie. Sie vergrub ihr Gesicht ins Kissen, um ihr Schluchzen zu ersticken.

Ich setzte mich auf das Bett und drückte ihren Kopf an meine Schulter. Sie zitterte.

»Ich fürchte mich, Steve«, flüsterte sie. »Ich bin verrückt vor Angst. Wenn man mir weh tut, werde ich sterben, das weiß ich.«

»Niemand wird dir weh tun, Baby«, beruhigte ich sie sanft.

»Den ganzen Morgen habe ich hier gesessen, und wenn Raoul nicht gekommen wäre, wäre ich aus dem Fenster gesprungen.« Sie hielt den Atem an. »Ich glaube, mir wird übel.«

Ich zog sie aus dem Bett ins Badezimmer und hielt ihr den Kopf, während sie sich im Toilettenbecken übergab. Sie zitterte, ich hüllte sie in einen Morgenrock und hielt sie fest, bis es aufhörte.

»Jetzt ist mir besser«, sagte sie.

Sie war blaß, aber ihre Augen waren klar.

»Geh unter die Dusche und zieh dich dann an. Ich koch dir einen Kaffee, er wird fertig sein, wenn du herauskommst.«

Sie hielt mich an der Badezimmertür fest. »Hast du den Posten bekommen, Steve?«

Ich nickte.

»Fein«, sagte sie.

Ich blieb vor der Tür stehen, bis ich das Wasser rauschen hörte. Dann ging ich in die Küche, suchte den Wassertopf und schloß ihn an die Steckdose an.

Wartesäle in Krankenhäusern sind auf der ganzen Welt gleich. Bevor der Arzt herunterkam, kannte ich die Tafel an der Wand auswendig.

DIESES HOSPITAL UNTERSTEHT DEM BLAUEN KREUZ

Er war noch in seinem grünen Chirurgenmantel, sah sich um, stellte fest, daß noch andere Leute warteten, und nickte mir zu. »Komm hinunter in mein Büro, Steve.«

Ich folgte ihm in das kleine eichengetäfelte Zimmer. Er schloß sorgfältig die Tür. »Du kannst den besorgten Blick aufgeben, Steve«, sagte er, »es geht ihr ausgezeichnet.«

Eine Last fiel von meinen Schultern. »Keine Schwierigkeiten?«

»Gar keine«, sagte er und zündete sich eine Zigarette an. »Wir haben den Eingriff sogar eingetragen: einfache Entfernung eines Fibroms. Wir behalten sie die Nacht über hier. Morgen früh kann sie nach Hause fahren.«

»Darf ich telefonieren?« Er nickte, und ich erledigte den versprochenen Anruf.

Er sah mich an. »Ihr Vater?«

Ich nickte.

»Sie hatte Angst vor ihm«, sagte er. »Aber sie ist überhaupt ein sehr ängstliches Mädchen. Du scheinst der einzige zu sein, zu dem sie Vertrauen hat.«

»Ja«, sagte ich.

»Wir bekommen hier allerhand zu hören«, sagte er. »Das Pentothal nimmt den

Frauen ihre Hemmungen. Sie hatte danach keine Angst mehr. Sie sagte, sonst hätte sie immer Angst, außer im Marihuanarausch oder wenn sie mit dir zusammen sei.«

Ich schwieg.

»Ich kenne einen guten Psychiater in der Stadt. Wenn du sie dazu bringst, ihn aufzusuchen, könnte er ihr vielleicht helfen.«

Ich kannte Bill seit unserer Kindheit, sah ihn aber nun zum erstenmal als Arzt. Warum glauben alle Ärzte immer, sie könnten den lieben Gott spielen?

»Daß sie mir vertraut«, sagte ich, »liegt wahrscheinlich daran, daß ich mich nicht in fremde Angelegenheiten einmische. Ich versuche nie, ihr vorzuschreiben, was sie zu tun hat.«

Er zuckte mit den Schultern. »Entschuldige. Ich glaubte, du seist ihr Freund.«

»Bin ich auch. Und meine Auffassung von Freundschaft ist eben, daß man zur Stelle ist. Was immer geschieht. Nicht nörgeln, nicht kritisieren, keine Vorschriften machen. Einfach da sein.«

»Aber sie ist doch noch ein Kind.«

»Sie ist zweiundzwanzig. Und sie hatte sich lange, bevor ich sie kennenlernte, entschlossen. Sie hat wie jeder andere Mensch das Recht, ihren Weg selbst zu wählen.«

»Auch wenn es der Weg zur Selbstvernichtung ist?«

»Auch dann.« Ich zögerte einen Augenblick. »Verstehst du denn nicht, Bill, daß ich ihr nur dann helfen kann, wenn sie mich darum bittet? Sonst wäre ich nur wie alle anderen.«

Er schwieg, überlegte. Dann nickte er. »Vielleicht hast du recht.«

»Kann ich sie sehen?«

»Natürlich. Sie ist in Zimmer 20 im zweiten Stock. Bleib aber nicht zu lange; sie hat Ruhe nötig.«

»Nein, nein, nur ein kurzer Besuch.«

»Übrigens«, fügte er hinzu, »da wir die Sache offiziell behandelt haben: Ist sie beim Blauen Kreuz versichert?«

Ich lachte. »Ich weiß nicht, aber ich bezweifle es. Schick mir die Rechnung; ich werde dafür sorgen, daß sie bezahlt wird.«

Er lachte ebenfalls.

»Danke, Bill«, sagte ich und ging nach oben.

Sie schien zu schlafen, als ich in das halbverdunkelte Zimmer trat. Ihr kohlschwarzes Haar umrahmte ihr schmales, blasses Gesicht. Unter den geschlossenen Augen lagen kindliche Schatten. Ich blieb stehen und blickte auf sie nieder.

Sie schlug die Augen auf, deren Blau in scharfem Gegensatz zu ihrem blassen Gesicht stand. Sie bewegte die Hand leise in meine Richtung. »Hallo, Steve, du hast gewartet. Das freut mich.«

Ich nahm ihre Hand. Sie war kühl und zart. »Ich hab's dir doch versprochen.« Ich setzte mich auf den Stuhl neben dem Bett. »Wie geht es dir?«

»Es schmerzt ein wenig«, sagte sie, »aber nicht zu schlimm. Man hat mir etwas eingegeben, und ich bin noch nicht lange bei Bewußtsein.« Sie berührte mit ihren Lippen meine Hand. »Glaubst du, ich werde je wieder ficken können – nach dieser Sache?«

Ich lachte. »Willst du eine Verabredung? Ich glaube, ich könnte dich nächste Woche einschieben.«

»Es war kein Scherz, Steve«, sagte sie ernst.

»Auch von mir nicht«, antwortete ich.

Plötzlich spürte ich ihre heißen Tränen auf meiner Hand. »Das nächstemal will ich ein Kind, Steve. Das ist eine so schreckliche Vergeudung. Ich will das nicht noch einmal durchmachen, nie wieder!«

Ich schwieg.

Ihre Stimme war durch das Kissen unverständlich. »Willst du mich heiraten, Steve? Ich werde dir eine gute Frau sein, ich verspreche es dir.«

Ich legte meine beiden Hände auf ihr Gesicht und drehte es zu mir. Ihre Augen waren weit geöffnet und ein wenig ängstlich. »Es ist jetzt nicht der richtige Augenblick, um darüber zu sprechen«, sagte ich freundlich. »Du hast eben erst ein unangenehmes Erlebnis hinter dir. Wir wollen darüber reden, wenn es dir bessergeht.«

Ihre Augen suchten die meinen. »Ich werde es mir nicht anders überlegen.«

Ich lächelte ihr zu. »Das hoffe ich auch«, sagte ich, beugte mich nieder und küßte sie auf die Lippen. »Nun ruh dich aus.«

3

Ich stieg die Stufen hinunter und ging in den Klub Einundzwanzig. Chuck erwartete mich am Eingang; er legte mir den Arm um die Schulter. »Ich habe Ihnen den Tisch in der hinteren Ecke der Bar reserviert«, sagte er. »Jack Savitt ist schon dort; er ist Ihnen bereits um zwei Martinis voraus.«

»Danke, Chuck«, sagte ich.

»Immer zu Diensten, Kumpel.« Er lächelte, seine Augen wanderten zu den neuen Gästen, die hinter mir kamen.

Ich ging durch die Bar; vor der Theke standen drei Reihen Gäste. Der Kellner eilte heran und schob mir den Stuhl zurecht.

Jack blickte auf; seine graue Bürstenfrisur paßte irgendwie zu seiner Tweedjacke. Seine Stimme klang scharf. »Nun?«

Ich setzte mich. »Beruhige dich«, sagte ich, »wir haben's geschafft.«

»Die ganze Chose?« fragte er leise und ein wenig verwundert. »Wie wir sie besprochen hatten?«

Ich nickte. »Präsident von Sinclair TV.«

»Mein Gott!« sagte er. »So einfach war das?«

Der Kellner stellte zwei Martinis vor uns auf den Tisch. Jack hob die Hand. »Noch zwei«, sagte er. Er lächelte mir zu. »Hatte ich dir richtig geraten, wie man mit ihm umgehen soll?«

Ich hob ihm meinen Martini entgegen. »Du hattest recht.« Sollte er sich nur freuen. Er brauchte ja nicht zu wissen, daß ich noch eine zusätzliche Trumpfkarte im Ärmel hatte. Aber ich machte mir keine Illusionen. Nicht zuletzt war es Barbara zu danken, daß ich den Posten erhalten hatte. Ich stürzte den Drink hinunter.

»Hast du über Gehalt, Vertrag, Bedingungen geredet«

Ich schüttelte den Kopf. »Wozu? Das ist deine Sache.«

»Brav.« Er lächelte. »Keine Sorge, wir werden ein gutes Geschäft für dich herausschlagen.«

»Ich zweifle nicht daran.« Ich erwiderte sein Lächeln. Er war in erster Linie Agent. Und es war wie bei jedem Agenten: Hatte man den Posten erobert, dann wollte er ihn verschafft haben.

»Wo, zum Teufel, warst du den ganzen Nachmittag?« fragte er. »Du läßt mir sagen, ich soll dich hier treffen, und danan bist du von der Bildfläche verschwunden. Das war wohl nicht der richtige Augenblick, einem Weibsstück nachzulaufen!«

Ich lachte. »Kein Weibsstück. Ich hatte eine private Angelegenheit zu erledigen, die sich nicht aufschieben ließ.« Ich griff nach dem zweiten Martini, der wie durch Zauberhand vor mir erschienen war. »Ich möchte, daß du deine Leute ausschickst, um Informationen für mich zu sammeln. Ich brauche einen vollständigen Bericht über das Personal der Sendergruppe, Programmabteilung, Verkauf, Forschung, Werbung und Technik, hier und an der Westküste. Dann das gleiche für jede einzelne Sendestation im ganzen Land. Ferner brauche ich eine Aufgliederung der Programme, Produktionen und Testnoten, für jedes einzelne Programm im Land und nach Märkten geordnet. Außerdem eine Liste alle Pilotfilme, die geplant oder in Arbeit sind, und zwar lückenlos, bei Sinclair und allen anderen Sendergruppen.«

Nun war er obendrauf. Er griff nach einem fast acht Zentimeter dicken, in schwarzes Leder gebundenen Ordner mit losen Blättern, die neben ihm auf einem Stuhl lag. Ich warf einen Blick auf die Goldbuchstaben auf dem Umschlag. Zum erstenmal sah ich es gedruckt, und es war wirklich nicht übel:

MR. STEPHEN GAUNT, Präsident der Sinclair Television. *Vertraulich.*

»Ich bin dir weit zuvorgekommen, mein Junge«, sagte er. »Alles ist hier, alles, was du verlangst. So arbeitet eben World Artists Management. Seit du mir vorige Woche von deiner Verabredung mit Sinclair erzähltest, hab ich unsere gesamte Nachforschungsabteilung darauf angesetzt. Nun warten alle meine Jungs darauf, die Nacht mit dir zu verbringen und das Ganze Punkt für Punkt mit dir durchzugehen.«

Ich lächelte ihm zu. »Das hätte ich wissen sollen.«

»Nicht nur das«, sagte er. »Ich habe die Shows rot angestrichen, von denen ich glaube, daß sie große Erfolge werden und wir sie für die nächste Saison bekommen können.«

»Gut«, sagte ich, »Aber für diese Saison?«

»Na hör mal«, erwiderte er belehrend, »wir sind im Oktober. Die Zeit reicht nicht mehr, um noch irgendwas vor der kommenden Saison fertigzubekommen. Da kann man nichts machen.«

»Warum nicht?«

»Jetzt verlangst du zuviel«, sagte er. »Du weißt so gut wie ich, daß die nächste Saison nun schon seit Monaten ausgebucht ist.«

»Ich weiß gar nichts«, sagte ich. »Nur das eine, daß ich jetzt ins Geschäft komme und in der Feuerlinie stehen werde; eine Zielscheibe für jeden, der sich über meinen Eintritt ärgert. Und du kennst ja Sinclair: Er erwartet von mir, daß ich etwas tue.«

»Wunder erwartet er aber nicht.«

»Wollen wir wetten?«

Er schwieg.

»Was meinst du, warum ich den Posten bekommen habe?« fragte ich ihn. »Um eben Wunder zu vollbringen. Du weißt ja, was ich für Greater World erreicht habe!«

Er goß den Martini hinunter und sagte noch immer nichts.

»Welche Filmgesellschaft ist im Augenblick in Schwierigkeiten?« fragte ich.

Er starrte verdrießlich in sein Glas. »Alle. Keine einzige hat dieses Jahr auch nur den geringsten Gewinn gehabt. Alle zerbrechen sich den Kopf darüber, wie sie ihre Buchhaltung frisieren können, damit man ihnen ihr Siechtum nicht anmerkt.«

»Na schön«, sagte ich. »Du gehst also morgen früh hin und kaufst für mich so viele Spitzenfilme, wie du nur kriegen kannst. Die einzige Bedingung: Sie müssen später als 1948 produziert worden sein.«

»Mach keine Witze«, sagte er kurz.

Ich wußte, was er meinte. Die Filmgesellschaften hatten dem Fernsehen noch nie Filme zur Aufführung freigegeben, die nach 1948 hergestellt waren. Ich ließ meine Antwort besonders kühl klingen – es war Zeit, daß er lernte, wer hier der Boß war. »Das einzige, bei dem ich keinen Spaß kenne, ist mein Geschäft.«

Es wirkte bei ihm so gut wie bei Sinclair. Er sagte mit leicht verändertem Tonfall: »Das wird ein Vermögen kosten.«

»Unwichtig. Hast du Sinclairs letzten Geschäftsbericht gesehen? Mehr als hundert Millionen bares Geld.«

»Was wirst du denn mit den Filmen tun, sobald du sie bekommst?«

»Ich schmeiß das Samstagabendprogramm von neun bis elf raus und setze sie dafür ein.« Ich hatte bemerkt, daß er »sobald« gesagt hatte, nicht »wenn«.

»Aber das steht doch im Gegensatz zu allem, was das Fernsehen bisher getan hat«, sagte er erschrocken. »Es hat nur zu seinem eigenen Vorteil den Rahm vom Filmgeschäft abgeschöpft.«

»Du meinst, das haben die anderen Fernsehnetze getan«, bemerkte ich. »Sinclair ist erledigt. Das einzige, was er hat, ist Geld, und ich beabsichtige, einiges davon dafür zu verwenden, ihm einen Anteil am Markt zu ergattern.«

»Das ist doch aber ganz falsch«, protestierte er. »Wir können unsere eigenen Shows herstellen.«

Ich wußte, was ihn vergrämte. Filme brachten keine Provision von zehn Prozent, und er hatte keine Lust, diese saftige wöchentliche Einnahme zu verlieren. »Stimmt«, sagte ich, »aber erst im nächsten Jahr. Gerade sagtest du selbst, daß dieses Jahr keine Zeit mehr dafür bleibt.«

»Die ganze Industrie wird dich auslachen.«

»Laß sie lachen – ist mir egal. Worauf es bei dem Spiel ankommt, sind die Zahlen. Wenn die Nielsens reinkommen, wird niemand mehr lachen.«

»Wann soll's losgehen?« fragte er.

Ich konnte sehen, wie er im Geist umschaltete. Je größer der Druck, desto höher der Preis, und er bekam seinen Anteil davon. Das war sein Geschäft, und ich hatte nichts dagegen, vorausgesetzt, daß er mir lieferte, was ich wollte. »Januar«, sagte ich.

»Da bleibt nicht viel Zeit. Es wird teuer sein.«

»Das hast du schon einmal gesagt.« Ich griff nach meinem Martini. »Du kennst doch den Werbespruch der Filmgesellschaften? ›Filme sind eure beste Unterhaltung.‹ Nun, ich glaube, ihnen.«

»Hoffentlich hast du recht«, sagte er mürrisch und trank sein Glas aus.

»Ich weiß, daß ich recht habe. Bestellen wir jetzt unser Abendessen, und du rufst deine Jungs an und sagst ihnen, wir treffen uns in meiner Wohnung um elf Uhr.«

Er nahm den Telefonhörer vom Tisch. »Wie war noch die Adresse? Central Park West fünfundzwanzig?«

»Nein«, sagte ich. »Penthouse B, Waldorf Towers.«

Fast mußte ich lachen über seine verdutzte Miene. »Ich wußte nicht, daß du umgezogen bist«, sagte er.

»Das ist eines der Dinge, die ich gestern nachmittag erledigt habe. Ich wohne gern in der Nähe meines Büros, um zu Fuß hingehen zu können.«

4

Als ich diesmal in die Vorhalle kam, kannte man mich schon. Die beiden Mädchen beim Empfang blickten lächelnd auf. »Guten Morgen, Mr. Gaunt«, sagten sie beinahe im Chor.

»Guten Morgen.«

Der Wächter, der mich gestern nach oben geführt hatte, kam hinter seinem Tisch hervor. »Guten Morgen, Mr. Gaunt«, sagte er. »Ich habe den Schlüssel zu Ihrem Fahrstuhl. Ich werde Ihnen zeigen, wie er funktioniert.«

»Danke, Mr. Johnson«, sagte ich.

Er lächelte, erfreut, daß ich mich an seinen Namen erinnerte. Ich folgte ihm zum Ende des Korridors. Dort gab es neben dem Fahrstuhl, den wir benutzt hatten, einen zweiten. Johnson nahm den Schlüssel aus der Tasche und drehte ihn im Schlüsselloch um. Die Türen öffneten sich. Ich betrat den Lift hinter ihm.

»Sie brauchen nur diesen Knopf zu drücken«, sagte er. »Der Aufzug fährt ohne anzuhalten von der Halle bis zu Ihrem Stockwerk. Wenn Sie hinunterfahren, drükken Sie auf den zweiten Knopf.«

Ich nickte, dann lächelte ich. »Gibt's keine Glocke?«

»Nein, Sir«, sagte er, ohne die Miene zu verziehen. »Nur in Mr. Sinclairs Lift. Er ließ sie im vorigen Jahr einbauen, nachdem sich einmal ein Narr mit einem Revolver eingeschlichen hatte.«

Ich wartete einen Augenblick, aber er sprach nicht weiter. Ich hätte gern gewußt, was Sinclair damals getan hatte, daß man immerhin seine Ermordung für notwendig hielt. Der Mann übergab mir den Schlüssel.

»Ihre Besucher werden zum Empfangsraum der Direktoren im siebenundvierzigsten Stock geführt«, sagte er. »Von dort nehmen sie einen anderen Fahrstuhl, der nur zwischen dem siebenundvierzigsten und dem einundfünfzigsten Stockwerk verkehrt. Dieser Fahrstuhl wird ständig von einem Boy betreut; bei den anderen bedient man sich selbst. Zu diesem Fahrstuhl gibt es nur drei Schlüssel: einen für Sie, einen für Miß Fogarty, Ihre erste Sekretärin, und einen dritten, der immer in der Haupthalle beim Empfangspult bleibt.« Er drückte auf einen Knopf, und die Türen öffneten sich wieder. »Gibt es sonst noch etwas, das ich Ihnen sagen kann?«

»Eines«, sagte ich. »In welchem Stockwerk liegt mein Büro?«

»Im fünfzigsten natürlich, Sir«, antwortete er ein wenig überrascht.

»Besten Dank, Mr. Johnson«, sagte ich und drückte auf den Aufwärtsknopf.

Oben erwartete mich Miß Fogarty. Sie war Ende Zwanzig, hochgewachsen, schlank, hatte braune Augen und kastanienbraunes Haar, das mit einer schwarzen Schleife im Nacken zusammengehalten war; sie trug ein einfaches schwarzes Kleid mit einer schlichten Goldnadel an der Schulter. »Guten Morgen, Mr. Gaunt«, sagte sie. »Ich bin Sheila Fogarty, Ihre Nummer Eins.«

Ich streckte die Hand aus. »Guten Morgen, Miß Fogarty«, sagte ich.

Ihre Hand war kühl und ein wenig feucht. Plötzlich wurde mir klar, daß sie vermutlich ebenso nervös war wie ich. Das machte es leichter. Ich lächelte, und sie erwiderte mein Lächeln. »Ich werde Ihnen die Räume zeigen«, sagte sie.

Sie drehte sich um, und ich stellte fest, daß sie einen hübschen Hintern hatte, gute Beine und schlanke Fesseln. »Dieses Stockwerk ist ebenso angelegt wie das Mr. Sinclairs unmittelbar über uns. Dies alles sind Ihre Büros.«

Ich folgte ihr durch den Korridor. Alles war weiß und nur durch einige Gemälde belebt. Die hatte offenbar jemand im Geschmack und ohne Rücksicht auf die Kosten ausgewählt. Wenn ich mich nicht täuschte, waren einige echte Mirós und Picassos darunter.

Sie fing meinen Blick auf. »Die Bilder stammen alle aus Mr. Sinclairs Privatsammlung.«

Sie öffnete die erste Tür. »Das ist der Projektionsraum.«

Ich warf einen Blick hinein. Er war hübsch und luxuriös ausgestattet und bot etwa zwanzig Personen in bequemen Armstühlen Platz. Ich nickte, sie schloß die Tür und führte mich zum nächsten Raum.

»Das ist der große Konferenzsaal«, sagte sie. »Zwischen diesem und dem kleinen Konferenzzimmer liegt eine private Küche, und ein Koch steht zur Mittagszeit zur Verfügung, falls Sie hier zu speisen wünschen.«

Im kleinen Konferenzzimemr gab es Platz für zehn Personen; es war eine Miniaturausgabe des anderen. Wir gingen zum Fahrstuhl zurück.

»Neben dem Empfangsraum liegen drei private Wartezimmer«, sagte sie, »so daß Ihre Besucher einander nie zu begegnen brauchen.« Sie öffnete eine Tür. »Sie sehen alle so ziemlich gleich aus.« Auch das Zimmer, in dem ich eine Treppe höher gewartet hatte, war nicht viel anders. Am Schreibtisch im Vorraum saß eine kühle Blondine. Sie erhob sich, als wir näher kamen.

»Das ist Miß Swensen, Ihre Empfangsdame«, sagte Miß Fogarty. »Miß Swensen, Mr. Gaunt.«

Die Blondine lächelte. »Sehr erfreut, Mr. Gaunt.«

Ich erwiderte ihr Lächeln. Sie war fast eine Nachbildung des Mädchens in Sinclairs Büro. »Ganz meinerseits, Miß Swensen.«

Wir gingen quer durch den Empfangsraum, und sie öffnete eine andere Tür. »Das ist mein Büro«, sagte sie.

Hier saß noch ein Mädchen. Sie blickte bei unserem Eintritt auf und erhob sich, als wir uns näherten. »Das ist Ginny Daniels, meine Assistentin, Ihre Nummer Zwei. Miß Daniels. Mr. Gaunt.«

»Ich freue mich, Sie kennenzulernen, Mr. Gaunt«, sagte sie lächelnd. Sie war aus dem gleichen Holz geschnitzt wie die andere, nur hatte sie dunkles Haar. Ich fragte mich, ob Sinclair die Mädchen speziell für sich fabrizieren ließ.

»Miß Daniels«, sagte ich. Wir gaben uns die Hand. Sie hatte keine feuchten Hände wie Miß Fogarty. Nun ja, sie hatte nicht so viel zu verlieren, sie war nur Nummer Zwei.

»Ihr Büro hat zwei Eingänge«, sagte Miß Fogarty. Sie zeigte auf eine Tür neben ihrem Schreibtisch. »Dieser hier aus unserem Büro und einer unmittelbar aus dem Empfangsraum. Ihre Besucher werden von dort aus zu Ihnen geführt, es sei denn, daß Sie ausdrücklich anders verfügen.«

Ich sagte nichts.

Sie öffnete die Tür zu meinem Büro und ließ mich vorangehen. Ich blieb einen Augenblick stehen. Es war fast haargenau eine Nachbildung von Sinclairs Büro. Die gleichen zehn Fenster zu beiden Seiten, die gleiche Aussicht. Nur eines war anders: Das Büro sah neu aus, unberührt und unbenutzt.

»Wer hatte dieses Büro vor mir?« fragte ich. Wer immer es gewesen war, er war verschwunden, ohne irgendwelche Spuren zu hinterlassen.

»Niemand«, sagte sie. »Warum, weiß ich nicht, aber es steht leer, seit wir vor vier Jahren hier eingezogen sind.«

Ich warf einen kurzen Blick auf sie, ging zu meinem Schreibtisch und setzte mich. Sinclair mußte ein seltsamer Mann sein. Kein anderer Mensch richtet solche Büros ein und läßt sie dann unbenutzt.

»Möchten Sie eine Tasse Kaffee trinken?« fragte sie.

»Danke, gerne. Schwarz mit einem Stück Zucker.«

Sie ging hinaus, kam nach kurzer Zeit wieder und stellte ein Tablett auf meinen Schreibtisch. Ich sah zu, wie sie den Kaffee eingoß. Der Mann machte die Dinge jedenfalls mit Stil. Es war Wedgwood-Porzellan, und Miß Fogarty benutzte eine silberne Zange, um ein Stück Zucker in meine Tasse fallen zu lassen. »Recht so?« fragte sie.

Ich hob die Tasse an meine Lippen. »Ausgezeichnet.«

Sie lächelte wieder. »In der mittleren Schreibtischschublade werden Sie zwei Ordner finden«, sagte sie. »Der eine enthält Miß Swensens, Miß Daniels' und meine Personalakte. Sie verstehen natürlich, daß wir nur vorläufig Ihrem Büro zugeteilt sind. Wenn Sie anderes Personal oder diesbezüglich bestimmte Wünsche haben, werden wir dafür volles Verständnis aufbringen.«

»Kein Problem«, sagte ich. »Was ich bisher gesehen habe, gefällt mir, und ich habe keine Bindungen.«

Sie lächelte. »Im anderen Ordner befindet sich eine Liste der Namen und Stellungen einiger unserer Direktoren. Mr. Sinclair läßt Sie ausdrücklich bitten, diese Liste durchzusehen, da um zehn Uhr dreißig in seinem Konferenzzimmer eine Sitzung stattfindet, bei der er Ihnen die Herren vorstellen möchte.«

»Danke«, sagte ich. Fogarty gefiel mir; sie hatte Takt und Stil. Sie hatte nicht gesagt »Sie den Herren vorstellen möchte«.

»Wenn Sie gestatten, werde ich Ihnen jetzt einiges über die mechanischen Einrichtungen des Büros erklären.« Sie kam zum Schreibtisch und stellte sich neben mich. Ihr zartes Parfüm wirkte angenehm.

»Das Telefon ist eine normale Rufanlage mit zehn Linien. Die Außenverbindung erhalten Sie, indem Sie acht oder neun vorwählen. Natürlich stehen wir Ihnen zur Verfügung, um die Verbindung herzustellen. Es gibt auch zwei direkte Linien für Ihren privaten Gebrauch, die nicht über den Klappenschrank laufen, sowie direkte Gegensprechanlagen mit jedem von unseren Schreibtischen.

Hier gegenüber, an der Wand, sehen Sie drei Fernsehschirme. Der erste ist mit unserem eigenen Sendernetz verbunden und wird stets das laufende Programm zeigen. Die beiden anderen sind normale Fernsehapparate, die alle Kanäle empfangen können. Sie werden durch diese Knopfreihe neben Ihrem Telefon betätigt.

Hier ist eine Bar eingebaut, die mit diesem Knopf geöffnet wird.« Sie drückte darauf, und die Bar öffnete sich.

Sie war gut versorgt und gebrauchsbereit. Ich nickte beifällig.

»Rechts von der Bar sehen Sie eine Tür; das ist die Tür zum Empfangsraum. Sie ist elektrisch gesteuert und kann von unseren Schreibtischen oder von Ihrem aus verschlossen werden. Links von der Bar liegt Ihr privates Badezimmer. Es ist mit Ankleideecke, Dusche und Sauna oder Heißdampf ausgestattet; auch ein kleines Schlafzimmer gibt es, falls Sie sich ausruhen wollen.«

Ich stand auf, ging zum Badezimmer und trat ein. Alles war so, wie sie gesagt hatte und noch besser. Bei einer derartigen Ausstattung hatte man es nicht nötig, nach Hause zu gehen. Ich kehrte ins Büro zurück.

Das Telefon summte. Sie hob den Hörer ab. »Büro Mr. Gaunt.« Sie sah mich an. »Mr. Sinclair möchte Sie sprechen.«

Ich nahm ihr den Apparat ab und setzte mich auf meinen Stuhl vor dem Schreibtisch. Sie verschwand. »Mr. Sinclair . . .«

»Einen Augenblick, ich verbinde Sie«, sagte die Stimme seiner Sekretärin. Es klickte. »Gefällt Ihnen Ihr Reich, Mr. Gaunt?«

»Jawohl, besten Dank.«

Er lachte. »Vergessen Sie das nicht, falls Sie sich später einmal beschweren wollen, daß die Leute über Ihnen zuviel Lärm machen. Denken Sie daran, daß Sie selbst dieses Büro verlangt haben.«

Ich lachte. »Ich werde es mir merken, Mr. Sinclair.«

»Es wäre mir lieb, wenn Sie ein paar Minuten vor der Sitzung um halb elf in mein Büro kommen könnten«, sagte er. »Ich möchte, daß sie Dan Ritchie kennenlernen, bevor wir hinübergehen.«

»Ich werde um zehn Uhr zwanzig bei Ihnen sein.«

Dan Ritchie war ein Profi. Er trug sein Mißgeschick ohne Groll. Sein Händedruck war fest. »Freut mich, Sie kennenzulernen, Steve«, sagte er dröhnend. Eine Minute lang betrachtete er mich mit etwas erstaunter Miene, dann wandte er sich zu Sinclair. »Ich hatte ihn für jünger gehalten.«

Auch Sinclairs Gesicht zeigte einen überraschten Ausdruck. Ich lächelte. »Man altert schnell bei diesem Geschäft.«

Plötzlich hatte Sinclair begriffen; seine Augen blitzten erheitert und zugleich anerkennend auf. »Ja«, sagte er. »Manchmal passiert es über Nacht.«

Er wußte es nicht, aber es war tatsächlich passiert, und zwar ungefähr um acht Uhr am selben Morgen. Ich hatte geduscht und knöpfte mein Hemd zu, während ich ins Wohnzimmer zurückging.

»Okay, Jungs«, sagte ich fröhlich. »Hat einer von euch daran gedacht, das Frühstück zu bestellen?«

»Himmel! Seht ihn euch an«, stöhnte Jack von der Couch, auf der er ausgestreckt lag. »Die ganze Nacht bleibt er auf und löchert uns mit seinen Fragen, dann duscht er und kommt frisch und munter wie ein gewaschenes Kind heraus. Wie hast du das geschafft? Mit Benzedrin?«

Ich grinste. »Nur eine vernünftige Lebensweise, würde ich sagen.«

»Das ist die Jugend«, meinte Joe Griffin, der Leiter des Informationsdienstes. »Fast sieht er zu jung aus, um zu wählen, und nun wird er Präsident einer führenden TV-Sendergruppe!«

Ich drehte mich zu ihm um, er hatte ins Schwarze getroffen! Mein Hauptproblem würde nicht die Arbeit sein, sondern die Grauköpfe, die mich ansehen und für einen großmauligen Jungen halten würden. Ich hob den Telefonhörer ab. Um hier zu siegen, mußte man sich anpassen.

Beim Friseur konnte mir niemand helfen, wohl aber im Schönheitssalon. Ich versprach eine Bezahlung von fünfzig Dollar, worauf sich sofort eines der Mädchen meiner annahm.

Sie war eine hübsche kleine Brünette in einem rosa Arbeitskittel. Sie trug eine kleine Kosmetiktasche und kaute Gummi, als sie mit erstaunter Miene zu mir hereinkam. »Unten hat jemand behauptet, eine Dame wolle sich ihr Haar grau färben lassen.«

»Stimmt«, sagte ich, »nur ist es keine Dame. Ich bin es.«

Fast hätte sie ihren Kaugummi verschluckt. »Hat man Töne?« sagte sie. »Sind Sie übergeschnappt? Ich gehe, Sie sind ja verrückt!«

Ich schwenkte eine Fünfzigdollarnote vor ihren Augen. »Ich meine es ernst. Bleiben Sie hier!«

Sie sah mir ins Gesicht. »Warum wollen Sie so etwas tun? Sie sehen so nett aus mit Ihrem gewellten braunen Haar!«

»Ich soll einen sehr hohen Posten antreten«, sagte ich ernst. »Und man könnte glauben, ich sei dafür zu jung. Sie wollen doch sicher nicht, daß ich mir meine große Chance verpatze, nicht wahr?«

»Nein«, sagte sie zögernd, ihre Augen schweiften durch den Raum. »Nein, das möchte ich wirklich nicht.«

»Sie brauchen mir nur ein paar graue Streifen einzutönen. Nicht zu stark, gerade so viel, daß ich ein wenig älter aussehe.«

»Ich verstehe«, sagte sie. »Das kann ich schon machen.«

»Also los«, sagte ich und ging voran ins Badezimmer. Als ich vierzig Minuten später herauskam, war ich angekleidet und bereit, ins Büro zu fahren.

Jack schnellte von der Couch hoch. »Ich kann's nicht glauben!«

Sie umringten mich. »Wie findet ihr das?« fragte ich.

Jack schüttelte den Kopf. »Phantastisch«, sagte er. »Es macht dich nicht wirklich älter, gibt dir aber eine Art solider Autorität. Verstehst du, was ich meine?«

Ich verstand. Die grauen Haarstreifen paßten gut zu meinen Augen. Ich sah immer noch jung aus, aber nicht mehr ganz so jung.

»Na schön«, sagte ich und ging zur Tür. »Es ist Zeit, in die Grube einzufahren.«

»Einen Augenblick«, sagte Jack. Er hielt mir den Ordner mit den losen Blättern entgegen. »Willst du das nicht mitnehmen?«

Ich lachte. »Aber, aber, Herr Lehrer! Seit wann erlaubt man einem, die Bücher in den Prüfungssaal mitzunehmen?«

In einem hatte ich mich geirrt: Die Büros glichen einander nicht völlig. Sinclairs Konferenzzimmer war größer als meines. Jetzt saßen achtundzwanzig Herren am Tisch. Ich ging langsam herum, schüttelte jedem die Hand und versuchte die Namen mit den Informationen in Zusammenhang zu bringen, die ich in der vergangenen Nacht gelesen hatte. Es klappte recht gut; mein Gedächtnis war besser als ich dachte.

Sie wirkten alle ganz sachlich. Ich sah, daß sie mich prüfend betrachteten, doch keiner von ihnen exponierte sich. Sie gedachten nicht, mir etwas zu schenken. Sie warteten ab.

Nach zehn Minuten zog sich Sinclair mit der zwanglosen Bemerkung zurück, er wolle dem Team Gelegenheit geben, Bekanntschaft zu schließen. Ritchie folgte ihm.

Die eintretende Stille hätte man schneiden können. Ich saß allein am Kopfende des Tisches. Allein im wahrsten Sinne des Wortes.

Ich ließ meine Blicke flüchtig um den Tisch schweifen. Seltsam, wie so eine Kleinigkeit – angegrautes Haar – dazu verhalf, die Dinge auszugleichen. Ich sprach absichtlich leise, so daß die anderen sich anstrengen mußten, mich zu verstehen.

»Sie sind auf mich gespannt, so wie ich auf Sie. Wir kennen einander nicht, werden jedoch in den nächsten Wochen alles Nötige herausfinden. Manche unter Ihnen werden mich gern mögen, andere nicht. Das ist nebensächlich.

Wichtig ist nur, daß Sinclair Television nun aus dem letzten Rang in der Hörerbewertung nach vorn kommt. Wichtig sind die Testziffern. Das ist der Maßstab, nach dem ich Sie und Sie mich beurteilen werden.«

Hier machte ich eine Pause. Sie betrachteten mich immer noch prüfend. »Wenn in Washington ein neuer Präsident sein Amt antritt, darf er ein Kabinett seiner Wahl aufstellen. Das gefällt mir. Das ist wahre Demokratie.«

Ich spürte, wie sie sich strafften; das waren abschließende Worte gewesen. »Ich erwarte von jedem von Ihnen, daß er mir seinen Rücktritt per 31. Januar anheimstellt; ich möchte das morgen früh auf meinem Schreibtisch vorfinden.«

Allgemeines schweres Aufseufzen. Ich wartete einen Augenblick, bis sie meine Mitteilung geschluckt hatten; dann warf ich die Rettungsleine aus.

Ich stand auf. »Meine Sekretärin bereitet einen Stundenplan für unsere Unterredungen vor. Ich werde im Laufe der nächsten Tage mit jeden von Ihnen eine gesonderte Besprechung abhalten und die Probleme ihrer Abteilungen mit Ihnen erörtern. Ich danke Ihnen, meine Herren.«

Ich ging hinunter in mein Büro. Zehn Minuten später war der Teufel los. Sinclair raste wütend in meinem Büro auf und ab.

»Sie haben alle entlassen! Wie, in Teufels Namen, wollen Sie die Sendergruppe in Gang halten? Vielleicht allein? Das schaffen nicht einmal Sie!«

Ich lächelte ihm zu. »Die Götter steigen vom Olymp herab.«

Das brachte ihn zum Stehen; er starrte mich an. »Was meinen Sie damit?«

»Man hat mir gesagt, Sie kämen nie aus Ihrem Stockwerk nach unten.«

Er lächelte, und ich fuhr fort: »Ich möchte etwas klarstellen. Ich habe die Leute nicht entlassen. Ich ersuchte um ihren Rücktritt mit Wirkung Ende Januar. Ich habe nicht gesagt, daß ich diese Rücktritte annehmen werde.«

Er lachte in sich hinein. »Sie haben sie richtig durchgerüttelt.«

»Das war meine Absicht.«

»Sie spielen eine harte Partie.«

»Hier kann's keine Glacéhandschuhe geben. Ich meinte es im Ernst, als ich sagte, ich würde diese Sendergruppe in Bewegung bringen.«

»Okay«, sagte er nach kurzer Überlegung, »es ist Ihr Match.« Er blickte auf die Uhr. »Ich habe ein Privatzimmer im Klub Einundzwanzig zum Mittagessen reservieren lassen; Sie sollen den Aufsichtsrat kennenlernen. Und ich habe die Presseabteilung angewiesen, für Freitag eine Konferenz für Sie einzuberufen.«

»Das Mittagessen paßt mir«, sagte ich, »aber Freitag ist unmöglich; ich werde nicht hier sein.« Ich ließ ihm Zeit, das zu verdauen. »Die Pressekonferenz halten wir ab, sobald ich etwas zu sagen habe; das ist im Augenblick noch nicht der Fall.«

»Wo werden Sie sein?«

»In Los Angeles.«

»Was haben Sie da drüben so Wichtiges zu tun?«

Ich begegnete seinem Blick. »Ich will versuchen, die Samstagabende wieder für uns zu ergattern.«

5

»Ist mein Vater mitgekommen?« fragte sie, als ich ins Zimmer trat.

Ich schüttelte den Kopf.

»Das war doch sein Wagen, mit dem du hergefahren bist«, sagte sie vorwurfsvoll.

Sie war angezogen und zum Fortgehen bereit, ihr kleiner Koffer stand mitten im Zimmer.

»Er hat mir die Limousine geliehen«, sagte ich. »Er dachte, es würde bequemer sein als ein Taxi.«

»Er weiß es?«

»Ja.«
Sie schien sich zu entspannen, ging quer durch das Zimmer und nahm ein Päckchen Zigaretten aus ihrer Handtasche. »Wie hat er es herausgefunden? Hast du's ihm gesagt?«
»Sei doch nicht so dumm, Barbara«, sagte ich, »er wußte es bereits. Er wußte sogar, daß ich dich zum Arzt brachte.«
»Verdammt!« sagte sie. »Er läßt nie locker. Dieses verfluchte Mädchen schmeiß ich raus, sicher hat sie es ihm gesagt, sie war die einzige außer uns, die davon wußte. Immer horcht sie am Schlüsselloch.«
»Er ist dein Vater«, sagte ich. »Es ist normal, daß er sich darum kümmert . . .«
»Was verstehst du denn davon?« schnauzte sie mich an. Ihre Stimme wurde wild. »Ihm liegt nichts an mir oder an irgendwem. Er will nur alles beherrschen. Deshalb ist ihm meine Mutter davongelaufen. Aber sogar das hat ihn nicht geändert; er hat sie verfolgt, bis sie sich umbrachte. Und das gleiche macht er jetzt mit mir.«
»Immer mit der Ruhe, mein Kind«, sagte ich.
Sie lachte bitter. »Du hast ja keine Ahnung. Aber warte nur, bis er dich in den Händen hat. Dann gehörst du ihm, und dann wirst du es verstehen. Ich weiß noch, was er meiner Mutter gesagt hat. ›Keiner verläßt Spencer Sinclair, außer wenn ich es will.‹«
Sie drückte ihre Zigarette aus. »Ich will nicht zurück in meine Wohnung.«
»Das hast du zu entscheiden. Du bist ein erwachsenes Mädchen. Ich bin nur hergekommen, um dich von hier abzuholen.«
Sie kam mit weit aufgerissenen Augen auf mich zu. »Laß mich bei dir wohnen, Steve.«
»Das schlag dir aus dem Kopf.«
»Bitte, Steve«, sie griff nach meiner Hand. »Nur für ein paar Tage, bis ich wieder einen klaren Kopf habe. Ich will nicht allein in der Wohnung bleiben.«
»Du bist wahnsinnig«, sagte ich. »Bei mir zu Hause wird es in den nächsten Tagen zugehen wie auf dem Hauptbahnhof.«
»Ich werde brav sein, dich überhaupt nicht stören.«
»Warum denn ich? Du hast doch noch andere Freunde.«
Sie blickte zu mir hoch, in ihre Augen trat ein verletzter Ausdruck. Sie ließ meine Hand los und holte ihren Koffer. »Also gut, Steve«, sagte sie ruhig. »Ich bin bereit!«
Ich nahm den Koffer, und wir gingen zum Wagen hinunter. Ich glaube, wir sprachen keine zwei Worte auf der Fahrt in die Stadt. Der Chauffeur beobachtete uns im Rückspiegel; sie ignorierte ihn, obwohl sie ihn offenbar kannte.
Der Wagen hielt vor ihrer Wohnung in der Park Avenue. Der Portier eilte herbei, um ihren Koffer zu tragen. Ich stieg mit ihr aus.
»Fühlst du dich jetzt wohler?« fragte ich.
Sie nickte.
»Ruh dich aus und gib acht auf dich«, sagte ich. »Ich rufe dich nachher an, möchte hören, wie es dir geht.«
»Ja, ja«, sagte sie.
Ich küßte sie auf die Wange, und sie betrat das Haus. Als ich ins Büro zurückkam, war es fast fünf Uhr geworden, und die Memoranden und notierten Anrufe stapelten sich bis zur Decke. Ich machte mich an die Arbeit, und ehe ich mich versah, war es acht Uhr, und Jack Savitt rief an.
»Immer noch am Schreibtisch?« fragte er lachend. »Du gibst ein schlechtes Beispiel.«
Ich warf einen Blick auf die Papiere, die noch zu erledigen waren. »Ja.«
»Ich habe mich umgetan«, sagte er. »Ich glaube, ich kann dir dein Programm zusammenstellen.«
»Sehr gut.«
»Soll ich rüberkommen, damit wir es besprechen?«

Ich blickte auf die Uhr. »Nein. Treffen wir uns in einer Viertelstunde im Steak House von MacCarthy in der Zweiten Avenue.«

»Einverstanden.«

Ich legte auf und drückte auf den Summer. Fogarty kam herein. »Packen Sie mir den Rest von dem Zeug ein«, sagte ich zu ihr, »ich werde es zu Hause durchsehen.«

Sie nickte, ich ging ins Badezimmer und wusch mich. Ein Blick in den Spiegel zeigte mir, daß ich müde war; ich sah Falten, die am Morgen noch nicht dagewesen waren. Ich grinste; es paßte zu meinem grauen Haar. Ich fragte mich, wie lang es dauern würde, bis ich die Tönung nicht mehr brauchte.

Ich legte mir eine heiße Serviette aufs Gesicht, das tat wohl. Als ich sie abnahm, waren einige Falten verschwunden. Meine Augen waren noch ein wenig blutunterlaufen. Vielleicht brauchte ich eine Brille.

Fogarty hatte mir eine Aktentasche vorbereitet. Ich sah sie mir an; sie war nagelneu, mein Name war diskret eingraviert. Fogarty schloß sie ab und gab mir den Schlüssel. »Es ist alles in Ordnung«, sagte sie. »Und ich habe die Dinge, die dringend sind, rot angestrichen.«

Joe Berger stand an der Tür, als ich bei ihm eintrat. »Ich gratuliere, Steve«, sagte er.

»Danke, Joe.« Wir schüttelten uns die Hand, und ich folgte ihm zu einer Seitenloge.

Von der Kasse her rief mir seine hübsche Frau Claire lächelnd ihren Glückwunsch zu. Ich lächelte ebenfalls und winkte ihr zum Dank.

»Womit kann ich dienen?« fragte Joe.

»Ich erwarte Jack Savitt.«

»Ich weiß; er hat angerufen, er wird fünf Minuten Verspätung haben.«

Das war für Jack ziemlich normal; es würden mindestens noch zwei solche Anrufe geben, bis er auftauchte.

»Ich möchte . . . sagen wir, vier Martinis. Ferner einen Salat mit Roquefortsauce, ein Roastbeef, halbroh, vom Knochen, Bratkartoffeln mit saurer Sahne, das ist alles.«

»Darf ich Ihnen als Fachmann etwas raten, Steve?«

Ich nickte.

»Sie sollten sich lieber an Scotch halten, das ist besser für Ihren Magen. Alle meine Bekannten mit Magengeschwüren trinken Martinis.«

Ich lachte. »Und wie steht's mit Coca-Cola?«

»Noch besser. Meinem Sohn wurde als Baby Coca-Sirup gegen Magenbeschwerden verordnet.«

»Gut, Joe«, sagte ich lachend. »Und jetzt lassen Sie mir die Martinis bringen.«

Er entfernte sich kopfschüttelnd. Jack kam ganz fahrplanmäßig: Zwei Anrufe und drei Martinis später stürzte er herein.

Er ließ sich mir gegenüber auf einen Stuhl fallen und blickte auf den Tisch. »Der wievielte ist das?«

»Der dritte«, sagte ich, an das Glas klopfend.

Er winkte den Kellner. »Schnell, zwei Doppelte!« Dann, zu mir: »Nicht, daß ich sie nötig hätte. Aber ich will dir gegenüber nicht im Vorteil sein.«

»Nett – zur Abwechslung«, sagte ich grinsend.

Der Kellner kam mit den zwei Doppelten. Ich wollte sprechen, aber Jack hob die Hand. Rasch goß er ein Glas hinunter und war mit der Hälfte des anderen fertig, ehe er es hinstellte. »Okay, nun kannst du reden.«

»Wie steht's mit meinem Programm?«

»War keine leichte Sache.«

Ich schwieg. Das hieß noch gar nichts. Agentengerede wegen der Kosten.

»Ich hab dir sechsunddreißig Streifen besorgt. Fünf von jeder der Spitzengesellschaften, die übrigen von Unabhängigen.«

»Wie viele gute?«

»Im Durchschnitt vier von sechs, und die beiden anderen sind auch nicht übel. Zumindest keine ausgesprochenen Versager.« Er trank sein Glas aus. »Anders ließ es sich nicht machen.«

Ich nickte. Er hatte gut gearbeitet. Gewöhnlich hängten einem die Filmgesellschaften für jeden wirklich guten Film vier Nieten an.

»Nun halt dich aber fest«, sagte er. »Sie werden dich vierhunderttausend Dollar das Stück kosten, und du hast genau vierundzwanzig Stunden Zeit, dich zu entschließen – oder das Geschäft ist geplatzt. Und sie verlangen sofortige Bezahlung, weil sie das Geld noch in die diesjährige Abrechnung nehmen wollen.«

Es war genau das Doppelte des bisher üblichen Preises, aber ich wußte, daß das der einzige Grund war, weshalb sie sie überhaupt vergaben. Sie waren ja auch in einer Zwangslage. Sie mußten dafür sorgen, daß die Jahresziffern gut aussahen, sonst würde es Geschrei bei den Aktionären geben. Und vor denen fürchteten sie sich im Augenblick mehr als vor den Kinobesitzern, die sie zu einer Abmachung gezwungen hatten, wonach alle später als 1948 hergestellten Filme nicht im Fernsehen gezeigt werden durften. Ihre Aktionäre konnten sie rausschmeißen, während die Kinobesitzer immer wieder zu ihnen kommen mußten, um Filme zur Vorführung zu erhalten.

»In Ordnung«, sagte ich. »Kauf sie.«

Er starrte mich an. »Weißt du, was du tust? Das sind mehr als vierzehn Millionen Dollar.«

»Ich hab gesagt: kauf sie.«

»Willst du nicht einmal wissen, was für Filme es sind, welche Stars darin spielen?«

»Der Fachmann bist du, Jack«, erwiderte ich kurz angebunden. »Ich verlasse mich auf dein Urteil. Du sagtest ja, du willst mich nicht übervorteilen.«

»Es ist aber doch dein Job. Wenn die Filme nichts taugen . . .«

Ich unterbrach ihn. »Hier irrst du eben, Jack«, sagte ich kalt. »Es ist mein Job. Wenn die Filme Versager sind, trifft das deine Agentur. Bei meinem Job werden Irrtümer geduldet, aber wenn du mich nicht zufriedenstellst, verkauft WAM nie wieder eine Show an Sinclair. Und dann ist es aus mit deiner Agentur, denn die Geschäfte mit den anderen Sendergruppen reichten nicht mal für die Miete eines Stockwerks deiner Büros.«

Er war blaß geworden und hatte kleine Schweißtropfen auf der Stirn. Er trank sein zweites Glas langsam und ohne die Augen von mir zu wenden. Dann sagte er: »Es sind gute Filme.«

Ich bedrängte ihn nicht weiter. »Na also, warum machst du dir dann Sorgen?« Ich lächelte. »Laß es gut sein, gehen wir essen – ich hab einen Wolfshunger.«

Er schien aber merkwürdigerweise wenig Appetit zu haben.

Es war nach elf Uhr, als ich die Tür zu meinem Apartment aufschloß. Ich war überhaupt nicht müde, öffnete die Aktenmappe und breitete die Papiere auf dem Eßtisch aus.

Als ich fertig war und ins Bett fiel, war ein Uhr vorbei. Meine Augen brannten und stachen, ich schlief aber doch sofort ein. Ich konnte nicht mehr als eine halbe Stunde geschlummert haben, als es draußen klingelte.

Zuerst hielt ich es für ein Echo in meinem Kopf und versuchte es abzustellen; schließlich schlug ich aber doch die Augen auf. Einen Moment brauchte ich noch, um mich an die Dunkelheit zu gewöhnen. Die Klingel ertönte noch einmal, lauter. Ich fuhr aus dem Bett, ging zur Tür und öffnete.

Sie trug einen enganliegenden Pelzmantel und hielt eine kleine Geldbörse in der Hand. Ihre blauen Augen sahen mich ängstlich an.

Ich stand eine Weile da, dann trat ich zurück, und sie warf sich mir zitternd und weinend in die Arme. Ich schloß die Tür.

»Du hast mir nicht gesagt, daß du umziehst«, schluchzte sie.

Ich hielt sie fest.

»Zuerst war ich in der alten Wohnung; der Portier gab mir deine neue Adresse.« Sie blickte zu mir auf, ihre Augen waren voller Tränen. »Bist du mir sehr böse, Steve?«

Ich schüttelte den Kopf.

Die Worte sprudelten aus ihr hervor. »Ich konnte es dort nicht mehr aushalten. Ich war allein. So allein. Immer mußte ich an deine Worte denken. Du sprachst von anderen Freunden. Da wurde mir zum erstenmal etwas klar. Nämlich, daß ich keine anderen Freunde habe. Wirklich nicht. Nur Freunde für Spaß und Spielerei, sonst nichts. Ich trank eine halbe Flasche Whisky aus. Er schmeckte schauderhaft. Ich versuchte es mit Hasch, rauchte drei Stück. Es half nichts. Dann wollte ich schlafen und nahm ein Nembutal. Als ich aufstand, um mir die vierte Tablette zu holen, wußte ich schon, daß ich nicht einschlafen könnte.

Ich starrte im Badezimmer in den Spiegel, und da sah mir nur das Bild meiner Mutter entgegen. Ich dachte, ich würde so enden wie sie. Am Morgen kommt man zu mir herein, und ich liege auf dem Boden. Ich hatte Angst.

Ich versuchte dich anzurufen, aber ich erhielt immer wieder die Antwort, die Nummer sei abgeschaltet. Da war ich schon in Panikstimmung. Ich konnte sonst nirgendwo hingehen, also kam ich zu dir.«

Sie fuhr sich mit der Hand über die Augen. Ihr Mantel öffnete sich, und ich sah, daß sie nichts darunter trug als ihr Nachthemd. »Laß mich nur heute nacht hier bleiben. Morgen früh gehe ich wieder fort. Bitte!«

»Nun bist du hier«, sagte ich, »also gehen wir zu Bett.«

Ich führte sie ins Schlafzimmer. »Du mußt dir das Gesicht waschen, es ist voller Wimperntusche.«

Sie ging gefügig ins Badezimmer; ich drehte das Licht ab und stieg ins Bett. Ich hörte das Wasser plätschern. Bald darauf öffnete sich die Badezimmertür, und das Licht drang durch die Öffnung herein.

»Bin ich jetzt sauber?« fragte sie.

Ich konnte ihr Gesicht nicht sehen – es lag im Schatten –, wohl aber ihre Gestalt durch das Nachthemd. Ich lachte still vor mich hin. Das, was ich sehen konnte, war nicht übel. »Prima«, sagte ich.

Sie kam ins Bett. Ich machte ihr Platz. »Nein, Steve«, sagte sie, »ich will, daß du mich hältst.«

Ich streckte einen Arm aus und zog ihren Kopf an meine Schulter. Eine Weile blieb sie still, dann setzte sie sich plötzlich auf. Mit einer schnellen Bewegung zog sie das Nachthemd über ihren Kopf, dann schmiegte sie sich an mich.

»So ist es gut«, murmelte sie, »ich will deinen Körper neben mir spüren.« Sie wälzte sich herum und zog meine Hand auf ihre Brüste.

Ich fühlte, wie fest sie waren und wie sich die harten Warzen unter meinen Fingern leicht zusammenzogen. Die Hitze stieg in mir hoch. Nun war ich es, der nicht schlafen konnte.

Sie nahm meinen Penis in die Hand und streichelte ihn sanft. »Tut mir leid, Steve«, flüsterte sie, »wir können eine Woche lang nicht ficken.«

»Ich weiß«, sagte ich verdrießlich. »Versuchen wir zu schlafen.«

Ihre Hand wurde still. Ich schloß die Augen. Nach einigen Minuten sprach sie wieder. »Gib mir einen Gutenachtkuß, Steve.«

Ich küßte sie leise, ihre Lippen antworteten mit leichtem Gegendruck. Sie schloß die Augen, und ihre Stimme war nur noch ein Hauch. »Steve.«

»Ja?«

»Versprich mir etwas.«

»Was denn?«

»Zuerst versprich es.« Sie war wie ein Kind.

Ich legte mich wieder auf das Kissen. »Also gut, ich verspreche.«

»Du wirst morgen früh meine Punze nicht ansehen. Man hat sie rasiert, und sie sieht komisch aus.«

Ich lachte leise. »Um Himmels willen, schlaf jetzt.«

Ich hätte mir die Worte sparen können. Sie schlief bereits. Ihre Hand wurde schlaff und fiel von mir ab. Sie schien so jung und wehrlos im Dunkeln. Ich schloß die Augen.

Aber die Wärme und der Duft kamen von einer Frau, und es gab keine Ruhe für mich. Schließlich stieg ich aus dem Bett. Sie rührte sich nicht einmal. Ich ging ins Wohnzimmer.

Erst nach der Spätschau im Fernsehen schlief ich endlich ein.

Ich war sechzehn Jahre alt und stand vor dem Hochschulstudium, als meine Eltern starben. Es war einer jener verrückten Unfälle, wie sie während des Krieges oft passierten. Alle Autoscheinwerfer mußten wegen der an der Ostküste herrschenden Verdunklungsvorschriften in ihrer oberen Hälfte schwarz gestrichen sein, damit die Strahlen vom Himmel nicht gesehen werden konnten. Als der andere Wagen an den Scheitelpunkt der Steigung kam und die Scheinwerfer meinen Vater direkt in die Augen trafen, bog er, um einen Zusammenstoß zu vermeiden, ein wenig nach rechts aus. Und damit war es geschehen.

Der große Packard kam von der Straße ab und stürzte über einen Abhang hundert Meter tief, stieß zweimal gegen die Felsen, überschlug sich und blieb zehn Meter unter dem Meerespiegel liegen.

»Du mußt tapfer sein«, sagte Mr. Blake, der Rechtsanwalt, zu mir, als ich nach dem Begräbnis tränenlos vor ihm in seiner Kanzlei saß. »Es war glücklicherweise schnell vorbei. Sie haben gar nichts mehr gemerkt.«

Ich blickte hinüber zu Tante Prudence, die ihm gegenüber vor dem Schreibtisch saß. Ihr Name paßte nicht zu ihr. Sie war vor langer Zeit aus New Bedford nach Kap Ann gezogen. Mein Vater hatte nur selten von seiner jüngeren Schwester gesprochen, ich hatte aber doch alle Geschichten über sie gehört.

Daß sie sich in einen Künstler verliebt hatte, daß sie ihm nach Paris gefolgt war und daß sie dort von ihm verlassen wurde, da er zu seiner Frau zurückging. Dann hatte sie noch andere Affären, über die geflüstert wurde, aber eines Tages kehrte sie nach New Bedford zurück.

Mein Vater wußte nicht, daß sie da war, bis sie ihn in seinem Bankbüro aufsuchte. Sie hatte einen etwa fünfjährigen Jungen bei sich, der sich ängstlich an ihrem Rock festhielt. »Hallo, John«, sagte sie.

»Prudence«, sagte mein Vater steif.

Sie wandte sich an den kleinen Jungen. »Sag dem Herrn guten Tag, Pierre.«

»*Bonjour*«, sagte der Kleine schüchtern.

»Er spricht nur französisch«, sagte Tante Prudence.

»Wer ist das?« fragte mein Vater und starrte ihn an.

»Mein Sohn«, sagte sie, »ich habe ihn adoptiert.«

»Und das soll ich dir glauben?«

»Ist mir völlig schnuppe, was du glaubst«, sagte sie. »Ich bin nur wegen meines Geldes gekommen.«

Mein Vater wußte, was sie meinte. Aber in ihm lebten noch die Prinzipien von Neuengland: Frauen durfte man nichts anvertrauen, nicht einmal ihre eigene Erbschaft. »Vater hat in seinem Testament verfügt, daß das Geld in der Bank bleibt, bis du dreißig bist.«

»Ich wurde vorigen Monat dreißig«, sagte sie.

Endlich lenkte er den Blick von dem Jungen ab und sah ihr ins Gesicht. »Richtig«, sagte er mit einem leichten Staunen in der Stimme. »Du bist tatsächlich schon dreißig.«

Er griff nach dem Telefonhörer und verlangte das Archiv der Treuhandkonten. »Es waren schwere Zeiten«, sagte er. »Aber es ist mir doch gelungen, dein Vermögen unversehrt zu erhalten, es sogar ein wenig zu vermehren, obwohl du immer alle Erträge so schnell herausnahmst, wie sie anwuchsen.«

»Ich habe nie daran gezweifelt, John, daß du das für mich tun würdest.«
Sein Vertrauen zu ihr nahm ein wenig zu. »Vernünftiger wäre es, wenn du dein Kapital hier ließest. Die Zinsen machen etwa dreitausendfünfhundert jährlich aus. Davon kannst du ganz hübsch leben.«

»Wahrscheinlich«, sagte sie, »aber das ist nicht meine Absicht.«

»Was willst du mit dem Geld machen?«

»Ich hab es schon gemacht«, sagte sie. »Ich habe mir einen kleinen Gasthof auf Kap Ann gekauft. Ich hab mir alles gut überlegt. Der Gasthof läuft von selbst, und ich kann weiter malen. Pierre und ich können dort sehr nett leben.«

Mein Vater wollte es ihr ausreden; sie schnitt ihm das Wort ab.

»Ich will Pierre ein Heim geben«, sagte sie. »Glaubst du, das wäre hier möglich?«

Tante Prudence reiste nach Kap Ann. Einige Jahre später erfuhren wir von einem gemeinsamen Freund, der sie besucht hatte, daß der kleine Junge gestorben war.

»Eigentlich besser so«, meinte mein Vater. »Er sah nicht sehr kräftig aus. Außerdem sprach er nur französisch.«

»War er mein Vetter?« fragte ich. Damals war ich etwa sechs Jahre alt.

»Nein«, sagte mein Vater scharf.

»Wenn er aber Tante Prues kleiner Junge war . . .«

»Er war nicht ihr kleiner Junge«, fuhr mich mein Vater an. »Sie hat ihn nur adoptiert, weil er kein Heim und keine Eltern hatte. Deine Tante Prudence hatte Mitleid mit ihm.«

Das Gespräch muß auf mich einen größeren Eindruck gemacht haben, als ich damals ahnte. Ich erinnerte mich daran, als ich vor Mr. Blakes Schreibtisch saß und zu meiner Tante hinübersah. Nun war ich an der Reihe; ich hätte gern gewußt, ob sie mit mir auch Mitleid hatte.

»Stephen.« Ich richtete meinen Blick auf Mr. Blake.

»Ja, Sir.«

»Du bist kein Kind mehr, aber auch noch kein Mann«, sagte er, »ich meine dem Gesetz nach. Ich glaube aber, du solltest ein Mitspracherecht haben. Dein Vater war kein reicher Mann, hat dich aber immerhin gut versorgt zurückgelassen. Es ist genug Geld vorhanden, damit du die Schule beenden und studieren kannst, und es wird sogar ausreichen, um dir den Start in einen von dir erwählten Beruf zu ermöglichen. Bleibt nur noch die Frage, wo du leben wirst.

Deine Eltern haben mich zum Verwalter ihres Nachlasses bestimmt, jedoch keinen gesetzlichen Vormund für dich vorgesehen. Das Gericht muß für die Zeit, bis du volljährig bist, einen ernennen.«

In diesem Moment wechselten meine Tante und ich einen Blick. Ich fühlte mich zu ihr hingezogen und fragte mich nicht mehr, wie sie über mich dachte. Ich wußte es.

»Mr. Blake«, sagte ich, ohne meinen Blick von ihr zu wenden, »könnte nicht meine Tante Prue – ich meine, ginge es nicht, daß Tante Prue . . .«

Einen Augenblick herrschte Stille, dann sahen wir ihn an. Er lächelte. »Ich hoffte, daß du das sagen würdest, Stephen. Da gibt es gar kein Problem; deine Tante ist ja deine nächste Verwandte.«

Tante Prue erhob sich und kam auf mich zu. Sie faßte mich an der Hand, und ich sah Tränen in ihren Augen. »Auch ich hoffte, du würdest das sagen, Stephen.«

Plötzlich lag ich in ihren Armen; ich weinte, und ihre Hand strich sanft über mein Haar. »Nur ruhig, Stephen, nur ruhig, nun wird alles wieder gut.«

Einen Monat später kam ich zu den Sommerferien aus der Schule und fuhr geradewegs zu Tante Prue. Es war spät am Nachmittag, und die Hitze des Tages lag noch über dem Bahnhof. Es stiegen noch einige andere Fahrgäste aus, doch sie verließen bald den Bahnsteig, und ich blieb allein zurück. Ich griff meinen Koffer und trottete zu der kleinen hölzernen Stationshütte. Hoffentlich hatte meine Tante das Telegramm rechtzeitig erhalten.

Gerade als ich zum Ausgang kam, fuhr ein arg mitgenommenes Plymouthcoupé vor, und ein junges Mädchen sprang heraus. Sie sah mich einen Augenblick verwundert an, dann fragte sie: »Stephen Gaunt?«

Sie hatte Farbkleckse im Gesicht, und ihr langes, von der Sonne gebleichtes Haar fiel über das blaue Baumwollhemd hinab, das unordentlich in einer verschossenen Männerhose steckte. »Ja«, sagte ich.

Sie lächelte erleichtert. »Ich heiße Nancy Vickers. Ihre Tante hat mich hergeschickt, um sie abzuholen. Sie konnte nicht kommen, weil sie gerade unterrichtet. Werfen Sie Ihr Gepäck auf den Rücksitz.«

Sie stieg ein, und ich folgte ihr. Sie legte gewandt den Gang ein, blickte mich an und lächelte wieder. »Sie haben mich überrascht.«

»Wieso?«

»›Fahr zum Bahnhof und hol meinen Neffen ab‹, hat Ihre Tante gesagt. Ich glaubte, es handle sich um ein Kind.«

Ich lachte ein wenig geschmeichelt.

»Wie war die Fahrt?« fragte sie.

»Es war ein Bummelzug, langweilig. Blieb alle zwanzig Minuten stehen, um einen Schnellzug vorbeizulassen.« Ich nahm ein Päckchen Zigaretten aus der Tasche und bot ihr eine an. Sie bediente sich. Ich zündete zuerst ihre Zigarette an, dann meine. »Sind Sie bei meiner Tante angestellt?«

Sie schüttelte den Kopf, der Rauch kräuselte sich an ihren Augen vobei. »Nein, ich bin eine ihrer Schülerinnen. Ich stehe auch Modell.«

»Oh«, sagte ich. Ich hatte nicht gewußt, daß Tante Prue Kunstunterricht gab.

Sie verstand es anders. »So übel ist das gar nicht«, erklärte sie. »Durch das Modellstehen verdiene ich mir Geld für die Stunden.«

»Was studieren Sie?«

»Hauptsächlich Malerei. Aber auch zweimal in der Woche Bildhauerei. Ihre Tante sagt, das nützt der Form.«

Ich sah sie an und grinste. »Für die Form, meine ich, brauchen Sie keine Hilfe.«

Sie sah meinen Blick und lachte. »Wie alt, sagten Sie, daß Sie sind?«

»Ich hab's nicht gesagt; siebzehn, wenn Sie's wissen wollen.« Ein Jahr war dabei gemogelt.

»Sie sehen älter aus. Sie sind groß für Ihr Alter. Ich bin gar nicht so viel älter als Sie. Ich bin neunzehn.«

Wir hatten eben die kleine Stadt hinter uns gelassen und schwenkten nach links in eine Straße ab, die zum Strand zu führen schien. Knapp davor bogen wir scharf nach rechts in eine unauffällige Einfahrt ein.

Das Haus lag auf einem kleinen Hügel mit Blick auf die See; es war durch eine Reihe von Kiefern gegen die Straße abgeschirmt. Sie brachte den Wagen zum Stehen. »Da wären wir«, sagte sie.

Ich blickte hinaus. Es war ein typisches Kap-Cod-Landhaus nur natürlich viel größer. Zu beiden Seiten des Lattentors hingen zwei Holzschilder.

Auf dem linken stand CAPE VIEW. GASTHOF UND BUNGALOWS. FÜR EXKLUSIVE GÄSTE. Später sollte ich erfahren, daß das lokaler Snobismus war.

Auf dem rechten Schild stand PRUDENCE GAUNT. UNTERRICHT IN MALEREI UND BILDHAUEREI FÜR BEGABTE STUDENTEN. »Exklusiv« und »begabt« bedeuteten, wie ich gelegentlich feststellte, für meine Tante Prue genau das gleiche. Sie hatte noch genug Neuenglandgeist in sich, um die Exklusivität ihrer Gäste und die Begabung ihrer Schüler nach deren Zahlungsfähigkeit zu beurteilen.

Nancy beugte sich vor und stieß die Tür auf meiner Seite auf. Ich fühlte den festen Druck ihrer Brust an meinem Arm. Im selben Augenblick sah sie mir lächelnd ins Gesicht. Sie machte keine Anstalten, sich wieder aufzurichten. Ich spürte, wie mir die Röte vom Hals ins Gesicht hochstieg.

»Sie wohnen im Hauptgebäude«, sagte sie und saß endlich wieder gerade. »Ihre Tante sagte, Sie sollen Ihr Gepäck gleich hinübertragen.«

Ich stieg aus dem Wagen und nahm meinen Koffer. »Besten Dank«, sagte ich.

»Nichts zu danken.« Sie legte wieder den Gang ein, hielt jedoch den Schalthebel fest, ehe sie abfuhr. »Die Studenten wohnen in den Bungalows hinter dem Hauptgebäude. Ich bin in Nummer fünf, falls Sie was brauchen sollten.« Sie ließ den Schalthebel los und fuhr hinter das Haus.

Ich wartete bis der Wagen verschwunden war, dann stieg ich die Treppe hoch und ging in das Haus. Der Vorraum war leer. Ich stellte den Koffer ab und fragte mich, wo ich nun hingehen sollte. Ich hörte Stimmen hinter einer verschlossenen Tür. Ich öffnete sie und trat ein.

Die Stimmen verstummten jäh, und ich blieb stehen. Vier oder fünf Mädchen, die in Arbeitskitteln hinter ihren Staffeleien standen, drehten sich zu mir um. Ich nahm sie kaum wahr.

Das einzige, was ich richtig sah, war ein nacktes Modell, das auf einer kleinen Plattform stand. Ich starrte mit offenem Mund. Es war das erstemal, daß ich ein nacktes Mädchen sah. Ich wußte nicht, ob ich gehen oder bleiben sollte, und wenn ich es gewußt hätte, bezweifle ich, daß ich imstande gewesen wäre, das eine oder andere zu tun. Ich war buchstäblich auf der Stelle festgefroren.

»Schließ die Tür und setz dich hin, Stephen, es zieht«, kam die Stimme meiner Tante Prue sarkastisch von vorn, neben dem Modell. »In einigen Minuten ist die Stunde zu Ende.«

7

Die Nacht war warm und voller guter Dinge. Ich wälzte mich auf den Rücken und blickte zu Nancy auf. Sie saß, die Knie bis zur Brust hochgezogen, am Kopfende des Betts. In der schwachen Beleuchtung sah ich die hellen Stellen auf ihrem gebräunten Körper, wo der Bikini sie vor den Sonnenstrahlen geschützt hatte. Einen Augenblick glühte die Haschischzigarette auf, und ich konnte den düster-nachdenklichen Ausdruck auf ihrem Gesicht erkennen.

»Sei nicht geizig«, sagte ich, »teil deinen Reichtum.« Ich nahm ihr die Zigarette aus der Hand und machte einen Zug. Jetzt wurde das Gute noch besser.

Sie nahm sich die Zigarette wieder. Ich hielt den Rauch, so lang ich konnte, in der Lunge, dann ließ ich ihn langsam hinausströmen, wälzte mich herum, vergrub mein Gesicht in ihrem weichen Pelz und atmete ihren weiblichen Duft ein.

»Das ist das richtige für mich«, sagte ich, »besser als das ganze Marihuana.«

Sie wickelte mein Haar um ihre Finger und drehte mein Gesicht zu sich. Sie schaute es lange an. Ich weiß nicht, was sie sehen wollte, aber als sie mich losließ, war ihre Miene immer noch düster.

»Du bist ja ganz woanders, Nancy«, sagte ich. »Was ist los mit dir?«

Sie blieb einen Augenblick still, dann stieg sie aus dem Bett. Ich sah, wie sich ihre kleinen, braunen Brustwarzen bei der Berührung der kühlen Luft vom offenen Fenster her zusammenzogen. »Ich hab dir nie gesagt, daß ich verheiratet bin, nicht wahr?« fragte sie zögernd.

»Nein«, sagte ich und setzte mich im Bett auf.

»Ich hätte es tun sollen.«

»Warum?«

»Dann wäre alles anders gewesen.«

»Wieso?«

»Dann wäre es vielleicht nicht passiert.«

Ich überlegte eine Weile. Ich verstand sie nicht. Das Gute war immer noch da. »Dann bin ich froh, daß du mir's nicht gesagt hast.«

»Er kommt morgen zurück.«

»Wer?«

»Mein Mann. Sein Schiff läuft in New London ein, und ich fahre hin, um ihn abzuholen.«
»Oh«, sagte ich. »Wann kommst du zurück?«
»Du hast nicht begriffen«, sagte sie. »Ich komme nicht zurück. Er wird zum Küstendienst versetzt. Wir gehen nach Pensacola.« Ich schwieg.
Mein Schweigen wurde von ihr mißverstanden. »Ich wollte es dir eigentlich nicht so sagen«, erklärte sie. »Ich wollte dir nicht weh tun. Ich hatte die Absicht, dich zu verlassen, ohne etwas zu sagen, aber ich brachte es nicht fertig. Es tut mir leid, Steve.«
Ich nahm ihr die Zigarette aus der Hand und sog daran. Sie war bis knapp an meine Lippen heruntergebrannt, ich spürte die Glut. Sie nahm mir den Stummel aus dem Mund und drückte ihn in einem Aschenbecher aus. Sie zog meinen Kopf auf ihren Busen. Ich hob die Hände und drückte ihre Brust an meine Wangen. Langsam bewegte ich meinen Kopf von einer Seite zur anderen und fuhr mit meiner Zunge über ihre Brustwarzen.
»Es tut mir leid, Steve«, sagte sie noch einmal, indem sie sich an mich drückte.
»Aber nein«, sagte ich, »es ist alles gut.«
»Ist es wirklich gut?« fragte sie. Ihre Stimme hatte einen seltsamen Klang. Sie schob mich zurück aufs Bett, und ich drang in sie ein.
Ich fühlte ihre feuchte Wärme über mir, als sie wild wurde. Sie stieß wie rasend auf und nieder und gab Töne von sich wie die Tiere in der Nacht. Ich konnte nur mit größter Mühe in ihr bleiben. Plötzlich kam sie zum Höhepunkt. »Don!« schrie sie.
Sie erstarrte.
»Macht mir nichts aus, wie du mich nennst«, sagte ich unter heftigen Stößen. »Nur hör nicht auf zu vögeln!«
»Du gemeiner Hund!« sagte sie, während sie mich in sich einsog. »Nur daran liegt dir etwas!«
Ich wälzte mich über sie und stemmte sie diesmal, bis ihr Höhepunkt mich mitriß und das Mark aus meinen Knochen in sie verströmte wie draußen die tosende Brandung des Ozeans. »Steve! Steve!« Ihre Fingernägel bohrten sich in meinen Rücken.
Ich faßte ihre Hände und hielt sie nieder. Da lagen wir nun, nach Atem ringend. »Diesmal hast du den richtigen Namen erwischt.«
Sie starrte mich böse an. Dann brüllten wir beide vor Lachen.

Als ich das Hauptgebäude betrat, drang ein Lichtschein aus Tante Prues Büro. Ich blickte auf meine Armbanduhr, es war nach Mitternacht. Leise stieg ich die Treppe hinauf.
»Stephen!«
Ich wandte mich um und sah sie unten stehen. »Ja, Tante Prue?«
»Alles in Ordnung bei dir?« Ich nickte. »Jawohl, Tante Prue.« Sie zögerte einen Augenblick, dann ging sie zurück in ihr Zimmer. »Gute Nacht, Steve.«
Einige Minuten später klopfte es an meiner Tür. »Ja?« sagte ich.
»Ich bin's, Tante Prue. Darf ich hineinkommen?«
»Bitte, es ist offen.«
»Ich weiß nicht, wie ich mit dir darüber sprechen soll . . .« Sie kam nicht weiter und sah mich nur an.
Ich wußte zuerst nicht, worauf sie starrte, dann sah ich es selbst. An meinen Schultern und an der Brust zeigten sich Kratzspuren. Ich nahm mein Hemd vom Stuhl und zog es an.
»Hat sie das getan?« Ihre Stimme klang zornig.
»Bevor ich antworte, Tante Prue, sag mir, auf wen du böse bist.«
Sie sah mich noch eine Weile an, dann lächelte sie kläglich. »Auf mich selbst, nehme ich an. Ich sah dich noch als kleinen Jungen an. Es war mir nicht klar, daß du beinahe erwachsen bist.« Sie setzte sich auf den Bettrand. »Ich hoffe, es war nicht falsch von mir, dich hierherkommen zu lassen.«
»Ich kannte schon Mädchen, bevor ich her kam, Tante Prue.«

»Es gibt verschiedene Arten des Kennens«, sagte sie. »Nicht alle Mädchen sind wie Nancy.«

Ich antwortete nicht.

»Ich hatte die Absicht, mit dir zu sprechen«, sagte sie unbeholfen, »aber ich weiß nicht recht, wie ich es anfangen soll.«

Ich setzte mich ihr gegenüber auf den Stuhl. »Ja, Tante Prue.«

»Es gibt Dinge, weißt du, auf die man achtgeben muß«, fuhr sie fort, indem sie meinen Blick mied. »Die Mädchen können Babys bekommen, und es gibt Krankheiten, die . . .« Sie brach ab, als sie ein leichtes Lachen in meinen Augen aufblitzen sah. »Was erzähle ich dir denn da?« sagte sie verwirrt. »Du weißt das wohl alles selbst.«

»Ja, Tante Prue«, sagte ich feierlich.

»Warum hast du mich dann nicht unterbrochen?«

»Ich wußte nicht recht, wie«, gestand ich. Ich lächelte. »Es hat noch niemand mit mir über diese Dinge gesprochen.«

Sie blickte mir fest in die Augen. »Ich glaube, du solltest einen Job für den Sommer annehmen. Es ist nicht gut für dich, wenn du die ganze Zeit hier herumlungerst, ohne etwas zu tun.«

»Das ist eine gute Idee«, sagte ich.

»Ich habe mit Mr. Lefferts gesprochen. Er sagt, er könnte dich nachmittags drüben in der Rundfunkstation brauchen. Viel wirst du dabei nicht verdienen, aber du hast etwas zu tun.«

Und so hatte alles begonnen. Ehe der Sommer vorüber war, machte ich die Programmgestaltung und den Verkauf für Lefferts. Und als ich in die Schule zurückkehrte, wußte ich, was ich werden wollte.

8

Der Fernsehapparat meldete sich lärmend und weckte mich. Ich starrte ihn verständnislos an. Kanal 7. Ich stand auf und schaltete auf Sinclair um. Dann rief ich unten an, bestellte Orangensaft und Kaffee und stellte mich unter die heiße Dusche, bis die Schmerzen aus meinen Knochen wichen. Als ich herauskam, standen Orangensaft und Kaffee auf dem Frühstückstisch, und die Morgenzeitung lag daneben. Barbara schlief noch fest, als ich zur Arbeit ging. Die drei Schlaftabletten hatten schließlich doch ihr Wirkung getan.

Ich war früh im Büro, aber Fogarty war noch vor mir da. Ich warf die Papiere, die ich mit nach Hause genommen hatte, auf ihren Schreibtisch. Sie gab mir die Liste mit den Terminen für den Tag. Ich änderte nur einen Punkt: Ich setzte Winant von der technischen Abteilung auf neun Uhr und machte ihn zum ersten Gesprächspartner des Vormittags.

Er war hochgewachsen, rauchte Pfeife und trug eine stahlgerahmte Brille. »Guten Morgen, Mr. Gaunt«, sagte er und legte ein Blatt Papier auf meinen Schreibtisch.

Ich nahm es zur Hand. Es war sein Rücktritt, wie ich es am Tag zuvor verlangt hatte. Ich sah ihn an.

»Ich dachte, da ich ohnehin heraufkomme, gebe ich es Ihnen gleich selbst«, sagte er unbefangen.

»Ich lächelte ihm zu. »Danke.«

Fogarty kam mit einem Kaffee herein. Auf dem Tablett stand auch eine Tasse für Winant.

»Keine Anrufe«, sagte ich, als sie hinausging. Ich trank meinen Kaffee. »Mr. Winant, wie sieht es mit dem Farbfernsehen aus?«

»Wir haben sämtliche Überprüfungen gemacht«, sagte er.

»Und?«
»Wir warten.«
»Worauf?« fragte ich.
»Wie es ankommt«, sagte er verlegen. »NBC . . .«
»NBC interessiert mich nicht«, fauchte ich. »Mich interessiert Sinclair. Warum warten wir?«
»Ich bin Techniker«, sagte er schließlich. »Ich mache keine Politik.«
Ich lächelte. »Jetzt beginnen wir, uns zu verstehen.«
Er war erstaunt.
Ich machte es ihm leicht. »Wenn ich Ihnen sage, jetzt heißt die Politik Farbe: Wie schnell können Sie dann mit den Sendungen beginnen?«
Sein Interesse erwachte. »Ich kann das ganze Sendernetz bis zum kommenden September auf Farbe umstellen.«
»Können Sie mir bis zum neuen Jahr New York, Chikago und Los Angeles soweit bringen?«
»Das ist nicht viel Zeit.«
»Ich weiß.«
Er überlegte einen Augenblick, indem er mit dem Finger auf seine Pfeife klopfte. Dann: »Wenn ich sofort anfange, kann ich es schaffen.«
»Tun Sie es«, sagte ich. »Sie haben freie Bahn.«
Er stand erleichtert auf. »Sie bekommen Ihre Farbe. Wollen Sie wissen, was das kosten wird?«
»Wenn ich es wollte, hätte ich danach gefragt«, sagte ich. »Schicken Sie nur den Kostenvoranschlag herauf. Ich werde ihn genehmigen.«
Er wandte sich zur Tür. Ich rief ihn zurück und nahm sein Rücktrittsgesuch zur Hand. »Nur noch eines, Mr. Winant.«
»Ja, Mr. Gaunt?«
»Sagten Sie, ich würde es bis zum Neujahrstag bekommen?«
»New York, Chikago, Los Angeles, richtig.«
»Okay. Sie halten Ihr Versprechen, und ich zerreiße den Wisch.«
Er blieb einen Augenblick unbewegt, dann lächelte er. »Er ist schon jetzt so gut wie zerrissen, Mr. Gaunt.«
Die Tür schloß sich hinter ihm. Ich hatte das Gefühl, er würde Wort halten. Langsam riß ich das Papier mitten durch, dann steckte ich die beiden Teile in einen Umschlag und schrieb seinen Namen darauf. Ich rief Fogarty herein und ließ sie den Umschlag zu ihm hinunterschicken.
Die Zeit war gekommen, mein Team aufzubauen, und ich hätte kaum mit einem besseren Mann anfangen können.
Es war fast ein Uhr, als Jack anrief. »Ich habe gerade mit meinem Büro an der Westküste gesprochen. Sie haben den Vertrag bereit. Wann kannst du zur Unterschrift drüben sein?«
»Morgen.«
»Ausgezeichnet!« Er lachte. »Was hältst du von unserem Kundendienst? WAM!«
»Ja, WAM«, sagte ich.
»World Artists Management«, stellte er befriedigt fest.
»Hör mit dem Prahlen auf«, sagte ich. »Jetzt sehe ich mich nach einer Versicherung um.«
»Aber, Steve, mit diesen Filmen brauchst du nichts als . . .«
Ich schnitt ihm das Wort ab. »Eine Einführungsshow. Etwas, das die Leute einfängt, bevor sie in den Maschen der anderen Sendernetze hängenbleiben.« Ich dachte eine Weile nach. »Gibt es irgendeinen großen Star, der bereit wäre, uns eine Stunde in der Woche zu machen?«
»Du bist wohl nicht bei Trost«, sagte er. »Wenn einer gut ist, hat er längst seinen Vertrag.«

»WAM! Geh hin und find mir einen.« Ich legte auf.

Unmittelbar darauf meldete sich das Telefon wieder. »Miß Sinclair am Apparat«, sagte Fogarty.

Ich drückte auf den Knopf. »Barbara.«

»Ich liebe dich«, sagte sie.

»Du bist verrückt!« Ich lachte.

»Nein, im Ernst, ich liebe dich. Du bist da, immer da.«

»Wie fühlst du dich?«

»Prima!« antwortete sie. »Mir geht's glänzend.«

»Was treibst du?«

»Eben jetzt frühstücke ich in deinem Bett; hoffentlich stören dich die Krümel nicht. Und ich hab mir den Fernsehapparat hereinrollen lassen.«

Ich war neugierig. »Was siehst du dir denn an?«

»Einen alten Film mit Jana Reynolds. Mein Gott, *die* konnte singen!«

»Ja«, sagte ich. Geistesabwesend drückte ich die Fernsteuerung auf meinem Schreibtisch. Sinclair TV leuchtete auf, eine Quizshow. Ich drückte auf den anderen Knopf. Der nächste Apparat wurde lebendig. *Der einsame Ranger,* normales Mittagsprogramm. »Auf welchem Kanal?«

»Sag's Daddy nicht«, lachte sie. »ABC.«

Ich drückte zweimal auf den Knopf, und Jana Reynolds erschien gerade rechtzeitig, um durch eine Werbeansage unterbrochen zu werden. Ich schaltete den Ton ab.

»Mir gefällt es hier«, sagte Barbara. »Einer der Kellner hat mich sogar Mrs. Gaunt genannt. Vielleicht gehe ich gar nicht mehr nach Hause.«

»Ist mir recht«, sagte ich mit dem Blick auf dem Fernsehschirm.

»Wann kommst du heim?«

»Warum fragst du?«

»Ich habe ein Spezialdiner für uns bestellt«, sagte sie. »Kaviar, Chateaubriand, Pommes soufflées, Dom Perignon, Kerzenbeleuchtung, kurzum den ganzen Zauber.« Sie kicherte. »Ich hab mir sogar in einem der Geschäfte im Hotel ein phantastisches Negligé bestellt.«

»Das richtige brave Hausmütterchen . . .« Meine Augen waren immer noch auf den Bildschirm geheftet. Die Werbeansage wollte kein Ende nehmen. »Hoffentlich hat es nicht allzuviel Mühe gekostet.«

»Überhaupt nicht. Und ich glaube, ich habe dein Prestige hier um hundert Prozent aufgewertet.«

»Bei den Preisen für Zimmerservice hätte ich lieber darauf verzichtet.«

»Setz es doch auf das Spesenkonto. Sag Daddy, du mußt jemanden bewirten, der für die Gesellschaft furchtbar wichtig ist. Einen großen Aktionär. Schließlich hat Mutter mir ja fünfzehn Prozent von Sinclair Broadcasting hinterlassen.«

»Gut, mein Kind, du sollst recht haben. Jetzt leg aber auf, ich muß wieder weiterarbeiten.«

»Ich liebe dich«, sagte sie, und die Verbindung brach ab.

Ich legte den Hörer auf, da kam Jana Reynolds wieder ins Bild. Der Streifen war an die fünfzehn Jahre alt, und sie war damals auf ihrem Höhepunkt, etwa fünfundzwanzig, aber sie spielte noch Neunzehnjährige, und man glaubte sie ihr. Schade, daß man das nicht ewig so weitermachen kann.

Aber die Zeit hatte das Ihre getan. Die Zeit und drei schlechte Ehen, Alkohol, Rauschgift, Selbstmordversuche. Als hätte jemand an einem bestimmten Punkt den Strom abgeschaltet. Du hast zu viel Talent, Baby, jetzt kriegst du auch etwas Pech zu spüren. Und sie hatte das ganze Pech bekommen.

Mit dem Filmen war es aus. Es gab jetzt andere Neunzehnjährige. Irgendwie blieb ihr trotz allem die Stimme erhalten. Gelegentlich trat sie in Konzerten oder in Nachtlokalen auf. Das Publikum liebte sie immer noch und kam in Scharen zu ihren Auftritten. Dann jedoch passierte etwas, und es gab Schlagzeilen auf den

Titelseiten. Sie war betrunken und erschien nicht, oder wenn sie kam, fiel sie zu Boden und war nicht in der Verfassung zu singen. Aber die Schlagzeilen waren da und blieben da. Sie war immer noch ein Star. Sogar die Aufhebung des Konkursverfahrens gegen sie ergab einen Artikel.

Ich starrte auf den Bildschirm. Ja, sie war immer noch ein Star. Ich griff nach dem Hörer, bevor sich noch der Gedanke in meinem Kopf konkretisiert hatte. Ein Star! War das nicht gerade, was Jack für mich finden sollte?

»Jetzt weiß ich es!« schrie er. »Du spinnst!«

»Wer ist Ihr Agent?«

»Sie hat keinen«, erwiderte er. »Es kommt ihr keiner mehr in die Nähe. Sie führt Prozesse mit allen Agenten, die jemals mit ihr zu tun hatten.«

»Wie hoch ist die Provision für eine Hunderttausend-Dollar-Show jede Woche?«

»Zehntausend«, antwortete er prompt.

»Würdest du sie für zehntausend Dollar die Woche nicht managen wollen?«

Pause. Dann: »Ich bin dein Mann. Für zehntausend die Woche manage ich dir auch Adolf Hitler.«

So spricht ein guter Agent. Zuverlässig war er jedenfalls. Das Abendessen, das Barbara für uns geplant hatte, bekam ich nicht zu sehen. Statt dessen saß ich noch am selben Abend in einem Flugzeug zur Westküste.

9

Drei Monate waren seither vergangen, als ich in dem Gäßchen hinter der Vine Street in das Theater schlich, in dem die Show ausgestrahlt werden sollte. Es war fünf Minuten vor fünf, Pazifik-Standard-Zeit. In fünf Minuten würde es in New York acht Uhr sein, und unsere Sendung müßte beginnen.

Drinnen ging es zu wie im Irrenhaus. Es knisterte vor Spannung. Ich drückte mich an einigen Männern vorbei, die Ausstattungsstücke zurechtschoben, und begab mich hinter die Kulissen. Es wimmelte von Menschen, Drähten und Kameras. Der Bühnenmeister flüsterte durch das an seiner Brust hängende Mikrofon dem Regisseur etwas zu, der oben in der Loge saß.

Ich schaute ins Theater hinunter; es war brechend voll. Der Vorhang war noch nicht hochgezogen, aber alles starrte bereits gespannt auf die Bühne.

Das Signal kam, während ich noch das Publikum beobachtete. »Drei Minuten bis zur Sendung. Alles auf die Plätze.« Ich wandte mich um.

Die Bühnenarbeiter, die eben noch letzte Hand an den Szenenaufbau gelegt hatten, kamen herunter. Die Kameras wurden auf ihre Plätze gerollt und eingestellt.

Der Regisseur trat zu einer letzten Kontrolle aus der Loge. Er nickte, aber ich glaube, daß er mich nicht einmal sah.

Plötzlich blieb er stehen. »Wo ist Jana?«

Der Bühnenmeister starrte ihn an. Er drehte sich halb um, dann wandte er sich wieder zu ihm. »Vor einer Minute war sie noch da.«

»Sie Idiot!« schrie der Regisseur mit schriller Stimme. »Jetzt ist sie nicht da. Holen Sie sie!«

Ein Bühnenarbeiter blieb stehen. »Eben hab ich gesehen, wie sie in ihre Garderobe ging.«

»Holt sie! Holt sie doch!« Der Regisseur wurde hysterisch.

»Zwei Minuten bis zur Sendung«, plärrten die Lautsprecher oben.

Der Bühnenmeister riß sich den Kopfhörer ab, warf ihn auf den Boden und rannte zur Garderobe. Mehrere Bühnenarbeiter folgten ihm. Ich lief hinterher.

Der Bühnenmeister klopfte an die Tür. »Zwei Minuten bis zur Sendung, Miß Reynolds.«

Keine Antwort.

Er klopfte noch einmal. »Zwei Minuten ...«

Ich drängte mich durch die Menge. »Aufmachen!« befahl ich.

Er versuchte die Tür aufzustoßen und blickte mich hilflos an. »Ich – ich kann nicht. Sie ist abgeschlossen.«

Ich schob ihn zur Seite, stemmte meinen Fuß gegen die Tür und brach sie aus dem Schloß. Ich flog hinter der Tür ins Zimmer.

Sie stand dort, starrte mich an, eine Flasche in der einen Hand, ein volles Schnapsglas in der anderen. »Hinaus!« schrie sie. »Ich mach nicht mehr weiter!«

Ich schlug ihr das Glas, das sie an die Lippen führte, aus der rechten Hand und die Flasche, die sie hinter ihrem Rücken verstecken wollte, aus der linken. Wütend erhob sie die Hand wie eine ausgestreckte Klaue gegen mich, ich faßte sie und zog die Frau an mich.

»Laß mich los, du gemeiner Hund!« schrie sie, während sie sich wand und mit dem Fuß nach mir stieß. »Ich will trinken!«

Ich hielt sie fest. »Keinen Schnaps, so war es zwischen uns ausgemacht! Du machst jetzt weiter!«

»Das tu ich nicht, du Schwanzschlecker!« Sie spie mir ins Gesicht. »Ich komme nicht raus. Du hast mich beschwindelt! Die sind ja nicht da, um mich singen zu hören, die sind gekommen, um mich lebendig aufzufressen! Sie sind gekommen, um sich ein Monstrum anzusehen!«

Ich langte ihr eine, mit offener Hand, quer übers Gesicht. Es hallte wie ein Donnerschlag in dem kleinen Raum, sie flog gegen die Wand und landete halb auf der Couch.

»Eine Minute bis zur Sendung!« tönte es aus den Lautsprechern.

Ich lief durch das Zimmer und zog sie von der Couch hoch. Sie starrte mich an, nackte Angst in den Augen. »Du machst jetzt weiter, Du Dreckstück! Ich habe dich nicht aus dem Rinnstein gezogen, damit du mir die Sendung vermasselst. Wenn du jetzt nicht parierst, brauchst du mit keinem Anwalt mehr zu reden, dann redest du mit deinem Leichenbestatter!«

Ich schlug noch mal zu, sie sollte merken, daß es mir ernst war. Dann drehte ich mich um und schleppte sie hinter mir her zur Bühne. Die Menge am Eingang teilte sich schweigend, um uns durchzulassen.

Das Bild war schon auf den Monitors, als wir in die Kulisse kamen, aus den Lautsprechern ertönte die Stimme des Ansagers: »STV beehrt sich vorzustellen ... JANA REYNOLDS ... LIVE!«

Sie sah mich an, ihre Stimme bebte: »Ich kann nicht ... ich kann nicht ... ich hab Angst!«

»Ich auch, dann sind wir eben zwei«, sagte ich und drehte sie mit dem Gesicht zur Bühne. Ich stieß ihr meinen Fuß in den Hintern, daß sie über Drähte und Kabel zur Mitte der Bühne flog.

Es war ein Wunder, daß sie nicht hinfiel. Sie hatte gerade noch Zeit, sich aufzurichten und mir einen Blick zuzuwerfen. Ich grinste und machte das Zeichen »Daumen hoch«. Sie wandte sich zum Publikum, während der Vorhang aufging.

Das Orchester intonierte ihre Kennmelodie, und fast eine Minute lang konnte man ihre Stimme wegen des donnernden Beifalls nicht hören. Alle kannten das Lied *Sing from the Heart*; es war ihre Kennmelodie seit ihrem fünfzehnten Lebensjahr.

Ich beobachtete sie genau. Es war nicht zu glauben. Was immer sonst an ihr falsch und verdreht war, ihre Stimme war es nicht. Sie klang vielleicht nicht mehr so jung, vielleicht nicht mehr so kräftig wie früher. Aber es lag ein Zauber darin; Schönheit, Schwermut, Schmerz und auch etwas wie Freude. Vierzehn Minuten lang, bis zum ersten Werbespot, stand sie einfach da und sang.

Als sie von der Bühne abtrat, war sie pitschnaß und fiel mir fast in die Arme. Ich spürte, wie sie zitterte. Das Publikum tobte. »Ich hab ihnen gefallen«, flüsterte sie, als könne sie es nicht glauben.

»Sie waren entzückt von dir.« Ich drehte sie wieder der Bühne zu. »Geh zurück und verbeuge dich.«

Sie sah zu mir auf. »Wird das nicht den Zeitplan für die Show umwerfen?«

»Zum Teufel damit«, sagte ich und schob sie auf die Bühne. »Die Show heißt ›Jana Reynolds . . . Live‹.«

Sie ging hinaus, verbeugte sich und kam strahlend zurück.

»Vorwärts jetzt, in deine Garderobe! Du mußt dich umziehen«, sagte ich.

Sie küßte mich rasch auf die Wange und lief fort. Ich schaute ihr nach. Ich sagte ihr nicht, daß ihre Verbeugung gar nicht mehr übertragen worden war. Das einzige, was im Fernsehen nie unterbrochen wird, ist ein Werbespot.

Dann machte ich mich auf die Suche nach dem Paar, das wir angestellt hatten, um auf die Reynolds aufzupassen. Ich fand die beiden schließlich in einem kleinen Vorführraum hinter der Bühne. Sie hüpfte auf seinem Schoß auf und ab. Sie waren zu sehr in Anspruch genommen, um mich eintreten zu hören.

Ich war mit ein paar Schritten bei ihr, faßte die Frau unter die Arme und hob sie empor.

»Was, zum Teufel . . .«, sagte der Mann.

Sie fiel mit gespreizten Beinen zu Boden.

Ich sah dem Mann zu, wie er versuchte, den Reißverschluß an seiner Hose zu schließen. »Wo wart ihr, als die Lichter ausgingen?«

»Wir haben sie ins Theater gebracht«, erklärte er mürrisch.

Die Frau war jetzt aufgestanden. »Ihr hattet Befehl, sie nicht allein zu lassen. Keine einzige Minute lang«, sagte ich.

»Sie war ganz normal, als wir sie in ihre Garderobe brachten«, sagte sie.

»Eben, und dort solltet ihr sie nicht allein lassen. Ihr seid beide fristlos entlassen.«

Zwanzig Minuten später hatte ich ein anderes Paar Wachhunde. Ich erklärte ihnen sorgfältig ihre Aufgabe. Sie nickten, sie wußten, worum es ging. Es war nicht das erstemal, daß sie einen solchen Job übernahmen, denn wir waren in Hollywood.

»Nach der zweiten Show bringt ihr sie sofort zurück ins Sanatorium«, sagte ich. Die erste Show wurde für die Zonen mit *Eastern-* und *Central-Standard-*Zeit ausgestrahlt, dann mußte noch eine zweite für die Westküste gesendet werden. »Dienstag bringt ihr sie zu den Proben wieder hierher und bleibt bei ihr. Sie darf nichts allein tun, weder essen noch schlafen noch Sex, ohne daß einer von euch dabei ist, verstanden?«

Ich warf einen Blick auf meine Uhr. Es war Viertel vor sechs. Ich mußte mich beeilen, wenn ich den Sieben-Uhr-Flug nach New York erreichen wollte.

Plötzlich wurde ich müde. Ich hätte eine Woche lang schlafen können. Aber dazu war keine Zeit.

Ich wollte morgen früh bei Eintreffen der ersten Nielsenergebnisse in New York sein.

10

Ich nahm eine Tablette, um im Flugzeug zu schlafen, aber es war vergeblich, ich konnte meinen Kopf nicht abschalten. Es gab noch so viel zu tun. Mit *einer* Show, *einem* Abend, auch wenn es ein Riesenerfolg wurde, hatte man es noch nicht geschafft. Und irgendwo im Unterbewußtsein spürte ich, daß es Schwierigkeiten geben würde.

Ich hätte nicht sagen können, welche, aber alles ging einfach zu glatt, und vielleicht war es das. Die Stewardeß beugte sich über mich. »Haben Sie noch einen Wunsch, Mr. Gaunt?«

Ich lächelte. »Sie könnten mir einen doppelten Martini mixen.«

»Sie haben schon einen gehabt, Mr. Gaunt«, sagte sie. »Die Vorschriften gestatten nur zwei Drinks per Fluggast.«

»Das weiß ich«, sagte ich. »Aber so wie ich es ansehe, übertreten wir keine Vorschriften. Für mich war das nur ein Drink.«

Sie zögerte einen Augenblick, nickte und entfernte sich. Ich sah ihr nach. Dann öffnete ich, da ich den Gedanken an Schlaf aufgegeben hatte, meine Aktenmappe und legte die Papiere vor mich auf den Tisch.

Der Drink war kalt und herb. Ich zündete mir eine Zigarette an und sog den Rauch ein. Wenn ich nur dieses Gefühl, daß etwas nicht in Ordnung war, loswerden könnte! Ich starrte auf die Unterlagen.

Dem Anschein nach war alles okay. Das Herbstprogramm nahm Gestalt an. Es würde das beste sein, das Sinclair jemals ausgestrahlt hatte. Oder vielleicht nicht das beste, aber das erfolgreichste. Ich hatte alle soliden Shows, die gute Testergebnisse gehabt hatten, behalten, doch das Problem bestand darin, daß es nicht genug davon gab. Zu ungefähr siebzig Prozent würde das Herbstprogramm neu sein müssen.

Das hatte Änderungen in der Leitung der Sendergruppe erfordert. Auch ein völliges Umdenken für die meisten höheren Angestellten. Aber mehr als die Hälfte von ihnen konnten sich nicht umstellen. Das bedeutete, daß ich Ersatz für sie finden mußte, falls ich die in meinem Schreibtisch eingeschlossenen Rücktritte annehmen sollte.

Bisher war man bei Sinclair stolz darauf gewesen, daß die Programmgestaltung die meisten Preise und beifälligen Kritiken erhalten hatte. Sie hatten mehr Peabody-Preise aufzuweisen als irgendeine andere Sendergruppe. Womit sie nicht prahlten, war die Tatsache, daß sie auch die niedrigsten Testergebnisse und Einschaltziffern hatten. Mit dem neuen Herbstprogramm sollte sich das alles ändern. Noch kein Peabody-Preis hat dazu verholfen, auch nur ein Stück Seife mehr zu verkaufen.

Die Kritiker dürften von nun an bittere Tränen weinen, weil es keine Shows mehr geben würde wie *Große Abenteuer in der Geschichte Amerikas.* Wenn kümmerte es, wie oft Washington den Delaware überquerte? Wenn Bach, Beethoven und Brahms gleichzeitig vom Himmel herabstiegen oder wo immer sie waren und die allwöchentliche *Philharmonische Stunde bei Sinclair* dirigierten, konnten sie keinen einzigen Zuschauer von *Pulverrauch* oder *77 Sunset Strip* weglocken. Das klassische *Repertoiretheater* hatte keine Chance gegen Red Skelton, Sid Caesar oder Imogene Coca.

Die Kritiker würden sich mit Programmen zufriedengeben müssen wie *Park-Avenue-Siedler* (die Geschichte einer Schwarzbrennerfamilie aus Kentucky, die ein Vermögen erbte), *Die Fliegerjungs* (eine neuartige Detektivgeschichte mit Düsenpiloten auf abenteuerlichen Flügen) und *Der Sandmann,* den Erlebnissen eines Prämienjägers aus dem Westen.

Auch noch andere Knüller lagen für sie bereit. Ein einstündiges Programm mit ländlicher und Westernmusik, das unmittelbar aus Nashville ausgestrahlt wurde, *Weißzahn,* eine Hundegeschichte, die Lassie und Rin Tin Tin überflügeln sollte, und, nicht zuletzt, *Sally Starrs Familie,* Amerikas beliebteste Schnulzenserie, die nun ins Hauptprogramm versetzt wurde, drei Abende in der Woche, in Farbe.

Das war wirklich kommerzielles Fernsehen, dessen war ich sicher. Da man jedes Programm sorgfältig bei den Werbeagenturen in der Madison Avenue durchsickern ließ, stieg das Interesse. Schon jetzt hatten wir mehr inoffizielle Abnehmer für die Programme als je zuvor. Um endgültig abschließen zu können, mußten wir nur noch die Pilotfilme rechtzeitig für die Einkaufssaison fertigstellen. Und die begann im nächsten Monat, im Februar.

Irgendwann im Laufe dieser Woche würde jede Sendergruppe ihr Programm für den kommenden Herbst öffentlich bekanntgeben, und die wilde Jagd nach Käufern würde beginnen. Von da bis zum April würden die Pilotfilme gezeigt werden, und das Jonglieren würde losgehen: Die Sender würden mit ihren Programmen Schach spielen, sie von einem Tag auf den anderen verlegen, dann wieder auf einen anderen, um die Züge der Konkurrenz zu parieren. Gewöhnlich war Sinclair der letzte, der seine Programme bekanntgab.

Diesmal würde es anders sein, diesmal würden wir die ersten sein. Ich wollte unser Programm Ende Januar ankündigen. Wenn die anderen soweit wären, müßten sie uns bereits nachjagen; wir würden ausverkauft sein. Hoffentlich.

Sollte es sich erweisen, daß ich unrecht hatte, dann waren dreißig Millionen Dollar zum Teufel. Und ich ebenfalls. Danach würde ich keinen anderen Posten mehr kriegen, höchstens wieder bei Mr. Lefferts' Rundfunkstation drüben in Rockport, und ob selbst der mich zurücknehmen würde, war noch zweifelhaft.

Auch der zweite doppelte Martini vermochte mein Mißbehagen nicht zu vertreiben. Als wir in New York landeten, graute der Morgen, und ich hatte noch immer nicht geschlafen.

Als ich aus dem Flugzeug stieg, stand Jack Savitt am Ausgang. »Wir haben Verdruß«, sagte er, noch bevor wir einander begrüßt hatten.

Ich sah ihn an; er brauchte es mir nicht zu sagen. Es konnte nichts Gutes sein, das ihn an einem Sonntagmorgen um sechs Uhr aus dem Bett auf den Flugplatz trieb. Unerklärlicherweise löste sich die Spannung in meinem Magen. Was immer es war, jetzt würde es ans Licht kommen.

Es waren zwei Worte: Dan Ritchie. Ich hatte einen schweren Fehler begangen, nämlich sein Team ungeschoren zu lassen. Am ersten Tag hätte ich sie alle miteinander hinausschmeißen sollen. Im stillen schwor ich, daß mir so etwas nie wieder passieren sollte.

»Wann hat es begonnen?« fragte ich.

»Mittwoch morgen, nachdem du zur Westküste abgeflogen warst. Joe Doyle rief an und sagte, man solle alles stoppen. Alle Abschlüsse müßten erst von Dan Ritchies Büro endgültig bestätigt werden.«

Joe Doyle war der kaufmännische Vizepräsident der Sendergruppe. Ich hatte ihn als überaus tüchtig beurteilt, und er gehörte zu den Leuten, die ich behalten wollte. »Warum hast du mich nicht angerufen?« fragte ich.

»Zuerst glaubte ich, du wüßtest davon«, antwortete er. »Mir war klar, daß du bis über die Ohren in Arbeit steckst, und ich meinte, du hättest Ritchie hereingenommen, um dir auszuhelfen. Schließlich hatte er ja die nötige Erfahrung. Ich konnte ihn erst Freitag telefonisch erreichen und aus ihm herauskriegen, was eigentlich los war.«

»Was hat er dir gesagt?«

»Er schlug seinen salbungsvollen Ton an. Der Aufsichtsrat, sagte er, sei überaus beunruhigt über die finanziellen Verbindlichkeiten, die du eingehst, und die Herren wollten alles in der Schwebe lassen, bis sie Zeit gefunden hätten, die Dinge zu überprüfen.«

»Das ist ja nichts als Lüge!« platzte ich heraus. »Der Aufsichtsrat tut, was Sinclair ihm befiehlt!«

»Das weiß ich, und das weißt du«, sagte Jack. »Aber was nützt uns das, wenn ich alle Verträge für die Shows bestätigen lassen muß oder sie samt den Kunden verliere. Er muß Sinclair einen Floh ins Ohr gesetzt haben.«

Ich schwieg. Das Ganze war mir unverständlich. Sinclair hätte mich doch nicht so weit gehen lassen, wenn er die Absicht hatte, mir den Boden unter den Füßen wegzuziehen. Er mußte wissen, daß es ihn ein Vermögen kosten würde, sich aus einigen dieser Verbindlichkeiten freizukaufen.

Es war acht Uhr, als ich in mein Apartment kam. Das Telefon klingelte. Es war Winant; seine Stimme zitterte vor Wut.

»Ich dachte, ich hätte einen Job bei Ihnen«, fauchte er.

»Haben Sie auch«, sagte ich. New York, Chicago, Los Angeles hatten am Abend zuvor in Farbe gesendet.

»Wie kommt es dann, daß ich Freitag abend entlassen wurde?«

Meine Überraschung war nicht gespielt. »Was?«

»Ich bin gefeuert worden«, wiederholte er. »Dan Ritchie rief mich an und sagte mir, ich müsse gehen. Er behauptete, ich hätte mich ungehörig verhalten, ich hätte keine Bewilligung für das Farbfernsehprogramm eingeholt. Als ich ihm sagte, daß Sie es genehmigt hätten, erklärte er, das genüge nicht. Ich sei doch lange genug bei der Firma, um zu wissen, daß für jede Kapitalausgabe die Genehmigung des Aufsichtsrats erforderlich ist.«

»Okay«, sagte ich.

»Was soll ich denn jetzt tun?«

»Nichts. Sie kommen morgen früh in Ihr Büro und machen Ihre Arbeit wie gewöhnlich. Ich erledige das.«

Während ich den Hörer auflegte, sah ich Jack an. »Hast du gehört?«

Er nickte mit sorgenvoller Miene. »Was wirst du tun?«

Ich antwortete ihm nicht, sondern hob den Hörer wieder ab und rief Fogarty an. »Könnten Sie Ihre Mädchen mobilisieren und mich in einer Stunde im Büro treffen?«

»Selbstverständlich«, sagte sie in einem Ton, als wäre es ganz natürlich, am Sonntag zur Arbeit zu kommen.

»Prima.«

»Mr. Gaunt . . .« Ihre Stimme klang erregt.

»Ja?«

»Gestern abend habe ich die Jana-Reynolds-Show gesehen. Sie war großartig. Ich gratuliere! Und hinterher der Film mit Clark Gable war phantastisch.«

»Besten Dank«, sagte ich. »Dann also in einer Stunde.«

Ich duschte heiß und zog mich um. Als ich herauskam, saß Jack bei einem reichlich mit Kognak verdünnten Kaffee.

»Trink auch so was«, riet er mir. »Es gibt nichts Besseres, um am Morgen in Schwung zu kommen.« Er reichte mir eine Tasse.

Ich nahm einen Schluck. Das Zeug drang mir durch die Adern bis in die Zehen. Ich fühlte, wie es mich aufpeitschte; er hatte recht. »Komm«, sagte ich.

»Wie lautet das Drehbuch?« fragt er, während er mir zum Fahrstuhl folgte.

Ich lächelte. »Wie – heißt es immer – bekämpft man am besten ein Feuer?«

11

Ich nahm eine Tablette, schlief bis spät in den Montagmorgen und kam absichtlich erst kurz vor elf ins Büro. Da war schon die Hölle los.

Fogarty hatte mehr Humor, als ich dachte. »Die Explosion muß Grad acht auf der Richterskala erreicht haben«, sagte sie, als sie mir meinen Kaffee und die eingelaufenen Nachrichten brachte. »Mr. Sinclair wünscht, daß Sie ihn anrufen.«

Ich blickte aus dem Fenster. »Sieht mir nach Schnee aus.«

Sie wußte, was ich meinte. »Wenn er wieder anruft, sag ich ihm, Sie konnten keinen Hundeschlitten kriegen.«

»Sind die Nielsens schon da?«

»Wir erwarten sie jeden Moment. Die ersten ARI-Ergebnisse habe ich schon. Sie sehen gut aus.«

Sie lagen oben auf dem Stoß von Papieren. Ich sah sie mir an; sie waren mehr als gut. Wenn sie nur annähernd richtig waren, dann hatten wir mit der Jana-Reynolds-Show vierundvierzig Prozent, für die erste Stunde des Films einundvierzig und für die zweite achtunddreißig Prozent des Publikums ergattert. Das mußte so ziemlich ein Rekorderfolg sein. Sinclair hatte noch nie bei irgendeiner Samstagabendstunde mehr als siebzehn Prozent geschafft.

Ich atmete erleichtert auf. Die Sache war zwar noch nicht beigelegt, stand aber schon bedeutend besser. Jetzt war ich froh, daß ich die Präsidenten der vier größten

Werbefirmen persönlich angerufen hatte. Sanfte Überredung, aber harte Wahrheiten. Das hatte ich am Sonntag nachmittag erledigt.

»Ich schicke Ihnen ein Vorausexemplar unseres Herbstprogramms«, sagte ich. »Sie erhalten es zwölf Stunden früher als die Zeitungen und die anderen Agenturen. Den gleichen Anruf erhalten die drei anderen großen Werbefirmen, ebenso wie die gleiche Offerte. Ich resevierte Ihnen zwölfeinhalb Prozent von der Hauptzeit pro Woche mit einem Rabatt von zehn Prozent. Dieses Angebot gilt bis morgen nachmittag vier Uhr, danach gelten die vollen Preise. Studieren Sie bitte das Programm, und ich glaube, Sie werden mir beipflichten, daß Sinclair für nächsten Herbst *die* Sendergruppe ist, bei der man Geld verdient.«

Alle vier antworteten mit der gleichen Frage: »Wieso sind Sie Ihrer Sache so sicher?«

Jedem gab ich die gleiche Antwort: »Kontrollieren Sie Montag Ihre Nielsens. Wenn wir den Samstag abend nicht überlegen gewonnen haben, können Sie mein Angebot wieder vergessen. Wenn Sie für nächstes Jahr bei Sinclair nicht groß einsteigen, dürfte es Ihnen schwerfallen, Ihren Kunden Ihr Verhalten zu erklären.«

Der erste Anruf kam, bevor ich noch mit dem Durchschauen der ARI-Berichte fertig war. Es war John Bartlett, Präsident von Standard-Cassell. »Steve«, sagte er aufgeräumt, »ich habe beschlossen, gar nicht erst auf die Nielsens zu warten. Ich habe Vertrauen.«

Allerdings – das hatte er. Und wahrscheinlich schöpfte er es aus den gleichen Berichten, die auch mir vorlagen. »Danke, John.«

»Nur noch eines«, sagte er. »Ich bekomme die erste Wahl aus dem Programm.«

»Einverstanden«, erwiderte ich, »aus jedem Programm, bei dem Sie fünfzig Prozent oder mehr übernehmen.«

»Reinste Erpressung«, sagte er. »Aber ich nehme an, wenn Sie mich ab sofort für Jana Reynolds und den Film hineinnehmen.«

»Ich kann Sie vom nächsten Monat an in der Reynolds-Show und in die erste Stunde des Films nehmen. Für die zweite Stunde des Films ab sofort.«

»Gemacht«, sagte er.

»Danke, John. Ich lasse Gilligan bei Ihrem Anwalt anrufen, um den Vertrag aufzusetzen.« Ich legte den Hörer auf, meine Hände zitterten. Ich hatte noch nie in einem einzigen Abschluß dreißig Millionen Dollar Fernsehzeit verkauft.

Wieder summte das Telefon. »Mr. Sinclair wünscht Sie zu sprechen«, sagte Fogarty trocken.

»Sagen Sie ihm, ich sei bei einer Konferenz. Und rufen Sie mir Gilligan vom Verkauf; er soll sofort zu mir kommen.«

Das Telefon summte zum drittenmal, kaum daß ich aufgelegt hatte. »Mr. Sinclair hofft, daß Sie nicht zu sehr beschäftigt sein werden, um heute nachmittag um zwei Uhr dreißig an einer Sondersitzung des Aufsichtsrats teilzunehmen.«

»Sagen Sie ihm, ich werde kommen.« Ich langte über den Schreibtisch und goß mir noch eine Tasse Kaffee ein. Er schmeckte schal und fad. Ich drückte auf den Knopf, und Fogarty trat ein.

»Sehen Sie doch bitte nach, ob die Flasche Hennessy noch in der Bar steht.«

Der Kognak half mir; ich spürte, wie die Schwere aus mir wich. Es schneite. Ich sah aus dem Fenster; die dicken weichen Flocken schwebten langsam zu Boden. Gilligan kam herein. »Sie wollten mich sprechen, Steve?«

»Ja, kommen Sie her und sehen Sie hinaus.«

Er trat zum Fenster und blieb neben mir stehen.

»Irgendwo dort unten fällt der Schnee auf die Menschen«, sagte ich. »Und von hier oben können wir sie nicht einmal sehen.«

Er schien verwundert.

»Haben Sie je daran gedacht, Bob, daß Sie eines Tages über dem Schnee stehen würden? Irgendwo, wo Sie ihn fallen sehen, aber er Sie nicht treffen kann?«

Er wußte nicht, was ich meinte. Aber der Mann eine Treppe höher, der wußte es.

Sinclair wußte, daß der Schnee nie auf ihn fallen könnte. Deshalb hatten wir anderen unseren Platz in den unteren Stockwerken. Nichts konnte ihm etwas anhaben. Wir schlugen und kratzten und balgten uns, und wenn alles vorbei war, ging er seines Weges, Arm in Arm mit dem jeweiligen Sieger.

Fogarty brachte mir lächelnd den Schnellbericht. Ich warf einen Blick darauf: der Samstag abend war unser! Wir waren der nächstbesten Sendergruppe auf dem Nielsen um acht Punkte voraus. Wortlos reichte ich Gillian das Blatt und ging zu meinem Schreibtisch zurück.

Kaum hatte ich mich hingesetzt, wurden die Telefone wild. Wir konnten mittags nicht fortgehen. Als ich mich dann zur Sitzung begab, hatten schon alle Werbefirmen ihre Anteile gekauft.

Ich kam einige Minuten zu spät, und Dan Ritchie saß bereits neben Sinclair, wo gewöhnlich mein Platz war. Der einzige freie Stuhl stand am unteren Ende des Tisches; ich ging hin und setzte mich.

»Entschuldigen Sie bitte, meine Herren, daß ich zu spät komme, ich bin aufgehalten worden.«

»Das haben wir angenommen«, sagte Sinclair mit ausdruckslosem Gesicht.

Dan Ritchie konnte nicht mehr warten. »Ist Ihnen die Pressenotiz, die vor Ihnen liegt, bekannt?«

Ich blickte auf den Tisch, dann wieder auf ihn. »Muß wohl so sein«, antwortete ich. »Ich habe sie selbst ausgegeben.«

»Sie sind sich natürlich darüber klar, daß Sie dazu nicht autorisiert waren, da Sie sie dem Aufsichtsrat nicht vorgelegt hatten?« Seine Stimme klang trocken und kalt.

Ich sah Sinclair an. »Meine Vereinbarung mit Mr. Sinclair besagt, daß ich als Präsident von Sinclair Television völlig freie Hand habe und berechtigt bin, die Sendergruppe so zu verwalten, wie ich es für richtig halte.«

»Sie wußten aber wohl, daß bis heute alles, was Sie unternahmen, von uns genehmigt worden war?«

Ich nickte. »Ja, das wußte ich. Und es wurde mir in keiner Weise angedeutet, daß an diesem Vorgehen etwas geändert worden ist. Da meine früheren Entscheidungen post facto gebilligt wurden, nahm ich an, das gleiche gelte auch für alles, was ich weiterhin täte.«

Ritchie hatte einige Papiere zur Hand genommen, die er nun schweigend durchsah. Ich versuchte, aus Sinclairs Gesicht etwas herauszulesen, es blieb aber undurchdringlich wie ein Granitblock.

»Ich habe hier einen Kostenvoranschlag für das Programm, das Sie so voreilig bekanntgegeben haben«, sagte Ritchie. »Sind sie sich dessen bewußt, daß es eine Ausgabe von mehr als vierzig Millionen Dollar erfordert?«

Ich nickte.

»Und dazu kommen elf Millionen Dollar Umbaukosten für das Farbfernsehen?«

»Ganz richtig«, bestätigte ich.

»Sind Sie der Ansicht, daß der Einsatz solcher Summen für unsere Gesellschaft wirtschaftlich gesund ist?«

»Ja«, antwortete ich. »Andernfalls hätte ich sie der Gesellschaft nicht aufgebürdet.«

»Halten Sie es auch für richtig, den Rücktritt mehrerer leitender Angestellter der Gesellschaft anzukündigen, ohne vorher mit ihnen gesprochen zu haben.«

»Ja. Ihre schriftliche Rücktrittserklärungen befanden sich vom Augenblick meines Eintritts an in meinem Schreibtisch.«

»Meine hatten Sie nicht«, erwiderte er, »haben aber dennoch meinen Rücktritt bekanntgegeben.«

»Ein Versehen«, sagte ich.

»Was heißt da ›Versehen‹?« Jetzt wurde er zornig.

»Ich bin sicher«, sagte ich ruhig, »daß ich, ehe diese Sitzung zu Ende ist, Ihre Rücktrittserklärung in Händen haben werde.«

Die Röte stieg ihm ins Gesicht, aber ich ließ mich nicht weiter mit ihm ein, sondern wandte mich an die übrigen Anwesenden.

»Ich weiß, meine Herren, daß Sie sehr beschäftigt sind, und will mich daher so kurz wie möglich fassen. Die veranschlagten Einnahmen für das Hauptprogramm in der laufenden Saison betragen einhundertsechzig Millionen, davon sind dreißig Prozent, also achtundvierzig Millionen, Vorverkauf. Ich habe im Augenblick Verkaufsabschlüsse für die Hälfte des Hauptprogramms der kommenden Saison im Werte von hundertzwanzig Millionen; vorgesehen ist ein Gesamtverkauf von zweihundertvierzig Millionen. Ich könnte Ihnen auch noch den prozentualen Profit vom letzten Jahr vorlegen, will Sie aber damit nicht langweilen. Die mit dem Film und der Jana-Reynolds-Show in der vergangenen Woche eingeführten Programmänderungen werden für das laufende Jahr einen Zuwachs von schätzungsweise fünfundzwanzig Millionen ergeben.

Was die Farbe betrifft, meine Herren, so ist sie nun einmal ins Fernsehen eingezogen, und wir müssen uns damit abfinden. Wenn wir fünf Jahre warten, bis wir uns anpassen, wird es uns mindestens fünfzig Prozent mehr kosten als heute. Inzwischen haben wir den Vorteil eines zwanzigprozentigen Preiszuwachses.

Die erhöhten Kosten werden größere Einnahmen und mehr Gewinn bringen. Was das Personal betrifft, so glaube ich nur überzählige Leute ausgeschaltet zu haben, die schon längst eine Belastung für die Gesellschaft bedeuteten.«

Das allgemeine Schweigen wurden durch Sinclairs ruhige Stimme unterbrochen: »Der Vorsitzende stellt den Antrag auf ein Vertrauensvotum für Mr. Gaunt und volle Ratifizierung seiner Geschäftstaktik und seines Arbeitsplans.«

Der Antrag wurde einstimmig angenommen; es gab zwei Stimmenthaltungen, Ritchies und meine.

Sinclair sagte kühl und sachlich: »Der Vorsitzende beantragt die Vertagung der Sitzung.«

Zwei Minuten später hatte sich die Versammlung aufgelöst, und nur wir beide, Ritchie und ich, blieben noch im Konferenzraum.

Ich sammelte meine Papiere ein und schaute hinüber zur anderen Seite des langen Tisches. Dort saß Ritchie, vornübergebeugt wie unter körperlichem Schmerz, seine Hände lagen verkrampft auf dem Tisch.

Auf meinem Weg zur Tür blieb ich bei ihm stehen. »Tut mir leid, Dan«, sagte ich.

Er blickte zu mir hoch; sein Gesicht sah grau und zerquält aus. »Der gemeine Hund!« sagte er düster. »Er ist nicht mal stehengeblieben, um mir adieu zu sagen.«

Ich schwieg.

»Er hatte mich dazu aufgehetzt«, sagte er.

»Er hat uns beide gegeneinander aufgehetzt.«

Er nickte, seine Augenlider zuckten. »Er hätte mich ja einfach entlassen können. Es hätte nicht so sein müssen.«

Er ging zum Fenster und starrte auf den Schnee hinaus. »Jetzt weiß ich, warum sich die Fenster in den neuen Häusern nicht öffnen lassen. Man wußte, daß es solche Tage geben würde wie den heutigen.« Er wandte sich zu mir um. »Ich hab ihn schon einige Male so erlebt wie heute; manchmal hab ich ihn dafür sogar bewundert. Daß er so etwas einmal mit mir tun könnte, hätte ich nie gedacht.«

Sein dünnes Lächeln reichte nicht bis zu den Augen. »Falsch gedacht.« Er kam mit ausgestreckter Hand auf mich zu. »Viel Glück, Steve.«

Sein Händedruck war aufrichtig. »Danke, Dan.«

»Immer hübsch in Deckung bleiben, heißt es. Und den Schiedsrichter nie aus den Augen lassen!

12

Den ganzen Nachmittag lang trank ich Kaffee und Kognak. Das hielt mich in Gang. Und es lenkte meine Gedanken ab. Gedanken über mich, über Dan Ritchie, über Sinclair, über alles außer der Sendergruppe. Schließlich war es neun Uhr, und wir waren fertig.

»Das wäre alles«, sagte ich mit einem Blick auf Fogarty.

»Ja, Sir«, sagte sie in ihrer ruhigen Art. Sie begann ihre Papiere zu ordnen.

»Fogarty, mixen Sie mir einen Drink.«

»Bitte sehr.« Sie ging zur Bar. »Was hätten Sie gern?«

»Sehr trockenen Martini. Doppelt.«

Kurz darauf stand der Drink vor mir. Er war sehr gut. »Gehörte Barmixen mit zu Ihrer Ausbildung?« fragte ich.

Sie lachte. »Nein, das war ›praktisches Training für den Beruf‹.«

Ich lachte ebenfalls. »Mixen Sie sich auch einen Drink, Fogarty. Sie verdienen ihn.«

Sie schüttelte den Kopf. »Nein, danke, ich pack meine Sachen zusammen und gehe. Die Züge werden bei diesem Schnee ohnehin Verspätung haben.«

Ich hatte vergessen, daß sie in Darien wohnte. So, wie die Züge verkehrten, würde sie Glück haben, wenn sie überhaupt nach Hause kam. »Sollte es Schwierigkeiten geben, Fogarty, dann gehen Sie in ein Hotel und verrechnen die Spesen mit der Gesellschaft.«

»Danke, Mr. Gaunt«, sagte sie. »Haben Sie noch einen Wunsch?«

»Ja. Machen Sie mir noch so einen ausgezeichneten Martini, bevor Sie gehen.« Ich trank mein Glas aus.

Sie reichte mir den zweiten Drink. »Miß Fogarty«, sagte ich, »ein solcher Martini verdient eine Gehaltserhöhung.« Ich schlürfte genießerisch. »Morgen früh sagen Sie im Gehaltsbüro, daß sie wöchentlich fünfundzwanzig Dollar mehr bekommen.«

»Besten Dank, Mr. Gaunt.«

»Sie werden es nicht tun, Miß Fogarty, nicht wahr? Sie glauben, ich meine es nicht ernst. Sie glauben, ich bin blau.«

»Aber durchaus nicht, Mr. Gaunt«, wehrte sie ab.

»Eine ergebene Sekretärin! Miß Fogarty, ich habe einen Entschluß gefaßt.«

»Ja, Mr. Gaunt?«

»Wir wollen aufhören, so formell miteinander zu verkehren. Sie nennen mich Steve, und ich nenne Sie Sheila.«

»Ja, Mr. Gaunt.«

»Steve.«

»Ja, Steve.«

»So ist's recht, Sheila. Nun kann ich zu den wirklich wichtigen Dingen übergehen. Bin ich Präsident dieser Sendergruppe, ja oder nein?«

»Ja, natürlich sind Sie das, Mr. – äh Steve.«

»Das macht ja dann alles ganz einfach. Gehen wir vögeln.« Ich trank noch einen Schluck Martini.

Ihre Stimme bekam einen seltsamen Klang. »Ich glaube, ich muß sie nach Hause bringen.«

Ich richtete mich stolz auf. »Sie weisen mich ab?«

Sie antwortete nicht.

»Sie sind entlassen«, sagte ich. »Als Präsident dieser Fernsehanstalt entlasse ich Sie wegen Weigerung, Ihren Pflichten nachzukommen.«

Sie betrachtete mich wortlos.

Ich setzte mich hin.

Plötzlich war die Wirkung des Alkohols verflogen. »Sie sind nicht entlassen. Entschuldigen Sie, Fogarty.«

»Ist schon gut, Mr. Gaunt. Ich habe Verständnis.« Sie lächelte. »Gute Nacht.«
»Gute Nacht, Fogarty.«

Der erste Schnee in New York gehört zum Schönsten, was ich kenne. Weiß, rein, frisch und haftend bildet er Formen, wie sie die Natur nie ausgedacht hatte. Ich ging durch eine weiße kubistische Welt, die malen zu können Braque sein linkes Ei gegeben hätte. Dann und wann blieb ich bei einer Verkehrsampel stehen. Der Schnee setzte ihnen eine weiße Mütze auf, so daß sie aussahen wie Zyklopen, die stillzufrieden ihrer Arbeit nachgingen.

Zu Hause angelangt, war ich über und über mit Schnee bedeckt.

»Schlechtes Wetter«, sagte der Hoteldiener und stützte sich auf seine Schaufel.

»Ja.« Mir schien es gar nicht so übel; aber ich mußte ja auch nicht den Gehsteig freischaufeln.

Das erste, was ich sah, als ich die Tür zu meinem Apartment aufschloß, waren die brennenden Kerzen auf dem Tisch. Ich blieb stehen. Ich hatte das seltsame Gefühl, in ein falsches Apartment geraten zu sein. Doch dann sah ich die Riesendose Kaviar und den Champagner im Eiskübel. Es war alles da. »Barbara!« rief ich.

Sie kam aus dem Schlafzimmer, in der Hand eine Kristallvase mit einer einzelnen Rose. Sie blickte mich an, dann stellte sie die Vase mitten auf den Tisch. »Die hat noch gefehlt, nicht wahr?«

Ich stand noch immer an der Tür. »Was gibt's denn zu feiern?«

»Es schneit.«

»Das weiß ich.«

»Der erste Schnee im neuen Jahr«, sagte sie. »Ich dachte, das sollten wir feiern.«

»Natürlich!« Ich drehte mich um und hängte Mantel und Hut an die Garderobe. Sie stand neben mir.

»Was ist los?« fragte sie. »Deine Stimme klingt so merkwürdig.«

»Nichts, ich bin müde. Ich brauch was zu trinken.«

»Ich hab eine fast steifgefrorene Flasche Wodka.«

»Die wird das richtige sein.« Ich folgte ihr zur Bar. Die Flasche hatte eine Eiskruste. Sie füllte ein Glas für mich. Ich wartete auf sie.

Sie schüttelte den Kopf. »Trink nur.«

Es floß mir durch die Kehle wie herrliches, flüssiges Feuer. Ich hielt ihr das leer Glas hin, und sie füllte es noch einmal. Diesmal trank ich in langsamen Schlucken.

Sie schaute mir zu. »Jetzt ist es drei Monate her.«

Ich nickte.

»Wolltest du nicht wissen, wie es mir ging?«

Ich schüttelte den Kopf. »Ich dachte mir, du würdest dich schon zurechtfinden.«

»Aber du wußtest doch, daß ich mich verirrt hatte.«

»Tun wir das nicht alle?«

Sie füllte ihr Glas und hob es mir entgegen. »Du nicht. Du weißt immer genau, wo du stehst. Jederzeit.« Sie goß den Drink hinunter und schenkte sich noch einen ein. »Vielleicht war das doch keine gar so gute Idee von mir!«

»Es war eine glänzende Idee!«

»Ich wußte, wie schwer du arbeitest, deshalb hielt ich mich fern. Heute wollte ich dich überraschen.«

»Ich bin auch überrascht.«

Plötzlich verschleierte ein Tränenvorhang das Blau ihrer Augen. »Ich sollte wohl lieber gehen.«

»Geh nicht. Ich kann das alles nicht allein essen.«

Sie blieb stehen. »Nur deshalb willst du, daß ich bleibe?«

»Der Schnee draußen reicht einem bis über die Knie. Und man bekommt kein Taxi.«

Sie schwieg eine Weile und sah mich prüfend an. »Ich liebe dich. Gibst du mir keinen Kuß?«

Ich nahm sie in die Arme. Ihr Mund war warm und feucht von den salzigen Tränen. »Es tut mir leid, Steve«, flüsterte sie. »Es tut mir leid.«

Ich drückte ihren Kopf an meine Brust. »Da ist nichts, was dir leid tun sollte.«

Sie lag schwer in meinen Armen, ihre Stimme klang gequält. »Ich habe versucht, dich zu warnen«, klagte sie, »dir zu sagen, wie er ist. Aber du wolltest nicht auf mich hören, wolltest mir nicht glauben.«

Ich war verblüfft. »Was . . . wer?«

»Daddy.« Sie spie den Namen hervor. »Gestern abend war ich bei ihm zum Abendessen, und da habe ich gehört, wie er mit jemandem telefonierte.

›Wir werden's dem Kerl schon zeigen‹, sagte er. ›Es wird ihm schon noch klarwerden, wer Sinclair Television leitet.‹«

Sie preßte sich an mich. »Nimm's nicht zu schwer, Steve«, flüsterte sie an meiner Brust. »Du wirst einen anderen Posten finden und es ihm zeigen.«

»Bist du deshalb heute abend hergekommen?« fragte ich.

Sie nickte. »Ja, du solltest nicht allein sein.«

»Wie lieb von dir.« Ich lächelte ihr zu. »Ich bin nicht gefeuert worden. Aber ich hab tatsächlich begriffen, wer Sinclair TV leitet. Und dein Vater auch. Ich.«

Sie schlang erregt ihre Arme um mich. »Du hast es geschafft, Steve? Wirklich geschafft?«

Ich nickte und griff nach der Champagnerflasche. »Komm, wir haben wirklich etwas zu feiern!«

Sie gab mir einen raschen Kuß. »Mach die Flasche auf!«

Ich sah ihr lächelnd zu, wie sie die Lampen rings im Raum löschte. Endlich kam sie, nur von dem goldenen Licht der Kerzen beleuchtet, auf mich zu. Ich reichte ihr ein Glas.

»Ist es so nicht hübscher?« fragte sie. »Was meinst du?«

»Viel hübscher.« Wir stießen mit unseren Gläsern an. Die Bläschen kitzelten mir die Nase.

Aber es half nichts. Irgendwann zwischen dem Chateaubriand und dem Dessert schlief ich am Tisch ein.

13

Irgendwo klingelte das Telefon. Ich bahnte mir den Weg durch die Dunkelheit, aber es hörte auf zu klingeln, ehe ich hinkam. Ich hörte eine flüsternde Stimme und öffnete die Augen.

Sie legte den Hörer auf und sah mich an. »Schlaf nur weiter«, sagte sie zärtlich.

»Wer war das?« fragte ich.

»Dein Büro. Ich sagte, du schläfst noch.«

»Mein Büro?« Plötzlich war ich hellwach. »Wie spät ist es, zum Teufel?«

»Mittag.«

»Warum hast du mich nicht geweckt?«

»Du warst müde.« Sie lächelte. »Du schläfst wie ein Baby, weißt du. Sanft und lieb.«

Ich sprang aus dem Bett. »Was hast du in die Salatsauce getan? Seconal?«

Sie setzte sich auf. »Das hattest du nicht nötig. Du hast eine Flasche Wodka und zwei Flaschen Champagner ganz allein ausgetrunken.«

»Ich erinnere mich nicht.«

»Du bist am Tisch eingeschlafen. Ich mußte den Zimmerkellner kommen lassen, um dich mit seiner Hilfe ins Bett zu bringen.«

»Gibt's irgendwo Kaffee?« fragte ich.

»Auf dem Eßtisch. Ich hole ihn dir.«

Als ich aus dem Badezimmer kam, stand eine dampfende Tasse auf dem Tablett.

Ich nahm sie aus ihrer Hand und trank sie langsam aus. »Das hilft«, sagte ich, »aber es genügt noch nicht, um mich in Schwung zu bringen. In der Bar findest du eine Flasche Kognak.«

Sie betrachtete mich, wie ich einen kräftigen Schuß in den Kaffee tat. »Du trinkst mehr als früher.«

Ich musterte sie schweigend.

»Na schön«, sagte sie, »ich hab kein Recht, darüber zu reden!«

»Richtig. Laß die Finger davon.«

»Ein guter Rat. Warum befolgst du ihn nicht selbst?« Sie kam näher. »Du bist so zugeknöpft.«

»Ich hab eine Menge Dinge im Kopf.«

»Du hast es falsch gesagt: Nicht du hast ihn drangekriegt, sondern er dich!«

»Was meinst du damit?«

»Du trinkst mehr und fickst weniger. Typisch für einen Mann in leitender Stellung!«

Ich schwieg.

»Ich hätte mir die Mühe sparen können. Ich hab das neue Nachthemd an, dasselbe wie neulich. Damals hat es auch nicht gewirkt.«

Sie ging ins Badezimmer und schloß die Tür. Ich schaute ihr nach. Sie hatte recht, es war nun drei Monate her, seit ich den Posten bekommen hatte. Ich stellte meine Tasse auf den Toilettentisch. Als sie aus dem Badezimmer kam, lag ich wieder im Bett.

»Was ist los?« fragte sie besorgt. »Fühlst du dich nicht wohl?«

»Wie ein Fisch im Wasser.«

Plötzlich lag sie auf den Knien neben meinem Bett, nahm mein Gesicht in beide Hände und bedeckte es mit schnellen, kleinen Küssen. »Ich liebe dich, ich liebe dich, ich liebe dich«, sagte sie dazwischen.

»Keine persönlichen Bemerkungen, bitte!« sagte ich und zog sie neben mich aufs Bett. »Du wirst noch deine Ruhe verlieren.«

Es war zwei Uhr dreißig morgens, als ich den Wagen vor Tante Prues Haus zum Halten brachte. Der helle Wintervollmond, der sich im Schnee spiegelte, machte die Nacht zum Tag.

»Alles dunkel«, sagte Barbara, während wir durch den knirschenden Schnee zur Tür gingen. »Du wirst sie fürchterlich erschrecken, wenn du sie zu dieser Stunde aufweckst.«

Ich griff nach oben und nahm den Schlüssel aus seinem Versteck über dem Türrahmen. »Wahrscheinlich wird sie erst morgen früh merken, daß wir gekommen sind.«

Aus ihrem kleinen Büro strömte plötzlich Licht in den Vorraum. »Wahrscheinlich hast du, wie gewöhnlich, unrecht«, sagte Tante Prue von der Schwelle her.

Sie ließ sich von mir umarmen, und einen Augenblick lang überraschte es mich wieder einmal, daß sie nicht so groß war, wie ich dachte. Irgendwie glaubt man von älteren Verwandten immer, sie seien größer als man selbst. Ich gab ihr einen Kuß.

»Wie seid ihr hergekommen?«

»Mit dem Wagen von New York.«

»Bei diesem Schneesturm?«

»Es schneit schon lange nicht mehr, und die Autobahn ist bereits frei.«

Sie reichte Barbara die Hand. »Ich bin Prudence Gaunt. Und mein Neffe hat sich seit seiner Kindheit nicht geändert; er weiß immer noch nicht, was sich gehört.«

Barbara drückte ihr die Hand. »Barbara Sinclair. Ich freue mich sehr, Sie kennenzulernen. Steve hat während der ganzen Fahrt hierher von Ihnen erzählt.«

»Wahrscheinlich Lügen.« Aber ich sah, daß sie sich freute. »Ihr müßt ja ganz erfroren sein. Ich mache euch Tee.«

»Mit Rum, Tante Prue«, sagte ich, »wenn du dein Rezept nicht vergessen hast.«

Am Morgen gingen wir im Schnee am Strand spazieren. Die Sonne schien hell, ihre Strahlen tanzten wie Diamanten auf dem Schnee. Wir kamen mit geröteten und leuchtenden Gesichtern zum Mittagessen zurück.

Tante Prue stand an der Tür. »Fünf Anrufe aus New York für dich.«

»Was hast du ihnen gesagt?«

»Daß du nicht hier bist.«

»Sehr gut. Wenn man noch mal anruft, dann sag, du hast mich nicht gesehen und auch nichts von mir gehört.«

»Ist etwas schiefgegangen, Stephen?« fragte sie.

»Keineswegs«, sagte ich. »Ich wollte nur für eine Weile fort. Ich habe Ferien nötig.«

»Und die Arbeit?«

»Die kann warten.«

Nach drei Tagen hatten wir den Schnee satt, fuhren nach Boston und setzten uns in ein Flugzeug nach den Bermudas. Wir verbrachten ein langes Wochenende an der Sonne und im Wasser. Zum erstenmal seit drei Monaten konnte ich einschlafen, ohne daß die Räder in meinem Kopf surrten. An einem Montag morgen erschien ich wieder im Büro.

Fogarty folgte mir, fast erdrückt von der Last der Papiere, die sie mir brachte, in mein Büro. Sie legte sie auf den Schreibtisch. »Schön braun sind Sie, Mr. Gaunt.«

»Danke, ich war an der Sonne. Wie geht's mit allem?«

Sie verzog das Gesicht. »Barometer auf Panik. Niemand wußte, wo Sie waren, und alle glaubten, ich wüßte es und wollte es nicht sagen.«

»Tut mir leid, wenn Sie Unannehmlichkeiten hatten.«

»Das gehört zu meinem Job. Ich sagte den Leuten, ich sei Ihre Sekretärin und nicht Ihre Hüterin.«

»Gescheites Mädchen!«

Sie wies auf die Papiere. »Womit wollen Sie anfangen?«

Ein Blick auf den Haufen, und ich packte das Ganze und warf es in den Papierkorb. »Wie wäre das als Ausgangspunkt?«

»Prima«, sagte sie, ohne mit der Wimper zu zucken. Sie schaute in ihr Notizbuch. »Nun die Telefonanrufe: Sie möchten sofort Mr. Savitt anrufen. Mr. Gilligan . . .«

»Lassen Sie die Anrufe.« Ich stand auf und marschierte zur Tür.

Unwillkürlich entfuhr ihr die Frage. »Wohin gehen Sie?«

»Eine Treppe höher.«

Als ich sein Büro betrat, blickte er überrascht auf. Ich war einfach an seinen Sekretärinnen vorbeigegangen. »Ich wollte Sie eben anrufen«, sagte er und hielt mir ein Blatt Papier entgegen. »Ich gratuliere!«

Ich sah mir das Papier gar nicht erst an.

»Der Samstagabend hat sich behauptet«, fuhr er fort. »Wir hatten in der zweiten Woche im Durchschnitt mehr als achtunddreißig Prozent Seherbeteiligung. Ich finde, Sie haben sich bewährt.«

Ich legte das Blatt Papier auf seinen Schreibtisch. »Nein, Mr. Sinclair, bewährt haben Sie sich.«

»Ich verstehe nicht«, sagte er.

»So ging es mir zuerst auch. Aber jetzt verstehe ich alles«, sagte ich. »Und es gefällt mir nicht. Ich kündige.«

Er sah mich eine Weile wortlos an. Dann nickte er. »Einfach so?«

»Einfach so.«

»Darf ich fragen, warum?«

»Sie dürfen, aber ich glaube, Sie werden mich doch nicht verstehen.«

»Stellen Sie mich auf die Probe«, sagte er.

»Es paßt mir nicht, benutzt zu werden. Ich kam hierher, um eine Arbeit zu leisten. Nicht um in einen Ring gestoßen und auf jemanden gehetzt zu werden, damit Sie ihm leichter den Hals umdrehen können.«

Er schwieg.

»Diese Sache mit Dan Ritchie war ganz unnötig«, fuhr ich fort. »Sie hätten ihn entlassen können, ohne ihn seiner Würde zu berauben. Es bestand kein Grund, ihn zu vernichten.«

Er fragte ganz ruhig: »Ist das Ihre Meinung?«

Ich nickte.

»Dan Ritchie mußte vernichtet werden«, sagte er im gleichen Ton. »Ich dachte, gerade Sie hätten das ganz klar erkannt. Als Sie herkamen, fanden Sie ihn zu alt.«

»Ich trat aber nicht für Euthanasie ein«, erwiderte ich.

»Gegen Krebs«, sagte er kalt, »gibt es nur eine einzige Methode: wegschneiden. Tut man es nicht, dann stirbt man. So einfach ist das. Dan Ritchie war eine Krebsgeschwulst. Seit fünfundzwanzig Jahren war er bei dieser Gesellschaft, und nun ist er versauert. Das wußten Sie, das wußte ich. Aber der Aufsichtsrat wußte es nicht. Die Herren hielten ihn immer noch für den Mann, der er einmal gewesen war, und einige glaubten ihm ohne weiteres, als er behauptete, daß Sie Geld und Gut der Gesellschaft vergeuden.

Sicher hätte ich ihn einfach gehen lassen können. Das hätte den Leuten aber nicht klargemacht, daß er im Unrecht war. Es gab nur eine Methode und einen Menschen, der sie anwenden konnte: Sie.«

»Und wenn ich das Spiel verloren hätte? Was wäre dann geschehen?«

»Sie konnten es nicht verlieren. Ich mischte die Karten, als ich Ihnen das Geld zur Verfügung stellte.«

Er drückte auf die Knöpfe an seinem Schreibtisch, und an der Wand hinter mir wurden alle Fernsehschirme lebendig. »Sehen Sie sich das an!« sagte er.

Ich wandte mich um, er drückte nochmals auf die Knöpfe, und die Kanäle änderten sich wie die Facetten eines Kaleidoskops. »Hier ist es, das größte Beeinflussungsmedium, das die Welt kennt. Und wir stehen erst am Anfang.

In fünf Jahren wird es entscheiden, wer der nächste Präsident der Vereinigten Staaten werden soll, in zehn Jahren wird es die Welt in unser Wohnzimmer bringen, in fünfzehn Jahren bringt es uns vielleicht schon auf den Mond.« Zornig schlug er auf alle Knöpfe, und die Schirme wurden schwarz.

»Und das alles wollen Sie aufgeben«, sagte er, »nur weil das Spiel Ihnen zu rücksichtslos ist. Weil Sie zu feinfühlig sind und niemanden verletztten wollen.

Das Spiel mit den Zuschauerziffern ist ein Kinderspiel. Wenn Sie eine Sendergruppe leiten, beeinflussen Sie das Leben von Menschen überall in der Welt. Es kann zum Guten wie zum Schlechten entscheiden, Sie allein stehen an der Spitze. Und je mehr Zuschauer Sie haben, desto mehr Wirkung können Sie erzielen. Ich glaubte, das hätten Sie erkannt; vielleicht habe ich mich geirrt.«

Er schwieg einen Augenblick. »Ich hatte eigentlich nicht die Absicht, eine Rede zu halten«, fuhr er fort. »In Phrygien gab es in alten Zeiten den berühmten Gordischen Knoten, von dem die Sage behauptet, wer ihn lösen könnte, würde König sein. Alexander kam und hieb ihn einfach mit seinem Schwert entzwei.

Ich machte aus dem fünfzigsten Stock unseren Gordischen Knoten. Er blieb vier Jahre lang leer. Ich hatte ihn dem Mann zugedacht, der mein Nachfolger sein sollte. Und der brauchte nichts anderes zu tun, als danach zu verlangen. Warum?

Aus einem einzigen Grund: weil niemand je zuvor daran gedacht hatte, ihn zu verlangen. Ich glaubte, Sie wären Alexander. Auch er war sehr jung.«

Er ging, ohne mich anzusehen, von seinem Schreibtisch zum Fenster. »Ich nehme Ihr Abschiedsgesuch an«, sagte er über die Schulter. »Vorher aber möchte ich, daß Sie das Memorandum lesen, das ich Ihnen gab.«

Schweigend nahm ich das Blatt Papier vom Schreibtisch. Es war der Entwurf einer Presseerklärung.

SPENCER SINCLAIR III. GAB HEUTE BEKANNT, DASS ER DIE STELLUNG DES GENERALDIREKTORS DER SINCLAIR BROADCASTING COMPANY ÜBERNIMMT. GLEICHZEITIG GAB ER DIE ERNENNUNG VON STEPHEN GAUNT ALS PRÄSIDENT DER SINCLAIR BROADCASTING COMPANY BEKANNT. MR. GAUNT ÜBERNIMMT AUCH DEN POSTEN DES PRÄSIDENTEN VON SINCLAIR TELEVISION.

MR. SINCLAIR ERKLÄRTE, DASS . . .

Ich las nicht weiter. »Das hätten Sie mir sagen können.«

Er drehte sich um, sah mich an, und seine Lippen verzogen sich zu einem müden Lächeln. »Sie haben mir doch gar keine Gelegenheit dazu gelassen.«

»Bleibt nach meinen Worten Ihr Vorschlag weiter bestehen?«

»Ich hab Ihnen doch das Memorandum gegeben – oder?«

Ich las es noch einmal durch. Präsident der Sinclair Broadcasting Company. Als ob man an der Spitze der Welt säße. Ich legte das Memo wieder auf den Schreibtisch. »Nein«, sagte ich. »Besten Dank, aber ich sage nein.«

Seine Stimme klang überrascht. »Warum?«

»Ich bin noch zu jung zum Sterben«, sagte ich und ging hinunter in mein Büro.

Es war acht Uhr, und wir waren noch immer nicht zum Abendbrot ausgegangen. Wir lagen im Bett. Ich ließ meine Finger über ihr Rückgrat gleiten und wölbte meine Hand um ihre Hinterbacke. Ich drückte sie. Fest.

»Machst du das gern?« fragte sie.

»Ja. Ich hab eine Vorliebe für Popos. Ich dachte, du weißt das.«

»Du hast allerlei Vorlieben«, sagte sie und zog an ihrer Zigarette.

Ich nahm sie ihr aus dem Mund, wälzte mich auf den Rücken und ließ den Marihuanarauch tief in die Lunge dringen. »Ist noch Champagner in der Flasche?« fragte ich.

»Ich sehe nach.« Sie setzte sich auf und griff nach der Flasche im Kübel. Sie füllte mein Glas, reichte es mir und goß sich selbst etwas ein. »Klar zur Abfahrt«, sagte sie.

Ich spürte das Prickeln bis zu den Zehen hinunter. Alles funktionierte bestens. Champagner und Marihuana. Unübertroffen.

Ich stellte das Glas auf den Tisch, legte den Stummel daneben und griff nach ihr. Sie lag in meinen Armen, als ob sie darin zur Welt gekommen wäre. Ich nahm ihre Lippen. »Du bist warm«, sagte ich, »innen und außen.«

»Ich liebe dich«, sagte sie.

Ich saugte an ihren Brüsten. Das Telefon begann zu klingeln, und ich wanderte weiter hinunter zu ihrem Bauch.

»Das Telefon klingelt!« sagte sie.

»Zum Teufel damit!« Ich war bei ihrem Muff angelangt. Aber sie hatte den Hörer bereits abgehoben. »Sag, ich bin zum Abendessen gegangen.«

Ihr Gesicht nahm einen merkwürdigen Ausdruck an. »Mein Vater ist unten. Er will heraufkommen.«

Ich riß ihr den Apparat aus der Hand. »Ja.«

»Ein Mr. Sinclair für Sie, Sir«, sagte der Portier. »Soll ich ihn hinaufschicken?«

Ich sah sie an. »Ja.« Ich legte auf und sprang aus dem Bett. Im Badezimmer spülte ich mir den Mund, spritzte mir etwas Wasser ins Gesicht und kämmte mein Haar. Ich schlüpfte in einen Morgenrock und ging zurück ins Schlafzimmer.

Sie hatte ein Negligé umgenommen und saß im Bett. Ich beugte mich zu ihr nieder und gab ihr einen Kuß. »Geh nicht fort«, sagte ich. »Ich werde ihn schnell los und komm dann gleich wieder.«

Er hatte Stil und einen guten Instinkt, beides half ihm. »Ich hoffe, ich störe Sie nicht.«

»Keineswegs.« Ich ging voran zur Bar. »Darf ich Ihnen etwas zu trinken anbieten?«

»Whisky und Wasser, ohne Eis.«

»Scotch Whisky?«

»Natürlich.«

Ich mischte seinen Drink und goß mir einen Kognak ein. Wir tranken. Er kam sofort zur Sache.

»Warum haben wir uns heute morgen falsch verstanden? Ich glaubte, Ihnen alles klargemacht zu haben.«

»Haben Sie auch«, erwiderte ich. »Wir haben uns auch nicht falsch verstanden. Ich begriff nur, daß es zu viel und zu früh wäre. Besonders nachdem ich Ihnen zugehört hatte. Es gibt noch eine Menge für mich zu lernen.«

»Sie werden es schon schaffen. Sie lernen rasch.«

»Vielleicht. Aber wenn ich auch noch so schnell lerne, zwei Jahre dauert es mindestens, bis ich die Dinge übernehmen kann, die Sie mir in den Schoß werfen wollen.«

»Möchten Sie noch immer fort?«

»Nein«, sagte ich, »jetzt nicht mehr.«

Plötzlich lächelte er. »Danke. Um nichts in der Welt hätte ich Sie verjagen wollen.«

»Das weiß ich.«

»Was machen wir also?« fragte er. »Ritchie hat eine Lücke in der Gesellschaft hinterlassen.«

»Diese Lücke werde ich ausfüllen. Unter einer Bedingung.«

»Und die wäre?«

»Sie bleiben Präsident und Geschäftsführer von Sinclair Broadcasting. Ich brauche Sie, um nicht den Kopf zu verlieren. Und wenn dann in zwei Jahren Ihr Angebot noch gilt und Sie es sich nicht anders überlegt haben, nehme ich Sie beim Wort.«

Er sah mich an. »Okay. Sie sind Vizepräsident der Rundfunkgesellschaft und Präsident des Fernsehens – zufrieden?«

Ich nickte. »Ja.«

»Also . . .« Er streckte mir die Hand entgegen. »Sagen Sie mir eines, ich bin neugierig.«

»Was?«

»Was hätten Sie getan, wenn wir uns nicht geeinigt hätten?«

»Darüber hab ich mir noch keine Gedanken gemacht«, sagte ich leichthin. »Eigentlich habe ich es nicht nötig zu arbeiten, um zu leben.« Hinter ihm war Barbara ins Zimmer getreten – jetzt konnte ich es mir nicht mehr verkneifen. »Ich vergaß zu erwähnen, daß ich vorige Woche geheiratet habe. Ein sehr vermögendes Mädchen, dessen Vater mich in den Familienbetrieb nehmen will.«

Er starrte mich an, als sei ich plötzlich übergeschnappt.

»Tag, Vater«, sagte Barbara.

Er hatte nicht nur einfach Stil, sondern ganz großen Stil. Der Schock war im Bruchteil einer Sekunde überwunden, und sie flog in seine ausgebreiteten Arme. Mit einem warmen Lächeln wandte er sich mir zu. »Herzlichen Glückwunsch, mein Sohn. Du bist ein richtiger Glückspilz!«

»Das weiß ich, Sir.«

Sein Lächeln vertiefte sich. »Jetzt brauchst du nicht mehr so förmlich zu sein, da du zur Familie gehörst. Nenn mich einfach Dad.«

Verdammt!« brach es aus ihr aus. »Jetzt kann ich nicht mal mehr den Büstenhalter zuhaken!« Sie schleuderte ihn wütend durchs Zimmer und drehte sich wieder zum Spiegel. »Sieh mich doch an!«

Ich trat hinter sie, umfing ihr Taille und legte meine gewölbten Hände um ihre Brüste. »Laß mich dein Büstenhalter sein.«

Unsere Augen begegneten sich im Spiegel. »Dir gefällt das«, sagte sie vorwurfsvoll. »Du wärst noch stolz, wenn man mich für Werbespots engagierte – als Elsie die Kuh!«

»Was hast du gegen große Titten? Die sind Amerikas populärster Komplex.«

Sie entwand sich meinen Armen und riß wütend eine Schublade auf. Die Lade fiel ihr entgegen, und der Inhalt verstreute sich auf dem Fußboden. Sie setzte sich mitten in den Wäschehaufen und begann zu weinen. Ich kniete neben ihr und zog ihren Kopf an meine Brust. »Ich bin so ungeschickt«, schluchzte sie, »nichts kann ich richtig machen.«

»Beruhige dich doch«, sagte ich. »Das Schlimmste ist vorbei. Jetzt dauert es nur noch wenige Monate.«

»Mir kommt es endlos vor. Warum hast du es mir nicht ausgeredet?«

Das hatte ich versucht. Im ersten Jahr unserer Ehe. Aber im zweiten war sie entschlossen und ließ sich durch nichts mehr abbringen. »Jede Frau hat ein Recht auf ein Kind«, hatte sie gesagt. »Und nun ist's bei uns soweit.«

Ich war nicht so dumm, sie gerade jetzt daran zu erinnern. Statt dessen richtete ich sie wieder auf und setzte sie in einen Stuhl. »Ich mix dir einen Drink.«

Ich machte ihr einen guten zurecht. Sie kostete, zog ein Gesicht und stellte das Glas hin. »Schmeckt scheußlich«, sagte sie. »Gib mir eine Zigarette.«

Ich zündete eine an und gab sie ihr. »Ich bin fertig«, sagte sie. »Noch nie im Leben war ich so fertig wie jetzt.«

»Trink dein Glas aus, das wird dir guttun.«

»Hast du vielleicht zufällig einen Haschstengel da?«

»Du weißt, Bill hat gesagt, das könnte dem Baby schaden. Du willst doch nicht, daß unser Kind mit Drogen vergiftet zur Welt kommt?«

»Der glaubt, weil er Arzt ist, weiß er alles!« schnauzte sie mich an. »Ist es besser, wenn das Baby betrunken zur Welt kommt? Whisky – macht ihm das nichts?«

Sie griff nach dem Glas. »Zieh dich an und geh hin. Ich bleibe zu Hause.«

»Aber sie erwarten uns doch beide.«

»Dann entschuldige mich eben, mein Gott! Sag ihnen, daß mir übel ist oder sonst was. Dir fallen doch genug Ausreden ein, wenn du zum Abendessen nicht nach Hause kommen willst. Jetzt denk dir mal eine für mich aus. Außerdem kann ich den dicken Juden nicht leiden; er erinnert mich an ein Schwein.«

»Sei nicht so boshaft!«

»Ich hätte ihn auch nicht lieber, wenn er jeden Sonntag auf der Kanzel der St.-Thomas-Kathedrale stünde. Er will dich nur benutzen.«

»Will das nicht jeder?« Ich stand vor dem Spiegel und band meinen Schlips. »Aber das ist eben mein Beruf. Von Leuten benutzt zu werden.«

»Ach, du bist edel!« höhnte sie. »Jetzt glaubst du also auch schon an den Blödsinn, den mein Vater verzapft, daß der Präsident einer Sendergruppe ein Diener des Volkes ist.«

»Es gibt Schlimmeres«, sagte ich und streifte meine Jacke über. »Ziehst du dich nun endlich an und willst du die ganze Nacht mit nackten Titten sitzen bleiben?«

Wir waren acht am runden Tisch im Klub Einundzwanzig. Sam Benjamin mit Denise, seiner Frau; Jack Savitt und eine Schauspielerin, Jennifer Brace, mit der er sich wichtig machte; Sams Schwager, Roger Cohen, und seine Frau, deren Namen ich erst drei Wochen später erfuhr; Barbara und ich.

Ich sah mich um. Sam vergnügte sich; er zeigte eines seiner Kunststücke. Wie er einen Hundertdollarschein verschwinden lassen, ihn dann im Dekolleté der Schauspielerin und schließlich in Barbaras Zigarettenetui finden konnte. Barbara unterhielt sich anscheinend ausgezeichnet, jedenfalls war sie es, die am meisten lachte. Vielleicht hatte sie seine Kunststücke noch nie gesehen.

Ich lächelte in mich hinein. Sam liebte Zauberkunststücke in Gesellschaft. Manchmal fragte ich mich, was er eigentlich war: ein frustrierter Artist, ein Schauspieler, ein Werbeleiter oder vielleicht ein Gemisch aus allen dreien? In gewissem Sinn hatte ich ihn auf diese Weise kennengelernt.

Jack und ich hatten gerade unser Mittagessen im Waldorf beendet und waren auf dem Weg zum Ausgang in die Park Avenue, als uns die Menschenansammlung vor dem Empire Room auffiel. Dann bemerkte ich die vier Polizisten mit gezogenen Revolvern. Hinter ihnen kamen zwei Wächter, die einen großen Aluminiumkoffer mit zwei riesigen Goldschlössern trugen. Vier weitere Wächter bildeten die Nachhut.

»Was geht da vor?« fragte ich.

»Ich werde mich erkundigen«, sagte Jack sofort. Er eilte die Stufen zum Empire Room hinauf und sprach mit einem Mann, der in der Tür stand.

Er kam zurück und sagte: »Ein Werbeschlager. Ein neuer Produzent hat die Presse und alle größeren Kinobesitzer im Land eingeladen, um ihnen zu zeigen, wie man einen Film verkauft!«

Ich sah mir die Menge an und erkannte einige Leute. Sie gehörten zu den gerissensten, zynischsten Männern der Branche. »Um die herzulocken, muß das schon ein wirklicher Schlager sein.«

»Ist es auch«, sagte Jack. »Mein Freund sagte mir, in dem Koffer befinde sich eine Million Dollar.«

»Das muß ich mir ansehen.« An der Tür hielt uns niemand auf. Alle Augen waren auf den Koffer gerichtet, der nun auf dem Tisch stand.

Ich sah mich im Saal um. Er war mit Schildern und Transparenten übersät. Auf allen stand der gleiche Text:

SAMUEL BENJAMIN ZEIGT SEINEN
ICARUS
DEN EINE-MILLION-DOLLAR-FILM FÜR DEN KINOBESITZER

Ich grinste vor mich hin. Hier war einmal ein Filmverleiher, der sich nicht vor dem Fernsehen auf den Bauch legte. Er schlug mit den gleichen Waffen zurück. Und noch mit anderen dazu. Es gab riesige Großaufnahmen in Farbe: Ein prachtvoller, halb entblößter Mann, dessen Muskeln unter der Haut schimmerten, hielt ein fast nacktes Mädchen in einem Arm, während er mit dem anderen ganze Heere abwehrte. In anderen Vergrößerungen schwebte dieselbe Gestalt über den Häuptern der zusammengedrängten Krieger – in einem seltsamen Geschirr mit gefiederten Schwingen, aber nie ohne das nackte Mädchen.

»Meine Damen und Herren«, brüllten die Lautsprecher. Alle Augen wandten sich der Bühne zu. Ich sah ihn damals zum erstenmal. Er war klein und schien so breit wie hoch. Er trug einen schwarzen Anzug mit weißem Hemd. Er hatte schwarzes Haar und ein rotbackiges, im Augenblick ziemlich verschwitztes Gesicht.

»Die meisten von Ihnen kennen mich nicht«, sagte er. »Ich heiße Sam Benjamin. Und die meisten von Ihnen kennen auch meinen Film nicht. Er heißt *Icarus.* Aber eines verspreche ich Ihnen.« Er machte eine Pause, um sich die Stirn mit einem weißen Taschentuch abzuwischen. »Nach dem heutigen Tag werden Sie weder mich noch meinen Film vergessen.«

Er winkte, die Wächter nahmen den Koffer hoch und stellten ihn vor ihm ab. Er nahm einen riesigen goldenen Schlüssel aus der Tasche, öffnete die Schlösser und trat zurück.

Die Wächter wußten, was sie zu tun hatten. Sie hielten den Koffer hoch und kehrten ihn um. Bündel und Haufen von Geldscheinen fielen auf den Tisch, glitten über den Rand und verstreuten sich auf dem Boden. Es schien überhaupt nicht aufzuhören. Aus der Menge stieg ein allgemeines Seufzen empor.

Ich betrachtete die Leute; ein Ausdruck verzückter Spannung lag auf ihren Gesichtern. Sie vermochten ihre Augen nicht von dem Geldhaufen abzuwenden.

Dann blickte ich wieder auf den kleinen Mann auf dem Podium. Plötzlich war er gar nicht mehr klein. Er hatte recht: Sie würden ihn nie vergessen.

»Gehen wir«, flüsterte ich.

Als wir in die Vorhalle kamen, wandte sich Jack zu mir. »Der Kerl hat einen Vogel. Mit einer Million Dollar so was zu riskieren. Und wenn nun . . .«

Ich unterbrach ihn: »Besorg mir genaue Informationen über ihn.«

»Meinst du das im Ernst?«

Ich nickte. »So ernst wie noch nie im Leben.« Einen solchen Trick konnte nur ein Mann aufziehen, der entweder sehr viel besaß oder überhaupt nichts – und alles auf eine Karte setzte. Es war ihm gleichgültig, wie es ausging. Der Mann hatte Mumm.

Was ich dann erfuhr, machte mich noch neugieriger, und ich ging am nächsten Morgen in sein Büro, um zu sehen, was wirklich an ihm dran war. In dem kleinen, aus vier Räumen bestehenden Büro im Gebäude des Rockefeller Center liefen Menschen hin und her; überall, sogar in den Korridoren, standen Schreibtische; Papiere lagen auf dem Fußboden.

Ich stand in der Mitte des Raumes, der vermutlich als Empfangszimmer diente, und sah mir das Durcheinander an. Nach einer Weile kam ein Mann mit bekümmertem Gesichtsausdruck auf mich zu. Das war – was ich damals noch nicht wußte – Roger Cohen, Sams Schwager und Hauptgeldgeber.

»Sind Sie Kinobesitzer oder Händler?« fragte er.

»Ich bin gewissermaßen beides.«

»Was ich wissen will«, sagte er heiser, ist: Kaufen Sie, verkaufen Sie oder kassieren Sie?«

»Ich kaufe.«

Ein Lächeln erschien auf seinem Gesicht. »Wenn das so ist, treten Sie bitte gleich ein. Mr. Benjamin wird Sie sofort empfangen.«

Sam telefonierte. Er blickte auf und wies mir einen Stuhl an. Es lagen Papiere darauf, die Roger hastig forträumte.

»Richtig«, sagte Sam ins Telefon. »Fünfzig Prozent Leihgebühr, ich bezahle die ganze Reklame bis zu einem Tausender wöchentlich.«

Er legte auf und streckte mir die Hand über den Schreibtisch entgegen. »Sam Benjamin.«

Ich nahm seine Hand. Sie täuschte: In diesem Händedruck war nichts Weiches oder Fettes. »Stephen Gaunt.«

Er betrachtete mich. »*Der* Stephen Gaunt?«

Ich nickte.

»Warum kommen Sie zu mir?« fragte er.

»Sie brauchen Geld. Ich habe es.«

»Ich weiß nicht, wo Sie sich Ihre Information geholt haben«, erwiderte er prompt, »aber sie ist falsch. Unsere Geschäfte gehen glänzend.«

Ich erhob mich. »Dann vergeude ich Ihre Zeit.«

»Einen Augenblick«, sagte er. »Nicht so rasch. Was hatten Sie sich vorgestellt?«

»Zweihunderttausend für Ihren Film im Fernsehen.«

»Nicht zu machen. Wenn das bekannt wird, werden mich die Kinobesitzer boykottieren.«

»Bargeld auf die Hand«, sagte ich. »Und wir geben das Abkommen erst in zwei Jahren bekannt. Bis dahin ist Ihr Film abgesetzt.«

»Haben Sie den Scheck bei sich?« fragte er. »Ich muß heute die Miete bezahlen, sonst werfen sie mich hier raus.«

Wir lehnten die freundlichen Angebote, uns im Wagen nach Hause zu bringen, ab und gingen zu Fuß durch die warme Sommernacht. In der Fünften Avenue sahen wir uns die Schaufenster bei Saks an. Hell erleuchtet und in vielen bunten Farben zeigten sie Mode für Sport und Kreuzfahrten. »Es war nicht gar so schlimm, nicht wahr?« fragte ich.

»Nein«, antwortete sie kurz. Sie schien in Gedanken versunken. Wir gingen weiter, und sie sprach erst wieder, als wir an der Neunundvierzigsten Straße um die Ecke bogen. »Weshalb liegt dir soviel an ihm?«

»Film. Möglich, daß wir durch ihn Filme fürs Hauptprogramm bekommen.«

»Ist denn das so schwierig?« fragte sie. »Davon gibt es doch genug.«

»Sicher. Aber wie lange, glaubst du, wird der Vorrat reichen? Das Fernsehen verbraucht mehr Hauptfilme in einer Woche, als Hollywood durchschnittlich in einem Jahr produziert.«

»Weshalb stellt ihr sie nicht selbst her?«

»Das werden wir tun, zur gegebenen Zeit. Aber es wäre jetzt wirtschaftlich noch nicht zu rechtfertigen. Inzwischen haben wir einen offenen Markt, und ich möchte mich vor höheren Preisen schützen.«

»Wieso glaubst du, bei ihm vorteilhaft kaufen zu können? Er ist doch nicht der Typ dafür.«

Ich sah sie anerkennend an, sie war unverkennbar die Tochter ihres Vaters. »Stimmt«, sagte ich, »aber er braucht uns. Er ist ehrgeizig, er will seine eigene Filmgesellschaft haben. Und dazu können wir ihm verhelfen. So finden beide Seiten ihren Vorteil.«

Wir waren inzwischen beim Waldorf Towers angelangt. Wir betraten das Gebäude und stiegen in den Fahrstuhl. Sie wollte etwas sagen, behielt es jedoch nach einem Blick auf den Liftboy für sich, bis wir in unser Apartment kamen.

Sie ließ sich erschöpft in einen Stuhl fallen. »Gott sei Dank gibt es die Klimaanlage! Du kannst dir nicht vorstellen, wie mich bei dem Gewicht, das ich zu tragen habe, die Hitze fertigmacht.«

»Wolltest du nicht eben noch etwas sagen?«

»Ach ja.« Sie zündete sich eine Zigarette an. »Daß ich ihm an deiner Stelle doch nicht trauen würde.«

»Hast du dafür Gründe?«

»Kleinigkeiten. Die Art, wie er sich benimmt.« Sie drückte die Zigarette wieder aus. »Irgend etwas ist da nicht in Ordndung.«

»Laß hören – da du doch schon damit begonnen hast.«

»Er ist kein loyaler Mensch, das ist das erste«, sagte sie fast herausfordernd. »Sieh doch nur, wie er sich heute abend gegenüber seinem Schwager Roger benommen hat. Als wir das erstemal mit ihm ausgingen, behandelte er Roger wie einen Kompagnon. Da hieß es Roger hier, Roger da, was meinst du dazu, Roger? Ich hab es erst begriffen, als du mir sagtest, daß Roger ihn durch Jahre finanziert hat.«

»Na, und?«

»Du hast gesehen, wie er sich heute benommen hat. Als ob Roger sein Lakai wäre oder überhaupt nicht existierte. Ein ganz klein wenig Erfolg, und schon behandelte er Roger verächtlich. Jedesmal, wenn Roger ein Wort sagte, fuhr er ihm über den Mund, bis er dasaß wie ein armer Trottel.«

»Sam war einfach guter Laune«, sagte ich. »Er darf ruhig ein wenig jubeln. Nicht jeder Streifen erzielt in zwölf Wochen eine Bruttoeinnahme von drei Millionen Dollar.«

»Schon«, sagte sie, »aber das sollte er nicht auf Kosten des Mannes tun, der ihn sein halbes Leben lang ausgehalten hat.«

»Er hat es sicher nicht so gemeint. Hast du das neue Lincoln-Kabriolett gesehen, das er ihm gekauft hat?«

»Ja. Aber ich wüßte gern, ob er Roger das Geld zurückgezahlt hat, das er ihm schuldet.« Sie erhob sich schwerfällig. »Ich bin ganz verschwitzt. Ich werde duschen und dann ins Bett gehen.«

Ich glaubte, damit sei die Sache zu Ende, aber sie war immer noch wach und sah fern, als ich mich zwei Stunden später neben sie ins Bett legte.

»Ich mag ihn nun einmal nicht«, sagte sie.

Ich hatte ihn längst vergessen, während ich im Wohnzimmer abwechselnd die Programme verschiendener Kanäle verfolgte. Der Dienstagabend war für uns immer noch ein Problem. »Wen?« fragte ich.

»Sam.« Sie wälzte sich auf die Seite und schaute weiter auf den Fernsehschirm. »Bitte, massier mir den Rücken.«

Ich ließ meine Hand über die Mitte ihres Rückens kreisen. »Gut so?«

»Ein bißchen tiefer.« Ich tat, was sie verlangte. »So ist's recht.« Sie schwieg eine Weile. Dann: »Hast du gesehen, wie er die Hundertdollarnote von der Schauspielerin nahm? Er steckte seine Hand so tief in ihr Kleid, daß ich glaubte, er würde ihr mit dem Geld auch die Titten rausziehen. Sie hatte sie ja hoch genug gelagert, daß jeder sie sehen konnte!«

Ich lachte. »Wenn ihn Titten interessierten, hat er sich nicht das richtige Mädchen ausgesucht.«

»Du hast sie ja auch angestarrt, ich sah den Ausdruck auf deinem Gesicht! Und auf dem der anderen! Ihr alle wolltet sie ficken, ich hab's bemerkt.«

»Du bist eifersüchtig.«

»Ja, verdammt, da hast du ganz recht! Wenn du glaubst, mir ist es recht, so greulich auszusehen, während Fötzchen wie die dir ihre Titten unter die Nase halten, dich praktisch anflehen, sie zu vögeln, dann bist du eben ein Idiot!«

»Ich war nicht interessiert. Außerdem war sie gar nicht auf mich aus, sondern auf Sam.«

»Ja.« Plötzlich kicherte sie. »Es war wirklich komisch. Er ist so grob und gewöhnlich. Als er einen Augenblick glaubte, daß ihn niemand sehen konnte, nahm er ihre Hand und legte sie unter dem Tischtuch auf seinen Schwanz. Sein Gesicht sah aus, als würde es ihm gleich kommen.«

Ich lachte und massierte weiter ihren Rücken. »Pluspunkt für ihn.«

Sie schwieg einen Augenblick. Ich wollte meine Hand wegziehen. »Nicht aufhören, du machst mich so angenehm lüstern.«

»Aber an mich denkst du gar nicht?«

Sie langte mit der Hand nach hinten und fand mich. »He du!« rief. Sie wollte sich zu mir umdrehen.

»Rühr dich nicht«, sagte ich, legte meine Hände um ihre Hüften und zog sie näher an mich heran. Sie war weit offen für mich, und ich drang ganz in sie ein.

Ich hörte sie keuchen. »Ich kann nicht mehr atmen!« rief sie. »Ich spür dich bis in meine Kehle hinauf!«

Ich lachte und ließ meine Hände nach oben gleiten, um ihre Brüste zu umfassen. Ich beugte mich über ihre Schulter und ließ meine Zunge seitlich über ihre Wange zum Hals gleiten. Ihre Hinterbacken waren fest und rieben sich an meinem Bauch. Plötzlich drang aus dem Fernsehapparat lauter Lärm – unwillkürlich blickte ich hin.

Gerade in diesem Augenblick wandte sie mir ihr Gesicht zu. »Verdammt! Das mußte ja eines Tages passieren!« Aber ihre Stimme war warm und freundlich, und sie tat ihr Bestes, mich noch tiefer in sich aufzunehmen.

»Ich wußte, du würdest es schaffen, gleichzeitig zu ficken und zu arbeiten.«

Ich stieg aus dem Bett und schaltete den Fernsehapparat aus. Als ich zurückkam, lehnte sie ihren Kopf an meine Schulter.

»Gut war's, nicht wahr?«

»Ja.«

»Es macht nichts aus, daß ich jetzt schwerer bin, oder?«

»Nein.«

Sie hob den Kopf und sah mich an. »Mein Ding ist noch dasselbe? Ich meine, ist es nicht ausgedehnt oder ...«

»Es ist besser«, sagte ich. »Enger, feuchter, wärmer.«

»Dann bin ich froh.« Sie legte den Kopf wieder an meine Schulter. »Tut mir leid, daß ich so mißmutig war, aber in den letzten Wochen hat mich alles nervös gemacht. Daß du abends so lange arbeitest, daß ich nirgends hingehen kann, die Hitze in der Stadt und der Lärm. Sogar die Klimaanlage geht mir auf die Nerven. Wenn ich nur ein bißchen frische Luft haben könnte ...«

»Das ist einfach«, unterbrach ich sie.

»Hier in der Stadt? Wo denn? Im Central Park?«

»Wie wäre es mit dem Kap? Tante Prue würde sich freuen, wenn du zu ihr kämst. Und du würdest dich nicht langweilen; da ist immer was los.«

»Und du?«

»Ich könnte an den Wochenenden hinkommen.« Plötzlich wollte ich, daß sie hinfuhr, es würde alles hier erleichtern. »Während der Woche muß ich arbeiten, und du hast nicht viel von mir. So werden wir beide ein wenig in die Sonne kommen.«

Aber darin irrte ich. Das erste Wochenende, an dem sie fort war, verbrachte ich in Kalifornien, das zweite im Büro, wo ich den Jahresbericht für die Aktionäre durchging, der Montag in der Druckerei sein mußte.

Und am dritten Wochenende war es zu spät.

16

Ich hatte eben eine Besprechung mit den Verkaufsdirektoren begonnen, als Fogarty in mein Büro kam. »Ich weiß, Sie sagten, ich sollte keine Telefongespräche durchgeben, Mr. Gaunt«, entschuldigte sie sich. »Aber Ihre Tante ruft aus Rockport an. Und sie sagt, es sei sehr dringend.«

Ich nahm den Hörer ab. Tante Prue sprach, bevor ich ein Wort sagen konnte. »Barbara ist krank, Stephen. Ich meine, du solltest sofort herkommen.«

Mein Magen zog sich zusammen. »Was ist passiert?«

»Wir wissen es noch nicht. Ich brachte ihr das Frühstück wie gewöhnlich und fand sie in einer Blutlache auf dem Fußboden.«

»Wie geht es ihr jetzt?«

»Sie ist in einem Rettungswagen auf dem Weg ins Krankenhaus.« Ihre Stimme brach. »Komm so schnell du kannst!«

Ich warf Fogarty einen Blick zu. Unnötig, ein Wort zu sagen. Sie konnte die Nachricht auf meinem Gesicht lesen. Sie griff nach dem Hörer – in weniger als zwei Stunden kam ich mit einem gecharterten Flugzeug dort an.

Tante Prue saß im Warteraum des Krankenhauses. »Wie geht es ihr?« fragte ich.

»Sie hat das Baby verloren«, sagte Tante Prue tonlos.

»Das Baby ist mir verdammt egal!« schrie ich. »Wie geht es ihr?«

»Ich weiß nicht. Seit sie hier ist, liegt sie im Operationssaal.«

Ich lief durch den Korridor zum Schwesternzimmer. »Ich bin Stephen Gaunt«, sagte ich. »Kann ich Auskunft über meine Frau bekommen? Sie wurde vor wenigen Stunden hier eingeliefert.«

»Einen Augenblick, Mr. Gaunt, ich werde mich erkundigen.« Sie ging zum Telefon und wählte eine Nummer. »Information über eine Neuankunft. Mrs. Gaunt.« Sie lauschte einen Augenblick, dann nickte sie. Sie drückte auf den Anschlag und wählte nochmals. Sie blickte zu mir herüber. »Ich frage im Operationssaal an.«

Es wurde geantwortet. »Wie geht es Mrs. Gaunt?« fragte sie. »Ihr Mann ist hier.« Nach ein paar Minuten legte sie auf und kam auf mich zu.

»Sie ist auf dem Weg in ihr Zimmer«, sagte sie in jenem berufsmäßig beruhigenden Ton, der einem nicht hilft. »Würden Sie bitte in den Warteraum zurückgehen, Mr. Gaunt. Dr. Ryan kommt dann gleich zu Ihnen.«

»Danke«, sagte ich und kehrte zu Tante Prue zurück.

Es dauerte fünfzehn Minuten, bis er kam. Er kannte Tante Prue. Er war jung, aber sein Gesicht wirkte grau und müde, seine Augen waren von der Anstrengung rot gerändert. Er vergeudete keine Worte. »Wenn Sie mit mir kommen wollen, Mr. Gaunt, werde ich Ihnen unterwegs alles erklären.«

Wir gingen in die Halle und stiegen in den Fahrstuhl. Er drückte auf einen Knopf, und die Kabine stieg so langsam hoch, wie das nur Hospitalaufzüge tun.

»Ihre Frau ist sehr schwach«, sagte er mit seiner ruhigen Stimme. »Sie hatte, bevor man sie fand, schon sehr viel Blut verloren. Offenbar begann die Blutung in der Nacht, während sie schlief; sie erwachte jedoch erst, als der tatsächliche Abortus einsetzte. Dann versuchte sie aufzustehen, um Hilfe zu holen, sie war aber schon zu schwach und erlitt einen Kollaps. Ich würde sagen, es muß fast drei Stunden, bevor jemand kam, geschehen sein. Ein Wunder, daß sie noch am Leben war, als man sie fand.«

Die Fahrstuhltür öffnete sich, und wir gingen durch die Halle. Vor der Tür ihres Zimmers blieben wir stehen. »Wie sind ihre Aussichten?« fragte ich; meine Worte klangen seltsam unpersönlich in meinen Ohren.

»Wir tun, was wir können. Wir mußten fast ihr ganzes Blut erneuern.« Er sah mir direkt in die Augen. »Ich habe mir die Freiheit genommen, einen Priester kommen zu lassen, falls sie Katholikin ist.«

»Das ist sie aber nicht«, sagte ich. »Sie gehört der Episkopalkirche an.« Ich trat ins Zimmer.

Eine Schwester blickte über die Schulter, sah uns und verließ ihren Platz neben dem Bett. Ich schaute auf Barbara nieder. Ein Röhrchen tief in ihren Arm, ein anderes in ihr Nasenloch. Sie war weiß, so weiß, wie ich noch nie einen Menschen gesehen hatte. Ich trat ans Bett und griff nach ihrer Hand.

Nach einer Weile schien sie mich wahrzunehmen. Ihre Lider zuckten und öffneten sich. Ihre Lippen bewegten sich, aber ich konnte nichts hören.

Ich brachte mein Gesicht ganz nahe an ihres. »Sprich nicht, Barbara«, sagte ich. »Es wird alles wieder gut werden.«

Ihre Augen blickten in die meinen; wieder einmal empfand ich, wie wunderbar blau sie waren. »Steve –«, ein kaum wahrnehmbares Flüstern. »Es tut mir leid um das Kind.«

»Das macht nichts«, sagte ich. »Wir werden andere haben.«

»Meinst du das wirklich?«

»Das wirst du merken. Sobald du hier herauskommst.«

Ein schwaches Lächeln erschien in ihren Augen. »Ich liebe dich«, sagte sie.

»Ich liebe dich auch«, erwiderte ich. Ein leises, glückliches Aufseufzen, und ihre Lippen öffneten sich. »Ich hab dich immer geliebt. Das weißt du«, sagte ich.

Aber sie erfuhr es nicht mehr und würde es nie wissen. Ich merkte gar nicht, daß sie tot war, bis der Arzt kam und meine Hand sanft aus der ihren löste.

Nach dem Begräbnis fuhr ich zurück in meine Wohnung, schloß die Tür ab und vergrub mich. Ich wollte niemanden sehen oder sprechen.

In den ersten Tagen versuchten viele Leute mich anzurufen, aber ich antwortete nicht, und wenn jemand zu mir kam, wurde er unten wieder fortgeschickt. Nach drei Tagen rief niemand mehr an, nicht einmal das Büro. Man hatte begriffen.

Ich wanderte wie ein Gespenst durch die Wohnung. Sie war immer noch dort. Überall. Ihr Parfüm war im Bett, ihre Kleider hingen im Schrank, ihr Make-up war im Badezimmer.

Der Fernsehapparat war eingeschaltet, ich sah nicht einmal hin. Er war unter Strom, und nach drei Tagen ununterbrochener Tätigkeit brannte die Bildröhre aus; ich ließ sie gar nicht erneuern. Jetzt war es wirklich still. Totenstill, wie im Grab. Wie dort, wo Barbara jetzt war.

Irgendwann am vierten Tag klingelte es draußen an der Tür. Ich richtete mich nur auf der Couch auf. Der würde schon wieder fortgehen, wer immer es war. Wieder klingelte es. Hartnäckig.

Ich stand auf. »Wer ist dort?« fragte ich durch die verschlossene Tür.

»Sam Benjamin.«

»Gehen Sie fort, ich will Sie nicht sehen.«

»Aber ich will *Sie* sehen«, schrie er. »Öffnen Sie diese Tür, oder muß ich sie einschlagen?«

Ich öffnete die Tür. »Jetzt haben Sie mich gesehen«, sagte ich und wollte sie wieder schließen.

Doch schon war sein Fuß dazwischen, und sein Gewicht stemmte sich dagegen, seine ganzen hundertachtzig Pfund. Ich resignierte.

Er richtete sich keuchend auf. »So ist's recht«, sagte er und schloß die Tür hinter sich.

»Was wollen Sie?« fragte ich.

Er musterte mich. »Es ist Zeit, daß Sie hier rauskommen.«

Ich ging zurück zur Couch. Er folgte mir. »Warum lassen Sie mich nicht in Ruhe?«

»Ich sollte es. Eigentlich hab ich andere Sorgen als Sie.«

»Stimmt«, sagte ich.

»Aber ich brauche Sie.«

»Das hat mir auch Barbara von Ihnen gesagt.«

»Wirklich?« Er sah mich verschlagen an. »Sie war klüger als ich dachte.« Er bemerkte die Speisereste auf dem Tisch. »Wann haben Sie zum letztenmal gegessen?«

Ich zuckte mit den Schultern. »Kann mich nicht erinnern. Wenn ich Hunger bekomme, rufe ich unten an.«

»Haben Sie Schnaps im Haus?«

»Hinter der Bar. Bedienen Sie sich.«

Er nahm eine Flasche Scotch heraus, füllte zwei Gläser randvoll und kam wieder zu mir. »Hier, Sie brauchen einen Drink.«

»Ich will keinen.«

Er stellte mein Glas hin, schlürfte nachdenklich den Scotch und verließ den Raum. Nach ein paar Minuten hörte ich ihn im Schlafzimmer, dann wurde es still. Ich starrte auf das Whiskyglas und vergaß ihn.

Oder versuchte es. Als er aber nach einer Viertelstunde immer noch nicht herausgekommen war, ging ich ihm nach.

Auf dem Fußboden lag ein Haufen Kleider. Er kam aus dem Ankleidezimmer mit einer weiteren Ladung und warf sie dazu. Bei meinem Anblick blieb er stehen.

»Was treiben Sie da, zum Teufel?« schrie ich. »Das sind Barbaras Kleider!«

»Ich weiß«, sagte er, leicht keuchend. »Aber was sollen sie Ihnen? Oder wollen Sie sie vielleicht tragen?«

Ich fing an, sie wieder in den Wandschrank zu schleppen. Er schlug sie mir aus den Armen und schob mich mit überraschender Kraft zurück. Ich holte zum Schlag aus, aber er packte meine Handgelenke und hielt sie fest.

»Sie ist tot!« sagte er scharf. »Tot, und das müssen Sie endlich begreifen. Sie ist tot, und Sie werden sie nicht ins Leben zurückrufen. Also geben Sie es auf, zu ihr ins Grab steigen zu wollen.«

»Ich hab sie umgebracht!« schrie ich wütend. »Wenn ich sie nicht fortgeschickt hätte, würde sie noch leben. Sie wäre nicht allein gewesen, als es passierte.«

»Es wäre dennoch passiert«, sagte er ruhig. »Jeder stirbt, wenn seine Zeit gekommen ist.«

»Sie wissen es«, sagte ich schmerzlich. »Ihr Juden wißt alles. Sogar über den Tod.«

»Ja. Sogar über den Tod«, sagte er sanft und ließ meine Handgelenke los. »Wir Juden haben eine sechstausendjährige Erfahrung mit dem Tod. Wir haben gelernt, mit ihm zu leben. Wir mußten es.«

»Wie lebt ihr damit?«

»Wir weinen«, sagte er.

»Ich habe vergessen, wie man weint. Als ich das letztemal weinte, war ich ein kleiner Junge. Jetzt bin ich erwachsen.«

»Versuchen Sie es«, riet er. »Es wird Ihnen helfen.«

»Sie werden mich unterrichten müssen«, sagte ich gehässig.

»Das will ich.« Er blickte sich im Zimmer um, nahm einen Hut aus meinem Schrank und setzte ihn auf. Nun wandte er mir sein Gesicht zu.

Ich starrte ihn an: der Hut, der ihm zu klein war, sein glänzendes rotbackiges Gesicht, die schimmernde schwarzgerahmte Brille. Alles war lächerlich. Und ich hätte auch beinahe gelacht, aber dann kam etwas, das mich davon abhielt.

»Bei jedem Begräbnis und einmal im Jahr, am Jom Kippur, dem Versöhnungstag, sagen wir ein bestimmtes Gebet für die Toten. Es heißt Kaddisch.«

»Und dabei weint ihr?« fragte ich.

»Immer. Denn es ist nicht nur für die eigenen Toten, sondern für alle Toten seit Anbeginn der Zeiten.« Er nahm meine Hand. »Sprich mir nach . . .«

Er wankte, und ich sprach ihm die seltsamen Worte nach.

Ich sah die Tränen in seinen Augen hinter seinen klaren Brillengläsern. Er öffnete den Mund, doch seine Stimme versagte ihm den Dienst.

Ich fühlte brennende Tränen aufsteigen. Ich hob die Hände und bedeckte mein Gesicht. »Barbara!« schluchzte ich. Ich weinte.

Sam Benjamin

Er erwachte mit schwerem Kopf, fühlte sich wie betäubt. Eine Weile blieb er ruhig liegen, dann setzte er sich im Bett auf. Die Tür öffnete sich, und Denise stand da.

»Na, bist du endlich soweit?« fragte sie.

»Mir ist scheußlich schlecht – als ob ich den Mund voller Sand hätte.«

»Kein Wunder«, sagte sie ungerührt. »Mußtest du denn versuchen, an einem einzigen Abend den Whisky der ganzen Stadt auszutrinken?«

»Schimpf nicht mit mir«, sagte er versöhnlich. »Ich habe Kopfweh.«

Sie schwieg einen Augenblick. »Ich bring dir ein Aspirin.«

Sie ging ins Badezimmer, während er mühselig aufstand und neben dem Bett auf die Waage stieg. Ein Blick auf die Skala, dann ein Fluch. Zweihundert Pfund.

Denise hörte ihn, als sie zurückkam. »Das kommt vom Trinken«, sagte sie und gab ihm das Aspirin und ein Glas Wasser.

Er schluckte die Tablette und verzog das Gesicht. »Ich lasse mir ja auch das Essen ganz schön schmecken.«

»Du ißt zuviel, du trinkst zuviel. Irgendwo muß das ja bleiben. Dr. Farber sagt, du sollst aufhören zu trinken. Dein Gewicht ist zu hoch für dein Herz. Du wirst schließlich nicht jünger.«

»Erzähl mir nichts«, erwiderte er müde, »das weiß ich alles selbst. Sag lieber Mamie, sie soll mir mein Frühstück bringen.«

»Kaffee und Toast?«

Er blieb auf dem Weg zum Badezimmer stehen und warf ihr einen Blick zu. »Sei nicht so dumm! Wie gewöhnlich: vier Eier, Schinken, Brötchen, alles, was dazugehört. Ich brauche Energie.«

»Du bringst dich ins Grab.«

»Dann bist du eine reiche Witwe.«

Sie lächelte. »Leere Versprechungen! Seit wir uns kennen, hab ich noch nichts anderes von dir bekommen.«

Er küßte sie auf die Wange. »Bestell mir das Frühstück, du redest zuviel.«

Sie strich ihm über die Wange und ging hinaus. Er blieb noch einen Augenblick stehen und horchte auf ihre Stimme, die der Köchin Anweisungen erteilte, dann ging er ins Badezimmer.

Wie gewöhnlich klingelte das Telefon, während er auf dem Lokus saß. Denise rief durch die geschlossene Tür: »Für dich, Roger.«

»Verdammt! Sag ihm, ich komm gleich.« Er zog die Wasserspülung und schrie über den Lärm hinweg: »Und ruf die Telefongesellschaft an. Ich will hier drinnen einen Nebenanschluß!«

Im Schlafzimmer nahm er den Hörer ab. »Ja, Roger.«

»Unsere Plätze für den Flug nach Rom sind gebucht. Alitalia, neun Uhr, heute abend.« Und, ein wenig zögernd: »Bist du ganz entschlossen, hinüberzufliegen?«

»Natürlich!« fauchte er.

»Wir haben jetzt vierhunderttausend Guthaben«, sagte Roger. »Du machst das Geschäft, und weg sind sie.«

»Wenn wir das Geschäft nicht machen, sind sie erst recht weg; ein bißchen da, ein bißchen dort, und wir wissen gar nicht, was damit passiert ist. Wir müssen weitermachen, sonst verlieren wir alles.«

»Warum bist du so erpicht darauf, immer weiterzutreiben?« fragte Roger.

»Mein ganzes Leben warte ich schon auf diese Chance«, antwortete er. »Jetzt werde ich sie nicht verschleudern.«

»Aber die Hälfte von dem Geld gehört mir!«

»Deine Hälfte garantier ich dir«, sagte er, wobei er genau wußte, daß das leere Worte waren. Wenn es schiefging, würde er kein Geld haben, um Roger irgend etwas zu garantieren.

Roger wußte das auch. »Dieser Gaunt hat dir den Kopf verdreht. Was geschieht, wenn er sich nicht durchsetzt?«

»Er wird sich durchsetzen«, sagte Sam zuversichtlich. »Er ist der einzige hier, der weiter als seine Nase sieht. Außerdem bringt er mir Glück.«

Roger wußte, wann er nachgeben mußte. »Wann kommst du heute ins Büro?«

»In ungefähr einer Stunde. Ich packe meinen Koffer, und wir fahren von dort aus.«

Als er den Hörer auflegte, stand Denise neben ihm. »Du machst also weiter?«

Er nickte.

»Ist doch unnötig«, sagte sie. »Wir haben genug. Die Kinder brauchen es nicht mehr.«

»Aber ich brauch es. Jetzt arbeite ich lange genug, und wenn ich's diesmal nicht schaffe, dann schaff ich's nie. Einmal sollen alle sehen, daß ich nicht weniger tauge als sie.«

Sie streichelte seine Hand. »Du taugst mehr.«

Er lächelte. »Du bist voreingenommen«, sagte er und ging zurück ins Badezimmer.

Er hörte das leise »Ping« und war sofort hellwach. Die Kabine war dunkel, das Lichtsignal für die Sitzgurte war eben ausgegangen. Er warf einen Blick auf Roger.

Roger schlief mit geöffnetem Mund in der bequemsten Stellung, die im Flugzeug möglich war. Er rühmte sich immer, überall schlafen zu können. Als Junge habe er öfter in der U-Bahn geschlafen, und danach sei alles leicht gewesen. Offenbar hatte er recht.

Bei Sam verhielt es sich anders. Zehntausend Meter hoch in einem Metallbehälter in der Luft zu hängen, setzte seinen Eingeweiden zu. Wieviel er auch trank und welche Tabletten er auch schluckte, seine Augen blieben hartnäckig offen.

Er stieg behutsam über Rogers ausgestreckte Beine in den Mittelgang und tappte durch die dunkle Kabine nach vorn. Alles schien zu schlafen.

Er schlüpfte durch den Vorhang in den Gesellschaftsraum, seine Augen zwinkerten im Licht. Die Stewardeß, die dort einsam saß, sprang auf.

»Kann ich etwas für Sie tun, Signor Benjamin?«

»Sie kennen meinen Namen?«

»*Si, signore.*« Sie lächelte. »Kennt nicht jeder den Namen des berühmten Filmproduzenten?«

Das war echt italienische Schmeichelei. Besonders, da sein Name auf der Passagierliste stand. »Whisky und Wasser, bitte.«

Während sie in die Kombüse ging, setzte er sich, nahm die Brille ab und reinigte sie mit seinem Taschentuch. Sie stellte den Drink vor ihn hin. Er setzte seine Brille wieder auf und trank beinahe das ganze Glas in einem Zug aus. Er sah sie an. »Wo ist die übrige Besatzung?«

»Die schlafen. Es sind noch viereinhalb Stunden bis Rom, und es gibt nicht viel zu tun.«

Er nickte. »Bringen Sie die Flasche und setzen Sie sich zu mir.«

»Das ist gegen die Vorschriften, *signore.*«

»Es ist auch gegen die Vorschriften, daß die Besatzung während der Dienststunden schläft. Aber wir haben dafür Verständnis, nicht wahr?«

Sie warf ihm einen Blick zu, dann nickte sie. »*Si, signore.*«

Sie holte die Flasche aus der Kombüse, stellte sie auf den Tisch und setzte sich ihm gegenüber.

Er goß etwas Whisky in sein Glas und trank davon, diesmal langsam. Jetzt wurde ihm allmählich besser.

»Beginnen Sie die Produktion eines neuen Films, *signore*?«
Er nickte.
»Mit Marilu Barzini?«
Es war doch keine bloße Schmeichelei gewesen. Sie kannte sich aus.
»Ja.«
»Sie ist sehr schön«, sagte die Stewardeß. »Und sehr begabt.«
»Kennen Sie sie denn?«
»Wir klapperten einst gemeinsam die Studios ab. Aber sie war zielstrebiger als ich. Und viel schöner.«
Er betrachtete sie. Ihre Stimme hatte etwas sehnsüchtig geklungen.
»Warum haben Sie es aufgegeben?« fragte er. »Sie sind doch auch sehr reizvoll.«
»Danke, *signore*«, sagte sie. »Aber ich konnte es nicht so machen wie sie. Ich konnte nicht von Versprechungen leben. Dieser Job gibt mir eine sichere Existenz.«
»Ich werde einige Tage im Excelsior wohnen. Kommen Sie einmal zu mir. Vielleicht ist es noch nicht zu spät.«
»Sie sind sehr freundlich, Signor Benjamin; vielleicht werde ich Sie aufsuchen. Aber für die Karriere ist es zu spät. Ich bin jetzt ganz zufrieden.«
»Wirklich?« Er bewegte die Hand, und zwischen seinen Fingern erschien eine Hundertdollarnote.
Sie starrte auf den Geldschein, dann in sein Gesicht. »Wofür ist das?«
»Befriedigung«, sagte er und legte ihn vor sie hin. Er nahm ihre Hand und führte sie unter dem Tisch an seinen Hosenschlitz. »Ich sagte Ihnen doch, daß ich Sie reizend finde.«
Sie machte eine Bewegung, als ob sie ihre Hand fortziehen wollte, aber er hielt sie fest, während er den Reißverschluß öffnete und sich freilegte. Sie starrte in seine Augen hinter den blankgeputzten Gläsern, dann schlossen sich ihre Finger um seine heiße Erektion.
»Nimm lieber zuerst ein Handtuch«, sagte er leise. »Bei mir kommt's schnell.«
Zehn Minuten später saß er fest eingeschlafen auf seinem Platz und öffnete die Augen erst wieder, als die Maschine auf dem Flughafen von Rom aufsetzte.

2

Sam schlug das Drehbuch zu und legte es nieder. »Ich muß etwas trinken.«
Charley Luongo, sein italienischer Vertreter, hatte, kaum daß der Satz zu Ende gesprochen war, den Drink für ihn bereit. »Boß, was meinen Sie?« fragte er mit deutlichem Brooklyn-Akzent, obgleich er seit seinem sechzehnten Lebensjahr nicht mehr in Amerika gewesen war.
»Gepfeffert«, sagte Sam. »Ich weiß nicht recht.«
»Ihr üblicher Stil ist es jedenfalls nicht«, sagte Roger.
»Richtig.« Sam nahm einen Schluck von seinem Drink.
Marilu Barzini hatte sich einen Namen gemacht, indem sie in italienischen Heldenfilmen wie *Icarus* und *Vesuvius* nackt herumlief. Dann trat sie in einigen amerikanischen Filmen als Sexbombe auf. Jetzt aber wollte sie mehr. Sie wollte eine Schauspielerin sein. Und sie war bereit, dafür Opfer zu bringen. Sie senkte ihren Preis von hundertfünfzigtausend Dollar pro Film auf fünfzehntausend für diesen einen, nur um jemanden dazu zu bringen, ihn zu produzieren. Und dennoch hatte sie, bis Sam kam, keinen Abnehmer gefunden. Nun wußte er, warum.
Das Drehbuch war tiefste Tragik, es war entsetzlich. Vielleicht würde es großartig werden. Aber man konnte unmöglich voraussagen, ob es ein finanzieller Erfolg sein würde oder nur wieder so etwas wie *Rom, offene Stadt* oder *Fahrraddiebe* – dafür geeignet, in Artkinos gespielt zu werden und ein paar Blumensträuße von der Kritik einzuheimsen.

»Wenn es irgendeine Möglichkeit gäbe, es ein wenig aufzuheitern«, sagte er mit einem Blick auf Charley. »Wenn man nur ein bißchen Humor hineinbringen könnte.«

»Ausgeschlossen«, sagte Charley. »Sie ist darauf versessen. ›Ganz genauso, keine Änderungen‹, sagte sie. Und Pierangeli, der Regisseur, ist damit einverstanden.«

»Kein Wunder«, sagte Sam. »Der hat noch nie in seinem Leben einen einträglichen Film gemacht.«

»Aber er hat sämtliche Filmpreise, die es in Italien und Europa gibt, gewonnen.«

»Großartig«, sagte Sam ohne Begeisterung. »Soll er doch versuchen, sie den Banken als Garantie zu geben.«

»Was willst du also tun?« fragte Roger.

»Ich werde mithalten, mir bleibt ja keine andere Wahl. So oder so, es wird ein bedeutender Film. Wie sie es geschafft haben, weiß ich nicht, aber sie haben die besten Schauspieler Europas dafür gewonnen. Es liegt an uns, ihn so herauszubringen, daß wir nicht daran verlieren.«

»Hast du einen Plan?« fragte Roger.

»Ich hab eine Idee«, sagte Sam. »Aber es hängt alles davon ab, ob sie bereit ist, mitzumachen.«

Das Telefon klingelte, und Charley hob ab. »*Pronto*«, sagte er, dann deckte er die Sprechmuschel ab. »Sie sind jetzt unten.«

»Sag ihnen, sie sollen raufkommen.« Sam ging ins Schlafzimmer und schloß die Tür. Dann verschwand er im Badezimmer und wusch sich das Gesicht. Er trocknete sich ab und blickte in den Spiegel. Die Falten in den Augenwinkeln verrieten seine Müdigkeit; vielleicht könnte er nachher ein wenig schlafen.

Wie gewöhnlich war er starr beim bloßen Anblick ihrer Schönheit. Einen Moment hielt er den Atem an. Es war fast zu viel, so schön konnte keine Frau sein! Aber sie war es.

»Sam«, sagte sie, reichte ihm die Hand und beugte sich in Erwartung seines Kusses vor.

Er küßte sie auf die Wange. »Ich kann's nicht glauben«, sagte er wahrheitsgemäß. »Du bist zu schön.«

Sie lächelte. Sie hatte gelernt, Komplimente als selbstverständlich hinzunehmen. »Danke, Sam.«

»Hallo, Nicki«, sagte er. Niccoli war ihr Mann, überall, nur nicht in Italien. Sie schüttelten einander die Hand. Sam wandte sich an den dritten. »Signor Pierangeli«, sagte er, »es ist mir eine Ehre, Sie kennenzulernen.«

Der Regisseur nickte zurückhaltend. Er sprach nur sehr wenig Englisch. »Signor Benjamin . . .«

Marilu konnte nicht warten. »Hast du das Drehbuch gelesen, Sam? Was hältst du davon?«

Sam sah sie an. »Es gefällt mir. Aber ich glaube nicht, daß es so geht. Ich habe einige Ideen, die ich dir vorschlagen möchte, und wenn wir uns einig werden, können wir starten.«

»Keine Änderungen, Sam!« sagte sie herrisch.

Er zuckte mit den Schultern. »Wenn wir nicht mal über meine Auffassung sprechen können, Marilu, dann besteht nicht die leiseste Aussicht, daß wir zu einer Einigung gelangen.« Er öffnete die Schlafzimmertür. »Und das bedeutet, daß du den Film nie machen wirst, denn ich bin der einzige, der daran glaubt, daß du als Schauspielerin gut genug dazu bist. Und zwar so gut, daß du als erste Ausländerin den Oscar bekommen kannst.«

Er schloß die Tür hinter sich. Er spürte die Schweißtropfen auf seiner Stirn, ging ins Badezimmer und wusch sich erneut das Gesicht. Wenn er nur etwas zu trinken hätte!

Es klopfte leise an die Schlafzimmertür. »Ja?« rief er.

»Es war Nicki. »Darf ich hineinkommen, Sam?«

Mit einem raschen Griff zog er die Jacke aus und warf sie auf einen Stuhl. Er lockerte Kragen und Schlips und lehnte sich auf dem Bett zurück. »Herein.«

Nicki war schlank, sah gut aus und war seltsamerweise auch ein tüchtiger Produzent. Er hatte es nicht nötig, seine Projekte von Marilu abhängig zu machen; eher war es umgekehrt. Er hatte als erster ihre Möglichkeit erkannt und aus dem drallen italienischen Mädchen, das sich von ihren Konkurrentinnen in nichts unterschied, den Star gemacht, der sie heute war.

»Du mußt Verständnis haben für Marilu«, sagte er leise. »Sie regt sich leicht auf.«

»Das weiß ich«, erwiderte Sam, »aber du darfst nicht vergessen, daß ich erschöpft bin. Ich bin über sechstausend Kilometer geflogen und habe die ganze Nacht wach gesessen, um sie zu treffen; wenn wir nicht diskutieren können, dann hat das Ganze keinen Sinn.«

In jahrelangem Verkehr mit Cholerikern hatte sich Nicki eine wahre Engelsgeduld angeeignet. »Ich glaube, jetzt würde sie gern mit dir reden«, sagte er. »Sie bereut schon ihre scharfe Bemerkung.«

»Ich meine, wir sollten uns erst wieder treffen, wenn ich ein bißchen geschlafen habe. Vielleicht bin auch ich dann geduldiger.«

»Wenn ich etwas vorschlagen darf, Sam«, sagte Nicki gewandt, »triff sie ohne Pierangeli. Sie wird weniger streitsüchtig und viel zugänglicher sein, wenn er nicht dabei ist.«

»Richte es so ein, Nicki. Ich stehe ihr heute abend jederzeit von den Cocktails an zur Verfügung.«

»Zum Cocktail und beim Abendessen«, sagte Nicki. »Sie wird hier sein.«

»Und du?«

Nicki begegnete seinem Blick. »Du triffst sie allein. Glaub mir, es ist besser so. Es ist dein Film, nicht meiner.«

»Ich dachte doch, du wolltest der Produzent sein?«

»Richtig, aber als dein Angestellter. Und das soll Marilu gleich kapieren. Auf diese Weise wird sie verstehen, daß es nur *eine* Autorität gibt.«

»Danke, Nicki«, sagte Sam. »Das weiß ich zu schätzen.«

Zum erstenmal lächelte Nicki ihm zu. »Keine Sorge, Sam, der Film wird ein Schlager; wir wollen gemeinsam dafür sorgen.«

Sie schüttelten sich die Hände, und Nicki verließ das Zimmer. Sam streckte sich wieder aus und war kurz darauf eingeschlafen.

Es war nicht immer so gewesen. Im Einschlummern erinnerte er sich an das erste Mal, da er nach Rom gekommen war. Vor fast vier Jahren.

Es war ein schlechter Flug gewesen. Er hatte im Touristenabteil zwischen zwei Italienerinnen eingezwängt gesessen, die pausenlos schnatterten und sich über seinen Kopf hinweg Obst und Schokolade zureichten. Er verfluchte den Geiz Rogers, der das Ticket für ihn bestellt hatte. Roger konnte die Notwendigkeit, im Flugzeug erster Klasse zu reisen, nicht einsehen; die Flüge dauerten doch nicht so lange.

Er landete in der Gluthitze eines Augustvormittags, und der Wagen, der ihn vom Flughafen abholen sollte, war nicht da. Erhitzt, schwitzend stieg er in ein Taxi, das ihn zum Hotel Excelsior brachte.

Der Empfangschef führte ihn in das Zimmer. Sam sah sich empört um; es war klein und dunkel, mit Aussicht auf einen Hinterhof. »Das ist ein Irrtum«, sagte er, »ich hab ein Apartment bestellt.«

»Nein, *signore*«, sagte der Angestellte höflich und zeigte ihm die Reservierungskarte. »Bestellt wurde dieses Zimmer.«

Wieder einer von Rogers Streichen! Sam hätte wetten mögen, daß er nicht einmal einen Wagen für ihn bestellt hatte. Er gab dem Mann die Karte zurück. »Ich möchte ein Apartment.«

Sie gingen zum Empfangstisch. Der stellvertretende Direktor war seiner Sache sicher: »Es ist kein Apartment frei, *signore.*«

Eine Handbewegung – die Ecke eines Hundertdollarscheins lugte hervor. »Vielleicht könne man doch etwas finden, *eccellenza*«, sagte der Mann und studierte noch einmal seine Tafel.

Sam beobachtete ihn. »Ich möchte das beste, das Sie haben. Ich muß einige sehr wichtige Besprechungen abhalten.«

»Das Gesandtschaftsapartment wäre frei«, sagte der Mann. »Aber es ist sehr kostspielig.«

»Ich nehme es.«

»Sehr wohl, *signore.* Für wie lange werden Sie es brauchen?«

»Eine Woche, vielleicht zehn Tage.«

»Es ist im voraus zu bezahlen, *signore.*«

Sam nahm die Karte des *Diners Club* aus der Brieftasche.

Der Direktor schüttelte den Kopf. »Tut mir leid, *signore.* Wir nehmen keine Kreditkarten in Zahlung.«

Sam zog sein Scheckbuch aus der Brusttasche.

»Keine privaten Schecks, *signore.* Nur wenn der Kredit im voraus überwiesen wurde.«

»Aber Reiseschecks nehmen Sie doch wohl an?« fragte Sam ironisch.

Den Spott bemerkte der Mann nicht. »*Si, signore*«, antwortete er. Sam legte die Aktentasche nieder, öffnete sie und ließ den anderen einen Blick auf das darin enthaltene säuberlich gebündelte Reisescheckpäckchen werfen. Er nahm einen heraus, schloß die Tasche wieder, setzte mit flinker Feder seine Unterschrift auf den Scheck und reichte ihn den Mann.

»Aber *eccellenza,* er lautet ja auf tausend Dollar. Das Apartment kostet nur . . .«

»Schon gut«, unterbrach ihn Sam, »ich habe keine kleineren. Rechnen Sie dagegen ab und teilen Sie mir mit, wenn er verbraucht ist.«

»*Si, eccellenza*«, sagte der Direktor mit einer tiefen Verbeugung. Er geleitete Sam persönlich in das Apartment und steckte die Hundertdollarnote mit einer überschwenglichen Verbeugung ein.

Sam ließ sich im Wohnzimmer eine Bar aufstellen. Als er ins Schlafzimmer kam, packte der Diener bereits seine Koffer aus. Sam sah sich befriedigt um. So war das schon besser. Roger würde einen Wutanfall bekommen, wenn er erfuhr, was es kostete, aber das war ihm gleichgültig. Der mußte noch so manches lernen.

Er begann sich auszuziehen. Die Kleider klebten ihm am Körper. Als er aus der Dusche kam, klingelte das Telefon.

Und es hörte während seines ganzen Aufenthalts nicht mehr auf zu klingeln. Der Reisescheck über tausend Dollar hatte gute Arbeit geleistet. Und der stellvertretende Direktor ebenso. Es war besser, als wenn man seine Ankunft in den Sechs-Uhr-Nachrichten verkündet hätte.

Der erste Anruf kam von Charly Luongo.

3

Sam hüllte sich in den weiten Morgenrock, der gleichzeitig als Bademantel diente. Die Bar war bereits ausgestattet; er goß sich einen doppelten Scotch ein, ging damit zum Fenster und blickte hinaus.

Vor sich hatte er die amerikanische Botschaft und die Via Veneto, die im Bogen zur Altstadt führte. Der Blick auf die amerikanische Flagge besserte seine Laune; er hob das Glas und trank ihr zu.

Das Telefon rief ihn ins Zimmer zurück. Er hob den Hörer ab. »Ja?«

»Mr. Benjamin? Hier spricht Charly Luongo.« Ein unverkennbarer Brooklyn-Akzent.

»Charly Luongo? Kenne ich Sie«

»Nein, Mr. Benjamin. Aber ich habe von Ihnen gehört. Sie sind ein amerikanischer Produzent, der nach Italien gekommen ist, um sich ein paar Filme anzusehen.«

»Sie sind gut informiert. Und was kann ich für Sie tun?«

»Sie könnten mir eine Stellung geben«, sagte Charley.

»Als was?«

»Was immer Sie wollen«, sagte Charley ganz im Ernst. »Als Ihr Übersetzer, Chauffeur, Unterhändler, Sekretär, Kuppler. Ich habe Erfahrung. Zwei Jahre Assistent des Produzenten von *Ben Hur*, ein Jahr Verkaufsabteilung und Werbung bei Columbia Pictures, zwei Jahre unabhängige Produktion Cinematografica Italiana. Gute Referenzen. Außerdem bin ich ehrlich. Ich bin nicht so wie die meisten hier, die einem den letzten Groschen klauen, wenn man nicht die ganze Zeit die Hände in den Taschen behält.«

»Sie sind nicht Italiener?«

»Ich bin Italiener, aber in den Vereinigten Staaten aufgewachsen. Ich kam vor dem Krieg mit meinen Eltern hierher; damals war ich gerade sechzehn. Als die Invasion begann, wurde ich in die amerikanische Armee eingezogen.«

»Okay«, sagte Sam. »Ich möchte ganz gern mit Ihnen reden.«

Kaum hatte er den Hörer aufgelegt, klingelte die Türglocke, und der Gast war da. Er war groß, schlank, hatte braune Augen und schütteres, blondes Haar.

Sie gaben sich die Hand und betrachteten sich gegenseitig. »Wieso haben Sie von mir gehört?« fragte Sam.

»Der Vizedirektor ist der Schwager meiner Freundin. Er hat mich sofort nach Ihrem Eintreffen benachrichtigt.«

»Wie kommt es – wenn Sie so tüchtig sind, wie Sie sagen –, daß Sie nicht beschäftigt sind?«

»Überall haben die Italiener den Vorrang.«

»Aber Sie sagten doch, Sie seien Italiener?«

»Bin ich, aber ich habe einen amerikanischen Paß. Mein Vater wurde naturalisiert.«

»Ich weiß nicht recht . . .«, sagte Sam unschlüssig.

»Wollen Sie es nicht eine Woche lang mit mir versuchen?« fragte Charley. »Wenn Sie dann nicht zufrieden sind, blasen wir's ab. Sie brauchen mir nicht viel zu zahlen. Ich würde es für vierzigtausend Lire die Woche machen.«

Sam überlegte; das war nicht viel, etwa achtzig Dollar. »Okay.«

»Danke, Mr. Benjamin«, sagte Charley lächelnd.

Das Telefon klingelte. Charley hob sofort ab, und es folgte ein schneller Wortwechsel auf italienisch. Er verdeckte die Sprechmuschel und wandte sich an Sam. »Ein Produzent möchte Ihnen einen Film zeigen.«

»Welchen Film?«

»Er heißt *Crazy Baby*.«

»Ist er wert, daß man ihn sich ansieht?«

»Nein«, sagte Charly. »Man versucht nun schon seit zwei Jahren ihn anzubringen. Jede größere Gesellschaft hat ihn bereits abgelehnt.«

»Sagen Sie, ich hätte kein Interesse.«

Charley sprach noch einige Worte ins Telefon und legte auf. »Vielleicht könnte ich Ihnen helfen, wenn ich wüßte, was Sie suchen.«

»Einen großen Ausstattungsfilm in Farbe. Ich brauche erstklassige Ausstattung und Regie, Kostüme, nackte Weiber. Etwas, das ich billig einkaufen und in den Staaten ganz groß herausbringen kann.«

»Okay, nun weiß ich's«, sagte Charley. »Vielleicht kann ich etwas tun. Ich kenne einen Mann, der hat in einen Film mit dem *Icarus* vierhunderttausend Dollar investiert. Es ist die Sage von dem griechischen Jungen, der wie ein Vogel fliegen wollte und dessen Flügel in der Sonne schmolzen. Da ist alles drin, was Sie suchen. Und der Produzent ist pleite. Er wird nehmen, was Sie ihm geben.«

»Das gefällt mir schon jetzt«, sagte Sam. »Rufen Sie ihn an und treffen Sie für mich eine Verabredung zu einer Vorführung.«

Charley zog ein Notizbuch aus der Tasche, öffnete es und legte es neben den Apparat. Er rief die Zentrale an und nannte die Nummer.

»Wollen Sie etwas trinken?« fragte Sam.«

»Nein, danke«, sagte Charley. Er klopfte auf seinen Magen. »Ich hab' ein Geschwür.«

Sam grinste. »Mir scheint, Sie sind doch ein ganz richtiger Amerikaner.«

So hatte es begonnen. Sam hatte Glück, denn Charley war so tüchtig, wie er versprochen hatte. Sie konnten *Icarus* zu einem günstigen Preis kaufen und später ein fast ebenso gutes Geschäft mit einer Fortsetzung machen, *Die Flügel des Icarus.* Damals gab ihm Sam einen Bonus von tausend Dollar und erhöhte sein Gehalt auf zweihundert die Woche. Er machte ihn zum Geschäftsführer der italienischen Gesellschaft mit einem kleinen Büro in einer Seitengasse der Via Veneto, und Charley war auf Lebzeiten sein.

Das Zimmer war dunkel, und er spürte den Druck einer Hand auf seiner Schulter. Er wälzte sich herum und seufzte tief auf.

»Es ist beinahe acht Uhr«, sagte Charley. »Marilu wird jeden Augenblick hier sein.«

»Verdammt, ich muß mich duschen«, sagte Sam. Er stand auf. »Bestellen Sie mir einen Tisch zum Abendessen im Capriccio.«

»Ich habe das Abendessen schon bestellt; es wird hier serviert.«

Sam sah ihn erstaunt an. »Halten Sie das für klug? Die ist nicht irgendein Fötzchen, wissen Sie.«

»Sie ist eine italienische Schauspielerin«, sagte Charley kurz.

»Was wird Nicki aber dazu sagen?«

»Die Idee stammt doch von ihm, oder nicht?«

Sam antwortete nicht. Auf dem Weg ins Badezimmer sagte er nur: »Wenn sie kommt, leisten Sie ihr Gesellschaft, bis ich angezogen bin.«

»Okay. Ich gehe jetzt mit Roger zum Abendessen. Wir werden bei Gigi Fazzi sein, hier um die Ecke, falls Sie uns brauchen sollten.«

Tatsächlich kam Marilu eine Stunde zu spät, und Sam war schon halb blau, als sie eintraf. Er hatte so nervös wie ein Jüngling gewartet, einen Scotch nach dem anderen getrunken, und nun war die ganze Welt in einen rosigen Schimmer getaucht.

Als es an der Tür klopfte, erhob er sich leicht schwankend, Charley öffnete, und sie trat ein.

Sam stockte der Atem, und er wurde schlagartig nüchtern. Das war ihre Wirkung auf ihn, es war unglaublich. Ihre Schönheit und Weiblichkeit verursachten ihm Schmerzen in den Eingeweiden.

Sie kam direkt auf ihn zu. Er küßte sie auf die Wange, seine Nase füllte sich mit ihrem warmen Duft. »Ich bin so froh, daß du mir nicht böse bist, Sam.«

Er lächelte. »Wer könnte einer so schönen Frau böse sein?«

Sie erwiderte sein Lächeln. »Du wirst ja schon ganz italienisch, Sam!«

Sie ging zum Tisch. »Champagner und Kaviar!« rief sie. Wie ein Kind stibitzte sie einen kleinen Löffel und schaufelte sich Kaviar in den Mund. »Köstlich!«

Sie schien nicht zu bemerken, daß Charley und Roger verschwunden waren, blieb weiter am Tisch, füllte zwei Gläser mit Champagner und reichte ihm eines: »Einen Trinkspruch, Sam!«

Er nahm das Glas, obwohl er Champagner nicht mochte. »Worauf sollen wir trinken?«

»Auf unseren gemeinsamen Film«, sagte sie.
Sie tranken. Dann setzte sie das Glas ab. »Ich freue mich sehr.«
»Ich auch.«
Das Telefon klingelte. Er hatte am frühen Nachmittag ein Gespräch mit Stephen Gaunt angemeldet, und es war jetzt endlich durchgekommen. »Ich werde im Schlafzimmer sprechen«, sagte er. »Willst du mich bitte entschuldigen?«
Sie nickte. Er hob im Nebenzimmer den Hörer ab. »Steve?«
Die Stimme der Sekretärin sagte: »Einen Augenblick, Mr. Bejamin, ich verbinde!« Ein Klicken, und da war Steve. »Wie schmeckt die *Pasta* drüben, Sam?«
»Hab noch keine Zeit gehabt, sie zu kosten«, sagte er. »Ich rief an, um zu hören, was du von dem Drehbuch hältst.«
»*Die Schwestern*?«
»Ja.«
»Scharfe Sache. Aber mir gefällt's. Ich frag mich nur, wie steht's mit Marilu Barzini. Ich weiß, sie ist großartig, wenn sie nackt rumläuft, aber kann sie auch spielen?«
Sam blickte auf; er bemerkte, daß sich die Tür ein wenig bewegte. »Warte einen Augenblick«, sagte er und legte den Apparat aufs Bett.
Er ging zur Tür und öffnete sie jäh. Marilu wäre fast ins Zimmer gefallen.
Er nahm sie bei der Hand, führte sie lächelnd ins Zimmer, setzte sich auf das Bett und griff nach dem Hörer. »Entschuldige, Steve, was sagtest du eben?«
»Ist jemand bei dir?«
»Ja.«
»Kannst du frei sprechen?«
»Ja. Was wolltest du von Marilu sagen?«
Er hielt den Apparat so, daß sie mithören konnte. »Wie gesagt, wenn sie spielen kann, besteht Aussicht, aber man müßte die Sache aufhellen. Und auch 'nen ordentlichen Schuß Sex hineinbringen, nicht soviel verdammten Symbolismus.«
»Beteiligst du dich, falls ich dir liefern kann, was du wünschst?«
»Jetzt geht es nicht, Sam; du kennst ja meinen Aufsichtsrat. Hast du aber erst den Streifen, dann ist das etwas anderes.«
»Willst du dich mit vierhunderttausend verpflichten, vorbehaltlich Lieferung?«
»Zweihundertfünfzig, mehr ist unmöglich. Vorausgesetzt, wir sind mit dem Drehbuch einverstanden. Alles hängt natürlich von der endgültigen Fassung des Films ab.«
»Und wenn ich dir nun sage, für ihre Leistung in diesem Streifen wird sie einen Oscar bekommen?«
»Wenn sie's schafft, glaub ich's dir. Machst du die Sache?«
»Ja«, sagte Sam. »Schließlich ist es ja das, was du mir geraten hast. Ich soll aus dem Gewaltgeschäft raus und in was Seriöses einsteigen.«
Steve lachte. »Okay, Vater. So oder so – ich bin dabei.«
»Für dreihundert«, sagte Sam.
»Dreihundert.« Steve lachte. »Viel Glück. Und gib der Kleinen, die ich ins Telefon atmen höre, einen für mich, ja?« Sam legte den Hörer auf.
»Nun?« sagte er mit einem Blick auf Marilu.
»Wer war das?« fragte sie.
»Der Präsident einer der großen amerikanischen Gesellschaften.«
»Warum will eigentlich niemand glauben, daß ich spielen kann?« fragte sie ärgerlich. »Sie sehen in mir nur einen Körper.«
»Das ist doch nicht so schlimm!«
»Aber früher oder später muß es anders werden. Denk nur an die Lollobrigida, an die Loren – die werden als Schauspielerinnen geschätzt.«
»Du wirst auch noch soweit kommen«, tröstete er sie. »Nach diesem Film.«
Plötzlich war ihr Ärger verflogen. »Glaubst du das wirklich, Sam?«
Er nickte. »Und daß ich den Oscar gewinnen werde?«

Da wußte er, daß er sie in der Hand hatte. »Wenn du tust, was ich sage.«

Sie sank theatralisch vor ihm auf die Knie. »Alles werde ich tun, was du sagst, Sam. Du bist mein Mentor, mein Berater.« Sie grub ihr Gesicht in seinen Schoß.

Seine Reaktion war so blitzartig, daß sie sogar ihn überraschte. Sie kehrte ihm, mit einem heimlichen Lächeln in den Augen, das Gesicht zu. Er errötete. »Ich bin auch ein Mann«, sagte er.

»Natürlich«, sagte sie gelassen, ihre Finger fanden den Reißverschluß und öffneten ihn. »Ihr alle seid stets vor allem Männer.«

4

In seinen Täumen war alles immer groß. Das betraf zuerst die eigene Person. Im Traum war er einsfünfundachtzig, schlank, kräftig und breitschultrig, der Mann, dem die Mädchen seufzend nachblickten. Es dauerte nicht lange, bis ihm klar wurde, daß er trotz aller Streckübungen nie größer werden würde als die einszweiundsechzig, die seine Eltern ihm mitgegeben hatten. Da faßte er einen Entschluß: Wenn er nicht einsfünfundachtzig werden konnte, mußte er eben so handeln, als wäre er einsfünfundachtzig.

Er hatte das Glück, einen vierschrötigen, starken Körper und die Kräfte eines jungen Stiers geerbt zu haben. Andernfalls wäre er keine sechzehn Jahre alt geworden. In East Bronx nahm man angesichts der Lautstärke seiner Reden keine Rücksichten auf seine geringen Körpermaße. Gegen Ende seiner Schulzeit hatte er herausgefunden, daß er nicht alle Welt verprügeln konnte, und er begann seine scharfe Zunge im Zaum zu halten. Von da an kam er gut vorwärts.

Er erwarb sein Diplom im City College von New York und bestand die Anwaltsprüfung des Staates New York, gab jedoch nach zwei Jahren im Rechtsanwaltsbüro eines Vetters den Juristenberuf für immer auf. Für ihn war das kein befriedigender Wirkungskreis. Die kleinen Fälle, die er bekommen konnte, interessierten ihn nicht, und die großen wurden immer zu den bereits etablierten Anwälten getragen.

Man schrieb 1933, und das Land stöhnte unter der Depression. Er schätzte sich glücklich, als er einen Job als Vizedirektor in einem Kino auf dem Broadway fand. Und den bekam er auch nur, weil er dem Besitzer des kleinen Konzerns – alles in allem drei Theater – versprach, er werde gratis und außerhalb seiner Arbeitszeit die Rechtsberatung machen. Und das alles für das Prachtgehalt von zweiundzwanzigeinhalb Dollar die Woche.

1934 kam der Streik der Filmvorführer, die ganze Industrie geriet in Aufruhr. Der Direktor gab lieber seinen Posten auf, als sich gegen die Streikpostenkette zu stellen, und Sam wurde befördert. Nun war er ein großer Mann. Dreißig Dollar die Woche. Und seltsamerweise war er in das Geschäft vernarrt.

Er liebte Filme. Jeden einzelnen, gut oder schlecht. Er sah alle, wenn sie schließlich in seinem Kino gespielten wurden. Manche davon zwei- oder dreimal. Und wieder begann er zu träumen.

So war es auch an jenem Morgen, als er gegenüber dem Filmtheater aus der Untergrundstation kam. Es war warm, und eine flimmernde Hitze lag bereits über den Straßen der Stadt.

Er stand an der Ecke und schaute hinüber. Das allergrößte Schild war ein unter dem Schirmdach gespanntes Tranparent:

IM INNEREN 20° KÜHLER

Darüber war in einfachen weißen Blockbuchstaben der Hauptfilm angekündigt:

JAMES CAGNEY LORETTA YOUNG

TAXI

MATINEE FÜR FRÜHAUFSTEHER 25 CENT

AUSGEWÄHLTE KURZFILME IM VORPROGRAMM

Er überquerte die Straße und blieb bei der Kasse stehen. »Guten Morgen, Marge.«

»Guten Morgen, Sam.«

»Wie geht das Geschäft?«

Die Kassiererin warf einen Blick auf ihre Liste. »Nicht übel. Siebzig Entrittskarten. Die Streikposten waren heute morgen nicht hier.«

Er sah nach rechts und links und sagte: »Vielleicht ist es ihnen zu heiß.«

»Ich vermisse sie direkt. Sie brachten mir immer Kaffee vom Laden an der Ecke.«

Sie hatte recht. Die Streikposten gehörten bereits zum Alltag; ohne sie und ihre weiß und rot bemalten Transparente wirkte das Foyer nackt. »Ich will mal in der Stadt anrufen und mir die Vormittagsziffern geben lassen; bei der Gelegenheit höre ich dann, was eigentlich los ist«, sagte er.

»Sieh zu, daß es nicht zu lange dauert. Ich sitze schon seit neun Uhr dreißig hier drinnen und könnte bald eine Ablösung gebrauchen.«

»Ich komme gleich wieder«, versprach er.

Der alte Eddie, der Platzanweiser am Eingang, lächelte ihm zu. »Guten Morgen, Mr. Benjamin. Siebzig Eintrittskarten heute morgen.« Es klang so erfreut, als gehöre das Kino ihm.

»Morgen, Eddie.« Er trat ein. Das beruhigende Dunkel umfing ihn, und er hörte die Stimmen von der Leinwand.

Der Hauptfilm lief. Er blieb stehen – entzückt –, es war seine Lieblingsszene.

Das Publikum lachte schallend.

Sam lachte mit.

Er stieg über die Treppe zum Balkon. Das Direktionsbüro lag auf einem kleinen Treppenabsatz in halber Höhe. Er öffnete die Tür und trat ein.

Der sommersprossige junge Mann, ein entfernter Vetter des Besitzers, wandte sich zu ihm um. »Guten Morgen, Sam.«

»Guten Morgen, Elie. War etwas in der Post?«

»Das Übliche«, sagte Elie gelangweilt. »Nur die Programmhefte für die nächste Woche. Zwei Rechnungen. Die Eisfirma wird morgen nicht liefern, wenn wir unsere Schulden nicht zahlen. Ich sagte, du würdest anrufen.«

»Wieviel haben sie heute morgen gebracht?«

»Vier Block.«

»Wir werden mehr brauchen, wenn es weiter so heiß bleibt«, sagte Sam. »Geh hinunter und löse Marge ab. Ich rufe am besten gleich dort an.«

Er ließ sich mit dem Direktor der Eisfabrik verbinden, versprach eine Akontozahlung und bekam die Zusicherung, daß um vier Uhr nachmittags zwei Eisblöcke geschickt würden.

Jetzt sah er sich das Programmheft für den Hauptfilm der nächsten Woche an. Es war ein MGM-Streifen, und das Programm war sorgfältig ausgearbeitet. Sie machten es immer am besten, hatten überall die besten Leute: Stars, Regisseure, Drehbuchautoren. Er blätterte in dem Heft und überlegte, wieviel Zubehör und Propagandamaterial ihm das Hauptbüro schicken würde. Mit dem Material waren sie immer knickerig, obwohl sie es nur ausliehen, anstatt es zu kaufen wie die Kinos in der Innenstadt. Er hörte, wie sich die Tür hinter ihm öffnete, und wandte sich um.

Es war Marge. Sie schaute ihn vorwurfsvoll an. »Du hast gestern abend nicht mal angerufen.«

»Es war schon spät. Ich bin erst nach ein Uhr morgens hier rausgekommen. Ich glaubte, du würdest schon schlafen.«

»Ich hatte dir doch gesagt, ich bleibe wach und warte.«

Es verdroß ihn. Das hatte man davon, wenn man nett zu den Mädchen war. Man stemmt sie zweimal, und schon glauben sie, man gehört ihnen. »Ich war müde«, sagte er.

Sie schloß sorgfältig die Tür hinter sich. »Bist du's noch immer?«

Plötzlich lächelte er. »So müde wieder nicht.«

Sie drehte den Schlüssel um und kam auf ihn zu. Sie war groß, fast um einen Kopf größer als er. Er mochte große Frauen, und diese war überall groß. Große Titten, großes Hinterteil.

Er stand auf, und sie ließ sich umarmen. Während sie sich küßten, lehnte sie sich hinten an den Schreibtisch, um nicht größer zu sein als er. Seine Finger fummelten an den Knöpfen ihrer Bluse.

Sie lachte ein wenig, nun war sie ihrer Sache sicher. Mit einem raschen Griff öffnete sie ihre Bluse, und die schwer im BH liegenden Brüste quollen hervor; er machte sich am Verschluß zu schaffen und entblößte sie. Mit einem fast animalischen Schrei vergrub er sein Gesicht in ihrem Busen.

Mit einer Hand drückte sie seinen Kopf fest an sich, mit der anderen öffnete sie die Knöpfe an seiner Hose. Ihre Hand umfaßte sein angeschwollenes Glied.

»Hast du was zum Drübenziehen?« flüsterte sie.

Er starrte sie an. »Hier? Ich hab doch nicht erwartet . . .«

Sie zog ihre Hand zurück, als ob sie ein heißes Eisen angefaßt hätte. »Dann hören wir lieber auf«, sagte sie. »Ich darf nichts riskieren.«

»Mein Gott!« Er war ärgerlich. »Du wirst doch jetzt nicht aufhören. Ich ziehe ihn raus, bevor es mir kommt.«

»Versprichst du's?«

»Ich verspreche es.«

»Ich will kein Kind bekommen«, sagte sie, ließ ihren Rock fallen und trat zur Seite. »Wo?«

Sie hatte recht. In dem kleinen Büro gab es nicht mal genügend Platz, um sich auf den Boden zu legen.

»Dreh dich um«, sagte er und legte unsanft ihre Hände auf den Schreibtisch, so daß sie halb gebückt stand.

Er ließ seine Hose fallen und drang von hinten in sie ein, während er sie mit den Armen umfaßte und ihre Brüste in die hohlen Hände nahm.

»O Gott! Du bohrst mich ja durch!« schrie sie.

Er hielt sie fest, schob sich eng an sie und entschwand in seine eigene Welt voller phantastischer Brüste, Hinterbacken und wollüstiger Punzen. Er schloß die Augen.

Zuerst schien das ferne Getöse fast mit zu ihrer Paarung zu gehören, dann erfolgte die Explosion und schleuderte sie rückwärts gegen die Wand und dann zu Boden.

Der Schreibtisch stellte sich hochkant, und der Stuhl krachte in eine Ecke. Sam lag einen Augenblick regungslos, rang nach Luft, ihr ganzes Gewicht lastete auf ihm. Dann bewegte er sich.

»Ist dir was geschehen?« fragte er.

»Nein, ich glaube nicht«, sagte sie zögernd. »Was war das?«

Er hatte es instinktiv erraten – fast noch bevor die Schreie aus dem Kino zu ihnen drangen. Er schob sie zur Seite, stand auf und zog seine Hose hoch. Nun wußte er, warum die Streikposten heute morgen nicht gekommen waren. »Zieh dich an«, sagte er. »Ich glaube, jemand hat eine Bombe ins Kino geworfen.«

Bevor sie noch antworten konnte, war er aus dem Büro und rannte die Treppe hinunter. Die hinteren Scheiben der Vorhalle lagen in Scherben. Der alte Eddie stand neben einer aus den Angeln gerissenen Tür; Blut strömte aus einer Wunde an seiner Stirn.

»Ich hab die Leute gesehen, Mr. Benjamin«, schrie er. »Sie haben die Bombe aus einem Auto geworfen. Ein schwarzer Wagen, der vor dem Kino stehenblieb.«

Sam sah sich um. Die Vorhalle war demoliert und über und über mit Glassplittern bedeckt, beinahe unpassierbar. Eine Menschenflut strömte aus dem Inneren des Kinos und drängte sich ihm entgegen. »Eddie, öffnen Sie die Seitenausgänge«, sagte er. »Okay, Leute«, rief er, »macht euch keine Sorgen, wir zahlen das Eintrittsgeld zurück.«

Die Seitenausgänge öffneten sich und ließen das helle Tageslicht ein. Zum Glück kam es zu keiner Panik.

Die Besucher gelangten allmählich ins Freie. Sam trat auf Eddie zu. »Wo ist Elie?«

»Ich hab ihn nicht gesehen.«

Plötzlich wurde Sam übel. Er drehte sich um und lief durch das zerbrochene Glas in die Vorhalle. Der junge Mann saß noch an der Kasse. Das heißt, was von ihm übrig war. Offenbar war der Kassenraum direkt von der Bombe getroffen worden.

In der Ferne hörte er die Sirenen der Feuerwehr. Es war reines Glück, daß nicht er an der Kasse gesessen hatte. Idiotisches Glück.

5

Er saß mit unbehaglichen Gefühlen im Schneiderladen seines Vaters, während der Alte das Geschäft für den Abend abschloß. Ab und zu warf ihm sein Vater einen Blick zu, schüttelte den Kopf und murmelte: »Was soll ich nun deiner Mutter sagen?«

Sam war damals fünfunddreißig Jahre alt, und immer noch verstanden es seine Eltern, ihm das Gefühl zu geben, als sei er noch ein kleiner Junge. Daß er inzwischen stellvertretender Direktor des Roxy-Kinos in der Innenstadt geworden war, spielte dabei keine Rolle. Auch nicht, daß er wöchentlich neunzig Dollar verdiente, mehr als irgendein anderer in der Umgebung. Zur Debatte stand nur seine jüngste »Dummheit«.

Der Vater drehte den letzten Schlüssel um, und sie standen draußen auf der Straße. »Mach den Mantel zu«, sagte er. »Bei dem Wind wirst du dir noch den Tod holen.«

Sam warf einen Blick auf den gebeugten Alten und knöpfte seinen Mantel zu. Sie machten sich auf den Weg nach Hause.

Plötzlich blieb sein Vater stehen und sah ihn an. »Ich habe dir nichts gesagt, nicht wahr, als du nicht Rechtsanwalt werden wolltest, nachdem wir soviel Geld ausgegeben hatten, um dich durch das College zu bringen? Oder?«

Sam schüttelte den Kopf.

»Und hab ich nicht deiner Mutter, weil sie zankte, erklärt, laß ihn in Ruhe, er ist ein Mann, er muß selbst seinen Weg finden? Sogar als du in diesem verrückten Filmgeschäft zu arbeiten anfingst – hab ich da nein gesagt? Ich hab gesagt, wünschen wir ihm Glück. Wenn es ihm gefällt, bitte!«

Sam antwortete nicht.

»Hab ich dich gescholten, als du die kleine Greengrass nicht heiraten wolltest, obwohl ihr reicher Vater dir zwanzigtausend Dollar geben wollte, mit denen du dir eine Kanzlei hättest aufbauen können? Nein, ich hab gesagt, ein amerikanischer Junge darf selbst entscheiden, wen er heiraten will. Solange er nicht mit einer Schickse nach Hause kommt, ist alles in Ordnung. Wir sind hier nicht drüben im alten Land.«

Sam hielt den Mund.

»Aber das jetzt ist zuviel!« sagte sein Vater. »Dazu kann ich meine Einwilligung nicht geben. Bei dieser Sache kann ich deiner Mutter nicht sagen: ›Laß ihn.‹ Das ist einfach blöd.«

Sie waren bei ihrem Haus angelangt und betraten den Flur. Er war erfüllt von den vielfältigen Gerüchen seiner Jugend. Es war Freitag abend. Hühnersuppe. Sie stiegen die Treppe hinauf.

»Du bist doch kein Junge mehr! Du brauchst nicht zu gehen. Bis die Einberufung zu dir kommt, bist du über die Altersgrenze hinaus.«

»Das ist es ja eben, Pa«, sagte Sam. »Wenn ich nicht jetzt einrücke, wird es zu spät sein. Dann nehmen sie mich überhaupt nicht mehr.«

»Aha – und wird das so ein Malheur sein?« fragte sein Vater, blieb auf dem Treppenabsatz stehen und stach ihm zur Bekräftigung seiner Worte den Finger gegen die Brust. »Was würde dir denn entgehen? Eine Chance, dich totschießen zu lassen. Überlaß doch das Kämpfen den anderen. Die verstehen das besser. Du bleib' zu Hause, wo du hingehörst, und kümmere dich um deine eigenen Angelegenheiten.«

»Papa, das *ist* meine Angelegenheit. Wenn wir Juden uns nicht als erste bemühen, dem Hitler ein Ende zu machen, wer soll es dann für uns tun?«

»Aber dein Posten im Roxy? Weißt du denn, ob man ihn dir nach dem Krieg wiedergibt?«

»Spielt doch gar keine Rolle, Pa«, sagte er. »Den wollte ich ohnehin bald aufgeben.«

Sie kamen zur Wohnungstür; der Vater nahm den Schlüssel aus der Tasche. »Mußt du dann die Freikarte für das Roxy zurückgeben?« fragte er.

Sam lächelte. Das war natürlich das Wichtigste. Das einzige, womit seine Mutter die Nachbarn ausstechen konnte, war ihr Recht, wann immer sie wollte, gratis ins Roxy zu gehen. »Ich glaub nicht, Pa«, sagte er. »Das bringe ich schon in Ordnung.«

Er wollte den Krieg und bekam ihn. Er brauchte nicht erst auf die Schlachtfelder in Europa zu warten. Für ihn begann es bereits am dritten Tag der Grundausbildung in Fort Bragg.

Es war sechs Uhr morgens, und sie hatten fast eine Stunde lang in dem eisigen Regen des Frühjahrsmorgens gestanden. Endlich entließ man sie zum Frühstück. Sie traten weg und liefen durch den Regen zum Speisesaal. Vor dem Eingang wurde er beiseite gestoßen.

»Hau ab, Judenjunge«, schrie ihm jemand ins Ohr. »Schlimm genug, daß wir euren Krieg für euch führen müssen. Laß uns rein zum Frühstück.«

Er blieb stehen, versperrte den Eingang und wandte sich zu dem Mann um. Hinter ihm standen drei GIs. Den Ausdruck auf ihren Gesichtern kannte er. Nicht umsonst hatte er sein Leben in der East Bronx verbracht. »Wer von euch hat das gesagt?« fragte er scharf.

Sie wechselten einen Blick, dann trat der Größte mit herausfordernder Miene vor. »Ich, Judenjunge«, sagte er kalt. Weiter kam er nicht.

Sam gab ihm keine Möglichkeit dazu. Er stieß dem Soldaten sein Knie in die Hoden. Der GI schnappte nach Luft, krümmte sich und faßte nach unten. Sam bildete mit seinen ineinander verschlungenen Händen einen Schlegel, mit dem er dem Soldaten knapp hinter dem Ohr einen fürchterlichen Schlag versetzte. Der Mann taumelte, wieder stieß Sam sein Knie nach oben und traf ihn in die Brust. Sein Gegner flog rückwärts in den Straßenschmutz und blieb bewußtlos liegen.

Es geschah so rasch, daß die anderen immer noch reglos dastanden und zusahen. Sam drehte sich zu ihnen um. »Gibt es noch jemand, der meinen Krieg für mich führen will?«

»Verdammt! Wer hält denn da vorn die Reihen auf?« schrie eine herrische Stimme.

Sie nahmen Grundstellung ein. Ein Oberleutnant kam heran, blieb stehen und blickte auf den am Boden liegenden Soldaten. »Was geht hier vor?«

Sie schwiegen bewegungslos.

»Rührt euch«, fauchte er. »Was ist passiert?«

Keiner sprach. Er wandte sich an Sam. »Sie! Was war hier los?«

Sam sah ihm in die Augen. »Er ist auf der Stufe ausgeglitten, Sir. Ich glaube, er hat sich den Kopf angeschlagen.«

Der Soldat auf dem Boden rührte sich; seine Freunde schickten sich an, ihm zu helfen. Der Oberleutnant beobachtete sie. »Bringt ihn ins Lazarett«, sagte er. Und zu Sam: »Ihr Name?«

»Benjamin, Sir. Samuel Benjamin.«

»Sie melden sich in dreißig Minuten bei mir«, sagte er, drehte sich auf dem Absatz um und verschwand, ehe sie Gelegenheit hatten, nochmals zu grüßen.

Eine halbe Stunde später stand Sam vor seinem Schreibtisch. »Rühren«, sagte der Oberleutnant.

Sam stand bequem.

»Wo haben Sie zu kämpfen gelernt?«

»Ich bin in einer harten Umwelt aufgewachsen, Sir.«

Der Offizier studierte die Papiere auf seinem Schreibtisch. »Was haben Sie bei dieser Bauernbande zu suchen? Warum haben Sie sich nicht für die Offiziersschule gemeldet? Nach Ihrem Anmeldeformular zu schließen, besitzen Sie dafür alle Voraussetzungen.«

»Ich war der Ansicht, Sir, dies sei der schnellste Weg, um im Kampf eingesetzt zu werden.«

Der Oberleutnant nickte. Er sah sich noch einmal die Papiere an. »Sie sind ein verdammter Dummkopf«, sagte er. Er schrieb ein paar Worte auf das vor ihm liegende Blatt, drückte einen Stempel darauf und schob es Sam zu. »Unterschreiben Sie das.«

»Was ist das?« fragte Sam.

»Ich befürworte Ihr Ansuchen zur Ausbildung als Offizier«, sagte der Oberleutnant. »Sie glauben doch nicht, daß ich Sie nach dem, was vorgefallen ist, wieder zurückschicke. Diese Kerle würden Sie umbringen, ehe Sie überhaupt dazu kommen, gegen den Feind zu kämpfen.«

Knapp zwei Stunden später saß Sam in einem Bus und verließ das Lager. Jetzt war ihm leichter ums Herz. Drei Tage beim Militär hatten ihn überzeugt: Gemeiner Soldat zu sein, war nicht seine Sache.

Drei Monate später kam er auf Urlaub nach Hause. An seiner gut geschnittenen Uniform glänzten die Rangabzeichen des Leutnants.

Seine Mutter erblickte ihn und brach in Tränen aus. »Was hat man mit dir angestellt?« klagte sie. »Du bist ja so mager geworden!«

Er war stämmig, hart und muskulös. Er wog einhundertfünfzig Pfund wie vor seinem zwanzigsten Lebensjahr. Weniger, als er je wieder in seinem Leben wiegen sollte.

Er blieb drei Jahre in Übersee und bekam nie einen Deutschen zu Gesicht, trug nie ein Gewehr, feuerte nie einen Schuß ab. Irgendwann hatte man herausgefunden, daß er einen Projektor zu bedienen verstand. Und so verbrachte er die Kriegszeit damit, für kampfmüde Truppen in Ruhestellung und Soldatenheimen Filme vorzuführen.

6

»Jetzt bist du also ein Held«, sagte sein Vater, indem er den Hebel an der großen Bügelmaschine niederdrückte. Eine Dampfwolke quoll hervor. »Und was hast du davon? Nicht einmal einen Job!«

Sam saß mißmutig seinem Vater gegenüber. Das Gesicht des Alten war von der Hitze gerötet. »Ich bin kein Held«, sagte er.

»Mit all den vielen Ordensbändern an deiner Jacke bist du ein Held.« Das klang endgültig und machte jede Diskussion sinnlos.

Sam gab es auf. Er hatte schon allzuoft erklärt, daß das nur Dienstbändchen waren, die angaben, an welchen Kriegsschauplätzen er gewesen war. Nordafrika, England, Sizilien, Italien, Frankreich. Die Farben leuchteten auf seiner Brust.

»Zuerst müssen wir dich wieder aufpäppeln«, sagte sein Vater. »Du siehst elend aus.«

»Das wird sich geben, wenn ich wieder genug schlafe«, sagte Sam.

»Du wirst aber nie genug schlafen.« Der Alte nahm die Hose aus der Bügelmaschine und hängte sie über einen Kleiderständer. »Erst wenn du aufhörst, jede Nacht mit Weibern rumzuziehen. Glaubst du, ich weiß nicht, warum du nicht zu Hause wohnen willst, obwohl wir dein Zimmer so nett für dich hergerichtet haben? Nein, du wohnst lieber in deiner Bude in der Stadt, wo du nichts hast als Verkehr und Lärm.«

»Es ist keine Bude, Pa, es ist eine Wohnung.«

»Du nennst das eine Wohnung«, sagte sein Vater, »ich nenne es einen Wandschrank.« Er nahm eine Jacke vom Ständer und legte sie in die Bügelpresse. Er warf einen Blick auf die Wanduhr. »Der verdammte Schwarze« schimpfte er. »Elf Uhr, und er ist noch nicht hier! Dann wundern sie sich, wenn sie keinen Posten behalten können. Kaum behandelt man sie gut, bescheißen sie einen von allen Seiten.«

Er ließ die Presse offen, ging zur Tür, schaute hinaus und kam wieder zurück. »Noch nicht einmal auf der Straße zu sehen . . .« Wütend klappte er die Presse zusammen. »Also, was wirst du jetzt machen?« fragte er. »Eine Anstellung kriegst du nicht, deinen alten Job im Roxy willst du nicht, zu Hause wohnen willst du nicht, deiner Mutter brichst du das Herz. Du bist schon bald vierzig, bist kein Kind mehr, also was willst du eigentlich?«

»Ich hab keine Lust mehr, für jemand anders zu arbeiten«, erwiderte Sam. »Ich seh mich um, ich will mir ein eigenes Kino kaufen.«

»Aha, ein Bonze!« Sein Vater hielt im Bügeln inne. »Ich hab einen Sohn, der ist ein großer Herr. Nun sag mir, du großer Herr, wo wirst du das Geld dafür hernehmen?«

»Ich habe Ersparnisse«, sagte Sam.

»Ja?« meinte der Alte zweifelnd. »Wieviel?«

»Ungefähr zehntausend Dollar«, erklärte Sam widerwillig.

»Zehntausend Dollar?« Die Bügelmaschine stand offen und spie ihren Dampf aus; der Alte hatte vergessen, das Ventil zu schließen. Sam sah, daß sein Vater beeindruckt war. »Wo hast du soviel Geld her? Du hast doch hoffentlich nichts getan, wofür man dich einsperren wird?«

»Nein«, sagte Sam lächelnd. »Nur den Sold gespart, sonst nichts.«

»Vielleicht bist du doch nicht so dumm«, sagte der Vater. Er schloß das Dampfventil. »Ist es genug, um ein Kino zu kaufen?«

»Für das, was ich im Auge hab, genüg es«, sagte Sam. »Wenn ich noch etwas mehr nötig habe, kann ich mir's immer noch borgen.«

Einen Augenblick bügelte der Alte schweigend weiter, dann wandte er sich Sam zu. »Versprich mir eines.«

»Was?«

»Wenn du dir Geld ausborgen mußt, gehst du nicht zu fremden Leuten. Deine Eltern sind nicht ganz so arm, daß sie ihrem einzigen Sohn nicht helfen können, wenn er etwas braucht.«

Er kam aus dem Kino in der Zweiundvierzigsten Straße, blieb unter dem Schirmdach stehen und blickte hinüber zum Broadway. Die hellen Lichter schimmerten wie farbenprächtige Edelsteine. Er drehte sich um und sah nochmals in den Saal, den er gerade verlassen hatte. Irgendwie erschien er ihm klein und schäbig im Vergleich zu den anderen im selben Häuserblock.

Der Agent kam heraus, schloß die Tür ab und wischte sich an seinem Mantel den Staub von den Händen. »Man muß es nur noch frisch streichen, Mr. Benjamin, und Sie können mit dem Geschäft anfangen.«

»Na, ich weiß nicht«, sagte Sam zweifelnd.

»Sonst ist alles tadellos, das können Sie mir glauben«, sagte der Agent. »Die

Projektionsapparate und Tongeräte sind wie neu. Der letzte Besitzer hat sie, kurz bevor er so plötzlich gestorben ist, der Arme, überholen lassen.«

»Wie steht's mit der Kategorie?« fragte Sam.

»Fünfte Serie«, antwortete der Agent sofort. »Genau wie die anderen Kinos hier in der Straße.«

Das war das System, nach dem festgesetzt wurde, welche Kinos die Streifen zuerst spielen durften. Aber was würde ihm das schon nützen, hier unten bei der Achten Avenue? Der Ansturm begann auf dem Broadway. Bis die Filme zu seinem Kino gelangten, würde die Sahne abgeschöpft sein. »Nein«, sagte er.

»Sie machen einen Fehler«, sagte der Agent ernst. »Es ist eine glänzende Gelegenheit. Wenn nicht der unglückselige . . .«

»Es ist nicht das, was ich suche«, erklärte Sam entschieden.

»Für das Geld, das Sie ausgeben wollen, suchen Sie wohl so was wie das ›Bijou‹«, sagte der Agent sarkastisch.

Das »Bijou« war das einzige Tageskino auf dem Broadway. Es hatte immer große Einnahmen erzielt. Aber seine Betriebskosten waren im Verhältnis zu seiner Größe zu hoch. Schon mehrere Unternehmer hatten dort Pleite gemacht. Gerade jetzt war es wieder einmal geschlossen.

»Das wäre mir schon lieber«, sagte Sam. »Was können Sie dort für mich erreichen?«

»Mit der Summe, von der Sie sprechen, gar nichts.«

»Wieviel wäre denn erforderlich?«

»Im Ernst?«

»Im Ernst.«

»Die Miete allein kostet fünftausend im Monat, das macht zehntausend Depot für den ersten und den letzten Monat, dazu fünftausend für den zweiten, siebentausend Bürgschaft und Depot für die Gewerkschaft, dreitausend für elektrischen Strom, und damit sind wir schon bei fünfundzwanzigtausend. Auf der Einrichtung und den Apparaturen steht eine Hypothek von viertausend, und auf dem Grundstück bleiben noch fünfzehntausend offen. Ich schätze, es würden etwa fünfzigtausend nötig sein, um es zu übernehmen.«

Sam beobachtete den Agenten und überschlug gleichzeitig seine Guthaben im Kopf. Alles in allem konnte er ungefähr fünfzehntausend Dollar aufbringen.

»Vergessen Sie auch nicht, Ihre wöchentliche Gehaltsliste wird vierzehnhundert ausmachen, und weil Sie auf dem Broadway sind, verlangen alle Verleiher Höchstpreise und Beteiligung«, fügte der Agent hinzu.

Sam nickte. »Gehen wir hinüber und sehen wir's uns an.«

»Glauben Sie, Sie könnten das hinkriegen?«

»Probieren geht über studieren«, sagte Sam.

Die Ziffer lag eher bei fünfunddreißigtausend; dazu fehlten Sam immer noch rund zwanzigtausend Dollar.

Er saß hinter dem Ladentisch im Geschäft seines Vaters; er beobachtete den kräftigen Neger, der die Bügelmaschine bediente.

»Du hast mir gesagt, ich soll nicht zu Fremden gehen«, sagte Sam. »Also bin ich zuerst zu dir gekommen.«

»Wieviel brauchst du?« fragte sein Vater.

»Zwanzigtausend Dollar.«

»Du glaubst, es ist eine gute Anlage?«

»Ich stecke jeden Groschen hinein, den ich besitze; das sind fünfzehntausend Dollar«, sagte Sam.

Sein Vater schwieg eine Weile. Dann ging er nach hinten, nahm ein Scheckbuch aus einer Schublade und schlug es auf. »Wie soll ich den Scheck ausstellen?«

Beinahe hätte er alles noch vor der Eröffnung verloren. Die von den Großverleihern für ihre Filme geforderten Garantien garantierten nur eines: Wenn er nicht ständig vor ausverkauftem Haus spielte, würde er in zwanzig Wochen bankrott sein, jede geringere Einnahme würde den Prozeß beschleunigen.

Er saß verzagt in dem kleinen Büro hinter der Vorhalle und studierte die vor ihm liegenden, mit Zahlen bedeckten Papiere. Er würde sich entscheiden müssen. Es fehlten nur noch zehn Tage bis zum Monatsersten, und wenn er bis dahin nicht eröffnet hatte, war alles zum Teufel.

Es klopfte an der Tür; er blickte auf. Ein hochgewachsener, gutaussehender Mann stand auf der Schwelle. »Mr. Benjamin?«

Er nickte. »Ja.«

Der Mann trat ein, zog eine Visitenkarte aus der Tasche und legte sie auf den Schreibtisch. »Hier bitte«, sagte er mit leicht ausländischem Akzent.

Sam schaute auf die Karte. Erling Solveg. Svenska Filmindustri. »Ja, Herr Solveg, und was kann ich für tun?«

»Ich vertrete die schwedische Filmindustrie«, sagte er. »Wir sind auf der Suche nach einem Kinotheater auf dem Broadway für unsere Filme; wir haben mehrere, die Ihrer Beachtung wert wären.«

Sam blickte nochmals auf die Karte, dann auf den Mann. Er war der Verzweiflung nahe und bereit, alles zu versuchen. »Sind sie synchronisiert?« fragte er.

»Nein«, lautete die Antwort. »Einige sind mit Untertiteln versehen.«

»Das geht nicht«, sagte Sam kurz. »In diesem Kino sieht sich niemand so etwas an.«

»Burstyn und Mayer machen doch da drüben im Rialto gute Geschäfte mit italienischen Streifen«, sagte Mr. Solveg.

»›Rom, offene Stadt‹ hatte glänzende Kritiken«, sagte Sam.

»Wir halten unsere Filme für ebenso bedeutend.«

»Tut mir leid, aber wenn sie nicht synchronisiert sind, bringen wir sie nicht durch.«

Solveg überlegte. »Da ist einer, in dem zwei amerikanische Soldaten vorkommen; sie sprechen während des ganzen Streifens englisch. Allerdings sprechen die anderen Schauspieler schwedisch und deutsch.«

»Haben die Amerikaner große Rollen?«

»Die Hauptrollen. Sie spielen zwei Soldaten, die den Deutschen entkommen. Sie finden Asyl in einem Nudistenlager. Es ist wirklich sehr amüsant. Und auch die Farbe ist recht gut.«

»Nudistenlager?« Sams Interesse erwachte.

»Ja, aber es ist sehr geschmackvoll gemacht«, sagte Solveg hastig. »Nichts Unzüchtiges. Ich würde mich freuen, wenn Sie Zeit hätten, sich den Film anzusehen.«

»Hat er den staatlichen Zensurstempel?«

»Wir haben den Film vorgeführt, und er wurde mit einigen kleinen Schnitten angenommen. Die Schnitte haben dem Film nicht geschadet. Wenn er Ihnen gefällt, sind wir bereit, ihn Ihnen zu sehr günstigen Bedingungen zu überlassen.«

»Und zwar?«

»Wir beteiligen uns mit fünftausend Dollar wöchentlich an den Werbekosten bei einer garantierten Laufzeit von zehn Wochen. Vertriebspreis zwanzig Prozent von der Bruttoeinnahme nach Abzug der Mietkosten, äußerstes Angebot.«

»Wer ist der Vertrieb?«

»Niemand«, sagte Solveg. »Das haben wir noch nicht festgelegt.«

»Jetzt schon!« sagte Sam, ohne zu zögern. »Sie geben mir die Vertriebsrechte für Amerika, und das Geschäft für Ihren Film ist abgemacht.«

»Wollen Sie nicht vorher den Film sehen?« fragte Solveg verdutzt.

»Nur wenn das Geschäft abgeschlossen ist«, sagte Sam. »Wir können keine Zeit verlieren, wenn wir in zehn Tagen eröffnen wollen.«

Am Premierenabend saß Sam mit seinen Eltern hinten im Saal. Als die beiden Soldaten in das Nudistenlager kamen, brüllte das Publikum bereits vor Lachen. Sams Mutter versteckte ihre Augen hinter ihren Händen und lugte zwischen den Fingern auf die Leinwand. »Aber die sind doch alle ganz nackt, Sam!« sagte sie.

»Red nicht soviel, Mama«, sagte sein Vater gereizt. »Vielleicht kannst du hier was lernen.«

Sam erhob sich und ging ins Foyer. Die Menge stand schon bis auf die Straße Schlange und drängte sich zur Kasse.

Er warf einen Blick auf das Plakat über dem Fenster.

EINTRITT FÜR DIESE VORSTELLUNG: $ 1.25

Er begab sich in sein kleines Büro und griff nach dem Telefon, das ihn mit dem Kassierer verband. »Für die Neun-Uhr-Vorstellung erhöhen Sie die Preise auf einsfünfundsiebzig«, sagte er. Dann schlug er die Hände vors Gesicht und brach in Tränen aus.

Er hatte seinen ersten Schlager.

7

Der Anruf kam vom Platzanweiser am vorderen Eingang. »Eine Mrs. Marxman möchte Sie sprechen, Mr. Benjamin.«

»Mrs. wie?«

»Mrs. Marxman«, wiederholte der Platzanweiser. »Sie sagt, sie hat eine Verabredung mit Ihnen für zehn Uhr.«

»Ah, ja.« Plötzlich erinnerte er sich. »Schicken Sie sie herauf.« Er legte den Hörer auf und ordnete die Papiere auf seinem Schreibtisch. Das war die junge Frau, die sein Vater ihm empfohlen hatte, als er am vorigen Freitag beim Abendessen erwähnte, er suche eine gute Sekretärin.

Sein Vater hatte sich mit einer Serviette den Mund abgewischt und gefragt: »Was für eine Sekretärin suchst du?«

»So ein Mädchen, weißt du, dem man nicht erst alles zweimal sagen muß.«

»Ich hab genau die Richtige für dich«, sagte sein Vater.

»Wirklich?«

»Ja. Erinnerst du dich an Cohen, den Geflügelhändler?«

»Nein.« Sam schüttelte den Kopf.

»Er war während des Krieges der größte Schwarzhändler für Hühner in ganz Bronx.«

»Sie ist ein sehr nettes Mädchen«, sagte seine Mutter, die zum Tisch zurückgekommen war. »Eine feine Dame. Und auch gebildet.«

»Ich suche nur eine Sekretärin, ich will mich nicht verheiraten.«

»Sie auch nicht«, sagte sein Vater schnell. »Sie hat eine kleine Tochter.«

»Dann ist sie also verheiratet?«

»Eigentlich nicht. Sie ist Witwe, ihr Mann ist im Krieg gefallen. Ich hab gehört, sie will wieder arbeiten.«

»Von wem hast du das gehört?«

»Von ihrem Bruder Roger. Er kommt jeden Monat und kassiert die Miete für den Laden. Das Haus gehört Cohen, und als er plötzlich starb, hinterließ er so viele Immobilien, daß sein Sohn Roger sich als Grundstücksmakler etablieren konnte. Es geht ihm sehr gut.«

»Warum stellt er sie dann nicht an?« fragte Sam.

»Du weißt ja, wie das ist. Familie. Außerdem braucht sie das Geld eigentlich gar nicht. Cohen hat seine beiden Kinder gut versorgt.«

»Und doch will sie arbeiten?«

»Sie mag nicht nur zu Hause herumsitzen«, antwortete sein Vater. »Suchst du eine Sekretärin? Dann sieh sie dir an. Vielleicht gefällt sie dir, vielleicht auch nicht. Ich habe ihrem Bruder versprochen, mit dir eine Verabredung für sie zu treffen.«

»Sie ist eine hübsche Frau«, sagte seine Mutter, »und groß. Da, nimm noch etwas Suppe.«

Sam beobachtete sie, während sie seinen Teller nachfüllte. Es war eine Falle, das wußte er. Es gab jedoch keinen vernünftigen Grund, mit dem er sich drücken konnte; er würde die Frau ansehen müssen. Aber weiter nichts. Wenn sie glaubten, er würde sie anstellen, dann täuschten sie sich gewaltig. So dumm war er nicht, das bewiesen schon seine bisherigen Erfolge.

»Na schön, ich werde mit ihr reden«, sagte er. »Sie soll Montag morgen um zehn ins Kino kommen.«

In einem hatten seine Eltern recht: Sie war hübsch, etwas größer als er, hatte dunkelbraunes Haar und blaue Augen. »Nehmen Sie bitte Platz«, sagte er und wies auf den Stuhl vor seinem Schreibtisch.

»Danke«, sagte sie, blieb aber stehen.

Da erst bemerkte er, daß ein Haufen Papiere, die er noch durchsehen wollte, auf dem Stuhl lag. »Verzeihen Sie«, sagte er und griff rasch nach dem Stapel. Jetzt stand er da und suchte einen Platz dafür.

Sie lächelte. »Mein Bruder hat jedenfalls nicht gelogen: Sie brauchen wirklich eine Sekretärin.«

»Ja, das stimmt.« Er hielt noch immer die Papiere in der Hand. »Wie kamen Sie auf den Gedanken, Ihr Bruder hätte gelogen?«

»Sie wissen doch, wie die lieben Verwandten sind. Die glauben, man muß sofort hinrennen und wieder heiraten.«

Sein Blick ruhte auf ihr. »Ich weiß, was Sie meinen.« Endlich gab er die Suche nach einem Platz für die Papiere auf und warf sie auf eine Ecke des Schreibtisches, dann setzte er sich wieder hin. »Das gleiche höre ich auch von meinen Eltern.«

»Ehrlich gestanden«, sagte sie, »hielt ich das nur wieder für einen von Rogers Tricks. Erst wollte ich gar nicht herkommen.«

Er lachte. »Und ich glaubte, meine Eltern versuchten die gleiche List bei mir. Ich hatte mir schon überlegt, wie ich Ihnen beibringen soll, daß Sie für den Posten nicht geeignet sind.«

Nun lachte auch sie; ihr Lachen gefiel ihm, es war warm und unbefangen. Sie setzte sich auf den Stuhl, und ihr Ton wurde geschäftlich. »Welche Aufgaben gehören eigentlich zu diesem Job?«

Er sah sich hilflos um. »Nun ja, wissen Sie, das Übliche. Tippen, ablegen, ganz allgemein alles im Auge behalten. Ich brauche nicht nur eine Sekretärin, sondern jemand mit Verstand, der die Dinge weiterführen kann, wenn ich nicht im Büro bin.«

»Klingt sehr interessant.«

»Ist es auch. Ich habe große Pläne, ich werde mich nicht mit dem hier zufriedengeben. Es handelt sich um mehr als ein Kino; ich werde in das Filmverleihgeschäft einsteigen, in der ganzen Welt Filme verkaufen.«

»Ich verstehe«, sagte sie.

Sie verstummten, und er betrachtete sie. Ihre Kleidung gefiel ihm, sie war elegant, ohne auffallend zu wirken. Er griff zerstreut nach der Zigarre, die im Aschenbecher auf seinem Schreibtisch lag. Er steckte sie in den Mund und kaute daran. Dann legte er sie wieder in die Schale, nahm eine frische Zigarre heraus und zündete sie an. »Stört es Sie, wenn ich rauche?«

»Nein.«

»Mögen Sie auch eine Zigarette?« fragte er.

»Gern«, sagte sie.

Er suchte auf seinem Schreibtisch nach dem Päckchen, von dem er wußte, daß es irgendwo lag.

»Lassen Sie nur«, sagte sie, »ich habe selbst welche.« Sie nahm eine Packung aus ihrer Handtasche und steckte eine Zigarette zwischen die Lippen. Er zündete ein Streichholz an und beugte sich über den Tisch, um ihr Feuer zu geben.

Dann lehnte er sich in seinem Stuhl zurück. Sie schwiegen eine Weile, und plötzlich begannen sie beide gleichzeitig zu sprechen.

»Verzeihen Sie«, sagte sie.

»Bitte. Was wollten Sie sagen?«

Sie zögerte. »Ich glaube, daß das eine Arbeit ist, die mich interessieren würde. Möchten Sie etwas über mich wissen, damit Sie sich leichter entscheiden können?«

»Ja.« Er blickte auf seinen Schreibtisch. »Sie haben bereits in einem Büro gearbeitet?«

»Ja, nach dem College war ich bei einer Immobilienfirma, bis ich heiratete. Stenographie und Schreibmaschine ist vielleicht ein wenig eingerostet, aber sicher gibt sich das sehr schnell mit ein wenig Übung.«

»Wie lange waren Sie verheiratet?«

»Zwei Jahre. Das heißt, zwei Jahre, bis mein Mann fiel. Eigentlich waren wir noch nicht einmal einen Monat verheiratet, als er nach Übersee ging.«

»Tut mir leid«, sagte er.

Wieder schwiegen sie. »Sie wissen, daß ich eine Tochter habe?«

Er nickte.

»Sie ist jetzt drei Jahre alt. Kein Problem, wenn ich arbeite. Ich habe eine gute Kinderschwester für sie.«

»So viel wirft ihr Job aber nicht ab«, sagte er. »Ich beginne erst in dem Geschäft.«

»Das Gehalt spielt keine Rolle«, sagte sie. »Gibt es noch etwas, das Sie wissen möchten?«

»Ja«, sagte er und sah sie dabei an.

»Und zwar?«

»Ihren Namen.«

Sie begegnete seinem Blick. »Denise«, sagte sie.

Zwei Wochen nachdem sie bei ihm zu arbeiten begonnen hatte, wußte Sam bereits, daß es klappen würde. Sie hielt alles in Ordnung, die Bücher, die Post, die Konten.

Die nackten Flüchtlinge, wie Sam den Film für die Vereinigten Staaten betitelt hatte, war weiter ständig ausverkauft. Es schien sich eine ununterbrochene Laufzeit von einem Jahr anzubahnen, und er hatte keine Eile, den Film abzusetzen; es gab zur Zeit nichts Besseres.

Er begann sein Interesse auf das Vertriebsgeschäft zu lenken. Mehrere Großfirmen wandten sich an ihn, um den Film zu übernehmen, doch die Bedingungen waren immer so, daß sie ihm keinen anderen Verdienst gewährleistet hätte, als die geringfügige Garantie, die sie ihm anboten. Sie behaupteten ständig, der Erfolg am Broadway sei ein Glücksfall, es sei eben ein Film für New York, der woanders kaum eine Chance habe. Er führte Besprechnungen mit verschiedenen Vertriebsfirmen für die Vorführrechte in den einzelnen Staaten.

Das waren kleinere Gesellschaften, meist nur Ein- oder Zwei-Mann-Betriebe, aber sie konnten Filme auf den Markt bringen, die von den Großfirmen abgelehnt wurden. Doch auch da war in den meisten Fällen nicht viel zu verdienen. Er studierte verschiedene Möglichkeiten und kam schließlich auf die eine zurück, die ihm Erfolg gebracht hatte.

Was er brauchte, waren Vertriebsfirmen oder Partner zur Finanzierung der Werbekampagne. Ohne Werbung würden seine Filme nicht ankommen, denn sie hatten keine Namen bekannter Stars oder bewährter Kassenmagneten aufzuweisen. Zwei Wochen lang reiste er durch das Land und besuchte verschiedene Schlüsselstädte, das heißt jene Städte, die die größten Einnahmemöglichkeiten boten und gewöhnlich fast achtzig Prozent des Einspielergebnisses eines Films erbrachten. Als er wieder nach New York kam, hatte er seinen Plan fertig; was er nicht hatte, waren die Geldmittel, um ihn auszuführen.

Wieder fühlte er sich eingeengt und enttäuscht, empfand, was ihn schon mehrmals zuvor von einem Posten zum anderen getrieben hatte: daß er gegen steinerne Wände anrannte.

Er wandte sich an die Banken, aber sie lehnten es ab, ihm das Geld zu leihen;

ihrer Ansicht nach genügten die Vertriebsrechte für einen Film nicht als Sicherheit, so gut die Aussichten auch sein mochten. Sie hatten sich schon früher bei ähnlichen Gelegenheiten die Finger verbrannt.

Die Geschäftemacher und großen Geldverdiener waren bereit, in eine begrenzte Spekulation einzusteigen, das würde zwar für einen Anfang genügen, nicht aber um das zu verwirklichen, was er wollte. Einen Augenblick lang war er versucht, ihre Angebote anzunehmen, doch die hohen Zinsen, die er zu zahlen hätte, sowie die fünfzig Prozent seines Reingewinns, die sie forderten, hielten ihn davon ab.

Eigentlich war sein Plan ganz einfach. Er hatte zehn Lichtspieltheater im Land so weit gebracht, daß jedes von ihnen bereit war, mit ihm einen Abschluß zu tätigen, bei dem ihm praktisch der Saal vermietet wurde, um den Film zu zeigen. Er würde ihnen einen Mindestgewinn garantieren, und sie würden mit fünfzig Prozent am Überschuß beteiligt sein. Die Garantien sowie die Reklame, die er zu bezahlen hätte, würden wöchentlich dreitausend Dollar pro Kino ausmachen. Dreißigtausend Dollar die Woche für einen Zeitraum von fünf Wochen, die Mindestlaufzeit, für die er abschließen müßte; alles in allem einhundertfünfzigtausend Dollar.

Dreißigtausend konnte er selbst aufbringen, weitere zwanzigtausend würden ihm seine Eltern geben, dessen war er sicher, schon weil er das erste Darlehen so schnell zurückgezahlt hatte. Solveg versprach fünfzigtausend seitens der schwedischen Filmindustrie. Damit fehlten ihm immer noch fünfzigtausend Dollar.

Er schob die Papiere auf seinem Schreibtisch beseite und schaute auf die Uhr. Es war fast acht. Er strich sich versonnen über das Gesicht. Er mußte sich rasieren und für seine Verabredung mit Denise zum Abendessen fertigmachen. Sie war bereits nach Hause gefahren, um sich umzuziehen. Das Telefon klingelte, und er hob ab.

Es war Denise. »Sam?«

»Ja«, sagte er.

»Wie geht's?«

»Sehr gut, nur eben ein bißchen müde.«

»Hören Sie, ich hab eine Idee«, sagte sie. »Das Wetter ist scheußlich, es regnet. Warum sollen wir auswärts essen? Kommen Sie hierher und ruhen Sie sich bei mir aus. Ich hab zwei Riesensteaks, die kann ich auf den Grill legen.«

»Klingt prima«, sagte er. »Wann soll ich erscheinen?«

»Kommen Sie jetzt gleich, ich habe schon alles bereit.«

Er saß im Wohnzimmer ihrer Wohnung in der Westend Avenue, in einer Hand einen Drink, in der anderen eine illustrierte *Schneewittchen*-Geschichte.

»Ist das Snoopy, Onkel Sam?« fragte Myriam mit ihrer hellen Kinderstimme und zeigte auf eine Abbildung.

»Nein, das ist Grumpy«, sagte er.

»Den mag ich nicht«, erklärte sie.

Er lachte, stellte das Glas hin und zerzauste der Kleinen das Haar. »Den mag keiner. Er hat schlechte Manieren.«

»Ich habe gute Manieren«, sagte Myriam. »Mich mag jeder.«

»Das glaube ich gern.«

Das Kind kletterte von seinem Schoß. »Geh nicht fort, ich hole ein anderes Buch.«

»Ich bleib hier«, versprach Sam. Er griff wieder nach seinem Glas und sah sich in der Wohnung um. Seine Eltern hatten recht gehabt: Offensichtlich hatte sie es nicht nötig zu arbeiten. Die Miete dieser Wohnung kostete mehr als er ihr bezahlte. Draußen klingelte es.

»Wollen Sie bitte nachsehen, Sam?« rief Denise aus der Küche.

Er öffnete die Tür; es war ihr Bruder Roger. Er trat ein, und sie drückten sich die Hand. »Ich kann nur ein paar Minuten bleiben«, sagte Roger. »Denise erwähnte, daß Sie zum Abendessen kämen, und da dachte ich, ich guck mal rein.«

Denise kam aus der Küche. »Willst du nicht mit uns essen? Es ist genug da.«

»Ich möchte nicht stören«, sagte Roger mit einem Blick auf Sam.
»Sie stören nicht«, sagte Sam.
»Mach dir einen Drink zurecht«, rief Denise, »das Essen wird in einer Minute fertig sein. Ich lege noch ein Gedeck auf.«
»Wie geht das Geschäft?« fragte Roger.
»Gut«, erwiderte Sam, »wir spielen immer noch vor ausverkauftem Haus.«
»Es ist ein guter Film«, sagte Roger. »Mir gefällt am besten die Szene, in der die Deutschen die amerikanischen Soldaten nicht finden können, weil nackt alle gleich aussehen.«
Sam lächelte. »Ja, das ist eine gute Szene.«
»Wie kommen Sie mit Ihren Vertriebsplänen voran?«
»Langsam, das erfordert Zeit.«
»Wo liegt das Problem?«
»Wie gewöhnlich, beim Geld«, antwortete Sam.
»Wieviel brauchen Sie?«
Plötzlich begriff Sam: Er war nicht einfach zum Abendessen hier. Denise hatte das alles arrangiert.
Später, als Roger fortgegangen war und sie im Wohnzimmer eine zweite Tasse Kaffee tranken, sagte er: »Das hätten Sie nicht zu tun brauchen.«
»Ich wollte es aber gern tun. Ich glaube an Sie.«
Es geschah ganz zwanglos. Sie standen aneinandergelehnt, und dann lag sie in seinen Armen. Sie küßten sich, und plötzlich spielte seine kleine Gestalt keine Rolle mehr; er fühlte sich groß.
»Warum ich?« fragte er. »Ich bin fünfzehn Jahre älter als du, klein und dick?« Er zeigte auf das Foto ihres verstorbenen Mannes. »Kein bißchen so wie er.«
Ihre Augen waren fester als ihre Stimme. »Du bist ein Mann. Mit dir verglichen sind alle anderen kleine Jungen.«
Ein leises Geräusch kam von der offenen Tür. Sie drehten sich um. Das Kind stand auf der Schwelle und rieb sich die Augen. »Ich hab schrecklich geträumt.«
Sam hob sie auf, brachte sie zur Couch und setzte sie zwischen sich und ihrer Mutter. »Das geht vorbei«, sagte er beruhigend.
Sie blickte zuerst auf ihre Mutter, dann auf ihn. »Wirst du jetzt mein Daddy sein?«
»Warum fragst du nicht lieber deine Mutter? Sie hat anscheinend schon alles arrangiert.«

8

»Ich möchte, daß du dir neue Kleider kaufst«, sagte sie eines Abends beim Essen.
»Wozu denn? Ich hab mir alles zu unserer Hochzeit neu gekauft. Das genügt doch.«
»Ja, für einen Schlepper beim Pferderennen. Nicht für einen erfolgreichen Geschäftsmann.«
»Ich bin im Filmgeschäft. Da zieht man sich nicht so an wie woanders.«
»Wie du willst. Wenn du gern klein und dick aussiehst . . .«
»Ich bin eben klein und dick«, sagte er. Und damit war der Fall erledigt. Glaubte er. Bis er sich am nächsten Morgen anziehen wollte.
Er rannte durchs Zimmer. »Wo sind denn alle meine Anzüge, zum Teufel?«
»Du schreist«, sagte sie, »das ist ungesund.«
»Ist es gesund, nackt herumzulaufen?« brüllte er. »Was hast du mit meinen Anzügen gemacht?«
»Der Heilsarmee geschenkt.«
Er war sprachlos.

»Ich hab dich beim Schneider angemeldet. Heute morgen um zehn, ich gehe mit dir hin.«

»In Gottes Namen. Aber was soll ich inzwischen anziehen?«

»Den Anzug, den du gestern getragen hast.«

Sie bestellten ein halbes Dutzend Anzüge, alles vom gleichen Schnitt, drei in Schwarz, drei in Dunkelblau. Auch er mußte nachher zugeben, daß er besser aussah. Die neuen Schuhe mit dem eingebauten Innenabsatz waren auch kein Fehler.

Einige Tage später wartete sie in einem kleinen Büro, das sie gemeinsam benutzten, bis er mit einem Kinodirektor von Oklahoma City genug gestritten und geschrien hatte.

»Warum brüllst du so?« fragte sie ruhig. »Bei dieser Lautstärke könntest du dir die Kosten für ein Telefon sparen.«

»Was soll ich denn machen?« brüllte er, »wenn der Hurensohn versucht, mich um zwei Tausender zu bescheißen?«

»Du schreist schon wieder«, sagte sie, »und ich sitze doch nur einen Meter von dir entfernt.«

»Natürlich schrei ich; ich bin wütend.«

»Du könntest mit leiser Stimme ebenso wütend sein, und die Leute würden mehr Respekt vor dir haben.« Sie erhob sich. »Du hast es nicht mehr nötig, zu schreien, damit die Leute dich anhören. Du hast Erfolg. Du bist ein großer Mann. Sie werden dich auch anhören, wenn du flüsterst.«

Sie verließ das Büro, und er folgte ihr mit den Augen, dann kehrte sein Blick zu seinem Schreibtisch zurück. Das war der Haken mit den Weibern; sie waren nicht glücklich, bevor sie einen nicht umgekrempelt hatten. Aber sie hatte vielleicht nicht ganz unrecht. Wie damals mit den Anzügen. Man konnte es immerhin versuchen. Wenn es nicht klappte, würde er weiterschreien.

Als sie abends im Bett lagen, sagte er: »Du hattest ganz recht, weißt du.«

»Womit?«

»Mit dem Schreien; es ist eigentlich unnötig. Wahrscheinlich ist es nur eine Gewohnheit, vielleicht nur meine Art zu zeigen, daß ich der Herr bin.« Er zog sie an sich.

Sie wehrte ihn ab. »Ich möchte noch etwas mit dir besprechen.«

»Hat das nicht Zeit bis später?« fragte er wie ein kleiner Junge. »Jetzt möchte ich vögeln.«

»Darüber will ich eben mit dir reden. Später schläfst du ja.«

Er tastete zur Lampe, knipste sie an und setzte sich auf. »Also was ist los?«

Sie war errötet. »Ich kann nicht reden, wenn das Licht brennt und du mich so anstarrst.«

»Soll ich vielleicht ins Nebenzimmer gehen und telefonieren?«

»Mach keine Witze«, sagte sie, »es ist was Ernstes.«

»Ich mache keine Witze. Na, sag es schon.«

Ihr Gesicht war nun ganz rot, sie senkte den Blick. »Das ist es eben. Du bist so ungeduldig, immer bist du in Eile.«

»Wovon redest du eigentlich?«

Sie sah ihn an. »Wir sind nun fast sechs Wochen verheiratet«, sagte sie leise. »Und ich habe, scheint mir, erst zwei Orgasmen gehabt.«

Jetzt klang seine Stimme besorgt. »Warum hast du mir das nicht schon früher gesagt? Vielleicht solltest du zu einem Arzt gehen, möglich, daß da etwas nicht stimmt.«

»Alles stimmt«, sagte sie, »nur – verstehst du – du hast es immer so eilig. Rauf, rein, erledigt, raus und du schläfst. Dann lieg ich die halbe Nacht wach und denke darüber nach, was eigentlich passiert ist.«

»Da gibt's nichts nachzudenken, du mußt nur sehen, daß du früher soweit bist.«

»Das kann ich nicht«, sagte sie unglücklich. »Du mußt mir eben mehr Zeit lassen.«

»Wie soll ich das denn machen? Du kennst mich doch. Wenn es bei mir losgeht, läßt es sich nicht aufhalten.«

»Vielleicht würde es helfen, wenn du an andere Dinge denkst, sobald du merkst, daß du zu aufgeregt bist?«

»Wenn ich an andere Dinge denke, verlier ich meinen Steifen.«

»Ich hab irgendwo gelesen, es hilft, wenn man zählt.«

»Ich weiß nicht«, sagte er zweifelnd. »Hattest du mit ihm die gleichen Schwierigkeiten?«

Sie wußte, wen er meinte. »Bei ihm hab ich überhaupt nie einen Orgasmus gehabt«, sagte sie aufrichtig. »Ehe ich Zeit hatte, darüber nachzudenken, war er schon fort.«

Sam schwieg.

»Ich möchte dich nicht verstimmen«, sagte sie und faßte nach seiner Hand. »Ich liebe dich, das weißt du.«

»Ich liebe dich auch«, sagte er, »und ich möchte, daß es für dich gut ist. Ich werde es versuchen.«

Er knipste die Lampe aus, beugte sich zu ihr nieder und küßte sie. Sie führte seinen Kopf zu ihren Brüsten und drückte ihn, während er sie wie ein Kind liebkoste, fest an sich. Bald darauf drang er in sie ein.

»Ist es so richtig?« flüsterte er.

»Wundervoll«, erwiderte sie warm und zärtlich.

Er wurde stärker in ihr, und sie erwiderte seine kräftigen Stöße. »Ich bin bald soweit«, flüsterte er heiser. »Soll ich jetzt zählen?«

»Ja. Ja«, antwortete sie, außerstande, ihre eigene Reaktion zu beherrschen.

»Eins ... zwei ... drei ... vier ... Wie lange muß ich das weitermachen?« keuchte er.

»Solange ... du kannst.«

»Fünf ... sechs ... o Gott ... sieben ... acht.« Er schrie jetzt beinahe. »Ich schaffe das nie ... neun ... Jetzt kommt es ... oooh ... zehn. Ab mit der Rakete!«

Fest an ihn geklammert hob und senkte sie sich mit ihm, bis die Erregung in beiden verströmt war. Dann lagen sie still, und eine Schlaffheit überkam sie. Sie spürte seinen Atem an ihrer Wange und öffnete die Augen.

Sein Blick lag auf ihr. »War das besser?«

Sie nickte.

»Bei ihm hast du das nie empfunden?« Seine Stimme war fast grimmig.

»Nein, nie«, antwortete sie.

Sein Gesicht entspannte sich zu einem Lächeln. »Hast du was dagegen, wenn ich nächstes Mal singe?« fragte er. »Ich war im Rechnen immer schwach.«

Als gegen Ende des folgenden Jahres Samuel junior geboren wurde, hatten sie sich ihr Leben bereits recht behaglich eingerichtet. Sam verdiente mit dem Kino und dem Vertriebsgeschäft etwa fünfzigtausend Dollar im Jahr und hatte sich in der Branche einen speziellen Ruf erworben – als Produzent und Verkäufer sogenannter Aufbaufilme. Ihr Thema war fast immer etwas Ungewöhnliches, etwas, das auf den ersten Blick wenig populär schien, doch Sam fand den Pfiff für die richtige Werbung und das führte meist zum Erfolg. Nur einen Haken hatte das Geschäft: Keiner der Filme war in seiner fundamentalen Anziehungskraft auf das Publikum stark genug, um einen Durchbruch auf dem allgemeinen Markt zu erzielen.

Und dorthin mußte er gelangen, um an das wirklich große Geld heranzukommen. Siebzehntausend Kinos gegen die wenigen hundert, in denen er manchmal zum Zug kam. Er behielt seine Überlegungen für sich und teilte seine ehrgeizigen Wünsche nicht einmal Denise mit, die in jenen Jahren mit den beiden Kindern vollauf beschäftigt war. Er verfolgte in aller Ruhe den Markt, studierte ihn, und dann, eines Tages im Jahr 1955, entschloß er sich zu dem großen Schritt.

Er verkaufte den Pachtvertrag für das Kino und zog mit der Vertriebsfirma in ein kleines Büro im Rockefeller Center. Das Fernsehen hatte die Filmindustrie in Panik versetzt. Die Bruttoeinnahmen gingen zurück, und im ganzen Land mußten die Kinos um ihre Existenz kämpfen.

Sams Überlegung war einfach. Was ihm in kleinerem Maßstab Erfolg gebracht hatte, würde nun auf dem größeren Markt glücken. Durch Werbung, Reklame und Aufbau würde man, mehr noch als durch den Film selbst, das Publikum an die Kassen bringen. Aber es mußte – trotz allem – der richtige Film sein. Einer, der jedem Publikum gefiel, ob jung oder alt. Und es mußte ein Film jener Art sein, die sich für die altmodische »Zirkus«-Reklame eignete, die er einzusetzen gedachte. Er wußte auch schon, wo er hingehen mußte, um ihn zu finden.

Italien. Die italienischen Filmgesellschaften hatten sich, nachdem MGM seine berühmte Neufassung von *Ben Hur* beendet hatte, an den Trend angehängt. Sie hatten die vielen Szenenaufbauten und Requisiten, die man für diesen Film zusammengetragen hatte, genutzt, und Sam hatte erfahren, daß eine Anzahl von Filmen, die zu seinem Plan paßten, gerade produziert wurde. Was er brauchte, war nur Geld.

Denise lud Roger und seine neue Frau zum Abendessen ein.

9

Sam blickte auf, als Roger ins Büro trat. Roger legte ein Blatt Papier vor ihn hin. »Das sind die letzten Zahlen von Charley Luongo aus Rom über den Barzini-Film. Was sagst du dazu?«

Sam zuckte mit den Schultern. »Das ist ja nur der Bericht des Kassenprüfers. Diese Zahlen kannte ich schon vor zwei Wochen.«

»Warum hast du mir nichts gesagt?« fragte Roger. Er ärgerte sich über sich selbst. Er hätte daran denken sollen, daß der Prüfer immer zwei Wochen hinterherhinkte.

»Was gab's dazu zu sagen?« erwiderte Sam. »Wir stecken so tief in der Patsche, es bleibt uns gar nichts anderes übrig, als weiterzumachen.«

»Trotzdem hättest du mir's sagen können; ich bin schließlich dein Teilhaber.« Roger war wütend.

»Ich wollte dich nicht beunruhigen. Ich dachte, Anne bekommt gerade das Baby, und damit hast du genug Sorgen.«

»Genug Sorgen?« Rogers Stimme wurde heftig. »Hältst du mich für ein Kind? Glaubst du, ich weiß nicht, daß wir vor dem Bankrott stehen? Ich hab ja gesagt, wir hätten uns nie auf diesen verdammten Film einlassen sollen!«

Sam starrte ihn wortlos an.

»Aber du bist ja angeblich der Fachmann«, fuhr Roger spöttisch fort. »Dieser Film wird alle Preise bekommen, hast du behauptet. Das einzige, was er kriegen wird, ist eine Verurteilung nach Paragraph elf vor dem Konkursgericht.«

»Nur nicht so stürmisch«, fuhr ihn Sam an. »Der Film ist großartig. Ich habe Steve Gaunt die zwei ersten Spulen gezeigt, und er war ganz begeistert.«

»Begeistert – gut«, sagte Roger. »Ich hab aber nicht gesehen, daß er mit Geld herausgerückt wäre.«

»Du weißt, das kann er nicht, bevor der Film fertig ist.«

»Du bist reingelegt worden, Sam, merkst du das denn nicht?« Nun wurde Roger boshaft. »Der Junge ist ein Eisklumpen, inzwischen weiß ich über seinen Ruf Bescheid: Er nutzt jeden aus. Glaubst du, ich kenne den Typ nicht, immer ein freundliches Lächeln auf den Lippen, während er hinter deinem Rücken darauf aus ist, dir den Hals umzudrehen?«

Sams Stimme klang sanft. »Okay, Roger, du bist aufgeregt, darauf nehme ich Rücksicht. Geh jetzt wieder in dein Büro und beruhige dich. Wir reden weiter, sobald du vernünftig geworden bist.«

»Ich bin auch jetzt vernünftig, ganz und gar. Du brauchst mir nur mein Geld wiederzugeben, sonst nichts. Ich bin nicht habgierig, du kannst den ganzen Film behalten, wenn du ihn für so gut hältst.«

»Das meinst du nicht im Ernst«, sagte Sam.

»Du glaubst es nicht?« Roger starrte auf ihn nieder. »Stell mich auf die Probe.«

Sam suchte aus den Papieren auf dem Schreibtisch einen Brief heraus, an dem ein Scheck befestigt war. Er reichte ihn Roger. »Das ist ein Scheck von Supercolor Laboratories über zweihunderttausend, sie haben ihn mir als Akontozahlung für die Vereinbarung gegeben, wonach wir ihnen unsere gesamten Entwicklungs- und Kopierarbeiten übertragen. Ich war im Begriff, ihn für das Herstellungskonto nach Italien zu schicken. Jetzt liegt es an dir.

Wenn du bei deiner Meinung bleibst, behalte ihn. Wenn du glaubst, daß wir alle in dieser Branche spinnen und nicht wissen, was wir tun, dann wirst du es eines Tages bereuen. Jetzt entschließ dich: Du kannst das Geld in das Herstellungskonto stecken oder es behalten. In beiden Fällen jedoch möchte ich später von dir keine Klagen hören.«

Roger starrte ihn an. »Was wirst du tun, wenn ich den Scheck nehme?«

Sam begegnete seinem Blick. »Ich bin bis jetzt durchgekommen, ich werde auch bis zum Schluß durchkommen.«

Sie wußten beide, daß Roger den Scheck wieder auf den Schreibtisch legen würde, hätte Sam ihn darum gebeten. Aber man war zu weit gegangen, Sam war zornig; er würde nie darum bitten. Dazu war er zu stolz.

Als er abends nach Hause kam, erkannte er an Denises Miene, daß sie bereits alles wußte. Er sagte nichts, sondern begab sich geradewegs ins Schlafzimmer, um sich umzuziehen. Er schlüpfte in einen Hausanzug, steckte die Füße in Pantoffeln und ging ins Wohnzimmer. Der Scotch und die Eiswürfel standen schon auf dem Kaffeetisch. Er mischte sich einen Drink, knipste den Fernsehapparat für die Sieben-Uhr-Nachrichten an und setzte sich auf die Couch. Dann nahm er einen großen Schluck von seinem Drink.

Die Kinder kamen, wie gewöhnlich nach ihrem Abendessen, zu ihm herein. Sie kletterten auf die Couch und umarmten ihn. »Tag, Daddy.«

Er lächelte ihnen zu. »Tag, Kinder. War das Essen gut?«

Myriam nickte. Junior ließ sich zu keiner Antwort herab; er starrte auf den Fernsehschirm.

»Was siehst du dir an, Daddy?« fragte Myriam.

»Die Nachrichten.«

»Auf Kanal zwei läuft *Jagd auf See*«, berichtete Junior.

»Du kannst es dir nach den Nachrichten ansehen«, sagte Sam.

»Dann ist es schon zur Hälfte vorbei«, widersprach Junior.

Sam grinste und fuhr dem Kleinen durchs Haar. »Gut, dann geh und sieh es dir auf deinem Apparat an, wenn du willst.«

»Danke, Daddy.« Junior war draußen, noch ehe Sam zu Ende gesprochen hatte. Jetzt fragte er seine Tochter: »Wie steht's mit dir? Willst du es dir nicht auch anschauen?«

»Ich bleibe lieber hier bei dir«, sagte sie.

Das war ungewöhnlich. Sonst verschwand sie immer mit ihrem Bruder, sobald Sam das Signal gab. Jetzt kletterte sie auf seinen Schoß. Einige Minuten schwiegen beide; als der Werbespot kam, zupfte sie ihn am Arm.

»Daddy, sind wir reich?«

Sam grinste. »Ich glaube nicht.«

»Arm?«

»Nein, arm sind wir auch nicht.«

»Wenn wir nicht arm sind, dann sind wir reich«, sagte sie entschieden.

»So habe ich es noch nie gesehen«, erwiderte er. »Eine ganz neue Art, es auszudrücken.«

»Sind wir so reich wie Onkel Roger?«

»Wie kommst du darauf?«

»Tante Anne ging eben weg, als du nach Hause kamst. Sie hat zu Mummy gesagt, Onkel Roger hat mehr Geld als wir.«

»Ja. Warum auch nicht?«

»Sie hat auch gesagt, Onkel Roger hat es satt, uns zu erhalten.« Mit erstaunter Miene fügte sie hinzu: »Ich hab geglaubt, du erhältst uns.«

»Tu ich auch; deshalb gehe ich jeden Tag zur Arbeit.«

»Warum hat Mummy dann geweint?«

»Geweint?«

Die Aufmerksamkeit der Kleinen wurde vom Fernsehschirm in Anspruch genommen. Sam drehte ihr Gesicht zu sich. »Wann hat Mummy geweint?«

»Tante Anne sagte, wenn du zu Onkel Roger nicht nett bist, wird er dir kein Geld mehr geben. Und dann würden wir arm sein, denn du würdest alles verlieren.«

»Das hat sie gesagt?« fragte Sam leise.

»Ja. Dann ist sie fortgegangen, und Mummy hat geweint.«

Sam blieb eine Weile stumm sitzen. Er nahm noch einen Schluck von seinem Drink und blickte auf den Fernsehschirm; aber er erfaßte nichts. Anne hatte nicht so unrecht. Wenn er das Geld für die Fertigstellung des Films nicht auftreiben konnte, war es wohl möglich, daß sie arm würden. Vielleicht nicht in dem Sinn arm, wie es in seiner Erinnerung seine Eltern gewesen waren, als er ein Kind war, aber arm im Vergleich zu ihrer jetzigen Lage.

Myriam erhob sich von seinem Schoß. »Ich glaube, ich seh mir jetzt *Jagd auf See* an.«

»Ja«, sagte er. »Geh nur.«

»Wir werden nicht arm sein, nicht wahr? Wie die kleinen Kinder in Indien, für die wir in der Schule sammeln? Die alle hungern und keine Kleider haben?«

»Keine Angst. Das wird nie geschehen.«

»Da bin ich froh.« Plötzlich lächelte sie. »Ich glaub nicht, daß mir das gefallen würde.«

»Du hast nichts gegessen«, sagte er, als sie vom Tisch aufstanden.«

»Ich habe keinen Hunger.« Denise folgte ihm ins Wohnzimmer. Er schaltete den Fernsehapparat ein und hob den Deckel vom Eiskübel. »Alles zerschmolzen«, sagte er ärgerlich.

»Ich hole uns neues.« Sie nahm den Kübel vom Kaffeetisch und ging hinaus.

Er wechselte die Kanäle, bis er etwas fand, das ihn interessierte, dann lehnte er sich bequem auf der Couch zurück. Er goß ein wenig Whisky in ein Glas, hielt es in der Hand, bis sie mit dem Eis wiederkam, warf einige Würfel hinein und rührte mit dem Finger um.

»Eine schreckliche Angewohnheit«, sagte sie.

»Aber es erhöht den Wohlgeschmack.«

Sie schaute auf den Bildschirm. »Schon wieder ein Western? Siehst du dir nie etwas anderes an?«

»Mir gefallen die Westernfilme«, verteidigte er sich.

»Ich gehe zu Bett.« Sie verließ das Zimmer, ehe er antworten konnte.

Er blieb noch ein paar Minuten sitzen, dann erhob er sich und folgte ihr mit dem Glas in der Hand ins Schlafzimmer.

»Na schön«, sagte er, indem er die Tür hinter sich schloß, »red es dir vom Herzen.«

Sie trat von dem Wandschrank, in den sie eben ihr Kleid hängte, zurück. »Ich mag die Art nicht, wie du dich benimmst. Du sprichst mit keinem Menschen mehr. Du tust Dinge, ohne Rücksicht auf andere Leute zu nehmen. Du verhältst dich, als wärst du der einzige, der etwas versteht.«

Er trank einen Schluck aus seinem Glas.

»Du hast dich verändert«, sagte sie, »ich weiß nicht, was in dich gefahren ist. Früher warst du nie so.«

»Hat dir das dein Bruder gesagt?« fragte er.
»Ich hab mit Roger nicht gesprochen«, fuhr sie ihn an.
»Nein, du hast mit Anne gesprochen. Und er hat ihr aufgetragen, was sie dir sagen sollte.«
»Anne kann sich selbst ein Bild über die Dinge machen! Und ich auch.«
»Was soll ich also tun?«
»Du könntest Roger anrufen und ihm die Sache erklären. Er ist verletzt. Vielleicht gibt er dir dann den Scheck zurück.«
»Nein«, sagte er. »Es gibt da nichts zu erklären. Roger hat den Scheck genommen, weil er ihn haben wollte; ich hab ihn nicht dazu gezwungen. Roger hatte recht, ich hatte unrecht. Aber nicht nur jetzt: die ganze Zeit. Ich sollte eben keinen Kompagnon haben; das liegt mir nicht, ich muß mein eigener Herr sein. Darum habe ich mich damals selbständig gemacht.«
»Er war aber dein Partner. Er hat soviel Geld hineingesteckt.«
»Ich hab es ihm zurückbezahlt, das weißt du. Jeden Groschen. Diese zweihunderttausend waren sein Anteil am Geschäft, bevor wir in diesen Film einstiegen.«
»Roger sagt, Stephen Gaunt hat dir mit seinen Vesprechungen den Kopf verdreht.«
»Roger redet lauter Quatsch«, fauchte er; jetzt wurde er zum erstenmal wütend. »Stephen hat mir nichts versprochen. Er hat nur gesagt, daß ihm der Film, soweit er ihn gesehen hat, gefällt, sonst nichts.« Er goß den letzten Tropfen seines Drinks hinunter. »Roger hätte im Immobiliengeschäft bleiben sollen, das ist das einzige, wovon er was versteht.«
»Wie ist das aber mit dem Geld?« fragte sie. »Du brauchst es doch, um den Film zu Ende drehen zu können.«
»Ich werde es woanders bekommen.«
»Wo?«
»Das weiß ich nicht, aber ich werde es bekommen. Und zwar zu meinen Bedingungen. Von nun an werde ich nur noch eine Partnerin haben, dich.«
Er stellte das Glas hin und trat auf sie zu. Sie ließ sich von ihm umarmen, und er legte ihren Arm an seine Brust.
»Ich mach mir Sorgen, Sam«, sagte sie.
»Ich auch«, gestand er. »Aber sprich morgen früh mit Myriam. Sie hat dich mit Anne sprechen hören und glaubt jetzt, wir seien arm. Es hat keinen Sinn, daß sie sich ängstigt.«
»Sie hat uns gehört?«
Sam nickte. »Sie erzählte mir, daß du geweint hast. Sie hat geglaubt, daß sie bald ohne Kleider herumlaufen und hungern muß.«
Plötzlich standen Tränen in ihren Augen. »Armes Kind!«
Sie ging zur Kommode und nahm ein Papiertaschentuch aus der Schublade. »Jetzt geht's mir wieder besser«, sagte sie und putzte sich die Nase. »Aber ich hätte gern etwas zu trinken.«
Sie gingen ins Wohnzimmer, und er mixte die Drinks. Als sie sich wieder setzten, begann eben ein neues Programm.
»Mein Gott, schon wieder ein Western!« sagte sie und stand auf, um einen anderen Sender einzuschalten.
»Laß sein«, sagte er, »von diesem hat mir Steve erzählt. Es ist eine neue Art Western. Psychologisch. Er glaubt, das wird ganz groß ankommen.«
Sie sah eine Weile zu. »Für mich ist der genauso wie alle anderen«, sagte sie dann. »Immer schießen sie aufeinander! Steve weiß nicht, was er redet.«
Aber Sam hörte sie gar nicht; er war gefesselt von den Vorgängen auf dem kleinen Bildschirm. Sie täuschte sich: Das war wirklich etwas anderes. Er wußte, daß Steve recht hatte, das würde ein großer Erfolg werden.
Gegen Ende des Programms fragte sie: »Sam, was willst du tun?«
Er sah sie an. »Zuerst fahre ich nach Italien und sehe mir selbst den Film an,

stelle fest, was eigentlich los ist und wieviel Geld wir noch brauchen, um ihn fertigzustellen. Vielleicht finde ich eine Möglichkeit, die Kosten herabzusetzen. Wollen sehen, was sich machen läßt.«

»Und dann?«

»Dann wird es schon weitergehen.« Er wandte sich wieder dem Fernsehschirm zu, um den Höhepunkt des Films nicht zu versäumen. Der kleine Fernseher besaß eine ganz hypnotische Kraft; er lenkte die Gedanken von den eigenen Problemen in eine andere Welt ab.

Und irgendwie war das gar nicht so schlecht; denn am Ende war es doch Stephen Gaunt, der die Lösung für ihn fand.

10

Das kleine Flugzeug schlingerte, daß einem übel würde, als es über die Berge zum Flugplatz von Palermo niederging. Der Pilot fluchte auf italienisch, während er den Stabilisator regulierte. Dann wandte er sich an Charley, um ihm rasch etwas zu erklären.

Charley nickte. »Der Pilot möchte sich wegen des Schwankens entschuldigen«, sagte er zu Sam, der hinter ihm saß. »Er hat schon lange keine so kleinen Maschinen geflogen und ist nun ein wenig außer Übung. Er steuert gewöhnlich große Constellations, aber er sagt, wir sollen uns keine Sorgen machen. Bevor wir morgen wieder nach Rom zurückfliegen, wird er noch ein wenig üben.«

Sam spürte ein unangenehmes Gefühl im Magen, als das Flugzeug so plötzlich an Höhe verlor. »Er sucht sich einen komischen Moment aus, um uns das mitzuteilen«, stellte er fest. »Er soll üben, soviel er will, aber in seiner Freizeit und nicht, wenn ich mit ihm in einem Flugzeug sitze.«

Der Sprechfunk schnatterte, und der Pilot antwortete. Er brachte das Flugzeug im weiten Bogen über die See hinaus.

»Was ist denn jetzt los?« fragte Sam nervös.

»Nichts«, antwortete Charley. »Wir haben die Landegenehmigung erhalten.«

»Was treibt er denn?« fragte Sam. »Will er auf einem Fischerboot landen?«

Charley schaute lachend nach unten. Es war ein strahlend sonniger Tag, und die See war ruhig und blau. Da und dort tauchten die Segel einiger kleiner Schiffe auf; vor ihnen brütete Palermo in der Sommerhitze. Das Flugzeug kam ordentlich zwischen zwei Bergen hinunter und setzte auf der Piste auf.

Sam stieß einen hörbaren Seufzer aus, als die Räder den Boden berührten; sie rollten auf das kleine Flughafengebäude zu.

»Der Wagen wird uns erwarten«, sagte Charley, »er bringt uns ins Hotel. Sie haben Zeit für eine rasche Dusche, bevor wir zur Außenaufnahme fahren.«

»Warum fahren wir nicht sofort hin?« fragte Sam.

»Das hätte keinen Sinn; Mittagszeit – da arbeitet niemand.«

Gedreht wurde in einem Bergdörfchen, etwa eineinhalb Stunden von Palermo entfernt. Sie fuhren über den Hauptplatz mit der unvermeidlichen Kirche und waren kurz darauf an Ort und Stelle.

Sam zwinkerte; eben hätte er noch geschworen, er sei mitten ins sechzehnte Jahrhundert zurückversetzt. Alles hatte so alt gewirkt, die Menschen, die Häuser. Und hier standen nun Wohnwagen, größer als die Hütten im Dorf, riesige Scheinwerfer, Generatoren, Reflektoren. Auf dem Feld vor ihm war eine große Mitchellkamera aufgebaut, die auf eine kleine Hütte gerichtet war. Eine schwarze Hülle schützte sie vor der Sonne.

Der Fahrer parkte den kleinen Fiat hinter einem der Wohnwagen. Er beugte sich vor und klopfte auf das Armaturenbrett, als wolle er seinen Wagen beglückwünschen, weil er so tapfer durchgehalten hatte. »*Va bene*«, sagte er.

Sam stieg aus und sah sich um. Jenseits der Straße spielten ein paar Männer auf einem Feld Boccia, andere lagen im Schatten, einige hatten den Hut über das Gesicht gezogen und schliefen. Wer noch wach war, begegnete seinem Blick mit träger Neugier; mehr wäre bei der Hitze zu anstrengend gewesen.

»Dort vor uns steht Nickis Wohnwagen«, sagte Charley, der vorausging.

Sam folgte ihm, und sie stiegen die niedrigen Stufen empor. Innen war es dunkel und kühl; der erste Raum war als Büro eingerichtet, mit zwei kleinen Schreibtischen und einer Schreibmaschine. Er war leer.

Charley ging weiter und klopfte an die Tür zum zweiten Raum. »Hello, Nicki«, rief er. »Bist du wach?«

Von drinnen ertönte ein scharrendes Geräusch; gleich darauf trat ein Mädchen heraus. »Signor Luongo«, grüßte sie nickend, ging zum Schreibtisch, setzte sich an die Schreibmaschine und begann sich zu kämmen.

Dann kam Nicki heraus; er hatte zwar eine Flanellhose und ein Sporthemd an, aber seine Füße waren nackt und seine Augen verschlafen. Jetzt lächelte er. »Ah, Sam, was für eine Überraschung.«

Sam drückte die Hand, die sich ihm entgegenstreckte. »Ich wollte mal rüberkommen und sehen, wie es bei euch vorangeht.«

Nicki warf ihm einen Blick zu. »Es geht gut; vielleicht ein bißchen langsam, aber es wird ein sehr guter Film.«

»Ja, der Film ist gut«, sagte Sam. Daß man mit der Arbeit im Rückstand war, erwähnte er nicht – das hatte Zeit. »Ich möchte mich ein wenig umsehen.«

»Wird mir ein Vergnügen sein«, sagte Nicki. Er wandte sich zu dem Mädchen und sagte ihr schnell ein paar Worte. Sie nickte und beschäftigte sich wieder mit ihrer Schreibmaschine. Die beiden Herren gingen hinaus.

»Das ist das Häuschen, in dem *Die Schwestern* wohnen«, sagte Nicki auf dem Weg zur Kamera. »Wir haben das Dach abgenommen, damit wir Innenaufnahmen machen können. Es ist ein wirkliches Haus.«

Sam schaute sich um. Drüben wurde immer noch Boccia gespielt. »Warum arbeiten die nicht?« fragte er.

»Sie warten, bis der Regisseur sie für die nächste Aufnahme ruft«, sagte Nicki.

»Wo steckt der denn?« fragte Sam.

»Ich werde mal nachsehen.« Nicki wechselte ein paar Worte mit einem der Männer, die im Schatten bei der Kamera hockten. Dann sagte er zu Sam: »Sie warten, bis die Sonne in den richtigen Winkel kommt, in etwa einer halben Stunde.«

»Warum zum Teufel, habt ihr all die Scheinwerfer hier draußen, wenn ihr dann doch auf die Sonne warten müßt?« fragte Sam.

»Wir verwenden sie zur Aufhellung und für Nachtaufnahmen«, antwortete Nicki. »Aber Pierangeli besteht darauf, wann immer es möglich ist, mit der natürlichen Beleuchtung zu arbeiten.«

»Wieviel Film habt ihr heute in den Kasten gebracht?«

»Ein paar Szenen«, sagte Nicki.

»Wie viele Minuten?«

»Vielleicht zwei.«

»Und diese Szene? Wie lange wird ihre Laufdauer sein?«

»Vielleicht eine Minute, möglicherweise weniger.«

»Und dafür wartet ihr auf die Sonne?« fragte Sam verärgert. »Ich dachte, Sie vertreten meine Interessen? Der Film kostet bereits das Doppelte der veranschlagten Summe. Wo bleiben da meine Interessen?«

»Wir hatten etwas Pech«, sagte Nicki betreten. »Das Wetter, immer wieder regnete es, wenn wir Sonne brauchten, und die Sonne schien, wenn wir Regen haben wollten ...«

»Warum habt ihr euch denn nicht beim Drehen nach dem Wetter gerichtet, anstatt darauf zu warten?«

»Pierangeli arbeitet eben so«, sagte Nicki. »Ich kann ihn nicht ändern, das kann keiner.«

»Ich möchte mit ihm sprechen«, sagte Sam zornig.

»Er ist drüben in Marilus Wohnwagen«, sagte Nicki. »Sie proben.«

Als sie zu dem Wohnwagen kamen, war Pierangeli schon fort. Das Mädchen begrüßte sie; Marilu ruhe sich aus, sagte sie. »*E vero, il Maestro* und Signor Ulrich, der deutsche Schauspieler, haben mehr als eine Stunde mit ihr geprobt; jetzt sind sie fortgegangen, damit sie sich ausruhen kann, bevor die Aufnahmen wieder beginnen.«

»Womit, zum Teufel, haben die sie bei der Probe so ermüdet, daß sie sich ausruhen muß?« fragte Sam.

Charley warf ihm einen Blick zu, doch keiner antwortete, und sie gingen wieder. Charley folgte ihnen und flüsterte: »Pierangeli ist ein fanatischer Realist.«

»Und?«

»Das ist die Szene, nachdem sie und der Deutsche im Feld hinter dem Haus gevögelt haben. Sie kommt noch ganz heiß und wollüstig herein; und ihre Schwester beschuldigt sie, daß sie sie mit ihrem Geliebten betrügt.«

»Ich verstehe immer noch Bahnhof«, sagte Sam.

Charley sah ihn an. »Muß ich Ihnen eine Skizze davon machen?«

Sam starrte ihn ungläubig an. »Sie meinen – er hat es sie wirklich tun lassen?«

Charley nickte. »Pierangeli glaubt fest, daß die Kamera das auf ihrem Gesicht erkennbar machen wird.«

»Aber – Nicki? Er hat doch sicher . . .«

»Es geschieht für den Film, für die Kunst. Daran ist nichts Persönliches.«

»Das muß ich einmal Denise erzählen«, sagte Sam, »sie wird es mir nicht glauben.«

Als sie zur Dekoration kamen, waren die Männer schon bei der Arbeit. Der Kameramann und seine Assistenten hatten die Hülle von der Kamera genommen und beschäftigten sich mit den Linsen. Die Tonleute rollten ihr fahrbares Aufnahmegerät in Stellung. Andere ebneten den Boden vor dem Haus, fegten die Stufen, ölten die Türangeln, damit sie nicht im ungeeigneten Augenblick knarrten.

Sam blickte sich suchend um. Pierangeli war nicht da. »Wo ist der Regisseur?«

Nicki zeigte in eine Richtung.

Pierangeli saß auf der Erde, mit dem Rücken an eine niedrige Mauer vor dem Haus gelehnt. Seine Knie waren hochgezogen, sein Kopf ruhte auf den über den Knien verschränkten Armen. Sein breitkrempiger, über das Gesicht gezogener Hut schützte ihn vor der Sonne.

Sam wollte auf ihn zugehen, aber Nicki hielt ihn zurück. »Nicht jetzt«, sagte er. »*Il Maestro* bringt sich in Stimmung. Wir stören ihn niemals, bevor er eine Szene dreht.«

Sam beobachtete ihn; nach etwa fünf Minuten hob Pierangeli den Kopf. Sein Blick glitt verwundert über die ringsum Arbeitenden, dann erhob er sich langsam.

Er trat hinter die Kamera und blickte durch den Sucher. Er sagte etwas zum Kameramann, trat zurück und ging zum vorderen Eingang des Hauses. Mit dem Fuß schob er den Straßenschmutz zurück, den die Männer weggefegt hatten. Dann schaute er schielend zur Sonne hoch und wieder zurück auf seinen Schatten. Offenbar war alles in Ordnung, denn er gab, während er zur Kamera zurückkehrte, ein kaum wahrnehmbares Zeichen. Darauf folgte ein scharfer Pfiff.

»*Silenzio!*« dröhnte die Stimme eines Assistenten.

Eine Sekunde später war nichts zu hören, als das leise Summen eines Motors, dann verstummte auch das. Ohne sich umzublicken, hob Pierangeli die Hand. »*Avanti*«, sagte er leise und ließ seine Hand gleich wieder sinken.

Die Tür ging auf, und das Mädchen, das die jüngere Schwester spielte, kam mit einem Eimer in der Hand heraus. Sie goß das Wasser über die Stufen. Dann wollte sie zurückgehen, hörte ein Geräusch und blickte auf.

Sam folgte ihrem Blick. Marilu kam durch das Tor. In der Art, wie sie aussah, wie sie ging, wie ihre Hüften, Beine und Brüste sich bewegten, lag etwas Unmißverständliches. Man brauchte es keinem zu sagen. Jeder wußte es, wenn er sie bloß ansah.

Sam drehte sich wieder um und beobachtete den kleinen Mann neben der Kamera. Unter dem breitrandigen Hut konnte er nur die Augen erkennen. Sie waren überall. Wie eine Kamera.

Sam winkte Charley zu sich. Sie überquerten die Straße. Als sie außer Hörweite waren, sagte Sam: »Kommen Sie, wir fahren zurück nach Rom.«

»Ich dachte doch, wir würden die Nacht hier verbringen«, sagte Charley.

»Hat keinen Sinn«, erklärte Sam. »Die haben ihre eigene Arbeitsmethode. Vielleicht ist sie langsam, vielleicht begreife ich sie nicht. Vielleicht wird sie zwanzig Groschen mehr kosten. Aber die Leute verstehen ihr Handwerk, und es wird sich lohnen.«

11

Einen Augenblick saß er allein in der letzten Reihe des Vorführungsraums. Das von der Leinwand zurückgeworfene Licht flackerte über sein ruhiges Gesicht; dann, als sie wieder hinschauten, war er fort.

Jack Savitt hob müde die Hand. »Na schön, Jungs, das wär's.«

Die Vorführung wurde abgebrochen, die Lichter im Raum blitzten auf. Jack erhob sich; Jimmy Jordan, der Produktionsleiter von Trans World Pictures, sah ihn fragend an: »Was ist los?«

»Wie zum Teufel, soll ich das wissen?« antwortete Jack.

»Die Show ist gut«, sagte Jordan. »Was hat er denn?«

»Was immer es ist – er wird es Ihnen schon sagen, da können Sie sicher sein. Höchstpersönlich.«

»Wir haben eine Menge Geld in diesen Pilotfilm gesteckt«, sagte Jordan.

»Steve auch«, sagte Jack. »Hunderttausend Eier gehen nicht zu Fuß.« Er wandte sich zur Tür. »Ich fahre zurück ins Büro, ich rufe Sie von dort an.«

Steve saß im Wagen. Jack setzte sich wortlos neben ihn und ließ den Motor an. »Zurück in dein Büro?«

Steve schüttelte den Kopf. »Für heute hab ich genug. Bring mich bitte ins Hotel, ich will versuchen, ein wenig zu schlafen.«

»Eine gute Idee«, sagte Jack. »Du hast die letzten zwei Tage zu viel gearbeitet. Man muß sich ein wenig ausruhen, sonst kann man die Zeitverschiebung nicht verkraften.«

Er fuhr los, vorbei am Studio, an den winkenden Wächtern, und über die Autobahn zurück nach Los Angeles. Er nahm eine Zigarette aus der Tasche, zündete sie an, reichte sie Steve und nahm sich selbst eine.

»Das sind Betrüger«, sagte Steve plötzlich.

Jack erschrak. »Was hast du gesagt?«

»Daß sie schwindeln.« Steves Stimme war entschieden und verärgert. »Erst versprechen sie etwas und dann liefern sie etwas anderes. Sie lügen, sie betrügen, sie stehlen. Bilden sich ein, daß sie, nur weil sie eine große Filmproduktion haben, unsere Sachen verschludern dürfen. Dabei wären sie alle ohne unser Geld längst nicht mehr im Geschäft.«

Jack bog in den Sunset Boulevard Richtung Beverly Hills ein. »Sie haben Probleme«, sagte er. »Die Filmabteilung stützt immer das Budget für die Fernsehabteilung.«

»Das ist nur blödes Gerede«, sagte Steve. »Wir haben ihnen für diesen Pilotfilm hunderttausend gezahlt; er hat, ihren Angaben nach, hundertfünfzigtausend gekostet. Darin sind ihre fünfundzwanzig Prozent Generalunkosten enthalten, das heißt, sie haben alles in allem zwölftausendfünfhundert ausgelegt. Und dann wollen sie uns erzählen, sie hätten eine Menge Geld hineingesteckt. Kein Wunder, wenn wir von ihnen nichts als Mist bekommen.«

»Das ist nicht Jimmys Schuld«, sagte Jack, »er ist ein guter Mann; er tut wirklich, was er kann.«

»Das weiß ich. Ich mache ihm auch keine Vorwürfe.«

»Die Leute werden eine Antwort bezüglich der Show haben wollen.«

»Die Show können sie sich an den Hut stecken; ich will sie nicht haben.«

»Du wirfst als hunderttausend zum Fenster hinaus.«

Steve legte die Zigarette in den Aschenbecher. »Wird nicht das erstemal sein.«

Sie schwiegen, bis sie zum Sunset Plaza Drive kamen. »Bieg hier ein«, sagte Steve plötzlich.

Jack bog scharf nach rechts; hinter ihnen fluchte ein Autofahrer. »Wohin willst du?«

»Fahr nur weiter«, sagte Steve.

Sie fuhren einige Minuten die gewundene Straße entlang, bis sie an eine andere, kleine Nebenstraße kamen. »Hier hinein.«

Nach dreihundert Metern gelangten sie, knapp hinter einem Etagenhaus, in eine Sackgasse. »Du kannst den Wagen dort abstellen«, sagte Steve und wies auf einen kleinen Parkplatz gegenüber dem Gebäude.

Jack stellte den Motor ab. »Und nun?«

»Komm mit!« sagte Steve und stieg aus dem Wagen.

Jack folgte ihm über den Parkplatz zu einem eisernen Gitter, das eine von außen kaum bemerkbare Einfahrt absperrte. Steve nahm einen Schlüssel aus der Tasche und schloß es auf. Er ging voraus durch die Einfahrt; sie bog jäh um die Ecke – und da stand das Haus, unmittelbar oberhalb der Straße, die sie eben verlassen hatten. Der Eingang war hinten. Steve nahm einen anderen Schlüssel und öffnete die Tür.

Sie traten oben ein und gingen über eine Treppe hinunter. Auf dem ersten Absatz wies Steve auf ein großes Panoramafenster. »Das Schlafzimmer.«

Er drückte auf einen Knopf – und das Schlafzimmer war erleuchtet. Durch das Fenster sah es aus wie ein Bühnenbild. Das riesige runde Bett stand fast in der Mitte des Zimmers. Er öffnete die Tür; sie traten ein.

Jack sah ihn neugierig an. »Keine Außenfenster?«

Steve zeigte auf die Decke und drückte zugleich auf einen Knopf neben dem Bett. Unter leisem Summen öffnete sich die Decke und Licht flutete in den Raum. Er drückte auf einen anderen Knopf, und die Scheibe, die sie von der Außenwelt trennte, schob sich in die Wand. Der Himmel über ihnen war leuchtend blau, nur einige abendliche Sterne glänzten bereits.

»Das Bett dreht sich auch«, sagte Steve, auf einen dritten Knopf drückend. Tatsächlich bewegte es sich langsam im Kreis, und gleichzeitig senkte sich aus einer Öffnung in der Ecke ein Fernsehapparat herab. »Es sind drei Apparate eingebaut, gleichgültig, in welcher Richtung man das Bett dreht«, erklärte Steve.

»Phantastisch!« sagte Jack.

Steve drückte auf den Hauptschalter, und alles rollte langsam zurück. »Komm weiter.«

Er ging voraus nach unten, zur Hauptetage mit einem riesigen Wohnzimmer. Jack erstarrte. Das Haus war ein Chalet in Großformat mit Giebeldach und neun Meter hohen Fenstern. Es war alles da: die geschickt hinter der Bar eingebaute Küche, der Eßplatz, die geschlossene Terrasse. Davor lag auf einer kleinen Geländestufe ein ovales Schwimmbecken, etwa vier mal sechs Meter, das über der Stadt zu schweben schien. Unten kroch der Verkehr über den Strip.

»Das hast du dir gekauft?«

»Ich hab es gebaut.«

Jack schüttelte den Kopf. »Bei dir gibt's immer neue Überraschungen.«

Steve sah ihn schweigend an.

»Ich hätte mir nie vorgestellt, daß du für die Hügel Hollywoods was übrig hast«, sagte Jack. »Eher für Beverly oder Holmsby, sogar Bel Air.«

»Das ist Familienstil. Ich bin für Einsamkeit.«

Jack lachte. »Gibst du die Mädchen auf?«

»Sieht das hier danach aus?«

Jack schüttelte den Kopf. »Nein«, sagte er lachend. »Aber du bist noch jung, du wirst wieder heiraten.«

»Möglich.« Steves Stimme klang gelassen.

»Du hast doch wohl eine Stereoanlage einbauen lassen?«

»Natürlich.« Steve drückte auf eine Schalttafel. Sofort war das Haus von Musik erfüllt; sie schien aus allen Richtungen zu kommen.

Jack hob die Hände. »Na schön, du hast mich überzeugt. Auf ins Bett.«

Steve stellte lächelnd die Musik ab.

»Du mußt eine Einstandsparty geben«, sagte Jack. »Wann ziehst du ein?«

»Nicht so bald.«

»Es sieht doch alles ganz fertig aus. Was muß denn noch getan werden?«

»Nichts.« Steve stieg die Stufen hinauf. »Gehen wir.«

Als sie wieder im Wagen saßen und den Hügel hinunterfuhren, fragte Jack: »Wann, glaubst du, wird es soweit sein?«

»Zur gegebenen Zeit.« Steve zog die Schultern hoch. »Wer weiß? Ein Jahr, fünf, zehn? Der Job dauert nicht ewig; kein Job dauert ewig. Dann werd ich herkommen und hier wohnen.«

»Und was wirst du tun?«

»Darüber werd ich mir den Kopf zerbrechen, wenn es soweit ist.« Steve schwieg eine Weile. »Gefällt dir das Haus?«

»Ich finde es toll«, antwortete Jack. »Nur eines stimmt daran nicht.«

»Nämlich?«

»Wenn du hinkommst, bist du zu alt, um es richtig zu genießen.«

Jack bog in die Einfahrt zum Beverly-Hills-Hotel ein. Ein Page lief ihm in der Halle entgegen. »Eben kam ein Telegramm für Sie, Mr. Savitt.«

Jack gab ihm ein Trinkgeld, ging zum Empfangstisch und nahm das Telegramm entgegen. Er überflog es rasch und verzog das Gesicht. »Verdammt!« sagte er.

»Irgendwas passiert?« fragte Steve.

»Deinen Freund Sam Benjamin hat's diesmal wirklich erwischt. Überall in der Stadt sind seine Schecks geplatzt.«

»Ich wußte gar nicht, daß es ihm schlechtgeht«, sagte Steve.

»Der Film mit der Barzini hat den Voranschlag weit überzogen, und da ist ihm das Geld ausgegangen. Eben teilt mir Supercolor Labs mit, daß sie ihm wegen eines Darlehens von zweihunderttausend auf die Pelle rücken.«

»Scheint dir gar nicht leid zu tun«, sagte Steve.

»Es läßt mich völlig kalt«, erwiderte Jack, »er ist ein großmäuliger kleiner Schweinehund, war schon längst für so was fällig.« Jetzt wurde ihm bewußt, daß Steve schwieg. »Ach ja, ich hatte vergessen – du hast ihn gern.«

»Ja«, sagte Steve entschieden.

»Ich versteh das nicht, er ist doch kein Typ für dich.«

»Du hast ja auch geglaubt, ich sei nicht der Typ für die Hügel von Hollywood.«

»Na gut, schön. Aber ganz unter uns, warum?«

Steve antwortete nicht sofort. »Vielleicht weil er der einzige hier ist, der nicht unaufhörlich versucht, etwas aus mir herauszuholen. Oder vielleicht, weil er Türen einschlägt.«

12

Es war nach zehn Uhr, als Denise hinter ihnen die Tür verschloß und sich erschöpft und ausgepumpt an die Wand lehnte. Nach einer Weile ging sie ins Wohnzimmer.

Im Eiskübel schwammen noch ein paar Würfel, vielleicht würde ein Drink sie ein wenig aufmöbeln. Sie warf Eis in ein Glas, goß Whisky darüber, fügte etwas Wasser hinzu und schaltete den Fernsehapparat ein. Dann ließ sie sich auf die Couch fallen. Der Fernsehschirm erwachte lärmend, aber sie sah nichts; ohne Sam war es nicht das gleiche, nichts war ohne ihn das gleiche.

Während des ganzen Abendessens hatten sie sorgfältig darauf geachtet, nicht von ihm zu sprechen. Erst ganz zum Schluß war es Roger gewesen, der das Thema anschnitt.

»Wann kommt Sam zurück?« fragte er.

»Ich weiß es nicht«, antwortete sie. »Er bemüht sich, so schnell wie möglich fertigschneiden und -mischen zu lassen.«

»Klappt alles gut?«

»Sam sagt, ja.«

»Das hoffe ich«, meinte Roger phlegmatisch. »Schon der Kinder wegen.«

Dann war es Anne, die – wie immer ein wenig dumm und taktlos – mitten in die Wunde stach. »Wo ist denn dein Verlobungsring?« fragte sie anzüglich.

Unwillkürlich blickte Denise auf ihren nackten Finger, dann wieder auf ihre Verwandten. Auf den zehnkarätigen Solitär, den Sam ihr nach dem Erfolg von *Icarus* gekauft hatte, war sie sehr stolz gewesen. Sie nahm ihn nur selten ab, manchmal schlief sie damit. »Im Leihhaus«, antwortete sie. Und herausfordernd fügte sie hinzu: »Zusammen mit der Brillantarmbanduhr und dem Ehering. Wir brauchten das Geld.«

Roger musterte sie, dann seine Frau. Nach einer Weile sprach er. »Lange kann das Geld ja nicht gereicht haben.«

»Nein.«

»Und wie macht ihr es jetzt?«

Sie zögerte einen Augenblick. »Wir schlagen uns so durch.« Sie schlugen sich tatsächlich durch – wenn man es so nennen konnte: mit der Miete waren sie zwei Monate im Rückstand, und beim Fleischer und im Lebensmittelgeschäft ließen sie anschreiben. »Sams Eltern haben uns etwas Geld geschickt«, sagte sie. Seine Eltern waren vor einigen Jahren nach Miami gezogen, als der Vater seinen Schneiderladen verkaufte und in Pension ging.

Roger griff ein wenig verlegen in die Tasche, nahm einen Scheck heraus und schob ihn Denise über den Tisch zu. Er war auf ihren Namen ausgestellt und lautete auf hunderttausend Dollar.

»Wofür soll das sein?« fragte sie mit leicht zitternder Stimme.

»Du bist meine Schwester«, sagte er mürrisch. »Es gefällt mir nicht, daß du es so schwer hast.«

Sie drängte die Tränen zurück, die ihr in die Augen stiegen, und schob ihm den Scheck wieder hin. »Nein.«

Er starrte sie an. »Warum nicht? Das wird die Schecks decken, die Sam in Umlauf gesetzte hat, und deinen Sorgen ein Ende machen. Vielleicht kann er dann nach Hause kommen und muß sich nicht mehr drüben in Italien verstecken.«

»Wenn du Sam das Geld geben willst«, sagte sie, »dann mußt du es selbst tun. Er würde es mir nie verzeihen, wenn ich es von dir nähme.«

»Mit Sam kann ich nicht reden, das weißt du. Du mußt ihm ja nicht sagen, daß ich es dir geschenkt habe. Sag ihm, es handle sich um die letzte Zahlung, die noch von Papas Nachlaß offen sei.«

Sie schüttelte den Kopf. »Das kann ich nicht. Ich habe ihn noch nie belogen und werde nicht jetzt damit anfangen.«

»Sei doch nicht dumm . . .«, begann Anne.

Roger unterbrach sie. »Halt den Mund!« Er steckte den Scheck wieder ein; dann sah er auf die Uhr: »Wir müssen jetzt gehen, es ist Zeit für Babys Fläschchen.«

Sie standen auf, und Denise begleitete sie zur Haustür. Sie wartete, während Anne ihren Nerzmantel anzog.

»Du hast wunderbar gekocht«, sagte Anne und küßte sie auf die Wange.

»Küß den Kleinen von mir«, erwiderte Denise. Sie wandte sich an ihren Bruder. »Danke. Und du weißt, das meine ich von Herzen.«

Er nickte bedrückt. »Ja. – Übrigens«, fuhr er fort, als wäre es ihm eben erst eingefallen, »ich habe die Miete und die rückständigen Rechnungen bezahlt; du brauchst dir darüber keine Gedanken mehr zu machen.«

»Woher wußtest du davon?«

»Du vergißt, daß der Buchhalter, der für Sam arbeitet, auch der meine ist.«

Das Fernsehprogramm war zu Ende, und die letzten Nachrichten begannen gerade, als das Telefon klingelte. Sie sprang von der Couch; seit fast einer Woche hatte sie nichts mehr von Sam gehört. »Hallo.«

Die Stimme der Telefonistin ertönte. »Ein Ferngespräch für Mr. Benjamin, bitte.«

»Mrs. Benjamin. Vielleicht könnte ich das Gespräch abnehmen?«

»Gibt es eine zweite Nummer, unter der er zu erreichen wäre?« fragte die Telefonistin.

Eine andere Stimme mischte sich ein, eine Männerstimme, die bekannt klang. »Ich möchte mit Mrs. Benjamin sprechen. Hallo, Denise, hier Steve. Stephen Gaunt.«

»Steve«, sagte sie.

»Wie geht es Ihnen? Und den Kindern?«

»Danke gut. Sam ist nicht hier, er ist in Italien.«

»Haben Sie eine Nummer, unter der ich ihn erreichen kann? Es ist sehr wichtig.«

»Er wohnt im Hotel Excelsior in Rom«, erwiderte sie. »Wenn Sie ihn dort nicht erreichen können, versuchen Sie es doch bei Cinecittà Studios. Dort wird der Film geschnitten.«

»Wie geht's denn damit?« fragte Steve.

»Sam sagt, es wird ein großartiger Film.«

»Sicher. Mir hat das Projekt von Anfang an gefallen. Ich rufe eigentlich deshalb an. Ich glaube, ich habe ein Geschäft für ihn.«

»Das wäre schön«, sagte sie. Dann war der Bann gebrochen; sie begann zu weinen, und die ganze Geschichte sprudelte von ihren Lippen. Der Streit mit Roger, der Geldmangel, der Kampf, den Film beenden zu können, bevor die Gläubiger alles abschnitten.

Er lauschte wortlos, ließ sie ganz ausreden. »Warum hat Sam mich nicht angerufen, als die Schwierigkeiten begannen?« fragte er.

»Ich weiß nicht; Sie kennen doch Sam. Es war sein Stolz, der zu dem Streit mit Roger führte. Vielleicht wollte er nicht, daß Sie von seinen Schwierigkeiten erfahren. Vielleicht wollte er Sie einfach nicht belästigen, weil Sie Ihre eigenen Probleme haben.«

»Unsinn!« sagte Steve, »wozu wären Freunde da, wenn man sich nicht in schwierigen Situationen an sie wenden könnte?«

Sie schwieg.

»Jedenfalls hören Sie jetzt auf, sich darüber zu sorgen«, sagte er ruhig. »Es wird alles wieder gut werden.«

Seine Stimme hatte etwas Besänftigendes, etwas, das ihr Zuversicht gab. »Es geht schon wieder, Steve«, sagte sie. »Tut mir leid, daß ich schlappgemacht habe.«

»Reden wir nicht mehr davon«, sagte er. »Machen Sie immer noch geräucherte Rinderbrust mit Meerrettich, die guten *Bröstflenken*?«

»Ja.« Sie mußte über seine Aussprache lachen.

»Fein!« sagte er. »Ich rufe Sie an, wenn ich wieder in New York bin, und Sie laden mich zum Abendessen ein.«

Die Verbindung brach ab, und sie legte den Hörer auf. Dann knipste sie den Fernsehapparat aus und ging ins Schlafzimmer. Steve hatte gesagt, alles würde gut werden. Und er hatte recht, das wußte sie, das fühlte sie. Zum erstenmal seit Wochen konnte sie schlafen, ohne eine Tablette zu nehmen.

13

Die Büros von Sinclair Broadcasting in Los Angeles lagen im obersten Stockwerk eines neuen, zwanzig Stock hohen Hauses in Beverly Hills. Steves Räume befanden sich im Südwestwinkel des Gebäudes, mit Ausblick auf Hollywood und das Zentrum von Los Angeles. Als Jack am nächsten Morgen ins Büro kam, stand Steve mit einer Tasse Kaffee in der Hand beim Fenster und blickte hinaus.«

»An einem klaren Morgen kann man von hier aus den Mount Baldy sehen«, sagte er. »Das ist fast sechzig Kilometer weit.«

»Ja, aber wie viele klare Morgen gibt es schon hier?«

»Mehr als du glaubst«, sagte Steve. »Der Smog bekommt höhere Nielsennoten, als er verdient.«

Aus der Sprechanlage auf Steves Schreibtisch ertönte die Stimme der Sekretärin: »Ich habe Mr. Brachman von Supercolor in New York für Sie am Apparat, Mr. Gaunt.«

»Ich übernehme«, sagte Steve. Er ging zu seinem Schreibtisch, drückte auf einen Knopf und hob den Hörer ab. »Guten Morgen, Ernie.«

»Bei dir ist es Morgen, Kleiner«, sagte Brachman, »aber für uns arme Sklaven hier in New York ist schon beinahe Mittag. Wir haben bereits einen halben Arbeitstag hinter uns.«

»Ihr habt es schwer!« sagte Steve lachend. »Ich hab euren Jahresbericht gelesen. Ihr Jungs seid die einzigen in der Branche, die Geld verdienen. Ihr tut nichts anderes als Filme kopieren und Geld scheffeln.«

Brachman lachte ebenfalls. »Nicht übel«, gab er zu, »aber was hast du auf dem Herzen? Wirst du ordentlich bedient?«

»Tadellos«, sagte Steve. »Ich wollte dich nur um einen Gefallen bitten.«

Brachmans Stimme klang erleichtert. »Was immer du wünschst, du brauchst es nur auszusprechen.«

»Ich höre, daß ihr gegen Sam Benjamin vorgehen wollt. Ich möchte, daß ihr ihn in Frieden läßt.«

Einen Augenblick herrschte Stille: »Ich weiß nicht, ob ich das tun kann, Steve, das liegt nicht mehr in meiner Hand. Es geht den Rechtsweg.«

»Du bist Präsident von Supercolor, nicht wahr?« Steves Stimme klang kalt. »Da kann es nichts geben, was nicht mehr in deiner Hand liegt.«

»Augenblick mal, Steve, mir geht es so wie dir. Ich muß den Aktionären Rede und Antwort stehen. Wir haben Benjamin zweihunderttausend für seinen Film geliehen, und er hat das Geld dazu verwendet, seinen Schwager auszuzahlen. Wenn wir ihn in Frieden lassen, könnten wir den Film an andere Gläubiger verlieren, und wo bringt uns das hin?«

»Erzähl mir doch keine Geschichten, Ernie«, sagte Steve. »Ihr habt Benjamin das Geld geliehen, damit ihr auf jeden Fall die Kopierarbeit für den Film bekommt; aus keinem anderen Grund. Was er damit tat, war euch ganz egal.«

»Stimmt. Aber nur für den Fall, daß alles in Ordnung ging und es keine Probleme gab. Wir haben aber auch zu unserem Schutz eine Sicherungsübereignung für den Film in der Hand.«

Steves Stimme klang noch immer ruhig, aber es lag nun eine Spur von Schärfe darin. »Wer ist euer größter Kunde, Ernie?«

»Ihr.« Die Antwort kam ohne Zögern; so war es nun einmal, und das wußten sie beide. Supercolor stellte sämtliche Kopien für die von Sinclair gefilmten Shows her.

»Und wir verlangen nie einen Groschen Darlehen – oder?«

»Das stimmt. Aber . . .«

Steve unterbrach ihn mit täuschend sanfter Stimme. »Der Vertrag für das kommende Jahr wird demnächst aktuell; wie gewöhnlich werden sich Technicolor, Deluxe und Pathé darum bewerben. Wie gewöhnlich werdet ihr alle mit ungefähr den gleichen Preisen erscheinen. Es obliegt mir, diese Angebote dem Aufsichtsrat vorzulegen, zusammen mit meiner Befürwortung.«

Das war ein Schlag, aber Brachman reagierte beherzt. »Nun gut, Steve, du bittest uns um einen Gefallen, wir tun ihn dir. Ich sagte ja, du brauchst nur etwas zu verlangen. Allerdings hoffe ich, wir kommen dadurch nicht zu Schaden.«

»Das werdet ihr nicht; es ist ein hervorragender Film«, sagte Steve. »Danke, Ernie, ich weiß das zu schätzen.«

Er legte den Hörer auf und wandte sich an Jack. Der Agent starrte ihn an. »Bist du völlig von Sinnen, Steve? Du hast da eben deinen Kopf in eine Schlinge gelegt. Dieser Ernie Brachman ist ein mieser Bursche, und wenn er bei diesem Geschäft sein Geld verliert, würde ich ihm zutrauen, daß er zu Sinclair geht und erzählt, du hättest deine Stellung dazu benutzt, einen Druck auf ihn auszuüben.«

»Dann müssen wir eben dafür sorgen, daß das Geschäft nicht danebengeht, nicht wahr?«

Darauf wußte Jack nichts mehr zu sagen. Nach einer Weile erhob er sich. »Hast du vielleicht heute etwas Stärkeres hier als Kaffee? Ich brauche einen Drink.«

Steve wies auf die Bar. Während Jack sich ein Glas Whisky eingoß, füllte Steve seine Kaffeetasse. Jack stürzte den Drink hinunter und kam wieder zum Schreibtisch.

»Schlechte Politik, sich schon so früh am Morgen an der Flasche festzusaugen«, sagte Steve sanft.

»Schon gut. Ich habe den Eindruck, daß du mit deinem kleinen Scherz noch nicht fertig bist. Laß doch den Rest hören.«

Steve setzte sich lächelnd. »Deine Gefühle sind erstaunlich zutreffend. Du hast soeben einen neuen Kunden geworben.«

»Wirklich?« fragte Jack. »Wen?«

»Sam Benjamin. Und du wirst für seinen Film den Vertrieb übernehmen.«

»Wie soll ich denn das machen, zum Teufel, wenn er seine eigene Vertriebsfirma hat?«

»Nicht im Inland. Du wirst die Vertriebsrechte im Ausland verkaufen.«

»Du meinst, er hat dafür noch kein Abkommen getroffen?«

Steve schüttelte den Kopf. »Ich weiß es. Ich besitze die Fernsehrechte, und er muß alle Abschlüsse für den Vertrieb über uns tätigen.«

»Mein Gott! Ein solcher Film kann im Ausland mehr wert sein als hier. Dort haben sie für so was eine Vorliebe.«

»Na also, jetzt kapierst du endlich«, stellte Steve fest. »Aber ich verlange viel.«

»Wieviel?«

»Eine halbe Million oder mehr.«

»Das macht die Sache schwierig. Solche Summen können nur die Großfirmen zahlen. Und die haben noch nie solche Summen für den Auslandsvertrieb bezahlt.«

»Trans World Pictures wird soviel zahlen«, sagte Steve.

Es war ein Uhr morgens; Sam saß in seinem Lehnstuhl beim Fenster und starrte wie eine Eule auf die beleuchtete Fassade der amerikanischen Botschaft auf der gegenüberliegenden Straßenseite. Er trank aus einem Glas Champagner, das auf dem Tisch neben ihm stand, verzog das Gesicht und wandte sich zu den anderen um. »Trinkt aus, es sind noch vier Flaschen da.«

Die beiden Mädchen, die auf der Couch saßen, kicherten. Er sah zu Charley hinüber. »Sie könnten wenigstens 'n paar Fötzchen auftreiben, die Englisch sprechen«, brummte er. »Verdolmetschen Sie ihnen, was ich gesagt habe.«

Charley begann zu übersetzen, doch Sam unterbrach ihn. »Nein, einen Augenblick, ich hab eine bessere Idee.«

Er erhob sich, ging unsicheren Schrittes zur Couch und blickte auf die Mädchen nieder. »Sagen Sie ihnen, die erste, die mir einen Steifen verschafft, gewinnt eine Flasche Champagner.«

Die Mädchen kicherten wieder. Er wandte sich an Charley: »Sind Sie sicher, Charley, daß die nicht Englisch können?« fragte Sam.

Charley nickte, dann sprach er schnell mit den Mädchen, die schnatternd antworteten. »Sie sagen, sie sind keine Huren, sondern Schauspielerinnen, und sie wünschen respektvoll behandelt zu werden.«

Sam starrte die Mädchen an und sagte: »Schmeißen Sie sie raus!« Er ging zu seinem Stuhl und setzte sich mit dem Rücken zu ihnen. Er nippte nochmal an seinem Glas Champagner und verzog wieder das Gesicht. »Herrgott, haben wir denn keinen Whisky mehr hier?«

»Nein«, antwortete Charley, »und ich kann auch keinen bekommen. Heute nachmittag haben sie uns den Kredit abgeschnitten.«

»Die werden uns noch wer weiß was abschneiden«, sagte Sam verdrießlich. »Morgen schneiden sie mir die Eier ab.« Er trank noch einen Schluck Champagner. »Die reinste Pisse! Damit kann sich ein Mann nicht mal ordentlich betrinken. Wenn ich je wieder zu Geld komme, will ich bis ans Ende meiner Tage nichts anderes trinken als schottischen Whisky. Ohne Eis, ohne Wasser, nichts, nur reinen Whisky. Dann weiß ich wenigstens, daß ich blau sein kann, wann ich will!«

Er stand auf und näherte sich wieder den Mädchen. »Ich hab gehört, daß ihr Mädchen Coca-Cola und Cinzano zum Duschen verwendet, aber habt ihr's schon mal mit Dom Perignon '55 versucht? Das muß noch besser sein.«

Die Mädchen lachten; eine von ihnen sagte schnell etwas zu Charley. Der lachte auch.

»Was haben sie gesagt?« fragte Sam.

»Daß wir hier draußen nur Zeit vertrödeln, warum wir denn nicht ins Bett gehen?«

»Ich hab nichts dagegen«, sagte Sam. »Aber wenn die glauben, daß wir hier unsere Zeit verlieren, dann werden sie erst im Schlafzimmer was erleben, denn ich könnte ihn nicht mal steif kriegen, wenn ich ihn mit Stärke vollpumpte.«

Charley redete mit den Mädchen, sie erhoben sich und gingen zum Schlafzimmer.

»Ihr könnt schon mal anfangen«, rief Sam ihnen nach, »wartet nicht auf mich.«

Die Tür schloß sich hinter ihnen, und Sam wandte sich Charley zu. »Ich hatte Ihnen ja nie einen sicheren Posten versprochen, oder?«

Charley schüttelte den Kopf. »Nun mal mit der Ruhe, Boß«, sagte er beschwichtigend. »Es wird sich schon etwas ergeben! Manchmal ändern sich die Dinge schnell.«

»Zweifellos«, sagte Sam sarkastisch. »Sagen Sie, wie stellt man es an, aus einem solchen Apartment zu verschwinden, ohne zu bezahlen?«

Charley antwortete nicht.

»Kommen Sie.« Sam ergriff eine Flasche Champagner und bewegte sich in Richtung Schlafzimmer. An der Tür drehte er sich um. »Nun?«

Charley folgte ihm langsam. Sam öffnete die Tür und blieb stehen. »Also so etwas! Sagten die nicht vorhin, sie verstehen kein Englisch? Sie haben tatsächlich ohne mich angefangen.«

Charley warf einen Blick über Sams Schulter in das Zimmer. Die beiden Mädchen lagen nackt und ineinander verschlungen im Bett.

»Mir scheint, die pflegen die Liebe«, sagte Sam feierlich.

Charley nickte. »Sieht ganz so aus.«

»Dann sollten wir sie nicht stören.« Sam schloß leise die Tür. Als sie zu ihren Stühlen zurückgingen, klingelte das Telefon. »Wer ist denn das nun wieder?«

Charley nahm den Hörer ab. »*Pronto*.« Eine Stimme schnarrte im Hörer. »Ein gewisser Jack Savitt ruft Sie aus Los Angeles an.«

»Den soll der Teufel holen! Sagen Sie ihm, ich bin nicht hier. Wahrscheinlich hat er rausgefunden, daß die Schecks, die ich seinen Kunden gegeben habe, geplatzt sind.«

Charley wollte wieder sprechen, aber eine Stimme unterbrach ihn. Er schwieg, hörte zu und starrte Sam an. »Er sagt, es ist nicht wegen der geplatzten Schecks, sondern er hat einen Vertrag für Sie, für Ihren Film.«

»Geben Sie her! Na – wird's bald?« Sam riß ihm den Hörer aus der Hand, »Hallo, Jack«, sagte er, »wo brennt's?«

Er lauschte, Schweißtropfen erschienen auf seiner Stirn. Er zog ein Taschentuch heraus und tupfte es ab. Nach einem Augenblick sagte er: »Ja, ja . . . auf Wiedersehen.« Er legte den Hörer auf, sah Charley stumm an und plötzlich faßte er ihn um die Taille, drückte ihn an sich und stemmte ihn hoch. »Du hast recht gehabt, du Makkaronibastard, du hast recht gehabt!«

»Laß mich runter«, schrie Charley, »bist du verrückt? Willst du dir einen Bruch heben?«

Durch das Geschrei aufgestört, erschienen die nackten Mädchen in der Tür. Da standen sie nun und starrten die beiden Männer an. Sam drückte jeder eine Champagnerflasche in die Hand. »Zurück in die Klappe mit euch zwei Verliebten!« sagte er, schob sie ins Schlafzimmer und schloß die Tür.

»Komm«, rief er Charley zu, »wir suchen uns jetzt eine Bar mit echtem Whisky. Wir wollen feiern!«

»Feiern?« fragte Charley. »Was gibt es denn zu feiern?«

»Unsere Rettung«, sagte Sam. Ein Ausdruck der Verwunderung trat in sein Gesicht. »Wirklich. Jack Savitt kommt übermorgen mit dem Präsidenten und dem Direktor für den Auslandsverkauf von Trans World Pictures hierher. Sie wollen für die Auslandsrechte unseres Films mit mir abschließen!«

14

»Brustflanken!« sagte Sam mit einem ärgerlichen Blick auf den Tisch. »Du könntest wenigstens dafür sorgen, daß ein Steak auf den Tisch kommt, Denise, wenn ich jemanden zum Essen mit nach Hause bringe. Das hier ist doch nur etwas für Verwandte.«

Denise lächelte. »Steve hat es sich gewünscht.«

»Du mußt verrückt geworden sein«, rief er Steve zu. »Davon kriegt man sofort Sodbrennen.«

Steve grinste. »Ich eß das gern; Steak bekomme ich überall, aber solche *Bröstflenken* kann ich nur hier haben.«

»Nicht mal richtig aussprechen kannst du das, aber du mußt es essen! Es heißt Brustflanken, nicht *Bröstflenken*!«

»Das ist gehupft wie gesprungen. Essen wir.« Steve hielt lächelnd seinen Teller hin.

Sam, der sich eben über das Essen beschwert hatte, schaufelte nichtsdestotrotz doppelt soviel wie jeder andere auf seinen Teller. Als sie fertig waren, erhob er sich. »Nicht übel«, sagte er zu Denise.

Steve lächelte ihr freundlich zu.

Sie erwiderte sein Lächeln. »Wollt ihr beide jetzt eine Weile im Wohnzimmer plaudern?« schlug sie vor. »Ich helfe Mamie beim Abräumen.«

Sam mixte zwei Drinks und gab einen davon Steve. »Hast du die Rezensionen gesehen?« fragte er stolz.

Steve nickte. »Sie waren glänzend. Crowther sagte, es sei der beste Film der letzten zehn Jahre.«

»Wenn der begeistert ist, dann muß es wirklich was sein«, frohlockte Sam. »Von der Kasseneröffnung bis zum Schluß stehen die Menschen um den Häuserblock Schlange. In Los Angeles ist es dasselbe. Begeisterungsstürme, und nur noch Stehplätze zu bekommen.«

»Wann wirst du den Film für die anderen Kinos freigeben?« fragte Steve.

»Ich habe keine Eile; ich will auf die Nominierung für die Oscars warten. Inzwischen soll sich der Film durchsetzen. Es kann wohl niemand behaupten, daß ich es nicht verstehe, das meiste aus einem Film herauszuholen. Wenn wir den New Yorker Kritikerpreis und dann des Oscar bekommen, werd ich einen Löffelbagger brauchen, um das Geld zu scheffeln.«

Steve erhob sein Glas: »Viel Glück!«

»Dir auch«, sagte Sam und trank. »Nicht übel für meinen ersten Film. Und dabei hieß es immer, ich verstehe nichts von dem Geschäft.«

»Was hast du als nächstes vor?«

»Im Augenblick konzentriere ich mich auf diesen Film«, sagte Sam. »Meine Werbekampagne zielt auf den Oscar. Aber ich habe Marilu und Pierangeli für einen zweiten Film unter Vertrag.«

»Sonst nichts?«

»Ist das nicht genug?«

»Nicht wenn du, wie du sagst, eine wirkliche Filmgesellschaft aufbauen willst. Das kann man nicht mit ausländischen Filmen allein, und wären sie noch so gut.«

»Wie kann in inländische Filme bekommen? Die Großfirmen schöpfen den ganzen Rahm ab. Ich kriege nur den Mist.«

»Du könntest damit anfangen, ein paar Verfilmungsrechte zu kaufen und sie zu drehen.«

»Da müßte ich verrückt sein!« sagte Sam. »Ich weiß, daß ich kein Produzent bin.«

»Den hier hast du produziert, also bist du ein Produzent«, sagte Steve.

»Das war was anderes. Marilu ist ein Star, sie kam mit dem Film zu mir, alles war fix und fertig. Ich mußte nur die Moneten bringen.«

»Machen es denn die meisten Großfirmen nicht ebenso?«

»Doch. Aber die haben Geld – mit denen kann ich nicht konkurrieren.«

»Ist jetzt auch nicht mehr nötig. Trans World wird sich nach diesem Film an allem beteiligen, was du willst. Sie brauchen Material.«

»Glaubst du wirklich?«

»Ich bin davon überzeugt«, sagte Steve zuversichtlich. »Warum versuchst du es nicht bei ihnen?«

Sam überlegte eine Weile. »Nein, es wird nicht klappen, ich hab keine Verfilmungsrechte. Und ich würde nicht einmal erkennen, für welche es sich lohnt, wenn man mir sie vor die Nase hielte. Zeig mir einen Film, und ich kann dir sofort sagen, ob was daran ist. Aber ein Verfilmungsrecht? Das ist was anderes.«

»So schwierig ist es gar nicht, wenn du nur die Augen offenhältst«, sagte Steve. »Ich könnte dir beispielsweise gleich jetzt zwei vorschlagen.«

Sam warf ihm einen scharfen Blick zu. »Zwei?«

Steve nickte. »Eines ist ein Stück, für das die Proben nächste Woche beginnen. Eine Komödie von einem neuen Autor über ein frischverheiratetes Paar in Greenwich Village. Für fünfundsiebzigtausend bekommst du die Filmrechte zusammen mit einem Drehbuch für das Stück. Es heißt *Washington Arch.*«

»Ein mieser Titel.«

»Mag sein. Aber das Stück wird ein großer Erfolg.«

»Und das andere?«

»Das ist ein Buch; ich hab das Manuskript gelesen. Der Autor pfeift auf dem letzten Loch, braucht dringend Geld. Für fünfzigtausend kannst du es kriegen. Es kommt im Januar heraus und wird ganz bestimmt Nummer eins auf der Bestsellerliste. Und ein prima Titel: *Der stählerne Hahn.*«

»Ja, gut«, sagte Sam, »der gefällt mir. Aber warum bist du so sicher, daß es Nummer eins wird?«

»Handelt nur vom Vögeln«, sagte Steve, »und ich kenne keinen Menschen, der nicht gern über so etwas liest. Außerdem ist die Handlung einfach toll.«

»Ich werde es mir überlegen.«

»Ja, tu das. Ich schicke dir von jedem ein Exemplar. Der Preis wird vielleicht hinaufgehen, sobald du ein Interesse für die Rechte zeigst.«

»Das werden die ohnehin rausfinden, wenn ich sie kaufen will.«

»Nicht wenn du über Jack Savitt operierst. Er kann für dich verhandeln, ohne deinen Namen bekanntzugeben, bevor du selbst eingreifst.«

»Gut, ich sehe sie mir an, sobald ich sie bekomme.«

Denise kam ins Zimmer. »Alles in Ordnung?«

»Prima«, sagte Steve und stand auf. »Jetzt muß ich aber gehen, ich fliege morgen früh an die Westküste.«

»Du benutzt das Flugzeug wie ein gewöhnlicher Mensch die U-Bahn.«

Steve lachte. Dann wandte er sich an Denise: »Danke nochmals für die *Bröstflenken.* Sie waren köstlich.«

Denise lächelte; er gab ihr einen Kuß auf die Wange.

»Du kannst es noch immer nicht richtig aussprechen«, sagte Sam, indem er ihn zur Tür begleitete. Er blieb stehen. »Hör mal, wenn wir den Oscar bekommen, bestelle ich eine große Tafel. Kommst du mit?«

»Ich treffe gewöhnlich keine Verabredungen fünf Monate im voraus«, sagte Steve, »aber in diesem Fall mache ich eine Ausnahme. Wenn du den Oscar bekommst, kannst du mit mir rechnen.«

Der große Ballsaal im Beverly-Hilton-Hotel war zum Bersten voll. Er kämpfte sich, seine Partnerin an der Hand führend, zu Sams Tisch durch. Als erste sah er Denise; sie saß zwischen ihren Kindern, ein stolzes Lächeln auf den Lippen.

Er beugte sich zu ihr nieder und küßte sie auf die Wange. »Ich gratuliere, Denise«, sagte er, »entschuldige meine Verspätung.«

Sie konnte ihn durch den Lärm kaum verstehen. »Ist es nicht herrlich?« rief sie.

»Ja«, sagte er und betrachtete Myriam. »Mein Gott, du bist ja schon ganz erwachsen! Aber nicht zu alt für einen Kuß.«

»Auf die Wange«, sagte sie und neigte sich zu ihm, genau wie ihre Mutter.

Er küßte sie und begrüßte Junior. »Großer Abend, was, Samuel?« Er streckte ihm seine Hand entgegen.

Der Junge nahm sie schüchtern. »Ja, Onkel Steve.«

Er wandte sich wieder an Denise. »Darf ich vorstellen . . .« Er starrte das Mädchen an – er hatte ihren Namen vergessen. Die Umstellung auf die andere Zeit mußte sich doch schlimmer auswirken, als er dachte. »Miß Grünauge«, sagte er, »Mrs. Benjamin.«

»Irene Murdoch«, sagte das Mädchen, »freut mich, Sie kennenzulernen, Mrs. Benjamin. Ich gratuliere.«

»Wo ist Sam?« fragte Steve.

»Mit den Barzinis verschwunden, sie machen Aufnahmen. Setz dich und trink etwas.«

Steve schob dem Mädchen einen Stuhl zurecht und setzte sich neben sie. »Ja, ein Drink wird mir wohltun«, sagte er. »Ich bin erst vor einer Stunde aus dem Flugzeug gestiegen, mußte mich umziehen und . . .«, er blickte betreten auf das Mädchen –

verdammt, schon wieder hatte er ihren Namen vergessen – »... Miß Grünauge abholen und herüberkommen.«

Er warf Eiswürfel in zwei Gläser und goß Whisky darüber; das eine reichte er dem Mädchen.

»Wenigstens erinnerst du dich noch daran, was ich trinke.«

Er grinste. »Ganz so schlimm ist es also doch nicht, Miß Grünauge.« Aber es war ein bloßer Zufall gewesen; er hatte ihr nur Whisky gegeben, weil er ihn selbst trank.

Ein Menschenschwarm steuerte auf den Tisch zu, mittendrin Sam. Sein Schlips hing schief, in den Armen hielt er mehrere Oscars.

Beim Anblick Steves stieß er einen Freudenschrei aus. »Doch noch rechtzeitig aufgetaucht!« Er warf die Oscars auf den Tisch, umarmte ihn und küßte ihn auf beide Wangen.

Steve lächelte ihm zu: »Herzlichen Glückwunsch!«

»Fünf Stück, was sagst zu dazu!« schrie Sam. »Alles haben wir gekriegt: bester Film, beste Schauspielerin, bester Regisseur, bestes Drehbuch, beste Gesamtleistung!«

»Du hast es geschafft!« sagte Steve.

Sam ließ sich auf seinen Stuhl fallen. »Ich brauche einen Drink.« Er griff nach einer Flasche und setzte sie an den Mund. Der Whisky lief über sein Hemd.

Denise hob warnend die Hand. »Sam! Die Leute schauen dir zu!«

»Laß sie nur«, schrie Sam glücklich, »deshalb sind sie ja gekommen.

Jack Savitt trat mit seiner Begleiterin heran, und sie nahmen Platz. Jack beugte sich über den Tisch zu Steve. »Eine tolle Nacht.«

Steve nickte.

Ernie Brachman, hochgewachsen und elegant in seinem Smoking, blieb neben dem Tisch stehen. »Mein Glückwunsch, Sam.«

»Gratulier dir selbst, Ernie, du Hurensohn!« brüllte ihm Sam entgegen. »Das Klügste, was du je getan hast – mich aus deinen Klauen zu lassen!«

Ernie lächelte, aber seine Lippen waren dünn. Er verbeugte sich vor der Tischgesellschaft und ging weiter.

»Sam«, sagte Denise vorwurfsvoll, »du hättest nicht so mit ihm sprechen sollen.«

»Den soll der Teufel holen«, sagte Sam, »der Kerl hat mehr Glück, als er verdient; er hat sich ja nur an mich gehalten, weil es ein gutes Geschäft war.«

Er begann die Oscars wie Zinnsoldaten vor sich aufzustellen. »Seht euch das an«, sang er, »fünf Stück!«

Seine Augen waren leicht glasig. »Wißt ihr, was das bedeutet? Jeder einzelne ist eine Million Dollar an den Kassen wert. Fünf Millionen Dollar!«

Er musterte die Gäste am Tisch. »Jetzt werden sie mich vielleicht nicht mehr für blöd halten oder glauben, sie können mich herumschubsen. Ich bin so tüchtig wie jeder andere.

Ich habe das Erfolgsstück Nummer eins auf dem Broadway, den Erfolgsroman Nummer eins auf der Bestsellerliste; und nun hab ich den Erfolgsfilm Nummer eins auf der Welt.

Ich bin nicht mehr Sam Benjamin, der kleine dicke Kinobesitzer. Ich bin Sam Benjamin, die Nummer eins im Filmgeschäft. Mich kann keiner rumschubsen.

Und wißt ihr, was ich morgen tun werde?

Morgen werde ich die Angebote für die Fernsehvorführung des Films entgegennehmen. Die Leute werden mir eine Million Dollar für das Recht bezahlen, den Film in fünf Jahren vorzuführen.«

Er blickte Steve herausfordernd an.

Steve antwortete nicht.

Schließlich war es Jack, der sagte: »Ich dachte, du hast ein Abkommen mit Steve.«

»Freundschaft und Geschäft sind zweierlei«, sagte Sam, ohne Steve aus den Augen zu lassen. »Der Film ist eine Million Dollar wert, stimmt's, Steve?«

Alle blickten auf Steve.

Dessen graue Augen beobachteten Sam gelassen, er nickte langsam. »Ja, Sam, da hast du wohl recht.«

»Wirst du mir eine Million Dollar dafür bezahlen?«

»Nein«, sagte Steve ruhig. »Ich werde dir genau das bezahlen, was wir vereinbart haben. Nicht mehr, nicht weniger.«

Sam starrte ihn längere Zeit an, dann plötzlich lächelte er. »Du hast recht.« Er holte tief Atem. »Mit dir möchte ich nicht Poker spielen.« Er erhob sich. »Bring mich nach Hause, Mama«, sagte er zu Denise, »ich bin blau.«

Jack sah ihm nach, dann beugte er sich zu Steve. »Ich hab schon recht gehabt mit dem kleinen Schweinehund. Wie einer mal gesagt hat: Unmöglich, wenn er pleite ist, unausstehlich, wenn er bei Kasse ist.«

AN JENEM TAG IM VORIGEN FRÜHJAHR

DER NACHMITTAG

Sie sprang wie eine Katze aus dem Bett. Eben noch lag sie neben mir, schnurrend und warm, im nächsten Moment stand sie am Fenster wie ein Gefahr witterndes Tier. Sie lugte zwischen den Vorhängen hinaus. Irgendwie war etwas Besonderes an ihr, wie sie dort stand, gespannt und wachsam, von der Sonne goldig beglänzt.

Ich drehte mich auf den Bauch. »Komm wieder ins Bett, Blondchen.«

Sie rührte sich nicht. »Du bekommst Besuch.«

»Und du hast schon Besuch«, sagte ich.

Sie hörte mir nicht zu. »Er geht nach hinten zum Parkplatz. Ein kleines Kerlchen.«

»Vielleicht geht er wieder fort, wenn du aufhörst hinzustarren.«

»Es könnte ja jemand Wichtiges sein. Er fährt einen Silber-Rolls.«

Ich betrachtete sie – ihr langes blondes Haar, die blauen Augen, die vollen Brüste mit den kleinen Warzen, den feuchtgoldenen Muff – und gab den Kampf auf. »Warum lädst du ihn nicht ein, hereinzukommen?«

»Eine gute Idee!« Sie schob die Vorhänge beiseite und trat auf die Terrasse. »Juhuu!« schrie sie und winkte. »Hier herein!«

Das mußte ich sehen; Ich stieg aus dem Bett und ging zum Fenster. Kaum hatte ich den Wagen erblickt, wußte ich, wer da kam und daß es nur eines bedeuten konnte: Sam Benjamin hatte seinen Plan nicht aufgegeben. Er schickte jemand, um mich zu überreden, und das war vielleicht der geeignetste Mann in der ganzen Welt dafür.

Dave Diamond, alias »der Tüchtige«, der freundliche Bankier aus der Nachbarschaft; das heißt, wenn man in einem Millionärsbezirk wohnt. Sonst allgemein bekannt als Präsident der California Consolidated Banks.

Sie rief noch einmal, und er drehte sich um. Einen Augenblick blieb er mit offenem Mund wie angewurzelt stehen – dann rannte er zurück zu seinem Wagen und sprang hinein. Im nächsten Augenblick hatte er bereits die halbe Einfahrt hinter sich gebracht.

Ich beugte mich über das Geländer der Terrasse und rief, als er vorbeifuhr: »Was ist los, Dave! Hast du noch nie ein nacktes Mädchen gesehen?«

Der Rolls blieb mit kreischenden Bremsen stehen. Dave steckte den Kopf aus dem Fenster. »Was zum Teufel, treibt denn ihr dort oben?«

»Sonnenbaden«, sagte ich.

»Am hellichten Tag! Ihr seid wohl verrückt! Gleich werden euch die Polypen schnappen!«

»Es ist eben das einzige, was man nicht in der Nacht tun kann«, antwortete ich. »Komm herauf und leiste uns Gesellschaft.«

»Nur wenn ihr euch was anzieht. Meinen Kunden würde es gar nicht gefallen, wenn man mich wegen Verstoß gegen die öffentliche Ordnung ins Kittchen brächte.«

»Was meinst du Blondchen?« fragte ich.

»Mir gefällt er.«

Ich beugte mich wieder über das Geländer. »Jetzt hast du's gehört. Komm herauf.«

Er stellte den Wagen ab. Ich schlüpfte in eine Hose, und sie ging in ihr Zimmer. Der Bikini, den sie trug, als sie wieder herauskam, ließ sie noch nackter erscheinen als zuvor. Sie öffnete die Haustür.

Er trat ein; seine Augen wanderten argwöhnisch hin und her. »Ich dachte, du *hättest* schon ein Mädchen«, sagte er.

»Jetzt hat er ein neues«, erklärte sie fröhlich.

»Blondchen, ich möchte dir den Wächter meines Geldes vorstellen. Dave, das ist Blondchen.«

»Er hütet auch mein Geld«, sagte sie.

Sein Blick zeigte erneutes Interesse; das war sein Lieblingsthema. »Habe ich Sie nicht schon einmal in der Bank gesehen?«

»Nein, Mr. Diamond«, sagte sie zurückhaltend, »mein Konto liegt nicht in der Zentrale, ich habe eines jener kleinen Konten bei der Zweigstelle Sunset Plaza. Sie wissen ja, drüben ist die Mindesteinlage fünfundzwanzigtausend Dollar. Aber ich habe doch von Ihnen einen ganz reizenden Brief bekommen, als ich mein Konto eröffnete.«

Er war sichtlich geschmeichelt. »Nun, wenn Sie irgend etwas brauchen, wenden Sie sich nur an mich. Arbeiten Sie hier?«

»Nein, in Chikago.«

»In Chikago? Und Sie wohnen hier? Wann arbeiten Sie?«

»Jeden zweiten Montag«, sagte sie sanft. »Darf ich Ihnen was zu trinken bringen?«

Er starrte sie einen Moment lang an, bis er das verdaut hatte. »Scotch, wenn Sie welchen haben.«

»Ja.« Sie verließ das Zimmer.

Er schaute ihr anerkennend nach. »Ich weiß nicht, wie du es machst, immer tauchst du mit Prachtmädchen auf. Wie hast du die gefunden?«

»Sie hat mich gefunden«, erwiderte ich, »genau wie du. Du kannst Sam ausrichten, die Antwort lautet immer noch nein.«

»Augenblick mal, du hast ja noch gar nicht gehört, was ich dir sagen will.«

Sie kam mit der Flasche, Eiswürfeln und Gläsern zurück und stellte alles auf das Tischchen. »Ihr müßt euch selbst bedienen, meine Herren«, sagte sie und hakte dabei ihren BH auf. »Ich gehe inzwischen duschen.«

Dave konnte seine Augen nicht von ihren entblößten Brüsten wenden. Er betrachtete sie, bis sich die Badezimmertür hinter ihr schloß, dann sagte er vorwurfsvoll: »Du hast sie dazu aufgehetzt. Du weißt, ich kann nicht reden, wenn ich einen Steifen hab.«

Ich lachte, füllte ein Glas, gab es ihm und nahm mir selbst eines.

Wir tranken. »Warum – nein?« fragte er.

»Ich laß mich nicht mehr benutzen«, sagte ich. »Diesmal kann Sam sich das allein machen.«

»Er schuldet mir noch zwölf Millionen«, sagte Dave, »aber ich mach mir keine Sorgen darum. Er schafft es bestimmt.«

»Freut mich für dich«, sagte ich, »ich wünsche euch beiden Glück. Aber sag ihm, mich interessiert es nicht.«

»Erst sitzt du drei Jahre hier und wartest auf eine Gelegenheit, und wenn sich endlich eine bietet, willst du sie nicht ergreifen.«

»Es ist nicht die Art Gelegenheit, die ich mir wünsche«, sagte ich.

»Was wünscht du dir denn?« Er wurde ärgerlich. »Du willst eine Gesellschaft leiten? Das möchte jeder; aber es gibt eben nur soundso viele . . .«

»Gut, gut, Dave – genug. Du bist doch nicht so dumm. Du weißt, was ich will: meine eigene Gesellschaft, in der ich der Chef bin. Wie Sinclair, wie Sam.«

»Sam sagt, du wirst der Chef sein, wenn du eintrittst.«

»Quatsch! Sam redet Unsinn. Wie kann ich der Chef sein, wenn die Gesellschaft jemand anderem gehört?« Ich füllte mein Glas. »Und was, zum Teufel, versteht eine Glasfirma vom Filmgeschäft, auch wenn sie die größten Tafelglashersteller der Welt sind?«

»Du mußt mit der Zeit gehen, Steve.« Dave musterte mich kritisch. »Das ist kein Spiel für kleine Leute mehr. Sieh dich doch um: Trans America, Gulf, Western, die Avco-Gesellschaft. Um mit solchen Firmen mitmischen zu können, brauchst du mehr als ein paar Kröten.«

»Was willst du eigentlich damit sagen?«

»Sei mir nicht böse, Steve, aber wenn du immer noch darauf aus bist, eine Gesellschaft zu kaufen, dann gib es jetzt auf: Keiner will dein Geld mehr haben. Sie wollen Papiere, Papiere, die auf den Namen einer großen Gesellschaft lauten, mit schönem Goldaufdruck, mit denen man zur Wallstreet gehen und nette Spielchen treiben kann. Du hast nicht genug Geld, um bei diesem Spiel zu gewinnen. Das hat niemand.«

Ich schwieg einen Augenblick. »Also meinst du, dies hier ist das Beste, das ich tun kann?«

Er nickte.

Ich sah zum Fenster hinaus. So war das – ganz einfach –, drei Jahre vergeudet, drei Jahre auf die richtige Gelegenheit gewartet. Und nun war es vorbei, es würde nie dazu kommen.

»Und wenn ich ebensoviel bieten könnte?«

»Zweiunddreißig Millionen Dollar?« fragte Dave ironisch.

»Es sind doch größtenteils nur Papiere?«

»Na und?«

Ich holte tief Atem. »Also, was für Aussichten hätte ich dabei?«

»Mehr als du je gedacht hättest«, sagte Dave. »Wenn ich ihnen sagen darf, daß du dich für die Sache interessierst, kann ich ein Treffen vereinbaren.«

»Mit Sam hab ich schon gesprochen.«

»Nicht mit Sam«, sagte Dave schnell. »Mit Johnston von Palomar Plate; er ist der Mann, der dich wirklich haben will, der darauf drängt, daß du bei dem Geschäft mitmachst.«

»Warum?« Wir kennen uns doch gar nicht.«

»Er besteht darauf; er sagt, er kennt dich, seit er im Geschäftsleben steht. Er meint, du bist der einzige in dieser Branche, der wirklich was Vernünftiges plant.«

Ich zündete mir eine Zigarette an. »Kennst du ihn?« fragte ich und sah Dave forschend ins Auge.

»Wir sind uns schon begegnet«, antwortete er unverbindlich. Das hieß, daß er ihn überhaupt nicht kannte. In Daves Beruf war es eine Todsünde, mit einem solchen Mann nicht per du zu sein. »Hast du von ihm gehört?« fuhr Dave fort.

»Ja.« Das hatte jeder; im vergangenen Monat hatte *Time* sein Bild auf der Titelseite gebracht. Dazu einen Artikel von ihm über Konzerne und die Umbildung seiner Gesellschaft von ihrer konservativen Geschäftsführung mit achtzig Millionen Jahresumsatz zu ihrer jetzigen Höhe; fast achthundert Millionen im Jahr. Das alles innerhalb kurzer Zeit, lediglich durch Austausch von Papieren.

Ich entsann mich des Portraits, es war ein typisches *Time*-Titelbild. Voll mit dem Symbolismus von Dollarzeichen, Aktienmänteln und den Erzeugnissen der Gesellschaften, die er nun kontrollierte.

»Sag nicht nein, ehe du mit ihm gesprochen hast«, bat Dave. »Er garantiert dir völlige Selbständigkeit.«

»Das hat er dir gesagt?«

»Persönlich«, versicherte mir Dave.

»Was hat er dir noch versprochen?«

Dave wurde leicht verlegen.

»Komm, komm, mir kannst du es sagen«, drängte ich, »wir sind doch Freunde.«

»Fünf Millionen Einlagen«, sagte er widerstrebend.

Ich stieß einen Pfiff aus. »Das alles, damit du mich dafür gewinnst?«

Dave schüttelte den Kopf. »Es hat nichts mit dir zu tun. Die Art, wie wir arbeiten, gefällt ihm; wir sind keine altmodische Bank, bei uns gibt es Bewegung. Außerdem bekommen wir unsere zwölf Millionen von Sam zurück.«

»Bist du deshalb zu mir gekommen?«

Der Ausdruck seiner Augen verriet, daß er wirklich meinte, was er sagte. »Nicht nur deshalb, sondern weil ich glaube, ihr werdet euch gegenseitig fördern. Er schätzt dich und wird nicht wie so manche andere versuchen, dir bei der Geschäftsführung dreinzureden.«

Ich verstand, was er meinte. Erstaunlich, wie schnell normale, tüchtige Geschäftsleute sich vom Filmgeschäft mitreißen lassen. Dann werden alle Regeln, nach denen sie früher gelebt haben, gebrochen. »Nicht mal 'ne kleine Freundin, aus der er einen Star machen möchte?«

»Das kann ich beantworten.« Blondchen war eben in einem sarongartig um sich gewickelten großen Handtuch aus dem Badezimmer getreten.

Ich blickte überrascht auf. Dave lugte über den Rand seiner Brillengläser hinweg. »Sie?« fragte er.

Sie nickte, schüttelte unbefangen Eiswürfel in ein Glas und goß Whisky darüber. »Ja.«

Ich beobachtete sie. »Ich kenne Ed Johnston sehr gut«, sagte sie zu mir. »Er ist ein ehrlicher Mann. Kein einziges Mal hat er etwas davon gefaselt, mich zum Film bringen zu wollen.«

Nun wurde die Sache langsam verständlich. Ich entsann mich, wie sie damals vor drei Monaten hier eingezogen war, wie sie immer am Fenster gestanden hatte und nie ausgehen wollte. Ihre hingeworfene Bemerkung, daß sie jeden zweiten Montag in Chikago arbeitete. Chikago war der Sitz von Palomar Plate. Ich sagte noch immer nichts.

»Böse?« fragte sie.

Ich schüttelte den Kopf. »Du hättest schon früher rauskommen sollen. Da ist uns was Schönes entgangen.«

»Du hast doch dauernd nur an die andere gedacht«, sagte sie.

»Es gibt immer Raum für noch eine.«

»Ich bin unmodern. Außerdem konnte ich warten; die Bezahlung war gut, und es war nicht anstrengend.«

»Und was hast du herausgefunden?« fragte ich.

»Nichts, was er nicht bereits wußte. Du bist ein anständiger Kerl, und das hab ich ihm gesagt. Er ist bereit, an dir Gefallen zu finden, und ich glaube, er wird auch dir gefallen.« Sie trank ihr Glas aus und stellte es auf den Tisch.

Ich wandte mich an Dave. »Also gut, ich werde mit ihm sprechen, aber ohne jede Verpflichtung.«

Dave lächelte zum erstenmal. »Gut. Er ist in Las Vegas und hat die Düsenmaschine seiner Gesellschaft nach Burbank herübergeschickt, falls wir zum Lunch zu ihm kommen wollen.«

Ich warf einen Blick auf die Uhr. »Na schön, ich habe sowieso allmählich Hunger.«

»Wir fahren mit meinem Wagen zum Flughafen«, sagte Dave schnell. »Das rasende Tempo spar ich mir, bis wir im Flugzeug sind.«

»Fahr nur in deinem Wagen«, sagte ich. »Blondchen kommt mit mir.«

Auf dem Weg nach Las Vegas erfuhr ich noch mehr über Ed Johnston; Blondchen erzählte mir einige persönliche Einzelheiten: daß er verheiratet war, zwei Kinder und ein Vermögen besaß. Er sei hitzig, aber ehrlich, keine Tricks, keine Schrullen, alles einfach und korrekt. Manchmal langweilig, aber mit viel Kraft und Stehvermögen.

Dave informierte mich über die geschäftliche Seite. Er war der jüngste Kapitän, der je einen Flugzeugträger befehligt hatte, verließ die Marine nach dem Koreakrieg trotz aller Versuche, die gemacht wurden, ihn zu halten, zum Beispiel der Beförderung zum Konteradmiral in Reserve. Er trat bei Palomar Plate als geschäftsführender Vizepräsident ein und wurde innerhalb eines Jahres Präsident und Generaldirektor. Nach fünf Jahren begann er mit der Anlagenverteilung und den Neuerwerbungen. Zuerst in verwandten Branchen, dann immer weiter, bis Palomar Plate nun eine der großen Fleischkonservenfirmen und ein bedeutendes Hotelunternehmen kontrollierte, dessen neuestes Haus das Flaming Desert in Las Vegas war. Dort sollten wir uns treffen. Er bemühte sich auch um eine der wichtigsten transkontinentalen Fluglinien und hatte vor kurzem ein großes Grundstück in Los Angeles gekauft, wo er eine Art Century City im Stil der Alcoaplanung errichten wollte.

Das alles konnte ich verstehen, aber weshalb er eine Filmgesellschaft haben wollte, war mir unbegreiflich. Es paßte einfach nicht zum ganzen Rahmen.

Um Viertel vor zwei wurden wir in sein Apartment im Hotel geführt. Der Mittagstisch war bereits gedeckt, aber er stand noch beim Telefon.

Er winkte uns, Platz zu nehmen, und redete weiter. Ich spitzte die Ohren. »Das Ablenkungsmanöver ist schon im Gang«, sagte er ruhig, »warten wir doch auf die Reaktion, bevor wir anfangen, mit den Kursschwankungen herumzufummeln. Geht es gut, stehen wir prima da. Und sollte es aussehen, als würde es nicht klappen, haben wir noch immer Zeit genug umzusteigen.« Er legte den Hörer entschlossen auf, erhob sich und streckte uns die Hand entgegen. »Ich bin Ed Johnston, freue mich, Sie kennenzulernen.«

»Danke«, sagte ich.

Er drückte Dave die Hand und küßte Blondchen auf die Wange. »Du hast dir deinen Bonus schon verdient«, sagte er mit einem Lächeln, das seinen Worten den Stachel nahm. »Wie gefällt Ihnen der Leibwächter, den wir für Sie gefunden haben?«

Ich lachte, er war recht eindeutig. »Ich hätte es selbst nicht besser machen können.«

»Essen wir«, sagte er und setzte sich an den Tisch. »Ich habe Delikatessen bestellt. Angeblich hat das Hotel die besten der Welt. Was möchten sie trinken?«

Ein Kellner erschien und nahm unsere Bestellungen entgegen. Ich wählte einen Scotch mit Wasser, und mit dem Glas in der Hand wurde mir gleich behaglicher zumute. Er trank eine Diät-Coca.

Wir aßen schnell und mit Verstand; nach zwanzig Minuten war der Tisch abgeräumt. Johnston musterte mich; ein Blick auf ihn, und Dave machte mir klar, daß ich anfangen mußte.

»Ich habe nur eine Frage«, sagte ich.

»Heraus damit.«

»Warum?«

Erstaunen malte sich in seinem Gesicht. »Warum was?«

»Das Filmgeschäft«, sagte ich. »Sie haben jetzt, scheint mir, genug Wirkungskreise und alles ist solide und reell. Warum wollen Sie in etwas so Riskantes und Kurzlebiges einsteigen?«

Er betrachtete mich intensiv.

»Ich könnte es verstehen, wenn Sie sich für ein großes Atelier interessieren, auf einem entwicklungsfähigen Landstück. Das würde in Ihre Pläne passen. Hier aber sind Filme die einzigen Posten auf der Habenseite.« Ich stellte mein Glas hin. »Daraus kann man keine Bauprojekte machen.«

»Es gibt andere Anziehungspunkte. Farbfernsehen haben wir bereits, bald kommen Bandaufzeichnungen in den Handel; da wird man Tag und Nacht arbeiten müssen, um die Nachfrage zu decken. Und unsere Bandabteilung ist eine der größten im Land.«

Darauf wußte ich nichts zu sagen.

»Die Idee ist nicht neu; andere Konzerne haben die gleichen Absichten und sind bereits auf dem Plan. Für uns und besonders für die Art, wie wir operieren, ist meiner Meinung nach jetzt der geeignete Moment gekommen, vor allem wenn wir ungebunden bleiben. Ich stelle mir eine Herstellungs- und Vertriebsgesellschaft vor, die alle Medien der Nachfrage entsprechend beliefern könnte.«

»Klingt gut. Ich bin sicher, Sie haben da einen sehr zweckmäßigen Plan.« Ich erhob mich. »Aber nun habe ich ihre Zeit lange genug in Anspruch genommen, Mr. Johnston. Darf ich Ihnen besten Erfolg wünschen?«

Er starrte mich ungläubig an. »Es interessiert Sie nicht?«
»Nein danke, aber das ist nichts für mich.«
»Wenn es sich um das Geld handelt, das kann ich bestimmt . . .«
»Darum handelt es sich nicht.«
»Worum dann?« Die Enttäuschung eines mächtigen Mannes war in seinen Augen zu lesen.
»Sie haben alles erwähnt, nur nicht das Wichtigste . . .«
Nun war er es, der unterbrach: »Talent? Dazu komme ich noch.«
»Nein, Mr. Johnston, das ist es auch nicht, Talent kann man kaufen.« Blondchen hatte recht, er sprach offen und ehrlich. »Das Wichtigste in unserem Geschäft ist Freude. Wenn man die nicht dabei haben kann, hat man gar nichts. Was Sie mir anbieten, ist nichts weiter als ein Job.«
Ich steuerte auf die Tür zu. »Bemühen Sie sich nicht, Mr. Johnston«, sagte ich. »Ich kann mir ein Taxi zum Flughafen nehmen.«
Blondchen erreichte mich, als ich durch das Kasino zur Vorhalle ging. »He du, warte auf mich!«
Ich grinste sie an. »Hat dich dein Chef geschickt?«
»Der hat mich gerade rausgeschmissen!«
»Du hättest deinen Job nicht meinetwegen aufgeben sollen.«
»Wenn du glaubst, ich lasse so was Blödes wie einen Job zwischen uns treten, dann bist du verrückt«, sagte sie. »So eine Ausstattung wie bei dir gibt's ja gar nicht mehr.«

2

Der Anruf kam, als wir die Treppen vom Kasino hinaufstiegen. Ein Page in Generalsuniform starrte Blondchen an und hielt mich auf. »Mr. Gaunt? Sie werden am Telefon verlangt.« Er ging voraus zu den Apparaten, die sich hinter einer Reihe Spielautomaten befanden, und hob einen Hörer ab. »Ich übergebe an Mr. Gaunt«, sagte er und reichte mir den Hörer.
Ich gab ihm einen Dollar.
»Sie sind nicht leicht zu erreichen, Mr. Gaunt.« In Dianas korrektem Englisch klang eine Spur von Triumph.
»Na schön«, sagte ich, »wie haben Sie's diesmal geschafft?«
»Ganz leicht«, antwortete sie selbstgefällig. »Die Polizei hat für mich Ihren Wagen auf dem Parkplatz Burbank gefunden. Der Flughafen gab mir Ihre Flugnummer und den Bestimmungsort bekannt.«
»Dann schulde ich Ihnen also wieder einmal einen Hunderter.« Wir hatten eine Abmachung: Jedesmal, wenn sie mich aufspürte, nachdem ich, ohne eine Adresse zu hinterlassen, verreist war, bekam sie hundert Dollar. Jedesmal, wenn es ihr mißlang, mußte sie einen Monat unbezahlt für mich arbeiten. Ich hatte noch nie gewonnen.
»Es schien mir wichtig, sonst hätte ich Sie nicht gestört«, sagte sie. »Ein gewisser Samuel Benjamin junior rief aus San Francisco an. R-Gespräch. Er fragte nach Onkel Steve und sagte, es sei wichtig.«
»Geben Sie mir seine Nummer, ich werde ihn zurückrufen.«
»Er sprach aus einer öffentlichen Telefonzelle und sagte, er könne nicht warten, werde aber in einer halben Stunde noch mal anrufen. Das wäre in genau zwanzig Minuten.«
»Gut. Wenn er anruft, schalten Sie ihn über Ihren Klappenschrank hierher durch.«
»Wollen Sie mir Ihre Zimmernummer geben?«
»Nein«, sagte ich, »lassen Sie mich einfach im Spielkasino ausrufen.«

Ich legte auf und verließ die Zelle. Blondchen hatte sich in einen Spielautomaten verliebt. »Gleich wird's kommen«, sagte sie, während ihre Finger den Hebel liebkosten. »Ich spür das.«

Und es kamen eine Grapefruit, eine Orange und eine Zitrone. »Probier es, ihn abzukauen«, sagte ich und ging an den Automaten vorbei. Da standen sie, die grünen Zaubertische, dicht umringt von Menschen, die sich wie Sardinen aneinanderpreßten. Wenn Johnston eine solche Geldmaschine für sich arbeiten ließ, mußte er tatsächlich Heu im Kopf haben, und sich statt dessen ein Filmgeschäft zu wünschen.

Eben hatte ein Spieler sieben gewürfelt, als ich mir den Weg zum Tisch bahnte. Der Croupier zog die Würfel an sich und schob sie zusammen mit zwei anderen Würfelpaaren über den Tisch. Ich blickte rund um den Tisch, doch niemand schien es nehmen zu wollen; alle sahen aus wie Spieler, die ihrem Glück nicht mehr trauen. Ich nahm ein Paar Würfel zur Hand und rollte sie zwischen meinen Handflächen, um sie richtig ins Gefühl zu bekommen. Sie fühlten sich gut an; ich nickte, legte einen Hunderter auf die Gewinnlinie – 4, 5, 6, 8, 9, 10 – und sicherte mich mit einem Hunderter auf *any craps* – 2, 3 oder 12 –ab.

»Ein neuer Spieler«, rief der Hauptcroupier mit heiserer Stimme. »Bitte um Ihre Einsätze, ein neuer Spieler beginnt zu würfeln!«

Ich warf zweimal hintereinander *craps* und ließ meinen Einsatz stehen. Beim dritten Wurf änderte ich die Einsätze; ich setzte auf *any craps* bis sechs zu eins, gewann und hatte viertausendzweihundert. Ich ließ zweihundert auf *any craps* und legte zweitausend auf die Gewinnlinie. Die restlichen zweitausend schob ich vor mir in die Rille der Randbarriere des Tisches.

Zweimal warf ich ein *natural* – 7 oder 11 beim ersten Wurf – und verdoppelte meinen Einsatz, dann warf ich zehn. Ich setzte auf alle Nummern und hatte eine tolle Glückssträhne, ich hätte zehn Paar Hände gebraucht um alles einzuheimsen und wieder zu setzen; ich verlor jeden Begriff von Zeit. Als der »Generalmajor« kam, um mich zu rufen, blickte ich erstaunt hoch.

»Ihr Anruf«, sagte er.

Ich nickte, nahm die Würfel, rieb sie einmal und warf sie hin. Sie schlugen an die Rückwand rollten zurück und blieben liegen. Ich brauchte nicht hinzusehen, um zu wissen, daß ich sieben geworfen hatte und draußen war. So ist es eben mit den Würfeln, sie sind schlimmer als Mädchen: Läßt man sich nur einen Augenblick ablenken, hat man auch schon verloren.

Ich nahm die Spielmarken aus der Rille. Als ich mich umdrehte, stand Blondchen hinter mir. Ich gab ihr die Marken. »Kassiere für mich.«

Ich folgte dem Generalmajor zum Telefon. »Tut mir leid, Mr. Gaunt«, entschuldigte er sich, indem er mir den Hörer reichte.

Diesmal gab ich ihm einen Hunderter. »Schon gut«, sagte ich. »Sie haben mir wahrscheinlich einen großen Verlust erspart.«

Lächelnd entfernte er sich und ich begann zu sprechen. »Okay, Diana.«

»Ich habe Mr. Benjamin für Sie hier.«

»Gut schalten sie ihn durch, aber bleiben Sie mit mir in Verbindung, vielleicht brauche ich Sie nachher noch.«

Ein Klicken, dann ein leises Summen und gleich darauf Juniors Stimme: »Onkel Steve?«

»Ja, Junior«, sagte ich.

»Ich bin in San Francisco.«

»Ich weiß.«

»Ich sitze schrecklich in der Klemme.«

»Was ist geschehen?«

»Ich bin mit ein paar Freunden hier.« Seine Stimme begann zu zittern. »Heute morgen ging ich für einige Minuten raus, und als ich zurückkam, wimmelte es überall von Polypen. Sie schnappten alle und steckten sie in die grüne Minna.

Nachher blieben zwei von den Brüdern in Zivil dort. Ich hatte das Gefühl, die warten auf mich, also hab ich mich um die Ecke gedrückt.«

»Weshalb war denn die Razzia?«

»Das Übliche; ab und zu werden die Bullen ungemütlich. Es gab aber gar keinen Grund, uns zu schnappen. Wir verhielten uns still und brav und machten nie einen Wirbel.«

»War irgendwas in der Wohnung?«

»Nicht viel«, sagte er. »Wir waren alle recht knapp bei Kasse. Ein bißchen Hasch, ein wenig Benzedrin, aber kein Opium.«

»Nichts Scharfes?«

»Kein Heroin, kein Kokain; Onkel Steve, wir sind alle ordentliche Jungs.«

»Auf wessen Namen läuft die Wohnung?«

»Weiß ich nicht; sie stand leer, da sind wir einfach eingezogen. Jeden Tag kam irgendein Kerl, wir gaben ihm ein paar Dollar, und er ging wieder.«

»Nach dem, was du mir erzählst, hast du nichts zu befürchten, Junior«, sagte ich. »Du mußt dich nur für eine Weile aus der Stadt verdrücken, man kann dir nichts anhaben, da du unbescholten bist.«

»So einfach kann ich aber nicht hier weg«, sagte er.

»Wenn du Geld brauchst, schick ich dir was hinüber.«

»Das ist es nicht.« Er zögerte. »Es ist ein Mädchen, um das ich mir Sorgen mache.«

Von dem Mädchen wußte ich, das hatte mir sein Vater am Morgen erzählt. Ich wollte es aber von ihm selbst hören. »Ja?«

»Sie ist nämlich schwanger – und dabei selbst noch ein Kind.«

»Ist das Kind von dir?«

»Nein, aber sie war so ein nettes Ding, da haben wir sie sozusagen alle zusammen adoptiert. Wir haben sie nicht mal rauchen oder LSD schlucken lassen.«

»Was regst du dich dann auf?« fragte ich. »Die anderen werden sich um sie kümmern, besser als du es getan hast.«

»Möglich, aber wird man sie auch gern haben?«

Ich schwieg.

»Sie ist sehr empfindsam«, sagte er, »sie braucht Liebe, sie muß wissen, daß jemand an ihr hängt. Deshalb ist es mit ihr soweit gekommen.«

Ich schwieg noch immer.

»Ich kann nicht fort, ehe ich nicht sicher bin, daß für sie gesorgt ist«, sagte er. »Irgendwie, verstehst du, muß ich sie wissen lassen, daß ich ihr nicht davongelaufen bin wie alle anderen.« Er holte tief Luft. »Wenn ich allein zum Jugendgericht gehe, um sie zu besuchen, schnappen sie mich sofort. Ich hab mir gedacht, vielleicht – wenn du Zeit hättest . . .«

»Also gut«, sagte ich, »ich komme hinüber. Wo bist du jetzt?«

»In einer Telefonzelle an der North Beach.«

»Hast du Geld bei dir?«

»Ungefähr sechs Dollar.«

»Geh hinüber zum Büro der KSFS-Fernsehstation in der Van-Ness-Street und frage nach Jane Kardin in der Rechtsabteilung. Sie wird dich bereits erwarten; erzähle ihr, was du mir gesagt hast. Sie soll feststellen, wohin man deine Freundin gebracht hat, und deinen Besuch ermöglichen. Warte im Büro auf mich, ich werde mit dem nächsten Flugzeug aus Las Vegas kommen.«

Plötzlich klang seine Stimme sehr jung. »Danke, Onkel Steve, ich wußte, du würdest mich nicht im Stich lassen.« Er zögerte einen Augenblick. »Glaubst du, deine Freundin würde mir ein Sandwich spendieren? Ich hab den ganzen Tag nichts gegessen.«

Er war noch immer ein Kind. »Natürlich, geh nur hinüber zu Tommys. Dort werde ich dich abholen, bevor ich ins Büro gehe. Wiedersehen.«

»Wiedersehen, Onkel Steve.« Er hängte ein, und ich hörte Dianas Stimme in der Leitung.

»In zwanzig Minuten geht eine Western-Airlines-Maschine nach San Francisco ab«, sagte sie. »Ich habe, während Sie sprachen, für Sie gebucht.«

»Brav! Und jetzt rufen Sie bitte Jane Kardin bei Sinclairs Broadcasting KSFS an, und sagen Sie ihr, ich komme hin, sie möchte sich inzwischen um den Jungen kümmern.«

»Wird gemacht, Mr. Gaunt«, sagte sie. »Wiedersehen.«

Blondchen erwartete mich mit dem Geld in der Hand, als ich aus der Zelle kam. »Was gibt's?« fragte sie.

»Wieviel zahlte dir Johnston?«

»Fünfhundert die Woche plus Spesen.«

»Wieviel hast du da?« fragte ich, auf die Scheine zeigend.

»Zwanzigtausenddreihundert«, sagte sie und gab sie mir.

Ich nahm das Geld, zählte zehntausend ab und drückte sie ihr in die Hand. Den Rest steckte ich in meine Tasche. »Für dich«, sagte ich.

Sie sah mich mit großen Augen an. »Wofür?«

»Trennungsentschädigung«, sagte ich, ließ sie im Kasino stehen, ging hinaus und stieg in ein Taxi. Sie kam zur Tür, winkte und warf mir eine Kußhand zu.

Ich erwiderte die Kußhand, und als der Wagen auf den Strip einbog, was sie bereits im Haus verschwunden.

Seit dem Morgen waren meine Abschiedstarife für Mädchen sehr rasch gestiegen; wenn ich mir heute abend eine zulegte, würde ich sie wohl behalten müssen.

In Los Angeles war es heiß und schwül gewesen, in Las Vegas schien hell die Sonne, und die Luft war trocken. San Francisco war feucht und klamm. Auf dem Weg vom Flugzeug zum Flughafengebäude fröstelte ich; Blue jeans und ein Pullover waren eben nicht ausreichend.

An der Rampe erwartete mich Jane Kardin mit einem Regenmantel, und ich schlüpfte dankbar hinein. »Ich wollte, ich wäre noch immer dein Chef, Juramädchen. Dann könnte ich dir für diese Liebestat eine Gehaltserhöhung geben.«

»Da du nicht mehr mein Chef bist, kannst du mir einen Begrüßungskuß geben.«

Ihre Lippen waren warm und weich. Ich sah ihr in die Augen. »Ich hatte schon beinahe vergessen, wie gut das ist.«

Sie lächelte. »Mein Wagen steht draußen.«

Ich schaute mich um. »Was hast du mit dem Jungen gemacht?«

»Ich hab ihn bei Tommy gelassen; er frißt sich durch einen Berg Knackwürste.«

Als wir in den Wagen stiegen, regnete es bereits heftig.

»Was hast du über das Mädchen herausgebracht?« fragte ich.

»Sie ist fort.«

»Fort?«

Sie nickte, ohne den Blick von der Straße zu wenden. »Als ich beim Jugendgericht ihre Spur fand, waren ihre Eltern bereits dagewesen und hatten sie abgeholt.«

»Und Junior?« fragte ich. »Hat er sich sehr aufgeregt?«

»Mir kam er eher erleichtert vor«, sagte sie kurz. »Schließlich ist er ja ein Mann.«

Sie war durchaus berechtigt, mir eine solche Antwort zu geben: Ich war mit ihr nicht gerade auf netteste Art verfahren. Wir hatten uns gut vertragen, aber das war vor vier Jahren gewesen. Als ich von Sinclair fortging, war sie dort noch nicht Rechtsberaterin, sondern Modell.

Man hatte sie uns von der Ford-Agentur in New York geschickt. Ich erinnere mich noch an unsere erste Begegnung, als sie ins El Morocco kam; sie stand da und sah sich mit ruhigen Blicken um.

Es war eine Premierenparty, und ich ging sofort auf sie zu. »Kann ich Ihnen behilflich sein, Miß . . .?«

»Ich suche John Stafford, den Regisseur«, antwortete sie mit unverändertem Augenausdruck.

Ich hatte ihn nicht gesehen, und hätte ich ihn gesehen, so hätte ich ihn nicht erkannt.

»Er ist gerade fortgegangen«, erklärte ich prompt und griff nach ihrem Arm. »Darf ich Ihnen etwas zu trinken bringen?«

Sie sah sich um, ohne sich vom Fleck zu rühren, dann sagte sie mit ihrem kühlen Blick: »Nein, danke, ich sehe hier gar keine Bekannten, und ich bin nicht gern auf Partys, wo ich niemanden kenne.«

»Ich heiße Stephen Gaunt«, sagte ich, »und nun haben Sie keine Ausrede mehr.«

Sie lachte. »Man hat mir von den New Yorker Männern erzählt.«

Wir hatten uns schon in Bewegung gesetzt; ich winkte, und der Ober verstand mich. »Ihr Tisch ist dort drüben, Mr. Gaunt«, sagte er.

»Kommen Sie von auswärts?« fragte ich, während wir Platz nahmen.

»Aus San Francisco«, sagte sie, und zum Ober: »Bourbon mit Ginger.«

Sie liebte süße Getränke, anregende Unterhaltung und freundliche Männer. Nach einer Weile zog sie den Schluß, daß ich zuviel verlangte und alles in allem nicht freundlich genug war.

»Du willst heiraten«, sagte ich.

»Richtig. Gibt es etwas dagegen einzuwenden?«

Ich schüttelte den Kopf. »Nein.«

»Aber es ist nichts für dich.«

»Nein.«

»Du bist wenigstens ehrlich.«

»Kann ich sonst etwas für dich tun?« fragte ich.

»Ja«, antwortete sie.

Nun würde es also wieder einmal kommen; sie waren doch alle gleich. Aber sie überraschte mich.

»Ich möchte einen Job.«

»Ich schicke dich zum Rollenverteiler«, antwortete ich.

»Nein, so etwas meine ich nicht.«

»Was dann?«

»Ich habe gerade von zu Hause die Nachricht erhalten, daß ich als Rechtsanwältin zugelassen bin«, sagte sie.

»Du hast Jura studiert?«

Sie nickte. »Mit der Arbeit als Modell habe ich mir nur das Geld fürs Studium verdient. Jetzt möchte ich meinen Beruf ausüben.«

»Als Modell verdienst du mehr.«

»Na und?«

»Gut dann schicke ich dich zum Leiter unserer Rechtsabteilung.«

»Ich möchte nicht in New York arbeiten, hier gefällt es mir nicht. Ich möchte nach San Francisco.«

»Hier sind die Aussichten besser.«

»Aber dort hab ich Verwandte und Freunde. Ich würde mich viel wohler fühlen – hier ist alles so überdreht.«

Unsere Station in San Francisco brauchte einen Juristen. Es stellte sich heraus, daß Jane sehr tüchtig war. Sie hatte die Stellung nicht nur behalten, sie war sogar befördert worden.

Sie fand einen Parkplatz in der Nähe des Restaurants. Samuel saß vor einem Bierhumpen. »Hallo, Onkel Steve, weißt du, daß es hier einundneunzig verschiedene Biersorten gibt?«

»Wisch dir den Schaum vom Bart und gib mir einen Kuß«, sagte ich. »Es war eine lange, feuchte Reise.«

»Tut mir leid«, sagte er kopfschüttelnd. »Ich ahnte ja nicht, daß sie durchbrennen würde, sonst hätte ich dich natürlich nicht bemüht.«

»Macht nicht«, sagte ich, während ich ihm gegenüber Platz nahm, »ich hatte nichts Besseres zu tun; ich habe ohnehin schon die längste Zeit eine Ausrede gesucht, um hierherzukommen und Jane zu besuchen.«

»Zu lange schon«, sagte sie, »ich werde nun lieber gehen.«

»Nein, das wirst du nicht«, sagte ich und zog sie auf den Stuhl neben mir. »Wir wissen ja noch gar nicht, ob wir schon aus der Klemme raus sind.«

Samuel musterte uns überrascht. »Das hätte ich mir eigentlich denken können.«

»Was?«

»Daß du mit dem bestaussehenden Juristenhirn der Welt hier aufkreuzen wirst.«

Wir lachten. Die Kellnerin trat an den Tisch. »Bier für alle«, sagte ich.

»Nein«, sagte Juramädchen, »für mich Bourbon mit Ginger.«

»Ich muß mal«, erklärte Samuel und stand auf. »Bin gleich wieder da.«

Die Kellnerin kam mit den Drinks. Ich hob mein Glas: *»Ciaò.«*

»Jetzt hast du es geschafft.«

Ich sah sie an.

»Weißt du, ich hatte Jungmädchenträume über dich. Du würdest eines Tages herkommen und irgendwie anders sein . . .« Sie schwieg.

»Ich bin auch anders; ich bin nicht mehr dein Chef.«

Sie schüttelte den Kopf. »Du bist noch derselbe. Du bist immer am richtigen Platz. Wo du bist, dort muß man eben sein.« Sie zögerte. »Wieso bin ich dir wieder eingefallen? Ich glaubte, du hättest mich vergessen.«

Ich antwortete nicht.

»Oder hast du irgendwo in deinem Kopf eine Ablage, und in jeder Schublade liegt eine Liste von Mädchen in verschiedenen Städten, an die du dich für allerlei Dienstleistungen wenden kannst? Ist es so, Steve, und stehe ich unter ›Rechtshilfe‹?«

»Na schön, Jane«, sagte ich, »hast du dich nun ausgetobt?«

Sie errötete. »Entschuldige.«

Samuel kam mit einem merkwürdigen Glanz in den Augen zurück. Er setzte sich beschwingt und griff nach seinem Glas.

»Wenn du's in öffentlichen Toiletten tust«, sagte ich, »dann rasier dich hinterher. Der Haschischduft steckt dir noch im Bart.«

»Ich hab nur gerade einen halben Glimmstengel geraucht«, verteidigte er sich. »Ich war ein bißchen bedrückt.«

»Weshalb denn? Du bist doch prima davongekommen.«

»Nein, deinetwegen«, sagte er. »Ich hatte Angst. Da hab ich dich für nichts und wieder nichts hergelotst; du mußt mich für sehr albern halten.«

»So ahnungslos bin ich nicht. Du hast mich ja nur wegen des Mädchens gerufen.«

Er warf einen Blick auf Juramädchen. Sie machte Anstalten aufzubrechen.

»Am besten, ich gehe jetzt, ihr habt wohl persönliche Dinge zu besprechen.«

Ich hielt sie am Arm fest. »Du bist, ohne es zu wollen, in diese Geschichte hineingeraten. Jetzt bleibst du hier. Nicht wahr, Samuel?«

Er nickte; sie ließ sich in den Stuhl zurückfallen.

»Na schön, Samuel«, sagte ich. »Jetzt raus damit!«

Er holte tief Atem. »Mein Vater war neulich hier.«

»Und?«

»Du kennst ihn doch, Onkel Steve. Wieder einer seiner Tricks. Er wollte uns einen Hunderter geben, und ich sagte, wir brauchten ihn nicht. Später schickte er seinen Chauffeur mit zwei Fünfern herauf.« Er trank einen Schluck Bier. »Er wollte, daß ich nach Hause komme.«

»Das ist verständlich, er ist ja schließlich dein Vater. Und deine Mutter ist auch nicht gerade glücklich über das, was du in letzter Zeit treibst.«

»Du wirst doch nicht auch gegen mich losziehen?«

»Durchaus nicht, Junior. Wenn ich an etwas glaube, dann an das Recht jedes Menschen, nach seiner eigenen Fasson zum Teufel zu gehen. Mir ist es scheißegal, was du treibst.«

»Das glaub ich dir nicht ganz; du hast mich gern.«

»Stimmt«, sagte ich. »Auch deine Schwester hatte ich gern, aber ich konnte nicht ihr Leben für sie leben, und ich kann es ebensowenig für dich. Ich kann nur da sein, wenn du mich brauchst.«

Er leerte sein Glas. »Kann ich noch ein Bier haben?«

Ich winkte der Kellnerin.

»Ich möchte so gern, daß du mir hilfst«, sagte er.

»Wie?«

»Findest du es nicht komisch, daß man eine Razzia auf uns macht, ausgerechnet am Tag nach dem Besuch meines Vaters?«

»*Das* glaubst du wirklich?«

Er starrte in sein Glas. »Er sagte, er brauche nur zu pfeifen, wenn ich nicht tue, was er will. Ich muß die Wahrheit herauskriegen, Onkel Steve«, fügte er mit einem festen Blick auf mich hinzu. »Es ist mir sehr wichtig.«

»Und wie soll ich dir dabei helfen?«

»Frag ihn doch, Onkel Steve. Dich würde er nicht belügen.«

»Nein, ich habe eine bessere Idee.«

»Nämlich?« erkundigte er sich hoffnungsvoll.

»Du fragst ihn selbst. Schließlich ist er nicht mein Vater, sondern deiner.«

3

Der Wagen stand noch auf dem Parkplatz, wo ich ihn abgestellt hatte, bevor ich nach Las Vegas flog; er glänzte schwarz, das Chrom schimmerte in den schrägen Strahlen der sinkenden Sonne.

Junior stieß einen leisen Pfiff aus. Er lief voraus und berührte den Wagen ehrfürchtig. »Toll!« sagte er leise.

Ich nahm den Schlüssel aus der Tasche und öffnete den Schlag. Junior war schon im Wagen, ehe ich noch eine Bewegung machen konnte. Er blieb einen Augenblick sitzen und strich mit den Fingern liebevoll über das Armaturenbrett, dann lehnte er den Kopf zurück und schloß die Augen. »Duftet wie 'ne Punze«, sagte er.

Ich klopfte ihm auf die Schulter. »Geh nach hinten.«

Er kletterte über die Rücklehne des Sitzes wie ein großer Affe und legte das Kinn auf die Kopfstütze. Ich stieg ein. »Macht der wirklich 380?« fragte er, auf den Tachometer zeigend.

»Ich weiß nicht, ich hab ihn noch nie ausgefahren.«

Juramädchen stieg ein. »Ich verstehe noch immer nicht, was ich eigentlich hier zu suchen habe.«

Ich lächelte ihr zu. »Du hast dich doch immer gelangweilt.«

»Heute abend habe ich eine Verabredung«, sagte sie abwehrend.

Ich wies auf das Telefon. »Ruf doch an und sag ab.«

»Junge, du hast wirklich alles in deinem Wagen!« bewunderte Junior. »Wo ist der Lokus?«

»Unterwegs«, sagte ich. Das Telefon läutete; ich hob ab. »Okay, Diana, Sie werden reich.«

»Die Anrufe häufen sich, Mr. Gaunt«, sagte sie. »Die Herren Johnston und Diamond haben aus Vegas angerufen, sie sind auf dem Weg zu Ihnen. Mr. Benjamin rief vom Beverly-Hills-Hotel an. Sie möchten ihn bitte zurückrufen. Mr. Sinclair läßt Ihnen sagen, daß er im Bel-Air-Hotel ist und Sie bittet, unmittelbar vom Flughafen dorthin zu kommen.«

»Sonst noch was?«

»Im Augenblick ist das alles, Mr. Gaunt«, sagte sie sanft.

Ich legte auf und ließ den Motor an. Das anfängliche Aufheulen ging in ein stetiges Summen über. Ich legte den Gang ein und verließ den Parkplatz. Auf der Autobahn geriet ich mitten in den Hauptverkehrsstrom.

»Hör dir mal den Motor an«, sagte Junior hinten. »Ich spür ihn in den Eiern.«

»Ich werde nicht begreifen, warum Männer sich in Autos verlieben können«, sagte Juramädchen.

Ich begegnete Juniors Blick im Rückspiegel; er schüttelte den Kopf. Sie hatte recht, das war eine ganz private, eine Männerwelt. Ich schlängelte mich durch den Verkehr und verließ bei der nächsten Ausfahrt die Autobahn. Auf den Nebenstraßen würde ich schneller vorwärts kommen.

Juramädchen hob den Hörer ab. »Wie funktioniert das Ding?«

»Drück den Knopf«, sagte ich. »Wenn das Fräulein sich meldet, gibst du ihr die Nummer, die auf dem Hörer steht, und die, mit der du verbunden werden willst.«

Eine halbe Minute später sprach sie mit San Francisco, um ihre Verabredung abzusagen; eitel Honig tropfte von ihren Lippen. »Es tut mir wirklich leid, David, aber diese Sache hat sich im letzten Augenblick ergeben, und ich konnte nicht früher anrufen.« Einen Augenblick schwieg sie; dann war ihre Stimme eiskalt: »Du vergißt eines, David, ich bin Rechtsanwalt, und für einen Anwalt hat die Verpflichtung seinem Klienten gegenüber Vorrang.« Sie knallte den Hörer auf die Gabel.

»Das ist also alles, was ich für dich bin«, sagte ich grinsend, »ein Klient.«

»Ach, halt die Klappe!« fuhr sie mich an. »Gib mir eine Zigarette.«

»Im Handschuhfach«, sagte ich.

Sie öffnete es und nahm eine Zigarette von dem Tablett, das darin lag. Sie zündete sie an, tat einen tiefen Zug und verzog das Gesicht. »Das schmeckt komisch.«

Ich schnüffelte. »Es ist Marihuana«, sagte ich. »Rechts liegen gewöhnliche, Menthol in der Mitte.«

Sie wollte sie aus dem Fenster werfen, Juniors Hand hielt sie zurück. »Feuerzone«, sagte er und nahm ihr die Zigarette ab. »Wollen Sie einen Strafzettel kriegen?«

»Was soll das heißen?« fragte sie ärgerlich.

»Sehen Sie doch«, sagte er und wies mit dem Daumen nach hinten.

Ich guckte in den Rückspiegel; hinter mir fuhr ein Polizeiwagen. Junior steckte die Zigarette in den Mund. »Das ist guter Hasch.«

Ich blickte Juramädchen an, sie war blaß geworden. Ich tätschelte ihre Hand. »Nur ruhig, Jane, nimm jetzt mal 'ne ordentliche Zigarette.«

»Ihr seid beide verrückt«, ihre Hand zitterte unter der meinen.

Ich nahm eine Zigarette aus dem Handschuhfach, zündete sie an und gab sie ihr.

Sie sog den Rauch tief ein, und ihr Gesicht bekam wieder Farbe. »Wenn die mich mit so etwas erwischen, kann ich aus der Anwaltsliste gestrichen werden.«

Ich blieb bei der Verkehrsampel stehen, und der Streifenwagen hielt neben uns. »Ein schöner Wagen«, rief der junge Polizist.

»Danke«, sagte ich. »Wollen sie ein kleines Rennen mit mir machen?«

Er grinste zurück. »Das geht nicht. Bin im Dienst.«

Die Ampel wurde grün und ich ließ ihn vor; bei der nächsten Ecke bog er ab. »Okay, Junior«, sagte ich, »drück den Stummel aus.«

Er wollte protestieren, aber ein Blick genügte. Wortlos drückte er den Stummel aus und steckte ihn in die Tasche.

Ich bog nach Coldwater ab und fuhr bergan. Der Verkehr hatte nachgelassen, und ich stieg ein wenig aufs Gas. Der Wagen nahm die Kurven wie eine Ballerina.

»Mensch, das ist ja schöner als fliegen!« sagte Junior.

Ich betrachtete ihn durch den Rückspiegel. Er war in bester Laune, der Hasch hatte gewirkt.

»Wohin fahren wir?« fragte er.

»Ich setze dich bei mir zu Hause ab, und dann fahre ich mit unserer Dame zu einer Verabredung mit ihrem Chef.«

Das Bel-Air-Hotel läßt sich am besten mit den Worten »vornehmes Hollywood« umreißen. Dort steigt die konservative Gesellschaft ab.

Spencer erwartet mich in seinem Apartment. Er hatte für Bungalows nichts übrig, wünschte jede Bequemlichkeit bei der Hand, kein langes Warten auf die Bedienung, wenn die Kellner mit dem Frühstück eine halbe Meile laufen mußten.

Er erhob sich, als wir eintraten. Die Jahre hatten ihn freundlich behandelt, er sah gut aus. Ich drückte ihm die Hand, sein Griff war so stark und fest wie früher. »Eine Überraschung«, sagte ich. Er lächelte. »Freut mich, dich zu sehen.« Und das war ehrlich gemeint.« Ich stellte ihm Juramädchen vor. »Sie arbeitet bei euch«, sagte ich. »Rechtsberaterin bei KSFS in San Francisco.«

Er ließ seinen Charme spielen. »Kein Wunder, daß man sagt, der Westen ist fortschrittlicher; im Osten sehen die Juristen nicht so aus wie Sie.«

»Vielen Dank, Mr. Sinclair.«

»Ich hätte dich nicht hergebeten, aber es haben sich einige Dinge ergeben, über die wir sprechen müssen.« Er blickte auf Jane.

Sie verstand sofort. »Wenn die Herren geschäftlich zu reden haben, könnte ich vielleicht inzwischen in der Cocktailbar warten?«

»Würde es Ihnen nichts ausmachen?« fragte er. »Ich wäre Ihnen sehr dankbar.«

Die Tür schloß sich hinter ihr, und er wandte sich mir zu. »Eine sympathische Frau. Ist sie auch eine gute Anwältin?«

»Ich nehme es an. Drüben schätzt man sie offenbar sehr.«

»Möchtest du etwas trinken?«

Ich nickte und folgte ihm zur eingebauten kleinen Bar. Ich mischte zwei Whiskys mit Wasser.

»Meinen bitte leicht«, sagte er.

Ich fügte noch etwas Wasser hinzu und gab ihm das Glas. »Okay?«

»Ausgezeichnet.«

Wir setzten uns auf die Couch. Eine Weile schwieg er; wir tranken. »Du möchtest wohl wissen warum?« fragte er.

Ich nickte.

»Ich bin fünfundsechzig«, sagte er. »Der Aufsichtsrat möchte, daß ich noch fünf Jahre bleibe. Sie sind bereit, die verbindliche Pensionierungsvorschrift zu ändern oder aufzuheben.«

»Das ist klug von ihnen.«

»Ich will aber nicht.«

Ich nippte an meinem Drink.

»Du bist nun seit drei Jahren fort«, sagte er. »Die Dinge werden nicht leichter, und ich schaffe es nicht mehr.« Er stellte sein Glas ab und sah mich an. »Nach der Stiftung und mir bist du der größte Aktionär der Gesellschaft.«

Ich wußte, was er meinte: die fünfzehn Prozent des Aktienkapitals, die Barbara aus ihrem eigenen Treuhandfonds und dem Nachlaß ihrer Mutter zugefallen waren. »Ich werde dir keinerlei Schwierigkeiten bereiten«, sagte ich. »Du hast die Stimmrechte von mir erhalten, und ich werde sie dem Mann übertragen, den du vorschlägst.«

Nach einer Weile sagte er: »Das ist es nicht, worum ich dich bitte.«

»Was dann?«

»Ich will, daß du zurückkommst.«

Ich stand auf, ging zur Bar und machte mir noch einen Drink. Ich trank einen Schluck, kam zurück und setzte mich wieder.

»Ich besitze dreißig Prozent, die Stiftung fünfundzwanzig. Zusammen mit deinen Aktien ergibt das siebzig Prozent«, sagte er. »Und es ist niemand da, dem ich das anvertrauen möchte.«

»Du hast einige gute Leute«, sagte ich.

»Ja, sie sind gut, aber du bist etwas anderes. Es sind Männer, die einfach ihre Posten ausfüllen. Wenn morgen eine andere Sendergruppe sie anstellen und entsprechend bezahlen wollte, würden sie gehen. Sie sind nicht Sinclair.«

»Der einzige Sinclair bist du«, sagte ich.

»Nein, das bin ich nicht«, erwiderte er, »du bist auch ein Sinclair. Es ist nicht nur der Name; es ist die Art. Du weißt, was ich meine.«

Ich wußte es, Er sprach über eine Lebensanschauung. Ein Sinclair baute kein Geschäft auf um des Geschäftes oder auch nur des Geldes willen. Was sie bauten, waren Denkmäler, Brücken in die Zukunft, die sie überleben würden. Dabei verstand Spencer aber nicht, daß dies sein Denkmal war, nicht meines. Ich schwieg solange, daß er wieder zu sprechen anfing,

»Ich habe nie gewollt, daß du von uns fortgehst. Das weißt du.« Ich nickte. »Es war das Beste, was ich tun konnte. Für uns alle.«

»Das fand ich damals nicht und sehe es auch heute nicht so!« sagte er. »Andere Leute haben größere Fehler begangen und sich einfach nichts daraus gemacht.«

»Das waren eben andere, nicht ich.«

»Du und dein Perfektionismus! Bist du dir immer noch nicht darüber klar, daß niemand und nichts vollkommen ist?«

»Das war es nicht.«

»Was dann? Du hast erreicht, was du dir vorgenommen hattest: Du hast das Geschäft deines dummen Freundes für ihn gerettet. Was aus dir wurde, scherte ihn nicht. Er glaubte, es bedürfe nur des Geldes, um dich schadlos zu halten. Was hattest du dir vorzuwerfen? . . . Wofür wolltest du dich bestrafen? Letzten Endes wurde ja niemand geschädigt, dein Freund nicht, wir nicht. Nur du.«

»Auch das war es nicht«, sagte ich.

»Dann erklär es mir; das bist du mir doch zumindest schuldig.«

»Ich war verbraucht«, sagte ich einfach.

»Das verstehe ich nicht.«

Ich nippte an meinem Drink. »Ist das denn so schwer zu begreifen? Ich focht alle möglichen Kämpfe aus, immer wieder, und stets waren es die gleichen. Der Kampf um die Testnoten, der Kampf bei der Suche nach Talenten und nach neuen Märkten. Wie viele Kämpfe muß man denn gewinnen, um sich zu bewähren? Vielleicht hatte ich zu viele gewonnen, vielleicht war es an der Zeit, daß ich einen verlor, einfach um das unbekannte Gefühl der Niederlage zu erfahren. Das wäre dann wenigstens etwas anderes.«

»Das ist aber doch nicht alles«, sagte er.

Er war klug. »Stimmt«, gab ich zu.

»Was war noch im Spiel?«

»Ich hatte einen Traum«, sagte ich. »Ich hatte die größte Chance, die ein Mensch haben kann, um sich dem Menschen mitzuteilen. Und diese Chance verpaßten wir! Vor lauter Kampf. Es gab so viel, das wir hätten tun können und nicht taten.«

»Es ist noch nicht zu spät«, sagte er. »Wenn du zurückkommst, kannst du nach deiner Vorstellung arbeiten. Ich werde dich unterstützen.«

»Es *ist* zu spät«, sagte ich, »das ist jetzt vorbei; zu vieles hat sich ereignet, die ganze Sache ist zu komplex geworden.«

Er sah mir in die Augen. »Das tut mir leid.«

Ich sagte nichts mehr.

»Hältst du noch an dem fest, was du über die gemeinsame Abstimmung unser beider Aktienpakete gesagt hast?« fragte er.

»Ja.«

»Hättest du etwas dagegen, wenn wir die Gesellschaft verkauften?«

»Gar nichts, falls du es für richtig hältst.«

»Mehrere Konzerne sind an mich herangetreten«, sagte er. »Ich habe nicht mit ihnen verhandelt. Vielleicht werde ich es jetzt tun.«

Nun geschah etwas: Zum erstenmal in einer Zeit, die mir wie ein Jahrhundert erschien, regte sich etwas in mir. »Meinst du das im Ernst?«

Er nickte. »Ja. Warum?«

»Ich hab eine Idee. Nehmen wir an, ich zeige dir, wie du alle finanziellen Vorteile erzielen könntest, die dir durch den Verkauf der Gesellschaft erwachsen würden, ohne tatsächlich zu verkaufen.«

»Ich hatte bereits Angebote zur Fusionierung.«

»Das meine ich nicht«, sagte ich.

»Was dann?«

Es dauerte drei Minuten, bis ich es ihm klargemacht hatte; ich sah, daß es ihn interessierte. »Glaubst du, das könntest du machen?« fragte er, als ich fertig war.

»Ich weiß nicht. Gib mir sechs Stunden Zeit, dann erfährst du es.

»Du kannst dir ruhig mehr Zeit lassen«, sagte er. »Ich habe keine Eile.«

»Ich werde es in sechs Stunden wissen. Wo wirst du heute abend sein, falls ich mich mit dir in Verbindung setzen muß?«

»Hier natürlich«, sagte er erstaunt. »Was hast du denn gedacht? Für deine Art Spielchen bin ich zu alt.«

Vom Ausgang des Bel Air wandte ich mich auf dem Sunset Boulevard nach links. Es war dunkel, und die blinkenden Scheinwerfer der entgegenkommenden Wagen blendeten uns.

»Er ist gar nicht so, wie ich ihn mir vorgestellt habe«, sagte sie. »Eigentlich ein charmanter Mann.«

»Er kann es sein, wenn er will.«

»Angeblich ist er eiskalt; aber zu dir nicht.«

»Gewissermaßen gehöre ich noch zur Familie«, sagte ich mit einem Blick auf sie.

»Das verstehe ich nicht.«

»Ich war einmal mit seiner Tochter verheiratet.«

»Ah, das ist es.« Sie nahm eine Zigarette aus ihrem Etui, ich gab ihr Feuer. »Vielleicht solltest du mich jetzt zum Flugplatz bringen.«

»Warum?«

Sie sog an ihrer Zigarette. »Du scheinst in allerlei verstrickt zu sein. Ich wäre dir nur im Weg.«

»Sei nicht albern. Wenn ich dich nicht hierhaben wollte, hätte ich dich doch nicht gebeten mitzukommen.«

Sie schwieg. Dann fragte sie: »Willst du mit mir schlafen – ist es das?«

»Ja. Unter anderem.«

»Wieso unter anderem?«

»Du bist Rechtsanwältin! Bleib bei mir; ich könnte eine gebrauchen, ehe die Nacht um ist.«

Ich weiß nicht, ob sie das gern hörte. Sie sagte nichts, bis wir in die Einfahrt zu meinem Haus einbogen. Ich fuhr auf den Parkplatz und drehte die Lichter ab.

Sie machte keine Anstalten, auszusteigen, es war, als warte sie auf einen Kuß. Ich schloß sie in meine Arme. Ihre Lippen waren weich, warm und gierig. Eine Minute lang saßen wir aneinandergeschmiegt, dann löste sie sich von mir.

»Fang nicht damit an«, sagte sie, »ich kann das nicht noch einmal durchmachen.«

»Du scheinst es ganz gut überlebt zu haben.«

»Woher weißt du das? Für mich war es kein Spiel. Warum, glaubst du denn, ging ich zurück nach San Francisco?«

»Du hattest einen Job, der auf dich wartete.«

»Das redete ich mir ein; und daß ich für dich nur ein Mädchen unter vielen war; daß du dich zeitweise nicht einmal an meinen Namen erinnern konntest. Aber ich empfand es anders.«

Ich antwortete nicht.

»Es ist fast vier Jahre her«, sagte sie.

»Gib mir die Hand.«

Sie legte ihre Hand in die meine, ich spürte, wie sie leicht zitterte. »Ich bin kein Ungeheuer«, sagte ich.

»Hast du jemals an mich gedacht? Einmal in den vier Jahren? Ein einziges Mal?«

»Ich hab heute nachmittag an dich gedacht. Genügt das nicht als Antwort?«

»Nein.« Sie zog ihre Hand zurück. »Würdest du glauben, daß ich seit dir mit keinem anderen Mann zusammen war?«

»Das erklärt so manches«, sagte ich. »Kein Wunder, daß du so verkrampft bist, komm, gehen wir ins Haus.«

Sie warf mir einen bösen Blick zu, stieg aus dem Wagen und schlug die Tür zu. Als sie auf meine Seite kam, umfing ich sie und hielt sie fest.

»Glaubst du, es geht immer nur darum?« fauchte sie.

»Es kann immer noch ganz nett werden«, sagte ich. »Tu es nicht ab, ehe du es versucht hast.«

Sie machte sich los und lief über die Einfahrt zum Haus. Ich folgte ihr.

Schon als ich die Tür öffnete, hörte ich das Geschrei.

Sam und Junior standen mitten im Wohnzimmer und brüllten sich an. Als Hintergrund hatten sie auf dem Fernsehschirm die Nachrichtensendung von der jüngsten Schlägerei in der Universität Berkeley.

»Hallo«, sagte ich, ging um sie herum und drehte den Fernseher ab.

»So alt bist du noch nicht, daß ich dir nicht den Hintern versohlen könnte!« schrie Sam und stürzte sich auf Junior.

Ich warf mich zwischen die beiden.

Junior faßte mich am Arm. »Er war's, der es den Schweinen gesagt hat! Er hat den Signalpfiff gegeben! Frag ihn doch, er leugnet es nicht einmal!«

»Halts Maul!« sagte ich scharf.

Junior glotzte mich einen Augenblick wütend an, drehte sich um und rannte auf die Terrasse hinaus. Er zündete sich eine Zigarette an, stand da und starrte auf die Stadt hinunter.

Ich wandte mich Sam zu. Seine Augen funkelten mich an, sein Gesicht war noch vom Zorn gerötet. »Genügt es nicht, daß ich durch dich meine Tochter verloren habe?« sagte er bitter. »Mußt du mir auch noch meinen Sohn nehmen?«

Sam Benjamin

Der Polizist stand am Eingang von Trans-World und winkte ihm zu, als die Limousine einfuhr. »Guten Morgen, Mr. Benjamin.«

»Guten Morgen, John. Mir scheint, es wird heute ein schöner Tag.«

»Gewiß, Mr. Benjamin«, antwortete der Polizeibeamte. »Kein Smog.«

Das Auto bog recht in die Zufahrt ein. Es fuhr an der ersten Reihe der Verwaltungsgebäude vorbei und hielt vor einem abgesonderten zweistöckigen Bürohaus. Auf dem Parkplatz stand eine Tafel: RESERVIERT FÜR MR. SAMUEL BENJAMIN.

Ein Portier polierte die Messingtafel neben dem Eingang: SAMARKAND PRODUCTIONS. Er grüßte. »Guten Morgen, Mr. Benjamin.«

»Guten Morgen.« Sam ging durch den Korridor zu seinem Büro, das den ganzen hinteren Teil des Gebäudes einnahm. Er trat durch seinen Privateingang ein. Seine Sekretärin kam ihm aus ihrem Büro entgegen.

»Guten Morgen, Mr. Benjamin.«

»Morgen, Miß Jackson«, sagte er und setzte sich an den Schreibtisch.

Sie legte einige Briefe vor ihn hin. »Mrs. Benjamin rief eben an. Sie sagte, Sie hätten vergessen, Ihre Tabletten zu nehmen.« Sie ging zur Bar, kam mit einem Glas Wasser zurück und reichte es ihm zusammen mit den Tabletten.

»Okay«, brummte er und schluckte sie. »Ich wette, ich bin der einzige Mensch auf der Welt, der je von koscheren Würstchen Gicht bekommen hat.«

Sie schob ihm noch eine Tablette zu. »Was ist das?« fragte er argwöhnisch.

»Ihre Diättablette«, sagte sie. »Sie dürfen heute fünfzehnhundert Kalorien zu sich nehmen. Mrs. Benjamin sagte, Sie hätten dreihundert zum Frühstück gehabt und würden achthundert zum Abendessen bekommen. Das heißt, es gibt mittags Magerkäse.«

»Scheiße«, sagte er und schluckte die letzte Tablette. »Können wir jetzt zu arbeiten anfangen?«

»Ja, Sir«, nickte sie, nahm die Blätter vom Schreibtisch und sah sie durch. »Die Proben für *Washington Arch* sind um elf im Vorführraum drei zu sehen.«

»Gut.«

»Hier sind die Vergleichsziffern für die Einnahmen vom *Stählernen Hahn,* die ersten siebzehn Verträge. Das Ergebnis ist um siebzig bis hundertzwanzig Prozent besser als für *Die Schwestern.*«

»Sehr schön; ich werde sie mir ansehen.«

Sie blätterte in ihren Notizen. »Mr. Cohen hat aus New York angerufen. Er möchte um fünf Uhr New Yorker Zeit mir Ihnen sprechen.«

Er nickte.

»Mr. Luongo rief aus Rom an. Der neue Barzini-Film hat jetzt sieben Tage Verspätung auf den Drehplan.«

»Das ist ziemlich normal, wir drehen erst seit drei Wochen«, sagte er. »Rufen Sie ihn zurück; ich will mit ihm sprechen.«

»Mr. Schindler und Mr. Ferrer von der Produktionsabteilung möchten Sie aufsuchen, sobald es Ihnen paßt. Sie haben die Schätzungen und Budgets für die Herstellung von *Preisträger* fertig und würden sie gerne mit Ihnen durchgehen.«

»Ich werde vor dem Lunch mit ihnen zusammentreffen.«

»Ja, Sir. Mr. Craddock hat angerufen. Er möchte mit Ihnen um zwölf Uhr fünfzehn in seinem privaten Speisezimmer zu Mittag essen.«

Er sah sie erstaunt an. »Was der wohl von mir will!«

Craddock war der Leiter der Produktionsabteilung und geschäftsführender Vizepräsident von Trans-World.

»Haben Sie heute morgen die Fachpresse gelesen?« fragte sie fast flüsternd.

»Nein.«

Sie reichte ihm den *Hollywood Reporter* und *Variety.* Sehen Sie sich einmal die Leitartikel an.«

Sie brachten fast die gleichen Schlagzeilen. BENJAMIN NEUER PRÄSIDENT VON TRANS-WORLD? Auch die Artikel waren ganz ähnlich. Beide unterstrichen, daß praktisch die gesamte Produktion und Planung von Trans-World seine Filme betrafen. Sie besprachen den Erfolg des laufenden Schlagerfilms *Der stählerne Hahn* und hoben seine vergangenen Erfolge von *Die Schwestern* und *Die nackten Flüchtlinge* hervor.

»Davon höre ich zum erstenmal«, bemerkte er. »Mir hat niemand etwas gesagt.«

»Es war in den letzten Wochen Thema Nummer eins im Atelier«, sagte sie.

»Ich weiß trotzdem nichts davon.« Innerlich fühlte er sich jedoch geschmeichelt. »Ich habe genug eigene Sorgen«, fügte er hinzu. »Brauche ich da noch fremde?«

»Was soll ich Mr. Craddock sagen?« fragte sie.

»Zwölf Uhr fünfzehn ist mir recht.«

Sie verließ ihn und hatte kurz darauf Charley für ihn am Apparat. »Was fällt euch denn ein!« brüllte Sam. »Sieben Tage Verspätung? Was, zum Teufel, geht da drüben vor?«

Rory Craddock war ganz anders als sein Name, der auf einen großen gutmütigen Iren schließen ließ. Wenn man in sein Büro kam, fand man statt dessen einen schlanken, leicht erregbaren Mann vor, der den ganzen Tag Gelusiltabletten schluckte, um seinen nervösen Magen zu beruhigen. Er war seit acht Jahren Leiter der Produktionsabteilung von Trans-World. Sein Geheimrezept für den Erfolg war einfach: Er genehmigte nie ein Projekt, bevor nicht alle seine Vorgesetzten ihn dazu drängten; war es erst soweit gekommen, dann konnte keiner, wenn etwas schiefging, behaupten, die Schuld liege bei ihm.

Er saß an seinem Schreibtisch und las die Fachzeitungen. Nervös schob er sich noch eine Gelusiltablette in den Mund und studierte den Artikel. Als er ihn am Morgen zum erstenmal gelesen hatte, war er nahe daran gewesen, nach New York zu telefonieren, um herauszufinden, wer ihn ausgeheckt hatte und ob etwas Wahres daran war. Doch dann hatte er es sich überlegt und nicht angerufen.

Er war lange genug im Geschäft, um die Taktik zu erkennen. Der Artikel war ein Versuchsballon – die Direktion hatte ihre Fühler ausgestreckt, um zu sehen, wie er aufgenommen würde. Er besprach die Sache mit seinem Bankier. Sie war offenbar auf der Börse gut angekommen; es gab bedeutend mehr Bewegung als gewöhnlich in Trans-World-Aktien, und die Stammaktien waren um fast zwei Punkte gestiegen.

Er fragte sich, wie sich das für ihn auswirken würde. Das Gelusil hatte sich aufgelöst, es hinterließ einen kreidigen Geschmack in seinem Mund. Er trank einen Schluck Wasser aus dem Glas, das immer auf seinem Schreibtisch stand.

Für ihn war es nicht wichtig, daß Benjamin möglicherweise Präsident der Gesellschaft wurde; aber der Gedanke, daß er vielleicht zugleich die Leitung der Produktion übernehmen würde, beunruhigte ihn. Bisher hatte es in dem Gebiet, das ihm unterstand, keine Bedrohung gegeben. Dem ersten Impuls folgend hatte er Benjamin angerufen und ihn zum Mittagessen eingeladen. Nun fragte er sich, ob das ein kluger Schritt gewesen war. Eine seiner Stärken lag darin, sich nie nervös zu zeigen; zunächst mußte er also einen triftigen Grund für die Verabredung erfinden.

Er wollte nach einer weiteren Tablette greifen, ließ es aber sein. Der unausgesprochene Vorwurf, es sei seine Schuld, daß Trans-Worlds eigene Produktion zum Stillstand gekommen war, stimmte nicht ganz. Es hatte mehrere Projekte gegeben, die er gern genehmigt hätte, doch es war ihm nicht gelungen, die dafür nötige Unterstützung zu unterhalten. Zwei davon hielt er für sehr aussichtsreich.

Das eine war die *Fatty Arbuckle Story.* Das ausgezeichnete Drehbuch beruhte auf einer Romanfassung des Skandals, der die Industrie veranlaßt hatte, ihre eigene Zensurbehörde zu bilden. Er hatte mit Jackie Gleason darüber gesprochen, der die Hauptrolle spielen sollte.

Das andere war eine neue, in großem Stil verfaßte Version des alten Grey-Romans *Die Reiter vom Scharlachsalbei*, einst einer der größten Erfolge von Tom Mix. Gary Cooper hatte zugesagt, er werde spielen, wenn das Drehbuch gut sei.

Die Gelusiltablette lag noch in seiner Hand; er steckte sie in den Mund und sog daran. Plötzlich hatte er eine Idee, und die war so gut und so einfach, daß er staunte, nicht früher darauf gekommen zu sein. Sie würde all seinen Zwecken entsprechen, die Kritiken über seine geringe Produktion beantworten und Benjamin zeigen, daß er auf seiner Seite stand für den Fall, daß das Gerücht sich bewahrheiten sollte.

2

»Kommen Sie, Mr. Benjamin«, sagte die Sekretärin und öffnete die Bürotür. »Mr. Craddock erwartet Sie.«

»Danke.« Sam betrat Craddocks Arbeitszimmer, die Tür schloß sich leise hinter ihm, und er blieb einen Augenblick stehen.

Craddock kam mit ausgestreckter Hand hinter seinem Schreibtisch hervor. »Guten Morgen, Sam«, sagte er. »Ich freue mich, daß Sie herübergekommen konnten.«

Sam ergriff die Hand. Craddock tat, als wäre er tausend Meilen weit gekommen, um ihn zu besuchen – und nicht bloß aus dem gegenüberliegenden Studio. »Morgen, Rory.«

Craddock nahm die Brille ab und legte sie auf einen Stoß Manuskripte, der Sams Aufmerksamkeit erregen sollte. Sam verstand den Wink: »Das alles müssen Sie lesen?« fragte er.

Craddock wehrte bescheiden ab. »Gehört zum Job. Sie können sich nicht vorstellen, wieviel Mist ich jede Woche durchlesen muß, um etwas zu finden, das sich vielleicht lohnt. Manchmal glaube ich, ich könnte ein zweites Paar Augen gebrauchen.«

Sam ließ sich beeindrucken. »Das könnte ich nie! Dazu hätte ich keine Geduld!«

»Es ist mein Beruf«, sagte Craddock. Er drückte auf den Knopf an der Sprechanlage.

»Bitte, Mr. Craddock?«

»Wir gehen jetzt nach oben«, sagte Craddock. »Keine Anrufe.«

»Ja. Mr. Craddock. Guten Appetit.«

Craddock schaltete das Gerät ab und wandte sich an Sam. »Hungrig?« fragte er auf der Treppe, die zum privaten Speisezimmer führte.

»Ich bin immer hungrig«, sagte Sam, »aber ich muß Diät halten.« Sie kamen zu der kleinen Terrasse, die verglast worden war, um als Speisezimmer zu dienen; von hier aus konnte man das ganze Atelier überblicken.

»Jeder zweite ißt Diät«, sagte Craddock lächelnd, »deshalb haben wir zwei Menüs, den Diätlunch und den normalen.«

»Und worin unterscheiden sie sich?« fragte Sam.

»Der normale besteht aus einem dicken New Yorker Steak, Pommes frites und Salat mit Roquefortsauce; zur Diät gibt es fettlose Hackfleischpastete mit Magerkäse und Tomatenscheiben.«

»Ach, hol's der Teufel, ich esse das normale Menü«, sagte Sam.

Der Butler verneigte sich. »Darf ich fragen, meine Herren, was sie zu trinken wünschen?«

»Das Übliche, trockenen Sherry«, sagte Craddock.

Sam bestellte Whisky. »Im Eimer, die Diät«, sagte er zu Craddock. »Heute wird gefressen!«

Craddock lächelte.

»Sie werden es nicht glauben«, fuhr Sam fort, »ich habe mir ausgerechnet, daß ich mit meiner Diät in den letzten zehn Jahren an die fünfzehnhundert Pfund verloren haben müßte. Wieso wiege ich immer noch hundertneunzig?«

Der Butler kam mit den Drinks. Sam nahm sein Glas vom Tablett. »Prost!«

»Prost«, sagte Craddock.

Sie tranken.

»Dürfte ich mir gestatten zu fragen, wie Sie das Steak wünschen, Mr. Benjamin, Sir?« Der Butler verneigte sich.

»Halbroh«, sagte Sam.

»Meinen verbindlichsten Dank, Sir.« Der Butler verneigte sich noch einmal und verschwand in Richtung Küche.

»Wo hat der so zu reden gelernt?« fragte Sam.

Craddock lachte. »Erinnern Sie sich an die Filme mit Arthur Treacher? Ich glaube, die hat Joe alle gesehen.« Er ging voraus zum Tisch. »Ich habe gehört, die Proben von *Washington Arch* sind glänzend ausgefallen.«

Sam nickte. »Sie machen sich recht gut.«

»Geht im Atelier alles nach Wunsch? Dienstleistungen, Zusammenarbeit?«

»Könnte gar nicht besser sein.«

Der Butler stellte den Salat auf den Tisch. Sam begann gierig zu essen, Craddock stocherte nur herum. Salat mochte er nicht.

»Sie möchten wahrscheinlich wissen, warum ich heute morgen bei Ihnen anrief«, sagte Craddock.

Sam nickte wortlos; er hatte den Mund voll.

»Wir sind sehr froh, Sie hier bei Trans-World zu haben«, erklärte Craddock, »und nun zerbrechen wir uns den Kopf darüber, wie wir noch mehr aus unserer Verbindung machen könnten.«

Sam sah ihn schweigend an.

»Sie wissen ja wohl, daß Sie einer der drei Produzenten sind, deren Namen dem Publikum geläufig sind?«

Sam schüttelte den Kopf. »Nein.«

»Ich könnte nur noch zwei nennen«, sagte Craddock, »Hal Wallis und Joe Levine. Alle anderen kennt man nur in der Branche.«

»Daran habe ich nie gedacht«, sagte Sam.

»Es stimmt aber, und das haben Sie mit nur wenigen Filmen und innerhalb weniger Jahre erreicht. Die anderen brauchen dazu ihr ganzes Leben.«

Sam schwieg.

»Wir haben großes Interesse für weitere Verfilmungsrechte, an die Sie vielleicht denken«, sagte Craddock.

»Ich sehe mir einiges an«, erwiderte Sam. »Aber mit Ausnahme des *Preisträgers* habe ich noch nichts Bestimmtes im Sinn.«

»Wie schade!« Craddock schien es wirklich zu bedauern. »Wir hätten gern noch mehr.«

Der Butler servierte die Steaks. Sam betrachtete das seine prüfend. Es war heiß, dunkelgebraten, mit einem Stückchen Petersilienbutter, das mitten darauf zerschmolz. Das Wasser lief ihm im Mund zusammen, er schnitt es an. Alles war richtig, es war halb blutig und zart.

»Haben Sie je daran gedacht, für andere Leute Filme zu produzieren?« fragte Craddock. »Nicht nur für Ihre eigene Gesellschaft?«

Sam schüttelte den Kopf.

»Das würde doch gut die Zeit ausfüllen, während Sie Ihre eigenen Verfilmungen vorbereiten.«

»Ich bin eigentlich kein Produzent«, sagte Sam.

Craddock lachte. »Wenn Sie kein Produzent sind, dann wünschte ich nur, wir hätten noch zehn solche Nicht-Produzenten wie Sie.«

Sam wußte immer noch nicht, was Craddock vorhatte. Aber das Steak war gut, entschieden besser als Diätkost. »Was haben Sie im Sinn?« fragte er endlich.

»Vielleicht ist meine Bemerkung fehl am Platz«, meinte Craddock, »aber ich glaube, ich kann die Jungs drüben im Osten dazu bringen, mir zu folgen. Meiner Ansicht nach sollten wir eine Abmachung für zehn Filme treffen.«

»Zehn Filme?« wiederholte Sam überrascht.

Craddock nickte. »Sie machen fünf Streifen für uns, wir finanzieren fünf Streifen für Sie. Bei unseren Filmen zahlen wir Ihnen das doppelte Produzentenhonorar, das Sie bei Ihren eigenen Filmen verrechnen, und geben Ihnen fünfzig Prozent vom Reingewinn. Ihre Filme machen wir auf der gleichen Basis wie bisher, nur verringern wir unsere Gewinnbeteiligung im Ausland auf fünfundzwanzig Prozent anstelle der jetzigen fünfzig Prozent.«

Sam war mit seinem Steak fertig. »Ein interessanter Vorschlag.«

»Ich halte ihn für praktisch«, sagte Craddock, »und für beide Teile vorteilhaft.«

Sam nickte; an dem, was Craddock sagte, war etwas dran. Zweihundertfünfzigtausend Dollar Produzentenhonorar pro Streifen war eine Menge Geld und es würde nicht besonders schwer zu verdienen sein. Er brauchte sich nicht mehr abzuhetzen. Er würde nur auf der Hut sein müssen. Aber letzten Endes hing doch alles von den Verfilmungsrechten ab, er konnte sich nicht darauf einlassen, daß sie ihm ihren Mist aufbürdeten. »Würde ich sie zur Ansicht bekommen?« fragte er.

»Unbedingt«, sagte Craddock. »Es würde uns doch nicht im Traum einfallen, zu verlangen, daß Sie etwas machen, das Ihnen mißfällt. Sie würden alles zur Genehmigung erhalten: Drehbuch, Regisseur, Besetzung; das ist selbstverständlich.«

»Haben Sie etwas Bestimmtes im Auge?« fragte Sam.

Craddock nickte. »Ich habe schon jetzt zwei große Projekte bereit. Das einzige, was ich noch brauche, ist der richtige Produzent. Das eine ist ein Western, der sich für Gary Cooper eignen würde, das andere käme für einen Schauspieler wie Jackie Gleason in Frage. In den richtigen Händen müßten beide Riesenschlager werden.«

Sam überlegte. Mit solchen Schauspielern konnten die Filme kein Mist sein. Diese Stars waren zu gut und zu kostspielig.

»Hören Sie«, sagte Craddock, »ich werde Ihnen die beiden Drehbücher schicken. Lesen Sie sie, und dann reden wir weiter.«

»Eine gute Idee«, sagte Sam.

Der Butler erschien am Tisch und verbeugte sich. »Und nun meine Herren, Sirs, haben wir als Nachspeise eine köstliche Apfeltorte mit Vanille- oder Schokoladeneiscreme à la mode.«

Das war Sams letzte Niederlage: »Ich nehme beides«, sagte er.

Erst nach dem Essen, als er ins Atelier zurückkehrte, fiel ihm ein, daß Craddock mit keinem Wort die Artikel in den morgendlichen Fachzeitungen erwähnt hatte.

3

»Steve!«

Er wälzte sich im warmen Sand auf den Rücken und hob einen Arm, um seine Augen vor der Sonne zu schützen, die bereits in den Pazifik zu sinken begann. »Was gibt es, Goldmädchen?«

Sie kroch über den Sand zu ihm und stützte ihre Arme rechts und links von seiner Brust auf. Sie blickte auf ihn nieder und verdeckte die Sonne.

Er ließ seinen Arm auf ihrem Oberschenkel ruhen. Ihr Fleisch war so warm wie der Sand unter ihm. Er wartete ruhig.

»Du warst weit fort«, sagte sie.
»Eigentlich nicht.«
»Woran dachtest du?«
Seltsam, wie sehr sie einander glichen. Alle. Nach einiger Zeit wollten sie einem ins Hirn kriechen. »An nichts«, sagte er. »Vielleicht wünschte ich einfach, es gäbe tausend Tage wie diesen. Keine Telefonanrufe, keine Menschen, keine Probleme.«
»Dann wärst du nicht glücklich«, sagte sie.
Er dachte einen Augenblick nach. »Nein, wahrscheinlich nicht.«
»Bist du heute abend für eine Party zu haben?« fragte sie.
Er antwortete nicht.
»Ich weiß, so hatten wir es nicht vereinbart, aber es ist Sonntag, morgen fliegst du ja ohnehin zurück nach dem Osten. Und ich muß mich langsam nach Arbeit umsehen.«
Er schwieg noch immer.
»Ardis hat heute morgen angerufen, als du noch schliefst. Die Gavins geben in ihrem neuen Haus eine Party für Sam Benjamin, den Produzenten. Bobby Gavin hat eben die zweite Hauptrolle in dem Western bekommen, den Sam mit Gary Cooper macht, und er sagt, es gibt darin eine prima Rolle für ein Mädchen; ich wäre gerade die Richtige dafür.«
»Geh nur hin«, sagte er, »ich habe nichts dagegen.«
»Nein.« Sie schüttelte den Kopf. »Ich habe versprochen, mit dir zusammenzubleiben. Wenn du nicht gehst, geh ich auch nicht.«
Aber er wußte, wie es war: Ob er mitkam oder nicht, allein würde sie zu der Party nicht gehen. Und wenn sie ihren schwulen Friseur dazu anrufen müßte.
»Auch Bobby sagt, ich habe gute Aussichten auf die Rolle. Das ist einmal ein Job, den Benjamin nicht seiner Freundin geben kann.«
»Freundin?«
»Ja, Marilu Barzini. Sie hat nicht den richtigen Akzent. Ardis sagte mir, er bringe sie zur Party mit.«
»Okay.«
»Okay was?«
»Okay, wir gehen hin«, sagte er.
Das Haus war nicht besonders geräumig, aber es besaß eine große Terrasse, die sich über den Sandstrand bis zum Meer erstreckte, und die Gäste strömten hinaus in die warme Nacht. Eines Tages würde Bobby Gavin, wenn es seine Frau Ardis irgendwie schaffen konnte, ein großer Star sein.
Bei ihrem Eintritt stand sie an der Tür. »Selena!« rief sie, dann wandte sie sich an Steve. »Und du bist auch gekommen, das freut mich riesig!«
»Ich würde um nichts in der Welt eine deiner Partys versäumen, Ardis«, sagte er und küßte sie auf die Wange.
»Geht hinein und holt euch was zu trinken«, sagte sie, »es sind eine Menge amüsante Leute da.«
Sie trennten sich von ihr, da sie sich bereits anderen Ankömmlingen zuwandte, und drängten sich durch die Menge zur Bar. Leicht war das nicht, denn Selena war sehr beliebt, und daß Steve sie begleitete, machte sie noch interessanter. Es war in Hollywood bekannt, daß der Präsident von Sinclair Broadcasting nicht viele Partys besuchte.
Endlich erreichten sie die Bar. Steve kam zurück in den Saal, ein Glas Whisky in der Hand, aber Selena war inzwischen mit ihren Freunden verschwunden. Der Lärm bedrückte ihn nach dem ruhigen Tag am Strand; er trat hinaus auf die Terrasse, blieb an der Brüstung stehen und blickte aufs Meer.
Am Horizont blinkten die Lichter eines Küstendampfers; die Wellen brachen sich am Strand. Es war fast ein Jahr her, seit er Sam gesehen hatte, fast ein Jahr, seit Sam seinen neuen Vertrag mit Trans-World abgeschlossen hatte.
Irgendwie konnte er sich ihn in Hollywood nicht recht vorstellen; etwas an dem

kleinen Mann war so völlig andersartig. Aber er war doch hergekommen, besaß das große Haus in Beverly Hills, seine Kinder besuchten die Beverly-Hills-Schule, und Denise . . . Er fragte sich, was wohl Denise machte. Die Nachricht, daß Marilu Sams Freundin war, berührte ihn seltsamerweise unangenehm. Es paßte nicht zu Sam.

Aber schließlich ging es ihn nichts an. Es waren erwachsene Menschen, sie mußten ihr Leben selbst gestalten. Wie er lebte, gefiel wahrscheinlich auch nicht jedem.

Sam und Marilu kamen spät, zumindest nach Hollywooder Begriffen; zehn Uhr dreißig. Um diese Zeit begannen die Gäste bereits Abschied zu nehmen. Montag war ein Arbeitstag, und wer arbeitete, mußte früh im Atelier sein; wer aber nicht arbeitete, wollte es sich nicht anmerken lassen.

Jetzt hörte man Begrüßungsworte vom Eingang. »Ich hatte schon gefürchtet, ihr würdet es nicht mehr schaffen«, sagte Ardis.

Steve beobachtete die Szene; alles schien sich auf Sam und Marilu zu konzentrieren. Sam lächelte, sein Gesicht war leicht gerötet, und er schwitzte. Er hatte schon einige Drinks hinter sich.

Marilu stand neben ihm. Steve betrachtete sie. Kein Zweifel, wann immer sie einen Raum betrat, verblaßten die anderen Frauen neben ihr. Sie stand mit jener Selbstsicherheit neben Sam, wie sie nur einer Frau gegeben ist, die sich ihrer makellosen Schönheit voll bewußt ist.

Jemand reichte Sam ein Glas, und er griff gierig danach. »Wir wurden durch einen Anruf aus Rom aufgehalten«, erklärte er. Dann entdeckte er Steve. Er stockte; eine Art Verlegenheit malte sich auf seinem Gesicht. Er trank seinen Drink und eilte auf die Terrasse.

»Steve!« rief er, umarmte ihn und küßte ihn auf beide Wangen. »Warum hast du mich nicht wissen lassen, daß du hier bist? Wir hätten irgendeine Vereinbarung treffen können.«

»Es ist nur ein kurzer Besuch«, sagte Steve, »nur übers Wochenende. Morgen fliege ich zurück nach New York.«

»Du hättest mich trotzdem anrufen sollen. Wir haben uns so lange nicht gesehen!«

»Du warst beschäftigt.«

»Nicht zu beschäftigt für dich, niemals zu beschäftigt für alte Freunde.« Marilu trat auf sie zu. »Apropos, kennst du Marilu Barzini?« fragte er.

Steve verbeugte sich. »Wir haben einander bei der Oscar-Verleihung kennengelernt. Das war aber nur ein Moment, vor zwei Jahren, und unter sehr vielen fremden Leuten!«

»Steve Gaunt«, sagte Sam zu Marilu.

Marilu nickte. »Ich entsinne mich. Sie sind der Mann, der die Fernsehgesellschaft leitet. Sam telefonierte mit Ihnen von Rom aus, als wir über die Produktion von *Die Schwestern* verhandelten.«

Steve überlegte, dann fiel ihm jenes Telefongespräch ein. Es hatte also bereits damals begonnen, sie war die Frau in Sams Zimmer gewesen. »Sie haben ein phantastisches Gedächtnis.«

»Ich vergesse nie etwas.« Die Art, wie sie es sagte, war sehr überzeugend: Sie würde nie etwas vergessen, das für sie oder für ihre Karriere bedeutsam war.

Jemand zog Sam beiseite, so daß Marilu mit Steve allein blieb. »Darf ich Ihnen etwas zu trinken besorgen?« fragte er höflich.

»Champagner«, sagte sie

Er winkte einen der Kellner heran. Gleich darauf hatte sie das Champagnerglas in der Hand. Steve zündete sich eine Zigarette an. »Gefällt es Ihnen hier?«

Sie lächelte. »Ich liebe Amerika.«

»Haben Sie die Absicht, lange zu bleiben?«

Sie zuckte mit den Schultern. »Sam hat einen Film, in dem ich spielen soll, und dann will man mich für zwei weitere verpflichten.«

»Wunderbar«, sagte Steve. »Was ist es denn für ein Film?«

Sie verzog das Gesicht. »Ein Western, können Sie sich das vorstellen? Ich in einem Western? Aber Sam sagt, das Drehbuch sei sehr gut. Und Gary Cooper spielt die Hauptrolle.«

Steve sah sich im Raum um und bemerkte, daß er und Marilu von Selena beobachtet wurden. Plötzlich fühlte er sich müde. Hoffentlich würde sie nicht schon am heutigen Abend herausfinden, daß sie keinerlei Aussicht hatte, die Rolle zu bekommen.

»Ich bin Ihnen zu Dank verpflichtet«, sagte Marilu.

Seine Gedanken waren weit fort. »Dank!« sagte er überrascht. »Wofür?«

»Damals in Rom. Wenn Sie ihn nicht dazu ermutigt hätten, wäre der Film vielleicht nie gedreht worden.«

»Der Film wäre gedreht worden.«

Sam kam zu ihnen zurück und nahm mit Besitzerallüren Marilus Arm. »Wir müssen gehen. Ich habe versprochen, daß wir noch bei einer anderen Party auftauchen werden.«

»Wie schade«, sagte Steve trocken.

»Ja,« sagte Sam, »ich wünschte, du bliebst noch ein paar Tage. Ich hätte soviel mit dir zu besprechen.«

»Ich habe eine Aufsichtsratssitzung in New York.«

»Wenn du das nächstemal herkommst, ruf mich an, ja?«

Steve nickte. Seine Augen fingen einen Blick von Goldmädchen auf. Einer plötzlichen Eingebung folgend winkte er ihr zu. »Einen Augenblick, Sam. Dort steht eine Schauspielerin, die ich dir gern vorstellen möchte.«

Goldmädchen kam heran, Sam wandte sich zu ihr um. »Goldmädchen, darf ich dich mit Sam Benjamin bekannt machen«, sagte Steve. »Sam, das ist Selena Fisher. Vielleicht wäre sie gerade das richtige Mädchen für den Western, den du machst.«

»Die Besetzung ist vollständig«, sagte Sam. »Morgen wird sie bekanntgegeben. Marilu spielt die Rolle.« Er wandte sich wieder an Selena. »Aber kommen Sie doch einmal zu mir, meine Liebe. Sicher mache ich noch etwas anderes, wofür Sie die Richtige wären.«

Steve begegnete Marilus Blick über Sams Kopf hinweg. Ihre Augen waren kalt und grün. Grün wie die einer Wildkatze in der Nacht. Er lächelte ihr zu, sie lächelte nicht zurück. Es war eine Kriegserklärung.

Das wußte er.

Das wußte sie.

Sam wußte es nicht.

4

In der Limousine setzten sich beide nach hinten. »Zu Dave Diamonds Villa in Bel Air«, sagte Sam zum Chauffeur.

»Nein«, sagte Marilu, »bring mich zurück ins Hotel.«

»Nur für ein paar Minuten, Liebling«, sagte er. »Ich habe Dave versprochen, daß ich auf dem Heimweg zu einem Abendtrunk zu ihm komme.«

»Nein«, wiederholte sie starrköpfig, »ich habe genug von diesen blöden Partys.«

»Es ist aber wichtig. Dave wird deine zwei nächsten Filme finanzieren.«

»Wenn es so wichtig ist, dann laß mich beim Hotel aussteigen und geh allein hin.« Sie drückte sich in ihre Ecke, wandte ihr Gesicht von ihm ab und blickte auf den Verkehr auf der Küstenautobahn.

»Na schön«, sagte er, und zum Chauffeur gewandt: »Fahren Sie zuerst zum Hotel.«

Sie schwiegen, bis der Wagen in den Sunset Boulevard einbog und die Steigung nach Los Angeles fuhr. »Was hast du eigentlich?« fragte er schließlich.

»Nichts.«
»Etwas muß es doch sein. Du warst guter Laune, als der Abend begann.«
Sie antwortete nicht.
Er griff nach ihrer Hand, doch sie schüttelte ihn ab.
Erst als der Wagen die Vorstadt von Brentwood erreichte, drehte sie sich zu ihm um.
»Bleibst du über Nacht?«
Er schüttelte den Kopf. »Nein.«
»Warum nicht?« fragte sie.
»Mein Gott, Liebste, ich bin doch diese Woche schon einmal ausgeblieben. So viele Ausreden gibt es nicht, die ich Denise erzählen kann. Sie bringt mich noch um.«
Sie ließ ihre Stimme absichtlich verächtlich klingen: »Wenn sie jetzt noch immer nicht Bescheid weiß, muß sie sehr dumm sein.«
Er antwortete nicht.
»Die amerikanischen Männer sind Feiglinge«, fuhr sie fort. »Ich kann verstehen, daß man sich nicht scheiden läßt; dafür gibt es viele Gründe: Vermögen, Steuer und so weiter. Aber Nicki hat keine Minute gezögert. Er hat seine Frau verlassen und ist zu mir gezogen.«
»Wir sind hier nicht in Europa«, verteidigte er sich, »hier ist es anders. Solche Dinge werden nicht gern gesehen.«
»Und darum muß ich allein im Hotel wohnen wie eine *putana,* die du besuchst, wenn du sie brauchst?«
Er griff nach ihrer Hand und hielt sie diesmal fest. »Das ist nicht wahr, Liebling«, sagte er ernst, »und du weißt es genau. Du weißt, was ich für dich empfinde.«
»Und was empfindet Mr. Benjamin, der große Produzent, für mich?«
»Sei nicht sarkastisch! Ich liebe dich.«
»Wenn du mich liebtest, würdest du heute nacht bei mir bleiben. Heute brauche ich dich. Du weißt, wie ich es hasse, allein zu schlafen.«
»Es geht nicht«, sagte er verzweifelt.
Sie legte zärtlich ihre Hand auf seine Hose. »Du weißt, wie ich am liebsten schlafe: wenn ich dich in meiner Hand halten kann, die ganze Nacht.«
»Erschwer es mir doch nicht«, sagte er. »Vielleicht kann ich es morgen abend irgendwie einrichten. Aber heute habe ich versprochen, nach Hause zu kommen.«
»Versprochen!« Sie zog ihre Hand heftig zurück und begann zu weinen.
»Marilu!« Er versuchte unbeholfen, ihr über das Haar zu streichen.
Sie stieß seine Hand wütend fort. »Rühr mich nicht an!« Sie schluchzte.
Wo ihre Nägel ihn verletzt hatten, begann seine Hand zu bluten; er führte sie an den Mund und saugte daran.
»Ich weiß nicht, warum ich auf dich gehört habe«, klagte sie, »Nickie hat mir gesagt, daß du anders bist, daß du mich nicht so gern hast wie er, daß du mich nur ausnutzen willst.«
»Dich ausnutzen?« Jetzt wurde er zornig, die Szene regte ihn auf. »Dich ausnutzen, du gemeines italienisches Fötzchen? Ich hab dich auf eine halbe Million Dollar pro Film plus Beteiligung am Umsatz hochgebracht, und jetzt sagst du, ich habe dich ausgenutzt? Du bist ja nur aus einem einzigen Grund hergekommen. Du gehst dorthin, wo es Geld gibt!«
Ihr Schluchzen verstummte jäh. Er hatte sie zum erstenmal angeschrien. Ihre Miene änderte sich; plötzlich sagte sie ganz ruhig: »Du liebst mich!«
»Natürlich lieb ich dich, du Miststück«, fauchte er sie an, »warum wäre ich sonst hier mit dir, was glaubst du denn, zum Teufel? Da setze ich meine Ehe aufs Spiel und mich selbst dem Gelächter meiner Freunde aus, die meinen, ein alter Mann langt nach seinem letzten Steifen.«
Sie drückte seine Hand an ihre Lippen und leckte das Blut ab. »Ich hab dir weh getan«, jammerte sie, »es tut mir leid, dein Baby entschuldigt sich.«

Er stieß einen tiefen Seufzer aus. »Schon gut, reden wir nicht mehr davon.«

Die Limousine bog in die Einfahrt des Hotels Beverly Hills ein. Marilu glitt näher an Sam heran. »Willst du für einen kurzen Augenblick mitkommen?«

Er antwortete nicht.

»Ich verspreche dir, dich nicht lange aufzuhalten«, sagte sie, drehte seine Handfläche zu ihrem Mund und ließ ihre Zungenspitze daran spielen. »Nur lange genug, um dir zu zeigen, daß es mir wirklich leid tut.«

Ihre Auffassung von einem kurzen Augenblick war von der seinen verschieden. Er fühlte, wie die Müdigkeit in ihm aufstieg. »Ich muß sehr früh aufstehen«, sagte er. »Aber morgen abend.«

»Versprichst du mir's?«

Er nickte.

»Bist du nicht mehr böse?«

»Nein.«

Das Auto hielt an, der Chauffeur stieg aus, öffnete die Tür und blieb wartend stehen.

»Es war wegen deines Freundes«, sagte sie plötzlich.

»Meines Freundes?« fragte er verwundert.

»Ja, der Fernsehmann. Weil er mich so ansah. Er mochte mich nicht.«

»Du irrst dich«, sagte er. »Steve gehört zu deinen Bewunderern.«

»Nein, er mag mich nicht, das war klar. Warum hätte er sonst das fremde Mädchen für die Filmrolle herangerufen?«

»Er wußte nicht, daß du sie spielen solltest.«

»Doch, ich hatte es ihm, kurz bevor du zurückkamst, erzählt. Und er hat sie doch kommen lassen.«

Sam schwieg.

»Vielleicht sieht er mich so an, weil er ein guter Freund deiner Frau ist.«

»Wie sieht er dich denn an?«

»Als wäre ich ein Flittchen«, sagte sie und stieg aus. »Ich möchte ihn nicht wiedertreffen.«

Auch Sam stieg aus. »Du irrst dich bestimmt; Steve ist gar nicht so.«

»Er ist dein Freund, also will ich nichts mehr sagen. Eine Frau soll sich nicht zwischen zwei Freunde drängen.«

»Wenn er das nächste Mal herüberkommt, wollen wir zusammen Mittag essen«, sagte Sam, »nur du, er und ich. Dann wirst du sehen, daß du dich getäuscht hast.«

»Möglich.« Sie hielt ihm die Wange zum Abschiedskuß hin. »Gute Nacht, Sam.«

Er wartete, bis sie im Hotel verschwunden war, dann stieg er abgespannt wieder in den Wagen. Jetzt hatte er keinen anderen Wunsch mehr, als sich ins Bett zu legen und zu schlafen. Hoffentlich hatte Denise nicht auf ihn gewartet; er wäre der Aufgabe nicht gewachsen, über den heutigen Abend eine Menge Lügen zu erzählen.

Denise lag im Bett, als sie den Wagen in der Einfahrt hörte; sie legte ihr Buch beiseite und horchte. Sie hörte das Knarren der Haustür, dann seine Schritte auf der Treppe. Rasch löschte sie das Licht und zog die Decken hoch.

Die Schlafzimmertür öffnete sich leise, und ein Lichtschein drang aus dem Vorzimmer herein. Sie schloß fest die Augen, bemüht möglichst leise und gleichmäßig zu atmen. Er kam lautlos ins Zimmer, und sie spürte, wie er sie ansah. Sie rührte sich nicht, und nach einer Zeit, die ihr sehr lang erschien, wandte er sich um und ging hinaus.

Sie lauschte in der Dunkelheit auf die leisen gedämpften Geräusche, die er beim Ausziehen machte: das dumpfe Auftreten der Schuhe, das Rascheln von Hemd und Hose. Sie hörte, wie er ins Badezimmer ging und sich im Gästezimmer schlafen legte.

Sie drückte ihr Gesicht in das Kissen und weinte; es war ein leises, unterdrücktes Schluchzen. Hollywood. Sie haßte es.

5

»Ich bin ein Ein-Mann-Filmatelier«, brüstete sich Sam hemmungslos. »Wenn morgen die Aufnahmen für *Schau, Mama, der dicke Clown weint!* beginnen, wird das der siebente Streifen sein, den ich dieses Jahr produziere. Nicht übel für einen, der erst das zweite Jahr in Hollywood ist, nicht wahr?«

Steve saß ihm gegenüber am Tisch und musterte ihn. Sams Begeisterung war ansteckend. »Nicht schlecht«, stimmte er ihm bei.

Sam sah sich in der dicht besetzten Kantine um, beugte sich vor und sagte mit gesenkter Stimme: »Weißt du, als ich herkam, war es hier so leer, daß man Tontauben schießen konnte. Jetzt ist es brechend voll, und die meisten dieser Leute arbeiten bei meinen Filmen. Man sagt«, flüsterte er, »Rory Craddock wäre hier rausgeflogen, wenn er nicht den Vertrag mit mir gemacht hätte. Die ganze Scheißfirma lebt von mir!«

Steve lachte. »Aber wie kommt man hier zu einem Drink?«

Sam machte ein langes Gesicht. »Verdammt, daran hätte ich denken sollen, bevor wir aus meinem Büro fortgingen. Hier bekommt man nur Wein oder Bier. Aber ich wollte nicht zu spät kommen; Marilu will sich in der Mittagspause zu uns setzen.«

»Könnte ich ein Bier haben?«

Sam winkte der Kellnerin. »Ein Bier für Mr. Gaunt.« Er wandte sich wieder Steve zu. »Ich bin froh, daß du mich angerufen hast; ich wollte, daß du Marilu besser kennenlernst. Sie ist nicht nur eine große Schauspielerin, sondern auch eine wunderbare Frau.«

Die Kellnerin brachte das Bier. »Wie geht es mit ihrem Film?« fragte Steve.

»Phantastisch, die Muster sind unglaublich! Als Cooper wegen eines Streits ausschied, glaubten wir schon, es würde alles schiefgehen. Aber dann angelte ich mir Jack Claw, und der ist hervorragend. Am wichtigsten ist natürlich Marilu, durch sie wird das Ganze gehoben, so daß es nicht einfach wieder irgendein Western ist.«

»Das freut mich. Und wie geht es Denise und den Kindern?«

»Denise geht's prima; was man über Hollywood sagt, stimmt wirklich: Es gibt keinen besseren Ort auf der Welt für die Erziehung der Kinder. Du solltest sie sehen, sie sind überglücklich hier.«

»Ich würde sie gern einmal sehen«, sagte Steve.

»Machen wir. Nächstens kommst du zu uns zum Abendessen. Ich werde Denise sagen, sie soll deine geliebten Brustflanken von dem koscheren Fleischer drüben in Fairfax holen lassen.«

»Laß mich's bald wissen«, sagte Steve, »mir läuft schon jetzt das Wasser im Mund zusammen.«

Vom Eingang her drang Lärm herüber. Steve wußte ohne hinzublicken, daß Marilu gekommen war. Sie blieb stehen, schrieb für einige Gäste Autogramme und kam dann durch den Mittelgang zu ihrem Tisch. Sie erhoben sich.

Sam machte Marilu zwischen sich und Steve Platz. Er küßte sie auf die Wange. »Du siehst wunderbar aus, mein Schatz!«

»Dieses Make-up ist schauderhaft«, sagte sie, »aber du bist lieb.« Sie begrüßte Steve: »Wie nett, Sie wiederzusehen, Mr. Gaunt!«

Er ergriff ihre ausgestreckte Hand: »Ganz meinerseits, Miß Barzini.«

»Wir sind so formell – das ist gar nicht amerikanisch«, sagte sie. »Nennen Sie mich doch einfach Marilu.«

»Wenn Sie mich Steve nennen.«

Sie blickte auf sein Glas. »Ist das Bier?«

Er nickte.

»Ich bin so durstig, darf ich?« Sie nahm das Glas, trank und stellte es mit einem Seufzer wieder hin. »Wir waren den ganzen Morgen auf dem hinteren Gelände, und die Sonne brannte fürchterlich.«

Sam rief die Kellnerin. »Noch zwei Bier. Ach, nein, verdammt, bringen Sie drei. Ich habe genug von dem Diätzeug!«

Die Kellnerin nickte und blieb abwartend stehen. »Das Übliche zum Lunch, Mr. Benjamin?«

»Ja«, sagte er. Und zu Steve: »Das Essen ist nicht übel, du kannst fast alles bestellen, ohne eine Vergiftung zu riskieren.«

Marilu aß nicht, sondern stocherte nur auf ihrem Teller herum, während Sam die Pommes frites daraus aufpickte. Steve war bald mit dem Steak fertig, lehnte sich zurück und trank seinen Kaffee.

»Sind Sie oft hier im Westen, Steve?« fragte Marilu.

»Das kann man wohl sagen«, antwortete er, »fast die Hälfte meiner Zeit. Ich frage mich, ob es nicht ein guter Gedanke wäre, mein Büro hierher zu verlegen.«

»Früher oder später wirst du das tun müssen«, stimmte Sam zu, »es spielt sich ja doch alles hier ab.«

Die Kellnerin kam an den Tisch. »Ihr Büro ruft an, Mr. Benjamin, soll ich Ihnen den Apparat herbringen?«

Sam schüttelte den Kopf. »Bemühen Sie sich nicht; es geht schneller, wenn ich draußen spreche.«

Sie blickten ihm nach, während er den Gang entlangging und nach dem Hörer griff. Es sprach in schnellem Tempo.

»Er arbeitet zu viel«, sagte Marilu, »nie gönnt er sich eine Pause.«

Steve sah sie schweigend an.

Sie erwiderte gelassen seinen Blick. »Arbeiten Sie auch so?«

Er zog die Schultern hoch. »Ja und nein.«

»Eine sehr europäische Antwort«, gab sie zurück.

»Ich bemühe mich, es nicht zu tun. Aber manchmal erwischt es mich doch.«

»Sie sind wie alle Amerikaner: Zuerst kommt das Geschäft. Wenn dann noch etwas Zeit bleibt und man nicht zu müde ist, kommt das andere.«

Er lächelte, aber in seinen Augen lag nichts Heiteres.

Sie erwiderte sein freudloses Lächeln. »Sie mögen mich nicht.« Es war eher eine Feststellung als eine Frage.

»Das hab ich nicht gesagt.«

»Mein Englisch ist nicht gut genug. Vielleicht hätte ich sagen sollen: Sie haben keine gute Meinung von mir.«

»Das ist doch ganz unwesentlich; es geht mich nichts an.«

»Ein richtiger Amerikaner – so korrekt. Aber als sein Freund meinen Sie, daß ich für ihn nicht gut bin.«

»Sind Sie es denn?«

»Ich glaube ja, in vielerlei Hinsicht. Für seine Karriere, für sein – wie nennen Sie es doch – sein Ego.«

Steve antwortete nicht.

»Im Leben eines jeden Mannes sollte es eines Tages eine Frau wie mich geben«, sagte sie. »Ich tauge mehr für ihn als irgendein billiges kleines Starlet, das nur immer versuchen würde, ihm alles abzuluchsen. Ich gebe ihm soviel wie er mir. Bei mir ist er ein Mann.«

»Ein Mann war er immer«, sagte Steve.

Sam kam mit zornigem, rotem Gesicht zum Tisch zurück. »Verdammte Idioten!« schnaubte er, indem er sich setzte. Und zu Marilu: »Es tut mir leid, aber ich muß dir für heute abend absagen. Der Regisseur und die Autoren liegen sich wegen des Drehbuchs in den Haaren, und ich muß mit ihnen zusammenkommen, um das in Ordnung zu bringen. Wir beginnen schon morgen früh mit den Aufnahmen.«

»Oh«, sagte Marilu, »und ich hatte alles vorbereitet. Ich wollte *pasta asciutta* kochen.«

Sams Blick glitt von ihr zu Steve. »Ich habe eine Idee: Geh du zu ihr zum Essen. Und wenn ich früh genug fertig bin, komme ich später nach.«

»Vielleicht hat Steve eine andere Verabredung?« sagte Marilu leicht herausfordernd.
»Nein, ich habe keine.«
»Sehr gut«, sagte Sam lächelnd. »Du kennst keine richtige *pasta asciutta,* bevor du sie nicht bei Marilu probiert hast.«
»Ich freue mich schon darauf. Wann und wo?«
»Acht Uhr. Bungalow drei, Hotel Beverley Hills«, sagte sie.
»Das erleichtert die Sache, ich wohne auch dort.«
Sie erhob sich. »Ich muß zur Dekoration zurück.«
Sie blickten ihr nach, dann sagte Sam: »Ich bin froh, daß du nicht abgelehnt hast. Denk dir, das arme Kind glaubt, du magst sie nicht.«

Er kam aus dem kühlen Dunkel der Polo Lounge mit ihrer Klimaanlage und trat durch die Seitentüren in die Hitze des sinkenden Tags. Er blinzelte einen Augenblick und beschritt den duftenden Gartenpfad. Bungalow drei lag direkt hinter dem Buchhaltungsbüro. Er stieg die Stufen hinauf und klingelte.
Die Tür öffnete sich, eine dunkelhaarige Frau mittleren Alters im schwarzen Dienstkleid ließ ihn mit einem Knicks ein. *»Signore.«*
Drinnen war es nur wenig kühler. Die Fenster standen weit offen.
Marilu trat ins Zimmer, und er wandte sich vom Fenster ab. »In einem Zimmer mit Klimaanlage kann man keine *pasta* essen«, sagte sie. »Das schadet ihr.«
»Ja«, sagte er, »sie wird kalt.«
Sie wußte nicht, ob er das ironisch meinte. »Ja«, sagte sie zögernd.
»Entschuldigen Sie«, bat er sofort, »das sollte ein Witz sein.«
Sie lächelte. »Ich verstehe den amerikanischen Humor noch nicht ganz.«
»Das kommt schon noch, es braucht seine Zeit.«
»Geben Sie mir Ihre Jacke.«
Plötzlich bemerkte er, daß sie ein gewöhnlich Kattunkleid trug, das in einem Broadwayladen nicht mehr als drei Dollar gekostet haben konnte, und keine Schminke aufgelegt hatte: Er holte tief Atem; was sie trug, spielte keine Rolle, sie war eine natürliche Schönheit.
Sie nahm ihm seine Jacke ab und hängte sie in einen Wandschrank. »An der Bar stehen Drinks; bedienen Sie sich. Ihren Schlips können Sie auch abnehmen. Ich muß zurück in die Küche.«
Er sah ihr nach; offenbar trug sie nichts unter dem Hauskleid, deshalb klebte es ihr so feucht am Körper. Er lockerte seinen Schlips und ging zur Bar.
Er war eben dabei, sich einen ausgiebigen Whisky einzuschenken, als ihre Stimme aus der Küche ertönte: »Keinen allzu kräftigen Drink, bitte! Sie dürfen Ihren Geschmackssinn nicht verlieren.«
»Keine Angst, Italienermädchen, ich fange gerade erst an, ihn zu finden.

6

Das Essen war raffiniert. Zuerst *antipasto* mit Sellerie und frischen Salatblättern, festen knusprigen Schalotten und Radieschen, garniert mit eisgekühltem Thunfisch, Genueser Salami in dünnen Scheiben, schwarzen und grünen Oliven und kleinen roten und grünen Peperoni. Dann die *pasta: Lasagne al forno. Al dente* mit einer köstlichen Sauce und Einlagen aus Fleisch und italienischen Wurstscheiben. Der *Chianti classico* war gerade richtig gekühlt, und als Nachtisch gab es *zabaglione,* den sie selbst bei Tisch schlug. Zum Abschluß schwarzen starken *espresso* aus einer kleinen Maschine, die mitten auf dem Tisch stand.
Er lehnte sich in seinem Stuhl zurück. »Ich hätte nie gedacht, daß ich so viel essen kann«, sagte er.

»Nicht soviel wie ich.«
»Ich weiß nicht, wo Sie das hinstecken.« Das war richtig bemerkt. Sie hatte ungewöhnlich viel gegessen. Sie lachte. »Ich habe darin mehr Praxis als Sie.
Das Mädchen räumte den Tisch ab. Marilu erhob sich. »Gehen wir wieder ins Wohnzimmer.«
Das Telefon klingelte. Sie ging zu dem Tischchen und nahm den Hörer ab. »Hallo.« Es war Sam.
Sie horchte einen Augenblick. »Das tut mir leid«, sagte sie, »dann also auf morgen.« Sie sah zu Steve hinüber. »Sam möchte mit Ihnen sprechen.«
Steve nahm ihr das Telefon aus der Hand; Sams Stimme drang an sein Ohr. »Ich sitze hier fest, ich kann nicht kommen. Hatte ich recht mit der *pasta?*«
»Absolut.«
»Wie lange bleibst du hier? Ich möchte mit dir zusammenkommen, ich habe einige Ideen.«
»Noch ein paar Tage.«
»Morgen geht es kaum; wie wäre es übermorgen?«
»Einverstanden. Deine Sekretärin soll bei mir im Büro anrufen und die Zeit festsetzen.«
»Okay«, sagte Sam. »Und danke.«
»Wofür?« fragte Steve verwundert.
»Daß du nett zu meiner Freundin bist. Ich weiß das zu schätzen.«
Er hängte ein, und Steve stellte das Telefon nieder. Marilu stand an der Bar. Sie kam mit zwei Gläsern auf ihn zu. Er spürte, wie ihre Finger zitterten, als er seines entgegennahm. »Fühlen Sie sich nicht ganz wohl?« fragte er.
Sie nickte. »Doch, ausgezeichnet.«
»Sie müssen erschöpft sein. Den ganzen Tag haben Sie in der Hitze gearbeitet, und dann kommen Sie zurück und kochen. Am besten ich gehe jetzt, und Sie ruhen sich aus.«
»Nein«, sagte sie gepreßt. »Gehen Sie nicht.«
»Im Bett wird es behaglicher sein.«
»Ich fühle mich ganz wohl«, sagte sie. »Das Essen habe nicht ich gekocht; ich habe es holen lassen, bei Billy Karin's Casa auf dem Santa Monica Boulevard. Er ist der einzige, der so kocht, wie wir zu Hause.«
»Im Ernst?«
»Warum schauen Sie mich so verblüfft an? Wir sind ja hier in Hollywood, nichts ist so, wie es scheint, nichts ist echt.« Er schwieg.
»Ich kann gar nicht kochen, hab ich nie gelernt. Als ich vierzehn war, kam ein Filmregisseur mit seiner Gesellschaft zu uns nach Marsala. Ich fiel ihm auf; ich war damals schon erwachsen. Zwei Wochen später nahm er mich mit nach Rom. Mein Vater war froh, er hatte sieben andere Mäuler zu füttern.«
Sie wandte sich jäh ab. »Die Sizilianer sind nicht gar so streng mit ihrer Ehre, wissen Sie, wie sie einem immer einreden wollen. Erstaunlich, wieviel damals zehntausend Lire ausmachten!«
Zehntausend Lire – das war weniger als zwanzig Dollar. »Es kränkt mich für Sie«, sagte er.
»Warum denn«, antwortete sie, ohne ihm das Gesicht zuzuwenden. »Ich hab damals etwas von meinem Vater gelernt: daß alles seinen Preis hat, sogar die Ehre. Und diese Lektion hat mir gutgetan.
Nach dem Regisseur kamen andere, immer gab es jemanden. Und nun ist es Sam. Sie hatten also recht, was mich betrifft.«
Er sah die Tränen in ihren Augen. »Nicht ganz«, sagte er. »Lieben Sie ihn?«
Ihr Blick begegnete dem seinen. »Nein, nicht in dem Sinn, wie Sie es meinen. Aber ich liebe ihn auf meine Weise, ich achte ihn.«
»Warum bleiben Sie dann bei ihm?« fragte er. »Sie haben es doch nicht mehr nötig, Sie sind jetzt ein Star.«

»Das sage ich mir auch, aber ich glaub nicht recht daran. Ich habe Angst. Angst, daß mir nichts mehr gelingt, wenn ich allein bin.«

»Das ist aber nicht richtig«, sagte er. »Was Sie sind, haben Sie selbst aus sich gemacht. Sie haben es allein erreicht. Sie standen vor der Kamera, Sie allein. Nicht irgendwer, sondern Sie, dort auf der Leinwand vor der ganzen Welt. Sie.«

»Sie sind ein sehr guter Mensch, Stephen Gaunt. Ich danke Ihnen.«

»Und Sie sind eine sehr schöne Frau, Italienermädchen, und ob Sie nun selbst das Essen gekocht haben oder nicht – es ist jedenfalls die beste *pasta,* die mir je vorgesetzt wurde.«

»Und wie steht es mit Ihnen?« fragte sie. »Sie sprechen nicht viel über sich.«

»Da gibt es nicht viel zu erzählen.«

»Bei keinem gibt es viel zu erzählen, die meisten tun's aber doch. Unaufhörlich. Sie sehe ich heut zum zweitenmal, und jedesmal hören Sie nur zu. Alle anderen erzählen einem ständig, was für große Leute sie sind. Sie nicht. Sind Sie ein großer Mann?«

»Ich bin der Beste, den es gibt.«

Sie sah ihn ernsthaft an. »Das glaube ich auch. Sind Sie verheiratet?«

»Nein. Ich war es.«

»Geschieden?«

»Sie ist gestorben.«

»Oh.« Jetzt lag Mitgefühl in ihrem Blick. »Hatten Sie sie sehr lieb?«

»Ja.« Er zögerte. »Aber ich wußte nicht, wie sehr, bis es zu spät war.«

Sie nickte. »So geht es eben; die Dinge, die wir haben, schätzen wir nicht genug.«

Er warf einen Blick auf seine Uhr. »Es ist elf; wenn Sie morgen früh vor der Kamera gut aussehen wollen, muß ich mich jetzt verabschieden.«

»Ich arbeite morgen nicht.«

»Was tun Sie an Ihren freien Tagen?« fragte er neugierig.

»Morgen früh habe ich einige Anproben; dann komme ich hierher zurück und warte, bis mich Sam anruft. Wenn er kann, essen wir abends zusammen.«

»Und wenn er nicht kann?«

»Dann esse ich allein, schau mir das Fernsehprogramm an und gehe zu Bett. Übermorgen ist besser, da arbeite ich. Wenn ich arbeite, fühle ich mich wohler.«

»Gehen Sie nicht aus? Ins Kino? Irgendwohin?«

Sie schüttelte den Kopf. »Nein. Wie würde das aussehen? Marilu Barzini, der Star, geht allein aus? Aber das macht nichts, ich bin es gewohnt.«

»Es ist nicht gut, sich so einzuschließen.«

»Es wird nicht mehr lange dauern«, sagte sie. »Mein Entschluß ist gefaßt. Ich unterschreibe die Verträge für die beiden anderen Filme nicht mehr, sondern fahre zurück nach Italien. Dort kann ich frei sein, dort bin ich zu Hause.«

»Weiß Sam davon?«

»Nein, wieso denn? Ich habe mich erst heute abend dazu entschlossen.«

Kommen Sie auf Ihrer Rückreise über New York?«

»Wenn Sie mich darum bitten«, sagte sie.

»Ich bitte Sie darum.«

»Dann werde ich kommen.«

Er ging auf sie zu, und sie ließ sich von ihm umarmen. Sie lehnte den Kopf an seine Brust, und so standen sie eine Weile zusammen. Dann hob er ihr Gesicht zu sich empor und küßte sie sanft. »Gute Nacht, Italienermädchen.«

»Gute Nacht, Stephen Gaunt.«

Er nahm seinen Schlips von der Couch, sie reichte ihm seine Jacke. Schweigend, ohne ein weiteres Wort, verließ er sie. Sie betrachtete noch lange die geschlossene Tür; dann ging sie ins Schlafzimmer, und es war ihr so wohl zumute wie schon lange nicht mehr.

»Hast du das gesehen, Sam?«

Er hatte sich mit seinem Schinken und Ei befaßt. Nun sah er seine Frau an. »Was gesehen?« fragte er mit halbvollem Mund.

Denise reichte ihm den *Reporter* und wies auf eine kurze Nachricht auf der Titelseite: BARZINI WILL NACH REITER NACH ROM ZURÜCKKEHREN.

Er warf einen Blick auf den Artikel, nickte und aß weiter.

»Ich dachte, du hättest sie noch für zwei weitere Filme verpflichtet«, sagte Denise.

»Wir haben uns darauf geeinigt, davon abzusehen. Sie ist hier nicht glücklich, sie arbeitet lieber in Rom.«

Denise gab sich Mühe; ihre Stimme sollte die plötzliche Erleichterung nicht verraten. »Wird das deine Pläne irgendwie beeinflussen?«

»Sicher«, sagte er und schluckte einen großen Bissen hinunter. »Vielleicht werde ich nun, wenn ich nicht mehr pausenlos hinter ihr herlaufen und ihr den Topf halten muß, manchmal abends früher nach Hause kommen können.«

»Wie heute abend?«

Er legte Messer und Gabel beiseite und griff nach ihrer Hand. »Ja, Mama«, sagte er, »wie heute abend.«

7

Steve kam kurz nach Mitternacht nach Hause. Das Telefon klingelte. Er nahm den Hörer. »Hallo?«

Mit leichtem Akzent: »Stephen Gaunt?«

»Ja.«

»Sie sagten, ich sollte Sie anrufen, wenn ich nach New York komme.«

»Italienermädchen! Wann kommst du an?«

»Ich bin schon in New York, auf dem Flughafen. Mein Flugzeug ist gerade gelandet.«

»Ist der Film fertig?«

»Ja, gestern war der letzte Drehtag. Ich mußte heute morgen noch einige Szenen synchronisieren, sonst wäre ich früher gekommen.«

»Weiß Sam, daß du fort bist?«

»Nein.« Sie zögerte. »Ich hielt es für besser, in aller Stille zu verschwinden. Ich habe versucht dich anzurufen, aber du warst nie da.«

»Holt dich jemand mit dem Wagen ab?«

»Nein, ich habe mich erst heute morgen entschlossen abzufliegen. Mein Mädchen wir meine Sachen packen und mir nachreisen.«

»Ich schick dir einen Wagen; er wird in dreißig Minuten dort sein.«

»Nicht nötig, ich nehme ein Taxi.«

»Vergiß nicht, daß du ein Star bist! Taxis sind für gewöhnliche Leute.«

Sie lachte. »Gut, dann warte ich also. In der Halle, bei United Airlines.«

Er legte den Hörer auf und griff nach dem Haustelefon.

»Sagen Sie meinem Chauffeur, ich will ihn sprechen.« Er zögerte. »Nein, sagen Sie ihm, er soll warten, ich komme gleich hinunter!«

Die Presse und die Fotografen waren schneller als er. Trotz der späten Stunde schienen sie aus dem Nicht aufzutauchen. Marilu saß auf einem Geländer, was ihnen die Chance gab, ihre Beine auf das Bild zu bekommen. Ihr kurzer Rock wirkte auf diese Weise noch kürzer.

Er blieb geduldig wartend hinter ihnen stehen.

Sie sah ihn und winkte. »Stephen Gaunt!«

Alle wandten sich um, man machte ihm Platz. Sie sprang vom Geländer und lag in seinen Armen. Sie küßten sich, die Blitzlichter krachten wie chinesische Knallfrösche.

»Noch einmal!« rief ein Fotograf. »Meine Kamera hat gestreikt.«

Sie blickte ihn fragend an.

Er grinste. »Warum nicht?«

Sie wiederholten den Kuß für den Fotografen; Steve wandte sich an die anderen. »Ich könnte noch die ganze Nacht weitermachen, aber Miß Barzini hat einen langen Flug hinter sich. Sie ist müde.«

Sie gingen zum Ausgang, einige Reporter folgten ihnen. »Eine Liebesaffäre?« fragte einer.

»Wir sind alte Freunde«, erklärte Steve.

»Wie lange kennen Sie sich schon?« fragte ein anderer.

»Wie wär's mit einem Monat?«

Sie lachten. Das Gepäck lag schon im Wagen, der Chauffeur öffnete ihnen die Tür.

Marilu stieg ein, er folgte ihr. »Bleiben Sie lange hier?« fragte ein Reporter.

Sie lächelte. »Ich habe mich noch nicht entschieden.«

Steve winkte dem Chauffeur, und der Wagen fuhr auf die Straße hinaus; die Reporter blieben zurück. Steve drückte auf einen Knopf, und die gläserne Zwischenwand glitt nach oben.

»Willkommen in New York, Italienermädchen.«

Sie sah ihn eine Weile an, dann sagte sie: »Das meinst du im Ernst, ja?«

»Ja.«

»Ich glaube dir. Merkwürdig.«

»Was ist merkwürdig?«

»Ich bin es so gewohnt nicht zu glauben, was die Leute sagen. Wenn du es jedoch sagst, dir glaube ich. Weißt du, seit unserem gemeinsamen Abendessen konnte ich es gar nicht erwarten, daß der Film endlich fertig wurde. Ich dachte an nichts anderes als herzukommen und mit dir zusammen zu sein.«

Er schwieg.

»Glaubst du mir?« fragte sie.

Er nickte.

»Warum sagst du nichts?«

»Ich weiß nicht«, antwortete er zögernd.

Sie nahm seine Hand und führte sie an die Lippen. »Ich auch nicht«, flüsterte sie.

Sie klammerte sich an ihn; ihre Hitze verschlang ihn; es war als schmelze er in einem Hochofen dahin. »Stephen Gaunt«, schrie sie. »Nein! Das ist eine Welt, die ich nie gekannt habe! Ich hab Angst!«

Er behauptete sich gegen ihr Feuer. »Keine Angst«, flüsterte er, »du bist bei mir. Laß dich doch gehen!«

»Nein!« Plötzlich stieß sie ihn wie rasend von sich; ihre Hände schlugen gegen seine Brust und Schultern.

Er hielt sie gefangen, sein Gewicht lastete auf ihr, sein Unterarm lag an ihrer Kehle und nahm ihr die Luft. Sie kämpfte, wälzte und wand sich hin und her. Er verstärkte den Druck unerbittlich; ebenso plötzlich, wie sie sich zu sträuben begonnen hatte, ließ sie davon ab. Sie blickte mit offenem Mund, nach Atem ringend, zu ihm empor.

»Du hättest mich umgebracht«, sagte sie leise. Eine seltsame, gleichsam respektvolle Note lag in ihrem Tonfall. »Du bist nicht wie die anderen.«

Sie nahm ihn in sich auf, verengte sich in rhythmisch pulsender Spannung, um ihn zum Höhepunkt zu bringen. Instinktiv ihrem Begehren folgend, begann er sich auf und ab zu bewegen.

»Ist es dir so recht?« flüsterte sie.

»Ja.«

Sie nickte; wieder einmal hatte sie ihre Selbstsicherheit gefunden.

Er verhielt sich bewegungslos. »Du kennst alle Tricks, nicht wahr?«

Sie lächelte. Plötzlich wälzte er sich von ihr weg, stand neben dem Bett und blickte auf sie nieder.

Sie folgte ihm sofort, ihre Hand führte ihn an ihren Mund. »Mein starker, schöner Schwanz«, flüsterte sie. »Laß mich ihn lieben!«

Er blieb einen Augenblick stehen, spürte ihre scharfen Zähne, dann hob er ihr Gesicht zu sich empor. »Nein. Ich will, daß du *mich* liebst, nicht ihn.« Er nahm seinen Bademantel vom Stuhl. »Und ich will auch dich lieben. Hätte ich dich bloß ficken wollen, dann hätte ich es damals in Kalifornien getan.«

Es war ein Ferngespräch aus New York. Roger Cohen. »Sam?«

»Ja«, sagte er ärgerlich; manchmal wünschte er, er hätte ihn nicht wiedergenommen.

»Weißt du, wo deine Freundin heute ist?« fragte Roger höhnisch.

»Natürlich. Marilu ist im Hotel Beverly Hills. Wir sind gestern mit den Aufnahmen fertig geworden.«

»›Natürlich‹ sagst du!« Und nun vergoß Roger sein tägliches Gallenquantum. »Wie kommt es dann, daß die heutigen Morgenblätter sie eng umschlungen mit Stephen Gaunt im Flughafen Idlewild zeigen?«

»Nein!« Sam konnte es nicht glauben.

»Soll ich dir Ausschnitte schicken?«

»Schon gut«, sagte Sam. »Ich glaube dir.« Und einen Augenblick später: »Diese Stinkpunze!«

»Was ist mit den Filmen, die wir mit ihr machen sollten?« fragte Roger.

»Die haben wir gestrichen. Sie sagte, sie sei hier nicht glücklich.«

Roger wurde noch wütender. »Ist ja wunderbar! Nun hast du deine fünf Streifen für Trans-World gemacht, aber für unsere eigene Gesellschaft haben wir nicht mehr als vor einen Jahr. Nicht einen einzigen Film mit ihr! Den einen hast du ihnen auch noch überlassen.«

»Aber die eineinviertel Millionen Produzentenhonorar, die ich für uns bekommen habe, waren doch nicht übel.«

»Wo kommen wir damit hin, glaubst du, wenn wir keine Filme zu vertreiben haben! Unsere Spesen belaufen sich jetzt schon auf mehr als fünfzehntausend in der Woche. Wenn wir nicht in allernächster Zukunft Filme bekommen, können wir gleich die Bude schließen.«

»Ich habe schon einige Projekte«, sagte Sam. »Ich warte nur noch auf die Genehmigung aus Craddocks Büro.«

»Wie lange wird das dauern?«

»Ich soll heute Bescheid bekommen, es ist nur eine Formalität.«

»Ich hoffe, es sind gute Filme«, sagte Roger. »Wir haben sie dringend nötig.«

Sam ärgerte sich noch, nachdem er den Hörer aufgelegt hatte. Daß er nichts gemerkt hatte! Seit jenem Tag, an dem sie Steve zum Abendessen eingeladen hatte, war sie verändert. Sie hätte es ihm zumindest sagen können.

Dann aber empfand er eine gewisse Erleichterung. Eigentlich war es besser so. Sie hatte ihn eine Zeitlang völlig in Anspruch genommen, und er wußte nicht, wie er sich lösen sollte. Für kurze, improvisierte Eintagsgeschichten war er zu haben, aber eine Liebesaffäre – das war zu beschwerlich.

Es war ihm ganz recht, für solche Dinge zu alt zu sein.

8

»Wir kommen nicht darum herum«, sagte Steve, »wir müssen selbst produzieren. Tun wir das nicht, sind wir jeder Filmgesellschaft ausgeliefert.«

»Wir sind ja nicht in der Filmbranche«, sagte Spencer Sinclair, »sondern im Fernsehen.«

»Wir *sind* die Filmbranche«, erklärte Steve, »ferner sind wir die Presse und das Verlagsgeschäft. Wir spielen eine Rolle im Baseball-, im Fußballgeschäft, ja sogar in der Politik. Es war nicht zuletzt uns zu verdanken, daß Kennedy gewählt wurde.«

Sinclair sah ihn wortlos an.

»Was ich damit sagen will, Spencer: Wir arbeiten im Nachrichtenwesen, und das muß einfach alles decken. Unser 50-cm-Schirmchen nährt sich freßgierig wie tausend Tiger an der Welt, und wenn wir seinen Appetit nicht stillen, wir es mit uns bald vorbei sein.«

Spencer beschäftigte sich einige Minuten lang mit den Papieren auf seinem Schreibtisch, dann blickte er wieder auf Steve. »Und was glaubst du also, sollten wir tun?«

»Wir beginnen sofort, Filme herzustellen«, sagte Steve. »Das können wir auf zwei Arten: Entweder wir bauen eine eigene Produktionsgesellschaft auf oder wir kaufen uns eine.«

»Du hast wohl eine bestimmte im Auge?«

Steve nickte. »Trans-World.«

»Ich dachte, die übernimmt dein Freund.«

»Eher umgekehrt. Sam ist Produzent und Verkäufer, eigentlich kein Geschäftsmann.«

»Weshalb nimmst du an, daß die Leute verkaufen wollen?«

»Ich habe ihre Jahresberichte der letzten fünf Jahre studiert. Es ist vier Jahre her, seit sie einen Gewinn vorzuweisen hatten, und ihre Verluste betragen mehr als zwanzig Millionen Dollar. Ihr wichtigstes Aktivum stellt ihr Filmbestand dar, den sie auf einen Wert von hundertfünfzig Millionen Dollar schätzen.«

»Wie viele Aktien haben sie ausgegeben?«

»Ungefähr drei Millionen Aktien zu rund zweiundzwanzig. Wenn wir ein Angebot von dreißig Dollar pro Aktie machen, würden wir, glaube ich, innerhalb einer Woche alles in der Hand haben. Die Direktion ist eingeschlafen, sie besitzt so gut wie nichts.«

»Das könnte neunzig Millionen Dollar kosten«, sagte Sinclair.

»Muß aber nicht Bargeld sein«, sagte Steve. »Wir könnten Aktien anbieten.«

»Nein, ich habe nicht die Absicht, meinen Aktienbesitz zu verdünnen. Wenn ich mich überhaupt dazu entschließe, dann kaufe ich gegen Barzahlung.«

»Das ist deine Sache«, sagte Steve, »du bist der Boß.«

Sinclair lächelte plötzlich. »Warum hab ich dann nur immer den Eindruck, herumgestoßen zu werden?«

Steve erwiderte das Lächeln herzlich. »Vielleicht deshalb, weil du so selten ins Büro kommt, Spencer. Und wenn du es tust, mußt du immer wichtige Entscheidungen treffen.«

Sinclair lachte. »Du kannst nie locker lassen, wie?«

Steve schwieg.

»Laß die Sache von der Rechtsabteilung untersuchen. Es könnte Komplikationen geben; mit dem Antitrustgesetz und dem Bundesausschuß für Nachrichtenwesen.«

»Sie arbeiten bereits daran.«

»Und wie steht es mit den Betriebsverlusten von Trans-World? Wird das unsere Gewinn-und-Verlust-Rechnung beeinträchtigen?«

»Vielleicht, wenn wir den Betrieb wie bisher aufrechterhalten. Ich will aber eigentlich nur den Filmbestand und die Studios; die Vertriebsgesellschaft werde ich abstoßen.«

»Hast du eine Ahnung, wer sie vielleicht haben möchte?«

Steve nickte.

»Wer?«

»Sam Benjamin«, sagte er. »Er träumt davon, aus Samarkand einen Großvertrieb zu machen, und das einzige, worüber er nicht verfügt, ist eine betriebsbereite Organisation.«

»Und warum nimmst du an, daß er einsteigen wird?« fragte Sinclair. »So wie die Sache steht, würden wir ja das Beste für uns behalten.«

»Eigentlich nicht. Wir würden doch auch weiterhin einen Vertrieb für die Filme, die wir herstellen, benötigen. Wir brauchen nur die richtige Vereinbarung, und dann kann es für keinen von uns schiefgehen. Er ist der beste Verkäufer in der Branche.«

»Mit einer Ausnahme«, sagte Sinclair.

Steve blickte ihn an. »Wer sollte das sein?«

»Du.« Sinclair lachte und erhob sich. »Manchmal frage ich mich, warum ich mir überhaupt noch die Mühe nehme, ins Büro zu kommen.«

»Du weißt ja, du wärst sonst nicht glücklich«, sagte Steve.

»Wahrscheinlich«, sagte Sinclair nachdenklich. »Nun, irgendwann werde ich es ja doch aufgeben müssen; dann wird alles wirklich nur von dir abhängen.«

Steve wußte, was er meinte; es gab ein vorgeschriebenes Pensionierungsalter in der Gesellschaft. »Bis dahin bleib aber bei uns«, sagte er, »wir brauchen dich.«

»Danke.« Sinclair setzte sich wieder. »Das war eine hübsche Frau auf dem Foto mit dir heute morgen in der Zeitung. Die italienische Schauspielerin.« Er machte eine Pause. »Etwas Ernstes?«

Steve schüttelte den Kopf. »Nur eine Freundin.«

»Ich glaubte, sie sei die Freundin Sam Benjamins.«

Dem alten Herrn entging so leicht nichts. »Vielleicht gewesen.«

»Ich hoffe, das beeinflußt deine Beziehung zu Benjamin nicht; besonders wenn du die Absicht hast, mit ihm zu arbeiten. Ich hab es immer viel gefährlicher gefunden, mit der Geliebten eines Mannes herumzutändeln als mit seiner Frau.«

Spencer hatte nicht so unrecht. Als Steve ins Büro kam, erwartete ihn eine Voranmeldung von Sam.

Sams Stimme dröhnte im Hörer: »Du Schweinehund«, schrie er lachend, »du vögelst mit meiner Freundin!«

Das klang allerdings nicht sehr böse.

Steve sagte: »Du mußt zugeben, ich habe mich als Gentleman benommen; ich hab gewartet, bis es zwischen euch beiden aus war.«

Sam wurde ernst. »Sie ist ein nettes Mädchen, Steve, du wirst ihr guttun. Sie braucht so jemanden wie dich.«

»Genug von dem Quatsch, Sam«, sagte Steve leichthin. »Marilu ist nicht der Grund, weshalb du mich angerufen hast.«

»Bei meinem Vertrag mit Trans-World hat sich ein kleines Problem ergeben. Ich habe die ersten fünf Streifen für sie fertiggestellt, jetzt bin ich soweit, meine eigene Hälfte zu beginnen, aber sie bringen die Sache des Defizits zur Sprache. Die ersten sechs Monate waren schlecht, und sie müssen die neuen Filme in den Vertrieb bringen.«

»Erzähl mir nichts«, sagte Steve. »Craddock machte nur ein langes Gesicht und erklärte, wie unangenehm ihm das sei, aber die Jungs drüben im Osten ...«

»Du kennst also den Hurensohn?«

»Ja, den kenn ich.«

Warum hast du mich nicht gewarnt?«

»Warum hast du mich nicht gefragt?«

Sam schwieg einen Augenblick, sein schwerer Atem war im Telefon zu hören.

»Sie werden fünfundsiebzig Prozent des Fehlbetrags decken; sie wollen, daß ich die anderen fünfundzwanzig Prozent übernehme.«

»Wieviel ist das?«

»Mein Anteil für die fünf Filme beträgt etwa sechseinviertel Millionen. Diamond wird mir vier geben; den Rest will ich von dir.«

»Wann bekomme ich die Filme?« fragte Steve.

»Drei Jahre nach der Erstaufführung im Inland.«

»Abgemacht«, sagte Steve, »unter einer Bedingung.«

»Und zwar?«

»Daß du das nächstemal auch das Kleingedruckte liest; Craddock hat solche Tricks schon früher angewandt; diese Klausel benutzt er gerne, um sich zu drükken. Er dachte, du könntest das Geld nicht aufbringen.«

»Meinen Rechtsanwalt schmeiß ich raus«, sagte Sam.

Das erste, was ihm auffiel, als er in die Wohnung kam, waren ihre Koffer, die im Vorzimmer standen. Er mixte sich einen Drink und schaltete den Fernsehapparat ein, um die Nachrichten zu sehen.

Er drehte sich nicht um, als sich die Schlafzimmertür hinter ihm öffnete.

»Ich hatte dich nicht so früh erwartet«, sagte sie. »Sam hat angerufen. Hast du mit ihm gesprochen?«

»Ja.«

»Er war gar nicht überrascht, daß ich hier bin.«

»Warum hätte er überrascht sein sollen? Deine Ankunft war nicht gerade ein Geheimnis.«

»Ich möchte keinen Unfrieden zwischen euch stiften.«

»Tust du auch gar nicht. Er rief geschäftlich an.«

»Ich denke, ich sollte jetzt gehen, mein Flug nach Rom ist für neun Uhr gebucht.« Sie machte eine hilflose Handbewegung. »Es tut mir leid.«

»Was?«

»Daß ich dich enttäuscht habe.« Sie verstummte.

»Ich war nicht enttäuscht«, sagte er. »Ich war überrascht.«

»Ich verstehe dich nicht.«

»Du weißt zwar viel, aber von der Liebe weißt du nichts. Du hast Angst vor deinen eigenen Gefühlen.«

»Möglich.« Sie streckte ihm die Hand entgegen. »Leb wohl, Stephen Gaunt.«

»Lauf nicht davon!«

»Ich laufe nicht davon«, sagte sie, »ich fahre nach Hause.«

»Das ist das gleiche. Wenn du jetzt gehst, wirst du nie finden, was du suchst. Und immer wieder Angst haben.«

Sie schwieg eine Weile und betrachtete sein Gesicht. »Meinst du damit, daß ich hierbleiben soll, auch nach dem, was gestern nacht geschah?«

»Ja.«

»Warum?«

»Weil ich glaube, wir könnten einander lieben. Und das ist ein zu seltenes Glück, als daß man es verlieren sollte, ehe es überhaupt begonnen hat.«

Sie sank vor ihm in die Knie und lehnte ihren Kopf an seine Beine. »Stephen Gaunt«, sagte sie, »ich glaube, ich liebe dich schon jetzt.«

9

Marilu schwamm träge zum anderen Ende des geheizten Bassins. Dort stieg sie hinaus, blieb einen Augenblick stehen und genoß die warme, nach Gras duftende Luft von Connecticut; dann nahm sie ein Handtuch und trocknete sich ab.

Hinter sich hörte sie das leise Murmeln ihrer Stimmen. Sie drehte sich um und beobachtete die Männer, die so mit ihren Papieren auf dem Tisch beschäftigt waren, daß sie die Augen nicht davon ließen. Sie wandte sich wieder dem blauen Wasser zu.

Das Bassin lag auf dem Kamm eines kleinen Hügels oberhalb der Bucht von Long Island. Unten gab es einen Anlegeplatz, etwa fünfundzwanzig Meter vom Ufer entfernt. Längsseits war eine große Motorjacht vertäut, ihr etwa vierzig Meter langer Rumpf glänzte weiß in der Sonne. Auf der anderen Seite des Anlegeplatzes lagen zwei Schnellboote und ein Segelboot.

Sie dachte daran, wie nett es gewesen wäre, wenn sie heute mit dem Segelboot hinausgefahren wären, nur sie beide, sonst niemand. Sie hätten die Segel heruntergelassen und sich im offenen Sitzraum in der Sonne lieben können. Aber es war leider nicht so gekommen.

Langsam ging sie zu den beiden Männern zurück. Den ganzen Nachmittag hatte Steve damit verbracht, dem alten Herrn Ziffern auf kleinen weißen Zetteln zu erklären. Als sie näher kam, konnte sie seine Stimme deutlich hören.

»Die Anlagefonds und die Maklerfirmen versichern mir, sie werden in das Geschäft einsteigen; und das bedeutet Kontrolle. Sie sind mit der jetzigen Geschäftsleitung sehr unzufrieden. Aber sie wollen kein Bargeld.«

»Welche Ansprüche stellen sie?«

Sie blieb bei ihrem Liegestuhl stehen und zündete sich eine Zigarette an.

»Obligationen im Wert von dreißig Dollar pro Aktie und einen Bonus von fünf Dollar für die nicht stimmberechtigten B-Stammaktien. Ihrer Ansicht nach ist das steuermäßig für sie vorteilhafter.«

»Natürlich«, sagte Sinclair, »so zahlen sie nämlich keine Steuern, wenigstens so lange nicht, bis die Obligationen und die Aktien nicht verkauft oder eingelöst werden. Das macht aber doch um fünfzehn Millionen Dollar mehr aus, als du dachtest.«

»Es gibt da ausgleichende Faktoren«, sagte Steve. »Erstens können wir Zinsen und Kosten der Obligationen auf Unkosten verrechnen; zweitens brauchen wir kein Bargeld auszugeben; drittens werden wir sie erst auszuzahlen haben, nachdem wir Filme im Wert von hundertfünfzig Millionen Dollar aus ihrem Bestand ausgewertet haben. In Wirklichkeit werden wir sie mit ihren eigenen Geldern bezahlen.«

»Sind sie sich darüber im klaren, daß du den Vertrieb der Gesellschaft abstoßen willst?«

»Ja, das kümmert sie nicht im geringsten; sie wissen, daß das die Verlustseite des Geschäftes ist. Aber ich habe ein anderes Problem.«

»Ja?« fragte Sinclair.

»Sie sind nicht daran interessiert, Samarkand zu finanzieren.«

»Du meinst Sam Benjamin?«

»Ja.«

»Haben sie einen Grund?«

»Zahlreiche, aber keiner davon ist der wirkliche. Es läuft darauf hinaus, daß sie mit einem ›jüdischen Unternehmer‹ wie sie ihn nennen, keine Geschäfte machen wollen.«

»Wenn wir die Vertriebsgesellschaft übernehmen müssen, hat das Geschäft für uns keinen Sinn«, sagte Sinclair mit Entschiedenheit. »Ich werde unsere Gewinne nicht durch dieses Defizit von fünf Millionen Dollar im Jahr schmälern lassen.«

»Ich weiß eine Methode, darum herumzukommen. Zumindest glaube ich es.«

»Sehr sicher klingt das nicht.«

»Probieren geht über studieren«, sagte Steve. »Soviel ich sehe, können wir fünfzig Prozent seines Produktionskapitals beschaffen. Ich muß nur noch die restliche Finanzierung für ihn finden.«

»Hast du schon mit ihm gesprochen.«

»Nein, das wollte ich erst tun, wenn du mir freie Hand gibst.«

»Die hast du schon«, sagte Sinclair. »Ich hoffe nur, dein Freund enttäuscht dich nicht. Wenn er ein Wort von dem Geschäft verlauten läßt, bevor wir soweit sind, kann die Sache noch platzen.«

»Das weiß ich«, antwortete Steve. »Ich werde alles vorbereiten, ehe ich ihn aufsuche. Sobald er dann einverstanden ist, machen wir das Angebot.«

»Glaubst du wirklich, daß es klappen wird?«

»Warum nicht? Wir beginnen mit einundsiebzig Prozent der Aktien in der Tasche. Wir brauchen nur noch neun Prozent dazu, dann können wir die Gesellschaften konsolidieren. Und das dürfte uns schon am ersten Tag gelingen.«

»Also gut. Halte nur die Rechte hoch genug«, sagte der Alte und erhob sich. »Es wäre mir nicht recht, daß du eins ans Kinn bekommst.«

Steve lächelte. »Jetzt ist mir leichter ums Herz.«

»Warum?« fragte Sinclair verdutzt.

»Ich befürchtete schon, du wärst weich geworden«, sagte Steve. »Aber was du zu sagen hast, sagst du laut und klar.«

Sinclair lachte und ging zu Marilu, die in der Sonne lag. »Signorina Barzini, ich muß mich entschuldigen, weil ich ein so schlechter Gastgeber bin«, sagte er in tadellosem Italienisch.

Sie antwortete ihm in derselben Sprache. »In meinem Beruf hab ich mich daran gewöhnt. Die Männer sprechen immer über ihre Geschäfte.«

»Es ist die Schuld Ihres Freundes«, sagte er, auf Steve weisend. »Ich finde, er ist verrückt, vom Geschäft zu reden, wenn er statt dessen bei Ihnen sitzen könnte.«

Sie antwortete, noch immer auf italienisch: »Er ist so manches, und für jeden etwas anderes; aber verrückt ist er nicht.«

»Sehr tief – und sehr italienisch. Würden Sie vielleicht so lieb sein, es einem alten Mann zu erklären, der es nicht ganz versteht?«

Sie zögerte.

»Ich möchte nicht indiskret sein«, fügte er schnell hinzu. »Sie brauchen mir nicht zu antworten.«

»Das ist es nicht; ich dachte nur darüber nach, *wie* ich antworten sollte.«

Er schwieg.

»Für mich ist er der Geliebte, dem zu begegnen ich nie geglaubt hatte. Für Sam Benjamin ist er der Freund, den er nie zu verdienen glaubte. Für Sie . . .« Sie brach ab.

»Nur weiter«, sagte er. »Für mich . . .«

»Für Sie – glaube ich – ist er der Sohn, den Sie nie hatten.«

»Und was ist er für sich selbst?« fragte der Alte. »Was meinen Sie?«

Eine dunkle Traurigkeit erschien in ihren großen, grünen Augen. »Sich selbst scheint er nie gut genug zu sein; er jagt einem Traum nach, der sich nie erfüllen wird.«

»Wer wird bei euch die Produktion leiten?« fragte Sam. »Das ist nämlich der Mann, mit dem ich leben muß.«

»Jack Savitt«, antwortete Steve. »Er verkauft seine Agentur an die Künstler- und Autoren-Gesellschaft.«

»Sehr gut«, sagte Sam, »der ist mir sympathisch.«

»Ich möchte über das Ganze Klarheit haben«, sagte Roger. »Trans-World-Sinclair übernimmt das Studio und die Vertriebsgesellschaften im Ausland. Samarkand-Trans-World den Inlandvertrieb und die Gesellschaften in Kanada. Wir finanzieren die Produktion halb und halb und teilen ebenso den Gewinn. Jeder von uns stellt auch außerhalb der Finanzierungsabmachung Filme her, aber ihr macht sie nur für das Fernsehen.«

»Richtig«, sagte Steve. »Uns interessiert nur die Herstellung von Fernsehstreifen.«

»Sollen sie im Ausland in den Kinotheatern vertrieben werden?«

»Ja«, antwortete Steve.
»Bedeutet das nicht eine Konkurrenz für uns?«
»Ich glaube nicht. Die Qualtität ist nicht die gleiche. Wenn wir den einheimischen Markt nicht haben, werden uns automatisch Grenzen gesetzt.«
»Einverstanden«, sagte Sam. Er wandte sich an Dave Diamond. »Was glauben Sie?«
»Ich bin auch einverstanden«, sagte der Bankier. »Ich habe alles für einen Kredit vorbereitet, der sich automatisch erneuert. Sie beginnen mit fünfzehn Millionen Dollar.«
»Und was geschieht, wenn ich, wie ich es früher oft getan habe, ausländische Filme für den Inlandsvertrieb kaufe?« fragte Sam. »Wie stellst du dich dazu?«
»Wie früher«, sagte Steve. »Für dich gibt es keine Beschränkungen. Ich würde gern darauf Vorhand haben, da es aber dein Geld ist, kannst du tun, was du für richtig hältst.«
»Gut«, sagte Sam. »Nur auf einem bestehe ich noch.«
»Das wäre?« fragte Steve.
»Daß ich es bin, der es Craddock mitteilt.«
Steve lachte. »Da laß ich dir gern den Vortritt.«
»Ich warte schon lange darauf, dem Hurensohn eins auszuwischen«, sagte Sam. »Wann glaubst du, werden wir soweit sein?«
»Sobald deine Rechtsanwälte die Dokumente gelesen haben.«
»Heute ist Freitag«, sagte Sam, »Sonntag unterzeichnen wir.«
»Das Angebot geht am Montag hinaus«, sagte Steve.
Sam grinste. »Ich möchte gern Craddocks Gesicht sehen, wenn er davon erfährt!« Er wandte sich triumphierend Roger zu: »Samarkand-Trans-World. Wie klingt das? Wir sind eine Großfirma!«

10

»Erledigt«, sagte Steve beim Eintreten. »Wir haben am ersten Tag neunzig Prozent der Aktien in die Hand bekommen.«
»Ich gratuliere«, sagte sie.
»Das muß mit Champagner begossen werden.« Er nahm eine Flasche aus dem kleinen Kühlschrank und füllte zwei Gläser. »Fang an zu packen«, sagte er. »Morgen früh geht es nach Kalifornien.«
»Ich habe bereits gepackt.« Sie blickte auf ihr Champagnerglas, dann auf ihn. »Aber ich fliege nicht mit dir, sondern zurück nach Rom.«
»Weshalb?« fragte er verwundert. »Ich dachte, keiner von den Streifen, die man dir vorschlug, hätte dir gefallen.«
»Nicki hat mir einen Vorschlag gemacht, der mir sehr gut gefällt«, sagte sie. »Heirat.«
Er schwieg.
Sie nahm das Telegramm von dem Tischchen und reichte es ihm.
ANNULIERUNG GESTERN VON VATIKAN BESTÄTIGT KEINE AUSREDEN MEHR KOMM NACH HAUSE WIR HEIRATEN KÜSSE

NICKI

»So ist das also«, sagte er leise.
»Ja, so ist es«, sagte sie. Dann leichthin: Außer . . .«
Er sah sie an, da sie nicht weitersprach »Außer . . .?«
Sie schüttelte den Kopf, plötzlich schnürte es ihr die Kehle zu. »Nichts. Es würde ohnhin nicht klappen. Ich bin Schauspielerin und habe meine Arbeit. Wir würden nicht zueinander passen.«

»Du könntest deine Arbeit aufgeben.«
Das überraschte sie. »Bittest du mich, dich zu heiraten?«
»Offenbar. Es klingt doch wohl so, oder nicht?«
Die Tränen traten ihr in die Augen. »Aber du hast mir doch nie gesagt, daß du mich liebst. Nicht einmal, wenn . . .«
»Ich liebe dich«, sagte er.
Sie ließ sich von ihm umarmen. »Warum hast du so lange gebraucht?«
»Ich bin dumm«, sagte er. »Ich wußte es nicht, bis mir plötzlich klar wurde, daß ich dich verlieren könnte.«
Sie gab ihm einen raschen Kuß und trat einen Schritt zurück. »Ich danke dir, Stephen Gaunt. Aber die Antwort ist ›Nein‹.«
Fast hätte er sein Glas fallen lassen.
»Wundert dich das?« fragte sie. »Wir wissen doch beide, daß es nicht klappen würde. Ich würde meine Karriere nicht aufgeben.«
»Du bist lieber Schauspielerin als Frau?«
»Ich bin habgierig, das war ich schon immer. Ich will beides sein. Bei dir müßte ich mich entscheiden.«
»Und bei Nicki?«
»Bin ich beides. Ich kenne ihn, wir haben lange zusammengelebt. Er kennt mich und hat nichts dagegen.« Sie schlürfte ihren Champagner. »Jetzt kannst du dich entspannen«, sagte sie lächelnd. »Dir geschieht nichts mehr.«
Nun lächelte auch er; gleich darauf lachten sie beide. Er breitete die Arme aus, und sie ließ sich nochmals umfangen. »Italienermädchen«, sagte er, »heute abend gehen wir aus, und es wird die phantastischste Nacht, die du je erlebt hast.«
»Nein«, sagte sie. »Heute nacht bleiben wir zu Hause.«
Er küßte sie. »Ich liebe dich wirklich; das glaubst du mir doch, nicht wahr?«
Sie nickte. »Ich glaube dir. Weil ich noch weiß, wie du einmal sagtest, wir beide können uns lieben. Aber ich weiß auch noch etwas, was du nicht weißt.«
Er sah sie fragend an.
»Es gibt zwei Arten von Liebe: die eine paßt zur Ehe – unsere ist die andere.«

Sam merkte den Unterschied sofort, als er am nächsten Morgen ins Atelier kam. Der gedämpfte Gruß des Wächters am Eingang statt des gewöhnlichen herzlichen Zurufs. Die kleinen Gruppen von Angestellten, die plötzlich ihr Gespräch abbrachen und seinem Wagen nachblickten. Die vielen Notizen über telefonische Anrufe auf seinem Schreibtisch.
»Alle Fachzeitungen haben angerufen«, meldete seine Sekretärin.
»Sagen Sie ihnen, daß noch im Laufe des heutigen Tages eine Erklärung abgegeben wird«, erklärte er. Er wußte, daß Steve zur gleichen Zeit mit der Direktion von Trans-World in New York zusammentraf.
»Mr. Craddock hat angerufen umd möchte Sie gern sprechen, wenn Sie einen Augenblick für ihn erübrigen können.«
Der Saukerl hat es eilig, dachte Sam. Soll er nur kommen, wir werden ja sehen, wie es ihm gefällt, daß ihm die Eier abgeschnitten werden. »Sagen Sie ihm, ich sei jetzt frei.« Die Sektretärin legte den Hörer nieder. »Mr. Craddock kommt herüber.«
Craddock trat lächelnd ein und streckte Sam die Hand entgegen. »Gratuliere, Sam«, sagte er. Sein Ton klang ehrlich. »Ich glaube, das ist das Beste, was Trans-World passieren konnte.«
Sam sah ihn zweifelnd an. »Glauben Sie das wirklich?«
»Das will ich meinen! Etwas mußte geschehen, und die Leitung drüben im Osten war um zwanzig Jahre zurück.« Er zündete eine Zigarette an. »Vielleicht wird es jetzt endlich dazu kommen, daß einige Streifen gedreht werden. Die Kerle hatten ja vergessen, wozu ein Studio da ist!«
»Sie gottverdammter Idiot!« schrie Sam. »Sie sind gefeuert! Wissen Sie denn das nicht?«

Craddock lächelte. »Natürlich weiß ich das.«

»Und es macht Ihnen nichts aus?« fragte Sam ungläubig.

»Doch, doch – gewiß«, sagte Craddock, mit offensichtlichem Vergnügen an seiner Zigarette saugend. »Aber sehen Sie mich doch an, Mensch: Ich rauche, ich inhaliere sogar. Und heute geschieht es zum erstenmal seit zehn Jahren, daß die Zigarette mir nicht die Luftröhre bis hinunter zu meinem Magengeschwür verbrennt. Apropos, wen wollen die denn an meinen Platz setzen?«

»Jack Savitt«, antwortete Sam ohne nachzudenken. Er war noch immer verblüfft.

»Jack Savitt«, wiederholte Craddock beifällig. »Eine gute Wahl, der Mann kann etwas. Und er hat schon ein Magengeschwür, also wird ihn der Job nicht umwerfen.«

Sam starrte ihn an; dieser Mensch hatte, wenn auch sonst nichts, Nerven aus Draht. Die ließen sich nicht durchschneiden, man hätte sie abtöten müssen. Es gab keinen anderen Produktionsleiter in der Stadt, der seinen Posten so lange behalten hatte. Dazu kam, daß er um jeden Dollar für Trans-World kämpfte, als ginge es um sein eigenes Geld. Hätte Sam einen solchen Mann als Produktionsleiter gehabt, wäre er vielleicht nie in die schwierige Lage geraten, in der er sich jetzt befand.

»Ich sprach heute morgen mit meinen Rechtsberatern«, sagte Craddock, »und sie werden für die Liquidierung meines Vertrags zur Verfügung stehen. Haben Sie eine Ahnung, wann man sich an mich wenden wird?«

Sam schüttelte den Kopf. »Das bestimmt Sinclair, das Studio gehört ihm. Ich bin hier weiter nichts als ein Mieter.«

»Gut«, sagte Craddock, »ich kann warten. Mein Vertrag läuft noch drei Jahre.«

Sam überlegte und faßte den vernünftigsten Entschluß. »Hören Sie, Rory«, sagte er, »da ich die Vertriebsfirma übernehme, werde ich den Großteil meiner Zeit außerhalb des Studios verbringen. Ich brauche jemanden, der mir die Produktion abnimmt, und Sie sind dazu der richtige Mann. Sie kennen die Pläne, die Arbeit und die Ateliers. Würde Sie das interessieren?«

»Verstehe ich Sie richtig? Sie wollen, daß ich Filme für Sie mache?«

Sam nickte. »Ich möchte, daß Sie für mich genau das gleiche machen wie früher für Trans-World.«

»Das interessiert mich«, sagte Craddock.

»Na also! Verdammt noch mal, dann machen Sie sich auf die Socken und suchen Sie mir Filme für unsere Produktion. Wir haben einen Vertrieb, der Material braucht.«

»Ich werde mich gleich dahinterklemmen«, sagte Craddock lächelnd und sog an seiner Zigarette. Plötzlich verschwand sein Lächeln und sein Gesicht zog sich schmerzhaft zusammen. Er starrte die Zigarette an, als hätte sie ihn heimtückisch verraten, und drückte sie in der Aschenschale aus.

»Was ist los?« fragte Sam.

»Die verdammte Zigarette hat mir wieder schauderhaft das Magengeschwür verbrannt«, sagte er ärgerlich. »Na ja, ich hätte es mir denken können. Es ging mir schon zu lange gut.«

11

»Was heißt das, du willst keine Bar-Mizwa?« schrie Sam. »Deine Großeltern kommen deshalb aus Florida nach New York.«

Junior machte ein verstocktes Gesicht. »Ach hör auf damit, Dad, das ist doch bloß ein rituelles Überbleibsel wie das Beschneiden, in der modernen Gesellschaft bedeutet das überhaupt nichts mehr.«

»Nichts?« brüllte Sam. »Das ›Nichts‹ haue ich dir gleich um die Ohren! Du machst deine Bar-Mizwa, und wenn ich dich mit eigenen Händen in die Synagoge schleppen muß!«

»Sam«, sagte Denise ruhig, »reg dich nicht auf, denk an deinen Blutdruck!«

»Mein Blutdruck ist in Ordnung; was nicht in Ordnung ist, ist der Kopf dieses Lausebengels. Er braucht jemanden, der ihn ihm wieder zurechtsetzt.«

»Reden wir mal friedlich darüber«, lenkte Denise ein.

»Also gut, reden wir«, antwortete Sam. Er nahm sich wieder Junior vor und sagte kaltblütig: »Du wirst deine Bar-Mizwa machen oder ich brech dir jeden einzelnen Knochen im Leib.«

»Du kannst jetzt gehen«, befahl Denise ihrem Sohn. »Laß mich mit Vater sprechen.«

Wortlos wandte sich der Junge ab. Sie warteten, bis sich die Tür hinter ihm geschlossen hatte.

»Einen schönen Schlamassel richtest du an«, beklagte Sam sich bitter. »Ich brauche mich nur eine Minute um andere Dinge zu kümmern, und schon geht alles schief! Nicht einmal so was Einfaches wie deinen Sohn zur Bar-Mizwa zu bewegen bringst du fertig.«

Jetzt wurde Denise zornig. »So was Einfaches? Der große Herr Direktor kommt einmal im halben Jahr von seinen Reisen nach Hause und spricht zu seiner Frau, als wäre sie seine Angestellte oder noch schlimmer! Was kommt als nächstes, Herr Generaloberdirektor, schmeißt du mich hinaus?«

»Würdest du bei mir arbeiten, dann . . .« Plötzlich brach er ab. »Mama«, fragte er verwundert, »warum reden wir eigentlich so miteinander?«

Sie schüttelte den Kopf. »Ich weiß es nicht, ich hab nicht damit angefangen. Aber du lebst seit einem Jahr in einer anderen Welt, wir sehen dich ja gar nicht mehr.«

»Es gab so viel Arbeit«, sagte er. »Das ganze Geschäft mußte neu organisiert werden, sonst hätten wir mit fünf Millionen Verlust im Jahr abgeschlossen, wie die Leute vorher. Aber jetzt wird es besser werden, da ich Charley als meinen Assistenten aus Rom herüberkommen lasse.«

»Dann findest du etwas anderes, das deine Zeit in Anspruch nimmt. Wir haben doch schon mehrmals darüber gesprochen. Als Craddock die Produktion übernahm, als Roger die Verwaltung übernahm, als du dir den Mann von Twentieth Century als Verkaufsleiter holtest; aber du hast immer noch genausoviel zu tun.«

»Ich bin der Chef«, sagte Sam. »Wenn ich die Dinge nicht im Griff behalte, geht alles drunter und drüber.«

»Wozu hast du denn all diese Leute nötig und zahlst ihnen phantastische Gehälter?«

»Damit ich mich auf die großen Probleme konzentrieren kann.«

»Hast du nicht eben erst gesagt, alles läuft jetzt glatt? Was für große Probleme gibt es dann noch?«

»Ich will unsere Beziehungen zu Sinclair überprüfen. Weißt du, wieviel die Leute im vorigen Jahr mit unseren Filmen verdient haben? Sieben Millionen Dollar. Das ist mehr, als uns selbst geblieben ist.«

Ihr Blick ruhte auf ihm; sie sagte nichts.

»Der neue Barzini-Film allein wird ihnen mehr als vier Millionen einbringen.«

»Ich dachte, das war Steves Verdienst. Er hat sie doch dazu gebracht, den Film zu drehen. Sie hatte gesagt, sie käme nicht wieder nach Hollywood; und dann kam sie doch.«

»Warum auch nicht? Sie und ihr Mann haben zusammen weitere drei Millionen nach Hause getragen. Wir verdienen daran alles in allem lausige anderthalb Millionen. Neulich hörte ich, daß United Artists den Auslandsvertrieb unserer Filme übernehmen möchte. Und die würden sich mit zehn Prozent weniger für den Vertrieb und fünf Prozent weniger vom Gewinnanteil begnügen.«

Sie sah ihm fest in die Augen. »An deiner Stelle würde ich mich nicht so sehr damit beeilen. Schließlich war es Steve, der dir all das verschafft hat.«

»Im eigenen Interesse«, sagte Sam. »Hätte ich den Inlandsvertrieb nicht übernommen, hätte er das Geschäft nicht machen können. Sinclair hätte die Verluste nicht übernehmen wollen, und wahrscheinlich wäre das Antitrustgesetz zur Anwendung gelangt. Er hat mir keine Gefälligkeit erwiesen, er hat nur seinen Posten gerettet; und außerdem erhielt er die Filme praktisch umsonst.«

»Wenn du mit Steve redest, wird er sicher eine Lösung finden.«

»Er kann manchmal sehr starrköpfig sein. Er handelt nach der Devise: Abkommen ist Abkommen.«

»Der Alte ist auf dem Kriegspfad«, sagte Junior, indem er sich seiner Schwester gegenüber neben dem Schwimmbassin auf die Fliesen legte.

Myriam blickte zu ihm herüber und ließ das Manuskript, das sie las, sinken. »Wieder die Bar-Mizwa?«

Er nickte. »Er hat 'ne Laus im Pelz. Jetzt geht es darum, daß die Großeltern aus Florida herüberkommen.«

»Dann wirst du's wohl über dich ergehen lassen müssen. Du weißt ja, wie er immer auf sie Rücksicht nimmt.«

»Ja«. Er zog sein Hemd aus, und entblößte die schlanke, sehnige Gestalt.

»Weißt du, ob Mutter schon über mich mit ihm gesprochen hat?«

»Ich glaube nicht. Dad hat doch jetzt den Ärger mit mir, und da wartet sie wahrscheinlich, bis er besser gelaunt ist.«

»Verflixt. Hoffentlich wartete sie nicht zu lange. Wenn ich nicht spätestens in einer Woche eine endgültige Antwort gebe, könnte ich meinen Platz verlieren. Das Actors-Studio hat mehr Bewerber, als es aufnehmen kann.«

Er blickte sie pfiffig an. »Du kommst überhaupt nicht hin, wenn du weiter zuläßt, daß deine Freunde das Handschuhfach in deinem Auto als Ablage benutzen.«

»Du hast dort rumgeschnüffelt«

»Nein«, widersprach er sofort. »Mama brauchte den Wagen und ich sollte ihn für sie waschen. Dein Glück, daß ich auch hineinsah. Wenn Mama das Zeug gefunden hätte, wärst du erledigt gewesen.«

»Was hast du damit gemacht?«

»An einem sicheren Platz aufbewahrt. Wenn ich Razz das nächstemal sehe, muß er mir dafür Lösegeld zahlen.«

»Es gehört gar nicht Razz.«

»Wem denn?«

»Mir.«

»Dir?« fragte er skeptisch. »Na schön, die Haschzigaretten versteh ich; aber auch die Gummis?«

Sie war leicht errötet und antwortete nicht.

»Du bist schon richtig, Schwesterchen.« Er sagte es unwillkürlich mit einer gewissen Hochachtung. »Hoffentlich finde ich so ein Mädchen wie dich, wenn ich auch mal soweit bin.«

»Gibst du mir die Sachen zurück?« fragte sie.

»Ja, aber fünf Zigaretten behalte ich. Sie sind besser als der Mist, den sie bei uns in der Schule verhökern.«

»Du rauchst doch nicht?« fragte sie schockiert.

»Na sicher, tun ja alle Jungs; aber nicht viel, immer nur ein paar Züge. Es ist phantastisch!«

»Laß es lieber sein! Du bist noch ein bißchen zu jung.«

»Ich komm schon zurecht damit«, sagte er selbstsicher.

Sie schwieg einen Augenblick. »Und die Gummis?«

»Die kannst du alle wiederhaben; mir sind sie etwas zu groß.«

Denise blickte aus dem Fenster und sah sie im Schwimmbassin planschen. »Komm, sieh dir das mal an, Sam«, sagte sie.

Er legte die Zeitung beiseite, trat zu ihr, und eine Weile beobachteten beide ihre Kinder.

»Wir haben Glück«, sagte sie fast verwundert. »Dachtest du damals, als ich zu dir ins Büro kam, daß wir soviel Glück haben würden?«

»Nein«, antwortete er. Er beobachtete Junior, der in scharfem Tempo durch das Bassin kraulte und ein Kielwasser von champagnerähnlich sprudelnden Blasen hinter sich ließ. »Der Junge schwimmt wie ein Champion.«

»Sie sind gute Kinder«, sagte sie ernst. »Du solltest hören, was es für Geschichten gibt über die heutige Jugend und was sie treiben. Unglaublich!«

»Ich weiß.« Er wandte sich vom Fenster ab und nahm wieder die Zeitung zur Hand. Aber seine Bar-Mizwa muß er doch machen.«

»Keine Sorge, er wird sie schon machen.«

»Das möchte ich ihm auch geraten haben.«

Er scheint jetzt besser gestimmt zu sein, dachte sie. Vielleicht ist es der geeignetste Moment, um mit ihm über Myriam zu reden. »Weißt du, Sam«, sagte sie, »ich habe mit Myriam über ihre Zukunft gesprochen, über ihre Pläne.«

Er legte die Zeitung wieder fort und sah sie an. »Ja?«

»Sie ist ein sehr hübsches Mädchen«, sagte Denise schnell, »und sie möchte drüben im Osten zur Schule gehen.«

»Warum denn?« fragte er. »Ist ihr die USC nicht gut genug?«

»Nein, sie sagt, hier kann sie nicht das lernen, was sie will.«

»Was will sie denn lernen?«

»Schauspielkunst.«

»Was?« Sams Stimme schwoll an. »Du meinst, sie will Schauspielerin werden?«

»Warum nicht? Weißt du nicht mehr, wie stolz du warst, als sie in all den Theaterstücken in der Schule immer die Hauptrolle bekam?«

»Das war etwas anderes, das war eben in der Schule. Wie ich über Schauspielerinnen denke, weißt du ja: Sie sind alle Huren. Ich werde nicht zulassen, daß meine Tochter wie eine Nutte von einer Agentur zur anderen rennt.«

»Myriam ist nicht so«, sagte Denise, »sie ist ein ernstes Mädchen. Vorigen Monat war Lee Strasberg hier; sie durfte ihm vorsprechen, und er findet, daß sie begabt ist. Er hat sie für das Actors-Studio angenommen, und du weißt ja, der nimmt nicht jeden.«

»Ich will aber nicht, daß sie allein in New York lebt.«

»Sie wird nicht allein sein«, erwiderte Denise. »Roger sagt, er wird ein Auge auf sie haben.«

Insgeheim war Sam stolz auf seine Tochter.

»Du mußt es ihr erlauben, Sam«, sagte Denise, »sonst brichst du ihr das Herz.«

12

»Deinen dicken kleinen Freund sticht wieder mal der Hafer«, sagte Jack, als Steve in sein Büro trat.

Steve setzte sich und Jacks Sekretärin stellte eine Tasse Kaffee vor ihn hin. »Was ist denn nun wieder los?«

»Er hat es sich einfallen lassen, die drei besten Filme, die wir für ihn gefunden haben, außerhalb des Abkommens herzustellen.«

Steve griff nach seiner Kaffeetasse. »Na und?« fragte er sanft.

»Na hör mal, Steve, das ist doch unfair, und du weißt es genausogut wie ich«, protestierte Jack. »Wie soll ich das Studio ohne Verlust in Gang halten, wenn er seine höchsten Gewinne anderen Gesellschaften zugute kommen läßt?«

»Hat er schon den Vertrieb bekanntgegeben?«

»United Artists«, antwortete Jack. »Was gedenkst du zu tun?«

»Nichts«, sagte Steve kurz. »Er hat unser Abkommen eingehalten. Er darf seine Filme mit seinem eigenen Geld herstellen, wenn er will.«

»Du wirst ihm nichts sagen?« fragte Jack ärgerlich.

»Kein Wort.«

»Okay – dann trete ich aus. So dumm bin ich nicht, weiter Filmrechte zu suchen, aus denen er uns dann ausbootet.«

»Dann suchst du eben keine mehr«, sagte Steve ruhig. »Du hast bei uns genug anderes zu tun. Laß ihn selbst seine Filmrechte suchen.«

»Meinst du das im Ernst?«

»Durchaus. In unserem Abkommen steht nichts davon, daß wir ihm die Rechte, die wir kaufen, übergeben müssen. Dafür spricht nur, daß wir eben Partner sind.«

»Das ist schon besser«, sagte Jack und setzte sich an seinen Schreibtisch. »Nehmen wir an, ich finde etwas ganz Großartiges.«

»Dann kauf es. Und den Produzenten suchen wir uns später. In dem Abkommen steht nichts, das uns davon abhalten könnte.«

Er stellte seine Kaffeetasse hin, ging zum Fenster und blickte hinaus. Die Straße im Atelier wimmelte von Menschen. »Da drüben scheint ja allerhand los zu sein.«

»Ja, es rührt sich«, sagte Jack zufrieden. »Die Produktion für den ersten unserer Zweistundenstreifen beginnt nächsten Monat, und danach haben wir schon einen weiteren in Aussicht.«

»Sehr gut«, sagte Steve, »ich werde darüber nachdenken, was wir noch einschieben könnten.«

»Wenn du willst, können wir auch früher bereit sein.«

»Ich habe keine Eile«, sagte Steve. »Der Plan bleibt bestehen. Die neue medizinische Sendereihe *Praktischer Arzt* bekommt gute Nielsenziffern. Ich habe allerdings bemerkt, daß die Noten etwas besser sind, wenn wir direkt im Krankenhaus drehen. Du könntest dir das mal ansehen und ein paar Drehbücher für Krankenhausaufnahmen verfassen.«

»Ich werde mich darum kümmern.« Jack machte eine Notiz.

»Hast du in letzter Zeit mit Sam gesprochen?«

»Er läßt sich nicht oft sehen. Ich verhandle über alles mit Craddock.«

»Frag mal nach, ob er im Atelier ist. Vielleicht kann ich vorbeikommen und mit ihm sprechen.« Steve ließ sich schwer in einen Stuhl fallen; während Jack nach dem Telefon griff, lehnte er sich zurück und schloß die Augen.

»Sam ist irgendwo an der Börse«, sagte Jack.

Steve schlug die Augen auf. »Nächstesmal, wenn ich hier bin, werd ich ihn mir vorknöpfen.«

»Ist dir nicht gut?« fragte Jack.

»O doch, ich bin nur abgespannt. Seit einem Monat bin ich pausenlos unterwegs.«

»Du brauchst Ferien.«

»Keine Zeit«, erwiderte Steve. »Morgen früh werde ich in Montreal erwartet; ich soll versuchen, die International Football League für die nächsten Jahre unter Vertrag zu bekommen. Am Tag darauf bin ich in Washington für die Rundfunkübertragung der Kongreßdebatten. Dann kommt Chikago, die Tagung der Rundfunkverbände, und danach muß ich nach London zur Überprüfung einer Reihe, die wir in Zusammenarbeit mit dem Britischen Fernsehen herstellen.«

Jack schüttelte den Kopf. »Ich wünschte, ich könnte dir mehr helfen.«

»Das weiß ich«, sagte Steve lächelnd, indem er ein Tablettendöschen aus der Tasche nahm. »Aber das ist eben ein Nachteil meiner Stellung: Jeder will mit dem Präsidenten der Gesellschaft sprechen. Dürfte ich dich um etwas Wasser bitten?«

»Gern.« Jack füllte ein Glas aus der Karaffe, die auf seinem Schreibtisch stand. »Was nimmst du? Vitamine?«

»Nein.« Steve schluckte die Tablette. »Die nehm ich auch. Aber das ist ein Benzedrin, es hält mich für den Rest des Tages auf den Beinen.«

»Starkes Zeug! Davon kann man süchtig werden.«

»Ich benutze es nur ganz selten, wenn ich sehr müde bin«, sagte Steve. »Ich habe vorige Nacht nicht viel geschlafen. Das Flugzeug hatte Verspätung.«

»Du solltest einmal richtigen Urlaub nehmen«, sagte Jack. »Ich möchte nicht, daß dir was zustößt; es wäre hier kein Leben ohne dich.«

»Es wird schon wieder besser werden.« Steve erhob sich. »Nun, wollen wir uns jetzt die Pilotfilme ansehen, die du so hervorragend findest?«

»Hat es irgendwelche Reaktionen gegeben, als du ihnen sagtest, daß wir die drei Streifen mit United Artists machen?« fragte Sam.

»Überhaupt keine«, antwortete Rory. »Ich dachte Jack würde meckern – aber er gab keinen Ton von sich. Das ist jetzt einen Monat her. Vermutlich waren sie zu sehr mit ihren eigenen Problemen beschäftigt.«

»Wie geht es mit ihren Filmen?«

»Ganz gut, nehme ich an. Sie haben vorige Woche mit der Produktion des ersten begonnen.«

»Taugt der etwas?«

Rory zog die Schultern hoch. »Wer weiß? Jedenfalls kann's nichts Besonderes sein, was kann man denn heutzutage für sechshunderttausend Dollar bekommen? Soviel kosten ja schon gute Filmrechte.«

»Ja.« Sam war irgendwie enttäuscht; er hatte erwartet, von Steve einen Kommentar bezüglich des Vertriebswechsels zu hören. Das wäre ein guter Ausgangspunkt für neue Verhandlungen gewesen. »Und wie steht es mit den Verfilmungsrechten, hinter denen wir her waren?«

»Nichts zu machen«, antwortete Rory. »Die sind futsch.«

»Futsch? Du meinst, jemand anders hat sie gekauft?«

Rory nickte.

»Wie kommt das?« Sams Stimme wurde scharf. »Hatte ich nicht gesagt, du solltest sie für uns reservieren?«

»Was du gesagt hast, weiß ich, Sam«, gab Rory ruhig zurück. »Als ich aber der Sache nachging, stellte ich fest, daß sie bereits verkauft waren.«

»An wen?«

»Das weiß ich nicht. Ich habe nur herausgefunden, daß beide vom selben Käufer erstanden wurden.«

»Vom selben Käufer?« wiederholte Sam nachdenklich. »Levine?«

»Ich glaube nicht. Wenn es Joe wäre, hätte man das in den Fachzeitungen gelesen. Ich glaube, es ist ein neues Konsortium, und sie geben nichts bekannt, ehe das Geschäft unter Dach und Fach ist.«

»Erkundige dich, wer es ist«, sagte Sam. »Vielleicht könnten wir, wenn sie einen Partner suchen, mit ihnen ins Geschäft kommen.«

»Okay«, sagte Rory; er lächelte. »Es gibt aber etwas, wo ich ziemlich sicher bin. Ich habe für *Blue jeans* ein Angebot von einer halben Million Dollar gemacht, und das Buch wird laut *New York Times* nächste Woche Nummer eins auf der Bestsellerliste sein.«

»Sehr gut«, sagte Sam. »Was glaubst du, wann wirst du davon hören?«

»In allernächster Zeit. Ich habe eben ein Gespräch mit der Agentur Matson angemeldet. Heute morgen wurde mit der Versteigerung begonnen.« Das Telefon klingelte. »Das könnten sie sein.«

Er meldete sich und sprach, wobei sein Lächeln allmählich verblaßte. Schließlich legte er den Hörer auf und sagte ungläubig: »Das ist nun auch futsch. Siebenhundertfünfzigtausend Dollar.«

Sam starrte ihn an. »Wer hat es gekauft?«

Rory schüttelte den Kopf. »Das wollten sie mir nicht sagen. Ich denke, es ist dieselbe Gruppe, die die anderen erworben hat.«

Sam erhob sich. »Ich verstehe das nicht. Hast du von irgendwelchen anderen Rechten gehört, die sie gekauft haben?«

Rory schüttelte den Kopf. »Nur diese drei.«

»Ich habe den Eindruck, da ist etwas faul. Du nicht?«

»Wie meinst du das?«

»Es sieht beinahe so aus, als wollte uns jemand in die Quere kommen.« Den Blick auf Rory gerichtet, fragte er: »Wer, außer uns beiden, weiß, daß wir uns für diese Filme interessieren?«

Rory dachte eine Weile nach. »Niemand, nur unsere Sekretärinnen.«

»Und wie haben wir davon erfahren?«

»Auf dem üblichen Weg. Die Drehbuchabteilung des Ateliers hat uns die Druckfahnen und eine Synopsis geschickt.«

Sam holte tief Atem, sein Gesicht rötete sich vor unterdrücktem Zorn. »Auf dem üblichen Weg?« wiederholte er.

Rory nickte.

»Und du glaubst noch immer nicht, daß das ein Gegenschlag von Sinclair ist?«

Rorys Magengeschwür zwickte; er griff nach dem Gelusil.

»Dann bist du nicht so schlau, wie du denkst!« sagte Sam. »Oder vielleicht kenne ich Steve Gaunt eben besser als du. Das ist seine Art, uns wissen zu lassen, daß ihm unser Vorgehen nicht paßt.« Sam setzte sich schwerfällig hin. »Er wird die Filmrechte als Knüppel verwenden, um uns in die Herde zurückzutreiben.«

»Was wirst du unternehmen?« Rory saugte an der Tablette.

»Das Spielchen kann auch ein anderer betreiben. Steve wird herausfinden, daß ich anders bin als die Arschlöcher, mit denen er gewöhnlich zu tun hat. Ich mach ihn fertig.«

»Und wie willst du das anstellen?«

»Ganz einfach.« Sam lächelte verschwörerisch. »Du läßt ihn alles erfahren, wofür wir Angebote stellen. Und du machst auch noch dort Angebote, wo wir die Rechte gar nicht haben wollen. Dann werden seine Leute unsere Angebote überbieten und dadurch bald mit so viel Mist belastet sein, daß sie uns verzweifelt zu Hilfe rufen werden. Und dann schmeißen wir ihnen den Kram vor die Füße!«

13

Als Steve eintraf, erhob sich Sam gerade, um seine Rede zu halten. Er setzte sich auf einen freien Stuhl an einem der hinteren Tische und sah sich um.

An der Wand hinter der großen Speisetafel hing ein riesiges Transparent:

SAMUEL BENJAMIN JR., UNSEREM BAR-MIZWA-JUNGEN,
VIEL GLÜCK ZUM GEBURTSTAG

Sam klopfte mit dem Löffel an einen Teller, um die Aufmerksamkeit auf sich zu lenken, und es wurde langsam still. Da stand er nun, lächelnd und ein wenig schwankend; dann hob er die Arme.

»Freunde, Landsleute, willkommen zur Bar-Mizwa meines Sohnes!« Er machte eine Pause; alle applaudierten. Sollten Sie es vielleicht beim Eintreten nicht bemerkt haben, draußen stehen fünfzig weiße Rolls-Royce. Wenn wir hier aufbrechen, bringen sie uns zum Flughafen, wo uns fünfzig weiße DC-8 erwarten, die uns direkt im Nonstopflug nach Kenia in Afrika bringen werden. Auf dem Flughafen werden fünfzig weiße Jäger mit fünfzig weißen Elefanten bereitstehen. Diese fünfzig weißen Elefanten werden wir besteigen und auf eine Safari in den Dschungel reiten. Jeder von uns wird ein weißes Gewehr erhalten, um selbst das seltenste aller Tiere zu schießen, einen weißen Tiger. Während wir uns auf dem schmalen Pfade im Gänsemarsch dem Dschungel nähern, wird der oberste weiße Jäger seine Hand heben, und wir werden anhalten. Und warten.

Und wißt ihr, worauf wir warten werden?«

Gelächter erschallte von allen Seiten. »Nein, Sam, sag es uns!«

Er blickte lächelnd um sich. »Auf Joe Levines Bar-Mizwa-Safari, damit sie vor uns aus dem Dschungel flieht.«

Das allgemeine Gelächter schwoll an, und man klatschte Beifall. Wieder lächelte Sam und hob Ruhe heischend die Hände.

»Danke«, sagte er. Und mit einem Blick rundum: »Bei manchen meiner Filme gab es bei der Premiere weniger Leute als heute hier. Falls Sie also nächsten Dienstag nichts vorhaben . . .«

Erneutes Gelächter; diesmal wartete Sam, bis es von selbst verebbte.

»Nun aber, im Ernst, liebe Freunde: Vielleicht fragen sich einige unter Ihnen, warum tut der Sam Benjamin das? Warum macht er sich soviel Mühe? Schließlich ist es ja nur eine Bar-Mizwa, und die gibt es jeden Tag für irgendwelche Jungen.

Aber für mich ist das mehr. Wie sonst könnte ein armer Junge aus der Bronx, der es zu etwas gebracht hat, seinem Sohn sagen« – er wandte sich an Junior und sprach ihn unmittelbar an –,»ich habe dich lieb und bin stolz auf dich.«

In der allgemeinen Stille beugte sich Sam nieder und küßte seinen Sohn. Dann richtete er sich wieder auf und ließ seinen Blick über die Gäste schweifen. »Danke«, sagte er einfach und setzte sich.

Als Steve sich den Weg zur vorderen Tafel bahnte, war man allgemein schon im Aufbruch begriffen; Sam sprach gerade mit verschiedenen Leuten, und Denise erblickte ihn als erste.

»Steve!« rief sie erfreut.

Er küßte sie auf die Wange. »Gratuliere, es ist eine wunderschöne Feier!«

»Ich freue mich, daß du gekommen bist; sonst sehen wir uns ja so selten. Ich schulde dir noch ein Abendessen mit Brustflanken.«

»Nächstens einmal, an einem ruhigeren Tag.«

»Auch wenn man das Fleisch in der Kühltruhe aufbewahrt, sind vier Jahre eine lange Zeit«, sagte sie.

»Ist es wirklich schon so lange her?«

»Ja; das letztemal sahst du die Kinder bei der Oscar-Verleihung.«

»Diesmal wird es nicht so lange dauern, das verspreche ich dir.« Er wandte sich lächelnd an Junior. »Erinnerst du dich noch an mich?«

»Ja, Onkel Steve.«

Steve nahm einen Umschlag aus der Tasche. »Ich höre, das ist so der Brauch. Gratuliere!«

Junior nahm den Umschlag entgegen, guckte hinein und grinste über das ganze Gesicht. »Eine Fünfhundertdollarnote«, sagte er ehrfurchtsvoll. »Dabei glaubte ich mit dem Einsammeln der Beute schon fertig zu sein!«

»Aber Junior!« sagte Denise entrüstet.

Er grinste wieder und streckte Steve die Hand entgegen. »Dank dir vielmals, Onkel Steve«, sagte er begeistert, dessen Hand auf und ab schwenkend.

»Gern geschehen«, sagte Steve lächelnd; er trat wieder zu Denise. »Wo ist Myriam? Ich hätte sie gern begrüßt, wenn ich schon hier bin.«

»Sie war eben noch da«, antwortete Denise und sah sich um.

»Sie ist nach Hause gegangen«, sagte Junior, »sie sagte, sie muß heute noch packen.«

»Das stimmt«, bestätigte Denise. »Sie wird an der Ostküste zur Schule gehen und fährt morgen früh ab.«

»Tut mir leid, daß ich sie nicht mehr getroffen habe«, sagte Steve. »Meine besten Grüße.«

»Ich werde es ihr ausrichten. Du würdest sie kaum wiedererkennen«, sagte Denise stolz, »sie ist sehr hübsch geworden.«

»Besonders seit der Nasenoperation«, flötete Junior dazwischen.

»Junior!« verwies ihn Denise scharf.

Steve lachte. »Schon recht, Denise, es bleibt unter uns, ich sag es niemandem.«

»Es ist doch nichts dabei«, wehrte sie ab. »Heutzutage tun das viele Mädchen.«

»Natürlich«, sagte Steve beschwichtigend. »Du würdest staunen, wie viele schöne Schauspielerinnen sich die Nase operieren ließen.«

»Ja«, stimmte Denise bei, »und besonders, da sie ja –«

Sams freudiger Gruß unterbrach sie. »Hallo, Steve!«

Sie schüttelten sich die Hände. »Gratuliere!«

»Wie gefällt dir mein Junge?« Sam betrachtete seinen Sohn bewundernd. »Ich glaube, der wächst noch über einsachtzig hinaus.«

»Er ist prima.«

»Komm, trinken wir etwas«, sagte Sam, nahm ihn beim Arm und zog ihn zur Bar. »Zwei Whisky.«

»Bitte sehr, Mr. Benjamin.« Der Barmann stellte die Drinks vor sie hin.

»Prosit«, sagte Sam. Sie tranken.

»Wie geht das Geschäft?« fragte Sam.

»Wie gewöhnlich, einmal verdient man, und ein andermal verliert man.«

»Ich hab in den letzten Monaten eine Menge Filmrechte gekauft.«

»Das hab ich gemerkt«, sagte Steve ohne weitere Reaktion.

Sam sah ihm, nach einem Hintergedanken forschend, in die Augen, konnte jedoch nichts als höfliches Interesse darin finden. »Ich glaube, wir beide sollten einmal miteinander sprechen.«

»Ich bin morgen im Atelier«, sagte Steve.

»Dann rufe ich dich am Vormittag an.« Sam drehte sich um und überblickte den Raum. Er lächelte. »Eine Mordsparty, nicht wahr? So eine Bar-Mizwa hat es sicher noch nie gegeben!«

Myriams starrer Blick war auf den letzten Koffer geheftet, den sie gerade geschlossen hatte. Jetzt hörte sie den Wagen in der Einfahrt und drehte schnell das Licht ab. Ihr Bedarf an Familie war für den heutigen Tag gedeckt.

Sie begann sich langsam im Dunkeln auszuziehen, wobei ihre Beklommenheit noch immer nicht weichen wollte. Es hatte heute nichts geklappt, zumindest was sie betraf. Wenn die Bar-Mizwa nicht gewesen wäre, hätte sie schon vorige Woche fahren können. Manchmal gingen einem die Verwandten verdammt auf die Nerven, besonders ihr kleiner Bruder. Unheimlich, wie der immer durchschaute, was sie dachte.

»Wen suchst du denn?« hatte er sie leise bei Tisch gefragt, als ihr Vater sich erhob, um seine Rede zu halten.

Sie gab keine Antwort.

Er folgte ihrem Blick. »Da ist Onkel Steve.«

Sie schwieg weiter.

»Hast du dich in ihn verliebt?«

»Ach, halt doch den Mund!« zischte sie wütend, und dabei spürte sie, wie ihr die Röte ins Gesicht stieg. Sie zwang sich wegzusehen, da hatte Daddy auch schon seine Rede begonnen, und ihr Bruder wurde abgelenkt.

Aber er hatte recht: Es war ihr schon immer so ergangen. Sogar bei der Oscar-Verleihung vor Jahren, als er mit der Schauspielerin aufgekreuzt war; die hätte sie am liebsten umgebracht. Und später hatte sie jedesmal, wenn sie nur seinen Namen in der Zeitung las, einen Stich verspürt. Immer war er in Begleitung der einen oder anderen Frau, einer Schauspielerin oder eines Modells. Vielleicht gab das den Ausschlag bei ihrer eigenen Berufswahl.

Als die Rede beendet war und Steve auf den Tisch zusteuerte, überkam sie plötzlich das Verlangen, davonzulaufen. Sie wandte sich an ihren Bruder: »Sag Mutter, ich fahre nach Hause, ich muß noch fertig packen.« Und schon war sie, ehe er antworten konnte, an Steve vorbei hinausgelaufen.

Merkwürdig, daß sie soviel für ihn empfand und er sie nicht einmal erkannte. Sie ärgerte sich über sich selbst. Wie ein Kind benahm sie sich und nicht wie ein erwachsenes Mädchen. Sie ging zur Kommode und öffnete ihre Tasche, es war noch eine Zigarette darin.

Sie zündete sie an und sog den Rauch tief in die Lunge; gleich darauf wurde sie ruhiger. Mit langsamen Bewegungen knöpfte sie ihren Büstenhalter auf und ließ ihn zu Boden fallen. Nackt trat sie ans Fenster und öffnete es.

Da stand sie nun, blies den Rauch hinaus und ließ sich von der kühlen Nachtluft umwehen. Sie schloß die Augen und lehnte sich ans Fensterbrett.

Sie hätte gern gewußt, wo er sich im Augenblick befand. Er war allein gekommen, aber das bedeutete nichts, wahrscheinlich hatte er später eine Verabredung und unterhielt sich jetzt bereits mit irgendeinem Mädchen. Sie fragte sich, wie es wohl wäre, sich von ihm lieben zu lassen. Es wurde ihr warm, sie faßte mit der Hand nach unten und befühlte sich. Sie war feucht und erregt.

Mit der Zigarette in der Hand ging sie zum Koffer, öffnete ihn und entnahm einer Seitentasche einen rosafarbenen Vibrator, der durch eine Taschenbatterie betätigt wurde. Sie setzte sich auf den Bettrand, nahm noch einen Zug von der Zigarette, legte sie wieder in die Aschenschale und streckte sich auf den Rücken aus.

Sie drehte den unteren Griff des Apparats, und ein leises Summen ertönte. Plötzlich rauschte es in ihren Ohren; sie schlang die Beine um ein Kissen. Ihre Reise ins Mondland begann, und ihr jäher Orgasmus brachte seinen Namen mit einem halblauten Schrei auf ihre Lippen.

»Steve!«

Der Name hing bewegungslos in der Dunkelheit.

Tränen traten ihr in die Augen. Und sie schlief ein.

Sam kam nach Hause. »Er hat mich niederträchtig betrogen!« schrie er wütend. »Da hat er gesessen, die Schlange, die lächelnde! ›Ich bin dein Freund‹, sagte er. Und dann hat er mir den Schirm in den Hintern gestoßen!«

Denise starrte ihn bestürzt an. »Von wem redest du?«

»Von Steve, ja, vom dem red ich«, sagte er böse, »von deinem lieben Freund, der erst gestern zur Bar-Mizwa unseres Sohnes gekommen ist und an unserem Tisch gesessen hat.«

»Nein. Das kann ich von Steve nicht glauben.«

»Doch«, erwiderte er. »Ich wollte nichts, als ein nettes, ruhiges Gespräch mit ihm führen. Ich wollte das, was in unserem Abkommen unbillig ist, mit ihm zusammen in Ordnung bringen.«

»Nun – und was passierte?«

»Wie ein Richter saß er an seinem Schreibtisch. ›Du hättest zu mir kommen sollen, bevor du dieses Abkommen mit Unites Artists trafst‹, sagte er. Ich erklärte ihm, daß ich das doch zu meinem Selbstschutz machen mußte. Wie die Dinge sich entwickelten, steckte Sinclair bei jedem Dollar, den ich verdiente, zwei ein.

›Du hattest das Abkommen gelesen‹, sagte er. ›Niemand zwang dich, es zu unterschreiben.‹

›Aber ich habe dir einen Gefallen damit erwiesen‹, erklärte ich. ›Du wolltest das Geschäft machen, und ich habe dir geholfen.‹

›Und dabei selbst siebeneinhalb Millionen Dollar verdient‹, sagte er. ›Aber ich bin dein Freund; wenn dir die Sache nicht mehr paßt, lasse ich dich aus der Gesellschaft aussteigen, obgleich es noch weitere fünf Jahre laufen sollte.‹«

»Was hast du darauf gesagt?« fragte Denise.

Er blickte sie an, als sähe er sie zum erstenmal. »Ich muß etwas trinken«, sagte er unvermittelt.

Sie folgte ihm zur Bar und wartete, während er sich einen Drink mixte und ihn in einem Zug hinuntergoß. Er füllte sein Glas erneut und erzählte weiter.

»›Und was geschieht mit den Filmrechten der Romane und Stücke, die ich für viereinhalb Millionen Dollar gekauft habe?‹ fragte ich.

›Die hast du gekauft, nicht wir‹, erklärte er so ruhig, als ob er übers Wetter spricht. ›Du hast uns nicht, wie es vertraglich vereinbart war, davon verständigt.‹«

Er trank sein zweites Glas halb leer. »Ich hab ihn mir angesehen und versucht, in seinem Gesicht zu lesen; aber da war nichts zu lesen. Ich meinte, er hätte mich nötiger als ich ihn, deshalb hat er wohl geblufft. Ich ließ ihn seine Karten aufdekken.«

Er trank aus, stellte das Glas mit schwerer Hand auf die Bar und starrte verdrießlich vor sich hin.

»Und was war dann?«

»Nichts. Morgen treffen die Rechtsanwälte zusammen.«

Sein Blick verriet, wie verletzt er war. »Ich habe mich eben geirrt.«

Stephen Gaunt

Irgendwo im Dunkel klingelte das Telefon. Ich kämpfte mich aus der Tiefe des Schlafs hoch und griff nach dem Hörer.

»Hallo.«

»Steve«, krächzte die Stimme.

»Ja«, sagte ich, noch zu weit entfernt, um sie zu erkennen.

»Hier spricht Angel.«

Der Nebel schwand und ich war wach; Angel Perez war der Vizepräsident der Abteilung Tagesprogramm. Er war Schauspieler gewesen und hatte später zur Produktion übergewechselt; hinter der Kamera war er tüchtiger als davor. Er war im letzten Jahr mein inoffizieller Assistent gewesen. Ich mußte einen Mann in New York haben, der sich überall umtat, da ich die meiste Zeit an der Westküste verbrachte.

»Ja, Angel, was gibt es?«

»Das Haus brennt. Ich meine, Sie sollten zurückkommen.«

Ich schwang die Beine über den Bettrand. »Was ist denn los?«

»Der Alte hat gestern eine Sondersitzung des Aufsichtsrats einberufen.«

»Ich weiß, ich habe die Benachrichtigung erhalten.«

»Sie hätten zur Sitzung kommen sollen. Ich höre, daß man wegen der Sonderprogramme heftig über Sie hergezogen ist.«

Ich wußte, welche er meinte. Es war zwar gutes Fernsehen, aber schlechte Programmierung. Die Testergebnisse waren schlecht, das hatte ich bereits von unseren Geldgebern gehört; die waren auch nicht glücklich damit.

»Ich habe ihnen ja gesagt, daß man gefaßt sein müßte«, sagte ich. »Wir machen aber trotzdem weiter. Man muß schon ab und zu etwas riskieren.«

»Southern Products hat annulliert; denen hat Ihre Einstellung zur Gleichberechtigung der Gewerkschaften mißfallen; angeblich sei das auf sie gemünzt gewesen.«

»Für ihre Schuldgefühle bin ich nicht verantwortlich«, sagte ich.

»Also werden Sie in Schönheit gestorben sein.«

»Es muß noch mehr dahinterstecken als nur das.«

»Ja, nämlich ihr alter Freund.«

»Ich habe viele alte Freunde.«

»Aber keinen wie den«, sagte Angel. »Dan Ritchie. Er kam mit einem anderen Ihrer alten Kumpane angezockelt, Sam Benjamin. Sie haben eine ganz neue Idee, wie man die Sendergruppe lebendiger machen könnte. Sie behaupten, Sie hätten sich vom Film- und Unterhaltungsgebiet abgewendet und sich auf einen Kreuzzug zur Reformierung der Welt begeben; Ihre Beziehung zu den Kennedys soll bei Ihnen Denken und Urteilskraft vernebelt haben.«

»Für jemanden, der unten im einunddreißigsten Stock sitzt, sind Sie erstaunlich gut informiert«, sagte ich.

»Ich lese die Memoranden.«

»Woher bekommen Sie die?«

»Vom alten Herrn. Er ließ mich zu sich rufen und ernannte mich zu einem Einmannausschuß, zwecks Studium der Lage und Berichterstattung.« Er machte eine Pause. »Er weiß, wie wir beide zusammenarbeiten. Vielleicht will er Sie auf diese Weise warnen.«

»Hat er sonst noch etwas gesagt?«

»Nein, Sie wissen ja, wie er ist: König Eisherz.«

Ja, es war typisch Sinclair. »Wie spät ist es?« fragte ich.

»Zehn Uhr hier, sieben bei Ihnen.«

»Ich werde heute abend drüben sein; wir treffen uns um acht in meiner Wohnung.«

»Sehr gut.« Seine Stimme klang merkbar erleichtert. »Ich habe hier ein Mädchen, daß ich Ihnen vorstellen möchte, eine Wucht! Sie ist Schauspielerin: Marianne Darling. Die ganze Stadt läuft ihr nach. Und die will Sie treffen.«

»Mich?«

»Ja, als sie erfuhr, daß ich Sie kenne, stieß sie wie eine Rakete auf mich nieder. Ich mußte ihr versprechen, sie zu benachrichtigen, wenn Sie das nächstemal hier sind. Sie scheint Ihre Karriere in den Zeitungen oder sonst irgendwie verfolgt zu haben. Sie weiß mehr über Sie als Sie selbst.«

Das interessierte mich. »Okay, bringen Sie sie mit.«

»Faith wird auch mitkommen«, sagte er, »vielleicht machen wir uns einen vergnügten Abend.«

Faith war seine Freundin. »Ausgezeichnete Idee. Dann bis heute abend.«

Ich drückte die Telefongabel nieder und ließ sie wieder los. Das Fräulein meldete sich: »Ja, Mr. Gaunt?«

»Buchen Sie für den Flug um zehn Uhr vormittags nach New York.« Ich legte auf und stieg aus dem Bett. Dann fiel mir noch etwas ein. Ich rief bei Jack Savitt an und ließ ihn wecken.

»Ich fliege heute vormittag nach New York«, sagte ich.

»Ist was passiert?« fragte er hastig.

»Nichts, womit ich nicht fertig werden könnte.«

»Soll ich dich zum Flughafen bringen?«

»Nein, aber ich möchte dich um etwas anderes bitten.«

»Nämlich?«

»Sam Benjamin; ich brauche genaue Informationen über ihn, was er treibt und wie seine Geschäfte gehen.«

»Seit er voriges Jahr nach New York zurückging, hab ich nicht viel gehört«, sagte Jack. »Nur daß er ständig in der Klemme sitzt und seine Rechnungen nur langsam bezahlt. Er hatte mit seinen letzten Filmen Pech, er soll daran elf Millionen verloren haben.«

»Das weiß ich, aber ich möchte wissen, womit er im Augenblick beschäftigt ist.«

»Ich werde mich erkundigen.«

»Ruf mich heute abend in meiner New Yorker Wohnung an.«

»Gute Reise!« sagte er.

Ich ging unter die Dusche, drehte sie zuerst heiß, dann eiskalt auf, und wieder heiß; als ich herauskam, war ich wengistens nicht mehr verschlafen, aber doch noch müde und schwerfällig; also nahm ich, bevor ich mich rasierte, ein Benzedrin und fühlte mich bald darauf frischer.

Es herrschte dichter Nebel, das Auto war nicht bis zum Kennedy-Flughafen gelangt, und es war schon fast sechs Uhr und dunkel, als ich ein Taxi bekam. Erstaunt sah ich, daß der Schnee zu beiden Seiten der Straße hochgetürmt lag; dann erinnerte ich mich: es war die Weihnachtswoche in New York.

In Los Angeles war es nie das Wahre: der Schnee bestand aus weißem Kunststoff, und sogar der Weihnachtsmann trug leichte Sommerkleidung. Ich hüllte mich fest in meinen Mantel.

»Woher kommen Sie?« fragte der Taxichauffeur.

»Aus Kalifornien.«

»War nicht sehr klug«, sagte er, »haben Sie so ein Wetter nötig?«

»Mir gefällt es, als Abwechslung«, sagte ich.

»Ich würde ja an die Westküste ziehen«, sagte er, »aber meine Alte will die Kinder nicht verlassen, ich meine, die Enkel. Erst konnte sie nicht erwarten, unsere eigenen Kinder aus dem Haus zu haben, und jetzt laufen die Enkel den ganzen Tag herum und machen einen Heidenlärm, und sie ist im siebenten Himmel. Ich kann's mir nicht erklären, ich werde die Frauen nie begreifen.«

»Geht mir nicht anders«, sagte ich.

Während der Fahrt schwieg er, bis ich ihm ein Trinkgeld gab: da warf er einen Blick auf den Fünfer und grinste. »Fröhliche Weihnachten!«

»Kaufen Sie Ihren Enkeln ein Weihnachtsgeschenk«, sagte ich.

Ich schloß die Wohnungstür auf und knipste das Licht an. Alles war genauso, wie ich es vor drei Monaten verlassen hatte, einschließlich der frischen Eiswürfel im Kübel an der Bar.

Ich mixte mir einen Drink und wollte gerade nach dem Telefon greifen, als es zu läuten begann. Sheilas Stimme war zu hören: »Willkommen daheim, Boß. Ich bin unten in der Halle und bringe allerhand Neuigkeiten.«

»Komm herauf.« Ich mixte noch einen Drink; kaum war ich fertig, klingelte es an der Tür.

Der Schnee haftete noch an ihrem schwarzen Mantel, sie lächelte: »Tag, Stephen!«

Ich küßte sie auf die Wange. »Eines der netten Dinge, wenn ich heimkomme, bist du.« Ich nahm ihr den Mantel ab. »Auf der Bar steht ein Scotch für dich.«

Sie nahm sich ihr Glas. »Junge, Junge«, sagte sie.

Ich schwieg.

Sie trank aus und stellte ihr Glas hin. »Ich bin froh, daß du zurück bist. Es hat sich alles merkwürdig entwickelt.«

»Erzähl es mir.«

»Es gibt da irgendeine unterirdische Stimmung – ich kann es nicht genau definieren. Die Gewinne sind zurückgegangen, jeder ist so verkrampft. Du warst nicht hier, um die Leute zu beruhigen, und Sinclair sitzt in seinem Turm und schleudert Memos nach unten wie Papierflugzeuge, mit denen er alle ins Bockshorn jagt.« Sie brach ab, um Atem zu holen. »Mir scheint, ich muß noch etwas trinken.«

Ich mixte ihr einen Drink. »Warst du es, die Angel veranlaßte, mich anzurufen?«

Sie nickte. »Wieso weißt du das?«

»Erraten; Angel ist kein Engel, und er ist ehrgeizig. Jemand muß ihm vor Augen geführt haben, daß es besser wäre, mit mir als gegen mich zu marschieren.«

»Es ist auch nicht gerade sehr günstig, daß du dauernd an der Westküste bist«, sagte sie, »das Personal ist ständig in Unruhe.«

»Eines Tages werde ich die Verwaltungsbüros dorthin verlegen. Das einzige, was wir in New York brauchen, ist ein Verkaufsbüro; der Rest ist nur Quatsch und Tradition.«

»Du kannst es nennen, wie du willst, Stephen, aber Tatsache ist, daß das Geschäft immer noch hier ist.« Sie sagte weiter nichts, aber ich wußte, was sie sich dachte. Daß mein Platz hier war; ich war Präsident der Gesellschaft, ich hatte hier zu sein, nicht so sehr, um etwas zu tun, als um meinen Job zu wahren – das heißt, wenn ich ihn noch haben wollte.

Und das war der Kern der Sache.

Denn ich wußte nicht mehr, ob ich ihn wollte oder nicht.

2

Die Jahre treiben einen vorwärts, sie reiben einen auf, das alles hatte ich erlebt. Ich war solange bergauf gerannt, daß es zur Gewohnheit wurde. Wenn ich das Tempo ein wenig verlangsamte, hatte jeder den Eindruck, daß ich zurückglitt; also machte ich eben weiter.

Spencer war nichts vorzuwerfen; er hatte seine eigene Aufgabe zu erfüllen: die Maschine mit kritischem Auge beobachten, sie mit einem Tritt wieder in Gang bringen, wenn ihr Tempo schleppend wurde. Und ich war der einzige, den er treten konnte, ich war der Verantwortliche.

»Wer weiß davon, daß ich hier bin?«

»Nun schon so ziemlich das ganze Büro«, antwortete sie. »Als ich fortging, brannten noch eine Menge Lampen; sie wollen bereit sein, wenn du morgen kommst.«

»Ich werde morgen nicht kommen«, sagte ich. »Ich will von hier aus alles telefonisch erledigen; laß mir die Hilfszentrale einschalten.«

Sie wußte, was ich meinte. Ich besaß ein Mehrliniengerät direkt von meinem Büro. Alles kam genauso durch, als säße ich im Büro; der Anrufer konnte nicht wissen, daß ich gar nicht dort war.

»Etwas Besonderes?« fragte sie.

»Ja. Du hältst mir Sinclair vom Leib. Mit ihm will ich nicht sprechen.«

»Und wenn er darauf besteht?«

»Sag ihm wörtlich, was ich gesagt habe; ich bin schon zu alt, um allerhand Spielchen zu treiben. Und das sollte auch er sein.«

Sie berichtete, was noch zu bestellen war, und klappte dann ihr Notizbuch zu. Ich begleitete sie zur Tür und half ihr in den Mantel. Sie sah mich eindringlich an.

»Fühlst du dich ganz wohl, Stephen?«

»Natürlich. Warum fragst du?«

»Ich weiß nicht, du kommst mir ein wenig sonderbar vor. Als ob dir das alles gar nicht wichtig wäre.«

»Es ist mir tatsächlich ein wenig langweilig; diese Reise habe ich schon allzuoft gemacht.«

»Das kann nicht der Grund sein.«

»Vielleicht bin ich müde. Morgen früh ist alles wieder in Ordnung.«

Sie ließ es dabei. »Gute Nacht, Stephen.«

Ich schloß die Tür hinter ihr ab, mixte mir noch einen Drink und setzte mich damit hin. Die Fogarty war nicht dumm. Sie kannte mich. Vielleicht besser als ich mich selbst kannte. Vielleicht merkte sie etwas in mir, das ich nicht merkte. Ich trank einen Schluck und fing an, den Stoß Memoranden durchzusehen, den sie mir dagelassen hatte.

Ich wurde mir kaum bewußt, daß die Zeit verging. Etwa eine halbe Stunde später läutete es wieder an der Tür. Ich beendete das letzte Memo, erhob mich und ging öffnen.

Ich war noch kilometerweit entfernt; das Mädchen brachte mich blitzschnell zurück. Sie hatte langes dunkelblondes Haar, das bis zur Mitte ihres Rückens reichte, ein ovales Gesicht und blauviolette Augen mit vier Paar falschen Wimpern. Sie trug einen kurzen, flauschigen Luchspelz, auf dem die Schneeflocken aussahen wie eine Verzierung. Ihre Nase war keck, ein bißchen aufgestellt, und ihr Lächeln zeigte kleine, weiße gleichmäßige Zähne und eine sinnliche Unterlippe.

»'n Abend«, sagte ich.

»Ich bin Marianne Darling«, erklärte sie. »Ich will es Ihnen leichtmachen, Sie können mich einfach Darlingmädchen nennen.«

Ich grinste. »Treten Sie ein, Darlingmädchen.«

Ich schloß die Tür und nahm ihr den Mantel ab. Sie trug einen pupurfarbenen gestrickten Supermini und dazu passende purpurrote Stiefel, die bis zu den halben Oberschenkeln reichten. Zwischen dem oberen Stiefelrand und dem Saum ihres Kleids lagen mindestens fünfzehn Zentimeter weißes Fleisch, und nach der Art zu schließen, wie der Rock an ihrem Körper klebte, trug sie nichts darunter.

Sie ging voraus in die Wohnung; ihre Blicke wanderten sofort überallhin, während ich still dastand und sie beobachtete. »Wie gefällt es Ihnen?«

Sie drehte sich zu mir um. »Gut. Es ist alles männlich. Soviel Leder . . .«

»Was trinken Sie?« fragte ich und ging zur Bar.

»Was trinken *Sie*?«

»Scotch.«

»Ich auch«, sagte sie. »So vereinfacht man sich das Leben.«

Ich goß ihren Drink ein und füllte meinen nach.

Sie hob mir das Glas entgegen. »Tschin-tschin«, sagte sie.

Wir tranken. Sie sah auf der Bar Fogartys Glas mit den leichten Lippenstiftspuren am Rand. »Ich bin zu früh gekommen«, sagte sie, »ich wollte nicht stören.«

»Es ist keine Störung. Meine Sekretärin war hier und brachte mir meine Post.«

»Ach so«, sagte sie.

Ich sammelte die Papiere und legte sie auf den Schreibtisch neben dem Fenster. Sie folgte mir und blickte hinaus. Es schneite.

»Es sieht wunderhübsch aus von hier oben«, sagte sie.

Ich sah aus dem Fenster. »Ja.« Ich hatte beinahe vergessen, wie schön es hier sein konnte. Ich wandte mich ihr zu. »Bitte, machen Sie es sich bequem. Ich möchte mal schnell unter die Dusche; ich bin noch staubig von der Reise.«

»Okay.« Sie ging zurück zur Bar, während ich ins Schlafzimmer verschwand.

Ich zog mich aus, ließ die Kleider auf dem Bett liegen, ging in die Duschkabine und drehte das heiße Wasser auf. Die Wärme erleichterte den Druck im Kopf, das Geräusch des Wassers beruhigte die Nerven.

Ich weiß nicht, wie lange ich dort stand, da hörte ich sie rufen. »Ja?« schrie ich durch das Wasserrauschen.

»Telefon! Soll ich antworten?«

»Bitte!«

Kurz darauf öffnete sich die Badezimmertür. »Von der Westküste, Jack Savitt«, sagte sie.

Ich drehte das Wasser ab und öffnete die Kabinentür. »Bitte reichen Sie mir den Apparat aus der Wandnische.«

Sie kam ins Badezimmer und blieb zögernd stehen.

»Dort drüben«, sagte ich.

Sie blickte mich zweifelnd an. »Ist das nicht gefährlich?« fragte sie. »Ich habe gehört . . .«

Ich lachte. »Keine Gefahr.«

Sie reichte mir den Apparat. Ich nahm und sagte: »Jack.«

»Wer ist das Mädchen?« fragte er. »Ihre Stimme klingt prima.«

»Du kennst sie nicht«, sagte ich. »Was hast du herausgefunden?«

»Ziemlich genau das, was ich dachte. Er ist unten durch, und die Banken haben energisch Zahlung verlangt. Sie sind entschlossen, nicht länger zu warten und die Dinge in die Hand zu nehmen. Er hat sich vorige Woche an Dan Ritchie gewandt, um alles, was nur möglich ist, an das Fernsehen abzugeben; er muß Bargeld flüssig machen.«

»Wie paßt das zu seinem Verhalten uns gegenüber?«

»Ritchie hat noch Freunde im Zentralbüro. Ihr habt sechsundzwanzig Extrafilme im Programm; das sind sechsundzwanzig Spielfilme, die man zeigen kann, wenn er euch los wird.«

»Okay«, sagte ich.

»Sonst noch etwas?« fragte er.

»Im Augenblick nicht. Morgen rufe ich dich wieder an.«

Ich reichte ihr den Apparat durch den Türspalt und hörte das Klicken, als sie ihn an seinen Platz zurückstellte. Ich schloß die Tür und drehte den Wasserhahn wieder auf.

Durch das Milchglas sah ich, wie sie noch dastand, ihr rotes gemustertes Kleid wirkte wie ein seltsames Gebilde. Sie rührte sich nicht.

»Was ist los?« fragte ich.

»Nichts. Ich guck nur.«

»Sie gucken?«

»Ja. Ein toller Anblick durch das Glas; als wären Sie überall dort drinnen, die Wirkung ist eigenartig.«

Ich drehte das Wasser ab. »Geben Sie mir ein Handtuch«, sagte ich, »ehe Sie etwas Unbesonnenes tun.«

»Hab ich schon getan«, sagte sie, »zweimal. Zuerst als ich Ihnen das Telefon gab und eben jetzt, während ich Ihnen zusah.«

»Geben Sie mir trotzdem das Handtuch, und verbrauchen Sie sich nicht noch weiter, wir haben eine lange Nacht vor uns.«

Ich trat hinaus und wickelte mich in das Handtuch, zog ein zweites vom Regal und begann mich abzutrocknen.

»Ich trockne Ihnen den Rücken ab«, bot sie mir an.

Ich gab ihr das Handtuch; ihre Hände waren sicher und schnell. »Sie sind nicht etwa Japanerin?« fragte ich.

»Seh ich aus wie Japanelin?« fragte sie lachend.

Die Badezimmertür öffnete sich, und Angel stand auf der Schwelle. Sein Gesicht verzog sich zu einem Grinsen. »Wie nett! Ihr kennt euch schon, wie ich sehe.«

»Mixen Sie sich was zu trinken, ich komme gleich zu euch hinaus.«

»Okay«, sagte er und verschwand.

Ich nahm ihr das Handtuch aus der Hand. »Sie auch.«

Sie zog einen Flunsch. »Ich wollte Ihnen doch beim Anziehen helfen.«

Ich lachte und schob sie zur Tür. »Gehen Sie nur, Darlingmädchen, ich bin schon ein großer Junge, ich kann mich allein anziehen.«

Als ich hinaustrat, standen sie an der Bar. Ich begrüßte Angels Freundin und machte mir einen Drink. »Hat jemand von euch schon gegessen?« fragte ich.

Angel schüttelte den Kopf. »Nein.«

Ich sah die Mädchen an. »Wo wollt ihr essen?«

»Ist das Essen, das hier aufs Zimmer serviert wird, nicht gut?« fragte Darlingmädchen.

»Doch«, antwortete ich.

»Warum sollen wir uns dann mit dem Schnee herumplagen, wenn wir hier bequem und angenehm speisen können? Wir könnten hierbleiben, rauchen und uns vergnügen.«

Angel lachte. »Was hab ich Ihnen gesagt, Boß? Ist sie nicht prima?«

Mein Blick lag auf ihr, während ich nach dem Telefon griff. »Möglich«, sagte ich und sah, wie ihr die Röte in die Wangen stieg. Die Telefonistin meldete sich. »Geben Sie mir den Zimmerkellner«, sagte ich.

Die Steaks waren nicht übel, und als Angel einmal anfangen wollte zu fachsimpeln, unterbrach ich ihn: »Morgen. Wir haben Zeit.«

Der Kellner trug den Tisch hinaus. Einen Augenblick herrschte Schweigen, dann erhob sich Angel. »Komm, Faith, mein Kind, es ist Zeit, daß wir gehen.«

Ich versuchte nicht, sie zurückzuhalten. Als sie fort waren, saß Darlingmädchen noch immer unbeweglich da; wir starrten uns lange an. »Woran denken Sie?« fragte sie endlich.

»Ich verstehe es nicht«, sagte ich. »Warum legen Sie sich so ins Zeug?«

Sie lächelte. »Vielleicht gefallen Sie mir.«

»Dennoch: warum?«

»Das ist eine lange Geschichte.« Sie erhob sich und ging zum Schlafzimmer. »Eines Tages werde ich sie Ihnen erzählen.«

3

Ich saß an der Bar und trank Scotch; ich war deprimiert, jede Anstrengung schien mir zuviel. Es mochte eine halbe Stunde vergangen sein, als sie wiederkam.

»Hallo!« rief sie von der Schwelle aus. »Willst du die ganze Nacht aufbleiben und trinken?«

Ich drehte mich um: Sie trug nichts als ihre Stiefel. Ich starrte sie an, sie hatte ihre Brustwarzen, zum Kleid passend, purpurrot gefärbt.

Sie lächelte. »Gefällt's dir?«

»Es ist was Neues.«

»Ich hab noch was Besonderes, damit hab ich mir die Brustwarzen eingerieben«, sagte sie. »Es verursacht so ein angenehmes Prickeln.« Sie kam herein und steckte sich eine Zigarette in den Mund. »Gib mir Feuer«, sagte sie und lehnte sich an mich.

Ich hielt ihr ein Streichholz hin, und bald erfüllte der scharfe Duft von Haschisch den Raum. »Willst du einen Zug?« fragte sie.

Wortlos nahm ich die Zigarette und sog den Rauch in meine Lunge. Ich spürte nichts; keine Reaktion.

Sie nahm mir den Stengel aus der Hand. »Mann, bist du aber fertig!«

Ich schwieg.

»Willst du, daß ich fortgehe?« fragte sie.

Ich brauchte lange, bis ich mich entschloß: »Nein.«

Sie sog an der Zigarette, ihr Blick verfinsterte sich langsam.

»Willst du mich die ganze Nacht anstarren?« Ihre Worte wurden undeutlich.

»Mag sein«, sagte ich.

Sie nickte. »Na schön, wie du willst.« Sie durchquerte das Zimmer und stellte den Plattenspieler an. »Du hast nichts dagegen, daß ich mich ein wenig unterhalte?«

Ich lächelte. »Tu, was dir Spaß macht.«

Sie wiegte sich im Takt zur Musik, nahm noch einen Zug und reichte mir die Zigarette. Ich saß auf dem Barhocker und sah zu, wie sie tanzte. Sie bewegte sich durchs Zimmer und knipste die Lampen aus, bis nur noch ein schwaches Licht übrig war, das hinter der Bar schimmerte. Sie verschwand für einen Augenblick ins Schlafzimmer, ich steckte die Haschzigarette in den Mund und sog daran.

Als sie zurückkam, hielt sie etwas in der Hand, das ich im trüben Licht nicht erkennen konnte. Sie kam auf mich zu. »Darf ich dir meine wahre Liebe vorstellen?«

Ich blickte auf ihre ausgestreckte Hand, in der ein rosa Vibrator glänzte. Sie drehte den Griff und er begann zu summen.

»Steve, ich stelle dir Steve vor«, sagte sie.

Ich blickte sie an. Ihre Miene war völlig ernst. »Tatsächlich lernten wir uns kennen, als ich vierzehn war«, fuhr sie fort, »und seither ist er immer bei mir geblieben.« Sie drückte ihn an die Wange, dann fuhr sie mit ihm seitlich am Hals nach unten und rund um ihre Brüste; ihre freie Hand streckte sie nach der Marihuanazigarette aus.

Ich gab sie ihr. Sie tat einen Zug, dann gab sie sie mir zurück. Ihre Augen waren bereits verschwommen.

Ich drückte den Stummel in der Aschenschale aus und füllte mein Glas wieder. Ich beobachtete sie in dem Spiegel, der hinter der Bar im Dunkeln hing.

Sie bewegte sich im Takt der Musik, mit halbgeschlossenen Augen, und strich dabei mit dem Vibrator über ihren Körper.

Plötzlich riß sie die Augen weit auf und starrte mich an; ihre Beine begannen zu zittern. »Steve!« schrie sie auf und sank in die Knie, der Vibrator entfiel ihren Händen und blieb, widerlich summend, auf dem Teppich liegen.

Nach einer Weile nahm sie ihn auf und schaltete ihn ab. Sie sah mich an und lächelte. »Verrückt, nicht wahr?«

Ich schüttelte den Kopf.

»Ein toller Orgasmus«, sagte sie.

»Davon weiß ich nichts.«

Sie stand auf. »Ich muß ins Badezimmer.«

Ich wandte mich wieder zur Bar, im Zimmer hing ein seltsames Gemisch von Gerüchen: nach Frau, Haschisch, Whisky. Ich griff nach meinem Glas.

»Mix mir auch einen«, rief sie von der Schwelle aus. Ich drehte mich um. Sie war völlig angekleidet. Ich warf Eiswürfel in ein Glas und goß Whisky darüber.

Sie nahm es mir aus der Hand. »Tschin-tschin«, sagte sie, goß ihren Drink in einem

Zug hinunter und ging zur Tür. Sie nahm ihren Pelzmantel vom Stuhl und hängte ihn sich um. »Gute Nacht.«

Die Tür schloß sich hinter ihr. Ich war mit dem Drink in der Hand sitzen geblieben. Einige Minuten vergingen, dann klingelte das Haustelefon. Ich hob ab.

Sie rief von der Halle aus an. »Ich vergaß dir etwas zu sagen.«

»Was, Darlingmädchen?«

»Ich liebe dich«, sagte sie und hängte ein.

In jener Nacht machten mir die Träume zu schaffen. Das geschah jedesmal, wenn ich wieder in die Wohnung kam: Barbara war dort. Vielleicht hatte Sam recht, ich hätte umziehen sollen.

Ich hatte es aber nicht getan, und sie war immer da. Wir waren so nahe beieinander und dann – nichts. Sie war fort und kam nicht wieder.

Ich wälzte mich auf dem Bett herum und verjagte die Träume. Schluß damit! Einmal hatte ich meine Deckung sinken und mich k. o. schlagen lassen. Ich hatte nicht vor, den gleichen Fehler noch einmal zu machen.

So wie es jetzt war, ging es besser: keine Bindungen, keine Probleme, alles hübsch kühl. Man kam und ging nach Belieben, keine Schuldgefühle, weil man etwas anderes zu tun oder zu überlegen hatte.

Aber ich erinnerte mich noch, wie es gewesen war, als es mit uns begann. Wunderschön. Anders als alles, das ich vorher oder nachher erlebt hatte. Doch dann kam der Schmerz, nur der Schmerz.

Genug! Ich löste mich von meinen Gedanken und versuchte zu schlafen. Dann wurde der Traum ganz toll, und da war wieder Darlingmädchen und tanzte. Nur hatte sie diesmal das Gesicht Barbaras und lächelte mir mit Barbaras Lächeln zu.

Mit dem sanft neckenden Lächeln, das sie hatte, wenn sie mich hänselte. Ich griff nach ihr, und Barbara verschwand. Ich setzte mich im Bett auf und starrte ins Dunkel.

Still und leer lag das Zimmer vor mir. Nach einer Weile stieg ich aus dem Bett und nahm eine Schlaftablette. Das wirkte, ich verlor die Besinnung so jäh, wie ein Licht verlöscht.

Das Telefon weckte mich; ich meldete mich, noch immer benebelt.

Es war Angel, der aus der Halle anrief. »Ich habe dauernd an Ihrer Tür geklingelt, schließlich fuhr ich nach unten und versuchte es mit dem Telefon«, sagte er.

»Kommen Sie herauf«, sagte ich, drückte auf die Hörergabel und ließ sie wieder los. Die Telefonistin meldete sich, und ich bestellte Frühstück. Dann wankte ich ins Badezimmer und spritzte mir Wasser ins Gesicht.

Angel barst vor Neugier, stellte aber keine Fragen, und ich gab ihm auch keinerlei Auskunft. Nachdem ich meinen Kaffee getrunken hatte, machten wir uns an die Arbeit.

Es ging flott bei ihm, er kannte bereits alle Testziffern, alle Kosten, wußte einfach alles. Er war klug, gerissen, ehrgeizig und nicht gewillt, sich diese Sache entgehen zu lassen. Nicht solange Sinclair am Ruder war.

Der Plan wurde mir klar, während ich Angel zuhörte. Für so klug er sich auch hielt, er blieb an der Oberfläche. Unterhalb durchwühlte Sinclair bereits die Gewässer, aber Angel vermochte nichts weiter zu erkennen, als daß der Alte sich an ihn gewendet hatte.

Die Rechnung war einfach. Die Sondersendungen verpatzten uns zwei Abende im Monat. Zuerst war alles sehr begeistert gewesen, sogar die Geldgeber; endlich wurde etwas gemacht, worauf sie stolz sein konnten. Dann kamen die Testziffern.

Angesichts der Noten war es mit dem Stolz vorbei. Man schloß daraus sofort auf die zu erwartende Reaktion der Käufer, überdachte die Sache nochmals und suchte nach einer Möglichkeit, sich elegant zu drücken. Dieselben alten Argumente wurden wieder aufgetischt: Schuld war das Publikum, das von diesem Kanal auf andere umschaltete.

Sinclair kannte mein Interesse an dem Projekt und ließ mich auf diese Weise wissen, daß er unzufrieden war. Er machte den Eröffnungszug; Angel war nur eine Figur auf dem Schachbrett.

Aber der alte Herr war nicht mehr auf der Höhe; Königsbauer von 2 auf 4 war eine schlechte Eröffnung für ihn. Er kam in Gefahr, Angel zu verlieren.

»Gute Arbeit«, sagte ich. »Ihre Art der Überlegung gefällt mir, und Ihre Einstellung ist richtig.«

»Danke, Steve«, sagte Angel sichtlich geschmeichelt.

Ich dachte einen Augenblick nach. »Haben Sie einen guten zweiten Mann für das Tagesprogramm?«

»Pete Reiser«, sagte er. »Ich hatte ihn bei *Sport und Spiel* eingesetzt, aber ich glaube, er wäre der Richtige.«

»Gut«, sagte ich. »Ich gebe Ihnen also die Sonderprogramme. Das ist eine Stufe höher und fünfzehn Tausender mehr im Jahr. Ich lege die ganze Sache in Ihre Hand und bin sicher, daß Sie sie in Ordnung bringen werden.«

Er sah mir in die Augen. »Sie werden es nicht bedauern, Steve, ich werde arbeiten, bis ich umfalle.«

»Das weiß ich, aber Sie müssen auch noch ein Auge auf Reiser haben, bis wir sicher sind, daß er den Posten ausfüllen kann.«

»Keine Angst, Steve, ich habe verstanden.«

»Ich halte es für das beste, wenn Sie an die Westküste fliegen und sich die übrigen Shows ansehen. Ich möchte hören, was Sie davon halten.«

»Ich fliege noch heute abend hinüber.« Er erhob sich. »Übrigens, ich habe den Bericht für Sinclair bereit. Was soll ich damit tun?«

»Ihm schicken, natürlich.«

»Sie bekommen einen Durchschlag, sobald meine Sekretärin damit fertig ist.«

»Besten Dank.«

Ich wartete, bis er aus der Wohnung war, dann ging ich zum Telefon. Ich brauchte es gar nicht erst zu kontrollieren, um festzustellen, daß der Bericht bereits an Sinclair abgegangen war. Ich würde ihn bekommen, wenn er der Ansicht war, daß genügend Zeit vergangen war. Ich rief Jack Savitt zu Hause an.

»Angel Perez kommt hinüber«, sagte ich. »Sorge dafür, daß er sich gründlich die Nase anrennt.«

»Der bekommt die Sonderbehandlung«, sagte Jack.

»Sobald du das erledigt hast, steigst du ins Flugzeug und kommst hierher!«

»Warum denn?«

»Ich möchte, daß du die Angelegenheit Ritchie-Benjamin übernimmst.«

»Augenblick mal«, sagte er. »Das ging von ganz oben aus, es bedeutet also, daß du gewählt wurdest. Sinclair läßt diese Sache bestimmt nur vom Präsidenten der Sendergruppe behandeln.«

»Komm du nur herüber, um Sinclair kümmere ich mich«, sagte ich.

Ich legte auf und zündete mir eine Zigarette an. Sinclair wollte spielen, das war sein gutes Recht, schließlich gehörten Schläger und Ball ihm.

Aber er konnte sich auf ein paar Überraschungen gefaßt machen. Es gab eine ganze Reihe neuer Regeln, und die würde er lernen müssen; die erste war die, daß er nicht einen gegen den anderen ausspielen sollte.

4

Angels Bericht lag auf meinem Schreibtisch, als ich am nächsten Tag ins Büro kam. Ich nahm ihn zur Hand und überflog ihn. Er hatte kein Blatt vor den Mund genommen – der einzige, den er nicht abzuschlachten versuchte, war Sinclair selbst.

Ich lachte vor mich hin; Angel war übereifrig. Sinclair konnte das glatt durchschauen; es diente allzu offensichtlich dem eigenen Interesse. Aber eines machten seine Ausführungen klar: Weil ich die meiste Zeit an der Westküste war, fehlte es an Führung in New York.

Das war nichts Neues, wir alle hatten es kommen sehen, und ich hatte Spencer bereits vor fast zwei Jahren darauf aufmerksam gemacht. Aber er hatte es nicht ernstgenommen. »Teile es dir richtig ein«, sagte er damals.

Ich hatte mich nicht darum gekümmert, sondern mich auf die Dinge konzentriert, die ich für die wichtigsten auf der Tagesordnung hielt. Alles übrige konnte nur irgendwie mitgeschleppt werden.

Ich warf den Bericht in den Papierkorb; aus Berichten lassen sich keine Fernsehprogramme machen. Ich drückte auf den Knopf der Sprechanlage: »Sagen Sie mir, wenn Sinclair ins Büro kommt!« sagte ich.

»Er ist schon hier«, erklang Spencers Stimme von der Schwelle.

Ich blickte lächelnd auf, erhob mich und streckte die Hand aus. »Mr. Sinclair.«

Er verzog das Gesicht, während er meine Hand drückte. »Den Ton kenne ich«, sagte er. »Es wird also eine formelle Besprechung?«

»Es ist an der Zeit«, sagte ich.

»Darf ich, ehe wir beginnen, sagen, daß ich mich freue, dich wiederzusehen, Steve?«

»Ganz meinerseits, Spencer.«

Er nickte und ließ sich vor meinem Schreibtisch in einen Stuhl fallen. »Warum hast du Perez an die Westküste geschickt?« begann er aggressiv.

»Um ihn abzumurksen«, sagte ich. »Für gemeine Kerle hab ich nichts übrig.«

»Ich hatte ihm einen Auftrag gegeben.«

»Das war dein Fehler; er arbeitete für mich, also hättest du es von mir verlangen sollen.«

»Sein Bericht hat Hand und Fuß.«

»Das hatte meiner vor zwei Jahren ebenfalls, aber damals wolltest du nichts unternehmen. Ich sagte voraus, daß wir Probleme haben würden. Jetzt ist es soweit, und nun bist du bereit, etwas zu tun; damals warst du es nicht.«

»Ganz so übel kann er nicht sein«, sagte Sinclair. »Schließlich hat er dich ja angerufen.«

»Nachdem er dir den Bericht übergeben hatte. Er wollte nur auf Nummer Sicher gehen.«

»Ich bin Präsident des Aufsichtsrats und verantwortlich für das Finanzgebaren der Gesellschaft. Du kannst nicht behaupten, daß dieses Jahr besonders erfolgreich war.«

»Etwas hast du vergesessen«, sagte ich.

»Was denn?«

»Als du mich zum Präsidenten des ganzen Unternehmens machtest, wurde ich automatisch der oberste Betriebsleiter. Mir paßt nicht, wenn irgend jemand meine Autorität in Frage stellt. Selbst wenn du es bist.«

»Sei doch nicht so empfindlich, Steve, ich bemühte mich nur, dir zu helfen.«

»Das weiß ich, aber du hast gegen die Vorschriften gehandelt. Und das kannst du nicht noch einmal machen; jetzt ist es ein anderes Spiel mit anderen Regeln.«

»Willst du damit sagen, daß ich nicht die geeigneten Maßnahmen treffen darf, wenn ich sehe, daß etwas falsch gemacht wird?« Jetzt war er verärgert.

»Eines kannst du zumindest tun: es mir sagen.«

»Ja, zum Teufel, kann ich dir denn etwas sagen, wenn du nie im Büro bist?«

»Schon mal was von einem Telefon gehört?« erwiderte ich boshaft.

Er beruhigte sich. »Was wirst du nun unternehmen? Der Aufsichtsrat erwartet konstruktive Vorschläge. Unsere Verkäufe sind in diesem Jahr um elf Millionen Dollar zurückgegangen.«

»Wenn wir den Kopf verlieren, werden wir damit nichts besser machen.«

»Du hältst dich zu oft und zu lange an der Westküste auf, darunter leidet der Verkauf.«

»Es wird sich aber vorteilhaft im September auswirken, wenn unsere neuen Programme herauskommen.«

»Der September ist noch weit. In einer Woche beginnt das neue Jahr, und vorläufig plagen uns noch die Ziffern für diesen Winter und den Sommer danach. Machen wir uns doch eines klar, Steve: Niemand kennt die Agenturen so gut wie du. Du mußt hierher zurückkommen, du kannst nicht an zwei Orten zugleich sein.«

»Damit hast du recht: Ich kann nicht gleichzeitig an zwei Orten sein. Aber das andere stimmt nicht. Es gibt jemanden, der die Agenturen ebenso gut kennt wie ich.«

Er sah mich fragend an.

»Jack Savitt«, sagte ich. »Hast du vergessen, daß er sein ganzes Leben lang in der Madison Avenue den Agenturen, den Geldgebern und den Sendergruppen seine Programme verkauft?«

»Aber wie steht es mit dem Atelier?«

»Er hat seine Arbeit dort gut gemacht, die Sache in Gang gebracht und richtig geführt. Er hat auch einige erstklassige Hilfskräfte zugezogen, die imstande sind, weiterzumachen. Ich glaube, es ist an der Zeit, daß wir ihn uns holen.«

Er überlegte es sich. »Was würdest du ihm übergeben?«

»Ich habe ihm angeboten, bei uns einzutreten und die Geschäfte mit Benjamin zu übernehmen.«

»Moment«, protestierte er, »das ist doch dein Job.«

»Es ist der Job des Präsidenten von Sinclair TV«, sagte ich.

»Aber du bist doch immer noch der Präsident.«

»Zu Unrecht«, erwiderte ich. »Als ich deinen Posten als Präsident von Sinclair Broadcasting übernahm, hätte ich für meinen alten Job einen anderen Mann einsetzen sollen. Ich glaube, es ist höchste Zeit, daß Sinclair TV einen neuen Präsidenten bekommt.«

»Und was wirst du tun?«

»Das gleiche wie du, als du meinen Job hattest«, sagte ich. »Alle anderen verrückt machen.«

Er erhob sich lachend. Auf dem Weg zur Tür drehte er sich um. »Kommst du Sonntag zum Abendessen nach Greenwich?« fragte er. »Der Schnee ist da oben herrlich.«

»Wenn ich bis dahin nicht wieder im Westen bin, werde ich kommen.«

Er nickte. »Nun noch eines.«

»Ja?«

»Hast du dir überlegt, wann ich in Pension gehen kann?«

Ich antwortete prompt: »Sobald du fünfundsechzig bist.«

Er ging lachend hinaus. Ich blickte ihm nach, dann mußte ich selbst lächeln. Er hatte das Scharmützel verloren und den Krieg gewonnen. Er war noch immer schlauer als ich. Plötzlich wurde mir klar, daß er alles erreicht hatte, was er wollte.

Als ich das Büro verließ, war es dunkel, und ich sah sie nicht. Ich ging zu meinem Wagen und wollte eben einsteigen, da klopfte sie mir auf die Schulter.

»Ihr Arbeitstag ist lang, Mr. Gaunt«, sagte sie.

Ich fuhr herum; diesmal trug sie einen anderen Pelzmantel, ich glaube, es war Rotfuchs. Er hatte eine Kapuze, die fast ihr ganzes Gesicht verdeckte, so daß ich nichts sah als ihre dunklen, glänzenden Augen.

»Ich warte schon seit fünf Uhr auf Sie«, sagte sie.

»Wie verrückt! Warum sind Sie nicht heraufgekommen, wenn Sie mich sehen wollten?«

»Sie werden es nicht glauben – ich hatte Angst.«

»Wovor?«

»Daß Sie – mich nicht empfangen würden.«

»Es wäre aber doch besser gewesen, als den ganzen Abend hier draußen zu stehen und sich den Popo abzufrieren.«

»Es war nicht so schlimm«, sagte sie, ein altmodisches Fläschchen aus der Tasche ziehend. Sie hielt es mit der Öffnung nach unten, um mir zu zeigen, daß es leer war. »Nach einer Weile fühlte ich die Kälte gar nicht mehr.«

»Steigen Sie ein«, sagte ich und faßte sie am Arm.

Sie rührte sich nicht. »Nein, so hab ich es nicht gemeint. Sie brauchen mich nicht mitzunehmen. Ich wollte Ihnen nur sagen, es tut mir leid, daß ich mich gestern abend so dumm benommen habe.«

Ich schwieg.

»Ich weiß nicht, was mit mir los war«, sagte sie. »Es war, als hätte ich – ganz plötzlich – alle Hemmungen verloren.«

Ihr Gesicht wirkte rührend jung. Ich griff wieder nach ihrem Arm. »Steigen Sie ein.«

Sie setzte sich wortlos in die große Continental-Limousine. Ich folgte ihr und schloß die Tür. Der Chauffeur sah mich fragend an. »Wohin, Mr. Gaunt?«

»Wo wohnen Sie?« fragte ich sie.

»Ecke Riverside Drive und Achtundsechziger«, antwortete sie. Sie erschauerte, drückte sich in die Ecke und machte sich ganz klein.

Der Wagen rollte in den Verkehr hinaus. Ich drehte die Heizung voll auf, die warme Luft umströmte uns. Als wir zum Central Park kamen, war es bereits wie in einem Ofen.

»Besser?« fragte ich.

»Ja«, antwortete sie. »Haben Sie eine Zigarette?«

Ich zündete eine an und reichte sie ihr. Sie sog daran, und nach einer Weile hörte sie auf zu zittern. Sie blickte auf den verschneiten Park hinaus. »Wohin fahren wir?« fragte sie.

»Sie sagten doch Ecke Riverside und Achtundsechzigste Straße, oder?«

»Dorthin will ich gar nicht.«

»Na schön, wohin dann?«

Sie sah mich an, der Rauch ihrer Zigarette umnebelte ihr Gesicht. »Zu Ihnen.«

»Ich fahre nach Hause, um zu schlafen«, sagte ich. »Ich bin todmüde.«

Sie schwieg. »Okay, dann spielt es keine Rolle. Sie können mich hier absetzen.«

Wir waren mitten im Park; auf der Straße lag der Schnee rechts und links hoch aufgeschichtet. »Sie sind verrückt«, sagte ich. »Sie würden eine Stunde brauchen, um hier hinauszukommen.«

»Ich gehe gern im Schnee spazieren.« Sie beugte sich vor und klopfte dem Fahrer auf die Schulter. »Halten Sie bitte hier.«

Er lenkte den Wagen an den Straßenrand; sie öffnete die Tür und stieg aus. Die kalte Luft strömte in den Wagen. »Danke fürs Mitnehmen.«

Sie schloß die Tür, kletterte über einen Schneehügel auf den Gehsteig und begann ihren Marsch. Ich sah ihr nach, während der Wagen anfuhr und sie langsam überholte. Sie hatte den Kopf gesenkt; die Kapuze war über ihr Gesicht gezogen, ich sah nur noch ihre Nasenspitze. Dann war sie hinter uns, ich lehnte mich im Sitz zurück. Gleich darauf schlug etwas an das Rückfenster.

Ich drehte mich um. Ein zweiter Schneeball prallte gegen das Fenster. Ich sah, wie sie den dritten bereitmachte. »Halten Sie an«, sagte ich zum Fahrer.

Er stoppte, und ich stieg aus. Der dritte Schneeball pfiff an mir vorbei. Ich klaubte ein wenig Schnee auf, drückte ihn zu einem Ball zusammen und schoß ihn ab. Er landete an ihrer Schulter. »Getroffen!« rief ich.

Dann aber machte ich einen Fehler! Ich blieb stehen, und da traf sie mich mit dem nächsten Ball; er platzte an meinem Kragen und ergoß sich eisig in den Nakken. Ich ging mit neuer Munition auf sie los.

Sie lief zu einem Baum, versteckte sich dahinter und bombardierte mich unter fröhlichem Geschrei, während ich auf sie zulief. Glücklicherweise war ihr sportlicher Eifer größer als ihre Zielsicherheit. Ich war schon ganz nah bei dem Baum, da wich sie aus und lief wieder davon.

Ich traf sie mit zwei Schneebällen hintereinander in den Rücken, und als sie daraufhin stehen blieb, um sich neu zu bewaffnen, stieß ich absichtlich mit ihr zusammen. Wir stürzten in einen Schneehaufen und rollten über die andere Seite hinunter. Als wir still lagen, rieb ich ihr das Gesicht mit Schnee ein.

»Das wird dich lehren, kein solcher Naseweis zu sein«, rief ich lachend.

Plötzlich rührte sie sich nicht mehr und sah mir ins Gesicht. »Du lachst«, sagte sie, »du kannst wirklich lachen.«

»Was redest du da für Unsinn!«

»Nein.« Sie schüttelte ernst den Kopf. »Du lachst wirklich, das sehe ich zum ersten Mal, seit ich dich kenne.«

Sie schlang die Arme um meinen Hals; ihre Nase war kalt, ihre Lippen waren warm und ihre Zunge wie ein Feuer, das meinen Mund suchte. Nach einer Weile kamen wir wieder zu Atem.

Ihr Blick suchte meine Augen. »Ja«, sagte sie. »Tatsächlich. Ja.«

5

Jack kam mit der »Red Eye« aus Los Angeles; die Maschine setzte um sieben Uhr morgens im Kennedy-Flughafen auf. Um acht Uhr fünfzehn klingelte es an meiner Tür.

Sie erwachte sofort, ihre Augen waren ängstlich aufgerissen. Krampfhaft hielt sie das Laken fest. »Wer ist das?«

»Kein Grund zur Beunruhigung«, sagte ich. »Meine erste Verabredung.« Ich stieg aus dem Bett und griff nach meinem Morgenmantel.

»Wird es lange dauern?« fragte sie.

»Etwa zwei Stunden.«

»Oh.«

»Komm nur heraus, wenn du willst«, sagte ich, »du brauchst dich nicht zu verstecken.«

»Ich werde noch schlafen. Wenn er vor Mittag geht, komm wieder zu mir.«

»Und wenn nicht?«

»Dann bring ich ihn um und schlepp ihn wieder zurück ins Bett.« Sie zog das Laken über ihren Kopf, und ich ging zur Tür.

Jack war in höchster Aufregung; die Nembutaltabletten, die er im Flugzeug genommen hatte, zeigten keine Wirkung. Während des Frühstücks sprang er jeden Augenblick auf und setzte sich wieder hin.

»Du sagst, der Alte hat keine Einwände, gar nicht gemeckert?«

»Kein einziges Mal«, sagte ich lächelnd. »Er schien geradezu erfreut zu sein.«

»Weiß er, daß ich Jude bin?«

»Ich nehme es an; ihm entgeht so leicht nichts.«

»Mein Gott«, sagte er überwältigt, »kannst du dir das vorstellen? Ich und Präsident von Sinclair TV! Vor zehn Jahren konnten wir dort nicht mal den kleinsten Job kriegen!«

»Und morgen die ganze Welt«, sagte ich.

Er starrte mich an und setzte sich plötzlich. »Mir wanken die Knie«, murmelte er.

»Du brauchst noch einen Kaffee.« Ich füllte seine Tasse.

»Das geht gleich vorüber, es ist nur, weil alles so schnell gekommen ist. Als du es mir gestern bei deinem zweiten Anruf sagtest, konnte ich es nicht glauben.«

»Aber jetzt glaubst du es?«

Er sah mich an und nickte. »Ja. Und weißt du auch warum?«

Ich schüttelte den Kopf.

»Der Schnee«, sagte er. »Als wir landeten, sah ich den Schnee, und da wußte ich, daß es wahr ist.«

»Die Ankündigung kommt heute morgen in die Zeitungen«, sagte ich. »Du hast eine Verabredung zum Lunch um zwölf Uhr dreißig mit Sinclair im ›Einundzwanzig‹; um halb drei hast du eine Personalbesprechung, bei der du die Abteilungsleiter kennenlernen wirst.«

»Wirst du dort sein?« fragte er.

»Nicht zum Lunch, aber zur Personalbesprechung.«

Er nickte. »Ich werde alles mit dir besprechen.«

»Nein«, sagte ich.

»Wem soll ich dann Bericht erstatten?« fragte er verdutzt.

»Keinem.« Ich blickte ihn an. »Jetzt bist du der Leiter der Sendergruppe, sie ist deine Sache, du triffst die Entscheidungen. Nur um eines möchte ich dich bitten, daß du mich auf dem laufenden hältst.«

»Angenommen, ich versage?«

»Dann bist du dran«, sagte ich, »aber du wirst nicht versagen. Du wirst Fehler machen, manchmal wirst du dich irren, aber ich wette, du wirst öfter recht haben als unrecht.«

»Das klingt alles gut, Steve.« Er öffnete seine Aktentasche und nahm einige Schriftstücke heraus. »Auf dem Flug hierher habe ich das Programm studiert. Ich habe einige Ideen, willst du sie hören?«

Ich nickte.

»Die ersten zwei Dinge werden dir vielleicht nicht gefallen.«

»Sag sie mir trotzdem.«

»Ich setze die restlichen Sondersendungen ab. Wie immer man die Sache betrachtet – es können nur Durchfälle sein. Ich werde Filme hereinnehmen, bis wir einen Ersatz gefunden haben.« Er brach mit einem Blick auf mich ab.

Ich nickte. »Und was ist das zweite?«

»Angel Perez«, sagte er. »Ich weiß, du magst ihn nicht. Aber er ist klug, zäh und ehrgeizig. Er soll mein geschäftsführender Vizepräsident werden.«

Ich schwieg.

»Ich sagte ja, du wirst das nicht gern sehen«, sagte er.

»Ist auch nicht nötig; du bist es, der mit ihm auskommen muß. Gib nur immer schön acht, was hinter deinem Rücken geschieht.«

»Wenn ich nicht auf mich aufpassen kann, dann verdiene ich den Job nicht«, sagte er.

»Richtig. Was sonst noch?«

Nun machte er sich daran, drei meiner Lieblingsprogramme zu zerpflücken. »Sie sind alt und verbraucht; sie werden seit drei bis fünf Jahren gesendet, und das ist mehr als genug. Am liebsten würde ich sie sofort absetzen, aber ich habe nicht genug Ersatz, also werde ich eines nach dem anderen ausschalten, als erstes *Hollywood Stardust.*«

Das war die Show, bei der wir die Stars bei sich zu Hause aufsuchten. Als wir vor vier Jahren damit begonnen hatten, war sie ein großer Erfolg gewesen, doch inzwischen war sie beträchtlich zurückgefallen. Es gab eben nicht genug wirkliche Stars. »Was kommt an ihre Stelle?« fragte ich.

»Eine Rockshow für Teenager«, sagte er. »Rockgruppen, Tanz, Lichteffekte, haufenweise Mädchen in Mini, viele Schenkel in Großaufnahme, ein Mordslärm.«

»Wir reden aber jetzt von der Hauptsendezeit«, sagte ich, »also nicht der Zeit für Tanzkapellen.«

»Stimmt, aber wenn ABC eine Show mit Lawrence Welk in der Hauptsendezeit machen kann, sollten wir doch imstande sein, die Jugend anzusprechen. Was meinst du?«

»Darauf kommt es nicht mehr an.« Ich grinste. »Wie gesagt, die Entscheidungen triffst du.«

»Okay«, sagte er. »Was geschieht nun mit dem Fall Benjamin?«

»Du wirst auf deinem Schreibtisch einen Durchschlag des Plans finden. Sieh ihn dir an, dann reden wir darüber.«

Er erhob sich. »Ich fahre in mein Hotel, bade und komme ins Büro.«

Ich begleitete ihn zur Tür. »Bis heute nachmittag. Viel Glück.«

Ich wartete, bis er in den Fahrstuhl stieg, dann ging ich zurück in die Wohnung und goß mir noch eine Tasse Kaffee ein. Plötzlich fühlte ich mich alt. Es war noch nicht lange her, da hatte ich dort gestanden, wo Jack nun stand. All die Begeisterung, die Hoffnungen, die Pläne! Mich konnte nichts mehr davon erregen, es war ja alles fix und fertig. Zum ersten Mal wußte ich die Rolle Spencers in der Firma zu schätzen: Es mußte jemand da sein, der von Zeit zu Zeit das Schiff demolierte, um es dann wieder neu aufzubauen.

»Ist er fort?« Ihre Stimme kam von der Schlafzimmertür. Sie hatte sie einen Spalt geöffnet und lugte hindurch. »Ja«, sagte ich.

»Gut!« Die Tür flog auf und sie kam ins Wohnzimmer. Sie hatte ein Handtuch sarongartig um sich gewickelt und ihre Haut war noch feucht vom Duschen. »Ich glaubte schon, er würde überhaupt nicht mehr gehen.«

»Möchtest du Kaffee?« fragte ich.

»Hast du vielleicht Ananassaft?«

Ich nickte. »Im Kühlschrank.«

Sie ging hinter die Bar, um die Dose zu holen. Sie schlug ein Loch hinein, tat Eis in ein Glas, goß etwas Saft darüber, nahm eine Flasche Wodka und füllte das Glas bis zum Rand. Dann rührte sie um und kostete. »Das schmeckt.« Sie hielt mir das Glas hin. »Magst du?«

Ich schüttelte den Kopf.

Sie zuckte mit den Schultern und hob das Glas. »Tschin-tschin.« Sie nahm einen Schluck und kam auf mich zu.

»Wie spät ist es?«

»Ungefähr zehn.«

»Verdammt! Ich sollte heute morgen zur Probe und habe es vergessen.« Sie setzte sich und griff nach dem Telefon. »Darf ich meinen Agenten anrufen?«

»Nur zu, inzwischen rasiere ich mich.«

Als ich aus dem Badezimmer trat, lag sie wieder im Bett; auf dem Nachttisch neben ihr stand ein frisches Glas Ananassaft. »Mein Agent war wütend, weil ich die Probe versäumt habe.«

»War es ein gutes Engagement?«

»Eine Werbeaufnahme. Ich hätte sie sowieso nicht bekommen. Sie suchen einen Sandra-Dee-Typ, und das bin ich nun gerade nicht!«

Dem konnte ich nicht widersprechen.«

»Gehst du gleich ins Büro?«

Ich schüttelte den Kopf. »Erst nach dem Mittagessen.«

»Prima«, sagte sie und legte sich auf den Bauch. »Findest du, daß ich einen schönen Popo habe?«

Ich sah ihn mir an; da gab es nur eine Antwort: »Ja.«

»Warum bleibst du dann dort stehen? Komm her und gib ihm einen Kuß.«

Ich ging zum Bett und beugte mich über sie. Als ich ihr den Schlag versetzte, fuhr sie auf und wälzte sich herum; in ihren Augen blitzte es seltsam. »Weshalb hast du das getan?«

Ich schwieg.

Sie lächelte leise und legte sich wieder auf den Bauch. »Mach's noch einmal!«, sagte sie. »Ich hab es gern.«

Nachdem ich Jack den Abteilungsleitern im Konferenzraum vorgestellt hatte, erwartete mich Spencer in meinem Büro. Er musterte mich prüfend. »Du brauchst einen Drink«, sagte er.

Wir gingen zur Bar, und er mixte zwei Drinks. »Prosit«, sagte er.

Wir tranken.

»Wie ist dir zumute?« fragte er.

»Als hätte ich mein erstes Kind verschenkt«, antwortete ich.

Er nickte. »Jetzt weißt du, was ich damals empfunden habe.«

6

»Sie verlangen sechs Millionen Dollar für das Ganze«, sagte Jack. »Ich werde passen.«

»Okay.«

Er warf mir über den Schreibtisch hinweg einen Blick zu. »Benjamin wird das gar nicht gefallen; er war sicher, wir würden es übernehmen.«

»Ich weiß nicht warum, ich habe nie mit ihm über das Geschäft gesprochen.«

»Er sagt, du hättest eine Vereinbarung mit ihm getroffen, als er im Atelier war. Du seist verpflichtet, die Filme zu übernehmen.« Er zündete sich eine Zigarette an. »Er sitzt in der Klemme und braucht dringend das Geld.«

»Das ist sein Problem.«

»Ritchie sagt mir, die Juristen hätten das Liquidationsabkommen überprüft, und falls wir nicht zu einer Kompromißlösung kommen, werden sie die Klage einreichen.«

»Sie werden nicht klagen«, sagte ich.

»Wie kannst du das wissen?«

»Sam wird nicht zugeben, daß bei ihm das Geld knapp ist. Wenn seine Gläubiger herausfinden, wie schlimm die Lage wirklich ist, kann er in Konkurs gehen.« Ich erhob mich.

»Einige von den Filmen sind gar nicht übel«, sagte er. Ich wurde ärgerlich. »Du bist Präsident der Sendergruppe. Kauf sie oder kauf sie nicht, wie du willst, aber entschließen mußt du dich; das ist dein Job.«

Er überlegte. »Okay«, sagte er und ging auf die Tür zu.

»Jack«, rief ich ihm nach.

Er blieb stehen und wandte sich um. »Ich bin auf Sam nicht böse«, sagte ich, »ich hab ihn gern. Aber ich laß mich nicht herumschubsen und mir drohen.«

»Ich verstehe«, sagte er und ging hinaus.

Die Sprechanlage summte, und ich drückte auf den Knopf. »Miß Darling auf vier.« Ich nahm den Hörer. »Tag, Darlingmädchen.«

»Was hast du mittags vor?« fragte sie. »Ich bin schauderhaft geil.«

»Tut mir leid, ich hab eine Verabredung.«

»Geschäft oder Vergnügen?«

»Vergnügen.«

»Ich bring dich um, wenn du mit einer anderen Frau gehst«, sagte sie heftig.

»Meine Tante kommt vom Kap.«

»Ja«, sagte sie höhnisch, »und du gehst mit ihr sicher in die ›Vier Jahreszeiten‹!«

»Richtig«, sagte ich lachend, »wie hast du das erraten?«

»Ich hasse dich«, sagte sie und hängte ein.

Ich saß am Tisch neben dem Schwimmbassin und trank meinen dritten Whisky. Tante Prue war verspätet, das hätte ich mir denken können. Wenn sie in New York war, konnte sie nie dem Kaufhaus Saks in der Fünften Avenue widerstehen.

Ich leerte mein Glas, winkte dem Ober, und schon erschien wie durch einen

Zauber ein vierter Scotch auf meinem Tisch. Bei diesem Tempo würde ich, wenn Tante Prue endlich kam, sinnlos betrunken sein. Ich blickte hinüber in den langen Korridor; er war leer. Eine Hand berührte meine Schulter; ich drehte mich um.

»Ich hoffe, sie läßt dich sitzen!« flüsterte Darlingmädchen leidenschaftlich.

Ehe ich antworten konnte, folgte sie dem Ober zu einem Tisch und ließ sich, mit dem Gesicht zu mir, nieder. Sie bestellte etwas zu trinken. Ich grinste, und sie streckte mir die Zunge heraus.

»Du kennst die junge Dame?« fragte Tante Prue.

Ich sprang auf; ich hatte sie gar nicht kommen sehen. »Gewissermaßen«, sagte ich und drückte einen Kuß auf ihre Wange.

Der Kellner rückte ihr den Stuhl zurecht, und sie nahm Platz. »Martini pur und sehr kalt«, bestellte sie und drehte sich so, daß sie Darlingmädchen mustern konnte. »Sie ist sehr hübsch«, sagte sie, »aber ihr Haar ist gefärbt, und sie hat sich die Nase operieren lassen.«

»Woher weißt du das?« fragte ich überrascht.

»Das mit dem Haar ist ganz offensichtlich.« Sie schnüffelte verächtlich. »Und mit so einer vollkommenen Nase kommt kein Mensch zu Welt.«

Ich lächelte. Tante Prue mußte nahe an die Siebzig sein, aber ihr entging nichts. »Während ich auf dich wartete, hab ich mich betrunken«, sagte ich.

»Ich bin zu Saks hineingegangen.« Der Kellner brachte ihren Drink, sie nahm das Glas und hielt es mir entgegen; wir stießen an. »Alles Liebe«, sagte sie.

»Alles Liebe«, antwortete ich.

Sie nippte an ihrem Glas. »Sehr gut.« Sie trank noch einen Schluck und stellte das Glas hin. »Bei dir alles in Ordnung?«

»Ja, warum fragst du?«

»In der Zeitung stand etwas davon, daß Sinclair TV einen neuen Präsidenten bekommt; da dachte ich, vielleicht bist du rausgeflogen.«

Ich lachte. »So ist es nicht. Ich hatte zuviel zu tun, da habe ich jemand anders eingestellt.«

»Eine Gesellschaft kann nicht zwei Präsidenten haben«, sagte sie mit unwiderlegbarer Logik, »das weiß sogar ich. Sag mir also lieber die Wahrheit, junger Mann, denn wenn du nicht mehr dort bist, verkaufe ich meine Aktien.«

»Das ist unnötig.« Ich erklärte es ihr, und nach einer Weile verstand sie es.

»Gut«, sagte sie, »ich bin froh, daß du es getan hast. Du hattest zuviel Arbeit.«

»Eigentlich nicht.«

»Du bist zu mager.«

»Das hatte ich schon mal gehört. »Ich habe eben vier Pfund abgenommen, während ich auf dich wartete.«

Sie nippte an ihrem Martini. »Du solltest wieder heiraten«, sagte sie. »Worauf wartest du denn? Du wirst nicht jünger, weißt du.«

»Ich warte auf die richtige Frau«, sagte ich. »So eine wie du.«

»Dummes Zeug«, sagte sie verächtlich.

»Aber Tante Prue, wo hast du denn so reden gelernt?«

»Wir sind ja dort draußen auf dem Kap nicht aus der Welt. Und Fernsehen haben wir auch.«

»Okay.« Ich ließ mir die Speisekarte bringen. »Bestellen wir unser Essen.«

Der Kellner kam an den Tisch und legte einen gefalteten Zettel neben mich. »Von der jungen Dame«, flüsterte er und deutete auf sie.

Ich warf einen Blick auf den Zettel. »Zum Essen heute abend? Wenn du nicht allzu böse bist. M.«

Ich kritzelte die Antwort auf den Zettel und gab ihn dem Kellner. Er ging zu ihrem Tisch zurück.

»Wäre es nicht einfacher, du würdest sie bitten, sich zu uns zu setzen?« fragte Tante Prue.

»Wenn ich das gewollt hätte, hätte sie schon am Tisch gesessen, als du kamst.«

»Ich muß mir noch einen Martini bestellen«, sagte Tante Prue gereizt. »Jedenfalls brauchst du mich nicht so anzufahren.«

»Na schön, ich werde sie herbitten.« Ich wollte aufstehen, da sah ich, daß sie bereits fortgegangen war.

»Siehst du, was du angestellt hast!« sagte Tante Prue. Plötzlich stand sie auf ihrer Seite. »Wahrscheinlich hast du dem armen Kind das Mittagessen verdorben und sie verjagt.«

Ich starrte sie an.

»Stephen«, sagte sie, »du hast dich nicht verändert; du bist noch genauso unhöflich wie als Kind.«

Ich lehnte mich mit einem Seufzer zurück und bestellte noch einen Whisky. »Diesmal einen doppelten«, sagte ich; es gab kein anderes Mittel.

»Ist sie in dich verliebt?« fragte Tante Prue.

»Wer?«

»Das Mädchen, das du vertrieben hast.«

»Du meinst auch immer, jedes Mädchen, mit dem ich rede, ist in mich verliebt«, sagte ich. »Außerdem hab ich sie nicht vertrieben.«

»Ich kenne deinen Ruf, Stephen. Auch wir lesen dort draußen die Zeitungen.«

Ich ärgerte mich. »Ich weiß; ihr habt auch elektrischen Strom, Gas und Telefon.«

Tante Prue sah mich an. »Du hast das Mädchen gern!« Ihre Stimme verriet, daß sie eben eine Entdeckung gemacht hatte.

»Das hab ich nicht gesagt.«

»Brauchst du auch gar nicht«, stellte sie fest, »das merke ich schon.«

Ich versteckte mich hinter meinem Whiskyglas.

»Stephen!«

»Ja, Tante Prue.

»Wenn du sie gern hast, wirklich gern hast, dann verschließ dich nicht dagegen.« Sie sprach sehr sanft. »Hab keine Angst!«

Als Jack endlich mein Büro verließ war es fast elf Uhr. Er hatte den Nachmittag gut angewendet. Er kam mit einem Vorschlag für die Rockshow, der mir vielversprechend erschien.

»Ich habe den ganzen Nachmittag mit Angel telefoniert«, erzählte er. »Der Junge kennt sich in Sachen Musik gut aus. Ich hab ihm gesagt, er soll mit der Koordination an der Westküste anfangen, dort gibt es die besten amerikanischen Gruppen – in Los Angeles und San Francisco. Nächste Woche schicke ich ihn nach Nashville, er soll sich auch dort umsehen.«

»Okay«, sagte ich.

»Das wär's also.« Er begann seine Papiere zusammenzusuchen. »Ich werde wohl einen Verbindungsmann einschalten, der mit den Schallplattenfirmen und den Musikverlegern in Kontakt bleibt, damit wir ständig auf dem laufenden gehalten werden.

»Du wirst auch einen erfahrenen Produzenten brauchen, einen, der richtig *hip* ist.«

Er nickte. »Daran dachte ich schon, aber den richtigen Mann habe ich noch nicht gefunden.«

»Vielleicht weiß ich einen für dich: Bob Andrews.«

»Der ist doch kein Produzent«, sagte Jack erstaunt, »er ist Diskjockey.«

»Der Diskjockey Nummer eins im Land«, erwiderte ich, »die Jugend liebt ihn. Er war der erste, der Elvis Presley spielte, der erste, der die Beatles spielte. Und er hat noch einen besonderen Vorteil. Er steht bei uns unter Exklusivvertrag.

Noch etwas: Ihm verdankten wir die Rundfunkstation Nummer eins in New York. Bevor er bei uns arbeitete, hatten wir die allerlausigste.«

»Gut«, sagte Jack, »ist mir recht.«

»Er wird dich morgen früh anrufen.«

»Und wenn es ihn nicht interessiert, was dann? Er ist an seinem jetzigen Platz Nummer eins, vielleicht will er keinen Wechsel.«

»Es wird ihn interessieren«, sagte ich. »Seit zwei Jahren erzählt er mir, daß er ins Schallplattengeschäft einsteigen oder eine Schallplattenfirma kaufen möchte. Wenn wir nun Musik in der Hauptsendezeit bringen, wird die ganze Sache vielleicht Hand und Fuß bekommen.«

»Wir hätten es schon seit Jahren tun sollen«, sagte Jack. »Weißt, du wieviel RCA an Elvis, wieviel Capitol an den Beatles verdient?«

»Ja.«

Er schob die Dokumente in seine Aktenmappe und erhob sich. »Das wär's also für heute. Ich bin hundemüde. Ich fahre ins Hotel und leg mich schlafen.«

Kaum war er fort, klingelte das Telefon. Ich ließ es ein paarmal läuten, dann erinnerte ich mich, daß Fogarty schon weg war und hob ab.

Eine Lärmwelle, Stimmen und Musik schlugen an mein Ohr.

»Steve?« Ihre Stimme klang leise und ruhig.

»Ja, Darlingmädchen?« fragte ich.

»Ich bin blau.«

»Und was gibt es sonst Neues?«

»Nein, wirklich, ich bin sternhagelvoll«, sagte sie. »Bin den ganzen Abend lang rumgewandert.«

Ich gab keine Antwort, eine Weile herrschte Schweigen; durch den lärmenden Hintergrund hörte ich ihren Atem. »Steve«, sagte sie, »bist du noch da?«

»Ja.«

»Steve, warum hast du mich nicht zum Essen abgeholt?«

»Ich mußte arbeiten.«

»Ich hatte auf dich gewartet«, sagte sie.

»Es scheint dir ja auch so ganz gutzugehen.«

»Ich hatte Sehnsucht nach dir«, sagte sie, »ich war einsam, saß allein zu Hause, rauchte Haschisch und weinte. Ich mußte ausgehen.«

»Es klingt ja da wie eine Bombenparty«, sagte ich.

»Willst du mich hier abholen, Steve? Ich möchte mit dir zusammen sein.«

Ich zögerte.

»Bitte!«

»Okay«, sagte ich und griff nach dem Bleistift. »Gib mir die Adresse.«

Es war ein altes Mietshaus ohne Fahrstuhl. Ich hörte den Lärm schon von der Straße aus und roch den Haschisch im Flur des Erdgeschosses, bevor ich noch die Treppe hinaufstieg. Der Lärm wurde lauter und der Rauch immer dichter, bis ich zum obersten Stockwerk kam. Die letzte Treppe zwang zu einem Hindernislauf: ich mußte über Liebespaare hinwegschreiten, die mit sich selbst beschäftigt waren und weder mich noch sonst jemanden beachteten.

»Mensch, kommst du aber spät!« sagte der langhaarige Junge an der Tür, als ich zu ihm kam, »du hast eine Menge nachzuholen. Macht fünf Dollar bitte.«

Ich legte die Note in seine ausgestreckte Hand; er gab mir eine verkrümmte Haschzigarette. »Zünd sie an und rauch«, sagte er.

Hatte ich es schon zuvor laut gefunden, so war das noch gar nichts, verglichen mit dem Getobe, das mich empfing, als ich eintrat. Ich stand in einer schmalen Diele und wartete einen Augenblick, bis meine Augen sich an das Halbdunkel gewöhnt hatten. Das Getöse kam aus dem nächsten Raum; als ich an der Tür war, wurde das Zimmer plötzlich dunkel, und der Lärm verstummte.

Ich spürte die unterdrückte Spannung der um mich gedrängten Menge. Ich wartete und versuchte vergeblich, im Dunkel etwas zu erkennen.

Die tiefe Baritonstimme kam aus dem Hintergrund des Raums.

»Und nun zeigt Don Rance sein neuestes Werk in lebender Kunst, Vorschau auf das neue Jahr. Ausgeführt in Hershey's Schokoladefondant, Heidelbeer- und Erdbeerjam, Orangenmarmelade, Pfefferminzkonfekt, Schlagsahne und natürlich dem phantastischen Korpus von Marianne Darling!«

Die schmetternde Musik und die Beleuchtung setzten zugleich ein. Einen Augenblick zwinkerte ich, dann sah ich sie.

Sie stand mitten im Zimmer mit dem Rücken zu mir auf einem Tisch und hielt ein Schild über ihrem Kopf. Ihren Körper bedeckte ein wildes Gemisch von Farben – Sirup und Marmeladen, die zu zerfließen begannen. Sie drehte sich langsam um.

Die Menge wurde wild, sie klatschte Beifall und stieß begeisterte Schreie aus. Alles drängte sich näher an den Tisch heran.

Ich hörte ihre Stimme durch den Lärm. »Was ist los mit euch, Leute? Könnt ihr nicht lesen?« Sie lachte ausgelassen und bewegte sich im Takt der Musik.

Sie sprangen mit herausgestreckten Zungen auf sie los und leckten an ihrem Körper. Die Farben verschmierten sich und verflossen ineinander. Das Tischchen geriet ins Schwanken, während sie versuchten, immer höher zu springen.

Lachend bewahrte sie ihr Gleichgewicht und drehte sich weiter. Nun blickte sie in meine Richtung. Ich starrte sie an.

Ihre Brüste waren rot und purpurn bemalt, sie bildeten ein Paar Riesenhoden, aus deren Mitte ein aus Schokoladenfondant und Sirup bestehender Phallus in Erektion hervorstand; er reichte bis zu ihrer mit Schlagsahne bedeckten Scham. Auf dem Schild, das sie über ihrem Kopf hielt, standen nur zwei Worte:

ESST MICH!

Ihr Blick begegnete dem meinen und wurde für einen Moment klar. Aber sie steckte schon zu tief in ihrem Rausch; die Schleier kehrten wieder, und sie lächelte mir zu. »Ist es nicht wunderschön?« schrie sie.

In diesem Augenblick griff ein Mann nach oben und begrub sein Gesicht in ihrer Schamgegend, seine Zunge leckte gierig die Sahne ab. Schließlich brach der Tisch zusammen; sie stürzte mitten hinein in die kreischende Menge und verschwand in der Masse vorwärts drängender Körper.

Ich schloß die Augen und kämpfte gegen die in mit aufsteigende Übelkeit an. Dann drehte ich mich um und rannte hinaus. Ich lief ohne anzuhalten die Treppe hinunter, bis ich auf der Straße war. Dann lehnte ich meinen Kopf an den kalten Stein des grauen Gebäudes an der Ecke und übergab mich.

Es war Barbara, noch einmal das gleiche.

7

»Mr. Benjamin am Apparat«, sagte Fogarty.

Ich drückte auf den Knopf. »Tag, Sam.«

Seine Stimme klang vorwurfsvoll. »Warum haßt du mich, Steve?«

Ich lachte. »Weshalb glaubst du das?«

»Du hast Jack Savitt auf mich gehetzt. Du weißt doch, ich konnte nie mit ihm einen Kontakt herstellen.«

Sam war in der Welt emporgekommen; »Kontakt herstellen« war ein Ausdruck, den ich bei ihm noch nie gehört hatte. »Ich hab ihn nicht auf dich gehetzt«, sagte ich, »es ist sein Job. Er ist jetzt Präsident der Sendergruppe.«

»Was macht unter Freunden ein Titel aus?« fragte Sam. »Wir beide verhandelten doch immer direkt, von Angesicht zu Angesicht, warum nicht auch jetzt?«

»Das ist nicht mehr meine Aufgabe, Sam. Du willst doch nicht, daß ich etwas über seinen Kopf hinweg mache, nicht wahr?«

»Doch«, antwortete Sam kurz.

»Das werde ich nicht tun, Sam, so arbeite ich nicht.«

Er schwieg einen Augenblick. »Okay«, sagte er. »Bedeutet das, daß du heute nicht zum Abendessen kommst, wenn ich dich einlade?«

»Lad mich ein.«

»Wie wär's? Es wird so sein wie in alten Zeiten, Junior ist zu den Feiertagen von der Schule heimgekommen, und auch Myriam beehrt uns mit ihrer Gegenwart. Wenn du willst, lasse ich dir sogar von Denise Brustflanken machen.«

»Nicht nötig. Gib mir nur die Adresse.«

»Fünfte Avenue 700, acht Uhr.«

Sam war tatsächlich in der Welt emporgekommen. Zwischen der Fünften Avenue und der Bronx lag ein weiter Weg. Hoffentlich war, was ich über seine finanziellen Schwierigkeiten gehört hatte, übertrieben; es wäre herzzerreißend, wenn er diesen ganzen Weg wieder zurückgehen müßte.

Die Sprechanlage klickte. »Mr. Savitt und Mr. Andrews sind hier; sie möchten Sie sprechen.«

»Ich lasse bitten.«

Sie öffnete die Tür, und die beiden traten ein. Ich wies auf die Armstühle vor dem Schreibtisch, und gleich darauf kam Fogarty mit dem Kaffee. Als wir mit unserer Begrüßung fertig waren, standen die vollen Tassen schon vor uns. Sie schloß die Tür hinter sich.

»Wie ich sehe, haben Sie und Jack sich zusammengefunden. Was halten Sie von der Idee?«

»Ich bin begeistert«, sagte Bob mit seiner schallenden Ansagerstimme. »Ich warte schon lange auf so etwas.«

»Das freut mich«, sagte ich. »Hat Ihnen Jack auch von unseren Plänen, in das Musik- und Schallplattengeschäft einzusteigen, erzählt?«

Andrews nickte. »Er hat es erwähnt, sagte aber, Sie würden es mir näher erklären.«

»Ganz einfach«, sagte ich, »wir eröffnen eine neue Abteilung, und ich meine, Sie sind der richtige Mann, um sie zu leiten. Sie kennen das Geschäft und genießen darin allgemeines Ansehen.«

»Ich kann es noch gar nicht glauben. Soviel Glück auf einmal!«

»Vor einigen Monaten trat Joe Regan an mich heran, ob ich seine Firma übernehmen wolle. Was halten Sie von Symbolic Records?«

Er überlegte. »Keine schlechte Firma. Musikalisch sind sie überall auf Draht und modern, sie besitzen eine gute Sammlung von Standardnummern, die sie kauften, als sie die Gesellschaft Eagle Record and Music übernahmen. Sie sichern sich einen angemessenen Anteil an den neuen Schlagern, und der Vertrieb ist nicht übel.«

»Und wie klingt die Rückseite?«

Er grinste über meine Verwendung seiner Fachsprache. »Eine elende Verwaltung und Leitung. Für ihre Finanzierung haben sie sich mit den Geiern von der Mafia eingelassen, und man erzählt sich, daß sie in der Klemme sitzen.«

»Haben Sie eine Ahnung, wie hoch die Schulden sind?«

»Angeblich zwischen zwei und drei Millionen Dollar«, antwortete er. »Und bei dreißig Prozent Zinsen bleibt ihnen wenig Spielraum.«

»Sind sie einen Versuch wert?«

Er nickte. »Sie sind wert, daß man sich genauer über sie informiert. Die Marke hat in der Branche einen guten Namen.«

Seine vorsichtige Einstellung gefiel mir. Merkwürdig, daß man einen Menschen so lange kennen konnte, ohne etwas Genaueres über ihn zu wissen. Ich hätte ihm nie im Leben geschäftliche Klugheit zugetraut. Dabei hätte ich eigentlich Bescheid wissen sollen, denn er hatte seinen Vertrag mit uns selbst aufgesetzt, und zwar verdammt raffiniert: der beste Diskjockeyvertrag in der Welt.

Ich drückte auf Fogartys Klingel. »Verbinden Sie mich mit Joe Regan von Symbolic Records in Los Angeles.« Ich wandte mich wieder zu meinen Gästen. »Nun zurück zur Show; wie sehen eure Pläne aus?«

»Ich hab mir gedacht, Bob könnte nach dem Neujahrstag an die Westküste fahren und dort die Dinge in Gang bringen«, erwiderte Jack.

»Ich habe ein paar Verpflichtungen während der Feiertage, denen ich mich nicht entziehen kann«, erklärte Andrews. »Ich mache im alten Brooklyn-Fox-Theater eine Neujahrs-Rockshow.«

»Damit bin ich völlig einverstanden«, sagte ich.

Die Sprechanlage klickte. »Mr. Regan am Apparat.«

Ich nahm den Hörer. »Wie geht's, Joe?«

Seine Stimme hatte einen Nachhall, ich hatte den Eindruck, daß er mich an den Lautsprecher angeschlossen hatte, so daß andere Leute im Büro mich hören konnten. »Könnte nicht besser sein, Steve. Und Ihnen?«

»Danke, gut«, sagte ich. »Ich wollte nur mal hören, ob es in der Sache, von der wir vor einigen Monaten sprachen, etwas Neues gibt.«

»Es hat sich nicht viel ereignet«, sagte er. »Wir hatten ein paar Angebote, aber das war nicht die Art Verbindung, die uns vorschwebte. Im Augenblick sieht es bei uns recht gut aus. Wir haben zwei Platten auf den Bestsellerlisten.«

»Haben Sie noch Interesse, weiter zu verhandeln?«

»Wäre möglich«, sagte er vorsichtig, dann schmiß er das Ganze mit seiner nächsten Frage. »Wann wollen wir uns zusammensetzen?«

»Ich bin morgen wieder in Kalifornien. Wollen Sie zum Mittagessen zu uns ins Atelier kommen?«

»Paßt Ihnen halb eins?«

»Ausgezeichnet«, sagte ich und hängte ein. »Sie haben das Gespräch gehört. Ich treffe ihn morgen.« Ich erhob mich. »Ich werde Sie auf dem laufenden halten.«

Sie verließen das Büro, und Fogarty meldete sich. »Miß Darling hat während Ihrer Besprechung zweimal angerufen. Soll ich sie mit Ihnen verbinden?«

»Nein.« Ich schaltete ab, dann knipste ich den Knopf nochmals. »Bitte, Mr. Gaunt?«

»Sollte Miß Darling nochmals anrufen, sagen Sie ihr, ich hätte kein Interesse daran, mit ihr zu sprechen.«

Fogarty schwieg einen Augenblick. »Einfach so?«

»Ganz einfach so«, sagte ich und schaltete ab.

Denise öffnete mir selbst. »Stephen!« begrüßte sie mich lächelnd. »Wir haben uns lange nicht gesehen!«

Ich gab ihr die Rosen und küßte sie auf die Wange. »Zu lange«, sagte ich. »Aber du siehst jünger aus denn je.«

»Danke. Jetzt weiß ich, warum ich dich so gern treffe. Du bist gut für mein Ego.«

Ich folgte ihr ins Wohnzimmer. Durch die Fenster sah man den schneebedeckten Park, und von tief unten drang der Verkehrslärm leise an unser Ohr.

»Was möchtest du trinken? Sam ist unter der Dusche, er wird gleich herauskommen.«

Ein Dienstmädchen servierte mir den Drink. Ich kostete, er war gut. »Das ist ein bezauberndes Zimmer.«

»Ich freue mich, daß es dir gefällt«, sagte sie befriedigt und übergab dem Mädchen die Blumen. »In Kalifornien kann man sich nicht so einrichten wie hier.«

Ich nickte; in Kalifornien war das Leben viel weniger konventionell. »Bist du froh, wieder hier zu sein?«

»Ja«, sagte sie, »und Sam auch. Ihm hat es in Kalifornien nie richtig gefallen. Er ist durch und durch New Yorker.«

Junior kam herein. Er war fast so groß wie ich, schlank und ein bißchen ungelenk mit langem, glattem Haar. Er kam mit ausgestreckter Hand auf mich zu. »Tag, Onkel Steve.«

Wir schüttelten uns die Hände. »Junior«, sagte ich lächelnd, »entweder werde ich kleiner, oder du wirst größer. Es muß mindestens drei Jahre her sein, seit ich dich zuletzt gesehen habe.«

»Ja, bei meiner Bar-Mizwa«, antwortete er lachend.

Ich nickte. »Es war eine lustige Angelegenheit.«

Er lachte wieder. »Kann man wohl sagen. Mein Vater war in seinem Element.«

Sam trat ein. »Wie gefällt es dir?« fragte er, auf die Wohnung weisend.

»Prächtig!« sagte ich.

Er wandte sich an Denise. »Wo ist Myriam?«

»Sie wird gleich hier sein.«

»Es ist acht Uhr vorbei«, sagte Sam zu mir. »Dieses Mädchen, meine Tochter, hat kein Zeitgefühl. Immer kommt sie zu spät.«

»Macht ja nichts«, sagte ich, »ich habe Zeit, ich gehe nicht vor elf von hier fort. Zum Mitternachtsflugzeug.«

»Zurück an die Westküste?« fragte Sam.

Ich nickte.

Es klingelte. »Das muß Myriam sein«, sagte er, »ich mache ihr auf.«

Ich redete mit Denise.

Aus dem Nebenzimmer hörten wir seine Stimme. »Wie ziehst du dich denn an?« schrie er. »Wenn dein Kleid noch um eine Spur kürzer wäre, müßtest du dich rasieren!« Ihre Antwort war nicht zu vernehmen.

Junior grinste. »Pop hat schon wieder was zu nörgeln.«

Als sie auf der Schwelle erschien, drehte ich mich um. Sam kam ins Zimmer, sie aber stand dort und starrte mich an. Ich erwiderte ihren Blick.

Sam blieb stehen und drehte sich um. »Du erinnerst dich wohl an Onkel Steve, Myriam, nicht wahr?«

Sie zögerte einen Augenblick, dann kam sie mit ausgestreckter Hand auf mich zu. »Natürlich«, sagte sie.

Ich faßte ihre Hand. Ihr Gesicht war blaß unter der Schminke. Ein merkwürdig verängstigter Ausdruck lag in ihren Augen. »Guten Tag, Myriam«, sagte ich.

Ich sah über ihre Schulter, daß Junior uns belustigt beobachtete; plötzlich wurde mir klar, daß er der einzige im Zimmer war, der im voraus gewußt hatte, was geschehen würde.

»Aber ich glaube, ich bin schon ein bißchen zu erwachsen, um dich noch Onkel zu nennen«, sagte Darlingmädchen.

8

Das Mädchen kam mit einer Vase zurück, in die sie die Rosen gesteckt hatte. Fragend sah sie Denise an.

»Stell sie auf das Klavier, Mamie«, sagte Denise.

Mamie ging quer durchs Zimmer, stellte die Blumen hin und meldete: »Es ist serviert.«

Ich saß neben Darlingmädchen. Sie führte ihr Spielchen mit mir auf.

»Bleibst du eine Zeitlang in New York?« fragte sie.

»Ich fliege noch heute abend an die Westküste«, sagte ich. Mir gegenüber grinste Junior, und ich sah den Blick, den er seiner Schwester zuwarf.

»Myriam dachte auch daran, an die Küste zu fahren«, sagte er. »Sie behauptet, dort gibt es mehr Arbeitsmöglichkeiten.«

»Nur über meine Leiche!« sagte Sam. »Ich hab schon genug Mühe, hier auf sie aufzupassen.«

Mamie servierte uns die Suppe. Ich nahm einen Löffel – und hätte die Suppe fast über meinen Schoß geschüttet: Darlingmädchen hatte unter dem Tischtuch ihre Hand auf meinen Schwanz gelegt.

»Was meinst du, Onkel Steve?« fragte sie mit vorgetäuschter Sanftheit. »Glaubst du nicht, daß es dort drüben mehr Arbeit gibt?«

»Das würde ich nicht behaupten«, antwortete ich. »Mir scheint, wenn man Talent hat, ist ein Ort so gut wie der andere.«

»Du gehst erst hinüber, wenn du einen festen Job hast«, sagte Sam.
Sie sah mir in die Augen und fragte neckend: »Warum gibst du mir keinen Job, Onkel Steve?«
»Nun reicht es aber«, sagte Denise entschieden. »Steve ist zum Abendessen zu uns gekommen und nicht um hier belästigt zu werden.«
»Das macht mir nichts, Denise, ich bin es gewöhnt. Dafür hab ich eine Routineantwort.«
»Und die lautet?« fragte Darlingmädchen.
»Schicken Sie Ihr Foto ein; ich werde dafür sorgen, daß es in die Besetzungsabteilung kommt.«
»Und was geschieht dann?«
»Die dort legen es in den ›Ablegen-und-Vergessen‹-Ordner.« Sie kniff mich so heftig, daß ich beinahe von meinem Stuhl hochfuhr.
»Entschuldige meine Frage«, sagte sie kühl.

Ich sah auf die Uhr. »Zeit, daß ich gehe. Vielen Dank für den schönen Abend, Denise.«
»Wir haben uns gefreut, dich hier zu haben.«
»Könntest du mich mitnehmen?« fragte Darlingmädchen. »Ich fahre zur Ecke Neunzehnte und York; es liegt auf deinem Weg.«
»Okay.«
»Ich begleite dich zum Wagen«, sagte Sam. Er ging hinaus, um unsere Mäntel zu holen.
»Wiedersehen, Onkel Steve«, sagte Junior lächelnd; wir schüttelten uns die Hand. Mit einem raschen Blick vergewisserte er sich, daß ihn niemand hören konnte. »Myriam ist schon seit ihrer Kindheit in dich verliebt«, flüsterte er. »Deshalb war sie bei deinem Anblick so erschrocken.«
Ich sah ihn erleichtert an. Es gab also doch wenigstens etwas, das er nicht wußte. »Wiedersehen, Junior.«
Wir stiegen in den Fahrstuhl. »Was werden wir nun mit diesen Filmen unternehmen?« fragte mich Sam.
Darlingmädchen betrachtete uns mit besonderer Aufmerksamkeit. Ich schwieg.
Die Fahrstuhltür öffnete sich. »Geh voraus zum Wagen«, sagte Sam zu ihr. »Ich möchte noch einen Augenblick mit Steve sprechen.«
Sie gab ihm einen Kuß auf die Wange und lief hinaus. Ich sah, wie der Chauffeur ihr die Tür öffnete. Nachdem sie wieder geschlossen war, wandte sich Sam mir zu.
»Das Mädchen ist ein Problem; sie läuft mit sämtlichen Strolchen von New York herum. Ich wage nicht, es ihrer Mutter zu sagen.«
»Sie ist noch sehr jung.«
»Ich hoffe, sie lernt einen netten Jungen kennen und kommt zur Ruhe«, sagte er.
»Wird schon werden. Laß ihr Zeit.«
Plötzlich schienen die Worte nur noch zögernd über seine Lippen zu kommen. »Wir waren immer Freunde. Ich will es dir kurz und klar sagen: Wenn wir nicht zu einem Abschluß gelangen, und zwar schnell, bin ich erledigt.«
Ich sah, wie Darlingmädchen durch das Wagenfenster zu uns hersah. »Wieviel brauchst du?« fragte ich ihn.
»Vier Millionen Dollar.«
»Wie steht es mit Dave Diamond?«
»Zu dem kann ich nicht gehen. Ich schulde ihm jetzt zehn Millionen Dollar, und er macht Krach.« Er holte tief Atem. »Ich hatte eine Pechsträhne, aber ich habe zwei Filme, die fast fertig sind, von denen ich glaube, sie werden einschlagen.«

Das war Filmgerede. Keiner machte jemals einen Streifen, der kein großer Schlager sein würde. Ich schaute zum Wagen; Darlingmädchen beobachtete uns.

»Was besitzt du, das nicht verpfändet ist?«

»Nichts.« Er dachte einen Augenblick nach. »Nur die Aktien meiner Gesellschaft.«

»Was kannst du dafür bekommen?«

»Im Augenblick?« Er wartete nicht auf meine Antwort. »Keinen Pfennig. Wenn ich aber Luft hätte, mit den vier Millionen zu operieren, wäre das in einem Jahr fünfundzwanzig Millionen wert.«

»Okay«, sagte ich. »Ich nehme fünfundzwanzig Prozent für vier Millionen Dollar und gebe dir eine Option, sie innerhalb eines Jahres zum gleichen Preis oder zum Buchwert zurückzukaufen, je nachdem, welches von beiden mehr ausmacht.«

»Du meinst, Sinclair wird fünfundzwanzig Prozent meiner Firma kaufen?«

»Nein, nicht Sinclair. Ich werde es tun.«

Er nahm meine Hand und drückte sie fest. Seit ich ihn kannte, war er zum erstenmal sprachlos.

»Sag deinem Rechtsanwalt, er soll mich morgen im Atelier anrufen«, sagte ich und ging zum Wagen.

Damit war ein verdammt hoher Preis dafür bezahlt, daß ich seine Tochter fickte.

Als ich einstieg, drückte sie sich in die andere Ecke. »Neunzigste und York«, sagte ich zum Fahrer. »Dann American Airlines, Kennedy-Flughafen.«

»Nein«, sagte sie. »Das war nur eine Ausrede, um dort rauszukommen. Ich fahre mit dir zum Flughafen.«

»Warum?«

»Ich will mit dir reden.«

Ich schwieg.

»Du könntest mich wenigstens anhören«, sagte sie.

»Lassen Sie die York Avenue«, sagte ich zum Fahrer. »Wir fahren direkt zum Flughafen.«

Sie drückte auf den Knopf neben sich und die gläserne Trennungswand zwischen dem Chauffeur und uns glitt nach oben. Ich zündete mir meine Zigarette an. Sie blickte mich an, ich reichte ihr das Paket.

Sie sog an ihrer Zigarette und lehnte sich zurück; ihr Blick lag auf dem Hinterkopf des Fahrers, nicht auf mir. »Ich liebe dich«, sagte sie.

Der Wagen fuhr zwei Blocks weiter.

»Das glaubst du mir wohl nicht, wie?« Noch immer sah sie mich nicht an.

Ich antwortete nicht.

»Ich bin kein Kind«, sagte sie. »Ich bin nicht verrückt. Ich hab mich in dich verliebt, als ich noch ein kleines Mädchen war. Und es blieb dabei.«

»Warum hast du mir nicht gesagt, wer du bist, als du damals zu mir kamst?«

»Zuerst war es ein Riesenspaß«, sagte sie. »Dann hatte ich Angst. Ich fürchtete, du würdest böse sein und mich nicht mehr sehen wollen.«

Plötzlich wurde ich müde. Ich lehnte den Kopf zurück und schloß die Augen. »Es spielt jetzt keine Rolle mehr«, sagte ich matt. »Es ist vorbei.«

Ich hörte, wie sie sich auf dem Sitz bewegte, und schlug die Augen auf. »Wegen gestern abend?« fragte sie.

»Nein.«

»Sondern?«

»Weil ich zu alt bin, um bei jungen Mädchen, deren Gefühlswert nicht stimmt, Kindergärtner zu spielen.«

»Und du findest, daß ich zu denen gehöre?«

»Was glaubst du selbst?«

Ihre Augen füllten sich mit Tränen, aber sie wandte ihren Blick nicht von mir ab. »Daß ich wie jede andere bin«, sagte sie. »Ein bißchen verwirrt, ein bißchen verängstigt; ich versuche, alles noch zu erwischen, bevor die Bombe uns erwischt. Warum glaubst du, daß ich so anders bin als die vielen Mädchen, mit denen du dich vergnügt hast?«

»Vielleicht ist es eben das«, sagte ich barsch. »Du bist nicht anders.«

»Oh!« sie stöhnte, als hätte ich sie körperlich getroffen. Sie schloß die Augen. Wir sprachen nicht mehr, bis der Wagen von der Van-Wyck-Schnellstraße zum Flughafen einbog. Er fuhr zur Rampe.

»Steve«, sagte sie.

Ich sah sie an.

»Nimm mich mit«, bat sie.

»Nein.«

Mein kalter Ton schien sie abzuschrecken. Ihre Stimme klang sehr leise und gepreßt. »Stoß mich nicht zurück, Steve. Ich habe sonst niemanden, zu dem ich gehen könnte.«

Der Wagen hielt an, und ich stieg aus; ich beugte mich nochmals zurück in den Wagen. »Myriam«, sagte ich, »willst du etwas Gutes für dich tun?«

Sie blickte mich mit ihren großen dunklen Augen an.

»Tu was dein Vater will. Such dir einen netten Jungen und führe mit ihm ein ruhiges Leben.« Ich wollte die Tür schließen, sie legte ihre Hand darauf und hielt sie offen. »Steve, bitte!«

»Hör auf damit, Myriam, du bist jetzt erwachsen«, sagte ich müde. »Siehst du denn nicht, daß es nichts mehr nützt?«

Ich schlug die Tür zu und ging ins Gebäude, ohne mich umzudrehen.

9

Am Morgen ging ich als erstes zu Dave Diamonds Büro im zweiten Stockwerk der Zentrale der California Consolidated Banks auf dem Wilshire Boulevard. Er kam hinter seinem Direktorenschreibtisch aus Nußholz hervor, der ihn halb so groß aussehen ließ, als er tatsächlich war, und streckte mir die Hand entgegen. »Was für eine Überraschung«, sagte er.

Ich drückte ihm die Hand. In der Zimmerecke stand ein kleiner Fernsehapparat, auf dem die neuesten Börsenziffern abzulesen waren. Das war eine der Dienstleistungen unserer UHF-Station.Erstaunlich, wie groß die Seherbeteiligung war; für Geld interessierte sich jeder.

»Was kann ich für dich tun?« fragte er, während seine Sekretärin eine Tasse schwarzen Kaffee vor mich hinstellte.

»Zwei Dinge«, sagte ich. »Erstens möchte ich, daß du mir eine vollständige Information über Joe Regan und Symbolic Records zusammenstellst.«

»Die bekommst du in zehn Minuten«, sagte er. »Wir führen laufende Berichte über alle Firmen, mit denen wir in Geschäftsverbindung stehen.« Er sprach ein paar Worte ins Telefon und wandte sich wieder an mich. »Was ist das zweite?«

»Ich möchte vier Millionen Dollar ausleihen.«

»Du persönlich?«

»Persönlich.«

»Geld ist sehr knapp«, sagte er.

»Ich weiß, deshalb komme ich ja zu dir.«

Er lachte. »Ihr Jungs glaubt wohl, ich drucke es.«

»Tust du das nicht?«

Er lachte wieder, dann wurde er ernst. »Was bietest du als Sicherheit?«

»Sinclair-Aktien«, sagte ich.

»Eine gute Bürgschaft, aber besitzt du genügend Aktien, um den Kredit zu dekken? Wir dürfen nicht mehr als fünfundsiebzig Prozent vom Marktwert leihen.«

»Ich besitze genug.«

»In Ordnung«, sagte er. »Wann willst du das Geld?«
»Sobald ich es bekommen kann.«
»Ich werde es in die Wege leiten.« Er griff wieder nach dem Telefon und sprach mit seiner Kreditabteilung. »Siehst du, wie leicht das ist? Geh einfach zu deinem Freund und Bankier!«
Ich lächelte.
»Wenn es kein Geheimnis ist«, fragte er taktvoll, »wofür brauchst du das Geld?«
»Ich kaufe fünfundzwanzig Prozent von Samarkand.«
Er starrte mich ungläubig an. »Sam Benjamins Gesellschaft?«
Ich nickte.
»Das kann ich nicht glauben, dazu bist du zu doch gescheit. Weißt du, wieviel Geld er uns schuldet und nicht zurückzahlen kann?«
Darauf hatte ich nichts zu erwidern.
»Acht Millionen Dollar!« sagte er heftig. »Und ich war der größte Esel der Welt, es ihm zu geben!«
Ich lächelte. Sogar sein Unglück mußte Sam übertreiben! »Nun, jetzt wird dir wohl leichter ums Herz sein: Du hast Gesellschaft.«
»Vielleicht kommt es dir verrückt vor«, sagte er, »ich scheine gegen mein eigenes Interesse zu sprechen. Dein Darlehen ist für uns ein gutes Geschäft, wir verlangen die höchsten Zinsen in der Stadt. Außerdem werden wir sofort eine Million Dollar abschöpfen, ehe er sie auch nur zur Gesicht bekommt, denn soviel ist im Augenblick fällig. Du siehst also, uns kann das nicht weh tun. Und dennoch sage ich dir nur eines –« Er schaltete eine Atempause ein. »Tu es nicht!«
Seine Sekretärin kam herein und legte einige Papiere auf seinen Schreibtisch. »Der Bericht über Symbolic Records, den Sie verlangt haben, Mr. Diamond.
Er nickte und sie ging hinaus. »Also wenn du zum Beispiel diese Firma kaufen wolltest, da würde ich sagen, das ist klug. Sie macht gute Geschäfte, und wenn die Leute einmal die Geldverleiher los sind und die richtige Geschäftsleitung eingesetzt haben, ist das eine aussichtsreiche Sache. Aber bei dem anderen ist es, als ob du das Geld in den Kanal werfen wolltest.«
»Ich schätze deine Aufrichtigkeit, Dave«, sagte ich, »aber ich habe mich verpflichtet.«
»Nichts ist endgültig, solange das Geld nicht ausgezahlt ist«, sagte er. Als er aber sah, daß ich nicht antworten wollte, fügte er hinzu: »Okay. Aber du kannst mir als einem Freund wenigstens sagen, warum du das tust.«
»Wir wollen es vielleicht so formulieren: Jeder muß seine Schulden bezahlen. Ich bezahle die meinen.«

Als ich alles in der Bank geordnet hatte und man mir die Kapitalanteilscheine aus dem Tresor heraufbrachte, war es fast zwölf Uhr.
»Hier ist also alles erledigt«, sagte Dave. »Sobald du mir den Auftrag erteilst, werde ich die Summe Sams Konto gutschreiben.«
»Ich rufe dich aus dem Atelier an.«
In meinem Büro erwartete mich Joe Regan. »Geben Sie mir zehn Minuten«, sagte ich, »dann können wir gleich zusammen zur Kantine hinübergehen.«
»Lassen Sie sich Zeit, Steve«, sagte er.
Ich meldete ein Gespräch mit meinem Rechtsanwalt in New York und ein zweites mit Sam an. Das Gespräch mit dem Anwalt kam als erstes.
»Es ist eine einfache Transaktion, Paul.« Ich erklärte es ihm kurz.
»Ich verstehe«, sagte er.
»Ich werde mit Sam absprechen, daß er mit seinem Rechtsanwalt zu Ihnen ins Büro kommt«, sagte ich. »Sobald ich von Ihnen erfahre, daß sie die Aktien abgeliefert und die Rückkaufoption unterzeichnet haben, lasse ich das Geld seinem Konto gutschreiben.«

»Es wäre besser, wenn das Geld zur Zeit des Abschlusses bezahlt werden könnte«, sagte Paul.

»In Ordnung. Benachrichtigen Sie mich, wenn es soweit ist, dann lasse ich Dave Diamond in der Bank zu einem Konferenzgespräch einschalten.«

»Ja, so ist es besser«, sagte Paul. »Ich melde mich wieder.«

Kaum war ich mit ihm fertig kam Sam in den Apparat. »Das Geld liegt für dich bereit«, sagte ich. »Dein Rechtsanwalt soll mit Paul Gitlin in Verbindung treten; der wird den Abschluß für mich tätigen.«

»Warum Paul Gitlin?« schnaubte er. »Ich hatte schon früher geschäftlich mit ihm zu tun. Er ist ein Scheusal.«

»Für vier Millionen Dollar bringst du vielleicht etwas Sympathie für ihn auf«, sagte ich.

»Kann ich das Geld noch heute haben?« fragte er.

»Er sagt, du brauchst nur die Aktien abzuliefern, den Vertrag zu unterschreiben, dann bekommst du das Geld.«

»Jetzt ist er mir schon sympathischer«, sagte Sam.

Ich legte den Hörer auf und ließ Joe Regan hereinrufen. »Wie wäre es mit einem Drink vor dem Essen?« fragte ich. »In der Kantine wird kein Alkohol serviert.«

»Bourbon und Wasser«, sagte Joe sofort.

Ich gab meiner Sekretärin einen Wink, und sie mixte uns die Drinks; nachdem sie sie gebracht hatte, ging sie aus dem Zimmer.

»Prosit«, sagte ich.

Er nickte, und wir tranken. »Ah, das tut gut!« sagte er. »Ich bin froh, daß Sie angerufen haben. Neulich konnte ich wirklich nicht sprechen; ich hatte Leute in meinem Büro und mußte Sie über den Lautsprecher schalten.«

»Das habe ich mir gedacht.«

»Man beginnt, uns in die Enge zu treiben«, sagte er. »Die Leute wollen es so machen, wie mit der Firma drüben im Osten.«

Ich ließ ihn reden.

»Ich war schon soweit, daß ich Ihnen das Ganze überlassen wollte; ich kann nachts schon gar nicht mehr schlafen.« Sein Glas war leer. »Kann ich noch einen haben?«

Ich ging zur Bar, füllte sein Glas und kehrte zu meinem Schreibtisch zurück.

Er trank einen Schluck. »Ja, ich wollte es ihnen übergeben und mich zurückziehen. Können Sie sich das vorstellen? Fünfzehn Jahre meines Lebens und nun bin ich bereit, es hinzuschmeißen.«

»Wieviel wäre nötig, um sie loszuwerden?«

»Man muß ihnen nur zahlen, was ich schuldig bin«, sagte er. »Aktien besitzen sie nicht – noch nicht. Das wäre der nächste Schritt. Sie haben angeboten, die Hälfte des Darlehens gegen fünfzig Prozent der Gesellschaft zu löschen.«

»Wieviel schulden Sie ihnen?«

»Ungefähr eine Million sieben.«

»Das ist nicht schlimm.«

»Für Sie nicht«, sagte er, »wohl aber für mich. Wieviel wir auch verdienen, ich komme anscheinend nie auf einen grünen Zweig.«

»Nur keine Aufregung«, sagte ich und stellte mein leeres Glas nieder. »Wenn wir die Sache miteinander besprechen, sollten wir doch wohl imstande sein, uns etwas auszudenken.«

Das Telefon läutete. Es war Paul aus New York. »Eben hat mich Benjamin benachrichtigt«, sagte er. »Sie werden um fünf Uhr bei mir im Büro sein. Wenn Sie das Konferenzgespräch für fünf Uhr dreißig ansetzen, dürfte alles bereit sein. Das ist zwei Uhr dreißig bei euch.«

»Wird gemacht«, sagte ich.

»Steve«, sagte er.

»Ja?«

»Mich geht es nichts an, das weiß ich, aber haben Sie sich das überlegt?«
»Was meinen Sie damit?«
»Ich spreche als Rechtsanwalt«, sagte er. »Ich kenne Ihren Anstellungsvertrag nicht, aber es könnte da eine Klausel geben, die Ihnen etwas Derartiges verbietet.«
»Es gibt keine.«
»Auch die Frage der ethischen Grundsätze spielt eine Rolle«, sagte er. »Schließlich ist es eine Gesellschaft, mit der ihr Geschäfte tätigt. Es könnte sich die Frage eines Interessenkonflikts ergeben.«
»Dazu kann es nie kommen«, erwiderte ich. »Es ist in Wirklichkeit nichts als ein Darlehen; die Aktien nehme ich nur als eine Art Sicherheit; daher die Vereinbarung über den Rückkauf.«
»Warum lassen Sie mich, wenn dem so ist, den Vertrag nicht entsprechend aufsetzen?« fragte er. »Mag sein, daß es keine große Hilfe wäre, aber ein wenig besser wird es doch aussehen, falls sich irgend etwas ergeben sollte.«
»Der Rechtsanwalt sind Sie. Formulieren Sie, wie Sie es für richtig halten. Nur soll der Vertrag noch heute für ihn bereit sein.«
»Wird gemacht«, sagte er. »Und jetzt habe ich auch schon ein besseres Gefühl.«
»Ich auch, Paul. Danke.« Ich legte auf und wandte mich zu Joe. »Kommen Sie, gehen wir essen.«
»Ich würde ebensogern hier sitzen bleiben und trinken«, sagte er.
»Keine schlechte Idee. Ich laß uns etwas herüberschicken.«
Als er mich verließ, war er angeheitert; es schien mir aber, als sei das nicht so sehr die Wirkung des Alkohols als sein erleichtertes Gemüt. Er würde zweieinhalb Millionen in Sinclair-Aktien für seine Gesellschaft erhalten und wir würden die Schuld bezahlen.
Das Konferenzgespräch kam, kurz nachdem er fort war, durch. Sobald die Formalitäten erledigt waren, sprach Sam. »Ich wollte dir nur noch danken.«
»Keine Ursache«, sagte ich. »Sorge nur dafür, daß es klappt, und du bekommst deine Aktien zurück.«
»Das werde ich tun, jetzt wird alles in Ordnung sein. Es wird wirklich ein glückliches neues Jahr werden.«
Da erst wurde mir bewußt, daß heute Silvester war.

Es war zu spät, um noch Pläne zu machen; außerdem war ich nicht recht in Stimmung für irgendwelche Partys. Ich war müde und wollte weiter nichts als ins Hotel zurückfahren, ein heißes Bad nehmen, zu Abend essen, ein wenig fernsehen und schlafen gehen. Ich machte nur einen Fehler: Ich hätte das Fernsehen nicht einschalten sollen.
Das Fernsehen am Silvesterabend weckt allerlei Sehnsucht. Ich begann zu trinken. Um neun Uhr sah ich zu, wie in New York um Mitternacht die Leuchtkugel vom *Times*-Gebäude niederging, während Guy Lombardo spielte; um zehn bekam ich Woody Herman um Mitternacht in Chikago. Da hatte ich bereits eine Flasche Scotch fast ausgetrunken und wankte ins Bett.
Ich glaubte, ich würde sofort einschlafen, aber der Whisky arbeitete in mir; ich war zu betrunken, um einzuschlafen. Ich lag da, halb bei Bewußtsein und halb im Schlaf, während der Festlärm rund um das Hotel immer lauter wurde.
Fünf Minuten vor zwölf läutete es an der Tür. Ich wartete einige Minuten in der Hoffnung, die Besucher, wer immer sie waren, würden ihren Irrtum merken und fortgehen. Sie taten es nicht; es klingelte weiter.
Schließlich stieg ich aus dem Bett, zog den Morgenmantel über und riß wütend die Tür auf, bereit, jeden, der dort stehen mochte, zu vernichten.
Sie war es, und ihre weit geöffneten Augen sahen mich ängstlich an. »Ich hatte schon Angst ... ich fürchtete, nicht mehr rechtzeitig herzukommen«, sagte sie leise. »Viel Glück im neuen Jahr!«
Sie flog in meine ausgebreiteten Arme.

10

Ich drehte mich im Bett auf die Seite und sah sie an. Sie schlug die Augen auf. »Guten Morgen«, sagte ich.

Sie lächelte. »Ein glückliches 1965!«

Ich gab ihr einen Kuß. »Ein glückliches 1965!« Ich nahm das Telefon und verlangte den Zimmerkellner. »Was möchtest du zum Frühstück?« fragte ich sie.

Sie verzog das Gesicht. »Nur Kaffee.«

»Ich habe einen Wolfshunger«, sagte ich und bestellte ein komplettes Frühstück.

»Das alles wirst du doch nicht essen können«, sagte sie.

»Wart es nur ab«, sagte ich, wälzte mich auf sie und drückte sie mit meinem ganzen Gewicht ins Bett. Ihre Arme umschlangen meinen Nacken und zogen mein Gesicht zu ihr nieder. Ihr Mund war morgendlich süß.

»Was hättest du getan, wenn ich nicht zu dir gekommen wäre?« fragte sie.

»Nichts. Ich wäre einsam gewesen.«

Sie hielt meine Wange nahe an ihre Gesicht und flüsterte: »Meine Mieze fühlt sich so wohl, so warm und geliebt.« Sie legte ihren Kopf nach hinten und sah mir in die Augen. »Ich bin noch ganz voll von dir, so hast du gespritzt. Mensch, hast du gespritzt!«

»Red nur so weiter«, sagte ich, »und du wirst das Ganze noch einmal über dich ergehen lassen müssen.«

»Damit machst du mir keine Angst«, sagte sie lächelnd. »Ich mag es gern.«

Ich war im Begriff, sie weiter zu küssen, da klingelte die Türglocke. »Verdammt!« sagte ich.

Sie glitt aus dem Bett. »Du hast doch das Frühstück bestellt.« Sie wollte ins Badezimmer; ich rief sie zurück, und sie drehte sich auf der Schwelle um.

»Du bist schön«, sagte ich. »Weißt du das?«

»Geh und hol dir dein Frühstück«, sagte sie lachend. »ich möchte nicht schuld daran sein, daß du verhungerst.«

Ich ging zur Tür und hatte den Orangensaft bereits getrunken, ehe noch der Rolltisch mit dem rosa Deckchen stillstand.

Ich war mit meinem Ham-and-eggs fast fertig, als sie, in ein Handtuch gehüllt und das Haar noch feucht von der Dusche, aus dem Schlafzimmer kam. Ich blickte sie an und wies mit vollem Mund auf den Stuhl.

Sie nahm Platz, goß sich Kaffee ein und sagte nichts, bis ich meinen Teller mit dem letzten Stück eines englischen Brötchens leergetunkt hatte.

»Das mit dem Wolfshunger war also kein Witz«, stellte sie fest, als ich endlich Messer und Gabel beiseite legte.

»Nein, ich war wirklich sehr hungrig.« Ich goß mir Kaffee ein. »Jetzt geht's mir besser.«

Sie griff nach ihrer Kaffeetasse.

Ich erhob mich und zog die Jalousien hoch; die Sonne flutete ins Zimmer. »Es ist wunderschön draußen, und wir haben ein langes Wochenende vor uns. Wollen wir nicht fortfahren?«

»Und wohin?« fragte sie.

»Nach Palm Springs?«

»Zu langweilig.«

»Las Vegas?«

»Zuviel Getriebe.«

»Ans Meer? Wir könnten nach La Jolla fahren und ein Boot mieten.«

»Ich werde schon seekrank, wenn ich mir nur die Wellen ansehe«, sagte sie.

»Was möchtest du denn unternehmen?« fragte ich.

»Warum müssen wir etwas unternehmen?« Sie lächelte mir zu. »Warum können wir nicht einfach daheimbleiben und vögeln?«

»Eine unübertreffliche Idee«, sagte ich. »Einverstanden. Wenn du das willst, dann geh dich anziehen!«

Ihre Stimme verriet ihr Erstaunen. »Wozu denn?«

»Wenn wir an diesem Wochenende sonst nichts tun«, sagte ich, »dann weiß ich dafür einen viel romantischeren Ort.«

Ich lenkte den Wagen in die Einfahrt, fuhr in die Garage und stieg aus. »Komm mit!«

Sie folgte mir zum Vordereingang, ich nahm einen Schlüssel aus der Tasche und öffnete. »Es geht nach unten«, erklärte ich.

Beim Schlafzimmer auf dem ersten Treppenabsatz blieben wir stehen, und ich stellte den Handkoffer nieder, in den wir kunterbunt alles fürs Wochenende Nötige geworfen hatten. Ich drückte auf den Knopf, und die Decke rollte auf.

Sie warf sich auf das Bett und blickte nach oben. Das goldene Sonnenlicht umstrahlte sie. »Ich kann's einfach nicht glauben!« rief sie.

»Das ist nur der Anfang«, sagte ich. Ich drückte auf die anderen Knöpfe und das Bett begann sich zu bewegen; die Fernsehapparate rundum im Zimmer kamen an ihre Plätze und verschwanden wieder. Ich drehte den Schalter ab, und alles stand still.

»Genug davon«, sagte ich. »Ich will dir das ganze Haus zeigen.«

Wir stiegen die Treppe hinunter ins Wohnzimmer. Ich betätigte einen Schalter an der Wand, und die Vorhänge glitten zur Seite. Ganz Los Angeles lag zu unsren Füßen. Ich schob die gläserne Schiebetür auf, und wir traten hinaus. Das kleine, ovale Schwimmbassin glänzte im Sonnenlicht.

»Wie schön!« rief sie, schleuderte die Schuhe von den Füßen und zog ihr Kleid über den Kopf. Sie sprang ins Bassin und tauchte wassersprudelnd auf. Sie zwinkerte und wandte mir ihr Gesicht zu. »Wem gehört das alles?«

»Mir«, antwortete ich.

Sie schwamm zu mir zurück, ihr nackter Körper schimmerte noch weißer in dem blauen Wasser. Sie stützte die Arme auf den Rand des Bassins. »Wie lange hast du das schon?«

»Ungefähr fünf Jahre.«

»Wer wohnt hier?«

»Niemand«, sagte ich.

Sie schwieg eine Weile. »Ich versteh das nicht. Warum wohnst du weiter im Hotel, wenn dir ein solches Haus gehört?«

»Ich glaube, ich bin noch nicht soweit. Außerdem habe ich im Hotel die nötige Bedienung.« Ich zog mein Hemd aus. »Eine Nacht lang habe ich es versucht.«

»Und?«

»Es war zu leer.« Ich legte meine Schuhe ab, zog Hose und Unterhose aus und lief nackt und mit erhobenen Armen zum Sprungbrett.

Sie blickte zu mir hoch. »Prima!« schrie sie lachend.

Ich sprang ins Wasser. Es war durch die Heizung und die Sonne angenehm erwärmt. Ich tauchte auf, suchte sie und konnte sie nicht sehen.

Sie war wie ein weißer Streifen unter dem Wasser, als sie mich um die Taille faßte und begann, mir einen abzukauen. Wir versanken im Bassin, dann kamen wir hoch und spien Wasser.

»He du«, rief ich lachend, »weißt du, daß man bei solchen Spielen leicht ertrinken kann?«

»Kennst du eine schönere Art zu sterben?« fragte sie.

Als die Sonne unterging, aßen wir Steaks und Pommes frites, die ich auf der Fahrt am Markt vom Sunset Boulevard mitgenommen hatte. Später schalteten wie die Stereoanlage ein legten uns vor dem Kamin nieder.

»Wie geht es dir?« fragte ich, indem ich mich mit dem vom Feuer erwärmten Kognak ihr zuwandte.

»Phantastisch«, sagte sie und nippte an ihrem Glas. »Bin ich deiner Frau irgendwie ähnlich?«

Ich war verdutzt. »Warum fragst du das?«

»Gestern nacht, als du in mir warst, hast du einmal ihren Namen gerufen. Sie hieß doch Barbara nicht wahr?«

»Ja«, sagte ich. »Barbara.«

»Erinnere ich dich an sie?«

Ich blickte in mein Kognakglas, es war dunkel und goldfarbig. Ich ließ die Flüssigkeit kreisen. »In gewisser Weise.«

»Wie?«

»Hauptsächlich in eurem Verhalten; es ist nichts Bestimmtes, aber die Einstellung zum Leben, die Art, wie man es anpackt. Barbara war sehr sinnlich; auch sie wollte alles spüren, alles kosten.«

»Gelang es ihr?«

»Nein«, sagte ich. »Das gelingt keinem.«

Sie schwieg. Dann trank sie noch einen Schluck. »Mir schon«, sagte sie.

Als ich später in jener Nach auf ihr lag und wir das Gefühl hatten, in einer einzigen, gemeinsamen Haut zu stecken, sah sie mir in die Augen. »Ich möchte den Himmel sehen«, sagte sie.

»Es wird kalt sein, die Nächte sind kühl«, sagte ich.

»Das macht nichts. Du hältst mich warm.

Ich streckte die Hand aus und drehte den Schalter. Die frische Nachtluft strömte herein, und der Mond legte einen weißen Schein über ihr Gesicht.

Sie zog meinen Kopf auf ihre Brust nieder. »Rühr dich nicht«, sagte sie, dann zog sie das Laken bis an die Schultern über uns. »Jetzt dreh den Kopf und schau nach oben!«

Es war wunderschön, der Mond und die Sterne erfüllten den mitternachtsblauen, samtigen Himmel.

»Als ob man fliegt, nicht wahr?« flüsterte sie.

»Ja«, sagte ich.

Ich spürte, wie sie sich um mich verengte. »Ich liebe dich.«

Ich stieß tief in sie hinein, bis sie stöhnte in ihrer Bemühung, mich ganz in sich aufzunehmen. »Mehr, ich will noch mehr«, sagte sie heiser. »Stoß alles in mich hinein, deinen ganzen Körper, den ganzen Menschen.«

So verbrachten wir das Wochenende. Wir verließen das Haus nur, um Lebensmittel vom Markt, Wein und Whisky vom Laden und Marihuana vom Strip zu holen.

Am Montag brachte ich den Rest meiner Sachen vom Hotel herüber und wir zogen ein.

11

»Ich werde mir eine Wohnung suchen müssen«, sagte sie.

»Warum?«

»Das weißt du doch. Wie würde es aussehen, wenn Mutter oder Daddy mich anriefen und zur Antwort bekämen ›Bei Mr. Gaunt‹?«

»Da gibt es eine einfache Lösung«, sagte ich, »wir lassen eine zweite Leitung installieren. Dort antwortest nur du.«

»Und die Adresse?«

»Das macht nichts, niemand kennt das Haus.«

Sie schüttelte den Kopf. »Es würde nicht klappen. Wenn sie herüberkommen, werden sie vor allem meine Wohnung sehen wollen, sich vergewissern, daß ich es gemütlich habe.«

»Na schön.«

»Mach doch kein so beleidigtes Gesicht«, sagte sie lachend. »Ich ziehe nicht aus; es ist nur eine Scheinadresse.«

»Sieh zu, daß du etwas hier in der Nähe bekommst.«

»Einen Wagen brauche ich auch.«

»Dafür hab ich ja bereits gesorgt. Morgen wird hier ein Mustang-Kabriolett für dich geliefert werden.«

»Weiß mit rotem Leder?« fragte sie.

Ich nickte.

Sie schlang ihre Arme um mich wie ein beglücktes kleines Mädchen.

Das war Montag. Als ich am Dienstag abend vom Atelier kam, wanderte sie im Wohnzimmer auf und ab. »Der Wagen ist noch nicht geliefert worden.«

»Ich werde mich morgen darum kümmern«, sagte ich leichthin.»Und jetzt ziehe ich mir eine Sporthose an, und wir gehen irgendwohin essen.«

»Ich habe keinen Hunger!« sagte sie verdrießlich und stieg über die Stufen zum Schlafzimmer. Ich hörte, wie sie die Tür zuschlug.

Ich goß mir an der Bar einen Drink ein. Dabei überlegte ich, ob ich irgend etwas getan hatte, das sie verärgerte. Mein Blick fiel auf den Aschenbecher hinter der Bar.

Er war voller Zigarettenstummel, die Hälfte Marihuana. Jetzt wurde mir die Sache langsam klar; sie hatte sich gelangweilt, da sie den ganzen Tag nichts zu tun hatte, und nun war ihre vom Haschisch gehobene Stimmung verflogen.

Ich blieb sitzen und trank mein Glas aus. Dann hörte ich ihre Schritte auf der Treppe und drehte mich um. Sie hatte eine Hose angezogen.

Sie kam zu mir und nahm eine Zigarette von der Bar; ich reichte ihr Feuer. Sie sah ein wenig blaß aus, hatte blaue Schatten unter den Augen und kleine Schweißtropfen auf der Stirn.

»Fühlst du dich nicht wohl?« fragte ich.

»Nein«, antwortete sie kurz. Sie sog an der Zigarette.

»Was ist es denn?«

»Das würdest du nicht verstehen«, sagte sie feindselig.

»Vielleicht doch. Eine Frauensache?«

Einen Augenblick glaubte ich, etwas wie Erleichterung in ihren Augen zu entdecken. »So was Ähnliches«, sagte sie.

Ich schwieg.

»Seit ich begonnen habe, die Pille zu nehmen«, erklärte sie, »gibt es Zeiten, da bin ich ganz durcheinander.«

»Warum hast du mir nichts gesagt? Kann ich dir irgendwie helfen?«

Sie schüttelte den Kopf. »Nein.« Sie sog an der Zigarette, dann blickte sie mich an. »Darf ich mir für ein Paar Minuten deinen Wagen leihen?« fragte sie. »Ich fahre nur rasch hinüber zum Drugstore. Vielleicht kann ich etwas bekommen, das mir hilft.«

»Ich fahre dich hin, wenn du willst.«

»Nein, mach dir nicht die Mühe«, sagte sie. »Geh inzwischen duschen und zieh dich um. Ich bin in wenigen Minuten wieder hier.«

»Okay. Die Schlüssel sind im Wagen.«

Sie gab mir einen Kuß auf die Wange. »Danke.« Sie lief die Treppe hinauf, ich hörte, wie sie den Motor anließ und den Wagen aus der Einfahrt lenkte. Dann nahm ich mein Glas von der Bar und ging hinauf in die Dusche.

Es dauerte mehr als eine Stunde, und ich war schon bei meinem dritten Drink, als sie zurückkam. Ich hörte ihre Schritte auf der Treppe, sie ging ins Schlafzimmer, und die Badezimmertür wurde geschlossen. Ich mixte mir noch einen Drink und wartete. Bis sie herunterkam, vergingen noch weitere fünfzehn Minuten.

»Wie geht es dir jetzt?«

»Besser«, sagte sie.

»Du siehst auch schon besser aus.« Das stimmte, ihre Farbe war normaler, und die blauen Schatten unter ihren Augen verschwanden allmählich. »Was hat dir der Apotheker gegeben?«

»Ich weiß nicht«, sagte sie. »Aber er ließ es mich dort einnehmen und warten, um zu sehen, wie es wirkte. Deshalb hat es so lange gedauert.«

»Ich bin froh, daß es gewirkt hat«, sagte ich. »Möchtest du etwas trinken?«

»Nein«, sagte sie lächelnd und nahm mich am Arm. »Du mußt ja schon verhungert sein. Gehen wir essen.«

»Okay«, sagte ich und stellte mein Glas nieder. »Aber du wirst vielleicht fahren müssen; ich bin ein wenig angesäuselt.«

»Armer Liebling!« sagte sie lächelnd, zog mein Gesicht zu sich und gab mir einen Kuß. »Sei nicht böse, daß ich dich so schlecht behandle.«

Sie fand eine kleine Wohnung auf dem Hügel unterhalb des Hauses und ließ ein Telefon in der Wohnung und eine Nebenstelle im Haus installieren. Klingelte es in der Wohnung, so hörte man es auch im Haus. Das klappte tadellos.

Wenn ich morgens fortging, war sie meistens schon wach und telefonierte mit ihrem Agenten. Sie verbrachte einen großen Teil ihres Tages mit verschiedenen Besprechungen in der Stadt. Ich fragte sie einmal, wie es damit ginge.

»Mühsam«, sagte sie. »Die meisten wollen nur mit mir schlafen.« Ein andermal saß sie, als ich nach Hause kam, im sinkenden Licht im Wohnzimmer und rauchte eine Marihuanazigarette.

»Fängst du nicht ein bißchen früh damit an?« fragte ich.

Sie antwortete nicht.

Ich kam näher und drückte ihr einen Kuß auf die Stirn. »Du kannst dich mit mir aussprechen«, sagte ich, »ich bin dein Freund.«

»Ich muß Arbeit bekommen«, sagte sie, »unbedingt.«

»Warum so schlechter Laune?« fragte ich. »Du bist doch erst wenige Wochen hier. Es dauert einige Zeit, bis man sich durchsetzt.«

»Daddy macht mir die Hölle heiß«, sagte sie. »Wenn ich nicht innerhalb eines Monats etwas finde, muß ich nach Hause kommen.«

»Du hast mit ihm gesprochen?«

»Kurz bevor du kamst, riefen meine Eltern an.«

»Du mußt es weiter überall versuchen«, sagte ich. »Es wird sich schon etwas ergeben. Man beginnt jetzt, die Besetzungen der Shows für den nächsten Herbst zusammenzustellen.«

»Na und?« fragte sie. »Immer wieder komme ich um die Rolle, weil die Freundin von irgend jemand sie kriegt. Vielleicht fange ich es nicht richtig an.«

»Doch«, sagte ich lächelnd. »Du hast ja einen Freund bei Sinclair.«

Sie blickte hoffnungsvoll zu mir auf. »Willst du etwas tun, um mir zu helfen?«

»Könnte sein«, sagte ich, und, mit vorgetäuschter Lüsternheit im Blick: »Du weißt natürlich, was das bedeutet: Du mußt dich aufgeschlossen zeigen, vielleicht sogar deine Ehre opfern.«

»Dazu bin ich bereit, sehr bereit«, rief sie lachend. Sie sprang auf und schlüpfte aus ihrem Kleid. »Jetzt gleich?«

»Warum nicht«, sagte ich und zog sie an mich.

Am nächsten Morgen hörte ich, daß man für eine unserer Westernserien eine neue Darstellerin suchte. Ich veranlaßte sie, hinzugehen und sich um die Rolle zu bewerben; es war nichts Besonderes, aber es gab ihre eine gute Gelegenheit, bekannt zu werden, und sie bekam die Rolle.

Am Ende des Monats mußte ich zu einer Aufsichtsratssitzung nach New York. Auch war die Rockshow fertig, und ich wollte sehen, wie Jack das Programm manipulieren würde, um sie einzuschieben. Sie fuhr mich zum Flughafen.

»Beeil dich und komm gleich wieder zurück«, sagte sie.

»Mach ich«, versprach ich.

»Und halt dich von den New Yorker Mädchen fern. Ich bin sehr eifersüchtig.«

»Das weiß ich«, sagte ich lachend, küßte sie und begab mich, während sie abfuhr, ins Flughafengebäude. Aber der Flugplatz lag im Nebel, und als man um ein Uhr morgens verkündete, daß alle Flüge für diese Nacht abgesagt seien, nahm ich ein Taxi und fuhr nach Hause.

Sie schlief fest, zusammengerollt, die Laken lagen zerknüllt zu ihren Füßen. Die Art, wie sie in kindlicher Wehrlosigkeit dort lag, entlockte mir ein Lächeln. Ein Dutzend Einbrecher hätte kommen und gehen können, sie hätte es nicht einmal bemerkt. Ich hob das Laken auf und deckte sie behutsam zu.

Ich entkleidete mich im Dunkeln und ging ins Badezimmer. Um sie nicht zu stören, schloß ich die Tür, ehe ich das Licht anknipste.

Ich stand vor dem Waschbecken und drehte das Wasser auf. Es war wie gewöhnlich zuerst kalt, und ich wartete, bis das warme Wasser durch die Röhren strömte. Inzwischen blickte ich zu dem anderen Waschbecken hinüber – und da vergaß ich das warme Wasser. Die beiden Becken waren in einen gemeinsamen Marmorwaschtisch eingebaut. Normalerweise lagen auf ihrer Seite Schminktöpfe, Kämme, Bürsten und Haarnadeln verstreut. Heute war außerdem noch etwas anderes dabei: ein Teelöffel, angebrannte Streichhölzer und eine Injektionsspritze.

Neben der Spritze lag ein kleiner Umschlag. Ich öffnete ihn und fand darin mehrere kleine Päckchen. Eines davon machte ich auf; es enthielt ein feines kristallinisches Pulver. Ich nahm etwas davon auf einen Finger und kostete es. Der widerwärtige bittersüße Geschmack von Heroin blieb auf meiner Zunge haften.

Plötzlich verstand ich alles. Ihre merkwürdige Nervosität an jenem Tag, als der Wagen nicht geliefert wurde; den seltsam glasigen Blick ihrer Augen damals nachts in New York, als ich zu der Party ging, um sie abzuholen; ihre komische Art, manchmal so undeutlich zu sprechen, als wäre ihre Zunge zu dick geworden. Soweit kam niemand mit Haschisch allein.

Aber ich konnte es noch immer nicht glauben.

Ich nahm einen Waschlappen vom Regal und hielt ihn unter das heiße Wasser, bis er triefnaß war. Dann drückte ich ihn aus und ging zurück ins Schlafzimmer. Ich zog ihr die Laken fort und schaltete alle Lampen ein.

Erschrocken fuhr sie hoch: »Steve!«

Ich faßte sie am Handgelenk, zog ihren Arm hervor und rieb mit dem Waschlappen die Innenseite ihres Ellbogens ab.

Sie versuchte den Arm wegzuziehen. »Steve! Bist du verrückt geworden?«

Ich hielt ihren Arm fest, ohne zu antworten. Die Schminke blieb auf dem Waschlappen, ich sah auf die nackte weiße Haut. Die Nadelspuren waren da. Überall rund um die blauen Venen.

Wütend schleuderte ich den Waschlappen durchs Zimmer. »Verdammt!« sagte ich. »Der Teufel soll dich holen, du blödes Miststück!«

Mein Darlingmädchen war eine Rauschgiftsüchtige.

12

Ich saß an der Bar im Wohnzimmer und ließ den Whisky in meinem Glas kreisen. Hinter mir auf der Treppe hörte ich Schritte. Ich drehte mich nicht um.

Sie setzte sich neben mich an die Bar. »Steve!«

Ich sah sie nicht an. »Ja?«

»Ich bin nicht süchtig, wirklich nicht. Ich hab's nur getan, weil ich mich einsam fühlte. Du hast mir gefehlt, und ich konnte nicht schlafen.«

»Lüge mich nicht an, Myriam«, sagte ich. »Ich habe mindestens sechs Stiche an deinem linken Arm gezählt. Wieviel hast du am rechten?«

»Ich kann es jederzeit aufgeben, wenn ich will.«

»Wem willst du etwas vormachen, Myriam?« fragte ich. »Hast du es denn je versucht?«

»Ich werde es dir beweisen«, sagte sie. »Sieh mal.« Sie öffnete ihre Hand und zeigte mir die kleinen Päckchen, rutschte vom Stuhl und ging hinter die Bar. Sie drehte den Wasserhahn auf, öffnete eines der Päckchen nach dem anderen und leerte sie aus.

Ich langte über die Bar, nahm ihr das letzte aus der Hand, öffnete es und kostete: Speisesoda. Ich gab ihr das Päckchen zurück. »Ich habe noch nie einen Süchtigen gekannt, der das Zeug fortgeschüttet hätte.«

Sie starrte mich an und drehte langsam den Hahn zu. »Ich liebe dich«, sagte sie. »Weißt du das?«

»Sicher«, sagte ich sarkastisch, »ich würde dich nicht halb so lieben, liebte ich das Heroin nicht mehr.« Ich goß Whisky in mein Glas und stand auf. Mit dem Gesicht zum Fenster ließ ich mich auf den Diwan fallen. Draußen blitzten die Lichter von Los Angeles in der Nacht, aber irgendwie sah das alles nun nicht mehr so schön aus.

Sie kam hinter der Bar hervor und blieb vor mir stehen. »Was wirst du tun?«

»Nichts«, sagte ich mit einem Blick auf sie. »Das ist dein Problem, nicht meines.«

Die Tränen traten ihr in die Augen. »Weise mich doch nicht so ab, Steve!«

Sie sank vor mir zu Boden, umklammerte meine Knie, ihr ganzer Körper wurde von heftigem Schluchzen geschüttelt. »Hilf mir, Steve, bitte hilf mir!«

Sie ergriff meine Hand und bedeckte sie mit raschen, kleinen Küssen, ihre heißen Tränen brannten auf meiner Haut. »Hilf mir, hilf mir, hilf mir«, murmelte sie immerfort.

Ich sah auf sie nieder; im Augenblick hätte ich am liebsten geweint. Es war schließlich nicht so lange her, daß sie ein kleines Mädchen war. Ich strich ihr übers Haar.

Sie griff nach meiner Hand und drückte sie an ihre Wange. »Was soll ich tun?« fragte sie verzweifelt.

Ich sah sie schweigend an.

»Sag es mir doch, Steve!« drang sie stürmisch in mich.

»Ich weiß drei Dinge, die du unternehmen könntest«, sagte ich, »aber ich glaube nicht, daß du eines davon tun wirst.«

»Sag sie mir!«

»Erstens könntest du nach New York zurückgehen, es deinen Eltern erzählen und dir von ihnen helfen lassen.«

»Nein«, sagte sie, »meine Mutter würde das nicht überleben.«

»Zweitens könntest du nach England fahren und dich behandeln lassen. So würdest du das Zeug wenigstens unter ärztlicher Aufsicht bekommen.«

»Nein, dann müßte ich mich von dir trennen; ich wäre dort und du hier. Und ich könnte nicht zurückkommen.«

»Das dritte ist das härteste«, sagte ich.

Sie schwieg.

»Du läßt dich in Vista Carla aufnehmen.« Das war wahrscheinlich die beste Privatklinik zur Entwöhnung Rauschgiftsüchtiger und die kostspieligste. Aber sie hatten dort alle notwendigen modernen technischen Hilfsmittel, medizinische und psychologische. »Morgen früh.«

Ich spürte, wie es sie kalt überlief; Angst ist etwas sehr Konkretes. »Gibt es sonst noch eine Möglichkeit?«

»Ja, natürlich«, sagte ich schroff. »Tu gar nichts, mach nur so weiter wie bisher, dann kommst du geradewegs in die Klapsmühle.«

Sie war eine ganze Weile still. Ich zündete eine Zigarette für sie und eine für mich an. Dabei beobachtete ich sie. In ihrem Gesicht waren Falten zu sehen, die es dort nie gegeben hatte.

Die Zigarette war fast bis zu ihren Fingern niedergebrannt, als sie sprach. »Wirst du mich nicht verlassen, wenn ich das tue?« fragte sie.

»Nein.«

»Wirst du mich dort besuchen?«

»Ja.«

»Wirklich?«

Ich nickte.

»Ohne dich kann ich es nicht schaffen«, sagte sie, »das weiß ich.«

»Du wirst es schaffen«, sagte ich und zog sie in meine Arme. »Ich werde dir helfen.«

Vista Carla lag mitten in den Hügeln hinter Santa Barbara. Wir kamen mittags an. Ohne die drei Meter hohe eiserne Umfriedung und den uniformierten Wächter am großen Portal hätte man das Grundstück für den Besitz eines reichen Mannes halten können.

Ich hielt vor dem geschlossenen Tor und gab dem Wächter meinen Namen an. Er ging in das Pförtnerhäuschen und kam mit einem Notizbuch zurück.

»Ist die Dame die Patientin?« fragte er.

»Ja«, antwortete ich, »Miß Darling.«

Er blickte kurz in den Wagen. Sie erwiderte seinen Blick nicht, sondern sah auf ihre nervös zuckenden Hände nieder. Er nickte und trat zurück. »Fahren Sie diese Allee weiter hinauf«, sagte er, »biegen Sie oben nach links ab, und Sie kommen zum Haupteingang. Dort finden Sie einen Parkplatz. Dr. Davis wird Sie erwarten.«

Er ging ins Pförtnerhaus zurück; ich sah durch das Fenster, daß er auf einen Knopf drückte. Das breite Eisentor öffnete sich; während wir hineinfuhren, ging er zum Telefon. Sobald der Wagen hindurchgefahren war, schloß sich das Tor.

Auf den Stufen, die zum Eingang führten, erwartete uns eine gutaussehende junge Frau. Sie trug einen weißen Ärztekittel über ihrem kurzen Kleid. Als ich den Wagen abgestellt hatte, kam sie die Stufen herunter.

»Mr. Gaunt?« fragte sie und streckte mir die Hand entgegen.

Ihr Händedruck war fest und geschäftsmäßig. »Ich bin Dr. Shirley Davis.«

»Erfreut Sie kennenzulernen«, sagte ich.

Sie wandte sich zu Myriam, die ausgestiegen war, »Miß Darling? Ich bin Ihre Ärztin, Shirley Davis.«

Myriam nickte und sah mich zweifelnd an.

Dr. Davis lachte; es war ein angenehmes Lachen. »Falls Sie sich vielleicht wundern – ich bin wirklich Ärztin. Wenn wir in mein Büro kommen, zeige ich Ihnen meine Diplome.«

Myriam lachte und streckte die Hand aus. »Freut mich sehr, Sie kennenzulernen, Dr. Davis.«

Das war ein erster Sieg. Einen Augenblick lang klang es, als sei es Myriam ernst. Wir stiegen die Treppe hinauf, Dr. Davis nahm einen Schlüssel aus der Tasche und öffnete die Tür. Wir traten ein, die Tür schloß sich automatisch hinter uns.

»Diese Einrichtung besteht aus echt mexikanisch-spanischen antiken Möbeln aus dem neunzehnten Jahrhundert«, erklärte Dr. Davis, während sie uns durch die Halle zu ihrem Büro führte. »Sie sind das Geschenk einer Stiftung an Vista Carla.«

Vor einer dunklen Eichentür blieben wir stehen. Wieder nahm Dr. Davis einen Schlüssel aus der Tasche, wieder schloß sich die Tür automatisch hinter uns.

Das Zimmer war behaglich möbliert; ein einziges Zeichen deutete darauf hin, daß es sich um das Arbeitszimmer eines Arztes handelte; die kleine hölzerne Vitrine hinter dem Schreibtisch, durch deren Scheiben ich verschiedenfarbige Glasphiolen mit Medikamenten sah.

»Nehmen Sie bitte inzwischen auf dem Diwan Platz, Mr. Gaunt«, sagte Dr. Davis, »während ich mit Miß Darling die notwendigen Routinefragen bespreche. Auf dem Tisch finden Sie ein paar Zeitschriften, wenn Sie lesen möchten.«

Ich setzte mich. Die beiden gingen ans andere Ende des Zimmers; Dr. Davis nahm einige Formulare heraus und las leise die verschiedenen Fragen vor.

Ich nahm die Magazine zur Hand, es waren alte Nummern von Ärztezeitschriften. Für einen, der die Geschichte der Medizin studieren wollte, wären sie wahrscheinlich hochinteressant gewesen. Ich legte sie beiseite und sah aus dem Fenster.

Gelegentlich ging ein Patient, stets von einer Krankenschwester begleitet, vorbei. Davon abgesehen, schienen die weiten grünen Rasenflächen fast klosterhaft in ihrer Einsamkeit und Jungfräulichkeit.

»Ich glaube, damit haben wir die Formalitäten beendet«, hörte ich Dr. Davis sagen. Ich wandte mich wieder dem Zimmer zu.

Die Ärztin hielt einen großen Pappumschlag in der Hand. »Wollen Sie bitte alle Ihre Wertsachen hier hineinlegen«, sagte sie, »wir werden sie im Tresor für sie aufbewahren und sie Ihnen wiedergeben, wenn Sie fortgehen.«

Schweigend nahm Myriam ihre Ringe, ein Armband und die Goldkette ab, die sie um den Hals trug, und ließ alles in den Umschlag fallen.

»Auch ihre Armbanduhr«, sagte Dr. Davis.

Myriam öffnete die Schließe des Armbands und schob es in den Umschlag. Die Ärztin versiegelte ihn, legte ihn auf den Schreibtisch und drückte auf einen Knopf.

Eine grauhaarige, mütterlich aussehende Krankenschwester trat durch die Tür hinter dem Schreibtisch ein und blieb wartend stehen.

»Mrs. Graham wird Sie in Ihr Zimmer bringen«, sagte Dr. Davis. »Sie werden alle Ihre Kleider ablegen und ein Hospitalkleid anziehen. Dann beginnen wir mit unseren Untersuchungen und Tests.«

»Hier entlang, meine Liebe«, sagte die Schwester mit angenehmer Stimme, während sie die Tür hinter sich offenhielt.

Myriam erhob sich und blickte ängstlich auf mich.

»Keine Sorge«, sagte Dr. Davis schnell, »Mr. Gaunt bleibt hier und wird Sie in Ihrem Zimmer aufsuchen, sobald wir es Ihnen hergerichtet haben.«

Ich lächelte Myriam beruhigend zu. Sie versuchte das Lächeln zu erwidern, es gelang ihr nicht ganz. Sie drehte sich um und folgte der Schwester hinaus. Ich ging zum Schreibtisch.

Dr. Davis setzte sich wieder hin und lud mich ein, auf Myriams Stuhl Platz zu nehmen; ich tat es, er war noch warm.

»Ist Ihnen bekannt, wann die Patientin zum letztenmal eine Spritze genommen hat?« fragte sie kühl und sachlich.

»Soviel ich weiß, gestern abend«, antwortete ich.

»Wissen Sie, wie lange sie schon Rauschgift nimmt?«

»Nein.«

»Wissen Sie ungefähr, wie oft sie es nimmt?«

»Nein.«

Sie hatte, während sie die Fragen stellte, die vor ihr liegenden Papiere studiert, auf denen sie die von Myriam erhaltenen Informationen verzeichnet hatte.

Nun blickte sie mich an. »Ist die Patientin freiwillig hierhergekommen oder unter Zwang?«

»Freiwillig.«

»Glauben Sie, daß sie den aufrichtigen Wunsch hat, sich zu entwöhnen?«

»Ja.«

»Ein sehr hübsches Mädchen«, sagte sie. »Ich hoffe, wir können ihr helfen.«

Ich antwortete nicht.

»Sie wissen ja, in solchen Fällen hängt mehr vom Patienten ab als bei gewöhnlichen Krankheiten.«

»Ich verstehe«, sagte ich.

Sie nahm ein Formular aus ihrer Mappe. »Bitte sagen Sie mir, wo man Sie erreichen kann, für den Fall, daß es besondere Probleme geben sollte.«

Ich gab ihre alle Nummern an, einschließlich jener der Wohnung in New York.

»Hoffentlich wird es nicht nötig sein, Sie zu stören«, sagte sie, »aber man kann nie wissen. Wie Sie sehen, treffen wir die äußersten Sicherheitsvorkehrungen; aber wir sind schließlich hier in einer Klinik und nicht in einem Gefängnis. Manchmal gelingt es Patienten, uns zu überlisten.«

»Wann meinen Sie, werde ich sie besuchen dürfen?«

»Wenn wir Glück haben, in einer Woche«, sagte sie, »wahrscheinlicher jedoch erst gegen Ende der zweiten Woche. Die beiden ersten Wochen sind für den Patienten die schwierigsten.« Sie erhob sich. »Ich werde Sie anrufen, sobald ich den Eindruck habe, daß sie Sie empfangen kann.«

Ich stand auf. »Ich danke Ihnen, Frau Doktor.«

»Wenn Sie mir nun folgen wollen, bringe ich Sie zu ihrem Zimmer. Sie dürfte schon soweit sein.«

Wir traten durch die gleiche Tür, durch die Myriam gegangen war. Nun merkte ich, daß wir in einem Krankenhaus waren: Der Korridor war grün und steril. Wir stiegen eine Treppe hinauf und gingen durch einen zweiten Korridor; sie blieb vor einer Türe stehen und klopfte.

»Herein.« Die grauhaarige Schwester öffnete die Tür. Sie sagte zu Myriam: »Ich komme in einigen Minuten wieder«, und ging an mir vorbei hinaus. Ich trat ins Zimmer. Die Tür fiel zu und war verschlossen.

In dem weißen Kittel sah Myriam wie ein Kind aus; sie saß, auf Kissen gestützt, im Bett. Ich sah mich im Zimmer um; es war recht nett, aber das einzige Fenster befand sich hoch oben an der Wand, unmittelbar unter der Decke.

»Wie fühlst du dich?« fragte ich.

Ihre Unterlippe bebte. »Ich habe Angst.«

Ich setzte mich auf das Bett, nahm sie in meine Arme und gab ihr einen Kuß. »Du tust das Richtige«, sagte ich, »jetzt wird alles gut werden.«

Die Tür öffnete sich, und die Schwester schob einen kleinen Rolltisch mit allerlei Instrumenten ins Zimmer. »Es ist Zeit, mit der Arbeit zu beginnen, meine Liebe«, sagte sie heiter.

Myriam sah mich an. »Wann sehe ich dich wieder?«

»Frau Doktor sagt, ich werde wahrscheinlich nächste Woche herkommen dürfen.«

»Das ist sehr lange. Warum nicht früher?«

»Ich will es versuchen«, sagte ich.

Sie streckte mir die Arme entgegen. »Küß mich noch einmal, Steve.«

Ich küßte sie und hielt sie einen Augenblick in den Armen, bevor ich auf den Korridor hinausging. Dort erwartete mich die Ärztin.

In der Halle fragte sie mich: »Welchen Eindruck haben Sie von ihr?«

»Okay«, antwortete ich. »Ein wenig ängstlich.«

»Das ist ganz normal«, sagte sie. »Es ist ein schwerer Schritt für sie.«

Wir stiegen die Treppe hinunter. Unten blieb sie zögernd stehen. Sie hielt etwas in der Hand, und ich blickte darauf nieder.

»Übrigens, das hatte sie im Futter ihrer Handtasche versteckt«, sagte sie.

Ich nickte. »Etwas Ähnliches habe ich erwartet.« Nun wußte ich, wo das Heroin hingekommen war.

»Glauben Sie, daß sie noch mehr davon bei sich hat?«

»Das kann ich Ihnen nicht sagen.«

»Dann machen Sie sich darüber keine Sorgen, Mr. Gaunt«, sagte die Ärztin lächelnd. »Wenn es der Fall ist, wird Mrs. Graham es finden; sie ist in solchen Dingen sehr tüchtig.«

Ich bedankte mich und ging hinaus zu meinem Wagen. Ich fuhr zum Flughafen von Los Angeles und nahm die Drei-Uhr-Maschine nach New York.

Das Schlimmste stand mir noch bevor: Sam und Denise über ihre Tochter zu benachrichtigen.

13

Ich war zeitig im Büro. Fogarty brachte mir Kaffee und wartete, bis ich den ersten Schluck getrunken hatte. »Gestern herrschte hier große Aufregung«, erzählte sie. »Man wußte nicht, ob Sie rechtzeitig zur heutigen Aufsichtsratssitzung kommen würden. Sie waren nirgends zu finden.«

Ich trank meinen Kaffee, ohne mich dazu zu äußern.

»Wir überlegten, ob wir Sinclair anrufen sollten. Es hätte nicht viel Sinn gehabt, eine Aufsichtsratssitzung abzuhalten, ohne daß einer der Generaldirektoren dabei wäre.«

Spencer befand sich in Urlaub auf den Antillen, er war seit fast einem Monat fort.

»Ich bin hier«, sagte ich mit einem Blick auf sie.

Ich wußte, wie gern sie erfahren hätte, wo ich am Vortag gewesen war, gab ihr aber keine Auskunft, und sie fragte nicht; sie war wohl durch frühere Erfahrungen klug geworden. Sie begann die Liste der telefonischen Anrufe durchzugehen.

»Mr. Savitt möchte Sie noch vor der Sitzung sehen; er will das neue Programm mit Ihnen besprechen, ehe er es dem Aufsichtsrat zur Genehmigung vorlegt.«

»Schicken Sie ihn herauf, sobald wir hier fertig sind.«

»Mr. Regan hat von der Westküste angerufen; ich soll Ihnen sagen, daß sein Aufsichtsrat den Verkauf der Aktien von Symbolic-Records an Sinclair in aller Form genehmigt hat. Sie möchten ihn bitte anrufen, sobald unser Aufsichtsrat sein Einverständnis gegeben hat, damit die Artikel für die Presse drüben und hier koordiniert werden können.«

Ich nickte.

»Mr. Benjamin hat angerufen und mich gebeten, Ihnen seine Zufriedenheit über den neuen Abschluß mitzuteilen. Ein Rückruf sei unnötig.«

»Welchen Abschluß?«

»Mr. Savitt hat gestern abend versucht, Sie zu erreichen und es Ihnen mitzuteilen. Er hat ein Paket Spielfilme von ihm gekauft.« Sie sah in ihren Notizen nach. »Darüber wollte er ebenfalls mit Ihnen sprechen.«

»Sonstige Anrufe?«

»Nur das Übliche, nichts Besonderes.«

»Na schön. Bitten Sie Mr. Savitt herauf.«

»Sofort«, sagte sie und legte eine Aktenmappe vor mich auf den Schreibtisch. »Das ist Ihr Exemplar der Tagesordnung für die heutige Aufsichtsratssitzung.«

Ich dankte ihr und wollte es, nachdem sie hinausgegangen war, durchsehen. Aber die Worte verschwammen vor meinen Augen; immer wieder drängte sich Darlingmädchens Gesicht mit einem zugleich furchtsamen und vertrauensvollen Ausdruck zwischen mich und das Papier.

Jack trat ein. Wir drückten uns die Hand, während Fogarty den Kaffee vor ihn hinstellte. Er wartete, bis sie draußen war. »Du siehst nicht gut aus.«

»Mir fehlt nichts«, sagte ich, »ich bin nur ein wenig müde.«

Er schwieg einen Augenblick. »Vielleicht könntest du nach der Sitzung ein bißchen Urlaub machen.«

»Wenn Spencer zurückkommt«, sagte ich. »Die Statuten der Gesellschaft bestimmen ausdrücklich, daß einer von uns stets anwesend sein muß.«

»Wann kommt er zurück?«

Ich zuckte mit den Schultern. »Ungefähr Ende März, Anfang April.«

»Bis dahin sind es ja noch zwei Monate.«

»Ich werde es schon schaffen; ich brauche nur eine gut durchschlafene Nacht.« Ich wechselte das Thema. »Setz mich mal ins Bild über die Sache mit Benjamin. Ich glaubte doch, du seist absolut dagegen.«

»War ich auch, aber Sam kam vorige Woche ohne Dan Ritchie herüber und machte mir einen ganz neuen Vorschlag. Für drei Millionen Dollar gab er uns die

Wahl aus dem gesamten Paket. Ich konnte ihn auf zweieinhalb drücken und schöpfte den Rahm ab; ich nahm die zwölf besten Filme heraus. Das sind eineinhalb Millionen weniger, als er vorher verlangt hatte.«

Ich sagte nichts. Sam war nicht dumm. In Anbetracht der zusätzlichen Finanzierung, die er von mir erhalten hatte, durfte er sich etwas Nachgiebigkeit leisten. Alles zusammen hatte er sechseinhalb Millionen Dollar aufgebracht.

Jack mißverstand mein Schweigen und hielt es für Mißbilligung. »Es gefällt dir nicht?«

»Doch, sehr gut«, sagte ich. »Was geschah mit Ritchie?«

»Ich weiß es eigentlich nicht«, antwortete er. »Angeblich hatten sie Streit. Ritchie sollte Geld mit dem Verkauf von Filmen ans Fernsehen heranschaffen, aber daraus wurde nichts. Inzwischen gelang es Sam, anderswo eine Finanzierung zu finden, und er warf ihn hinaus. Ritchie wurde wütend und drohte mit einem Prozeß. Aber soviel ich weiß, ist das alles nur Geschwätz.«

»New York ist schon eine komische Stadt.«

»Ja, ist immer etwas los. Könntest du jetzt das Programm mit mir durchgehen.«

»Ja.«

Er legte die Listen und Programme vor mich hin, und ich sah sie mir an. Immer der gleiche alte Mist. Auch die Überschriften waren stets dieselben: NBC, CBS, ABC und SINCLAIR. Es langweilte mich.

Als die Sitzung zu Ende ging, war es nach fünf Uhr. Ich ging in mein Büro und rief Sam an.

Er war glänzender Laune. »Ich werde aus dir noch einen reichen Mann machen«, sagte er. »Wenn ich die Aktien von dir zurückkaufe, werden sie bereits das Doppelte von dem wert sein, was du mir dafür gegeben hast.«

Es war das erste Lachen, das ich an jenem Tag hörte. »Mit so etwas kannst du mir mein Image bei der Steuer für zehn Jahre verderben.«

»Dann sei nett zu mir«, sagte er, »sonst bezahl ich dir, was ich dir schulde.«

»Ich möchte dich gern sehen«, sagte ich, nun in ernsterem Ton.

»Wie wärs heute zum Abendessen bei uns? Es werden nur Denise und Junior da sein.«

»Ich dachte, Junior sei in der Schule?«

»Er ist gerade rausgeflogen«, sagte Sam. »Man hat ihn beim Rauchen von Marihuana oder Onanieren oder beidem im Klo erwischt. Du weißt dich, wie es die Jugend heutzutage treibt.«

»Ich weiß«, sagte ich. Einen Augenblick lang erwog ich, mich zu drücken. Aber sie war seine Tochter, und er hatte einen Anspruch darauf, die Sache zu erfahren. Und zwar sofort. »Das Abendessen bei euch ist leider nicht möglich, ich muß mit dem Neun-Uhr-Flug zurück an die Westküste. Wie wäre es mit einem Drink?«

»Wo wollen wir uns treffen?«

»Wenn es dir paßt, bin ich um halb sieben in deiner Wohnung.«

»Okay«, sagte er, »dann also bis später.«

Ich stieg vor dem Etagenhaus aus dem Auto. »Bleiben Sie hier«, sagte ich zum Chauffeur. »Ich weiß nicht genau, wie lange es dauern wird.«

Er nickte und ich betrat das Haus. Im Fahrstuhl zündete ich mir eine Zigarette an. Leicht würde es nicht sein, es gab tausend andere Dinge, die ich ihnen lieber erzählt hätte.

Mamie, das Mädchen, ließ mich ein, und ich folgte ihr in die Bibliothek. Sam und Denise erwarten mich bereits, und Mamie brachte mir unaufgefordert einen Scotch.

»Du siehst so ernst aus«, sagte Sam lachend, als ich das Glas zur Hand nahm. »Ich weiß nicht, ob du mir nicht besser gefielst, als du noch Martini trankst.«

Ich zwang mich zu einem Lächeln. »Euer Wohl«, sagte ich; sogar der Whisky schmeckte schauderhaft.

Junior kam herein. »'n Abend, Onkel Steve.«

»Wie geht's?«

»Frag ihn nicht, er ist ein Nichtsnutz«, sagte Sam, aber sein Lächeln war voller Humor. »Kannst du dir vorstellen, daß mein Sohn sich bei einem solchen Blödsinn erwischen läßt?« Er wandte sich an Junior. »Was hast du's so eilig gehabt? Konntest du nicht warten, bis du in deinem Zimmer warst?«

»Ach Vater«, sagte Junior angewidert. Und zu mir: »Ich war nicht der einzige, der hinausflog. Wir waren zu viert in der kleinen Mistkammer.«

Es wurde nicht leichter.

Denise ging zur Tür. »Komm mit, Junior«, sagte sie. »Lassen wir sie von ihren Geschäften reden.«

»Bitte bleib hier«, sagte ich.

Sie blieb bei der Tür stehen und sah mich an. Der Ausdruck in ihren Augen brachte mir zum erstenmal zum Bewußtsein, daß sie Myriams Mutter war.

»Es geht auch dich an«, sagte ich.

Sie kam langsam auf mich zu. »Betrifft es Myriam?«

Ich nickte.

Instinktiv näherte sie sich ihrem Mann; ihre Hand suchte die seine und fand sie. Sie sagte nichts, blickte mich nur an, ihr plötzlich blasses Gesicht verriet ihre geheime Furcht.

Ich holte tief Atem. »Myriam ist gestern ins Sanatorium Vista Carla eingetreten.«

Sam hatte es noch nicht verstanden. »Ist sie krank?« fragte er besorgt.

»Ja«, sagte ich.

»Warum hat sie es uns nicht mitgeteilt? Wir sind doch schließlich ihre Eltern!« Er wurde langsam böse, plötzlich brach er ab und sah mich an. »Was ist los mit ihr? Ist sie schwanger?«

»Nein,« sagte ich. Dies waren wohl die schwersten Worte, die ich jemals aussprechen mußte. »Myriam nimmt Rauschgift; sie ist heroinsüchtig. Sie hat sich zu einer Entwöhnungskur nach Vista Carla begeben.«

»Verflucht!« brüllte Sam. Er wandte sich an Junior. »Samuel, geh in dein Zimmer!«

»Nein«, sagte Denise, »sie ist seine Schwester. Er soll hierbleiben!«

»Du und deine Ideen!« schrie Sam wütend. »Laß sie Schauspielerin werden! Das wünscht sie sich. Hab ich dir nicht gesagt, daß da lauter Huren und Lumpen zusammen sind? Hoffentlich bist du jetzt zufrieden!«

Denise stand schweigend mit Tränen in den Augen neben uns. Ich sah, wie sie um ihre Beherrschung kämpfte. Nach einem kurzen Augenblick sprach sie: »Ich packe mir jetzt meinen Handkoffer.«

»Nein!« brüllte Sam. »Du wirst nicht hinfahren!«

»Sie ist immer noch mein Kind«, sagte Denise, »und sie braucht mich.«

»Sie hat deine Hilfe nicht nötig gehabt, um da hineinzuschlittern!« fauchte er sie an. »Laß sie ebenso wieder herausfinden!«

Denise starrte ihn an und verließ das Zimmer. Er wandte sich mir zu.

»Wie hast du das erfahren?«

»Sie war vorgestern nacht bei mir im Haus«, sagte ich. »Ich fand im Badezimmer die Spritze.«

Ich sah, wie ihm das Blut in Gesicht schoß; seine Augen wurden zu argwöhnischen Schlitzen hinter den schimmernden Brillengläsern. »Was hatte sie in deinem Haus zu suchen?«

Ich antwortete nicht.

Er faßte mit starken Fingern meine Rockaufschläge. »Antworte mir, verdammt noch mal!«

Ich sah tief in seine wütenden Augen und schob seine Hände beiseite. »Sie hat bei mir gewohnt«, sagte ich.

Ich hätte nie gedacht, daß ein so breiter, schwerer Mann sich so rasch bewegen kann. Zu spät sah ich, wie sein Arm nach vorn stieß; dann spürte ich den jähen Schmerz im Magen, ich krümmte mich zusammen und versuchte, dem auf mich niederkrachenden Schlag auszuweichen. Er traf mich zwischen Hals und Schulter und ich stürzte zu Boden. Ein zweiter scharfer Schmerz durchzuckte meine Rippen, als mich sein Tritt traf. Ich versuchte, aus seiner Reichweite zu rollen.

»Papa! Papa!« schrie Junior und faßte ihn an den Armen.

»Du halt dich hier raus!« Er stieß Junior gewaltsam zur Seite. »Ich bring ihn um, den Hurensohn!«

Ich stützte mich auf den Rand des Diwans und zog mich langsam hoch.

Sam näherte sich, ich starrte ihm, kaum mehr einer Bewegung fähig, entgegen.

Junior stürzte wieder zu seinem Vater. »Sie war in ihn verliebt, Papa! Immer schon hat sie ihn geliebt!«

Diesmal machte Sam eine halbe Drehung und schlug nach ihm. Der Junge flog rückwärts gegen die Bücherregale, die Bücher prasselten um ihn herum zu Boden. »Ich hab dir gesagt, du sollst dich nicht einmischen!«

Der Junge sah ihn entsetzt an. Ich stand wieder auf den Beinen, mußte mich jedoch am Diwan festhalten, um nicht erneut umzufallen.

»Du Schwein!« sagte Sam. »Du mußtest auch sie haben! Alle Weiber der Welt waren dir nicht genug!«

Ich sah, wie er ausholte, aber es war mir einfach unmöglich, die Arme zu heben, um den Schlag abzuwehren; ich besaß die Kraft nicht mehr.

Plötzlich stand Denise zwischen uns. »Sam!«

Er blieb mit erhobener Faust wie angewurzelt stehen.

»Sie ist einundzwanzig, Sam, und eine Frau, kein Kind mehr«, sagte Denise. »Wenn Steve nicht gewollt hätte – er hätte es nicht nötig gehabt, zu uns zu kommen und es uns zu erzählen.«

Er blickte ihr noch immer starr in die Augen. »Geh mir aus dem Weg!« sagte er heiser.

»Sie ist meine Tochter, Sam, nicht die deine«, sagte sie ruhig. »Laß ihn in Ruhe!«

Er zwinkerte, als hätte er einen Schlag bekommen; langsam sanken seine Arme herab. Trotz meiner Schmerzen empfand ich Mitleid mit ihm, er schien vor meinen Augen zusammenzuschrumpfen. Er ging zur Tür, dann drehte er sich zu uns um.

Doch er sprach nur zu Denise, ich existierte nicht mehr für ihn. »Wenn du einen Schritt machst, um zu ihr zu fahren«, sagte er mit bebender Stimme, »braucht ihr beide, du und sie, nicht mehr hierher zurückzukommen!«

14

Ich folgte Dr. Davis in ihr Büro. »Es war nicht leicht für sie«, sagte sie. »Sie durchlebt schwere Zeiten.«

Ich schwieg.

»Ich bin nicht einmal ganz sicher, daß Sie sie jetzt schon besuchen sollten.«

»Sie ist bereits seit zwei Wochen hier«, sagte ich.

»Wir können keine Wunder wirken, wir können uns nur bemühen. Schließlich ist sie seit mehr als drei Jahren süchtig, und das läßt sich nicht so leicht aus ihrem Organismus vertreiben.«

»So lange schon?«

»Ja«, sagte sie. »Bisher hatten wir alle Hände voll zu tun, um ihre körperlichen Probleme zu behandeln. Es gab noch keine Möglichkeit, sich mit ihr psychologisch zu befassen. Und dort liegt bei achtzig Prozent der Fälle der Schlüssel zu jeder erfolgreichen Behandlung.«

»Was soll ich also tun?«

»Ich würde vorschlagen, daß Sie zu ihr hineingehen. Sie liebt Sie sehr, und Sie sind anscheinend der einzige Mensch, den sie sehen will. Allerdings . . .«

Ich merkte, daß sie zögerte. »Allerdings?«

»Möglicherweise will sie Sie überreden, sie von hier fortzunehmen.«

Ich horchte auf.

»Sie müssen verstehen, daß sie im Augenblick nicht mehr dasselbe Mädchen ist, das Sie hierherbrachten. Sie ist wie ein Tier und wird von den Bedürfnissen ihrer Sucht getrieben. Sie wird alles tun, um hinauszukommen und das Gift zu erhalten, das sie braucht. Sie hat bereits zwei Fluchtversuche unternommen.«

»Davon wurde mir nichts gesagt.«

»Bei unserem Telefongespräch schien mir das nicht erwähnenswert«, sagte sie. »Wir nehmen so etwas als beinahe normal hin. Wenn ich Sie zu ihr lasse, wird sie auf jede nur mögliche Weise Ihr Mitleid zu erregen versuchen. Was sie gerade jetzt am meisten braucht, ist Liebe und Verständnis. Aber Sie müssen da eine sehr feine Unterscheidung treffen: Sie dürfen ihr nicht zuviel Mitleid zeigen. Tun Sie das, dann erwecken Sie nur falsche Hoffnungen in ihr. Es ist keine leichte Sache. Glauben Sie, Sie können es schaffen?«

»Ich weiß nicht. Was ist Ihre Ansicht?«

»Wenn der Besuch gut verläuft, kann er überaus nützlich sein. Er könnte ihr den stärksten Impuls zur Genesung geben.«

»Dann sollte ich es wohl versuchen.« Ich drückte meine Zigarette aus und erhob mich.

Dr. Davis nickte, und ich folgte ihr auf den Korridor. »Lassen Sie sich keine Überraschung anmerken, wenn Sie sie sehen«, sagte sie, während wir zum zweiten Stockwerk hinaufstiegen. »Sie hat beträchtlich abgenommen. Wenn Sie können, machen Sie ihr Komplimente, sie soll sich für reizvoll halten; das könnte eine große Hilfe sein.«

Vor Myriams Tür blieben wir stehen, und sie klopfte an. Die Schwester, die uns am ersten Tag empfangen hatte, öffnete.

Sie wandte sich zurück zum Bett und sagte: »Ach, ist das nicht nett, meine Liebe? Wir haben Besuch. Ihr Freund ist hier.«

Ich hörte ihre Stimme: »Steve!« Dann kam sie zur Tür gelaufen und warf sich in meine Arme. Die Schwester verließ das Zimmer und die Tür fiel ins Schloß.

»Steve.« Sie weinte. »Steve, Steve, Steve.«

Ich drückte sie fest an mich und streichelte ihr Haar. »Darlingmädchen«, flüsterte ich.

Sie sah mich an und versuchte die Tränen fortzublinzeln. »Ich muß fürchterlich aussehen! Man erlaubt mir nicht, mich zu schminken.«

»Du bist schön«, sagte ich und spürte dabei einen Stich im Herzen. Sie war nur noch Haut und Knochen, die Augen bildeten tiefe Höhlen in ihrem Gesicht.

»Das weiß ich besser«, sagte sie, »wenn es auch keinen Spiegel im Zimmer gibt.«

»Du siehst prima aus.«

Sie ging zum Bett und setzte sich auf den Rand. »Komm her, setz dich neben mich.«

Ich nahm neben ihr Platz.

Sie nahm meine Hand und schob sie in ihr Kleid an ihre Brust. »Ich bin so geil«, sagte sie und blickte mir in die Augen.

Ich konnte nicht sprechen; es fiel mir schon schwer genug, das Weinen zurückzuhalten.

»Ich bin es los, weißt du?« sagte sie. »Angeblich hat man kein Verlangen nach Sex, bis man es los ist.«

»Das weiß ich nicht.«

»Es ist wahr«, sagte sie ernsthaft. »Faß doch meine Punze an, sie ist ganz naß, so geil bin ich.«

Ich schüttelte den Kopf. »Die Ärztin sagt, du bist noch nicht kräftig genug dafür; du bist noch zu erschöpft.«

Plötzlich wurde sie wütend. »Natürlich sagt sie das! Denen geht es nur darum, mich hier zu behalten, damit sie noch mehr Geld bekommen. Sie hat dir wahrscheinlich nicht einmal gesagt, daß ich es aufgegeben habe?«

»Sie sagte, du hättest Fortschritte gemacht«, erwiderte ich vorsichtig.

»Die sind ja verrückt!« sagte sie und erhob sich. »Ich könnte dir Dinge über diese Anstalt erzählen und über die Art, wie man die Patienten behandelt, die würdest du gar nicht glauben!«

Sie blickte sich schnell im Zimmer um, als wollte sie sich vergewissern, daß kein Dritter zuhörte. Sie senkte die Stimme und flüsterte wie eine Verschwörerin: »Du kennst doch die Schwester, Mrs. Graham?«

Ich nickte.

»Du meinst wohl, das ist nur eine nette alte Dame, nicht wahr?« Sie wartete meine Antwort nicht ab. »Das ist sie aber nicht. Sie ist eine Sadistin, sie hat mich mehrmals verprügelt. Ich will es dir zeigen.«

Sie streifte ihr Nachthemd ab und ließ es zu Boden fallen. Nun stand sie nackt vor mir. »Siehst du die blauen Flecke?«

Davon war keine Spur zu sehen, nur ihre Rippen im abgemagerten Körper und die bleiche, fast durchscheinende Haut.

Sie machte keine Bewegung, um ihr Nachthemd vom Boden aufzuheben. »Außerdem ist sie eine Lesbierin. Mehr als einmal hab ich im Schlaf gespürt, daß sie mir einen abgelutscht hat!«

Ich hob das Hemd auf. »Zieh es an«, sagte ich, »ich möchte nicht, daß du dich erkältest.«

Wortlos ließ sie sich von mir das Hemd anziehen, ging zum Bett zurück und setzte sich. »Und diese Dr. Davis mit ihren Diplomen und ihrem erhabenen Getue, weißt du, was die macht? Sie nimmt ein paar Patienten und Pfleger zu sich ins Zimmer und hält jede Nacht Orgien ab. Sie ist schwanztoll! Sie nimmt sie in den Mund, in die Punze, in den Hintern, alles gleichzeitig. Aber tagsüber tut sie vornehm und hält alle zum Narren. Nur mich nicht, ich bin nicht so dumm!«

Ich sah sie nur an.

Einen Augenblick war sie still, dann warf sie sich schluchzend in meine Arme. »Du mußt mich aus diesem entsetzlichen Haus fortnehmen, Steve. Wenn ich noch länger hier bleibe, verliere ich den Verstand!«

Ich drückte sie fest an mich; sie zitterte.

Sie blickte mich flehend an. »Du kannst mich hinausnehmen, Steve, wirklich. Ich nehm es nicht mehr.«

»Noch ein Weilchen, Darlingmädchen«, sagte ich. »Vorerst müssen wir dafür sorgen, daß du wieder zu Kräften kommst.«

Sie riß sich von mir los und warf sich aufs Bett, das Schluchzen erschütterte ihren ganzen Körper.

Ich trat zu ihr und legte meine Hand auf ihre Schulter. Wütend schlug sie sie beiseite. »Geh zum Teufel!«

Ich blieb eine Zeitlang stehen, dann wandte ich mich zur Tür.

»Steve!« schrie sie.

Ich drehte mich um, sie warf sich zu Boden, ihre Hände umklammerten meine Knie, ihre Augen schwammen in Tränen. »Nimm mich hier fort, Steve, bitte! Ich werde brav sein, ich werde alles tun, was du willst, nur nimm mich fort!«

Ich half ihr auf die Füße und drückte sie an mich. »Es wird jetzt nicht mehr lange dauern, Darlingmädchen«, sagte ich.

Ihre Hand fuhr ins Innere meiner Jacke. Ehe mir klar wurde, was sie tat, hatte sie mir den Füllfederhalter aus der Tasche gezogen. Sie hielt ihn wie einen Dolch über ihren Kopf.

»Wenn du mich nicht mitnimmst«, schrie sie, »stech ich dir die Augen aus!«

Sie war hemmungslos und schien durchaus fähig, ihre Drohung wahrzumachen. »Also gut«, sagte ich, so ruhig ich konnte, »aber wie soll ich die Tür öffnen? Ich habe keinen Schlüssel, ich muß die Schwester rufen.«

Für einen Moment schweifte ihr Blick zu dem Klingelknopf neben dem Bett. Mehr brauchte ich nicht; ich packte sie am Arm und entriß ihr den Füller. Mit ungläubigem Ausdruck starrte sie auf ihre leere Hand.

»Du hast mich reingelegt«, sagte sie wie ein kleines Kind, hob die Hände zum Gesicht und begann zu weinen.

Ich nahm sie in die Arme und beruhigte sie. »Ich weiß, daß es nicht leicht ist, Darlingmädchen«, sagte ich, »aber du mußt dich weiter bemühen. Je eher du gesund wirst, desto schneller werden wir wieder beisammen sein.«

»Ich bin schon gesund!« Sie weinte. »Ich bin gesund!« Dann ging die Tür auf, und die Schwester kam herein. Die Besuchszeit war abgelaufen.

Die Ärztin erwartete mich. »Kommen Sie in mein Büro«, sagte sie.

Ich folgte ihr, und die Tür schloß sich hinter uns. »Sie brauchen einen Drink«, sagte sie, öffnete den Medikamentenschrank hinter sich, nahm eine Flasche Whisky und ein Glas heraus und goß mir zwei Fingerbreit ein.

Ich trank es wie Wasser. Es brannte bis zum Magen hinunter, aber dann wurde mir besser. »Es war nicht leicht«, sagte ich.

»Ich weiß, wir haben mitgehört. Wir haben in jedem Zimmer ein Mikrophon, nur so können wir die Patienten dauernd kontrollieren. Sie haben sich sehr gut gehalten.«

»Hoffentlich.« Ich hatte aber das Gefühl, daß sie das nur sagte, um mich zu ermutigen.

Sie begleitete mich zu meinem Wagen hinaus.

»Mr. Gaunt.«

Ich blieb stehen. »Ich möchte mich nicht in ihr Privatleben einmischen, aber ein paar Antworten von Ihnen könnten mir sehr helfen.«

»Stellen Sie Ihre Fragen.«

»Welches Interesse haben Sie, genaugenommen, an ihr?«

»Ich kenne sie seit ihrer Kindheit; ich bin schon lange mit ihren Eltern befreundet.«

»Sie hatten aber ein Liebesverhältnis mit ihr, nicht wahr?«

»Ja.«

»Wie lange hat das gedauert?«

»Etwa einen Monat, bis ich sie hierherbrachte.«

»Eine Frage noch, Mr. Gaunt. Lieben Sie sie?«

Ich dachte lange nach. Schließlich antwortete ich: »Ich weiß es nicht.«

Sie blickte mir einen Moment in die Augen. Dann sagte sie ruhig: »Danke, Mr. Gaunt.«

Ich stieg in den Wagen und ließ den Motor an. Als ich mich nach ihr umwandte, betrat sie bereits das Haus.

15

Am nächsten Besuchstag wollte sie mich nicht sehen. »Sie hat es uns erst heute morgen gesagt«, berichtete Dr. Davis. »Ich versuchte Sie anzurufen, Sie waren aber bereits fort.«

»Ich verstehe das nicht.«

»Es gehört alles zu ihrem Spiel«, erklärte die Ärztin. »Sie will Sie dafür bestrafen, daß Sie sie nicht von hier fortnehmen. Entweder das, oder sie denkt sich etwas Neues aus, um Sie zu überreden.«

Ich gab keine Antwort.

»Es tut mir leid, daß der ganze Weg umsonst war«, sagte sie.

»Das macht nichts.«

»Wir kommen aber voran, auch wenn es nicht danach aussieht. Sie ist jetzt einen Monat hier, und ihre körperliche Reaktion auf die Giftentziehung ist beträchtlich geringer. Sie hat sogar ein wenig zugenommen. Aber die psychiatrische Betreuung lehnt sie auch weiterhin ab. Sie will mit dem Therapeuten nicht einmal sprechen.«

»Wie wollen Sie sie dazu bringen?«

»Wir setzen unsere Bemühungen fort«, antwortete sie. »Früher oder später wird sie mit jemandem sprechen wollen, und sei es nur, um einen mitfühlenden Zuhörer zu finden. Das tun alle, aber im Augenblick steht sie uns noch feindlich gegenüber.«

Mrs. Graham kam herein und legte einen Umschlag auf den Tisch.

»Sie gab mir diesen Brief, ich sollte ihn für sie aufgeben.«

Sie sah mich lächelnd an. »Oh, Mr. Gaunt, guten Tag. Unsere Patientin ist heute ein wenig bockbeinig, aber keine Sorge, wir bringen sie schon wieder in Ordnung.«

Sie verließ das Büro, und Dr. Davis warf einen Blick auf den Brief; sie reichte ihn mir ohne ein Wort.

Er war an mich gerichtet, ich öffnete ihn. Er war in fast kindlichem Gekritzel geschrieben.

»Lieber Steve,

als du gestern herkamst, hat man dir gesagt, daß ich dich nicht sehen will. Das war gelogen, man hält mich hier gefangen, schlägt und beschimpft mich. Die wollen nur jede Woche ihr Geld bekommen. Ich bin schon entwöhnt, aber sie sind noch immer nicht zufrieden. Dieser Brief muß dich überzeugen. Ich sehne mich sehr nach dir. Komm und hol mich.

Dein Dich liebendes Darlingmädchen.«

»Lesen Sie«, sagte ich und reichte ihr den Brief. »Sie hatten wohl recht.«

Sie las, gab aber keinen Kommentar. Ich erhob mich. »Ich muß nächste Woche zu einer Aufsichtsratssitzung nach New York«, sagte ich. »Wahrscheinlich wird es also mindestens zehn Tage dauern, bis ich wiederkommen kann.«

»Fahren Sie nur, Mr. Gaunt«, sagte sie und stand ebenfalls auf. »Sollte irgend etwas passieren, rufe ich Sie an. Ich erwarte aber eigentlich nicht, daß etwas vorfällt.«

Dieses eine Mal irrte sie sich jedoch.

Am Tag vor der Aufsichtsratssitzung hatte Dan Ritchie Sam verklagt. Er verlangte zweihundertfünfzigtausend Dollar als seine zehnprozentige Provision bei dem Globalverkauf der Filme an uns sowie Schadensersatz und Prozeßkosten. Und um die Sache substantieller zu machen, dehnte er den Prozeß auch gleich auf uns aus, indem er Sinclair Broadcasting, sowohl die Gesellschaft als auch mich persönlich, der Mittäterschaft beschuldigte.

In seiner gleichzeitig mit der Klage abgegebenen Presseerklärung sagte er, er werde, »die schändliche Geschäftspraxis anprangern, die zwischen Sinclair und Samarkand und einigen ihrer Direktoren zu deren privatem Vorteil bestehen«, falls seine Ansprüche nicht unverzüglich befriedigt würden.

Ich kam am Tag der Aufsichtsratssitzung nach New York; Jack erwartete mich in meinem Büro.

»Ich hab dir ja gesagt, dem Hurensohn kann man nicht trauen«, erklärte er.

Ich grinste. »Welchem?«

Er starrte mich an. »Du hast recht, daran hatte ich nicht gedacht. Zwischen Sam und Ritchie besteht tatsächlich kein großer Unterschied, sie sind beide geldgierige Schweinehunde.«

»Sag das lieber nicht in der Öffentlichkeit«, riet ich ihm. »So darf man nicht von einem Mitangeklagten reden.«

»Ich kann dir nicht folgen«, sagte er kopfschüttelnd, »du hast eine seltsame Art von Humor.«

Fogarty brachte den Kaffee. »Mr. Sinclair möchte so bald wie möglich mit Ihnen sprechen.«
»Ist er schon hier?«
Sie wußte alles. »Er ist schon seit acht Uhr in seinem Büro.«
Jack wartete, bis sie draußen war. »Wahrscheinlich tobt er bereits.«
Ich schlürfte wortlos meinen Kaffee.
»Gehst du nicht zu ihm hinauf?« fragte er.
»Ja, ja, ich komme immer noch zurecht. Im Augenblick haben wir wichtigere Dinge zu tun, als hinaufzugehen und ihm einen Beruhigungstee zu verabreichen.«
»Was glaubst du – könntest du auch ein paar gute Nachrichten vertragen?«
»Das wäre eine angenehme Abwechslung.«
»Die Rockshow ist ein richtiger Schlager«, berichtete er. »Wir kassieren fast vierzig Prozent Seherbeteiligung ein, und die Geldgeber bringen sich gegenseitig um, so gern möchten sie hineinkommen.«
»Prima!«
»Ich habe daran gedacht, die Show zweimal wöchentlich anzusetzen.«
»Tu das nicht«, sagte ich. »Oft passiert es, daß man Schiffbruch erleidet, wenn man sich allzuviel vornimmt.«
»Wir brauchen etwas, das unser Programm gegen Ende der Woche auf Touren bringt.«
»Du hast doch Filme von Sam gekauft. Verwende die«, sagte ich.
»Die wollte ich mir für den nächsten Herbst aufheben.«
»Du hast acht Monate Zeit, um deine Pläne für nächsten Herbst aufzubauen, und nur noch acht Wochen in dieser Saison, ehe du auf die Reprisen zurückgreifen kannst.«
Ich trank meinen Kaffee aus und erhob mich. »Ich will dir das einzige verraten, das ich in all den Jahren in diesem Geschäft gelernt habe. Die Geldgeber kaufen nur eines: Leistung. Wovon sie heute die Testnoten sehen, das kaufen sie für morgen. Und die Testnoten waren für die Show von gestern.«
Ich verließ ihn und fuhr mit dem Privatfahrstuhl zu Spencers Büro. Er saß, frisch und ausgeruht nach seinen Ferien auf den Antillen an seinem Schreibtisch.
Wir reichten uns die Hand. »Wie war dein Flug?« fragte er in seiner stets verbindlichen Art.
»Ein Flug wie jeder andere. Und dein Urlaub?«
»Sehr schön. Ich habe die Absicht, mir dort nach meiner Pensionierung eine Villa für den Winter zu kaufen.«
»Keine schlechte Idee«, sagte ich und setzte mich ihm gegenüber.
»Die Direktoren haben mich während des ganzen Morgens wegen des Prozesses von Dan Ritchie angerufen.«
»Mich haben sie auch angerufen.«
»Ich weiß nichts über den Fall Benjamin«, sagte er, »aber ich sprach mit Harley. Und der versicherte mir, wir hätten da keine rechtlichen Verpflichtungen.«
Harley Garrett war unser allgemeiner Rechtsberater, ein gesetzter, sehr vorsichtiger Rechtsanwalt.
»Der Prozeß macht mir weniger Sorge als die Behauptungen Ritchies«, sagte Spencer. »Weißt du darüber etwas?«
»Vielleicht«, sagte ich und erzählte ihm von meinem durch Aktien gedeckten Darlehen an Sam.
Er hörte mir aufmerksam zu und schwieg, bis ich zu Ende war. Dann schüttelte er nachdenklich den Kopf. »Das war nicht sehr klug«, sagte er.
Ich war ein wenig überrascht. Der Sinclair, den ich vor zehn Jahren, als ich die Firma eintrat, kennenlernte, wäre in die Luft gegangen. »Aber meine Beziehung zu Sam steht in keinerlei Zusammenhang mit dem Kauf dieser Filme. Jack kaufte sie ohne mein Wissen. Ich erfuhr von dem Geschäft erst, nachdem es abgeschlossen war.«

»Du wirst das dem Aufsichtsrat erklären müssen«, sagte er.

Ich erhob mich. »Das beabsichtige ich auch zu tun.«

Die Direktoren reagierten dann nicht ganz so ruhig wie er. Sie brachten alle Schreckgespenster ins Treffen: den Bundesausschuß für Fernmeldewesen, FCC, den Wertpapier- und Börsenausschuß, SEC, das Antitrustgesetz und das Finanzamt. Nach einer Weile gerieten sie über die Frage, wie man sich am besten verhalten sollte, in Streit.«

»Vielleicht sollten wir versuchen, einen Vergleich auszuhandeln«, sagte Harley schließlich. »Die Öffentlichkeit der Sache kann, falls wir vor Gericht gehen müßten, unserem Image schaden.«

»Ich bin dagegen«, sagte ich.

»Sie werden dem Verdacht nicht entgehen können, daß Sie persönlich das Geschäft begünstigt haben, weil sie aufgrund Ihrer Beteiligung an Samarkand daraus Gewinn ziehen.«

»Ich besitze im Augenblick keine Beteiligung an Samarkand«, sagte ich. »Die Aktien sind nur als Sicherheit für ein Darlehen in meinen Händen.«

»Glauben Sie, daß irgendeine Aussicht auf Rückzahlung des Darlehens besteht?« fragte Harley.

»Davon habe ich nicht die leiseste Ahnung.«

»Sogar die Rückzahlung könnte so angesehen werden, als ob sie Ihnen Vorteil brächte«, sagte er. »Meiner Ansicht nach sollten wir einen Vergleich schließen; zuviel Geld steht ja nicht auf dem Spiel.«

»Nein«, sagte ich entschieden, »es ist Erpressung, und das gefällt mir nicht. Wenn man einer Erpressung einmal nachgibt, finden sich tausend Dummheiten gleicher Art, die einen plagen könnten.«

Stille herrschte in der Tischrunde. Ich sah Sinclair an. Sein Gesicht war ausdruckslos. Das Telefon neben mir klingelte.

»Bitte um Entschuldigung, meine Herren«, sagte ich und hob ab.

Es war Fogarty. »Ich will Sie nicht stören, Mr. Gaunt«, sagte sie, »aber eine Frau Dr. Davis aus Santa Barbara in Kalifornien verlangt Sie zu sprechen; sie sagt, es sei sehr dringend.«

»Schalten Sie durch«, sagte ich. Es klickte. »Dr. Davis?«

»Leider eine schlechte Nachricht, Mr. Gaunt«, sagte sie. »Die Patientin ist uns heute morgen durchgebrannt.«

»Wieso?« fragte ich.

»Das wissen wir nicht«, gab sie zu. »Als Mrs. Graham nach dem Frühstück in ihr Zimmer kam, war sie fort. Wir haben das Grundstück gründlich durchsucht, aber sie ist nicht mehr hier.«

Nach einer kurzen Pause: »Sollen wir die Polizei verständigen?«

Ich überlegte einen Augenblick; das hätte uns gerade noch gefehlt, ich sah schon die Schlagzeilen vor mir. »Nein«, sagte ich, unternehmen Sie gar nichts. Ich komme mit dem nächsten Flugzeug hinüber.«

Ich sah mich um; die anderen hatten, während ich telefonierte, weiter beraten.

»Ich glaube, wir sollten über die Sache abstimmen«, sagte Harley. »Ich stelle den Antrag, daß wir im Streitfall Daniel Ritchie gegen Sinclair Broadcasting Corporation, Stephen Gaunt und andere über einen Vergleich verhandeln.«

Ich erhob mich und ging zur Tür.

»Einen Augenblick, Steve«, sagte Harley, »ich habe soeben einen Antrag gestellt. Sie müssen darüber abstimmen.«

Ich starrte auf ihn nieder. »Stimmt ihr nur darüber ab«, sagte ich, »mir ist es völlig schnuppe!«

16

Als das Flugzeug landete, erwartete mich Dr. Davis, »Ihre Sekretärin hat mir die Nummer Ihres Flugs angegeben.«

»Es war nicht nötig, daß Sie herkamen, ich wäre geradewegs zu Ihnen gefahren.«

»Ich hielt es für meine Pflicht«, sagte sie einfach und sah mir dabei in die Augen. »Außerdem habe ich eine Information, die uns zu ihr führen könnte.«

»Sie haben herausgefunden, wie sie entkommen ist?«

»Nein, aber wir wissen, daß sie in Los Angeles ist.«

»Wieso?«

»Wir arbeiten mit einem privaten Detektivbüro, das uns bei derartigen Fällen schon sehr geholfen hat.«

Sie ging voran zur Cocktailbar und blieb vor einem Tisch in der hinteren Ecke stehen. Der junge Mann, der dort vor einem Glas Bier saß, erhob sich ein wenig linkisch.

»Nick Jones, Stephen Gaunt«, sagte sie. »Nick ist der Leiter der Agentur.«

Er streckte die Hand aus. »Erfreut, Mr. Gaunt«, sagte er mit unüberhörbar westlichem Näseln.

Er sah durchaus nicht so aus, wie ich mir einen Privatdetektiv vorgestellt hätte, allerdings stammten meine bisherigen Erfahrungen nur aus Filmen und Fernsehstücken.

Er war eine magere Hopfenstange, mindestens einsneunzig groß, trug einen weißen, schräg ins Gesicht gezogenen Cowboyhut im Westernstil und ein unansehnliches Hemd unter einer schmutzigbraunen Wildlederjacke. Sein langes braunes Haar reichte bis zur Mitte des Nackens, und ein langer Schnurrbart hing rechts und links bis zu seinem vorspringenden Kinn hinunter. Er sah aus wie der leibhaftig gewordene Buffalo Bill.

»Mr. Jones«, sagte ich.

»Nennense mich nur Nick«, näselte er.

Wir nahmen Platz. Frau Dr. Davis bestellte einen Whisky mit Wasser und ich meinen üblichen Scotch.

»Erzählen Sie Mr. Gaunt, was sie herausgefunden haben«, sagte sie.

Plötzlich war der westliche Akzent verschwunden, der Ton war geschäftsmäßig, der eines Profis. »Wir haben erfahren, daß sich die Gesuchte heute morgen um elf von einem Lastwagen auf der Küstenautobahn per Autostopp mitnehmen ließ. Sie verließ den Laster bei einer Benzinstation in Santa Monica nahe des Sunset Boulevard und stieg dort in einen anderen Lastwagen, der nach Los Angeles fuhr. Den haben wir noch nicht finden können, daher wissen wir nicht, wo sie ausgestiegen ist.«

»Wie haben Sie den ersten Laster gefunden?« fragte ich.

»Viele von den großen Überlandslastern sind mit Funksprechgeräten ausgerüstet«, sagte er. »Ich habe selbst mit dem Fahrer gesprochen.«

»Hatte sie Geld bei sich?«

Frau Dr. Davis antwortete: »Als sie flüchtete, hatte sie keines. Alles liegt noch im Tresor.«

»Sie wird Geld brauchen«, sagte ich. »Ich hab noch nie von einem Rauschgifthändler gehört, der auf Pump geliefert hätte.«

»Sie hat Geld«, sagte Nick entschieden.

»Woher wissen Sie das?«

»Sie bekam es von dem Lastwagenfahrer«, sagte er.

»Warum, zum Teufel, sollte ihr der Geld geben?«

Er sah mich an, ohne zu antworten.

Die Kellnerin kam mit unseren Getränken; ich trank die Hälfte meines Glases in einem Zug aus.

»Sie müssen Verständnis haben«, sagte Dr. Davis mitleidig, »sie ist sehr krank.«

Ich schwieg.

»Es ist jetzt zehn Uhr dreißig«, sagte der Detektiv. »Am Freitag abend beginnt der Betrieb auf dem Strip gegen elf Uhr. Wenn sie noch niemanden gefunden hat, der ihr das Zeug liefert, wird sie wahrscheinlich jetzt dort sein. Ich habe einige meiner Freunde bei der Polizei gebeten, sich außerdienstlich nach ihr umzusehen.«

»Gut«, sagte ich.

»Inzwischen könnte es nicht schaden, wenn wir hinübergingen und selbst ein wenig Ausschau hielten.«

Ich trank mein Glas aus. »Ich bin bereit, wenn Sie soweit sind; mein Wagen steht auf dem Parkplatz.«

»Okay«, sagte der Detektiv, »ich werde an der Ecke Clark Street–Sunset Boulevard sein, wenn Sie hinkommen.«

»Ich gehe mit Ihnen«, sagte Dr. Davis, »Nicks Vehikel ist nicht gerade sehr bequem.«

»Er bringt mich überallhin«, sagte er trocken, »und außerdem paßt er genau zu meinem Image.«

Es war das zweitemal an jenem Tag, daß ich das Wort hörte. Die ganze Welt schien sich um ihr Image zu sorgen. Ich verstand jedoch erst, was er meinte, als ich ihn in seinen Wagen steigen und davonfahren sah.

Es war ein dunkelgrüner Ford-Kombiwagen.

Der Strip ist jener Teil des Sunset Boulevards, der durch Los Angeles West führt. Während des Tages ist es eine trostlose Straße, größtenteils von alten Häusern gesäumt, voller Imbißstuben, undefinierbarer Läden und gelegentlich einem neuen Bürohochhaus. Sie dient hauptsächlich als Verkehrsverbindung zwischen Beverly Hills und Hollywood.

Nachts war das anders, dann erwachte der Strip unter hellem Neonlicht zum Leben. Restaurants, Diskotheken, die ihre Musik auf die Straße hinausschmettern. Tausende von jungen Leuten aller Gestalten, Größen, Farben und Altersklassen gingen da spazieren, plauderten, gafften oder standen bloß herum. Der leicht süßliche Geruch von Haschisch hing wie eine Wolke über ihnen, und die Hilfspolizisten mit ihren weißen Sturzhelmen beobachteten sie aus ihren langsam fahrenden Streifenwagen und beteten jede Nacht, daß nichts passieren möge, was die Straße in einen brodelnden Vulkan verwandeln könnte.

Er stand genau dort, wo er sich mit uns verabredet hatte, unter einem Reklameschild für Whisky an der Ecke der Clark Street. Wir wollten auf ihn zugehen, doch er machte eine abweisende Kopfbewegung und entfernte sich langsam.

Da er in der Menge herausragte, war er leicht zu verfolgen. Er schien alle Welt zu kennen, die jungen Leute wie die Erwachsenen. Gelegentlich blieb er stehen und sprach mit jemandem, doch nur für einen Augenblick, dann ging er weiter.

Er wanderte bis zum Delikatessenladen im Häuserblock 9000 und kam wieder zurück. »Dort ist nichts«, flüsterte er uns im Vorbeigehen zu. »Wir wollen es in der anderen Richtung versuchen.«

Wir warteten, bis er einige Meter weiter war, dann kehrten auch wir um. Er blieb vor dem Whiskyschild stehen. Die Musik kreischte in die Nacht hinaus, und die jungen Leute standen vor dem Eingang Schlange. Wir blieben vor dem Lokal Sneaky Petes stehen und behielten Nick im Auge.

Ich blickte zu dem Schild empor; es freute mich nicht, als ich erkannte, daß die im Inneren spielende Gruppe in unserer dieswöchigen Rockshow Nummer eins war. Nick ging weiter, und wir folgten ihm.

Müde und mit schmerzenden Füßen gelangten wir schließlich um zwei Uhr morgens zum Body Shop. Er wies auf ein unbeleuchtetes Haus auf der anderen Straßenseite und ging hinüber. Wir ebenfalls.

Er trat ins Dunkle. »Die Rauschgifthändler sind nicht da«, sagte er; der Hut verdeckte seine Augen. »Alles ist in heller Aufregung, und sie halten sich versteckt.

Sie müssen durch irgend etwas gewarnt worden sein, ich kann mir aber nicht denken, was es war.«

»Was machen wir jetzt?« fragte ich.

»Ich grase noch einige Plätze ab«, sagte er, »aber da können Sie nicht mitkommen. Wo kann ich Sie erreichen, wenn ich etwas erfahre?«

»Wie wäre es bei mir?« sagte ich mit einem Blick auf Dr. Davis.

Sie nickte.

Ich gab ihm meine Telefonnummer, er glitt aus dem Dunkel und lief zur Straße zurück. Wir warteten einige Minuten, um ihm einen Vorsprung zu lassen, dann gingen wir zu meinem Wagen.

»Hier ist es wirklich bezaubernd!« sagte Dr. Davis, während wir die Treppe zum Wohnzimmer hinunterstiegen.

»Ich muß etwas trinken«, sagte ich und ging zur Bar.

»Mir könnte es auch nicht schaden.«

Ich mixte zwei Scotch und reichte ihr einen; wir tranken schweigend. Nach einer Weile ging sie zu den großen Glastüren und blickte durch die Scheiben.

»Könnten wir einen Augenblick hinausgehen?« fragte sie.

Ich drückte auf die Knöpfe und ließ die Türen zur Seite rollen. Die Nachtluft war auf den Hügeln kühl, es war angenehm. Unter uns blinkten die Lichter; in der Ferne, fast auf der Höhe unserer Augen sahen wir die roten Blinklichter eines Flugzeugs, das sich dem Flughafen näherte.

»Es ist so ruhig hier oben«, sagte sie.

»Deshalb hab ich das Haus hier bauen lassen. Und doch kann man innerhalb von fünf Minuten mitten im Getriebe sein.«

Sie sah mich an. »Ist Ihnen das wichtig?«

»Früher war es mir wichtig«, antwortete ich, »jetzt bin ich nicht mehr so sicher.«

»Seltsam, wie die Zeit uns verändert«, sagte sie. »Als ich mein Doktorexamen machte, glaubte ich alles zu wissen. Jetzt wird mir klar, wie wenig ich eigentlich weiß.«

»Das gehört wohl zum Reifeprozeß, Frau Doktor.«

»Ich habe es satt, mich hinter diesem Titel zu verstecken.«

»Und wie gefiele Ihnen ›Doktormädchen‹?« fragte ich.

»Ich bin ein Mädchen, das wissen Sie doch, nicht wahr?«

»Das läßt sich nicht übersehen«, sagte ich.

Ich weiß nicht, wie es geschah, doch plötzlich lag sie in meinen Armen. Dann durchfuhr es uns wie ein Atomfeuer, wir konnten es nicht erwarten, zueinander zu kommen. Kleider und Wäsche fielen auf unserem Weg ins Schlafzimmer auf die Stufen. Nackt stürzten wir aufs Bett und verbissen uns ineinander wie wilde Tiere.

Dann kam die Entladung und wir fielen nach Atem ringend zurück. Wir sahen uns lange und ruhig in die Augen; endlich sagte sie:

»Das war nicht gerade sehr berufsmäßig.«

»Du hast dich hinter deinem Titel hervorgewagt.«

Sie senkte kurz den Blick. »Freust du dich darüber?«

»Ja«, sagte ich.

Sie lachte und gab mir einen Kuß. »Ich auch.« Sie wälzte sich zur Seite und stieg aus dem Bett. An der Badezimmertür blieb sie stehen. »Ich möchte duschen.«

Ich nickte.

Sie drehte sich um, ging ins Badezimmer und schloß die Tür. Gleich darauf war sie wieder da; ihr Gesicht war weiß, sie hielt sich am Türrahmen fest.

Ich starrte sie an.

»Gibt es bei dir noch ein anderes Badezimmer?« fragte sie leise. »Ich glaube, mir wird übel.«

»Unten, neben der Bar.«

Sie lief durchs Zimmer, und ich hörte die Schritte ihrer nackten Füße auf den Stufen. Ich stieg aus dem Bett und ging ins obere Badezimmer.

Darlingmädchen lag da, seitlich zusammengerollt wie ein Fötus, den Kopf zwischen Toilette und Badewanne auf dem Boden; ihre offenen Augen starrten ins Leere, die Finger ihrer rechten Hand lagen noch auf der Nadel in der Beuge ihres linken Arms.

Sie war die ganze Zeit dort gewesen, während wir sie auf dem Strip gesucht, die ganze Zeit, als wir uns auf dem Bett im Nebenzimmer vergnügt hatten.

Nun bekam alles einen Sinn: Wo sollte sie hingehen, wenn nicht nach Hause?

Ich hörte das Geräusch der Wasserspülung aus der unteren Toilette und ging ins Schlafzimmer zurück. Ich nahm das Telefon und rief die Polizei an.

Langsam erteilte ich ihnen die Auskunft, die sie verlangten, und wollte wieder auflegen.

Plötzlich wurde ich wütend. Ich knallte den Hörer so auf die Gabel, daß der Apparat zerbrach; er fiel zu Boden mit seinem ganzen Gewirr von roten, gelben, weißen, grünen, blauen und violetten Drähten, die wie die Fäden eines mechanischen Gehirns zu den Silber- und Messingschräubchen liefen.

Ich starrte darauf nieder und schloß die Augen. Und jetzt hörte ich in meinem Gedächtnis die Stimme Sams, wie sie damals, vor vielen Jahren gesprochen hatte.

Was für ein Gebet war das? Wie hatte er es genannt? Ich konnte mich nicht erinnern. Aber die Worte wußte ich noch, und sagte sie laut vor mich hin.

Ich spürte, wie die heißen Tränen mir in die Augen stiegen.

Die Zeit war für mich gekommen, aus dem Flugzeug zu steigen.

DER ABEND

Ein Mensch besteht aus tausend Teilen, und das sind die anderen Menschen: die er liebt, die er nicht liebt, die ihm im Leben begegnen. Und er, der ganze Mensch, ist die Summe aus ihnen allen, geteilt durch einander, von ihnen abgezogen und einzeln sowie in ihrer Gesamheit multipliziert. Ich blickte mich im Zimmer um, und das war nun ich.

In einer Ecke plauderten Spencer und Johnston leise miteinander, in der anderen Sam und Dave. Draußen auf der Terrasse blickte Juramädchen hinunter auf die Stadt, während in meinem Schlafzimmer Denise und Junior die Tür geschlossen und sich von der Welt zurückgezogen hatten.

Ich trat auf die Terrasse und blieb neben Juramädchen stehen. »Worüber denkst du nach?« fragte ich.

»Du bist mir zu hoch«, sagte sie. »Du fliegst Düsenmaschinen, und ich versuche immer noch, eine Piper Cub vom Boden hochzukriegen.«

»Es ist ganz einfach«, sagte ich, »so einfach, daß ich überrascht bin, daß nicht jeder selbst darauf kommt. Alle erhalten genau das, was sie wollen. Schlußpunkt. Happy-End.«

»So einfach ist es nicht«, sagte sie. »Sie bekommen alles, was sie wollen, ausgenommen das eine, das sie anscheinend am meisten wünschen: dich.«

»Sie wollen eigentlich gar nicht mich. Ich bin eine Illusion, die ihnen im Kopf sitzt. Das werden sie auch herausfinden, sobald sie sich selbst prüfen.«

»Bist du das für mich auch, Steve? Eine Illusion in meinem Kopf?«

Ich gab keine Antwort.

»Ich erinnere mich, wie ich nach meiner Rückkehr nach San Francisco in der Zeitung von dem Mädchen las, das starb. Ich weinte über dich, Steve; du mußt sie sehr geliebt haben.«

Ich sah sie wortlos an. Sicher, ich liebte sie so sehr, daß ich eine andere vögelte, während sie tot im Nebenzimmer lag. Ich dachte an den Abend nach dem Begräbnis zurück, an dem ich in die Wohnung in der Fünften Avenue ging, um mein Beileid auszudrücken.

Mamie öffnete die Tür und nahm mir den Mantel ab. Ihr freundliches schwarzes Gesicht war vom vielen Weinen verschwollen. »Guten Abend, Mr. Gaunt«, sagte sie.

»Guten Abend, Mamie«, sagte ich.

»Sie sind im Wohnzimmer.«

Ich ging durch die Wohnung; die Spiegel waren mit Tüchern verhängt, die Bilder hingen mit der Vorderseite zur Wand. Die breiten Türen zum Wohnzimmer standen offen, und ich blieb auf der Schwelle stehen.

Der Raum war voller Menschen, die unbequem auf Holzkisten und Koffern saßen. Plötzlich wurde es still im Zimmer, und alle Gesichter wandten sich mir zu.

Ich stand verlegen da und wußte nicht, ob ich hineingehen sollte. Ich war mit dem jüdischen Ritual nicht vertraut.

Denise kam mir zu Hilfe; sie reichte mir die Wange zum Kuß, nahm mich an der Hand und führte mich ins Zimmer. »Ich bin froh, daß du gekommen bist«, sagte sie, »ich hatte noch keine Gelegenheit, dir für alles zu danken, was du getan hast.«

Das Gespräch lebte ebenso schnell wieder auf, wie es abgebrochen worden war, aber ich spürte immer noch die Augen der Anwesenden auf mich gerichtet.

Als wir näher kamen, erhob sich Sam schwerfällig von einer Holzkiste und streckte die Hand aus.

Ich ergriff sie. »Mein innigstes Beileid, Sam.«

Er blinzelte und hielt meine Hand fest. »Ja«, sagte er, »ja.« Er blickte zu mir hoch, dann ließ er meine Hand los, nahm seine dicke schwarzgerahmte Brille ab und reinigte sie mit einem Taschentuch.

»Sie war ein gutes Mädchen, Steve«, sagte er mühsam. »Sie war krank.«

Ich nickte. »Ja, Sam.«

»So war es«, sagte er, steckte das Taschentuch wieder ein und setzte seine Brille auf. »Sie war krank«, wiederholte er wie zu sich selbst.

Ich sah, daß Junior von der anderen Seite des Zimmers aus zu uns herüberblickte. Sein Gesicht war bleich und verzerrt, seine Augen hatten rote Ränder. Er nickte mir zu, ohne sich von der Wand zu rühren, an der er lehnte. Ich erwiderte seinen Gruß.

»Ich möchte mit dir sprechen, Steve. Privat«, sagte Sam. »Gehen wir in die Bibliothek.«

Ich folgte ihm ins Nebenzimmer. Er schloß die Tür. »Möchtest du etwas trinken?« fragte er.

»Ja.«

Er ging zur Vorzimmertür und rief: »Mamie!«

Er brauchte ihr nichts weiter zu sagen, sie brachte von selbst zwei Drinks herein. Er dankte ihr, und sie ging hinaus.

Wir schlürften unsere Drinks. Er ging zum Schreibtisch und stellte sein Glas ab. Das Sprechen fiel ihm nicht leicht. »Ich weiß nicht, wie ich das machen . . . sagen soll. Ich hab so etwas noch nie tun müssen.«

Ich betrachtete ihn wortlos.

»Ich habe ein langes Gespräch mit Frau Dr. Davis geführt«, sagte er. »Sie erzählte mir, was du alles für Myriam getan hast.«

Ich schwieg.

»Was ich sagen wollte . . . ich meine . . . es tut mir leid.« Er nahm wieder sein Glas. »Ich weiß nicht, was über mich gekommen war, ich bin verrückt geworden, hab den Kopf verloren. Aber es tut mir leid. Ich wollte, daß du das weißt.«

Ich holte tief Atem. »Es ist vorbei, Sam, auch mir tut es leid; leid, daß es nicht geklappt hat, für sie. Jetzt können wir nichts anderes tun, als das Vergangene vergangen sein lassen.«

Er nickte. »Das wird nicht leicht sein. Ich weiß nicht, ob wir jemals darüber hinwegkommen werden.«

Ich schwieg.

»Und noch etwas«, sagte er, »Junior. Er hat seit dem Tag deines Besuchs nicht mehr mit mir gesprochen. Sogar jetzt wendet er sich ab, wenn ich in seine Nähe komme.«

»Auch er wird darüber hinwegkommen.«

»Ich weiß nicht«, sagte er traurig. »Ich bin da nicht so sicher.« Er seufzte. »Aber das ist mein Problem. Gehen wir zurück zu den anderen.«

Er blieb mit der Hand auf dem Türknopf stehen. »Eines Tages werde ich das alles bei dir wiedergutmachen, Steve«, sagte er. »Alles. Du warst mir immer ein guter Freund.«

Guter Freund. Ich dachte wieder an sein Versprechen; aber das war drei Jahre her, und ich hatte bis heute morgen nichts mehr von ihm gehört. Ich hatte mich auch damals, zwei Wochen, nachdem er es gegeben hatte, an sein Versprechen erinnert, an dem Tag, als ich in Spencers Büro saß.

Spencer starrte auf meine Rücktrittserklärung, die auf seinem Schreibtisch lag, dann sah er mich an. »Das ist doch nicht nötig«, sagte er.

»Ich halte es unter den gegebenen Umständen für das beste.«

»Du brauchst nichts weiter zu tun, als deinen Freund zu überreden, es nicht zum Prozeß gegen Ritchie kommen zu lassen.«

»Wie kann ich das, wenn ich in aller Ehrlichkeit der Ansicht bin, daß er das Richtige tut? Ich sagte bei der Aufsichtsratssitzung, daß ich von Erpressung nichts halte. Das hat sich nicht geändert.«

»Aber der Aufsichtsrat hat sich für einen Vergleich entschieden. Das einzige, was dem im Wege steht, ist Benjamins Weigerung. Wir sind sogar bereit, die gesamte Streitsumme zu bezahlen, um die Sache aus der Welt zu schaffen. Dann werden wir sie vergessen.« Er machte eine kurze Pause. »Und du kannst dies hier vergessen.«

»Nein«, sagte ich, »ihr werdet meiner Ansicht nach den Prozeß gewinnen. Aber ob das der Fall ist oder nicht, spielt keine Rolle. Bei meinem Entschluß bleibt es.«

Er erhob sich, ging zum Fenster und blickte eine Weile hinaus, dann drehte er sich zu mir um. »Würdest du deine Ansicht ändern, wenn ich jetzt in Pension ginge und du meinen Job übernehmen könntest?«

Ich spürte einen Schmerz in der Kehle. Ich wußte, was er mir anbot: Wenn er jetzt ging, würde er an meiner Stelle der Sündenbock sein.

»Nein«, sagte ich.

Er kam wieder zu meinem Stuhl und sah auf mich nieder. »Warum, mein Sohn?« fragte er leise.

Einen Augenblick lang konnte ich nicht sprechen, dann fand ich meine Stimme wieder. »Weil ich mir mein Leben davon hab versauen lassen, Dad. Und es macht mir keinen Spaß mehr.«

»Was wirst du also tun?« fragte er. »Du bist noch jung, nicht einmal vierzig.«

Ich erhob mich. »Ich gehe in mein Haus auf dem Hügel zurück«, sagte ich, »und will sehen, ob es mir gelingt, mit meinem Leben zurechtzukommen.«

Mit dem Leben zurechtkommen, das war wohl schon immer die Lösung. Aber so leicht war es nicht, diese Lösung zu finden, wenn man in einem Vakuum lebte. Und das hatte ich in den letzten drei Jahren getan, hatte irgend etwas erwartet und wußte nicht, was. Etwas, das meinem Leben einen Sinn gegeben hätte.

Ich wandte mich um und blickte zum Haus zurück; Denise kam die Treppe herunter ins Wohnzimmer. Sie ging auf Sam zu und sagte ihm etwas. Er nickte und stieg die Treppe hinauf.

Sie kam auf die Terrasse und sah mich an, in ihren Augen standen Tränen. Plötzlich beugte sie sich vor und gab mir einen Kuß. »Ich glaube, nun wird alles wieder gut«, sagte sie.

Ich lächelte ihr zu. »Das freut mich.«

»Junior kommt mit mir«, sagte sie, ging zurück ins Haus und stieg nach oben. Kurz darauf kam Junior die Treppe herunter. Ich starrte ihn überrascht an.

»Im ersten Augenblick hätte ich dich fast nicht erkannt.«

Er strich sich verlegen mit der Hand über das frisch rasierte Kinn. »Fühlt sich komisch an.« Er hatte sogar sein Haar gekämmt. »Ich gebe nicht auf«, sagte er schnell.

»Ich weiß«, sagte ich.

»Ich gehe wieder ins College, das ist jetzt nötig. Hast du die Filme im Fernsehen gesehen? Mensch, wer mitmachen will, muß aktiv sein!«

»Stimmt!« sagte ich.

»Ich fahre mit Mom zurück ins Hotel.« Er streckte mir die Hand entgegen. »Danke für alles, Steve.«

Ich schüttelte ihm die Hand. Kein »Onkel Steve« mehr, stellte ich fest. »Nichts zu danken«, sagte ich.

»Auch Ihnen danke ich, Miß Kardin«, sagte er, zu ihr gewandt.

Sie nickte lächelnd, und er lief wieder hinein und verschwand auf der Treppe. Wenige Minuten später hörte ich einen Wagen aus der Einfahrt fahren, und Sam kam ins Zimmer zurück.

Die vier Männer setzten sich zusammen und redeten. Nach einer kleinen Weile kam Dave auf die Terrasse heraus.

Er lächelte mir zu. »Sie sind alle mit deiner Idee einverstanden.«

»Gut!«

»Es wird klappen«, sagte er, »die Leute werden alles zusammenlegen. Sinclair wir die Rundfunk- und Schallplattengesellschaften einbringen, Sam bringt Samarkand und Johnston seine Verlags- und Tonbandfirmen; er wird auch die gesamte Finanzierungs- und Dachgesellschaft zur Verfügung stellen. Wenn das alles durchgeführt ist, wird daraus eine völlig unabhängige Tandemgesellschaft, von deren Aktien nicht mehr als fünfundzwanzig Prozent in ihren Händen bleiben, während der Rest zum freien Verkauf an die Öffentlichkeit gelangt. Sogar der Name, den du für die neue Gesellschaft vorschlägst, gefällt ihnen: Communications Corporation of America. Es wird das größte Unternehmen sein, das seit Ford an die Börse kommt.«

»Ausgezeichnet!« sagte ich.

»Nur einen Haken hat es.«

Ich wartete.

»Es ist deine Idee, und man ist der Ansicht, daß du der einzige bist, der sie verwirklichen kann.«

Ich schwieg.

»Sie haben mich zu dir geschickt, weil von allen dort drinnen nur ich unparteiisch bin.«

Da mußte ich grinsen; er war ungefähr so unparteiisch wie eine bestochene Jury. Er hatte dabei nichts zu gewinnen als große Einlagen.

»Ich glaube, du solltest es tun«, sagte er. »Schließlich wirst du ja eine große Beteiligung an den Unternehmen haben, wenn du deine fünfundzwanzig Prozent der Aktien von Samarkand und deine fünfzehn Prozent von Sinclair zusammenlegst. Du bist es dir schuldig, dafür zu sorgen, daß es klappt.«

Ich sagte immer noch nichts; nicht umsonst nannte man ihn den »Tüchtigen«, er war ein toller Verkäufer.

»Du sagtest, was du suchst, sei Freude; dies hier wird eine ganz neue Sache, und wenn du sie da nicht findest, dann nirgends.« Er machte eine Atempause und fuhr fort: »Du solltest es dir überlegen. Du brauchst nichts zu überstürzen. Die Leute drinnen werden auf deine Antwort warten.«

Ich blickte ihm nach, während er zurückging; dann wandte ich mich an Juramädchen, nahm mir schweigend eine Zigarette und zündete sie an.

Ich warf über die Schulter einen Blick ins Zimmer; die vier Männer hatten die Köpfe zusammengesteckt. »Sieh sie dir an«, sagte ich, »sie beraten schon, wie sie die Welt erobern werden.«

»Wenigstens keine langweiligen Menschen«, sagte sie.

»Sie sind zäh, hart und selbstsüchtig, das weißt du doch selbst.«

»Ja«, sagte sie, »aber ich weiß, daß zwei von ihnen, vielleicht sogar drei dich gern mögen.«

Ich sah sie an.

»Und auch du magst sie gern, selbst wenn du es dir nicht eingestehst.«

»Sie werden gegeneinander kämpfen, sie werden kratzen und beißen und versuchen, mich bei lebendigem Leib aufzufressen«, sagte ich. »Es sind Wilde.«

»Du weißt dich zu schützen. Wie Junior ganz richtig sagte: ›Wer mitmachen will, muß aktiv sein!‹ «

»Du meinst also, ich sollte das annehmen?«

Sie antwortete nicht, sah mich nur an.

Ich drehte mich um und blickte auf Los Angeles hinunter. Es war spät, oder besser gesagt, früh am Morgen. Im Osten erschien das erste Licht der Morgendämmerung.

»Und wie steht es mit dir?« fragte ich.

»Ich fahre zurück nach San Francisco und lese über dich in den Zeitungen.«

»Und wenn ich dich bitte, hierzubleiben?«

Sie sah mir in die Augen. »Für zwei oder drei Tage?«
»Vielleicht für länger.«
»Ich könnte mich dazu verleiten lassen.«
Ich schwieg lange Zeit. »Bleib hier«, sagte ich. »Jetzt schicke ich die Leute erst mal fort.«
Dann ging ich ins Haus zurück und lieferte mich den Philistern aus.